《外国文学名著名译丛书》出版说明

去年夏天以来，我社的外国文学名著名译丛书出版 60 余种，读书界给与了很多好评和鼓励。为了进一步出好这套书，我们对原来的编辑思路略作了调整，侧重遴选更具有长久阅读品质的作品与中译本较为稀少的作品，同时对开本和印装也作了改变。当然，我们期待中国读者对这套书有一个新鲜的发现与体验，尤其是那些较为稀缺的译本能够给读者带来意想不到的惊喜，但不能保证所有的工作都是十全十美的。我们只能说，我们坚持“最好的作品，最好的译文，最好的阅读”的理想仍然没有改变。

漓江出版社编辑部

亚历山大·仲马（1802–1870）

大仲马故居——基督山城堡

伊夫狱堡景观

基督山恩仇记

（法）大仲马 著
李玉民　陈筱卿 译

插　图　珍　藏　版

漓江出版社
桂林

图书在版编目(CIP)数据

基督山恩仇记/(法)大仲马(Dumas,A.)著;李玉民、陈筱卿 译. —桂林:漓江出版社, 2013.11

(外国文学名著名译丛书)

ISBN 978-7-5407-6632-0

Ⅰ. ①基… Ⅱ. ①大… ②李… ③陈… Ⅲ. ①长篇小说-法国-近代 Ⅳ. ①I565.44

中国版本图书馆 CIP 数据核字(2013)第 173799 号

出版人:郑纳新

漓江出版社有限公司出版发行

广西桂林市南环路 22 号　邮政编码:541002

网址:http://www.lijiangbook.com

全国新华书店经销

销售热线:021-55087201-833

山东临沂新华印刷物流集团印刷

(山东临沂高新技术产业开发区新华路　邮政编码:276017)

开本:880mm×1 230mm　1/32

印张:51.25　字数:890 千字

2013 年 11 月第 1 版　2013 年 11 月第 1 次印刷

定价:100.00 元(全四册)

作家·作品

大仲马的长篇故事始终为喜欢历史的神奇性的读者所赞赏。

——布吕奈尔

大仲马之于小说,犹如莫扎特之于音乐,已达艺术的顶峰。过去、现在和将来,都无人能超越大仲马的小说和剧本。

——萧伯纳

大仲马是一名天才的小说家。

——别林斯基

《基督山恩仇记》是1986年法国《读书》杂志推荐的个人理想藏书之一;入选日本城冢登等著名学者开列的“世界优秀古典名著”书目。

基督山之谜

李玉民

如果进行一次民意测验，询问在古今中外的通俗小说中，哪一部在世界上拥有最多的读者，而且从出版至今一直成为畅销书，那么回答《基督山恩仇记》或(《基督山伯爵》)的人，恐怕不在少数。不管怎么说，《基督山恩仇记》自一八四四年在《辩论日报》上连载，就引起极大的轰动，一百多年来始终畅销不衰，不知译成多少种文字，不知发行了多少亿册书，又有多少人捧读过，大概很难统计了。

这种费时费工的大规模调查，自然不会有人去组织。但是译者在大仲马的故乡法国逗留期间，却参加了一次别开生面、有趣到了滑稽程度的调查问卷。

事情发生在基督山城堡。不过，这座城堡不在基督山岛上，而是建在巴黎西部远郊的圣日耳曼昂莱。那里有法国国王弗朗索一世的行宫；也正是在那个地区，大仲马写出了《三个火枪手》、《基督山恩仇记》等脍炙人口的小说。大仲马把那里看作第二故乡，并以基督山伯爵自居，一心想当堡主，却苦于没有自己的城堡。一八四七年，有一天，大仲马发现一块风水宝地，位于圣日耳曼昂莱山脚，俯临塞纳河，他便买下一片坡地，请来一位建筑设计师，说道：

“我要造一座文艺复兴风格的城堡，配一座哥特式小楼，建在小湖中央。花园要建成英国式的，带几条小瀑布。”

"我这可办不到,仲马先生!这是一座黏土山丘,您造起楼来,要滑进塞纳河的。"

"您尽可以挖到岩石层,建造两层地下室。"

"这样一来,造价会高达二十万法郎!"

而大仲马的回答,足以刻画出他那豪爽的性情:

"但愿如此!"

整个计划如期实现。一八四七年七月二十五日,这座新建筑命名为基督山城堡,应邀前来庆贺乔迁之喜的客人多达六百多名,盛况空前。更加令人惊叹的是,这种盛况持续了几年,每天食客如云,高朋满座;其中许多人,大仲马连姓名都不知道,可见他的气派,比起基督山伯爵来,有过之而无不及。

大仲马并不因此而停止创作,他往往让宾客饮酒作乐,独自躲进湖中命名为伊夫堡的小楼里,将如潮的文思、奇妙的构想化为文字。

基督山城堡近似文艺复兴时期建筑风格,符合大仲马所追求的华丽。但华丽中也有文学家的特色,如窗帘的大挂钩上,饰有大仲马所喜爱的作家的侧身像。客人见挂钩上荷马、莎士比亚、歌德、拜伦、雨果等人的侧身像,奇怪地问为什么没有堡主本人的,大仲马则回答:"我嘛,住在里面!"

但时过不久,大仲马就不满足于"住在里面"了,他让人给他雕刻了一尊半身像,堂而皇之地安放在门厅的正位,还配上一条座右铭:"我爱爱我的人。"

其实,这条座右铭,大仲马只讲了半句,而他在《基督山恩仇记》一书中,才表述了完整的意思,那就是:"我爱爱我的人,我恨恨我的人。"正因为如此,我的最初译本取名为《基督山恩仇记》,也是有所指的:书中两大主线并行不悖,报恩报得彻底,报仇报得痛快。这非常符合中国读者的心理,而《基督山恩仇记》深受中国读者的喜爱,就不足为奇了。

基督山城堡在风风雨雨中,历时一个半世纪,几经易手,也显出了沧桑老态,作为文物亟待修缮。果然有喜爱大仲马的作品而愿意出资者,最有名的要数摩洛哥国王哈桑二世,可以说他爱屋及乌,出资将基督山城堡整修一新，改成博物馆，使大仲马文友会有了落脚之地。

无独有偶，英国一位富婆，是大仲马小说迷，她愿意将自己的财产捐赠给大仲马文友会，只要该会根据她列出的问题举行一次问卷调查。这是百万英镑的巨额捐赠，大仲马文友会当然不敢怠慢，哪怕英国富婆所列的问题大多令人啼笑皆非，也要当作富有探讨价值的问题，严肃地印在问卷上。译者到基督山城堡参加书市的时候，就目睹了工作人员分发问卷的情景。

那场景有趣极了：人们看了问卷，就像欣赏奇文那样兴奋，以各自的情趣和想象力，认真地回答了这样的问题（这里仅举出有关《基督山恩仇记》的一小部分问题）：

"埃德蒙·唐代斯得到的财宝，您估价有多少？他使用了多少？还剩下多少？"

"您认为剩下的财宝，仍埋藏在基督山岛上，还是转移到了别的地方？书中有什么暗示或线索？"

"您认为这批财宝下落如何？是否被后人发现？您看到什么历史文献上记载了此事？"

"基督山伯爵和海蒂扬着白帆消逝在海上，您认为他们会到哪里定居？您是否获悉他们后裔的消息？"

如此等等，问题总有二三十个，印了满满两大页。同样滑稽的是，有些答卷者也灵感大发，写下稀奇古怪的答案，同英国富婆的问题相映成趣。譬如我的朋友，法国诗社主席夏尔潘特罗先生，就遗留财宝的问题这样回答：

"据可靠消息，大仲马掌握了这批财宝，为了埋藏起来，才建造了基督山城堡。其秘密记在一张隐形纸上，同法里亚神甫发现财宝秘密的那张纸一样，夹在大仲马的一本藏书里。大仲马死后，藏书拍卖，如今下落不明。"

中国读者看完了《基督山恩仇记》，也可以回答英国富婆提出的问题，不必根据什么可靠的消息或文献，只要发挥想象力就行了。

这个译本邀请陈筱卿教授参加，他译了第三十七章至第六十章，特此表示感谢。

主要人物表

唐代斯　小说的男主人公，法老号货船的大副、代理船长，仪表堂堂，疾恶如仇，刚毅果敢，恩怨分明，富于正义感。青年时遭人陷害，被投入监狱关了十四年之久。后设法逃出监狱，找到在狱中时法里亚神甫告诉他的藏在一座小岛上的珍宝，化名基督山伯爵，报答恩人，惩罚仇人，最后远游他方。

梅色苔丝　唐代斯的未婚妻，美丽纯真，软弱和善。唐代斯在婚礼上被捕入狱后，由于长时间得不到唐代斯的消息，被迫嫁给她的表哥菲尔南，婚后生下一子。后得知所有事情的真相，菲尔南自杀后，她与儿子一道离开巴黎，到马赛隐居。

菲尔南　梅色苔丝的表哥，原为渔夫，阴险恶毒。他一厢情愿地爱着梅色苔丝，为能与梅色苔丝成婚，竟串通同乡丹格拉尔陷害唐代斯，使唐代斯蒙冤入狱。后投军从戎，以卑鄙手段钻营发迹，加官进爵。在基督山伯爵的惩罚下，举枪自杀。

丹格拉尔　法老号货船上的会计，阴险狠毒，诡计多端。为谋取船长的职位，他伙同菲尔南陷害唐代斯。后投机发迹成为巴黎第一流的银行家，受封为男爵。在基督山伯爵的惩罚下，声名扫地，财产耗尽。

维尔福　马赛的代理检察官，老奸巨猾，卑鄙无耻。在审理唐代斯一案中，他发现唐代斯转交给他父亲的信是拿破仑的亲笔信，这封信会危及他的前途，于是阴谋将唐代斯送进伊夫狱堡。后来升为总检察官。在基督山伯爵的惩罚下，家破人亡，本人也发了疯。

法里亚神甫　意大利学者，博学多闻，仁慈善良。被误认为疯子关在伊夫狱堡。在狱中与唐代斯成为好朋友,帮助唐代斯揭开了他遭陷害的内幕,还把自己藏宝的秘密告诉了唐代斯。

莫雷尔 法老号货船船长,忠厚、正直、热情。他对唐代斯非常赏识,在唐代斯落难时为他四处奔走相救,还照顾过唐代斯的老父亲。后来破产,得到唐代斯的帮助,还清了债务。

海蒂 希腊王阿里-台佩莱纳的女儿,貌美纯真,端庄华贵。父亲因菲尔南的叛变被杀,她在父亲死后被菲尔南卖给土耳其王做奴隶。基督山伯爵设法为她赎身,并帮助她报了杀父之仇。

阿尔贝 菲尔南与梅色苔丝的儿子,英俊风流,耿直单纯,深明大义。他了解到基督山伯爵是父亲的敌人,决定与基督山伯爵决斗,经母亲解释,他得知事情的全部真相,于是放弃决斗,与基督山伯爵握手言和。

马克西米连 莫雷尔船长的儿子,相貌堂堂,为人正直。青年时从军,官至上尉。父亲经商破产,他退役回家继承家业,与基督山伯爵成为一对好友。后与维尔福的女儿瓦朗蒂娜相爱,两人成为一对生死相依的恋人。

瓦朗蒂娜 维尔福的女儿,马克西米连的恋人,容貌美丽,性情忧郁,沉默寡言。她受贪财的继母的迫害,饮下继母下了毒的饮料,幸得基督山伯爵相救,才逃脱死神的魔爪,与马克西米连重逢。

欧仁妮 丹格拉尔的女儿,姣美可爱,多才多艺,但高傲泼辣,我行我素,厌恶男人和上流社会的生活。在经历了一场由其父亲安排的戏剧性婚姻的变故后,与父亲决裂,女扮男装,与女仆私奔到布鲁塞尔生活。

卡德鲁斯 唐代斯的邻居,原为裁缝,口是心非,酗酒成性,贪财成癖。他是菲尔南和丹格拉尔密谋陷害唐代斯的现场目击者,但他为保全自己的性命,隐瞒了这一真相。后沦为盗贼,一再谋财害命,最终被逃犯杀死,落得个可悲的下场。

总目录

第一册

001 第一章 驶抵马赛港

012 第二章 父与子

022 第三章 卡塔朗村人

037 第四章 密谋

045 第五章 订婚宴

060 第六章 代理检察官

074 第七章 审讯

087 第八章 伊夫狱堡

101 第九章 婚宴之夜

109 第十章 杜伊勒里宫的小书房

120 第十一章 科西嘉的魔怪

130 第十二章 老子与儿子

138 第十三章 百日

149 第十四章 愤怒的囚犯和疯狂的囚犯

163 第十五章 三十四号和二十七号

179 第十六章 一位意大利学者

191 第十七章 神甫的牢房

213 第十八章 财宝

228 第十九章 第三次发病

239 第二十章 伊夫狱堡墓地

245 第二十一章 蒂布兰岛

258 第二十二章 走私者

269 第二十三章 基督山岛

279 第二十四章 光彩夺目

289 第二十五章 陌生人

297 第二十六章 加尔桥客栈

311 第二十七章 叙述

328 第二十八章 监狱档案

335 第二十九章 莫雷尔公司

350 第三十章 九月五日

370 第三十一章 意大利——水手辛伯达

399 第三十二章 梦幻醒来

第二册

405 第三十三章 罗马强盗

443 第三十四章 显露身形

469 第三十五章 槌击死刑

485 第三十六章 罗马狂欢节

506 第三十七章 圣·塞巴斯蒂安地下墓穴

527 第三十八章 约会

535 第三十九章 宾客

561 第四十章 早午餐

576 第四十一章 引荐

592 第四十二章 贝尔图齐奥先生

598 第四十三章 欧特伊别墅

607 第四十四章 家族复仇

635 第四十五章 血雨

648 第四十六章 无限信贷

664 第四十七章 银灰花斑马

679 第四十八章 唇枪舌剑

692 第四十九章 海蒂

698 第五十章 莫雷尔一家

709 第五十一章 皮拉姆斯和西斯贝

721 第五十二章 毒药学

740 第五十三章 魔鬼罗贝尔

759 第五十四章 债券的涨跌

772 第五十五章 卡瓦尔坎蒂少校

786 第五十六章 安德烈亚·卡瓦尔坎蒂

第三册

803 第五十七章 苜蓿园
816 第五十八章 努瓦蒂埃·德·维尔福先生
827 第五十九章 遗嘱
837 第六十章 快报
848 第六十一章 治睡鼠偷桃之法
860 第六十二章 幽灵
871 第六十三章 晚宴
885 第六十四章 乞丐
897 第六十五章 夫妻争吵
908 第六十六章 婚事
920 第六十七章 检察官的办公室
933 第六十八章 夏日舞会
944 第六十九章 调查
957 第七十章 舞会
969 第七十一章 面包和盐
976 第七十二章 德·圣-梅朗夫人
990 第七十三章 诺言
1024 第七十四章 维尔福家族的墓室
1037 第七十五章 神秘的记录
1053 第七十六章 小卡瓦尔坎蒂的进展

1067 第七十七章 海蒂
1095 第七十八章 约阿尼纳来信
1118 第七十九章 柠檬汁
1133 第八十章 指控
1142 第八十一章 歇业的面包铺老板房间
1166 第八十二章 夜盗
1184 第八十三章 上帝之手
1192 第八十四章 博尚

第四册

1201 第八十五章 旅行
1216 第八十六章 审判
1232 第八十七章 挑衅
1239 第八十八章 侮辱
1252 第八十九章 夜
1263 第九十章 决斗
1280 第九十一章 母与子
1288 第九十二章 自杀
1300 第九十三章 瓦朗蒂娜
1310 第九十四章 真情吐露
1327 第九十五章 父与女
1338 第九十六章 婚约

1351　第九十七章　上路前往比利时
1360　第九十八章　钟瓶旅馆
1375　第九十九章　法律
1386　第一〇〇章　幽灵
1394　第一〇一章　洛库斯特
1403　第一〇二章　瓦朗蒂娜
1411　第一〇三章　马克西米连
1423　第一〇四章　丹格拉尔的签字
1438　第一〇五章　拉雷兹神甫公墓
1458　第一〇六章　分财
1477　第一〇七章　狮穴
1488　第一〇八章　法官
1501　第一〇九章　重罪法庭
1510　第一一〇章　起诉书
1519　第一一一章　赎罪
1532　第一一二章　启程
1547　第一一三章　往事
1562　第一一四章　佩皮诺
1577　第一一五章　路奇·王霸的菜单
1586　第一一六章　饶恕
1594　第一一七章　十月五日

第一章　驶抵马赛港

一八一五年二月二十四日，从士麦那启航，取道雅斯特和那不勒斯的三桅帆船法老号驶近马赛港，加尔德圣母院上的瞭望员发出信号。

一名领港照例马上驾艇离开码头，绕过伊夫狱堡，要在莫尔吉永岬和里永岛之间登上大船。

圣若望堡的平台上也照例很快挤满了看热闹的人。须知航船驶抵马赛，在这里始终是一件大事，尤其像法老号这样一艘本地货船。法老号是在弗塞老船坞建造并装配的，船主也是本城人。

法老号安然通过卡拉萨雷涅和雅罗两岛之间因火山运动而形成的海峡，绕过波梅格岛，缓缓驶向港口。船上只张着两层的三块方帆、大三角帆和后桅帆，行进得十分缓慢，显得哀愁漠漠。观望的人都本能地感到情况不妙，纷纷猜测船上究竟出了什么事。然而，航海的行家们却认为即使有变故，也不可能是航船本身，因为它行驶完全正常：艏斜桅的支索放开，已经准备下锚了。领港正指引法老号驶进马赛港逼窄的入口。有一个青年站在领港身边，他动作利落，目光敏锐，正监视航船的每一个操作，并复述领港的每一道命令。

人群中的这种隐隐不安的情绪，特别触动了一位看客。他等不及航船入港，就离开圣若望堡的平台，跳上一只小船，吩咐划过去，并在雷泽夫湾迎上法老号。

船上那个青年海员看见来人，便离开领港，摘下帽子走到船边，俯在舷墙上。

那青年二十来岁，细高个头，长着一对漂亮的黑眼睛、一头乌黑的美发。他的神态显得沉毅而果敢，这是自幼就同艰险搏斗的人所具有的特质。

"哦！是您呀，唐代斯！"小船上的人喊，"出什么事啦？为什么船上一片悲伤的气氛？"

"出大事啦，莫雷尔先生！"青年人答道，"让我特别悲痛的丧事：船行驶到奇维塔韦基亚一带海域，我们失去了好船长勒克莱尔。"

"货物怎么样？"船主急忙问道。

"货物平安抵港，莫雷尔先生，我想这方面会让您满意的。但是那位可怜的勒克莱尔船长……"

"他出什么事啦？"船主显然松了一口气，又问道，"那位诚实的船长出什么事啦？"

"他死了。"

"掉进海里啦？"

"不是，先生，是得脑膜炎死的，临终时痛苦极了。"

说着，他转向船员，喊道：

"注意！各就各位，准备下锚！"

十来个水手执行命令，同时行动，有的奔向下后角索，有的奔向转桁索和吊索，还有的奔向后桅帆支索和绞帆索。

这青年船员漫不经心地环视一下，看到他的命令得到执行，全体行动起来，于是他又朝船主转过身去。

"这样不幸的事到底是怎么发生的？"船主重又拾起话头，问青年海员。

"天哪，先生，完全出乎意料。船到那不勒斯，勒克莱尔船长同港务长谈了很长时间。开船之后，他就折腾起来，过了二十四小时又开始发烧，病了三天就咽气了……

"我们按照惯例给他海葬，把他仔细地裹在吊床里，头脚各坠了一个

埃蒙德·唐代斯

三十六磅重的铅球，葬在吉廖岛附近的海里，他可以长眠了。我们把他的十字勋章和佩剑带回来，准备交给他的妻子。"这青年凄然一笑，又说道，"他同英国人打了十年仗，到头来还跟一般人一样死在床上，真不值得。"

"唉！有什么办法呢，埃德蒙，"船主又说道，他越来越显得宽慰了，

“我们都是肉体凡胎，旧的必须让位给新的，否则就不可能升迁了。既然您告诉我船上的货物……”

“货物完好无损，莫雷尔先生，这我可以打保票……我看这船货少说也能赚两万五千法郎啊。”

这时，船驶过圆塔，青年海员又喊道：

“收上帆、后桅帆和三角帆，收帆！”

如同在战舰上一样，水手们立刻执行他的命令。

“全部收帆！”

这最后一声令下，桅帆全部落下，船只凭着惯性向前移动，几乎觉察不到。

“现在，您愿意就上船吧，莫雷尔先生，”唐代斯看出船主急不可耐，便说道，“喏，您的会计丹格拉尔先生从舱室出来了，您想了解什么情况，他全能告诉您。我还得去招呼下锚，让船降半旗致哀。”

船主不待重复，立即抓住唐代斯抛来的绳子，登着铆在隆起的船侧的梯级上船，那敏捷的动作不亚于好水手。这时，唐代斯回到大副的岗位，让他所说的那个丹格拉尔跟船主谈话。

只见丹格拉尔出了舱室，朝船主走来。他看上去二十五六岁，天生一副媚上欺下的哭丧相。这账房先生的职务本来就惹人讨厌，水手们还都看不上他那副德性，因此憎恶他的程度，可与喜爱唐代斯的程度相比拟。

“哦，莫雷尔先生，”丹格拉尔说道，“您知道不幸的事儿了吧？”

“嗯，知道了，可怜的勒克莱尔船长！他可是个忠厚正派的人！”

“尤其是个出色的海员，他为莫雷尔父子公司这样的大公司经营买卖，在大海和蓝天之间过了大半辈子。”丹格拉尔答道。

“不过，”船主说着，眼睛盯着正指挥下锚的唐代斯，“不过依我看，丹格拉尔，不见得像您说的，非得老海员才懂行。您瞧我们的朋友埃德蒙，他不用别人指点，似乎就干得蛮好。”

“是啊，”丹格拉尔斜了埃德蒙一眼，眸子里闪现出仇恨的凶光，“是啊，他很年轻，而且不信邪。老船长刚咽气，他不跟任何人商量，就擅自发号施令,不直接返回马赛,却在厄尔巴岛耽搁了一天半。”

“他主动承担起全船指挥,”船主说道,“这是他作为大副的职责。至于说在厄尔巴岛耽误一天半,那就不对了,除非船需要修理。”

“这艘船跟我的身体,也跟我所希望的您这身体一样,没有一点毛病。那一天半的工夫白耽误,纯粹是胡闹,不过是想上岸去玩玩。”

“唐代斯,”船主转身喊那青年人,“过来一下。”

“对不起,先生,”唐代斯回答,“稍等片刻。”

随即他又冲船员们喊:

“下锚!”

船锚立刻抛下去,铁索滑动,发出咯咯的声响。尽管有领港,唐代斯还是坚守岗位,直到完成这最后的操作,随即又喊道:

“降半旗,主旗降到半桅,横桁交叉起来!”

“瞧见了吧,”丹格拉尔说,“他已经自以为是船长了。”

“实际上他已经是了。”船主说道。

“不错,只差您和您的合伙人签字委任了,莫雷尔先生。”

“真的!这个职位怎么就不能给他呢?”船主说道,“不错,他很年轻,但我看他十分内行,完全能够胜任。”

丹格拉尔的额头掠过一片阴云。

“对不起,莫雷尔先生,”唐代斯走过来说,“船已经停靠好了,现在我来听您的吩咐。刚才好像您叫我啦?”

丹格拉尔后退一步。

“我是想问问为什么在厄尔巴岛停留?”

“我也不清楚,只是奉船长的最后命令。勒克莱尔船长临终时要我把一包东西转交给贝特朗大元帅。”

“您见到他了吗,埃德蒙?”

“谁呀?”

“大元帅。”

“见到了。”

莫雷尔环视周围，把唐代斯拉到一边。

"皇上怎么样？"他急忙问道。

"看样子很好。"

"您也见到皇上啦？"

"我正在元帅的房间里，看见皇上进来了。"

"您跟他讲话了吗？"

"是他先问我的话，先生。"唐代斯微笑着说。

"他对您讲了些什么？"

"问我这条船的情况，什么时间驶往马赛，走的什么路线，装的什么货物。我相信如果是一条空船，而我又是船主的话，他有意要买过去；不过我告诉他，我只是大副，船是莫雷尔父子公司的。'唔！唔！'他说，'我知道那家公司。莫雷尔家族世世代代经营船运公司。当年我在瓦朗斯驻军服役那时候，和一个莫雷尔家的人同在一个团队。'"

"不错，有那回事儿！"船主异常兴奋，不禁提高嗓门，"那是我叔叔波利卡尔·莫雷尔，后来他升为上尉。唐代斯，您要告诉我叔父，就说皇上还记着他呢，那老兵准会激动得掉泪。好了，好了，"船主亲热地拍了拍年轻人的肩膀，继续说道，"您做得对，唐代斯，是应当遵照勒克莱尔船长的吩咐，在厄尔巴岛停留；不过要当心，您把一包东西转交给元帅，并和皇上谈过话，这事若让人知道，您就要受到牵连。"

"我怎么能受到牵连呢，先生？"唐代斯说，"连送的什么东西我都不知道，而皇上问我的全是一般事儿，见到谁都会那么问的。哦，对不起，"唐代斯又说，"检疫站和海关人员来了；我要告便，可以吗？"

"请吧，请吧，亲爱的唐代斯。"

这个年轻人前脚刚走，丹格拉尔就又凑上前来，问道：

"怎么样，他为什么在费拉约港[①]靠岸，看来向您讲了正当理由了吧？"

---

① 厄尔巴岛上的港口。

“理由很充分，亲爱的丹格拉尔先生。”

“唔！但愿如此，”丹格拉尔说道，“真的，看到一个同事未能尽职，心里总是非常难受。”

“唐代斯是尽了职责的，无可指责，”船主回答，“这次耽搁，是遵照勒克莱尔船长的吩咐。”

“提起勒克莱尔船长，他有没有把他的一封信交给您？”

“谁呀？”

“唐代斯。”

“给我，没有哇！怎么，有一封信吗？”

“我原以为除了那包东西，勒克莱尔船长还交给他一封信。”

“您说哪包东西啊，丹格拉尔？”

“就是唐代斯送到费拉约港的那包东西。”

“您怎么知道有一包东西撂到费拉约港呢？”

丹格拉尔的脸刷地红了：

“当时，我从船长室门口经过，门正巧开着，我看见他把包裹和信交给了唐代斯。”

“他没有对我讲过，”船主说，“不过，若是有信，他会交给我的。”

丹格拉尔略一沉思，又说道：

“既然这样，莫雷尔先生，请您千万不要对唐代斯提起这事儿，恐怕是我弄错了。”

这时，那年轻人又转回来，丹格拉尔便走开了。

“喂，亲爱的唐代斯，现在没事儿了吧？”船主问道。

“没事儿了，先生。”

“事情办得很快呀。”

“对，我把货单交给了海关人员，至于抵港手续，我已经派人带着证件，随同领港去办了。”

“这么说，船上都安排妥当啦？”

唐代斯扫视周围一眼，答道：

“没事儿了，全安排好了。”

“那么，您能和我们一起吃饭吗？”

“请原谅，莫雷尔先生，务请原谅，我应当先回去看我父亲。您的盛情我心领了。”

“这是应该的，唐代斯，这是应该的。我知道您是个孝子。”

“嗯……”唐代斯有点迟疑地问道，“他身体好吗，就您所知，我父亲还好吧？”

“我想还不错，亲爱的唐代斯。不过，近来我没有见到他。”

“是啊，他总爱待在小房间里。”

“这起码表明，在您离家这段时间，他生活上不缺什么。”

唐代斯微微一笑，说道：

“我父亲自尊心很强，先生，即使家里断炊，我怕他除了上帝之外，不会向任何人乞求什么东西。”

“好吧，您先回去看父亲，然后再去我们那儿。”

“还得请您原谅，莫雷尔先生，还有一个我同样惦念的地方，看过父亲之后非去不可。”

“哦！真的，唐代斯，瞧我这记性：卡塔朗村有个人，跟令尊一样焦急地等待您，就是那个美丽的梅色苔丝。”

唐代斯笑了笑。

“哈，哈！”船主又说，“这事儿我不感到奇怪了：她已经来过三次，向我打听法老号的消息。好家伙，埃德蒙，您的艳福不浅，有个漂亮的情人！”

“不是什么情人，先生，”青年海员一本正经地说，“她是我的未婚妻。”

“这有时就是一码事。”船主笑道。

“对我们可不是，先生。”唐代斯回答。

“算了，算了，亲爱的埃德蒙，”船主接着说，“我就不留您了，我的事情您办得相当好，也得给您充分的时间料理自己的事情。您还缺钱用吗？”

“不缺，先生，我有这次航行的全部收入，将近三个月的薪水。”

“您真是规矩的小伙子,埃德蒙。”

“不要忘了,我还得供养我那穷苦的父亲呢,莫雷尔先生。”

“是啊,是啊,我知道您是个孝子。快去看您父亲吧。我也有个儿子,假如他航海三个月回来,被人缠住不能来看我,我准会恨那个不知趣的家伙。”

“那么,我可以走了吧?”年轻人躬身说道。

“走吧,如果再没有什么事跟我谈的话。”

“没有了。”

“勒克莱尔船长临终时,没有托您转交一封信?”

“当时他已经不能写字了,先生;您这一问,我倒想起一件事:我打算向您请两周假。”

“办喜事吗?”

“先办喜事,然后去巴黎一趟。”

“行,行啊!时间好说,告多长假随您的便,唐代斯。船上的货物要六个星期才能卸完,三个月之内不能重新启航……不过,三个月后您务必回来。法老号,”船主拍拍青年海员的肩膀,接着说道,“不能没有船长就重新启航啊。”

“没有船长!”唐代斯眼里闪着欣喜的光芒,高声说,“您说话可不能当儿戏呀,先生,要知道,您这话恰恰符合我内心最隐秘的期望。您真想任命我当法老号船长吗?”

“如果由我一人作主,那么现在我就会握住您的手,亲爱的唐代斯,并且对您说:‘就这么定了。’然而,我有一个合伙人,您也知道,意大利有句俗话:有个合伙人,就等于有个主子。不过,这事儿已经成了一半,两票当中您得到一票了,让我给您争取另外一票,我会尽力办的。”

“噢!莫雷尔先生,”这青年海员眼里涌出泪水,抓住船主的双手,高声说道,“莫雷尔先生,我代表我父亲和梅色苔丝谢谢您。”

“好啦,好啦,埃德蒙,谢什么,天上有上帝保佑好人!看您父亲去吧,看梅色苔丝去吧,然后再到我家去作客。”

“噢！莫雷尔先生，”这青年海员眼里涌出泪水，抓住船主的双手。

“我送您上岸好吗？”

“谢谢，不用了。我要留下来跟丹格拉尔对账。在这次航行中，您对他满意吗？”

“这要看您问哪方面，先生。假如问是不是好伙伴，那我就说不是。事出有因：我们有一次小争吵，我一时气昏了头，竟然向他提出到基督山岛上，用十分钟来了结。我不该这么提，而他拒绝也是对的。我认为打那以后，他就不喜欢我了。假如是问作为会计怎么样，那我看无可挑剔，您对他的工作是会满意的。”

“那么，”船主又问，“想一想，唐代斯，您若是当上法老号船长，还乐意留用丹格拉尔吗?”

“莫雷尔先生，”唐代斯答道，“不管当船长还是当大副，我总是非常尊重得到我的老板信任的人。”

“唔，唔，唐代斯，看得出来，从哪方面讲，您都是个好小伙子。我不再留您了。走吧，您已经心急火燎啦。”

“我可以告辞了吗?”唐代斯问道。

“去吧，我已经发话了。”

“我能用一下您这小船吗?”

“用吧。”

“再见，莫雷尔先生，万分感谢。”

“再见，亲爱的埃德蒙，祝您好运!”

青年海员跳上小船，叫船夫划到大麻田街上岸。两名船夫立刻用力划起来，小船飞快地行进，穿越两侧排列数以千计的船只所形成的窄巷，从港口一直划到奥尔良码头。

船主含笑目送唐代斯，直到他跳上铺石码头，隐没在大麻田街的行人里。大麻田街是马赛最繁华的街道，从清晨五点钟到夜晚九点钟，行人总是熙熙攘攘，衣着五颜六色，热闹非凡；现代弗凯亚[①]人都引以为自豪，他们常常以那独特的口音，极为严肃地说：“巴黎若是有这条大麻田街，那就能称作小马赛了。”

船主转身瞧见丹格拉尔站在他背后。丹格拉尔表面上似乎在等候他的吩咐，实际上跟他一样凝望着埃德蒙·唐代斯。

同是目送一个人，但两人的眼神却大不相同。

---

① 弗凯亚是小亚细亚的古代地区名。弗凯亚人后来迁徙到法国南部，建城定居，即马赛城。

第二章　父与子

丹格拉尔嫉恨得如何咬牙切齿，还极力向船主讲他同事的坏话，这暂且不表。且说唐代斯从头至尾穿越大麻田街，踏上诺阿伊街，再拐进梅朗林荫道，走进左侧的一栋小楼。楼道里非常昏暗，唐代斯一手抓住栏杆，一手按住狂跳的心口，飞快登上五楼，在一扇半开的房门口停下脚步。这就是他父亲居住的斗室。

老人还没有听说法老号抵港的消息，正站在一张椅子上，双手颤抖着绑扎花草。这几株旱金莲和铁线莲枝蔓缠绕，顺着窗前的架子爬上去。

突然，老人感到被人一把抱住，一个熟悉的声音在身后叫道：

"爸爸，我的好爸爸！"

老人叫了一声，转过身来，见是儿子，便浑身颤抖，脸色惨白，一下子倒在他的怀里。

"你怎么啦，爸爸？病了吗？"小伙子不安地问道。

"没病，没病，亲爱的埃德蒙，我的儿子，我的孩子，没病；只是没想到你回来了，这样猛一见到你，喜出望外……噢，天啊！我高兴死啦！"

"喂，爸爸，冷静点儿！是我，真的是我！大家总说快乐不伤人，因此我就悄悄溜进来。唉，冲我笑一笑，不要这样直愣愣地盯着我。我回家来了，咱们能过上好日子了。"

"唔！那太好啦，孩子！"老人又说，"可是，怎么能过上好日子呢？你不再离开我了吗？唉，跟我说说你有什么喜事儿？"

"我庆幸因别人家丧亲而得福,但愿得到上天的宽恕,"年轻人说,"不过,上天明鉴,我并没有渴望这种运气,但是好运来了,我也实在没有伤感的情绪;爸爸,我们的好船长勒克莱尔死了,由于莫雷尔先生的大力提拔,我很可能接替船长的职位。您明白吗,爸爸?二十岁的船长,薪水一百金路易,还能分红利!像我这样一个小小的水手,从前不是连做梦也不敢想吗?"

"是啊,我的儿子,是啊,这的确是件大喜事。"

"所以我想,等拿到头一笔钱,先给你买一所小房子,要带园子的,你可以种旱金莲、铁线莲和忍冬……哎呀,怎么啦,爸爸,你好像身体不舒服?"

"别急,别急,一会儿就没事儿了。"

老人虽然这么说,但终因支持不住,身子仰下去。

"你看!你看!"年轻人说,"来杯酒呀,爸爸,喝下去就有精神了。酒放在哪儿啦?"

"不用,谢谢,别找了,我不喝。"老人说着,想拉住儿子。

"要喝,要喝,爸爸,告诉我放哪儿啦?"他一边问,一边打开两三格壁橱。

"找也没用……没有酒了。"老人说道。

"怎么!没有酒啦!"唐代斯说道,他大惊失色,看看老人惨白深陷的双颊,又看看空荡荡的壁橱,"怎么,没有酒啦!你没钱买吗,爸爸?"

"我什么也不缺,你这不是回家了嘛。"老人说道。

"可是,"唐代斯擦了擦额头流下的汗珠,结结巴巴地说,"可是,三个月前我临走时,给你留下二百法郎啊。"

"不错,不错,埃德蒙,但是你走时忘了,还欠邻居卡德鲁斯一小笔钱呢。他向我提起这事儿,说我不替你还上,他就向莫雷尔先生讨去。这你还不明白,怕这事儿影响你……"

"怎么样呢?"

"怎么样?我就还给他了呗。"

“可是，”唐代斯高声说，“我欠卡德鲁斯一百四十法郎呀！”

“对。”老人咕哝一声。

“你就从我留下的二百法郎里抽出还给他啦？”

老人点了点头。

“这就是说，这三个月，你就靠六十法郎过日子！”年轻人嗫嚅道。

“你也知道，我吃不了多少东西。”老人又说。

“噢！上帝呀，上帝呀，饶恕我吧！”埃德蒙叫着，扑通跪在老人面前。

“你这是干什么？”

“噢！你让我心都碎了。”

“哎！你回来就好了，”老人微笑道，“现在，什么都过去了，什么都好了。”

“对，我回来了，”唐代斯回答，“我回来了，有了好前程，还有了一些钱。喏，爸爸，”他说道，“拿着，拿着，赶快叫人去买点吃的来。”

他把兜里的钱全倒在桌子上，一共有十二枚金币、五六枚银币和一些零钱。

老唐代斯的脸豁然开朗，问道：

“这是谁的呀？”

“是我的呀……是你的呀……是咱们的呀……拿着，买些吃的来，开心一点，明天还能挣来钱。”

“小声点儿，小声点儿，”老人微笑着说，“你看这样好不，这钱我得省着用：如果我一次买的东西太多，别人看见了就会以为，我要等你回来才能买得起呢。”

“随你便吧，不过，首先得给你雇个佣人，爸爸。我再也不能把你一个人丢在家里了。我还私下带回一些咖啡和好烟叶，放在船舱的小箱子里，明天一早就给你拿来。嘘！有人来了。”

“可能是卡德鲁斯，他听说你回来，准是来向你问好的。”

“哼！又来这一套，口是心非的家伙，”埃德蒙咕哝道，“不过，还是算了吧，总归是邻居，帮过我们的忙，应该欢迎。”

他把兜里的钱全倒在桌子上，一共有十二枚金币。

埃德蒙嘟囔的话音刚落，门口果然探进卡德鲁斯那须发蓬乱的黑脑袋。他有二十五六岁，手里拿着一块布料。他是裁缝，打算用这块布当衣裳衬里。

“嘿！埃德蒙，你回来啦?”他操着浓重的马赛口音说，同时咧开嘴笑，露出满口如象牙一般的雪白牙齿。

“是啊，邻居卡德鲁斯，您这不看见了嘛，有什么事要我帮忙，尽管开口。”埃德蒙答道，他讲话虽然客气，却难以掩饰他的冷淡态度。

"谢谢,谢谢,幸好我还没有求人的事,有时倒是别人来求我帮忙。"埃德蒙想要开口。"我这话不是指你,小伙子。我借给你钱,你还了我,咱们谁也不欠谁的,还是好邻居。"

"对于帮过忙的人,我们总是欠着一份人情,"埃德蒙说道,"就是还清了钱,也还不清谢意。"

"还提它干什么!事情过去就算了。说说你这次平安归来吧,小伙子。刚才我去码头,想配一块栗色料子,不料碰见了我们的朋友丹格拉尔。

"'怎么,你回马赛啦?'我跟他打招呼。

"'是啊,总算回来了。'他回答说。

"'我还以为你在士麦那呢。'

"'那没错,我就是从那儿回来的。'

"'埃德蒙那小伙子,他在哪儿?'

"'一定回家看他父亲去了。'丹格拉尔回答说。于是,我就赶来了,"卡德鲁斯接着说,"来跟朋友握握手,高兴高兴。"

"这个卡德鲁斯心肠真好,他多喜欢我们呀。"老人说道。

"当然喜欢你们啦,而且敬重你们,因为厚道人太少啦!嘿!小伙子,看来你发财啦?"裁缝边说边斜了一眼,看见唐代斯放在桌子上的一大把金币和银币。

唐代斯看出邻居的黑眼睛里闪现贪婪的目光,便漫不经意地说道:

"哦!天哪!这钱不是我的。刚才我表示担心,怕我出门这段时间,我父亲缺了什么,他为了让我放心,就把他钱袋里的钱全倒在桌子上。好了,爸爸,"唐代斯接着说,"把钱收到储存箱里吧,除非邻居卡德鲁斯要用,我父亲会乐意帮忙的。"

"不用,不用,小伙子,"卡德鲁斯忙说,"我什么也不缺;谢天谢地,国家养活老百姓。这钱收起来吧,快收起来吧:钱这东西从来不嫌多。尽管我不需要帮助,但你的好意我还是心领了。"

"我可是真心诚意呀。"唐代斯说道。

“这我不怀疑。哎，你可真精啊，跟莫雷尔先生的关系搞得很近乎吧？”

“莫雷尔先生对我一直非常好。”唐代斯答道。

“那么，他请你吃饭，你不该回绝。”

“什么，请你吃饭你回绝啦？”老唐代斯插言道，“他邀请你吃饭啦？”

“对，爸爸。”看到父亲对他有这么大面子感到吃惊，埃德蒙不禁笑着回答。

“孩子呀，那你干吗回绝呢？”老人又问。

“好赶快回来看你呀，亲爱的爸爸，”年轻人答道，“就是急着回来看你。”

“这样一来，那位善良的莫雷尔先生会生气的，”卡德鲁斯也说，“要想当船长，就不该扫船主的兴。”

“我向他解释了不能去的缘故，但愿他能够谅解。”唐代斯回答。

“哎！想当船长嘛，就得巴结点儿船主。”

“我希望不巴结也能当船长。”唐代斯回答。

“那就更好啦，那就更好啦！所有老朋友都会高兴的，我还知道圣尼古拉堡后面有个人也不会生气。”

“梅色苔丝？”老人说道。

“对了，爸爸，”唐代斯又说，“现在我看到你了，知道你身体康泰，什么也不缺，我想请你允许我去卡塔朗村看看。”

“去吧，孩子，”老唐代斯说道，“愿上帝保佑你妻子，就像保佑我儿子这样。”

“他妻子！”卡德鲁斯说，“您也太性急啦，唐代斯老伯！好像她还没有做他妻子呢。”

“是还没有，但很可能不久，她就是了。”埃德蒙回答。

“不管这些，不管这些，”卡德鲁斯说，“你急着去看看，还是明智的，小伙子。”

“这话什么意思？”

“什么意思！梅色苔丝是个漂亮姑娘，漂亮的姑娘断不了有恋人，尤其这一位，后面跟着的总有几打。”

“真是呀！”埃德蒙说着，微微一笑，但笑容里露出一丝不安的神色。

“哼！是啊，”卡德鲁斯又说，“有些人条件还相当好；不过，你心里有数，你要当船长了，人家不会拒绝你的！”

“你是说，”唐代斯又微笑着说，但难以掩饰不安的情绪，“假如我当不上船长……”

“唉！唉！”卡德鲁斯连声咕哝。

“得了，得了，”年轻人答道，“总的来说，我对女人的看法比你好，尤其是对梅色苔丝，我确信不论我当不当船长，她都不会变心的。”

“那就更好哇！那就更好哇！”卡德鲁斯说道，“一个人要办终身大事的时候，有这种信念总是好的。不过，别管这些，小伙子，听我的话，赶紧去告诉她你回来了，还有升职的希望。”

“我这就去。”埃德蒙答应一声，他拥抱了父亲，点点头辞别卡德鲁斯，便出门去了。

卡德鲁斯又待了一会儿，才离开老唐代斯，下楼去见在塞纳克街头等候的丹格拉尔。

“怎么样，你见到他啦？”丹格拉尔问道。

“我们刚分手。”卡德鲁斯回答。

“他跟你提起有希望当船长的事了吗？”

“听他那口气，就好像他已经是船长了。”

“别忙！”丹格拉尔说，“我看，他未免太性急了。”

“当然喽！莫雷尔先生似乎已经答应他了。”

“因此他就乐不可支啦？”

“可以说趾高气扬了，他拿出大人物的派头，表示要帮忙，还摆出银行家的架势，要借钱给我。”

“你回绝了吗？”

“一口回绝了，本来我可以心安理得地接受，因为他头一回摸到白花

卡德鲁斯

花的银币，还是我放到他手上的呢。可是现在，唐代斯先生不用再求人了，他要当船长啦。”

“哼！他还没当上呢。”丹格拉尔来了一句。

“真的，最好他当不上，”卡德鲁斯也说，“要不然，往后都没法儿跟他说话了。”

“如果我们愿意，”丹格拉尔又说，“那他就只能保持现状，也许还不如现在呢。”

"你说什么?"

"没什么,我这是自言自语。他还一直爱卡塔朗村那个美丽姑娘吗?"

"爱得发狂,他到那儿去了。我若是没弄错的话,这方面他可不会顺心。"

"你说明白点儿。"

"何必呢?"

"你想象不到,这事儿可能很关键。你不喜欢唐代斯吧,嗯?"

"我不喜欢傲慢无礼的人。"

"那好啊,跟我说说那个卡塔朗姑娘的事儿吧。"

"我了解的也不很确切,只是根据见到的一切情况判断,正像我跟你说的,那位未来的船长,怕是要在旧诊所那条路周围碰上麻烦。"

"你看到了什么? 快说呀!"

"嘿,我看到梅色苔丝每次进城,身边总有个小伙子陪伴。那人是卡塔朗村人,个头很高,黑黑的眼睛,红红的皮肤,棕色的头发,人很热情,他们兄妹相称,是她的表兄。"

"哦! 真的吗? 你认为那位表兄在追求她吗?"

"这是我的猜测。一个二十一岁的高个子青年,跟一个十七岁的妙龄少女混在一起,还能有别的什么事呢?"

"你说唐代斯去卡塔朗村啦?"

"他是在我前脚走的。"

"怎么样,咱俩也朝那个方向走走,在雷泽夫餐馆坐下来,喝杯马尔格酒,等着听听消息。"

"谁来告诉我们消息呀?"

"咱们在半路上等着,看唐代斯的神色就知道情况了。"

"那就走吧,你请客啊?"卡德鲁斯叮了一句。

"当然了。"丹格拉尔答道。

两个人快步走向商定的地点,到那儿之后,要了一瓶酒和两个杯子。

庞菲勒老爹说他看见唐代斯过去还不到十分钟。

他们俩既已确定唐代斯在卡塔朗村，就坐到新叶初萌的梧桐树和枫树下面，听着鸟儿在枝丫间快活地鸣叫，歌唱初春的艳阳天。

第三章　卡塔朗村人

两个朋友一边畅饮冒着气泡的马尔格酒，一边耳朵警觉，眼睛张望远方。百步开外，在一座被风吹日晒剥蚀得光秃秃的土丘后面，便是卡塔朗村。

从前，有一群神秘的移民离开西班牙，有一天在这块舌地登陆，定居至今。他们来自何方，讲什么话，当时谁也不知道。他们的一个头领粗通普罗旺斯话，就去恳请马赛地方当局，把他们像古代水手一样刚拢船上岸的这块岬角荒地赐给他们。这一请求获准了，三个月之后，在这些游民泛海而来所乘的十四五只帆船周围，兴建起一个小村落。

这个村庄的房舍风格奇特，颇为美观，半摩尔式半西班牙式；如今居住在这里的人，就是他们的后代，还讲他们祖先的语言。三四百年以来，他们仍然系恋当初像海鸟一样栖止的这个岬角，只在内部通婚，保持自己祖国的习俗和语言，丝毫不同马赛居民相混杂。

请读者诸公跟随我们穿过这小村子的唯一街道，踏入一户人家。村中的房舍在阳光中，外观呈现独特而悦目的枯叶色，而室内墙壁则一律刷成白色，同西班牙乡村小客栈一样。这白灰墙是室内的唯一装饰。

一位美丽年轻的姑娘斜靠壁板站着，她的秀发乌黑，一对羚羊般美丽的眼睛毛茸茸的，那十根纤指又像古画上的仕女一般，正无端抚弄一枝欧石楠，揪下一片片花瓣撒了满地。她那一对赤露的小臂呈棕红色，仿佛照阿尔美神的模子塑造的，此刻正烦躁地抖动着，那双弧形柔软的双脚则跺

梅色苔丝

着地面，显示出蓝灰花纹红纱袜里面丰满而匀称的小腿。

离她三步远，坐着一个二十一二岁的高个子青年。他的臂肘撑在虫蛀的旧桌面上，将坐椅翘起来前后不住地摇晃；他盯着姑娘的那副探询的目光中，正交织着不安和气恼两种情绪；但是姑娘坚定不移的目光足以遏制住对方。

“喂，梅色苔丝，”那青年说道，“复活节又要到了，这正是办喜事的好时候，你倒是答复我呀！”

“我已经答复你上百次了，菲尔南，你还要问，这不是明明跟自己过不去吗！”

“那好，再重复一遍，求求你了，再重复一遍，好让我最终相信。就说上一百遍吧，告诉我你无视你母亲的许诺，拒绝我的求爱；让我完全醒悟，你是在玩弄我的幸福，根本不管我的死活。噢！上帝啊！梦想十年做你的丈夫，梅色苔丝，一旦希望破灭，就丧失我活在世上的唯一目的！”

“至少不能怪我吧，菲尔南，”梅色苔丝回答，“我并没有给你这种希望，也丝毫不曾引诱你。我总是对你说：‘我把你当作哥哥一样爱你，但仅此而已，绝不能要求我有超出手足之情的感情，因为我的心已经属于别人了。’菲尔南，我不是一直对你这样讲吗？”

“不错，这我完全清楚，梅色苔丝，”菲尔南又说，“不错，你对我真够意思，坦率到了残忍的程度。但是本族通婚，这是卡塔朗村人神圣的法规，难道你忘了吗？”

“这话就不对了，菲尔南，那不过是一种习俗，而不是法规；听我的吧，不要拿这种习俗来找便宜。你到了服兵役的年龄，菲尔南，缓征你入伍，只是暂时的，随时都可能让你当兵去。你当兵一走，丢下我怎么办呢？我是一个可怜的孤儿，终日忧愁，没有一点财产，只有一间东倒西歪的小房、几张破烂的渔网，这点可怜巴巴的遗产，还是我父亲留给我母亲，又由母亲留给我的。想一想，菲尔南，母亲死后这一年来，我几乎是靠公家救济过日子。有时你故意说我帮了你的忙，好让我分享你打渔的收获。我接受了，菲尔南，因为你父亲和我父亲是兄弟，因为我们青梅竹马，在一块儿长大，尤其因为我若是拒绝，会伤透你的心。你送来的鱼，我拿去卖了，又买来亚麻纺线；但是我深深感到，菲尔南，你给我鱼是一种施舍。”

“这有什么关系，梅色苔丝，你再穷困，再孤苦，也配得上我，胜过马赛最得意的船主，或者最富有的银行家的小姐。我们这种人，求什么呢？只求有个善于持家的贤妻。从这方面看，到哪儿能找到你这样的人儿呢？”

“菲尔南，”梅色苔丝摇摇头，答道，“一个女人可能不善于持家，而且也不见得能当个贤妻，如果她不爱丈夫而爱另一个男人的话。只跟我保持友谊关系吧，再对你说一遍，这是我能向你作出的全部许诺，我只能许诺我确保能给予的东西。”

“唔，我明白了，”菲尔南说道，“你自己受穷，还能耐心忍受，但你怕我总这么穷困。好吧，梅色苔丝，有了你的爱，我就立志发家致富，有你带来的福分，我就能变成富翁。我可以靠打渔发财，也可以到商行去当伙计，我自己也可以从商嘛！”

“这些事你一样也不能干，菲尔南。你是士兵，只是现在没有打仗，才留在卡塔朗村。还是接着打你的鱼吧，不要胡思乱想了，否则会感到现实更加残酷。只要求我的友谊吧，因为我不能给你别的东西。”

“哦，你说得对，梅色苔丝，我干脆去当海员，脱下你讨厌的这身父辈的服装，穿上带条纹的海员衫和有锚形纽扣的蓝制服，戴上漆布海员帽。这样穿戴起来，不就会得到你的欢心了吗？”

“你想说什么呀？”梅色苔丝瞪了他一眼，责问道，“你想说什么呀？我不明白你的意思。”

“我是说，梅色苔丝，你对我这样残酷无情，仅仅是因为你等待一个这种打扮的人。但是你等待的那个人可能靠不住，就算他靠得住，那大海还可能饶不过呢。”

“菲尔南，”梅色苔丝厉声说道，“我原以为你心地善良，是我看错了人！菲尔南，你祈求上帝发怒来帮衬你的嫉妒，用心也太歹毒啦！嗯，不错，我无需向你隐瞒，我确实等待，并且爱你说的那个人，假如他真的回不来，我也不会怪他像你所说的靠不住，而要说他至死也爱我。”

卡塔朗青年狂怒地挥了一下手臂。

“我知道你这心思，菲尔南，我不爱你，你就要恨他，就要用卡塔朗腰刀跟他的匕首拼命！你这么干能得到什么好处呢？打败了呢，只能丧失我的友情；打胜了呢，又会看到我的友谊化为仇恨。你就听我的吧，想讨一个女人喜欢，就去向她所爱的男人挑战，这可是最愚蠢的办法。不对，菲尔南，你绝不能尽打那些坏主意。不能娶我做妻子，至少还可以把我当

“菲尔南，一个女人可能不善于持家，而且也不见得能当个贤妻，如果她不爱丈夫而爱另一个男人的话。”

作朋友和妹妹，这也很好嘛。何况，”她眼神慌乱，闪着泪光，又说道，“等一等，等一等，菲尔南，你刚才说了，大海变幻无常，而他出海有四个月了，这四个月来，我算过起了好几场风暴。”

菲尔南神情漠然，并不想去擦掉梅色苔丝脸上的眼泪；然而，这每一滴泪珠，他宁愿用他的一杯热血换取，但这泪水是为别人而流淌。

他站起身，在小屋里转了一圈，回到梅色苔丝面前站住，只见他目光阴沉,拳头握得紧紧的。

“喂,梅色苔丝,”他再次追问,“回答我:你真的铁了心啦?”

“我爱埃德蒙·唐代斯,”姑娘冷冷地回答,“除了埃德蒙,我谁也不嫁。”

“你永远爱他吗?”

“至死也不变心。”

菲尔南顿时泄了气,垂下头去,呻吟似的叹息一声,继而又猛然抬起头,他的鼻孔张大,咬牙切齿地问:

“假如他死了呢?”

“他死了,我也不活了。”

“假如他把你忘了呢?”

“梅色苔丝!”一个欢快的声音在屋外叫道,“梅色苔丝!”

“啊!”姑娘高声说,她喜悦得涨红了脸,忘情地跳起来,“瞧,他并没有忘记我,他这不来啦!”

她冲向门口,打开房门,喊道:

“我来啦,埃德蒙!我在这儿呢。”

菲尔南脸色刷白,浑身发抖,就像游客看见毒蛇一样连连后退,身子碰到椅子,便一屁股坐下去。

埃德蒙和梅色苔丝紧紧拥抱在一起。马赛的明媚阳光射进房门,使二人沐浴在金灿灿的光波里。他们俩沉浸在无限的幸福之中,最初只觉得离开了尘世,周围的一切都消失了。他们讲话断断续续,语不成句,这种极度欢乐的冲动,倒像是痛苦的呻吟了。

埃德蒙猛然瞧见菲尔南那阴沉的面孔:那张脸在暗地里显得非常苍白,非常凶狠。卡塔朗青年伸手按在腰刀上,连他自己也不明白要干什么。

“哦!对不起,”唐代斯也皱起眉头,说道,“我没注意,原来这屋里有三个人啊。”

接着,他转身问梅色苔丝:

埃德蒙和梅色苔丝紧紧拥抱在一起

“这位先生是谁?”

“这位会成为你的好朋友,唐代斯,因为他是我的朋友,是我的堂兄,也就是我的亲哥哥,他叫菲尔南,也就是说,除了你之外,埃德蒙,他是我世上最爱的人。你认不出他了吗?”

“哦! 还认得出。”埃德蒙答道。

他一只手仍然握住梅色苔丝的手,另一只手热情地伸给卡塔朗青年。

然而,菲尔南还是沉默不语,像石雕木刻一般一动不动,根本不搭理对方的友好表示。

于是，埃德蒙质询的目光看看急得发抖的梅色苔丝，又看看菲尔南怀有敌意的阴沉面孔。

一目了然，他全明白了。

一股怒火，从心头升起。

"我急如星火地跑来看您，梅色苔丝，没想到在这儿遇见个仇敌。"

"仇敌！"梅色苔丝愤怒地瞪了她堂兄一眼，"埃德蒙，你是说，一个仇敌在我家里！我若是这样认为，就会挽住你的手臂，同你到马赛城去，再也不回这个家了。"

菲尔南的眼睛射出一道光芒。

"你若是有个三长两短，我的埃德蒙，"姑娘又说道，她那极度镇定的态度，向菲尔南表明她已看穿他内心险恶的念头，"你若是有个三长两短，那我就登上莫尔吉永岬角岩顶，头朝下跳下去。"

菲尔南的脸色像死人一样惨白。

"不过，你误会了，埃德蒙，"她接着说，"这里并没有你的仇敌，只有我的哥哥菲尔南，他会像看见一个挚友似的同你握手。"

姑娘说着，严厉的目光凝视菲尔南。卡塔朗青年仿佛被这目光所迷惑，慢慢走近埃德蒙，并伸出手来。

然而，他刚一触到埃德蒙的手，就觉得他已经忍无可忍，于是夺门而出。

"噢！噢！"他呼号着，双手揪着头发，像疯子一般狂奔，"噢！谁能给我除掉这个人？我好惨啊！我好惨啊！"

"喂！卡塔朗人！喂！菲尔南！你往哪儿跑呀？"有人喊道。

这青年戛然收住脚步，向四周张望，瞧见绿荫下坐着卡德鲁斯和丹格拉尔。

"喂！"卡德鲁斯叫道，"怎么不过来呀？你就那么忙，连向朋友问问好的工夫都没有？"

"尤其是他们面前放着一瓶刚动的酒，更不能错过哟。"丹格拉尔补上一句。

菲尔南直愣愣地望着两个人，一句话也不讲。

“看来他够狼狈的，”丹格拉尔用膝盖碰了碰卡德鲁斯，“恐怕是我们猜错了，唐代斯出乎我们意料，反而占了上风？”

“嗐！问问看吧。”卡德鲁斯答道。

接着，他转身冲那青年喊：

“喂，怎么样，卡塔朗小伙子，到底来不来？”

菲尔南擦了擦额头的汗水，慢腾腾地走到绿荫下；这清爽的环境仿佛使他的情绪平静了点儿，给他疲惫的身体添了点舒适之感。

“你们好，”他说，“是你们叫我吧？”

说着，他重重地坐到餐桌旁边的椅子上，好像栽倒一样。

“我看你疯了似的狂跑，怕你去投海，就叫了你一声，”卡德鲁斯嘿嘿笑着说，“唉，交了朋友嘛，不但要请他们喝酒，还得劝阻他们，不让他们往肚子里灌三四升水。”

菲尔南呜咽似的呻吟一声，头埋到交叉放在餐桌上的双臂里。

“喂，要我给你点破吗，菲尔南？”卡德鲁斯接着说。他这种下层人好奇心强，说话粗鲁，不会拐弯抹角，而是直通通地提起话头：“喂，你这样子可像失恋啦！”

开了这句玩笑，他先哈哈大笑起来。

“哎！”丹格拉尔一旁说，“长得这样英俊的小伙子，绝不会失恋的；你开什么玩笑，卡德鲁斯。”

“不信你听听嘛，”卡德鲁斯辩驳说，“瞧他这份唉声叹气。好了，好了，菲尔南，”他劝道，“抬起头来，跟我们说说：朋友们关心你的身体，你不搭理可不礼貌哟。”

“我的身体很好。”菲尔南依然不抬头，握紧拳头回答。

“喏！你看怎么样，丹格拉尔，”卡德鲁斯说着，对他朋友使个眼色，“是这么回事：面前的这位菲尔南，是卡塔朗一个善良的好青年，是马赛最出色的渔夫，他爱上了一个美丽的姑娘，名叫梅色苔丝；可惜的是，那位美丽的姑娘却爱上法老号船的大副，而法老号恰恰今天抵港，明白了吧？”

“不明白。”丹格拉尔说道。

“可怜的菲尔南让人给打发了。”卡德鲁斯又来了一句。

“那又怎么样？”菲尔南抬起头来说，他眼睛盯着卡德鲁斯，显然是要找个人撒气，“梅色苔丝愿意爱谁就爱谁，难道她要听别人的吗？”

“哎！你若是这样看，那就是另码事啦！”卡德鲁斯说道。“我原以为你是个卡塔朗人，而我早就听说，卡塔朗人绝不甘心让情敌给涮了，甚至还听说，那个菲尔南报起仇来尤其厉害。”

菲尔南凄然一笑，说道：

“一个坠入情网的人根本厉害不起来。”

“可怜的小伙子！”丹格拉尔假慈悲，装作由衷地怜悯这个青年。“有什么法子呢？没想到唐代斯会突然回来，他原以为唐代斯也许死了，也许另有新欢，天晓得？这种事突如其来，尤其让人受不了。”

“哎！真的，不管怎么说，”卡德鲁斯边叨咕边喝马尔格酒，不觉酒劲已经上头了，“不管怎么说，唐代斯回来交了好运，不止妨碍了一个人，对不对，丹格拉尔？”

“嗯，这话不错，但是，我几乎可以断言，他要倒霉的。”

“那有什么，”卡德鲁斯又说，他给菲尔南倒了一杯酒，又给自己满上。这恐怕是第九杯或第十杯了，而丹格拉尔仅仅沾湿嘴唇。“那有什么，反正他要娶梅色苔丝，要娶美丽的梅色苔丝；他回来起码是为了办喜事的。”

这工夫，丹格拉尔犀利的目光一直盯住这个青年，看出卡德鲁斯的话像熔化的铅液倾入他的心田。

“什么时候办喜事呀？”丹格拉尔问道。

“哼！不是还没有办嘛！”菲尔南咕哝一句。

“没有哇，但是快办了。”卡德鲁斯又说，“这事就跟唐代斯要当法老号船长一样，是板上钉钉了，对不对呀，丹格拉尔？”

“什么时候办喜事呀?”丹格拉尔问道。

遭到这意外一击,丹格拉尔不禁一抖,他扭过头来,观察卡德鲁斯的脸色,看看他是不是蓄意攻击,但是从这张已有八九分醉意的脸上,他只看到嫉妒。

“好哇,”丹格拉尔说,他斟满三杯酒,“来,为埃德蒙·唐代斯船长,美丽的卡塔朗姑娘的丈夫干杯!”

卡德鲁斯抬起沉甸甸的手,将酒杯送到嘴边,咕噜咕噜一口气喝干。菲尔南抓起酒杯,啪的一声摔在地上。

"唉！唉！唉！"卡德鲁斯说,"卡塔朗村那边,土冈上面,那是谁呀?你瞧瞧,菲尔南,你的视力比我好,我觉得眼睛有点模糊了,你知道,酒这东西最能误事。那好像是一对情人,正手拉手,肩并肩地散步。天哪！他们搂在一起亲昵,哪晓得我们看得一清二楚！"

菲尔南脸色的变化,他那惶惶不安的样子,丹格拉尔都一一看在眼里。

"您认识他们吗,菲尔南?"他问道。

"认识,"菲尔南声音低沉地回答,"那是埃德蒙先生和梅色苔丝小姐。"

"嗬！瞧啊！"卡德鲁斯说道,"刚才我怎么没有认出他们！喂！唐代斯！喂！漂亮的姑娘！过来一下,告诉我们什么时候举行婚礼,在这儿的菲尔南先生嘴真紧,就是不肯告诉我们！"

"你还不快点闭嘴！"丹格拉尔说,他看到卡德鲁斯带着醉汉的固执,将身子探到了绿荫之外,便假意劝阻,"你还是想法自个儿站稳一点,别打扰人家情人谈恋爱。喏,瞧瞧菲尔南先生,学学他的样子:他多老实呀。"

菲尔南也许被丹格拉尔刺激得再也按捺不住,仿佛一头被斗牛士激怒的公牛,终于要冲上去。只见他站立起来,蓄势待发,就要扑向他的情敌;正在这时,款步而来的梅色苔丝抬起那张俊俏的笑脸,闪耀着那对美丽的明眸,顿时令菲尔南气馁,重新坐下,因为他想起姑娘威胁的话语:唐代斯一旦身遭不测,她就决心一死。

丹格拉尔面对这两个人,看看这个,又看看那个,只见一个醉成烂泥,另一个被情爱震慑。

"从这两个蠢货身上,我什么也捞不到,"他心中嘀咕,"我真担心,在这儿是跟一个酒鬼和一个懦夫瞎混:这一个看人家眼红,本来应当尝胆激发仇恨,却在用酒麻醉自己。那一个大傻瓜,硬是让人家从鼻子底下把情人夺走,只是像孩子一样哭哭啼啼,唉声叹气;然而看他冒火的眼睛,倒像以报仇闻名的西班牙人、西西里岛人和卡拉布里亚人[①];看他这拳头,也跟屠夫的榔头一样,准能一下击碎牛头。毫无疑问,埃德蒙的命运占了上风,他能娶着那个美丽姑娘,也能当上船长,而且还要嘲笑我们;除非……”丹格拉尔灰白的嘴唇浮现一丝冷笑,“除非我插手这事。”他暗自又咕哝一句。

“喂!”卡德鲁斯用拳头撑着桌子,欠起身子喊道,“喂!埃德蒙!你是没瞧见朋友,还是傲慢得不肯跟他们说话?”

“哪里,亲爱的卡德鲁斯,”唐代斯应道,“我不是傲慢,而是幸福;幸福比傲慢更容易蒙住人的眼睛。”

“好吧,这样解释还像回事儿,”卡德鲁斯又说,“哦!您好,唐代斯太太。”

梅色苔丝庄重地躬身施礼,说道:

“还不能这样称呼我,据说在我老家,用未婚夫的姓氏称呼没过门的姑娘,会给她们带来灾难的。请您就叫我梅色苔丝吧。”

“要原谅我这好心的邻居卡德鲁丝,”唐代斯说道,“这只是个小小的差错!”

“看来,快要举行婚礼啦,唐代斯先生?”丹格拉尔同这对青年打招呼,问了一句。

“尽早举行,丹格拉尔先生。今天,先见我父亲把事情定下来,明天,最晚后天,就在雷泽夫这里举行婚宴。希望朋友们都能来,现在就算邀请你们了,您,丹格拉尔先生,还有你,卡德鲁斯。”

“菲尔南呢,”卡德鲁斯粗俗地哈哈大笑,问道,“也请菲尔南吗?”

“我妻子的哥哥就是我的哥哥,”埃德蒙回答,“如果他在大喜的日子避开我们,那么梅色苔丝和我会非常遗憾的。”

菲尔南张嘴想回答,但声音到嗓门就窒息了,结果一个字也未说出来。

---

① 意大利南部卡拉布里亚地区的居民。

“今天订婚,明后天就举行婚礼……好家伙,您可够匆忙的,船长。”

“丹格拉尔,”埃德蒙微笑着又说,“刚才梅色苔丝就对卡德鲁斯说过,我也要对您说,先不要给我安上对我还不合适的头衔,这也会给我带来灾难的。”

“对不起,”丹格拉尔答道,“我只是想说您好像办得仓促了一点儿。忙什么!我们有的是时间,三个月之内法老号不会出航的。”

“人总是急于得到幸福,丹格拉尔先生,因为长期受苦受难,很难相信会时来运转。其实我并不是完全出自私心,我还要到巴黎去一趟。”

“哦!真的,还要去巴黎,您这是头一回去吧,唐代斯?”

“对。”

“是去办事吗?”

“不是办自己的事,而是完成可怜的勒克莱尔船长的最后一趟差遣;您明白,丹格拉尔,这是神圣的。况且,放心好了,时间不长,我到那儿就回来。”

“是啊,是啊,我明白。”丹格拉尔高声说道。

接着,他又在心里合计:

“去巴黎,一定是去送大元帅托他转交的信。嘿!想起这封信,我倒计上心来,真是绝妙的主意!喂,唐代斯,我的朋友,法老号花名册的第一号下面,还没有写上你的名字呢。”

继而,他又转向已经走开的唐代斯,冲他喊了一声:

“一路顺风!”

“谢谢!”埃德蒙回头应道,同时友好地挥了挥手。

于是,一对情侣继续赶路,那娴静而欢悦的身影,仿佛飘飘升天的两位仙人。

丹格拉尔

第四章　密谋

丹格拉尔目送埃德蒙和梅色苔丝，直到那对情侣在圣尼古拉堡的拐角消失，他这才转过身来，瞧见菲尔南脸色苍白，浑身颤抖，又倒在椅子上，而卡德鲁斯则嗑嗑巴巴地唱一支饮酒歌。

“真要命！我亲爱的先生，”丹格拉尔对菲尔南说，“看来这件婚事，不是人人都高兴啊！”

“我简直痛不欲生！”菲尔南答道。

“这么说，您爱梅色苔丝喽？”

“我对她一片痴情！”

“爱上很久了吗？”

“从我们相识以来，我就一直爱她。”

“可是，您不去想挽回的办法，却在这里拼命揪头发。见鬼！想不到你们族的人竟会这样。”

“您叫我怎么办呢？”菲尔南问道。

“我怎么知道呢？难道这干我的事吗？爱上梅色苔丝小姐的，似乎是您，而不是我。正如《福音》上说：想一想，总会有办法。”

“我早就有办法了。”

“什么办法？”

“我本想干掉那男的，可是那女的却对我说，如果她的未婚夫遭遇不幸，她就要自杀。”

“呸！这种事说说而已，绝干不出来。”

“您不了解梅色苔丝，先生，她既然以死相威胁，就准能干得出来。”

“傻瓜！”丹格拉尔暗自思忖，“只要唐代斯不当船长就好，她自杀不自杀，关我什么事。”

“不等梅色苔丝自杀，我先就得死去。”菲尔南又说道，那口气显示他不可动摇的决心。

“这才叫爱情呢！”卡德鲁斯说，他的声音越来越带醉意，“这才叫爱情呢，要不然算我一窍不通！”

“喂，”丹格拉尔说道，“我觉得，您这小伙子挺不错，算我多管闲事！我很想为您解忧，但是……”

“好哇，说说看。”卡德鲁斯一旁说。

“亲爱的，”丹格拉尔又说，“你已经有七八分醉了，把这瓶喝光，你就会醉成一摊泥；不要掺和我们的事了，做我们这种事，头脑必须完全清醒。”

“我，醉啦？”卡德鲁斯说，“算了吧！就你这酒，比香水瓶大不到哪儿去，我还能喝上四瓶。庞菲勒老爹，拿酒来！”

卡德鲁斯拿酒杯敲着桌子，为他的提议助威。

“刚才您想说什么来着，先生？”菲尔南又提起话头，他眼巴巴地等待刚才中断的话的下文。

“刚才我说什么来着？想不起来了。卡德鲁斯这个醉鬼，把我的思路给打断了。”

“醉鬼，随你怎么说；甭提那些怕酒的人了，他们就怕酒后失言，把一肚子坏主意泄露出来。”

卡德鲁斯说罢，又唱起当时广为流行的一首歌的结尾两句：

恶人都是装水的皮囊，
铁证就是那洪水汪洋。

“先生，”菲尔南又说，“刚才您说愿意为我解忧，接着又说但是……”

“对，我又加了个但是……为您解忧，只要唐代斯不娶您爱的姑娘就行了。我觉得，用不着干掉唐代斯，照样可以让这桩婚事吹了。”

“只有死才能把他们拆开。”菲尔南说道。

“你这样考虑事情，我的朋友，简直是榆木脑瓜。”卡德鲁斯说道，“喏，这位丹格拉尔非常精明，狡猾，诡计多端，他会证明你错了。丹格拉尔，证明给他看。我已经替你打了保票。告诉他用不着弄死唐代斯；而且，唐代斯死了也很可惜。他是个好小伙子，我喜欢他。为你的健康干杯，唐代斯。”

菲尔南不耐烦地站起来。

“让他说去吧，”丹格拉尔拉住青年人，劝道，“再说，他尽管醉了，说出话来倒还没有太离谱。生离跟死别差不多。假使埃德蒙和梅色苔丝之间隔着牢狱的高墙，那他们也就等于被墓石永远隔开。”

“对，但也能出狱啊，”卡德鲁斯说道，他还残留一点神志，极力捕捉谈话，“人家一出狱，而且名叫埃德蒙·唐代斯，非报仇不可。”

“那怕什么！”菲尔南咕哝道。

“再说啦，”卡德鲁斯又说，“凭什么让唐代斯下大狱呀？他没偷，没抢，也没有行凶杀人。”

“住嘴。”丹格拉尔喝道。

“我偏不住嘴，”卡德鲁斯说，“我偏要问，凭什么把唐代斯下大狱？我就是喜欢唐代斯。为你的健康干杯，唐代斯！”

他又灌下一杯酒。

丹格拉尔从这裁缝呆滞的眼神里注视醉意的进展，他转身对菲尔南说：

“唉！不必杀掉他，您明白吗？”

“当然不必，只要像您刚才讲的，有办法让唐代斯入狱。真的，这办法，您有吗？”

“仔细想想，总会有办法的，”丹格拉尔说，“不过，活见鬼！我掺和什么,难道这关我的事吗?”

“我不知道这是否与您有什么相干,”菲尔南抓住他的胳膊,说道,“但是我明白一点,就是您同唐代斯有私仇:心怀仇恨的人,不会看错别人的心思。”

“我,跟唐代斯有私仇?我保证,绝没有。我看您痛苦不堪,而您的痛苦引起我的关切,仅此而已;不过,既然您认为我是想报私怨,那么再见,亲爱的朋友,您好自为之吧。”

丹格拉尔说着,装作起身要走。

“别离开,”菲尔南拉住他,说道,“请留下!归根结底,您恨不恨唐代斯,我并不在乎。反正我恨他,我可以公开承认。您拿主意吧,我来干,只要人不死就行,因为梅色苔丝说,如果唐代斯被杀害,她就自杀。”

卡德鲁斯已经趴在餐桌上,这时抬起头,用他那浑浊呆滞的眼睛瞧了瞧菲尔南和丹格拉尔,说道:

“杀害唐代斯?谁在这里说要杀唐代斯?我不准杀他,他是我的朋友;今天早晨他还要借钱给我用,就像从前我借给他钱用一样;我不准杀唐代斯。”

“你这傻瓜,谁跟你说杀唐代斯啦!”丹格拉尔答道,“随便开个玩笑嘛。为他的健康干杯,”他又把卡德鲁斯的酒杯满上,补充一句,“别再打扰我们了。”

“对,对,为唐代斯的健康干杯!”卡德鲁斯说着,举杯咕嘟咕嘟灌下去,“为他的健康!……为他的健康!……干,干!”

“那么办法呢,有什么办法?”菲尔南问道。

“您怎么样,还没有想出来吗?”

“没有,还得由您想。”

“真的,”丹格拉尔又说,“这一点法国人比西班牙人高明:西班牙人只会冥思苦想,而法国人却善于创造。”

“您倒是创造出来呀!”菲尔南不耐烦地说。

“伙计,”丹格拉尔喊道,“拿笔墨纸张来!”

“笔墨纸张!”菲尔南咕哝一声。

“是啊,我是账房先生,笔墨纸张是我的工具,没有这些东西,我什么也干不成。”

“快拿笔墨纸张!”菲尔南也喊了一声。

“喏,您要的东西,全在那张桌子上。”伙计指了指,说道。

“给我们拿来呀。”

伙计遵照吩咐,将文具送到绿荫下的餐桌上。

“一想到这东西杀人,”卡德鲁斯一把按在纸上,说道,“比躲在树林里杀人还保险,真叫人心惊胆战!我看见一支笔、一瓶墨水和一张纸,总是吓得要命,还不如看见一把剑或一支枪呢。”

“别看这家伙醉成这个样子,心里还明白,”丹格拉尔说,“再灌灌他,菲尔南。”

菲尔南又给卡德鲁斯倒酒。卡德鲁斯不愧是个酒鬼,他赶紧放开纸张,抓起酒杯。

这个卡塔朗青年注视着卡德鲁斯的一举一动,直到他遭受这新的打击而几乎瘫倒,酒杯不是放下,而是从他手里滑落到餐桌上。

“怎么样?”卡塔朗青年看到喝下这一杯酒,卡德鲁斯仅存的神志开始模糊了,这才又说道。

“行了,”丹格拉尔接着说,“譬如这么办,唐代斯不是航行刚回来吗?如果有人向检查官告发他,就说他是波拿巴分子,在那不勒斯和厄尔巴岛停泊过……”

“我去告发他!”青年人急忙说道。

“好啊。不过,法庭要让您在告发书上签字,还要让您同被告对质,当然我了解情况,可以向您提供证据;然而,唐代斯不会终生监禁,有朝一日他出来,那么告发他的人就要大祸临头!”

“哼!只盼他找上门来,跟我干一架!”菲尔南说道。

“是啊,那就不管梅色苔丝啦!她的心上人埃德蒙,哪怕被您碰破一点儿皮,她也会恨死您的!”

“这话不假!”菲尔南承认。

“不行,不行,”丹格拉尔说,“如果决定这么干,喏,最好还是像我这样,拿起笔,蘸上墨水,用左手写一封告发信,因为左手写字不容易辨认。”

丹格拉尔边指点边示范,用左手一溜歪斜写了几行字,根本不像他平常的笔体。菲尔南接过这张纸,小声念道:

检察官先生:

王室和教会的一位友人特此报告,有一个名叫埃德蒙·唐代斯的人,系法老号船大副;该船自士麦那返航,中途在那不勒斯和费拉约港停靠,今天早晨抵港。此人受缪拉[①]指使,将一封信送交窃国大盗,又受窃国大盗差遣,要将一封信送交巴黎的波拿巴逆党组织。

逮捕其人即可缴获罪证,这封信他不带在身上,即藏在他父亲家中,或在法老号船舱室里。

“很好,”丹格拉尔说,“这样报仇具有共性,绝不会牵连您本人,事情会自行解决。只要像我这样,把这封信一折,再写上‘检察官先生收’,就完事大吉。”

丹格拉尔边说边写上地址。

“对,完事大吉,”卡德鲁斯嚷道,他凭着最后一点神志,倾听菲尔南念信,以直觉感到这样一封告密信会害人不浅,“对,完事大吉;只不过,这样干太缺德了。”

说着,他伸手去抓信。

“可见,”丹格拉尔边说边把信摊开,“可见,我这么说,我这么做,无

① 缪拉(1767—1815),拿破仑麾下的著名骑兵统帅,屡建奇功,历任元帅、大公爵和那不勒斯国王。

非是开玩笑。如果唐代斯，善良的唐代斯遭了祸殃，我会头一个感到伤心。喏，你瞧……”

他抓起信，揉成一团，扔到绿荫拱棚下的角落里。

“很好，”卡德鲁斯说，“唐代斯是我的朋友，我不准别人害他。”

“哎！见鬼，谁想害他啦！既不是我，也不是菲尔南！”丹格拉尔说着便站起身，眼睛盯着卡塔朗青年，只见他坐在那里，目光直往抛在角落的告密信上溜。

“既然这样，”卡德鲁斯又说，“那就再拿酒来，我要为埃德蒙和梅色苔丝的健康干杯。”

“醉鬼，你喝得太多了，”丹格拉尔说，“他若再喝，就站不起来了，只能睡在这里。”

“我，我，站不起来啦！”卡德鲁斯边说边站起来，显示出醉汉的那股傲气，“我敢跟你打赌，我能登上阿古勒教堂的钟楼，身子都不会打晃！”

“好哇，我来跟你赌，”丹格拉尔说，“不过等明天吧，现在该回去了，我来搀着你，回家去吧。”

“回家去，”卡德鲁斯说，“不过用不着你来扶。你走吗，菲尔南？跟我们一道进城吗？”

“不，我回卡塔朗村。”菲尔南答道。

“你错了，走哇，还是跟我们进城吧。”

“没事儿进城干什么，不想去。”

“干吗这么说呀？老弟，你不想去！好，随你的便！人人都听其自便！走啊，丹格拉尔，这位先生要回卡塔朗村，那就让他回去好了。”

趁着卡德鲁斯这会儿顺劲，丹格拉尔便拉着他朝马赛城走去。为了把近便的路让给菲尔南，丹格拉尔回城不走新岸码头，而走圣维克托城门。卡德鲁斯揪着他的胳臂，踉踉跄跄地跟在他身边。

走出去二十几步远，丹格拉尔回头望望，只见菲尔南扑向那张纸，拾起来塞进兜里，随即冲出绿荫拱棚，拐向皮隆那条路。

“咦，他那是干什么？”卡德鲁斯说，“他骗了我们，说是回卡塔朗村，

丹格拉尔回头望望，只见菲尔南扑向那张纸。

却往城里跑！喂！菲尔南！你走错路啦，小伙子！”

“是你看花眼了，”丹格拉尔说，“他一直沿着旧诊所路走呢。”

“真的呀！”卡德鲁斯说，“嘿！我还硬要说他往右拐了；没错，酒这东西最误人了。”

“行了，行了，”丹格拉尔心中暗道，“看来，第一着棋已经得手，以后让事情顺其自然，就能稳操胜券了。”

第五章　订婚宴

翌日天朗气清,纯洁光艳的朝阳冉冉升起,那嫣红的霞光把波巅浪尖染成红宝石色。

婚宴就摆在雷泽夫这家餐馆的二楼,读者诸公已经熟悉了它的绿荫拱棚。二楼大餐厅非常明亮,有五六扇窗户,而每扇窗户上方,都写着法国一座大都市的名字,哪位明公能解释这种装饰?顺着窗户和整个壁墙,赫然一条木板走廊。

尽管定在正午开宴,但是有些客人急不可耐,十一点刚过就拥在这条走廊上:有幸运的法老号水手,还有几名士兵,全是唐代斯的好友。他们全穿上最漂亮的衣裳,来向未婚夫妇贺喜。

贺客中间已经盛传,法老号的船主将光临婚宴;然而大家还不敢确信,唐代斯能否有这么大的面子。

丹格拉尔同卡德鲁斯一起到来,他终于证实了这条消息。今天上午莫雷尔先生遇见他,亲口对他说要来雷泽夫餐馆参加婚宴。

工夫不大,莫雷尔先生果然来了。他走进餐厅,立即受到法老号水手们的热烈鼓掌欢迎。在他们看来,船主的光临就证实了唐代斯要当船长的传闻。船上这些忠厚的人特别喜爱唐代斯,因此感谢船主的选择,庆幸东家的决定恰巧符合他们的愿望。莫雷尔先生刚一驾临,众人就一致推举丹格拉尔和卡德鲁斯去见新郎,告诉他贵宾已到,并引起轰动,让他火速赶来。

丹格拉尔和卡德鲁斯跑步前往，但是还没有跑出百步远，刚到香粉商店，就望见迎面走来一小群人。未婚妻挽着埃德蒙的手臂，由四名少女陪伴，她们都是卡塔朗姑娘，梅色苔丝的朋友。老唐代斯走在梅色苔斯身边，后面则跟着面带阴诈微笑的菲尔南。

无论梅色苔丝还是埃德蒙，都没有看见菲尔南的奸笑。这对可爱的青年沉浸在幸福之中，只能看到他们自身，以及祝福他们的春日融融的碧空。

丹格拉尔和卡德鲁斯同埃德蒙热烈握手，就算交了差。丹格拉尔走到菲尔南身边，卡德鲁斯则来到众人瞩目的老唐代斯一侧。

老人身穿漂亮的粗纹塔夫绸衣裳，上面缀饰棱面体的大号钢钮扣；那干瘦而有力的双腿穿着印有花点的长棉袜，远远一望便知是英国的走私货；头戴的三角帽垂下一束蓝白色丝带；手中拄的弯头荆杖筋节嶙峋，犹如古希腊人的牧杖。他这副派头，就像一七九六年出现在重新开放的卢森堡公园或者杜伊勒里公园的保王党人。

上面提到，卡德鲁斯溜到老人的身边。可望美餐一顿，他便同唐代斯父子重新和好了，但是记忆中依稀留有昨天的情景，如同一个人早晨醒来时，头脑里仍浮现夜眠的梦影。

丹格拉尔走到菲尔南身边，以洞察的目光看了看这个失恋之人。菲尔南跟在这对未婚夫妇的后面，早已被梅色苔丝置于脑后，因为这姑娘沉于美好爱情的一己私欢，眼睛里只有她的埃德蒙了。菲尔南脸色苍白，却时而陡然涨红，随即又变得更加惨白。他不时朝马赛市区方向张望，仿佛有意等待，至少预见到某一重大变故。

埃德蒙衣着朴素，仍穿那套半军半民的商船海员制服，但是在他未婚妻的喜悦和美貌的衬托下，他更显得容光焕发。

梅色苔丝光艳照人。明眸赛似乌玉，芳唇好比珊瑚，就像塞浦路斯或凯奥斯的希腊女郎。她走路的步伐放得开，非常自如，又像阿尔勒和安达卢西亚的妇女。一个城市姑娘在这种时刻，也许要戴上面纱，至少垂下长长的睫毛，极力掩饰内心的喜悦。然而，梅色苔丝却笑容可掬，看着周围

老唐代斯

每个人。她这笑脸和眼神跟她想用话语表达的同样坦率:“你们若是我的朋友,那就和我一起尽欢吧,因为我确实乐不可支了。”

且说莫雷尔先生同水手和士兵留在雷泽夫餐馆,他向他们重申了他对唐代斯作出的接替勒克莱尔船长的许诺;从餐馆一望见未婚夫妇和陪同的行列,他们就下楼迎上前去。埃德蒙看见莫雷尔先生过来,便放开梅色苔丝的手臂,让她挽着船主。于是,船主和这姑娘先行,宾客们随后,登上通往设宴的大餐厅的木板楼梯。在众人沉重的脚步下,只听楼梯吱吱咯咯喧响了五分钟。

“父亲，”梅色苔丝停在餐桌中间，说道，“您坐我右首；左首这个位置，我要让给充当我哥哥的这个人。”她这温柔的话语，却像一把匕首，深深刺入菲尔南的心田。

菲尔南的嘴唇发白，他那棕红色粗犷的脸庞，也不难看出血液渐渐隐去，汇流到心脏中了。

这工夫，唐代斯也排好座次，让莫雷尔先生坐在他的右首，丹格拉尔坐在他的左首，然后请大家随便入座。

于是开宴，美味佳肴在餐桌四周飞快地传递起来，有阿尔勒的香味腊肠、外壳鲜亮的龙虾、粉红贝壳的帘蛤、像毛栗一样周身带刺的海胆，还有为南方的美食家所赞赏、认为胜过北方牡蛎的蛤蜊，最后，还有各种各样鲜美的小吃，那是被海浪冲上沙滩，被懂行的渔夫统称为海果的海味。

“嗬！真安静啊！”老唐代斯边说，边品尝庞菲勒老爹送到梅色苔丝面前的杏黄酒，“能说有三十人来这儿要热闹一场吗？”

“唉！做丈夫的并不总那么开心呀。”卡德鲁斯叹道。

“其实呢，此刻我幸福到了极点，反而快活不起来了，”埃德蒙答道，“您的话若是这个意思，街坊，那就说对了。欢乐有时会产生奇特的感受，像痛苦一样压得人喘不上气来。”

丹格拉尔观察菲尔南，而菲尔南天生锐感，对外界的事物总有感受和反应。

“算了吧，”丹格拉尔说，“难道您还担心什么吗？我倒觉得，您一定会万事如意！”

“恰恰是这种情况叫我惶恐不安，”唐代斯答道，“我总认为人生在世，不会这么容易地得到幸福！幸福好比魔岛上的宫殿，有恶龙把守大门。只有经过奋战才能赢得幸福，可是我呢，老实说，我不知道自己有什么德才，能和梅色苔丝喜结良缘，做她的丈夫。”

“丈夫，丈夫，别总挂在嘴边，”卡德鲁斯笑道，“你还不是呢，我的船长，你去当丈夫试试，看人家怎么接待你！”

梅色苔丝脸红了。

菲尔南坐不安席，稍微听见点声响便浑身一抖，他不时擦擦额头，那上面沁出的大汗珠，犹如一场暴风雨先行的雨点。

“哎！”唐代斯说，“卡德鲁斯，都是老街坊，我的话稍微欠妥，何苦就拆穿呢。不错，梅色苔丝还不是我的妻子……”他掏出怀表看了一眼，“但是，再过一个半钟头，她就是啦！”

人人都惊喜地叫了一声，只有老唐代斯咧着嘴笑，露出仍然洁白的一口好牙。梅色苔丝则粲然一笑，不再羞赧了。菲尔南却紧紧抓住他的腰刀把柄。

“再过一个钟头！”丹格拉尔也面失血色，问道，“这是怎么回事？”

“是的，朋友们，”唐代斯回答，“多亏莫雷尔先生出面，才解决了所有困难；可以说除了我父亲之外，他对我的恩情最大了。我们已经买了教堂的结婚预告，两点半钟的时候，马赛市长在市政大厅接待我们。现在是一点一刻了，因此我讲再过一个半小时，梅色苔斯就称为唐代斯夫人，恐怕错不到哪儿去。”

菲尔南闭上眼睛，只觉眼睑被一片火云烧灼，他赶紧靠在桌子上，以免晕倒，尽管极力控制，仍不免低低地呻吟一声，但这呻吟却淹没在宾客欢笑和祝贺的声浪中了。

“嗯，这才叫麻利呢，”老唐代斯说道，“照您看，这能算拖拖拉拉吗？昨天早晨到达，今天下午三点钟就结婚！您说水手干事有多痛快。”

“可是，其他手续呢：婚约、文契？……”丹格拉尔嗫嚅着指出来。

“婚约嘛，”唐代斯笑着回答，“婚约早已定了：梅色苔丝一无所有，我也一样！我们结婚，规定财产夫妻共有，喏，简单得很！写起来不费时间，办起来也花不了几个钱。”

这句笑话又引起一阵欢笑和叫好。

“因此，”丹格拉尔说，“我们的订婚宴，干脆改为婚礼宴席了。”

“哪里呀，放心吧，亏不了你们，”唐代斯回答，“明天早晨，我动身去巴黎。往返各用四天，再花一天工夫办好托付给我的事，三月一日就回

订婚宴

来，第二天正式请大家喝喜酒。”

不久又能来赴盛宴，大家情绪顿时高涨，欢腾之声倍增。刚开宴时，老唐代斯还嫌太冷清，现在宾客喧哗，人声鼎沸，他要祝福未婚夫妇富贵荣华，想让众人安静一下都徒唤奈何了。

埃德蒙看出父亲的心思，便深情地冲他笑一笑。梅色苔丝抬头看看餐厅的挂钟，向埃德蒙示意。

现在宴席喧声四起，人人都无拘无束，这是下层人聚餐进入尾声所特有的场面。不满意自己座位的人,起身去找说话投机的邻座;大家都同时开口,只顾讲自己的想法,根本不管对方讲什么。

菲尔南苍白的脸色似乎传给了丹格拉尔。看样子菲尔南已经半死不活,酷似在油锅里受刑的恶鬼。他是首先离席的一个,在餐厅里踱来踱去,极力想充耳不闻这说唱和碰杯的喧嚣之声。

菲尔南似乎在躲避丹格拉尔,但丹格拉尔却凑上前去;这时,卡德鲁斯也走到那个角落。

"老实说,"卡德鲁斯说道,他因唐代斯意外交了好运而在心中萌发的妒恨情绪,已经被唐代斯的热情款待,尤其被庞菲勒老爹的好酒给化解了,"老实说,唐代斯是个可爱的小伙子,我看着他坐在未婚妻的身边,心里不禁嘀咕,你们昨天密谋,若是真给他搞个恶作剧,那就太遗憾了。"

"你这不瞧见了吗,"丹格拉尔答道,"那事说完就算了,没有下文。当时,这位可怜的菲尔南先生失魂落魄的样子,叫我看着心里难受;现在他认可了,还当了他情敌的伴郎,这就没什么可说的了。"

卡德鲁斯注视菲尔南,只见他脸色惨白。

"名不虚传,这姑娘确实漂亮,"丹格拉尔接着说,"因此这种牺牲就显得更大了。嘿!我的未来的船长,这家伙艳福不浅;我真想当唐代斯,哪怕当上半天,这一辈子也没白活。"

"咱们走吧?"梅色苔丝轻声说道,"已经两点了,两点一刻,那边还等着咱们呢。"

"好,好,走吧!"唐代斯急忙起身。

"走吧!"全体宾客齐声重复。

丹格拉尔一直注视坐在窗台上的菲尔南,这时见他惶恐地睁大眼睛,抽筋似的腾地站起来,随即又一屁股坐到原来的位置上。几乎同时,楼梯里传来响动:咚咚的沉重脚步、嘈杂的人语,汇同兵器的撞击声,盖住了宾客的喧闹,引起大家的注意;餐厅尽管沸反盈天,却立时静下来,一片令人不安的气氛。

嘈杂声临近,门环响了三下:大家都愕然,面面相觑。

“执法人员!”一个洪亮的声音喊道,但是餐厅里无人回答。

餐厅门随即被推开,一个身披绶带的警官走进来,后面跟着一名下士带领的四名携枪的士兵。

宾客们由不安进而恐慌了。

“怎么回事?”莫雷尔先生认识这个警官,便迎上去,说道,“先生,一定是误会了。”

“如果是误会,莫雷尔先生,”警官答道,“请相信那很快就能澄清。

“执法人员!”一个洪亮的声音喊道……餐厅门随即被推开。

此刻,我奉命来抓人,办这差使,我虽然很遗憾,但是还得复命。诸位先生当中,哪个是埃德蒙·唐代斯?”

众人的目光一齐投向这个青年人。他尽管十分不安,但不失尊严,向前跨一步,问道:

“我就是,先生,找我有什么事?”

“埃德蒙·唐代斯,”警官又说,“以法律的名义逮捕您!”

“逮捕我?”埃德蒙的脸微微变色,又问道,“请问凭什么逮捕我?”

“无可奉告,先生,预审时您就清楚了。”

莫雷尔先生明白,这局面很僵,难以扭转:一个身披绶带的警官就不复为人,而成了又聋又哑、冷冰冰的法律雕像了。

然而,老唐代斯却急忙走到警官面前哀恳求情——须知有些事情,可怜的天下父母心是永远也理解不了的。尽管恳求和眼泪无济于事,但是他那痛不欲生的情状终于打动了警官。

“先生,”警官说,“请您冷静一点;也许您儿子疏忽了,海关或检疫站的什么手续没有办,只要去把情况说清楚,很可能就放人了。”

“哦!这是怎么回事?”卡德鲁斯皱起眉头,质问佯装惊讶的丹格拉尔。

“我怎么知道呢?”丹格拉尔说,“我跟你一样,看着眼前发生的情况,简直怪得很,莫名其妙。”

卡德鲁斯扫视周围,却不见菲尔南了。于是,前一天的整个情景,极为清晰地在他脑海中浮现。前一天醉意给他的记忆蒙上的幕布,仿佛被这场灾祸揭开了。

“哼!哼!”他声音嘶哑地说,“丹格拉尔,您昨天说是开玩笑,这就是那玩笑的下文吧?果真如此,那么干出这种事的人准得倒霉,因为这太缺德了。”

“绝不是我,”丹格拉尔提高嗓门争辩,“其实你也知道,我把那张纸撕掉了。”

“没有撕掉,”卡德鲁斯又说,“你只是把它扔到角落里。”

“住口,当时你醉了,什么也没有看见。”

“菲尔南在哪儿?”卡德鲁斯问道。

“我怎么知道!”丹格拉尔回答,“大概忙他的事儿去了。唉,咱们管他哪儿去了,还是来照顾这些伤心的可怜人吧。”

就在他们说话这工夫,唐代斯面带微笑,同朋友一一握手,他愿意服法,并说道:

“诸位请放心,也许不用走到牢房门口,误会就能解释清楚了。”

“嗯! 一定能搞清楚,我敢打保票。”丹格拉尔已回到大堆人中间,这时也说道。

警官走在前面,唐代斯由士兵押着下楼。囚车敞着门停在下面,他上了车,两名士兵和警官随后上去。于是,马车又沿着进城的道路驶去。

“别了,唐代斯! 别了,埃德蒙!”梅色苔丝扑到栏杆上,高声喊道。

被押走的犯人听到这喊声,直觉得是从他未婚妻撕裂的心中发出的呼号,于是他从车窗探出头去,喊道:“再见,梅色苔丝!”话音刚落,马车就拐过圣尼古拉堡消失了。

“你们在这儿等着我,”船主说,“我找一辆马车,立刻进城,有了消息就回来告诉你们。”

“去吧! 去吧! 快点儿回来!”众人七嘴八舌地嚷道。

两个人离去之后,留下来的人都吓呆了。

有一阵工夫,老唐代斯和梅色苔丝各自沉浸在痛苦中,二人终于抬起头,目光相遇,彼此确认是同一打击的受害者,于是投到对方的怀抱里。

这时菲尔南已经回来,他倒了一杯酒喝下去,拉过一张椅子坐下。

梅色苔丝离开老人的怀抱,也重重地坐下,正巧坐到菲尔南的邻座。菲尔南不由得将椅子往后挪一挪。

“就是他干的。”卡德鲁斯一直盯着这个卡塔朗青年,对丹格拉尔说道。

“我看不见得,”丹格拉尔答道,“他太愚蠢;不管是谁干的,总要搬起石头砸自己的脚。”

“你怎么不说给他出谋划策的那个人呢？”卡德鲁斯又说道。

“哎！”丹格拉尔说，“随便说的话，如果句句负责，那还了得！”

“随便说的话，如果反过来伤人，那就得负责。”

这时候，大家对这次抓人众说纷纭，有人问道：

“您呢，丹格拉尔，您怎么看这个事件？”

“我嘛，”丹格拉尔答道，“我认为他可能带回几包违禁的商品。”

“如果带了违禁品，您就应当知道，丹格拉尔，您是账房先生嘛。”

“说得是啊；不过，账房先生也只掌握向他申报的货包：我知道船上装运的是棉花，仅此而已；我知道在亚历山大港上了帕斯特雷先生的货，在士麦那港上了帕斯卡尔先生的货；除此之外，不要再来问我。”

“唔！现在我想起来了，”可怜的父亲好像抓住一根救命稻草，喃喃说道，“昨天他告诉我，给我带回来一箱咖啡和一箱烟叶。”

“您看怎么样，”丹格拉尔说道，“这就对了：我们不在船上的时候，海关人员可能去检查，结果发现了秘密。”

梅色苔丝根本不相信这种解释；她肝肠寸断，但还一直克制自己，这时却突然失声痛哭了。

“好了，好了，事情总有希望啊！”老唐代斯说道，但他却不知所云。

“有希望！”丹格拉尔附和一句。

“有希望。”菲尔南也想咕哝一声。

然而，这句话憋得他透不过气来；只见他嘴唇翕动，却没有发出声音。

“先生们，”一个待在走廊前头的客人嚷道，“先生们，来了一辆车！哎！是莫雷尔先生回来啦！鼓起勇气，鼓起勇气！他肯定带回来好消息了。”

梅色苔丝和老唐代斯冲下楼，在门口迎到莫雷尔先生，只见他面无血色。

“怎么样？”他们异口同声地问道。

“唉，朋友们！”船主摇摇头答道，“事情比我们想的要严重。”

“噢！先生，”梅色苔丝高声说，“他没有罪呀！”

“这我相信,”莫雷尔先生又说,“可是有人控告他……”

“告他什么?”老唐代斯问道。

“告他是波拿巴党徒。”

读者中有经历过那个时期的人一定能想起,莫雷尔先生所说的这个罪名多么可怕。

梅色苔丝惊叫一声,老唐代斯也一下子倒在椅子上。

“哼!”卡德鲁斯低声说,“您把我骗了,丹格拉尔,玩笑还是开成了。可是,这位老人和这个姑娘要被痛苦折磨死,我不能坐视不管,要把情况全告诉他们。”

“住嘴,不要命啦?”丹格拉尔抓住他的手臂,恶狠狠地说,“小心你自己的脑袋;谁告诉你唐代斯就真的没有罪呢? 船在厄尔巴岛停靠过,他还上了岸,在费拉约港待了一整天。假如在他身上搜出会牵连他的信件,那么替他说话的人就要算作他的同谋。”

卡德鲁斯凭着自私的本性,反应很快,当即领会这话的分量;他眼里充满恐惧和痛楚的神色,直愣愣地看着丹格拉尔;本来他跨进一步,现在却要后退两步。

“那就等着瞧吧。”他咕哝道。

“对,等着瞧吧,”丹格拉尔说道,“如果是清白的,人就能放出来;如果他有罪,那也犯不着替一个谋反的人说话,把自己给卖进去。”

“咱们干脆走吧,在这儿我实在待不下去了。”

“好,走吧,”丹格拉尔乐得找个人一道撤离,赶紧说道,“走吧,让他们这些人好自为之吧。”

二人离去了。现在,菲尔南重又成为梅色苔丝的依靠,他拉着姑娘的手,陪她回到卡塔朗村。埃德蒙的朋友们则护送半昏厥的老人回梅朗林荫道。

唐代斯因系波拿巴党徒而被捕的消息很快传遍全城。

“您认为有这种事吗? 亲爱的丹格拉尔,您会相信有这种事?”莫雷尔先生问道。他匆忙进城,要去见有一面之交的代理检察长德·维尔福先生，直接打听唐代斯的消息，半路追上了他的商船会计和卡德鲁斯。

“嗐！先生，”丹格拉尔答道，“我不是跟您说过嘛，唐代斯无缘无故在厄尔巴岛停船，要知道，我觉得那次靠岸值得怀疑。”

“那么，这种怀疑，除了我，您还对别人讲了吗？”

“这话哪儿能随便跟别人讲，先生，”丹格拉尔压低嗓门，回答说，“您完全了解，令叔给拿破仑效过力，而且并不隐讳自己的思想，别人正怀疑您怀念旧朝呢，这种事再讲出去，我更担心对埃德蒙对您都不利。有些事情，只能对雇主说，而对别人绝口不提，这是一个当下属的职分。”

“很好，丹格拉尔，很好，”船主说道，“您是个正派人；因此，我打算让可怜的唐代斯当法老号船长的时候，也首先考虑了您的安排。”

“那又何必呢，先生？”

“不错，我事先征求唐代斯对您的看法，让您在船上担任原职他是否感到勉强；因为我也不明白为什么，总觉得你们俩之间的关系相当冷淡。”

“他是怎么回答的呢？”

“他认为的确有对不起您的地方，具体什么事情没有对我讲，但是他还说，得到船主信赖的人他都信任不疑。”

“伪君子！”丹格拉尔咕哝一句。

“可怜的唐代斯！”卡德鲁斯在一旁说，“从这一件事就能看出，他是个大好人。”

“是啊，不过眼下嘛，法老号没有船长了。”莫雷尔先生又说。

“唔！”丹格拉尔劝道，“事情总会有转机的，反正三个月之内不会出航，在这期间，但愿唐代斯能放出来。”

“那当然，可是这段时间呢？”

“哦，这段时间有我呢，莫雷尔先生，”丹格拉尔说道，“您也了解，驾驶一条船，我很内行，不亚于任何远洋商船的船长。您用我还有一个好处，等埃德蒙出狱的时候，您就用不着裁人了：他接过船长的职位，我再干我的老本行，这多省事儿。”

"谢谢,丹格拉尔,"船主说,"这样安排的确两全其美。现在我授权,您来指挥全船,并监督卸货;不管个人遭受什么飞来横祸,生意绝不能受到损失。"

"请放心吧,先生;对了,去看看善良的埃德蒙,总归可以吧?"

"等一下告诉您,丹格拉尔;我要去同德·维尔福先生谈谈,替被拘留的埃德蒙说说情。我完全了解他是个狂热的保王党人,不过也别信邪!他是保王党人,又是检察官不假,可他也是个人,我不相信他心肠就那么黑。"

"对,"丹格拉尔说,"但是我听说他野心勃勃,野心和黑心往往相差无几。"

"不管怎么说,"莫雷尔先生叹了口气,又说道,"总得试试看吧。您先回船上去,待会儿我到那儿去找您。"

船主说完,同这两个朋友分手,朝法院的方向走去。

"你瞧,"丹格拉尔对卡德鲁斯说,"事态发生变化了。现在,你还想为唐代斯申辩去吗?"

"当然不想了。真的,一个玩笑开成这样后果,也太可怕了。"

"嗯!是谁干的呢?既不是我也不是你,对不对?是菲尔南。至于我嘛,我把那张纸扔到绿荫拱棚的角落里,甚至还记得撕毁了,这一点你是清楚的。"

"不对,不对,"卡德鲁斯坚持说,"喏!这一点我完全有把握:那张纸揉成一团,丢在绿荫拱棚的一角,现在我还看得清清楚楚,我多希望它还在老地方啊!"

"谁想得到呢?菲尔南大概拾起来,抄了一遍,或者让别人抄一遍,也许他连这个劲也不愿意费……哎呀,真的,天哪!他可能把我写的那封信直接投去啦!幸亏我变换了笔体。"

"哎,你早就知道唐代斯要谋反吗?"

"我嘛,一无所知。我对你说过了,本来只想开个玩笑,没有别的意思。看来我像意大利喜剧中的丑角,歪打正着,打哈哈却道出真相。"

“左右都一样，”卡德鲁斯又说，“我宁可出点血，也不愿意这件事情发生，至少不要跟我有丝毫瓜葛。等着瞧吧，丹格拉尔，咱们两个要倒霉的！”

“要有人倒霉，那也准是真正的罪人，而真正的罪人是菲尔南，并不是咱们。你说咱们倒的哪份霉呢？咱们只要老老实实待着，守口如瓶，那么暴风雨就会过去，雷霆不会劈下来的。”

“阿门！”卡德鲁斯念了一声。他略一示意，同丹格拉尔分手，便朝梅朗林荫路走去，一路连连摇头，嘴里叨叨咕咕，一副心事重重的样子。

“好极啦！”丹格拉尔心中暗道，“事态的发展不出我所料：现在我是代理船长，如果卡德鲁斯这个傻瓜不随便乱说，那我就是正式船长了。哎呀，万一法庭放了唐代斯呢？噢！……不过，”他微微一笑，转念又一想，“法庭毕竟是法庭，我完全信得过。”

想到此处，他跳上一只小船，吩咐船工把他送到法老号船上，须知船主约他在船上见面。

第六章　代理检察官

就在这同一天，同一时刻，还举行一个订婚喜宴，那是在巨流街美杜莎喷泉对面的一座普热建造的贵族古宅中，但宾客却不是普通百姓、水手和士兵，而是马赛城的头面人物：有在窃国大盗统治时期辞职的文官，有反戈投入孔德军营的武将，还有在仇恨这个暴君的家庭中长大的青年。值得一提的是，这些青年生活尚难安定，尽管家里曾花钱雇了四五个服役的替身，而这个暴君经过五年的流放生活，将成为殉国者，再经过十五年的波旁王朝的复辟时期，又将变为神人。

席间谈笑风生，全是当时的热门话题，而情绪尤为激烈、言辞尤为生动而刻薄，反映了五百年来南方宗教仇恨给政治仇恨火上浇油。

在这些人看来，雄踞世界、称霸一时的皇帝，现在沦为厄尔巴小岛的君主，他从前听惯一亿两千万臣民用十种语言高呼："拿破仑万岁！"而今只统御五六千人，总而言之，他永远失去了法兰西，永远失去了帝位。文官们历数他的政治失误，武将们讲述莫斯科和莱比锡等战役，妇女则大谈他同约瑟芬皇后的离婚案。这一群保王党人如此欢欣鼓舞地庆幸的不是这个人的倒台，而是一种准则的毁灭，庆幸的是他们从噩梦中醒来，又重新开始生活了。

一位佩戴圣路易十字章的老者站起来，举杯祝国王路易十八身体健康，他就是德·圣-梅朗侯爵。

这一祝酒又令人忆起在哈特韦尔的那段流亡生活，忆起戡平叛乱的

一位佩戴圣路易十字章的老者站起来，举杯祝国王身体健康。

法兰西国王。于是宾主喧扰，纷纷以英国的祝酒方式举起杯，妇女则从各自的花束撕下花瓣，撒满了餐桌。这种热情洋溢的气氛还真有几分诗意。

德·圣-梅朗侯爵夫人也开了腔。这个女人眼神冷峻，嘴唇很薄，年纪虽已五旬，但仪容仍然高雅，她说道：

“哼！那些革命党徒，在恐怖时期，他们把我们赶走，花几个铜子就买下我们的古堡府邸，在里边安安稳稳地搞阴谋诡计。他们现在若是在场，就不能不承认，我们才是真心忠君报国，因为我们始终依恋摇摇欲坠的王朝；反之，他们朝拜的却是初升的太阳，以便乘机发财，夺走我们的产业。对，他们不能不承认，我们的国王才是真正'万民爱戴的路易'，而他们那个窃国大盗，却从来就是'该死的拿破仑'，我讲得对不对呀，德·维尔福？"

"您说什么，侯爵夫人？……实在抱歉，我没有听您说话。"

"哎！侯爵夫人，"提议祝酒的那位老者接上说，"不要打扰他们年轻人，他们快要结婚了，该说说话，当然不想谈政治了。"

"请原谅，母亲，"一位美丽的金发姑娘说道，她那毛茸茸的明眸在珠光水流中荡漾，"我让德·维尔福先生陪了一会儿，现在让他陪您。德·维尔福先生，我母亲跟您说话呢。"

"我愿意回答夫人的话，"德·维尔福先生答道，"不过，刚才我没听清楚，夫人能否再问一遍？"

"好，就饶你了，蕾妮，"侯爵夫人说着，深情地微微一笑。她那凋残的面孔还能绽开笑容，叫人见了不免惊异；然而，女人的心就有这种天性，这颗心受偏见的熏陶，又受身份的约束，不管变得多么荒芜，总有一个肥沃而欢乐的角落：这正是上帝赐给母爱的居所。"好，这回就饶你了……哦，维尔福，刚才我说，波拿巴分子根本没有我们这种信念、我们这种热忱，也没有我们这种忠心。"

"唔！夫人，他们没有这些品德，至少有另外一样，那就是狂热。拿破仑可谓西方的穆罕默德；所有那些野心勃勃的无能之辈，不仅把他视为立法者和头领，还把他视为一种象征，即平等的象征。"

"平等？"侯爵夫人提高嗓门，"就他拿破仑，是平等的象征！那么，罗伯斯庇尔先生往哪儿摆呀？看来，你窃取了他的位置，给了那个科西嘉人，然而我觉得，有窃国这一件，就够说的了。"

"哪里，夫人，"维尔福说道，"我让他们各得其所。罗伯斯庇尔在路易十五广场的绞刑架上，拿破仑则在旺多姆广场的石柱上。这两个人都讲平等，所不同的是前者主张下降，后者鼓吹上升，即前者压低国王的地位，和断头台拉齐，后者抬高人民的地位，和朝廷扯平。"维尔福又笑道，

德·维尔福

“这不等于说,这两个家伙不是无耻的革命党魁,而热月九日[①]和四月四日[②]对法国不是两个喜日子,不值得秩序和君主制的友人庆祝。这同样也表明,拿破仑尽管倒台,但愿他一蹶不振,他总还有一帮狐群狗党。有

① 热月9日,即1794年7月27日,资产阶级右翼发动政变,逮逋罗伯斯庇尔等雅各宾党人,史称“热月政变”。

② 1814年4月4日,拿破仑被迫宣布退位。

什么办法呢，侯爵夫人？克伦威尔只抵得上半个拿破仑，也还有他的同党呢！”

“你不觉得吗，维尔福，你这话远远就能嗅出革命的气味。但我并不怪你，既然是一个吉伦特党人的儿子，身上总难免留点那种特色。”

维尔福的额头立刻涨得通红，他答道：

“不错，夫人，家父曾是吉伦特党人，然而，他并没有投票赞成处死国王。在恐怖时期，家父也同你一样遭到放逐，他险些步令尊的后尘，死在同一个断头台上。”

“是啊，”侯爵夫人又说道，提起这一血腥的往事，她毫未动容失色，“他们二人虽然同上断头台，但是缘起却天差地别。有事实为证：我的全家一直追随流亡的几位亲王，而令尊却迫不及待地归附新政府。努瓦蒂埃本来是个普通公民，自从参加了吉伦特党，就摇身一变，成为努瓦蒂埃伯爵，还进入了贵族院。”

“妈妈，妈妈，”蕾妮插话说，“你也知道，大家有言在先，不再提那些伤心的往事。”

“夫人，”维尔福答道，“我愿意附和德·圣-梅朗小姐的看法，恳请您忘掉过去。那种往事，连上帝的意志都无能为力，何必还怪罪人呢？上帝可以改变将来，却不能修改过去。我们这些肉体凡胎的人，纵使不去否认过去，起码也要遮掩起来。再说，我本人不仅摈弃了家父的政治观点，也放弃了他的姓氏。家父从前是，或许现在还是波拿巴分子，而我却是保王党人；他叫他的努瓦蒂埃，而我却叫德·维尔福。让残余的革命浆汁和老树干一同枯死吧，而新生的幼枝要脱离老树干，但是不能，我真想说它还不愿意一刀两断。”

“好哇，维尔福，”侯爵赞道，“好哇，回答得精彩。我也一直劝侯爵夫人忘掉过去，可始终未能说服她，但愿你的话她能听进去。”

“嗯，好吧，”侯爵夫人说道，“我们忘掉过去，这我求之不得，一言为定。不过从今以后，维尔福可得坚定一些。千万不要忘记，维尔福，我们在陛下面前为你担保：有我们的举荐，陛下才俯允不咎既往（她伸出手让

德·圣-梅朗伯爵夫人

维尔福吻一下），同样，我应你的恳求才不再计较。然而你要注意，一旦叛逆分子落入你的手掌，你就该想一想，众目睽睽注视你，因为大家都知道，你的家庭可能同那些叛逆分子有干系。”

“唉！”维尔福答道，“我的职业，尤其我们所处的时代，都促使我执法严厉，我也一定严惩不贷。我已经对几名政治犯提起了公诉，在这方面经受了考验。只可惜，我们还不能高枕无忧。”

"你这样认为?"侯爵夫人问道。

"我有这种担心。拿破仑在厄尔巴岛,同法国咫尺之隔。他的党徒站在海岸,几乎能望见他的身影,自然都企足而待。马赛城到处都是领半饷的帝国旧军官,他们寻衅滋事,同保王党人吵架,因而上流社会常有决斗,下层庶民常搞暗杀。"

"是啊,"德·沙维厄伯爵接过话头,他是德·圣-梅朗先生的老友,又是德·阿图瓦伯爵[①]的内侍,"是啊,不过,您知道,神圣同盟[②]要给他搬个地方。"

"对,我们从巴黎动身的时候,正议论这件事,"德·圣-梅朗先生也说,"打算把他送往什么地方呢?"

"送往圣赫勒拿岛。"

"圣赫勒拿岛? 那是什么地方?"侯爵夫人问道。

"位于赤道那边的一个岛,离这儿有两千法里呢。"伯爵答道。

"那好极啦! 正如维尔福所说,把这样一个人留在附近,简直太荒唐了:一边是他的家乡科西嘉,另一边是他妹夫当国王的那不勒斯,而对面则是他企图为他儿子建立王国的意大利。"

"糟糕的是,有一八一四年的协定束缚我们,"维尔福说道,"动一动拿破仑,就是违反协定。"

"哼,违反就违反,"德·沙维厄伯爵说,"他下令枪杀当甘公爵的时候,就那么认真遵守协定吗?"

"对,"侯爵夫人说道,"就这样办:神圣同盟把拿破仑从欧洲清除掉,维尔福把拿破仑的党徒从马赛清除掉。国王不当政则罢,一旦当政,内阁就要精明强干,命臣就要忠贞不贰。这才是防患于未然的办法。"

"可惜呀,夫人,"维尔福微微一笑,说道,"总是祸已酿成,才找来代理检察官。"

---

① 国王路易十八的弟弟,后继承王位(1824—1830),称查理十世。

② 1815年9月由沙皇、奥皇和普鲁士国王发起、欧洲多数国家参加的组织。

“那就由他弭祸消灾吧。”

“我还可以告诉您，夫人，我们并不弭祸，而是惩戒，仅此而已。”

“嘿！德·维尔福先生，”一位美丽的年轻姑娘说道，她是德·沙维厄伯爵的千金，又是德·圣-梅朗小姐的密友，“趁我们在马赛的时候，您设法审个案子，让人开开眼，我从未见过法庭是什么样子，听说很有趣。”

“不错，小姐，非常有趣，”代理检察官答道，“那不是舞台演出的悲剧，而是真正的惨剧；那不是佯装出来的痛苦，而是名副其实的悲痛。落下幕布之后，剧中那个人不是回去同家人共进晚餐，然后安安稳稳地睡一觉，次日好重新登台，不是的，他要返回牢房，去见刽子手。现在您明白了吧，神经脆弱的人要寻找刺激，没有比这更合适的场面了。请放心，小姐，一旦有机会，我就让您开开眼。”

“说得我们心惊肉跳……可他还笑呢！”蕾妮脸色刷白，说道。

“有什么办法……这是一场决斗……政治犯和其他罪犯，算起来，我已经判处五六个死刑的……哼，天晓得就在此刻，有多少人暗地里磨刀霍霍，或许已经对准了我的胸膛！”

“噢！上帝呀！”蕾妮叹道，她越来越神色黯然了，“德·维尔福先生，您这话当真吗？”

“完全当真，小姐，”年轻的司法官微微一笑，又说道，“小姐和我都盼望精彩的审判，小姐是要满足好奇心，而我是要满足勃勃雄心。不过判了这类案子，局势只能恶化。拿破仑的那些兵痞，早已习惯盲目地冲向敌人，难道您认为他们要开一枪或举刀刺杀，还会三思而后行吗？他们可以打死素昧平生的俄国人、奥地利人或匈牙利人，要干掉他们眼中的仇人，难道还会有所顾忌吗？不过话又说回来，这样也好，否则我执法就师出无名了。我何尝不如此，看到被告怒形于色，眼中冒火，我就感到勇气倍增，精神抖擞：这不再是一场诉讼，而是一场战斗了。我进攻，他还手，我强攻硬打，同所有的战斗一样，结果总要分个胜负。诉讼就是这么回事！面临危险，讲话才能雄辩。被告在我反驳之后，如果冲我微笑，就表明我讲得不好，表明我的指控苍白无力，论证不足。一位检察官确信被告有罪，看

德·圣-梅朗小姐

到在如山的铁证、雷霆万钧的雄辩的打击下，被告不得不低头认罪，您想想他该多么自豪啊！那颗低下去的脑袋，肯定要掉下去。”

蕾妮轻轻叫一声。

“这才叫能言善辩。”一位贺客说道。

“这才是我们时代需要的人才。”第二个人说。

“就说您上次办的案子，亲爱的维尔福，那才叫精彩呢，”第三个人说，“要知道，弑父的那个人，还未等刽子手碰一碰，就让您这张利口给杀死了。”

“唔！这种大逆不道的人，”蕾妮说道，“我看倒罪不容诛，他们受什么刑罚都不为过；然而，那些可怜的政治犯！”

“政治犯更是罪恶滔天，蕾妮，要知道，国王就是万民之父，阴谋推翻或刺杀国王，就是谋杀三千二百万臣民之父。”

“哎！不管怎么说，”蕾妮又说道，“德·维尔福先生，您会答应我，从宽判处我为之求情的那些人吧？”

“请放心，”维尔福说着，十分甜美地笑一笑，“我们共同来撰定起诉书。”

“我的宝贝，”侯爵夫人说，“你还是玩鸟玩狗，留心你的服饰吧，别打扰你未婚夫的公事。如今刀枪入库，文官用事了。这个意思有句拉丁话，说得极为深刻。”

“用长袍替代武器吧①。”维尔福颔首说道。

“我不敢献丑讲拉丁文。”侯爵夫人答道。

“我倒希望您当个医生，”蕾妮又说道，“主杀天使，尽管也是天使，但总使我感到恐怖。”

“好心肠的蕾妮！”维尔福喃喃说了一句，同时深情地看了姑娘一眼。

“我的千金小姐，”侯爵说道，“德·维尔福先生在这个省份，将是道德和政治的医生；相信我好了，这是个了不起的角色。”

“令人忘却他父亲曾扮演的角色，这倒不失为一种好办法。”不肯饶人的侯爵夫人来了一句。

“夫人，”维尔福苦笑一下，又说道，”我已经荣幸地告诉您，家父已摒弃从前的过错，至少我希望如此，他成了宗教和秩序的一位热忱的朋友，一个也许比我还优秀的保王党人；因为他是悔过自新，而我仅仅出于笃诚。”

这番话措词得宜，维尔福讲完便扫视宾客，看看他饶舌的效果，如同

---

① 原文为拉丁文：Cedant arma togae。

他在法庭上争辩之后，瞧瞧旁听席上有何反应。

“喂，亲爱的维尔福，”德·沙维厄伯爵接过话头说道，“前天在杜伊勒里宫，我也正是这样回答御前大臣的。他向我了解，一个吉伦特党人的儿子，如何同孔德军的一位军官之女结成奇缘。大臣听了我的回答，就完全理解了，而这也是路易十八所提倡的联姻方式。想不到国王留心听了我们的谈话，他插进来说：‘维尔福，’请注意，国王没有称努瓦蒂埃，而是加重语气称维尔福；国王说：‘维尔福前途远大，这个年轻人已经成熟，他是我的人。听说德·圣-梅朗侯爵夫妇选他做乘龙快婿，我非常高兴。如果他们不先来请求我允婚，我也会当这个大媒的。’”

“国王真是这么讲的吗，伯爵？”维尔福乐不可支地高声问道。

“我向您转述的是他的原话，如果侯爵肯开诚布公，那么他就会承认我此刻向侯爵转述的，完全符合国王对他本人讲的话；那还是半年前，侯爵请国王恩准他把女儿嫁给您时，国王对他这样讲的。”

“不错。”侯爵答道。

“这位明主对我恩同再造，我一定不遗余力为王上效劳！”

“好啊，”侯爵夫人说道，“我就喜欢你这样子。现在，逆贼尽管来吧，在这里准能受到款待。”

“我可不然，妈妈，”蕾妮说道，“我要祈求上帝不让他听您的话，也只给他打发来一些小偷、软弱的破产者和胆小的骗子；这样的话，我才能睡安稳觉。”

“您这样讲，”维尔福笑道，“就等于祝愿一名医主只诊治头疼脑热、皮肤擦伤一类的小毛病。正相反，您果真希望我当上检察官，就该祝愿我治那些重疾顽症。这种治疗才能给医生带来声誉。”

也是天缘巧合，维尔福刚表达这种心愿，就如愿以偿了。正好这时，一名贴身仆人走进来，附耳对他说了几句话。维尔福道歉离席，过了片刻又回来，只见他面含微笑，喜形于色。

蕾妮深情地望着他；他那蓝色的眼睛、黝暗的皮肤以及黑色的颊髯，此刻看上去，的确是个英俊潇洒的青年；因此，这姑娘的整个心思，似乎都吊在他的嘴唇上,等待他说明离席片刻的缘故。

“哦,小姐,”维尔福说道,“刚才您期望找个当医生的丈夫,而我和罗马医神埃斯科拉庇俄斯的门徒(一八一五年还这样讲),至少有这样一个相似之处,即现时从来不属于我,这不,即使在订婚宴席上,我坐在您的身边,也有人来打扰。”

“打扰您是什么缘故呢,先生?”美丽的年轻姑娘问道,颇露不安的神色。

“唉!是看一名患者,据说那人病入膏肓,命在旦夕了:这回,病症接近绞刑架。”

“噢,天哪!”蕾妮面失血色,高声叹道。

“真的呀!”宾客异口同声地说。

“看来,确实发现了波拿巴党的一起小小的阴谋。”

“会有这种事儿?”侯爵夫人问道。

“这是告发信。”

维尔福念道:

检察官先生:

王室和教会的一位友人特此报告,有一个名叫埃德蒙·唐代斯的人,系法老号船大副;该船自士麦那返航,中途在那不勒斯和费拉约港停靠,今天早晨抵港。此人受缪拉指使,将一封信送交窃国大盗,又受窃国大盗差遣,要将一封信送交巴黎的波拿巴逆党组织。

逮捕其人即可缴获罪证,这封信他不带在身上,即藏在他父亲家中,或在法老号船舱室里。

“可是,”蕾妮说,“这只不过是一封匿名信,还不是给您的,而是给检察官先生的。”

“不错,然而检察官先生不在,他的秘书收到这封信,受命拆开,接着派人找我，却没有找到，于是下令抓人。”

“这么说，那个罪犯抓起来了。”侯爵夫人说道。

“应当说被告。”蕾妮订正说。

“是的，夫人，已经抓起来了，”维尔福答道，“正如刚才我荣幸地对蕾妮小姐说的那样，如果搜出那封信，那么病人确实病得很重。”

“那个可怜的人在哪儿？”蕾妮问道。

“在法院。”

“去吧，朋友，”侯爵说道，“别处等着你给国王办事，就不要和我们在一起疏忽公务。去为国王效力吧。”

“噢！德·维尔福先生，”蕾妮双手合十说道，“今天是您订婚的日子，您要宽大为怀。”

维尔福绕过餐桌，走到年青姑娘的座位跟前，俯在椅背上说道：

“我将尽力消除您的担心，亲爱的蕾妮。不过，如果罪证确凿，指控属实，那就应当割倒波拿巴党的这株毒草。”

听见“割倒”这个词，蕾妮不禁浑身一抖，因为要割倒的这株草长着一颗脑袋。

“好啦，好啦！”侯爵夫人说，“不要听女孩子之见，维尔福，她早晚会习惯的。”

侯爵夫人伸出枯瘦的手，让维尔福亲吻。维尔福吻的时候，眼睛却盯着蕾妮，分明对她目语：

“我吻的是您的手，至少在此刻，我渴望吻到您的手。”

“不祥之兆！”蕾妮轻轻叹了一声。

“老实说，小姐，”侯爵夫人说道，“你简直幼稚到了极点，我真不明白，国家的命运，同你这感情的无常变化、心肠的过分慈软，能有什么联系呢？”

“噢！妈妈！”蕾妮轻声怨道。

“宽恕保王党中这个坏成员吧，侯爵夫人，”维尔福劝道，“我向您保证，我身为代理检察官，一定尽心尽职，办案十分严厉，决不手软。”

身为司法官的维尔福对侯爵夫人这样讲,而作为未婚夫的维尔福,同时又向未婚妻丢眼色,目语道:

"请放心吧,蕾妮:看在你的爱情分上,我一定采取宽大的态度。"

蕾妮报以最甜美的微笑,于是,维尔福心怀天堂离开了。

第七章　审讯

维尔福刚一离开餐厅,就摘下欢喜的面具,换上对同胞手握生杀大权之人所具有的那副威严神态。这位代理检察官也像一名机灵的演员所必修的那样,曾对着镜子反复琢磨面部表情的变化;然而,尽管他表情善变,这回要紧锁眉头,沉下面孔,他还颇感费劲。的确,维尔福现在春风得意,踌躇满志;前途的唯一障碍,是他父亲附逆的那段历史,他要是不能彻底决裂,势必毁掉他的前程;除此之外,他左右逢源,已经积有钱财,相当殷富,才二十七岁就在司法部门身居要职,又即将娶一位如花似玉的闺秀为妻。诚然,他对这位姑娘并不痴情,而是爱得很有理智,但他毕竟把一个代理检察官所能有的情感,全部奉献给她了。他的未婚妻德·圣-梅朗小姐美貌出众,出身于深得朝廷宠幸的世家;而侯爵夫妇又别无子女,他们的权势只能全部用来栽培自己的女婿;再者,女方还给丈夫带来五万银币的嫁妆,并可望有朝一日再得到一宗五百万的遗产。"可望"这一残忍的字眼是媒人杜撰出来的。

所有这些因素聚合齐备,使维尔福万事亨通,尽得人间的福运,连他自己都感到神摇目眩,而他用灵魂的目光久久省视内心生活时,仿佛看到了太阳上的光斑。

维尔福走到门口,看见等候他的穿着黑色制服的警官,他立即从九霄云外跌落到尘世,于是像我们描述的那样,整肃自己的表情,这才走到警官的面前,说道:

“我来了,先生,信我看了。您做得对,应当把那人抓起来。现在跟我谈谈,您搜集到的关于他和谋反的全部情况。”

“关于谋反,先生,我们还一无所知;从他身上搜出的全部证件,都封在一个材料袋里,放在您的办公桌上。至于犯人的情况,您从告发信上也了解到,他叫埃德蒙·唐代斯,是三桅大帆船法老号的大副,那条船从亚历山大和士麦那贩运棉花,船主是马赛的莫雷尔父子。”

“他到商船干事之前,在海军服过役吗?”

“哎!没有,先生,他还非常年轻。”

“多大年龄?”

“十八九,顶多二十岁。”

维尔福沿着中心大街拐进法院街的时候,看见一个人似乎在路上等他,并上前同他打招呼:此人就是莫雷尔先生。

“唉!德·维尔福先生!”这个忠厚的人看见代理检察官,立即嚷道,“我真高兴碰见您。您想想看,竟然发生一个天大的误会:我船上的大副埃德蒙·唐代斯,刚刚被抓起来了。”

“这事我知道了,先生,”维尔福先生答道,“我正要去审问。”

“噢!先生,”莫雷尔先生接着说,他出于对那个青年的友谊,情绪不免激动,“您不了解他,我却十分了解;您想想看:他是最和善、最诚实的人,我甚至敢说在商船海运界里,他最懂行了。德·维尔福先生啊!我愿意在您面前,真心诚意地替他担保。”

大家知道,维尔福属于本城的贵族阶层,而莫雷尔则是平民;前者是激进的保王党人,而后者却有暗通波拿巴逆党的嫌疑。维尔福不屑地睥睨莫雷尔,冷言冷语地答道:

“要知道,先生,一个人在生活中可以是和善的,在商业活动中可以是诚实的,也可以是出色的船员,然而从政治上讲,他又很可能是个重大罪犯。这您知道,对不对,先生?”

代理检察官讲最后一句话语气很重,仿佛就是指船主本人,同时他那审视的目光,也似乎要看透对方的内心,因为他觉得此人实在胆大妄为:

自身都需求得宽恕，还来替别人求情。

莫雷尔脸红了，他自知在政治观点上态度暧昧，尤为感到不安的是，唐代斯曾向他透露他同大元帅的会面，以及皇帝对他讲的几句话。尽管如此，莫雷尔先生还是极为恳切地补充说：

“我恳求您，德·维尔福先生，要像您的职业要求的那样公正，也要像您一贯的为人那样仁慈，尽快把可怜的唐代斯还给我们！”

这“还给我们”四个字，在代理检察官听来，很有点革命的意味。

“嘿，嘿！”他心中暗道，“还给我们……这个唐代斯，难道加入了烧炭党的什么宗派，要不然，他的保护人何以无意中使用这种集体的字眼呢？我好像听警官说，他是在一家饭馆里被捕的，当时跟许多人在一起，警官还说，那恐怕是个秘密集会的场所。”

接着，他又高声说道：

“先生，您完全可以放心。如果他是清白无辜的，那么您来找我主持公道，肯定不虚此行；反之，如果他确实有罪，那么我就要履行职责了。要知道，先生，我们处于一个困难时期，有罪不罚，势必开一个危险的先例。”

维尔福说到这里，已经到了家门，是一座同法院毗邻的宅第。他冷冰冰而又不失礼地向船主点点头，便气宇轩昂地走进去，把个可怜的船主丢在原地，呆若木鸡。

前厅拥满了宪兵和警察，犯人在他们中间被严加看守，他一动不动地站着，神态镇定自若。

维尔福穿过前厅，瞥了唐代斯一眼，接过一名警官递上来的一包材料，吩咐一句便进去了：“把犯人带进来吧。”

维尔福那一瞥再怎么急促，也足以识别他所要审讯的人：他从那宽阔的额头上看出了聪明，从那凝注的眼神和紧锁的眉宇中看出了勇敢，从那微启而露出两排珍珠般雪白牙齿的厚嘴唇上，看出了直爽。

维尔福对唐代斯的最初印象不错，但他经常听人提起深邃政治的一句话——千万警戒最初的冲动，认为这句格言很好，便运用到印象上来，

维尔福穿过前厅，瞥了唐代斯一眼 。

却没有考虑冲动和印象两个词的差异。

因此，他极力压抑要袭进他的心扉、再冲向他的头脑的善良本性，对着镜子整理表情，摆出重大审判日子的那副嘴脸，一副阴沉的凶相，端坐到办公桌的后面。

随后不久，唐代斯进来了。

这个青年脸色一直苍白，但神情平静，面带微笑。他从容而有礼貌地向法官致敬，再环视周围想找个座位，仿佛到了莫雷尔船主的客厅。

直到这时，他才同维尔福的阴沉目光相遇。这是法官所特有的目光。

他们不想让人看出他们的思想，便把眼睛变成毛玻璃。唐代斯看到这种目光，才明白他面对法庭阴郁肃穆的形象。

“你是什么人，叫什么名字？”维尔福一边问，一边翻阅他进门时从一名警官手里接过的材料。事情刚发生一小时，材料就积起了一大摞，可见密探有利可图，多么迅速地揪住所谓犯人这一可怜的躯体。

“我叫埃德蒙·唐代斯，先生，”年轻人嗓音宏亮而平静地回答，“我是法老号船大副，那艘船是莫雷尔父子公司的。”

“年龄？”维尔福继续发问。

“十九岁。”唐代斯回答。

“你被捕的时候，正在干什么？”

“我订了婚，正请人喝喜酒，先生。”唐代斯答道，他的声音略微激动，毕竟反差太大，欢乐的时刻紧随着正在进行的阴森可怖的审讯，梅色苔丝那光艳照人的芳容，代之以德·维尔福先生阴沉的面孔，这怎不叫人痛苦？

“你正举办订婚喜宴？”代理检察官不禁一悸，重复问道。

“对，先生，我正要同相爱了三年的一个姑娘结婚。”

尽管维尔福惯常不动声色，碰到这种巧合，他也不免暗吃一惊，同时，唐代斯略微激动的声调，也拨动了他的心弦，引起他的同情。是的，唐代斯是被人从幸福中抓来的，而他，维尔福，也快要办喜事，他也是被人从幸福中拉来的，两个人都同样接近了幸福，可是他却要力图毁掉另一个人的欢乐。

“我回到德·圣-梅朗先生的客厅，”维尔福心想，“从哲理方面对比这两种境况，准会引起极大的兴趣。”于是，他趁唐代斯等待问话的工夫，先行考虑安排反命题的词语；须知演说家正是凭借这类词语，组织气势磅礴的演说词，好博得掌声，还往往给人以真正雄辩的印象。

维尔福打好腹稿，想到他这一小篇演说会产生的效果，不禁微微一笑，这才收回神思，对唐代斯说道：

“说下去，先生。”

“您还要我说什么？”

“向法庭说明情况。”

“法庭也得告诉我要了解什么情况，我才好把知道的全讲出来；不过，”他也微微一笑，补充道，“我要先声明一句，我知道的情况不多。”

“你在窃国大盗统治时期服过役吗？”

“正要把我编入海军的时候，他就倒台了。”

“据说，你的政治观点很偏激。”维尔福说道；其实他并没有听到这种话，但是他有意把问话搞成指控的架势。

“我的政治观点，先生？唉！说起来真有些惭愧，我还从来没有一种所谓的观点：我才十九岁，正如刚才我荣幸告诉您的。的确，我一无所知，命里注定不能扮演任何角色；无论现在还是将来，我都是卑微的，如果我能得到我奢望的职位，那也完全仰仗莫雷尔先生。因此，我的全部观点——不是说政见，而是私见——不出这三种感情：我爱父亲，尊敬莫雷尔先生，并迷恋梅色苔丝。先生，这就是我能对法庭讲的全部情况，您瞧，这对法庭没有什么意义。”

维尔福一面听唐代斯讲述，一面注视他那张和善而坦率的面孔，又渐渐忆起蕾妮的话：蕾妮还不知被捕的是什么人，就请求他宽大处理。这位代理检察官跟罪行和罪犯打交道已有经验，觉得唐代斯每句话都表明他是无辜的。不错，这个小伙子，简直可以说这个孩子，显得十分朴实、自然，说话能打动人，但这种口才发自内心，绝非人力所能强求；再者，他自己非常幸福，就满腔热情地对待所有人，而幸福确能把恶人变成善类；尽管维尔福态度严厉，口气生硬，唐代斯还是把内心洋溢的温情善意倾注给他的法官，在他的眼神、声调和举止中，对审问他的人唯有亲热和仁爱。

“嘿！”维尔福心中暗道，“这个小伙子还真招人喜欢；看来我无需费力，就能讨好蕾妮，完成她对我的头一个嘱托。这样一来，我就能在公开场合握一握她的纤手，私下里还能讨一个甜蜜的亲吻。”

维尔福一产生这种甜美的希望，脸上便喜逐颜开，待到他把目光从这种念头重新移向唐代斯的时候，一直注视这位法官表情的全部变化的唐代斯，也像他在内心那样微笑起来。

“先生，你有什么仇人呢？”维尔福又问道。

“我有仇人？”唐代斯答道，“我幸好地位很低，不会同人结仇。提起我的脾气，也许有点急躁，但对待手下的人我总是尽量和缓。我指挥十一二名水手，先生，您去问问他们，他们准会说喜欢我，尊敬我，不说把我看成父亲，因为我太年轻，也要把我当作兄长。”

“即使没有仇人，也许有嫉妒你的人：你才十九岁，就要当上船长，对你们这种阶层，这是个很高的职位；你就要同一个心爱的美丽姑娘结婚，这是人世间所有阶层都少见的幸福。这两种好运气很可能惹人眼红。”

“不错，您说得对。您要比我了解人，您讲的情况很有可能。不过，如果眼红的人是我的朋友，那么不瞒您说，我宁愿蒙在鼓里，以免对他们产生仇恨。”

“这就错了，先生。任何时候，都应当看清周围的情况。老实说，我看你倒是个非常正派的青年，因此要为你破例，不遵守法庭的常规，而是让你看看把你带到我面前的告发信，帮你把事实澄清：就是这封信，你能认出笔迹吗？”

维尔福说着，从兜里掏出一封信，递给唐代斯。唐代斯看了信，额头掠过一片乌云，他答道：

“不，先生，我认不出这个笔迹，这是乔装的，但字体写得相当流利。总而言之，划拉出这封信的人能写一手好字。”他感激地看着维尔福，又说道，“我实在幸运，能遇上您这样的人，因为嫉妒我的这个人的确是个仇敌。”

年轻人讲这些话时，眼睛闪亮一下，维尔福从而看出，这种表面温和所掩藏的刚烈的魄力。

“喂，现在，”代理检察官说，“你就坦率地回答我吧，先生，不要像犯人对法官，而要像一个处境不妙的人对另一个关心他的人那样：这封匿名告发信的内容，有属实的吗？”

维尔福说着，将唐代斯还给他的信不屑地扔到办公桌上。

“全属实又全不属实，先生，我以海员的荣誉，以我对梅色苔丝的爱情，以我父亲的生命发誓，真相是这样。”

“说吧，先生。”维尔福高声说道。

随即他又喃喃自语道：

“如果蕾妮此刻看到我，我想她一定会满意，不再叫我断头台啦！”

“喏，船驶离那不勒斯港后，勒克莱尔船长突然得了脑膜炎。船上没有大夫，而船长又急于赶到厄尔巴岛，不愿意在沿岸任何地点停靠，结果病情恶化，到第三天快过去时，他感到自己要死了，便把我叫到身边。

“‘亲爱的唐代斯，’船长对我说，‘以你的名誉向我发誓，保证照我说的做，事关重大。’

“‘我向你发誓，船长。’我回答。

“‘好，我死之后，你是大副，就该指挥这条船，你要担起指挥的职责，到厄尔巴岛停泊，在费拉约港上岸，求见大元帅，把这封信交给他；也许对方还要托你送一封信。本来这是交给我的使命，唐代斯，现在你替我完成，全部荣誉都将属于你。’

“‘我一定照办，船长，不过，要见大元帅，恐怕没那么容易吧。’

“‘这儿有一只戒指，让人转交给他，什么困难都解决了。’船长说着，把一只戒指交给我。

“事情还算及时交代了：两个钟头之后，他就昏迷过去，第二天就死了。”

“你怎么办了呢？”

“我履行职责，先生，换了别人也会这样做。不管怎么说，一个将死之人的祈求是神圣的，面对海员来说，上级的要求，就是应当执行的命令。因此，我挂帆朝厄尔巴岛驶去，第二天抵港。我吩咐全体人员留在船上，独自上了岸。不出我所料，他们推托，不愿带我去见大元帅，于是我让人把戒指转交给他，这大概是我接头的信物，所有大门都为我敞开了。大元帅接见了我，询问勒克莱尔船长临终的情况，不出船长所料，他果然交给我一封信，要我亲自送往巴黎。我答应了，以便满足船长的最后心愿。返回马赛，我迅速处理完船上的事务，便上了岸，跑去看我的未婚妻，觉得她越发美丽，越发多情了。多亏莫雷尔先生帮忙，我们避免了教会方面的麻烦；总而言之，正如我对您说的，我举办喜宴，过一小时就结婚了，并打算明天去巴黎，结果因告密被捕了。况且，对这封告密信，您现在跟我一样嗤之以鼻了。”

“对，对，”维尔福咕哝道，“我觉得你讲的句句是实话，你即使犯了罪，也是由于失慎，就连失慎也情有可原，既然是执行船长的命令。现在，把你从厄尔巴岛带来的那封信交出来，再向我保证一传讯你就到，然后你就可以去见你的朋友了。”

“这么说，我自由了，先生！”唐代斯喜出望外，高声嚷道。

“对，不过，要把那封信给我。”

“信大概就在您的面前，先生，是和其他证件一起从我身上搜去的，在这摞里我认出了几样。”

“等一等，”代理检察官见唐代斯拿起帽子和手套，便说道，“信是送给谁的？”

“是给巴黎公鸡鹭街努瓦蒂埃先生。”

这突如其来的一击，比霹雳还要迅疾，维尔福本来欠起身，伸手去拿从唐代斯身上搜出的那打物证，一下子又坐到椅子上；他急忙翻找，抽出那封要命的信，瞧了一眼，目光里流露出难以名状的恐怖。

“努瓦蒂埃先生，公鸡鹭街十三号。”他轻声念道，脸色越来越苍白。

“对，先生，”唐代斯诧异地答道，“您认识他吗？”

“不认识，”维尔福急忙说，“国王的一名忠实臣仆，不会认识阴谋叛逆者。”

“那么，这是一件谋反案子啦？”唐代斯问道，他本以为自由了，而现在比突遭逮捕时还要惶恐，“不管怎样，我已经对您说过，我根本就不知道要我送的这封信的内容。”

“是啊，”维尔福声音低沉地又说，“然而，你知道收信人的姓名。”

“要把信交到他手里，先生，我总得知道他的姓名啊。”

"这封信你没有给任何人看过吗?"维尔福问道,他越往下看信,脸色也越发苍白。

"没有,先生,我以名誉担保!"

"谁也不知道你从厄尔巴岛带来的信,是给努瓦蒂埃先生的吗?"

"谁也不知道,先生,除了委托我送信的人。"

"知道的人还是太多啦!"维尔福咕哝道。

维尔福的眉头越来越阴郁,快要看完信的时候,他的嘴唇苍白,双手颤抖,两眼冒火,这副神态引起唐代斯极大的忧虑。

维尔福看完信,头埋到手里,颓丧地待了片刻。

"天主啊!发生什么事啦,先生?"唐代斯怯声怯气地问道。

维尔福没有应声,过了一会儿,他抬起惨白而失态的脸,重读这封信。

"你说你不知道信的内容?"维尔福又问道。

"再说一遍,先生,我以名誉担保,根本不知道,"唐代斯回答,"天哪!您这是怎么啦!怕是要病了;要我拉铃吗,要我喊人吗?"

"不用,先生,"维尔福猛然站起来,说道,"不要动,不要说话:在这儿发号施令的是我,而不是你。"

"先生,"唐代斯被这话刺伤,说道,"我不过是要叫人来照顾你。"

"我不需要照顾,刚才不过是头晕了一下。不要管我,还是管你自己吧,回答我的话。"

唐代斯等他问话,却没有下文,只见维尔福又仰在椅子上,用冰冷的手抹抹汗淋淋的额头,第三次拿起信来看。

"唉!万一他了解这封信的内容,"他自言自语,"万一他听说努瓦蒂埃就是维尔福的父亲,那我就完啦,一辈子就完啦!"

他不时瞥唐代斯一眼,那副目光,就好像要冲垮把噤口的秘密封在心中的无形屏障。

"哼!不能再怀疑啦!"他突然高声说道。

"看在上天的份儿上,先生!"不幸的青年也高声说,"您如果怀疑我,对我还有疑虑,那就问吧,我这就回答您。"

维尔福极力稳住神儿，极力以坚定的口气说：

“先生，这次审问表明，你有重大嫌疑，因此我不能作主，像我刚才希望的那样立即恢复你的自由；我必须先跟预审法官商议，才能采取这一措施。不过，我对你态度如何，你是亲眼看到了的。”

“唔！是啊，先生，”唐代斯高声说道，“我十分感激，您对待我不像个法官，倒像个朋友。”

“那好，先生，我还要拘留你一些时候，但我尽量缩短。你的主要罪证，就是这封信，你瞧……”

维尔福走近壁炉，把信投入火中，一直看它烧成灰烬。

“你瞧，我把它销毁了。”他又说道。

“啊！”唐代斯高声说，“先生，您已超出正义，成了善良的化身！”

“不过，你听着，”维尔福接着说，“我作出这一举动之后，你应当明白可以信赖我，对吧？”

“对，先生！您就下命令吧，我一定服从。”

“不，”维尔福说着，走近年轻人，“不，要明白，我不是要下命令，而是要给你忠告。”

“说吧，我会当成命令服从。”

“我要把你拘留在法院里，一直到今天晚上；也许另外来人审问你，把你对我说的全讲出来，但是一个字也不要提这封信。”

“我一定照办，先生。”

事情似乎颠倒了：现在是维尔福在恳求，而犯人在抚慰法官。

“你看清楚了，”维尔福说着，朝壁炉看了一眼，只见烧成灰的信纸还保持原形，在火苗上舞动，“现在，信销毁了，只有我们两个人知道有过这封信，再也不会有人向你出示它了，如果有人问你，你就矢口否认，大胆地否认，这样你就得救了。”

“我一定否认，先生，请放心。”唐代斯说。

“好，好！”维尔福连声说，他伸手抓住铃绳，正要拉铃，忽又停手，再追问一句：

维尔福走进壁炉，把信投入火中，一直看它烧成灰烬。

“你只有这一封信吗？”

“只有这一封。”

“你发誓。”

唐代斯伸出手，说道：

“我发誓。”

维尔福这才拉动铃绳。

一名警官走进来。

维尔福迎上去,附耳对警官说了几句话,警官则点头会意。

“随这位先生走吧。”维尔福对唐代斯说。

唐代斯躬了躬身,最后一次向维尔福投去感激的目光,便退出去了。

房门刚一关上,维尔福就支持不住,一头倒在扶手椅上,几乎昏过去。

过了一会儿,他才喃喃叹道:“上帝啊! 人生祸福真是无常! ……如果检察官就在马赛,如果这案子不交给我而交给预审法官,那么我就完了。这封信,这封可恶的信,险些把我推入深渊。噢! 父亲啊,父亲,难道你总要阻碍我享受人间的荣华富贵吗? 难道我要同你的历史搏斗一辈子吗?”

继而,他心头一亮,表情随即豁然,开朗尚在抽搐的嘴唇上泛起笑容,失神的目光开始凝视,仿佛停留在一种念头上。

“就这么办,”他说道,“对,这封信本来能毁掉我,也许会使我飞黄腾达。好啦,维尔福,着手干吧!”

这位代理检察官瞧瞧犯人确实押走了,他也穿过前厅出门,匆匆走向他的未婚妻的府邸。

第八章　伊夫狱堡

警官走到前厅，向两名宪兵示意，他们立即上前，左右夹住唐代斯。代理检察官的住宅与法院相通的门打开了，他们沿着幽暗的长廊走去：即使问心无愧的人经过这种走廊，也要不寒而栗。

同样，法院和监狱也相通，监狱靠着法院。对面耸立着阿古尔教堂的钟楼，它似乎睁大眼睛，好奇地注视着这座灰暗的建筑物。

唐代斯顺着走廊不知拐了多少弯，才看见一扇开了小窗口的铁门。警官用铁锤敲了三下门，这一声声回响，就好像击在唐代斯的心上。铁门打开了，唐代斯略一迟疑，就被两名宪兵轻轻推进去。他跨过这道可怕的门槛，只听哐啷一声，牢门重又关上。他呼吸到另一种空气，污浊而恶臭：他入狱了。

他被带进一间牢房：里面相当整洁，虽然窗安铁栏，门上铁锁，但总的看来还不算太吓人；何况，代理检察官说的那些话，如同一种甜美的希望，时时在唐代斯的耳畔回荡，而当时那些话的声调，在他听来包含极大的关切。

前面讲过，时值早春三月头一天。唐代斯被押进牢房时，已是下午四点钟，不久夜幕就降临了。

视觉失灵，而听觉却越来越敏锐，稍微听见一点动静，唐代斯就以为是来放人，立即起身朝门跨一步，但声音在另一个方向消逝，他只好重又坐到凳子上。

将近晚上十点钟。他已渐失希望,忽又听见走廊里响起脚步声,是朝他的囚室走来,到门口停下,一把钥匙插进锁眼,门闩咯吱作响,厚重的橡木门终于打开,两根火把突然把黑牢房照得通亮。

唐代斯借着火光,看见四名宪兵闪闪发亮的军刀和火枪。

他迎上前两步,但发觉增加了押解的兵力,不禁站住不动了。

"诸位是来接我的吗?"唐代斯问道。

"对。"一名宪兵回答。

"是代理检察官派来的吗?"

"我想是的。"

"那好,我跟你们走。"唐代斯又说。

可怜的青年一确信是德·维尔福先生派来的人,就打消了一切顾虑,心神笃定,从容不迫,自动走到押解人员中间。

一辆马车停在临街的大门口,车夫旁边坐着一名差官。

"这辆车是给我预备的吗?"唐代斯问道。

"是给你预备的,"一名宪兵回答,"上去吧。"

唐代斯本有异议,但车门已打开,他感到被人往上推;他既不可能,也无意抗拒,进入车厢,就坐到两名宪兵的中间,另外两名则坐到对面的长凳上。沉重的马车启动了,隆隆的声响阴森可怖。

犯人抬眼一看,只见车窗安有铁栏:无非换了个牢房,只是这间牢房能行驶,要把他送往未知的地方。车窗铁栏密得只容探出手。唐代斯从铁窗望出去,认出马车正行驶在包装场街,继而经过圣洛朗街和塔拉密街,朝码头驶去。

不久,唐代斯透过铁窗和附近建筑物的铁栏,望见港口货场的明亮灯光。

马车停住,差官跳下车,朝警卫队走去。不大工夫,从里面出来十几名士兵,他们排成两列。唐代斯借着码头路灯的灯光,看到他们端着闪闪发亮的火枪。

"部署这么多兵力,难道是对付我吗?"唐代斯心中纳罕。

差官打开上锁的车门，虽然一言未发，却也回答了唐代斯心中的疑问：两排士兵从马车列到码头，中间留一条夹道，显然是为他预备的。

坐在前座的两名宪兵先下车，再让唐代斯下去，左右看守他的两名宪兵紧随其后。两排士兵都呆头呆脑，好奇地看着他通过。他们朝一条小艇走去，那是海关用船，用铁链系在岸边。工夫不大，唐代斯就被安排在船尾，始终由四名宪兵看守，那名差官则坐到船头。小艇猛一摇晃，便离开岸边，四名船夫用力划向皮隆。艇上喊了一声，封锁港口的铁索就下沉了。转瞬间，小艇划出港口。

到达空阔的海面，犯人的头一个反应就是欢欣鼓舞。清新的空气，就跟自由差不多。唐代斯畅快地呼吸欢快的海风，嗅着风翼载来的黑夜和大海无名的芬芳。然而不久，他就叹息一声：小艇正从雷泽夫酒店面前划过，那里跳舞的欢乐喧声，从敞开的两扇窗户一直传到他的耳畔，而就在今天上午被捕之前，他在那里度过多么幸福的时光。

唐代斯双手合十，眼望苍穹祈祷。

小艇继续划行，已过了死头角，到了法罗湾的对面，就要绕过炮台了。这趟航行，唐代斯感到莫名其妙。

“你们到底要把我带到哪儿去？”他问一名宪兵。

“等一会儿你就知道了。”

“可总该……”

“我们奉命不能向你作任何解释。”

唐代斯在一定程度上也算个士兵，他明白询问一些奉命不回答的下属人员，实在是一件荒唐的举动，于是他缄默了。

然而，他的头脑里却产生奇思异想：由于小艇不能远航，而这一带海域又没有停泊大船，他就认为他们要在海岸找个僻静地点放他走；他们并没有给他上绑，也不想给他戴手铐，看来这是个好兆头。况且，代理检察官对他没说的，他不是告诉他只要不讲出“努瓦蒂埃”这个惹祸的姓名，就无需担心吗？维尔福不是当着他的面销毁了那封危险的信，销毁了唯一对他不利的证据吗？他默默沉思，等待着，并以海员的目光极力穿透夜

他们朝一条小艇走去，那是海关用船，用铁链系在岸边。

幕：这目光惯于在黑暗中搜寻，惯于远眺。

小艇从左侧经过拉托诺岛，只见岛上一个灯塔放光；现在紧贴岸边行驶，到达卡塔朗人湾。于是，犯人加倍注视，因为梅色苔丝就住在那里：在黑黝黝的岸上，似乎总有一个女子朦胧的身影。梅色苔丝怎么能预感不到她的心上人经过这里呢？

卡塔朗村只有一处灯光，从位置来看正是梅色苔丝的房间。唐代斯高喊一声，她准能听见。

唐代斯双手合十,眼望苍穹祈祷。

然而,碍于错误的羞耻,唐代斯克制住了。这些看守他的人,如果听见他发疯一般喊起来,会怎么看待他呢?于是,他仍旧默默无言,眼睛凝望那点灯火。

小艇继续行驶,而这个犯人一心思念梅色苔丝,已把小艇置于脑后了。

一个土丘遮住了灯光。唐代斯回头一望,发现船已到宽海。

就在他刚才沉思凝望的工夫,船已扯起风帆,现在借风力前进了。

唐代斯怕讨没趣，不想再问，但他还是靠过去，拉住那名宪兵的手，说道：

“我说伙计，求求你了，你要凭良心，凭当兵的身份可怜可怜我，告诉我究竟要把我送哪儿去。我是唐代斯船长，不知犯了什么叛逆罪被人告了，尽管如此，我还是个善良诚实的法兰西人。告诉我吧，我以海员的信誉保证，一定规规矩矩，听天由命。”

那名宪兵搔了搔耳朵，瞧了瞧身边的伙伴。后者点了点头，大致表明这种意思：已经到了这儿了，我看告诉他没什么不妥。于是那名宪兵转身对唐代斯说：

“你是马赛人，又是海员，我们到哪儿去，你还要问我吗？”

“对，凭良心说，我真不知道。”

“你猜不出来吗？”

“绝对猜不出来。”

“不可能。”

“以我在世间最神圣的事物，我向你发誓。求求你，告诉我吧。”

“可是命令呢？”

“命令也不会禁止你告诉我，反正再过十分钟、半小时或一小时，我就知道了。起码这段时间，别让我捉摸不定，像熬几个世纪。我就拿你当朋友一样求你，瞧嘛：我既不想反抗，也不想逃走，想逃也不可能。我们到底去哪儿？”

“除非你蒙上了眼睛，或者从来没有出过马赛港，要不然，你准能看出去哪儿。”

“看不出来。”

“那你就看看四周。”

唐代斯站起来，他的目光自然移向小艇似乎前往的地点，只见前方二百米处，黑乎乎的岩石嶙峋突兀，上面耸立着黝暗的伊夫狱堡，如同外加的巨型火石。

这座奇形怪状的狱堡，笼罩着一片阴森恐怖的气氛，它的惨绝人寰的

伊夫狱堡

传说,三百年来一直影响马赛城的生活。唐代斯绝没有想到,因此猛一望见它,就像死囚看见断头台一样。

"噢！上帝呀！"他嚷道,"伊夫狱堡！我们去那儿干什么?"

宪兵微微一笑。

"不是要把我送到那里关押吧?"唐代斯继续说,"那是国家监狱,专门关押政治要犯。而我根本没有犯罪。伊夫狱堡里有预审法官吗？有司法人员吗?"

“我看啊，”宪兵答道，“那里只有一位典狱长、一帮狱卒、一个卫队和厚实的高墙。得啦，得啦，朋友，别装出这种吃惊的样子，要不然，我真以为你看我好说话就来嘲笑我。”

唐代斯抓住那宪兵的手，简直要把人家的手攥碎，他追问道：

“你是说，要把我送到伊夫狱堡关押啦？”

“有可能，”宪兵答道，“唉，伙计，再怎么说，狠命地攥我的手有什么用？”

“也不给通知书，也不办任何手续吗？”年轻人又问道。

“手续办齐了，也发了通知。”

“根本不管德·维尔福先生的许诺？”

“我不知道德·维尔福先生向你许诺什么了，”宪兵又说，“但是我知道，我们是去伊夫狱堡。嘿！你要干什么？不好！伙计们，抓住他！”

唐代斯以迅雷不及掩耳之势，想跃身投海，然而他的双脚刚要离开船板时，就被四只强健的手臂牢牢抓住，原来那宪兵眼睛盯着他，早有准备了。

唐代斯摔到船舱里，发疯似的嗷嗷直叫。

“好哇！”那宪兵用膝盖顶住他的胸口，嚷道，“好哇！海员的话就这么算数啊！甜言蜜语的人真值得相信！喂，现在，你再敢动一动，我就让你吃一颗枪子儿。我已经违反了头一个命令，绝不会再违反第二个。”

他果然用枪逼住，使唐代斯感到枪口正对准他的太阳穴。

一时间，唐代斯真想抗拒一下，死于非命，也好了结这场飞来的横祸。然而他又一转念，这既是飞来横祸，就不可能持续久长；接着，他又想起德·维尔福先生的许诺；再者，让一名宪兵打死在船上，他觉得这种死法实在太丢人，实在太窝囊了。

且说他摔倒在船板上，发疯似的嗷嗷直叫，拼命咬自己的手。

几乎同时，小船猛一撞击，摇晃起来，船头触到岩石上。一名船工跳下去，绳索从轮盘抽出。唐代斯明白船已到达，正拴缆绳呢。

果然，抓住他胳膊和衣领的宪兵，这时把他揪起来，推他下船，又拖他上台阶，朝狱堡大门走去，差官则端着上刺刀的火枪殿后。

其实，唐代斯绝不作无谓的反抗，他行动缓慢不是要抗拒，而是因为进入呆滞的状态。他像个醉汉，昏头昏脑，脚步踉踉跄跄。他又看见士兵排列在陡坡上，感到石阶绊脚才不得不提腿，依稀通过一道门，而门又在他身后关闭了，总之这一切都在机械地进行，就像穿过迷雾，什么也没有看真切。甚至连大海，那囚徒们的茫茫痛苦，他也看不见了；囚徒们在这里只能望洋兴叹，沉痛地感到他们再难跨越这空间。

押解小队止步停留片刻，唐代斯乘机收拢心思，环视周围，只见这是一座方形院子，围着四堵高墙；他还听到哨兵缓慢而均匀的脚步；堡里有两三盏灯光映在院墙上，当哨兵经过那里时，他们的枪管闪闪发亮。

大约等了十分钟。宪兵确信唐代斯再难逃走，就放开他了。他们像在等待命令，终于等来了。

"犯人在哪儿？"一个声音问道。

"在这儿。"宪兵回答。

"叫他跟我来，我带他去卧室。"

"去吧！"宪兵说着，推了推唐代斯。

那人把犯人带进一间类似地下室的屋子，只见光秃秃的墙壁湿淋淋的，仿佛挂满了泪珠；凳子上放着一盏小油灯，灯芯浸在发臭的油里，灯光照见这间简陋的囚室磨光的墙壁，照出这个衣衫褴褛的下等狱卒的蠢相。

"今晚你就睡在这里，"狱卒说，"时间晚了，典狱长已经睡觉。明天他起床，了解关于处置你的命令后，也许会吩咐给你换个住处。喏，面包在这儿，罐子里有水，墙角那铺了草。一个囚犯只能渴望得到这些。晚安。"

唐代斯还未意识到开口答话，还未注意狱卒把面包放在何处，还未看清楚水罐放的位置，还未扭头看看为他准备的草铺的屋角，狱卒就把灯端走，把牢门关上了。刚才，那幽暗的灯光像一道闪电，为囚犯显示了他的牢房湿漉漉的墙壁。

于是，他独立在黑暗和死寂中，跟拱顶一样缄默而凄惘，只觉得屋顶降下的寒气侵袭他发烧的额头。

晨曦给这个洞穴带来一点光亮。狱卒又来传令囚犯不必调换牢房，他发觉唐代斯没有动地方，仿佛被一只铁掌按在昨晚伫立的原地，只是眼圈被泪花水汽熏肿，眼睛深藏不露了。囚犯一动不动，凝视地面。

他就这样站了一夜，通宵未合眼。

狱卒走上前，围着他转了一圈，唐代斯却视而不见。

狱卒拍了拍他的肩膀，他才惊抖一下，晃晃脑袋。

“你没有睡觉吗？”狱卒问道。

“不知道。”唐代斯回答。

狱卒诧异地注视他，又问道：

“你不饿吗？”

“不知道。”唐代斯又回答。

“你想要点什么吗？”

“我要见典狱长。”

狱卒耸耸肩膀便走了。

唐代斯眼看他出去，手臂伸向半开的牢门，可是牢门重又关上。

这时一声长号，他的胸膛仿佛撕裂，满腔的热泪涌出，形成两条激流，他额头顶地，久久地祈祷，回想他度过的全部生活，扪心自问在如此年轻的生命中，他究竟犯了什么罪过，会受到如此残忍的惩罚。

白天就这样过去，他只吃下几口面包，喝了几口水。他时而坐下冥思苦想，时而起来在牢中打转，犹如一只关在铁笼中的野兽。

他特别懊恼的是，在这次渡海的行程中，他不知道前往何地，就那么安安稳稳、老老实实地待着，其实有多少机会可以投海，他是游泳健儿，潜水的工夫在马赛名列前茅，一到水中，他就能潜下去，逃脱看守他的宪兵，游到岸边逃走，躲到哪个荒无人烟的小海湾，等有热那亚或卡塔朗的船只经过，就捎脚去意大利或西班牙，从那里再写信让梅色苔丝去找他。到什么地方他都不愁生计，哪里都缺好海员，再说，他讲意大利语像托斯卡纳人，讲西班牙语像卡斯蒂利亚老区的孩子；他同梅色苔丝，同父亲在一起，肯定能过上自由幸福的日子。然而,现在他却成了囚犯,关在伊夫狱堡,幽禁在这座无法逃出的监狱里,不知道他父亲如何,梅色苔丝又怎么样了,而这一切,全怪他听信了维尔福的话。唐代斯越想越气,简直要发疯,在狱卒新为他垫的草铺上拼命打滚。

第二天同一时间,狱卒又来了。

“怎么样,”狱卒问道,“今天比昨天想明白点了吧?”

唐代斯没有应声。

“瞧你,”狱卒又说,“鼓起点勇气! 你想要什么东西吗? 只要我办得到,唉,说吧。”

“我想跟典狱长谈谈。”

“哎!”狱卒不耐烦地说,“我跟你说过了,这不可能。”

“为什么不可能?”

“狱中规定,不准囚犯提出这种要求。”

“那么,这里准许什么?”唐代斯问道。

“花钱可以改善伙食,可以放风,有时也可以看书。”

“我不需要书,也根本不想出去放风,而且,我觉得饭食很好;因此,我只想一件事:去见典狱长。”

“你要是总拿这件事来缠我,搞得我烦了,再也不给你送饭来。”

“那好,你就别再给我送饭,我饿死就完事了。”

唐代斯讲这话的声调向狱卒表明,他显然乐得一死。可是,对狱卒来说,看管一名囚犯,算下来每天就是半法郎的收入,万一唐代斯死了,他就少了这笔进项;于是,他口气缓和下来:

“听我说,你这种要求不可能实现;这里没有先例,典狱长不会答应到牢房来看一名囚犯;你倒不如老实一些,以后好能出去放风,说不上哪天,你会碰见典狱长;到那时,你再问他,他愿意不愿意回答,那可就是他的事了。”

“可是,要等多久,才能有这种偶然机会呢?”唐代斯问道。

“哦! 一个月,三个月,半年,也许一年。”

“那太久了,我要马上见他。”

“哎!”狱卒说,“你要是总抱着这种不可能的愿望不放,过半个月你准会发疯。”

“哦!你这样看?”唐代斯说。

“对,发疯,疯病开头总是这样,这里就有个例子:以前这间囚室关了一位神甫,他的脑子出了毛病,总说如果放了他,他就给典狱长一百万。”

“他离开这儿多久啦?”

“两年了。”

“把他放啦?”

“没有,关进地牢。”

“听着,”唐代斯说,“我不是神甫,也不是疯子,也许将来会疯,但是不幸得很,眼下我还头脑健全:我另外有件事,要同你商量。”

“什么事?”

“我不会给你一百万,因为给不出来,但是我可以给上一百银币,只要你一有机会去马赛,就顺便到卡塔朗村,把一封信交给一个叫梅色苔丝的姑娘,其实连信都算不上,只有两行字。”

“如果我捎这两行字的信,万一被发现,那我饭碗就砸了;每年我有一千里佛尔的收入,还不算补贴和伙食;你瞧,我要是为了三百里佛尔去冒险,不就成了大傻瓜了?”

“好哇,小子,”唐代斯说,“你记住:要你给梅色苔丝捎去两行字,至少给她捎个口信,就说我关在这儿;如果你不肯,那说不上哪天,我躲到门后,等你一进来,就用这凳子砸烂你的头。”

“吓唬我!”狱卒嚷道,他退后一步,有了防备,“你脑袋肯定出毛病了,那位神甫开头就像你这样,再过三天,你就会像他一样完全疯了。幸好伊夫狱堡里还有地牢。”

唐代斯操起凳子,在狱卒头上晃了几晃。

“好!好!”狱卒说,“好吧,既然你非要见不可,那我就去同典狱长说说。”

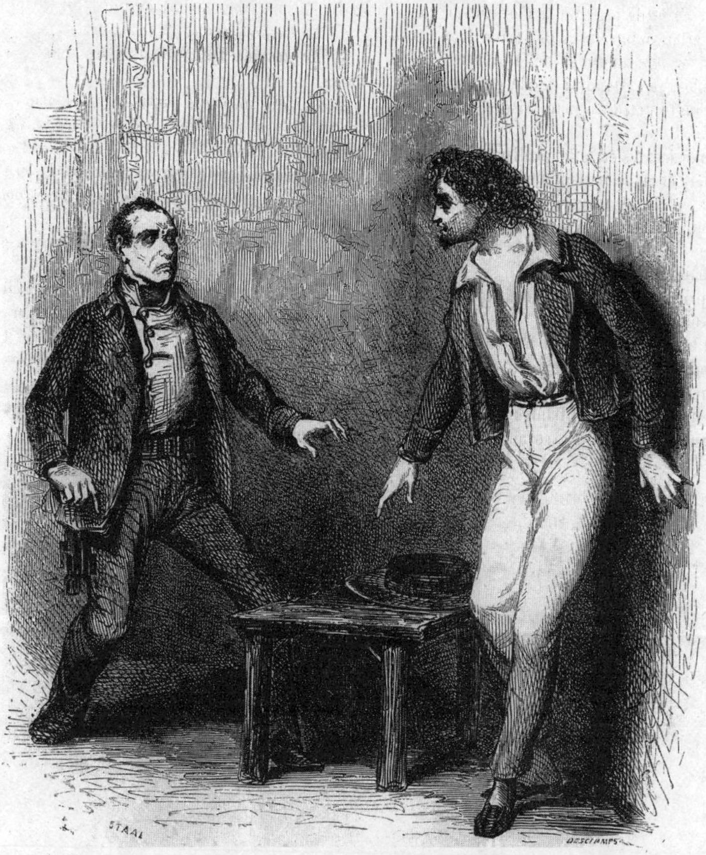

“听着，”唐代斯说，“我不是疯子，也许将来会疯。”

“好极啦！”唐代斯说着，放下凳子，坐到上面，脑袋耷拉下去，眼睛直愣愣的，真像神经失常了。

狱卒出去了。不大工夫，他又返回，还带来四名士兵和一名下士。

“奉典狱长之命，”狱卒说，“把囚犯押到下面一层去。”

“要押到地牢？”下士问。

“押到地牢，必须把疯子关在一起。”

四名士兵抓住唐代斯，而他已神志痴呆，毫不反抗就跟他们走了。

他们带他走下十五级台阶，给他打开一个地牢的门，他走进去时咕哝道：

“他说得对，应当把疯子关在一起。”

牢门重又关上。唐代斯伸出双手摸索朝前走，触到墙壁停下来，挨着墙角坐下，一动不动；他的眼睛渐渐适应黑暗，分辨出周围之物了。

狱卒说得对，唐代斯离发疯不远了。

第九章　婚宴之夜

前面讲到,维尔福又赶回巨流广场,回到德·圣-梅朗侯爵府,只见他离席丢下的宾客,已让进客厅用咖啡了。

蕾妮和其他人都等得焦急,一看见他便欢呼起来。

"喂,断头台、国家栋梁、保王党的布鲁都斯[①]!"其中一人嚷道,"告诉我们,出了什么事?"

"喂,我们又受到新的恐怖政权的威胁吗?"另一个人问道。

"科西嘉的吃人魔怪,又从山洞里出来了吗?"第三人问道。

"侯爵夫人,"维尔福走到他未来的岳母面前,说道,"我来请您原谅,我不得不就此告辞……侯爵先生,您能赏光单独和我谈一谈吗?"

"噢!事情果真严重啦?"侯爵夫人问道,她已看出维尔福额头的阴云。

"十分严重,因此我不得不离开你们几天;您瞧,"维尔福转身又对蕾妮说,"事情当然很严重。"

"您要走吗,先生?"蕾妮高声说,她听到这意外的消息,难以掩饰内心的慌乱。

"唉!不错,小姐,迫不得已啊。"维尔福答道。

"你要去什么地方?"侯爵夫人问道。

---

① 布鲁都斯(约公元前6世纪)罗马半传说的英雄,曾长期装疯,参与推翻暴君的统治。

“夫人，这是司法秘密；不过，在座的哪位如果巴黎有事情，我的一位朋友今晚动身，乐于效劳。”

众人面面相觑。

“你不是要单独跟我谈谈吗？”侯爵说道。

“对，我们到您书房去吧。”

侯爵挽住他的手臂，一同走出客厅。

“怎么，”一走进书房，侯爵就问道，“到底出什么事啦？你说吧。”

“我认为事情异常严重，我必须即刻动身去巴黎。现在，侯爵，恕我冒昧问得唐突，您有公债吗？”

“我的财产全买了公债，大约六七十万法郎。”

“那么卖掉，侯爵，赶快卖掉，以免破产。”

“哎！我人在这里，怎么卖呀？”

“您总有个经纪人吧？”

“有。”

“那您写封信由我带去，指示他立即卖掉公债，一刻也不要耽误，也许我赶到那儿就已经太迟了。”

“见鬼！”侯爵说，“那就别耽误工夫啦！”

他立刻伏案给他的经纪人写信，指示他不计价钱卖掉公债。

“这封信有了，”维尔福说着，把信小心翼翼地塞进公文包，“我还需要一封。”

“写给谁？”

“写给国王。”

“给国王？”

“对。”

“我不敢擅自给国王写信。”

“因此，我并不想请您亲自写，而是请您求德·沙维厄先生写一封。我要凭这封信直接觐见国王，避免正式求见所必需的各种手续，耽误宝贵的时间。”

“你何不去求掌玺大臣，他能随意出入杜伊勒里宫，昼夜均可带你去见国王。”

“当然可以，不过，我报信的这份功劳，何必分给别人呢。您明白吧，侯爵，掌玺大臣自然而然要我靠后站，将这事的好处据为己有。我只对您讲一点：我若能头一个赶到杜伊勒里宫，前程就有了保障，因为我这次效力，国王绝不会忘记的。”

“既然如此，亲爱的，你就快些打点行装吧。我把德·沙维厄叫来，让他写一封信给你当通行证。”

“好吧，不要耽搁，过一刻钟我就要上驿车了。”

“让车在门口停一停。”

“这没问题，请您代我向侯爵夫人，向德·圣-梅朗小姐道歉，说我在这种日子离开深感遗憾。”

“你乘车过来时，在我的书房能见到她们，可以当面向她们告别。”

“万分感谢；您费心去给我求写那封信吧。”

侯爵拉铃，一名仆人应声进来。

“去告诉德·沙维厄伯爵，我在这里恭候……”侯爵又对维尔福说，“现在，你走吧。”

“好，我马上就返回。”

维尔福跑步出去，然而到了门口，他想一位代理检察官走路慌里慌张，会惊扰全城人的休息，于是又恢复平日款款威严的步伐。

他走到自家门口，瞧见暗地里纹丝不动伫立着一个人，仿佛是等候他的白衣幽灵。

那正是美丽的卡塔朗女郎，她得不到埃德蒙的消息，便在天黑时溜出法罗，亲自跑来打听她未婚夫被捕的原因。

她见维尔福走近，便离开她斜靠的墙壁，上前挡住他的去路。这位代理检察官听唐代斯谈过他的未婚妻，因此无需梅色苔丝报上名来，维尔福就认出来了。这个女人容貌出众，仪态高雅，令维尔福暗暗称奇；当她询问她未婚夫的情况时，维尔福就感到自己成了被告，而她才是法官。

她见维尔福走近，便离开她斜靠的墙壁，上前挡住他的去路。

“您问的那个人，”维尔福生硬地答道，“他是个重大罪犯，小姐，我爱莫能助。”

梅色苔丝忍不住抽泣一声，她见维尔福要冲过去，就再次拦住他，问道：

“至少告诉我他在哪里，人是死还是活？”

“不知道，他的案子不归我管了。”维尔福回答。

他受不了梅色苔丝这种敏锐的目光、恳求的姿态，就一把推开她，急忙走进去，赶紧把门关上，仿佛要把送到他面前的痛苦关在门外。

然而，推开痛苦谈何容易。诚如维吉尔①所言，人总带着致命的箭伤。维尔福进屋关上门，一到客厅腿就软了，他呜咽似的长叹一声，随即倒在扶手椅中。

这时，这颗有病之心的深处，致命创伤萌生了头一个病菌。那个被他祭献给自己野心的人，那个代他父亲受过的无辜者，又出现在他面前，脸色惨白又气势汹汹，手拉着脸色同样惨白的未婚妻，身后拖着痛悔：这不是像古人受命运捉弄而狂怒那样，病人会捶胸顿足的痛悔，而是常常在病人心中敲响、使其在回忆过去行为时受创的隐隐痛苦的钟声，而这创伤的阵阵刺痛则酿成日趋严重、至死方休的恶疾。

此刻，这个人的心灵尚在迟疑。他在审案中，已多次要求判处被告以极刑。这无非是追求法官同被告搏斗的激情。他凭着慑人心魄的雄辩左右审判官或陪审团，将被告处死，而他的额头没有蒙上一丝阴影，因为那些被告毕竟有罪，至少他认为他们有罪。

然而这回情况完全不同，他刚刚把一个清白无辜的人判为终身监禁，他不仅摧毁这个无辜者的自由，而且摧毁他即将得到的幸福：这回他不再成其为法官，而是个刽子手了。

维尔福想到这些，不免产生他从未领略过的感觉：我们上面描述的这种隐隐的敲击在他内心震荡，使他胸膛充满无名的恐惧，就好比一个受伤的人有本能的警告，知道剧痛的滋味，只要手指一接近流血的伤口就要颤抖，直到伤口愈合才能消除恐惧。

然而，维尔福的伤口不能愈合，或者愈合后还要裂开，流血更多，疼痛也更剧烈。

恰好在这时候，如果他的耳畔又响起蕾妮的甜美声音，如果梅色苔丝进来对他说："看在监视我们并审判我们的上帝份儿上，把我的未婚夫还

① 维吉尔(公元前70—前19)，古罗马诗人。

给我吧。”那么，这个迫于良心而半垂的额头就会完全低下去，他的冰冷的双手就会签署释放唐代斯的命令，而不顾由此可能引起的一切后果；但是没有一点窃窃的话语打破这沉寂，推门进来的不过是他的仆人，是来禀报旅行马车已经备好。

维尔福站起来，确切地说，他一跃而起，如同一个在一次内心斗争中获胜的人；他跑去打开写字台的抽屉，将全部金币倒进衣兜里，神色惶遽地环顾一下房间，手捂脑门，口里咕哝几句，最后感到仆人已把大衣披在他肩上，他终于出门，跳上马车，果断地吩咐车夫到巨流街德·圣-梅朗府门口停一停。

不幸的唐代斯就这样定罪了。

正如侯爵许诺的，维尔福在书房见到侯爵夫人和蕾妮。他一见蕾妮，不禁浑身一抖，怕她又要求情释放唐代斯。唉！应当说这是人自私的耻辱，美丽的姑娘现在只关心一件事：维尔福的离去。

蕾妮爱维尔福，不料在即将成婚之际，维尔福却要离开，还说不准何时回来，她现在非但不可怜唐代斯，反而诅咒这个把她和未婚夫拆开的罪人了。

梅色苔丝又该怨谁！

可怜的梅色苔丝拐进窝棚街，又碰见追随而来的菲尔南，于是二人回到卡塔朗村。梅色苔丝一头扑到床上，她悲痛欲绝，已气息奄奄了。菲尔南则跪在床边，抚摩她冰冷的手，梅色苔丝却不想抽回去，他又用滚烫的嘴唇频频吻这只手，梅色苔丝也毫无感觉。

一夜就这样过去，灯油熬干了，她既看不到灯光，也看不到黑暗；太阳又升起来，她也视若无睹。

哀痛蒙上了她的双眼，只让她看见埃德蒙。

“哦！你在这儿呢！”她朝菲尔南转过身，终于说话了。

“从昨天起，我就没有离开你。”菲尔南回答，又沉痛地长叹一声。

莫雷尔先生也不善罢甘休，他听说唐代斯受审之后，就被押到监狱，于是到处奔波，求助于他的各方朋友，拜访在马赛说话可能有影响的人

菲尔南跪在床边。

物。然而这时城中已盛传那个被捕的青年是波拿巴党联络员，而在这一时期，连最有冒险精神的人都认为，拿破仑东山再起、重登宝座的任何图谋，纯粹是丧心病狂的梦想。因此，莫雷尔所到之处，唯见冷淡、惧怕和拒绝，失望而归，不得不承认情况严重，谁也无能为力。

再说卡德鲁斯也极为不安，极为苦闷，但他没有像莫雷尔那样四处奔波救唐代斯，何况他也没有门路，而是弄了两瓶黑茶藨子酒，关起门来，想喝个酩酊大醉，驱逐惶惶不安的情绪。哪知他处于这种思想状态，用两瓶酒麻醉意识显然太少，结果酒喝完了，只有八九分醉，既不能再去买酒，也不能抹掉种种记忆，只好臂肘撑着瘸腿的桌子，干对着两只空酒瓶，看着霍夫曼在洒有潘趣酒的稿纸上描绘的幽灵，像无数黑色怪异的尘粒，在长芯儿蜡烛的反光中狂舞。

唯有丹格拉尔毫不担心和苦恼，他甚至幸灾乐祸，终于报复了一个仇人，确保他在法老号上一度怕失掉的职务。丹格拉尔这种人只会打小算盘，生来耳朵上就夹着一支笔，心口有一瓶墨汁，他认为世上一切全是加减乘除，把一个数字看得重于一个人的生命，因为这个数字会增加那人可能使之减少的总和。

丹格拉尔仍然按时上床，睡得很安稳。

维尔福拿到了德·沙维厄先生的信，亲了蕾妮的双颊，吻了侯爵夫人的手，再同侯爵握手告别，便驱车奔驰在艾克斯的大道上。

老唐代斯焦虑痛苦，已奄奄一息。

至于埃德蒙，我们已经知道他的遭遇。

第十章 杜伊勒里宫的小书房

暂且不表维尔福加倍付钱，日夜兼程飞奔巴黎，让我们先走进杜伊勒里宫，穿过两三间客厅，进入这间带有拱形窗户的小书房。这间小书房之所以出名，是因为它曾先后得到拿破仑和路易十八的青睐，如今又得到路易-菲力浦的宠爱。

此刻，这间小书房里有君臣二人，路易十八坐在一张胡桃木书案前面，这书案他特别喜爱，是从哈特韦尔带来的，这也是大人物生活中的一种癖好，他一边颇不经心地听一位头发灰白、仪容高贵而庄重的五十来岁的人说话，一边批阅格里菲乌斯版的《贺拉斯诗集》；这个版本虽受赏识，但颇不准确，不过，陛下在语文方面的许多精彩见解得益于这本书。

“您说什么，先生？”国王问道。

“我极其不安，陛下。”

“果真？您梦见七条肥牛和七条瘦牛啦？”

“不是，陛下，因为这种梦只是预示我国将七年丰产、七年饥荒，而有陛下这样英明的国王，饥荒并不足惧。”

“还有什么别的灾祸呢？我亲爱的布拉卡？”

“陛下，我认为，我完全有理由认为，南方一带正在酝酿一场暴风雨。”

“哦，亲爱的公爵，”路易十八答道，“我看您的情报不准，据我所掌握的可靠消息，那一带正相反，天气非常晴朗。”

路易十八虽然富有才智，但还是喜欢开廉价的玩笑。

“陛下，”德·布拉卡先生说，“您何不派可靠的人去视察朗格多克、普罗旺斯和多菲内，报告这三省的民情，哪怕只为了安抚一个忠心耿耿的臣仆呢?”

“Conimus surdis[①]。”国王回答，同时继续披阅《贺拉斯诗集》。

“陛下，”这位朝臣笑着答道，以显示他明白这个诗人的半句诗，“陛下完全有理由信赖法兰西的良知，但是我认为有人丧心病狂，图谋不轨，也不全无道理。”

“谁图谋不轨?”

“波拿巴，至少他的党羽。”

“亲爱的布拉卡，”国王说道，“您这么杞人忧天，都妨碍我工作了。”

“可是，陛下，您这么高枕无忧，却叫我难以安眠。”

“等一等，亲爱的，等一等，关于 Pastor quum traheret[②]，我有一条妙注，等一下您再继续讲。”

二人静默片刻，路易十八在《贺拉斯诗集》的页边，写下字体极小的这条新注，然后抬起头来，脸有得意色，显然是评注别人的见解时，自己有了一个见解，他说道：

“说下去，亲爱的公爵。说下去，我听着。”

“陛下，”布拉卡说，一时间他可望利用维尔福邀功，“我不得不对您说，令我寝食不安的，绝非毫无凭据的传闻，也绝非无稽之谈。有一个思想正统、深得我信赖的人，是我派去南方地区观察动态的，”公爵讲这句话时略微犹豫，“他乘邮车赶来向我报告：一场严重的危机正威胁陛下，因此我火速晋见。”

“Mala ducis avi domum[③]。”路易十八继续批注。

“陛下是吩咐我不要坚持了吗?”

---

① 拉丁文，意为：“我们为聋子唱歌”。

② 拉丁文，意为：“当牧人率领羊群的时候”。

③ 拉丁文，意为：“你持家险象环生”。

"哎,不,亲爱的公爵,不过,您伸一下手。"

"哪只手?"

"随便,往左边找一找。"

"这里吗,陛下?"

"我说左边,您却往右边找;我是说我的左边:对,就在那儿;您能找到警察总监昨天打来的报告……喏,说到就到,丹德烈先生本人来了……你是来通报丹德烈先生的吧?"路易十八中止谈话,问进来的掌门官。

掌门官确实来通报警察总监的:

"对,陛下,丹德烈男爵到了。"

"不错,是男爵,"路易十八微微一笑,又说道,"请进,男爵,您来对公爵讲讲,关于德·波拿巴先生您所了解的最新情况。无论局势多么严重,您丝毫也不要隐讳。厄尔巴岛是不是成了一座火山,要喷发出战争的火焰? bella, horrida bella[①]?"

丹德烈先生双手扶在椅子背上,极为优雅地摇晃着身子,他说道:

"陛下费神看了昨天的报告吗?"

"看了,看了;不过,公爵找不见报告,您对他谈谈其中的内容吧;详细讲一讲,窃国大盗在岛上干些什么。"

"先生,"男爵对公爵说,"陛下的臣仆听到从厄尔巴岛传来的最新消息,都要欢欣鼓舞。波拿巴……"

丹德烈先生看了看路易十八,只见他正专心写一条注释,连头也没有抬一抬。

"波拿巴烦闷得要死,"男爵继续说,"他终日待在隆哥港,观看矿工干活。"

"他以搔痒取乐。"国王说了一句。

"搔痒?"公爵问道,"陛下这话指什么?"

"不错,我亲爱的公爵。那个伟人,那位英雄,那个半神半仙,他得了

① 拉丁文,意为:战争,可怕的战争。

“请进，男爵，您来对公爵讲讲，关于德·波拿马先生您所了解的最新情况。”

皮肤病，痒疹，奇痒难忍，难道您忘记了吗？”

“不仅如此，公爵先生，”警察总监继续说，“我们几乎可以肯定，过不了多久，窃国大盗就要发疯。”

“发疯？”

“会完全疯癫：他的神经越来越衰弱，时而痛哭流涕，时而哈哈大笑；有时候一连几小时，他在岸边拿石子打水漂儿，如果石子一连跳五六下，他那满意的神情，就好像又打赢一马伦戈战役，或者奥斯特利茨战役。喏，您应当承认，这是疯病的征兆。”

“或是智慧的征兆，男爵先生，或是智慧的征兆，”路易十八笑道，“古代的伟大统帅，就是往海里抛石子来消遣的；不信，您看看普鲁塔克[①]写的《大西庇阿传》。”

面对这居安忘危的君臣，德·布拉卡先生陷入沉思，只恨维尔福怕别人抢了他的功劳，不肯亮出全部底牌，但毕竟透露点秘闻，足以引起他极大的不安。

“喂，喂，丹德烈，”路易十八说道，“布拉卡一点还不信服，您再讲讲窃国大盗如何改悔了。”

警察总监颔首。

“窃国大盗改悔啦！”公爵讷讷说道，他注视着像维吉尔诗中两个牧人、一唱一和的国王和丹德烈。“窃国大盗改悔了吗？”

“一点不错，亲爱的公爵。”

“改邪归正了；给他讲讲吧，男爵。”

“哦，是这样，公爵先生，”总监一本正经地说道，“最近，拿破仑进行一次视察，由于两三名老兵，现在他这样称呼他们，由于两三名老兵表示渴望返回法国，他就辞退并勉励他们要为他们仁慈的国王效力；这是他的原话，公爵先生，对此我深信不疑。”

“喂，布拉卡，您看怎么样？”国王得意扬扬地说道。他暂停批阅在面前翻开的这本经典著作。

“要我说：陛下，警察总监先生和我，必有一个搞错了；而警察总监是陛下安全和荣誉的卫士，不可能出错，那么失误的自然是我了。不过，陛下，如果问我的意思，我倒劝您问问我提到的那个人，我甚至坚持要您赏给他这个面子。”

“非常乐意，公爵，只要您高兴，我接见谁都可以，但我要手里拿着武

---

① 普鲁塔克（46/49—126），古希腊传记作家和历史学家。

器接见他。总监先生,您有没有比这更近的报告,这是二月二十日的,而今天已是三月三日啦!”

“没有,陛下,但是我正等着,随时都可能送来一份报告。从上午我就离开警察署,在我离开这段时间,报告也许到了。”

“那您就走一趟,如果还没有,嘿,嘿,”路易十八笑着继续说,“那您就造一份。您不是经常这么干吗?”

“哎!陛下!”总监说道,“谢天谢地,这种东西根本无需捏造;我们的办公桌上,每天都堆满了极为详细的告密信,是一大帮可怜的家伙写来的;他们期望受点恩泽,得个一官半职,也好为朝廷出力。他们都想碰碰运气,盼望有朝一日发生意外事变,证实他们的预见。”

“很好,去吧,先生,”路易十八吩咐道,“记着我还等您来。”

“我立刻回来,陛下,往返十分钟就够了。”

“陛下,那我就去叫我的信差。”德·布拉卡先生说道。

“别急,别急,”路易十八说道,“真的,布拉卡,我非得给您换换纹章不可,图形就是一只展翅的雄鹰,爪上抓着一只徒然挣扎的猎物,刻上这句格言:坚韧不拔。”

“陛下,我听着呢。”德·布拉卡先生说道,他不耐烦地咬着指甲。

“我想同您切磋一下这句话:Molli Eugiens anhelitu;您明白,这是讲狼追捕奔逃的鹿。您不是好猎手和猎狼行家吗?从您这双重身份,您觉得那只奔逃的鹿如何?”

“非常出色,陛下。我那信差就像您所说的鹿,他只用三天工夫,就乘邮车跑了八百八十多公里。”

“大可不必这么急如星火,疲于奔命,我亲爱的公爵;如今我们有了快报,只用三四个小时就能传到,也绝不会累得气喘吁吁。”

“唉!陛下,您对那个可怜的青年奖赏太不够,他长途跋涉,怀着满腔的热忱,来向陛下提供有用的情报,何况又是德·沙维厄推荐来的,恳求您接见他吧,哪怕是看在德·沙维厄先生的面子上。”

“德·沙维厄先生,我那御弟的侍从?”

“正是他。”

“不错,目前他在马赛。”

“他正是从马赛给我写信来。”

“他也向您提到这次阴谋叛乱吗?”

“没有,他只是向我推荐德·维尔福先生,要我引他来见陛下。”

“德·维尔福先生?”国王提高声音,“那位信差叫德·维尔福先生吗?”

“对,陛下。”

“从马赛赶来的是他吗?”

“正是他本人。”

“您怎么不早讲他的姓名呢?”国王又说,他的脸上隐有不安的神色。

“我还以为陛下不会知道他的姓名呢。”

“哎,知道,知道,布拉卡,这人老成持重,精明强干,尤其雄心勃勃。哦,对了,您知道他父亲的名字。”

“他父亲?”

“对,努瓦蒂埃。”

“就是那个吉伦特党徒努瓦蒂埃吗?贵族院议员努瓦蒂埃吗?”

“对,正是他。”

“陛下却任用这样一个人的儿子?”

“布拉卡,我的朋友,您根本没听明白,我说了,维尔福雄心勃勃,只要能飞黄腾达,他什么都可以牺牲,甚至他的父亲。”

“这么说,陛下,我应当把他带进来?”

“立即带进来,公爵,他在哪儿?”

“大概等在下面,在我的马车里。”

“去叫他吧。”

“遵命。”

公爵像个年轻人,风风火火地出去,他怀着对君主制的赤忱,仿佛只有二十岁。

努瓦蒂埃

路易十八独自留在书房，他的目光又移向翻开的《贺拉斯诗集》，低声吟道：

"Justum et tenacem propositi virum[①]。"

德·布拉卡先生以同样的速度重又上楼，但是走进前厅时，他不得不搬出国王的名义。司仪官德·布雷泽先生看到维尔福未穿朝服，又风尘仆仆，这种打扮居然要晋见国王，他不禁十分惊讶，并提出质疑。然而，公爵"奉王命"一句话，就扫清了一切阻难，不理睬要维护原则、继续劝阻的司仪官，带领维尔福径直进去了。

国王仍坐在原位。维尔福一打开房门，正好面对国王，这个年轻司法官下意识地收住脚步。

"进来，德·维尔福先生，"国王说，"进来吧。"

维尔福躬身施礼，向前走了几步，等待陛下垂询。

"德·维尔福先生，"路易十八继续说，"据德·布拉卡公爵讲，你有重要情况要告诉我们。"

"陛下，公爵先生说得不错，希望陛下听了也会认为很重要。"

"先生，详谈之前，首先我要问一句，别人要我相信，这次祸患很严重，依你看果真如此吗？"

"陛下，我认为来势凶猛；不过，幸亏我火速赶来，希望局势还不至于无法挽回。"

"好，先生，你要是愿意就长谈吧，"国王说，面对冲动而神情失态的布拉卡、激动而声音变调的维尔福，他也开始动容了，"讲吧，务必从头讲起：任何事情，我都喜欢井然有序。"

"陛下，"维尔福说道，"我要向您如实地报告；不过，此刻我心情慌乱，如果讲不清楚，还望陛下恕罪。"

他讲完这句谄媚的开场白，瞥了国王一眼，看到这位听他讲话的至尊和颜悦色，便放下心来，继续说道：

---

① 拉丁文，意为：一个公正而意志坚定的人。

“陛下，我尽快赶到巴黎，是要向陛下报告我在执行公务时发现的情况，那绝非刁民和军队中每天策划的种种微不足道的密谋，而是一起名副其实的谋反叛乱案，是一场直接威胁陛下宝座的风暴。陛下，窃国大盗武装了三条战船，他有所图谋，或许那是痴心妄想，但尽管如此，也可能会扰乱天下。此刻，估计他已离开厄尔巴岛，去什么地方？我不清楚，但肯定要登陆，不是在那不勒斯，就是在托斯卡纳海岸，甚或就在法国本土。陛下自然知道，厄尔巴岛主同意大利和法国始终保持联系。”

“对，我知道，”国王也矍然失色，说道，“最近还有人报告，说波拿巴党羽在圣雅克街频频集会。请你讲下去，这些具体情况，你是怎么获得的呢？”

“陛下，我是从一个马赛人的口中审问出来的，我已注意他很久，并在我动身的当天将他逮捕归案。那人是个喜欢滋事的海员，有嫌疑是波拿巴党徒，他曾秘密去厄尔巴岛，见到大元帅，又受大元帅的委托，将一个口头指令捎给巴黎的一名波拿巴党徒，但巴黎这个人的姓名，我始终未能审问出来，倒问出指令的内容，是让在巴黎的波拿巴党羽准备迎接复位（请陛下注意，这是供词），而且不久即可举事。”

“那个人在哪儿？”路易十八问道。

“押在监牢。”

“你觉得事情很严重？”

“极其严重，陛下。那天，我正举行订婚家宴，突然得知这一事变，就当即离开我的未婚妻和友人，把所有事情全撂下缓办，赶来投到王上的脚下，陈述我的忧虑，并敬献我的忠心。”

“不错，”路易十八说道，“你是同德·圣-梅朗小姐结成鸾凤之好吧？”

“正是同陛下一个最忠诚的臣仆的女儿结婚。”

“对了，对了。现在，还是回到这个谋反案上，德·维尔福先生。”

“陛下，我担心不止是谋反，恐怕是一场阴谋叛乱。”

“哦，在这种时候，”国王微笑道，“阴谋叛乱，说说倒很容易，要想成事却很难，因为我们先祖打下了基业，现在刚刚复位，我们全睁大眼睛，注视过去、现在和未来；近十个月以来，各部大臣都加倍警惕，地中海沿岸加强守备。假如波拿巴在那不勒斯登陆，那么他还没有开到皮翁比诺，就会遭到集结的联军的迎头痛击。假如在托斯卡纳登陆，那他就会踏上敌对的国土；他本来就遭到民众的深恶痛绝，又只带领一小撮人，假如在法国本土上岸，那我们就会轻而易举地把他们消灭。你就放心吧，先生，我们王室还是十分感激的。”

“咦！丹德烈先生回来啦！”德·布拉卡高声说。

这时，警察总监果然已到门口，只见他脸色苍白，浑身颤抖，眼睛失神，仿佛就要昏过去。

维尔福举步要告退，却一把被德·布拉卡先生拉住了。

第十一章　科西嘉的魔怪

路易十八看到这张大惊失色的脸，猛地推开面前的桌子。

“您怎么啦，男爵先生？”国王高声说，“我看，您这么惊慌，这么犹豫，难道同德·布拉卡先生所说的，同德·维尔福先生所证实的情况有关系吗？”

德·布拉卡先生则急忙走到男爵跟前，他作为政治家，看到这位朝臣面如土色，就不忍炫耀他的得意心情了；老实说，在这种情况下，他宁可让警察总监占上风，也不愿看到总监在这件事情上出丑。

“陛下……”男爵讷讷说道。

“到底怎么回事？”路易十八问道。

警察总监一时痛悔无及，就要投到路易十八的脚下，而国王却后退一步，皱起眉头，申斥道：

“到底讲不讲？”

“噢！陛下，多可怕的灾祸！我还值得宽恕吗？我要悔恨一辈子！”

“先生，”路易十八说，“我命令你快讲！”

“唉，陛下，窃国大盗于二月二十八日离开厄尔巴岛，三月一日登陆了。”

“在哪儿？”国王急忙问道。

“在法国，陛下，在朱安湾，昂蒂布附近的一个小码头。”

“窃国大盗三月一日在法国登陆，就在朱安湾，昂蒂布附近，距巴黎

警察总监一时痛悔无及，就要跪到路易十八的脚下。

一千公里，而直到今天，三月三日，你才得到这一消息！……哼！先生，你讲的这件事不可能：你不是收到假报告，就是发疯了。”

“唉！陛下，这是千真万确的！”

路易十八挥一下手臂，显露难以形容的气恼和惶恐。他腾地站起身，就好像心口和脸庞同时遭受意外的一击。

“在法国！”国王叹道，“窃国大盗到了法国！难道没有监视这个人吗？天晓得，也许有人跟他串通一气吧？”

“哎！陛下，”德·布拉卡公爵高声争辩，“绝不可指责丹德烈先生这样的人会有叛逆行为。陛下，我们都有眼无珠，警察总监也同大家一样，不过如此。”

“然而……”维尔福欲言又止，“哦，请原谅，请原谅，陛下，”他躬身说道，“热忱所至，竟然失仪，还请陛下恕罪。”

“说吧，先生，放胆说吧，”国王鼓励道，“只有你向我们预报了这场祸患，能帮我们想想补牢之策吗？”

“陛下，”维尔福答道，“在南方一带，那逆贼受人痛恨；依拙见，假如他贸然闯入南方，那么发动普罗旺斯和朗格多克两省反对他，可以说易如反掌。”

“当然了，这话不错，”总监插言道，“不过，他会取道加普和西斯特隆，向前挺进。”

“挺进，挺进，”路易十八说道，“难道他要直逼巴黎吗？”

警察总监哑口无言，等于完全默认。

“那么多菲内省呢，先生，”国王问维尔福，“你认为也能像普罗旺斯那样发动吗？”

“陛下，恕我直言，这是一个严酷的现实：多菲内省的民情，远远不如普罗旺斯和朗格多克。那里的山民多是波拿巴党羽，陛下。”

“嘿，”路易十八喃喃说道，“他的情报倒很准确。他带着多少人？”

“不知道，陛下。”警察总监答道。

“怎么，你不知道！你疏忽了，没有收集这一情报？这的确无关紧要。”国王补了一句，同时鄙夷地笑一笑。

“陛下，这情报我无法了解；快报上只有逆贼登陆的消息及其所取的路线。”

“你这快报是怎么到手的？”国王又问道。

总监垂下头，满脸涨得通红，讷讷答道：

“通过信号传递，陛下。”

路易十八朝前跨一步，像拿破仑那样叉起胳臂，他气得脸色刷白，说道：

“我流亡二十五年，在这二十五年间，我研究、体察并分析将由我治理的法兰西的人情物态，结果上天显灵，七国联军推翻了这个人，我又登上父辈的宝座，刚刚如愿以偿，不料我手中掌握的一种力量，竟然这样爆开，要把我击得粉碎！”

“陛下，这是劫数。”总监喃喃地说，他感到这样一种分量，在命运的天平上很轻，却足以压垮一个人。

“我们的敌人挖苦我们的话：什么没学到，什么没忘记，看来说得不错吧？如果我像他那样众叛亲离，那我还能聊以解嘲；然而，我周围的人，全是我一手提拔起来的，他们照看爱护我，应当胜过照看爱护他们自己，因为我的荣辱就是他们的荣辱，他们在我登基之前一无所有，在我退位之后仍将一无所有。毁于无能，毁于愚蠢，实在可悲可叹！哦！是的，先生，你说得对，这正是劫数。”

总监俯身垂头，听着这种冷嘲热讽；德·布拉卡先生不断擦拭沁满额头的冷汗；维尔福则心中暗笑，觉得自己的身价倍增了。

“倒台，”路易十八继续说，他一眼就看清王国濒临的深渊，“倒台，而且通过信号快报了解自己倒台的消息！噢！我宁可步王兄路易十六的后尘，登上断头台，也不愿这样被驱赶，走下杜伊勒里宫的楼梯，成为笑柄……成为笑柄，先生，你不明白在法国这意味什么，其实你应当明白。”

“陛下，陛下，请开恩！……”总监咕哝道。

“过来，德·维尔福先生，”国王又对这青年说道。此时这青年靠后伫立不动，注视反映一个王国风雨飘摇的谈话的进程；“过来，对这位先生说，他不知道的情况，别人事先都能了解到。”

“陛下，逆贼居心叵测，瞒过所有人，要推测他的企图，那实际上是强人所难。”

“好一个强人所难！对，这是一种大话，先生，只可惜，世上有些大话也同大人物一样，我都衡量过了。一位重臣，手下拥有偌大的机构，拥有

德·布拉卡先生

那么多办公室，那么多警察、便衣和密探，还有一百五十万法郎的秘密经费，要他了解一百二十公里法国海岸所发生的情况，这是强其所难！喂，瞧瞧这位先生，他仅仅是个司法官，手中毫无这种人员设备，却比您这掌握整个警察系统的人了解的情况还多，而他若有指挥信号发报机的权利，就能保住我这顶王冠了。”

总监那深恶痛绝的目光移到维尔福身上，维尔福则以胜者的逊让颔首。

“我这话不是讲您，布拉卡，”路易十八继续说，“虽然您并没有发现什么，但您至少头脑清醒，坚持您的怀疑；换了别人，很可能认为德·维尔福先生透露的消息不足为凭，甚或认为他企图邀功请赏。”

这话是对警察总监一小时前极为自信的言论而发。维尔福明白国王的用意，换了别人也许会忘乎所以，陶醉于这种嘉许，但他尽管看出总监失宠已成定局，却也怕从此多了一个死敌。警察总监在权势炙手可热的时候，未能识破拿破仑的密谋，如今要垂死挣扎，就有可能揭穿他维尔福的隐秘：其实，只要提审唐代斯，就会真相大白。维尔福转念至此，非但不落井下石，还要拉这位总监一把。

“陛下，”维尔福说道，“风云突起，来势迅猛，陛下自然明鉴，唯有上帝以雷霆之力方能制止；陛下以为我目光敏锐，洞烛其奸，而其实这纯系偶然。我身为忠实的臣仆，无非抓住了这个偶然机会。不要对我过誉了，陛下，以免将来您还要消除对我的最初印象。”

警察总监以深意的目光感谢这位青年，维尔福随即明白此举成功，他既赢得一位缓急可待的朋友，又不失一分国王的谢忱。

“很好，”国王说道，“现在，先生们，”他转身对德·布拉卡和警察总监说，“这里没事了，你们可以退下：余下的事情属于国防大臣的权限。”

“陛下，幸亏军队还可以信赖，”德·布拉卡先生说，“陛下知道，所有报告都描述他们多么忠于朝廷。”

“不要再提什么报告了，公爵，现在我算领教，对报告该如何相信。喂！既然提起报告，男爵先生，关于圣雅克街事件，你有什么新消息吗？”

“圣雅克事件！”维尔福不禁惊呼一声，但又戛然而止，解释说，“请原谅，陛下，我满怀对陛下的忠诚，时时忘记——当然是忘记礼仪，而不是忘记铭刻于心的对您的崇敬。”

“讲吧，没关系，先生，”路易十八又说道，“今天，你已经赢得询问的权利。”

“陛下，”警察总监回答，“关于这个事件，今天我刚晋见时，就是要向陛下报告我搜集到的新情报，不料海湾的噩耗传来，转移了陛下的注意力；现在，这种情报恐难引起陛下的丝毫兴趣。"

"恰恰相反，先生，恰恰相反，"路易十八说，"我认为这件事，同我们正关注的局势有直接关系，凯斯奈将军之死是条线索，顺藤摸瓜，也许会发现国内的大阴谋。"

听到凯斯奈将军的名字，维尔福不寒而栗。

"不错，陛下，"警察总监又说，"种种迹象表明，凯斯奈将军之死是一起谋杀案，并非像当初判断那样是自杀：据说，将军是离开波拿巴党一个俱乐部时失踪的。那天早晨，一个陌生人去找他，同他约好在圣雅克街见面；当时跟班正给将军梳头，听清了约会的地点是圣雅克街，可惜没有记住门牌号码。"

随着警察总监向路易十八报告这些情况，维尔福的心仿佛系在他的嘴唇上，脸红一阵白一阵。

国王又转过身去：

"德·维尔福先生，你是否同我的看法一样？那位凯斯奈将军可能被认为附逆，而其实完全忠实于我，恐怕他是在波拿巴党徒的一次伏击中毙命的吧？"

"有可能，陛下，"维尔福答道，"再也没有别的情况了吗？"

"已经找到定约会的那个人的踪迹。"

"找到那个人的踪迹？"维尔福重复道。

"对，将军的跟班描述了那人的相貌：那男子五十一二岁，深褐色头发，黑眼睛，眉毛很重，蓄留胡子，身穿一件蓝色燕尾服，纽扣上别着一枚荣誉骑士团勋章。昨天跟上一个人，其相貌同我描述的一模一样，然而跟到朱西埃娜街和公鸡鹭街的岔口，那人忽然不见了。"

维尔福靠在椅背上，他听着警察总监讲下去，只觉得双腿越来越发软，可是听说那个陌生人甩掉了跟踪的密探，这才松了一口气。

"还要追捕那个人，先生，"国王对警察总监说，"在这种时候，凯斯奈将军本来对我们极为有用，从各种情况来看，我认为他遭到暗杀，凶手是不是波拿巴党徒,都将严惩不贷。"

维尔福极力保持镇定,以免听到国王的谕示所产生的恐惧流露出来。

"怪哉!"国王悻悻然,继续说道,"警察当局讲一句:'发生一起谋杀案',就以为全讲清楚了,再补充一句:'正在缉拿凶犯',就以为完事大吉了。"

"陛下,至少在这一点上,可望陛下能够满意。"

"好吧,我们拭目以待;男爵,我不再挽留你了;德·维尔福先生,你长途旅行,必然很累,先去休息吧。你一定是在令尊府上下榻喽?"

维尔福眼前一黑。

"不是,陛下,"他答道,"我在图尔农街马德里饭店定了客房。"

"你见过他了吧?"

"陛下,我是径直去德·布拉卡公爵府的。"

"你总得去看看他吧?"

"没有这种打算,陛下。"

"哦!这就好了,"路易十八笑道,"我忘了你跟努瓦蒂埃的关系冷淡,这是你为王国大业作出的又一牺牲,我应当给予补偿。"

"陛下,您对我这么仁慈,已远远超过我的全部奢望,我对国王别无他求了。"

"不管怎样,放心好了,先生,我们不会忘记你的;眼下,"国王说着,从他蓝色礼服摘下一枚平时佩戴的勋章,递给维尔福,这是别在圣路易十字章旁边的加尔默罗山和圣拉扎尔圣母会章上面的荣誉骑士团勋章,"眼下,你先戴上这枚勋章。"

"陛下,"维尔福说,"您恐怕拿错了,这是军人的荣誉勋章。"

"真的,先生,"路易十八又说,"就接受这枚吧,我来不及另外给你要一枚勋章。布拉卡,您关照一下,把证书发给德·维尔福先生。"

维尔福眼睛湿润,闪着喜悦和自豪的泪花,他接过勋章,捧起来吻一吻。

"现在,"维尔福问道,"陛下对我还有什么谕旨?"

“你需要休息，先去休息吧；要知道，你在巴黎无法为我效力，但在马赛却对我用处极大。”

“陛下，”维尔福躬身答道，“过一小时，我就离开巴黎了。”

“去吧，先生，”国王又说道，“国王多忘事，如果我把您忘记，您就提醒我，不必有所顾虑……男爵先生，传旨召国防大臣进宫。布拉卡留下来。”

“嘿！先生，”警察总监出了杜伊勒里宫，对维尔福说，“您走的门路不错，官运有了保障。”

“这官运能否长久呢？”维尔福喃喃说了一句；他躬身同仕途已穷的警察总监告辞，便放眼寻找出租马车。

一辆马车经过码头大街，维尔福招手，待马车驶到面前，告诉车夫要去的地址，于是他钻进车厢，做起野心的美梦来。车行驶十分钟，到达指定地点；维尔福回到住所，吩咐备马，两小时之后出发，又吩咐侍候他用餐。

维尔福正要进餐，忽听门铃响了，听那铃声，来者显然是一个直率而坚定的人。跟班走去开门，维尔福听见来客提到他的姓名。

“已经知道我在这儿，能是谁呢？”这位青年心中发问。

这时，跟班回来。

“喂，”维尔福问道，“什么事？谁拉门铃？谁要见我？”

“一位生客，他不肯报姓名。”

“什么！不肯报姓名的生客？他来干什么？”

“他要同先生谈谈。”

“同我？”

“对。”

“他讲出我的姓名啦？”

“一点不错。”

“这生客外表如何？”

“唔，先生，来人五十上下。”

“矮个儿？高个儿？”

“跟先生的个头差不多。”

“头发眼睛，褐色还是金黄色的？”

“深褐色，近乎黑色：黑头发，黑眼睛，黑眉毛。”

“穿戴呢？”维尔福急忙问道，“穿戴如何？”

“穿一件排胸扣的蓝色长礼服，戴一枚骑士荣誉团勋章。”

“正是他。”维尔福面失血色，咕哝一声。

“没错！”相貌已描述过两次的那个人走进来说道，“好大的架子啊！儿子让老子在前厅候见，难道这是马赛的规矩吗？”

“爸爸！”维尔福高声说，“我没有弄错，一猜就知道是您。”

“既然猜出是我，”来客说着，把手杖立在角落，将帽子丢到一张椅子上，“让我来告诉你，亲爱的杰拉尔，既然猜出是我，还让我候在门外，你这样可不大讲孝道啊。”

“你退下吧，日尔曼。”维尔福吩咐一句。

仆人面露明显的惊异之色退出去。

第十二章　老子与儿子

来客正是努瓦蒂埃先生，他目送仆人出去，直到房门重新关上，随后又去打开门张望一下，显然怕有人在门外偷听：这种防范并非多此一举，从日尔曼突然退下的神色来看，这个仆人也不例外，身上仍有使我们先祖堕落的原罪。因此，努瓦蒂埃先生着意去关上前厅的房门，回头又把卧室的门关好锁上，这才过来向维尔福伸出手。维尔福注视他的一举一动，不禁深感诧异，疑惑不解。

“好家伙！亲爱的杰拉尔，”他盯着青年人笑道，而那笑容却深不可测，“你知道不知道，你这样子仿佛见到我不大高兴？”

“哪里，爸爸，”维尔福答道，“我高兴极了，只是没想到你会来，有点感到意外。”

“哦，是嘛，亲爱的朋友，”努瓦蒂埃先生坐下来又说道，“这话我同样可以对你讲。怎么搞的！信上向我宣布二月二十八日在马赛举行婚礼，可是三月三日却来到巴黎？”

“亲爱的爸爸，”杰拉尔说着，朝努瓦蒂埃先生近前靠了靠，“就算我来得突然，您也不要抱怨，还不是为您而来，还兴许能救了您。”

“哦，真的吗！”努瓦蒂埃舒适地躺在扶手椅上，“真的吗？那就谈谈吧，司法官先生，一定很有趣。”

“爸爸，圣雅克街有一家波拿巴党俱乐部，您听说过吧？”

“在五十三号？对，我是俱乐部的副主席。”

“爸爸，您这种镇定态度，真叫我不寒而栗。”

“有什么奇怪的，亲爱的？一个人曾受山岳派[①]的通缉，躲在运草车里逃出巴黎，在波尔多一带的荒原上，又受罗伯斯庇尔的密探的追捕，总算大风大浪里过来的嘛。哎，说下去，圣雅克街的俱乐部发生什么事啦？”

“发生这种事：凯斯奈将军被人叫去，他在晚上九点钟离开家门，第三天却发现在塞纳河里。”

“这个美妙的故事，是谁讲给你听的？”

“国王亲口讲的，先生。”

“好，我也不白听你的故事，”努瓦蒂埃接着说，“我要告诉你一条消息。”

“爸爸，您要对我说的，恐怕我已经知道了。”

“哦！你知道皇帝陛下登陆了吗？”

“小声点儿，爸爸，求求您了，首先是为了您，其次也为了我。不错，我早就知道这条消息，知道得甚至比您还早，这不，三天来，我从马赛日夜兼程赶到巴黎，途中心急火燎，恨不能把我的想法往前抛出八百公里。”

“三天啦！你疯啦？三天前，皇帝还没有登陆呢。”

“反正我知道这个计划。”

“怎么知道的？”

“通过一封信，是从厄尔巴岛写给您的。”

“写给我的？”

“是写给您的，让我从信差的皮包里给搜出来了。如果这封信落到别人手中，爸爸，此刻也许您已经被枪毙啦。”

维尔福的父亲哈哈大笑。

“算了，算了，”他说道，“帝国雷厉风行的办事方法，看来也让复辟王朝学到了……枪毙！亲爱的，你也太操之过急啦！那封信呢，放在哪儿

---

① 法国资产阶级大革命中的激进共和派。

啦？我十分了解你，绝不担心你会泄露出去。”

“让我烧毁了，唯恐遗留片纸只字：要知道，那封信就是您的判决书！”

“也能毁掉你的前程，”努瓦蒂埃冷淡地回敬一句，“是啊，我明白这一点，但有你保护，我什么也不怕。”

“岂止保护，先生，我还救了您。”

“哦，见鬼！事情来得严重了，你说明白点儿。”

“先生，那得扯回话题，再来谈谈圣雅克街的俱乐部。”

“看来这家俱乐部真让警察先生们头痛。他们何不认真找一找，准能找到！”

“他们还没有找到，但已经有了线索。”

“这是老生常谈，他们的伎俩我知道：警察当局办事不力，就搪塞说有了线索，于是政府就安心地等待，结果有一天，警察头子耷拉着脑袋，又来说线索断了。”

“对，不过，他们发现了一具尸体：凯斯奈将军被杀害了，这在世界各国都叫谋杀案。”

“谋杀，你说的？根本没有证据表明，将军是被人杀害的：塞纳河里天天能捞上人来，有想不开投河的，有不会游泳淹死的。”

“爸爸，您完全清楚，将军不可能想不开投河自杀，一月份大冷天儿，塞纳河里也没有人游泳。算了，算了，不要强辩，这一死亡就该判定为谋杀。”

“是谁判定的？”

“国王亲口讲的。”

“国王！我还以为他懂得点儿哲理，能明白政治上并不存在谋杀。亲爱的，你跟我一样清楚，政治上没有人，只有思想；没有情感，只有利害。政治上，不能说杀害一个人，那只是清除一个障碍。你想了解事情的经过吗？好吧，我来告诉你。大家原以为凯斯奈将军靠得住，他是厄尔巴岛方面推荐给我们的。我们的一个人去找他，约他到圣雅克街参加聚会，见几位朋友。他去了,并听人介绍了整个方案:从厄尔巴岛出发,登陆的计划,等等,全听到了,全听清楚了,再也没有什么要了解的了,他却忽然声称自己是保王党人,弄得大家面面相觑;叫他发誓保守秘密,他照办了,但显然十分勉强,简直等于冒险;尽管如此,大家还是放将军自由地离开,完全自由。他没有回家,亲爱的。别人有什么办法?他从俱乐部出去,竟然走错了路,仅此而已。谋杀!你这种说法实在叫我吃惊,维尔福,你还是代理检察官呢,进行指控就凭这样蹩脚的证据。而你呢,干保王党这一行,把我们的一个人判刑砍了头,我什么时候这么对你说:'我的儿子,你犯了一起谋杀罪!'没有,我仅仅说:'干得好,先生,这一仗你打胜了,等着明天报复吧。'"

"真的,爸爸,要当心,将来我们报复起来,那可是非常残酷的。"

"我不明白你的意思。"

"你还指望逆贼复位吧?"

"是这样。"

"您打错了算盘,爸爸,他朝法国内地走不了四十公里,就会像一只野兽似的被追捕,直到被擒获。"

"亲爱的朋友,这个时候,皇帝正向格勒诺布尔挺进,十日至十二日将抵达里昂,二十日至二十五日就要到达巴黎了。"

"民众会起来……"

"起来迎接他。"

"他只带领一点点人马,却要迎击数万大军。"

"大军将护卫他重返京都。老实说,亲爱的杰拉尔,你还只是个孩子,自以为消息灵通,就因为在登陆三天之后,从一份信号快报上得知:'窃国大盗携数人在戛纳登陆;正在追击。'然而现在他在哪儿?他在干什么?你一无所知,仅仅知道:正在追击。是啊,可以这样追击下去,一直追到巴黎也一枪不放。"

"格勒诺布尔和里昂两城忠于朝廷,森严壁垒,他难以跨越一步。"

"格勒诺布尔会全城沸腾,为他大开城门;里昂也要倾城相迎。相信我吧，我们跟你一样消息灵通，我们的警察也比得上你们的警察，要证据吗？就说你这趟旅行，本想瞒着我，可是你通过城关半小时之后，我就知道你到了；你的地址，除了你的车夫没有告诉任何人，可是我却知道，有事实为证：你刚要坐下用餐，我就来了。拉铃吧，再要一份餐具，咱们爷儿俩共进晚餐。”

“不错，”维尔福惊奇地看着父亲，答道，“不错，看来您是非常了解情况。”

“喏！事情极为简单：你们这些当权的人，你们的手段是花钱收买的；而我们等待掌权的人，我们的手段是献身精神提供的。”

“献身精神？”维尔福笑道。

“对，献身精神，这是用文雅的字眼，表达抱有希望的野心。”

父亲见儿子迟迟不动，就自己伸手拉铃叫仆人，却被维尔福制止了。

“等一等，爸爸，”他说道，“还有一句话。”

“说吧。”

“王国警察再怎么无能，却掌握一个重要情况。”

“什么情况？”

“就是凯斯奈将军失踪的那天早晨，到将军家里去的那个人的相貌。”

“哦！这高明的警察，知道这个情况？那人相貌如何呢？”

“棕褐的皮肤，头发、须髯和眼睛全是黑色的，穿一件蓝色礼服，纽扣上别一枚骑士荣誉团玫瑰花形勋章，戴一顶宽沿帽子，拿一根藤手杖。”

“哦！哦！警察了解这些情况？”努瓦蒂埃说，“既然如此，为什么不把那人抓起来呢？”

“因为昨天或前天，跟踪到公鸡鹭街拐角，他忽然不见了。”

“我怎么跟你说的？你们的警察就是草包。”

“对，不过，警察随时都可能抓到他。”

“是啊，”努瓦蒂埃说着，若无其事地扫视周围，“是啊，假如这个人没得到警告的话，然而他得到警告了，”他微笑着又补充一句，“他就要改变相貌和装束了。"

说罢,他站起身,脱下礼服,取下领带,走到他儿子物品齐全的梳妆台前,脸打上肥皂,拿起剃刀,用一只沉稳的手刮掉可能坏事的须髯,销毁警察掌握的宝贵资料。

维尔福注视着父亲,惊恐的目光中流露出几分钦佩。

努瓦蒂埃刮掉须髯,再拢一下头,换了个发型;他不再打自己的黑色领带,而是从敞着的箱子上面拿起一条花领带扎上,也不再穿自己的蓝色礼服,而是换上维尔福的大领口的栗色礼服,又对着镜子试一试儿子的卷沿礼帽,似乎对自己的打扮满意了,这才操起一根细竹手杖,呼呼抡了两圈,把自己的藤手杖仍丢在壁炉的角落;这根细竹杖本是文雅的代理检察官出门用的,好显得步履轻快,举止潇洒,这也是他的一个主要特点。

"怎么样,"努瓦蒂埃转瞬间化了装,转身对惊讶不已的儿子说道,"怎么样,现在你认为你的警察还能认出我来吗?"

"不能了,"维尔福结结巴巴地答道,"至少,我希望认不出来了。"

"好,亲爱的杰拉尔,"努瓦蒂埃接着说,"现在,这些衣物留给你,我相信你会慎重处理,全部销毁的。"

"唔! 爸爸,放心吧。"维尔福回答。

"是啊! 是啊! 现在我才相信你说得对,的确,你很可能救了我的性命;不过请放心,将来我会报答你的。"

维尔福摇摇头。

"你还不相信?"

"至少我希望你估计错了。"

"你还去见国王吗?"

"有可能。"

"你想在他的心目中成为预言家吗?"

"爸爸,预言灾祸的人,在朝廷是不受欢迎的。"

"不错,然而总有一天,会公正评价他们的;假设波旁王朝第二次复辟,到那时候,你就会被人看成伟大人物。"

“好吧，那我应当对国王讲什么呢？”

“你就这样对他说：‘陛下，在法国的民情、城市的舆论，以及军队的士气方面，有人向您谎报情况。您在巴黎称为科西嘉魔怪的那个人，在讷韦尔还呼作窃国大盗，而在里昂就已经成为波拿巴，在格勒诺布尔就被尊为皇帝了。您以为他受到追击，仓皇逃窜，而其实他正向前挺进，如同他带来的雄鹰一样迅疾；您以为他的士兵快要饿死累死，都想逃跑，而其实他们就像飞速滚动的雪球，越滚越大。陛下，您赶快走吧，将法国让给它的真正主人，让给不是收买、而是征服它的人。走吧，陛下，并不是因为您留下来有什么危险，您的对手相当强大，自然会饶过您，然而您是圣路易的子孙，如果受此再造之恩，要感激赢得阿科拉、马伦戈和奥斯特利茨各战役的那个人，那就无地自容了。’你就对他讲这些，或者，干脆什么也不对他讲；这趟旅行，你要讳莫如深，不要炫耀你到巴黎来干什么，或者干了什么；赶快乘车回去，如果说来时你日夜兼程，那么返回时就应日行千里，乘夜进入马赛，从后门溜回家，关在屋里老老实实，安安分分，不要抛头露面，尤其不要惹事生非；告诉你说，这一回，我敢发誓，我们定然认清敌友，给敌人以狠狠的打击。走吧，我的儿子，走吧，我亲爱的杰拉尔，把这当成父命，也可以看作朋友的忠告，诚能遵从，我们就会保留你的原职。这样，”努瓦蒂埃又笑着补充道，“假如在政治天平上你升我降，你就会有办法第二次救我的命。再见，亲爱的杰拉尔，下次旅行，务必到为父的家中下榻。”

在这场极为艰难的谈话过程中，努瓦蒂埃始终谈笑自若，他讲完这番话，就扬长而去了。

维尔福面如土色，心慌意乱，他跑到窗口，把窗帘撩开一条缝，望见他父亲从容不迫、若无其事地从两三个面目狰狞的人之间走过去；那几个人埋伏在墙脚石和街口，大概就是要抓那个大黑胡子、身穿蓝礼服、头戴宽沿帽的人。

维尔福敛声屏息，伫立在窗口，直到他父亲拐进布西街不见了。这时，他才扑向父亲丢下的衣物，将黑领带和蓝礼服压到他的箱底，将帽子揉作一团，塞进大衣柜的下面，又将藤手杖折为三段，扔进炉火中，然后戴上一顶旅行帽，叫来跟班，一眼就制止仆人想问的许多话，同饭店结了账，跳上备好待发的马车，赶到里昂时听说波拿巴已进入格勒诺布尔城，沿途唯见天下大乱的景象，到达马赛，他还因野心有望、初次显扬而心中激动不已。

第十三章　百日

努瓦蒂埃先生是一位杰出的预言家，事态急速变化，一如他预见。尽人皆知，从厄尔巴岛卷土重来，此举奇而又奇，神乎其神，自不待言前无古人，恐怕也是后无来者。

对这一猛烈的打击，路易十八只是虚张声势，软弱无力地抵挡一下：他对人原就缺乏信任，也导致他对事态缺乏信心。这个王国，确切地说这个王朝，刚刚由他重建起来，整个建筑物是由旧偏见与新思想构成的，基础极不稳固，上下摇摇欲坠，只要拿破仑推一把，就会轰然倾倒。由此可见，维尔福所赢得的国王的感激，此时非但无用，反而惹祸，因此他特别谨慎，没有佩戴那枚骑士荣誉团勋章。尽管德·布拉卡先生按国王的旨意，认真关照给他发来荣誉证书。

努瓦蒂埃不畏艰险，功劳卓著，在百日政变的朝廷中权重一时，没有他的保护，拿破仑无疑要把维尔福革职。这个一七九三年的吉伦特党人，一八〇六年的贵族院议员，就这样履行了诺言，保护了不久前曾保护过他的维尔福。

在不难预见会再次覆灭的帝国回光返照时期，维尔福的整个权势，全用来压下唐代斯险些扩散的秘密。

仅仅把检察官革职了，怀疑他态度暧昧，心怀二志。

帝国统治刚刚重新确立，即皇帝莅临路易十八刚离开的杜伊勒里宫，他在读者曾随维尔福参观过的小书房的胡桃木桌子上，还发现路易十八的敞盖的半盒鼻烟，并从那里向各方发出无数道命令；而在这一时期，马赛城中糜沸蚁动，尽管地方官员明令禁止，报复行为也一触即发；南方内战之火余焰未尽，现在又开始复燃，一群群人围着闭门不出的保王党宅第叫骂，公开尾追污辱胆敢出门的保王党人，稍一煽动就会发生越轨的行为。

我们曾指出，船主莫雷尔先生属于民众党派，虽说像所有勤苦经商、慢慢发家的人一样，为人谨慎，有点胆小怕事，但此时地位自然而然发生变化，再怎么受狂热的波拿巴党徒的挤兑、被斥为温和派，不能说有多大权势，可也终归有讲话的份儿，能提出自己的需求：不难推测，他的要求与唐代斯有关。

上司倒台了，维尔福却岿然不动；他的婚约仍然算数，但要暂缓，等待有利的时机。假如皇帝在宝座上坐得稳，那么他就另议婚事，自然有父亲替他操办。假如波旁王朝第二次复辟，路易十八再登王位，那么他和德·圣-梅朗侯爵都会权势倍增，两家结亲就更加门当户对了。

且说这位代理检察官暂时成为马赛的首席司法官。一天上午，下人推门进来，禀报说莫雷尔先生求见。

换了别人，准会迎上前去，然而维尔福是何等样人，他即或阅历不深，对人情世故却有一种本能，意识到过分殷勤，就等于向船主示弱，于是他还像波旁王朝复辟时期那样，哪怕身边没有客人，也要把莫雷尔撂在前厅，此举无非要表明代理检察官让人候见乃是惯例。他不慌不忙，看了两三份观点不同的报纸，拖了一刻钟，这才吩咐把莫雷尔先生让进来。

莫雷尔先生本以为维尔福肯定一蹶不振，不料发现他仍像六周之前的样子：神态平静而坚定，对人客气而冷淡；这种冷冰冰的礼貌，是雅士和俗人之间难以逾越的障碍。

莫雷尔先生来到维尔福的办公室，本以为这位法官一见到他就会吓得发抖，不料面对这位双肘伏案、目光询问的人物，他反而不寒而栗。

莫雷尔先生在门口站住。维尔福仿佛想不起他是谁，默默地审视了一会儿，只看得敦厚的船主发窘，手里直摆弄帽子，他这才开口问道：

维尔福仿佛想不起他是谁，默默地审视了一会儿。

“想必是莫雷尔先生吧？”

“正是我，先生。”船主回答。

“过来吧，”维尔福以保护者的姿态招招手，说道，“说说看，您来找我有何见教啊。”

“您一点也没有猜出来吗？”莫雷尔问道。

“没有。不过，您说吧，如能为您效劳，我很高兴。”

“这事完全由您作主,先生。”莫雷尔又说道。

“您就说说看。”

“先生,”船主继续说,他自信主持公道,态度明朗,因此随着讲话,他也渐渐镇定下来,“您还记得吧,在得知皇帝陛下登陆消息的前几天,我来求您宽大处理一个可怜的青年;他是我船上的大副,如果您还记得,他被指控和厄尔巴岛有关系;这种关系在当时算作罪名,而如今则是功劳了。那时您为路易十八效力不肯宽恕那青年,先生,那算是尽职。而如今,您为拿破仑效力了,就应当保护那青年,这也是您的职责。因此,我来向您打听那青年的情况。”

维尔福拼命稳住神,问道:

“那人的姓名,请问那人的姓名?”

“埃德蒙·唐代斯。”

显而易见,维尔福宁可跟人决斗,离二十五步远挨一枪,也不愿听人当他面说出这个名字。然而,他却不动声色。

“这样一来,”维尔福心中暗道,“别人就不能指责我逮捕那个青年,完全出于个人动机。”

“唐代斯?”他重复道,“您是说埃德蒙·唐代斯?”

“是的,先生。”

维尔福翻开旁边格子上的一大本登记册,又去查一览表,然后再查档案,这才转身,极其自然地问船主:

“您敢肯定没有弄错吧?”

莫雷尔若是精明些,或者了解这个案件的一些真相,那他就会觉得代理检察官的行为实在古怪:维尔福为何不打发他去找典狱长和省督,去查囚犯花名册,而要这样亲自答复根本不属于他的职权范围的问题。然而,莫雷尔怎么也看不出维尔福有惊惧之色,他认为这种殷勤的态度,既然不是做贼心虚,那只能是谦恭和易了。维尔福这一招果然奏效。

“哎!先生,”莫雷尔答道,“我不会弄错的;再说,那可怜的青年与我相识已有十年,为我干事也有四个年头了。您还记得吧?一个半月之前,我来求您对他手下留情，同样，今天我又来求您公正对待这个可怜的青年。那时您对我态度相当冷淡，很不乐于回答我。唔！这不足为怪，在那些日子，保王派对波拿巴派非常严厉。”

“先生，”维尔福答道，他又有机会卖弄他惯常的机敏和处变不惊的本事，“那时我是保王党人，相信波旁王室不仅奉天承运，继承大统，而且得到万民的拥戴。然而，拿破仑这次复位又是神工奇迹，向我证明我的判断有误。拿破仑以其天才获胜：合法的君主就会受到爱戴。”

“说得好！”莫雷尔粗豪爽快地高声说，“您这么说我就爱听了，看来埃德蒙要时来运转了。”

“等一等，”维尔福又翻阅一本卷宗，接着说，“找到了，他是名船员，对吧，正要娶一位卡塔朗姑娘？不错，不错，唔！想起来了，案情很严重。”

“怎么回事？”

“要知道，他从我这里被押到法院的监狱。”

“嗯，那又怎么样？”

“我呢，给巴黎打了报告，并附去从他身上搜出的材料。有什么办法，这是我的职责……关押一周之后，犯人就给提走了。”

“提走啦！”莫雷尔不觉提高嗓门，“究竟怎么处置了那可怜的青年？”

“哎！放心吧。他可能被押往弗内特雷尔、彼涅罗，或者圣玛格丽特群岛，拿行政术语来讲，这叫调离本土；您就等着瞧吧，说不定哪天，他忽然回来给您当船长了。”

“什么时候回来都行，位置给他留着。不过，也该回来，怎么还没回来呢？我认为波拿巴司法当局要办的头一件事，就应当释放被王国法院关押的人。”

“不要这么轻易地指责，亲爱的莫雷尔先生，”维尔福答道。“什么事情，都必须按照合法程序来办。囚禁令是上峰签发下来的，释放他的命令也必须由上峰签发。而拿破仑复位刚刚半月，撤销原判的指令恐怕也刚刚发出。”

“对了，”莫雷尔又问道，“现在我们胜利了，这些手续，难道就不能催促快办吗？我有几个朋友，都有一定势力，我可以求他们帮忙弄来撤销逮捕的命令。”

“并没有逮捕令。”

“那就从囚犯花名册上划掉他的名字。”

“政治案犯并不登记入册。政府有时从国家利益考虑，要干掉一个人而又不留任何痕迹，可是囚犯花名册却会给调查留下线索。”

“波旁王朝时期也许是这样，然而现在……”

“历来都如此，亲爱的莫雷尔先生。政府更迭，却换汤不换药；路易十四朝建立起来的惩罚机器，除了巴士底狱，如今还都在运行。在监狱制度方面，皇帝始终比太阳王还要严厉。没有入册的囚犯数不胜数。”

多么有主意，也架不住这样好心规劝，莫雷尔甚至没有起一点疑心。

“说来说去，德·维尔福先生，”莫雷尔说道，“您到底有什么好主意，能让可怜的唐代斯快点回来？”

“唯一的办法，先生，就是向司法大臣呈送一份请愿书。”

“哎！先生，谁还不知道请愿书是怎么回事：司法大臣每天能收到二百份，还看不上四份。”

“不错，”维尔福又说，“然而，一份请愿书由我批示，由我直接呈送，他就会看的。”

“您负责呈送这份请愿书吗，先生？”

“非常乐意。唐代斯就算那时有罪，如今总归是清白的了。那时判他入狱，如今释放他，同样都是我义不容辞的责任。”

查究虽不大可能，但不得不防，否则一经查实，他就要遭殃。

“您坐这儿写，我来口授。”维尔福说着，把座位让给船主。

“您肯费神吗？”

“当然了。我们耽误的时间已经太多了，不要再延误。”

“对，先生，想一想，可怜的小伙子在盼望，在受罪，也许绝望了。”

一想到囚犯在死寂和黑暗中诅咒他，维尔福就不寒而栗，但他走得太远，很难再退缩，只能将唐代斯置于他野心的齿轮中轧得粉碎。

“我等您讲，先生。”船主坐到维尔福的座位上，拿着笔说道。

于是，维尔福口授一份请愿书，毫无疑问，他用心良苦，极力夸张唐代斯的爱国精神及其为波拿巴所作的贡献；照请愿书上说，唐代斯简直成了拥戴拿破仑复位的急先锋；显而易见，司法大臣一审阅这份请愿书，如果错案尚未得到纠正，肯定会立即释放唐代斯。

请愿书写好，维尔福又高声朗诵一遍。

“这就行了。”他说道，“现在，就交给我去办吧。”

“很快就呈送吗，先生？”

“今天就呈送。”

“由您签发？”

“我要写上最好的批示，先生，证明您在这份请愿书中所说的话全部属实。”

说罢，维尔福也坐下来，在请愿书的一角写了批示意见。

“现在，先生，还要干些什么呢？”莫雷尔问道。

“等信儿吧，包在我身上。”维尔福答道。

有了这种保证，莫雷尔便抱着希望，告别心中得意的代理检察官，跑去告诉老唐代斯不久就能见到儿子了。

然而，维尔福并没有把请愿书呈送巴黎，却仔细保存在自己手中。这份请愿书现时可以救唐代斯，将来反能坑害他一辈子，因为根据欧洲的局势和事态的变化，明眼人都能预料一件事：波旁王朝的第二次复辟。

唐代斯囚在地牢，既听不到路易十八宝座翻倒的巨响，也听不到帝国倾覆更为巨大的轰鸣。

维尔福则眼观六路，耳听八方。在人称“百日”的帝国东山再起的短暂时期，莫雷尔两次前来催问，坚持要求释放唐代斯，而两次都让维尔福用许诺搪塞，用希望给安抚了。终于，滑铁卢一战，再定乾坤。莫雷尔不再去找维尔福了，这位船主为营救他的年轻朋友，已经尽了全力，到了波旁王朝第二次复辟时期，为此再行活动非但徒劳，而且会牵连自己。

路易十八重登王位。维尔福在马赛多行不义，不免内疚于心，便请求调任,蒙准去图卢兹城补检察长的空缺。赴任之后半个月,他就同德·圣-梅朗小姐结婚了,而此时他岳父在朝廷倍受恩宠。

由此可见,在"百日"期间和滑铁卢战役之后,唐代斯一直关在地牢,即使没有被人遗忘,至少被上帝置于脑后了。

丹格拉尔看到拿破仑重返法国,就明白他给唐代斯的这一打击多么重大:他的告发歪打正着,他像所有作孽无师自通,而生活却智力平平的人那样,把这种奇特的巧合诡称为"天命"。

不过,一旦拿破仑返回巴黎,再度号令天下了,丹格拉尔就心惊胆战,唯恐唐代斯洞烛其奸,有了权势,气势汹汹地前来报仇雪恨。于是,他向莫雷尔先生表示希望离开商船,并求船主把他推荐给一位西班牙商人;就这样,在3月底,即拿破仑再主杜伊勒里宫的十来天,他动身去了马德里,给那商人当了订货员,从此便杳无音信了。

菲尔南却一无所知。唐代斯不再碍眼,这是最主要的一点,至于唐代斯遭遇如何,他也根本不想打听。在情敌离开的这段时间,他一心考虑对策,想如何蒙骗梅色苔丝相信唐代斯被捕的原因,又想如何诱拐她并远走他乡的计划;有时心头实在郁闷,他就登上法罗角的岩顶,像一只苍鹰似的,坐在那里一动不动,忧伤地眺望通往马赛城和卡塔朗村的大道,看看会不会出现那个高扬着头、步伐轻快、在他看来也变成复仇天使的英俊青年。转念至此,菲尔南便横下一条心:一枪把唐代斯的脑袋打开花,然后自杀,心想这样就可以掩盖这种暗杀行径。但是,他这是欺骗自己:那个人始终抱有希望,是绝不会自杀的。

在此期间,帝国经历了许多痛苦的波折,终于动员最后一批兵力:皇帝大声疾呼,号召所有能拿动刀枪的男子出国征战。菲尔南也不例外,他要离开自己的木屋和梅色苔丝,但忧心惨切,深恐他的情敌随后回来,娶走他心爱的姑娘。

如果菲尔南真想自杀,那么他在辞别梅色苔丝之际就该动手了。

他对梅色苔丝的关心、对她的不幸所表示的同情,以及对她无微不至的关怀,这一切同自我奉献的各种姿态一样,终能感动高尚的心灵。梅色

他坐在法罗岬角的尖顶。

苔丝始终喜爱菲尔南,对他怀有深厚的情谊,而这种友谊又新增添了感激之情。

“哥哥,”这姑娘一边说着,一边帮菲尔南把新兵行囊挎在肩上,“哥哥,我唯一的朋友,你可不能死,你一死,丢下我一个人在这世上,就只能天天流泪了。”

在分手的时候讲这番话,又使菲尔南萌生了希望。如果唐代斯不再回来，那么有朝一日，梅色苔丝就可能许给他了。

在光秃秃的土地上，只剩下她孤零零一个人，梅色苔丝看大地一片荒凉，看大海一望无际，终日涕泪涟涟，如同悲惨的故事中所讲的疯女人，只见她总绕着卡塔朗小村子转悠，时而停在南方的火辣辣的太阳下，像尊雕像一动不动，默默地眺望马赛城的方向，时而坐在海岸边，倾听跟她的痛苦一样永不停息的大海的哀吟；她心中时时起念，还不如把身子往前一探，坠落下去，冲开海面，葬身那渊底，也省得忍受这种轮番的煎熬，这样毫无希望的等待。

梅色苔丝这样打算，也有勇气这样做，但她的宗教信仰帮了忙，她才没有自杀，保全了性命。

卡德鲁斯也应征入伍，不过他比菲尔南大八岁，又有家室之累，只是编入第三批动员的部队，随军开往海岸。

老唐代斯仅仅靠希望支撑着活在世上，随着拿破仑的倒台，他也失去了希望。

儿子被抓走之后，老人一天一天地盼，整整熬过五个月，终于在儿子被捕的同一时刻，他倒在梅色苔丝的怀里咽了气。

莫雷尔先生为他出了全部安葬费，并偿还了老人生病时所借的几笔小债款。

这种行为不仅需要有颗善心，还需要有极大的勇气。当时南方正汹汹扰攘，像唐代斯这样危险的波拿巴党徒，他父亲纵然要死在床上，谁去救护也得担着罪名。

时而停在南方的火辣辣的太阳下，像尊雕像一动不动。

第十四章　愤怒的囚犯和疯狂的囚犯

路易十八复位之后大约一年的光景，典狱总监到伊夫狱堡视察。

狱堡迎接总监视察，在上面闹得沸反盈天，而这声响传到唐代斯的地牢，就隐约难辨了，只有在黑夜的寂静中，听惯了蜘蛛结网，水珠在牢顶每小时聚成滴落的囚犯，才能听出上面的动静。

唐代斯猜出活人那里发生了非同寻常的情况；他久居墓穴，可以把自己看作死人了。

果然，总监正逐一察看房间、囚室和地牢。好几名囚犯接受了询问，当然都是老老实实或者蠢头蠢脑、得到监狱管理人员好感的人。总监问他们伙食如何，有什么要求。

他们都异口同声地回答伙食太糟，都要求自由。

于是，总监又问他们还有什么别的话要讲。

他们摇摇头。除了自由，囚犯还能希求什么呢？

总监微笑着转身对典狱长说：

"我实在不明白，为什么让我们作这种毫无意义的巡视。见到一个囚犯，就等于见到上百囚犯；听到一个囚犯申诉，都等于听到上千囚犯申诉；总是一个腔调：伙食太糟啦，无辜冤枉啦。这儿还有别的囚犯吗？"

"有哇，危险的和发疯的囚犯，都关在地牢。"

"哦，"总监不胜其烦地说道，"咱们把差事干到底，下地牢走走吧。"

"等一等，"典狱长说道，"至少去叫两个卫兵来。有时囚犯活腻了，故意找死，会丧心病狂地下黑手，很可能会伤害到您。”

“那就防范些吧。”总监说道。

于是，派人去叫来两名士兵，他们一行人走下楼梯，这里潮湿霉烂，恶臭不堪，仅仅经过一下，视觉、嗅觉和呼吸就难以忍受。

“嘿！”总监中途站住，叹道，“这鬼地方，什么人住的？”

“一名极危险的谋反分子、亡命之徒，押来时特意要我们严加看守。”

“他是单独关押吗？”

“当然。”

“他关在这里有多长时间啦？”

“将近一年了。”

“一进来就把他关在这儿了？”

“不，先生，是他要干掉给他送饭的狱卒之后。”

“他要干掉狱卒吗？”

“对，先生，就是给我们照亮的这个，对不对，安托万？”典狱长问道。

“对，他是想要我的命。”狱卒答道。

“真的呀！这人不就是个疯子吗？”

“比疯子还凶，简直是魔鬼。”狱卒说道。

“要不要对他起诉？”总监问典狱长。

“不必，先生，对他的判处已经够重的了，再说，现在他差不多疯了，根据我们观察的经验，再过不了一年，他就会完全疯了。”

“唔，那对他反倒好，”总监说道，“一旦完全疯了，他也就不知道痛苦了。”

由此可见，这位总监充满了人道精神，完全胜任这种悲天悯人的使命。

“您说得对，先生，”典狱长说道，“您这种看法表明，您深入研究了这个问题。喏，我们这儿就关押着一个老神甫，他的地牢和这间地牢相隔二十步，要从另一个楼梯下去；他原是意大利一个政党的头头，从一八一一年起押解到这里，大约一八一三年底，神经就失常了，外形也简直判若二人:他说哭就哭,说笑就笑,说瘦就瘦,说胖就胖。别看这个了,还是去瞧瞧他吧,好吗?他犯起疯病挺叫人开心,丝毫也不叫人伤心。”

“两个我全看看,”总监答道,“做事嘛,就应当尽心尽力。”

总监上任第一次巡视,他想给上峰一个好印象。

“先进这里看看吧。”他又说道。

“好吧。”典狱长应了一声。

于是,他示意狱卒打开牢门。

唐代斯正蜷缩在地牢的角落,带着难以名状的喜悦,享受从狭小的螺旋状铁窗射进来的一线阳光,这时听见开大锁的哗啦声,生锈的牢门开动的吱扭响,他才抬起头,忽见来了一位生客,由两名执火把的狱卒给照亮,两名士兵护卫,旁边还有手拿帽子的典狱长陪着说话。唐代斯当即明白这阵势,看出他祈求上诉的机会来临,于是合拢双手,猛然向前一蹿。

士兵立即交叉刺刀抵住,他们还以为囚犯要对总监行凶呢。

总监也后退一步。

唐代斯明白他被人看作危险的囚犯。于是,他把人心所蕴涵的温驯和谦卑都集中到眼神里,并力图打动来者的心灵,极为笃诚地申诉,这种合情入理的雄辩令在场的人深为诧异。

总监一直听完唐代斯的陈述,转身对典狱长小声说道:

“他会改恶从善的,从现在的情绪看,他会变得更为驯顺。瞧,他还有恐惧感,见到刺刀就退缩了,真要是个疯子,面对什么也不会后退。关于这一点,我在夏朗东做过非常有趣的观察。”

接着,他又转身问囚犯:

“简单说来,你有什么要求?”

“我要求了解我犯了什么罪,我要求给我派来法官,调查我的案子,总之,我要求公道,如果证明我有罪,那就枪毙我,如果证明我是冤枉的,那就把我放了。”

“你的伙食还好吗?”总监问道。

“嗯,我想还好,我也不知道,这都无所谓。但是,不仅对我这个不幸的囚犯，而且对所有主持正义的法官，对统治我们的国王来说，要紧的是不能让一个清白无辜的人受无耻告密的陷害，不能让他在诅咒刽子手的声中冤死在大牢里。”

“今天倒十分恭顺，你可并不总是这样啊，”典狱长说道，“就说你要打死狱卒那天吧，讲话却是另一副腔调。”

“不错，先生，”唐代斯回答，“我这里诚心诚意地请他原谅，这人待我一直很好……唉，有什么办法？当时我发疯了，简直疯狂了。”

“现在不那样啦？”

“不了，先生，囚禁的生活把我压服，把我压垮了……我关在这儿太久啦！”

“太久啦？……你是什么时候被捕的？”

“一八一五年二月二十八日，下午两点钟。”

总监算了一下。

“现在是一八一六年七月三十日。有什么说的呢？你才关了十七个月。”

“才十七个月！”唐代斯又说。“噢！先生，您哪儿知道，坐十七个月大牢是什么滋味，等于苦熬十七年、十七个世纪，尤其对我这个快要得到幸福的人。您想想看，当时我正要同一个心爱的姑娘结婚，有一个好前程，可是刹那间，全都丧失了；本来在无比明媚的阳光下，不料一下子堕入黑沉沉的长夜，眼看自己的前程毁掉，既不知道心爱的姑娘是不是变了心，也不知道老父亲是死是活。一个人呼吸惯了海上的空气，过惯了船员的自由自在的生活，看惯了海阔天空、一望无际的空间，一连蹲了十七个月监狱！十七个月呀，先生，就是犯了人类语言所指明的滔天大罪，这样处罚也太重啊！可怜可怜我吧，先生，我不求宽容，只求公道，不求赦免，只求审判。见法官，先生，我只求见法官；总不能拒绝一名被告见法官吧。”

“好吧，到时候看吧。”总监答道。

随即转身，又对典狱长说：

"老实讲,这个可怜的家伙叫我心里难过。上去之后,您把他的档案给我看看。"

"当然,"典狱长回答,"不过我认为,您只能看到对他不利的罪行记录。"

"先生,"唐代斯继续说,"我知道您不能擅自决定把我从这里放出去,但是您能把我的请求转告当局,您能促使进行一次调查,总之,您能让我受审;让我明白我犯了什么罪,给我判了什么刑;要知道,把人蒙在鼓里,这是最残忍的刑罚。"

"你要给我说明白。"总监答道。

"先生,"唐代斯提高嗓门说,"听您的口气我就明白您动了心,先生,对我说等着好信儿吧。"

"我不能对你这样讲,"总监答道,"我只能答应查一查你的档案。"

"哈!先生,那我就自由了,我就得救了。"

"是谁逮捕你的?"总监又问道。

"德·维尔福先生,"唐代斯答道,"您去见见他,同他商量好。"

"德·维尔福先生离开马赛有一年了,调到图卢兹去了。"

"唔!这就不奇怪了,"唐代斯自言自语,"原来我的唯一保护人给调走了。"

"德·维尔福先生跟你有什么私怨吗?"

"没有,先生,他对我倒很和善。"

"那么,关于你的案子,我能相信他留下的记录,或者他将向我提供的证词吗?"

"完全可以相信,先生。"

"那好,你等信儿吧。"

唐代斯双膝跪下,手臂举到半空,喃喃祷告,祈求上帝赐福给这个人,他说这个人降临他的囚室,如同到地狱拯救灵魂的救世主。

牢门重又关上,但是随总监下来的希望,也留在了唐代斯的地牢了。

"您是要立即查档案,还是先去神甫的地牢?"

“听您的口气我就明白您动了心，先生，对我说等着好信儿吧。”

“一下子把地牢看完算了，”总监答道，“我若是回到上面，恐怕就没有勇气下来继续这种可悲的使命了。”

“哎！这个囚犯绝不像那一个，比起他邻居的理智来，他的疯病倒不那么令人伤心。”

“他是怎么个疯法？”

“嘿！非常奇特：他自以为拥有大量财宝。关押的头一年，他请政府释放，愿意出一百万赎身；第二年出二百万，第三年出三百万，这样年年加

法里亚神甫

码。现在是第五个年头，他肯要求同您密谈，表示愿意出五百万。"

"嗬！嗬！还真有意思，"总监说道，"这位百万富翁叫什么名字？"

"法里亚神甫。"

"二十七号？"总监又问。

"就是这里。安托万，把门打开。"

狱卒遵命打开牢门，总监好奇的目光跟着探进"疯神甫"的地牢里。

"疯神甫"，狱中都这样称呼这个囚犯。

只见牢房中央,一个衣不蔽体的男人,趴在用墙上的石灰块在地面画的圆圈里,正相当清晰地勾画几何图形,埋头演算问题,就像阿基米德被罗马士兵杀害时的情景。开启牢门这么大声响,他也没有动一动,直到火把异乎寻常地照亮他工作的潮湿地面,他才回过头来发现牢房里来了一大帮人,不禁诧异,赶紧起身,从破床的床脚操起破被,慌忙披到身上,这样才好见人。

"您有什么要求?"总监直截了当地问道。

"问我吗,先生!"神甫愕然答道,"我没要求什么。"

"您没有听明白,"总监又说道,"我是政府派来的视察员,奉命检查监狱,听取囚犯的要求。"

"唔!先生,这就是另码事了,"神甫高声说道,"希望我们能谈得拢。"

"瞧,"典狱长低声说,"我怎么对您讲的,他这不是又来啦?"

"先生,"囚犯继续说,"在下是法里亚神甫,罗马人,曾给红衣主教罗皮格利奥西当过二十年秘书。我于一八一一年初被捕,什么原因我不大清楚;被捕之后,我一直向意大利和法国当局要求释放我。"

"为什么还向法国当局要求呢?"典狱长问道。

"因为我是在皮翁比诺被捕的,据我推想,皮翁比诺跟米兰和佛罗伦萨一样,成了法国一个省的首府了。"

总监和典狱长相视而笑。

"见鬼,我的朋友,"总监说道,"您这种关于意大利的新闻可不新鲜了。"

"这是我被捕那天的新闻,先生,"法里亚神甫答道。"那时,皇帝陛下已为刚刚出世的皇儿建立了罗马王国,我根据他扩展疆土的进程,推想他已经实现了马基雅维里和恺撒·博尔吉亚的梦想,把全意大利建成统一的王国。"

"先生,"总监说道,"幸而上天作了一些修改,看来,您对这个伟大的蓝图还挺热心呢。"

"要把意大利建成一个独立和强盛的国家,舍此别无良策。"神甫答道。

"这有可能,"总监又说,"不过,我到这儿来,不是要听您阐述意大利的政治,而是要问您,刚进来时就问过,您对食宿两方面,是否有什么要求。"

"吃的嘛,各个监狱都一样,"神甫答道,"也就是说糟透了;至于住的地方,您也亲眼看到了,这儿又潮湿又不卫生,不过,既是地牢,也就说得过去了。这些都无关紧要,现在,我要向政府透露的,是极其重要、极其珍贵的秘密。"

"这不来了。"典狱长低声对总监说道。

"正因为如此,我非常高兴见到您,"神甫继续说,"尽管您打断了我的演算,不瞒您说,这次演算意义十分重大,如若成功,或许能改变牛顿定律。您能赏脸,同我单独谈谈吗?"

"嘿!我怎么说的!"典狱长悄声对总监说道。

"您对这里的囚犯了如指掌,"总监微笑着答道;随即转身,又对法里亚说:"先生,您向我提出的请求办不到。"

"然而,先生,"神甫又说,"若是能让政府收入一笔巨款,比方说五百万呢?"

"真的,"总监又转身对典狱长说,"连数目您都说得一点不差。"

"喂,"神甫见总监要走,急忙说道,"也不一定非要单独谈话,典狱长先生可以在场。"

"亲爱的先生,"典狱长在一旁说,"可惜,您要讲的话,我们事先都知道,都能背下来了。您要谈您的财宝,对吧?"

法里亚凝视这个讪笑的人,此时若有个旁观者,他肯定能看出神甫的眼神闪现理智和诚意的光芒。

"当然喽,"神甫答道,"我不谈这个,还能谈什么呢?"

"总监先生,"典狱长接着说,"这个故事,我能跟神甫讲得一样动听,因为这四、五年来,我听得耳朵都起茧子了。"

“这就表明，典狱长先生，”神甫又说道，“您同《圣经》上所说的那些人一样，长眼看不见，长耳听不着。”

“亲爱的先生，”总监说道，“政府财政充裕，谢天谢地，用不着您的钱，还是留着您出狱那天用吧。”

神甫眼睛张大了，他一把抓住总监的手，说道：

“万一我出不了狱，万一他们不顾天理人道，一直把我关在这间地牢里，万一我没有把我的秘密留给人就死在监牢，那么财宝可就白白扔掉！让政府分享，我也有一份儿，岂不更好吗？先生，我甚至可以出六百万；对，我愿意放弃六百万，只要余下的部分，来换取我的自由。”

“老实讲，”总监压低声音对典狱长说，“如果不知道这个人是疯子，听他这信誓旦旦的口气，真以为他讲的是真话。”

“我不是疯子，先生，我讲的就是真话，”法里亚又说道，他以囚犯所特有的敏锐听觉，一字不漏地抓住了总监的话。“我所说的财宝，确确实实存在。我提议同您签个协定，写明我指出地点，您带我去，在你们监视下挖掘；如果我说谎，如果什么也没有找到，如果我像你们说的是个疯子，那好，你们就把我押回这间地牢，就是关我一辈子，直到死去，我也不再向您，也不再向别人提任何要求了。”

典狱长哈哈大笑，问道：

“您埋藏财宝的地方离这里远吗？”

“将近一百古里。”法里亚答道。

“您想得倒挺美啊，”典狱长说道，“如果所有囚犯都想开开心，出去旅行一百古里，如果狱卒答应陪同前往，那么，这不是囚犯逃跑的极好机会！他们肯定要伺机溜之大吉，而这样的长途旅行，是不乏这种机会的。”

“这是老办法了，”总监说道，“神甫先生都称不上是发明者。”

然后，他又转身对神甫说：

“我刚才问您吃得好不好？”

“先生，”法里亚答道，“您指基督向我发誓，如果我的话属实，您就放

“先生，您指基督向我发誓，如果我的话属实，您就放了我。”

了我，那我就告诉您埋藏财宝的地点。”

“您吃得好不好？”总监重复问道。

“先生，这样您不冒一点风险，我留在狱中，由你们去找，您瞧，我绝不是想乘机潜逃。”

“您还没有回答我的问题。”总监不耐烦地又说道。

“您也没有回答我的问题！”神甫提高了嗓门。“您和不肯相信我的所有疯子,都应当受到惩罚。您不接受我的金子,那我就留给自己;您不肯给我自由,上帝会给我的。走吧,跟你没话说。”

说罢,神甫抖掉被子,捡起石灰块,重又坐到圆圈里,继续画线和演算。

“他在那儿干什么呢?”总监出门时问道。

“计算他的财宝。”典狱长又挖苦一句。

法里亚极其轻蔑地瞥了一眼,回敬这种嘲讽。

这帮人出去,狱卒又锁上牢门。

“他的确有可能拥有过财宝。”总监边上楼边说道。

“或者他梦想拥有过财宝,”典狱长应声说道,“结果次日醒悟过来就疯了。”

“的确,他果真有钱,也就不会坐牢了。”总监又说道,这无疑是贪官污吏的自白。

法里亚神甫的冒险尝试,就此宣告结束。他仍为囚犯。而且在这次视察之后,这个令人开心的疯子名气更大了。

换了那些寻宝的好汉、追求荒诞不经的英才,诸如卡利古拉[①]或尼禄[②],他们肯定会倾听这个可怜的人的提议,同意他以高价换取空气和空间,换取自由。然而,现今的国王,头脑却囿于现实可能的圈子,丧失了狂想妄为的胆量;他们发旨令,却怕聆听的耳朵,他们做事情,又怕审视的目光;他们不再觉得自身是天之骄子、超人的龙种,仅仅是头戴王冠的凡人了。从前,他们自以为,起码自称是天神朱庇特的子孙,还多少有一点天神的风范:九霄云外所发生的情况,凡人是无从捉摸的。可是如今呢,那些君主都安常守顺,甘与凡人为伍了。但凡专制政府,绝不容许将牢狱和酷刑的惨相公之于众,而大堂审问,严刑拷打,被折磨得血肉模糊的人犯,

---

① 卡利古拉,罗马皇帝(37—41 年在位),即位后不久患了一场重病,病愈后行为失常,变得十分残暴。

② 尼禄,罗马皇帝,公元 54 年继承皇位,头几年施行仁政,59 年他下令处死自己的母亲,62 年又下令处死妻子,暴露凶残的本性。

也绝不能在公众场合重新露面。同样，疯癫——经受精神折磨之后，在地牢的泥淖中长出的这种痈疽，也总是掩盖在原发的地点，即使出来，也是把人送到与世隔绝的阴森的疯人院，而行刑疲惫的狱卒所送去的，只是丧失人形的一具躯骸，医生已无从辨认其人其思想了。

法里亚神甫在狱中神经失常，唯其疯癫，就要终身坐牢了。

至于唐代斯，总监倒还信守诺言，上楼到了典狱长的办公室，查了犯人花名册，看到唐代斯的罪录：

> 埃德蒙·唐代斯　狂热的波拿巴党徒，积极参与逆贼从厄尔巴岛的卷土重来。秘密监禁，严加看管。

这一条笔体和墨迹都与其余部分不同，显然是在唐代斯入狱后补加的。总监在这大括号下面注了一句：

> 无能为力。

可以说经过这次视察，唐代斯的精神又振作起来；他入狱之后，没有顾上计算时日，但是知道了总监告诉他的新日期，他就用从牢顶掉下的一个石灰块，在墙壁上写了“一八一六年七月三十日”，从此每天画一道，以免再把日期忘记。

一天一天过去，继而一周一周、一月一月过去，唐代斯依然等待着；起初预计半个月就能获释，他认为总监处理这案子，能拿出他所表露的一半兴趣，有半月时间也就足够了。半个月过去了，唐代斯又一转念：以为总监回巴黎之前就会管他的案子，这种想法实在荒唐；估计视察要持续一两个月，然后总监才可能返回巴黎，于是他又把日期延至三个月。可是三个月过去了，他又有新的推断，于是又作了六个月的打算；六个月复又过去，结果一天天算下去，他发现足足等了十个半月。在这期间，狱中生活毫无变化，他也没有收到堪可慰藉的消息；问狱卒，狱卒跟往常一样像个哑巴。

唐代斯开始怀疑自己的感官,莫不是把头脑中的一种幻象当作记忆中的一件事,而在他牢中显现的安慰天使,仅仅借梦幻的翅膀降临?

一年之后,典狱长调任,去哈姆要塞当司令官,并带走不少属员,包括看管唐代斯的那个狱卒。新典狱长到任,他觉得要记住所有犯人的姓名费时太多,干脆把他们编号。这座狱堡设有五十间牢房,囚犯就按各自的囚室编号称呼。因此,可怜的青年不再叫埃德蒙·唐代斯,而叫三十四号了。

第十五章　三十四号和二十七号

被人遗忘的囚徒所遭受的各种程度的痛苦,唐代斯都尝遍了。

起初他很骄矜,这是心存希望、自信清白所产生的一种情绪;继而,他开始怀疑自己是否真的无罪,这反倒证实了典狱长认为他神经错乱的看法;最后,他从傲气的顶端跌下来,还没有祈求上帝就向人乞怜了:直到走投无路才求上帝。这个不幸的人本应一开始就求主保佑,只是在一个个希望破灭之后才愿意祈求上帝。

唐代斯竟然请求给他换个牢房,哪怕移到更黑更深的地牢,哪怕条件更糟,也总算有点变化,能在几天内分神解闷。他恳请让他放风,给他书籍和乐器,但是一样也没有准许,可他不管那一套,还照样要求。新来的狱卒,哪怕比原先的狱卒更加沉默寡言,唐代斯还是要跟他说话,并且习以为常;跟一个人说说话,即使面对一个哑巴说话,也不失一种乐趣,可以听见自己的声音。他也曾试图自言自语,然而听了不免胆战心惊。

唐代斯入狱之前,时常想象大牢的可怕景象,那里聚集流浪汉、强盗、杀人犯,他们结成生死之交、高呼狂饮、寻求低级下流的乐趣。然而,唐代斯此时竟希望被投进那样一个巢穴里,也好看到其他面孔,省得只见这个有口不开、面如泥塑的狱卒。他甚至羡慕那些苦役犯,认为他们虽然身穿耻辱的号服,脚下拖着锁链,肩上打了烙印,但毕竟生活在人世,能在外面看到天空,呼吸新鲜空气,总还是幸运的。

有一天,他恳求狱卒给他一个同伴,不管什么人,哪怕是他听说的那个疯神甫也好。这个狱卒不管多么冷酷无情，但多少还保留点人性，他看着这个不幸的青年遭受如此严厉的囚禁，表面上无动于衷，而内心却萌生怜悯之情，于是向典狱长转达了三十四号的请求。然而，这位典狱长像个搞政治的人，事事谨慎，竟以为唐代斯图谋不轨，想煽动囚犯，找个帮手一同越狱，因此拒绝了犯人的请求。

正如我们指出的，唐代斯穷尽了人谋，陷入绝境，就必然转向上帝。

身遭厄运的人要拾取的失落人间的所有虔诚之念，都一齐来抚慰他的心灵。他想起了母亲教会他的祈祷，从中品出他从前不解的涵义。的确，人在顺境中，觉得祷告不过是空洞词语的堆砌，而一旦遭难受苦，也就领悟了向上帝祷告的语言多么崇高神妙。

他祈祷，不是笃诚地，而是狂热地祈祷，放大嗓门，听到自己的声音也不再心惊胆战了。他进入一种心醉神迷的状态，每祷告一句都看见上帝显形。他把自己默默一生的每个行为，都交给万能的主去评价，从中引出种种教训，规定自己所应完成的任务。每次祈祷结束时，他总要塞进一句："宽恕我们的冒犯吧，如同我们宽恕冒犯过我们的人。"其实，这句有所企图的祈愿，往往是人对人，而非人对神的用语。

唐代斯这样虔诚地祈祷，但仍然被关在牢中。于是他的情绪转为忧郁，眼前聚积起乌云。在他看来，过去的一切遮着一道黑幕，唯有借科学才能掀开。他在牢里独自一人，头脑里空空如也，难以重现逝去的时代，复活灭绝的民族，再造毁灭的城市，因为逝去的这一切经过想象的夸张与诗化，在世人心目中已经变得宏伟壮观，如同马丁①取材巴比伦的画卷那样，被天火照得通明透亮了。唐代斯只有十分短暂的过去、十分黑暗的现时、吉凶难卜的未来：也许要在永无尽头的黑夜里思考光明的十九年！没有任何排遣的办法。他那精力旺盛的神思，本来最好应当飞往各个时代，现在却陷于囹圄，宛如关进笼子的雄鹰。他只能紧紧抓住一个念头：他的毁掉的幸福，真是一场闻所未闻的劫难，自己的幸福给不明不白地摧毁

① 约翰·马丁（1789—1854），英国水彩画家和版画家。

了。他翻来覆去，从各个方面察看，仿佛大口大口啃噬这个念头，如同在但丁的地狱中，残忍的乌格利诺啃啮罗歇大主教的头颅。唐代斯曾有过基于健壮的短暂信念，现在丧失了；别人发迹之后丧失了信念，而他却根本没有加以利用。

继虔诚苦行之后便是狂怒，他厉声咒骂，吓得狱卒都连连后退；他用身体猛撞地牢的墙壁，憎恨周围的一切，尤其憎恨自己，小不如意，哪怕是一粒沙子、一根草茎、一丝微风，都会使他迁怒。于是，那封告密信，维尔福给他看过、他用手拿过的告密信，重又浮现在脑海，每一行火红的字都赫然印在墙上，如同伯沙撒所看见的 Mane，Thecel，Par－res[①]。他想道：自己被投入这痛苦的深渊，不是天的报应，而是人的仇恨使然，于是他极力想象用各种酷刑惩罚那些暗害他的人，觉得酷刑也还太便宜，因为受刑而死，遭罪的时间太短，而人死即便不是安息，至少也无知无觉，近乎安息了。

他诅咒仇人，总认为人死等于安息，必须想出比惨死还要残酷的刑罚，思考既久，自己就陷入了自杀念头的沉痛静止中。处于不幸的斜坡上的人，一旦停留在这种念头上，那真是不幸中的不幸！轻生之念犹如死海，看似碧波荡漾，但是胆敢跳进去游泳的人，就会感到被吸引，双脚越陷越深，结果葬身在泥潭里。一旦落入死海，除非有神助，否则难逃性命，每挣扎一下，就要往死亡中陷入一分。

不过，比起生前的痛苦和死后可能受到的惩罚，这种精神上的垂死状态毕竟不那么可怕。这是令人目眩神迷的一种安慰，给人显示深渊的敞口，殊不知渊底却是虚无。至此唐代斯从自杀的念头中寻求点慰藉；死亡天使悄然踏入他的牢房，那些如影随形纠缠他的痛苦和熬煎，似乎都逃之夭夭了。他平静地回顾过去的生活，恐惧地瞻念将来的日子，选择了这居中之点作为他的避难所。

---

① 伯沙撒，巴比伦迦勒底国的最后一个国王。一天他大宴群臣，用他父亲从耶路撒冷掠来的金银器皿饮酒，忽见墙上出现手指写下几个字，意为巴比伦国的末日已到。事见《圣经·旧约》之《但以理书》。

“当初，”他自言自语，“我还是个人，是个自由健壮的人，在远航中，向别人发布命令并得到执行，有时我望见天空阴下来，海浪汹涌澎湃，暴风雨在天边生成，犹如大鹏展开遮天的翅膀，于是我感到我的船仅仅是不可靠的藏身之所，它在波涛中摇晃震荡，好似巨人手中的一根羽毛。不久，在浪涛的咆哮声中，锋利的岩石兀然出现，就向我宣布死亡。那时我对死亡非常恐惧，拼力逃脱，集中我作为男子汉的全部力量，作为海员的全部技巧，去同上帝抗争！……因为那时候我很幸福，回到生活就是回到幸福之中，因为那时候我没有呼唤死亡，也没有选择死，我觉得在岩石和海藻的床上长眠实在太惨，而且我自认为是按照上帝的样子创造出来的人，死后竟成为海鸥和秃鹫的美餐，也感到异常气愤。然而，今天情况不同了，我丧失了能让我留恋生活的一切，死神冲我微笑，就像奶妈冲怀中的婴儿微笑；今天我是自愿死的，我精疲力竭，躺下入睡，就像有些晚上，我又绝望又愤怒，在牢里转了三千圈之后躺下睡觉一样；那三千圈走了三万步，大约合八公里。”

这个念头一旦在头脑里萌生，这个青年就变得温和而有笑容了。他也不大在乎坚硬的床铺和黑面包，减少饮食，不再睡觉，感到余下的时日尚可忍受，确信什么时候高兴就丢下生命，就像抛弃敝屣一样。

有两种死法：一种很简单，把手绢往铁窗上一搭自缢；另一种佯装吃饭但绝食而死。唐代斯厌恶头一种，他一向憎恶海盗，那些恶人被擒就吊死在帆桁上，这种示众的刑罚，唐代斯当然不愿用在自己头上，于是他选择第二种，当天就付诸实践。

暑往寒来，转眼过去四年。唐代斯曾由视察总监提醒日期，到了入狱的第二年年末，他又停止计数，糊涂度日了。

“我要死。”唐代斯一言既出，又选定了死的办法，经过深思熟虑，怕自己反悔，就干脆自行立下必死的誓言。他心中暗道：“一日两餐，早晨傍晚送来，我就从窗户把食物倒掉，装作吃完的样子。”

他说到做到，从他能瞥见一线天空的铁窗，一天两次倒掉食物，这样做起初很痛快，继而略有迟疑，后来就颇为遗憾了。他必须回想一下自己的誓言，才有力量坚持这一可怕的计划。这些食物，从前他一见到就恶心，现在有了饥饿的利齿，他看着就眼馋，闻着就喷香了。有时，餐盘里放了一块腐肉或一条臭鱼、一块发霉的面包，他端着竟然凝视一个钟头。这是生命的最后本能还在他身上搏斗，还不时击垮他的决心。在这种时候，他觉得牢房不那么黑暗，他的境遇也不那么无望了。他还非常年轻，大约二十五六岁，还有将近五十年的寿命，是他度过的岁月的两倍。在这五十年漫长的时间里，有多少变故可能撞开伊夫狱堡的大门，推倒狱堡的高墙，并恢复他的自由！这样一想，他的牙齿就不由自主地凑近食物，然而又想起自己的誓言，便把嘴移开：他天性高尚，自愿当坦塔罗斯①，生怕违背誓言而自轻自贱。于是，他一丝不苟，毫不留情，要耗尽他仅余的生命，终于有一天，他再也无力起身从窗口扔掉送来的饭食了。

次日，他眼睛再也看不见，耳朵也几乎听不见了。

狱卒以为他患了重病，唐代斯则盼望不久便与世长辞。

白天就这样过去。唐代斯渐渐感到神志恍惚，但这种状态却有几分安适。肠胃的绞痛已然止息，火辣辣的焦渴也已缓和，他合着双目，只见金星乱舞，好似夜晚沼泽地上飘忽的鬼火，这就是人称死亡的陌生国度的黎明。晚上将近九点钟，他忽然隐隐听见响声，是从他挨着睡觉的这面墙壁里传出来的。

牢里有许多老鼠一类的龌龊动物闹腾，唐代斯已经习以为常，不会听见一点响声就惊醒，然而这回却例外，不知道是由于绝食而感官更加亢奋，还是响声确实比往常大些，抑或在弥留之际无不具有重要性，反正唐代斯抬起头来仔细倾听。

这是均匀的搔声，听来像石头上有巨爪搔抓，又像巨齿或什么工具在啃啮。

这个青年身体虽然极为虚弱，头脑却很警觉，立即闪现一个念头：自

① 坦塔罗斯，希腊神话中的人物，吕狄亚王，因将儿子剁成碎块给神吃，触怒宙斯，罚他永世受焦渴饥饿之苦。

由,这是每个囚犯都时刻不忘的最寻常的念头。恰巧在他一只脚步悬在墓穴,即将永离尘嚣的时候,忽然传来这一声响,仿佛上帝终于怜悯他的苦难,用这种声音警告他在墓前止步。实在难说,也许他日夜思念的亲友此刻正企图救他,努力缩短相隔的距离吧?

不对,恐怕唐代斯弄错了,这是飘忽在死亡之门的一个梦景。

然而,唐代斯一直倾听,这声响约摸持续了三小时,接着传来坍塌之声,继而复归沉寂了。

几小时之后,这声音复起,而且更响更近了。唐代斯产生了兴趣,把这劳作之声看成伴侣;不料狱卒却突然进来。

唐代斯决心一死已有八天,开始执行这一计划也有四天了,他一直不跟狱卒说话,问他得了什么病也不回答,要是对方盯着看,他就干脆转身面壁。然而今天,狱卒要是听见异声,一惊慌叫人,就可能打断这低沉的声响,从而断送一种奇妙的希望;这种希望莫说实现,哪怕稍一思念,就会极大地抚慰唐代斯的最后时刻。

狱卒送来早餐。

唐代斯抬起身,开始东拉西扯,大声说话,抱怨送来的食物太糟,抱怨牢房里太冷,时而嘟嘟囔囔,找点由头就大嚷大叫,把这狱卒烦得够呛;恰恰就在这天,狱卒为照顾病号,特意要了肉汤和新鲜面包送来。

幸好狱卒以为唐代斯在说胡话,便按照习惯,把食物放在瘸腿的破桌上,没有理睬就走了。

无人监视了,唐代斯又愉快地倾听。现在,这声响变得十分清晰,他毫不费力就能听见。

“无可怀疑了,”他心中暗道,“既然到了白天这响动也不停止,那肯定是哪个跟我一样不幸的囚犯,正挖地道要越狱。嘿！我若是同他在一起,看我怎么帮他!”

可是陡然,一块乌云又遮住这希望的曙光。这个青年已饱受灾难,头脑也习以为常,很难恢复世人的那种欢乐情绪。他立即想道,这可能是干活的声音,典狱长雇来工人修整隔壁一间囚室。

要弄清楚很容易，但是，怎么能贸然打听呢？当然，等狱卒一来，让他听听这声响，看看他听时的表情就能明白，这样倒是能得到一时的满足，然而这不等于出卖了宝贵的机会吗？可惜，唐代斯的头脑像一口钟，被一个念头的嗡鸣震得麻木了，神思轻飘微弱，宛如一缕烟雾，难以集中起来思考一件事。若想恢复清醒的思考、明确的判断，只有一个办法：他的目光移向狱卒放在桌上还冒热气的肉汤，于是站起身来，踉踉跄跄地走过去，端起汤碗全部喝掉，那种舒适之感真是难以言传。

但是他有勇气适可而止：早先他听说，海上遇难的人，被救上来已饿得半死，却因为一下子吃得太饱而丧命。唐代斯拿起桌上的面包，已经凑到嘴边，又毅然放下，回身躺下。他不想死了。

不久，他感到头脑渐渐清醒，他的各种朦胧的、几乎难以捕捉的思绪，全又在这神妙的棋盘上恢复原位；人的大脑也许多了一格，就足以确立比动物高级。唐代斯能够思考了，并且运用推理来加强思考力。

于是他心中盘算：

“应当试一试，但又不要妨碍任何人。如果是个普通工人，他一听见我敲墙，就会停下活儿，要弄明白是什么人，又为什么敲墙。但他是奉命劳动，很快就会重新干起来。反之，那人如果是囚犯，听见我敲墙声就会丧胆，怕被人发现，肯定立即住手，等到夜深人静的时候才会继续挖掘。”

唐代斯这样一想，马上又起来，这回双腿不再打战，眼睛也不冒金星了。他走到地牢的角落，抠下因受潮而松动的一个石块。返身敲击墙壁最易发响的部位。

他敲了三下。

刚敲一下，那声响就像魔幻一般停止了。

唐代斯全神贯注地倾听，一小时过去，两小时过去，墙里再也没有声息，一片死寂。

唐代斯满怀希望，吃了几口面包，喝了几口水；多亏天生体质强健，差不多恢复如初了。

白天过去，一直没有声息。夜晚来临，也没有重新出现声响。

“肯定是个囚徒。”唐代斯想道，心中异常高兴。

于是，他激动不已，头脑发热，重又猛烈地拥抱活跃的生命。

整整一夜过去，依然毫无动静。

整整一夜，唐代斯没有合眼。

到了早晨，狱卒又来送饭。唐代斯已经把头一天的食物吃光，又狼吞虎咽地把刚送来的吃下去。他一直谛听，等不来那声响，担心会永远停止。他在囚室里转悠，相当于走了十几里，还抓住铁窗一连摇晃几小时，以便恢复久未活动的肢体的韧性和力量，准备同未来的命运再进行较量，如同即将上场的角斗士活动胳膊，往身上抹油一样。在这种剧烈运动的间歇，他总细听是否又有动静，等得颇不耐烦，觉得那个囚犯过于审慎，殊不知打扰他越狱行动的，却是另一个至少同样渴望自由的囚犯。

漫长的三天，要命的七十二小时，一分一秒计数着过去！

一天傍晚，狱卒最后一次查过狱，唐代斯耳朵贴在墙上倾听已有上百回，终于，在他这与寂静石头形成默契的头脑中，似乎有一种难于觉察的震颤隐隐回响。

唐代斯后退两步，在牢里转悠几圈，好让震荡的大脑冷静下来，然后又把耳朵贴在老地方。

无可怀疑，对面有所举动；那个囚犯意识到危险，就改变了行动方式，用翘棍代替凿子，更为安全地继续挖地道。唐代斯发现这一点，胆子大起来，决心帮助那个不知疲倦的挖掘者。他判断越狱的行动是在床后的方向进行的，于是先把床移开，然后用眼睛搜索，看看有什么物件能用来挖墙，抠掉溜缝儿的潮湿的水泥，再把砌石抽下来。

眼前没有一样可利用的东西，既无刀子也无利器，只有窗上的铁栏，但他已试过多次，铁棍嵌得很坚固，要摇撼那是妄想。

全部设备只有一张床、一把椅子、一张桌子、一只提桶和一个瓦罐。

床上固然有角铁，但由螺丝固定在木头上，要想拆下来，必须弄一把螺丝刀。

桌子和椅子上没有可用的部件，提桶上原有的铁梁早已拆掉了。

对于唐代斯来说，只剩下一种办法，即打碎瓦罐，用磨尖的瓦片挖墙缝。

于是他举起瓦罐摔到地上，选了两三块尖利的瓦片，藏在草垫里，其余的碎片仍丢在地上。打破瓦罐是寻常的疏失，不会引起疑心。

唐代斯可以干个通宵，但是在黑暗中摸索，进展不顺利，不久他感到有坚硬的砂岩磨损瓦片，只好把床移回去，等待天亮。既然有了希望，他也恢复了耐心。

唐代斯选了两三块尖利的瓦片，藏在草垫里，其余的碎片仍丢在地上。

整夜他都在倾听，听见那个陌生的人在继续挖地道。

到了早晨，狱卒进来。唐代斯对他说昨晚捧瓦罐喝水，不小心失落打碎了。狱卒嘟嘟囔囔，去拿一个新瓦罐，也懒得收走碎瓦片。

工夫不大，狱卒回来，叮嘱囚犯以后当心点儿，说完就走了。

从前每次牢门上锁，吱吱嘎嘎，声声揪他的心，而这回他听着却无比欢快。等到脚步走远，声音消失了，唐代斯就窜过去，移开床铺，借着透进牢里的微光，看出昨夜做了无用功，硬往石头上碰，而不是抠边缝的灰泥。

墙缝的灰泥受潮，已经变得酥脆了。

唐代斯看着抠下来的一块块灰泥，乐得心里怦怦直跳。当然，所谓的灰块，其实不过是小小颗粒，但是干了半小时，就剥掉有一把了。一位数学家就可能算出来，按照这样速度挖上两年，如果不碰到岩石，就能挖出两尺见方，二十尺长的地道。

这名囚犯后悔多少时间白白过去，没有利用，只是在希望、祈祷和绝望中度日如年。

关进这间地牢将近六年，这期间干得再慢，又有什么事干不成呢？

这样一想，唐代斯又增添了新的劲头。

他倍加小心，一连干了三天，终于将石头边缝的灰泥全部清除掉。墙壁是砾石构造，为坚固起见，还不时嵌入一块大石头。唐代斯快要挖出来的，就是这样一大块砌石，现在要从窝里把它翘动。

唐代斯先伸进长指甲，但根本够不到边。

他又插进去瓦片，但稍微用力一撬，瓦片就断了。

白白折腾一个钟头，唐代斯站起来，满头是汗，满心焦虑。

难道刚刚动手就得停下来吗？难道他就这样无所作为，干等着他的邻居独自拼命干完这一切吗？

他灵机一动，计上心来，于是站起身，脸上露出笑容，额头上的汗也干了。

狱卒每天用白铁锅给唐代斯送汤，盛着两份，给他和另一名囚犯的。唐代斯注意到有时满锅剩下一半，这要看是先给谁送了。

这只锅有个铁柄，这正是唐代斯所觊觎的东西，他情愿用十年的生命来换取。

狱卒把汤倒进餐盘里。唐代斯用木勺喝完汤，再把这天天用的盘子洗净。

这天傍晚，唐代斯把餐盘放在进门到桌子之间的地上。狱卒进来一脚踏上去，把盘子踩碎。

这回不好怪唐代斯了，餐盘放在地上固然不对，可是他走路也得看着点脚下呀。

狱卒嘟囔一声也就算了。接着，他环顾周围，看看有什么盛汤的家什：牢房里只有这一只盘子，没有替代的东西。

"您就把锅撂这儿吧，"唐代斯说，"明天上午您送饭来再拿走。"

这办法正合心意，狱卒懒得再上下白折腾一趟。

他撂下铁锅走了。

唐代斯乐不可支。

这回，他三口两口喝完汤，又吃下汤里照例放的一块肉，然后又等了一个钟头，确信狱卒不会再改变主意，这才把床移开，把锅柄插进已经抠掉灰泥的石缝中，轻轻一撬，砾石之间的大石头就动了，表明这一招很灵。果然，一小时之后，大石头从墙里抽出来，留下一尺半见方的空洞。

唐代斯仔细把灰泥全收起来，弄到墙角，再用瓦片挖土埋上。

手中掌握如此宝贵的工具，既是天缘凑巧，又亏他巧用计谋，应当趁黑夜充分利用，于是他加劲继续挖掘。

早饭只有一块面包。狱卒进来，把面包放到桌上。

"怎么，您没有另外给我拿个盘子来？"唐代斯问道。

"没有，"狱卒答道，"你这人总打破东西：水罐摔了，盘子让我踩破也怪你；如果所有囚犯都这样糟蹋东西，那么政府就供不起了。铁锅干脆给你留下，省得你再打破家什。"

唐代斯举目望天，在被子里双手合十。

给他留下的这件铁器在他心灵激起的对上苍的感激，远远胜过他从前得到上天最大恩赐时的心情。

不过，他注意到，自从他动手之后，那个囚犯就停止了。

无所谓，他不能因此就罢手；如果那个邻居不挖过来找他，他就挖过去找那邻居。

唐代斯不停地干了一整天，多亏这件新工具，到了傍晚就从墙壁抠出十把灰石。

等查狱的时间一到，他就尽量把扭曲的锅柄扳直，放回原位。狱卒倒进定量的肉汤，确切地说倒进鱼汤，因为这是斋日，规定囚犯每周斋戒三天。要不是唐代斯早就不计算日期，这倒是计时的一种办法。

狱卒倒了肉汤便走了。

这回，唐代斯一定要弄清，他的邻居是否真的停止挖地道了。

他侧耳细听。

已经停止了三天，现在仍然一片沉寂。

唐代斯叹息一声，显然邻居对他存有戒心。

然而，他毫不气馁，打算再干个通宵，哪知挖了两三个小时之后，忽然碰到障碍，铁柄啃不动了，只从平面上滑开。

唐代斯用手摸了摸障碍物，原来碰到一根梁木。

这根横柱完全堵住了唐代斯挖开的洞。

现在，必须从上面或下面挖过去。

可怜的青年万万没有想到会碰到这种障碍。

“噢！上帝啊，上帝！”他高声叹道，“我可有多少回向您祈祷，但愿您都听见了。上帝啊！既然剥夺了我生的自由，上帝啊！既然不准我寻求安息，上帝啊！既然提醒我活下去，上帝啊！那就可怜可怜我吧，不要让我绝望而死吧！”

“谁在这儿又谈上帝又谈绝望？”一个声音说，这声音传至年轻人的耳畔，显得冥蒙幽深，仿佛来自地下，发自墓穴。

唐代斯感到毛发倒竖，他身子一缩，双膝跪下。

“唔！”他喃喃说道，“我听见一个人说话。”

这四五年来，除了狱卒之外，唐代斯没有听见人声；而在囚犯的心目中，狱卒不算人，只是橡木牢门加了一道活门，铁柱之间加了一根肉柱。

"看在老天份儿上！"唐代斯提高声音，"您开口讲话了，尽管您的声音叫我恐怖，还是再讲讲吧，您是谁？"

"你是谁呢？"那声音问道。

"一个不幸的囚徒。"唐代斯毫不迟疑地回答。

"哪国人？"

"法国人。"

"叫什么名字？"

"埃德蒙·唐代斯。"

"干什么的？"

"是海员。"

"关在这里有多久啦？"

"从一八一五年二月二十八日到现在。"

"犯了什么罪？"

"我没有罪。"

"那控告你什么罪？"

"控告我密谋拥戴皇帝复位。"

"怎么！皇帝复位！皇帝不在位了吗？"

"他是一八一四年在枫丹白露逊位的，后来放逐到厄尔巴岛。这些情况您都不知道，您到这儿有多长时间啦？"

"一八一一年来的。"

唐代斯打了个冷战：此人比他多关押了四年。

"喂，不要再挖了，"那声音急促说道，"你挖的洞有多高？只告诉我这点就成。"

"跟地面平齐。"

"怎么遮住的？"

"在我的床后面。"

"你入狱之后,床铺挪动过吗?"

"没有。"

"你的牢房对面是哪儿?"

"是走廊。"

"走廊通到哪儿?"

"通到院子。"

"糟糕!"那声音轻轻叹道。

"哦!上帝,怎么啦?"唐代斯高声问道。

"我计算有误,主要是没有圆规,绘图不精确,误了大事。图上错了一条线,实际上就偏差十五尺,我把你挖的这堵墙当成狱堡的围墙了。"

"那不是挖到海边吗?"

"那是我原来的打算。"

"您若是成功呢?"

"我就跳进海里,游到伊夫狱堡附近的一个小岛上,或者多姆岛,或者蒂布朗岛,也可能游到海岸,那就得救了。"

"您能游那么远吗?"

"上帝会给我力量的,现在全完了。"

"全完啦?"

"对。把洞口小心堵上吧,什么也不要干了,等我的消息吧。"

"您究竟是谁……至少告诉我您是谁?"

"我是……我是……二十七号。"

"您信不过我吗?"唐代斯问道。

仿佛一声苦笑穿过拱顶,升到唐代斯耳畔。

"喂!我是个善良的基督徒,"唐代斯高声说道,他本能地觉察出这个人想抛弃他,"我以基督向您发誓,哪怕是掉脑袋,我也绝不会向您和我的刽子手吐露一点情况;看在老天的份儿上,您不要回避我,不要拒绝跟我说话,要不然,我发誓一头撞死在墙上,让您的良心不得安宁,因为我确实支持不住了。"

“你多大年龄？听声音像个青年。”

“我也说不准多大年龄，因为自从关押到这里，我就没有计数时间，我仅仅知道一八一五年二月二十八日被捕，当时快满十九岁了。”

“还不到二十六岁，”那声音自言自语，“人在这种年龄，还不至于背信弃义。”

“哎！不会！不会！我向您发誓，”唐代斯连声说，“我已经对您说过，这里再说一遍，我就是粉身碎骨，也不会出卖您。”

“幸亏你这么说，幸亏你这么求我，告诉你，我正要另作打算，远远离开你。不过，你这年龄让我放心，等着我吧，我会来找你的。”

“什么时候？”

“我还得计算一下，看看有多大可能；等我的信号吧。”

“您可不能抛弃我呀，您可不能丢下我一个人呀，您可要来找我，或者允许我去会您！我们一起逃跑，如果不能逃走，我们就说说话，您谈谈您喜爱的人，我谈谈我喜爱的人。您一定有喜爱的人吧？”

“我在世上孑然一身。”

“那您会喜爱我的。如果您年轻，我就做您的朋友；如果您年老，我就做您的儿子。我父亲如果还活着，有七十岁了。我只爱他和一个叫梅色苔丝的姑娘。我父亲肯定不会忘记我；至于那姑娘，天晓得她是不是还想念我。我会像爱我父亲那样爱您。”

“好吧，明天见。”那名囚犯说道。

话虽然短短一句，但语调令唐代斯信服，他不再提进一步的要求，而是站起身来，仔细处理了从墙上挖出来的砂石，又把床移回到墙根。

唐代斯立时沉醉在幸福之中，此后他肯定不再孤独了，也许还会得到自由；退一万步讲，就算一直关在牢里，也毕竟有了个同伴。两个人一起囚禁，也就等于半囚禁了。两个人一起哀怨，就差不多变为祈祷。两个人一起祈祷，就差不多变为宽慰之举了。

唐代斯欢欣鼓舞，一整天在牢里踱步，有时激动得喘不上气来，他就坐到床上，用手按摩胸口。走廊里稍有一点动静，他就蹿到门口。这个人他虽然根本不认识，但已经当作朋友爱上了；有一两回，他头脑里竟产生忧虑，唯恐别人把他们俩拆开，于是心下决定，一旦狱卒搬开床，低头检查洞口，他就用盖水罐的石片砸烂狱卒的脑袋。

他完全明白，这样干是要处死的，然而他想，如果不是这奇妙的声响把他拉回生活，他不早就在寂寞绝望中死去了吗？

傍晚时分，狱卒送饭来。唐代斯坐在床上，认为这样才能更好地守卫尚未完成的洞口。他凝视这个不速之客，眼神肯定有异样的表情，要不狱卒怎么会说：

“喂，你莫不是又要发疯啦？”

唐代斯没有应声，怕自己的声音激动而露了马脚。

狱卒连连摇头走了。

黑夜来临，唐代斯以为，他的邻居会趁夜黑人静来跟他接着谈话，其实不然，一夜过去，他焦急地等待，却毫无回音。不过，第二天早晨，狱卒来过之后，唐代斯刚把挨墙的床铺搬开，就听见均匀的三下叩击声，他赶紧匍匐在地，问道：

“是您吗？我在这儿！”

“狱卒走了吗？”那声音问道。

“走了，”唐代斯回答，“到傍晚他才会再来；我们有十二个钟头的自由。”

“我可以动手了吗？”那声音又问。

“唉！可以，可以，马上动手吧，求求您啦。”

唐代斯半个身子探进洞里，忽然感到双手撑着的那块地面仿佛下陷，他赶紧抽回身子，只见一大块土石脱落，掉进他挖开这个口子的下面的洞里，又见从那深不可测的黑洞里钻出一个脑袋，再钻出肩膀，最后钻出整个一个人来，那动作相当敏捷。

第十六章　一位意大利学者

唐代斯焦急地等待已久，这时一把搂住新朋友，把他拉到窗下，好借着透进牢里的微光把整个人看清楚。

此人个头矮小，头发斑白并非年迈，而是由于饱受苦难，两眼炯炯有神，花白的眉毛特别浓密，胡须尚呈黑色，一直垂到胸前；脸庞瘦削，刻着深深的皱纹，整个线条极有特色，棱角分明，显然这个人惯于劳心而不善劳力。

这位来客满头大汗，身上穿的衣裳已成碎条，难以辨识初形了。

看样子他至少有六十五岁，尽管那相当有劲的动作表明，他是因为长期坐牢而显老，实际年纪也许没有这么大。

他接受年轻人的热烈欢迎，情绪显然很高兴，他那颗冻结的心灵接触这颗火热的心灵，一时间仿佛温暖并融化了。他颇为热诚地感谢年轻人对他如此亲热，尽管他极为失望，原本打算回到自由的天地，不料却闯进另一间地牢。

"先看看，"他说道，"有什么办法消除我这通道的痕迹，绝不能让狱卒发现，否则我们以后就无宁日了。"

他说着，走到洞口，俯身毫不费劲地搬起重石，把它放回原位。

"拆下这块石头，活儿干得很粗糙，"他连连摇头说，"看来你没有工具吧？"

"您呢，您有工具吗？"唐代斯惊奇地问道。

唐代斯一把搂住新朋友。

“我倒做了几样：凿子、钳子、撬棍，什么都有，只缺一把锉刀。”

“唔！我真想看看您凭耐心和技巧做出来的东西。”唐代斯说道。

“喏，这是一把凿子。”

他让唐代斯看一块安了山毛榉木柄的尖头铁。

“这是用什么做的？”唐代斯问道。

“用我床上的一块角铁。我就是用这件工具开通一条路，一直挖到这里，约摸有五十尺长。”

“五十尺!”唐代斯惊愕地嚷了一句。

“说话轻点儿,小伙子,说话轻点儿,牢门外常有人窃听。”

“他们知道我一个人。”

“那也一样。”

“您是说,您挖通五十尺长,才到这里?”

“对,你我牢房差不多相距这么远。可惜我没有几何仪器,无法确定比例,把弧线计算错了,本来应当挖四十尺长的弧形地道,不料挖了五十尺;我对你说过,我还以为挖到了外围墙,只要凿开就能跳进海里。可是我没有从下面通过,而是沿着你这牢房对面的走廊挖过来,走廊外面则是布满岗哨的院子,我的工夫完全白费了。”

“不错,”唐代斯说,“可是,走廊只靠我这房间的一面墙,另外还有三面呢。”

“当然还有三面,不过,有一面是岩石,要想凿开,那得有十名矿工,使用各种工具干上十年;另一面大概靠着典狱长住宅的地下室,我们挖过去,肯定落入上了锁的地下室,又要被人抓住;还有一面,等一等,那一面对着哪儿呢?”

那一面就是凿了窗口透光的墙壁:窗户呈喇叭状,小口冲外,细得连小孩子都钻不出去,而且还安了三根铁条,即使最多疑的狱卒也能放心,不必害怕囚徒越狱逃走。

来客问了这么一句,就把桌子拖到窗下,对唐代斯说:

“登上桌子。”

唐代斯猜出这位同伴的意图,遵命登上桌子,背靠住墙壁,双手伸过去。

这个只报了牢房号、真名实姓还没告诉唐代斯的囚徒,显然比表面年纪看起来敏捷得多,像猫或蜥蜴一样,一跃而跳上桌,再跃而登上唐代斯的手掌,再跳上他的肩头,但已到拱顶,只好弯着腰,脑袋从窗口的第一根铁条的空档钻出去,向下俯视。

不大工夫,他又急忙把头缩回来。

“唉！唉！”他说，“我早就料到了。”

他顺着唐代斯的身子滑到桌上，再跳下地。

“您料到什么啦？”年轻人也随后跳下来，不安地问道。

老囚徒沉吟一下。

“对，”他说，“是这样；你这牢房的第四面墙对着外走廊，有哨兵把守，还经常有巡逻队。”

“您能肯定吗？”

“我看见士兵的帽子和他的枪筒了，怕被他发现，我才急忙缩回来。”

“怎么样呢？”唐代斯问。

“很清楚，从你这地牢逃不出去。”

“那怎么办？”年轻人又问道。

“没办法，”老囚徒答道，“上帝的意志不可违！”

老人的脸上渐渐流露出深沉的听天由命的神色，这个人很久以来就充满希望，现在又如此豁达地放弃了。唐代斯望着他，不禁又惊异又钦佩。

“现在，能告诉我您是谁吗？”

“唔！当然可以，如果你对这还感兴趣的话，而现在我帮不上你什么忙了。”

“您可以安慰我，鼓励我，因为我看，您是强手中的强手。”

神甫凄然一笑，说道：

“我就是法里亚神甫，如你所知，自从一八一一年就关进伊夫狱堡，在此之前，还在弗奈斯特雷要塞关押了三年，一八一一年才从皮埃蒙特转押到法国。那时我听说，拿破仑似乎鸿运高照，喜得一子，那皇子还在摇篮里就封为罗马国王了。我万万没有料到发生了你刚才说的变故：四年之后，那个巨人被推翻了。法国现在谁当朝呢？是拿破仑二世吗？”

“不，是路易十八。”

“路易十八，路易十六的弟弟，天意真是神秘莫测啊。苍天把抬举起来的人打下去，又把打下去的人抬举上来，究竟是何意图呢？”

唐代斯注视着神甫，心想这个人竟一时忘记自己的命运，这样操心世界的命运。

"对，对，"神甫接着说，"英国也是如此：查理一世下去，克伦威尔上来，查理二世又取代克伦威尔，而在詹姆士二世之后，上台的也许是哪个附马、哪个王亲国舅、哪个奥兰治王子；也许是一个总督将登上王位；于是向老百姓做出新的让步，于是制订一部宪法，于是有了自由。你会看到那种情景，小伙子，"他转身对唐代斯说，同时明亮深邃的目光盯着年轻人，就像先知预言时的眼神。"你还年轻，一定能看到那种情景。"

"是啊，如果我能出狱的话。"

"哦！对了，"法里亚神甫说，"我们还是囚徒，有时我忘记这一点，我眼睛穿透了囚禁我的墙壁，真以为自由了。"

"为什么把您囚禁起来啦？"

"我吗？因为拿破仑一八一一年要实现的计划，我在一八〇七年就梦想出来了；因为我像马基雅维里那样，要把割据意大利的弱小诸侯国，建成统一牢固而强大的帝国；因为我把一个头戴王冠的笨蛋错看成恺撒·博尔吉亚[1]，他佯装理解我的意图，好彻底把我出卖。这也是从前亚历山大六世和克雷芒七世的计划，但始终不会成功：当初他们执行不力，而拿破仑也未能完成。毫无疑问，这是上天惩罚意大利！"

说罢，老人低下头。

唐代斯不大理解，一个人怎么能为这种事甘冒生命危险呢。不错，他见过并跟拿破仑谈过话，就算认识拿破仑，他也根本不知道克雷芒七世和亚历山大六世是何许人。

"您是不是大家认为……有病的那位神甫？"唐代斯问道，他也开始相信狱卒的看法，即伊夫狱堡里的普遍看法。

"你是想说，大家都认为我是疯子，对吧？"

---

① 恺撒·博尔吉亚(1476—1507)，教皇亚历山大六世的私生子，曾任枢机主教、教皇军司令。他善于利用阴谋和暗杀手段，并通过征讨，达到统治意大利的目的。

“不敢这么说。”唐代斯笑道。

“是啊，是啊，”法里亚苦笑一下，接着说，“是啊，我给人当作疯子耍，很久以来，就给这座监狱的人开心，还能让小孩子取乐呢，如果在这悲惨的地方有小孩子的话。”

唐代斯呆立了片刻，又问道：

“这么说，您放弃越狱的计划啦？”

“我看越狱不可能。硬要尝试上帝不准成功的事情，那就是反抗上帝。”

“您何必泄气呢？只想一下子就成功，这样要求上天就太过分了。这个方向既然做过了，您就不能换个方向，重新开始吗？”

“重新开始，说说倒轻巧，可你知道我是怎么做过来的吗？我拥有的这些工具，是花了四年工夫做成的，这你知道吗？我碰到一个坚如花岗岩的土块，花了两年时间才凿开，这你知道吗？从前我连想都不敢想，要搬动大石头，终日干巨人才能胜任的重活，有时一天干下来，从年代已久、坚如岩石的水泥上抠下一小块，心里就特别高兴，这些你都知道吗？还有，挖出那么多土石要埋藏起来，我不得不凿开一条楼梯的拱顶，把土石一点一点倒进去，现在，楼梯下面的空间已经填满了，再也放不进一把土，这些你知道吗？最后，干完这一切，我原以为达到目标，也感到自己的全部精力刚够完成这一任务，不料上帝不仅把目标往远移去，而且我也还不知移往何处，这些你都知道吗？你都知道吗？噢！我对你说了，再重复一遍，既然永远断送我的自由是上帝的意志，那么从今以后，我绝不再企图重新赢得自由。”

唐代斯低下头，不好供认自己的心情：看到这个囚徒未能逃出去而痛苦不堪，他本来应当表示同情，可是内心却为有一个难友而庆幸。

法里亚神甫仰身躺在唐代斯的床上，年轻人则一旁站立。

唐代斯从未想过逃跑。的确，有些事情看来根本不可能，人也就连想也不想，下意识地回避。挖通五十尺长的地道，为此苦干三年，即使成功，也是到了海上的悬崖峭壁，要从五十尺，六十尺，甚至一百尺高的地方跳下去，纵然不被哨兵一枪打死，也会掉在岩石上摔得脑浆迸裂，就算逃脱这种种危险，幸免于难，那还得在海上游一古里。要逃走真是千难万险，只好认命，唐代斯就是如此，他听天由命，几乎坐以待毙。

然而现在，这个青年已经看到，一个老人为寻求活路，竟显示如此魄力，为他树立了拼命抗争的榜样，于是他开始思考并忖度自己的勇气。另一个人做了他连想都没有想的事情；另一个人，不如他年轻，不如他健壮，也不如他灵活，却凭着技巧和耐心，制造了各样工具，进行难以想象的工程，只因测量出了差错才功败垂成；另一个人做到这一切，那么对唐代斯就无不可能；法里亚挖通五十尺地道，他就能开出一百尺，法里亚年已五旬，用了三年时间，而他唐代斯，年龄只有法里亚的一半，就可以花上六年时间；法里亚是个神甫、学者，是个神职人员，尚且不怕从伊夫狱堡游到多姆岛、拉托诺岛，或者勒麦尔岛，而他，这个海员埃德蒙，他这个潜水高手唐代斯，曾经多少回潜入海底采珊瑚，难道游一古里他还会犹豫吗？游一古里又怎么样呢？也就是一小时吧？这算什么，他不是在海水里泡过几小时才上岸吗？对，对，唐代斯无非需要一个榜样的鼓舞。凡是别人做到或者可能做到的事情，唐代斯定然去做。

年轻人思考片刻，对老人说道：

"我有办法了。"

法里亚浑身一抖。

"你有办法？"他说着，抬起头来，显然是要看唐代斯是否讲老实话，而他的沮丧情绪不会持续很久，"哦，哦，你有什么办法？"

"您挖过来的地道，是不是同外走廊平行？"

"是啊。"

"相距大概不超过十五步吧？"

"多说十五步。"

"那好，我们就在地道中间开出一条支线，呈丁字形，通到外走廊。我们从那里出去，干掉哨兵就逃走。要保证这个计划成功，一需要勇气，勇气您有，二需要气力，气力我也不缺少。耐性就不必说了，您已经表现出来，现在看我的表现。”

“等一下，亲爱的朋友，”神甫回答，“你还不了解我的勇气属于哪一种，我又如何使用我的力量。至于耐性，能够日以继夜，又夜以继日地干下来，我认为自己的耐性相当大了。不过，听我说，小伙子，我这样做，无非是认为我清白无辜，不应当定罪，而把这样一个人解救出去就是为上帝效力。”

“那么请问，”唐代斯问道，“难道事情还不是原样吗？难道遇见我之后，您就认为自己有罪了吗？”

“当然不是，但我不想成为罪人。到目前为止，我自信仅仅同事物打交道，而你却劝我和人打交道。我能够穿透一堵墙壁，毁掉一条楼梯，但我不能穿透一个胸膛，毁掉一条生命。”

唐代斯微露惊异之色，不禁问道：

“您有这种顾忌，又怎么能获得自由呢？”

“那么你呢，”法里亚反问道，“你怎么没有拿一条桌腿，趁傍晚打死狱卒，换上他的衣裳逃走呢？”

“我没有产生这个念头。”唐代斯说道。

“这是因为你本能就十分憎恶这种罪行，十分憎恶，也就不会产生这种念头，”老人又说道，“要知道，凡是简单易行的事情，我们天生的欲望会告诫我们不要离开正道。譬如老虎，天生嗜血，这是它的本性，它无需别的什么，仅凭嗅觉就知道附近有猎物，于是扑上去，将猎物撕得粉碎。这是老虎的本性，它遵循本性行动。人则相反，憎恶流血，因此，抵制残杀行为的不是社会法律，而是自然法则。”

唐代斯不免尴尬，沉默良久：这话的确道破了他头脑或心灵中不知不觉的忖念，因为有些念头来自头脑，而另外一些则发自心灵。

“况且，”法里亚继续说，“我入狱将近十二年来，回顾了所有著名的越狱案例，历数下来，成功极少。有人幸运，完全成功了，那事先也必须经过周密策划，长期准备；诸如德·博福尔公爵逃离万森堡，杜布库瓦神甫逃离主教堡，以及拉图德逃离巴士底狱，都是这种情形。还有的是偶然出现的机会:偶然乘机越狱是最好的;相信我的话,等待时机吧。时机一到,我们就抓住不放。”

“您是能够等待啊,”唐代斯叹道,“长时间挖地道,总有事干,不干活的时候,还能从希望中得到安慰。”

“况且,”神甫说,“我还有别的事情。”

“还有什么事情?”

“写作或研究。”

“他们给您笔墨纸张吗?”

“不给,我是自己造的。”神甫回答。

“您自己造笔墨纸张?”唐代斯高声问道。

“对。”

唐代斯钦佩地看着这个人,但还不大相信他说的话。法里亚看出他尚有疑虑,便说道:

“等你到我那儿去,我给你看看一部完整著作,那是我花了毕生精力探索、研究和思考的结晶;我曾在罗马大斗兽场的阴影下,在威尼斯圣马克圆柱脚下,在佛罗伦萨的阿尔诺河畔酝酿。我绝没有想到会有这么一天,我在伊夫狱堡的牢房里有了闲暇写出来。题目是《论在意大利建立统一王国的可能性》。这将是四开本的大部头。”

“您写下来啦?”

“写在两件衬衣上。我发明了一种药剂,涂在布上,布就像羊皮纸一样光滑了。”

“您还是化学家呀。”

“勉强算吧。我认识拉瓦锡[①],跟卡巴尼斯[②]也有交往。”

“可是,要写这样一部著作,必须研究历史,您有参考书吗?”

“我在罗马的书房里,大约有五千卷书。我反复阅读,发觉只要精选

① 拉瓦锡(1743—1794),法国化学家。

② 卡巴尼斯(1757—1808),法国医生、哲学家。

一百五十本书就够了，即使不能概括人类的全部知识，至少容纳了一个人必备的学问。我花了整整三年时间，反复研读这一百五十本书，在我被捕入狱的时候，差不多都能背诵下来了。我在狱中稍微回忆一下，所有内容就能想起来了。因此，修昔底德①、色诺芬②、普卢塔克③、提图斯-李维乌斯④、塔西陀⑤、斯特拉达、约南戴斯、但丁、蒙泰涅⑥、莎士比亚、斯宾诺莎、马基雅维里和博须埃⑦，他们的作品我能给你背诵出来。上面列举的只是最重要的作家。"

"这么说，您懂好几种语言啦？"

"对，我能讲五种现代语言：德语、法语、意大利语、英语和西班牙语；借助于古希腊文，我能懂现代希腊语，但讲得不好，眼下还在研究。"

"您在研究？"唐代斯问道。

"对，我把认得的字编成词汇表，进行组合安排，反复搭配，就足够表达我的思想了。我大约认识一千个词，这是起码应当掌握的，尽管我相信大词典里收进了十万个词。当然，只掌握这点词汇，我讲话不会雄辩，但能完全让人明白，这就够了。"

埃德蒙越听越感到惊异，他开始觉得这个怪人有超凡的本领，但总还想找出点漏洞，于是又问道：

"如果他们不给您笔的话，您又怎么能把这部巨著写出来呢？"

"我自己制造一些出色的笔，如果材料一公开，我的笔准比常用的羽毛管笔受欢迎。你知道，斋日有时给我们吃大鳕鱼，鱼头的软骨正适合当笔用。因此，每逢礼拜三、礼拜五和礼拜六，我就非常高兴，可望他们向我提供更多的制笔材料。不瞒你说，研究历史是我的最大乐趣。回到过去，

---

① 修昔底德（公元前470/460—前400/395），希腊历史学家。
② 色诺芬（约公元前425—前352），希腊历史学家、军事统帅。
③ 普卢塔克（约46/49—约125），希腊传记作家、伦理学家。
④ 提图斯-李维乌斯（约公元前64—约10），罗马历史学家。
⑤ 塔西陀（约55—约120），拉丁语历史学家。
⑥ 蒙泰涅（1533—1592），又译蒙田，法国散文家。
⑦ 博须埃（1627—1704），法国散文家。

我就忘记现在;在历史中自由自在地驰骋,我也就想不起自己是个囚徒了。”

“还有墨水呢?”唐代斯又问,“您是用什么制造的?”

“我的地牢里原有个壁炉,在我关进去之前不久砌死了,那壁炉肯定用过多年,里边结了厚厚的一层油烟。我把油烟溶解在礼拜天给我喝的酒中,就制成极好的墨水。碰到需要引人注目的特殊注释,我就扎破手指,用鲜血来书写。”

“这些我什么时候能去看看?”唐代斯问道。

“随便什么时候。”法里亚回答。

“嘿! 马上就去吧!”年轻人高声说。

“跟我来吧。”神甫说了一句。

他随即钻进地道不见了,唐代斯跟了进去。

他随即钻进地道不见了，唐代斯跟了进去。

第十七章　神甫的牢房

通过地道必须躬着身子，但还不算难走，到头就是神甫的牢房，但出口狭小，刚能容一个人爬行。神甫的牢房有铺石地面，唐代斯所见的洞口位于最暗的角落。当初，神甫就是掀起一块石板，开始了艰巨的工程。

唐代斯刚一爬上去，就注意观察整个牢房，乍一看并无特殊之处。

“好，”神甫说，“刚刚十二点一刻，我们还有几个钟头可利用。”

唐代斯环视周围，寻找有什么钟表可看时间，神甫才说得这么准确。

“瞧瞧从窗口射进来的这束阳光，”神甫说，“再瞧瞧我在墙上画的线条。这是根据地球的自转和绕太阳的公转画出来的，凭这个判断时间，比看钟表还准确，因为钟表会出差错，而太阳和地球绝不会紊乱。”

唐代斯根本不明白这种解释。从前他望见太阳从山后升起，又落入地中海，总以为不是地球，而是太阳在行走。他所居住的这颗星球会这样运行，他看不出来，因此认为几乎不可能；他觉得对方每一句话都包含奇妙的科学秘密，如同他少年时航行到古扎拉塔和戈尔孔达所参观的金矿和钻石矿。

“嘿！”他对神甫说，“我都等不及了，要欣赏一下您的宝贝。”

神甫走到壁炉前，用一直拿在手中的凿子撬起炉膛底的石板，下面有一个相当深的洞穴，藏有他向唐代斯说过的全部物品。

“你想先看什么呢？”神甫问道。

“先给我看看您论述意大利王国的大作。”

法里亚从这百宝柜里掏出三四个布卷，宛如古代的书轴：每个布条约四寸宽，十八寸长，并编了号，上面所写的文字唐代斯认识，因为神甫使用的是母语，即意大利文，而唐代斯是普罗旺斯人，完全懂得这种语言。

“喏，”神甫说道，“全在这儿呢。大约一周前，我在第六十八片末尾写上‘完’字。我的两件衬衣和全部手帕都用上了。一旦我重新获得自由，而全意大利又能有个出版商敢于出版这部著作，那么我就会一举成名。”

“那当然了，”唐代斯附和道，“现在，请您把写这部作品的笔给我看看。”

“看吧。”法里亚答道。

他递给年轻人一根细棒儿。这细棒儿有六寸长，画笔管一般粗细，头上用线绑住一根软骨，正是神甫对唐代斯讲的那样，软骨下端修成喙状，尖端有劈缝，就像一支普通的羽毛管笔。

唐代斯仔细端详这支笔，又扫视周围，不知道神甫用什么工具削得如此精细。

“哦，对了，”法里亚说，“你是找小刀吧？这可是我的杰作，它和这把刀子一样，都是我用旧的铁烛台制作的。”

小刀跟剃刀一样锋利，至于那把大点儿的刀子，可以有两用，既是尖刀又是匕首。

唐代斯仔细观赏各种物件，就像从前到马赛的古董店里，赏玩船长远航南半球带回来的野人制造的工具。

“至于墨水，”法里亚又说，“你已经知道我的做法，可以随用随配制。”

“现在，只有一件事还不明白，您做了这么多事，光靠白天怎么够用呢？”

“还有夜晚呢。”法里亚回答。

“夜晚！难道您的眼睛像猫一样，黑夜里也能看见吗？”

“哪里；不过，上帝赐给人智慧，从而弥补感官的缺陷：我制造了光亮。”

“怎么制造的?”

“我把汤里的肥肉取出来,化开并炼成油。喏,这就是油灯。”

神甫给唐代斯看一盏小灯,形状跟公共场所的照明灯差不多。

“怎么点燃呢?”

“这儿有两颗火石、烧焦的棉布。”

“有火柴吗?”

“我佯装患了皮肤病,讨些硫磺来。”

唐代斯把手中的物件放到桌上,垂下头去,对这人的毅力和坚忍不拔的精神深深敬服。

“还不止这些,”法里亚接着说,“不能把全部财宝藏在一个地点。把这处盖上吧。”

他们把石板放回原位,神甫往上面撒点灰尘,再用脚踩一踩,消除移动的痕迹,然后又走过去,把床移开。床后有一个洞,洞口由一块石头密封,洞里藏一条二十五尺至三十尺长的绳梯。

唐代斯检查一下,发现绳梯很结实。

“谁提供的绳子,做成这么好的绳梯?”唐代斯不禁问道。

“首先是我的几件衬衣,再就是床单,在弗奈斯特雷堡关押的三年期间,我拆出了纱线。后来转到伊夫狱堡,我设法将纱线带来,在这里把活儿干完。”

“他们没有发现您的床单全都毛边儿了?”

“我又缝好了。”

“用什么缝的?”

“用这根针。”

神甫掀开成为布条的破衣服,给唐代斯看别在身上的一根鱼骨,这根鱼骨针又细又长,头上还纫着线。

“是啊,”法里亚接着说,“我曾一度想拆掉窗户的铁条,从窗口逃走。这扇窗户比你那扇宽些,要越狱时还可以加宽,然而我发现窗户对着一个

神甫掀开成为布条的破衣服，给唐代斯看别在身上的一根鱼骨，这根鱼骨针又细又长，头上还纫着线。

天井,这计划太冒险,于是放弃了,不过绳梯还留着,以备不时之需,等待我所说的偶然的越狱机会。”

唐代斯表面在验看绳梯,心里却想别的事情,头脑里产生一个念头:这个人既然特别聪明,特别灵巧,能洞察事理,也许能给他指点迷津,道破他遭难的真相,因为他眼前一抹黑,始终辨识不清楚。

“你想什么呢?”神甫笑着问道,他见唐代斯出神,还以为他敬佩到了极点。

“我心里想的,第一,您做到这一切,运用了巨大的聪明睿智,如果您是自由人,那什么办不到呢?”

“也许一事无成;我这过于旺盛的脑力可能无谓消耗了。需要经受磨难才能发掘人类智力的某些神秘宝藏;同样,需要加强压力才能使火药爆炸。我的各种潜力本来到处浮游,由囚禁的生活集中到一点,凝聚在狭小的空间。你也知道,乌云相撞击就生电,由电而生闪电,由闪电而生亮光。”

“不知道,我什么也不懂,”唐代斯说,他怪自己无知而神情沮丧,“您讲的话,有些我听来没有意义;您这么有学问,真是太幸福啦!”

神甫微微一笑,又说:

“你刚才说这是第一件,你还想一件事吧?”

“对。”

“你讲了第一件,那么第二件呢?”

“我想的第二点,就是您向我讲了身世,却还不知道我的身世呢。”

“小伙子,你太年轻,不会有什么重大经历。”

“但却经历了巨大的不幸;我蒙受不白之冤,有时甚至诅咒上帝,为了不再亵渎神灵,我真希望能知道陷害我的人。”

“你肯定自己清白无罪,是别人诬告啦?”

“完全是冤枉的,我可以指我父亲和梅色苔丝的头,指我在世上唯一的两个亲人发誓。”

“那好,你就对我讲讲身世吧。”神甫说着,把秘密洞口堵上,又把床挪回去。

于是，唐代斯开始讲述他所说的身世，主要是一次印度之行，两三次中东之行，继而谈到他最后一次航行，勒克莱尔船长如何病死，临终时如何让他把一包东西交给大元帅，他又如何见到大元帅，大元帅如何托他把一封信交给一位努瓦蒂埃先生，最后谈到他回到马赛，如何见到父亲，如何同梅色苔丝相爱，如何举行婚宴，如何被捕，如何受审并关进法院临时监狱，最后又如何押到伊夫狱堡囚禁。此后，唐代斯便一无所知，连坐牢已有多久都说不清。

神甫听他叙述完，便沉思起来。过了一会儿，他说道：

“法律上有一句格言讲得很深刻，正好符合我刚才对你说的情况，即人性憎恶罪恶，恶念是随着坏组织而产生的。然而，文明社会培植我们的欲望、恶习和癖好，这些会促使我们扼杀善良的本能，把我们引上作恶的道路。由此得出这句格言：要想发现罪犯，首先要看作案可能对谁有利！除掉你，可能对谁有利呢？”

“唔，天哪，对谁也没什么利！我是个微不足道的人。”

“不要这么回答，这种话既缺乏逻辑，又不合哲理。亲爱的朋友，世间万物都是相对的，上自国王下至小职员，莫不如此：占据王位的国王如果驾崩，继位者就能戴上王冠；占据位置的小职员如果死掉，编外人员就能顶替，挣上一千二百法郎。这一千二百法郎的薪水能养家糊口，跟国王支出库银一千二百万同样重要。从社会最底层到社会最顶层，每个人都在自身的周围聚成一个利害相关的小世界，有其旋转和贪婪的原子，如同笛卡尔所描绘的大千世界。只不过，这些世界越往上升越扩张，类似倒置的螺旋，尖端着地，仅凭惯力保持平衡。扯回话题，看看你的世界吧。当时，你快要就任法老号船长了吧？”

“对。”

“你快要娶一个年轻漂亮的姑娘吧？”

“对。”

“你若是当不上法老号船长，对谁有利呢？你若是娶不上梅色苔丝，又对谁有利呢？先回答头一个问题，顺序是所有问题的关键。有人希望你当不上法老号船长吗？”

“没有。船上的人都很喜欢我。假如让水手们选举一个头儿，我确信他们会选我。只有一个人对我有点嫌怨：从前我跟他争吵过，还向他挑战决斗，被他拒绝了。”

“真的吗？这个人叫什么？”

“丹格拉尔。”

“他在船上干什么？”

“他是会计。”

“你若是当上船长，还愿意留用他吗？”

“这事若由我决定，那就不留用，因为我注意到，他的账目似乎搞了鬼。”

“好。再谈谈，你和勒克莱尔船长那次最后的谈话，有人在场吗？”

“没有，只有我们两个人。”

“有人可能听见你们的谈话吧？”

“有可能，当时舱门是开着的；甚至……等一等……对，对，勒克莱尔船长把要给大元帅的一包东西交给我时，正巧丹格拉尔从门前经过。”

“很好，”神甫说道，“有了线索了。在厄尔巴岛停泊的时候，你带什么人上岸了吗？”

“没带人。”

“有人交给你一封信吧？”

“对，是大元帅。”

“那封信，你放在什么地方了？”

“放在我的皮夹里了。”

“你随身带着皮夹吗？一个能装下正式信件的皮夹，怎么能放进海员兜里呢？”

“您说得对，我的皮夹放在船上。”

“这么说，你是回到船上，才把信件放进皮夹里喽？”

“对。”

“从费拉约港到船上这段路，你把信放在哪儿啦？”

“拿在手上。”

“这么说，你回到法老号船的时候，谁都能看见你手里拿着一封信喽？”

“对。”

“丹格拉尔也一样？”

“丹格拉尔也一样。”

“现在，听我说，你要把能想起的情况都集中起来：你还记得告密信上的话吗？”

“嗯！记得，我看了三遍，每句话都印在我的脑子里。”

“向我复述一遍。”

唐代斯略微想一想，说道：

“信的原文是这样：‘检察官先生：王室和教会的一位友人特此报告，有一个名叫埃德蒙·唐代斯的人，系法老号船大副；该船自士麦那返航，中途在那不勒斯和费拉约港停靠，今天早晨抵港。此人受缪拉指使，将一封信送交窃国大盗，又受窃国大盗差遣，要把一封信送交巴黎的波拿巴逆党组织。逮捕其人即可缴获罪证，这封信他不带在身上，即藏在他父亲家中，或在法老号船舱室里。’”

神甫耸耸肩膀，说道：

“这事一目了然。看来你天性太纯真，心地太善良，才没有马上识破。”

“真的吗？”唐代斯高声说，“哼！那不是太卑鄙了吗？”

“丹格拉尔平时写字怎么样？”

“一手漂亮的草书。”

“匿名信的字体怎么样？”

“字体向后倾斜。”

神甫微微一笑：

"改变字体,对吧?"

"字体虽然改变了,但还是很流利。"

"等一等。"神甫说着,拿起他所谓的笔,蘸了墨水,用左手在用药处理过的布条上写出告密信的头两三行。

唐代斯后退两步,几乎惊恐地看着神甫。

"嗬!真奇怪,"他高声说,"这字体跟告密信上的一模一样。"

"这是因为告密信是用左手写的,"神甫又说,"我观察到一种现象。"

"什么现象?"

"凡是右手写的字,人人都不同,凡是左手写的字,人人都一样。"

"看来您见多识广,无所不知了?"

"接着谈吧。"

"哦!好,好。"

"谈谈第二个问题。"

"您问吧。"

"有人不希望你娶梅色苔丝吗?"

"是啊!有个小伙子爱她。"

"他叫什么名字?"

"叫菲尔南。"

"这是西班牙人的名字?"

"他是卡塔朗人。"

"你认为他能写出那封信吗?"

"不能!他要对付我,只会一刀把我干掉。"

"对,西班牙人的天性如此:杀人可以,绝不下黑手。"

"再说,信上告发的那些情况,他根本不知道。"唐代斯又说道。

"你没有告诉任何人吗?"

"没有。"

"连你的情人都没有告诉?"

"连我的未婚妻都没有告诉。"

“肯定是丹格拉尔了。”

“嗯！现在我也确信是他了。”

“等一等……丹格拉尔认识菲尔南吗?”

“不认识……不对……我想起来了……”

“想起什么?”

“就在我要举行婚礼的前一天,我看见他们一起喝酒,坐在庞菲勒老爹的咖啡馆的凉棚下。”

“只有他们两个人?”

“不,还有一个,是我的熟人,一个裁缝,名叫卡德鲁斯,肯定是他介绍他们认识的,不过,当时他已经喝醉了。等一等……等一等……原先我怎么没有想起来呢？他们喝酒的桌子旁边,还有笔墨纸张。”唐代斯用手捂住额头:“噢！这帮坏蛋！这帮坏蛋!”

“你还想知道别的事情吗?”神甫笑道。

“嗯,嗯,既然什么事情你都能看透,都能看清楚,那我想弄明白为什么只审问我一次,为什么不给我派法官,怎么没有判决就定了我的罪。”

“唔!”神甫说,“这个嘛,可要严重一些;司法界有些行径相当隐蔽神秘,不容易看透。到现在为止,我们对你两位朋友的分析,可以说如同儿戏。这回可不一样,你必须向我提供最准确的情况。”

“好,您就问吧,老实说,对我的经历,您比我本人还看得清楚。”

“是谁审问你的？检察官、代理检察官,还是预审法官呢?”

“是代理检察官。”

“年轻还是年长?”

“年轻,大约二十七八岁吧。”

“好！还没有腐化,不过已经有了野心,”神甫又说,“他对你的态度如何?”

“比较温和,不太严厉。”

“你全跟他讲了吗?”

“全讲了。”

“在审问过程中,他的态度有什么变化吗?”

“他看了那封牵连我的信,有一阵面如土色,似乎对我的不幸十分痛心。”

“对你的不幸?”

“对。”

“你能肯定他是同情你的不幸吗?”

“至少他有个重大举动,以表明对我的同情。”

“什么举动?”

“他烧毁了唯一能连累我的证据。”

“什么证据? 是告密信吗?”

“不,是我要送交的那封信。”

“你能肯定吗?”

“是当我的面烧毁的。”

“这是另码事儿,你想不到,他可能是个更阴险的坏蛋。”

“老实说,您真叫我不寒而栗!”唐代斯说,“难道世间遍地都虎豹豺狼吗?”

“不错,只是两脚的虎豹豺狼更加危险。”

“说下去,说下去吧。”

“好。你是说他烧了信,对吧?”

“对,他还一边对我说:‘这是唯一对你不利的证据,你瞧,我把它销毁了。’”

“如此高尚之举,显得不正常。”

“您这么认为?”

“我敢肯定。那封信是要交给谁的?”

“给努瓦蒂埃先生,地址是巴黎公鸡鹭街十三号。”

“你能推想,销毁那封信,对代理检察官会有什么好处吗?”

“也许吧;有两三回,他让我保证不向任何人透露那封信,并说是为了我好,他还要我发誓绝不讲出那个收信人的姓名。”

“努瓦蒂埃？……”神甫重复道，“努瓦蒂埃？我在伊特鲁里亚[1]前女王的朝廷上，认识一个叫努瓦蒂埃的人，在大革命时期，那个努瓦蒂埃曾是吉伦特党徒。您那位代理检察官叫什么呢？”

“德·维尔福。”

神甫哈哈大笑。

唐代斯愕然地望着他，问道：

“您怎么啦？”

“你看见这束阳光了吗？”神甫问道。

“看见了。”

“好，现在对我来说，整个案件比这通明透亮的光线还清楚。可怜的孩子，可怜的年轻人！那位司法官还对你大发善心。”

“对。”

“那位可敬的代理检察官烧了，销毁了那封信？”

“对。”

“那个派遣刽子手的好人还让你发誓，绝不说出努瓦蒂埃这个姓名？”

“对。”

“你真可怜，白长一双眼睛，那个努瓦蒂埃，你知道他是谁吗？”

“不知道。”

“那个努瓦蒂埃，就是他父亲！”

就是霹雳落在脚下，击穿深渊，显露地狱，对唐代斯产生的效果，也不像这句意外的话这样强烈、迅疾而致命。他站起来，双手抱住头，好像要防止爆裂一样。

“他的父亲！他的父亲！”唐代斯连声嚷道。

“对，正是他父亲，名叫努瓦蒂埃·德·维尔福。”神甫又说道。

这时，一道强烈的闪光穿过这名囚徒的大脑，立即把眼前的一片黑暗

---

① 意大利地区的旧名称。

就是霹雳落在脚下，击穿深渊，显露地狱，对唐代斯产生的效果，也不像这句意外的话这样强烈、迅速和致命。

照得如同白昼。维尔福在审问时的支吾之态、销毁的那封信件、要他发下的誓言、司法官非但不正言厉色、反而显出哀求的低声下气，这一切重又浮现在唐代斯的脑海；他大叫一声，像醉汉一般踉跄几步，忽然冲向两个地牢相通的地道洞口，对神甫说道：

“唔！我得一个人好好想想。”

唐代斯回到自己的牢房，便往床上一倒。到了傍晚，狱卒进来，发现他坐在床上，两眼发直，脸板得铁紧，一动不动，形同一尊缄默的雕像。

这几小时就像几秒钟倏忽而过，唐代斯反复思索，下了一个骇人的决心，发下了一个重誓。

一个声音把唐代斯从默想中唤醒，原来是法里亚神甫，他在狱卒查看之后，便来邀请唐代斯去同他共进晚餐。狱中看在老囚徒是个疯子，尤其是个令人开心的疯子的份儿上，给他几分照顾，供应白一点的面包，礼拜日还给一小瓶酒。而这天碰巧是礼拜天，神甫就来邀请年轻的狱友分享他的酒和面包。

这时，唐代斯脸上绷紧的线条已经平和，恢复了常态，只是神情增加几分呆板和坚毅，可以说显示出已经下定的决心。神甫定睛地看着他，说道：

"我真后悔帮你分析，向你说明了真相。"

"为什么？"唐代斯问道。

"因为我往你心中灌输了原先根本没有的情绪：复仇。"

唐代斯微微一笑，说道：

"咱们谈别的事吧。"

神甫又注视他一会儿，忧伤地摇了摇头，这才听从唐代斯的请求，改变了话题。

老囚徒同其他饱受苦难的人一样，谈话中包含许多教诲，对人深有裨益；而且，这种谈话不计个人恩怨，这个不幸的老人从来不讲他本人的不幸遭遇。

唐代斯听他每一句话都十分敬服：这些话有的同年轻人已有的认识相吻合，同他的海员生涯中所获取的知识相一致；有的则涉及他不了解的事物，就像航海家在南纬度看到的极光，向这个青年展示了光怪陆离的景象和崭新的境界。唐代斯明白，这位高人遨游在道德、哲学和社会的险峰峻岭之上，一个聪明人如能跟随他攀登，那真是其乐无穷。

"您一定得把您的知识教给我点儿，"唐代斯说，"也免得您跟我在一起感到无聊。现在我觉得，您宁肯独自一个人，也不愿意要我这样无知无识的同伴。如果您同意我的请求,那我就保证再也不提逃走的事。”

神甫微微一笑,说道:

“唉!我的孩子,人类的知识极其有限,等我教你掌握了数学、物理、历史,以及我会讲的三四种语言,你跟我的学问就一样了:这全部学问,不用两年工夫我就能传授给你。”

“两年!”唐代斯说,“您认为两年工夫,我能全学会吗?”

“当然不能学会应用,但能学会原则:学会不等于掌握,这里面有书呆子和学者之分,前者依靠记忆,而后者凭借哲理。”

“那么,能学哲理吗?”

“哲理是学不会的。哲学是天才掌握并运用的科学的总合,哲学是基督踏着重新升天的五彩祥云。”

“唔,那么,您先教我什么呢?”唐代斯问道,“我渴望学知识,真想快点开始。”

“全教给你!”神甫答道。

果然,当天晚上,两个囚徒就制订了学习计划,次日就开始执行。唐代斯记忆力惊人,悟性很高,一点就通;他既有数学脑瓜儿,能够通过计算理解任何问题,又有海员的奇想,从而弥补纯以枯燥的数字或单调的线条阐述的不足。再说,他几次向东航行,学会意大利语,又略通现代希腊语。有这两种语言的基础,他很快弄清楚其他语言的结构,六个月学下来,他就能讲西班牙语、英语和德语了。

或许他集中精力学习,不再考虑自由了,或许他如我们所见,严格遵守诺言,反正他再也没有向法里亚神甫提起逃走一事。潜心学习,光阴如箭,转眼过了一年,唐代斯也判若两人了。

不过,唐代斯倒发觉,囚禁中虽然有他相伴,法里亚神甫的神情还是日渐忧郁。他的头脑似乎不断萦念一件事,有时陷入沉思,不由自主地叹息,有时又猛然站起,手臂交叉,脸色阴沉,在牢房里踱来踱去。

有一天,他在牢房里不知转悠了多少圈,后来戛然止步,感叹道:

“唉!要是没有哨兵该多好!”

“只要你愿意，就不会有哨兵了。”唐代斯应声道，他注视神甫的思路，洞烛他的头脑就像看透水晶。

“哎！我对你说过，我憎恶杀人。”神甫又说。

“然而即使杀人，那也是出于求生的本能，出于自卫的反应。”

“不管怎么说，我干不出来。”

“可是你却念念不忘。”

“的确总想，总想。”神甫喃喃说道。

“你想出办法来了吧，嗯？”唐代斯急忙问道。

“对，如果派到外廊的哨兵又聋又瞎的话。”

“让他瞎就瞎，让他聋就聋。”年轻人答道，那决然的口气令神甫心惊胆战。

“不行，不行！”神甫高声说。

唐代斯想就这个话题谈下去，可是神甫却连连摇头，不愿再应声了。

又过去三个月。有一天，神甫突然问道：

“你身体健壮吗？”

唐代斯没有立即回答，而是操起凿子，把它弯成马蹄铁形，然后又直过来。

“你能保证不到万不得已，你就不干掉哨兵吗？”

“好，我以人格担保。”

“那咱们就可以动手实现计划了。”神甫说道。

“咱们实现计划需要多久？”

“少说一年。”

“可以动手了吗？”

“立即动手。”

“唉！你瞧，咱们白耽误一年的工夫。”唐代斯高声说道。

“哦，这一年的工夫，你觉得是白耽误吗？”神甫问道。

“唔！请原谅，请原谅。”埃德蒙面红耳赤，高声说道。

“哎！”神甫说道，“人终归是人，你还算我见到的最好的一个。喏，我的计划是这样。”

于是，神甫让唐代斯看他画的图形。图上标明他们各自的地牢，以及中间相连的地道，还标明从地道正中要挖出的一条分支，如同矿井的坑道那样。两名囚徒沿着分支到达哨兵走动的外廊下面，然后再挖一个深坑，松动上面的一块石板，等到行动的时候，哨兵一踏上去，石板就会坍下来，哨兵随即掉进坑里，趁他摔得晕头转向，无力反抗，唐代斯就扑上去，把他捆住，嘴里再塞上东西，这样，两个囚徒从外廊的窗口爬出去，再登着绳梯从围墙外面溜下去逃走。

唐代斯听了拍手叫好，眼睛也射出喜悦的光芒，他觉得这个计划十分简单，肯定能成功。

当天，这两个囚徒就开始挖地道，由于休息了好长时间，这回干得格外起劲，这也很可能正是他们每人隐秘思想的延续。

他们不停地干，只是在狱卒查狱的时候，才不得不返回各自的牢房。况且，他们已经摸到规律，能辨识细微的脚步声，因此狱卒下来检查，始终没有出其不意，当场抓住哪一个有不轨行为。他们新开地道挖出来的砂土，都能把旧地道填满，但他们采取极为谨慎的办法，把砂土辗成粉末，放在地牢的窗口上，让夜间的风吹得无影无踪。

这样干了一年多，而工具只有一把凿子、一把刀和一根木撬棍。在这一年当中，法里亚一边干活，一边继续向唐代斯传授知识，跟他时而讲这种语言，时而讲那种语言，还向他讲述各国历史和伟人生平，那些伟人身后都留下所谓荣名的一条光亮的轨迹。神甫善于社交，原来就是上流社会人物，他的举止有一种沉郁的高雅风度，而唐代斯又有模仿的天赋，能从中汲取他本身缺乏的温文尔雅的仪态，以及只有混迹于上层和名流社会才能形成的贵族派头。

十五个月干下来，地道挖成了，外廊下面的深坑也已完工，两个囚徒在坑里能听到哨兵来回走动的声音；为保险起见，要等一个没有月亮的黑夜再越狱，现在唯恐哨兵脚步太重，过早地随石板掉下来；为避免发生这种意外情况，他们又将挖出来的一根加固墙基的小木柱临时支在那里。

唐代斯正在支立柱，法里亚神甫则在年轻人的牢房里，正忙着削尖固定绳梯的一根销钉，忽然惨声呼叫。唐代斯闻声急忙回到地牢，只见神甫站在屋子中间，脸色苍白，额头流汗，双手抽筋似的弯曲。

“哎呀，天哪！”唐代斯高声说，“出什么事啦？你这是怎么啦？”

“快！快！”神甫说道，“听我说。”

唐代斯见神甫面无血色，眼圈发青，嘴唇苍白，头发扎煞起来，他不禁大吃一惊，手中的凿子失落到地上。

“究竟怎么回事啊？”埃德蒙喊道。

“我不行啦！”神甫回答，“听我说，我得了一种可怕的，也许是致命的绝症，我感到就要发作了。入狱的前一年发过一次，只有一种药可以医治，我来告诉你：赶快去我的房间，抬起床腿，床腿空洞里有半瓶红色药水，你给我拿来；哦，算了，算了，我待在这儿可能被发现，不如趁我还有点力量，搀扶我回去。在我发病期间，难说会发生什么情况。”

真是飞来横祸，打击惨重，但是唐代斯并没有昏头，他急忙钻进地道，拖着可怜的同伴，费了九牛二虎之力才爬到另一端，把神甫送回牢房，扶他躺到床上。

“谢谢，”神甫说，他浑身抖个不停，仿佛刚从冰水里出来。“我得的是蜡屈症，开始发病了。等一下我也许会一动不动，也许会呻吟，还有可能口吐白沫，身体僵硬，高声喊叫；你千万注意，设法不要让人听见我的叫声，否则他们会给我换牢房，永远把咱们拆开了。等我不再动弹，身体冰凉，就像死了一样，你要听清楚，只有到那一时刻，你就用刀把我的牙齿撬开，往我嘴里倒八滴至十滴药，或许我还能活过来。”

“或许？”唐代斯沉痛地嚷道。

“救命！救命！”神甫叫起来，“我要……我要死……”

病势来得十分迅猛，可怜的老囚徒连句话也未能说完，转瞬间他的额头便覆盖乌云，犹如海上的暴风雨，同时眼张大，嘴角歪斜，面颊呈现青紫色，他口吐白沫，拼命挣扎，大声号叫；唐代斯按照神甫的嘱咐，立即给他蒙上被子，免得让人听见喊声。这样折腾了两个钟头，神甫全身最后又抽

唐代斯见神甫面无血色，眼圈发青，嘴唇苍白，头发扎煞起来，他不禁大吃一惊，手中的凿子失落到地上。

搐一次，便倒下去，瘫作一堆，比大理石还要苍白冰冷，比脚下践踏的芦苇还要衰微颓败，肌肤完全失去了血色。

埃德蒙等待这种假相的死亡侵入身体，一直冻结心脏，他才拿起刀，插进神甫的牙缝里十分吃力地撬开他的牙齿，数着往他嘴里倒了十滴红色药水，然后观察动静。

一个钟头过去了，老人依然毫无反应。唐代斯担心等待太久，双手插

他拿起刀，插进神甫的牙缝里十分吃力地撬开他的牙齿，数着往他嘴里倒了十滴红色药水，然后观察动静。

进头发里注视他。终于，他的面颊微微呈现红晕，始终睁着但失神的眼睛，也渐渐恢复神采，嘴里发出轻轻的一声叹息，接着身子动了一下。

“救过来啦！救过来啦！”唐代斯嚷道。

病人还不能讲话，但他用手指着门，神情显然很不安。唐代斯侧耳一听，听出是狱卒的脚步声：快到七点钟了，唐代斯没有顾上计算时间。

年轻人一下蹿到洞口，钻了进去，又把头上的石板盖好，急忙返回牢房。

工夫不大,他的牢门也打开了,狱卒像往常一样,看到囚犯坐在床上。

唐代斯万分悬念,一等狱卒转身出去,脚步声在走廊里消逝,他顾不上吃饭,就沿原路回去,用头顶开石板,又来到神甫的牢房。

神甫已然恢复神志,但仍旧躺在床上不动,浑身无力。

"我以为再也见不到你了。"他对唐代斯说。

"为什么?"年轻人问道,"你以为会死吗?"

"那倒不是;不过,一切就绪,你可以逃走了,我原以为你会逃走。"

唐代斯非常气愤,脸涨得通红。

"抛下你!"他提高嗓门说,"你真的相信我会这么干吗?"

"现在我知道自己估计错了,"病人说道。"唉!我还很虚弱,浑身乏力,像散了架子似的。"

"振作一点,你的气力能够恢复。"唐代斯说着,坐到法里亚的床边,抓起他的双手。

神甫摇了摇头,说道:

"上次发病,半个小时就过去,随后我就感到饿,而且是自己站起来的;今天,我这右腿右胳膊动不了,脑袋昏昏沉沉,这表明患了脑溢血。第三次犯病,我纵然死不掉,也要全身瘫痪。"

"不会,不会,放心吧,你死不了。这病若是真会犯第三次,那时你已经自由了。我们会像这回一样把你救过来,比这回还要得力,因为到那时候,我们就有了各种救护手段。"

"我的朋友,"老人说道,"不要抱幻想了;这次发病,已经判我终身监禁了:要想逃跑,首先得能够走路。"

"没关系,咱们等上一周、一个月,如有必要,不妨等上两个月;一切就绪,但是逃跑的时机,我们却有选择的自由。等哪天你感到有力气游泳了,咱们就照计划行事。"

"我再也不能游泳了,"法里亚说道,"这条胳膊瘫了,不是一天半天,而是永远瘫了。你把它抬起来试试,看它有多重。"

唐代斯把这条胳膊抬起来,它却无知无觉地落下去,年轻人不禁叹口气。

“这回你信服了吧,埃德蒙?”法里亚说道,“相信我,我这话是有根据的:从第一次发病起,我就一直在想这事儿,料到会再次发作,因为这是家庭的遗传症;家父和祖父,都是在第三次发病时去世的。给我配制这药水的不是别人,正是有名的卡巴尼斯,他断言我也是同样命运。”

“医生也会出错,”唐代斯高声说,“你这胳臂瘫了不要紧,我可以驮着你游过去。”

“孩子话,”神甫说道,“你是海员,又是游泳好手,因此,你应当知道,一个人驮着这样的重负,在海上游不出五十寻[①]。不要抱这种幻想了,就连你这颗高尚的心也不会相信我要留在这里,直到最后解脱,而现在所说的解脱只能是一死了。至于你,还是逃走吧,离开这里吧!你还年轻,身体又灵活又健壮,不要管我,我让你把诺言收回去。”

“那好,那好,我也留下来。”唐代斯说道。

他随即站起来,庄严地把手伸到老人的身上,又说:

“我以基督的血发誓,只要你活一天,我绝不离开!”

法里亚凝视这个朴实、高尚而又超脱的青年,从他笃厚纯真的表情上看出,他的感情十分坦诚,他的誓言十分信实。

“好,我接受你的好意,谢谢。”病人说道。

接着,他把手伸过去,又说:

“你有这种舍己助人的精神,将来也许会得到报偿。既然我走不了,而你又不愿意离开,那你就赶快把外廊下面的洞填死,要不然,哨兵走在上面,就可能听出空洞的回响,请长官来察看,他们一旦发现秘密,就会把咱们拆开。去把这个事儿干了吧,可惜我帮不上手了;如有必要,就干个通宵,等明天早晨查狱之后,你再过来,我有重要的事情跟你说。”

唐代斯抓住神甫的手,神甫则报以微笑,令他放心,他这才怀着对这位老友的敬佩之情,顺从地走了。

---

① 一寻合1.624米。

第十八章　财宝

次日早晨，唐代斯又来到难友的牢房，看见法里亚坐在床上，神态很安详。

须知神甫只有左手能动弹了，此刻，他手上拿着一张纸片，举在从小窗口射进的一线阳光下；这张纸片显然长期卷着，已然形成圆筒状，不易展开了。

神甫一言不发，将纸片递给唐代斯。

“这是什么？”唐代斯问道。

“你好好看看。”神甫笑道。

“我仔仔细细地看了，”唐代斯又说，“可是看来看去，还是烧剩下的半张纸，上面只有用特殊墨水写的哥特体的字迹。”

“我的朋友，”法里亚说道，“既然我考验过你，现在我可以全告诉你了。这张纸片，就是我的财宝，从今天起，有一半就归你了。”

唐代斯听了，额头不禁沁出冷汗。到这一天为止，有多长时间啊！他始终避免同法里亚谈及财宝——这是别人认为可怜的神甫发疯的病根。埃德蒙天生心细，绝不愿触碰这根痛苦而敏感的心弦，看到神甫也闭口不谈，他还以为老人恢复了理智；不料今天，法里亚大病一场之后，又说出这种话，恐怕神经又错乱了。

“你的财宝？”唐代斯结结巴巴地说。

法里亚微微一笑，又说道：

神甫一言不发，将纸片递给唐代斯。

"对，从各方面来看，你都是个心灵高尚的人，埃德蒙；不过，看你脸色刷白，不寒而栗，我就明白你此刻的想法。喂，请放心，我并没有疯。这笔财宝确实存在，唐代斯，既然命该如此，我不能占有，那么你就占有它：他们都以为我是疯子，谁也不肯听我解释，不愿相信我；然而你应当知道我并没有发疯，你听我说，然后你就会相信了。"

"唉！"埃德蒙心中叹道，"他又旧病复发！我也只差遭遇这种不幸了。"

接着，他又高声对法里亚说：

“我的朋友，你犯了病，可能还没有复原，要不要先休息一下？如果你愿意，明天我再听你讲好了，今天，我只想照看你的身体。况且，”他微笑着继续说，“财宝的事，对我们就那么紧迫吗？”

“非常紧迫，埃德蒙！”老人回答，“谁知道明天，也许后天，我的病不会第三次发作呢？想一想吧，那就全完啦！不错，我常常有这种幸灾乐祸的想法，就是这笔抵得上十家豪富全部财产的财宝，绝不让那些迫害我的人得到；我在黑牢里，在囚徒生活的绝望中，往往细细品味我作为报复的这种念头。然而现在，我出于对你的爱，便原谅了世人。现在，我看到你这么年轻，前途远大，又想到向你透露这个秘密，会给你带来多大的幸运，我就再也等不得了，深恐如此巨大的财富埋藏在地下，不能确保掌握在你这样一个大好人的手中。”

埃德蒙扭过头去，叹了口气。

“你还是不肯相信，埃德蒙，”法里亚继续说，“我的声调还不能令你信服？看来你需要证据。好吧，你念念这张字条，我还没有给任何人看过。”

“明天再说吧，我的朋友，”埃德蒙说道，显然不愿意附和老人的疯话，“咱们不是说好，等明天再谈这事儿吗？”

“是等明天再谈，不过今天，先看看这张字条。”

“还是别招惹他。”埃德蒙心想。

于是，他接过字条，发现只剩下半张，另一半大概是不小心烧掉了。他念道：

> 岛东小湾出发径直走，数至第二十，掀开
>
> 便可找到宝藏；石窟口，
>
> 财宝埋藏在第二洞口落。
>
> 我声明把这笔财宝全一继承人。
>
> 恺
>
> 一四九八年四

“怎么样?”法里亚等年轻人念完,便问道。

“哦,”唐代斯答道,“我看这被火烧了,字句残缺不全,无法理解了。”

“你刚看一遍,当然不明白,可是我呢,反复琢磨,不知熬了多少夜晚,终于把句子补全,把意思补充完整。”

“你认为找到了断章的含义吗?”

“我完全有把握,到时候你自己判断吧;不过,我先来跟你讲讲这张字条的来历。”

“嘘!”唐代斯叫了一声……“有脚步声! ……朝这儿来了……我得走……再见!”

唐代斯像蛇一样,吱溜钻进狭小的地道,这样脱身他倒高兴,否则神甫解释字条的来历,只能向他证实他的朋友不幸发疯了。法里亚在牢里一时惊慌,不知哪儿来的劲头,一脚把石板蹬到原位,再盖上一片草席,以便掩饰他来不及消除的挪动石板的痕迹。

原来是典狱长亲自视察,他听狱卒报告法里亚忽然生病,便来查看是否严重。

法里亚坐着接待典狱长,避免任何可能露出破绽的动作,没有让人看出他已瘫痪,半个身子不能动弹了。他深恐典狱长了解实情,会心生怜悯,把他换到条件好一点的牢房,从而把他和年轻的狱友拆开。幸而没有发生这种情况,典狱长虽然内心对这可怜的疯子有几分同情,但确信他只是略感不适,也就离开了。

在这段时间,唐代斯坐在床上,双手捧着头,极力收拢纷乱的思绪。他认识法里亚之后,觉得神甫的言谈举止,无不极合情理,极合逻辑,也极为高贵,真不明白一个人在各个方面都大智大慧,却能在一点上丧失理智。究竟是法里亚想财宝迷了心性,还是所有人都错看了法里亚?

这一整天,唐代斯都待在自己的牢房里,不敢去见他的朋友,尽量挨时间,证实神甫的疯病越晚越好,因为对他来说,证实这一点太可怕了。

然而到了傍晚,在例行的查狱之后,法里亚等不来唐代斯,就勉强爬过分隔他们的这段距离，他有一条腿不能动弹，一只胳膊不顶用了，唐代斯听到他挣扎爬行的痛苦呻吟，就急忙过去把他拖出来，否则，老人单凭自己的力量，绝不能爬出狭小的洞口，进入唐代斯的牢房。

“我就是穷追不舍，”神甫说着，脸上洋溢慈祥的微笑，“你以为能逃脱我的慷慨馈赠，其实不然。还是听我讲吧。”

埃德蒙明白他已无路可退，只好扶老人坐到床上，自己搬过凳子坐到他身边。

“要知道，”神甫开始讲述，“我是红衣主教斯巴达的秘书、知交和密友；我在人世所尝到的幸福，都是这位可敬的主公恩赐的。他是斯巴达家族的最后一员，并不富有，尽管俗谚讲这个家族富埒王侯，我也常听到‘富比斯巴达’的说法。其实传闻归传闻，他徒有豪富的虚名。不过，他的府邸却是我的天堂。我原在那里教他的侄儿念书，后来几个侄儿陆续夭亡，只剩下他一个孤单老人，于是，我就守在他身边，忠心侍候，对他唯命是从，借以报答他十年来对我的恩情。

“不久，对我来说，红衣主教的府邸就毫无秘密了。我经常看见主公大人研读古籍，如饥似渴地查阅尘封的家族手稿。有一天，我责备他无端熬夜，累垮了身体，他则苦笑着注视我，继而给我打开一本书，即《罗马城历史》，翻到第 20 章《教皇亚历山大六世传》，有如下一段记载，我看后终生难忘：

> 罗马纳大战已经结束，恺撒·博尔吉亚征讨成功，需筹款买下意大利全部疆土。同样，教皇也需筹款和法兰西国王了结——法王路易十二虽然受挫，但仍是可怕的对手。然而，意大利民生凋敝，若想进行有效的投机，谈何容易。

“教皇陛下遂心生一计，决定敕封两位红衣主教。

“在罗马的头面人物中遴选两位，尤其两位大富翁，圣父可在这项投机中获取如下收益：首先，这两位红衣主教原来拥有的肥缺美差可以出售；其次，这两顶红衣主教的高帽子可望售得高价。

“这种投机还有第三部分，不久便可明了。

“教皇和恺撒·博尔吉亚首先看中两位红衣主教的人选，即若望·罗皮格利奥西和恺撒·斯巴达。前者在教廷里独占四个最显要的头衔，后者则是最尊贵最富有的罗马人。总之，两者都能体现教皇如此恩宠的价值，两者又都野心勃勃。人选既定，恺撒·博尔吉亚不久又找到一些捐职的人。

“这样，罗皮格利奥西和斯巴达花钱当上红衣主教，只有八人花钱买了两位新任红衣主教原来的官职。八十万银币流入投机者的钱箱。

“现在讲讲这项投机的最后部分。教皇对罗皮格利奥西和斯巴达宠幸备至，授予他们红衣主教徽章，他确信他们不会以感激的空话偿还恩宠之债，必然会变卖产业，早日携款到罗马上任；于是，教皇和恺撒·博尔吉亚要宴请两位红衣主教。

“就这一问题，圣父和他爱子①之间还发生一场争论。恺撒认为干脆使用他对付好朋友的老办法：其一是那把著名的钥匙，请某人拿去开柜橱，钥匙上因锁匠的疏忽有个小铁刺，而锁头难开，那人用劲一拧，手就要被扎破，第二天就毙命；其二是那只狮头戒指，恺撒要同人握手时就把它戴上，咬破那些宠幸者的手，让他们过二十四小时呜呼哀哉。

“恺撒向他父亲提议，或者让两位红衣主教去开柜橱，或者分别同他们热烈握手。亚历山大六世却回答说：

“‘咱们就不能设宴，招待斯巴达和罗皮格利奥西高贵的红衣主教吗？我有种预感，那笔钱咱们肯定能弄到手。再说，恺撒，别忘了消化不良会当场送命，而扎伤或咬破要等一两天才有结果。’

“恺撒听这话有道理，也就同意了。因此两位红衣主教应邀赴宴。

“宴席摆在戴镣圣彼得宫附近教皇的葡萄园里，两位红衣主教早就听说那个清雅宜人的地方。

---

① 恺撒·博尔吉亚是教皇亚历山大六世的私生子。

恺撒·斯巴达

“罗皮格利奥西荣升新职，受宠若惊，满面春风地去赴美宴。斯巴达却是个心思绵密的人，他独独喜爱他的侄儿，对这个青年军官寄予极大的希望。赴宴之前，他备下纸笔，写了遗嘱。

“然后，他派人去告诉侄儿到葡萄园附近等他，但是，仆人大概没有找见这个青年军官。

“斯巴达深知赐宴的习惯。基督教这一杰出的文明使者问世以来，给罗马带来许多进步，譬如现在，不会再有一个百夫长前来传达暴君的口谕：‘恺撒赐你死’，而是红衣主教担任特使，传达教皇的邀请：‘教皇陛下请您赴宴’。

“斯巴达约摸下午二时动身去戴镣圣彼得宫的葡萄园，教皇已在恭候。斯巴达头一眼就看他那全身披挂、笑容可掬的侄儿，以及旁边表示亲热的恺撒·博尔吉亚，他立即大惊失色，恺撒则以充满讥讽的目光瞥了他一下，让他明白他恺撒料事如神，陷阱已然布下了。

“席间，斯巴达只来得及问他侄儿一句话：‘你接到我的口信了吗？’侄儿回答说没有，并完全明白这句问话的重大意义，但为时已晚，他已经喝下教皇膳食总管特意为他倒的一杯美酒。这时，斯巴达看到自己面前又添了一瓶酒，被劝不过喝了几杯。一小时之后，一名医生宣布他们二人吃羊肚菌中毒。斯巴达死在葡萄园的门口，他侄儿赶到自己家门口倒下，临死还打手势，但他妻子不明白什么意思。

“恺撒和教皇借口检查死者的文件，立刻赶去抢夺遗产。然而遗产全在一张字条上，斯巴达写道：

> 今将我的库存、书籍全部赠给我的爱侄，其中有我的金角精美的经书，希望他珍藏叔父这一深情的念物。

“来抢遗产的人到处寻找，欣赏一番那本经书，连家具也没有放过，结果十分诧异，以豪富闻名的斯巴达，其实是叔伯辈中最贫穷的一个；所谓财宝，根本没有，只有藏在书房和实验室里的科学财富。

“仅此而已。恺撒和他父亲搜寻翻找，到处窥探，结果一无所获，或者说所获甚微：大约价值一千银币的金首饰、约摸同样数目的现款。然而，斯巴达的侄儿赶回家咽气前，却对他妻子说了一句：‘在我叔父的文件材料中寻找，有一份真正的遗嘱。’

“本族人同样寻找，也许比两位高贵的继承人更加卖劲，但是徒劳：只剩下两座豪华的建筑和府邸后面的葡萄园。可是那个时期不动产业卖不出价钱。教皇和他儿子胃口极大，对此不屑一顾，也就留给本族人了。

“光阴似箭，几年过去，亚历山大六世自己却中毒身亡，真是天大的疏失；恺撒同时中毒，但是他命大，仅仅像蛇一样蜕了一层皮，新皮上布满毒斑，如同人们所见的虎皮，他终于被迫离开罗马，在夜间的一次小冲突中丧命，不过这情况在历史上几乎湮没无闻了。

“教皇死后，他儿子流亡之后，大家都以为斯巴达家族又要恢复豪华的生活，一如红衣主教斯巴达在世那样，然而情况并非如此。这个家族依然维持小康生活：这件秘事始终蒙着一层神秘的色彩，社会上流传，恺撒比他老子手腕高明，从教皇手中夺走了那两位红衣主教的财产；我说两位，因为红衣主教罗皮格利奥西毫无戒备，财产被剥夺一空。”

“直到现在，”法里亚中断谈话，又笑道，“你觉得这些还不算太荒唐吧？”

“唔，我的朋友，”唐代斯说，“恰恰相反，我倒像读一段很有趣的历史。请你讲下去吧。”

“好，我接着讲。斯巴达家族衰落之后，渐渐习惯了默默无闻的生活，后裔中有的入伍当兵，有的当上外交官，有的则进入教会，还有的成为银行家，总之，有的发了家，有的破了产。现在讲到这个家族的最后一员，即德·斯巴达伯爵，我就是给他当秘书。

“我经常听到他抱怨，说他的财产同他的爵位极不相称；于是，我建议他把仅有的财产终身年金拿去投资，他听从了，收入果然翻了一番。

“这本著名的经书世代相传，保存下来，最后归德·斯巴达伯爵所有。就因为在唯一找到的那份遗嘱上有那么奇怪的一句话，这本经书自然成了传家之宝，受到本族人近乎迷信的崇拜。这部书里有哥特式的极精美的插图，又是烫金字体，沉甸甸的，每逢盛典的日子，总由一名仆人捧着，站在红衣主教的前面。

“中毒身亡的红衣主教留下来大量材料，保存在家族档案室里，有各种证书、契约、文件，总共好几大捆，在我之前，不知经过多少仆人、总管和秘书细心翻检。我也步他们的后尘，重又查阅，但是不管怎样勤奋而又笃诚地探究，始终一无所获。不过，我研读了材料，甚至如实地撰写了昙花一现的博尔吉亚家族史，此举的唯一目的，就是查清在红衣主教斯巴达暴死之后，这些教长王公的财产是否有所增加，结果我发现增加的部分，仅仅是他的难友罗皮格利奥西红衣主教的财产。

“因此，我几乎敢断定，这笔遗产，博尔吉亚家族没有享用，斯巴达家族也没有继承，仍然是无主之财，像阿拉伯故事中的财宝那样，还安眠在地下，由一个精灵在看守。我把斯巴达家族三百多年的老账翻出来，收入和支出的数目算了又算，估了又估，仍然毫无结果，我始终不得要领，而德·斯巴达伯爵也始终守着清贫。

“我的主公去世了。他除了终身年金和家族档案材料之外，还有五千卷藏书和那部善本经书，这一切，包括一千罗马银币的现款，他都遗赠给我，但要求我每年为做他一次弥撒，并编写他的族谱和家族史，我都一一照办了……

“放心吧，亲爱的埃德蒙，马上就到尾声了。

“一八〇七年，就在我被捕的前一个月，德·斯巴达伯爵去世的第十五天，即十二月二十五日，等一下你就会明白，这个日子我为什么牢记不忘，那天我在整理文件，因为那座府邸已经易主，我准备离开罗马，到佛罗伦萨去定居，要随身带走我拥有的一万两千里佛尔、全部藏书和那部善本经书；在整理过程中，我又第一千遍地翻阅一些材料，由于过分劳神，再加上午饭吃得偏饱，不觉感到困乏，便伏案睡着了，当时大约下午三点钟，一觉醒来，时钟敲了六下。

“我抬头一看，屋里一片漆黑。我拉铃要人拿烛火来，但没人听见，于是我决定自己动手。况且，这也是哲人的一种习惯，今后我应当养成。由于火柴盒空了，我一手拿起备用的蜡烛，一只手摸索，想找一张纸放在炉中余火上点燃，但又担心摸黑把珍贵的材料当成废纸，不免迟疑，忽然想起善本经书就放在身边桌子上，经书里夹着一张纸，似乎当书签用，上端已经变黄，历时几个世纪，由于继承人敬重家珍而原位未动，于是我摸索着找到这张废纸，用手略一揉搓，便举到将熄的炉火上点燃。

"可是突然，就像幻术一样，随着火苗升起，手指下的白纸显现淡黄色的字迹，我一见惊恐万状，慌忙把纸抓到手里，将火捂灭，又直接就炉火点上蜡烛。我的心情激动万分，又把揉皱的纸展开，发现是用一种神秘的显影墨水写的，一见热字迹就显现出来，这张纸烧去一小半，就是你今天早晨看到的，现在，唐代斯，你再念一遍，等你念完，我再把字句和语意给你补充完整。"

法里亚停下来，把这张信纸递给唐代斯；这回，唐代斯可就全神贯注，重读用铁锈一样的红墨水写成的文字：

是日一四九八年四月二十五
皇陛下亚历山大六世的宴请，
捐款尚不满意，觊觎我的财
衣主教克拉帕克和庞蒂沃
个中毒身亡的下场，我指
斯巴达为概括遗赠财产承受
的全部金条、金币、钻石、
埋藏在基督山小岛的洞
这笔价值高达两百万罗马银
我侄儿陪我同游过，故知道
岛东小湾出发径直走，数至第二十
掀开，便可找到宝藏；石窟
口，财宝埋藏在第二洞口

落。我声明把这笔财宝全
一继承人。

恺
一四九八年四

“现在，”神甫又说，“你再念念这半边纸。”

他把另半张断章残句的纸递给唐代斯。唐代斯接过来念道：

日，我应邀要赴教
恐对我买职
产，让我步红
奥的后尘，落
定我侄儿吉多·
人，而我拥有
珠宝，均由我
窟里，唯独我知道
币的财宝，但
那个地点：从
块岩石并
共修了两个洞
的地势最高的角
部遗赠给我的唯

撒+斯巴达
月二十五日

法里亚目光兴奋，注视着唐代斯，见他念完最后一行，便说道：

“现在，你再将这两半边拼起来，自己判断判断吧。”

唐代斯从命，把两片纸拼在一起，便成以下文字：

是日一四九八年四月二十五——日，我应邀要赴教皇陛下亚历山大六世的宴请，——恐他对买职——捐款尚不满意，觊觎我的财——产，让我步红衣主教克拉帕克和庞蒂沃利——奥的后尘，落个中毒身亡的下场，我指——定我侄儿吉多·斯巴达为概括遗赠财产承受——人，而我拥有的全部金条、金币、钻石、珠宝，均由我埋藏在基督山小岛的洞——窟里，唯独我知道这笔价值高达两百万罗马银——币的财宝，但我侄儿陪我同游过，故知道——那个地点：从岛东小湾出发径直走，数至第二十——块岩石并掀开，便可找到宝藏；石窟——共修了两个洞口，财宝埋藏在第二洞口——的地势最高的角落。我声明把这笔财宝全——部遗赠给我的唯一继承人。

恺撒·斯巴达

一四九八年四——月二十五日

“怎么样，这回你明白了吧？”法里亚问道。

“这就是红衣主教斯巴达的遗言吗？就是长久寻找的遗嘱吗？”埃德蒙问道，他还半信半疑。

“对，千真万确。”

“是谁把这复原的？”

“我呀，我借助残存的部分，把其余的猜测出来，根据纸的宽窄衡量每行的长短，从显露的字句深入隐去的含义，如同走在岩洞里，凭着顶缝透进的微光认路一样。”

“你确信找到答案之后，又怎么办了呢？”

“我打算走一趟，而且立刻动身了，当然带着我的重要著作的开篇，即论述在意大利建立统一王国。哪知帝国警察早就盯上我了;虽然拿破仑得了皇子之后改变了态度,但当时却要保持意大利的分裂局面;我匆忙动身,不免引起警察的怀疑,警察猜不透我的意图,就在我到达皮翁比诺时把我逮捕了。”

“现在,这事你跟我一样清楚,”法里亚继续说,同时以慈父般的表情凝视着唐代斯,“假如咱们能一道逃出去,那么财宝的一半就归你;假如我死在这里,而你独自逃出去,那就全属于你了。”

“可是,”唐代斯迟疑地问道,“难道除了咱们,世上就没有更合法的人拥有这笔财宝吗?”

“没有了,尽可放心,这个家族已经绝嗣了;况且,最后的成员德·斯巴达伯爵指定我为继承人,把那本有象征意义的经书传给我,也就等于把书中所包含的东西遗赠给我了;没别人了,没有了,请放宽心,咱们一旦得到这笔财宝完全可以心安理得地享用。”

“你是说这笔财宝要值……”

“能值两百万罗马银币,约合现在的一千三百万。”

“不可能!”唐代斯惊叹,显然被这么大数目吓坏了。

“不可能!为什么?”老人反问道,“在十五世纪,斯巴达家族是最有权势的一个世家。再说那个时代没有工业和投机生意,积蓄金银财宝并不是稀罕事。直到如今,还有一些罗马大家族,守着世代相传的价值百万的钻石珠宝,就是饿死也不肯拿出去变卖。”

埃德蒙恍若做梦,他还在怀疑和欢喜之间游移。

“我没等多久,就把秘密告诉你,”法里亚继续说,“一来是要考验你,二来是要让你惊喜。假如在我发病之前,咱们就逃出去了,那就是我带你去基督山岛;可是现在,唉!”他叹了口气,接着说,“反倒要你带我去了。怎么样,唐代斯,你还不快谢谢我?”

“这笔财宝是你的,朋友,”唐代斯答道,“只属于你一个人。我又不是你的亲戚,根本无权分享。”

“你是我的儿子呀,唐代斯!”老人高声说,“你是我囚徒生活中的孩子；我的教职规定我一辈子独身，但是，上帝把你派给我，既来安慰不能做父亲的人，又来安慰不能获得自由的人。”

法里亚说着，伸出双臂，年轻人扑过去，搂住他的脖子痛哭流涕。

法里亚说着，伸出双臂，年轻人扑过去，搂住他的脖子痛哭流涕。

第十九章　第三次发病

这笔财宝是法里亚神甫长期思索的问题，现在终能确保他爱如亲子的埃德蒙的幸福，在他看来价值倍增了。因此，他天天絮叨这笔财宝数额如何巨大，向唐代斯解释在当今时代，一个人拥有一千三四百万，能为朋友做多少好事；然而，唐代斯的脸色反倒阴沉下来，他忆起自己复仇的誓言，心里思忖在当今时代，一个人拥有一千三四百万的财富，能给仇人造成多大危害。

神甫不知道基督山岛的位置，唐代斯却很熟悉。这个小岛位于科西嘉岛和厄尔巴岛之间，距皮亚诺萨二十五海里，唐代斯在航行中多次经过，甚至还靠岛停泊过一次。岛上向来渺无人烟，由岩石构成，近乎圆锥体，大约是海底火山爆发形成的。

唐代斯把岛画成图给法里亚看。法里亚则给唐代斯出主意如何找到财宝。

法里亚发现财宝的奇特方式让人以为他疯了，但这更引起唐代斯的敬佩。诚然，唐代斯现在确信神甫并不疯，不过远不如老人那样欢欣鼓舞和信心百倍：在他看来，这笔财宝纵然有过，难说现在还仍旧存在，这即使不是虚幻的，至少是不在眼前的东西。

不料这对囚徒又遭遇新的不幸，就好像厄运硬要剥夺他们的最后希望，让他们明白注定要坐一辈子牢似的。原来靠海边的外廊早有坍塌的危险，这次终于动工修复，加固地基，因此用大石头把唐代斯填了一半的坑洞堵死。幸亏神甫有先见之明，让年轻人采取了防范措施，否则还要更倒霉，越狱的企图一旦被发现，他们肯定就会被拆开。现在，一道新的更加牢固更加无情的门，将他们死死地关在里面。

"你瞧，"年轻人带着淡淡的忧伤，对法里亚说，"天意如此，就连你说我为你牺牲的这种善行，也被剥夺了。我曾向你保证永远和你在一起，然而现在我已身不由己，想违背诺言都不可能了。我和你都同样出不了监狱，也都同样拿不到那笔财宝。况且，我亲爱的朋友，我的真正财宝，并不是在基督山岛黑暗的岩洞里等我的宝藏，而是每天避开狱卒同你见面，同你相处的五六个钟头，是你往我头脑里倾注的智慧之光，是你在我的记忆中栽植的，并使之长出语文知识的茂密枝叶的各种语言。总之，你的学问博大精深，又能深入浅出，让我很容易地掌握了这种科学；我的朋友，这些科学就是我的财宝，你就凭这个把我变成了富有、幸福的人。相信我，请放宽心吧，对我来说，这比成吨的黄金和成箱的钻石更有价值，纵然那些黄金钻石不是虚幻的，不像清晨浮在海面上的云彩那样，看似陆地，但接近时又渐渐消散，化为乌有了。能尽量长时间守在你身边，聆听你这雄辩的声音，从而丰富我的头脑，激励我的心灵，磨炼我的意志，以便我一旦获得自由就能经住险风恶浪，就能大有作为；总之，我当初认识你时，已濒临绝望，而今我要在各个方面得到充实，不给绝望情绪以容身之地，这就是我的财富，这财富绝不是虚无缥缈的，而是你实实在在赠给我的，任凭世上的所有君主，任凭恺撒·博尔吉亚之流，也绝不能从我手中夺走。"

就这样，两个难友朝夕相处，即使算不上快活，但至少日子过得相当快。法里亚本来长期缄默，不提财宝的秘密，而现在一有话头就大谈特谈。果然不出所料，他的右臂和左腿瘫痪了，几乎丧失了亲身享用财宝的任何希望。不过，他总梦想有朝一日，他的年轻狱友会获释或越狱，代替他去享受那个福分。他担心遗嘱会失落或者毁掉，就强迫唐代斯记在心中，从头至尾背得滚瓜烂熟。然后他就把补充部分销毁，以保万无一失，即使别人弄到原件，也无法猜透内中真正的涵义。有时，一连几个钟头，法里亚教导唐代斯，教他一旦自由之后应当如何处世做人。是的，他一旦自由，从获得自由的那一天，那一时，那一刻起，只能有一个念头：立即设法去基督山岛，寻找借口独自留下而又不要引起怀疑，一旦独自一人在岛上，就按图索骥，找到宝洞，挖掘指定的地点，如果还记得的话，就是第二洞口最远的角落。

这一时期，虽不能说光阴似箭，日月如梭，但至少一天天还能忍受。上面提到，法里亚没有恢复右手和左脚的功能，但是神智完全清醒了。他渐渐教授给年轻伙伴的，除了前面详述的精神食粮，还有当囚徒的这种隐忍卓绝的生涯，即化无所事事为有所事事。因此，他们二人总找点营生干，各自排遣忧虑。法里亚怕看到自己衰老，唐代斯则怕想起快要磨灭的过去经历：那段经历已经退隐到他的记忆深处，犹如黑夜远远飘忽的一盏灯火。总之，他们平静地、机械地打发日子，一如在苍天的看护下那些无灾无难的生灵。

然而，这种平静只是表面现象，这个青年，也许这个老人也一样，内心深处时有遏制的阵阵冲动，忍住未发的声声叹息，只等法里亚独自一人，埃德蒙回到自己的牢房之后，这些就显露出来了。

一天夜晚，埃德蒙忽然惊醒，似乎听见有人叫他。

他睁开眼睛，目光想极力穿透厚厚的漆黑夜色。

有人叫他的名字，确切地说是想喊他的名字发出的呻吟声，传到他的耳畔。

他从床上坐起来，心里惶恐不安，额头沁出冷汗。无可怀疑了，呻吟声是从他伙伴的地牢里传来的。

“老天爷！”唐代斯自言自语，“难道真是……”

他急忙挪开床铺，抽出石头，一下子钻进地道，爬到另一头，只见洞口的石板已然掀开。

牢房里点着我们前面描述过的那盏奇形怪状的油灯，唐代斯借着摇曳的灯光，看见老人手扶床头站着，脸色惨白，开始抽搐；在神甫上次发病时，唐代斯看到这种可怕的症状，当时简直吓坏了。

“喂，我的朋友，”法里亚无可奈何地说道，“你知道该怎么办，无需我再告诉你什么吧?”

埃德蒙痛苦地大叫一声,他完全昏了头,竟然冲到门口高喊:

“救人啊! 救人啊!”

幸而法里亚还有点气力用手制止他。

“别嚷!”他说道,“要不你就完了。我的朋友,现在只能顾你自己了,要设法让你的囚禁生活好过些,设法逃出去。如果看守发现咱们暗中串通,那么我所做的一切努力就要毁于一旦,而你独自从头做起,还得花几年工夫。况且,我的朋友,你尽可放心,这座地牢我离开之后,不会长久空着的,另一个不幸者会来接替我的位置,他会把你看成解放天使,也许他像你一样,又年轻,又强壮,又有耐心,他能协助你一起越狱,而我只能是你的累赘。从此以后,你身上就不再捆缚半具尸体,让你动弹不得了。毫无疑问,上帝终于为你做点事情,这次对你的恩赐超过剥夺,这正是时候,我应该死了。”

埃德蒙只好双手合十,高声说:

“噢! 我的朋友,我的朋友,快点住口!”

这一打击突如其来,一时间动摇了他的力量,而老人的话也摧折了他的勇气,然而,他很快就振作起来,对法里亚说:

“噢! 我已经救活过你一回,这次还能把你救活!”

他抬起床腿,取出药瓶,只见里边还有三分之一的红色药水。

“喏!”他说,“这救命药水还有。快,快! 告诉我这回该怎么办,还有什么新的叮嘱吗? 说吧,我的朋友,我听着。”

“没有希望了,”法里亚摇头答道,“但不必管它。上帝创造了人,让热爱生活的情感在人心里深深扎根,他总希望人竭尽全力维持生存;人生有时不管多么艰难,但总是极为宝贵的。”

“哦! 对,对,”唐代斯高声说,“我说了,我一定救你!”

“那就试试吧! 我已经感到寒冷,血液涌上大脑,牙齿打战,浑身抖得厉害,骨头仿佛要散架;过五分钟,病症就会突发,过一刻钟,我就成了一具僵尸。”

“噢!”唐代斯心痛欲裂,高声叹道。

“你还照上次那样,只是不要等那么久。此刻,我的生机全部衰竭,而死亡,”他指着瘫痪的手臂和腿,继续说,“只有一半差事要完成了。这次往我口里倒十二滴,而不是十滴,如果看我没有活过来,你就把药水全倒入我口中。我站不住了,快把我抱上床吧。”

埃德蒙抱起老人,放到床上。

“我的朋友,”法里亚说,“我的悲惨生活的唯一安慰,是上天把你派来,虽然迟了一点儿,但毕竟给了我这无比珍贵的礼物,为此我要感谢上帝。现在,到了同你永别的时候,我要祝愿你荣华富贵、飞黄腾达,好人必得好报,我的儿子,我祝福你!”

年轻人跪下,头顶着老人的床沿。

“在临终的时刻,千万听清我对你说的话:斯巴达的财宝确实存在;上帝开恩,现在对我来说,距离和障碍都已经消除了;我看见财宝就在第二洞穴的里端,我的眼睛穿透土层,看见财宝金光灿烂。你一旦逃出去,要记住大家都以为是疯子的可怜的神甫,其实并没有疯。要赶快去基督山岛,要享用我们的财富,你受了不少苦,就尽情享用吧。”

一阵剧烈的颤抖打断了老人的话。唐代斯抬起头,看见他眼里充血,仿佛一股血液从胸膛涌上头颅。

“别了!别了!”老人喃喃说道,同时痉挛地握住年轻人的手,“别了!”

“噢!还不到时候,还不到时候!”唐代斯喊道,“上帝啊,不要抛弃我们吧!救救他……帮帮我呀……”

“嘘!嘘!”生命垂危的人喃喃说道,“如果你把我救活,也别让人把咱们拆开啊!”

“你说得对。唔!对,对,放心吧,我能把你救活。再说,你虽然很疼痛,但似乎比上次轻一点儿。”

“唉!别被表面现象骗啦!我疼得轻点儿,是因为我感受疼痛的能力减弱了。你这年龄的人对生命抱有信念,自信不疑并充满希望,这是青

年轻人跪下，头顶着老人的床边。

年的特权；而老年人则更清楚地看到死亡。噢！来啦……死亡来临……完了……我的视觉丧失……我的神智也逃离了……你的手，唐代斯！……别啦！……别啦！”

他集中全部力量，最后挣扎着抬起身，说道：

“基督山！不要忘记基督山！”

说罢又跌到床上。

病痛来势凶猛，在这张病榻上，刚才还躺着一位智者，现在只剩下扭曲的四肢、肿胀的眼皮、嘴角的血沫和一个不再动弹的躯体。

唐代斯拿起油灯，放在床头的一块突起的石头上，颤动的灯光照着这张失态的脸庞、这个僵硬不动的躯体，呈现一幅奇特怪异的映像。

唐代斯眼睛紧紧盯着，毫无畏惧地等待施用救命药水的时机。

终于，他认为时机已到，用刀子撬开法里亚的牙齿，觉得比上次省点劲儿，然后数着往口中滴了十二滴药水，等待反应；瓶里剩下的药水量差不多是倒进去的两倍。

他摸着心跳一秒一秒计数时间，十分钟、一刻钟、半小时过去，不见一点动静。他浑身颤抖，毛发倒竖，额头直淌冷汗。

于是他想是时候了，应当使出最后一招。这次不用刀子撬，牙齿依然开着，他拿药瓶凑近法里亚青紫的嘴唇，将药水全部倒进去。

药水产生电疗那种效果，只见老人四肢猛烈抖动，眼睛随之张大，看着骇人，接着，他还发出一声类似叫喊的叹息，继而，颤动的全身渐渐趋于平静，又恢复静止不动的状态。

唯有眼睛依然圆睁。

半小时、一小时、一个半小时过去了。万分惶恐的一个半小时，唐代斯俯着身子，手按着他朋友的心脏，感到这个躯体渐渐变冷，心跳也渐渐迟缓细微了。

终于，一丝生息也没有了，心脏最后的颤动也已停止，法里亚的脸变成灰白色，眼睛依然张大，但已暗淡无神。

到了早晨六点钟，天开始亮了，朦胧的晨曦透入地牢，将熄的油灯显得更加惨淡了。

死者的脸上晃动奇特的光影，时而增添一点生息；只要这种晨光和夜影还在搏斗，唐代斯就游移不定，一旦白昼占了上风，他就明白他是独自守着一具死尸。

于是，他内心产生一种无法遏制的恐惧感，不敢再触摸耷拉在床沿的这只手，不敢再注视这对圆睁的白眼，他几次要把死者的眼睑抚下去，可是徒劳,眼睑总是重又翻上来。他吹灭油灯,把灯仔细藏好,赶紧逃离,把头顶洞口的石板尽量盖好。

而且正是时候,狱卒就要到了。

这回,狱卒先来查唐代斯的牢房,然后再去法里亚的地牢,给他送去早饭和床单。

看来狱卒毫无觉察,他撂下早饭就走了。

唐代斯心急火燎,难以名状,想了解他不幸的友人地牢里会发生什么情况,于是又钻进地道,爬到对面洞口时,恰好听见狱卒惊叫,喊人来帮忙。

不大工夫,其他狱卒进来,接着听见士兵那种沉重的、不值勤也照例整齐的脚步,随后则是典狱长。

唐代斯听见在床上翻动尸体所发出的咯吱声响,又听见典狱长的声音:他先吩咐往囚徒的脸上洒冷水,看到用这种办法还未使囚徒醒过来,就派人去叫医生。

典狱长走了。唐代斯听见有人在议论,怜悯的话语搀杂着讥笑。

“好了,好,”一个人说,“疯子去找他的财宝,一路顺风!”

“别看他拥有几百万的财富,却付不起寿衣钱。”另一个人说道。

“唔!”第三个声音也说,“伊夫狱堡的寿衣并不贵呀!”

“考虑到他是个神甫,”刚才说话的一个人又说,“也许会破费一点儿照顾他。”

“那就照顾他一条口袋。”

唐代斯侧耳细听,没有漏掉一句话,但是不大明白讲什么。不久,人声止息,在场的人似乎离开了牢房。

然而,唐代斯还是不敢出来,怕有个狱卒留下来看守死者,他只好敛声屏息,一动不动地待在那里。

约摸过了一小时,微弱的声响打破寂静,而且声音越来越大。

正是典狱长返回,并带来医生和好几名军官。

继而肃静片刻,显然是医生走到床前验尸。接着,他开始询问,分析这个囚徒所患的疾病并声明人已死了。

唐代斯听到那种无动于衷的问答,心中不免气愤,他觉得人人都应该感受一点他对可怜神甫的哀悼之情。

“听了您的验证我很遗憾,”典狱长针对医生确认老人已死的声明,说道,“这名囚犯性情温和,从不闹事,疯疯癫癫的挺叫人开心,尤其非常容易看管。”

“哦!”狱卒说,“其实根本用不着看管,我敢说,他就是在这里待上五十年,也绝不会企图越狱。”

“不过,大夫,”典狱长又说,“虽然您确信无疑,但我认为还是要尽快断定囚犯真的死了,我这样要求,并不是怀疑您的医术,而是要尽我的职责。”

一时间,牢里鸦雀无声;唐代斯一直在偷听,他判断医生再次验尸。

“您尽可放心,”医生又说道,“他已经死了,我可以担保。”

“要知道,先生,”典狱长坚持说,“每逢这种情况,单凭检验是不够的,不管表面看来如何,还是请您遵照法律的规定完成这一差使。”

“那就烧红烙铁,”医生回答,“其实多此一举,无需采取这一谨慎措施。”

这一声烧烙铁的命令,叫唐代斯打了个寒战。

只听急促的脚步,牢门咯吱的声响,牢里来回走动的声音;过了一会儿,一名狱卒进来报告:

“火盆和烙铁拿来了。”

唐代斯在洞里偷听,只觉得心胆俱裂;又静寂片刻,继而传来火燎肉体的吱啦声,一股呛嗓子的令人作呕的气味直透进墙里。

年轻人闻到人肉烧焦的气味,额头立刻沁出冷汗,简直要晕过去。

“您瞧,先生,他确实死了,”医生说道,“一烧脚跟就见分晓,可怜的疯子就等于治好了疯病,结束了囚徒的生活。”

“他不是叫法里亚吗?”一名陪同典狱长来的军官问道。

“对,先生,据他自己说,这是个古老的姓氏;而且,他非常博学,在所有事情上都相当明智,不过要承认,一涉及他那财宝,他就固执得要命。”

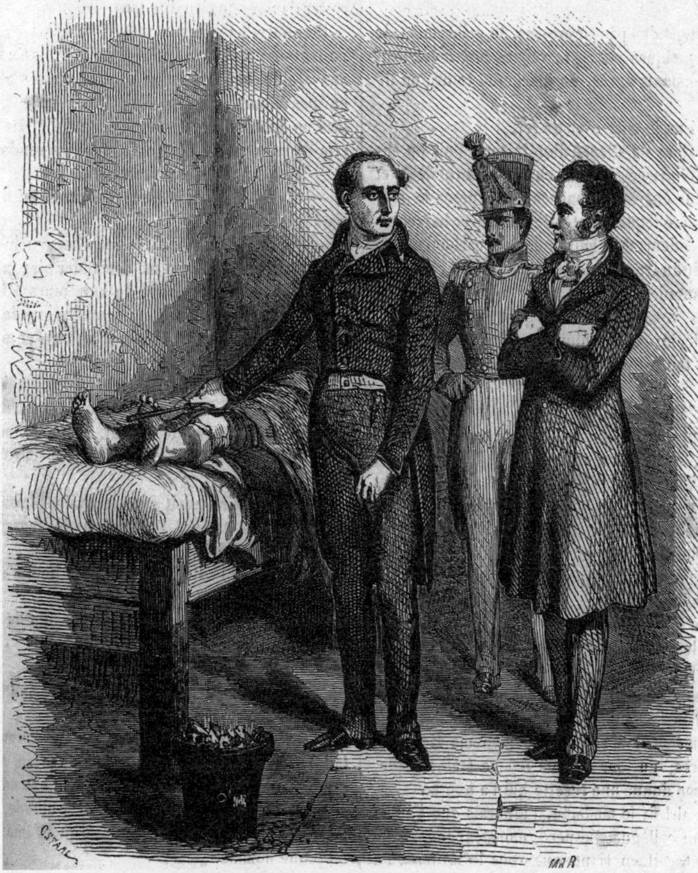

“您瞧，先生，他确实死了，一烧脚跟就见分晓。”

“这就是我们所说的偏狂症。”医生解释道。

“你对他从来没有什么可抱怨的吗？”典狱长问负责给神甫送饭的狱卒。

“没有，典狱长先生，”那狱卒回答，“没有，从来没有！恰恰相反，他还给我讲过故事，非常有意思，有一天我老婆病了，他给我开的药方还真灵，一下子就治好了。”

“哦！哦！”医生又说，“不知道这儿还有我一个同行；典狱长先生，”

他笑着补充说，“希望您要照顾他一点哟。”

“行，行，请放心吧，要尽量给他找个最新的口袋，体面地安葬，这样您就满意了吧?”

“趁您在这儿，我们是不是把最后一道手续办好?”一名狱卒问道。

“当然可以，不过要赶快，我不能一整天待在这牢房里。”

又是进进出出，脚步杂沓；过了一会儿，唐代斯听见麻布拖地的磨擦声、床板的咯吱响、一个人搬动重物踏着石板地的沉重脚步，接着床铺受压又发出的声响。

“就在今天晚上。”典狱长说。

“要做弥撒吗?”一名军官问道。

“不可能，”典狱长回答，“昨天，狱堡的神甫向我请假，要到耶尔去一周；我向他担保在他外出期间，囚犯都不会出问题。可怜的神甫又何必这么着急呢，如果等一等，总可以做安魂弥撒的。”

“算啦！算啦！”医生说话，是一种干他那一行不信宗教的口气，“他是神职人员，上帝会考虑他的身份，总不会向地狱搞个恶作剧，派去一名神甫。”

开了这句刻薄的玩笑，随即又哈哈大笑起来。

这工夫，还在继续装殓尸体。

“今天晚上就安葬吧！”典狱长等装殓完毕，吩咐了一声。

“几点钟?”狱卒又问道。

“就在十点至十一点钟吧。”

“还要看守尸体吗?”

“有什么必要？把牢门一锁，就当他还活着算了。”

于是，脚步声渐远，人语声渐弱，咔嚓一声牢门又关上，吱咯咯插闩上锁，随后便静下来；一片死寂直侵入唐代斯的冰冷的心灵，比孤独还要凄惨的沉寂。

这时，年轻人才用头慢慢顶起石板，往牢房里窥探。

牢房里空无一人，于是，唐代斯钻出地道。

第二十章　伊夫狱堡墓地

一只粗麻布口袋顺着放在床上，借着窗洞透进来的微弱光线，可以看出一个僵硬的长长形体的粗略轮廓。这条口袋就是法里亚的寿衣。据狱卒讲，这寿衣非常便宜。这样看来，一了百了。在唐代斯和他这老朋友之间，已经存在一种物质的隔阂，他再也看不见那双仿佛望着死后情景的始终圆睁的眼睛，他再也握不着那双为他掀开遮着事物的幕布的灵巧之手。法里亚，有用的好伙伴，他离不开的伙伴，此后仅仅存在他的记忆中了。他坐到灵床的床头，沉浸在黯然凄苦的哀伤中。

孤独！他重又孤单一人，他重又跌入死寂中，他重又面对一片空虚！

孤独，甚至连他在人世唯一系恋的人的音容笑貌也消失了。不如干脆像法里亚那样，去向上帝询问生命的奥秘，哪怕冒险通过痛苦的阴森可怖的大门！

自杀的念头，本来被他的朋友驱走，本来与他朋友相处时遗忘，现在却像个幽灵，又在法里亚的尸体旁边站立起来。

"我若是一死，"他自语道，"就可以前往他所去的地方，准能找到他。可是怎么死呢？其实这很容易，"他笑着补充说，"我就守在这儿，等一进来人，我就扑上去掐死他，这样，他们就会把我绞死。"

然而，人在极度痛苦中，往往像在海上遭遇风暴一样，深渊就是巨浪的深谷；唐代斯一想到这种死法太可耻，就立即退却，从悲观绝望忽又转为求生求自由的强烈渴望。

“死掉！哎！不成，”他高声说，“熬了这么久，受了这么多苦，要想死，何必等到现在！要讲死，想当初，在几年前，我决心一死的时候，那倒还不错；可是现在寻死，那就真成了我的厄运的帮凶了。不成，我要活下去，我要抗争到底，我要夺回被人夺走的幸福！我倒忘了在死之前，我还要惩罚残害我的人，谁知道呢？也许我还要报答几位友人。不过在目前，我在牢中快要被人遗忘，要想出地牢，只能像法里亚这样。”

这句话一出口，唐代斯一下怔住，两眼发直，那神态就像一个人突然有个念头，而又被这念头吓坏了一样。他霍地站起来，用手捂住脑门儿，仿佛眩晕似的，在屋里转了两三圈儿，走到床前又戛然止步……

“唔！唔！”他喃喃自语，“是谁启发我这念头，难道是您吗，我的上帝？既然只有死人才能自由地从这里出去，那就干脆装作死人吧。”

他怕翻悔，怕打消这种孤注一掷的决定，不容自己再思考，急忙俯身，用法里亚自制的刀子剖开殓尸袋，把尸体拉出来，拖到他的牢房里，安放在床上，用自己常用的头巾包住尸体的头，再盖上被子，最后一次吻了吻这冰冷的额头，又看到始终睁着的无神的眼睛太吓人，试图将翻上的眼睑抚下去，终归徒劳，然后让死者面对墙壁，因他常这样睡觉，狱卒送晚饭来也就不会感到奇怪了。这一切办妥，他又钻回洞里，将床铺拉到墙根，回到另一间牢房，从贮藏处取出针线，把破烂的衣衫丢进去，光身钻进剖开的口袋里，好让人隔着口袋摸出是赤身裸体，躺好位置，从里面把口子缝死。

如果不巧，此刻有人进来，肯定能听见他怦怦的心跳声。

本来可以等到傍晚查完狱再行动，但是唐代斯怕典狱长临时改变决定，让人把尸体抬走。那样一来，他的最后希望就会化为泡影。

总之，他的行动计划已经确定，准备这样干：

如果在抬去埋葬的途中，他们发现抬的不是尸体而是一个活人，唐代斯就不等他们醒悟过来，用力一刀将口袋从上到下划开，趁他们惊慌失措之机逃走；假如他们想阻拦，那他就动刀子。

如果他们一直把他抬到墓地，丢进坟坑里，那他就任他们往身上填土，好在是夜晚，等他们一转身离开，他就拱开松软的土层逃走；但愿填的土不太厚，他能够掀起来。

如果估计错误，情况正相反，土层太重，把他窒息在里面，那样也好，总算一了百了。

从昨天起，唐代斯就没有吃东西，今天早晨也不觉得饿，还顾不上，现在是千钧一发的时候，他的思想无暇顾及别的事情。

唐代斯所面临的头一个危险，就是七点钟狱卒送晚饭时发现掉包之计。幸而从前或因恼恨，或由于疲倦，唐代斯多次躺着接待狱卒；每逢这种情况，狱卒也不说话，把面包和菜汤往桌子上一放就走了。

然而这回，狱卒可能一反往常，开口询问唐代斯，见他不应声，就走到床前，结果发现全部秘密。

将近晚上七点钟时，唐代斯着实惶恐起来，他一只手按着胸口，想抑制心脏突突的狂跳，另一只手则擦拭从额头流到鬓角的冷汗。浑身一阵阵打寒战，心脏就像被冰冷的铁钳夹住，简直觉得自己快要死了。几小时就这样过去，监狱里毫无动静，唐代斯明白他闯过了第一道险关，这是个好兆头。快到典狱长指定的时刻，楼梯上终于响起脚步声，唐代斯知道时机已到，他鼓起全部勇气，屏住呼吸，真希望同时也能遏制急促的脉搏。

听出是两个人的脚步，到门口站住。唐代斯心下猜测是来抬尸的两个掘墓人，等他听见放担架的声响，这种猜测也就证实了。

牢门打开了，亮光透进麻布口袋里，唐代斯看见两个人影走近床铺，第三个人则举着火把站在门口。走到床前的两个人，每人抓住一头抬起口袋。

“嘿！这干巴老头儿，还这么沉呢！”抬脑袋一边的那人说道。

“据说人骨头每年增加半磅。”抬脚一边的人答道。

“你那边打结了吗？”头一个人问道。“到上面再说吧，”第二个人回答，“那么重的东西拿下来再抬上去，不是冒傻气吗？”

“说得对，咱们走吧。”

“干吗打结呢？”唐代斯心中纳罕。

他们把假死人从床铺抬到担架上。唐代斯身子挺直，尽量扮演死人的角色。两个人抬起担架，另一个人举火把在前面照路，送殡小队开始上楼梯。

猛然，夜晚的冷风寒气袭人，唐代斯感觉出是海上西北风，这突然的感受，既充满快意，又惴惴不安。

走出二十余步，他们站住，放下担架。一个人走开，唐代斯听见他的皮鞋踏着石路咔咔作响。

“这是到哪儿啦?”唐代斯心中暗想。

“还别说，他可真不轻啊!”留在唐代斯身边的人说了一句，便坐到担架的边上。

唐代斯头一个反应就是想逃走，幸而他及时克制住了。

“给我照个亮儿，畜生，”走开的那个人嚷道，“要不然就甭想找到。”

举火把的人遵命了，尽管那话听起来有点儿刺耳。

“他找什么呢?”唐代斯心中暗想，“大概是找铲子吧。”

那人满意地叫了一声，显然是把东西找到了。

“好家伙，”另一个人说，“还真费了点劲儿。”

“对，”那人回答，“不过，让他等等也损失不了什么。”

说话间人已走近，唐代斯听见咚的一声，往他身边放了个重物。与此同时，他感到双脚被绳子紧紧捆上，勒得好痛。

“怎么样，绑上了吧?”没有上手的那个人问道。

“绑好了，保险没问题。”另一个人回答。

“那好，走吧。”

他们又抬起担架往前走。

走了五十来步，又停下开门，出了门继续赶路。狱堡下浪涛拍击岩石的声响，越来越清晰了。

“天气真糟!”抬担架的一个人说，“今天夜里下海可不怎么着。”

“对，神甫准得成为落汤鸡。”另一个人附和，他们随即哈哈大笑。

唐代斯不大明白他们开的玩笑，但还是觉得一根根头发都竖起来。

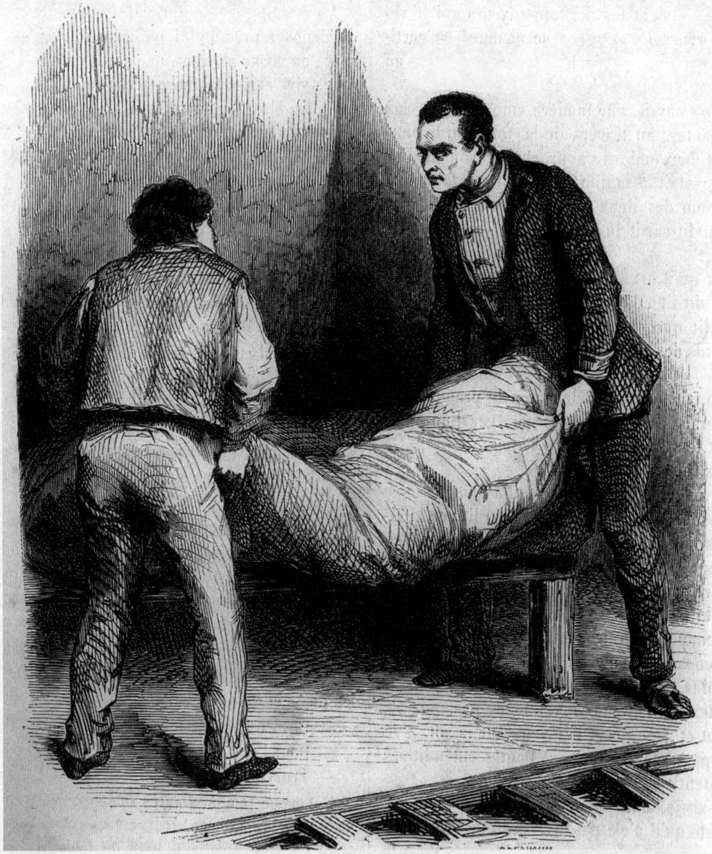

“嘿！这干巴老头儿，还这么沉啊！”

“好了，可算到啦！”第一个人又说。

“再远点儿，再远点儿，”另一个人则说道，“你忘了，上次那个摔在岩石上，停在半道了，第二天典狱长就骂我们是饭桶。”

他们继续上坡，走了几步，接着，唐代斯感到头脚被人抓住，抬起来回荡。

“一，”两个人齐声喊道，“二，三！”

突然，唐代斯感到自己被抛出去，就像一只受伤的鸟从高空跌落，一直跌落，吓得他心都停止了跳动；尽管脚下有重物坠着，下跌的速度越来越快，他还是觉得降落的时间长达百年。终于，扑通一声巨响，他像箭一般钻进冰冷的水中，不禁惊叫一声，但叫声随即被海水淹没。

唐代斯被抛进海里，又被脚上系的三十六磅的铁球拉向海底。

大海就是伊夫狱堡的墓地。

"一，"两个人齐声喊道，"二、三！"

第二十一章　蒂布兰岛

唐代斯晕头转向，险些窒息，幸而他还算机智，赶紧屏住呼吸。前面提过，他右手握着刀，随时准备逃跑，现在急速挥刀割开口袋，先探出胳膊，再伸出头，尽管往上游动想拉起铁球，但还是感到往下坠，于是他躬下身子，摸到捆腿的绳子，拼力一割，刚好要窒息的时候将绳子割断，双脚猛力蹬开羁绊，这才浮出水面，而铁球拖着差点成他的寿衣的麻布口袋沉入海底。

唐代斯只是深吸一口气，就重又潜入水中；首先要当心的是避开探视的目光。

他第二次浮出水面时，已经游出去五十步远了。他望见头顶天空黑沉沉的，暴风雨即将来临，风吹几块云团飞速掠过海面，时而显露一点星空；面前一片汪洋，黑黝黝的浪涛澎湃汹涌，表明暴风雨已经逼近；身后耸立着恶魔一般的砀岩，比海水更黑，比天空还暗，那幽幽突兀的岩尖仿佛手臂，伸出去捕捉猎物。岩顶一支火把照见两个人影。

那两个人影似乎俯身不安地窥视大海，自不待言，两个奇怪的掘墓人肯定听见了他坠落时的惊叫。于是，唐代斯再次潜入水中，游出很远才重新浮出水面，再一看火把已经不见了。这种潜泳技术，当年他是高手，在法罗湾吸引来许多观众，他常被誉为马赛地区的最佳游泳健将。

必须辨别方向：伊夫狱堡周围的岛屿，应离拉托诺和波梅格岛距离最近，但是这两个岛上都有人住，多姆小岛也如此，最保险的要算蒂布兰或勒梅尔岛，这两个岛离伊夫狱堡都有一古里。

唐代斯还是决定游向那里，不过，在茫茫黑夜中，如何找到那两个岛屿呢？

这时，他望见普拉尼埃灯塔，宛如闪烁的一颗明星。

如果照直游向灯塔，就会从蒂布兰岛左侧一点经过，游时朝那边靠一靠，途中就能遇到那个岛了。

然而我们说过，从伊夫狱堡到那个岛，少说有一古里远。

在狱中的时候，法里亚见他懒懒散散、无精打采的样子，常对他说：

“唐代斯呀，瞧你萎靡不振的样子，可不能这样下去，再不好好保持体力，一旦逃出去你也要葬身海底。”

在巨浪的冲击下，这话又在唐代斯的耳畔回响；刚才他迎风破浪，就是要急于试试他的体力是否真的丧失了，结果他高兴地看到尽管长期囚禁，自己的体力和敏捷丝毫未减，感到自己始终能驾驭大海；这不奇怪，他很小的时候，就开始在海中嬉戏了。

再说，恐惧感也穷追不舍，逼得唐代斯劲头倍增。他耳贴波浪倾听，想辨别是否有什么声响逼近；每次顺势浮到浪峰，他就迅速张望一下，极力透视茫茫的夜色。每一道稍微突出的波浪，都像追来的小船，于是他奋力游开，然而这样几下下来，他的体力很快就消耗大半。

不过，他仍然不停地往前游，可怕的狱堡渐渐融入朦胧的夜雾中，模糊不清了，但他始终感到它近在身边。

一小时过去，在浸遍周身的自由意识的激励下，唐代斯破浪前进，游向既定目标。

“唔，”他脑中盘算，“我快游了一个钟头了，由于逆风，速度会减慢四分之一，不过，只要路线不错，现在离蒂布兰岛大概不远了……可是，万一路线错了呢？”

他不觉打了个寒战，一时间想仰浮在水面休息一下，然而海浪越来越猛，这种喘息的办法不顶用了。

“好吧，”他说道，“就算这样，我也要坚持到最后，直到双臂抬不起来，直到浑身抽筋为止，那就沉下去算啦！”

他产生这种绝望情绪，就更加奋力地游去。

猛然，他觉得天空愈加黑暗，一块密集的厚厚的云团，重重地向他压下来；与此同时，他感到膝盖一阵剧痛：想象力十分迅疾，他当即意识到自己中了子弹，瞬间就会听见枪声，然而并没有枪声传来。唐代斯伸手摸摸，碰到硬东西，他再收回另一条腿，一下子就踏到地面了，这才看清他误认为乌云的物体是什么。

前面二十步远耸立着砀岩，怪石嶙峋，仿佛是天火烧焦的结块：这正是蒂布兰岛。

唐代斯站起来，朝前走了几步，躺下来感谢上帝，此刻躺在尖利的花岗岩石上，觉得平生没有睡过如此柔软的床铺。

继而，由于极度疲惫，尽管风雨交加，他仍然沉入甜美的梦乡；一个人只有身体十分困乏，而心灵则怀着意外的幸福感在守护，才能这样酣睡。

过了一小时，唐代斯被一声巨雷惊醒；此时风暴正在肆虐，扫荡天地，闪电不时像一条大蛇自空而降，刹那间照亮了波涛乌云相逐的一片混蒙。

唐代斯身为海员，一眼就看出，他登上的是两岛中的头一个，正是蒂布兰岛。他知道这里光秃秃的，没有一处可藏身；不过，等到风暴平息下来，他就游到勒梅尔岛去，那里虽然荒芜，但是空阔一些，容易找到藏身之所。

一块悬空探出的岩石，可以暂避一时，唐代斯刚躲进去，风暴便达到猖獗的顶点。

唐代斯感到他栖避的岩石开始震荡；狂涛冲击这巨大的金字塔的底座，浪花飞溅到他身上。此处虽然十分安全，但是周围轰鸣震耳欲聋，雷电交加明晃耀眼，他不禁感到眩晕；脚下的岛似乎摇动起来，犹如一艘船挣断了锚链，被卷入飓风之中。

唐代斯这才想起，他有一天一夜没有吃饭，又饥又渴。

他伸手从岩洼捧起雨水，低头去喝，等他抬起头来，忽见一道强烈的闪电光照环宇，天空似乎被劈开，直裂到上帝的光灿的宝座。借着这道电光，唐代斯望见勒梅尔和克罗瓦西岬之间，约一公里远的地方，有一条渔船在风浪中颠簸，如同鬼影浪峰滑入涛谷。一秒钟之后，那鬼影又出现在另一道浪峰上，以惊人的速度冲过来。唐代斯想要大声呼喊，或者找件破衣裳挥动，好让船上人明白有船毁人亡的危险，其实他们自己也能发现这种险情。借着另一道电光，他看见四个人死死抱住桅杆和支索，第五个人则抓住折断的船舵。那些人肯定也看到他了，他们绝望的喊声被呼啸的狂风送到他的耳畔。桅杆像芦苇一样折弯，挂在上边的帆已撕成碎片，在风中急速地啪啪作响；忽然，还拉着帆的绳索断了，那块帆随风飘去，消失在沉沉黑夜中，宛如划破乌云的白色大鸟。

与此同时，传来一声撞击的巨响以及连声绝望的呼号。唐代斯俨若栖在岩顶的凤凰，俯视着深渊；又一道闪电照见撞碎的渔船，以及碎片中绝望挣扎的面孔、伸向天空的手臂。

继而，天地复归黑暗，可怕的景象跟闪电一样，瞬息即逝。

唐代斯不顾滚落海中的危险，急忙冲到溜滑的岩坡上，他极力张望，侧耳倾听，然而什么也看不见，什么也听不到了：再也没有人呼救，再也没有人挣扎了，唯有这风暴——上帝的雷霆在继续怒号，掀起狂涛巨浪。

风势渐缓，仿佛被风暴冲淡颜色的大块灰色乌云，纷纷滚向西天；幽蓝的天空重又显现，而星光则格外灿烂。不久，在东方地平线的暗蓝波涛上，出现一条发红的长带；一道迅疾的光线飞掠跳跃的波涛，把溅起白花的浪峰染成金黄色。

天亮了。

面对这壮丽的景象，唐代斯默然不动，仿佛平生头一回领略；的确，自从关进伊夫狱堡之后，他已经把这种景象遗忘了。他转身望望那座狱堡，又以目光久久地叩问大地和沧海。

那座阴森的建筑物兀立在波涛中，具有磐石一般庞然大物的那种威严气派，仿佛要监视并统领万物。

大约是早晨五点钟，海面渐趋平静。

“再过两三个钟头，”唐代斯心中暗道，“狱卒就要走进我的牢房，发现尸体,认出是我那可怜的朋友,却不见我的踪影,就必然去报警。这样一来,他们就会发现洞口、地道,还要询问把我抛下海、也一定听见我惊叫的那些人。他们料到可怜的逃犯跑不远,就立即派出满载全副武装的士兵的船只去追捕。还要放炮警告,海岸沿线不得收留一个饿得半死、几乎裸体的汉子。马赛的密探和警察都将出动,沿海岸搜寻,伊夫狱堡的典狱长则会派人在海上追捕。这样,陆地包抄,海上围剿,我怎么办呢?我又饿又冷,连那把救命的刀子,也因为妨碍游泳而扔掉了。随便哪个农夫,只要贪图二十法郎的赏钱,就会把我捉去请赏;我现在精疲力竭,束手无策了。上帝啊!上帝!您睁开眼睛瞧瞧,我的罪受的还不够吗?我已经无能为力,您就不能救救我吗?"

唐代斯惶惶不安地转向伊夫狱堡,由于体力衰竭,头脑空空而讲呓语,正在热烈求告上帝的时候,他忽然望见波梅格岛端附近出现一只小船:那张三角帆映衬着地平线,宛如贴着水面飞翔的一只海鸥。海员一眼就能认出,那是热那亚独桅三角帆船,正行驶在半明半暗的海上。那只船从马赛港启航,驶入外海,虽然船体滚圆,但尖利的船头却利于破浪前进。

"哈!"唐代斯高声说,"真想不到,如果我不怕盘问,不怕被人认出是逃犯并押回马赛,那么再过半个钟头,我就会到那条船上啦!怎么办呢?怎么说呢?编造什么故事才能骗过那些人呢?他们全是走私贩子,跟海盗差不多,打着做生意的幌子,在沿海进行抢掠;他们才不会白做好事,肯定会把我出卖。"

"再等一等吧。"

"可是等不下去了:我饿得要死,再过几个钟头,我身上这点儿气力也就没了。再说,查狱的时间快到了,还没有发出警报,也许他们什么也不会觉察。我可以冒充昨夜遇难的那条船上的水手。这种鬼话也还有点儿像,反正船上人全死了,不会有人来拆穿我。好啦。"

唐代斯说着,转身瞧瞧撞船的地点,不禁打了个寒战。一块岩石上还挂着遇难水手的一顶弗里吉亚红帽,附近岩脚下漂浮着渔船龙骨的碎段,被海浪冲来冲去,犹如无力的羊角撞击着岩石。

一瞬间，唐代斯打定了主意，他又跳下海，朝那顶帽子游去，拿了戴上，又抓过一段船木，便斜插着向那条帆船必经之处游去。

“现在，我终于得救了。”他自言自语。

有了这种信心，浑身又恢复了力量。

不久他就望见那条帆船逆风折行，驶到伊夫狱堡和普拉尼埃灯塔之间。唐代斯忽然担心那条船离开沿岸驶向外海，譬如前往科西嘉岛或撒丁岛；不过从张帆的方式来看，它跟驶往意大利的船只一样，取道习惯的路线，从雅罗岛和卡拉萨雷涅岛之间穿过去。

这工夫，帆船和游泳者在慢慢接近；在一段抢风折行中，帆船离唐代斯甚至不到一公里了。唐代斯在水中站立起来，摇动帽子呼救，但是船上无人看见，船打了个弯，又开始新的一段折行。他想呼喊，可是目测一下距离便明白，他的喊声未等传到船上，就会被海风卷走，被海涛吞没了。

这时他心中才暗暗庆幸，自己加了一份小心，抱着一截船木；否则，像他现在这样虚弱的身体，恐怕难以游到同那帆船相遇的地点，更不用说再游回岸了，因为有可能船上人没看见他就驶过去了。

虽说判断帆船的航线八九不离十，但唐代斯还是有几分担心，眼睛紧盯着，终于看到那帆船又掉头朝他驶来。

于是，他也游着迎上去，然而未等相遇，船又开始掉头。

唐代斯一见，立刻拼了全力，大半个身子立出水面，挥动帽子，同时呼救；海员遇难时的这种哀号，颇像海妖的悲鸣。

这回，船上人总算看见他，听到他的呼救声。帆船停止掉头，又转舵朝他驶来。与此同时，唐代斯看见正往下放小艇。

工夫不大，小艇由两个人操桨，飞快地朝他划来。唐代斯觉得身下这截木头没用了，于是丢开，迎着小艇用力游过去。

然而，他过高地估计了已经不支的体力，这时才感到漂出百步之外的那截木头多么有用。他的双臂开始发僵，两条腿也不灵便了，游泳的动作变得笨拙而失去节奏，几乎喘不上气来了。

他大叫一声，那两个人便加劲划桨，其中一个人用意大利语冲他喊：

“加油!”

这鼓劲的喊声刚传到他耳畔,一个浪头打来,兜头带脑将他吞没,他再也无力游上来了。

他终于又浮出水面,胳膊乱摆,完全像一个快淹死的人那样拼命挣扎,他又喊第三声,直觉得往下沉,仿佛腿上还坠着那要命的铁球。

水没到头顶,透过水层,他望见苍白的天空和一些黑点。

他猛力挣扎一下,又露出水面,这时觉得被人揪住头发,继而他什么也看不见,什么也听不见了;他已经昏过去。

这时他觉得被人揪住头发。

唐代斯重新睁开眼睛时，发现自己躺在甲板上，帆船继续航行；他头一眼就要看船行的方向，果然离伊夫狱堡越来越远了。他不禁欢叫一声，但由于太虚弱，这声欢叫听来反像一声呻吟了。

且说唐代斯躺在甲板上，一名水手用绒布给他搓四肢，另一名水手，他认出正是鼓励他加油的那个人，正把一只水壶嘴插进他的口里；第三人是老海员，兼为舵手和船长，他凝视唐代斯的那种表情既有怜悯又感庆幸，是昨天幸免于难而明天又可能遇难的人所常有的。

水壶里的一点朗姆酒，使年轻人衰竭的心脏恢复活力，跪着用绒布给他按摩的水手，又使他的四肢恢复了弹性。

“你是什么人？”船长用蹩脚的法语问道。

“我是马耳他水手，”唐代斯用蹩脚的意大利语回答，“我们从士麦那启程，载着酒和布匹，昨夜船驶到莫尔吉永岬时，突然遭遇风暴，你们瞧，我们的船就在那边的岩石上撞碎了。”

“你是从哪儿游过来的？”

“就是从那边的岩石，船遇难的时候，我幸好抱住了岩石，可怜的船长脑袋撞碎了，另外三个伙伴也都淹死了，看来只有我一个人保住了命，我担心在那荒岛上不知要等多久，刚才望见你们的船，就抱住一截木头，冒险朝你们游来。谢谢你们救了我的命，”唐代斯继续说，“我眼看要完了，幸亏你们一个水手揪起我的头发。”

“就是我呀，真主，你直往下沉。”一名水手说，他一脸连毛胡子，又黑又长，样子非常直爽开朗。

“对，”唐代斯说着，向他伸出手，“对，朋友，我再次谢谢你。”

“真的！当时我还挺犹豫，”那名水手说，“看你这胡子有六寸长，头发有一尺长，不大像好人，倒像个强盗。”

唐代斯这才想起来，自从关进伊夫狱堡之后，他就没有理过发，没有刮过胡子。

“对了，”他说道，“这是我许的愿。有一次遇险，我就求石洞圣母保平安，许愿十年不理发不刮胡子。今天正好许愿期满，不料又险些淹死。”

“现在，我们怎么安置你呢？”船长问道。

“唉！随你便吧，”唐代斯回答，“反正我干活的那条船完了，船长也送了命，你这不瞧见了，我捡了一条命，只剩一个光身子。幸好我是个不错的水手，到下一个港口靠岸时，就把我丢下好了，我总能在哪条商船上找到一份儿活干。”

“你熟悉地中海吗？”

“我从小就在地中海上航行。”

“你熟悉适合下锚的地点吗？”

“没有什么港口，即使最险要的港口，我不能闭着眼睛进进出出的。”

“好啊，怎么样，老板，”那个曾对唐代斯喊加油的水手问道，“如果这个伙计说的是实话，那何不留下他和我们一起干呢？”

“对，如果他讲的是实话，”船长还有点怀疑地说，“可怜虫落到这种地步，当然什么都满口答应，也不管能不能兑现。”

“我能做到的超过我的许诺。”唐代斯说道。

“哈！哈！”船长笑道，“那就试试吧。”

“什么时候试都行，”唐代斯站起来，又说道。“你们这是去哪儿？”

“去里窝那。”

“那又干吗抢风折来折去，耽误宝贵的时间，为什么不逼风直航呢？”

“因为那样的话，船就会一头撞到里翁岛上。”

“距离二十多埚，从岛旁边过去。”

“那好，你来掌舵，”船长说，“让我们瞧瞧你的本领。”

年轻人走过去坐下，轻轻一按船舵，就看见船随之转动，从而断定这虽非第一流的帆船，但操纵起来却相当灵便。

“转桁索和帆角索！”他喊了一声。

船上的四名水手立即各就各位，船长则在一旁观看。

“拉索！”唐代斯继续发号施令。

水手们遵照命令，操作相当准确。

"系住绳索!"

这个命令也照样执行了。于是,帆船不再走"之"字形,而是直趋里翁岛,果然不出唐代斯所料,他们安全通过,右舷离岛只差二十呩。

"真棒!"船长说。

"真棒!"水手们随声附和。

大家看着这个人,都惊叹不已。这时,他的眼睛又重现聪慧之光,而他身上所具有的体魄则远非他们所料。

"你瞧,"唐代斯放开舵把,说道,"起码在这趟航行中,我对你还有点儿用处。你要是不想雇佣我,那么到里窝那就可以把我丢下,我一拿到工钱,就还清我在这船上的饭费,偿付你们肯借给我的衣裳。"

"行啊,行啊,"老板说道,"如果要求合理咱们好说。"

"一个人顶一个人,"唐代斯说,"你给每个伙计多少,也给我多少,那就算拍板了。"

"这不公道,"在海上救起唐代斯的那名水手说,"你可比我们懂行啊。"

"你掺和什么,见鬼,雅各布,又不关你的事?"船长说,"要多要少,随各人的便。"

"是这话,"雅各布回答,"没什么,我随口说说。"

"别光说嘴,瞧这厚道的青年还光着身子,你要是有替换的,最好还是借给他一条裤子和一件上衣。"

"没有,"雅各布回答,"我倒多出一件衬衣和一条裤子。"

"这就足够了,"唐代斯说,"谢谢,朋友。"

雅各布立即钻入底舱,不大工夫拿了衬衣裤子上来,唐代斯穿上,那个舒服简直无法形容。

"你还需要别的什么吗?"船长又问道。

"来块面包,再来点我刚尝过的朗姆好酒,要知道,我有好久没吃东西了。"

的确,他整整两天两夜没吃饭了。

“你瞧，我对你还有点儿用处。”

有人给唐代斯拿来一块面包，雅各布则把酒瓶递给他。

“左舷舵！”船长回头，朝舵工喊了一声。

唐代斯举起酒瓶，同时望了一眼，手中的酒瓶不觉停住。

“咦！”船长问道，“伊夫狱堡发生什么情况啦？”

果然，一小朵白云，引起唐代斯注目的云朵，正罩在伊夫狱堡南角楼上。

过了一秒钟，帆船上隐隐听见一声炮响。

水手们抬起头来，面面相觑。

“那是怎么回事?”船长问道。

“大概是昨天夜晚，有囚犯越狱了，”唐代斯说，“他们放炮发出警报。”

船长瞥了一眼，只见这个年轻人说完话，便对着瓶嘴呷酒，神态那么安详而又惬意，即使他产生一丝怀疑，也在头脑中一闪即逝了。

“好家伙，这朗姆酒还真凶。”唐代斯说着，用衬衣袖子抹了抹流汗的额头。

“管他呢，”船长一边盯着他，一边喃喃自语，“果真是他，那也好，反正我得了一个硬汉子。”

唐代斯借口疲倦，要坐在船舵旁边。舵工倒巴不得有人替一替，便用目光征询船长的同意。船长点了点头，表示可以把舵交给这个新伙伴。

唐代斯坐在那里，眼睛就可以盯住马赛的方向。雅各布望不见伊夫狱堡了，也过来坐到他身边。

“今天是几号啦?”唐代斯问雅各布。

“二月二十八日。”雅各布回答。

“哪一年啊?”唐代斯又问道。

“什么，哪一年！你问现在是哪一年?”

“是啊，我问你，今年是哪一年。”年轻人重复道。

“你连这都忘啦?”

“有什么办法！昨天夜里我吓坏了，”唐代斯笑道，“差一点丧失记忆，到现在我的脑子还很乱，我问你，现在是哪一年二月二十八日?”

“一八二九年呗。”雅各布回答。

唐代斯被捕入狱，整整过了十四个年头。十九岁关押伊夫狱堡，出来已经三十三岁了。

他的嘴唇浮现一丝苦笑，心想这么长时间，不知梅色苔丝怎么样了，肯定以为他已经死了。

继而，他的眼里又射出仇恨的凶光，无疑想到残害他坐了这么多年牢的那三个人。

他又重申在狱中发下的狠誓，一定要向丹格拉尔、菲尔南和维尔福报仇雪恨。

这个誓言不再是一种空洞的威胁了，因为此刻，地中海上再精良的帆船，也追不上满帆驶向里窝那的这只独桅小帆船。

第二十二章　走私者

唐代斯上船还不到一天，就明白这是些什么人。这条热那亚帆船叫阿梅莉女郎号，可敬的船长虽然没有受教于法里亚神甫，但是人称大湖的这个地中海周围各地的语言，从阿拉伯语到普罗旺斯语，他几乎都能讲一讲，这就省得雇佣那些总叫人讨厌、又好泄密的翻译。他会讲多种语言，无论在海上同航船相遇，在海岸同小船约会，还是同无业游民打交道，都非常方便；提到无业游民，可以说海港每个码头上都能遇见，他们无名无姓，没有国籍，生活的来源也讳莫如深，表面看来衣食无着，仿佛只能靠天吃饭。我们可以断定，唐代斯上的是一条走私船。

正是这个缘故，船长要收留唐代斯，不免有几分疑虑。此人大名鼎鼎，沿岸各海关无人不晓，他同那些先生斗法，真是道高一尺，魔高一丈；因此他一见唐代斯，就以为是税务局派来的奸细，用打入内部的巧妙方法，刺探走私这行的秘密。然而，唐代斯露了一手，掌船贴近经过岛，经受了考验，才令他完全信服了。后来，他望见像羽翎一样飘浮在伊夫狱堡角楼上的轻烟，又听见远处传来的炮声，立时又想到他接待的这个人，像国王出入宫廷一样要鸣放礼炮，不过，他倒减少了几分担心，这总比来个海关探子要好；接着他又看到这个新伙计态度十分坦然，于是后一种疑虑又像前一种那样烟消云散了。

这样，唐代斯倒有一种优势：他了解船长的底细，而船长却不知道他的来路；不管这个老海员或者水手怎么猛攻，他也依然顶住，绝不透露一点身世，只是大讲特讲那不勒斯和马耳他的情况，这些地方他就像马赛一样熟悉，因此讲起来头头是道，给他的记忆力增光添彩。看来，这个热那亚人虽然精明透顶，但是唐代斯却技高一筹，凭借温和的态度、航海的经验，尤其凭借极为高明的掩饰，终究把他蒙骗了。

也许不尽然，其实这个热那亚人跟所有聪明人一样，只了解该了解的事情，只相信存心相信的东西。

正是在这种相互利用的情况下，阿梅莉女郎号驶抵里窝那。

唐代斯还要在里窝那经受一次考验：十四年来，他没有照过镜子，现在要看看他能否认出自己，年轻时的相貌他还记得相当清楚，现在要看看他进入成年是什么样子。从前不知有多少次他在这港口停泊，认识圣菲尔迪南街的一个理发匠，这次他要去理发和刮胡子。而且他的伙伴们也都相信，他所许的愿已圆满结束。

理发匠看见进来一个人，感到非常惊讶：此人一头长发，黑胡子又长又密，酷似提香[①]画笔下的一个英俊的形象。那个时代还不时兴蓄留长发长胡子，然而今天，一个人自愿舍弃这样天生的美发长须，会让理发匠大为吃惊。

因此，里窝那这个理发匠毫无异议，开始给他理发刮胡子。

等胡子完全刮光，头发也理成一般的长度，唐代斯便要来一面镜子，对着打量自己的相貌。

前面说过，他已三十三岁，这十四年的牢狱生活，在气质神态上，给他的面孔带来极大的变化。

唐代斯初入伊夫狱堡时，脸蛋圆圆的，喜气洋洋，一副幸福青年的开朗表情，显然入世之初步步顺利，以为将来也自然会像过去那样一帆风顺。这副面孔完全变了。

原先的圆脸变为长脸，含笑的嘴唇则呈现显示刚毅的鲜明线条，弯弯的眉毛上端只有一道深沉的横纹，那双眼睛饱含忧郁的神色，时而隐隐闪

① 提香(1487—1576)，意大利画家。

等胡子完全刮光，头发也理成一般的长度，唐代斯便要来一面镜子，对着打量自己的相貌。

现愤世与仇恨的光芒；由于长期不见阳光，他的脸色苍白，再配上一头黑发，则具有北欧贵族的那种高贵的美；此外，他所获得精深的学识，给他整个面孔罩上一个凛然难犯的智慧的光环；再说，他的身材虽然较高，但力量积蓄已久，形成了壮实的人所蕴涵的体魄和伟力。

原先肌肉发达、滚圆健壮的体型，换上一副苗条精干的清秀仪容。他的嗓音，也因为过多祈祷、哭号和诅咒而改变，时而温柔和婉，世间少有，时而语调生硬，带有几分沙哑。

此外，由于久居昏暗乃至漆黑的牢里，他的眼睛渐渐练就狼和鬣狗的那种视力，能在黑夜里辨别物体。

唐代斯端详自己的相貌，不禁微笑起来，心想世间纵然还有朋友，哪怕是他最好的朋友也不可能认出他来，就连他本人也认不出自己了。

阿梅莉女郎号船长极想留用唐代斯这样能干的人，就预先支给他一笔钱，以后在他应得的红利中扣除。唐代斯有了钱，先去理发店，完成他身形幻化的第一步，再走进一家商店，买了一套水手服；众所周知，水手服很简单，只有一条白裤子、一件海魂衫和一顶弗里吉亚圆帽。

唐代斯就这样一身打扮，带着雅各布借给他的裤子和衬衣，重新出现在阿梅莉女郎号船长的面前，他不得不复述一遍他的来历。的确，船长看到眼前这个漂亮神气的水手，无论如何也认不出就是救上船来的那个人：当初他满脸胡须，长发裹着海藻，赤条条泡在海水里，几乎要淹死了。

船长一时心情极佳，又向唐代斯重申雇佣他的建议，但是，唐代斯自有打算，仅仅同意干三个月。

况且，这位船长已养成抢时间的习惯，他手下的船员都服从命令，干活也十分卖力。船在里窝那停了一周，滚圆的货舱里又装满了印花布匹、禁运的棉花、英国香粉和所谓专卖局忽略打印的烟草。这些货物要运出里窝那这个自由港，卸到科西嘉海岸，再由投机商人转运到法国去。

帆船启航了，唐代斯又在蔚蓝的大海上破浪前进：大海是他青少年时期最广阔的视野，他在狱中经常梦见。船从右舷经过戈尔戈纳岛，又从左舷经过皮亚诺萨岛，驶向保利[①]和拿破仑的故乡。

第二天，船长像往常一样，早早登上甲板，他发现唐代斯俯在船舷上，表情异常，正凝望着岩岛：那座披着彩霞的花岗砂岩，正是基督山岛。

阿梅莉女郎号经过基督山岛时，右舷离它还不到一古里，然后继续驶向科西嘉岛。

这个岛的名称，对唐代斯来说如雷贯耳，在帆船从它附近驶过时，他心想只要跳下海，游半个小时就能到达那块宝地。然而到了那里，他没有

① 帕斯卡尔·保利（1725—1807），科西嘉的爱国者。

基督山岛

工具，如何挖掘财宝呢？没有武器又如何保卫财宝呢？况且，水手们会怎么说呢？船长又会怎么想呢？还必须等待。

幸而唐代斯学会了等待；他已经等了十四年才得到自由，他总可以再等半年一年去寻财宝。

假如当初有人建议他要自由就不要财宝，他不是照样会接受吗？

再说，那些财宝难道不是纯粹的虚幻吗？难道不是法里亚神甫病态头脑的产物，而随着他的故去而消失吗？

不错，红衣主教斯巴达的这封信写得异常明确，唐代斯能从头至尾，一字不漏地背下来。

天色渐晚，由暮霭的点染，那座岩岛呈现五光十色的变幻，终于隐没在黑暗中，谁也看不见了，唯有唐代斯，凭着他在黑牢里练成的视力，还能辨识那个岛，自然，他是最后一个离开甲板的。

次日早晨醒来，船已驶到阿莱里亚[①]，在附近海面绕了一整天，直到夜晚岸上点起灯火。从那灯火排列所给的信号，当然就知道可以卸货了，于是小帆船也在挂三角旗的地方挑起一盏风灯，向岸靠拢，只隔一炮的射程。

唐代斯明白这无疑是紧要关头，只见帆船渐渐靠近海岸，而船长架起两尊小炮；这种类似古炮台安装的土炮，响声不大，却能把四磅重的炮弹射出一千步远。

不过，这天晚上，这种提防倒是多余的，整个过程十分顺利，彬彬有礼。四只小艇悄无声息地划向阿梅莉女郎号，这只帆船也放下小艇，以礼相迎。这样，五只小艇往来穿梭，到凌晨两点钟，帆船上的货物全部搬运上岸了。

阿梅莉女郎号船长不愧是个干练的人，当天晚上他就分红，每人给一百托斯卡纳里佛尔，大约合八十法郎。

然而，贩运并未结束，帆船又驶往撒丁岛，重新装货。

第二次行动同样非常顺利，看来阿梅莉女郎号吉星高照。

新上的货物是哈瓦那雪茄、赫雷斯白葡萄酒和马拉加麝香葡萄酒，全运往卢卡公国。

不料到了那里，阿梅莉女郎号同船长的死敌海关交了火：一名海关缉私人员中弹倒下，船上两名水手受了伤，唐代斯就是其中一个，左臂肌肉中了一弹。

身历这场冲突并受了伤，唐代斯反倒挺高兴，因为这是严师，教会他

---

① 科西嘉岛的一处地名。

阿梅莉女郎号船长

如何直面危险，如何忍受伤痛。他能够含笑面对危险，中弹受伤，还像古希腊哲学家那样说："痛苦啊，你并不是坏事。"

再者，不知是冲突中热血沸腾，还是感情已然冷却的缘故，他目睹那个受了致命伤的海关人员，只是微微动容。可见他正行进在他要通过的道路，走向他要达到的目的：他的心肠逐渐变硬。

不过，雅各布见他倒下，以为被打死了，就立即扑过去，把他扶起来，热心护理，不愧是个好伙伴。

看来，人世既不像邦格洛斯[①]博士认为的那样好，也不像唐代斯认为的这样坏。就拿雅各布这个人来说，他并不图什么，知道伙伴身上只有那点儿红利，但是他看到伙伴倒下，不是照样感到十分哀伤吗？

幸而埃德蒙没有伤着要害，敷了些撒丁岛老太婆卖给走私贩子的草药，伤口很快就愈合了。埃德蒙想试试雅各布，拿出自己的红利来感谢他的护理，但是雅各布气愤地拒绝了。

雅各布刚见到埃德蒙，就有好感，情愿为他尽心尽力，因此，埃德蒙对他也表示几分友爱之情。雅各布并无奢求：他早已本能地觉察到，埃德蒙身份极高，远非现在所处的地位；不过，这种高贵的身份，埃德蒙瞒过了其他人的眼睛。这样，能赢得埃德蒙的一点友情，这名忠厚的水手也就心满意足了。

有时，风顺帆轻，只需舵工守位，阿梅莉女郎号就能安全地行驶在蔚蓝的大海上；在甲板上度过一天天漫长的白昼，埃德蒙就拿一张海域图，做起雅各布的老师，就像从前可怜的法里亚神甫教导他一样，指给雅各布看海岸线，向他解释罗盘针方向变化，还教他读头上的天书，认识上帝用钻石笔在碧空上写的文字。

有时，雅各布不免问他：

"我是个普通的水手，干吗教我这些东西？"

埃德蒙则回答：

---

① 伏尔泰小说《老实人》中的人物。

“谁晓得呢？也许有一天你会当上船长，你的老乡拿破仑不是还当上皇帝了吗？”

前面还未交代，雅各布是科西嘉人。

一次次航行，转眼两个半月过去了。埃德蒙本来就是熟练的海员，现在又成为熟悉沿岸的机灵的船工，他结识了沿海的所有走私贩子，学会了那些半海盗之间相互联系的暗号。

不知有多少回，航船从基督山岛附近经过，但是，埃德蒙没有找到一次上岸的机会。

于是，他暗自决定：

一旦和阿梅莉女郎号船长的合同期满，他就自己租一只小帆船，随便找个借口去一趟基督山岛。他在几次贩运中分红，已积蓄一百枚银币，有能力租船了。

到了那里，他就可以放开手脚寻宝了。

还不能放开手脚，因为运送他的人，肯定要暗暗监视他。

不过，在这个世界上，总得要冒点儿风险。

可是，经过这段囚禁生活，埃德蒙变得谨慎了，不愿意冒任何风险。

尽管他想象力十分丰富，但是他绞尽脑汁，也想不出别的办法，只能让他送他到那渴望的小岛。

唐代斯正犹豫不决，对他已经十分信赖、极想拉他一起干的船长，一天傍晚忽然抓住他的手臂，把他拉到奥格利奥街的一家酒馆，那是走私贩子的头面人物经常聚会、经常进行沿海交易的地方，可以说是海上交易所。唐代斯已经去过两三次，他看到在半岛两千古里的海岸活跃的那些亡命之徒，心中不免合计，哪个人若能左右所有这些有聚有散的孩子，那会掌握多大的力量。

这回要做一笔大生意，满载一船土耳其地毯、东方和克什米尔的布匹，运到一个中立的交货地点，然后再偷运到法国沿岸。

此举如果成功，能赚一大笔钱，每人可分到五六十银币。

阿梅莉女郎号船长提议在基督山岛交货，因为那是个荒岛，既无士兵把守,又没有海关设卡,仿佛是在邪恶的奥林匹斯的时期,由商人和盗贼之神墨丘利[①]置于大海中的。商人和盗贼这两种行当,如今纵使不是泾渭分明,也是区别对待的,然而在古代,这两者似乎归于一类。

唐代斯一听基督山这名字,浑身一抖,不禁喜出望外,他赶紧站起来在酒馆里走走,以便掩饰内心的激动。在这家烟雾弥漫的酒馆里,这一响当当的社会的各种语言,都融入地中海东岸的混合语中了。

等唐代斯转回来,两名谈话对手已经商定到基督山岛停靠,并且次日傍晚就启航。

问到唐代斯的意见,他也认为那个岛十分安全,大宗生意要想成功,就必须从速行动。

这样,拟定的计划毫无变更,准备次日傍晚启航,如果风平浪静,一帆风顺的话,第三天晚上在那中立岛的水域相会。

---

① 墨丘利,罗马神话中的商业之神。

问到唐代斯的意见，他也认为那个岛十分安全。

第二十三章　基督山岛

唐代斯终于等到这意外的时机，以简单自然的办法，就将踏上他朝思暮想的那个海岛，既达到目的，又不会引起任何人怀疑。这表明罹难重重的人，有时也会时来运转。

久久盼望的启航，只隔一个夜晚了。

然而这一夜，唐代斯是在极度狂躁不安的情绪中度过的，头脑里轮流呈现五花八门的好运和阻难；略一合眼，就看见红衣主教斯巴达的遗书印在墙上的火红的大字；略一入睡，头脑里便出现离奇古怪的梦景，恍若走进岩洞，只见碧玉铺地，红宝石镶壁，钟乳石全凝结为钻石，地里渗出的一滴滴水，都化为一颗颗珍珠落下来。

唐代斯惊喜万分，把每个衣兜都装满宝石，可是回到阳光下一看，宝石又全变成了普通的石子。于是，他又力图返回那个仅仅瞥了一眼的神奇的宝洞，然而回去的路变得弯弯曲曲，总也走不到头，入口也无处寻觅了。他搜索疲顿的记忆，怎么也想不起阿拉伯渔夫阿里巴巴叫开宝洞的那句咒语。一切努力都归徒劳，他一时可望获取的财宝，一下子消失得无影无踪，又被地里的护宝神灵夺回去了。

白昼来临，他几乎同夜晚一样焦躁不安，不过在奇思异想中，毕竟增添了几分理念；原先酝酿的计划一直模糊不清，现在终于确定了。

薄暮时分，准备启航了，唐代斯忙起活计来，倒可以掩饰内心的烦躁。他留在船上之后，在伙伴中渐渐树立起了威信，发号施令俨如一船之主，他的指令总是非常清楚明确，易于执行，因此，伙伴们不仅行动迅速，而且乐于服从他的指挥。

老船长则听其自然，他也承认唐代斯比其他水手，甚至比他自己高明，认为这个青年天生适合接他的班，只可惜他膝下没有女儿，不能以姻亲关系拴住唐代斯。

晚上七点钟，一切准备就绪；七点十分，阿梅莉女郎号绕过灯塔，其时灯塔刚巧点亮了。

海面风平浪静，清爽的东南风徐徐吹来，碧空的灯塔也一盏盏点亮了，而那每一点亮光，就是一洞天地。帆船就行驶在这静海星空之间；唐代斯说他来掌舵，大家都可以去睡觉了。

马耳他人（大家都这样称呼唐代斯）这样一发话，就无需多问，每人都尽可放心休息。

这情况已有几回。从孤寂的地牢又被抛回到喧嚣的尘世，唐代斯有时反倒强烈渴望孤行独处，而在这空阔的寂静中，在苍天的俯视下，乘着茫茫夜色，驾着一叶孤帆，在大海中漂浮，还有什么比这更广漠、更富有诗意的孤寂呢？

这一回，他的思绪却伴随着孤独，他的幻想照亮黑夜，他的热望也活跃了寂静。

船长一觉醒来，看见每一块风帆鼓胀，船全速前进，每小时可行十几公里。

远在天边的基督山岛渐渐增大。

埃德蒙把船仍还给船长驾驶，他回舱躺到吊床上休息，可是他尽管通宵未眠，还是一刻也不能合眼。

过了两小时，他又回到甲板上，只见帆船正通过厄尔巴岛，已经过了绿色平坦的皮亚诺萨岛，同马雷齐亚纳岛平行。岩顶披着霞光刺向青天的基督山清晰可见了。

唐代斯吩咐舵工打左舷舵，以使船右舷沿皮亚诺萨岛航行，这样能缩减两三海里的航程。

将近五点钟的时候，太阳西沉，海面鲜亮，大气显得特别空明，基督山岛的一岩一石都赫然在目，它在夕照中色彩变幻，从粉红色渐次化为暗蓝色。唐代斯贪婪地凝望这个岩岛，两颊不时泛起红晕，额头神情黯然，眼前飘浮着一块紫红色的云彩。

现在，唐代斯到了希望的最后关头，他所感到的紧张惶恐的情绪，要超过任何将全部家产孤注一掷的赌徒。

夜幕降临，晚上十点钟，阿梅莉女郎号靠岸了，它最先到达约会地点。

唐代斯平素自制能力很强，这回也按捺不住，头一个跳上岸，他若是有布鲁图斯的胆量，就会亲吻这大地了。

夜色一片漆黑，不过到了十一点钟，月亮从海中升起，往轻波细浪上抛撒了散金碎银，继而渐渐升高、月光流动，呈现一条条银带瀑布，倾泻到这座堪比皮利翁山[①]的岩岛上。

这座岩岛是阿梅莉女郎号的一个中途停泊点，船员都很熟悉；唐代斯自然也认得，从前他每次航行去东方都经过这里，不过从未停船上岸。他不禁问雅各布：

“咱们在哪儿过夜？”

“当然在船上了。”这名水手回答。

“在岩洞里不是更好吗？”唐代斯又问道。

“什么岩洞？”

“就是岛上的岩洞啊。”

“我不知道还有什么岩洞。”雅各布答道。

唐代斯额头立时沁出冷汗，他又追问一句：

“基督山岛上没有岩洞吗？”

“根本没有。”

唐代斯一时瞠目结舌，继而他转念一想，那些岩洞或经历什么变迁而已经填塞，或因红衣主教斯巴达早有提防而堵死了。

---

① 皮利翁山位于希腊东北部，在希腊神话中十分著名。

雅各布

在这种情况下,关键是找到湮没的洞口。不过,在夜间摸索徒劳无益,干脆等明天再寻找。况且,半海里远处发出了信号,阿梅莉女郎号以同样信号回答,表明交货的时机已到。

迟到的货船望见预定的暗号,确认毫无危险,可以接头了,便像幽灵一样,悄无声息地出现了,在离岸二百米处抛锚。

于是,开始装卸转运货物。

唐代斯边干活边想,假如他把时时萦绕在心中、时时回荡在耳畔的念头宣布出来，哪怕只透露一句话，那准能引起这些人惊呼狂叫。当然，他绝不会泄露这个无比宝贵的秘密，而且他自觉话已经讲得过多，又来回转悠，反复打听，东察西看，总这么心事重重，恐怕早就引起别人的怀疑了。所幸的是，至少对这一情况而言，他这饱经苦难的面孔，有一种难以消除的忧伤的神色，仿佛笼罩着一层阴云，即使显露喜悦的光芒，也只能像闪电一样瞬间即逝。

谁也没有觉察出什么。次日，唐代斯操起一支猎枪，带点铅弹和火药，说是要去打野山羊。岛上的野山羊很多，在岩石上跳来跳去。大家认为唐代斯无非是喜爱打猎，或者是想独自出去走走。只有雅各布执意要跟他去，唐斯代不便拒绝，深怕流露出不愿结伴的反感情绪，会引起别人的怀疑。不过，他刚走出去一公里远，就抓住机会打死一只小山羊，于是打发雅各布送回去，让伙伴们烧烤，到吃的时候鸣枪叫他；一只烤山羊，加上一点干果和蒙特普尔恰诺红葡萄酒，就是一顿美餐了。

唐代斯继续走，不时还回头望望，他登上一处岩顶，俯瞰千尺之下，只见雅各布已经回去，正和伙伴准备午餐，而且多亏他埃德蒙灵敏，这顿早餐增添了一道大菜。

埃德蒙含笑望了他们一会儿，那霭然忧伤的笑容，完全是一个超尘脱俗之人的神志。

“再过两个钟头。”他自言自语，“这些人就要离去了；他们赚了五十皮亚斯特，还要去冒生命危险，再赚上五十皮亚斯特；这样，他们兜里揣上六百里佛尔，就会像王公一样不可一世，像富豪一样自信不疑，随便到哪个城市，把这笔财挥霍精光。今天，我怀有希望，就鄙视他们的财富，把那看成是极端的穷困；到了明天，我的希望一落空，也许又不得不把极端的穷困视为我的最大幸福……噢！不，”埃德蒙提高嗓门，“那不可能，博学的法里亚从来万无一失，不会独独在这件事情上出错。再说，宁可一死了之，也不能继续过这种低下的悲惨生活。”

还在三个月前，唐代斯只渴望自由，现在就觉得光有自由不够了，又开始希图财富；当然，这不能怪唐代斯，谁让上帝造出的人力量有限，而欲望却无穷无尽！这工夫，唐代斯走在两道石壁中间，这条小径看来是激流冲成的，显然人迹未至，就这样接近了估计有洞穴的地点。他沿着海岸，边走边细心观察一石一壑，觉得某些岩石上有人工斧凿的痕迹。

时间给一切有形的物体披上苔藓的外衣，也给一切无形的事物披上遗忘的外衣，然而，对这里的痕迹，时间似乎手下留情了。这些标记颇有规律，显然旨在指示一条线路，不过，一丛丛鲜花盛开的爱神木，或者一片片寄生的地衣，不时覆盖住这种标志，埃德蒙不得不拨开枝丛，或者剥掉地衣，方可寻见把他引向另一座迷宫的标记。这确实给埃德蒙带来巨大的希望。为什么这就不能是红衣主教留下的记号，以备他遇难之后，给他侄儿指路呢？只是他未曾料到，他们叔侄双双遭到暗算。这个僻静的地点的确适于埋藏财宝。然而，这些标记就没有违背初衷，引起外人的注意吗？这个地下埋藏奇珍异宝的小岛，真的守住了它的无比宝贵的秘密吗？

埃德蒙始终利用地形，避开伙伴们的目光，他寻迹走到离港湾六十步远的地方，觉得信号终止了，但并未通到任何洞口，唯一达到的目标，似乎就是稳稳坐在这里的一块大圆石。埃德蒙心想，也许这不是终点，而是起点，于是他又沿原路返回。

这工夫，伙伴们正准备早餐，有的去岩泉打来水，有的把面包和干果摆到岸，还有的临时找个铁扦烤山羊。他们刚好从铁扦上取下烤山羊，就看见埃德蒙从一块岩石跳到另一块岩石，像羚羊一般大胆和轻捷，于是放了一枪给他打信号。那猎手立即改变方向，转身朝他们跑来，在岩石上纵跳飞跃。大家都望着他，认为他太鲁莽；仿佛有意证明他们的担心有道理，埃德蒙一脚踏空，只见他在一块岩石上晃了晃，惊叫一声便栽下去不见了。

大家都一跃而起，冲了过去，他们虽然觉得埃德蒙高人一等，但还是非常喜欢他。雅各布头一个跑到，他看见埃德蒙浑身是血，躺在那儿一动不动，几乎失去知觉；看来是从十四五尺高的岩石上滚下来的。

有人往埃德蒙嘴里灌了点朗姆酒，这服药跟上次一样灵，埃德蒙睁开眼睛，但又叫嚷膝盖疼痛，脑袋昏昏沉沉，腰也疼得难以忍受。大家想把

埃德蒙一脚踏空，只见他在一块岩石上晃了晃，惊叫一声便栽下去不见了。

他抬到岸边，并由雅各布指挥抬人，可是刚一上手，他就呻吟道，这样搬动他绝对忍受不了。

大家明白，这顿美餐对埃德蒙来说算是吹了，但是他要求大家回去吃饭，不能为他挨饿，而他只想休息一会儿，等他们回来大概就能好一些。

水手们都饿了，又远远闻到烤山羊的香味，自然无需多劝，海员之间是不讲客套的。

过了一小时，他们回来一看，埃德蒙所能做到的，只是爬了十来步，身子靠到一块长满苔藓的石头上。

然而，埃德蒙的疼痛似乎并未和缓，反而加剧了。本来，老船长打算上午就启航，赶到皮埃蒙特和法国的交界地区，把货物卸到尼斯和弗雷瑞斯之间，因此他坚持让唐代斯站起来试一试。唐代斯遵命，使出了全身力气，可是每次起身，随即又跌倒，嘴里不住呻吟，脸色也刷白。

“他的腰伤了筋骨，”船长低声说，“不要紧！他是个好伙计，咱们绝不能丢下不管，还是设法把他抬上船吧。”

但是，唐代斯却明确说，稍微一动他就疼痛难忍，他宁可死在这里，也不愿意移动。

“好吧，”船长说，“那就听天由命，我们总不能抛弃你这样一个好伙计，让人说我们不够意思，干脆今天晚上再开船。”

这话谁也没有异议，然而水手们听了还是大为惊奇。船长做生意一向不讲情面，这回居然放弃一桩买卖，或者推迟行动，还是破题儿头一遭。

因此，唐代斯绝不同意别人为了照顾他，就破坏船上的规矩。

“不行，”他对船长说，“怪我自己太莽撞，出了事儿也活该我自己受罪。给我留下一点饼干，留下一支枪和火药铅弹，我好打野山羊，必要时也可以自卫，再给我留下一把镐，如果你们迟迟不来接我，我就搭个窝棚。”

“你会饿死的。”船长说。

“饿死也比疼痛好，”唐代斯回答，“稍一动弹，我就疼得无法形容。”

船长转身朝帆船的方向望了望，只见他的船在小港湾里摇荡，角帆已挂起来，单等修整完毕就重新启航。

“你要我们怎么办呢，马耳他人？”他说道，“我们不能就这样把你抛下，又不能干等下去！”

“走吧，你们走吧！”唐代斯高声说。

“我们至少要离开一个礼拜，”船长又说道，“而且，还得绕道回来接你。”

“听我说，”唐代斯答道，“这两三天，如果中途遇到渔船或者别的船只，你就让他们来接我，把我送回里窝那，我愿意付二十五皮阿斯特的船费；如果遇不到船，再回来接我好了。”

船长摇了摇头。

“我看这样吧，巴尔迪船长，”雅各布说道，“有一个两全其美的办法，干脆我留下护理他。”

“你要放弃那份红利，在这儿陪我吗？”唐代斯问道。

“对，这没什么可惜的。”雅各布回答。

“好哇，雅各布，你是个好心肠的小伙子，”唐代斯又说，“你这种好意，会得到上天的报偿的。不过，我不需要任何人，谢谢。过一两天我就能好，但愿我在石缝中能找到治跌伤的草药。”

唐代斯说罢，嘴角掠过一丝奇异的微笑，他热烈地同雅各布握手，但决心不可动摇，坚持留下，而且独自留下来。

走私贩只好拿来他要的东西，然后离开，走远了还几次回头，挥手告别；唐代斯只举起一只手回答，仿佛身体其余部分不能动弹似的。等到不见他们的踪影了，他便笑道：

“怪事，这种人还能表现出友情，还有舍己为人的行为。”

这时，唐代斯小心翼翼地爬到遮住大海的一块岩石上，从那里望见独桅帆船完全做好启航的准备，起了锚，船体轻盈地摆动，宛如要起飞的一只海鸥，继而飘然而去。

过了一小时，空帆远影完全消失在海天之间，至少在这个受伤的人所处的位置无法看见了。

于是，唐代斯一跃而起，那轻捷灵敏的动作，胜过在这野岛荒山丛生的爱神木和黄连木之间蹿跳的野山羊。他一手拿枪，另一只手操起铁镐，跑向岩石上标志的终点——那块大圆石。

“现在，”他想起法里亚给他讲的那个阿拉伯渔夫的故事，高声说，“现在，芝麻，开门吧！”

“现在，”他高声说，“现在，芝麻，开门吧！”

第二十四章　光彩夺目

时近中午，五月的阳光灿烂，灼热逼人，似乎连岩石都承受不了那热力；数以千计的鸣蝉躲在荆丛里，持续发出单调的喧声；爱神木橄榄树抖动震颤，刷刷的声响犹如金属物相撞；埃德蒙在滚烫的岩石上每走一步，都吓跑许多赛似绿宝石的蜥蜴；远处的陡坡上，有经常引来猎人的野山羊出没。总而言之，这个岛生机勃勃，有许多生灵居住，然而埃德蒙却感到只身一人，完全在上帝的掌握之中。

他感到一种莫名的悸动，颇似惧怕：这是在光天化日之下所产生的警诫，即使身处荒无人烟的地方，也担心有人暗中窥探。

这种感觉十分强烈，埃德蒙正要动手时，又不得不停住，放下铁镐，又操起猎枪，再次登上岩岛的最高点，举目四望。

不过要知道，埃德蒙所眺望的，既不是富有诗意、房舍依稀可辨的科西嘉岛，也不是排在后面几乎陌生的撒丁岛，既不是与重大事件相关连的厄尔巴岛，也不是延展在地平线上、唯有船员的眼睛能望见的大都市热那亚、商埠里窝那，他所凝望的是天亮就开走的那条双桅横帆船，以及刚启航不久的那条独桅帆船。

双桅船已行驶到博尼法乔海峡，渐渐消逝了；独桅船则取相反方向，正要通过科西嘉岛。

看到这种情景，埃德蒙放下心来。

他再收回目光，观察附近周围的动静。他伫立在圆锥体的岩岛的顶端，就像巨大台座上一尊渺小的雕像；下面不见一人，周围不见一条船，唯有大海的碧波拍击岩岸，给岛镶了一圈银边。

于是，他快步走下岩顶，但又十分小心；刚才他佯装失足摔下岩石，动作非常敏捷，又非常逼真，然而此时此刻，他却深恐真的发生这种意外。

上文叙过，唐代斯曾沿着标记往回找，最后到了一处隐蔽的小湾。这小湾好像古代海山仙女的浴池，入口颇为开阔，中间水也颇深，足够隐藏一只平底小帆船。当初他看见法里亚神甫如何运用归纳法，在各种可能性的迷宫里，极为巧妙地引领思路；现在，他也运用这种方法分析道：斯巴达红衣主教怕被人看见，就在这个小湾靠岸，将小船藏在这里，然后沿着标示的路线走到终点，把他的财宝埋藏起来。

正是根据这种推断，唐代斯又回到大圆石旁边。

不过，还有一件事迷惑不解，扰乱埃德蒙活跃的思绪：这块大石头也许重达五六吨，不用众多人力，怎么能够把它搬上来，放到这个位置上呢？

继而，唐代斯豁然开朗，自言自语道："大石头并不是搬上去的，而是滑下来的。"

于是，他冲到岩石上面，寻找大圆石当初的位置。

果然，他很快发现一面修整的缓坡，看来大石头是顺坡滑下来，停在这里的；另有一块一般大小的石头顶在下面，是作垫衬用的；石头周围的缝隙都用小石块和石子塞得严严实实；这一小型工程又盖了一层土，土里长出青草和苔藓，爱神木和黄连木的几颗种子落在这里，也长出了幼苗。这样，大石头似乎牢牢地嵌在地面上了。

唐代斯小心地剥开土层，他辨认出，起码以为辨认出这种巧妙掩饰的计谋。

于是，他举镐要刨开这道由时间砌成的外壁。干了十分钟，外壁坍落，露出能伸进一条胳膊的洞口。

唐代斯需要一根撬棍，便去寻找，砍了一棵他所看到的最粗壮的橄榄树，削掉枝杈，插进洞里当撬棍用。

然而，大圆石一来太重，二来同垫石严丝合缝，贴得很牢，哪怕大力神赫拉克勒斯亲自出马,也难以撬动。

唐代斯略一思索,想到应当先移开下面这块垫石。

可是,用什么办法呢?

如同遇到难题的人那样,唐代斯扫视周围,目光落到装满火药的一只羊角上,那是他朋友雅各布留给他的。

他微微一笑:这种恶魔的发明派上用场了。

他采用劈山开路的工程兵节省人力的办法,用镐在大圆石和垫石之间刨了一个洞,将火药塞进去,再卷起手帕,沾上点儿火药,就做成了导火线。

点燃导火线,唐代斯就赶快避开。

随后,轰的一声爆炸了。上面的大圆石一时被巨大的力量所掀动,下面的垫石则炸开,碎片四处飞散。无数昆虫从他刚才刨开的洞口逃窜,一条仿佛把守这神秘通道的大蛇也爬出来,刹那间,青绿色涡形纹身就无踪无影了。

唐代斯走近前一看,只见上面的大圆石失去支撑,已朝大海倾斜;这位百折不挠的寻宝者绕大石头转了一圈,选好最容易撬动之点,插进木棍,用肩卡住一个节杈,像西绪福斯①那样,全身绷紧,憋足力气对付大石头。

大圆石已被爆炸震得松动,这样用力一撬,便见摇晃,唐代斯再猛一用劲,不亚于巨神提坦拔山抗击天神;终于,大圆石倾斜滚动,连着翻筋斗冲下去,沉入大海不见了。

大圆石留下一个圆形印痕,中间有一个嵌铁环的方石板。

唐代斯惊喜地叫了一声:初试成功,绝不会有比这更辉煌的成果。

他本想一鼓作气,可是双腿抖得太厉害,心脏怦怦狂跳,眼睛也火辣辣的一片模糊,不得不停下来。

---

① 西绪福斯,希腊神话传说中的科任托斯王,是个暴君,死后下地狱,被罚把巨石推上山,但巨石到山顶又滚下去,他就这样重复不止。

这迟疑的时间不过一瞬息，唐代斯把木棍插入铁环，用力一撬，就把石板掀起来，只见下面很陡的台阶通进石洞，越往里越黑暗。

换了别人，准会欣喜若狂，大喊大叫，冲进洞里去；然而，唐代斯却站住，他脸色刷白，心里游移不定。

“喂，”他自言自语，“要像个堂堂男子汉！已经屡遭不幸，不能因为希望落空就一蹶不振，否则，我岂不是白白受了那么多苦！抱着希望太大，耽于温馨之中，一旦希望落空，心便碎了，又关闭在冰冷的现实中！这肯定是法里亚神甫的一场梦；斯巴达红衣主教没有在这洞里埋藏珍宝，也许根本没有到过这里，即使来过，那么恺撒·博尔吉亚，那个天不怕地不怕的冒险家，那个穷追不舍、阴险狡诈的强盗，准会跟踪而来，发现斯巴达的踪迹，像我一样循着标记找到这里，像我一样掀开这块石板，但是在我之前走进石洞，把财宝劫夺一空，什么也没给我留下。”

唐代斯伫立不动，凝视着幽暗深邃的洞口，仍在沉思：

“其实，我现在什么也不指望，我已经想过，还抱有什么希望就太糊涂了；我这是出于好奇心，想看看这场夺宝冒险到底结果如何，不过如此。”

他依然伫立不动，依然沉思默想：

“不错，不错，这次冒险行为，在那个强盗国王光影交错的一生中，在组成他那光怪陆离一生的奇事中，还占有一席重要位置；这件富有传奇色彩的事件，必然与其他事情相关联；不错，博尔吉亚一定是乘黑夜来到这里，一手仗剑，一手举着火把，也许在这块岩石下方二十步远的地方，还布置了两名卫兵，他们一脸凶相，监视着陆海空各个方向，而他们的主人则像我此刻要行动一样，闯入洞里，以他的铁臂和火把冲破黑暗。

“不错，可是，博尔吉亚既然把秘密告诉了卫兵，又会如何处置他们呢？”唐代斯心中产生疑问。

"如何处置,"他微笑着自答,"埋葬阿拉里克①的人当然要陪葬!"

"就算博尔吉亚来过吧,"唐代斯又说,"他找到财宝,并全部拿走;然而他是什么人,他把意大利比作蓟菜,要一叶一叶剥下吃掉,而且他极善于利用时间,绝不肯耽误工夫,再把这块石头放回原位。"

"还是下去吧!"

于是,他嘴角挂着怀疑的微笑走下去,口中念念有词:"或许!……"这个词标示人类明哲的最高境界。

唐代斯原以为洞里一片漆黑,气味恶秽,不料却看到淡蓝的幽光;不仅他刚打开的洞口,而且岩石缝隙也透光透气;这些缝隙在外面看不见,而到了洞里,却能通过缝隙望见绿橡树的斑驳枝丫,以及蔓生多刺的柔韧荆条。

洞里温煦而不潮湿,飘逸清香而无浊气,气温同岛上相比,就像这幽光同太阳之间的差异。唐代斯长期坐牢,早已习惯于黑暗,他进洞几秒钟,就瞧见了最远的角落:这是一个花岗岩石洞,石壁鳞片宛如钻石闪闪发光。

"唉!"埃德蒙微微一笑,不免想道,"毫无疑问,这就是红衣主教留下的全部珍宝。那位善良的神甫梦见这晶莹闪亮的墙壁,就异想天开,萌生了热切的希望。"

埃德蒙想起牢记在心的遗嘱:"位于第二洞口最远的角落。"

他只是闯进了第一个洞,现在要寻找第二个洞口。

唐代斯判断一下方向,心想第二个洞自然伸向岛里端,他仔细察看石头结构,觉得有一面石壁像小心掩饰的洞口,便举镐敲了敲。

铁镐当啷一声,而石头却发出浊声闷音,显然是实心的,唐代斯额头不由得冒出冷汗。再挨着往下敲,终于有一处石壁听似空音回响,这个锲而不舍的矿工心中一喜,立即凑近观看,凭着囚徒所独有的敏锐目光,辨

① 阿拉里克(370—410),西哥特人国王,曾屡犯罗马;据传他怕死后被人掘墓,就把墓穴设在河床下面。

认出洞口必定在这里。

不过，他也像博尔吉亚那样深知时间的价值，为避免白费力气，又用镐试试别处壁厢，用枪托扣击地面，遇到可疑之点就扒开砂土察看，结果没有发现什么，再回到那块发出令他欣慰的空音的石壁。

这回，他加大力量再次敲击。

于是，他看到一种奇特的现象：在铁镐的敲击下，一种类似壁画的涂层，从墙上一片片掀起脱落，暴露出一块发白的质地不甚坚硬的石头，犹如加过工的普通方石。看来，当初堵塞洞口的是用另一种石头，然后又抹上一层涂料，造成错觉，晶莹闪亮就像花岗岩了。

唐代斯一镐刨上去，只见镐尖嵌进石壁有一寸深。

应当从这里挖进去。

人的肌体真是神妙莫测：眼前证实神甫判断正确的根据越多，唐代斯非但没有放心，反而越发怀疑，几乎感到泄气了。刚才这次尝试，本来应当给他增添新的力量，却剥夺了他仅余的气力：铁镐落下来，险些脱手；于是，他干脆把镐扔在地上，抹了一把额头的汗水，回身跑到洞外，心中打算上来看看是否有人窥探，而其实他感到发晕，需要呼吸一下新鲜空气。

太阳升到中天，如火的日光笼罩荒僻无人的小岛；远眺蔚蓝的海面上几点白帆，那是鼓翼的小渔船。

唐代斯还没有吃东西，然而在这种时刻，吃饭太费时间，他只是匆匆喝了一口朗姆酒，定下神来，便回到洞里。

刚才铁镐显得那么沉重，现在抓起来轻如羽毛了，他劲头倍增，又干起来。

刨了几下他就发觉，石头并没有砌死，而是码起来的，仅仅在外面涂了一层灰料。他把镐尖插进石缝里，用力一撬，高兴地看到一块石头滚落到脚下。

现在，唐代斯只需用镐尖，一勾块，石头纷纷落到旁边。

洞口刚一刨开，人就能钻进去了。可是延迟一会儿，就多抱一会儿希望，晚一会儿见分晓。

犹豫片刻之后，唐代斯终于进入第二个洞。

第二个洞地势更低，也更加昏暗，更加瘆人，空气也是从刚打开的洞口进去的，里面恶臭的气味是第一个洞里所没有的，这叫唐代斯深感诧异。

要让外面的空气换出里面的浊气，唐代斯等了一段时间才进去。

洞口左侧有一个又深又黑的角落，然而我们说过，在唐代斯的眼里不存在黑暗。

他环视一下，这第二个洞窟同样空空如也。

财宝如果存在，必定埋藏在那个黑暗的角落。

提心吊胆的时刻到了，只需挖开两尺土就决定命运：不是欣喜若狂，就是极度失望。

他走向那个角落，仿佛突然下了决心，举镐猛挖地面。刚刨五六下，就听见铁器相撞击的声响。

无论是丧钟还是令人悚然的警钟，对听者来说，都从来没有产生过这种效果。唐代斯就是什么东西也没有挖出来，脸色也不至于如此惨白。

他又探探旁边的地方，铁镐同样碰到硬东西，但声响不一样。

"这是一只包铁边的木箱子。"他心中暗道。这时候，洞口的亮光中掠过一个影子。唐代斯立即扔掉铁镐，操起猎枪，冲出洞口，跑到外面。原来是一只野山羊刚才蹿过头一个洞口，正在附近吃草。

送到枪口的猎物，一顿美餐，可是，唐代斯又怕枪声引来什么人。

他略一思考，望见走私贩子做早饭的火堆还在冒烟，便砍了一棵多脂的小树，走过去点燃当火把，回到洞里。

他要看个清楚，一点情况也不能遗漏。

他举火把凑近刚才胡乱刨开的地面，看到他并没有判断错：镐尖的确先后撞到箱子的铁边和木板上。

他将火把插到地上，又干起来。

刹那间，唐代斯就刨开了大约三尺长、两尺宽的地面，只见里面放着一只铁边雕花的橡木箱子，箱盖中央镶一块银牌，久埋地里尚未失去光泽,银牌上雕镂着斯巴达家族的徽章,图案是一面意大利式椭圆形盾牌上,放着一把纵条纹利剑,上端则是一顶红衣主教的冠冕。

唐代斯一眼就认出来:法里亚神甫给他画过多少回啊!

再也无可怀疑,财宝就在里面;谁也不会如此精心审慎,在这里埋了一只空箱子。

工夫不大,箱子周围就清理干净,只见箱正面中央挂一把大锁,两侧各有一把扣锁,两厢则各有提环,各个部件都是镂饰雕花,体现当年的风尚:最普通的金属经过艺术加工,也都变得宝贵了。

唐代斯抓住两边的耳环,想把箱子提出来,可是根本提不动。

他又试图把箱子打开,然而挂锁和扣锁紧紧锁住,仿佛忠实地守卫着财宝。

继而,唐代斯把镐尖插进箱体和箱盖之间,按着镐把用力撬,只听咯咯响,最后咔嚓一声,箱盖崩裂,开了一个大口子,包铁也随之脱落,但还由铆钉连着箱板。这样,箱中之物就暴露无遗了。

唐代斯一时头晕目眩,他抓起枪,压好铅弹,就放在身边,又像孩子那样闭上眼睛,好眺望想象的夜空,看见比灿烂星空更多的星星,然后他睁开眼睛,立时被晃得眼花缭乱。

箱子共分三格。

头一格里装满明晃晃的金币。

第二格里整齐地码着毛坯的金条,但其价值全在于成色和分量。

第三格只装了一半,唐代斯满把一抓,全是钻石、珍珠和红宝石,从指间流下去,宛如晶莹的瀑布,发出冰雹敲击玻璃的清脆声音。

唐代斯反复摩挲这些珠宝,颤抖的双手插入金币和钻石中。继而,他站起来,像要发疯的人那样狂跑,冲出洞窟,登上一块能望见大海的岩石,看到周围阒无一人,确实只有他自己,独自一个守着这些数不胜数、闻所未闻的奇珍异宝,这些全属于他啦!然而,他究竟是做梦还是醒着?这究竟是南柯一梦还是纯粹的现实?

他需要再看看他的财宝,但是此刻,他又受不了那耀眼的金光。一时间,他双手捧住脑袋,仿佛要阻止神智逃逸似的;接着,他又奔跑穿过全岛,岛上当然没有路,但是他连天然的线路也不走,而且手舞足蹈,狂呼乱叫,吓跑了野山羊,惊飞了海鸟。然后,他兜了一大圈儿回来,心中还有怀疑,又冲进第一个洞里,再进入第二个洞窟,重新面对这金子和钻石的宝藏。

这一回,他双膝跪下,痉挛的双手按住狂跳的心,喃喃祈祷,而那祷告唯有上帝能听明白。

不久,他感到自己平静下来一点,也更加喜悦了,因为仅仅从这一时刻起,他才开始相信他的好运。

于是,他开始计算自己的财富:两千根金条,每根重两三磅;金币每枚值八十法郎,上面铸有亚历山大六世及其前任教皇的肖像,数了两万五千枚,还只取出半格;最后,他又量出十满捧珍珠、宝石和钻石,这些珠宝多是当年有名匠人镶嵌制作的,姑且不论其本身价值,单凭做工就极为名贵了。

看看天色渐晚,光线渐暗,唐代斯怕待在洞里被人偶然发现,就拿着猎枪出去,吃了点饼干,喝了几口朗姆酒权且充饥,然后,他把石板放回原位,堵住洞口,自己就躺在上面,但睡不安稳,只眯了几小时。

这是既甜美又恐怖的一夜,而这个感情强烈的人,一生中已经历过两三次。

G. STAAL
LALY.

第二十五章　陌生人

唐代斯睁着双眼等了许久才天亮。东方刚出现曙光，他就起身，像昨天那样，登上岛的最高岩顶，观察周围的动静，全岛还像昨天那样寂无一人。

唐代斯返身下来，掀起石板，回到洞里，往衣兜里装满了宝石，再尽量修复箱盖和扣锁，盖上土，用脚踏实，又撒些沙子，以便掩饰挖开的地点和其余地面的差异。然后他走出洞窟，用石板将洞口盖上，再往上面堆一些大小不等的乱石。石缝中填满土，移栽几棵爱神木和荆条，浇足了水，以便看上去就像原地生长那样。最后，他抹掉自己在这儿的足迹，就焦急地等待着伙计们回来。现在，他确实没有必要留在基督山岛，像守护无用财宝的恶龙那样，终日面对这些黄金和钻石。现在，他必须回到生活中，回到人群里，必须在社会上获取和财富相应的地位、影响和权势，因为财富是人所能掌握的首要的、最大的力量。

走私船在第六天头上返航了。远远望见船的运载和航行，唐代斯就认出是阿梅莉女郎号，于是，他就像受伤的菲罗克忒忒斯[1]那样，一直爬到靠船的地方。等伙伴们上岸时，他就对他们说尽管还有些疼痛，但是伤已经好多了，接着他又听这些冒险者的叙述。总的来说，他们还算成功，

① 菲罗克忒忒斯，希腊神话传说中的著名弓箭手，曾参加特洛伊战争，被蛇咬伤，伤好后重返特洛伊，用箭射死帕里斯。

不过，船上的货刚刚卸完，他们就得到警报，说是一艘双桅缉私船已离开土伦港，正朝他们这边驶来。于是，他们就开船仓皇逃走，大家都遗憾唐代斯不在船上，如果由他指挥，船速就会快得多。的确够险的，他们已经望见那艘缉私船了，幸好夜幕降临，阿梅莉女郎号趁夜色绕过科西嘉角，逃脱了追捕。

总而言之，这趟航行还不坏，但是唐代斯没有跟船同往，没有分到红利，而每份红利高达五十皮阿斯特，对此，所有人尤其是雅各布深感遗憾。

唐代斯却不动声色，就连听说他只要跟船跑一趟就有多少好处，他也不露一丝笑容。阿梅莉女郎号是专程来接他的，因此当天晚上他就上船，随船长去里窝那。

到了里窝那，唐代斯去见一个犹太珠宝商，拿出他四颗最小的钻石，每颗卖了五千法郎。那个犹太人当然有疑问，一名水手何以拥有这样的宝物，但他每颗钻石能赚一千法郎，也就不管其来路了。

次日，唐代斯买了一只新船送给雅各布，还给他一百皮阿斯特雇船员的经费，只要求他去马赛，打听住在梅朗林荫路的一位叫路易·唐代斯的老人，再打听住在卡塔朗村的一位叫梅色苔丝的姑娘。

雅各布真以为是做梦，唐代斯则解释说，他是因为家里不给他足够的费用，一赌气当了水手的，而这次回到里窝那，他成了他一位叔父的唯一继承人，继承了一大笔财产。唐代斯有这么高的学识教养，讲了这种事也很可信，雅各布一刻也没有怀疑他的伙伴讲的是不是真话。

此外，唐代斯在阿梅莉女郎号船上干活的合同期满了，他前来辞职；船长先是挽留他，但了解他继承财产的事，也就放弃希望，不再劝说这名原来的水手改变主意了。

第三天，雅各布扬帆驶往马赛，约好回来到基督山岛同唐代斯见面。

同一天，唐代斯带了可观的礼物，去阿梅莉女郎号船上同船长和水手们告别，并答应日后给船长通音讯。然后，他也没有说明去哪儿，就匆忙启程了。

唐代斯去了热那亚。

唐代斯去见一个犹太珠宝商，拿出他四颗最小的钻石，每颗卖了五千法郎。

他到了那个港口城市，正巧有一只游艇在试航。那是一个英国人定做的，因为他听说整个地中海沿岸，数热那亚造的船质量最高，于是出价四万法郎定做一只游艇。唐代斯愿意出六万法郎，但要求当天交货。船厂主考虑到那个英国买主去瑞士旅行，要三周或一个月才能回来，在这期间还可以另造一只游艇，于是这笔生意就拍板了。唐代斯领船厂老板去见一个犹太珠宝商，到店铺后屋密谈一会儿，犹太商人就给船厂老板数了六万法郎现款。

船厂老板还愿意提供船员，但是唐代斯婉言谢绝，说他一贯独自驾船航行，他唯一的希望就是在舱室的床头打一个暗柜，里面分三个暗格，并说明暗格的尺寸。老板满口答应，第二天暗柜就打好了。

两小时之后，唐代斯就驾船驶出热那亚港。岸上围观的人很多，他们都想瞧瞧这个一贯独自驾船航行的西班牙贵族。

唐代斯显示了高超的技艺，他单凭掌舵，就能随心所欲地驾驶这只游艇。小艇仿佛通人性，服从每一个细微的指令。唐代斯内心也承认，热那亚人名不虚传，确实称得上第一流的造船家。

围观的人目送游艇远逝，又纷纷猜测驶往何地：有的认为是去科西嘉，还有的说准去厄尔巴岛，有的打赌说是去西班牙，还有的断言是去非洲，但是没有一个人想到基督山岛。

然而，唐代斯恰恰是去基督山岛。

第二天傍晚，他到达那里。这条帆船的确很棒，只用三十五个小时就跑完全程。唐代斯非常熟悉岛上海岸的位置，但他不在老地方停船，而是驶进小湾抛锚了。

小岛仍寂无一人，自从他上次离开之后，看来无人上岸；他去察看一下，全部财宝原封未动。

次日，他的巨大财富全运上游艇，分别装进暗柜的三个暗格里。

唐代斯又等了一周，在这段时间，他绕着岛行驶，测试这只游艇，就像骑师试验一匹赛马那样，摸清了性能上的全部优缺点，打算加强好的性能，弥补其缺陷。

到了第八天头上，唐代斯望见一只小船满帆朝岛驶来，他认出正是雅各布的小帆船，于是打出信号，并得到雅各布的回答。两小时之后，小帆船驶到游艇旁边。

唐代斯问的两件事，都得到令人伤心的答复。

老唐代斯去世了。

梅色苔丝失踪了。

唐代斯听着这两条消息神色平静，但他立即上岸，不准任何人跟随。

过了两小时，他回来了，让雅各布船上过来两个水手，帮助他驾驶游艇，又下令启航，驶往马赛。他料到父亲会去世，然而，梅色苔丝怎么样了呢？

唐代斯要找人办理此事，就必须交待明确，势必泄露自己的秘密，况且，他还要打探别的情况，非亲自前往不可。他在里窝那照过镜子，无需担心被人认出来，再说，现在他掌握了化装的各种手段。这样，一天早晨，这只游艇由小帆船尾随，径直驶进马赛港停泊，而对面的码头，正是在那终生难忘的夜晚，他被押往伊夫狱堡时上船的地点。

唐代斯看见一名宪警坐小艇划过来，不禁打了个寒战，但他已练就了高度的自控力，泰然自若地出示护照。他所持的是他在里窝那买的一份英国护照，由于在法国持外国护照比本国人受尊敬，他没有遇到任何阻难就上岸了。

他踏上大麻田街注意的头一个目标，就是法老号船上的一名水手。那人曾在他手下干过活儿，现在不期而遇，倒是让唐代斯确认自己完全变样的一次机会。于是，他径直走上前，向那人提了几个问题；那人一一回答，但无论从讲话还是表情上看，都毫无迹象表明他想起曾经见过打听事的这个人。

唐代斯表示感谢，给了那水手一枚硬币。过了一会儿，他听见那个忠厚的人从后面追上来。

唐代斯回过身去。

“对不起，先生，”那水手说，“您大概拿错了，以为给我两法郎，却给了我一枚拿破仑大金币①。”

“不错，朋友，”唐代斯回答，“我是拿错了；不过，您这样诚实也值得奖赏，这儿还有一枚大金币，请您收下，去和您的伙伴一起，为我的健康干一杯吧。”

那水手十分惊讶，怔怔地望着唐代斯，都没想起道谢，目送他走远，嘴

① 铸拿破仑肖像的金币，价值40法郎。

里喃喃说道：

“大概是从印度来的大富翁。”

唐代斯继续往前走，每走一步，心头就增加一分感触的压力：童年的全部往事，难以磨灭的记忆，始终存在于一思一念中，每一处空场、每一个街角、每一块路口角石，都能勾起这种回忆。诺阿伊街快要走到头，便望见梅朗林荫路，他感到双腿发软，险些跌倒让马车压伤。终于，他走到从前他父亲住过的房舍，可是人去物非：当年老人精心绑扎的铁线莲和旱金莲，已经从阁楼的窗前消失了。

唐代斯靠在一棵树上，眼睛凝望这栋破旧小楼的顶层，默想了一会儿，他终于朝楼门走去，到里面询问是否有房间出租，得到否定回答之后，还一再恳求要看看六层楼的那套住房。门房只好上去问问那里的房客，能否让一位陌生人看一看那两间屋子：住在那小套房间的是刚结婚一周的年轻夫妇。

唐代斯看见这对年轻人，不由得长叹一声。

不过，房间已面貌全非，不复当年他父亲居住的样子：糊墙纸已经换了图案，他童年的朋友，那些老家具全不见了，只是完整真切地留在他的记忆中。唯有一面面墙壁依然如故。

唐代斯转过身去，只见一张新床摆在当年放床的老地方，他的眼睛不禁涌出泪水：是啊，老人一定躺在这里，连声呼唤着儿子咽气的。

两个年轻人惊奇地看到，这个仪容威严的人面颊上滚下两颗大泪珠，而眉头却没有皱一皱。由于任何痛苦都蕴涵神圣的情感，两个年轻人也就不问这位生客，而是退避一旁让人家尽情地流泪。最后，他们送出客人，对他说他们陋室的门始终敞开，欢迎他再来。

到了下面一层，唐代斯停到另一户房门前，打听裁缝卡德鲁斯是否一直住在那里。门房回答说，他打听的那个人生意不好，改行开了个小客栈，就在贝勒加德到博凯尔的路上。

到了楼下，唐代斯问了梅朗林荫路这栋楼的房东的地址，便前去拜访，他让人通报的威尔莫勋爵，正是他护照上标明的姓名和头衔。他出两

两个年轻人惊奇地看到，这个仪容威严的人面颊上滚下两颗大泪珠。

万五千法郎，至少比原价高出一万法郎的价钱，买下了那栋小楼。即使对方要价五十万，唐代斯也会照付的。

就在当天，办理房契转移手续的公证人通知住在六楼的那对年轻夫妇，新房东让他们在楼内任选一套房子而不多交房租，只要把现住的两间屋让出来就可以。

这真是一件奇事，梅郎林荫路的居民议论了一个多星期，猜测纷纭，但是没有一个着边的。

更让众人迷惑不解的是，到过梅郎林荫路那栋小楼的人，当天傍晚又漫步在卡塔郎小村里，还走进一间破茅屋，逗留了一个多小时，打听好几个人的情况，而那些人早在十五六年前就已去世，或者远走他乡了。

次日，接待那位怪客并回答询问的那家人收到了一份厚礼：一只卡塔郎式渔船、两张大拉网和一张拖网。

这些忠厚的渔民想好好感谢那位慷慨的客人，可是昨天分手时，那人向一名船员吩咐几句话，就跳上一匹马，从艾克斯城门出了马赛。

第二十六章　加尔桥客栈

读者诸公有人像我那样，徒步周游过法国南方，就可能注意到在贝勒加德和博凯尔的中途，稍微靠近博凯尔一点儿，有一家小客栈，门前挂着一块加尔桥客栈的粗制铁皮牌子，稍有点儿风就刮得哗啦哗啦响。如果以罗纳河的流向为准，这家小客栈位于大路左侧；它有一座朗格多克地区所谓的园子，正对着后门；园子有围墙，里面长着几棵矮小的橄榄树和无花果树，叶丛被尘土染成银灰色；树木之间的空地种些蔬菜，无非是葱、蒜和辣椒；还有一棵高大的松树耸立在园子一角，仿佛是被遗忘的哨兵，弯曲的枝茎一副忧伤之态，叶盖仿佛打开的扇子，在三十多度阳光的照射下咯咯爆响。

无论大小树木，一律顺着西北风自然倾斜：须知普罗旺斯地区有三害，其一是西北风，另外两害有人不知，有人知晓，就是迪朗斯河水和议会。

周围一片平野，好似一个积满尘土的大湖，偶尔能见到稀稀落落的麦茎，那无疑是当地农业学家出于好奇心播种的，每根麦茎上栖着一只蝉，那单调尖厉的蝉鸣，总是追逐误入这穷乡僻壤的游客。

大约七八年了，这家小客栈是个夫妻店。他们本来雇了两名佣人，也是一男一女：女的叫特丽奈特，负责收拾客房，男的叫帕科，负责照料马厩。就这两个帮手也是多余的了，尤其是在博凯尔和艾格莫尔特之间开通了运河之后，水路战胜了陆路：货船取代了货车，客船也取代了驿车。

这条运河在供水的罗纳河和它扼杀的大路之间，就从这家小客栈一百步远的地方经过，仿佛使客栈破产尚不够，还要天天给倒霉的老板增添强烈的懊恼。

我们已经简要而忠实地描绘了这家客栈，而老板年龄在四十岁至四十五岁之间，他身材高大，筋骨强健，眼睛深陷而明亮，鹰勾鼻子，雪白的牙齿赛似食肉的野兽，整个是一副典型的南方人。他的头发虽经岁月的洗染，尚迟迟不肯变为花白色，颔下浓密而鬈曲的胡子也一样，仅仅夹杂几根白须。他天生黝黑的皮肤又覆盖一层茶褐色，这是风吹日晒的结果：这个可怜虫养成一种习惯，从早到晚守候在门外，好招呼徒步或乘车到来的旅客，天天盼望几乎天天失望，但他照样站在炎炎似火的太阳下，头上只扎一条红手帕，就像西班牙骡夫那样。此人就是我们的老相识：加斯帕尔·卡德鲁斯。

老婆的样子同他正相反，脸色苍白，形容枯槁，一副病态。这个女人名叫玛德莱娜，娘家姓拉代勒，生在阿尔勒附近，看上去虽然还有当地妇女天生丽质的余韵，但是容貌已经凋残了。因为，她跟住在艾格莫尔特水塘附近，或者卡马尔格沼泽地附近的居民一样，长期受热病低烧的折磨。她几乎总待在二楼的卧室里打冷战，不是仰在椅子上，就是靠床坐着；她丈夫则坚持在门口守望，而且情愿多守一段时间，因为他那瘦老婆一见面就抱怨命苦，听着好不心烦，而每回他总以这种明哲的话回答：

"住口，卡尔孔特女人！这是上帝的安排。"

他给玛德莱娜·拉代勒起这个绰号，是因为她出生在位于萨龙和朗贝斯克之间的卡尔孔特村；而且，当地有这种习惯，往往叫绰号而不叫名字；做丈夫的这回直呼绰号，大概认为玛德莱娜这名字听来太温柔、太悦耳，同他粗鲁的话不和谐。

看到这个小客栈老板摆出一副听天由命的样子，不要以为他因可恶的博凯尔运河而陷入困境还无动于衷，也不要以为他满耳灌着老婆的抱怨仍毫无感触。他跟所有南方汉子一样，生活简朴，没有多大需求，但是

“住口，卡尔孔特女人！这是上帝的安排。”

在外面却非常好面子。因此，当初日子红火那会儿，每次过火印节[①]，每次塔拉斯各龙[②]游行，他总要跟卡尔孔特女人一起参加：他穿一身南方男子的传统服装，兼有卡塔朗人和安达卢西亚人服饰的特点，他女人则换上一套阿尔勒妇女的漂亮衣裙，就像模仿希腊和阿拉伯妇女的装束。然而，

① 火印节，法国普罗旺斯地区为牛、马等烫火印的节日。

② 塔拉斯各龙，是普罗旺斯地区传说中的怪兽，在以这怪兽为特征的传统节日中，有大型的队列游行娱乐。

渐渐地，什么表链呀、项圈呀、花腰带呀、绣花上衣呀、丝绒外套呀、花边袜子呀、花条护腿套呀、银扣皮鞋呀，一件一件都消失了，加斯帕尔·卡德鲁斯夫妇再也不能像过去那样，穿得花枝招展，也就干脆放弃任何节庆活动了。不过，那欢乐的喧闹声有时一直传到小客栈，他听着不免感到一阵阵揪心；现在他还照旧守着这个可怜的小客栈，但主要是栖身，而谈不上生意了。

且说这一天，卡德鲁斯一如既往，在门口守望了大半晌，忧郁的目光时而望望几只鸡啄食的一小块光秃秃的草地，时而望望一边向南、一边向北延伸的大路，望到两边尽头也不见一个人影。这时，他忽然听见老婆尖声呼唤，不得不离开岗位，嘴里嘟嘟囔囔走上二楼，但是店门仍然大敞四开，仿佛随时邀请过路行客进来光顾。

就在卡德鲁斯进屋的时候，他所极目张望的大路，还像中午的沙漠一样空旷而渺无人迹，在两排瘦弱的树木的夹护下，宛如一条白色带子无限延展；显而易见，任何能自由安排日程的旅客，绝不会选择这种时刻闯进这片可怕的撒哈拉沙漠。

这种估计固然不错，然而，卡德鲁斯若是在岗位上多待一会儿，就可能望见贝勒加德方向出现一人一骑。看那悠然自得的行路姿态，就能知道骑手和坐骑相得益彰。那是一匹骟马，四蹄撒开小跑，显得十分逍遥自在；马上端坐一位教士，尽管烈日当空，他还是身穿黑教袍，头戴三角帽。这一人一骑不紧不慢，一路步伐轻快。

到了客栈门前，这一人一骑戛然止步，难说是马让人停下，还是人叫马站住，总之，骑手翻身下马，他看到有一扇只连着一个折页的破护窗板，就牵马过去，把缰绳拴在窗板钩上，再回身走到门口，用手杖铁头在门上敲了三下。

听到这敲门声，一条大黑狗蹿起来，龇着雪白的利齿，朝生人狂吠：这两种敌意的表示，表明这条狗平常见不到人。

立时，店里贴墙的木楼梯响起沉重的脚步声，这家寒酸的客栈老板躬腰倒退着下楼，来到教士伫立的门口。

“来啦！来啦！”卡德鲁斯连声答应，而心里却深感诧异，“还不快住口，马戈丹！别怕，先生，这狗光叫不咬人。您想喝点儿酒，对吧？这天儿真热死人……哦！对不起，”待看清面对的是什么旅客，卡德鲁斯立即打住，“刚才没弄清我荣幸接待的是谁。您有什么要求？神甫先生，您想要点什么？在下听候吩咐。”

教士以奇特的目光注视店主片刻，似乎要引起店主对他的注意，然而看到对方除了因为没有得到回答而吃惊之外，脸上别无表情，于是他认为该消除对方的诧异了，便以浓重的意大利口音问道：

“您是不是卡德鲁斯先生？”

“是啊，先生，”店主回答，也许经这一问，他越发感到诧异了，“在下正是加斯帕尔·卡德鲁斯，愿为阁下效劳。”

“加斯帕尔·卡德鲁斯……不错，我想姓名完全相符。从前您住在梅朗林荫路，住在五层楼上，对吧？”

“对。”

“当时您是做裁缝的？”

“对，不过那行当越来越糟：马赛这混蛋天气贼热，我看到头来都不用穿衣裳了。哦，对了，说到天热，您不想解解渴吗，神甫先生？”

“怎么不想呢，把您最好的酒给我拿来一瓶，如果您愿意的话，等一下我们接着谈。”

“悉听尊便，神甫先生。”卡德鲁斯答道。

他不愿错过这次机会，赶紧掀开地窖盖，下去拿他所剩无几的卡奥尔葡萄酒。楼下这间屋兼做客厅和厨房，下面便是地窖，地窖盖就开在地板中间。

过了五分钟，店主上来的时候，看见神甫坐到长凳上，臂肘撑着长桌，而马戈丹似乎已同陌生人和解，它明白这怪客要打破惯例，在这吃些东西，于是就伸着精瘦的脖子，瞪着无神的眼睛，在一旁趴下了。

“您孤身一人吗？”神甫问店主。

“唔！上帝！”店主在客人面前摆上酒瓶和一只杯子，答道，“对！孤身一人，或者差不多吧，神甫先生；我倒是有老婆，可那个可怜的卡尔孔特女人，整天病病歪歪，一点儿忙也帮不上。”

“哦！您结婚啦！”教士颇感兴趣地说道，同时他环顾室内，似乎要估价这穷家的简陋家具。

“您看得出来，我并不富有，对吧，神甫先生，”卡德鲁斯叹道，“可是，有什么办法呢？现在这种世道，要想发财致富，光做个诚实人是不够的。”

神甫犀利的目光盯住他。

“对，诚实人，这一点，我敢夸口，先生，”店主正视神甫的目光，一只手按在心口，连连点头说道，“在这年头，不是人人都能这么讲。”

“您这种夸口如果属实，那当然很好，”神甫又说，“因为我确信，迟早有一天，好人总要得好报，恶人必定受惩罚。”

“您是干这行的，当然这么讲了，神甫先生；您是干这行的，当然这么讲了，”卡德鲁斯一副辛酸的样子重复道，“可是，您这话讲归讲，信不信就由别人了。”

“您这么说可就错了，先生，”神甫说道，“也许等一下您就会明白，我本身就证明我的话。”

“您这话的意思？”卡德鲁斯惊奇地问道。

“我的意思是首先必须确认，您就是我要找的人。”

“您要我怎么证明呢？”

“在一八一四年，或者一八一五年那时候，您认识一个叫唐代斯的海员吗？”

“唐代斯！……问我认识不认识，那可怜的埃德蒙！我想当然认识啦！可以说他是我最要好的一个朋友！”卡德鲁斯提高嗓门，脸颊也涨红了。这时，神甫沉静明亮的眼睛仿佛张大要整个儿看透他所盘问的人。

“对，我想他确实叫埃德蒙。”

“那小伙子，是不是叫埃德蒙？那还有错！就跟我叫加斯帕尔·卡德鲁斯一样，千真万确。那可怜的埃德蒙，他究竟怎么啦，先生？”店主继续说，“您大概认识他吧？他还活着吗？他自由了吗？他生活幸福吗？”

“他死在狱中，那悲惨的命运，还不如拖铁链在土伦苦役场干活的苦役犯。”

卡德鲁斯刚才脸颊涨红，现在又变得死一样惨白，他扭过头去；神甫看见他拉着包头的红手帕一角，擦掉一滴眼泪。

“可怜的小伙子！”卡德鲁斯咕哝道，“喏，神甫先生，我怎么对您说的，仁慈的上帝只对坏人仁慈，这又是一个明证。哼！”他使用富有南方色彩的语言，继续说道，“这世道越来越可恶，干脆，让老天打两天劈雷，下一小时天火，就全干净利索啦！”

“您好像从心里喜爱那个小伙子，先生。”神甫问道。

“对，我是很喜欢他，”卡德鲁斯答道，“只有一件事挺后悔的，当时我有点嫉妒他交上好运。但是后来，我以卡德鲁斯的信义向您发誓，我非常同情他那不幸的命运。”

两人沉默片刻，但神甫的目光始终盯着店主，捉摸他那张表情不断变化的面孔。

“您认识那个可怜的小伙子吗？”卡德鲁斯接着问道。

“我是被叫去给他做临终圣事的。”神甫回答。

“他是怎么死的？”卡德鲁斯声音哽咽地又问道。

“一个三十岁的人死在狱中，不是给囚禁死的，又会是什么缘故呢？”

卡德鲁斯抹了一把额头上的汗水。

“这起案子奇就奇在，”神甫又说，“唐代斯吻了基督的脚，直到死还指着基督向我发誓，他根本不知道自己被关押的真正原因。”

“不错，不错，”卡德鲁斯咕哝道，“他不可能知道；神甫先生，可怜的小伙子并没有说谎。”

“他始终不明白为什么遭到不幸，就委托我替他查清，如果他的名誉受到玷污，就给他恢复名誉。”

神甫的目光越来越凝注，死死盯着卡德鲁斯脸上呈现的近乎黯然的神色。

“唐代斯有个难友，”神甫继续说，“是个英国富翁，在王朝第二次复辟时期出狱；他有一颗很值钱的钻石，出狱时送给唐代斯，表示感激之情，因为他在生病期间曾得到唐代斯的照顾。唐代斯没有用这颗钻石去贿赂狱卒，而是珍藏起来，留待出狱后卖掉，就能发一笔财。再说，贿赂也没用，狱卒拿了钻石，还会把他出卖的。”

“照您这么说，这颗钻石非常值钱啦？”卡德鲁斯又问道，同时眼里闪现火热的光芒。

“任何事情都是相对的，”神甫回答，“对唐代斯来说很值钱，估价五万法郎吧。”

“五万法郎！”卡德鲁斯惊叹，“那就有胡桃一般大小啦？”

“倒是没有那么大，”神甫又说，“我随身带着，您自己判断一下吧。”

神甫从衣兜里掏出一个黑皮小盒，打开盒盖露出宝物：镶在一只作工精湛的戒指上的钻石光彩夺目，立时晃花了卡德鲁斯的眼睛。

“这价值五万法郎吗？”

“还不算戒指呢，这戒指也挺值钱的。”神甫答道。

神甫盖上小盒，又收回衣兜里，但是这颗钻石仍在卡德鲁斯的思想深处闪闪发亮。

“不过请问，神甫先生，这颗钻石怎么又到了您的手中呢？”卡德鲁斯问道，“难道埃德蒙指定您为继承人了吗？”

“不是，但指定我为他的遗嘱执行人。他对我说：‘我有未婚妻和三位好友，我确信，他们四人都会悼念我的，其中一位好友叫卡德鲁斯。’”

卡德鲁斯浑身一抖。

“‘另一位，’”神甫接着说，装作没有觉察卡德鲁斯的激动，“‘另一位叫丹格拉尔，第三位虽是我的情敌，但同样喜爱我。’”

卡德鲁斯脸上泛起险恶的微笑，举手要打断神甫的话。

“等一下，听我把话说完，”神甫说道，“您有什么想法，等一会儿再跟我说吧。唐代斯说：‘第三位虽是我的情敌，但同样喜爱我，他叫菲尔南；我的未婚妻的姓名叫……’叫什么来着，我想不起来了。”神甫补充道。

卡德鲁斯脸上泛起了险恶的微笑。

“梅色苔丝。”卡德鲁斯提醒一句。

“哦！对，”神甫抑制一声叹息，又说道，“正是叫梅色苔丝。”

“他还说什么？”卡德鲁斯又问道。

“给我拿一瓶水来。”神甫说道。

卡德鲁斯遵命，急忙去拿水瓶。

神甫倒了一杯水，喝了几口。

“说到哪儿啦？”他把杯子放到桌上，问道。

“他的未婚妻叫梅色苔丝。”

“对,一点不错。‘您要去马赛一趟……’这还是唐代斯讲的话,明白吗?”

“听明白了。”

“‘您卖掉这颗钻石,卖的钱分作五份儿,给这些好友每人一份儿,他们是这世上唯一爱过我的人!’”

“怎么分成五份儿,”卡德鲁斯问道,“您只向我提了四个人。”

“因为我听说,那第五个人已经去世了……那就是唐代斯的父亲。”

“唉!是啊,”卡德鲁斯百感交集,心绪纷乱,不禁叹道,“唉!是啊,可怜的老人,他已经去世了。”

“这事我是在马赛听说的,”神甫极力装出无动于衷的样子,继续说道,“但是他去世多年了,我没有打听到具体情况……老人临终的情景,您知道吗?”

“唔!有谁比我更清楚呢?……”卡德鲁斯答道,“那时我跟老人门对门……唉!上帝呀!不错:儿子失踪还不到一年,可怜的老人就死啦!”

“他究竟得什么病死的?”

“大夫说他的病是……我想是胃肠炎吧;认识他的人认为他是伤心死的……我呢,几乎是看着他咽气的,我要说他的死因……”

卡德鲁斯住了口。

“是怎么死的?”教士不安地问道。

“哼,是饿死的!”

“饿死的?”神甫从凳子上跳起来,高声说,“饿死的!连最下贱的畜生也不会饿死!连在街头游荡的野狗,也会遇到扔给它一块面包的怜悯的手;然而一个人,一个基督徒,在其他自称是基督徒的人中间,居然会饿死!不可能!噢!这不可能!”

“我可不是瞎说。”卡德鲁斯又说道。

“你就不该说,”楼梯口传来一个声音,”瞎掺和,有你什么事?”

两个人扭过头去，透过栏杆看见卡尔孔特女人的那副病容。不知什么时候她挣扎着出来，坐到楼梯顶端台阶上，脑袋偎着双膝听他们谈话。

“你瞎掺和什么呀，老婆子？”卡德鲁斯反驳道，“这位先生打听情况，我就告诉他，总不能失礼嘛。”

“是啊，你要留个心眼儿，就不会告诉他。你知道人家安的是什么心，傻瓜？”

“是好心，太太，我向您保证，”神甫答道，“只要是老实回答，您丈夫什么也不用怕。”

“什么也不用怕，是啊！开头许这个许那个，什么好听说什么；接着，就只让人什么也不用怕；接着，拍拍屁股走人，说的话全不算数；接着，说不上哪天，小老百姓就倒霉了，还不明白是怎么惹的祸。”

“善良的女人，您就放心吧，我敢担保，我这方面绝不会害你们。”

卡尔孔特女人含混不清地咕哝两声，一时抬起来的头重又伏到双膝上，继续因热病而发抖，由着丈夫跟人家谈下去，但她坐在那儿倾听，一句也不会漏掉。

这工夫，神甫喝了几口水，情绪已经平静下来了。

“这么说，”他接着说道，“不幸的老人就那么饿死，没有一个人管吗？”

“哎！先生，”卡德鲁斯答道，“不能说谁也不管，还有卡塔朗姑娘梅色苔丝和莫雷尔先生呢，不过，可怜的老人特别厌恶菲尔南，”卡德鲁斯讥讽地笑了笑，补充一句，“就是唐代斯对您说是他朋友的那位。”

“难道不是吗？”神甫问道。

“加斯帕尔！加斯帕尔！”那女人在楼梯上面咕哝道，“当心你要说的话。”

卡德鲁斯的话被老婆打断，他不屑反驳，只是不耐烦地挥了挥手。

“一个人打人家老婆的主意，还能算作朋友吗？”他回答神甫的话，“唐代斯有一颗金子似的好心，把所有这些人都当成朋友……可怜的埃德蒙！……不过，幸好他一直蒙在鼓里，要不然，他临死的时候就很难宽恕他们……不管怎么说，”卡德鲁斯补充一句，他的话不乏生硬的诗意，“我总觉得活人的仇恨可怕，死人的诅咒更可怕。”

“傻瓜！”卡尔孔特女人说道。

“您了解菲尔南是怎么害唐代斯的吧。”神甫说。

“问我是不是了解，那还用说！”

“那就谈谈吧。”

“加斯帕尔，你是一家之主，愿意怎么干就怎么干；不过，你若是听我的，就什么也别说。”

“这回么，老婆子，我相信你说得对。”卡德鲁斯说道。

“看来，您什么也不愿意讲啦？”神甫追问一句。

“何苦呢！”卡德鲁斯回答，“那小伙子要是还活着，来找我了解到底谁是朋友，谁是仇人，我当然会告诉他；然而听您说，他已经入土了，再也不能怀着仇恨去报仇了。那么，这事情就永远不要再提了。”

“您既然认为那是些虚伪的假朋友，还要我把该奖赏忠诚的礼物给他们吗？”神甫说道。

“不错，您这话也对，”卡德鲁斯又说，“况且，可怜的埃德蒙的这点遗产，现在对他们还算个什么呢？不过是沧海一粟！”

“也不想一想，那些人一抬手，就能把你拍扁了。”他老婆又插了一句。

“怎么回事儿？那些人变得有钱有势啦？”

“哦，您还不了解他们的情况？”

“不了解，讲给我听听。”

卡德鲁斯仿佛寻思了一下，说道：

“唉，算啦，真的，提起来话可就长了。”

“我的朋友，不说就不说，随您的便，”神甫说道，口气显得根本无所谓，“您有顾虑，我不勉强，再说，您这样确实表明您这个人心地善良。其实，我有什么责任呢？不过是履行一下手续。我就去把这颗钻石卖掉。”

他说着，从兜里掏出首饰盒打开，让钻石晃花卡德鲁斯的眼睛。

“过来看看呀,老婆子!”卡德鲁斯喊道,声音都沙哑了。

“一颗钻石!”卡尔孔特女人说着站起身,步子相当稳地走下楼。“这颗钻石是怎么回事儿?”

“刚才你没听见吗,老婆子?”卡德鲁斯解释说,“这是可怜的埃德蒙给我们留下的钻石:首先给他父亲,还给他三个朋友,菲尔南、丹格拉尔和我,以及他的未婚妻梅色苔丝。这钻石值五万法郎。”

“唔!真是宝物啊!”他老婆惊叹道。

“这颗钻石卖的钱分五份儿,有我们一份儿吧?”卡德鲁斯问道。

“对,先生,”神甫回答,“还有老唐代斯那一份儿,我想我可以作主分给你们四个人。”

“干吗分给我们四个人?”卡尔孔特女人问道。

“因为你们是埃德蒙的四个朋友。”

“背叛友谊的人不能算作朋友!”这女人也低声埋怨道。

“对,对,”卡德鲁斯接过话头,“刚才我就是这么说的:背信弃义的行为,也许是犯罪的行为,还要给予奖赏,那简直是亵渎神灵,违背天理。”

“是您要这样的呀,”神甫平静地说道,他又把钻石揣进教袍口袋里,“现在,把埃德蒙朋友的地址告诉我吧,我好执行他临终的嘱托。”

卡德鲁斯额头淌下豆大的汗珠,他看见神甫起身走到门口,似乎要瞧瞧马的情况。

卡德鲁斯夫妇以难以形容的表情面面相觑。

“这颗钻石可能整个儿归咱们。”卡德鲁斯说道。

“你这么认为?”他老婆反问道。

“一位教士绝不会骗咱们。”

“那你就看着办吧,”他老婆说道,“反正,这事儿我不掺和。”

她又哆哆嗦嗦地上楼去,天气这么热牙齿还直打战。

到了顶上一级,她停了一下,又说了一句:

“好好想想吧,加斯帕尔!”

“我打定主意了。”卡德鲁斯回答。

卡尔孔特女人叹了口气，回到房间；只听楼上地板咯咯作响，显然她走到椅子前，重重地仰身坐下。

“您打定什么主意啦？”神甫问道。

“把情况全告诉您。”他答道。

“老实说，我认为最好这么办，”神甫又说道，“我倒不是非要您告诉我不可；但是，您若是能提供情况，帮助我按照嘱托人的意愿分配遗产，那当然更好了。”

“但愿如此。”卡德鲁斯答道，由于希望和贪心，他的面颊涨得火红。

“请讲吧。”神甫说道。

“等一等，”卡德鲁斯又提出，“别讲到节骨眼儿上，有人来打扰，那多讨厌；再说，也没有必要让人知道您来过这儿。”

说着，他走过去关上店门，还多加一份儿小心，像防夜那样插上门闩。

这工夫，神甫选好听起来舒服的位置，坐到屋角的暗地里，好让对方的面正冲着光亮。他坐在那里垂下头，合拢手掌，准确地说双手绞在一起，摆出一副洗耳恭听的架势。

卡德鲁斯搬了凳子凑上来，坐到他的对面。

“别忘了，我可没逼你干什么！”又传来卡尔孔特女人颤巍巍的声音，就好像她隔着地板看见了楼下的场面。

“好啦，好啦，”卡德鲁斯说，“别再说了，有什么事儿我全兜着。”

于是，他开始讲述。

第二十七章　叙述

“先生，我要先求您答应我一件事。”卡德鲁斯说道。

“什么事？”神甫问道。

“是这样，您一旦引用我向您提供的情况，千万不要让人知道是我讲的，因为，我要对您说的那些人有钱有势，他们即使动我一小手指头，也会让我像玻璃一样破碎。”

“我的朋友，您就放心吧，”神甫说道，“我是教士，别人的忏悔只能埋在我的心中。不要忘记，我们唯一的目的，就是圆满地完成我们朋友的遗愿。讲吧，既不要姑息，也不要泄恨，只讲真话，讲出全部真相。您要对我说的那些人，我不认识，也许永远也不会认识。何况，我是意大利人，而不是法国人；我从属于上帝，并不从属于人类；此行只为完成一个垂危的人的遗愿，事成之后，我还要返回我的修道院。”

听了这一明确的保证，卡德鲁斯似乎放了点儿心。

“好，”卡德鲁斯说道，“既然如此，我就情愿，也可以说，我就应该向您道破，可怜的埃德蒙以为是真挚忠诚的那些友谊，究竟是什么货色。”

“请您先从他父亲谈起吧，”神甫说道，“埃德蒙深深地爱着他父亲，向我谈过不少那老人的情况。”

“说来真惨，先生，”卡德鲁斯连连摇头，说道，“先头的情况，您大概知道了。”

“对，”神甫答道，“埃德蒙全对我讲了，直到他在马赛附近一家酒馆被捕为止。”

“在雷泽夫酒馆！上帝呀，真的！那情景好像还在我的跟前。”

“那不正是他的结婚喜宴吗？”

“对，那次宴席开头非常欢乐，收场却很凄惨：一位警官带着四个兵闯进来，当场把埃德蒙抓走。”

“我所了解的情况到此为止，先生，”教士说道，“唐代斯也只清楚他本人的情况，因为从那以后，他再也没有见到，也没有听说我向您提起的五个人。”

“嗯，埃德蒙被捕之后，莫雷尔先生赶紧去打听，但得到的全是坏消息。老唐代斯一个人回到家里，边哭边叠起参加婚宴的服装，一整天他都在屋里走来走去，晚上也根本不睡觉，我就住在他楼下，听见他走了一个通宵。不瞒您说，我本人也没有睡觉，知道可怜的老爹那么痛苦，我心里非常难受。他的脚真像踏在我的胸膛，每一步都踏碎我的心。

“第二天，梅色苔丝进城来恳求德·维尔福先生庇护，但是毫无结果；于是，她又顺道去看老人。老人一夜没上床休息，也一直没吃东西，心情那么悲痛，身体又那么虚弱，梅色苔丝见了不忍心，要带他走，好照顾他，可是怎么劝老人也不肯。

“‘不行，’老人说，‘我绝不离开这屋子，我那可怜的孩子最爱我了，他一出狱，准会先跑回来看我。他回家见不到我，会怎么想呢？’

“我是在楼道里听见这些话的，我在那听听，是打心里希望他能听劝，跟梅色苔丝一起走。他在我头顶天天走来走去，脚步声一刻也不让我休息。”

“您就没有上楼去，安慰安慰老人吗？”教士问道。

“哎！先生！”卡德鲁斯答道，“他哪听人劝啊，只有想得到安慰的人，才会听人劝解。再说，不知道为什么，我觉得他有点儿讨厌见我。不过，有一天夜里，我听见他哭泣，实在忍不住，就上楼去看看，走到他门口一听，他又不哭了，正在里面祈祷。亏他想得出那么动人的话，那么感人的哀告，先生，我都不能向您学一遍，那简直比虔诚还虔诚，比痛苦还痛苦。

我不是伪君子，也不喜欢虚伪的人，那天我心里想：幸好我独身一人，仁慈的上帝没有给我儿女，反过来说，我若是做了父亲，并经受可怜的老人这样的痛苦，想对仁慈的上帝做他那样的祷告，可是从我的记忆和心中又找不到，那我只能去投海，以便尽早结束这种煎熬。”

“可怜的父亲！”教士喃喃说道。

“他一个人生活，越来越孤独；莫雷尔先生和梅色苔丝倒是常来看他，然而他总紧闭着房门，虽说肯定他在屋里，但是怎么敲门他也不答应。不过有一天，他一反往常，放梅色苔丝进去了；可怜的姑娘自己都痛不欲生，还竭力安慰老人。

“老人对姑娘说：‘我的孩子，相信我这话，他已经死了；现在，不是我们等待他，而是他等待我们；我很幸运，年纪最老，因此能够最先见到他。’

“一个人心肠再好，也有个限度，不用多久，就不去看尽讲伤心话的人了；到头来，老唐代斯落个孤零零一人；有时倒是看见有人上去找他，但全是陌生人，他们下楼总夹个没有遮严的包裹。我这才明白，他一点点卖掉家里的东西，好糊口度日。最后东西变卖光了，还欠三个季度的房租，房东威胁要把他赶出。他恳求再宽限一周，房东答应了。房东随后就到我家来，因此这情况我全了解。”

“头三天，我还听见他像往常一样，在屋里走动，到第四天头上就没动静了，我也不管那许多了，上楼去瞧瞧。房门关得紧紧的，我对着锁孔往里看，只见他的脸没有一点血色，没有一点精神，肯定是病了。于是，我去告诉莫雷尔先生，又跑去找梅色苔丝。他们二人都急忙赶来。莫雷尔先生还请来一位大夫。大夫诊断是胃肠炎，并开了节食的方子。当时我在场，先生，我永远也不会忘记，老人听了这个处方所露出的微笑。

“从那以后，他就敞开了房门：既然大夫开了节食的药方，他就有了借口不再吃东西了。”

神甫叹口气，仿佛呻吟一声。

“老人的这段遭遇，您感兴趣吧，先生？”卡德鲁斯问道。

"我的孩子，相信我这话，他已经死了；现在，不是我们等待他，而是他等待我们。"

"是啊，非常感人。"神甫答道。

"梅色苔丝又来探望，觉得老人都脱相了，还像头一次那样，要把老人运到她家里。莫雷尔先生也是这个主意，而且要强行运走。然而，老人拼命呼叫，把他们吓坏了。梅色苔丝只好守在床头。莫雷尔先生走的时候向卡塔朗姑娘示意，他在壁炉上留下了钱袋。可是，老人总拿大夫的处方作挡箭牌，什么东西也不肯吃。老人又绝食又绝望，到了第九天头上，终于咽气了，临死还咒那些害苦了他的人，并对梅色苔丝说：

“‘日后你要是再见到我的埃德蒙，就告诉他，临死我还为他祝福。’”

神甫站起来，一只颤抖的手捂住焦渴的喉咙，在屋里走了两圈。

“他就这么死了，您认为他是……”

“饿死的……先生……是饿死的，”卡德鲁斯回答，“我敢肯定，就跟我们俩都是基督徒一样确实。”

神甫一只手抽搐着抓起杯子，一口喝掉剩下的半杯水，只见他两眼发红，面颊惨白，重又坐下。

“要承认，这是巨大的不幸！”他声音沙哑地说道。

“太不幸了，先生，因为这不是天意，而是人为造成的。”

“那就谈谈人吧，”神甫说道，“不过，要记住，”他神情近乎威胁，继续说，“您保证全部告诉我：喂，害得这父子一个绝望而死，一个饿死，这么干的究竟是谁？”

“两个嫉妒他的人，先生，就是菲尔南和丹格拉尔：一个由于爱情，一个出于野心。”

“那么，他们的嫉妒是怎么表现出来的呢？”

“他们告密，说埃德蒙是波拿巴党徒。”

“两个人中哪个告的密，哪个真正有罪？”

“两个人彼此彼此，先生，一个人写告密信，一个人投寄。”

“信是在哪儿写的？”

“就在雷泽夫酒馆，那是喜宴的前一天。”

“果然，果然，”神甫喃喃自语，“法里亚啊！法里亚！你对人和事太了解啦！”

“您说什么，先生？”卡德鲁斯问道。

“没什么，”教士回答。“说下去吧。”

“告密信，是丹格拉尔用左手写的，免得被认出笔迹，是菲尔南投寄的。”

“可是您哪，您也在场！”神甫突然喊道。

“我！”卡德鲁斯深感意外，问道，“是谁对您说我也在场？”

“日后你要是再见到我的埃德蒙，就告诉他，临死时我还为他祝福。”

神甫发觉自己说走了嘴，便解释道：

“没人告诉我，但事情明摆着：您知道得这么详细，必然是亲眼目睹。”

“不错，”卡德鲁斯声音哽咽地说，“我是在场。”

“您在场，却没有反对这种可耻的行为？”神甫说道，“那您就是他们的同谋。”

“先生，”卡德鲁斯说，“他们两个人合伙灌我，把我灌得烂醉；我神志不清，看什么都模模糊糊。在那种状态中能说的话，我全讲了，可是他们两个却骗我说是开玩笑，玩笑开过就完了。”

“第二天呢，先生，第二天，您清楚地看到了那种恶果，却什么也没有说。唐代斯被捕的时候您在场啊！”

“对，先生，我在场，本来我想说话，想全讲出来，但是让丹格拉尔拦住了。他对我说：‘万一他有罪呢，万一他真的在厄尔巴岛停过船，真的奉命把一封信交给巴黎的波拿巴党呢，万一在他身上搜出那封信，那么替他说话的人就被看成他的同谋。’

“老实说，我很害怕当时实行的政治，因此不敢讲话；我承认这是懦弱的行为，但不能说这是犯罪。”

“我明白，您不过是袖手旁观。”

“对，先生，”卡德鲁斯答道，“但我日夜都感到良心不安，经常祈求上帝宽恕。我向您发誓确实如此，这是我平生唯一真正痛悔的事情，恐怕就是这件亏心事接连给我带来厄运。自私的一念之差，我要终生赎罪，因此每当老婆抱怨的时候，我总这样对她说：‘住口，老婆子，这是上帝的意愿。’”

卡德鲁斯垂下头，完全是一副真心痛悔的表情。

“好，先生，”神甫说道，“您讲得很坦率；这样谴责自己，是值得宽恕的。”

“可惜埃德蒙死了，他并没有宽恕我。”卡德鲁斯叹道。

“他并不知道……”神甫又说。

“可是，也许他现在知道了，”卡德鲁斯接着说，“据说死人什么事情都知道。”

二人沉默片刻。神甫站起来，若有所思地走了几步，又回到原位坐下。

“有一位莫雷尔先生，您向我提过两三回，”神甫问道，“他是什么人？”

“他是法老号的船主，唐代斯的老板。”

"他在这悲惨的事件中扮演了什么角色?"神甫又问道。

"他是个好人,先生,很有勇气,又很热心。他多次为埃德蒙的案子奔走,在皇帝复位的时候,他还写信陈述,请求重新审理,还讲了威胁的话,结果到了王朝第二次复辟时期,他被看成波拿巴余党,遭受迫害。我也对您讲过,他多次来看唐代斯老爹,要把老人接走,我还对您讲过,就在老人去世的前一两天,他还在壁炉上留下一袋钱。这笔钱用来给老人还清债务,付安葬费;这样,老人生前死后,都不亏欠任何人的。那个红丝绸大钱袋,现在还保存在我这儿。"

"莫雷尔先生还在世吗?"神甫问道。

"还在世。"卡德鲁斯答道。

"既然在世,"神甫又说,"那他准得到上天的保佑,他一定很富有……生活得很幸福吧?……"

卡德鲁斯苦笑一下,答道:

"是啊,跟我一样幸福。"

"怎么,莫雷尔先生会不幸福?"神甫提高声音。

"现在他家道艰难,先生,而且快要名誉扫地了。"

"怎么会这样?"

"是哟,"卡德鲁斯又说道,"就是这样。莫雷尔先生经营了二十五年,在马赛商界赢得极高的声望;不料他却彻底破产了。两年间,他损失了五艘商船,又吃了三家破产商号的大笔倒账,现在只剩下唯一的希望:盼着可怜的唐代斯指挥过的法老号返航。那只船去印度贩运桃红和靛青染料,如果像其他几条船那样失事,他就彻底破产了。"

"那不幸的人有妻子儿女吗?"神甫问道。

"他有一位太太,在家庭屡遭不幸时,行为像个圣徒;他有一个女儿,即将嫁她爱的青年,而男方家庭却不肯要一个破产的人的女儿;他还有一个儿子,在军队里当中尉;可是您完全明白,有了妻子儿女,他的痛苦不但不能减轻,反而更加剧了。他若是孤身一人,就一枪了断自己,万事皆休了。"

"真可怕!"教士轻声叹道。

"老天就这样奖赏有德之人,先生,"卡德鲁斯又说道,"就拿我来说吧,除了我刚才对您讲的那件,我从来没有做过坏事,可是我却这样受穷,眼睁睁看着热病慢慢夺去我这可怜女人的生命,还要像唐代斯老爹那样饿死,而菲尔南和丹格拉尔却躺在金子堆里打滚。"

"怎么会这样?"

"还不是他们处处走好运,而好人事事倒霉嘛。"

"丹格拉尔怎么样啦?他就是策划者,主犯吧?"

"他怎么样啦?他离开了马赛;莫雷尔不知道他犯下的罪恶,还推荐他进入一家西班牙银行当职员;在西班牙战争期间,他负责向法国军队提供一部分军火,因而发了财。他拿这头一笔钱去倒卖公债,结果本金增加了三四倍。他先娶了他那银行家的女儿,太太死后又续弦,娶了一位寡妇,德·纳戈讷夫人,就是深得国王宠幸的御前大臣塞维厄先生的遗孀。丹格拉尔成了百万富翁,又得了男爵的封号。因此,现在他是丹格拉尔男爵了。他在白山街有公馆,马厩里养十四马,前厅里有六名仆人,不知道钱柜里有几百万。"

"哦!那么他幸福吗?"神甫怪声怪调地问道。

"哼!幸福,谁说得准?幸福不幸福,是四堵墙壁里的秘密,虽说墙壁有耳,却没有舌头。如果说腰缠万贯就能幸福,那么丹格拉尔就算幸福的人了。"

"菲尔南呢?"

"菲尔南嘛,那情况完全不同。"

"他是卡塔朗的普通渔夫,既没有钱,又没有受过教育,怎么能够发迹呢?不瞒您说,我觉得不可思议。"

"人人都觉得不可思议,他的经历准有什么奥秘,别人不知道。"

"那么从表面上看,他是怎么平步青云,发了大财或者当了大官的呢?"

"官运财运全有,先生,全占啦!他发了财又当了官。"

"您这是给我讲神话故事。"

"说起来还真像神话,您一听就明白了。"

"在皇帝回来的前几天,菲尔南本该应征入伍,但是当局仍旧让他安安静静地待在卡塔朗村;后来拿破仑返回,发布特别征兵令,菲尔南被迫当兵走了。我也随军开拔,但由于我比菲尔南年龄大,又刚刚娶了我这可怜的老婆,我仅仅被派去守卫沿海一带。

"菲尔南则编入作战部队,跟随他那步兵团上了前线,参加了利尼[1]战役。

"战役的当天夜晚,他给一位将军站岗。那位将军早就通敌,要趁黑夜投奔英国营垒,并劝菲尔南随同前往。菲尔南同意了,他丢下岗位跟将军走了。

"如果拿破仑还在位,菲尔南这种通敌行为,准要受军事法庭的审判,但是在波旁王朝复辟之后,倒成为他晋升的本钱。那位将军成为朝廷的红人,并没有抛弃菲尔南。他得到将军的庇护,一八二三年晋升为上尉,那年正好爆发西班牙战争,丹格拉尔也刚开始搞投机生意。菲尔南是西班牙人,奉命去马德里调查他同胞的情绪,在那儿遇见了丹格拉尔,并勾结起来,他向将军保证能得到京城内外保王党的支持,争取到将军的许诺,自己也作出种种保证,最后率领他那团人马,从只有他熟悉的道路通过保王军把守的山口,在短短的战斗中立了大功,结果在攻克特罗卡德罗之后,他就升为上校,封为伯爵,还得了荣誉团勋章。"

"命运啊! 命运!"神甫轻声叹道。

"对呀,您听着,还有呢。西班牙战争之后,欧洲长期保持和平局面,菲尔南也就没有升职的机会了。那时,只有希腊起来反抗土耳其,开始独立战争。公众的目光都转向雅典,一时间都同情和支持希腊人。您也知道,法国政府没有公开袒护希腊人,但允许部分人前去助战。菲尔南提出申请,并获准去为希腊效力,目标始终瞄准控制军队。

---

① 利尼,比利时乡镇名,1815 年 6 月 16 日,拿破仑在此被普鲁士军队打败。

“不久就听说，德·莫尔塞夫伯爵一直就是他的名号，到阿里帕夏的麾下，获少将军衔。

“您知道，阿里帕夏后来被杀害，不过他死之前，还是留给菲尔南一笔巨款，以报答他的效力。菲尔南携款返回法国，中将军衔也得到承认。”

“因此，到了今天呢？……”神甫问道。

“到了今天，”卡德鲁斯接着说，“他有一座豪华府第，在巴黎埃尔德街二十七号。”

神甫张开嘴，仿佛迟疑，停了片刻，他才鼓起勇气问道：

“那么梅色苔丝呢？有人对我说她失踪了。”

“失踪了，”卡德鲁斯答道，“对，就像太阳那样，消失了，第二天又升起来，而且更加明亮。”

“怎么，她也发家了吗?”神甫问道，同时嘲讽地微微一笑。

“目前，梅色苔丝是巴黎最著名的一位贵妇。”卡德鲁斯说。

“说下去，”神甫吩咐道，“我好像在听人说梦。不过，千奇百怪的事情，我见过不少，因此听您讲的这些，就不怎么感到惊奇了。”

“梅色苔丝一下子失去埃德蒙，先是悲痛欲绝。我对您讲过，她怎么去哀求德·维尔福先生，又怎么尽心照看埃德蒙的父亲。她在绝望中，又遭到新的痛苦的打击：菲尔南也离开了。她把菲尔南当成哥哥，并不知道他所犯的罪过。

“菲尔南走了，只剩下梅色苔丝孤身一人。

“整整三个月，梅色苔丝在泪水当中度日：没有埃德蒙的音信，也没有菲尔南的消息，眼前只有悲痛得要死去的老人。

“她终日站在从马赛通过卡塔朗村的路口，往两边张望，这已经成为她的习惯，有一天，守望到傍晚，两边路上既不见她爱人，也不见她朋友归来，两个人都杳无音信，她只好回屋，情绪比以往更加低落。

“突然，她仿佛听见熟悉的脚步声，立刻焦急地回头望去，只见房门打开，菲尔南穿着少尉军服走进来。

“回来的不是流泪盼望的半个生命，但总归是她过去生活的一部分。

“梅色苔丝激动地抓住菲尔南的双手。菲尔南把这种激动当作了爱情的流露。而其实，梅色苔丝那么欢喜，只是因为不再孤独了，只是因为孤苦零丁熬了这么久，终于又见到了一个朋友。还应当说，她从来没有厌恶过菲尔南，只是不爱他罢了；另外一个人整个儿占据她的心，可是那人又不在……不知去向……或许已经死了。一想到人已死了，她不禁失声痛哭，手臂直痉挛。这个念头，从前也有人往她耳朵里灌，但她总是极力排除，而这回它却自发地在她头脑里重现；况且，老唐代斯也总是对她说：‘我们的埃德蒙已经死了，要不，他就会回到我们身边了。’

“我已经对您说过，老人去世了：如果他还活着，也许梅色苔丝绝不会嫁给另外一个人，因为老人会责备她负情。菲尔南深深懂得这一点，他头一次回来，就一句也没向梅色苔丝提起他的爱，第二次回来当了少尉，就提醒说他爱梅色苔丝了。

“梅色苔丝还要等待，哭一哭埃德蒙，求菲尔南再宽限六个月。”

“真的，”神甫苦笑一下，说道，“算下来总共等了十八个月。即使最受宠爱的情人，还能有什么奢求呢？”

接着，他又低吟英国诗人的诗句：“脆弱啊，你的名字就是女人！[①]”

“过了六个月，”卡德鲁斯接着说，“婚礼在阿古尔教堂举行。”

“正是她要和埃德蒙结婚的那个教堂，”神甫喃喃说道，“只是新郎换了。”

“梅色苔丝结婚了，”卡德鲁斯接着叙述，“不过，尽管在所有人看来，她显得很平静，但是经过雷泽夫酒馆时，她还是晕过去了；十八个月前，就是在那家酒馆举行婚宴，而她若是敢于正视自己的内心，就会看到她仍然爱着那个人。

“菲尔南就快活多了，但是并不怎么安心；那阵子我能见到他，觉得

---

① 这句诗原文为英文，引自莎士比亚的诗剧《哈姆雷特》。

“过了六个月,婚礼在阿古尔教堂举行。”

他时时担心埃德蒙会突然回来。因此,他很快就张罗搬家,要带他妻子远走高飞:继续住在卡塔朗村不仅太危险,还处处引起回忆。

“结婚一周之后,他们就迁走了。”

“后来您又见过梅色苔丝吗?”教士问道。

“见过,那是西班牙战争期间,菲尔南走了,她独自留在佩尔皮昂教育儿子。”

神甫浑身一悸，问道：

“她儿子？”

“对，”卡德鲁斯答道，“就是小阿尔贝。”

“可是，”神甫又问，“她本人受过教育吗，想教育自己的儿子？我好像听埃德蒙说过，她是普通渔民的女儿，长得很美，但是没有文化。”

“唉！”卡德鲁斯叹道，“他这么不了解自己的未婚妻！假如凤冠只能戴到最美最聪颖的女子头上，先生，那么梅色苔丝准能当上王后。她越来越富有，本身也随着财富成长起来；她学习绘画、音乐，样样都学；而且，咱们私下讲，我认为她这样做，只是为了消遣，要忘掉过去，多多往头脑里装东西，好减轻心上的压力。不过，恐怕现在大局已定，”卡德鲁斯又说道，“有了荣华富贵，大概她也就得到了安慰。她非常富有，成了伯爵夫人，然而……”

卡德鲁斯突然住口。

“然而怎么的？”神甫问道。

“然而，我肯定她并不幸福……”

“何以见得？”

“就说那回吧，我走投无路，实在混不下去了，心想求告老朋友也许会周济我，就去找丹格拉尔，吃了闭门羹，又去找菲尔南，他派跟班给我送出一百法郎。”

“这么说，他们俩，您一个也没见到？”

“没有，不过，德·莫尔塞夫夫人倒看见我了。”

“怎么见到的？”

“我往外走的时候，忽见一个钱袋落到脚下，里边装有二十五枚金路易；我急忙抬头，看见梅色苔丝，她赶紧关上了百叶窗。”

“那么，德·维尔福先生呢？”神甫又问道。

“哎！他不是我的朋友，我也不认识他，绝不会求到他的头上。”

“可是，他现在怎么样，在陷害埃德蒙方面有多大责任，您一点也不知道吗？”

“不清楚。我只知道他抓了埃德蒙之后不久，就娶了德·圣-梅朗小姐，而且很快离开了马赛。不用说，他跟那几个人一样走运；不用说，他像丹格拉尔一样富有，像菲尔南一样受人敬重；独有我，您瞧见了，独有我始终受穷、受苦，被上帝遗忘了。”

“您说错了，朋友，可能有时候，上帝仿佛忽略了，没有行使他的审判权，然而到了一定时候，他总要想起来，喏，这就是证明。”

神甫说着，从衣兜里掏出钻石，递给卡德鲁斯，对他说道：

“给您，拿着吧，这颗钻石是您的了。”

“怎么，给我一个人啦？”卡德鲁斯高声说道，“哎！先生，您不是开玩笑吧？”

“这颗钻石原想分给他几个朋友，然而，埃德蒙只有一个朋友，就不必分了。拿着这颗钻石吧，卖掉它；我再说一遍，它值五万法郎，但愿这笔钱够您摆脱穷困了。”

“啊！先生，”卡德鲁斯说着，胆怯地伸出一只手，而另一只手则擦拭额头的汗珠，“啊！先生，一个人欢乐和绝望，可不是闹着玩的呀！”

“我懂得什么叫欢乐，什么叫绝望，绝不会耍弄这类感情。拿着吧，不过，作为交换……”

卡德鲁斯本来已经摸到钻石，一听这话，又把手抽回去。

神甫微微一笑，继续说道：

“作为交换，您要把红丝绸钱袋给我，就是莫雷尔先生放在老唐代斯家壁炉台上的那个，您对我说过还在您手里。”

卡德鲁斯越来越诧异，他走到橡木大衣柜前，打开门，掏出钱袋递给神甫。这是一个长长的钱袋，红色丝绸已经褪色，边上镶着两个铜环，显然镀过金。

神甫一手接过钱袋，一手把钻石给了卡德鲁斯。

“唔！先生，您真是上帝派来的人！”卡德鲁斯高声说，“其实，没人知道埃德蒙把这颗钻石交给您，您要留下很容易。”

“哼，看样子，你就干得出来。”神甫心中暗道。

他站起身，拿了帽子和手套，又问了一句：

“喂，您对我讲的都确实吧，我完全可以相信吧？”

“当然，神甫先生，”卡德鲁斯答道，“您瞧，那墙角挂着圣木基督像，那柜橱上放着我女人的《福音》书；您打开经书，我指着基督向您发誓，凭我灵魂的永福，凭我基督徒的信仰向您发誓：我对您讲的全都确有其事，全是最后审判那天，人类的天使要告诉上帝的情况。”

“很好，”神甫说道，听这口气他确信卡德鲁斯讲了实话，“很好，但愿这笔钱能解决您的困难！别了，我要回去，远远离开这相互残害的人类。”

卡德鲁斯千恩万谢，神甫好不容易才脱身，他自己打开门闩，走出客栈，又跨上坐骑，向连声嚷嚷再会的店主告别，策马原路返回了。

卡德鲁斯这才回身，看见卡尔孔特女人站在身后，她的脸色格外苍白，身体也格外抖得厉害。

“话我听见了，是真的吗？”女人问道。

“什么？是说他把钻石只给咱们吗？”卡德鲁斯说道，他简直乐疯了。

“对。”

“千真万确，喏，就在这儿。”

那女人盯着钻石凝视片刻，声音低沉地又问道：

“说不定是假的吧？”

卡德鲁斯大惊失色，身子有些站不稳，咕哝道：

“假的，假的……那人干吗给我一颗假钻石呢？”

“还不是要白骗你的秘密，傻瓜！”

这种假设好比一闷棍，打得卡德鲁斯一时昏头了。过了一会儿，他拿起帽子，戴到缠头的红手帕上，说道：

“嘿！咱们去弄弄清楚。”

“怎么弄清楚啊？”

“博凯尔集市上，会有巴黎的珠宝商，我去让他们鉴别一下。老婆子，你先看着门，过两个钟头我就回来。”

卡德鲁斯冲出去,跑步赶路,但同那陌生人走的是相反方向。

“五万法郎!”只剩一个人的时候,卡尔孔特女人咕哝道,“这倒是一大笔钱,但还算不上发大财!”

第二十八章　监狱档案

上面讲过在贝勒加德到博凯尔的路上的场景。第二天，一位三十一二岁的男子求见马赛市长。此人身穿浅蓝色礼服、白色背心、米黄色裤子，一副英国人的口音和举止。他对马赛市长说：

“先生，我是罗马的汤姆森和弗伦奇公司的代表，我们同莫雷尔父子公司建立业务关系已有十年，在他们公司投资约十万法郎。近来听说他们的公司濒临破产，我们不免担心，因此，我特地从罗马赶来，向您了解这家公司的状况。”

“先生，”市长答道，“我的确知道这四五年来，厄运仿佛追逐莫雷尔先生，他接连损失四五艘商船，吃了三四家破产公司的倒账。不过，我尽管是债权人，在他那儿有一万法郎的投资，却不能向您提供有关他资产状况的任何情况。如果您问我身为市长如何看待莫雷尔先生，那我就会回答您，他那个人诚实到了无以复加的程度。迄今为止，他都严格地履行了全部合同，如期付款。我只能对您讲这些，先生；您若想进一步了解情况，可以去拜访德·博维尔先生，他是监狱总监，住在诺阿伊街十五号；据我所知，他在莫雷尔公司有二十万法郎的投资，如果真有令人担心的情况，他资金比我的数额大，恐怕比我更摸底。”

这位英国客人似乎十分赞赏市长的慎言态度，他躬身辞别，迈着大不列颠子孙所特有的步子，走向诺阿伊街。

德·博维尔正在书房里。英国客人一见面，不禁微微吃了一惊，仿佛他不是头一回见到他来拜访的这个人。至于德·博维尔先生，此刻他正冥思苦索，一筹莫展，哪有闲情逸致让记忆和想象去游历往事。

英国客人以本民族所特有的冷淡态度，几乎原话重复一遍他向市长提出的问题。

"唉！先生，"德·博维尔先生高声答道，"实在不幸，您的担心完全有根据，您面前就是因此而陷入绝望的一个人。我在莫雷尔公司有二十万法郎的投资：这笔钱我打算作为嫁妆，给我两周之后就要结婚的女儿。其中十万法郎本月十五日到期，余下十万法郎下个月十五日到期，都该偿付了。我已经通知莫雷尔先生，希望他能按时付款。可是，就在半个钟头之前，莫雷尔先生还来告诉我，如果他的法老号货船到15日还不返航，那他就无力支付这笔款项。"

"哦，这话很有点儿延期付款的意味。"英国人说道。

"不如说，这有点儿破产的意味，先生！"德·博维尔先生绝望地高声说。

英国人似乎沉吟一下，又说道：

"这样看来，先生，您非常担心这笔债款吧？"

"可以说，我看是损失了。"

"那好，我来买下。"

"您买下？"

"对，我就是这个意思。"

"那肯定要大大压价啦？"

"不，还是二十万法郎，我们公司，"英国人笑着补充说，"从来不做这种生意。"

"您要支付……？"

"支付现金。"

英国人说着，就从衣兜里掏出一叠现钞，看数目大约是德·博维尔先生担心损失的两倍。

德·博维尔先生立刻喜形于色，但他还是克制一下，解释道：

“先生，我要预先告诉您，这笔债款，您很可能连六厘都拿不到。”

“这是汤姆森和弗伦奇公司的事，与我无关，我无非奉命行事，”英国人答道，“也许我们公司想快点挤垮一个竞争对手。但有一点我很明确，先生，就是我把这笔钱数给您，您给我开一份债权转让书，而我只要一点经纪费。”

“看您说的，先生，这十分公道！”德·博维尔先生高声说，“经纪费通常是一厘五，您想要二厘、三厘、五厘，还是想要更多一些？您说一声好吗？”

“先生，”英国人又笑道，“我跟我的公司一样，不干这种事：我的经纪费性质完全不同。”

“请说吧，先生，我洗耳恭听。”

“您是监狱总监吧？”

“在任已经十四年多了。”

“入狱出狱的犯人花名册，掌握在您手中吗？”

“不错。”

“花名册上附有各个犯人的记录吧？”

“每个囚犯都有材料。”

“好，先生，我在罗马受教于一位神甫，他实在可怜，不知怎的突然失踪了，后来我听说，他被囚禁在伊夫狱堡，因此，我想了解一下他临终的情况。”

“他叫什么名字？”

“法里亚神甫。”

“唔！我全想起来啦！”德·博维尔先生高声说，“他是个疯子。”

“有人那么说。”

“哎！他确实疯了。”

“有可能，那他是什么类型的疯癫呢？”

“他总说知道一大批财宝，情愿出巨款向政府赎买他的自由。”

“真可怜！他死了吗？”

“对，先生，那是二月间的事，死了有五六个月了。”

“先生的记忆力真好，连日期都没有忘记。”

“我还记得日子，是因为可怜的家伙死的时候，出了一件怪事。”

“能问问是什么怪事吗？”英国人问道。他那冷漠的脸上流露出好奇的神色，此刻如有人细心观察，准会感到诧异。

“唔！天哪！可以，先生。离神甫的地牢四、五十尺远的地方，是一个原波拿巴党徒的地牢，那人在一八一五年窃国大盗卷土重来的行动中，出力最大，他天不怕地不怕，是个危险人物。”

“真的吗？”英国人问道。

“真的，”德·博维尔先生回答。“大约一八一六年或一八一七年，我视察时见过那个人。下到他那地牢里，必须带上卫兵才行：他给我留下极深的印象，那张脸我终生难忘。”

英国人难以觉察地微微一笑。

“您是说，先生，两个地牢……”英国人拉回话题。

“相隔五十尺远，然而，那个埃德蒙·唐代斯仿佛……”

“那个危险人物叫……”

“叫埃德蒙·唐代斯。是的，先生，那个埃德蒙·唐代斯仿佛弄到了工具，或许造了工具，因为后来发现了两名囚犯联系的暗道。”

“挖了那条暗道，一定是企图越狱啦？”

“正是。不过，那两个囚犯也够倒霉的，还未等越狱，法里亚神甫蜡屈症突然发作，一命呜呼了。”

“我明白了，这样一来，越狱计划就不得不中断。”

“对死者如此，对生者则不然，”德·博维尔先生答道。“那个唐代斯反倒认为这是提前越狱的好机会，他一定想伊夫狱堡的囚犯死了，都葬在普通的墓地里，于是他把死者搬到他的牢房，自己钻进殓尸袋中，等待埋葬的时刻。”

“这样做有点冒险，需要几分勇气。”英国人又说道。

“唔，我不是说了嘛，先生，他是个非常危险的人物。他这样倒帮了政府的忙，省得再担心他了。”

“这话怎么讲？”

“怎么讲？您还不明白吗？”

“不明白。”

“伊夫狱堡没有墓地，囚犯死了，脚上系一个三十六磅的铁球，往海里一扔就算完事了。”

“是吗？”英国人说道，仿佛难以想象似的。

“是啊，就在唐代斯脚上系一个三十六磅的铁球，把他抛进海里了。”

“真的吗？”英国人高声叹道。

“真的，先生，”总监继续说。“您能想象出来，那个越狱者感到身子从岩石上直冲下去，该有多么吃惊。我真想看看他那时候的表情。”

“那可不容易。”

“那没关系，”德·博维尔先生说道，他确信能保住他那二十万法郎，心情显得特别好，“那没关系，我能想象出来。”

说着，他哈哈大笑。

“我也能想象出来。”英国人说着，也跟着笑起来，但他笑不露齿，不失英国人的风度。

“如此看来，”英国人首先恢复平静，又问道，“越狱者已经淹死啦？”

“毫无疑问。”

“伊夫狱堡典狱长就这样，一举除掉凶犯和疯子吗？”

“一点不错。”

“这个事件一定有笔录吧？”英国人又问道。

“对，对，有死亡证书，以备唐代斯的亲属询问他死活的情况，如果他还有亲属的话。”

“因此，他的亲属可以安心地继承他的财产喽？他确实死了吗？”

“唔！上帝，当然了，随时都可以给他开具证明。”

“原来如此，”英国人说道，“回到正题，还是谈谈囚犯档案吧。”

“对，提起这件事，话题就扯远了，请原谅。”

“原谅什么？原谅您叙述了这件事吗？不必道歉，这件事我听着挺新奇的。”

“确实很新奇。要说那位可怜的神甫吗，性情倒是非常温和，您想看看关于他的全部材料吗？”

“非常乐意。”

“请到我的办公室来，我拿给您看。”

二人走进德·博维尔先生的办公室。

办公室里井然有序，每一卷档案材料都有编号，每个卷宗都在固定的格子里。总监请英国人坐到扶手椅上，把伊夫狱堡的囚犯花名册和材料摆在他面前，让他从容地翻阅，总监本人则退到屋角，坐下看报。

英国人很容易就查到了法里亚神甫的档案材料，不过，他似乎对德·博维尔先生刚才讲的事极感兴趣，看了神甫的档案之后，又往后翻阅，一直翻到埃德蒙·唐代斯的案卷：原材料齐全，有告密信、审讯记录、莫雷尔的请愿书、德·维尔福先生的批语。他悄悄地把告密信折起来，塞进衣兜里，看了审讯记录，发现没有录上努瓦蒂埃的名字，又浏览了一八一五年四月十日的请愿书：莫雷尔无疑听从了代理检察官的劝告，出于好心，以为拿破仑既然在位，就夸大了唐代斯为帝国大业的效力，而经由维尔福签发，这种效力便确凿无疑了。这样，事情就完全清楚了。这份给拿破仑的请愿书，被维尔福扣下未发，到了王朝第二次复辟时期，就成了检察官手中掌握的一件可怕武器。唐代斯翻阅档案，看到他名下的这份罪录，也就不再感到吃惊了：

> 埃德蒙·唐代斯 狂热的波拿巴党徒，积极参与逆
> 贼从厄尔巴岛的卷土重来。秘密
> 监禁，严加看管。

在这几行字的下方，有一行字笔体不同：

已阅，无能为力。

然而，对比括号里的罪录和莫雷尔请愿书，字迹显然出自同一手笔，肯定是维尔福写的。

至于罪录下面的批语，英国人猜想是某位视察大员加上的：那位大员也许一时同情唐代斯的处境，但是鉴于上述罪录而又爱莫能助。

上面讲过，总监怕妨碍法里亚神甫的弟子查阅材料，非常知趣地避开，坐在角落里看《白旗报》。因此，他没有看见英国人折起信塞进衣兜里，而那正是丹格拉尔在雷泽夫酒馆的凉篷下写的告密信，盖有马赛邮局二月二十七日晚六时的邮戳。

不过，话又说回来，总监即使看到，不管觉得英国人的这种行为多么失礼，他也不会上前制止，因为他把那封信看得无足轻重，而把他那二十万法郎视为命根子。

“谢谢，”英国人哗啦哗啦合上档案，说道。“情况我已了解，现在该我履行诺言了：只要给我开一份债权转让书就行，说明您已收到现金，然后我就把钱如数付给您。”

英国人说着，让出办公桌的座位，德·博维尔先生也不再客气，急忙坐下，写债权转让书，而英国人则在档案柜边上数钞票。

第二十九章　莫雷尔公司

有谁熟悉莫雷尔公司的内部情况，而又在几年前离开马赛，如今回来就会发现，这家公司今非昔比了。

从前，这家公司生意兴隆，一派轻松愉快、热火朝天的景象：窗户里尽是一张张快活的面孔，走廊上尽是耳朵后夹着羽毛管笔来回忙碌的职员，院子里尽是堆积的货包、欢叫说笑的搬运夫。如今回来再一看，首先就会感到一种莫名的忧伤和死气沉沉的气氛：走廊空落落的，院子空荡荡的，办公室里众多的职员仅仅剩下两个，其中一个年约二十四五岁，名叫埃马努埃尔·雷蒙，他爱上了莫雷尔先生的女儿，不顾父母劝说硬是留在公司；另一个是年老的出纳员，诨名独眼科克勒斯[①]。这个外号，还是年轻职员给起的，已经完全取代了他的真名实姓，如今即使有人喊他本名，十有八九他不会答应。须知当年这家公司拥满了年轻职员，像个热闹的大蜂房，而今几乎人去房空了。

科克勒斯留下来继续给莫雷尔先生干事，这个老实厚道的人地位发生了奇特的变化；他既升到出纳员的职位，又降为仆役的身份。

还是原来的科克勒斯，依然那么和善，那么耐心，那么忠心耿耿，但是在数字问题上，他是寸步不让，唯独在这一点上同所有人抗争，甚至同莫雷尔先生抗争。他只认九九表，而且了如指掌，谁也休想蒙混或者骗他

① 古罗马的一位英雄，战斗中伤了一只眼睛。

算错。

就在全公司笼罩在一片悲观气氛之际，独有科克勒斯无动于衷。然而不要误解，这种无动于衷的态度并非由于缺乏情感，而恰恰相反，是基于不可动摇的信念。据说一艘船注定要在海中遇难，船上的老鼠会预先逃离，这些自私的乘客未等启锚就逃得精光。同样，依靠莫雷尔公司生活的众多职员，也都纷纷离开公司的办公室和仓库。科克勒斯眼看他们一个个离去，甚至不想弄明白他们离去的原因。正如我们说过的那样，在科克勒斯眼中，一切都归结为数字问题。二十年来，他始终看着公司正常营业，如期付款，绝不相信这种规律会改变，公司会无钱付账，如同一个磨坊主绝不相信，推动磨盘旋转的滚滚河水会突然枯竭。的确，迄今为止，还没有任何事情来摧毁科克勒斯的信念。上月末，所有票据都严格按照规定付款。科克勒斯还查出一笔错账：莫雷尔先生多付了十四苏，当天他就把这笔钱追了回来，还给莫雷尔先生。老板接过钱，苦笑一下，把钱扔进几乎空空如也的抽屉里，说道：

"好啊，科克勒斯，您真是出纳员中的明珠。"

听了这话，科克勒斯退出去时，心中别提有多满意。他认为莫雷尔先生就是马赛诚实人中的明珠，能得到莫雷尔先生一句夸奖，胜过得到五十银币的奖赏。

上月末算是胜利度过了，然而，莫雷尔先生为了过这一难关，日夜愁苦焦虑，集中了全部资金，还卖掉一部分银制器皿和他妻子女儿的几件首饰，而且他采取这种救急办法，又怕公司的窘况在马赛城传开，便带着首饰等物远行到博凯尔的集市上。靠着拿出这种血本，这回总算保全了公司的声誉；但是钱柜却完全空了。信贷一贯重利，早被传闻吓退了，借贷这条路已经断绝。实际上，莫雷尔先生要在本月十五日和下月十五日，分别向德·博维尔先生偿付两笔十万法郎的期票，唯一的指望就是法老号返航；他从另一艘返航的船上已经得知，法老号启航了。那艘货船和法老号同时从加尔各答启航，两周前就驶抵马赛港了，而法老号却依然杳无音信。

事情正是到了这种地步，罗马的汤姆森和弗伦奇公司代表见过德·博维尔先生，办了上述那件大事的第二天，又前来拜访莫雷尔先生。

埃马努埃尔接待来客，这位年轻人每次见到一张新面孔，都心惊胆战，知道每张新面孔都意味一个新债主，因担心而前来询问公司老板，因此，他想挡挡驾，让老板免遭这次拜访的麻烦，便问陌生来客有何贵干，但是客人声称要同莫雷尔先生面谈，同他埃马努埃尔先生无话可说。埃马努埃尔叹了口气，叫来科克勒斯，吩咐带这位陌生人去见莫雷尔先生。

科克勒斯走在前面，给来客引路。

他们上楼时，迎面下来一位十六七岁的美丽少女，她不安地瞧了瞧陌生人。

姑娘脸上的这种表情，科克勒斯根本没有注意，却没有逃过陌生人的眼睛。

"莫雷尔先生在办公室吧，朱莉小姐?"出纳员问道。

"对，我想是在办公室，"少女说话颇为迟疑，"您先去看看吧，科克勒斯，如果我父亲在那儿，您就给这位先生通报一声。"

"无需通报我的名字，小姐，"英国人答道，"莫雷尔先生不知道我的姓名。这位先生只讲我是汤姆森和弗伦奇公司的高级职员就行了，令尊的公司和我们公司有业务关系。"

年轻姑娘面失血色，下楼去了，而科克勒斯和陌生来客则继续上楼。

姑娘走进埃马努埃尔所在的办公室。科克勒斯则打开二楼角落的一扇门，将陌生客人引进前厅：他掌握一把钥匙，遇有重大事务要见老板时才使用，他让汤姆森和弗伦奇公司的代表稍候，又打开第二道门，并随手把门关上，很快又出来请客人进去。

英国人走进办公室，看见莫雷尔先生坐在办公桌后面，对着账簿上骇人的负债表，脸色十分苍白。

莫雷尔先生看见陌生来客，便合上账簿，起身搬过来一张椅子，请客人坐下，他才重又入坐。

过去了十四个春秋，可敬的商人形貌变化很大，在这个故事开场的时候，他才三十六岁，现在刚满五旬，头发就已经花白，额头深深地刻了几条愁苦的皱纹，眼神也一样，从前那么坚定而沉稳，现在则变得闪烁不定，有些茫然，仿佛害怕被迫停在一个念头上，或者一个人的身上。

英国人端详着主人，那种好奇的神态显然夹杂几分关切。

“先生，”莫雷尔说，在对方的审视下，他似乎更加局促不安了，“您要同我谈谈吗？”

“对，先生。您知道我是哪儿派来的，对吧？”

“据我的出纳员说，是汤姆森和弗伦奇公司派来的。”

“他说得不错，先生。汤姆森和弗伦奇公司于本月和下个月，要在法国偿付几笔现金，因知道您严守信用，就尽量买进了您签署的期票，公司委派我来贵公司兑现陆续到期的期票，并由我支配使用这几笔资金。”

莫雷尔长叹一声，抬手抹了一把额头的汗水。

“这么说，先生，”莫雷尔问道，“您拥有我签署的期票啦？”

“对，先生，金额相当大。”

“多少金额？”莫雷尔问道，并竭力保持镇定的声调。

“喏，先看这个，”英国人说着，从口袋里掏出一叠纸来，“这是二十万法郎的债权转让书，是监狱总监德·博维尔先生开给我们公司的。您承认欠德·博维尔这笔款项吗？”

“不错，先生，这是他存在本公司的，利息为四厘五，存期快到五年了。”

“您该偿还的日期是……”

“半数在本月十五日，半数在下月十五日。”

“完全符合。再看这个，三万二千五百法郎，月底到期，这是您签署的期票，由持有人转给我们公司的。”

“我承认，”莫雷尔说着，不由得满面羞赧，心想有生以来，他也许要破例不能兑现他签名的票据，“都全了吗？”

“没有，先生，还有帕斯卡尔公司、马赛的威尔第和图奈公司转让给我们的，就是这些有价证券，大约五万五千法郎。总共合起来，是二十八万七千五百法郎。”

在一笔一笔列数债款过程中,可怜的莫雷尔心中的惨苦,笔墨是无法描绘的。

“二十八万七千五百法郎。”他机械地重复道。

“是的,先生,”英国人答道。他沉吟一下,接着说道,“不瞒您说,莫雷尔先生,一方面考虑到迄今您一直严守信义,另一方面又不能忽视马赛的传闻,说您现在无力偿付。”

这种开诚布公的话近乎粗暴,莫雷尔听了,脸色惨白得可怕。

“先生,”他说道,“迄今为止,说起来,我从先父手中接过这个公司已有二十四年,而先父也经营了三十五年,迄今为止,凡是莫雷尔父子签署的票据,拿到柜台没有一份不兑现的。”

“是啊,这情况我了解,”英国人答道,“不过,咱们君子对君子,请您坦率地告诉我,先生,这些票据,您能同样按期付款吗?”

莫雷尔不禁一悸,看了看这个讲话的口气如此肯定的人。

“既然坦率相问,也应坦率回答,”他说道,“是的,先生,我能够偿付,假如像我希望的那样,我的货船能安全返航,因为只要船一抵港,在我连遭损失而中断的贷款就能恢复;不过,万一不幸,我的最后指望,法老号再出事的话……”

可怜的船主眼里涌出泪水。

“那么,”对方问道,“万一您这最后的指望再落空呢? ……”

“唔,先生,”莫雷尔继续说,“实在难以启齿……好,既然连遭不幸,我已经习惯了,还应当习惯蒙受耻辱;万一指望落空,我想我就不得不中止付款。”

“在这种境况下,您就没有朋友相助吗?”

莫雷尔苦笑一下,答道:

“先生,您也清楚,在生意上根本没有朋友,只有客户。”

“不错,”英国人讷讷说道,“看来,您只有唯一的指望啦?”

“唯一的指望。”

"最后的指望吗?"

"最后的指望。"

"因此,这一指望再落空的话……"

"那我就完了,先生,彻底完了。"

"我来拜访的时候,正巧有一艘船入港。"

"我知道,先生,是一个青年告诉我的。那青年忠心耿耿,在我倒霉的时候也不肯离去,大部分时间,他都在这楼顶的平台上守望,以便头一个来向我报喜信。"

"不是您那条船吗?"

"不是,那是一条波尔多货船吉伦特号,也是从印度返航的,但不是我的船。"

"也许那船上的人知道法老号的情况,给您带回来什么消息。"

"要我明讲吗,先生!我害怕始终这样吉凶难卜,但也同样害怕得到我那三桅货船的消息。吉凶难卜,毕竟还有希望。"

接着,莫雷尔先生又声调低沉地补充一句:

"这次误期极不正常:法老号于二月五日从加尔各答启航,按说一个多月前就应该到达这里。"

"怎么回事儿?"英国人说着,侧耳细听,"外面为何那么喧闹?"

"噢,上帝啊!上帝啊!"莫雷尔脸色刷白,高声说道,"又出什么事啦?"

果然,从楼道里传来喧闹声响,只听人来人往,甚至还有人痛苦地叫了一声。

莫雷尔起身要去开门,可是双腿一软,又跌坐到椅子上。

两个人面面相觑。莫雷尔全身发抖,陌生人注视他,脸上流露出深切的同情。闹声停止,莫雷尔好像还有所等待:这阵闹声有因必有果。

那陌生人仿佛听见有人悄悄上楼,听脚步声有好几个人,到楼梯平台站住了。

一把钥匙插进头一道门的锁孔,又听见吱扭开门的声音。

莫雷尔双腿一软,又跌坐到椅子上

“只有两个人有这扇门的钥匙:科克勒斯和朱莉。”莫雷尔喃喃说道。

说话间,第二道门打开了,门口出现那位少女,只见脸色苍白,泪流满面。

莫雷尔颤巍巍地站起来,胳臂不撑着扶手还站不住,他想要询问,却又说不出话来。

“噢,爸爸!”姑娘合拢手掌,说道,“请原谅您孩子给您带来坏消息!”

莫雷尔立时脸色惨白,朱莉投进他的怀抱。

“爸爸啊！爸爸！要鼓起勇气！”姑娘劝道。

“这么说，法老号遇难啦？”莫雷尔声音哽咽地问道。

姑娘没有应声，但是她偎在父亲胸前的头却点了点。

“那么船员呢？”莫雷尔又问道。

“都脱险了，”姑娘答道，“是刚进港的那条波尔多船救起来的。”

莫雷尔举起双臂，一副既听天由命又无限感激的神情。

“谢谢，我的上帝！”莫雷尔说道，“还好，您只打击我一个人。”

那个英国人再怎么冷漠，眼睛也闪现了泪花。

“进来吧，”莫雷尔说，“进来吧，我猜想你们都在门口呢。”

果然，他话音刚落，莫雷尔夫人哭着进来了，埃马努埃尔紧随其后。只见外厅站着七八名水手，他们一个个衣不蔽体，样子十分狼狈。一看见这些水手，英国人不禁一悸，他跨了一步，仿佛要迎上前去，但又克制住自己，反而避开，躲到办公室最远最暗的角落。

莫雷尔夫人走过去，坐到椅子上，双手握住丈夫的一只手，而朱莉仍然偎在父亲的胸口。埃马努埃尔停在屋子中间，仿佛充当莫雷尔全家和站在门口的水手的联系人。

“是怎么出事的？”莫雷尔问道。

“过来点儿，佩内龙，”那青年说道，“讲一讲遇难的经过吧。”

一名老水手上前几步，他的皮肤让赤道的太阳晒得黝黑，两手揉搓一顶破帽子。

“你好，莫雷尔先生。”他打了声招呼，就好像他昨天离开马赛，今天从艾克斯或土伦回来似的。

“你好，我的朋友，”船主回答，他流泪中还不禁笑一笑，“喂，船长在哪儿？”

“提起船长吗，莫雷尔先生，他病了，留在帕尔马，但愿上帝保佑，他很快就没事儿了，过几天就能回来，跟你我一样健康。”

“很好……现在，说一说吧，佩内龙。”莫雷尔先生吩咐道。

佩内龙将口中的烟草从右边顶到左边，用手遮住嘴巴，扭过头去，朝

"进来点儿,佩内龙,讲一讲遇难的经过吧!"

外厅喷了一长条黑乎乎的唾液,然后跨出一只脚,臀部摆动着,开始讲述:

"莫雷尔先生,情况是这样:起初风平浪静,船行驶一个礼拜,大约到了白岬和博亚多尔岬之间,正赶上南风西南风;当时我正掌舵,戈马尔船长走到跟前,对我说:'佩内龙老爹,那边升起几块乌云,你看怎么样?'

"那时,我也正在望那边的乌云。

"'问我怎么看吗,船长!我看挺怪的,升得有点儿太快,也有点儿太黑,好像来者不善。'

“‘我也是这样想，’船长说，‘当心点儿没错。等一会风大了，咱们张起的帆就太多了……喂！注意！收顶帆，落第一斜帆！’

“差一点儿就晚了，船长的命令还没执行完，大风就追上来，船立即倾斜了。

“‘好！’船长说，‘帆还是太多，马上落大帆！’

“五分钟之后，大帆落下来，船只靠前桅帆、二层方帆和三层帆行驶。

“‘喂，佩内龙老爹，’船长对我说，‘你干吗直摇头？’

“‘喏，我要是你，可不会留在这么棒的航线上。’

“‘我看你说得对，老爹，’他说，‘咱们要碰上大风了。’

“‘哦！真的吗，船长，’我回答说，‘要是一场大风，那敢情还好了呢；那是地地道道的风暴，要不就算我没眼力！’

“这就是说，我们眼看着大风冲来，就像在蒙特勒东看见滚滚灰尘那样；幸而对付它的是一个行家。

“‘方帆拉起两格！’船长喊道，‘放开帆角索，帆桁对准风向，正过方帆，用吊车稳住桅桁！’”

“在那处海域，这样处理还不够，”那英国人插言道，“换了我，就把方帆拉起四格，干脆落下前桅帆。”

这果断而宏亮的声音突如其来，令所有人都吃了一惊。佩内龙用手遮在眉毛上，凝视这个放肆挑剔、批评船长航海技术的陌生人。

“我们干得更好，先生，”老水手相当有礼貌地答道，“我们收了后桅帆，舵尾掉向风头，让暴风推着飞驰。过了十分钟，我们又落下方帆，不张帆航行。”

“船太旧了，这样太冒险。”那英国人又说。

“嘿，还真说着啦！正是这样坏了事。我们在风浪里颠簸了十二个钟头，连魔鬼都受不了，接着，船漏水了。

“‘佩内龙，’船长对我说，‘我看船往下沉，老兄，把舵给我，你到底舱去瞧瞧。’

“我把舵交给他，下底舱一看，已经进了三尺深的水。我又上去高喊:‘快抽水! 快抽水!’唉! 老实说,已经太晚啦! 大家动起手来,可是我觉得水越抽越多。

“‘哎哟!’干了四个钟头,我就说,‘真的,反正船也得沉,那就跟着沉下去吧,人不就死一回嘛!’

“‘你就这样带的头啊,佩内龙师傅?’船长说,‘好,你等着,等着瞧!’

“船长去舱室拿来两把手枪,冲我们说:‘哪个敢离开水泵,我就打烂他的脑壳儿!’”

“很好。”那英国人说了一句。

“话有道理,最能给人打气儿,”老海员继续说,“特别是当时天晴了,风也停了;当然,船里的水照样往上涨,涨得不多,每个钟头升两寸,反正是上涨。喏,每个钟头两寸,看来不起眼,可是过了十二个钟头,就少说有二十四寸,二十四寸就是两尺多,加上原来的三尺,就有五尺了。一条船肚子里有五尺深的水,那就像一个患水肿病的人了。

“‘好啦,’船长说,‘这样就够了,莫雷尔先生再也怪不到咱们头上:咱们已经尽了全力想保住货船;现在,应当想法保住人命。上救生艇,孩子们,越快越好!”

“听我说,莫雷尔先生,”佩内龙接着说,“我们都非常喜爱法老号,可是,海员爱船,更爱命。所以,我们都不用等船长说第二遍;而且,船也在呻吟,就好像对我们说:‘你们都走吧! 快点离开吧!’可怜的法老号,它没有骗人,我们感到它在我们脚下直往下沉。大家一下子把小艇放下海,八个人全跳进去。

“船长最后一个上艇,说得准确一点儿,他不是自己下来的,他不愿意离开大船,是我拦腰抱住,把他扔给伙计们的,随后我也跳上小艇。真主啊,我刚跳下去,甲板就咔吧一声,就像四十八门炮的战舰舷炮齐发。

“过了十点钟,船头沉下去,接着船尾下沉,后来它又像狗捉自己尾巴那样翻跟头,最后,晚安,老伙计,咕噜噜! ……大势已去,法老号不见了!

“再说我们,三天三夜没吃没喝,到头来我们都商量抽签,看谁能给大家当饭吃，幸好发现了吉伦特号，我们就打信号；那船上的人看见我们，就朝我们驶来，放下小艇把我们接上船。过程就是这样，莫雷尔先生，凭海员的信誉保证，全是实话！其他人说说，对不对？”

众人纷纷附和，都向船主表明这段叙述内容属实，细节也很生动。

“好，朋友们，”莫雷尔先生说，“你们都是诚实的人，我事先就知道，我这场灾难不能怪别人，只怪我的命。这是上帝的意愿，而不是人的过错。赞美上帝的意志吧。喂，还应当给你们多少工钱？”

“哎！算啦，莫雷尔先生，别提这个了。”

“一定要谈。”船主苦笑一下，说道。

“那好，欠我们三个月的……”佩内龙说。

“科克勒斯，给这些好人每个付二百法郎。要是换个时期，朋友们，”莫雷尔接着说，“我就会补充一句：‘另外再每人给二百法郎，表示谢意。’可惜没赶上好时候，朋友们，仅有的一点钱已不是我的了。请原谅，不要因此就不喜欢我了。”

佩内龙感动地咧了咧嘴，他转身去和伙伴们交谈几句，又返身回来。

“关于这个事嘛，莫雷尔先生，”他说着，把口里的烟草块顶到另一边，又向外厅射出第二条唾液，和头一条恰好对称，“关于这个事嘛……”

“什么事？”

“钱的事……”

“怎么样？”

“这样吧，莫雷尔先生，伙计们说，眼下呢，他们每人有五十法郎就够用了，余下的等以后再领吧。”

“谢谢，朋友们，谢谢！”莫雷尔先生万分感动，提高嗓门说，“你们都是心地善良的人，但还是拿了吧，拿了吧，你们若能找到好差使，就去干吧，你们有这个自由。”

最后这句话，极大地震动了这些忠厚的海员，他们都惊慌失措，你瞧瞧我，我瞧瞧你。佩内龙一口气没上来，差点儿把烟草吞下去，幸而他及时用手卡住喉咙。

“怎么,莫雷尔先生,”他声音哽咽地说,“怎么,你要打发我们走啊!看来你对我们不满意啦?”

“不,不,孩子们!”船主答道,“哪儿能不满意,恰恰相反。我不是打发你们走。可是有什么法子呢?我没船了,不再需要海员了。”

“怎么,你没有船啦!”佩内龙说。“那好,你再造新的,我们等着就是了。谢天谢地,我们都知道航海是怎么回事。”

“我没钱造船了,佩内龙,”船主苦笑一下,说道,“你们多大的好意,我也不能接受了。”

“既然没钱了,你也不必付给我们工钱;我们就像可怜的法老号不张帆航行那样,空着手离开,这还不简单!”

“行啦,不必说了,朋友们,”莫雷尔说道,他感动得喘不上气来,“求求你们,都走吧。等时来运转的时候,咱们再相聚。埃马努埃尔,”船主补充说,“送他们出去,要不折不扣,按照我的吩咐办。”

“起码,咱们可以再见面,对吧,莫雷尔先生?”佩内龙又说道。

“是啊,朋友们,至少我也是这么希望。去吧。”

莫雷尔先生示意科克勒斯领他们出去。于是,出纳员在前,海员们居中,埃马努埃尔在后,一道离开办公室。

“现在,”船主对他妻子女儿说,“让我单独待一会儿,我要跟这位先生谈一谈。”

他说着,目光指向汤姆森和弗伦奇公司的代表。在整个这一幕过程中,那个陌生客人一动不动,伫立在角落里,仅仅插了几句话,前面已经提到了。屋里还有外人,母女俩早就置于脑后,这时她们抬眼望了望,便默默退出去了;不过,姑娘那一瞥,充满了恳求的神情,那人则报以微笑。一个冷静的旁观者,此刻若是看见这张冷冰冰的脸上竟绽开笑容,一定会深感诧异。办公室里只剩下两个男人了。

“喏,先生,”莫雷尔说着,又跌坐在椅子上,“您全看见了,也全听见了,我再也无可奉告。”

“我看到了,先生,”那英国人答道,“又是一场飞来横祸,同其他几次灾祸一样,不该落到您的头上,这更确定了我要为您效劳的愿望。"

"唔,先生!"莫雷尔叹道。

"看看,"陌生人继续说,"我是您一个主要债权人,对吧?"

"至少,您拥有最近到期的期票。"

"您希望延期偿付吗?"

"延期偿付可能保全我的名誉,从而也保全我的性命。"

"您要延期多久?"

莫雷尔迟疑一下,才答道:

"两个月吧。"

"好,"那陌生人说道,"我容您三个月。"

"不过,您认为汤姆森和弗伦奇公司会……"

"请放心,先生,这事完全由我负责。今天是六月五日。"

"对。"

"好,所有这些期票我都重新开,换成九月五日;到了九月五日上午十一时(挂钟正指这个时辰),我就前来见您。"

"我恭候大驾,先生,"莫雷尔答道,"到那时我就付款给您,不然我就一死了之。"

最后这句话说得声音十分低,那陌生人没有听见。

期票开出新的,撕毁旧的,可怜的船主至少有三个月的缓冲时间,可以集中他的最后资金。

英国人以本民族所特有的冷淡态度,接受对方的谢意,然后告辞;莫雷尔先生边走边祝福,把客人一直送到门口。

英国人在楼梯上碰见朱莉。这位少女佯装下楼,其实是在等候这位陌生人。

"唔,先生!"她双手合十说道。

"小姐,"陌生人说道,"有一天,您会收到一封信,署名……水手辛伯达……您要按照信上说的逐点去做,不管您觉得吩咐的话多么怪异。"

"是,先生。"朱莉答道。

"您答应我一定照办吗?"

"我向您发誓。"

"好！再见,小姐。要始终做一个圣洁的好姑娘,我确信上帝会奖赏您,把埃马努埃尔赐给您做丈夫。"

朱莉轻轻叫了一声,脸红得像一个樱桃,她急忙扶住栏杆,以免跌倒。

那陌生人挥手告别,下楼去了。

到了院子里,他碰见佩内龙。老海员每只手都拿着卷成卷儿的一百法郎,仿佛在迟疑,不忍心带走。

"过来,朋友,"那陌生人对他说,"我想跟您谈谈。"

第三十章　九月五日

汤姆森和弗伦奇公司的代表所给予的宽限，是莫雷尔未敢奢望的，可怜的船主觉得这是一次转机，猛烈袭击他的厄运终于疲倦了。当天，他就把这件事告诉了他妻子、女儿和埃马努埃尔。这个家庭纵然谈不上恢复宁静，也总算有了点儿希望。汤姆森和弗伦奇公司对他这么宽宏大量，然而不幸的是，莫雷尔不只是跟这家公司打交道。正如他讲过的，在生意上只有客户，没有朋友。他深入想一想，甚至不理解汤姆森和弗伦奇公司对他何以如此慷慨，只能有一种解释，这家公司是出于维护私利的聪明考虑：这个人欠我们近三十万法郎，与其迫使他破产，只收回资本的六厘到八厘，还不如支持他，三个月后再收回全部资金。

可惜的是，所有其他客户，不是基于仇恨就是由于盲目，都不持这种看法，有几家客户甚至还有相反的考虑。因此，莫雷尔签署的期票，到期后都刻不容缓地前来兑现，幸赖那个英国人给了宽限，科克勒斯才能照常偿付。这样，科克勒斯一如既往，始终那么安详。独有莫雷尔先生恐惧地看到，如果得不到这次宽限，本月十五日要偿付监狱总监德·博维尔的三十万债款，三十日要偿付三万二千五百法郎的期票，那么他这个月就完蛋了。

马赛商界普遍认为，莫雷尔连遭重大损失，难以支撑下去，看到他直至月底仍能如期偿付债务，无不深感诧异，但是并没有因此恢复对他的信赖，大家都异口同声地讲，到下月底，不幸的船主势必全盘瓦解。

这一个月中，莫雷尔为搜集资金，作出了异乎寻常的努力。从前他开出的期票，无论期限多长，都能得到信赖，甚至求之不得。现在，莫雷尔设法开出的期票为期仅九十天，连这样短期的期票银行都拒不接受。幸而莫雷尔自己还有几笔进项：几笔钱收回来了，到了七月底，莫雷尔还能应付门面，照常付款。

汤姆森和弗伦奇公司的那位代表，在马赛倒没有再露面，他拜访莫雷尔先生的次日或第三天，就不知去向了；而且，他在马赛只同市长、监狱总监和莫雷尔先生打过交道，除了给这三人留下不同的印象，再也无迹可寻了。至于法老号的水手，也都不见了，想必找到了工作。

戈马尔船长病愈之后，从帕尔马返回，但他无颜去见莫雷尔先生，倒是船主亲自来看他了。可敬的船主听了佩内龙的叙述，早已知道在航船遇难时，船长的英勇行为，因此反倒竭力安慰他，还送去戈马尔绝不敢去领的薪水。

莫雷尔先生下楼，不期碰见上楼的佩内龙。佩内龙全身上下一套新装，看来他把钱用到了正地方，不过，这个忠厚的舵工一见到老雇主，就急忙闪到楼梯的拐角，神态十分尴尬，口中的烟叶左右来回滚动，眼珠子也因惶恐而睁得老大，只是胆怯地握了握船主照常亲热伸出来的手。莫雷尔先生认为佩内龙这样发窘，是打扮漂亮的缘故：显而易见，这个老实人穿戴从来没有如此讲究，他一定在别的船上找到了活儿干，而他感到惭愧，可以说是由于没有为法老号多服丧一些时候，也许还由于他是告诉船长自己交上好运，并向他转达新雇主招聘的意思。

“忠厚的人，”莫雷尔边走边叨念，“但愿新雇主像我一样爱护你们，但愿他比我幸运！”

莫雷尔先生想方设法，不断奔波，想恢复原有的信贷，再开辟新的信贷。八月份又快过了，二十日那天，莫雷尔先生乘驿车走了，于是马赛城里盛传，他的公司月底宣布破产，而他不忍目睹那残忍的一幕，便提早离开，只让他的协理埃马努埃尔和出纳科克勒斯去应付局面。然而，到了八月三十一日，又出乎众人的意料，莫雷尔公司照常营业，科克勒斯坐在柜

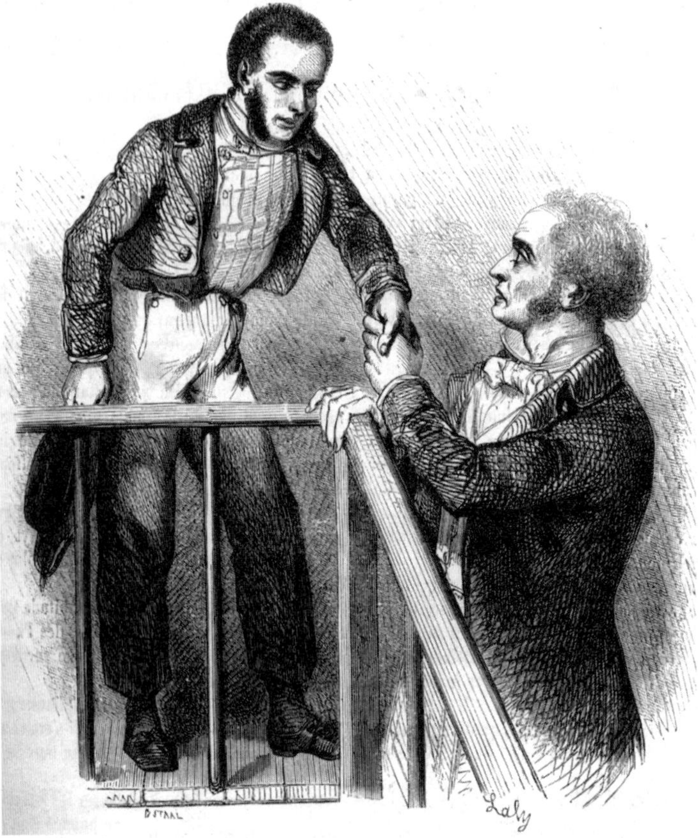

"忠厚的人，但愿新雇主像我一样爱护你们。"

台栅栏里面，就像贺拉斯笔下主持正义的人那样平静，照样仔细辨认拿来兑现的期票，从头一张到最后一张，照样全部如数付款。甚至还有莫雷尔先生交待过的两笔款项，科克勒斯也像处理船主开出的期票那样照付不误。那些预言灾祸的人如坠五里雾中，但是他们绝不罢休，又把破产的日期推到九月底。

九月一日，莫雷尔回来了，全家人惴惴不安，都盼他回来：此行去巴黎，可能找到保全公司的最后门路。莫雷尔想到了如今成为百万富翁的丹格拉尔；从前，丹格拉尔多亏莫雷尔的保荐，才进入一家西班牙银行谋事，从而开始发迹，总算受了莫雷尔的大恩。如今的丹格拉尔，据说拥有六百万至八百万的资产，还享有无限的信用，他不必掏出一枚银币，只要肯为一笔借款担保，就能救了莫雷尔。其实，莫雷尔早就想到了丹格拉尔，只是压抑不住本能的反感，他才一拖再拖，直到万不得已，才出此下策。莫雷尔的预感不无道理，果然，他遭人拒绝，蒙羞丧气而归。

因此，莫雷尔回来之后，不发一声怨气，也没有一句责难，他流着泪拥抱了妻子和女儿，又亲热地把手伸给埃马努埃尔，打发人去叫科克勒斯，这才上了楼独自关在办公室里。

“这回我们算完了。”母女俩对埃马努埃尔说道。

接着，母女俩商量一下，决定由朱莉往尼斯驻军写信，叫她哥哥立即回家。

这对可怜的女人本能地感到，她们必须集中全部力量，才能顶住迫在眉睫的打击。

再说，马克西米连·莫雷尔虽然才二十二岁，在他父亲面前说话就有很大影响了。

马克西米连是个意志坚定、为人正直的青年，在他该投入人生道路的时候，他父亲无意将某种前程事先强加给他，而是要他凭个人的爱好选择。于是，他表示愿意投身军旅生涯，结果考入巴黎综合工科学校，学习成绩优异，毕业后到五十三联队任少尉。得到这个军衔已有一年，他可望一有机会就能晋升中尉。马克西米连·莫雷尔在团队里，被公认为严于律己，他不仅尽了一个军人应尽的全部职责，而且尽了做人应尽的全部义务。因此，大家都叫他“斯多葛主义者”①，当然，多数人是人云亦云，跟着这样叫，并不知道这个名称的含义。

母女俩预感要到严重的关头，寻求依托，就是向这个青年求助的。

对于局面的严重性，她们并没有估计错，朱莉看见她父亲和科克勒斯

① 斯多葛派是古希腊的一种哲学派别，提倡清心寡欲。

进了办公室，不大工夫老出纳又出来，只见他面无血色，浑身颤抖，一张脸都失态了。

朱莉想等他过来时问一问，可是科克勒斯却一反往常，匆忙奔下楼去，只是双臂举向天空，高声嚷道：

“噢，小姐！小姐！多么可怕的灾难！简直叫人难以相信！”

过了一会儿，朱莉看见出纳又上楼去，怀里抱着两三部大账本、一个皮夹和一只钱袋。

莫雷尔查了账本，打开皮夹，数了现金。

他的全部现金，只有七八千法郎，到五日还能收回四五千法郎的账目，总共加起来，至多有一万四千法郎的活钱，而要偿付的期票金额高达二十八万七千五百法郎。就连先付这点款恐怕都不可能。

不过，莫雷尔下楼用晚餐的时候，倒显得相当平静。然而，这还不如垂头丧气的样子，这种平静的神态更叫母女俩担心。

晚餐之后，按照习惯，莫雷尔本来要出去走走，到老马赛人圈子里喝咖啡，看看《快讯报》，可是这天他却没有出门，又径直上楼回办公室了。

再说科克勒斯，他完全呆若木鸡，大半天都守在院子里，光着头坐在石头上，也不怕烈日曝晒。

埃马努埃尔想安慰母女俩，但又不知如何劝解。这个青年十分清楚公司经营的状况，不能不感到一场大祸逼近莫雷尔家族。

夜幕降临，母女俩还守在房间，期望莫雷尔离开办公室，会下楼来看她们；但是，她们听见他经过门口时放轻了脚步，无疑怕她们呼唤。

母女俩侧耳细听，听出他走进卧室，从里面把门扣上。

莫雷尔夫人打发女儿去睡觉，又过了半小时，她起身脱掉鞋子，蹑手蹑脚地溜进走廊，想对着锁孔看看她丈夫到底在干什么。

她一进走廊，瞧见闪过一个黑影：原来是朱莉，她也很担心，比母亲先来一步察看。

姑娘走到莫雷尔夫人跟前，悄声说了一句：

“他正在写东西。”

母女俩不用再说就已会意。莫雷尔夫人俯下身，对着锁孔往里一瞧：莫雷尔先生果然正在写什么，但是，她看见女儿没有注意到的一个情况，即她丈夫用的是公文纸。

他是在写遗嘱，莫雷尔夫人一产生这个可怕的念头，浑身便不寒而栗，但她忍住没有说话。

次日，莫雷尔先生神态十分平静，他像往常一样待在办公室里，按时下来吃午饭；不过，用罢晚餐的时候，他让女儿坐到身边，双手抱住女儿的头，搂在胸前待了许久。

到了夜晚，朱莉告诉母亲，别看父亲表面很平静，但她听出他的心跳得很厉害。

接下来两天，也差不多是这样度过的。到了九月四日的傍晚，莫雷尔先生向女儿要回他办公室的钥匙。

朱莉心中一悸，觉得这是不祥的兆头。这把钥匙一直由她保管，只是在她童年挨罚时才要走，现在父亲为什么向她讨取呢？

姑娘注视着莫雷尔先生，不禁问道：

“爸爸，我做了什么错事，您要讨回这把钥匙呢？”

“没什么错事，我的孩子，”这个不幸的人答道，这虽是极简单的一句问话，却引出他的泪水，“没什么错事，我只是要用一下。”

朱莉佯装摸钥匙。

“大概丢在我的房间里了。”她搪塞一句。

她出了办公室，并没有回房间，而是急忙下楼，去找埃马努埃尔商量。

“钥匙不要还给你父亲，”埃马努埃尔说道，“明天上午，你尽量不要离开他。”

朱莉还要询问为什么，可是埃马努埃尔什么也不知道，或者他根本不肯讲。

九月四日整个夜晚，莫雷尔夫人耳朵贴在隔壁墙上，听见她丈夫在屋里焦躁地走来走去，直到凌晨三点钟才上床休息。

母女俩厮守了一夜。昨天傍晚，她们就以为马克西米连能回来。

莫雷尔让女儿坐到身边。

到了早晨八点钟，莫雷尔先生走进她们的房间。他样子很平静，但是面容苍白而疲惫，显示他焦虑了一夜。

母女俩不敢问他睡得好不好。

莫雷尔对他妻子格外温柔，对他女儿格外慈爱；这颗掌上明珠，不管怎么端详，怎么亲吻，他也觉得不满足。

朱莉想起了埃马努埃尔的叮嘱，等父亲要走时，她就跟了上去；可是，父亲却轻轻地把她推开，说道：

“陪着你妈吧。”

朱莉非要跟他走。

“听我话!”莫雷尔说了一句。

他有生以来,还是头一回对女儿说:听我话!不过,他的口气饱含着温柔和慈爱,朱莉就不敢再向前迈一步了。

朱莉在原地伫立不动,也一声不吭。过了一会儿,房门又打开了,她感到两条胳臂把她抱住,一张嘴贴在她的脑门上。

她抬眼一看,立刻惊喜地叫起来:

“马克西米连,哥哥!”

莫雷尔夫人听见叫声,马上跑过来,投入儿子的怀抱。

“妈妈,”这个青年说着,看看母亲,又看看妹妹,“怎么啦?出什么事儿啦?看了你们的信,我吓坏了,立刻赶回来。”

“朱莉,去告诉你爸爸,就说马克西米连回来了。”莫雷尔夫人说着,指了指年轻人。

姑娘跑出房间,但到了楼梯口,却碰见一个送信的人。

“您就是朱莉·莫雷尔小姐吧?”那人操着浓重的意大利口音问道。

“对,先生,”朱莉结结巴巴地答道,“你找我有什么事?我不认识您呀。”

“看看这封信吧。”那人说着,把一封信递给她。

朱莉有些迟疑。

“这能救您父亲。”送信人又说道。

姑娘一把抓过信,急忙拆开,念道:

> 立即去梅朗林荫路,进入十五号楼,向门房要六楼房间的钥匙,您会看到壁灯台上有一只红丝绸钱袋,拿去送交令尊。
>
> 务必在十一点钟之前送到。
>
> 您答应过绝对听从我的吩咐,不要忘记您的诺言。
>
> 水手辛伯达

姑娘惊喜地叫了一声，想询问一下，可是抬头一看，送信人已经不见了。

她把目光移回到信上，又读一遍，发现还有几句附言。她又念道：

注意：你必须独自一人完成这个使命，如果有人陪您去，或者代替您去，那么门房就会回答他根本不知道有这回事。

她把目光移回到信上，又读一遍。

朱莉犹豫不决,心想还是问问别人。

然而,由于一种奇异的感觉,她既不找母亲,也不找哥哥,而是去跟埃马努埃尔商量。

她下楼去,把事情的原委告诉了这个青年:汤姆森和弗伦奇公司的代表来拜访她父亲那天,她所遇到的情况、刚才在楼梯口的场面,以及她所作的许诺;然后,她又让埃马努埃尔看了信。

"应该去一趟,小姐。"埃马努埃尔说。

"去一趟?"朱莉喃喃重复道。

"对,我陪你去。"

"你没看见信上讲的,要我一个人去吗?"朱莉又说道。

"是让你一个人去,"小伙子答道,"我就在博物馆街的拐角等你;如果你迟迟不出来,叫我担心,那我就去找你;哼,我向你保证,哪个胆敢欺侮你,就要自我倒霉!"

"照你的意思,"姑娘还有点犹豫地说,"我还是去赴约会?"

"对,送信人不是对你说过能救你父亲吗?"

"可是,埃马努埃尔,到底他有什么危险啊?"姑娘又问道。

埃马努埃尔略微迟疑一下,但他觉得事不宜迟,必须当即说服朱莉,于是决定以实相告:

"听我说,今天是九月五日,对吧?"

"对呀。"

"今天十一点钟,你父亲要付出将近三十万法郎。"

"是啊,这我们知道。"

"可是,"埃马努埃尔接着说,"公司的现金还不到一万五千法郎。"

"那会怎么样呢?"

"会出现这种情况,今天十一点钟之前,你父亲若是还找不到肯帮他的人,那么到了中午,他就不得不宣布破产。"

"噢!走吧!快走吧!"姑娘高声说着,拉住小伙子就走。

这工夫,莫雷尔夫人也把情况全告诉了儿子。

这个青年倒是清楚，父亲的生意连遭重大损失，家中的开销锐减，但他万万没想到，事情竟然到了这种地步。

一时间，他呆若木鸡。

继而，他猛然冲出房间，跑上楼，以为父亲在办公室里，敲了半晌门不见动静。

他正站在办公室门外，又听卧室的门打开，回头一看，正是他父亲。原来，莫雷尔先生没有直接去办公室，而是回到自己的房间，这会儿刚出来。

莫雷尔先生发现马克西米连，不禁惊叫一声。他不知道儿子回来，一时愣在原地，左胳臂紧紧按住藏在礼服里边的一件东西。

马克西米连急忙跑下楼，一把搂住父亲的脖颈，可是突然，他身子向后一缩，只有右手仍按在父亲的胸膛上。

“爸爸，”他说道，脸色刷地变得死一样惨白，“你礼服里为什么藏着两把手枪？”

“唉！我就担心这种情况！”莫雷尔说。

“爸爸！爸爸！看在上天份儿上！”年轻人高声问，“告诉我，拿这手枪干什么？”

“马克西米连，”莫雷尔凝视着儿子，答道，“你已经是个男子汉了，是个爱惜名誉的男子汉；来，我会告诉你怎么回事。”

莫雷尔步履沉稳地上楼去办公室。而马克西米连跟在后面，却脚步踉跄。

莫雷尔打开门，等儿子进来，又把门关上，接着，他穿过外厅，走到办公桌前，将手枪放在桌子一角，用手指了指一本摊开的账簿。

账簿上标明了公司的现状。

过半小时，莫雷尔要付二十八万七千五百法郎，而他只有一万五千二百五十法郎的现金。

“你看看吧。”莫雷尔说道。

这个青年看了，一时极为沮丧。

莫雷尔再也没有讲一句话:数字就是无情的决定,他还有什么可说的呢?

"爸爸,"过了一会儿,年轻人问道,"你已经尽了全力,才去迎接这种不幸吗?"

"是的。"莫雷尔回答。

"再也没有回收的钱啦?"

"一点也没有了。"

"一切财源都枯竭了吗?"

"都枯竭了。"

"再过半小时,我们的姓名就要蒙受耻辱了。"马克西米连声调低沉地说道。

"鲜血可以洗刷耻辱。"莫雷尔说了一句。

"你说得对,爸爸,我理解你。"

说着,他伸手去拿手枪,又说道:

"一支给你,一支我用,谢谢!"

莫雷尔伸手制止他。

"还有你母亲……还有你妹妹……让她们靠谁生活啊?"

年轻人浑身一抖,说道:

"爸爸,想一想啊,你这不是叫我活下去吗?"

"对,我是叫你活下去,"莫雷尔答道,"这是你的职责;马克西米连,你头脑冷静,又很坚强……马克西米连,你不是寻常的人;我绝不指挥你,也不命令你干什么,我只想对你说:你就当是个局外人,审视一下你的处境,自己作出判断吧。"

这个青年想了一想,眼里随即闪现大义凛然的神色,只见他缓慢而忧伤地扯下肩章和领章——他军衔的标志。

"好吧,"他说着,把手伸给莫雷尔,"你就安心死吧,父亲!我活下去。"

莫雷尔跨上前一步,要跪到儿子脚下。马克西米连一把拉住他,一时

“一支给你，一支我用。”

间，这两颗高尚的心贴在一起跳动。

“你知道这不是我的过错吗？”莫雷尔说了一句。

马克西米连微微一笑，答道：

“我知道，父亲，你是我生来见到的最正派的人。”

“很好，说定了：现在，回到你母亲和妹妹身边去吧。”

“父亲，”年轻人跪下说道，“祝福我吧！”

莫雷尔双手捧住儿子的头，拉近一些，在他前额吻了好几下。

“唔！对，对，”父亲说，“我以我和三代清白的人的名义祝福你；记住我以三代人的名义说的话:灾难所摧毁的大厦,上天能重建起来。那些铁石心肠的人,看到我这样惨死,就可能对你生怜悯之心,会给你他们曾拒绝给我的宽限。因此要注意,不要讲出有损名誉的话;要干一番事业,年轻人,要实干,要热情勇敢地奋斗。你和母亲以及妹妹,要过极艰苦的生活,以便让财富在你手中一天一天增加,还清我所欠的债。总有一天,你就在这间办公室里说:我父亲死了,因为他没有做到我今天做的事,但他死得安心,因为他临终时就清楚我能做到。想一想吧,恢复我们名誉的那一天,那可是美好的、伟大的、隆重的一天。"

"噢!父亲,父亲,"年轻人高声叹道,"你若是能活在世上该多好!"

"如果我活着,一切就会改变;如果我活着,别人的关心就要转为怀疑,怜悯就要转为凌逼;如果我活着,我就完全成了一个言而无信、弃义违约的人,一句话,完全成了一个破产者。反之,如果我死了,想一想吧,马克西米连,我的尸体,就是一个不幸的诚实人的尸体了。我活着,亲朋好友就不会登门;我死了,全马赛人就会一直把我送到安息之地;我活着,你要为我的姓名感到羞耻;我死了,你就可以抬起头,高声说:

"'我父亲自杀了,因为他有生以来,头一回迫不得已食言了。'"

年轻人呻吟一声,但他似乎已经认命了。这种信念第二次回到他的头脑,而不是进入他的心中。

"现在,"莫雷尔说,"让我单独一个人,设法把你母亲和妹妹引开。"

"你不想再见见我妹妹吗?"马克西米连问道。

年轻人这样提议,是因为在这种会面中,还隐藏着他最后一线朦胧的希望。莫雷尔先生摇了摇头。

"今天早晨见到了,"他说,"我已经同她告别了。"

"父亲,你对我没有什么特别的叮嘱吗?"马克西米连又问道,但说话的声音都变了。

"有哇,孩子,有一个神圣的嘱托。"

"说吧,父亲。"

"唯独汤姆森和弗伦奇公司曾怜悯我,这是出于人道,也许由于自私,我可无法看透人心。这家公司的代表,我不应该说同意给我,而是主动给我三个月的宽限时间;再过十分钟,他就要来兑现期票,收回二十八万七千五百法郎的款项。孩子,你要首先偿付这家公司,要把这个人看作是神圣的。"

"是,父亲。"马克西米连答应。

"好,再说一遍,永别了,"莫雷尔说,"走吧,走吧,我需要单独待着;我的遗嘱放在卧室的写字台上,你进去就能看到。"

年轻人仍站着不动,他只有意志的力量,却没有行动的力量。

"你听着,马克西米连,"他父亲又说,"假设我跟你一样是军人,奉命去攻打一座城堡,而你明知道我在攻克城堡时要牺牲,你还会像刚才那样对我说:'去吧,父亲,你留下来就要丧失名誉,苟且偷生,不如死掉,'难道不是吗?"

"是啊,是啊。"年轻人连声答道。

他双臂痉挛地搂住莫雷尔,说道:

"好了,父亲。"

说罢,他冲出办公室。

等儿子出去之后,莫雷尔眼睛盯着门口,在原地站了一会儿;继而,他伸手拉响了铃。

不大工夫,科克勒斯进来了。

他已判若两人;确信公司状况之后,三天工夫就把他压垮了。公司居然要停止付款,这个念头压在他头上,比这二十年的岁月还沉重,压得他弯腰弓背了。

"亲爱的科克勒斯,"莫雷尔以无法描述的声调说,"你就守在外厅,等那位先生,你知道,三个月前他来过,就是汤姆森和弗伦奇公司的代表,等他一到,你就通报一声。"

科克勒斯一声未吭,只是点点头,便走到外厅,坐下等待。

莫雷尔又跌坐在椅子上,他的目光移向挂钟:只剩下七分钟了,时针走得真快,令人难以置信,他仿佛看到时钟在移动。

科克勒斯

这个人尚在壮年，但陷入或许是谬误的，至少似是而非的推理，即将抛弃他在尘世所爱的一切，即将抛弃生活，抛弃家庭的全部温馨，就在这最后的时刻，他脑海中的思潮是难以言传的。不过，看他这流汗而屈从的额头，看他这含泪而望天的眼睛，还能够知其大概。

时针不停地移动，手枪已压上子弹，他伸手拿起一支，口中念叨女儿的名字。

继而，他放下这凶器，拿起笔写了几句话。

此刻他觉得，同亲爱的女儿诀别的话还没有讲完。

接着,他回身看挂钟,不再一分一分,而是一秒一秒地计数了。

他又操起手枪,嘴半张着,眼睛盯着时针,听到自己扳动机头的声响不禁一抖。

这时,更加冰冷的汗水流下他的额头,更加致命的惶恐钳制他的心扉。

他听见靠楼道那扇门吱扭打开了。

继而,办公室的门也打开了。

时钟正要打十一点。

莫雷尔没有回身,只等科克勒斯通报:

"汤姆森和弗伦奇公司的代表到。"

他把枪口对准自己的嘴……

突然,他听见一声叫喊,是他女儿的声音。

他猛地回身,看见朱莉,枪不觉从他手中失落。

"爸爸!"姑娘喊道,她跑得上气不接下气,高兴得几乎要晕过去,"得救啦!你得救啦!"

她举着一个红丝绸钱袋,投入父亲的怀抱。

"得救啦!我的孩子!"莫雷尔说,"你这是什么意思啊?"

"没错!得救啦!瞧啊,瞧啊!"姑娘嚷道。

莫雷尔接受钱袋,心中不免一动,模模糊糊地记得,这东西曾一度是他的。

钱袋里一边放着二十八万七千五百法郎的期票。

期票已经付讫了。

另一边装着一颗有榛子大的钻石,附有一张羊皮纸字条,上面写着:

"朱莉的嫁妆。"

莫雷尔摸了摸额头,他以为是在做梦。

这时,时钟敲了十一下。时钟每敲一下,他的心都震颤,就像挨了铁锤的击打。

"唉,我的孩子,"他说道,"你说清楚。你是在哪儿拿到这个钱袋的?”

“在梅朗林荫路十五号,那栋楼房六楼上的破旧小房间里,钱袋就放在壁炉的台上。”

“可是,这钱袋并不是你的呀!”莫雷尔高声说。

朱莉把她早晨接到的信递给父亲。

“你是一个人去的吗?”莫雷尔看了信,又问道。

“埃马努埃尔陪我去的,爸爸。说好他在博物馆街拐角等我,可是怪极了,我回来的时候,却不见他的影子了。”

“莫雷尔先生!”楼梯上有人喊道,“莫雷尔先生!”

“是他的声音。”朱莉说道。

话音未落,埃马努埃尔人已进来,他欢喜兴奋得脸都变形了。

“法老号!法老号!”他连声嚷道。

“哦,什么?法老号!你疯了吗。埃马努埃尔?你知道法老号已经沉没了。”

“是法老号!先生,发出的信号标明了,是法老号进港啦!”

莫雷尔又跌坐在椅子上,他浑身乏力,脑子也不听使唤,无法清理这一系列闻所未闻、难以置信的奇事。

这时,他儿子也进来了。

“爸爸,”马克西米连嚷道,“你怎么说法老号遇难了呢?瞭望台已经发出信号,法老号进港了。”

“哎,朋友们,”莫雷尔说,“真有这事儿,那一定是上天显灵!不可能!不可能!”

但同样难以置信、却又实实在在的事情,就是他手中拿的这个钱袋、这些付讫的期票,以及这颗瑰丽的钻石。

“哦!先生,”科克勒斯也问道,“法老号,究竟是怎么回事啊?”

“走吧,孩子们,”莫雷尔站起身来说,“去瞧瞧,这是不是假消息,但愿上帝可怜我们。”

他们下楼去;莫雷尔夫人守在楼梯上,刚才,这位可怜的女人没敢上去。

不大工夫,他们就来到大麻田街。

码头上聚了许多人。

众人为莫雷尔闪开一条通道。

“法老号！法老号!”众人纷纷喊道。

说来真是海外奇谈,在圣若望瞭望台对面,果然有一艘船,船尾写有白色大字:“法老号——马赛莫雷尔父子公司”,跟原来那艘法老号一模一样,也满载着粉红和靛青等颜料,只见它下了锚,落了帆,戈马尔船长在甲板上指挥,佩内龙师傅则向莫雷尔先生招手。

再也无可怀疑了:这不仅是他亲眼目睹,而且有上万的见证人。

莫雷尔父子在堤堰上拥抱在一起,目睹这一奇迹的全体市民都鼓掌欢呼;只有一个黑胡须遮住半张脸的人,躲在一个岗亭的后面,激动地观望这一场面,喃喃说道:

“心灵高尚的人,但愿你幸福,但愿你因行善而受到上天的保佑,但愿我的感谢同你隐善一样,也不为人所知。”

他带着喜悦幸福的微笑,离开他躲避的地方,趁别人都在看热闹,无人注意,便步下一条小石阶,连喊三声:

“雅各布！雅各布！雅各布!”

应声划来一只小船,将他接上去,送到一只华丽的游艇上,他像水手一般敏捷,跳上游艇的甲板,再次望了望莫雷尔先生,只见莫雷尔先生流下高兴的眼泪,和周围的人热烈握手,抬眼望天,似乎寻觅并感激那个陌生的恩人。

“现在,”那陌生人说道,“别了,善良、人道和感激……别了,心灵焕发的所有情意！我替天行道,奖赏了善人,还要去惩罚恶人!”

说罢,他打了个信号,而游艇仿佛只等这个信号,立即出海了。

“心灵高尚的人，但愿你幸福，但愿你因行善而受到上天的保佑。”

第三十一章　意大利——水手辛伯达

1838年初，巴黎上流社会有两个青年到达佛罗伦萨，一个是阿尔贝·德·莫尔塞夫子爵，另一个是弗朗兹·德·埃皮奈男爵。他们商定一道去参加罗马的狂欢节；弗朗兹旅居意大利将近四年，可以给阿尔贝充当向导。

然而，去罗马参加狂欢节不是件小事，尤其你不想露宿大众广场或“奶牛牧场”。两个青年打算住到埃斯帕涅街的伦敦饭店，于是给老板帕特里尼写信，预订一套舒适的房间。

帕特里尼答复他们说，只有三层楼的两间客房和一间工作室，不过价钱可便宜些，每天只收一个金路易。两个青年接受了，阿尔贝要利用节前这段时间去那不勒斯参观，弗朗兹则留在佛罗伦萨。

弗朗兹既已享受了梅迪契[①]的都市所提供的生活，玩够了有伊甸园之称的游乐场，拜访了佛罗伦萨几位达官显贵的府邸，他忽然心血来潮，心想他既然去过科西嘉岛，何不再去厄尔巴岛，看看拿破仑流放的那个著名的中转站。

说走就走，一天傍晚，弗朗兹在里窝那港上了一条船，待船家解开缆绳，他吩咐一声：“到厄尔巴岛！”便裹着斗篷，在船里倒头睡下了。

船离开港口，犹如海鸟飞离小巢，次日就把弗朗兹送到费拉热港。

① 梅迪契，曾经在15世纪到18世纪统治佛罗伦萨的家族。

弗朗兹穿越皇帝落魄的海岛，踏遍那位巨人留下的足迹，便在马尔恰纳重新上船。

航行了两小时，他又在皮亚诺萨上岸，他听说这里红山鹑满天飞。

这次打猎所获不多，弗朗兹勉强打了四只瘦小的山鹑，而但凡猎人都会无劳自乏，他回到船上，也是一副垂头丧气的样子。

“哦！大人若是有兴致，可以痛快地打一场猎！”船老大对他说。

“在什么地方？”

“您看见那个岛了吗？”船老大说着，指向南面碧海中耸立的圆椎形岩岛。

“那是什么岛？”弗朗兹问道。

“基督山岛。”里窝那的船老大答道。

“可是，我没有许可证，怎能上岛打猎！”

“大人用不着许可证，岛上没人住。”

“唔！真的呀，”那青年叹道，“地中海里居然有个荒岛，真是怪事。”

“其实自然得很，大人。那是个岩岛，上面没有一块地方能耕种。”

“那岛属哪儿管辖？”

“属于托斯卡纳。”

“有什么猎物？”

“有几千只野山羊。”

“野山羊都舔石头活着吧。”弗朗兹微微一笑，不大相信地说道。

“哪儿的话，石头缝里长很多欧石楠、爱神木、黄连木什么的，叶子野山羊都能吃。”

“我在哪儿睡觉呢？”

“随便，在岛上岩洞里，裹着斗篷睡在船上都行。再说，大人吩咐一声，打完猎我们立即开船。不管白天黑夜，我们都照样航行，用不上帆，还可以划桨。”

同伙伴约会的日期还早，又无需操心在罗马下榻的旅馆，弗朗兹自然采纳了船老大的建议，以便弥补这次打猎的未尽之兴。

船夫们听他回答同意,便低声交谈了几句话。

“喂,”弗朗兹问道,“有什么问题?难道出了什么情况,去不成了吗?”

“那倒没有,”船老大答道,“不过,我们必须事先告诉阁下,那岛嫌疑太大。”

“这是什么意思?”

“这就是说,基督山岛没人居住,就常常是走私商人和海盗的落脚点,他们都是从科西嘉,从撒丁岛,甚至从非洲来的。如果有人告发我们在岛上待过,我们回到里窝那,就要被检疫所隔离六天。”

“见鬼!这可又当别论!六天!正好是上帝创造世界所花的时间。这未免长了点儿,伙计们。”

“话又说回来,谁会讲阁下到过基督山岛呢?”

“哦!我不会讲出去。”弗朗兹高声说。

“我们也不会呀。”船员们纷纷说。

“既然如此,那就驶往基督山岛。”

船老大指挥操作:船调过头,朝那个岩岛驶去。

等到小船重新上路,风帆鼓胀起来,四名船夫各就各位,三个在前边,一人掌舵,等到这套操作完毕,弗朗兹又接着谈话。

“亲爱的盖塔诺,”他对船老大说,“刚才我好像听你讲,基督山岛是海盗的避难所,依我看,那可是比野山羊更棒的猎物。”

“哦,阁下,这话不错。”

“我早先倒是知道有走私贩子,然而我想,在攻克阿尔及尔,摄政制①崩溃之后,海盗就完全成了库柏②和马里亚特③上尉小说中的人物了。”

“哎!阁下,您这就想错了。海盗还有,就跟还有强盗一样。大家都以为,强盗让教皇利奥十二世杀光了,可是他们每天都在罗马城门口拦住

① 摄政制,1715—1723 年,法国奥尔良公爵摄政,史称摄政时期。

② 库柏(1789—1851),美国小说家。

③ 马里亚特(1792—1848),英国小说家。

旅客，抢劫财物。就在半年前，在教廷附近，离维勒特里还不到五百步远，法国驻马代办被抢劫精光，这事儿您没有听说过吗？”

“听说过。”

“好，既然听说过，阁下如果跟我们一样，长期住在里窝那，就准能时常听说，一条满载货物的小船，或者一只豪华的英国游艇，本来要到巴斯蒂亚、费拉热港，或者奇维塔韦基亚，可是不知何故在那里干等也不到，想必触礁沉没了；其实碰到的礁石，就是一条又低又窄的船，上面有七八条汉子，趁着暴风雨的漆黑夜晚，躲在荒凉无人的小岛上，袭击并抢劫货船或游艇，就跟强人在树林边上抢劫驿车一样。”

“也怪了，”弗朗兹一直躺在船上，又说道，“他们遭到抢劫的人，为什么不去控告，不要求法国、撒丁或托斯卡纳政府惩办那些海盗呢？”

“为什么？”盖塔诺笑道。

“是啊，为什么？”

“因为，海盗先把货船或者游艇上的好东西，全搬到自己船上，再把船员的手脚捆起来，每人脖子上吊一个二十四磅重的铁球，最后把被俘的船底凿个大洞，爬上甲板，把舱口盖严，回到自己船上。十分钟之后，那条船就开始哀嚎，一点点下沉，先沉下一边，又沉下另一边，整个浮起一下，再沉下去，越沉越深，突然轰的一声，像放炮一样：那是舱里的空气胀破了甲板。接着，船就像溺水的人那样挣扎，每挣扎一下都要下沉一点，不大工夫，舱里的水压力太大，从裂口喷出来，就像巨大的抹香鲸喷起的水柱，船最后呻吟一声，打了个转，终究沉下去；海水形成一个大漩涡，又渐渐平复，最后完全消失了，船也不见了，海面恢复平静，只有上帝的眼睛才能看见船沉在哪里。”

“喏，船为什么不驶回港口，船员为什么不控告，”船老大微笑着补充说，“现在您明白了吧？”

如果盖塔诺早点说明这一情况，那么弗朗兹就可能三思，要不要接受建议去打猎；然而既已启航，他再打退堂鼓，就未免显得过分胆小怕事了。他这种人一般不轻易冒险，但是面临危险，又能镇定自若，去应付这种局

盖塔诺

面；他这种人还稳健沉毅，把生命的危险视为决斗的对手，能仔细观察对手的一招一式，估计对手的实力，往往争取喘息机会又不显得怯阵，一眼就能看出自己的全部优势，以便一出击就置敌于死地。

“算啦！”弗朗兹又说，“我走遍了西西里岛和卡拉布里亚地区，在海岛之间航行了两个月，却没有见到一个海盗，一个强盗的影子。”

“就是嘛，”盖塔诺答道，“我对阁下讲这种情况，并不是要您改变主意；只是阁下问起来，我才这样回答。”

弗朗兹

“对，亲爱的盖塔诺，跟你聊天非常有趣，因此，我要尽量延长我们相处的时间，驶往基督山岛吧。”

风疾帆轻，每小时船行六七海里，说话间就快到目的地了。船越驶越近，那岩岛也逐渐胀大，仿佛从海中往上冒。晚照中天空澄净，但见岛上砀岩堆积，犹如武库里堆放的炮弹，而石缝中长着发红的欧石楠和翠绿的灌木丛。船夫们虽然还是那么镇静，但显而易见，他们都警觉起来，目光搜索帆船滑行的如镜的海面：远处只有几条渔船，那点点白帆好似浮游的鸥鸟。

离基督山岛只有十五海里的时候，太阳就开始落山了，说是落山，恰恰右舷西天耸立着科西嘉岛，夕阳沉到山峦后面，衬出那峥嵘的暗影，酷似巨人阿达马斯托，站在那里虎视眈眈，将小船笼罩在阴影里，唯有峻拔的山脊映着霞光，而阴影从海面升起，仿佛在追逐那即将熄灭的余晖。最后，残照退至圆椎形的峰顶，逗留片刻，看上去就像通红的火山口，而阴影已从山脚渐渐爬上山顶，山峦便呈现一片灰色，又逐渐加深，半小时后，天就完全黑下来了。

幸亏这是轻帆熟路，船夫们熟悉托斯卡纳群岛海域的每块礁石。弗朗兹躺在漆黑的船舱里，还是不免有些担心。科西嘉岛完全消失了，基督山岛也隐没不见了。然而，船夫们好似大山猫，黑暗中能看见物体，舵工操舵丝毫也不迟疑。

太阳落山之后大约过了一小时，弗朗兹似乎看见左舷四分之一海里处，有一堆黑乎乎的东西，但是分辨不清，怕把浮云错认作陆地，惹船工们笑话，便默不作声。不料，岸上突然出现亮光。陆地像一块乌云倒也罢了，可火光总不会是一颗流星。

“那是什么亮光?”弗朗兹问道。

“嘘!”船老大说，“那是火光。”

“你不是说岛上没人住吗?”

“我说过岛上没有居民，但也说过那是走私商的落脚点。”

“还有海盗!”

“对，还有海盗，”盖塔诺重复弗朗兹的话，“正因为如此，我才吩咐绕过岛；你瞧，那火光不是到船后了吗?”

“不过我觉得，”弗朗兹继续说，“有火光不必担心，倒安全些；怕被瞧见的人是不会点火的。”

“哎！这很难说，”盖塔诺说道，“您在这黑暗当中，如果能判断出岛的位置，就会知道无论从海岸沿线，还是从皮亚诺萨湾，都望不见这火光，只有在大海上才能望见。”

“这么说，您担心这火光，是怕有歹人吗？”

“这就需要弄清楚。”盖塔诺又说，他的眼睛始终盯着那颗地上的星。

“怎么才能弄清楚呢？”

“您瞧着吧。”

说罢，盖塔诺同伙计们商量了几分钟，便默默地操作起来。刹时间，船掉过头，又原路返回。工夫不大，火光就被岛上的砀岩遮住了。

这时，舵工又打了一下舵，小船又改了航向，很快就驶近岛，不久就相距只有五十步远了。

盖塔诺落下帆，小船便停下了。

这一系列航行操作，都是在静默中进行的。改变航线之后，船上谁也没有讲一句话。

这次远行打猎，是盖塔诺提议的，他自然就担起了全部责任。四名水手目不转睛地盯着他，同时备好桨，可以随时把船划开，趁黑夜溜走是不难的。

弗朗兹则镇定地检查随身武器：两支双响手枪和一支马枪，上好子弹，检验了机头，便静候事变。

这工夫，船老大已经脱掉了厚呢外衣和衬衣，紧了紧腰带，他本来打赤脚，无需脱鞋袜。这样装束完毕，说得准确些，甩掉了他的衣衫之后，他就把一根指头搭在嘴唇上，示意大家不要发出一点声响，这才悄无声息地下水，极为小心地游向岸边。只有从他游水掀起的粼粼波纹，才能看出他的去踪。

不久，波纹平复了，显然盖塔诺已经上岸。

小船上的人都一动不动，过了半小时，他们才重又看见同样粼粼的波纹，从岸边延伸，接近小船。不大工夫，只见盖塔诺猛划两下，便到了船边。

“怎么样？”弗朗兹和四名水手异口同声地问道。

“哦，他们是西班牙走私贩，”盖塔诺答道，“只有两个科西嘉盗匪在他们那里。”

"两个盗匪,同西班牙走私贩在一起干什么?"

"唔!天主啊!阁下,"盖塔诺以充满基督教悲悯的声调又说,"总应当相互帮助嘛。盗匪常常被宪兵和马队追得走投无路,碰到船就上去躲避。而船上又往往都是我们这样的好心人。他们到我们的水上之家投宿,被追捕的可怜的家伙来求救,怎么能忍心拒绝呢!于是,我们收留下来,为防备万一,我们干脆把船驶到海上,这样也不破费什么,却救了一条人命,至少保住了他的自由。他总会感激我们,一有机会,就会告诉我们在什么地点卸货安全。"

"啊,怎么!"弗朗兹说,"亲爱的盖塔诺,你也干点走私买卖?"

"唉!有什么法子,阁下!"他带着难以捉摸的微笑答道,"人总得挣口饭吃,什么都干点儿。"

"那么,此刻在基督山上的那些人,你全认识啦?"

"差不多吧,我们这些海员就像共济会会员那样,通过暗号能相互认出来。"

"照你看,我们无需担心,可以上岸吗?"

"丝毫不必担心;走私商又不是盗贼。"

"还有两名科西嘉强盗呢……"弗朗兹又说,他要事先估计到危险的各种可能性。

"哎,老天有眼!"盖塔诺说,"当了强盗不能怪他们,只能怪当局。"

"怎么会这样呢?"

"当然啦!追捕他们,还不是因为他们剥了'一张皮',就好像科西嘉人天生不该有复仇的念头似的!"

"你说'剥了一张皮',是什么意思?是杀了一个人吗?"弗朗兹还要追根问底。

"我的意思是杀了一个仇人,"船老大答道,"这和寻常杀人不一样。"

"那么,我们上岸去投宿,你认为那些走私贩和强盗会接待吗?"

"当然会接待。"

"他们有多少人?"

“四个人,阁下,加上两个强盗,一共有六人。”

“好,和我们的人数恰巧相等;如果那些先生有恶意,我们的力量也相等,因此能顶得住。最后讲一遍,向基督山岛进发。”

“是,阁下,您能再允许我采取点预防措施吗?”

“这还用问,亲爱的!你要像涅斯托耳[①]一样明智,要像尤利西斯一样谨慎。我何止允许,还要鼓励你这样做。”

“那好,大家不要作声。”盖塔诺说道。

于是,大家都默不作声了。

弗朗兹是个善于审时度势的人,他从实际出发考虑了整个情况,认为现在的处境虽无危险,但毕竟有几分严重。他孤身一人,在黑沉沉的夜晚,来到茫茫的大海上,而陪伴来的海员并不认识他,毫无理由对他忠心耿耿,他们也知道他腰缠几千法郎,还多次赏玩他的精美的枪支,赏玩时的神情纵使不是眼红,至少也充满了好奇心。再说,弗朗兹上岸去,要同岛上的走私贩和强盗打交道,而身边只有这几个人,虽然这个海岛起了个宗教意味十足的名称,但是他所能期望得到的招待,恐怕就是基督在髑髅地被钉在十字架上的那种。这还不算,那个凿洞沉船的故事,白天听来觉得玄乎,夜晚想想,倒很有可能了。此刻,面临这双重或许是臆想的危险,他不由得握紧手中的枪,目不转睛地盯住这些人。

这工夫,船夫们又扯起风帆,沿着已经航行一个来回的路线驶去。在黑暗中,弗朗兹的眼睛稍微习惯了一些,他分辨出船正绕着这个巨大的岩石航行,又过了一个岩角,便望见那火光了:现在火光更加明亮,围坐着五六个人。

火堆照亮了一百步远的海面。盖塔诺的船始终在亮带的外圈绕行,等到了火堆的正面,船头一摆,就径直闯入光圈,他也立刻唱起一支渔歌,一人独唱,几个伙计应和。

歌声一起,围坐火堆的人马上站起来,走到岸边,一齐注视帆船,显然

① 涅斯托耳,希腊神话传说中的皮罗斯王,他足智多谋,是特洛伊战争中的名将。

在估量船的大小和来意。不大工夫,他们似乎审查够了,只留下一个人,其余的又回去坐下,围着烤一只野山羊的火堆。

船驶到离岸边二十步远的地方,滩头那个人机械地举了举马枪,就像哨兵看见巡逻队那样,同时用撒丁土语喊了一声:谁?

弗朗兹冷静地按上手枪保险。

盖塔诺同那人交谈了几句,弗朗兹虽然听不懂,但能明白是在讲他。

“阁下愿意不愿意通报姓名?”船老大问道。

“不要通报我的姓名,”弗朗兹答道,“就说我是来游玩的一个法国游客。”

等盖塔诺把这个答复传达过去,哨兵便一声令下,坐在火堆旁的一个人立即起身,消失在岩石后面。

这工夫,大家都默不作声,各干各的事:弗朗兹准备上岸,船夫们忙着收帆,走私贩们则在翻烤野山羊,表面上都满不在乎,暗中却相互观察。

刚才走开的那个人忽然又从另一侧出现,他向哨兵点了点头,那哨兵再转身,仅仅对船上的人说了一句:S' accommodi.

这个意大利词是无法翻译的,它包括“过来,请进,欢迎光临,请随便,您这跟到家一样”等多种意思,就像莫里哀用的那句土耳其话,含义极为丰富,叫那个醉心贵族的小市民十分惊异。

船夫们一听这话,立刻猛划几桨,船便触到岸边。盖塔诺跳上岸,同哨兵低声交谈几句;伙计们也一个跟一个跳下去,最后轮到弗朗兹。

弗朗兹挎着一把手枪,另一支交给盖塔诺,马枪则由一名船夫拿着。他这身五分艺术家、五分纨绔子弟的打扮,不会引起主人的任何猜疑,因此也不会引起什么不安。

帆船系在岸边之后,他们要找个合适的宿营地,刚走几步就被叫住;那个负责警戒的走私贩显然觉得他们去那里不合适,便朝盖塔诺喊了一声:

“请不要去那边。”

盖塔诺讷讷地道了一声歉,没有坚持,转身朝相反的方向走去,两名船夫在火堆上点了火把，走在前边照亮。

走出三十来步远，他们就停下。这里是一小块平地，周围岩石的凹处凿成座位，颇像坐着放哨的岗亭。弗朗兹放低火把照一照，看见一堆灰烬，从而判明这个舒适的地方并不是他最先发现的，大概探访基督山岛的游客常在这里落脚。

弗朗兹谨防变故的念头打消了。他双脚一踏上陆地，一看见主人虽称不上友好，至少要各行其是的态度，他的思虑就烟消云散了，而现在闻到旁边宿营地烤山羊的香味，思虑就又转化为食欲了。

他刚一吐露这种新的考虑，盖塔诺就回答说，做顿晚饭再容易不过，船上有面包、葡萄酒，还有六只山鹑，生一堆旺火烤一烤就行了。

"哦，"船老大补充说，"阁下若是觉得烤山羊的香味太诱人，那我就拿两只山鹑给他们送去。换回一块烤山羊肉来。"

"请吧，盖塔诺，请去吧，"弗朗兹说道，"你天生就有谈判的才能。"

这工夫，船夫们已经弄来几抱柴火，把荆条、爱神木和橡树绿枝搭起来点着，火还相当不错。

弗朗兹鼻子一直嗅着烤山羊的香味，焦急地等待，终于盼回船老大，但看他那样子却心事重重。

"怎么样？"弗朗兹问道，"有什么新情况？他们没有接受你的提议吗？"

"恰恰相反，"盖塔诺答道，"他们的头儿听说您是个法国青年，就想邀请您同他共进晚餐。"

"那好啊，"弗朗兹又说，"他们的头儿还真有教养，我看没有理由谢绝，况且，我也要带一份食品去。"

"哎！问题不在这儿：他的晚餐挺丰盛；不过，他请您去他府上，却附带一个奇特的条件。"

"他府上！"年轻人惊奇地问，"他在这儿建了房子吗？"

"没有，不过，反正他有个非常舒适的住处，至少他们是这样讲的。"

"你认识那个头儿吗？"

"听说过。"

"是好是坏?"

"两种说法全有。"

"见鬼！附加什么条件?"

"要您蒙上眼睛,等他吩咐才能取下蒙布。"

弗朗兹极力探询盖塔诺的目光,想了解这个建议背后隐藏着什么。

"唉!"盖塔诺看出弗朗兹的心思,便说道,"我知道,这事儿要想一想。"

"换了你,怎么办呢?"年轻人问道。

"我嘛,去就去,也损失不了一根毫毛。"

"你会接受?"

"是啊,就算开开眼也好。"

"那个头儿的住处还有什么好看的吗?"

"您听着,"盖塔诺压低声音说,"不知道他们说的是不是真的……"

他住了口,环视周围有没有外人偷听。

"他们说什么?"

"他们说那个头儿住的地下宫,会把皮蒂宫[1]比得一钱不值。"

"简直是说梦话!"弗朗兹说着,重又坐下。

"哎！绝不是梦话,"船老大继续说,"完全是真的！圣菲尔迪南号的舵工加马就进去过一回,出来时惊叹不已,说是只有在童话里才有那种珍宝。"

"真的吗?"弗朗兹又说,"你这么讲,岂不等于把我领进阿里巴巴的宝洞吗?"

"这都是别人对我说的,阁下。"

"这么说,你认为我应当接受邀请啦?"

"哎！这话我可没讲！阁下要怎样,悉听尊便。这种事我不便

① 意大利佛罗伦萨的世族,所建府邸非常著名,并珍藏15世纪至18世纪的名画。

相劝。”

弗朗兹略一思索，认为那人十分富有，绝不会谋他区区几千法郎之财，而在这种留难中，他只看到一顿美餐，于是接受了。盖塔诺便去回话。

前面讲过，弗朗兹处事谨慎，他还要尽量了解那位怪异而神秘的东道主，于是转身走向一名水手打听。那水手在刚才谈话的时候，正一本正经地拔山鹑毛，显出当差做事的一副得意神情，现在听游客问他，那些人既没有游艇、帆船，也没有航行气球，是怎么来岛上的，他便答道：

“这倒不成问题，我见过他们乘的船。”

“船很漂亮吗？”

“但愿阁下也能有那样一条船，好去周游世界。”

“那船有多大载重量？”

“大约一百桶。再说，那是游玩用的，英国人叫游艇，不过是特制的，什么天气都能在海上航行。”

“是哪儿造的？”

“不清楚，我想是热那亚造的。”

“一个走私贩的头子，”弗朗兹继续问道，“怎么敢到热那亚定做一只游艇，用来搞走私活动呢？”

“我可没有讲那游艇的主人是搞走私的。”

“不是吗，可我好像听盖塔诺这样讲过。”

“盖塔诺只是远远地望见，并没有跟游艇上的人说过话。”

“那人既然不是走私贩的头儿，那又是什么人呢？”

“是个阔气的大老爷，喜爱游山逛水。”

“哦，”弗朗兹心想，“说法都不一样，看来是个非常神秘的人物。”

“他叫什么名字？”

“有谁问他尊姓大名，他就回答叫水手辛巴达。不过我怀疑，这不是他的真名实姓。”

“水手辛伯达？”

“对。”

水手辛巴达

“那位大老爷家在哪里？”

“就在海上。”

“他是哪国人？”

“不知道。”

“你见过他吗？”

“见过几次。”

“他是什么样的人？”

“阁下自己判断吧。”

"他要在哪儿招待我呢?"

"当然是在盖塔诺跟你说的地宫了。"

"你们在这里停靠,看见岛上没有人时,就从来没有好奇心,想法闯入那座魔宫吗?

"怎么没有,阁下,"船又答道,"找过多少回,可总是白找一通。我们搜遍了整个石洞,就是没有找到一小条通道。据说那扇门不是用钥匙,而是用咒语开的。"

"嗬,"弗朗兹喃喃自语,"毫无疑问,我这是进入了《天方夜谭》的童话世界。"

"我家大人恭候您哪。"身后传来一个声音,弗朗兹听出是那个哨兵。

陪同前来的是游艇的两名船员。

弗朗兹无需回答,只是掏出手帕,递给跟他说话的那个人。

那人也一声不吭,用手帕将弗朗兹的眼睛蒙上,扎得很仔细,唯恐有稍微疏忽,然后又让他发誓绝不擅自摘掉蒙布。

弗朗兹起了誓。

于是,两个各架住他一条胳臂,扶他走路,那哨兵则走在前面。

走了三十来步,他闻到烤羊肉的香味越来越浓,觉出他又从篝火前经过了;他们扶他继续朝前走,显然走向不准盖塔诺进入的地段:为何不准,现在清楚了。不久,他感到空气变了,明白已经走进岩洞,又走了几秒钟,只听咯咯响两声,他觉得空气再度变化,变得温煦芬芳了;最后,他感到双脚踏在又厚又软的地毯上,向导放开他的手臂,周围寂静了片刻,只听一个人略带外国口音,用地道的法语说道:

"欢迎您光临寒舍,先生,您可以取下手帕了。"

可以想见,弗朗兹不待对方重复,立刻解下手绢,只见面对一个近四十岁的男子:这人一身突尼斯人装束,头戴蓝丝长穗的红圆帽,上身穿绣金的黑长袍,下身穿红色灯笼裤,腿扎红色绣金带,脚穿黄色拖鞋,腰系华丽的开司米带,别着一把弯弯的尖刀。

此人脸庞虽然苍白无色,却十分俊美,他的眼睛灵活而敏锐,鼻梁笔

那人一声不吭，用手帕将弗朗兹的眼睛蒙上。

直，几乎与额头取齐，为地道的希腊型。洁白的牙齿赛似珍珠，排列得非常齐整，上唇则蓄留一抹黑色髭须。

不过，他那苍白的脸色很奇特，就像长期幽居在墓穴里，未能恢复常人的红润之色。

除了个头不太高，他的整个身体显得很健美，而手脚都比较小，具有法国南方人的特点。

弗朗兹最感到吃惊的，还是屋内豪华的陈设，当初他真以为盖塔诺是痴人说梦。

四壁都挂着土耳其的绣金花大红锦缎。在一个壁龛里摆着一张长沙发,上悬几把阿拉伯刀剑,鞘上镶银镀金,手柄则镶嵌璀灿的宝石。天棚吊着一盏威尼斯琉璃灯,式样和色彩都很美观。脚下踏着土耳其地毯,直陷到脚腕儿。弗朗兹进来的那扇门挂着锦帘,通里间的那扇门射出辉煌的灯火。

主人且让弗朗兹惊叹一番,而反过来,他也目不转睛地打量客人。

"先生,"他终于说道,"万分抱歉,请您光临还采取这种谨慎措施,只因大部分时间,这个岛上没有人,假如这个住所的秘密为人所知,那么我外出归来时,肯定会发现我这落脚点被搞得不成样子,可恨可恼的,倒不在于造成多大损失,而是再难找到这个世外桃源,想避世就来住一阵。现在,请您享用您想不到这里会有的东西,聊以补歉,也就是一顿便餐和相当舒适的卧榻。"

"哎,亲爱的主人,"弗朗兹答道,"实在不必为此道歉。许多书上都讲到,进入魔宫要蒙上眼睛,譬如《新教徒列传》中的拉乌尔就是如此;老实说,我无可抱怨,您让我看到的这种景象,简直就是《天方夜谭》的续集。"

"唉!引卢库卢斯[①]的一句话来说:早知大驾光临,自当悉心准备。石屋陋室,不成敬意,权当小酌休憩之所。阿里,晚餐备好了吗?"

门帘应声掀起,进来一个努比亚黑奴,他黑似乌木,身穿一条白色便袍,一进来便对主人点头,表示可以进餐了。

"不知尊驾意下以为如何,"这陌生的主人对弗朗兹说,"我总觉得,双方不通姓名,又不报头衔,对酌交谈两三个小时,这局面实在尴尬。不过请放心,我遵守待客之道,不会索问大名和尊衔,只想请您随意给个称号,谈起话来也方便些。我这方面倒无需过虑,可以告诉您,别人通常叫

---

① 卢库卢斯(公元前106—前56)古罗马将军,他在征战中敛了巨大财富,退职后过着十分奢华的生活。

我水手辛伯达。”

“我也可以告诉您，”弗朗兹答道，“只要得到那盏有名的神灯，我就跟阿拉丹[①]差不多了，因此眼下，您称我阿拉丹，我看未尝不可。这样，我们也就须臾不必离开东方，而我的确相信，我是借哪个慈悲天神的力量，才来到这东方国度。”

“很好，阿拉丹大人，”这位怪异的晚宴东道主说道，“您听到了吧，晚餐已经备好，请您入席好吗？请容在下给您引路。”

说罢，辛伯达果然走在弗朗兹的前面，掀起门帘进去。

弗朗兹犹入幻境，愈来愈感到神奇：餐桌上珍肴杂陈，十分丰美。这主要一点确认之后，他便环顾周围，只见这间餐室金碧辉煌的装饰，不亚于刚才离开的小客厅：全室用大理石建造，上面有极为珍贵的仿古浮雕，室两侧呈椭圆形，各立着一尊精美的雕像，雕像头上顶着花篮，篮里装有码成金字塔形的水果，全是西西里岛的凤梨、马加拉的石榴、巴利阿里群岛的橙子、法国的水蜜桃和突尼斯的大枣。

菜肴则尽是野味海珍：配有科西嘉乌鸫的烤野鸡、一条野猪火腿冻、一块涂了芥末蛋黄酱羔羊肉、一条珍贵的大菱鲆鱼和一只硕大的龙虾。大菜之间还上各种美味小菜。

大盘是银制的，小碟是日本瓷器。

弗朗兹揉了揉眼睛，好确认他不是在做梦。

上菜的只有阿里一人，他侍候得非常周到，因此，客人向他的主人大加赞扬。

“是啊，”辛伯达泰然自若，一面尽地主之谊，一面答道，“是啊，这个可怜的家伙对我忠心耿耿，凡事都尽心尽力。他念念不忘我救过他的命。当时，看样子他真怕掉脑袋，多亏了我才保住，因此始终感激我。”

阿里走上前来，拉起主人的手吻了吻。

---

① 阿拉丹，《天方夜谭》中的人物。他是裁缝的儿子，在巫师的指引下，进入地心，得到神灯，而神灯给他带来财富。

阿里走上进来，拉起主人的手吻了吻。

“辛伯达大人，”弗朗兹说道，“我是不是太冒昧，敢问是在何种场合行此善举？”

“唔！说来倒也平淡无奇，”主人答道。“这个鲁莽的家伙，不知怎的闯到突尼斯国王后宫附近，那里是不准黑人青年去的，结果，他被国王判处割舌、剁手和砍头：头一天割舌，第二天剁手，第三天砍头。我早就想找一个哑巴服侍，于是等他割掉舌头之后，就去拜见国王，提议用一把精制的双响手枪换取这名罪犯，因为头一天我看准国王艳羡这把手枪。他斟酌片刻，心中很想结果这个可怜虫。不过，我还有一把英国猎刀，曾用它砍断国王的突尼斯弯刀；手枪加猎刀，终于使国王撤销判决，饶过他的双手和头颅，但有个条件，不准他再踏上突尼斯的土地。其实，多此一举，这个异教徒远远望见非洲海岸，就慌忙躲进底舱，非等望不见第三大洲时，他才肯上来。”

弗朗兹一时默然，心中琢磨不知如何看待主人叙述时近乎残忍的憨直态度。继而，他转变话题，又问道：

“您既然取了那个令人敬佩的水手的名字，那么一定像他那样，一生都在旅行吧？”

“对，这是我许下的一个誓愿，许愿那时还以为不大可能实现，”陌生的主人微笑道，“这类誓愿，我还许下几种，但愿能逐一实现。”

辛伯达讲这话时尽管十分平静，但是他的眼神却闪现奇异的凶光。

“想必您饱受苦难吧，先生？”弗朗兹问道。

辛伯达不禁一悸，定睛看他，反问一句：

“何以见得？”

“显而易见，”弗朗兹答道，“您这声调眼神，您这苍白的脸色，乃至您过的这种生活，都有所表露。”

“我嘛！我过的是神仙的日子，是名副其实的总督的生活。我就是万物之主：喜欢一个地方就盘桓一段时间，待腻了就走，如同鸟儿一样自由，如同鸟儿一样生了羽翼。我略一示意，我身边的人就马上遵命行事。我时而还戏弄戏弄人类司法，劫走司法要制裁的一名强盗，收留司法追捕的一名案犯。而且，我也有自己的司法，兼有低级和高级裁判权，不准缓刑，也不准上诉，说罚就罚，说赦就赦，谁也无权干涉。嘿！您若是尝尝我这种生活，就再也不想过别种生活，也绝不想回到尘世上了，除非有重大的计划要去完成。”

“譬如说，复仇！”弗朗兹说了一句。

陌生人注视年轻人，他那目光能直透人心和头脑。

“何以说必是复仇呢？”他问道。

“因为看您的样子，”弗朗兹答道，“完全像一个受社会迫害的人，有一笔血债要同社会清算。”

“哎，”辛伯达说着，发出他特有的怪笑，露出雪白尖利的牙齿，“您这不亲眼看到了，可以说我是个博爱者。有朝一日，也许我要去巴黎，同阿佩尔[①]先生竞争，同那个身穿蓝色小外套的人[②]抗衡。”

“是头一回去吗？”

“唔！对，是头一回。看来我不怎么好奇，对吧？不过，我可以明确告诉您，此行一拖再拖，并不是我的过错，总有一天我要去的。”

“您打算不久就启程吗？”

“还很难说，要视情况而定，这取决于尚难预料的因素。”

“希望您去的时候，我正好在巴黎，以便尽力回报您在基督山岛对我的款待。”

“我非常高兴接受您的雅意。”主人又说，“但是可惜，如果去，也许要隐匿身份。”

这工夫，晚餐仍在继续，但仿佛仅仅为弗朗兹一人准备的，而主人只是动一两样菜；这样一桌华宴，却让这位不速之客大饱口福。

最后，阿里送上尾食，确切地说，他从雕像的手中取下水果篮子，摆到餐桌上。

在两只篮子之间，他还上了一只带盖的镀金小银杯。阿里捧来这只银杯时的恭谨态度，引起了弗朗兹的好奇心。弗朗兹揭开杯盖，看见杯里装着淡绿色稠乎乎的东西，好像是白芷酱，但他从未见过。

他重又盖上杯子，掀开盖看过之后，仍不知里面所装何物，于是他把目光移向主人，看见主人颇为希望地微笑着。

“这小杯子里盛的是什么食物，”辛伯达说道，“您不可能猜出来，大概有些奇怪吧？”

---

① 尼古拉·阿佩尔（1749—1841），法国工业家。

② 指法国国王路易十八。

“的确如此。”

“那好，不瞒您说，这种淡绿色的果酱，正是青春女神赫柏请朱庇特吃的琼浆玉液。”

“不过，”弗朗兹说道，“这种琼浆玉液既然到了凡人手里，就必然丧失仙名，代之以凡间的名称，用凡俗的话来说，这种饮料如何称呼呢？老实说，我并不怎么感兴趣。”

“哼！这恰恰表明我们是肉体凡胎，”辛伯达高声说道，“就说幸福，我们往往失之交臂，无视无见，或者，即使看到，也同样不甚了了。您是个重实利的拜金主义者吗？那就尝尝此物吧，您的眼前会立即展现秘鲁、胡茶辣[①]和戈尔孔达的金矿。您是好发奇想的人，是个诗人吗？那也照样尝尝此物吧，事物的界限会立即消失，眼前就会展现无限的天地，任您遨游，在那梦幻的无穷无尽的空间，就有心灵自由，神思自由。您是个野心勃勃的人，要追求尘世的功名利禄吗？还是尝尝此物吧，过一个小时您就成为国王，不是统治诸如法国、西班牙或英国那种位于欧洲边陲的蕞尔小国，而是统治全世界、全宇宙，成为万物之王。您的宝座就设在撒旦劫走耶稣的那座高山上，而您无需向撒旦膜拜，也不必吻他的魔爪，您就是普天下所有王国的君主。怎么样，我请您品尝之物，是不是非常诱人？这不过是举手之劳，是不是非常容易？您瞧。”

说罢，他也掀开小银杯的盖子，盛了一茶匙他极力赞扬的仙浆，送到口中，同时眯起眼睛，仰头细细品味。

弗朗兹且让他慢慢咽下，待他从陶醉中醒来，便问道：

“如此珍贵的食物，究竟是什么呢？”

“您听说过山中老人吗？”主人反问道，“就是要谋杀菲力浦·奥古斯特[②]的那位。”

“当然听说过。”

---

① 胡茶辣，印度古地名。

② 即法国国王菲力浦二世（1180 年至 1223 年在位）。

“好,那您就知道,他统治一片富饶的山谷,而他那别致的名字也取自那座高山。山谷中有老人哈桑-本萨巴种植的园子,园中又建了几幢孤零零的楼阁。他正是在楼阁里接待他的座上客,请他们吃一种草药。据马可波罗记载,人吃了那种草药,就能飞升到仙苑,而那里四季鲜花盛开,果子常熟,女子则永葆青春。然而,那些快活的青年男女认作的现实,不过是一场幻梦;可是,幻梦却又那么甜美,令人心醉神迷,因此,他们为了得到,情愿出卖肉体和灵魂,对提供这种幻梦的人,就像对待上帝一样唯命是从,若是奉命追杀一个人,他们就是走遍天涯海角也要完成使命;他们即使在折磨中死去,也不会呻吟一声,心中只有一个念头:死后便可进入那极乐世界,而摆在您面前的这种仙草浆膏,已经让他们事先领略了极乐世界的滋味。”

“哦,”弗朗兹高声说道,“您说的就是印度大麻呀!不错,我知道,至少这名字还听说过。”

“正是,您说得对,阿拉丹大人,正是印度大麻。要知道,最纯的上等大麻精,是阿布戈尔的制品,他住在亚历山大,是天下第一名师,无与伦比;真应该给他建造一座宫殿,挂上一块匾额,上写:‘感恩的世人敬献出售幸福的商人’。”

“您想得到吗?”弗朗兹对他说,“我很想亲身体验一下,看您的赞美究竟属实还是虚夸。”

“您就亲身体验吧,我的贵客,体验一下吧;但是,不要浅尝辄止:任何事物给感官一种新的印象,不管是温和还是猛烈的,凄苦还是欢快的印象,感官必须有个适应过程。人的天性就抵制这种仙品,人生来就沉湎于痛苦,而不适于欢乐。必须经过搏斗,战胜这种天性,必须让梦幻取代现实,而梦幻一旦成为主宰,那么梦幻就要化为生活,生活就要化为梦幻:归根结底,这种转换又有什么差异呢!换句话说,对比现实生活的痛苦和虚幻生活的欢乐,您就再也不想活下去,而要永远置身梦中。此后,您再离开自己的天地面进入尘世，就好像从那不勒斯的春天，一下跨入拉普兰[①]的寒冬，又好像从仙国到人间，从天堂到地狱。尝尝大麻精吧，我的客人！尝一尝吧！”

弗朗兹不再应声，也舀了一茶匙这种美妙的浆膏，送到口中，取量跟东道主刚才吃的差不多。

“见鬼！”他咽下仙浆，说道，“我还不知道效果是否如您说的那样美妙，但味道却不像您断言的那么好。”

“因为您口腔的味觉神经还不适应，品不出此物的精味。您说说看，所有您爱吃的东西，诸如牡蛎、茶叶、黑啤酒、块菰，难道您尝一回就非常喜欢吗？罗马人吃野鸡要加草药阿魏，中国人吃燕窝，难道您能理解吗？嗯，天哪，不理解。大麻精也是同样道理，别看今天初次品尝，您也许觉得乏味，甚至有点恶心，只要连续服用一周，您再吃什么东西，也认为不如这鲜美了。好，请到隔壁，也就是您下榻的房间，阿里会给我们送来咖啡和烟斗。”

主客二人站起身，弗朗兹走进隔壁房间，而自称辛伯达的人则向仆人吩咐几句话。我们为了称谓方便，也像他的客人那样，时而叫他辛伯达。

弗朗兹走进去一看，只见屋里陈设略微简单，但同样豪华。屋子呈圆形，靠墙摆了一圈长沙发。长沙发、墙壁、天棚和地板，无处不铺满上等兽皮，跟最松软的地毯壁毯一样柔软惬意，有长鬃的阿特拉斯狮子皮、条纹斑斓的孟加拉虎皮，有花斑美观的卡卜豹皮，如同出现在但丁面前的那种花斑豹，还有西伯利亚熊皮、挪威狐皮，大量的兽皮一张张摞起来，走在上面赛过芳草丰美的绿茵，躺在上面胜过最松软的床笫。

主客二人躺到长沙发上，手边放了一排素馨木管琥珀嘴的土耳其长烟袋，全都装好烟，每支无需抽第二口。他们每人拿起一支，阿里给他们点着烟，便退出去端咖啡。

室内一时寂静下来。辛伯达陷入沉思，他头脑似乎萦绕着什么念头，

① 拉普兰，斯堪的纳维亚半岛北部地区名称。

即使在谈话时也须臾不离；弗朗兹同样沉默不语，恍若进入暇想，这是抽上等烟时常见的现象，一切烦扰思虑，仿佛随着青烟飘走，而眼前则展现心灵的奇幻的梦景。

阿里端上咖啡。

"您怎么喝法？"主人问道，"法国式还是土耳其式，浓些还是淡些，加不加糖，沏的还是煮的，各样齐备，随您选择。"

"我就喝土耳其式的吧。"弗朗兹答道。

"口味不错，"主人高声说，"这表明您喜欢东方生活。啊！要知道，唯有东方人会生活！至于我，"他补充说道，同时又怪笑一下，但这没有逃过年轻人的眼睛，"等我在巴黎的事务一结束，我就要去东方了此一生。您那时若想见我，就必须到开罗、巴格达或伊斯法罕去寻找。"

"真的，"弗朗兹说道，"这是轻而易举的事情；我觉得自己长出了雄鹰的翅膀，能在二十四小时内周游世界一圈。"

"哈，哈！大麻精起作用了，好哇，您就展翅飞吧，脱离人间，飞到天上去；有人守护，您无需担心；万一您的翅膀像伊卡洛斯[①]的那样，因接近太阳而熔化了，我们会在下面接住您的。"

接着，他用阿拉伯语对阿里讲了几句话，阿里点头服从，退下几步，但没有离去。

这工夫，弗朗兹身上正发生奇异的变化。一天的劳顿、晚间的经历所引起的思虑，倏忽间全化为乌有，他就像处于要入睡时的状态，还能感到自己渐渐沉入梦乡：此刻，他的身躯飘飘欲仙，他的神智异常清醒，所有感官也似乎倍加敏锐；与此同时，视野不断地扩大，现在的视野，不再像他睡觉之前所见的那么黑暗，笼罩着难以名状的恐怖气氛，而是蔚蓝透明，一望无际，充满大海的碧蓝、熏风的清香和太阳的光辉；继而，在水手的歌声中——那歌声美妙清亮，如果谱写下来就是人间仙曲——他望见基督山

---

① 据希腊神话传说，伊卡洛斯和父亲被关在克里特的迷宫里，他们靠羽毛和蜡制的双翼逃出去。但伊卡洛斯忘记父亲的嘱咐，飞近太阳，蜡翼融化，他坠海而死。

岛渐渐出现，那不再是惊涛骇浪中突兀的砌岩危石，而像瀚海中的一块绿洲；帆船逐渐驶近，歌声也变为多重唱，那神秘的和声荡人心魄，从海岛升到天庭，就好像是洛勒莱[①]那样的女妖想引诱一颗迷魂的心，或者安菲翁[②]那种魔法师要在岛上建一座城池。

小船终于抵岸，但十分轻盈，毫无震荡，好似嘴唇接触嘴唇；迷人的乐声仍未停止，他回到岩洞，走下几级，确切地说，他觉得走下几级台阶，呼吸到清爽而芬芳的空气，犹如走进喀耳刻[③]的洞穴：空气那么馥郁，令人浮想联翩，同时又那么炽热，烧灼人的感官，于是，他睡觉前所见到的情景，又全部浮现在眼前，从怪异的东道主辛巴达，直到哑巴仆人阿里；继而，这一切又忽然消失，变成一片模糊，就像魔灯熄灭时最后映现的影子；他重又意识到身在这间立着雕像的卧室里，夜色弥漫，室内只点着一盏古灯，灯光荧然，照着睡眠或者情欲。

还是原来的那几尊雕像，看上去风姿绰约，雍容华贵，极富诗意，那浓密的秀发如飞动的云彩，那眼神十分妖媚，含着淫荡的笑容。她们就是弗鲁内、克蕾奥帕特拉和梅萨利纳[④]，三位大名鼎鼎的淫妇荡娃。继而，有一个纯真的形象、一个娴静的身影，悄然溜进这些狐狸精之间，宛若一缕清光、一个基督天使来到奥林匹斯山，这轻柔的幻影用面纱遮住贞洁的额头，仿佛羞见这淫邪的大理石雕像。

这时弗朗兹觉得，这三尊雕像将爱倾注到一个男子身上，这男子就是他本人，只见她们走近他渴望重新入睡的床笫，那雪白的长裙遮住她们的双脚，而她们的胸脯完全袒露，头发像水波一般流动，她们搔首弄姿，媚态撩人，连神仙也难抗拒，唯有圣徒才能抵制，那流盼的目光火辣辣的，有如

---

① 洛勒莱是莱茵河畔一处百余米高峭壁的名称，传说那里有女妖用歌声引诱船夫，使其船触石沉没。

② 安菲翁是希腊神话中宙斯的儿子，他用竖琴的魔力筑成底比斯城。

③ 喀耳刻，希腊神话中的仙女，精通巫术，住在地中海上埃埃厄小岛上，能把受蛊惑的人变成动物。

④ 弗鲁内，公元前4世纪希腊名妓。克蕾奥帕特拉，埃及王后，公元前51年至前30年在位。瓦莱里娅·梅萨利纳，罗马女皇，死于公元48年。这三个女性在历史上均以生活放荡著称。

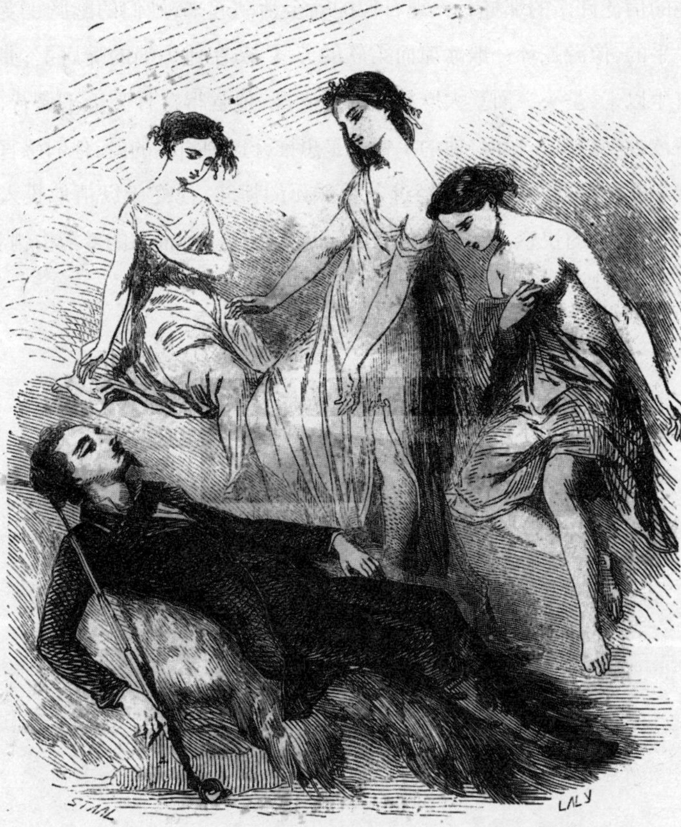

只见这三个雕像走进他的床笫。

大蛇盯着小鸟儿，那目光像紧紧搂抱一样令人痛楚，像热烈一吻那样给人快感，终于使弗朗兹慑服了。

弗朗兹恍若合上眼睛，但是最后一瞥，仍然瞧见那尊全身罩住轻纱的贞洁的雕像，继而他合上双眼，不再看真实的事物，而感官却敞开领略人间未有的欢悦。

于是，他感受到不知疲倦的情欢、持续不断的快感，如同穆罕默德[①]

① 穆罕默德，伊斯兰教的创始人。

向他的信徒许诺的那样。大理石像的嘴全活动起来,她们的酥胸也变得热乎乎的,像游蛇环一般冰凉而柔软的芳唇,贴在他焦渴的嘴唇上;弗朗兹有生以来,是头一回受大麻精效力的支配,他觉得这种爱近乎痛苦,这种情欲近乎折磨。然而,他的手臂愈是想推开这种陌生的爱,他的感官愈是迷恋这神秘梦幻的魅力;经过一番殊死的搏斗,他终于纵情地投入欢乐,领略情欲的快感,接受石雕情妇的亲吻,在这闻所未闻的梦境中销魂,最后累得气喘吁吁,热汗津津,精疲力竭地倒下了。

第三十二章　梦幻醒来

弗朗兹醒来，睁眼一看，只觉得周围的景物是他梦幻的第二部分；他以为置身墓穴之中，只有一缕微光透进来，宛如一道怜悯的目光；他伸手摸摸，触到岩石，于是他坐起来，发觉自己裹着斗篷，躺在柔软而芳香的欧石楠的干草铺上。

幻景完全消失了，那些雕像似乎仅仅是幽灵，在他睡梦中从墓里出来，待他醒来时又逃逝了。

他朝透光的一角走了几步：现实的寂静取代了梦境的喧闹。他发觉身在岩洞里，便朝洞口走去，从拱形的洞口往外张望，便看见蔚蓝的天空湛蓝的大海，水静气清，闪耀着旭日的光辉；船夫们坐在岸上正在说笑，离他们十步远的水面上，小帆船扯着锚链优雅地荡漾。

他停了片刻，享受吹拂额头的清爽的微风，倾听远处传来海浪拍岸的声响，眺望浪花在岩岛周遭编织的白色花边。一时间，他沉浸在大自然景物的圣洁的魅力中，什么也不想，什么也不思考：刚从怪诞的梦境中醒来，往往会有这种感受。继而，外界如此宁静、如此纯洁、如此壮阔的生活，渐渐令他忆起这一觉的虚幻，于是，他所经历的事情，又一件件回到他的记忆中。

他想起如何到达这个岩岛，如何拜会走私贩一个头儿，如何进入一座金碧辉煌的地宫，如何享用一顿山珍海味的晚餐，并吃下一小匙大麻精。

不过，面对这光天化日的现实，他这番经历恍若是一年前的事了，而梦境却十分鲜明,在他的头脑中占据重要位置。因此,曾用亲吻点缀他梦境星空的那些倩影,时而随他的想象而至,坐到船夫们中间,或者穿越一块岩石,或者立在摇荡的船上。再者,此刻他感到神清气爽,疲顿完全消除,头脑毫无沉重之感,而是百体通泰,畅吸空气,承受阳光,精力显得格外充沛。

他兴冲冲地朝船夫们走去。

船夫们一见到他,纷纷站起来,船老大迎上来。

“辛巴达大人让我们转达他对阁下的敬意,他不辞而别,托我们向您表示歉意,希望您能宽谅,因为他有一件非常紧急的事情要办,火速前往马拉加了。”

“怎么!亲爱的盖塔诺,”弗朗兹叹道,“这一切都千真万确啊?这个岛上果真有一个人请我去,给我像宫廷一般的款待,又在我睡觉时走了吗?”

“千真万确,他那只游艇还望得见,那不挂满帆越驶越远;您若是用望远镜,很可能在船员中认出那位东道主。”

盖塔诺边说边抬起手臂,指向驶往科西嘉南端的小帆船。

弗朗兹掏出望远镜,调好焦距,朝那个方向望去。

盖塔诺说得不错。船尾果然站着那位神秘的陌生人,面朝这里,像他一样拿着望远镜,同时挥动手帕告别,身上仍然穿着昨晚接待客人的那套服装。

弗朗兹也掏出手帕挥动,回敬还礼。

过了一会儿,船尾显现一股轻烟,悠然脱离风帆,冉冉升上天空;继而,隐隐一声枪响传到弗朗兹耳畔。

“喏,听见了吧!”盖塔诺说道,“他向您鸣枪告别呢!”

年轻人立刻操起马枪,朝空中放了一枪,但是岛岸离那游艇太远,他并不抱希望枪声会传到那里。

“阁下有什么吩咐?”盖塔诺问道。

“先给我点一支火把。”

“哦！对，我明白，”船老大又说，“要去找那魔宫的入口。遵命，大人，只要您有兴致，我这就给您准备火把。当初，我也像您这样，脑袋里总转悠这个念头，有三四回，我还真异想天开打算试一试，但是最终还是放弃了。乔瓦尼，”他吩咐道，“去点一支火把，给大人送来。”

乔瓦尼遵命去办。弗朗兹拿了火把，便走进地下的岩洞，盖塔诺则跟在后面。

弗朗兹瞧见压乱的欧石楠草铺，认出是他睡觉的地方。然而，他举火把照遍了岩洞的石壁，什么也没有发现，只有几处烟熏的痕迹，显然在他之前，别人也曾试图寻找，枉费了心机。

洞里花岗岩石壁像未来一样难以参透，但是他没有放过一尺地方，全部查看一遍；只要发现一点裂缝，他就插进猎刀探一探；只要瞧见一处突起点，他就用力按一按，希望机关会开启，然而终归徒劳，这样搜寻一无所获，白白耽误两个小时。

弗朗兹这才放弃寻找的念头，盖塔诺得意扬扬。

弗朗兹回到岸边的时候，那游艇在水天之间，只剩下一个白点了；他借助望远镜，也分辨不出什么了。

盖塔诺提醒他是来打野山羊的，而他却完全忘记了来意。于是，他拿起枪，开始在岛上转悠，名为打猎，却了无兴趣，仿佛是在尽一种责任。一刻钟的工夫，他打了一只山羊和两只小山羊。不过，这种野山羊虽然像羚羊一样敏捷，但是太像家畜，弗朗兹并不把它们视为猎物。

再说，他另有更为牵挂的心事。从昨天晚间起，他真的成了《天方夜谭》中的角色了，他总是情不自禁，被那岩洞吸引过去。

尽管头一次查找毫无结果，他还要再次去搜寻，吩咐盖塔诺烤一只小山羊，便独自走了。这回找了许久，他回来时，野味已烤熟，午餐也备好了。

弗朗兹坐下，心想昨天夜晚，他就是坐在这个位置上，接受了那位神秘的东道主的邀请，他举目望去，只见那游艇继续驶往科西嘉，宛如浮在浪峰上的一只鸥鸟。

“喂，”他问盖塔诺，“你不是说辛巴达大人去马拉加嘛，可我看他却直接驶向韦基奥港。”

“我跟您说过，他船上现在还有两名科西嘉强盗，难道您忘记了吗？”船老大答道。

“真的！他要送他们上岸吗？”弗朗兹又问道。

“没错！嘿！”盖塔诺高声说，“据说，他那人天不怕地不怕，但是帮忙却帮到底，可以为了一个可怜的人，多绕二百公里的路。”

“他这样帮忙行善，很可能要同地方当局闹翻。”弗朗兹说道。

“哎！”盖塔诺笑道，“当局算什么东西，他才不在乎呢！不信追捕他试试。先就说他那游艇吧，那简直不是船，而是飞鸟，不论什么战舰，每航行十二海里，就会被他的游艇拉下三海里；再说了，只要一上岸，无论到哪里，还不总是能找到朋友？”

这话有一点极为明显，即弗朗兹的那位东道主辛巴达大人，同地中海沿岸的走私贩和匪盗关系密切，因此，他的身份地位十分奇特。

且说弗朗兹在基督山岛上已无事可干，探测岩洞的秘密毫无希望，于是他匆匆吃罢午饭，便吩咐备船，待他收拾一下就启航。

半小时之后，他登上船，最后举目望了一眼，只见那游艇驶进韦基奥港湾，快要消失了。

他示意开船。

就在他们的帆船启航的当儿，那游艇完全消失了。

同样，昨夜残留的印象：晚宴、辛巴达、大麻精、雕像，也都淡漠了，在弗朗兹的记忆中，化为一场迷梦。

帆船航行了一天一夜，到次日太阳升起的时候，基督山岛也消失不见了。

弗朗兹一上岸，就把这番经历忘却了，起码暂时置于脑后，他在佛罗伦萨完成行乐和拜会的安排，便一心想去罗马，同他那伙伴相聚。

于是，他乘驿车上路，星期六傍晚到达海关广场。

前面已经交代定了客房，只要去帕特里尼的饭店就成，这也不难找，因为大街上的行人熙熙攘攘，罗马开始躁动，表明即将发生重大事件。罗马每年有四件大事：狂欢节、圣周、圣体瞻礼和圣彼得节。

一年的其余时间，这座都市则陷入麻木状态，冷冷清清，死气沉沉，俨若阳世和阴间的中转站；然而，这又是个绝妙的境地，是一个充满诗意、别具特色的休憩之所；弗朗兹已经来过五六回，每回都觉得它更加奇妙而神异。

且说他穿过越聚越多、越来越喧嚣的人群，来到了伦敦饭店。他刚一询问，得到一句干脆的回答，就是饭店没有客房了，一副十足的包车车夫和客满的旅店老板的放肆口气。于是，弗朗兹递上名片，要求见老板帕特里尼和客人阿尔贝·德·莫尔塞夫。这一招很灵，帕特里尼马上跑来道歉，连声说怠慢了他台驾，他一边申斥伙计，一边从已经招揽这位游客生意的导游手中拿过蜡烛盘，正要带客人去见阿尔贝，这时阿尔贝却迎出来了。

他们定的一套客房，只有两小间卧室和一个工作间。两间卧室临街，这一位置，据老板讲，给客房增添了无法估价的优越性。这一层的其余客房，全让一位阔佬租去了，那游客大概是西西里人或马耳他人，但究竟是哪里人，连饭店老板也说不准。

“很好，帕特里尼老板，”弗朗兹说道，“现在，我们要马上用顿晚餐，从明天起一连几天，我们要用一辆马车。”

“晚餐好说，马上就得，”饭店老板答道，“至于说马车嘛……”

“什么！马车怎么啦！”阿尔贝高声说，“哎！哎！帕特里尼老板，不要开玩笑！我们要用一辆马车。”

“先生，”老板又说，“我们尽力去给二位租一辆。我只能这么讲。”

“什么时候给我们回话？”弗朗兹叮问道。

“明天早上吧。”老板回答。

“真见鬼！”阿尔贝说道，“不就是多出点钱吗！这谁不明白；德拉克或者阿龙车场，平日每辆马车租金二十五法郎，星期天和节日三十五法郎；每天加五法郎小费，一共四十法郎，就这个价，别再讲了。”

“怕只怕给双倍价钱,那些先生也未必干。”

“那就租马来,套在我的车上,这辆马车在旅途上虽然受点损伤,但也无妨。”

“马也租不到。”

阿尔贝看了看弗朗兹,仿佛听到一句难以理解的回答。

“这话你明白吗,弗朗兹！马匹租不到!”阿尔贝说道,“还有驿站的马呢,难道也租不着吗?”

“半个月前都全租出去了,现在只剩下驿车必不可少的几匹马了。”

“这事你说怎么办?”弗朗兹问道。

“照我的习惯,我碰到一件不可理解的事,就不去掂量,再想别的事。晚餐不是备好了吗,帕特里尼老板?”

“是的,阁下。”

“那好,先用晚餐。”

“车辆和马匹怎么办呢?”弗朗兹问道。

“放心吧,亲爱的朋友,到时候自然就有了;他们不过是在抬价。”

阿尔贝·德·莫尔塞夫自有高妙的人生哲学,只要感到钱袋鼓鼓的,皮夹满满的,他就认为天下没有办不到的事情。因此,他该吃饭就吃饭,该上床就上床,安然入睡,并梦见自己坐在六驾马车上,在狂欢节队列里奔驰。

第二册　目录

405　第三十三章　罗马强盗
443　第三十四章　显露身形
469　第三十五章　槌击死刑
485　第三十六章　罗马狂欢节
506　第三十七章　圣·塞巴斯蒂安地下墓穴
527　第三十八章　约会
535　第三十九章　宾客
561　第四十章　早午餐
576　第四十一章　引荐
592　第四十二章　贝尔图齐奥先生
598　第四十三章　欧特伊别墅
607　第四十四章　家族复仇
635　第四十五章　血雨
648　第四十六章　无限信贷
664　第四十七章　银灰花斑马
679　第四十八章　唇枪舌剑

692　第四十九章　海蒂
698　第五十章　莫雷尔一家
709　第五十一章　皮拉姆斯和西斯贝
721　第五十二章　毒药学
740　第五十三章　魔鬼罗贝尔
759　第五十四章　债券的涨跌
772　第五十五章　卡瓦尔坎蒂少校
786　第五十六章　安德烈亚·卡瓦尔坎蒂

第三十三章　罗马强盗

次日,弗朗兹先醒来,睁开眼睛便拉铃。

铃声未落,帕特里尼老板就亲自来了。

“跟您说呀,大人,”老板未待弗朗兹发问,就得意扬扬地说道,“昨天我就估计到了,所以不敢向您打保票。您说得太晚了,全罗马连一辆马车也租不到了,我指的是狂欢节的最后三天。”

“是啊,”弗朗兹接过话头,“就是马车必不可少的那几天。”

“什么事儿?”阿尔贝进来问道,“没有马车吗?”

“一点不错,亲爱的朋友,”弗朗兹答道,“您一下就猜中了。”

“嘿,你们这千古名城,真是名不虚传啊!”

“我是说,大人,”帕特里尼又说道,他要在游客面前,给基督教的首都保持几分尊严,“我是说从星期天到下星期二晚上,租不到马车了,不过这几天,你们要五十辆也有。”

“哦!这也不错,”阿尔贝说,“今天是星期四,从现在到星期天,谁知道会发生什么情况呢?”

“会来一万多游客,车子就更难找了。”弗朗兹答道。

“我的朋友,”阿尔贝又说,“得乐和且乐和,不必为将来犯愁。”

“至少,我们能租到一个窗口吧?”

“朝哪儿?”

“当然朝巨流街!”

“哦！是啊，租一个窗口！”帕特里尼叹道，“不可能，根本不可能！道里雅宫六楼本来还有一个窗口，也让一位俄国亲王租去了，每天出二十枚威尼斯金币。”

两个青年人愕然，面面相觑。

“好哇，朋友，”弗朗兹对阿尔贝说，“你知道最好怎么办吗？我看干脆去威尼斯度狂欢节，在那里租不到马车，至少也能弄到船啊。”

“哎，那可不成！”阿尔贝高声说，“我既然决定到罗马来看狂欢节，那就非看不可，哪怕踩着高跷也得看。”

“咦！”弗朗兹高声附和，“这主意好极了，特别是吹灭蜡烛非常方便。我们还可以扮成滑稽鬼怪，或者朗德荒原的居民，肯定会大出风头。”

“星期天之前，两位大人还想雇马车吗？”

“当然啦！”阿尔贝说道，“你以为怎么样，我们就跟小职员似的，徒步在罗马满街跑吗？”

“我遵照大人的吩咐，马上去雇车，”帕特里尼说道，“不过，我得先告诉二位，马车每天租金要六皮阿斯特。”

“亲爱的帕特里尼先生，”弗朗兹说道，“我可不像我们邻居那样，是个百万富翁。我也要先告诉你，这是我第四趟来罗马，我了解马车在平时、星期天和节日的租金。今天、明天和后天，我们一共给你十二皮阿斯特，这样你还能从中赚一大笔呢。”

“可是，大人……”帕特里尼还要争辩。

“去吧，亲爱的老板，去吧，”弗朗兹说，“要不然，我就亲自去讲价钱，你的那位老关系也是我的老关系，他是我的老朋友，在他一生中已经骗了我不少钱，还希望再骗一些去，但是他要价也会比我给你出的少：你赚不到差价，只能怪你自己。”

“何必劳动大人，”帕特里尼说着，像甘认失败的意大利投机商那样微微一笑，“我尽力去办，但愿能让你们满意。”

“好极啦！这还像个话。”

“大人何时用车？”

“过一小时吧。”

“过一小时,车就在门口等候。”

一小时之后,两个青年果然看见停着一辆马车:那是一辆普通的出租马车,但逢此狂欢盛会,已经身价百倍,跻身高级马车的行列了。尽管那马车外观简陋,在联欢节的最后三天,他们如能租到这样一辆车,也就算万幸了。

“大人,”导游见弗朗兹从窗口张望,便嚷道,“要不要把大马车赶到宫殿门前?”

弗朗兹再怎么习惯了意大利式的夸张,听了这话,头一个反应还是四处望望,这才明白的确是对他讲的。

弗朗兹就是大人,那辆出租马车,就是大马车,而宫殿,也就是伦敦饭店。

这个民族善于恭维的天赋,全体现在这一句话中了。

弗朗兹和阿尔贝走到楼下,大马车驶到宫殿门前。两位大人登上车,把脚搭到座位上,导游则跳上车后座,问了一声:

“两位大人要上哪儿去?”

“哦,先去圣彼得教堂,再去竞技场。”阿尔贝回答,表明他是懂行的巴黎人。

然而阿尔贝哪里晓得,圣彼得教堂参观就需一日,要研究则需一月的工夫:只看了圣彼得教堂,一天就过去了。

两个朋友忽然发觉,天色渐晚了。弗朗兹掏出怀表一看,已是四时半了。

他们立刻返回饭店,到了门口,弗朗兹吩咐车夫八点钟备车等候。白天他带领阿尔贝参观了圣彼得大教堂,还要带他去趁月色凭吊古竞技场。要让朋友观赏自己游历过的城市,所表现出的殷勤劲儿,真好像向人炫耀自己的情妇。

因此之故,弗朗兹指定了行车路线:从波波罗门出城,绕外城墙行驶,再从圣乔瓦尼门回城。这样,就会在意想不到的时候,突然发现竞技场的英姿；否则，一路上先看了卡皮托利山丘[1]、古市场、塞普蒂穆斯·塞沃雷[2]凯旋门、安东尼努斯和福斯丁娜神庙[3]以及圣路，那么到了竞技场就了无兴味了。

两个朋友入座用餐，帕特里尼老板夸口说要给他们摆一桌丰盛的宴席，结果给他们吃的不过是一顿凑合的晚餐，这也无可指责。

晚餐结束时，老板亲自来了；弗朗兹原以为他是来听恭维话的，于是想给他个满足，但刚赞扬了两句被打断了。

“大人，”老板说道，“承蒙赞许，不胜荣幸；然而，我不是为听这话才上楼来见二位……”

“那是来告诉我们，您雇到马车了吗？”阿尔贝问道，同时点着雪茄烟。

“那更是没边儿的事，我奉劝大人别打这个主意，还是就此罢休吧。在罗马，有些事情办得到，有些办不到。如果有人对您说这事不可能，那就毫无办法了。”

“巴黎可方便多了：一件事办不到，那就出双倍价钱，要什么有什么。”

“我听哪个法国人都这么说，”帕特里尼老板的口气略显不快，“这我就不明白了，他们干吗还要出门旅行呢？”

“出门旅行的那些人，”阿尔贝说着，身子往后一仰，翘起椅子前腿，悠然地往天棚吞烟圈儿，“还不是同我们一样，非疯即傻；头脑清醒的人绝不会离开埃尔德大街的公馆，不会离开根特林荫大道和巴黎咖啡馆。”

自不待言，阿尔贝住在那条街，每天在那豪华的林荫大道散步，平时到那唯一喜欢的咖啡馆用晚餐，而且同那里的侍者谈得来。

帕特里尼略一沉吟，显然在考虑如何回答，而一时又想不出来。

---

① 卡皮托利山丘位于罗马城，山上建有朱庇特神殿。

② 罗马皇帝，公元 193 年至 211 年在位。

③ 安东尼努斯，罗马皇帝，公元 138 年至 161 年在位。他统治时期国泰民安，因此市民在圣路旁为他和皇后福斯丁娜建了一座神庙。

“喂,”弗朗兹说道,他也打断老板寻找地理位置的思考,“你是有事而来,请问,有什么事啊?”

“哦,对了,是这么回事:二位定了八点钟的马车吧?”

“不错。”

“二位打算参观罗马斗兽场吧?”

“也就是竞技场吧?”

“完全是一码事儿。”

“那就对了。”

“您还吩咐车夫,要从波波罗门出城,绕城墙行驶,再从圣乔瓦尼门回城吧?”

“我正是这么讲的。”

“告诉您,这条路线不行。”

“不行!”

“起码说这条路线非常危险。”

“危险! 为什么?”

“因为有那赫赫有名的路奇·王霸。”

“首先请问,亲爱的老板,那个赫赫有名的路奇·王霸是什么人?”阿尔贝问道,“他在罗马可能赫赫有名,不过告诉你,巴黎可没人知道他。”

“怎么,您不认识他?”

“没有这份儿荣幸。”

“他这名字您也从来没有听说过吗?”

“从未听说过。”

“那好,我告诉您,他是个强盗,德斯拉里那伙人,还有加斯庞龙那伙跟他一比,简直就像唱经班的孩子了。”

“当心,阿尔贝!”弗朗兹高声说,“真有强盗啦!”

“我也告诉你,亲爱的老板,我一个字也不会相信你要对我们说的话。这一点咱们先说明,然后随你怎么讲,我洗耳恭听,什么‘从前啊,有一个……’别来这套啦!”

“当心，阿尔贝！真有强盗啦！”

帕特里尼老板转向弗朗兹，觉得这两个青年中，还是他理智一些。说句公道话，这位好心人一生接待过许多法国人，但始终不理解他们的一些想法。

“大人，”他郑重其事对弗朗兹说，“您若是把我看成一个胡说八道的人，那么我跟您讲也是白讲。但是我可以明确地说，我完全为两位大人着想。”

“阿尔贝并没有说你是个胡说八道的人，亲爱的帕特里尼先生，”弗朗兹接上说，“他只是说他不会相信你的话。不过请放心我会相信的，你就说吧。”

“可是，大人，您完全明白，有人怀疑我的诚实……”

“亲爱的，”弗朗兹又说，”你比卡姗德拉[①]还多疑，而她能未卜先知，但却无人相信；你则不同，肯定能得到半数听众的赞成。喏，请坐下，对我们讲讲那位王霸先生。”

“我说了，大人，他是个强盗，是大盗马特里拉之后最有名的强盗。”

“那么，我吩咐车夫从波波罗门出城，再从圣乔瓦尼门回城，这同那名强盗有什么关系？”

“您出城可以，怕只怕回不来。”帕特里尼答道。

“为什么呢？”弗朗兹问道。

“因为天黑之后，离城门五十步开外，就难保人身安全了。”

“真的吗？”阿尔贝高声插了一句。

“子爵先生，”帕特里尼说，他还为阿尔贝怀疑他的诚实而耿耿于怀，“我这话不是对您，而是对您的旅伴讲的，他可了解罗马，他可知道这不是打哈哈的事儿。”

“亲爱的，”阿尔贝对弗朗兹说，“这倒是送上门来的冒险好机会：咱们车上装满手枪、喇叭口火枪、双响枪。等路奇·王霸来抓咱们，咱们就把他逮住，带回罗马，献给教皇陛下。这可是帮了大忙，教皇要表示谢忱，定会问咱们有什么要求，那咱们就干脆提出用他一辆马车和两匹马；那样一来，咱们就能坐着马车观看狂欢节了。这还不算，罗马市民出于感激，也许会在朱庇特圣殿里给咱们戴上桂冠，宣布咱们是库尔提乌斯[②]、霍拉提乌斯·科克列斯[③]那样的祖国的救星。”

---

① 希腊神话传说中的特洛伊公主，因受到阿波罗的帮助，能预卜吉凶，又因拒绝阿波罗的求爱，受他诅咒而无人相信她的预言。

② 库尔提乌斯，神话中的古罗马英雄。相传公元前362年，罗马广场裂开一条无底深沟，预言师说只有把罗马最宝贵的东西扔下去，裂缝才会合拢。库尔提乌斯说勇敢的公民最宝贵，于是全副武装骑马跳下去，裂缝就立即合拢了。

③ 霍拉提乌斯·科克列斯，古罗马英雄人物，公元前6世纪末，他只身守桥拒敌，保护罗马。

阿尔贝这边阐述他的提议，而帕特里尼老板那边却拉长了脸，表情难以描绘。

“我先问问你，”弗朗兹问阿尔贝，“车上你想装满武器，可是到哪儿去弄那么多手枪、火枪和双响枪呢？”

“老实说，我的身边可没有，”阿尔贝答道，“在泰拉西纳的时候，连我的匕首都给人偷走了。你怎么样？”

“我也同样，在阿瓜-庞当塔那儿全给人拿光了。”

“哈！亲爱的店家，”阿尔贝说着，对着烟头又点一支雪茄，“你知道吗？这是小偷惯用的手法，但我总觉得只能算同他们半交手。”

帕特里尼无疑怪这玩笑开得太过分，他不屑正面回答，而且只对弗朗兹讲话，认为只有弗朗兹通情达理，还能谈得拢。

“大人知道，遭到强盗袭击的时候，通常是不抵抗的。”

“什么？通常不抵抗？”阿尔贝嚷道，他想到一声不敢吭，瞪眼让人把东西抢走，就咽不下这口气。

“是的，抵抗也没用。想想看，从土坑里，从破房或者下水道里，猛然窜出十几个强盗，一齐扑向您，您又怎么抵抗呢？”

“哼！我宁愿不要命！”阿尔贝嚷道。

饭店老板朝弗朗兹转过身去，那神态分明在说：大人，您的同伴肯定发疯了。

“亲爱的阿尔贝，”弗朗兹又说，“你的回答实在豪迈，抵得上老高乃依[①]‘让他死吧’那句台词；不过，贺拉斯那么回答，是要保卫罗马，死也值得。可是咱们呢，只不过一时任性，这样拿性命冒险，就未免可笑了。”

“哦！一点不错！”帕特里尼高声说，“好哇，这话才讲到点子上。”

阿尔贝自斟一杯红葡萄酒，一面小口呷酒一面嘟囔，也听不清说什么。

---

① 高乃依（1606—1684），17世纪法国诗人，古典派戏剧代表作家。贺拉斯，就是他同名剧作中的主人公。

路奇·王霸

“好了，帕特里尼老板，”弗朗兹又说道，“现在，我的伙伴已经平静了，你也看到我的性情非常平和，你总可以讲讲，路奇·王霸大人是怎么回事了吧？他是牧人还是贵族？年轻还是年迈？高个儿还是矮个儿？你给我们描述一下，日后万一碰见，我们至少也好认出来，就像知道若望·斯博加或者拉腊那样。”

“这您算问对人啦，我比谁都了解情况。路奇·王霸还是小孩子那时候，我就认识。后来有一天，我从弗伦蒂诺到阿拉特里，落到他的手中，幸而他还记得我们是老相识，把我放了，非但没要买路钱，还送给我一只非常漂亮的怀表，对我讲了他的经历。”

“表拿出来瞧瞧。”阿尔贝说道。

帕特里尼老板从小口袋里掏出一只伯雷盖名表，上面刻有制造商的姓名、巴黎商标和伯爵的花冠。

“您瞧。”帕特里尼说道。

“嗬！”阿尔贝叹道，“真棒啊；我也有一只，样子差不多，”他说着，从背心口袋里掏出怀表，“这是花三千法郎买的。”

“讲讲他的身世吧。”弗朗兹边说边拉过一把安乐椅，示意帕特里尼坐下。

“两位大人允许吗？”老板说道。

“坐下吧！”阿尔贝说，“老兄，你又不是传教士，何必站着说话。”

店主分别向他未来的听众深鞠一躬，然后就座，从而表示他准备谈谈他们要了解的路奇・王霸的情况。

“哦，对了，”弗朗兹见帕特里尼刚要开口，便抢先说道，“你说认识路奇・王霸的时候，他还是个孩子，那么，他很年轻啦？”

“什么，很年轻！那还用问，他才二十二岁！嘿！放心好了，那小伙子前程远大啊！”

“你说怎么样，阿尔贝？二十二岁就有这么大名气，真不简单啊！”弗朗兹说道。

“当然了，在这个年龄，亚历山大、恺撒和拿破仑还没有他的名气大，他们后来才赢得世界声望。”

“这么说，”弗朗兹又对店主说道，“我们要听到的这段故事，主角只有二十二岁。”

“刚到二十二岁，我荣幸地对您说过了。”

“他的身材高矮呢？”

“中等身材，跟这位大人差不多。”店主指着阿尔贝说道。

“多谢这么抬举我。”阿尔贝躬身说道。

“你就讲下去吧，帕特里尼老板，”弗朗兹插言道，同时微微一笑，笑他朋友太敏感，“他属于哪个社会阶层呢？”

“当初他不过是个牧童，给圣菲利斯伯爵庄园干活，那座庄园在帕莱特里纳和加布里湖之间。他出生在庞皮纳里，五岁上就给伯爵干事了。他父亲也是个牧人，在阿纳尼那地方，自己有一小群羊，把羊毛和羊奶运到罗马来卖，弄点钱养家糊口。

“小王霸幼年时，就很有个性。七岁那年，有一天，他去见帕莱斯特里纳的本堂神甫，求神甫教他读书写字。这事很难办，小牧童不能抛下羊群。不过，善良的神甫每天要到一个小村庄去做弥撒；那个村子太穷，养不起一个神甫，甚至连个正式名称都没有，习惯叫做博尔戈。神甫让小路奇等在途中，他回程时就给孩子上一课，但事先说明上课时间很短，要他充分利用。

“孩子高高兴兴地接受了。

“此后每天，路奇都赶着羊群，到帕莱斯特里纳和博尔戈的中途吃草。每天上午九点钟，神甫都从那里经过，他和孩子就坐在沟边，用经书当课本教孩子识字。

“三个月学下来，路奇就能看书了。

“光能看书还不够，还得学写字。

“于是，神甫从罗马的一位教书先生那儿弄来三套字母，大、中、小写各一套，教孩子用铁尖照着字母在青石上书写。

“当天傍晚，小王霸把羊群赶回庄园，就跑到帕莱斯特里纳的锁匠那里，讨了一根大铁钉，经过锻烧、敲打和磨光，做成一支仿古的铁笔。

“第二天，他搜集一堆青石片，开始练习写字。练了三个月下来，他会写字了。

“神甫见他如此聪颖，天分如此高，非常惊奇，也非常感动，便送给他好几本笔记本、一盒羽毛管笔和一把削笔刀。

“这又是学习的新起点，但比起头一个阶段已不算什么。一周之后，他使用羽毛管笔同拿铁笔一样自如了。

“神甫诧为奇事，讲给圣菲利斯伯爵听。伯爵要见见小牧童，让他当面念书写字，然后吩咐管家安排他跟仆人一起吃饭，每月给他两皮阿斯特。

“路奇·王霸用这钱买了书和铅笔。

“他有惊人的模仿力，能像乔托[①]小时候那样，在青石片上画各种物体，如绵羊、树木。

“后来，他又用小刀削木头，雕成各种各样的形状。那位民间的雕刻师皮奈利，就是这样开始学艺的。

“有一个六七岁的小姑娘，比王霸年龄略小一点，也是放羊的娃子，名叫泰蕾莎，生在瓦尔蒙托内，是个孤儿，在帕莱斯特里纳给一家毗邻的庄园干活。

“两个孩子时常相遇，他们就坐在一起说笑玩耍，让两群羊混在一起吃草。到了傍晚，他们再把圣菲利斯伯爵的羊和塞尔维特里的羊分开，相约第二天早晨再见面，便分头赶着羊群返回各自的庄园。

“第二天，他们谁也没有失约。就这样，两个孩子并肩长大。王霸十二岁，小泰蕾莎十一岁了。与此同时，他们各自的天性也在发展。

“路奇独自一人的时候，就竭力激发对艺术的兴趣；但是一离开艺术，他的性情就变得反复无常，有时会无端地忧伤，有时又会突然冲动，而且动不动就发火，总好嘲笑别人。庞皮纳拉、帕莱斯特里纳，以及瓦尔蒙托内一带的男孩，没有一个能影响他，也不能成为他的伙伴。他的性格太倔强，总要求别人如何如何，自己从来不肯退让，而且从来没有友好的举动、亲热的表示。唯独泰蕾莎能指挥他，只需一个眼色、一个手势，就能让他服服帖帖。这种刚烈的性格，在一个女人手里会柔软随和，但是绝不肯受任何男人的摆弄，宁为玉碎而不为瓦全。

“泰蕾莎的性格则相反，她活泼快乐，非常机灵，但是特别爱美。路

① 乔托（1266—1337），意大利画家、雕塑家和建筑师。

两个孩子时常相遇，他们就坐在一起玩耍，让两群羊混在一起吃草。

奇从圣菲利斯伯爵的管家那儿领的两枚银币，他雕刻的小玩意儿卖给罗马玩具商所得的钱，全用来买了珍珠耳环、玻璃项链、金簪等等，从不吝惜。这样，泰蕾莎就成为罗马周围模样最俊美、穿戴最漂亮的农家姑娘了。

“两个孩子渐渐长大成人，整天厮守在一起，毫无芥蒂，始终耽于他们纯真的天性中。他们闲聊，表达愿望，放情幻想时，王霸总以战舰舰长、一军统帅或一省总督自居，泰蕾莎则生活在富贵的府中，身穿最华美的衣裙，有穿着号服的仆人侍候；他们给自己的未来绣上最奇妙、最光彩夺目的图案，然而一天过去，他们又该分手，各自赶着羊群回羊圈，于是从飘忽的梦幻中，又回到他们卑贱的现实处境上来。

“有一天，这个少年牧人对总管说，他发现一只狼从萨比纳山区下来，在他放的羊群周围转悠。于是总管给了他一支枪，这正是王霸梦寐以求的。

“说来也巧，这是一支极棒的火枪，布雷西亚产品，射程抵得上英国马枪；只是有一天，伯爵用这支枪击打一只受伤的狐狸，不料把枪托摔坏，便丢置不用了。

“对于王霸这样的雕刻巧匠来说，做个枪托不算难事。他检查了原来的枪托，估计如何改动一下，就能适于他抵肩瞄准，然后做了一个雕花的枪托；那雕花十分精美，就是单拿枪托进城去卖，也能卖十五到二十枚银币。

“但他绝不会那么干：一支枪早就是这个少年梦寐以求的。在各行其是取代自由的国度里，任何坚强的心灵，任何健壮的体魄，头一个愿望就是得到一件武器，有了武器，既能攻击又能自卫，有了武器，就成为可怕的人，也往往令人畏惧。

“从那以后，王霸一有空闲时间就练枪；他买了火药和子弹，什么东西都可以当靶子：萨比纳山坡生长的灰色暗淡的橄榄树细树干，夜晚从洞里出来猎食的狐狸，以及盘旋在空中的老鹰。不久，他就成为极其灵巧的射手；泰蕾莎起初还怕听枪响，后来不但不怕，还观赏他射击：真是想打哪儿就打那儿，百发百中，就好像是用手推过去似的。

“一天傍晚，柏树林里果然窜出一条狼；两个青年常在那树林附近逗留；狼上草原没走出十步远，就被一枪撂倒了。

“王霸十分得意，将这出色的猎物搭在肩上，扛回庄园。

“这类事情很多，路奇在庄园周围渐渐有了名气。一个能人无论走到哪里，总会聚拢一群崇拜者。在方圆四十公里，这个青年是公认的最机灵、最强壮、最勇敢的农民；泰蕾莎的名声还要大些，是萨比纳地区最漂亮的姑娘，但大家都知道她是王霸的心上人，没人敢向她求爱。

“然而，这对青年从未相互倾诉过爱情。他们并肩长大，如同并排生长的两棵树，地下根连根，上面枝连枝，空中飘逸共同的芬芳；只是他们渴望见面的心愿是一致的，这种心愿已经成为一种需要；他们情愿一死也不肯分离一天。

“且说那年，泰蕾莎十六岁，王霸十七岁了。

“当时，莱比尼山区啸聚了一伙匪徒。罗马周围的盗匪从来没有消灭干净，他们只是缺乏首领，只要有人带头，就会聚众成患。

“那个臭名昭著的古古密陀，在阿布鲁齐山受到追捕，他率众跟当局刀枪对阵，进行一场真正的战争，最后被赶出那不勒斯王国。他像曼弗雷特[1]那样，渡过加里利亚诺河，逃到阿马塞诺河畔，隐匿在索尼诺和朱佩诺两村之间。

“他贼心不死，又拉起队伍，沿着德塞萨里和加斯八龙的足迹前进，并渴望不久便超过他们。帕莱斯特里纳、弗拉斯卡蒂和庞皮纳里一带，有好几个青年失踪了。家人开始极为不安，后来听说他们去投古古密陀匪帮了。

“时过不久，古古密陀就引起了普遍的注意，到处传说这个匪首的胆大包天，又令人发指的行为。

“有一天，他劫持了一个年轻姑娘，是弗罗西诺内地区丈量员的女儿。匪徒间的规矩是明确的：谁掳来年轻女人，就先归谁享用，然后其余的人抽签；蹂躏完了，如果那可怜的女子还不死，匪徒们就把她丢弃。

“假如掳来的女子家里有钱，那就派人去索取赎金；有肉票作人质，送信的人不会有危险。如果对方拒绝付赎金，那就撕票，绝不手软。

“年轻姑娘的恋人恰好在古古密陀的匪帮里，名叫卡利尼。那姑娘一认出是他，便伸出双臂，以为自己这下可算得救了。

“然而，可怜的卡利尼见是自己的心上人被掳来，感到心痛欲裂，因

---

① 英国诗人拜伦同名诗剧中的主角。

古古密陀

为他知道等待他情人的是什么命运。

“不过，卡利尼是古古密陀的亲信，三年来一直跟他出生入死，还救过他的命，一枪撂倒了一个举刀砍向他脑袋的骑警，因此，他希望古古密陀能对他手下留情。

“他把首领拉开，而那姑娘则坐在林中空地上，背靠着一棵大松树的树干，她用罗马农妇那种花头巾遮住脸蛋儿，避开那群强盗穷凶极恶的目光。

“卡利尼把首领拉到一旁，把内情全讲了，说他同那姑娘怎样相爱，怎样山盟海誓永不变心，而且自从他们一伙在这一带活动之后，他又怎样同那姑娘到一间破房舍去幽会。

“恰好是那天晚上，古古密陀派卡利尼到邻村去，使他未能赴约会；而古古密陀则声称，他碰巧经过那幽会地点，就把姑娘给掳来了。

“卡利尼哀求首领为他破例，保全丽达，他还说姑娘的父亲有钱，可以付一大笔赎金。

“古古密陀听了朋友的哀求，似乎退让了，于是他派卡利尼去找个牧人，托牧人去弗罗西诺内，把信交给丽达的父亲。

“于是，卡利尼高高兴兴地走到姑娘跟前，告诉她已经得救了，但让她给父亲写一封信，谈谈她碰到的事情，并说明她的赎金定为三百皮阿斯特。

“限定十二个钟头之内赎人，也就是说到第二天早上九点钟。

“信一写好，卡利尼抓起来就跑，要去草原上找个送信人，正巧碰见一个赶羊入圈的年轻牧民。牧民天生是盗匪的信差，他们生活在山林和城市之间，处于野蛮生活和文明生活之间。

“那年轻牧民立刻动身，保证一小时之内赶到弗罗西诺内。

“卡利尼高高兴兴地回来，要把这好消息告诉他心爱的姑娘。他看见盗匪们坐在林间空地上，正大吃大嚼从农户敲诈来的孝敬物，可是这欢乐的人群中却没有丽达和古古密陀。

“卡利尼问他们在哪儿，得到匪徒们的回答是一阵哄笑；他的额头立即流下冷汗，感到心中惶恐，毛发倒竖。

“他又问一遍。有一个匪徒倒满一杯奥尔维耶托葡萄酒，递给他，同时说了一句：

“‘为勇敢的古古密陀和漂亮的丽达干杯！’

“这当儿，卡利尼似乎听见一声女人的叫喊，立时猜出了全部真相。他夺过酒杯，一下摔到祝酒那家伙的脸上，转身朝喊声跑去。

“跑出一百来步，转过一片灌木丛，发现古古密陀搂着昏过去的丽

古古密陀立刻跳起来，一只手端一支手枪。

达。

“古古密陀瞧见卡利尼，立刻跳起来，一只手端一支手枪。

“两名强盗对视了片刻：一个嘴角挂着淫邪的笑容，另一个额头像死人一样惨白。

“看样子，这两条汉子要斗起来。可是，卡利尼的表情渐渐缓和了，按在腰带上别的手枪的手也撂下来。

“丽达依然躺在这两个人之间。月光照着这个场面。

“‘怎么样，交给你的差使办好了吗？’古古密陀问卡利尼。

“‘办好了，头儿，’卡利尼回答，‘明天九点钟之前，丽达的父亲就会带钱来。’

“‘好极了。这一夜，我们会过得非常快活。这个姑娘真迷人，你确实有眼光，卡利尼老弟。喏，我可不是自私的人，我们回去让大家抽签，看看现在她该归谁了。’

“‘这么说，你决定按照惯例处理她啦？’卡利尼问道。

“‘干吗要为她破例呢？’

“‘我原以为听了我的恳求……’

“‘你又比别人多什么呢？’

“‘这话不错。’

“‘不过，放心吧，’古古密陀笑着又说，迟早会轮到你的。

“卡利尼咬牙切齿，牙齿几乎咬碎。

“‘走吧，’古古密陀说着，朝匪帮那边跨了一步，‘过去吗？’

“‘随后就去……’

“古古密陀一步步走开，同时拿眼睛瞟着卡利尼，无疑怕他在背后下手，但是看不出他有丝毫敌意。卡利尼叉着胳臂，站在始终昏迷不醒的丽达身边。

“古古密陀一时以为，那青年可能要抱起那姑娘一同逃走。不过现在无所谓了，反正他已经发泄了兽欲；至于那三百皮阿斯特，分到每人手里也没有多少，他并不怎么在乎。

“因此，古古密陀继续朝林间空地走去，他大为惊奇的是，卡利尼几乎脚前脚后也到了。

“‘抽签啦！抽签啦！’匪徒们看见头儿回来，便乱嚷乱叫。

“这帮人一个个醉醺醺的，眼里闪着淫荡的凶光，在通红的篝火的映照中，真像一群狰狞的魔鬼。

“他们的要求是合理的，因此匪首点头同意。于是他们写了名签，卡利尼也不例外，全放进一顶帽子里，年龄最小的匪徒从临时的票箱里摸出一个名签。

“签上写着迪亚沃拉丘的名字，正是刚才要卡利尼为头儿祝酒的那个人，他脸上挨了卡利尼一酒杯，从太阳穴到嘴角开了一个大口子，还直流鲜血。

“迪亚沃拉丘一见自己这么走运，便哈哈狂笑。他说道：

“‘我说头儿啊，刚才，卡利尼不肯为你的健康干杯，你向他提为我的健康干杯，也许他肯赏我的脸呢。’

“大家都以为卡利尼会大发雷霆，可是他们大为惊奇的是，卡利尼一手拿酒杯，一手拿酒瓶，满满地倒了一杯。

“‘为你的健康干杯，迪亚沃拉丘。’他说了一句，而声调极为平静，随即把酒一口喝干，那只手一抖也不抖。然后，他在篝火旁坐下，又说道：‘我那份晚饭呢！跑了这一趟，胃口大开了。’

“‘好样的，卡利尼！’众匪徒纷纷叫嚷。

“‘嘿，这才叫痛快人呢。’

“大家又围着篝火坐下，只有迪亚沃拉丘离开。

“卡利尼又吃又喝，仿佛什么事情也没有发生似的。

“匪徒们见他无动于衷，都非常惊奇，迷惑不解，这时听见身后传来沉重的脚步声。

“他们回头望去，看见迪亚沃拉丘抱着那年轻姑娘走过来。

“那姑娘的头朝后仰着，长发一直拖到地面。

“他们走进篝火照亮的圈子时，大家才看清那姑娘和强盗都惨无人色。

“这一幕景象显得非常奇异，非常庄严，大家都呼啦一下站起来，只有卡利尼仍然坐在那里，继续又吃又喝，就好像身边没有发生任何情况。

“在一片死寂中，迪亚沃拉丘继续朝前走，把丽达撂在首领的脚下。大家这才明白姑娘和强盗两个人为什么惨无人色：丽达左乳房齐柄插着一把匕首。

“众人的目光一齐转向卡利尼，发现他腰带上的刀鞘是空的。

“‘哈,哈!’头儿说道,‘现在我明白了,为什么卡利尼落在后面。’

“凡是天生野蛮的人,都容易赞赏暴烈的行为;尽管这些匪徒中,谁也干不出卡利尼这种事,但是他们都理解他的所为。

“‘怎么样,’卡利尼说着,也站起来,走到尸首跟前,手握住一把手枪柄,‘现在还有人同我争夺这个女人吗?’

“‘没有了,她是属于你的啦!’头儿说道。

“于是,卡利尼抱起姑娘的尸体,走出篝火照亮的圈子。

“古古密陀像往常那样派好岗哨,众匪徒便裹着大衣,靠近火堆睡觉了。

“到了半夜,哨兵发出警报,首领和众匪徒都跳起来。

“原来是丽达的父亲,他亲自送来女儿的赎金。

“‘给你,’他递过去一只钱袋,对古古密陀说,‘这是三百皮阿斯特,把女儿还给我吧。’

“然而匪首没有接钱,只是示意老人跟他走。老人遵命,跟随他钻进树林,路上看得见树枝间透进的散碎月光。古古密陀终于停下脚步,抬手指了指,让老人看待在一棵树下的两个人。

“‘喏,’古古密陀说,‘去向卡利尼讨你的女儿吧,他会把情况告诉你的。’

“说完,他转身朝他伙伴们走去。

“老人愣在那里,眼睛都直了,他感到一场无名的大祸临头了。

“他终于朝那模糊的人影走去,心中迷惑不解。

“卡利尼听见他的脚步声,便抬起头;老人这才渐渐看清是两个人:一个女的躺在地上,头枕着一个男人的双膝,那男人则俯身紧紧搂着她的脸,只是当他抬起头的时候,女的面孔才显露出来。

“老人认出是他女儿,卡利尼也看清老人是谁。

“‘我就等你来呢。’强盗对丽达的父亲说。

“‘冤家!你干出什么事啦?’老人责问。

“老人恐怖地凝视丽达,只见她脸色惨白,一动不动,满身血迹,胸口插着一把短刀。

“一束月光射下来，灰白的光线照在姑娘的身上。

“‘古古密陀糟蹋了你女儿，’强盗说，‘而我爱她，因此把她杀了，要不然，她还要成为这伙强盗的玩物。’

“老人不再讲话，只是脸色变得跟幽灵一样刷白。

“‘如果我做错了，现在，你为她报仇吧。’卡利尼说着，从姑娘的胸口拔出短刀，站起身，一只手把刀递给老人，另一只手则扒开衣裳，送上自己赤露的胸膛。

“‘你做得对，’老人声音低沉地说，‘拥抱我吧，孩子。’

“卡利尼失声痛哭，投进他情人的父亲怀抱里。这条有血性的硬汉子，到现在才流出眼泪。

“‘现在，帮着把我女儿埋葬吧。’老人对卡利尼说。

“卡利尼取来两把镐，于是，姑娘的父亲和恋人开始在一棵橡树下刨坑：这棵橡树枝叶茂盛，能够遮盖姑娘的坟冢。

“墓穴刨好之后，父亲和恋人先后吻别姑娘，接着一人抬双脚，一人抬双肩，将姑娘放入墓穴。然后，他们又跪在两侧，开始为亡灵祈祷。祷告完了，他们就往遗体上填土，直到把墓穴填满。

“这时，老人把手伸给年轻人，说道：‘谢谢你，孩子。你走吧，让我一个人待在这儿。’

“‘可是……’卡利尼迟疑地说。

“‘走吧，照我的吩咐做。’

“卡利尼从命了，他回到伙伴们中间，身子裹上大衣，不大工夫，仿佛跟别人一样酣睡了。

“这个匪帮头天晚上就决定拔营移寨，在天亮前一小时，古古密陀叫醒他的人，下令出发。

“但是，卡利尼离开这片森林之前，要看看丽达的父亲究竟怎么样了。他朝两个人分手的那个地点走去，发现老人吊死在遮护他女儿坟冢的橡树枝上。他看到这一惨景，便对着老人的尸体和姑娘的坟墓发誓，一

"如果我错了,现在你为她报仇吧!"

定为他们父女二人报仇。

"然而,卡利尼未能履行这一誓言,因为两天之后,在同罗马骑警的遭遇战中,他被打死了。

"但奇怪的是,卡利尼当时面对敌人,却在后背两肩之间中了一弹。等一名匪徒讲了一个情况,大家才不再奇怪了:卡利尼倒下的时候,古古密陀就在他背后十步远。

“原来,从弗罗西诺内森林出发的那天凌晨,古古密陀暗中跟随卡利尼,偷听到他发的誓言,而这个匪首事事谨慎,便先下了手,以防不测。

“关于这个悍匪,还有许多传闻,讲起来都非常离奇。因此,从丰迪到佩鲁斯,一听到古古密陀的名字,人人都不寒而栗。

“路奇·王霸和泰蕾莎闲聊时,也常谈到这种传闻。姑娘听了吓得浑身发抖;王霸就拍拍他那百发百中的好枪,微微一笑,叫姑娘放心;如果姑娘心里还不踏实,他就指了指百步开外,举枪瞄准落在枯枝上的一只乌鸦,枪声一响,那乌鸦便栽到树下了。

“时间过得很快,这对青年商量决定,等王霸到二十岁,泰蕾莎到十九岁,他们就结婚。

“他们两个人都是孤儿,无需父母之命,只要雇主允婚就行了;二人都征得了主人的同意。

“有一天,他们在常去的草地放羊,正计议将来的生活,忽听两三声枪响,接着,又忽见附近树林里蹿出一条汉子,径直朝他们跑来。到了能听见声音的地方,那人喊道:

“‘有人追我!你们能把我藏起来吗?’

“两个青年人看出,那个逃命者肯定是个强盗;不过,在罗马农民和强盗之间,天生就有一种好感,因此,农民总乐意帮助强盗。

“王霸一声未吭,跑到一块石头前,搬开石头,便有一个洞口,他招手让那人钻进这无人知晓洞穴,又把洞口盖好,返身重又坐到泰蕾莎的身边。

“他刚坐下,就望见树林边出现四名骑警,有三人似乎在寻找逃犯,第四个人则拉着一名绳索系住脖子的强盗。

“那三名骑警观察一下这地方,望见两个青年人,便策马跑来打听。

“王霸二人说什么也没有看见。

“骑警队长说:‘真遗憾,我们追捕的是强盗头子。’

“‘古古密陀?’路奇和泰蕾莎异口同声地喊道。

“‘正是他,’队长回答,‘他的人头悬赏三千罗马银币,你们要是能帮

泰蕾莎

我们抓住他，就可以分到五百银币。’

“两个青年交换一下眼色。那队长一时还觉得有门。五百罗马银币合三千法郎，对两个快要结婚的孤儿来说，三千法郎可是一笔财富。

“‘是啊，真遗憾，’王霸说，‘可惜我们没有看见他。’

“于是，几名骑警四下搜索，结果一无所获。随后，他们就陆续消失在树林里。

“王霸这才走过去，把石头挪开，让古古密陀出来。

“刚才，古古密陀从石缝看见这对青年同骑警说话，他已猜出谈话的内容，但从两个青年人的脸上看到绝不出卖他的决心；于是，他从兜里掏出一个装满金币的钱袋，要送给他们。

“王霸骄傲地昂起头，而泰蕾莎却不由得眼睛放光，她想到用这一袋金币，能买多少华丽的首饰和漂亮的衣裙。

“古古密陀是个老奸巨滑的撒旦：他不是披一身蛇皮，而是一身强盗的打扮。他瞥见泰蕾莎的眼神，看出她是个十足的轻浮女子。他往树林走的时候，还假装向他的救命恩人致意，频频回头张望。

“好几天过去，这对青年再也没有见到古古密陀，也没有听说他的消息。

“狂欢节快到了，圣菲利斯伯爵宣布要举行一次盛大的化装舞会，把罗马上流社会人士全请来。

“泰蕾莎渴望看看舞会的盛况。路奇请求他的保护人、伯爵府的总管允许他们俩杂在仆役中参加舞会。总管准许了。

“伯爵有一颗掌上明珠，名叫嘉妹拉，这次舞会主要是为他女儿举办的。

“嘉妹拉和泰蕾莎同龄，身材也相仿，泰蕾莎至少和嘉妹拉同样美丽。

“舞会那天晚上，泰蕾莎穿上最漂亮的衣裙，插上最华丽的发簪，又戴上最绚丽的玻璃项链，一身弗拉斯卡蒂地区妇女的装束。路奇的那身打扮，则是罗马农民欢庆节日时的传统服装。两个人按照吩咐，混杂在仆役和农民的行列里。

“这场舞会十分隆重盛大，不仅整个公馆灯火通明，而且花园的树上挂了数千盏彩灯。因此，宾客不久便从客厅拥到露台，又从露台拥到花园的路径上。

“每个路口都设有乐队，都摆着餐桌和各种饮料；散步的人随处都可以停下，组成四对舞组，随意跳舞。

“嘉妹拉是一身索尼诺地区妇女的打扮：她的帽子镶满了珍珠，金发簪上嵌着钻石,腰带是通花的土耳其大花织锦,外衣和短裙都是用开司米呢面料做的,围裙则是印度轻纱的,胸衣上一颗颗全是宝石纽扣。

"小姐的两位女伴,一位是内图诺地区妇女的打扮,另一位是里恰地区妇女的装束。

"陪伴她们的四名青年,都是罗马最富有的世族子弟,他们那种意大利式的潇洒风度,是别国所不能比拟的:他们那身农民服装,分别代表阿尔巴诺、韦莱特里、西维塔卡斯泰拉纳和索拉几个地方特点。

"当然了,他们的农民装束同几位小姐的农妇打扮一样,满身都是珠光宝气。

"嘉妹拉忽来兴致,想跳单组四对组舞,只是缺一名女舞伴。她环视周围。看见女客中没有一人的服饰同她和她女伴相仿。

"圣菲利斯伯爵指了指一群农妇,让女儿看挽着路奇胳臂的泰蕾莎。

"'您允许吗,父亲!'嘉妹拉问道。

"'当然了,'伯爵回答,'我们这不是狂欢节吗!'

"嘉妹拉转过身,用手指着那位年轻姑娘,对陪她说话的青年讲了几句话。

"那青年目光顺着小姐漂亮的手所指的方向望去,随即点头应命,走过去邀请泰蕾莎参加伯爵女儿指挥的四对组舞。

"泰蕾莎感到脸上一阵火辣辣的,她用眼色询问路奇。这事无法拒绝,路奇只好慢慢地放下他挽着的泰蕾莎的手臂,让那风流潇洒的骑士把泰蕾莎带走,而泰蕾莎则战战兢兢,加入那贵族的四对组舞。

"拿一位艺术家的眼光来看,比起嘉妹拉和她女伴的打扮来,泰蕾莎端庄的服饰别具特色;再说,她又是个轻浮爱美的姑娘,看着那细布的绣花、腰带的棕叶花饰、开司米呢的光彩,她觉得眼花缭乱,看着那蓝宝石和钻石的反光,她又羡慕得发疯。

"路奇这边则产生一种从未有过的感觉:一种隐痛首先啃噬他的心,接着又抖瑟着流经脉管,传遍周身;他眼睛盯着泰蕾莎和那骑士的一举一动,一看见他们的手相接触,他就感到头晕目眩,脉搏狂跳,耳畔就好像有钟声嗡嗡响。当他们谈话的时候，虽然泰蕾莎眼睛低垂，怯生生地听着，但是从那英俊青年的火热的眼神中，路奇能看出他是在讲赞美的话，于是，他感到脚下的大地旋转起来，地狱中所有魔鬼都怂恿他去行凶杀人。他真担心自己一时鲁莽干出傻事，就一手抓住背靠站着的那棵树，另一只手却紧紧握住别在腰上的雕花匕首柄，有几次不知不觉把匕首抽出鞘来。

“路奇吃醋啦！他感到泰蕾莎天生傲慢，喜欢卖弄风情，很可能会离开他。

“这个年轻的农家姑娘开头很胆怯，几乎受宠若惊，但是她很快就镇定下来。我们讲过泰蕾莎容貌很美，说她容貌美还不够，她还很娇媚，具有一种野性的娇媚，比我们常见的那忸怩作态的娇媚更加诱人。

“四对组舞的风光几乎让她一人占去；如果说她羡慕圣菲利斯伯爵的女儿的话，那么我们却不敢断言，嘉妹拉就不嫉妒她。

“那位英俊的骑士大肆恭维她一番之后，又把她送回路奇在等她的原地。

“刚才跳舞的时候，泰蕾莎有两三回朝路奇瞥一眼，而每回她都看见路奇脸色刷白，表情失态；甚至有一回，那半出鞘的匕首仿佛射出一道寒光，晃花她的眼睛。

“因此，她心里突突的，重又挽住自己恋人的手臂。

“这场四对组舞十分精彩，显然易见还要组织第二场。唯独嘉妹拉表示反对，但是她经不住父亲的恳求，最终还是同意了。

“四组舞少了泰蕾莎是不行的，一位骑士立即前去邀请，不料那姑娘不见踪影了。

“原来，路奇感到自己没有勇气经受第二次考验，他半劝半拉地把泰蕾莎拖到花园的另一角。泰蕾莎本不愿意走，但是她看见路奇神情异常，沉默中时时躁动，就明白这青年内心产生了什么特别的想法。而且她本人也不免心神不安，虽说自己没有做错什么事，可是她理解路奇有权责备她。责备什么呢？她也说不清楚，反正她觉得这种责备是应该的。

“然而，泰蕾莎深感意外的是，路奇却沉默不语，整个晚上没有再讲一句话。直等夜晚的寒气把宾客逐出花园，厅室的门关上举行欢宴时，路奇才把泰蕾莎带走，分手时对她说：

“‘泰蕾莎，你在同圣菲利斯伯爵小姐跳舞时，心里有什么想法？’

“‘我想，’姑娘回答的完全是心里话，‘我甘愿用一半寿命换她穿的那套衣裙。’

“‘那个舞伴对你说什么啦？’

“‘他对我说，这事儿就看我的了，只要说一声就能得到。’

“‘他说得对，’路奇又说，‘你真像你说的这样，强烈渴望得到吗？’

“‘对。’

“‘那好，你会得到的！’

“姑娘非常惊奇，抬起头来想问问他，可是见他脸色阴沉可怕，话到嘴边却又僵住了。

“况且，路奇说完就扬长而去。

“泰蕾莎目送他，直到他隐没在夜色里，她才长叹一声，进屋去了。

“就在那天夜里，伯爵府里出了大乱子，肯定哪个仆人疏忽，没有熄灭灯光，府中起火，一直蔓延到嘉妹拉那套房间的偏屋。半夜时分，她被火光照醒，立刻跳下床，穿着睡衣就想夺门逃出去，可是走廊里已经烟火弥漫，无奈又退回卧室，高声呼救，这时，离地面二十尺高的窗户忽然打开，一个农民跳进屋里，一把将姑娘抱起来，显示了超人的力量和敏捷，一直把昏迷过去的姑娘救到草坪上。嘉妹拉苏醒过来时，看见父亲守在面前，所有仆人都围着她救护。府邸让大火烧毁一边侧翼，但这不算什么，只要嘉妹拉安然无恙就好。

“大家到处找那救命恩人，却不见踪影，问遍所有人，都说没有看见。而嘉妹拉当时吓坏了，也没有看出那人是谁。

“伯爵极为富有，除了嘉妹拉受了点惊吓，火灾造成的损失无足挂齿，他倒觉得这算不上一场灾难，女儿幸免于难是个奇迹，是上天新赐的恩惠。

“第二天，路奇和泰蕾莎又按时在林边见面。路奇先到一步，他兴冲冲地去迎那姑娘，似乎把昨天夜晚的不快场面完全忘记了。泰蕾莎显然还心事重重，不过，她看见路奇喜气洋洋，自己也就装出一副笑脸，况且，只要没有什么烦恼来打扰，她的性格本来就无忧无虑。

“路奇让泰蕾莎挽上他的手臂，带她走到洞口站住。年轻的姑娘明白一定有非同寻常的事情，就定睛看着他。

“‘泰蕾莎，’路奇说道，‘昨天晚上你对我说，你不惜一切要得到伯爵小姐那样一身穿戴吧？’

“‘对。’泰蕾莎回答，‘不过，我表示那种愿望，简直是讲疯话。’

“‘可是，我却回答说：那好，你会得到的。’

“‘是啊，’年轻姑娘又说，她对路奇的话越来越感到惊奇，‘你那么回答，还不是想叫我高兴高兴。’

“‘我答应你的事，泰蕾莎，从来没有一件办不到，’路奇骄傲地说，‘你进洞里去，穿戴起来吧。’

“路奇说罢，把洞口的石头搬开，让泰蕾莎往里瞧，只见洞里点着两支蜡烛，立在一面华美的镜子的两侧，在一张路奇做的粗木桌上，摊着珍珠项链和钻石发簪，旁边一张椅子上则放着其他服饰。

“泰蕾莎高兴得惊叫一声，她不问这套服饰是从哪儿弄来的，也顾不上谢谢路奇，立刻冲进改成化妆室的石洞里。

“路奇在她身后又把洞口盖好，因为他望见一座小山丘上出现一个骑马的行客。路奇站在那里，由于有那座小山丘遮着，望不见帕莱斯特里纳，但见那行客停了片刻，不知走哪条路才对，而他背后有蓝天衬托，那身影显得格外清晰，这是南方地区远景所具有的特色。

“那行客望见路奇，便策马朝他飞驰而来。路奇没有猜错，那行客从帕莱斯特里纳动身，要去蒂沃利，担心走错路。

“年轻人给他指明走哪条路，但是走出四分之一里的地点，又分成岔道；行客到了那里还可能迷路，就请年轻人带他走一段。

“路奇脱掉大衣，扔在地上，猎枪往肩头一扛，这样就没有大衣的累赘，迈开山里人的大步，走在行客的前面，脚步如飞，连马都勉强跟上。

"不过十分钟,路奇带着行客就到了岔路口,他像皇帝那样威严地抬手,指着行客应当走的路,说道:

"'您就应当走这条路,大人,现在用不着担心迷路了。'

"'喏,这是你的报酬。'行客说着,递给年轻牧人几个小钱。

"'谢谢,'路奇抽回手说,'我这是帮忙,不收钱。'

"'那么,'行客又说,他似乎看惯了市民的卑躬屈膝和山民的傲气之间的差异,'你不收费,送的礼总会收吧?'

"'哦,对,那是另码事儿。'

"'那好,'行客说,'请收下这两枚威尼斯金币,给你的未婚妻买一对耳环戴吧。'

"'也请您收下这把匕首,'年轻牧人说,'您从阿尔巴诺到奇维塔卡斯泰拉诺,也找不到雕刻这么好的刀柄。'

"'我收下,'行客说,'不过这样一来,我又欠你的情了,因为这把匕首的价值不止两枚金币。'

"'商人也许会这么看,而这是我亲手雕刻的,只值一皮阿斯特。'

"'你叫什么名字?'行客又问。

"'路奇·王霸,'牧人答道,而他那语气就好像说:马其顿国王亚历山大。'您呢?'

"'我嘛,叫水手辛伯达。'那行客答道。"

弗朗兹·德·埃皮奈惊叫一声:

"咦!水手辛巴达!"

"对,"叙述人又说,"这正是那行客向王霸报的名字。"

"怎么,你觉得这名字有什么不好吗?"阿尔贝插言道,"这名字很漂亮嘛,老实说,叫这名字的那位先生的奇遇,我小时候听得非常有趣。"

弗朗兹没有再说什么。不言而喻,"水手辛伯达"这个名字唤起他种种回忆,正如昨天基督山伯爵的名号勾起他许多回忆那样。

"讲下去吧。"他对店家说。

"王霸不屑地把两枚金币揣进兜里,慢腾腾地沿原路返回,离洞口还有两三百步远的时候，他仿佛听见一声惊叫。

“他停下来，想辨别是从哪个方向传来的喊声。过了一刹那，他清楚地听见喊他的名字。呼叫声是从石洞方向传来的。

“他像羚羊一般向前跃去，边跑边给枪上子弹，不过一分钟，就跑到刚才那行客伫立的小山头对面的山顶。

“在小山头上，呼救声听得更真切了。

“他居高一望，只见一条大汉要劫走泰蕾莎，正像马腿怪涅索斯①要抢走伊阿尼拉那样。

“那汉子朝树林跑去，从石洞到树林这段路，他已跑了一大半。

“王霸目测一下距离，那人至少占先了二百多步，不大可能在他钻进树林之前赶上。

“年轻的牧人站定，仿佛双脚生了根。他把枪托抵在肩上，缓缓举起枪筒，瞄准那劫持者，跟踪一秒钟，随即开火。

“那劫持者猛然停下，双膝弯曲，同他抱着的泰蕾莎一同跌倒在地。

“不过，泰蕾莎马上又爬起来，而那汉子却躺在地上垂死挣扎。

“泰蕾莎跑出去十步远，双腿一软，又跪到地上。王霸立刻朝她冲过去，他深怕子弹打中那敌人时，又伤着他的未婚妻。

“幸好无事，泰蕾莎只是吓瘫了。路奇看到她确实安然无恙，便转身朝那受伤的家伙走去。

“那家伙刚刚断气，临死痛苦挣扎时双拳紧握，冷汗淋漓，毛发倒竖，嘴巴歪扭到一边去了。只是眼睛还睁着，样子很凶。

“王霸走近尸体，认出是古古密陀。

“那个匪首自从那天被两个青年救了之后，他就看上了泰蕾莎，发誓要把那姑娘弄到手。从那天起，他就暗中盯梢，看到路奇去给行客带路，把姑娘一人丢下，便乘机把她劫走，满以为自己的图谋得逞了，不料那年

① 据希腊神话，涅索斯是人头马腿怪，要抢走大力神赫拉克勒斯的妻子伊阿尼拉，被大力神用毒箭射死。

王霸走近尸体，认出是古古密陀。

轻牧人弹不虚发，一枪打穿了他的心脏。

“王霸毫不动容，注视他一会儿；反之，泰蕾莎还全身发抖，不敢走近那一命呜呼的强盗，只是小步凑过来，扶着情人的肩头，畏缩地朝尸体溜了一眼。

“过了片刻，王霸回身对他恋人说：

“‘哈，哈！好啊，你已经穿戴好了，现在该我去打扮了。’

“果然不错，泰蕾莎从头到脚，穿上了圣菲利斯伯爵女儿的全套服饰。

“王霸抱起古古密陀的尸体，搬进洞里，而这回泰蕾莎则留在外面。

“这时如果再有一个行客经过这里，他会看到一件奇事：一个看守羊群的牧羊女，却身穿开司米呢花衣裙，戴着珍珠耳环和项链，头上插着嵌钻石的发簪，而衣裙的纽扣全是蓝宝石、绿宝石和红宝石。

“那行客见了，无疑会以为返回到弗洛里安[1]那时代，回到巴黎会宣称，他看见阿尔卑斯山的一位牧羊女坐在萨比尼山脚下。

“过了一刻钟，王霸从洞里出来，他一身华美的服装比起泰蕾莎毫不逊色。

“他身穿那件石榴红天鹅绒上衣，缀着雕金纽扣，丝绸背绣满了图案，脖子系一条罗马领巾，挎着一个用金线和红绿丝织成的子弹袋，下身穿一条天蓝色丝绒短裤，由钻石环连着护膝，足登一双麂皮长靴，上面绘有五颜六色的阿拉伯图案，头戴一顶飘着五色绸带的帽子，腰带上挂着两只怀表，子弹袋上则插着一把出色的匕首。

“泰蕾莎不禁惊叹一声：王霸这样一打扮，真像列奥波德·罗贝尔[2]或施奈茨[3]画上的人物。

“他穿上了古古密陀的全部行头。

“年轻人看到他这身打扮引起未婚妻的反应，嘴角便浮现得意的微笑。

“‘现在，’他对泰蕾莎说，‘你打算和我有福同享，有难同当吗？’

“‘哦，行！’姑娘兴奋地高声说。

“‘打算跟我到任何地方？’

“‘跟你到天涯海角也行。’

“‘那就挎住我的胳臂，我们走吧，不能再耽搁了。’

年轻姑娘挎上她恋人的手臂，也不问带她去何处，因为此刻在她眼

---

① 弗洛里安(1755—1794)，法国作家，著有《寓言集》等。

② 列奥波德·罗贝尔(1794—1835)，瑞士画家。

③ 施奈茨(1787—1870)，法国画家。

里，王霸仪表堂堂，英气勃勃，孔武有力，真像神灵一样。

“这对青年朝树林走去，几分钟之后便进了林子。不用说，王霸熟知山间每条小路，他毫不迟疑，径直朝前走，林中尽管没有路径，但是他只要看看树木和荆丛，就能识辨该走哪里；就这样，两个人走了将近一个半钟头。

“这段时间走下来，他们到了林中树木最茂密的地点。一条干涸的溪流的河床通进一个幽邃的山口。王霸走上这条奇特的路，只见两岸逼窄，松林郁郁苍苍，除了比较好走而外，这条路很像维吉尔讲的阿韦尔诺[①]火山口的崎岖小径。

“泰蕾莎看到这地方荒野僻远，又害怕起来，紧紧偎着她的领路人，一句话也不敢讲。不过，她见路奇步伐始终稳健，脸上神情泰然，她也就能够掩饰内心的惶恐。

“猛然间，一个人从躲藏的树后蹿出，枪口对准王霸，相距只有十步远。

“‘不许动！动就打死你！’那人喝道。

“‘哎，算了吧，难道狼还咬狼吗？’王霸说着，轻蔑地摆了摆手；可是泰蕾莎再也掩饰不住惊恐，紧紧靠住他。

“‘你是什么人？’那岗哨问道。

“‘我叫路奇·王霸，是圣菲利斯庄园的牧羊人。’

“‘你来干什么？’

“‘我要跟你的伙伴们谈谈，他们就在罗卡·比昂卡的林间空地。’

“‘那就跟我来吧，’岗哨说，‘干脆，你知道在哪儿，就走在前边吧。’

“王霸见这名强盗如此小心，便轻蔑地微微一笑，同泰蕾莎走在前面，脚步始终那么沉稳。

“走了五分钟，强盗叫他们站住。这对青年照办了。强盗学了三声乌鸦叫。对面呱的一声回应这三声呼唤。

---

① 阿韦尔诺，意大利的坎帕尼亚区火山口，形成湖泊。罗马的伟大诗人维吉尔（公元前70—前19）在他的长诗《埃涅阿斯记》中，描述过这个火山口湖。

“‘好吧，现在你可以继续朝前走。’强盗说。

“路奇和泰蕾莎又朝前走去。泰蕾莎紧紧靠着情人，浑身不住地抖索，因为林中显露兵器，枪筒闪闪发亮。

“罗卡·比昂卡的林间空地是一座小山顶，从前肯定是火山口，而在罗慕路斯和雷穆斯[①]离开阿尔巴隆加，来这里建罗马城之前，那火山就熄灭了。

“路奇和泰蕾莎到了山顶，只见对面呼啦一下站起二十多个强盗。

“‘这个年轻人来找你们，要同你们谈谈。’岗哨说了一声。

“‘他要跟我们谈什么？’一个强盗问道，他是匪首不在时临时领头的。

“‘我要说，放羊那营生我干腻啦。’王霸答道。

“‘唔！我明白，”那个副头儿说，‘你是来要求入伙的吧？’

“‘欢迎，欢迎！’好几个强盗叫嚷，他们是费鲁西诺、庞皮纳拉和阿纳尼村人，认出了路奇·王霸。

“‘好，不过，我的要求，不止是入伙。’

“‘那还要怎么的？’众匪徒诧异地问。

“‘我来要求当你们的头儿。”年轻人说道。

“众匪徒哈哈大笑。

“‘你凭什么想争这份光彩？’那个副头儿又问道。

“‘我打死了你们的头儿古古密陀，喏，这就是他的皮囊，’路奇答道，‘我还放火烧了圣菲利斯伯爵府，好给我的未婚妻弄来结婚礼服。”

“一小时之后，路奇·王霸被推选为首领，取代古古密陀。”

“怎么样，亲爱的阿尔贝，”弗朗兹扭身问他的朋友，尔你如何看待公民路奇·王霸？”

“我看那是神话传说，”阿尔贝答道，“根本就没有那个人。”

---

① 罗慕路斯和雷穆斯，传说中罗马城的建造者。他们是阿尔巴隆加公主与战神生下的孪生子，受到篡位的舅父的迫害，从小被抛弃。后来他们在得救的地方建起城池。

“我要说，放羊那营生我干腻啦！”

“什么是神话传说？”帕特里尼问道。

“要向你讲清楚，那话就长了，亲爱的店家，”弗朗兹答道，“照你这么说，那位王霸首领眼下在罗马周围做生意吗？”

“当然，而且从未见过如此胆大勇武的强盗。”

“警察就始终抓不住他吗？”

“警察有什么办法！平原上的牧民、台伯河的渔夫、地中海沿岸的走私贩子，都跟他串通一气。警察到山区搜捕他，他却在河里的船上；他们追到河上，他又驶入大海；他们以为他躲到吉廖岛、瓜努蒂岛或基督山岛上，不料又见他出现在阿尔巴诺、蒂沃利或者里恰。”

“他怎么处置劫持的行客？”

“噢！天哪！非常简单。他根据离城的远近限定时间，八小时、十二小时，或者一天，让他们家人交来赎金；时间到了，他再宽限一个钟头。数完六十分钟，还不见送钱来，他就撕票，一枪把人质的脑袋打开花，或者一刀插进那人的心口，就算一笔勾销了。”

“怎么样，阿尔贝，”弗朗兹问道，“你还想绕环城马路去竞技场吗？”

“当然啦，只要那一路风景好。”

说到这里，正好敲九点钟，车夫推开房门进来，说道：

“大人，马匹在下面等候。”

“好，这就去竞技场！”弗朗兹吩咐道。

“从波波罗门出城，还是走老城街，大人？”

“走老城街，这还用问，走老城街！”弗朗兹高声说。

“哎！老兄！”阿尔贝说着也站起来，点燃第三支雪茄，“老实说，我还以为你挺勇敢呢。”

说着，两个年轻人下楼，登上马车。

第三十四章　显露身形

弗朗兹找到个折中办法，他们去竞技场，一路避开任何古迹，因此不会先饱眼福，等见到那雄伟的古建筑反而兴趣大减。马车沿西斯蒂尼亚街行驶，到圣马利亚教堂往右拐，经过内城街和圣彼得街，一直驶到竞技场街。

这条路线还有一个好处，弗朗兹可以靠在车子角落，专心思索一系列的奇事。帕特里尼叙述的那段故事给他留下的印象，又同基督山岛上那位神秘的东道主联系起来；他心中产生种种疑问，但是没有一种得到满意的答案。

再说，有一件事还使他念念不忘那位朋友水手辛伯达：水手和山贼之间，存在着千丝万缕的神秘联系。帕特里尼提到王霸能躲到渔夫的船上或者走私船上，这也令弗朗兹想起同小游艇的船员一起吃饭的那两名强盗，而那游艇竟肯绕道，专程把他们送到韦基奥港。基督山岛那位东道主自报的姓名，又经饭店老板的口说出来，足以证明那人的博爱行为不但施在皮翁比诺、奇韦塔维基亚、奥斯蒂亚和加埃塔沿海一带，而且遍及科西嘉、托斯卡纳和西班牙一带沿岸。弗朗兹还记得，他亲口提过突尼斯和巴勒莫，这也是他交游极广的明证。

然而，这如潮的思绪，不管如何萦绕这青年的头脑，但当他一望见那古竞技场黑黝黝的巨大身影耸立在面前时，也就立即烟消云散了。一束束惨白的月光从废墟的门洞照下来，就像幽灵的眼睛射出的目光。在苏

竞技场

丹坪旁边停车，车夫过来开车门，两个青年跳下车，忽然发现一名导游站在面前，仿佛是从地里钻出来的。

饭店的导游已经跟来，这样他们就有了两名导游。

既然到了罗马，在导游方面就不能不讲排场。你一踏进旅馆，立刻就有一名全陪导游抓住你不放，一直到你离开这座城市为止。此外，每个景点还有专项导游，简直可以说，每个景点的每一处都有导游。由此可以想见，竞技场这样世界闻名的古迹，自然是不乏导游的；关于竞技场，马提雅尔①早就说过：

"孟斐斯②再休炫耀金字塔的野蛮奇迹，再休赞美巴比伦城的名胜；那一切同恺撒这一阶梯看台的巨大工程相比，就应当自惭形秽了，而盛名的所有声音，都应当一齐颂扬这一建筑。"

弗朗兹和阿尔贝无意摆脱导游的控制，况且要摆脱也很难，因为在这座古建筑中，唯独导游有权举着火把随处走动。因此，他们面对导游，毫不抵抗就束手就擒了。

弗朗兹来过不下十次，非常熟悉这一参观路线，而他的伙伴则初来乍到，头一回踏入弗拉维乌斯·韦斯巴芗③的工程。尽管导游胡说八道一通，但是我不能不为这位皇帝赞颂一句：这一废墟给阿尔贝留下强烈印象。的确，不是亲眼领略，很难想象这个古建筑废墟如何壮美，尤其是这南欧的月光犹如西方的暮色，在这神秘的辉光中，废墟的雄姿显得增大了一倍。

反正导游不愿放弃毫无限制的权利，一定会让阿尔贝仔细参观狮子洞、角斗士的隔栏、皇帝的看台，而弗朗兹又有心事，因此他在内廊下走了百十来步，就把阿尔贝丢给导游，他独自一人登上半坍毁的阶梯，坐到一根大柱的阴影下，面对一处半圆形的缺口，能够纵览这花岗岩巨大建筑的整个壮阔雄姿。

弗朗兹坐在柱子的阴影下望着阿尔贝，大约过了一刻钟，只见他由两个举着火把的导游陪同，从竞技场另一端的出口走出来，仿佛幽灵追着鬼火，一级一级下去，走向贞女专用的看台，这时忽听下面一个石块滚落的声响，从他刚才走的楼梯的对面台阶传来。在时间脚步的践踏下，一块石头滚动并落入深渊，这并不算稀罕事；然而这回，弗朗兹却听出是人踏落的，而且他也听见脚步声，尽管那人走路极轻，竭力不发出声音。

---

① 马提雅尔(40—104)，罗马作家。

② 孟斐斯，即埃及。

③ 韦斯巴芗(9—79)，罗马皇帝，竞技场就是在他统治时期开始建造的。

工夫不大，对面台阶果然出现一个人影，那边正好洒着月光，只见那人一步步往上走，逐渐从黑暗中出来；反之，如果顺着台阶往下去，越走就越黑暗。

大约是个游客，像他一样讨厌导游的聒噪，而喜欢独自凭吊，因此，弗朗兹毫不奇怪；然而，看那人登上最后几级时的迟疑样子，到了平台站住倾听的姿势，显然到此别有目的，要等什么人。

弗朗兹下意识地尽量躲到柱子后面。

在他们两人头上十尺高处，拱顶已经残破，有一个圆圆的大洞，宛若井口，可以望见星光灿烂的夜空。

那缺口让月光流泻下来，大约已有数百年了，缺口四周长了些杂草，那绿色枝茎的倩影，在幽蓝的苍穹衬托下，轮廓十分清晰，而那青藤的粗蔓则从上面看台垂下来，在拱顶下摇曳，仿佛飘动的绳索。

那个诡秘出现而引起弗朗兹注意的人，停在半明半暗的位置，脸庞看不清楚，但那套装束倒还能分辨：他身上披一件肥大的褐色斗篷，下摆的一角斜搭在左肩上，遮住他的下半张脸，而头上那顶宽沿帽又盖住他上半张脸。斜射下来的月光只照到他的下半身，看得见他穿一条黑色裤子，足蹬一双锃亮雅致的皮靴。

显而易见，那人即使不是贵族，至少也是社交圈子的名流。

他在那里伫立几分钟，显然有点不耐烦，这时上面看台传来轻微的脚步声。

刹时间，拱顶缺口出现一个人影，遮住了月光，那人敏锐的目光往下面暗处一扫，发现披斗篷的人，便立即抓住一根粗藤，身子往下一溜，离地面还差三四尺高就轻轻跳下来。他穿一身特朗特维尔服装。

“请原谅，大人，”那人讲的是罗马方言，“让您久等了。但我只晚了几分钟。拉特朗街圣让教堂的钟刚敲十点。”

“是我来早了，而不是您迟到了，”那陌生人用纯正的托斯卡纳语答道，“好，不必客套；况且，您即使让我等候，也必定有迫不得已的缘故。”

“大人说得不错，我刚从圣安琪狱堡来。我费了许多周折，才同贝波接上头。”

“贝波是谁?”

“贝波在狱堡里干事,我每年给他一笔钱,好了解圣上狱堡里的情况。”

“哈！哈！看来您倒是个深谋远虑的人,亲爱的朋友!”

“有什么办法,大人！天有不测风云,人有旦夕祸福,难保有一天,我不会像佩皮诺那样落入法网;因此,我要养只老鼠,到时候好把罩住我的狱网咬几个洞。”

“简单说吧,您打听到什么情况?”

“星期二下午两点钟要处决两个人,这是罗马重大节日开幕式的传统节目。一名犯人处以槌刑,那个恶棍死有余辜,他竟然杀害了抚养他长大的神甫。另外一名要绞死,他就是可怜的佩皮诺。”

“还不是怪您,亲爱的朋友,您是教皇的子民,却在附近的王国造成极大的恐怖,他们只好杀一儆百了。”

“可是,佩皮诺根本没有入伙;他是个可怜的牧人,唯一的罪状,就是向我们供应食物。”

“这就足以表明他是你们的同谋。因此,对他就是另眼看待,仅仅处以绞刑,而您万一被捕正法,那可要槌击而死。这样变换点花样,也能热闹一些,能满足各种口味的观众。”

“还不算我准备的花样,准出乎他们的意外。”

“亲爱的朋友,”披斗篷那人又说,“恕我冒昧,您好像要干什么蠢事。”

“我要劫法场,那可怜的家伙是因为给我干事,才落到那个地步。圣母在上,那个诚实的小伙子要丧命,我若是坐视不管,那就成了懦夫。”

“您打算怎么办?”

“我在断头台周围布置二十来个人,等佩皮诺被押上来,我发出信号,大家拔出匕首,一拥而上,从行刑队中把犯人劫走。”

“我看这么干把握不大,我的办法更稳妥。”

佩皮诺

“请问您的办法，大人？”

“我拿出一万皮阿斯特，送给我认识的一个人，他就会进行斡旋，促使佩皮诺得以缓刑一年，我再拿出一千皮阿斯特，送给另外一个我认识的人，他就会在这一年中，帮助犯人越狱逃走。”

“您有成功的把握吗？”

“当然啦！”披斗篷的人用法语答道。

“大人说什么？”那人又问道。

“亲爱的朋友,我是说我一个人拿钱打点,比你们所有人舞刀弄枪地硬拼更有效果。还是让我去办吧。”

“那再好不过;但是怕您万一失利,我们还是准备好。”

“要准备悉听尊便,不过请相信,我准能让他得到缓刑。”

“要注意,后天就是星期二,您只有明天一天的工夫。”

“一天行啊,有二十四小时呢,每小时有六十分钟,而每分钟则有六十秒钟;在八万六千四百秒当中,能干成许多事情。”

“大人若是成功了,怎么通知我们呢?”

“那很容易。我在罗斯波利咖啡馆租了最上面的三个窗口;如果我得到他的缓刑令,那么两边的窗口挂黄缎窗帘,中间的窗口则挂红十字白缎窗帘。”

“好极了。那么,缓刑令由谁传递呢?”

“您派一个手下人,装扮成苦修士。我把缓刑令交给他,他身穿修士袍,就能一直走到绞刑架脚下,把命令交给监斩官,监斩官再把命令交给刽子手。不过,先得把这消息透给佩皮诺,以免他到刑场吓死或者吓疯了,那我们就白白为他花一笔钱了。”

“听我说,大人,”那个农民模样打扮的人又说,“我对您完全忠心,您确信这一点,对吧?”

“至少我希望如此。”

“那么,您救了佩皮诺之后,我对您就不止是忠心耿耿,而且唯命是从。”

“亲爱的,这话你可得想想再说!有朝一日,也许我会向你提起的,因为有朝一日,我也可能需要你……”

“那好,大人,您需要之时,定有我在,如同此刻,我能借重您一样。哪怕远隔天涯,只要您写信吩咐一句:‘办这件事。’我就一定去办,君子一言……”

“嘘!有声音。”陌生人说。

“那是举着火炬参观竞技场的游客。”

"不要让他们瞧见我们在一起。那些导游都是奸细,可能会认出您;亲爱的朋友,不管我多么看重您的友谊,但我十分担心,这种关系一旦被人发现,我的信誉就要受到一些损失。"

"说好,您如果拿到缓刑令?"

"中间窗口挂的窗帘上有红十字。"

"您若是没有拿到呢?……"

"三个窗口全挂黄色窗帘。"

"如果那样?……"

"如果那样,我无话可说,亲爱的朋友,你们可以动武,大干一场,我在那里观战。"

"再见,大人,拜托您了,您也尽可信赖我。"

说罢,那个农夫打扮的人走下阶梯不见了,而另一个陌生人用斗篷的衣角更严地遮住面孔,从弗朗兹身边两步远的地方走过,由外台阶下去了。

紧接着,弗朗兹听到自己的名字在场里回响:那是阿尔贝在叫他。

弗朗兹要等那两个人走远才答应,以免他们知道会面时有人目击:他们的面貌虽然没有看见,但是他们的谈话,他全听到了。

十分钟之后,弗朗兹又乘车回饭店;一路上,阿尔贝大肆论证普林尼①和卡尔普尼乌斯②的观点,主张竞技场内安装铁丝网,以防猛兽扑向观众;弗朗兹由他讲去,也不反驳,只是心不在焉地听着,他急于回去,好无人打扰,独自思考他刚才目睹的场面。

那两个人中,有一个他肯定素昧平生,是头一次见到的人,头一次听见的声音;但是另外一个则不然,他的面孔虽然一直遮着斗篷,并停在阴影里,弗朗兹无法识辨,但是他讲话的那种声调,弗朗兹先前曾听到过,印象极深,这回当即就听出来了。他那带有揶揄的声调听来特别,有几分尖

---

① 即老普林尼(23—79),古罗马博物学家。

② 古罗马皮索家族的成员。

利，如同金属的撞击，无论在基督山岛的石洞里，还是这古竞技场的废墟中，都令弗朗兹震悚。

因此，弗朗兹确信，此人正是水手辛伯达。

此人曾激起他极大的好奇心，如若换个场合，他一定要上前相认；然而这回，他听到的谈话太机密，在这种情况下上前相见，不啻为冒犯，这种担心也是完全合情合理的；于是，他克制住自己，任凭此人走开，但又暗下决心，下次再不期而遇，他绝不放过相见的机会。

弗朗兹心事重重，难以安眠。这一夜晚，他的头脑反复回想与岩洞那位东道主有关，又与古竞技场那个诡秘游客有关的所有情况，越想越相信这两者其实是同一个人。

天快亮时他才睡着，醒来自然很晚了。阿尔贝不愧是个地道的巴黎人，事先安排了晚上的活动，派人到阿让蒂纳剧院定了包厢。

弗朗兹要往法国写几封信，全天把马车交给阿尔贝一人使用。

傍晚五点钟时，阿尔贝回来了，这一天他游览了罗马市容，持推荐信到处拜访，晚上接受了邀请。

一天工夫，阿尔贝不仅进行了这么多活动，还抽时间打听了演出的剧目和演员的情况。

晚上演出歌剧《巴黎西娜》[①]，由柯赛莉、莫里亚尼和斯佩克主演。

这两个青年机会还不错，能看到意大利三位最负盛名的演唱家，演出《拉美莫尔的露契亚》[②]的作者最优秀的一部歌剧。

阿尔贝始终不习惯意大利歌剧院：既没有楼厅，也没有敞厢座位，观众还不能走进乐池；对他这个坐惯了滑稽剧院单人座、歌剧院大包厢的人来说，这种种缺陷是难以忍受的。

尽管如此，阿尔贝每回同弗朗兹去看戏，还总打扮得美轮美奂，但白费了一番心思；说起来，也真是我们上流社会的一位杰出代表的耻辱：四

---

① 这两部歌剧的作者是意大利歌剧作曲家唐尼采帝（1797—1848）。

② 同上。

个月来，阿尔贝游遍了意大利，竟然没有一回艳遇。

阿尔贝有时还想自我解嘲，但心中实在憋闷，就凭他，阿尔贝·德·莫尔塞夫，一个风流倜傥的青年，居然无人问津。尤为令人难堪的是，按照我们可爱的同胞的谦和习惯，阿尔贝从巴黎动身去意大利，准抱着大出风头的信念，回国后大肆炫耀他在异国的艳遇，从而给根特大街的府邸增添许多乐趣。

唉！一件好事还没有遇上，在热那亚、佛罗伦萨、那不勒斯等地，那些光艳照人的伯爵夫人都十分钟情，倒不是忠于丈夫，而是忠于情人。阿尔贝已经得出这样痛心的结论：意大利女子至少有一点胜过法兰西女子，即忠于她们的不忠行为。

这并不等于说没有例外，各国均如此，意大利亦然。

按说，阿尔贝这个青年不仅仪表堂堂，而且十分聪颖，又是子爵——当然是刚封的新贵。不过在这年头，无需证明自己的家世，爵位始自一三九九年还是一八一五年，已经无足轻重了！更重要一点，阿尔贝有五万里佛尔的年金；在巴黎赶时髦，这是绰绰有余的。像他这样一个人，走过不少城市，却没有得到任何人的青睐，的确有些丢面子。

因此，他要在罗马挣回面子；而且狂欢节，无论哪个国家举行这种盛大的活动，都意味着是一段放纵的时间，连生活最严肃的人也会有点儿出格的举动。第二天狂欢节就要开始了，阿尔贝认为在开幕之前做本人的广告，是至关重要的。

他正是抱着这种打算，在剧院定了一个最显眼的包厢，行前又精心打扮了一番。最显眼的包厢，在法国剧院位于侧廊，而在意大利剧院则位于第一排。须知那里的头三层，一层比一层华贵，因此称作贵族包厢。

这两个朋友定的包厢能宽宽裕裕地坐下十二人，但花费还略低于巴黎多用剧院的四人包厢。

阿尔贝还另有一种期待：一旦他在哪位罗马美人的心中占了一席之地，那么自然而然，人家的马车里或华丽的阳台上就有他一席之位，他就能高高地坐着贵族马车观看狂欢节了。

出于这种种考虑，阿尔贝格外精神抖擞，背对着演员，半个身子探出包厢，用六寸长的观剧镜瞄向所有漂亮的女郎。

阿尔贝虽然这样卖力招摇，却没有引来一位美人的惠顾，哪怕是一下好奇的回眸。

其实，那些女郎都在谈论自己的事儿、自己的恋情和欢乐，谈论第二天开幕的圣周狂欢节，根本无暇顾及演员的表演、剧情的发展，只是到了一定的时候，大家才转过身去，听一段柯赛莉唱的宣叙调，或者为莫里亚尼的精彩唱段鼓掌，或者为斯佩克的出色表演喝彩，随后他们又继续私下交谈。

第一幕接近尾声的时候，弗朗兹看见一间空包厢的门打开，走进一位他有幸认识并以为还在巴黎的贵妇，他不禁微微一怔。阿尔贝看到他朋友的神色，便扭身问道：

“你认识那位女子吗？”

“认识，你看她怎么样？”

“很可爱呀，朋友，还是个金发女郎。嘿！那头发真美！是法国人吗？”

“不，是威尼斯人。”

“她怎么称呼？”

“G伯爵夫人。”

“唔！我听说过，”阿尔贝提高嗓门，“据说她才貌双全。上次维尔福夫人举行舞会，她也参加了，我本来可以让人引荐给她，竟错过了那个机会。我真是个大傻瓜！”

“我帮你弥补好吗？”弗朗兹问道。

“怎么！你跟她那么熟，都可以把我引荐给她？”

“我生来有幸同她交谈过三四回；要知道，就凭这点儿过从，引荐你总还不算唐突之举。”

这时，伯爵夫人看见弗朗兹，热情地向他招招手，弗朗兹则恭敬地颔首回敬。

G 伯爵夫人

“嗬！看来，你同她的关系非常密切吧？”阿尔贝说道。

“哎，这一点你就看错了，也正是由于这一点，我们法国人到外国总好干蠢事，就是说我们总拿巴黎人的眼光看待一切；到了西班牙，尤其到了意大利，绝不要根据人们关系的随便程度，来判断人们的亲密程度。我们同伯爵夫人不过是相投而已。”

“心灵相投吗？”阿尔贝笑着问道。

“哎，不过是性情相投。”弗朗兹一本正经地答道。

“那是在什么场合？”

“也是游览竞技场的时候,同我们这次一样。”

“在月光下?”

“对。”

“单独两个人?”

“差不多。”

“你们一直谈论……”

“古人。”

“啊!”阿尔贝惊叹道,“那可真够有趣的。到时候看我的,我若是有机缘,陪伴伯爵夫人那样漫步游览,保证只向她谈论今人。”

“那你可能要失算。”

“先别说别的,你答应我了,总得把我引见给她吧?”

“幕布一落下就去。”

“活见鬼,这一幕真长!”

“听听最后唱段,唱腔很美,柯赛莉唱得非常出色。”

“是啊,可是看那身段!”

“那么,斯佩克倒演得很感人。”

“要知道,听过松塔和玛丽勃朗的歌剧之后……”

“你不觉得莫里亚尼演技很高吗?”

“我不喜欢那种装腔作势。”

“噢!亲爱的朋友,”弗朗兹转过脸来说道,而阿尔贝还对着观剧镜张望,“你可真够挑剔的。”

幕布终于落下,德·莫尔塞夫子爵这才如愿以偿,他拿起礼帽,用手迅速拢拢头发,正正领带和袖口,示意弗朗兹他等待引荐。

与此同时,弗朗兹也以目光征询,得到伯爵夫人欢迎的表示,便立即满足阿尔贝急切的愿望,领着伙伴去敲伯爵夫人的四号包厢门;阿尔贝还利用走过半圆剧场这段路,顺手抚平衬衣领口和礼服翻领可能出现的皱褶。

按照意大利的习惯,在前排陪伴伯爵夫人的年轻人立刻让座;同样,这新来的客人也要让座给随后再来的客人。

弗朗兹把阿尔贝介绍给伯爵夫人，说他无论从社会地位和聪明才智来看，都是个首屈一指的青年；此话不假，在巴黎，在他的交际圈里，阿尔贝确是个无可指责的人。弗朗兹还补充说，在伯爵夫人去巴黎期间，阿尔贝未能抓住时机让人引荐给她，深感懊悔，现在求他弗朗兹帮助弥补这一过失，而他自己尚需引荐，却贸然带他朋友来，还请伯爵夫人宽谅。

伯爵夫人答礼，优雅地向阿尔贝颔首致意，又把纤手伸给弗朗兹。她请阿尔贝坐到前座腾出来的位置，而让弗朗兹坐到她身后的一排座上。

阿尔贝已想好话题，谈论巴黎，他向伯爵夫人提起他们共同认识的人。弗朗兹明白他如鱼得水，便由他夸夸其谈，向他讨来大型观剧镜，也开始搜索整个剧场。

在他们对面一个包厢的前座，坐着一位绝色美人，她一身希腊装束，而且显得十分合体，显然那是她经常的服饰。

在那女郎身后的暗影里，隐约有个男人的轮廓，但是面貌看不清楚。

弗朗兹打断阿尔贝和伯爵夫人的谈话，问伯爵夫人是否认识那位美丽的阿尔巴尼亚女郎。那女郎不仅应当引起男士，而且应当引起女士的注目。

“不认识，”伯爵夫人答道，“我仅仅了解她是入冬时节到罗马来的。剧院开幕那天，我看见她坐在现在的位置上；这一个月来，每场戏她必到，有时由此刻在那儿的先生陪伴，有时只跟随一个黑奴。”

“您觉得她怎么样，伯爵夫人?”

“美极了。梅道萨恐怕就像那位女郎。”

弗朗兹和伯爵夫人相视而笑。伯爵夫人继续同阿尔贝谈话，弗朗兹则接着用观剧镜端详那位女郎。

幕布又拉开，演出芭蕾舞。这是一个优秀的意大利芭蕾舞节目，由著名的亨利执导；亨利是舞蹈编导者，在意大利极负盛名，而可怜的家伙却跑到水乡舞台来丢人现眼。这场舞蹈，从第一主角到最普通的配角，全团都上场，一百五十人同时起舞，或举手臂，或抬大腿，动作一致，非常齐整。

这叫作《波利斯卡舞》。

不管舞蹈多么精彩，弗朗兹也顾不上观赏，目光一直盯着那位希腊美人。只见她对演出显然很感兴趣，而陪伴她的那个男子却截然相反，在这精彩场面的过程中视若无睹，仿佛沉浸在甜美睡眠的融融之乐中，根本不管乐队的喇叭、铙钹和铜锣震耳欲聋的喧声。

这场舞蹈终于结束，在池座观众的狂热掌声中，幕布徐徐落下。

意大利演出歌剧，习惯中间插段舞蹈，这样幕间休息时间就很短，但歌剧演员却能稍事休整，更换戏装，让舞蹈演员去显一显旋转飞舞的功夫。

第二幕开场了，刚奏起前奏曲，弗朗兹就望见闭目养神的那个男子缓缓起身，凑到那位希腊女郎身边，那女郎则回头跟他说了几句话，然后又手臂支在包厢前沿观看演出。

上前说话那人一直在暗影里，他的面貌，弗朗兹一点也看不清楚。

幕启之后，弗朗兹的注意力必然被演员吸引过去，他的目光暂时离开那希腊美人的包厢，移向了舞台。

第二幕开始有一段二重唱，表现巴黎茜娜在睡梦中，向阿佐泄露了她爱乌哥的隐情；受骗的丈夫嫉妒得咬牙切齿，等确信妻子果然不忠，便把妻子唤醒，宣布他要报仇雪恨。

唐尼采蒂真有一支生花妙笔，写出这样一段有声有色，既优美又残忍的二重唱。弗朗兹这是第三回听这一唱段，尽管他算不上酷爱音乐的人，但也深受感动。因此，他要随全场一齐鼓掌，可是分开的双手却僵住不动，喝彩声刚要出口就止息了。

原来，对面包厢的那个男子站立起来，头部进入亮光中。弗朗兹当即认出，他就是基督山岛的那个神出鬼没的人，也正是昨天晚上在竞技场的废墟中，看身材听声音都很熟的那个人。

再也无可怀疑了：那个怪异的旅行家，现在就住在罗马。

弗朗兹看见此人出现，内心惊异不禁溢于神色；伯爵夫人瞧他这副表情，便咯咯大笑，问他怎么回事。“伯爵夫人，”弗朗兹答道，“刚才我问您

对面包厢的那个男子站立起来

是否认识那位阿尔巴尼亚女郎，现在我要问您是否认识她丈夫。"

"都不认识。"伯爵夫人答道。

"您从未注意过他吗?"

"哎，法国人才这么问！要知道，在我们意大利女子的心目中，世上只有我们爱的那一个男子。"

"这话不错。"弗朗兹应道。

"不过，要说嘛，"伯爵夫人接过阿尔贝的观剧镜，又说道，"那人大约是新出生的，是征得掘墓人的允许，从坟墓里出来的死人，瞧他那张脸，一点儿血色也没有。”

“他总是那样。”弗朗兹答道。

“哦，那您认识他啦？”伯爵夫人问道，“我倒要问您他是谁。”

“我好像见过他，看着面熟。”

“不错，”伯爵夫人说着，美丽的双肩微微一抖，仿佛心里打了个寒战，“我理解，像他那样一个人，见过一面会终生难忘。”

弗朗兹当初所产生的印象看来不差，现在另外一个人也有同样的感觉。等伯爵夫人再次举起观剧镜凝望之后，他就问道：

“怎么样，您看那人如何？”

“真像罗思文勋爵死而复活了。”

提起拜伦笔下的这个人物，弗朗兹凛然一惊：如果有什么人能使他相信世上确实存在鬼魅，那么正是对面那个人。

“我一定要弄清他是什么人。”弗朗兹说着便起身。

“哎！不行，”伯爵夫人高声说道，“不行，别离开我，我要留住您，还指望您把我送回去呢。”

“怎么！”弗朗兹附耳对她说，“您当真害怕啦？”

“听我说，”伯爵夫人又说道，“拜伦曾向我赌咒发誓，说他相信有鬼魅，还亲眼见过，甚至向我描述了鬼魅的面孔，喏，同那人一模一样：瞧那黑黑的头发、死灰色的面孔、那对放射奇异光芒的大眼睛；再瞧陪伴他的那个女人，也和一般女子不同，是个希腊人，是个异教徒……大约跟他一样是个巫师。恳求您，不要去。您若是有兴趣，明天再去追踪吧，今天我可说了，要把您留下。”

弗朗兹执意要去。

“听我说，”伯爵夫人站起来，“我要走了，今天有客人来，我不能看完演出：难道您就不能讲点礼俗，陪我回去吗？”

弗朗兹无法再婉拒，只好拿起帽子，打开包厢门，让伯爵夫人挽住他的手臂。

“听我说，”伯爵夫人站起来，“我要走了。”

伯爵夫人确实非常紧张，连弗朗兹也难免产生近乎迷信的恐惧，这种情绪是一件回忆引起的，因此十分自然，而伯爵夫人则是一种本能的感觉。

弗朗兹扶她上车时，觉出她微微发抖。

回到府上，并没有客人等候。弗朗兹便责备她诳驾。

“老实说，”伯爵夫人答道，“我有些不适，需要独自歇息；看到那个人，我就心神不定。”

弗朗兹还想打趣。

“不要笑，”伯爵夫人说，“其实您也没有这份心思。还有，您要答应我一件事儿。”

“什么事儿？”

“先答应我好了。”

“只要不是让我放弃查清那人的来历，我什么都答应。此中有些缘故，我还不能对您讲，一定要了解那人是谁，从何处来，到何处去。”

“从何处来，这我不知道；但是到何处去，我倒可以告诉您，他肯定要去地狱。”

“喏，您究竟要我答应什么事情，伯爵夫人？”弗朗兹又问道。

“唔！请您直接回饭店，今天晚上不要追踪那个人。离开一些人又立即去见另一些人，就能把这两拨人拉上关系。您不要充当媒介，把我同那个人联系起来。明天去追查，悉听尊便；不过，您绝不要把他引荐给我，那会把我吓死的。好了，晚安。您回去尽量睡个好觉吧，我可知道今晚谁也不能安睡。”

说罢，伯爵夫人便离开弗朗兹，倒叫弗朗兹琢磨不透，她究竟是存心戏弄，还是真的受了惊吓。

弗朗兹回到饭店，看见阿尔贝身穿便袍便裤，舒舒服服地躺在一张沙发椅上抽烟。

“哦！是你呀！”阿尔贝对他说，“真的，我还以为你明天才能回来呢。”

“亲爱的阿尔贝，”弗朗兹答道，“我正好借这个机会，明明白白地告诉你，你对意大利女子的看法大谬不然；我原以为你在情场上屡屡受挫，已经改变看法了呢。”

“有什么办法！这些女人真是鬼精灵，叫人根本猜不透！她们递过手来让你亲吻，又紧紧握住你的手，同你窃窃私语，还让你陪着回家；这种举止，一位巴黎女郎哪怕有两三分，那也会赢得轻浮之名。”

“对，说的就是，原因很简单，她们生活在灿烂的阳光下，什么也无需掩饰，她们在如但丁所说回响着‘是’字的美丽的国家里，可以无拘无束。再说，你也看到了，伯爵夫人真的害怕了。”

“怕什么？就怕我们对面陪伴希腊美女的那位谦谦君子吗？不过，我倒想看个究竟，当他们离开包厢时，我有意到走廊，同他们擦肩而过。真不知道你闹什么鬼，认定那是从阴曹地府来的！其实，那人相貌相当英俊，穿戴十分讲究，完全像在法国布兰或于曼那里定做的服装；不错，他的肤色有点苍白，可是你也清楚，苍白的肤色正是高贵的一种特质。”

弗朗兹微微一笑。阿尔贝正极力追求有一副苍白的面孔。

“好吧，”弗朗兹对他说，“我相信伯爵夫人对那人的看法失之偏颇。你靠近时，那人说话了吗？你听见他说的话了吗？”

“他说话了，说的是现代希腊语。我从几个变态的古希腊语词听出来的。老兄，不瞒你说，我念中学时，希腊文成绩优异。”

“他讲的是现代希腊语吗？”

“很可能。”

“那就对了，正是他。”弗朗兹自言自语。

“你说什么？”

“没什么。你待在这儿干什么啦？”

“设计一个叫你惊喜的方案。”

“什么方案？”

“你不是清楚无法弄到马车吗？”

“当然弄不到！咱们尽了全力，可是一无所获。”

“我倒想出一个美妙的主意。”

弗朗兹白了他一眼，显然不相信他有什么想象力。

“老兄，”阿尔贝说道，“承蒙厚爱，给我一白眼，到时候我要你赔罪的。”

“我准备向你赔罪，亲爱的朋友，只要你的主意果真那么美妙。”

“听我说。”

“洗耳恭听。”

"没有办法弄到马车,对吗?"

"不错。"

"也租不到马匹。"

"是这样。"

"那么,弄一辆大板车总归可以吧?"

"也许吧。"

"弄两头牛也办得到吧?"

"有可能。"

"这就得了,老兄!咱们就这么办。我让人把牛车装饰起来,咱们再打扮成那不勒斯农夫的模样,仿佛从列奥波德·罗贝尔的精彩画卷上走下来。伯爵夫人若是肯参加,穿上普佐勒或索伦托地区的服装,那就更像了,咱们这组人就全了。她那身打扮一定很美,让人以为是《带小孩的女人》那幅画的原型。"

"嘿!"弗朗兹高声说,"这回你想对路了,阿尔贝先生,真的,这个主意好极啦。"

"而且是国粹,是那些懒王[①]每年重复的花样,无非如此!哈,哈!罗马诸君,你们以为别人租不到马车,就会像流浪汉那样,凭着两只脚在你们的大街上乱窜。哼!放心吧,没有马车也能发明出来。"

"这个得意的念头,你已经吩咐什么人去办了吗?"

"吩咐店家了。回到饭店,我就传店家上楼,对他谈了我的打算。他向我保证说,这事儿再容易不过。我还想让人给牛角镀金,他却回答说这需要三天工夫;看来,咱们只好放弃这种额外的装饰。"

"他在哪儿呢?"

"谁呀?"

"店家呢?"

"去置办了。等到明天,恐怕就来不及了。"

---

① 懒王,特指法国历史上墨洛温王朝最后几个不问政事的王国。

“这么说，今天晚上他就能给咱们答复啦？”

“我正等着他呢。”

话音未落，帕特里尼老板推门探进头来，问道：

“能进去吗？”

“当然可以进来啦！”弗朗兹高声说。

“怎么样，”阿尔贝问道，“我们要的牛车，你弄到了吗？”

“弄到比那更好的。”店家答道，他那得意的神色溢于言表。

“哎！亲爱的店家，可得当心，”阿尔贝说，“好了求更好，反而会更糟。”

“大人放心，这事包在我身上。”帕特里尼的口气十拿九稳。

“究竟弄到什么啦？”弗朗兹也问道。

“大人知道，”店家说，“基督山伯爵和二位住在同一层楼上吧？”

“大概是吧，”阿尔贝答道，“我们借了他的光，才挤到这间小客房里，像住在巴黎圣尼古拉街公寓的两名穷学生。”

“听我说，他知道你们眼下的难处，就邀请你们乘他的马车，还在他定的罗斯波利宫窗口给你们留两个位置。”

阿尔贝和弗朗兹面面相觑。

“你看怎么样，”阿尔贝问道，“咱们同那人素昧平生，能接受他这份厚意吗？”

“那位基督山伯爵，究竟是什么样的人？”弗朗兹转而问店家。

“是西西里或者马耳他的大贵族，究竟是哪个地方的我也说不准，但是他跟博盖塞家族[①]的人一样高贵，财富也赛过一座金矿。”

“依我看，”弗朗兹对阿尔贝说，“那人果真像我们店家说的这么彬彬有礼，那就会换一种方式邀请我们，或者送张请柬来，或者……”

恰巧这时有人敲门。

“进来！”弗朗兹说。

---

① 博盖塞家族，意大利贵族世家，13世纪兴起，出过许多高官显宦。

一名身穿华丽号服的仆人出现在门口，说道：

“基督山伯爵派我前来，送给弗朗兹·德·埃皮奈、阿尔贝·德·莫尔塞夫子爵两位先生。”

他递给饭店老板两张名片，由老板传给两位青年。

“基督山伯爵先生，”仆人接着说，“要请两位先生允许，明天他以邻居的身份前来拜访，他请两位先生赏光，指定合适的时间。”

“好家伙，”阿尔贝对弗朗兹说，“礼节周到，无可挑剔。”

“回复伯爵，”弗朗兹答道，“我们将荣幸地去拜访他。”

仆人这才退下。

“这才叫玩票儿呢，”阿尔贝说，“嘿，帕特里尼先生，你说的果真不假，那位基督山伯爵确有君子之风。”

“这么说，您接受邀请啦？”店家说道。

“当然接受啦，”阿尔贝答道，“不过，老实说，我还真舍不得牛车和农夫的装束；如果没有罗斯波利宫的窗口来弥补我们的损失，那我还要坚持原来的想法。你说呢，弗朗兹？”

“我也一样，看在罗斯波利宫的窗口上才下此决心。”弗朗兹答道。

的确，在罗斯波利宫窗口让给他们两个位置，这使弗朗兹想起他在古竞技场听到的一段谈话：穿斗篷的那人向农夫打扮的人保证，一定能拿到死罪缓刑书。而在阿让蒂纳剧院里出现的那个人，弗朗兹也百思不得其解，如果真如他确信的那样，就是披斗篷的那个人，那么毫无疑问，他一见面就能认出来，从而也就满足了他这一好奇心。

晚上，弗朗兹好长时间未能成眠，眼前总浮现那两个身影，心里盼望赶快天亮。到了第二天，就会真相大白了。这回，基督山岛的那位东道主，除非拥有盖吉斯[①]的隐身戒指，不露真相，否则，他显然无法逃避了。因此，早晨还不到八点钟，弗朗兹就醒来了。

---

① 盖吉斯（？—约公元前648），吕底亚国王。他原是当地的牧羊人，拥有隐身戒指，杀死国王坎道勒斯，与原王后结婚，登上王位，创建了纳尔牟纳德王朝。

阿尔贝则不然，他没有这么多心事，无需早起，仍在酣睡。

弗朗兹叫来店家；帕特里尼召之即来，始终是那副奴颜婢膝的样子。

“帕特里尼老板，”弗朗兹问道，“今天是不是要处决人犯？”

“对，大人；不过，您问我这事儿，要是想弄个窗口，那就太晚了。”

“没这个打算，”弗朗兹又说，“我若是一定想看，到潘丘上总能找到地方。”

“嗬！我原以为，大人绝不愿意同下等人挤在一起；对他们来说，潘丘就是天然的看台。”

“我很可能不去，”弗朗兹说，“不过，我还是想了解点情况。”

“什么情况？”

“我想了解处决罪犯的人数，他们的姓名，以及判处什么刑罚。”

“您算问巧了，大人，刚刚有人给我送来木牌。”

“什么木牌？”

“就是在处决人犯的前夕，挂到各路口的木牌，上面张贴有人犯的姓名、罪名和处决的方式。这种布告牌，是要敦请信徒祈求上帝让罪犯诚心忏悔。”

“有人给你送木牌来，是要你同信徒一起祷告不成？”弗朗兹颇为怀疑地问道。

“那倒不是，大人，我同贴布告的人说好了，他每回都给我送来，就跟送戏单一样。我这里的客人，万一有谁想观看处决人的场面，事先就能了解情况了。”

“哦！你想得真周到啊！”弗朗兹高声称赞。

“唔！”帕里特尼微笑着，“不是自卖自夸，我竭尽全力，要让惠顾敝店的高贵的外国客人满意。”

“这一点我看到了，店家！请放心，我会逢人便讲的。现在，我要看看布告牌。”

“这很容易，”店主说着，把房门打开，“这层楼道上我就挂了一块。”

他走出客房，摘下布告牌，拿给弗朗兹。

下面就是处决人犯布告的大意：

> 经最高法院判决，二月二十二日星期二，即狂欢节开幕之日，将在波波罗广场处死两名案犯：一名安德烈·龙多洛，因其杀害拉特朗的圣若望教堂司铎，尊敬的唐·恺撒·特利尼神甫；一名佩皮诺，即罗卡·普里奥里，因其私通悍匪路奇·王霸及其匪帮罪；
>
> 前者判处槌刑。
>
> 后者判处绞刑。
>
> 请慈悲的信徒祈求上帝让这两名死犯诚心悔罪。

这同前天晚上弗朗兹在古竞技场所听到的完全吻合，预定的处决毫无更改：人犯的姓名、罪行以及刑罚，全都一点不差。

由此可以判断，十有八九那个农夫打扮的人就是路奇·王霸，而那个披斗篷的人就是水手辛伯达，他像在韦基奥港和突尼斯那样，在罗马继续他的博爱事业。

时间过得很快，已是上午九点钟，弗朗兹正要去唤醒阿尔贝，忽见他的伙伴衣冠齐整，从房间里走出来，大大出乎他的意料，他没有想到这位朋友心里惦念着狂欢节，破例起得这么早。

"怎么样，"弗朗兹问店主，"亲爱的帕特里尼先生，我们两个准备好了，前去拜访基督山伯爵，你看可以吗？"

"唔！当然可以！"店主回答，"基督山伯爵习惯早起，我敢说他起床有两个多钟头了。"

"此刻登门拜访，你看不显得唐突吧？"

"一点也不唐突。"

"既然如此，阿尔贝，如果你准备好了……"

"完全准备好了。"

"那就过去，感谢咱们邻居的雅意。"

“走吧!”

穿过楼道就是,店主走在前面,替他们拉门铃。一名仆人前来开门。

“两位法国客人。”店主说道。

仆人鞠躬,请他们进去。

穿过两间屋子,便到了一间客厅。看这两间客房的陈设,弗朗兹和阿尔贝绝没有想到,帕特里尼的饭店竟有如此豪华的房间。同样,客厅也布置得十分高雅:地上铺着土耳其地毯,长沙发极为舒适,有圆鼓鼓的垫子、高高后仰的靠背。墙上挂着几幅名画,以及古战争缴获的名贵武器;每扇门都挂着厚厚的大门帘。

“大人请坐,我去向伯爵先生通报一声。”仆人说道。

说罢,他掀开一道门帘,闪身不见了。

在开门的一瞬间,单弦小提琴的乐声传至两个朋友的耳畔,又倏忽消逝,因为房门旋即关上,客厅里只放进来一缕乐音。

弗朗兹和阿尔贝交换一下眼色,然后又把目光移向家具、画幅和古兵器,第二次观赏倍觉这些陈设名贵精美。

“喂,你觉得怎么样?”弗朗兹问他的朋友。

“真的,老兄,我看咱们这位邻居,不是做西班牙公债空头交易的证券经纪商,就是微服出来游玩的亲王。”

“嘘!”弗朗兹说,“咱们马上就能知道,他这不是来了。”

这两位客人果然听到开门的声响,随即有人打起门帘,把所有这些财富的主人让进来。

阿尔贝迎上前去,可是弗朗兹却愣在原地。

进来的不是别人,正是在古竞技场身披斗篷的那位怪客、剧院对面包厢的那个陌生人、基督山岛的那位诡秘的东道主。

第三十五章　槌击死刑

“二位贵客，”基督山伯爵走进来说道，“务请原谅我在此候驾。本想登门拜谒，又恐时间太早，多有不便。况且二位已经传话执意来访，我就只好从命了。”

“伯爵先生，”阿尔贝答道，“弗朗兹和我，我们向您表示万分感激，感激您帮我们摆脱了窘境。我们正一筹莫展，准备别出心裁装饰一辆车子，不料接到您的盛情邀请。”

“噢！天哪！”伯爵说着，请两个青年坐到长沙发上，“全怪帕特里尼那个糊涂虫，不然，怎么能叫你们受困这么久！他只字没有向我提起来，而我在此正愁孤单无伴，想找个机会结识毗邻的客人。我一听说能多少帮上点忙，二位也看到了，我是多么急切地抓住机会向你们致意。”

两个年轻人颔首逊谢。弗朗兹还未置一词，心中拿不定主意，由于伯爵无意同他相认，他一时不知道提起旧事好，还是静观动静好。他固然可以确认，伯爵就是昨天晚上坐在对面包厢里的那个人，但不能肯定就是前天晚上在古竞技场碰见的那个人，于是他决定顺其自然，绝不正面向伯爵提起话头。况且，他已居优势地位，掌握对方的秘密，而反之，他弗朗兹无需掩饰什么，对方也奈何不得。

这时，他打算把话题引向一点，或可澄清他某些疑虑。

“伯爵先生，”他说道，“在您的马车上，在您租的罗斯波利窗口，都给我们安排了座位，那么您能不能告诉我们，如何能在波波罗广场上，按意大利人的说法，弄到一个‘岗位’呢？”

“哦！对了，”伯爵心不在焉地答道，同时凝视着弗朗兹·德·莫尔塞夫，“在波波罗广场上，是不是要处决什么犯人？”

“不错。”弗朗兹应道，他看见伯爵自动上钩了。

“等一等，我想想，记得昨天我吩咐过管家办这件事；也许我还能帮上这点儿小忙。”

他说着，伸手拉了三下铃。

“您是否考虑过，”他对弗朗兹说，“如何节省时间，减少仆人徒劳往返的办法？我倒研究出一个办法：我拉一下铃的时候，是叫我的跟班，拉两下铃是叫管厨，拉三下铃才叫我的管家。这样，我既不用多说一句话，也不会浪费一分钟。喏，我叫的人来了。”

果然进来一个人，年龄在四十五岁到五十岁之间，那样子酷似领弗朗兹进岩洞的那个走私贩，但是他似乎根本不认识弗朗兹，显然事先已有安排。

“贝尔杜齐奥先生，”伯爵说道，“昨天我吩咐过，给我租一个对着波波罗广场的窗口，你办妥了吗？”

“大人，我去办了，”管家答道，“不过，有点儿太晚了。”

“什么！”伯爵皱起眉头，斥问道，“我不是对你说过，要租到一个吗？”

“给大人弄到一个，本来已经租给洛巴涅夫亲王了，我不得不出一百……”

“好了，好了，贝尔杜齐奥先生，这种家务琐事，就不要在这两位先生面前啰唆了，租到窗口就行了。把那里的地址告诉车夫，回头在楼梯口等候送我们去。好了，去吧。”

管家鞠了一躬，刚要退下，只听伯爵又说：

“喂！顺便问问帕特里尼，他是否收到布告牌，能否把处决犯人的布告送来一份。”

“不必了，”弗朗兹接上说，并从兜里掏出记事本，“我看到了布告牌，还抄下来了，喏，这就是。”

“好哇，既然这样，贝尔杜齐奥先生，这里没事了，你可以退下。再去吩咐一声，早餐备好就来请我们入座。这两位先生，”他转身又对两个朋友说，“肯赏光同我共进早餐吗?”

“唔，伯爵先生，这就太打扰啦。”阿尔贝说道。

“哎，恰恰相反，二位肯赏脸，我非常高兴。日后到巴黎，你们哪位，或者两位一起做东回请我就是了。贝尔杜齐奥先生，吩咐摆三副餐具。”

伯爵从弗朗兹手中接过记事本。

“哦，是这样，”他的语气就像念小广告那样，“‘二月二十二日星期二，将处决两名案犯：一名安德烈·龙多洛，因其杀害拉特朗的圣若望教堂司铎，尊敬的唐·恺撒·特利尼神父；一名佩皮诺，即罗卡·普里奥里，因其私通悍匪路奇·王霸及其匪罪……’喃！‘前者判处槌刑，后者判处绞刑。’不错，”伯爵补充说，“这正是原来的安排；不过，处决案犯的仪式，从昨天起有了点变化。”

“是吗?”弗朗兹不解地说。

“是的，昨天晚上，我应邀到罗皮格利奥西红衣主教府上作客，好像听说有一个人已经缓刑了。”

“是安德烈·龙多洛吗?”弗朗兹问道。

“不是……”伯爵若不经意地答道，“是另一个……”他仿佛想不起名字，朝记事本上瞥了一眼，“是佩皮诺，即罗卡·普里奥里。这样就没有绞刑的场面了，但是还有槌刑：这种刑罚，头一回看会觉得特别新奇，甚至看第二回也有同样的感觉。至于绞刑，您也知道，那太简单，太一般了，不会有意想不到的情况。那断头机绝不会失灵，决不会发抖，也不会砍歪，哪像斩夏莱伯爵那样，那个士兵要接连砍三十刀，也许黎塞留让那个笨家伙执刑。嘿！算了，”伯爵以轻蔑的口吻补充说，“在刑罚方面，欧洲人数不上，他们一窍不通，以残酷而论，其实他们还处于童年时期，更确切地说，已经到了暮年。”

“老实说，伯爵先生，”弗朗兹答道，“听这种口气，您好像对比研究过各国刑罚。”

“至少可以说，我没有见识过的不多。”伯爵冷淡地说。

“观看那种惨不忍睹的场面，您感兴趣吗？”

“我的感觉最初是厌恶，继而是无动于衷，然而又是好奇。”

“好奇！这个词很可怕，您知道吗？”

“为什么？人的一生，最担忧的，无非是死亡。好啊！研究一下灵魂出窍都有哪些不同的方式，而各人由于性格、气质，乃至所在国风俗的差异，又如何忍受从生存到寂灭这一最后过渡，难道不是很有意思吗？至于我，有一点我敢向您保证：人见的死越多，自身死的时候越容易。因此，依我看，死亡也许是一种刑罚，但并不能赎罪。”

“我不明白您的意思，”弗朗兹说，“请您解释一下，要知道，我都无法表达您的话引起我多大的好奇心。”

“听我说，”伯爵又说道，他的脸浮现痛苦与仇恨的表情，如同一般人的脸泛起红晕一样。“如果有人以惨绝人寰的方式，长期折磨并残害了您的父亲、母亲、情侣，总之，从您心上夺去一个亲人，给您留下永难填补的缺陷、永不愈合的创伤，而凶手最后受到惩罚，上了断头台，以几秒钟砍头的痛苦抵偿多少年的精神痛苦债，您认为社会给您的这种补偿够吗？”

“不错，我了解，”弗朗兹答道，“人类的正义不足以安抚人心，只能让人以血偿还血债，因此，应当提出它办得到的要求。”

“况且，我这里不过举出一个实例，”伯爵又说道，“即一个人遭到杀害，社会就把凶手处死，以死相报复。然而，不是还有人忍受百般折磨，千种痛苦，肝肠寸断，社会却不闻不问，甚至连上述那种不足的报复方式也不能提供吗？不是有些滔天大罪，就连土耳其人的尖桩刑①、波斯人的钻刑、伊洛魁人②的抽筋剥皮刑，也不足给予应有的惩处，而社会不是照样漠然处之，丝毫不加惩罚吗？……您说说，难道这种罪恶不存在吗？”

“当然存在，”弗朗兹答道，“社会容许决斗，正是为了惩罚这种罪

---

① 古代一种酷刑，让犯人坐在尖桩上，桩尖由肛门刺穿人体而致死。

② 伊洛魁人，北美的印第安人。

恶。”

“哼!”伯爵提高声音,“凭良心说,要以决斗达到报仇的目的,简直是开玩笑!一个人夺走了您的恋人,引诱了您的娇妻,玷污了您的爱女,使您蒙受奇耻大辱,终生忧心惨切,痛苦莫状,无权享受上帝造人所赐予人的那份幸福,难道您一剑刺穿那人的胸膛,或者一枪击中他的脑袋,就认为报仇雪恨了吗?岂有此理!且不说决斗之后,真正的胜利者往往是他,在世人的眼中,他洗刷了罪恶,因此可以说得到了上帝的宽恕。不,绝不,”伯爵继续说,“假如我要报仇,我就不会采取这种方式。”

“这么说,您不赞成决斗啦?也不会同人决斗啦?”阿尔贝听到如此怪论,也不禁问道。

“哎!哪里的话!”伯爵答道。“这么说吧:我可以为一件区区小事决斗,诸如一次侮辱、一句反驳的话、一记耳光等等;决斗我毫不在乎,因为我的身体训练有素,我久历艰险,能够临危不惧,几乎可以肯定会杀死我的对手。哎!决斗就决斗,但只能为这类小事。然而,如果别人给我造成一种缓慢的、深切的、无边而又恒久的痛苦,那么我想报复,就要尽量给对方造成同样的痛苦,这就是东方人所说的:以眼还眼,以牙还牙。东方人是万物之冠,在这方面都堪称我们的教师,他们善于为自己创造一种梦境的生活、一种现世的天堂。”

“不过,”弗朗兹对伯爵说,“您持这种理论,就等于私设公堂,自己既当法官,又做刽子手,长此以往,您本人也很难永远逃脱法网。仇恨使人盲目,恼怒也会造成鲁莽,一味追求报复的人,到头来恐怕自己要喝下苦汁。”

“是啊,那人如果既穷又笨拙的话;然而,如他是百万富翁,又能随机应变,那就不然了。何况大不了也不过一死,即我们刚才所谈论的极刑,而且法国大革命宣扬博爱精神,这种极刑也只是砍头,已经取消了五马分尸和车轮刑。再说,大仇已报,受诛又有什么关系?唔,佩皮诺那家伙,很可能如他们所说,不会被‘斩首’,老实说,我还真有点遗憾,不然的话,你们就会看到受刑的时间是多么短促,是否真的值得一提。哦,老实说,今天是狂欢节，可是谈话也太离奇了。是如何引起话头的呢？唔！想起来啦！你们想要在我的窗口有个位置；好吧，有你们的位置。不过，我们还是先入席吧，这不来人通报，早餐备好了。”

果然，一名仆人打开客厅四扇门中的一扇，走进来庄严地宣布：

“请诸位入席！”

两个年轻人站起来，走进餐厅。

餐桌的菜肴十分丰盛精美。弗朗兹心想阿尔贝听了东道主的话一定深为诧异，因此席间总观察他的神色，可是发现这位伙伴却满不在乎，不知是他一贯无所用心，没有注意听他们的谈话，还是基督山伯爵的那番解释同他不谋而合，抑或唯独弗朗兹了解前面叙述的几件事，因而对伯爵的怪论倍加敏感；总之，阿尔贝非但毫无忧惧，反而大饱口福，可见这四五个月来，他吃够了意大利菜，即世界上最糟的一种烹调。至于伯爵，每样菜他只是略微动一动，就好像他陪客用餐，只为尽主人之谊，单等他们走后，他再吃奇异的或特制的菜肴。

弗朗兹又不由自主地想起，G 伯爵夫人看见伯爵感到那么惊恐……她还那么确信对面包厢里的那个人就是鬼魅。

用完餐，弗朗兹掏出怀表。

“怎么，您还有事情要办吗？”伯爵问道。

“请原谅，伯爵先生，”弗朗兹答道，“我们还有许多事情要办。”

“什么事情？”

“我们还没有化装的服饰，而今天必须化装。”

“这事就不必操心了。我想，我们在波波罗广场那儿有一个专用房间，我派人把你们指定的服装送去，到时候我们就当场在那儿化装。”

“看完行刑之后吗？”弗朗兹高声问道。

“当然看完行刑了，或者在行刑中间、之前，悉听尊便。”

“正对着断头台？”

“断头台是狂欢节的组成部分。”

“唔，伯爵先生，我考虑过了，”弗朗兹说道，“自不待言，我十分感谢您的盛情,不过,在您的马车上,在罗斯波利宫窗口,有我一席之位,我就很满足;至于在波波罗广场对面窗口给我的位置,请您另行支配吧。"

"我可提醒您,您要错过机会,看不到一个非常新奇的场面。"伯爵答道。

"那您就讲给我听吧,"弗朗兹又说,"我确信,事情由您的口中叙述出来,跟我亲眼目睹的一样,会给我留下强烈印象。说起来,我不止一次想去观看处决人,但始终下不了决心。你怎么样,阿尔贝?"

"我嘛,"子爵答道,"我倒看过杀加斯坦,不过,当时我好像喝醉了,那天我中学毕业,我们在一家什么酒馆闹了个通宵。"

"这不成其为理由,在巴黎没有做过的事情,到外国就不见得不能做:旅行就是为了长见识,各处走走,就是为了多看看。如果有人问您:在罗马怎样处决犯人?而您却回答:我不知道,想一想您的脸面往哪儿放。据说判处死刑的那个罪犯是个恶棍,他竟然举起炉子的劈柴架,一下子打死他的养父,一位善良的教堂司铎。活见鬼!要杀害一位神职人员,应当使用一件像样的凶器,而不该拿什么劈柴架,尤其是这位神职人员可能就是我们的父亲。您若是去西班牙旅行,一定要去看斗牛,对吧?那好,就假定我们要去观看的是一场搏斗;想一想在竞技场上的古代罗马人,想一想打死三百头狮子和一百人丧生的狩猎。再想一想那八万掌声雷动的观众,那些携着该出阁的女儿去的贤惠的主妇,而那些纤手雪白的可爱的贞女则翘起拇指、娇媚地示意:喂,不要偷懒!那人快断气了,赶快把他结果掉吧。"

"你去吗,阿尔贝?"弗朗兹问道。

"唔,当然去啦,我的朋友!本来跟你一样不想去,可是,伯爵这番话把我说服了。"

"你想去那我们就去吧,"弗朗兹说,"不过,要去波波罗广场,我想走巨流街,这能行吗,伯爵先生?"

"步行可以,坐车不行。"

"那我就步行去。"

“您一定要走巨流街吗?”

“是啊,我要看一样东西。”

“那好,我们就走巨流街,让马车到波波罗广场,在巴布伊诺街路口等候;走巨流街也未尝不可,我顺路看看我吩咐的事情办妥了没有。”

“大人,”仆人打开门来禀报,“有一个苦行僧打扮的人要同您谈谈。”

“哦!对了,”伯爵说道,“我认识他。两位先生,回客厅坐一坐好吗,客厅中间的桌子上有上等哈瓦那雪茄。我随后就过去。”

两个青年站起来,伯爵再次道歉,送他们走进一扇门,他则从另一扇门出去。阿尔贝是个烟鬼,他到意大利之后,抽不到巴黎咖啡馆的雪茄,认为是一桩不小的牺牲,现在走近桌子,看到真正地道的雪茄,不禁惊喜地叫一声。

“怎么样,”弗朗兹问道,“你觉得基督山伯爵这人如何?”

“我觉得如何!”阿尔贝回答,显然他奇怪他朋友会提出这样的问题,“我觉得他人很热情,待客非常殷勤,见多识广,研究思考过许多问题,跟布鲁图斯一样,信奉斯多葛主义,而且,”他美滋滋地朝上吐了一口烟,看着烟圈升上天棚,“他还有上等雪茄。”

这就是阿尔贝对伯爵的看法,他一向认为,自己经过深思熟虑,才对人和事物提出见解;弗朗兹深知这一点,也就不想改变他的看法。

“可是,有一件怪事,你注意到了吗?”弗朗兹问道。

“什么怪事?”

“他总注意端详你。”

“端详我?”

“对呀,端详你。”

阿尔贝略一思索,叹了口气,又说道:

“唉!这不足为奇。我离开巴黎已近一年,衣服式样都陈旧了。伯爵很可能把我当成小地方人。亲爱的朋友,向他解释一下,求求你,一有机会就对他说并非如此。”

弗朗兹微微一笑。片刻之后,伯爵回来了。

"好了,先生们,"他说道,"现在完全听二位的吩咐,事情都安排妥当,马车独自到波波罗广场等候,我们则步行前往,如果你们愿意,就走巨流街。您带上几支雪茄,德·莫尔塞夫先生。"

"唔,非常乐意,"阿尔贝说道,"因为,意大利雪茄比法国专卖局出售的还难抽。等您到巴黎,这份人情我再还给您。"

"没必要谢绝,日后我准备去,既然有您这话,我一定登门拜访。好了,先生们,已经十二点半了,不能再耽搁,动身吧。"

三人一道下楼。车夫又最后请示了主人,便趋车沿巴布伊诺街驶去,而这三位则安步当车,经过西班牙广场和弗拉蒂纳街,一直到达菲亚诺宫和罗斯波利宫。

弗朗兹的目光全部投向罗斯波利宫的窗户,他还记得披斗篷的人和农夫打扮的人在竞技场约定的信号。

"哪几个是您的窗口?"他口气十分自然地问伯爵。

"最边上那三个窗口。"伯爵漫不经心地答道,他的语气也毫不做作,因为他做梦也想不到这句问话的用意。

弗朗兹的目光迅速移向那三个窗口,只见两边的窗口挂着黄缎窗帘,而正中那扇则挂着红十字白缎窗帘。

披斗篷的人言而有信,实现了对那个农夫打扮的人的承诺;再也无可怀疑,披斗篷的那人正是伯爵。

三扇窗口还空无一人。

然而,四面八方都在准备:有人放椅子,有人搭断头台,有人挂窗帘。等到钟声一响,戴面具的人才能出动,马车才能行驶;然而,大家都感到每扇窗户里都躲着化装的人,每扇大门后都停着马车。

弗朗兹、阿尔贝和伯爵,继续沿巨流街朝前走。越临近那个大众广场,人群越密集;在攒动的万头之上,耸立着两样东西:标示广场中心的有十字架的方形尖塔,在尖塔前面,正好在巴布伊诺街、科尔索街和里佩塔街的路口,则是断头台:两根支柱之间月芽形铡刀闪闪发亮。

他们走到街拐角,遇见等待主人的伯爵的管家。

租窗口的价钱，伯爵不愿当着客人的面讲，也确实高昂得惊人；那座大宫殿坐落在巴布伊诺街和潘丘之间，他租的屋子位于三楼，有一间更衣室，与卧室相通，只要把房门一关，就可以像在家里一样更换衣服，椅子上放着小丑服装，是蓝白缎子做的，非常华丽。

“既然你们让我选择，”伯爵对两位朋友说，“我就给你们准备了这几套。一则这是今年最时髦的服装，二则不怕彩纸屑，落到身上也不显眼。”

伯爵这些话，弗朗兹没有完全听懂，也许他没有领会伯爵的这份好意，心思全部投到波波罗广场上所呈现的景象：那可怕的断头机，此刻是广场的主要装饰物。

弗朗兹有生以来头一回看见断头台，我们说断头台，是因为罗马的这种刑具，可以说同我们国家的如出一辙，只是铡刀呈月芽状，但凸边是刀刃，落下来铡头的高度略低些，差别仅此而已。

两个人坐在犯人服刑的翘板上，趁等待的工夫吃午饭；弗朗兹能望见他们吃的是面包和香肠，其中一人从翘板下拿出一瓶酒，喝了一口，把酒瓶递给伙伴。那两个人是刽子手的助手。

单单看到这一情景，弗朗兹就感到头发根冒冷汗。

头天傍晚，犯人由卡塞里·诺伏监狱押到波波罗广场，在圣玛利亚小教堂里过夜，每人由两名教士陪伴；关押他们的小礼拜堂安有铁栅栏，前边有哨兵把守，每小时换一班岗。

荷枪士兵排成两列，从教堂门口一直拉到断头台，两列中间有十步宽，断头台周围有百步方圆的空场，闲人禁止入内。其余地方挤满了男男女女。许多妇女让孩子骑在肩头上，那些孩子上半身高出人群，所处的位置极为优越。

潘丘宛若巨大的看台，每一阶都站满了看热闹的人；在巴布伊诺街和里佩塔街拐角，两座教堂的阳台上则挤满了运气好的看客；柱廊的台阶上则汇成五颜六色的海潮，不断地涌向门廊；墙头每个能上人的凹处，都立着一尊活雕像。

伯爵的话确实不错：人生最奇妙的景观，莫过于死亡。

在这种隆重的场面，本来应当保持肃静无声，可是人群却沸沸扬扬，嬉笑和欢呼汇成一片喧哗；显然这又像伯爵所讲的，在这群老百姓看来，处决犯人不过是狂欢节的序幕。

喧闹声突然停止，仿佛施了魔法一般，只见教堂的门打开了。

一组苦修士由头儿在前面带领，从教堂里走出来，每人都罩着一条灰色口袋，只有两个洞露出眼睛，他们每人手中擎着一支蜡烛。

苦修士后面跟着一个身材高大的人，他赤身裸体，仅仅穿一条粗布短裤，左腰间挎着一把带鞘的大刀，右肩头扛着一把大铁锤，此人便是刽子手。此外，他脚上还用绳子系着一双便鞋。

刽子手后面走上来两名罪犯，按行刑的先后，前面是佩皮诺，后面是安德烈。

每名罪犯都有两名教士陪伴。

两名罪犯谁也没有蒙上眼睛。

佩皮诺的脚步相当稳，大约他已得到信儿，知道对他如何安排。

安德烈则由一名教士架着胳膊。

两名罪犯不时吻吻忏悔师递上来的耶稣受难十字架。

单单看到这种场面，弗朗兹的双腿就软了，他看了看阿尔贝，只见他的伙伴脸色跟衬衣一样刷白，手臂机械地一掷，将抽了半截的雪茄扔到很远。

唯有伯爵不动声色，不仅如此，他那苍白的面颊隐约泛起一层红晕。

他的鼻孔张大，如同猛兽嗅到血腥味；他的嘴唇微启，露出豺狗一般雪白尖利的细牙。

尽管如此，他的脸却显露温柔的笑意，一种弗朗兹从未见过的表情，尤其那双黑眼睛，充满了宽容和善意。

这工夫，罪犯继续走向断头台，越来越近，他们的相貌也渐能分辨了。佩皮诺约有二十五六岁，是个漂亮的小伙子，皮肤晒成古铜色，眼神放肆而粗野。他高高扬起头，嗅着风向，好确定他的救星在哪方出现。

苦修士后面跟着一个身材高大的人。

安德烈又矮又胖，一脸凶相，看不出多大年龄，约摸有三十岁。他的头耷拉在肩上，双腿发软，整个身子仿佛在机械地走动，根本不受意志的指挥。

“我好像听您说过，只处决一个人。”弗朗兹对伯爵说道。

“我对您讲的是实话。”伯爵冷淡地答道。

“可是押来两名罪犯。”

“是啊；不过，其中一个要死了，另一个还会活很久。”

“要有赦免死罪书，那也该送到了。”

这工夫，罪犯继续走向断头台。

“瞧，那不来了。”伯爵说道。

果然，当佩皮诺走到断头台脚下时，一名仿佛迟到的苦修士穿过人墙，而未受到士兵的阻拦，他走到苦修士队列跟前，把一张打成两折的纸递给领队。

佩皮诺热望的目光没有漏掉一点情况；苦修士领队打开那张纸，看了一遍，然后举起手。

“感谢上帝！感谢教皇陛下！”他高声清晰地高呼，“赦免了一名罪犯的死罪。”

"赦免令！"老百姓异口同声地叫喊，"有赦免令！"

一听赦免令，安德烈仿佛挺起来，又抬起脑袋，嚷道：

"赦免谁？"

佩皮诺却静静地一动不动，但喘息有些急促。

"赦免佩皮诺，即罗卡·普里奥里死刑。"苦修士的领队说道。

他随即把赦令交给带队的军官，军官看完又还给他。

"赦免佩皮诺！"安德烈叫嚷，他完全从麻木的状态中醒来，"为什么赦免他而不赦免我？我们应当一道死。你们答应我先处死他，你们没有权利让我一个人死，我不干！"

他挣脱两名教士的手臂，连声吼叫，狠命扭动，企图挣断捆绑双手的绳子。

刽子手打了个手势，两名助手立即从断头台跳下来，按住这个罪犯。

"那是怎么回事儿？"弗朗兹问伯爵。

法场上这一幕讲的是罗马土语，弗朗兹没有完全听懂。

"怎么回事儿？"伯爵答道，"您还不明白吗？那个人要被处决，可是看到他的同类不和他一道死了，他就暴跳如雷；若是松了绑，他会用利爪和牙齿把那人撕得粉碎，他自己要丧命，也绝不让那人活下去。人啊！人，就是鳄鱼的同类！卡尔·穆尔这话讲得真对。"伯爵朝人群伸出两个拳头，高声说道，"我算看透你们了，无论任何时候，你们都狗彘不如！"

这工夫，安德烈和刽子手的两名助手扭在一起，在地上打滚；那个罪犯一直号叫："他也该死，我非要他死不可！你们无权只杀我一个人！"

"瞧吧，瞧吧，"伯爵抓住两个青年的手，继续说道，"瞧啊，凭良心说，那非常有意思：那个人本来已经听天由命，走向断头台，固然要像个懦夫一样死去，但他毕竟毫不反抗，毫无怨言。你们知道是什么给他这点力量吗？你们知道是什么给他点安慰吗？你们知道是什么使他俯首就刑吗？无非有一个人跟他同样惶恐，无非有一个人要跟他一起丧命，无非有一个人在他之前处决！牵两只羊给屠夫送去，牵两头牛到屠宰场，然后让其中一个明白它的同伴不会死，瞧吧，那只羊会咩咩欢叫，那头牛也会哞哞欢叫;可是人呢,上帝按照自己的形象创造出来的人,给人规定仁爱为第一要义,赋予人以声音来表达思想;然而,他一听到他的伙伴得救的消息,第一声叫喊是什么呢?是一声咒骂!人这个自然的杰作,这个万物之灵,该有多么光彩啊!"

说罢,伯爵哈哈大笑,那笑声十分瘆人,表明他一定创巨痛深,才发出那种笑声。

这工夫,罪犯仍在挣扎,看着真可怕。两名助手把安德烈弄到断头台上;所有人都反对他,两万个人齐声呼喊:"处死他!处死他!"

弗朗兹不禁向后缩,然而伯爵却抓住他的胳臂,拖拉留在窗前。

"您这是怎么啦?"伯爵对他说,"可怜吗?老实说,他也真值得您的怜悯!假如您听见有人喊打疯狗,您一定会操起枪,跑到街上,一枪把那可怜的畜生打死,毫不留情,而其实,它的罪过无非是被另一条狗咬了,想要以牙还牙。而现在呢,您去同情这样一个人:他没有挨任何人的咬,却杀了他的恩人,此刻他的手绑起来了,再也不能杀人,就拼命要看到他的狱友,他的患难的伙伴被处死!哎,哎,瞧啊,瞧啊!"

其实,这种劝告已属多余,弗朗兹对这可怕的场景似乎已经着迷,只见两名助手将罪犯弄到断头台上,也不管他怎么挣扎,怎么乱咬狂叫,硬把他按倒跪下。这工夫,刽子手在旁边站定,举起大锤,示意两名助手闪开,不待罪犯重新站起,一锤砸下去,砸到罪犯的左太阳穴上,发出"噗"的一声响,罪犯像一头牛似的翻身扑倒在地,随即又一翻转仰面朝天。这时刽子手撂下大锤,从腰带抽出尖刀,一下割开罪犯的喉咙,又跳到他的肚子上,用力践踏。

每踏一下,罪犯的喉头便喷射一股鲜血。

弗朗兹再也受不了,赶紧抽身退后,倒在一张扶手椅上,处于半昏迷状态。

阿尔贝仍留在原地,但闭上眼睛,双手紧紧抓住窗帏。

伯爵则挺立在那里,像复仇天使一样得意扬扬。

伯爵则挺立在那里，像复仇天使一样得意扬扬。

第三十六章　罗马狂欢节

弗朗兹清醒过来，看见阿尔贝正在喝水，他的朋友脸色那么苍白，非常需要喝杯水定一定神，而伯爵则已经换好了小丑服装。他不由自主地又把目光移向广场，然而，断头台、刽子手、伏诛的罪犯，一概都不见了，只剩下熙熙攘攘、喧闹而欢乐的人群。这时，西托里奥山的大钟敲得震天价响：每逢教皇逝世或狂欢节开幕，才敲响那口大钟。

“哦，刚才发生什么事啦？”弗朗兹问伯爵。

“没有，您这不看见了，什么也没有发生，”伯爵答道，“只是狂欢节开始了，赶快换装吧。”

“不错，”弗朗兹附和说，“那个可怕的场面，只剩下一场梦境的印象了。”

“那的确是一场梦，是您做的一场噩梦。”

“对，我是做了一场梦，可是，对那个伏法的罪犯呢？”

“也是一场梦，只不过他沉睡不醒，而您却醒来；谁说得准你们二人哪个最幸运呢？”

“那么佩皮诺呢，他怎么样啦？”弗朗兹又问道。

“佩皮诺是个乖觉的小伙子，他丝毫没有虚荣心，一般人如果无人理睬就要大发雷霆，而他看见众人的注意力都集中到他的同伴身上，心中乐不可支，趁大家不注意就混进人群溜掉，甚至没有对陪伴他的两名可敬的教士感谢一声。由此可见，人就是忘恩负义、极端自私的畜生……哦，换好服装吧，瞧，德·莫尔塞夫先生给您做出了榜样。”

果然，阿尔贝没有脱掉黑裤子和锃亮的皮靴，直接把塔夫绸的小丑裤套上。

“唉，阿尔贝，”弗朗兹问道，“你还有心思狂欢吗？喏，坦白地回答我。”

“没有，”阿尔贝答道，“不过，老实说，这回开开眼界，我看倒也值得，现在我明白伯爵先生的话了：人一旦看惯了这种场面，再看见别的什么就不再动心了。”

“还有一点很重要：唯有在这种时候，才能研究人的性格，”伯爵说道，“一踏上断头台的梯阶，死亡就摘掉人一生所戴的面具，本相暴露无遗。毫无异议，安德烈的面孔非常丑陋……丑恶的无赖！……赶紧换装，先生们，赶紧换装！”

弗朗兹再忸忸怩怩，不学两个同伴的样子，就未免可笑了，于是，他也换了装，戴上面具，不过，那面具不见得比他的脸色更苍白。

他们化完装，便下楼去，看见马车在门口等候，车厢满是五彩纸屑和花束。

他们加入车水马龙之中。

很难想象会发生这样截然相反的变化。波波罗广场一扫阴森死寂的气氛，代之以狂欢沸腾的景象。一群群戴面具的人从四面八方涌现，从每扇门里窜出，从每扇窗户上跳下来；马车如潮水一般涌向每个路口，车上满载着白面小丑、彩衣小丑、身穿长袍戴风帽的男男女女，还有贵族、农夫、骑士打扮的人，以及奇装异服的狂欢者。所有人都喧哗聒噪，手舞足蹈，乱抛塞满面粉的彩蛋、五彩纸屑和花束，碰见人就打情骂俏，投掷东西袭击，也不分是朋友还是外人，也不管认识不认识，谁都无权发火，只能报之以大笑。

弗朗兹和阿尔贝像是满腹愁绪的人，被人拉到欢乐的盛宴上，借酒浇愁，而随着醉意渐浓，便感到现时和过去之间的幕布逐渐加厚，但是他们仍然看见，确切地说，仍然感到刚才目睹的场面在自身上的反应。不过，在这一片陶醉的气氛中，他们也渐渐受感染，只觉得要完全丧失模糊的神志，渴望投入喧嚣沸腾的漩涡中。旁边一辆车上朝阿尔贝三人抛来一把五彩纸屑，撒到他们脖颈和没有面具遮挡的部位；阿尔贝觉得有无数细针扎刺，终于被撩逗起来，也投入如火如荼的混战中。他从马车上站起来，满把抓出口袋里的粉蛋和彩纸屑，投向旁边的人，显示出他的膂力和灵活。

这样，两个青年投入战斗，半小时之前目击的场面的印象完全消失

他满把抓出口袋里的粉蛋和彩纸屑，投向旁边的人。

了，眼前唯有这五彩缤纷、恣意妄为的景象，感到十分开心。至于伯爵，正如我们所说，他始终冷眼旁观，毫不动容。

可以想见，这条宽阔华美的大街，从头到尾排列两行四五层的楼阁，阳台上都挂着花毯，窗户都披花挂彩，站在阳台上和窗口的观众多达三十万，全是罗马人、意大利人，以及从世界各地赶来的外国人，真是世袭贵族、金钱贵族和精神贵族的荟萃，全汇聚到这里；女人都那么风姿绰约，她们受这种场面的激发，一个个身子探出阳台，俯下窗口，如雨一般向过往车辆抛撒五彩纸屑，而车上人则投以花束相报。纸屑纷纷落下，鲜花一把把飞升，形成了五彩缤纷的天地。继而，欣喜若狂的人群如潮涌来，穿的全是奇装异服，只见硕大的卷心菜在街上大摇大摆，人的身子上长出吼叫的牛头，狗也都直立起来走路。在这目不暇接的奇观中，忽见一张面具掀起来一下，这无疑是卡洛①所梦想的《圣安东尼的诱惑》中，阿丝塔特②显露那勾魂的面容，有人刚想跟踪，却突然被一群只有在梦中能见到的魔鬼冲散。真是百闻不如一见，罗马狂欢节出人意料的场面层出不穷。

转到第二圈时，伯爵吩咐停车，他向两个同伴告别，并把马车留给他们使用。弗朗兹抬头一看，原来马车驶到罗斯波利宫门前，只见挂着红十字白窗帘的中间窗口，站着一个戴蓝色小丑面具的人，弗朗兹不难想象那准是他在戏院所见的希腊美人。

“二位，”伯爵边跳下车边说道，“等一会儿，你们厌腻当演员，又想当看客了，请记住我的窗口总有你们的位置。现在，我的马车、车夫和仆人，都交给你们支配了。”

前面忘记交代，伯爵的车夫一本正经地装扮成黑熊，酷似《熊与帕夏》中奥德里的扮相；马车后镫上的两名仆人则穿着绿毛猴的装束，与他们身材恰巧相称，脸上戴着弹性面具，总向行人扮鬼脸。

弗朗兹感谢伯爵的关照；这时阿尔贝正向一车罗马农妇调情，接连往

---

① 雅克·卡洛（1592—1635），法国画家和版画家。《圣安东尼的诱惑》是他在1634年所作的铜版画。

② 阿丝塔特，威尼斯的丰收女神。

那边抛花束;那辆车也同伯爵的马车一样停下,这种走走停停的现象,在车马如龙的队列中是常见的。

可惜车队又启动,他的马车朝波波罗广场行驶,而引起他极大兴趣的那辆车却朝威尼斯宫驶去。

“喂!老兄!”他对弗朗兹说,“你没有看到吗?……”

“看到什么?”弗朗兹反问道。

“喏,就是那辆马车,上面坐满了罗马农妇。”

“没有看到。”

“跟你说,那些女子肯定非常可爱。”

“多可惜,你却戴着面具,亲爱的阿尔贝,”弗朗兹说,“这是个机会,可以弥补一下您在情场上的失意!”

“唔!”阿尔贝半开玩笑半认真地答道,“但愿狂欢节别这么过去,不给我带来丝毫补偿。”

阿尔贝虽然怀着这种愿望,但是整整一天过去,除了同那辆满载罗马农妇的马车相遇两三回,他没有任何艳遇。不过有一次相遇时,也许偶然,也许有意,阿尔贝掀起了面具。而且,他还把所剩的花束全部掷到那辆车上。

阿尔贝从俊俏的装束上能看出,那些农妇是些风流漂亮的女人,而其中一人还真被他的多情所打动,当两个朋友的马车交叉经过时,也报之以一束蝴蝶花。

阿尔贝立即扑向这束花,其实弗朗兹并不认为是投给他本人的,便任由他的朋友抓过去。阿尔贝十分得意,将花插在纽孔里,而马车则继续胜利地朝前行驶。

“嘿,”弗朗兹说,“这可是艳遇的开端啊!”

“随你怎么嘲笑吧,”阿尔贝答道,“不过老实讲,我认为是这样,因此,我不会丢掉这束花。”

“当然,我也这样认为呀!”弗朗兹笑道,“人家这是表示回谢。”

然而,玩笑似乎很快当真起来,两个朋友随着车队,再次同那辆农妇马车相遇时，那个掷花给阿尔贝的农妇见他戴上花，便连连拍手。

“好哇，老兄！好哇！”弗朗兹对他说，“这事儿有门！要我离开吗？你愿意单独一个人吗？”

“不必，”阿尔贝答道，“不能操之过急；我可不愿意让人当成傻瓜，就像我们议论歌剧院舞会那样，刚送来一个秋波，就到大钟底下去幽会。如果那位漂亮的农妇有意思，就会有进一步的表示，明天我们还能找见她，或者干脆说，她还能找见我们，跟我们打招呼，到那时我再看应当怎么办。”

“老实讲，亲爱的阿尔贝，”弗朗兹说道，“可以说，你明智赛似涅斯托耳，谨慎赛似尤利西斯。你那位美丽的喀耳刻若真能把你变成什么动物，那她肯定老谋深算，神通广大。”

阿尔贝判断得不错，那位陌生的美人无疑当天不想进一步调情，两个年轻人又兜了几圈，再也没有找见那辆马车，显然它拐进一条毗邻的街道去了。

于是，两个朋友回到罗斯波利宫，但是伯爵和那戴蓝脸小丑面具的人不在了，而挂黄缎窗帘的两扇窗户仍然站满了人，想必是伯爵邀请的客人。

这时，敲响狂欢节开幕的那口大钟，又敲响撤离的信号。车流随即断开，一时间，所有马车都驶入横街不见了。

弗朗兹和阿尔贝正好驶到马拉特街的对面，马夫一言不发，赶车拐进去，沿波利宫到达西班牙广场，在饭店门口停车。

帕特里尼老板在门口迎候客人。

弗朗兹头一句话就询问伯爵的情况，说他很抱歉没有及时接伯爵回来。帕特里尼让弗朗兹放心，说是基督山伯爵事先已经叫了一辆车，四点钟去把他接回罗斯波利饭店。此外，伯爵还托他把在阿让蒂纳剧院包厢的钥匙交给两位朋友。

弗朗兹征询阿尔贝的安排。阿尔贝有重大计划要实行，还轮不到考虑去看戏，因此，他没有回答，而是先问帕特里尼能否为他找一名裁缝。

“裁缝!”店家问道,“找裁缝干什么?”

“给我们做两套罗马农夫装,准备明天穿,要做得越华丽越好。”阿尔贝解释道。

帕特里尼老板摇了摇头。

“为你们做两套衣服,明天就要!”他惊叹道,“请原谅,大人,这真是法兰西式的要求。别说是做两套衣裳,在这一个星期,你们就是让人给背心缝六个纽扣,每个纽扣出一枚银币,也没有一个裁缝肯干!”

“这么说,服装弄不到,我只好放弃这个念头啦?”

“也不必放弃,还能弄到成衣呢。这事儿就交给我办好了;明天早上,你们一醒来,准有帽子、外衣和短裤,包你们满意。”

“老兄,”弗朗兹对阿尔贝说,“这事儿就拜托店家了。他已经向我们证明,他的路子很宽。我们就安心用餐吧,晚餐之后,就去看《在阿尔及尔的意大利女郎》。”

“好,去看《在阿尔及尔的意大利女郎》,”阿尔贝答道。“不过,帕特里尼先生,要记住,我和这位先生,”他指着弗朗兹继续说,“这事儿我们非常重视,明天服装一定要准备好。”

店主最后一次保证客人无需担心,事情一定圆满办妥。弗朗兹和阿尔贝这才上楼回房,脱下他们的小丑服装。

阿尔贝脱衣服时,特别小心地拿好那束蝴蝶花:这是第二天识别的标志。

两个朋友入座用晚餐,阿尔贝不禁要比较帕特里尼店主和基督山伯爵两家厨师的手艺。弗朗兹虽然对伯爵心存疑虑,但也不得不承认事实,认为相比之下,帕特里尼店主的厨师长绝占不了上风。

最后上甜食的时候,仆人请示两位客人何时用车。阿尔贝和弗朗兹相对而视,深恐显得有失分寸。仆人看出他们的心思,便说道:

“基督山伯爵大人已经明确吩咐过,这一整天,马车都由两位大人支配。因此,大人尽可使用,无需多虑。”

两个年轻人这才决意不再客气,完全接受伯爵的雅意,吩咐备车;他们则换上晚礼服，白天那套服装经过多次战斗，毕竟有点皱了。

他们打扮得衣冠整齐，便乘车去阿让蒂纳剧院，在伯爵的包厢里落座。

在第一幕演出过程中，G伯爵夫人走进她自己的包厢；她的目光首先移向她昨天看见伯爵的地方，却发现弗朗兹和阿尔贝坐在伯爵的包厢里；而在二十四小时之前，她恰恰针对伯爵，向弗朗兹发了一通怪论。

伯爵夫人的观剧镜一直对准这边，让弗朗兹明白再不赶紧去满足她的好奇心，就未免太残忍了；于是，两个朋友利用意大利剧院赋予看客把包厢变成接见室的特权，离开自己的包厢，去拜见伯爵夫人。

二人一走进包厢，伯爵夫人就示意弗朗兹坐到主宾席位。

这一回，阿尔贝则坐在后面。

“喂，”伯爵夫人未等弗朗兹坐稳，就问道：“看来您急不可待，新结识了罗思文勋爵，并且成为挚友啦？”

“关系虽还不到您所说的那么密切的程度，”弗朗兹答道，“但我也不能否认，我们这一整天都承蒙他的厚意。”

“怎么一整天？”

“对，正是如此。今天早晨，我们应邀同他共进早餐，在化装狂欢中，从始至终我们都乘他的马车奔驰，而现在，我们又在他的包厢里观看演出。”

“您了解他吗？”

“既了解又不了解。”

“这话怎么讲？”

“说来话长。”

“讲给我听听好吗？”

“您听了会吓坏的。”

“那就更应该讲讲。”

“等这故事有个结局再讲不迟。”

“那也好，我爱听完整的故事。您可以先谈一谈，你们是怎么相识的？是谁把您引荐给他的？”

“没人引荐，倒是他向我们自我介绍的。”

“什么时候？”

“昨天晚上，离开您之后。”

“总有个媒介吧？”

“唔！上帝啊！说来平淡无奇，就是我们的饭店老板。”

“他也跟你们一样，在西班牙广场那家饭店下榻吗？”

“不仅在同一饭店，而且还在同一层楼上。”

“他尊姓大名？他的姓名您总归知道吧？”

“当然，他称作基督山伯爵。”

“这算什么姓名？这不是一个家族的姓氏。”

“不是，这不过是他买下的一个岛的名称。”

“他是伯爵吗？”

“是托斯卡纳的伯爵。”

“总而言之，他跟别的什么爵一样，将来我们不得不认可，”伯爵夫人又说，而她本人则出身威尼斯附近最古老的世家。“那么，他是怎么样一个人呢？”

“问问德·莫尔塞夫子爵吧。”

“您听见了，先生，人家打发我来问您。”伯爵夫人说道。

“夫人，”阿尔贝答道，“如果我们还不雅人深致，那我们也挑剔得过分了；十年交情的朋友，也未必做到他为我们所做的事情，而且做得那么文雅，那么周到，那么谦和，显而易见他是名副其实的上流社会人物。”

“哦，”伯爵夫人笑道，“等着瞧吧，我所说的鬼魅，不过是个暴发户，有了百万家私，就想求得别人谅解，装出拉腊家族的那副眼神，免得别人说他和罗思柴尔德①先生是一丘之貉。那位女郎，您见到了吗？”

---

① 罗思柴尔德是欧洲最著名的银行世家，在18世纪和19世纪影响欧洲政治经济达200年之久。

"哪位女郎?"弗朗兹笑呵呵地问道。

"昨天晚上见到的那位希腊美人。"

"没见到。我们好像听见她的单弦琴声,但只闻琴声不见人。"

"亲爱的弗朗兹,"阿尔贝说道,"你说不见人,无非就是故弄玄虚,那个戴蓝脸小丑面具的人,站在挂白缎帘的窗口,你当是谁呢?"

"哪儿的挂白缎帘的窗口?"伯爵夫人问道。

"说的是罗斯波利宫。"

"伯爵在罗斯波利宫有三扇窗户吗?"

"对。您经过巨流街了吗?"

"当然了。"

"那么,有两扇挂黄缎帘窗户,一扇挂白缎红十字窗帘的窗户,您注意到了吗? 那三扇窗户就是伯爵的。"

"嗬,真的呀! 此人一定是个大富翁啦? 在狂欢节这一周,像罗斯波利宫在巨流街所占据的最佳位置,您知道三个窗口要多少钱吗?"

"两三百罗马银币吧。"

"要两三千。"

"嘿,真见鬼!"

"难道是他的岛有这么高的收益吗?"

"他的岛? 一文钱的收益也没有。"

"那他为何要买下呢?"

"随心所欲嘛。"

"那他是个怪人啦?"

"他的确与众不同,"阿尔贝说道。"如果他住在巴黎,并且经常出入剧院,那么我敢说,他不是一个装腔作势搞恶作剧的人,就是一个让文学搞昏了头的书呆子。就拿今天上午来说,他那两三出,比起狄杰[①]或安东

① 狄杰是法国作家雨果的戏剧《玛丽蓉·德·洛姆》中的男主人公。

尼[1]绝不逊色。”

这时有人来拜访，弗朗兹按照习惯，把座位让给新来的客人。座位的变动，自然也导致话题的转变。

一小时之后，两个朋友回到饭店。帕特里尼老板已经开始张罗他们次日化装的服饰，保证说凭他精明的活动能力，包他们满意。

果然，次日九点钟，店主领着一个裁缝走进弗朗兹的房间，裁缝带来八九套罗马农夫装。弗朗兹和阿尔贝挑选了两套，式样相同，也大致合身，又让裁缝给他们每人的帽子缀一条二十来米长的绦带，每人弄一条宽纹的色彩鲜艳的绸带：庶民百姓在节庆日子，就是用这种绸带扎在腰上。

阿尔贝穿上蓝色天鹅绒外衣和裤子、丝绸背心，再穿上绣花长袜、搭扣皮鞋，他急于看看自己这套新装效果如何。这套富有民族色彩的服装，阿尔贝穿上，不用说增添了几分英俊和潇洒，他再扎上花绸腰带，稍微歪一点戴上帽子，让长长的绦带披落在肩上，连弗朗兹看了都不得不承认：我们认为有些民族外貌很美，其实服装起了相当大的作用。土耳其人从前穿着五颜六色的长袍，显得多么丰采多姿，而现今穿上纽扣板扣紧的蓝色制服，扣上希腊圆帽，看上去不是活像红塞子的酒瓶吗？

弗朗兹大肆恭维一番，阿尔贝则站在那里，对着镜子微笑，那神气好不称心如意。

正巧这时候，基督山伯爵进来了。

“二位，”伯爵说道，“游玩时有个同伴虽说欢快，自由行动则更为畅快。我来告诉二位，从今天起以后几天，你们昨天乘的那辆车，我就派给你们了。店家大概对你们说过，我备有三四辆马车，给你们用一辆并不妨事。你们去游玩也好，去办事也好，请随意使用吧。我们若是有什么事要谈，可以在罗斯波利宫见面。”

两个青年人还想讲几句婉拒的话，然而伯爵的提议正中下怀，他们没有真正像样的理由谢绝，于是领情接受了。

---

① 安东尼是大仲马的同名戏剧中的男主人公。

基督山伯爵在他们房间待了将近一刻钟，他谈论任何事情都从容不迫。从前面的叙述不难看出，他通晓各国的文学。弗朗兹和阿尔贝只朝他客厅的墙壁瞥一眼，就确信他很喜欢绘画。他随意讲的几句话，也向他们证明，科学并不是他陌生的领域，他似乎尤其热衷于化学。

两个朋友不打算回请伯爵吃饭，他们吃人家一顿丰盛的宴席，却用帕特里尼店家一桌普通酒菜还礼，那不啻是一场恶作剧。他们向伯爵坦率地说明了这一点，而伯爵接受他们的歉意，显然十分理解他们的苦衷。

阿尔贝极为赞佩伯爵的风度，唯独看他学识那么渊博，才不像一个正牌的老贵绅。能够完全自由地使用那辆马车，阿尔贝尤其感到乐不可支，他已经看上那些风骚的农妇，而昨天她们乘坐的马车十分华丽，在驾车方面能继续同她们并驾齐驱，他当然求之不得了。

一点半时分，两个年轻人下楼去。车夫和仆人又有了新点子，他们在兽皮装上又套了号服，样子显得更加滑稽可笑，博得弗朗兹和阿尔贝的大力称赞。

阿尔贝也真多情，把枯萎的蝴蝶花束插在纽孔上。

钟声一响，他们的马车就出发，沿维多利亚街飞驰驶进巨流街。

转到第二圈时，几个化装成女小丑的人，从一辆车上投过来一束新鲜的蝴蝶花，落到伯爵的马车上，向阿尔贝表明，她们也像他和他朋友一样改了装，不知是偶然，还是由于同样的感情，他殷勤地换上她们昨日的服装，而她们也相应地改换他原来的装束。

阿尔贝戴上新鲜花束，枯萎的那束仍拿在手中，当马车再次相遇时，他温情脉脉地将那束花贴在嘴唇上，这一举动不仅令投花给他的那位美人，而且令她那几个放情的女伴大为开心。

这一天和头一天同样热闹，如果有人细心观察，他也许认为比头一天还要喧闹欢腾。有一阵，他们看见伯爵站在窗口，等马车再次经过时，却又不见伯爵了。

自不待言，阿尔贝和那位蝴蝶花女小丑之间的调情，持续了一整天。

傍晚回到饭店，弗朗兹收到大使馆的一封信，得知明天他将荣幸地受到教皇的接见。从前他每次到罗马来，总要恳请并能获得这种恩典。他既出于宗教信仰，又基于感恩，只要踏上基督教世界的京都，就必然投到集美德于一身的圣彼得的继承人的脚下，表示一番敬意。

这一天，他自然不能考虑参加狂欢节，须知那位教皇格列高利六世虽然善气迎人，但是德高望重，人去觐见时，势必感到无比激动和崇敬。因此，弗朗兹离开梵蒂冈宫，便径直回饭店，甚至避开巨流街。他带回来宝贵的虔诚思想，再去接触那狂欢纵乐的场面，那无疑是一种亵渎。

五点十分的时候，阿尔贝回来了。他简直乐疯了：那个化装成小丑的女子又换上了农妇装，在同阿尔贝的马车相遇时，还掀起了面具。

她的容貌美极了。

弗朗兹衷心地道贺，阿尔贝也受之无愧。他说从那无比高雅的风姿看出，那陌生的美人一定是名门闺秀。

他决定第二天给那女子写信。

弗朗兹一面听朋友讲体己话，一面注意到他有事相求，却又难于启齿，于是他就先行声明，一再讲为了朋友的快乐，他甘愿做任何牺牲。阿尔贝客气半晌，看看从交情上已说得过去，这才明讲出来，说是弗朗兹明天若能把马车让给他一人使用，那就算帮了他的大忙。

阿尔贝显然认为，正是由于他朋友不在身边，那美丽的农妇才肯施惠掀起面具。

要知道，弗朗兹不会因一己之私，就阻挠人家的好事，何况这场际遇既能满足他的好奇心，又能激发他的自信心。他也深知阿尔贝很够朋友，有事从不相瞒，一定能详细讲述这场风流韵事；而弗朗兹在这两三年间，跑遍了意大利，还从未有过类似的艳遇，学一学究竟如何应对这种情况，这倒是件求之不得的事情。

于是他满口答应，说他次日在罗斯波利宫窗口观赏，就心满意足了。

第二天，弗朗兹果然看到阿尔贝过了几次，只见他捧着一大束花，那无疑是为他传递情书的使者。这种判断很快成为确凿的事实，弗朗兹又看见同一大束花，围了一圈白茶花可以辨认，已经到了身穿粉缎衣裙、化装成小丑的那位女子手中。

当天傍晚，阿尔贝回来，他何止是高兴，简直欣喜若狂了。他确信那陌生的美人会以同样方式答复他。弗朗兹看出朋友的心愿，便主动说那种场面太喧哗，他感到疲倦，打算次日留在饭店，检查一下他的画册，做些记录。

这一回，阿尔贝又预料得不错，第二天傍晚回来，他冲进弗朗兹的房间，手指夹着叠成方形的信纸一角摇晃，连声说：

"怎么样，我估计错了吗?"

"怎么样，我估计错了吗?"

"她答复啦?"弗朗兹高声问道。

"念念吧。"

这种干脆的口气是难以描述的。弗朗兹接过情书,念道:

> 星期二晚上七点,请在教皇大街的对面下车,跟随夺去您的长明烛的罗马农妇,您踏上圣基亚科莫教堂的头一个台阶时,务请在您小丑服装的肩上系一条粉绸带,以便识别。
>
> 在那之前暂不相见。
>
> 忠贞与谨慎。

"喂,"等弗朗兹看完信,阿尔贝便问道,"亲爱的朋友,你看怎么样?"

"照我看嘛,"弗朗兹答道,"情况很明显,这是一次艳遇。"

"我也是这么看,"阿尔贝也说道,"勃拉齐亚诺公爵的舞会,恐怕我不能陪你去了。"

当天早晨,弗朗兹和阿尔贝都收到了请柬,是那位赫赫有名的罗马银行家派人送来的。

"要当心,亲爱的阿尔贝,"弗朗兹说,"所有贵族都要到公爵府去;你那位陌生的美人果真是名门闺秀,就不能不到场。"

"不管她到不到场,我坚持对她的看法,"阿尔贝又说,"你不是看了信吗?"

"是啊。"

"在意大利,中等阶层的妇女所受的教育是多么贫乏,你知道吗?"

那里称布尔乔亚为中等阶层。

"是啊。"弗朗兹又答道。

"那好,你再看看这封信,瞧瞧这书写,给我找出一处白字或文理不通的地方来。"

平心而论,笔体的确很漂亮,也没有一个白字。

"你真是交了桃花运啊。"弗朗兹说着,又把信还给阿尔贝。

“随你怎么笑吧，随你怎么嘲笑吧，”阿尔贝又说，“反正我坠入情网了。”

“哎呀，我的上帝！别把我吓着！”弗朗兹高声说，“看来，我不仅要独自去参加德·勃拉齐诺公爵的舞会，还可能要独自回佛罗伦萨。”

“视情况而定，如果那位陌生的女子既容貌出众，又性情可爱，那我就要告诉你，我在罗马至少住六周。我非常喜欢罗马，而且对考古学一直很有兴趣。”

“嘿，再有这么一两次艳遇，不愁你不能成为文学院院士。”

要不是来人禀报饭已备好，阿尔贝肯定要争辩他加入文学院的资格问题。不过，阿尔贝恋爱归恋爱，吃饭归吃饭，胃口照样不减。他赶紧同弗朗兹一起入席，宁可吃罢晚饭再争论。

吃罢晚饭，侍者通报基督山伯爵来访。这两天，这对年轻人没有见到他了。帕特里尼老板曾说过，伯爵到奇韦塔维基亚港办事去了。他是头天傍晚动身的，一小时前刚刚返回。

伯爵显得平易近人，或许他特意留心检点，或许他苛薄的性情还在隐伏，总之，他跟常人几乎并无二致，而先前倒有过两三回，他讲话阴阳怪气，显露出这种性情。在弗朗兹看来，这个人还是一个谜。伯爵不可能看不出，这位年轻游客已经认出他来，然而再次相遇之后，他没有一句话表明在别处见过这个青年。同样，不管弗朗兹多么渴望提起他们的初次相见，但他考虑此人对他和阿尔贝百般关照，深恐言语有失，因此欲言又止，仍然和对方保持同样的审慎态度。

伯爵听说两个朋友要在阿让蒂纳剧院定个包厢，得到答复说全包出去了，因此，他给两位送来他自己包厢的钥匙；至少，这是他来访的由头。

弗朗兹和阿尔贝逊谢一番，说是怕夺人之美，耽误伯爵看戏；伯爵则答道，他要去帕利剧院，他在阿让蒂纳剧院的包厢反正也是空着。这样一讲，两个朋友才放心接受了。

伯爵那苍白的脸色，弗朗兹起初一看十分惊诧，后来渐渐看习惯了，现在他不能不承认，伯爵的仪容有威严之美，那苍白色是唯一的缺点，或许正是主要的特质。简直就是拜伦笔下的主人公,不要说是看见,哪怕是想一想伯爵,弗朗兹也必定把那副阴沉的面孔安到曼弗雷德的双肩上,或者罩在拉腊的高筒帽下。伯爵额头上的深纹,标明他头脑始终萦绕一件沉痛的心事;他那火辣的眼神能看透人的内心;他那高傲而略带嘲讽意味的嘴唇,说出来的话语十分特异,能深深印在听者的记忆里。

伯爵已不再年轻,少说有四十岁,但是显而易见,他的相貌要胜过眼前的两个青年。的确,那位英国诗人虚构出来的人物,可以说伯爵是最后一个活的形象,他似乎具有勾魂摄魄的能力。

阿尔贝没完没了地讲,他和弗朗兹的运气好,碰见这样一个人。弗朗兹并不这么兴高采烈,然而,他毕竟也受到伯爵的影响,如同一般人伴随一位高人,必定接受其影响一样。

弗朗兹想到伯爵有两三回表示要去巴黎,他确信不疑伯爵以其特立独行的性格,以其非同寻常的相貌和巨大的财富,到巴黎一定能大出风头。然而当伯爵去的时候,他却不想待在巴黎。

这个夜晚过去,一如在意大利剧院度过的夜晚,观众并不听演员歌唱,而只顾拜会和交谈。G伯爵夫人想把话题扯到基督山伯爵身上,可是弗朗兹却说,他还有新鲜事儿告诉她,也不管阿尔贝怎么假谦虚,向伯爵夫人叙述了近三天来,两个朋友最关心的重大事件。

这种风流韵事在意大利并不稀罕,至少游客都这么讲,因此伯爵夫人听了毫不怀疑,她祝贺阿尔贝,说这件美事既已开始,最后一定能如愿以偿。

他们分手时相约在德·勃拉齐亚诺的舞会上见面,罗马上流社会人士都收到了请柬。

那位蝴蝶花女郎言必有信,连续两天,她没有向阿尔贝通一点信息。

星期二终于到了,这是狂欢节最后也是最热闹的一天。上午十点钟,各剧院就开场,因为一到晚上八点,就开始四旬斋[①]了。在前几天的狂欢

① 天主教徒每年在复活节前实行40天斋戒,以纪念基督在旷野禁食40昼夜。

中，由于抽不出时间，没有钱或者缺乏热情的人，到了星期二，也都被狂欢的气氛吸引进来，参加这喧嚣的大合唱，凑一份儿热闹。

从下午两点到五点钟，弗朗兹和阿尔贝驱车跟随狂欢的车队，将一把把的五彩纸屑抛向对面驶来的马车，抛向在马蹄和车轮之间行走的人。别看场面拥挤混乱不堪，却没有发生一起意外事件，没有发生一起吵架和斗殴。从这个方面来看，意大利人是非常出色的民族。对他们来说，节庆就是名副其实的节庆。本书作者旅居意大利长达五六年，想不起那回节庆中出过这种乱子，而我们那里的庆典正好是打架斗殴的场所。

阿尔贝穿着小丑服装神气活现，他的肩头还扎一个花结，粉红色绦带一直垂到小腿。弗朗兹仍着罗马农夫装，以免和阿尔贝混同难辨。

越到晚半晌，喧闹声越大；在每条街道上，每辆马车里，每扇窗户前，没有一张嘴缄默无声，没有一条胳膊静止不动；这真是一场人为的狂飙：欢声犹如雷动，纸屑、花束、彩蛋、橘子和花朵飞舞，又像暴雨夹着冰雹。

到了三点钟，大众广场和威尼斯宫同时放起花炮，宣布赛马即将开始。在喧闹欢腾中，花炮声只能隐隐听见。

赛马同长明烛一样，是狂欢节尾声的特别插曲。听到花炮声响，车队立即散开，每辆马车都躲入邻近的横街里。

换场撤离的行动敏捷得难以想象，迅疾得叫人叹为观止，根本没有警察指挥哪辆车该走哪条路，该停在什么地点。

步行的人则纷纷靠两边楼房站立，继而传来嗒嗒的马蹄声和马刀鞘的撞击声。

一队骑警飞驰而来，十五列横贯巨流街，为赛马清理场地。

骑队到达威尼斯宫时，又放起第二阵花炮，宣布大街已畅通无阻。

刹那间，一片欢呼声响彻云霄，只见七八匹赛马，在三十万人喊声的激励中，在马背上跳动的铁栗子的刺激下，风驰电掣般飞驰过去。继而，圣安琪堡的大炮连响三声，报告三号马赢得胜利。

马车无需等别的信号，又立即从每条街巷冲向巨流街，好似一时闸住的激流又一齐涌入河床；浩浩荡荡的车流速度空前，在花岗岩砌成的两岸

只见七八匹赛马在三十万人喊声的激励中飞驰过去。

之间流淌。

在车马奔流、人声鼎沸中,却又增添了新的喧闹和骚乱:出售长明烛的商贩上场了。

长明烛如普通蜡烛,粗细大小不等,大者如复活节祭礼的巨形烛,小者如线蜡烛。在罗马狂欢节收场的大舞台上,长明烛唤起全体演员两种截然相反的心机。

其一:保持自己的长明烛不熄;

其二:吹灭别人的长明烛。

长明烛犹如生命:人只找到一种传递生命的办法,而且是上帝赐予的。

然而,人却发现了上千种剥夺生命的办法,而显然,这致人死命的最后一举,是多少得到魔鬼的帮助的。

长明烛只能就火点燃。

然而,熄灭长明烛的办法,发明了几千种,有巨型吹风管、特大号熄烛帽、超人的风扇,等等,谁能列举齐全呢?

大家都急忙买了长明烛,弗朗兹和阿尔贝也不例外。

天色很快黑下来,成千名小贩扯着嗓子尖声叫卖:“长明烛!”这时,有两三点星火在人群的头上闪动。这就好比一个信号。

十分钟之后,五万支烛光从威尼斯宫降到大众广场,又从大众广场回升到威尼斯宫。

这情景真像鬼火节。

不是亲眼目睹,是难以想象这种场面的。

可以设想,星河落到人间,参加狂舞。

这烛光流伴随着呐喊,这种喊声,在世界其他地方是绝听不到的。

尤其在此刻,再也不分社会阶层。脚夫纠缠王公,王公追逐农夫,农夫攻击市民,每人都力图吹灭别人的蜡烛,自己的蜡烛灭了又重新点燃。此刻如果老风神显形,他准要被拥戴为长明烛王,北风要成为王位的继承人。

这种烛光激流奔腾了将近两小时,巨流街照得如同白昼,连四五层楼上看客的脸都照得清清楚楚。

阿尔贝每五分钟看一次表,终于到了七点钟。

这时,两个朋友正巧来到教皇大街,阿尔贝手持长明烛,跳下马车。

两三名戴面具的人靠上来,企图吹灭或夺走他的长明烛,阿尔贝不愧是拳击好手,三招两式就把他们打出十步开外,夺路跑向圣齐亚科莫教堂。

教堂的台阶上站满了看热闹的人和戴面具的人,他们在那里混战,争夺长明烛。弗朗兹目送阿尔贝，只见他踏上头一级台阶，马上就有一个戴面具的人伸手夺走他的长明烛，这回他没有抵抗：那人的衣装很眼熟，正是抛花的罗马农妇。

弗朗兹距离太远，听不见他们讲了什么话但显然毫无敌意，因为他望见阿尔贝和那农妇挽着胳膊走了。

弗朗兹的目光还在人群里追踪他们，可是他们到了马塞洛街就隐没不见了。

突然响起钟声，宣布狂欢节结束。所有的长明烛同时熄灭，就像施了魔法，被一阵狂风吹灭的。

弗朗兹周围一片黑暗。

与此同时，喧哗也戛然而止，仿佛巨风既夺走了光亮，又夺走了声响。

现在唯有隆隆的车声，载着化装的人各自散去；只见寥寥几扇窗户还亮着灯火。

狂欢节结束。

第三十七章　圣·塞巴斯蒂安地下墓穴

弗朗兹一生中,也许唯独此刻才有如此强烈的感受,从欢乐一下子跌入忧伤,就仿佛夜魔吹了一口妖气,罗马城就顿时化为一座巨大的坟墓。又恰逢下弦月,要等夜里十一点来钟才会升起来,因而夜色显得更浓。这个年轻人穿行的街道一片漆黑,好在路程很短,十分钟就到了:他的马车,确切地说是伯爵的马车,停到伦敦饭店门前。

晚餐已经做好了,既然阿尔贝有话在先,他不会很快回来,弗朗兹也就独自入座用餐了。

帕特里尼老板总见他们一起吃饭,便问起另一位为何不在。而弗郎兹仅仅回答说,阿尔贝前天收到邀请,这会儿赴约去了。刚才,长明灯猝然全部熄灭,通明的街道变成一片黑暗,喧闹蓦地转为寂静,这就给弗朗兹的头脑留下略带不安的忧伤。因此,尽管老板十分殷勤,三番两次前来请问,是否还需要什么,他也并不多言,只顾闷头用餐。

弗朗兹本就决定,尽量多等一会儿阿尔贝,他吩咐马车十一点钟再来,并请帕特里尼老板一见到阿尔贝回饭店,务必马上通知他。到了十一点钟,仍不见阿尔贝回返,弗朗兹换上衣服,告诉老板他去德·博拉齐亚诺公爵府过夜,便离开饭店。

德·博拉齐亚诺公爵府邸,是罗马最美观的豪宅之一;公爵夫人是科隆纳家族[①]最后一代继承人，她待人接物礼仪周到，因此，公爵举办的招待会，在欧洲都有美誉。弗朗兹和阿尔贝来到罗马，是带着几封推荐信见他的。故而一见面，公爵就问弗朗兹，他的旅伴情况如何。弗朗兹回答说，他们在快要熄灭长明灯时分了手，他望见朋友到了马赛洛大街便没了踪影。

"这么说，他还没有返回？"公爵问道。

"我一直等他到现在。"弗朗兹回答。

"您知道他去哪儿了吗？"

"不知道，说不好，想必是约会一类的事吧。"

"见鬼！"公爵说道，"碰上这样糟糕的一天，尤其这样糟糕的夜晚，还迟迟不归，您说是不是，伯爵夫人？"

最后这句话是对德·G伯爵夫人讲的。伯爵夫人刚到不久，正挽着公爵的兄弟托洛尼亚先生的手臂踱步。

"我觉得正相反，今天的夜晚很迷人。"伯爵夫人回答，"这里的宾客只会抱怨一件事，就是夜晚过得太快。"

"因此我不是讲这里的人，"公爵微笑着接口道，"这里的人所谓的危险只有一种：男人会全爱上您，女士见您这样美丽，全会嫉妒得生病。我指的是在罗马的街头乱跑的人。"

"噢！仁慈的上帝，"伯爵夫人问道，"这么晚了，谁在罗马的街头乱跑，除非是去参加舞会吧？"

"我们的朋友阿尔贝·德·莫尔塞夫呗，伯爵夫人，大约七点钟，他同我分手，去追一个陌生的女子，"弗郎兹说道，"后来我就再也没有见到他。"

"怎么！您都不清楚他去了什么地方？"

"一无所知。"

---

① 科隆纳家族：罗马贵族世家。10世纪开始创业，到13世纪便有钱有势，声名显赫，出过许多位居高职的政教人物和杰出人物。在奥多内·科隆纳当上教皇之后这个家族势力更大，16世纪之后也权势不减，人才辈出。

"他带着武器吗?"

"只穿了一身小丑服。"

"您就不该放他走,"公爵对弗朗兹说道,"您比他熟悉罗马。"

"唔!当然了,可这就等于要拦住今天赛马胜出的那匹三号马,"弗朗兹回答道,"再说了,他能出什么事呢?"

"谁知道呢!今天夜晚特别黑暗,马赛洛大街又邻近台伯河。"

弗朗兹不由得打了个寒战,他看到公爵和伯爵夫人的想法,同他的担心竟如此吻合。

"因此,我告诉了饭店老板,说我荣幸地要在贵府过夜,公爵先生,"弗朗兹又说道,"他一回饭店,就会有人来通知我。"

"喏,"公爵说道,"说着就来了,我想我的那个仆人准是找您的。"

公爵没有猜错,那仆人看到弗朗兹,便走上前去。

"阁下,"仆人说道,"伦敦饭店老板派人来通知您,有个人送交德·莫尔塞夫子爵一封信,正在饭店等您。"

"送交一封子爵的信!"弗朗兹高声说道。

"对。"

"那是个什么人?"

"我不知道。"

"为什么不把信给我送到这儿来?"

"饭店派来的人什么也没有向我解释。"

"来的人在哪儿?"

"他看见我走进跳舞大厅向您禀报,就马上离去了。"

"噢!上帝啊!"伯爵夫人对弗朗兹说道,"快去吧。可怜的年轻人,他也许出了什么意外。"

"我这就赶回去。"弗朗兹说道。

"您还要再回来告诉我们情况吧?"伯爵夫人问道。

"对,如果事情不严重的话;如果严重,我就难保自己该怎么办了。"

"不管怎样,要多加小心。"伯爵夫人又嘱咐一句。

“唔,请放心吧。”

弗朗兹抓起帽子,急匆匆地走了。马车早已打发走了,并吩咐车夫于次日下午两点半来接他。好在博拉齐亚诺府一边临科尔街,另一边靠圣·阿波特尔广场,离伦敦饭店仅有十分钟的路程。快要到饭店时,弗朗兹瞧见街中央站着一个人,他一刻也不怀疑那正是阿尔贝送信的人。那人也裹着一件大斗篷。弗朗兹走上前去,十分惊讶的是,反倒那人先讲话了。

“您要干什么,阁下?”那人边说边后退一步,看样子心怀戒备。

“是不是您,”弗朗兹问道,“给我送来一封德·莫尔塞夫子爵的信?”

“就是阁下您住在帕特里尼的饭店吧?”

“正是。”

“阁下是子爵先生的旅伴吗?”

“正是。”

“阁下尊姓大名?”

“弗朗兹·德·埃皮奈男爵。”

“那么,这封信正是写给阁下的。”

“要回复吗?”弗朗兹从他手中接过信,问道。

“要的,至少您朋友盼望回复。”

“那就请您上楼到客房,我写了给您。”

“我还是愿意在这儿等着。”送信的人笑道。

“这是为什么?”

“阁下看了信就会明白了。”

“那我还到这里来找您?”

“当然了。”

弗朗兹回到饭店,上楼时遇见帕特里尼老板。

“怎么样?”老板问道。

“什么怎么样?”弗朗兹反问道。

“那个要为您的朋友传话的人,您见到了吧?”店主问弗朗兹。

“对，见到了，”弗朗兹回答，“他把这封信交给我了。请您派人给我的客房点亮蜡烛。”

店主吩咐一名侍者举着蜡烛，走在前边给弗朗兹照亮。年轻人发现帕特里尼老板神色惊慌，而这种神色激发起他的更大渴望；蜡烛一点亮，他就凑到近前，打开阿尔贝的信。正是阿尔贝的手迹，还署了名。他看了两遍，万万没有料到信里是这样的内容。

信全文如下：

亲爱的朋友，一见此信，劳驾打开写字台的方形抽屉，找出我的皮夹子，取出那张汇票。假如款数不够，就加上您的汇票，赶到托洛尼亚那里，立即提取四千皮阿斯特，交给送信人。我急需这笔钱，万勿延误。

我无需赘言，拜托您了，正如您可以信赖我一样。

又及：现在我相信意大利真有强盗了①。

您的朋友

阿尔贝·德·莫尔塞夫

在这几行信文下面，还有这样一句意大利文，是一种陌生的笔迹：

倘若到了早晨六点钟，这四千皮阿斯特还没有交到我手里，那么七点钟，阿尔贝·莫尔塞夫子爵就休想活下去了。

路奇·王霸

这第二个签字人已向弗朗兹和盘托出了。现在他明白，那个送信人

---

① 这句话原文为英文。

为什么不屑上楼来他房间。对他来说,在大街上要比进弗朗兹的房间保险得多。阿尔贝落入了有名的强盗头子之手,而究竟有没有强盗,他过去是一直不信的。

时间宝贵,刻不容缓。弗朗兹跑向写字台,打开后,从阿尔贝说的抽屉里找出皮夹子,又从皮夹子里找出汇票单;汇票上总款数为六千皮阿斯特,在这六千中,阿尔贝已经花掉三千了。至于弗朗兹,他是没有汇票的,因为他一直住在佛罗伦萨,来罗马只是为了玩上七八天,随身只带了一百来个金路易,现在剩下的最多也就五十了。

这样,弗朗兹和阿尔贝两个人的钱加起来要达到那笔需要的数还相差七八百皮阿斯特呢。说真的,在此情况下,弗朗兹就得依仗托洛尼亚先生帮忙了。

于是他毫不迟疑,准备重返博拉齐亚诺公馆。这时他的脑海里突然闪出一个念头。

弗朗兹想到了基督山伯爵。当他就要吩咐请帕特里尼老板前来时,后者已出现在门口。

“我亲爱的帕特里尼先生,”他立刻对老板说,“您觉得伯爵此时在家吗?”

“是的,大人,他刚回来。”

“他已上床休息了吗?”

“我想还没有。”

“那就有劳您揿响他房间的铃,请您告诉他,请允许我登门求见。”

帕特里尼老板立刻遵令行事,五分钟[illegible]

“伯爵在等大人呢。”他说。

弗朗兹穿过楼梯平台,一个仆人领他走进伯爵的房间。伯爵正在一间四周围满一圈沙发的小书房里,弗朗兹以前还没有见到过。看到客人来访,伯爵迎上前去。

“噢!是什么风在这个时候把您给吹来了,”伯爵对弗朗兹说道,“或许您偶然想起来请我吃夜宵?您真是太客气了。”

“不，有一件严重的事前来相告。”

“一个事故！”伯爵一边说一边用他那通常深沉的目光注视着弗朗兹；“什么事故？”

“这里就我们两个人？”

伯爵走到门边看一看又回来。

“绝对就我们两个人。”他说。

弗朗兹将阿尔贝的信递给他。

“请您看一下。”弗朗兹说。

伯爵读了信。

“啊！啊！”伯爵感叹两声。

“您看到附言了吗？”

“是的，”他说，“我看得清清楚楚。”

倘若到凌晨六点钟，那四千皮阿斯特还没有交到我的手，那么七点钟，阿尔贝·莫尔塞夫子爵就休想活下去了。

路奇·王霸

“您觉得这事该怎么办？”弗朗兹问道。

“您筹齐了他们要的那笔钱啦？”

“是的，但还差八百皮阿斯特。”

伯爵走到[illegible]打开后抽出一个满是金币的抽屉。

“我希望[illegible]向我而向别人开口借钱吧？”他对弗朗兹说。

“您瞧，正相反，我最先要找的就是您。”弗朗兹说。

“我谢谢您赏脸，您取吧。”

他示意弗朗兹将抽屉里的钱全拿走。

“有必要将这笔钱送给路奇·王霸吗？”年轻人目不转睛地望着伯爵

问道。

“天哪！当然是您自己拿主意了。”他说，“附言中不是说得很清楚！”

“我觉得，如果您能费心动动脑筋，就会找到办法简单地谈判解决。”弗朗兹说。

“有什么办法？”伯爵惊诧地问道。

“比方说，如果我们一起去找路奇·王霸，我相信他不会拒绝您提出的放掉阿尔贝的要求。”

“我？您想得好，我对那位强盗能有什么影响？”

“您不是刚刚帮过他一次终生难忘的大忙吗？”

“帮了什么忙？”

“您最近不是救了佩皮诺的命？”

“咦！是谁告诉您的？”

“这同您毫无关系，反正我知道。”

伯爵默默无语，双眉紧蹙。

“如果我去找王霸，您会陪我同去？”

“只要我在场不使您过于不便。”

“那好，就这样，趁天气晴朗，到罗马乡下一游只会对我们有好处。”

“需要带武器吗？”

“带它干吗！”

“要带钱吗？”

“没有必要。送信的那个人在哪儿？”

“在大街上。”

“他在等回信？”

“是的。”

“我们要知道一下去什么地方，我去叫他。”

“那白费口舌，他不肯上楼。”

“去您房间也许不愿意，但让他去我房间也许不会有困难。”

伯爵走到他书房临街的窗子边，用一种别致的方式打了一下忽哨。

穿大氅的那个人离开大墙，径直走到大街中央。

“请上来！”伯爵像用吩咐仆人的那种口气招呼说。

那送信人没有迟疑，没有犹豫，甚至带着欣然的急切，登上四级台阶，走进饭店；五秒钟过后，他来到伯爵书房门口。

“啊！是你，佩皮诺！”伯爵说。

佩皮诺没有回答，而是扑通一下双膝跪地，抓住伯爵的手，贴在嘴唇上连连亲吻。

佩皮诺没有回答，而是扑通一下双膝跪地，抓住伯爵的手，贴在嘴唇上连连亲吻。

"啊！啊！"伯爵说，"你还是没有忘记我对你的救命之恩呀！真奇怪，这事到今天已过去八天了。"

"不，大人，我永远也忘不了。"佩皮诺带着无比感激的口吻说。

"永远，那太长了！不过你相信自己会这样做那已经难得了。起来说话吧。"

佩皮诺向弗朗兹投去一瞥不安的眼神。

"噢！在这位大人面前但说无妨。"伯爵说，"他是我的一位朋友。"

"请您允许我这样称呼您，"伯爵转向弗朗兹用法语说道，"必须要激发这个人的信任。"

"您尽管当着我的面说好了，"弗朗兹说，"我是伯爵的一位朋友。"

"那好吧，"佩皮诺边说边向伯爵转过身，"大人您就问吧，我一定如实回答。"

"阿尔贝子爵是怎样落入路奇·王霸之手的？"

"大人，那个法国人的敞篷四轮马车曾多次与戴丽莎的马车相错而过。"

"就是那个首领的情妇？"

"正是。那个法国人对戴丽莎频送秋波，戴丽莎也以目传情，挑逗嬉戏；那个法国人便向戴丽莎扔去几束鲜花，戴丽莎也就投桃报李。当然，这一切是得到首领默许的，因为他当时也同坐在那辆马车里。"

"怎么！"弗朗兹大叫起来，"路奇·王霸也在罗马农夫驾的那辆马车里？"

"是他装扮成农夫模样驾的车。"佩皮诺回答说。

"后来呢？"伯爵问。

"后来嘛，那个法国人摘去假面具，戴丽莎在首领授意下也摘去假面具，那个法国人提出要约会，戴丽莎也就同意了。不过去圣基亚科莫大教堂台阶的不是戴丽莎，而是佩皮。"

"怎么？"弗朗兹又打断说，"从他手里夺去长明烛的是那个农家小妞？"

“那是个十五岁的小伙子，”佩皮诺回答，“其实，您的朋友上当受骗，也不算怎么丢脸，哼，贝波骗过多少人。”

“贝波就这样把他带出城啦？”伯爵问道。

“一点不错。一辆四轮敞篷马车在马赛洛大街街尾等候。贝波上了车，并请法国人跟着上去。法国人二话未说就上了车，还特别殷勤地把右座让给贝波，自己坐到旁边。贝波这才明确告诉他，要带他去离罗马城四公里的一座别墅。法国人也拍着胸脯，说是准备跟贝波去天涯海角。马车很快又驶上里佩塔大街，到达圣保罗门，接着才出城二百来步远，由于法国人动手动脚，过分轻薄，贝波便用两把手枪抵住他的咽喉。这时车夫也随即停下车，从座位上回过身来，同样举枪对准他。与此同时，我们埋伏在阿尔莫河岸边的四个人，全冲向车门。法国人倒是满心想自卫，我听说他险些把贝波掐死；然而，他根本对付不了五个武装的汉子，最后只好就范。大家拖他下车，沿着小河岸边走去，把他一直带到圣·塞巴斯蒂安地下墓穴，而泰蕾莎和路奇·王霸正在那里等他呢。”

“这样看来，”伯爵转过身，对弗朗兹说道，“我倒觉得这段故事很有意思。您是行家，您说呢？”

“要我说嘛，”弗朗兹答道，“是够滑稽的，如果这事出在别人身上，而不是这个可怜的阿尔贝。”

“老实说，”伯爵则说道，“假如您没有找到我，您的朋友就要大大破一笔财；现在您就放心吧，他只是虚惊一场罢了。”

“我们总得去见他吧？”弗朗兹问道。

“自不待言！尤其那地点十分迷人。您见过圣·塞巴斯蒂安地下墓穴吗？”

“没有，我从来没有下去过，但是我早有这个打算，有朝一日下去看看。”

“那好，机会来了，这样好的机会恐怕再难遇了。您的马车在吗？”

“不在。”

“没关系，这里有个习惯，无论白天还是夜晚，总有一辆备好的马车听我调遣。”

“备好的马车?”

“对,我这个人随意性很大;不瞒您说,有时我刚一起床,刚吃完早饭,或者半夜里,突然心血来潮,就要去随便哪个地方,而且想走就走。”

伯爵摇了一下铃,他的贴身仆人就来听命。

“吩咐人将马车赶出车棚,”伯爵说道,“将口袋里的手枪取出来,不必唤醒车夫,就由阿里驾车吧。”

片刻工夫,就听见马车驶来并停到饭店门前的声响。

伯爵掏出怀表。

“午夜十二点半,”他说道,“就是凌晨五点钟从这里动身,我们也能按时赶到。但是那样一来,您的伙伴就会焦虑不安,一夜也过不好,还是尽快赶去,把他从那些不信教的人手中解救出来。您始终决心陪我一同前往吗?”

“更坚决了。”

“那好,随我来吧。”

弗朗兹和伯爵走出去。佩皮诺则紧随其后。

到了饭店门口,他们就见到马车。阿里坐在驾驶座上,弗朗兹一眼便认出,他正是基督山岛岩洞里的那个哑奴。

弗朗兹和伯爵登上一辆双座四轮轿车。佩皮诺坐到阿里身旁,马车启动飞驰起来。显然阿里事先就得到指令,他直奔库尔街,穿过瓦奇诺瓦广场,再沿着圣·格雷戈里奥大道上行,到达圣·塞巴斯蒂安城门。城门官本想刁难,但是基督山伯爵出示了罗马总督签发的日夜出入罗马城的通行证。于是,狼牙闸门吊起来,城门官也得到一枚金币的辛苦费,马车便驶出城了。

马车出了城,便驶上亚平宁古道,只见两边荒冢相连。在刚升起来的月亮光照下,弗郎兹恍若看见好似哨兵从废墟处闪现,但是一同佩皮诺交换了信号,又立即隐没不见了。

马车快要驶到卡拉卡拉竞技场时,便停下来,佩皮诺过来打开车门,弗朗兹和伯爵下了车。

“再走十分钟，我们就到了。”伯爵对他的同伴说道。

随后，他又把佩皮诺拉到一旁，悄声吩咐几句。佩皮诺便从车厢里拿出一支火把，先行走了。

时间又过去了五分钟。在这期间，弗朗兹望见那个牧羊人踏上一条小径；进入罗马平原高低起伏的一个地段，消失在犹如巨狮长鬃的高高的红草丛中。

“现在，我们就跟他去吧。”伯爵说道。

他们踏上同一条小径，走出去百余步，眼前就出现一面斜坡，坡下便是一个小谷的谷底。

不大工夫，他们就发现黑暗中有两个人在交谈。

“我们要继续往前走吗?”弗朗兹问伯爵，“还是要等一等呢?”

“往前走，佩皮诺一定是通知了哨兵，就说我们到了。”

果然，那两个人中，有一个正是佩皮诺，另一个就是派在前哨的一名强盗。

弗朗兹和伯爵走上前去，那强盗躬身施礼。

“大人，”佩皮诺对伯爵说，“如果您愿意跟我来，墓穴的出入口离这儿也就两步远。”

“好哇，”伯爵答道，“你前边带路。”

在一片灌木丛后面，几块岩石之间，果然有一个洞口，只容一人通过。

佩皮诺头一个从这道缝隙钻进去，但是往前走几步，地下通道就变宽了。于是，他停下脚步，点燃火把，回头瞧瞧人是否跟上来。

伯爵先钻进气窗一般的入口，弗朗兹则跟随其后。

这里地势呈斜坡状，越往下越宽敞。不过这时，弗朗兹和伯爵还不得不弯着腰前进，而且勉勉强强可以并行。这样又往前走了一百五十步，他们突然被喊声喝住了:“口令?”

与此同时，他们看见一杆马枪的枪管在黑暗中闪亮，是他们火把的反光。

"朋友!"佩皮诺答道。

接着,他独自一人走上前,压低嗓音对第二名哨兵说了几句话。这人也像头一名哨兵那样,向深夜来客施了一礼,示意他们可以继续往前走。

这名哨兵身后有一道二十级的台阶。弗朗兹和伯爵走下二十级台阶,就来到墓地的一种交叉口,好似星光分出五条路,而壁墙凿出的棺状石槽重叠排列,这表明他们已经进入地下墓穴了。

有一处凹进去,看不清有多深,只见有些亮光。

伯爵抬手按了按弗朗兹的肩膀。

"您想见识一下强盗歇息的营地吗?"

"当然了。"

"那好,随我来……佩皮诺,将火把熄掉。"

佩皮诺立刻照办,弗朗兹和伯爵的周围随即一片漆黑;不过,离他们大约五十步远,沿着墙壁,几点红光还在继续跳动,而且在佩皮诺熄掉火把之后,就更加清晰可辨了。

他们敛声屏息往前走,伯爵带领弗朗兹,他似乎有夜视的特异功能。而且,越是走近为他们指路的那些亮光,弗朗兹本人也越容易看清脚下的路了。

他们眼前一字排开三座拱门,中间为正门。

这些拱门的一侧,就是伯爵和弗朗兹所在的走廊,另一侧对着方形大厅。那大厅四周布列类似我们已经描述过的凹槽,中央立着四块巨石,正如巨石上还竖着的十字架所表明的,那曾经用作祭坛。

只有一盏灯,置放在一根柱子的架子上,摇曳不定的惨淡灯光,映照出一幅怪异的场景,呈现在隐匿于黑暗中两位造访者眼前。

一个人臂肘靠着那根柱子,正坐在那里看书,恰好背对着拱门。而这时,刚到的几个人正从拱门凝望他。

他就是匪帮的首领,名叫路奇·王霸。

他周围有二十来名盗匪,都随意歇息,有的裹着斗篷卧着,有的背靠着在壁龛周围延伸的一种石台,每人手边都放着一杆枪。

在大厅里端，影影绰绰仿佛有个幽灵在一个洞口前静悄悄地来回踱步；那洞口依稀可见，只因为更加暗黑一些。

伯爵认为弗朗兹已经饱览了这幅美妙的图景，便举起手指放到嘴唇，示意不要出声，他自己则登上从走廊通向壁龛的三级台阶，从当中拱门走进大厅，径直朝王霸走去。王霸正聚精会神地看书，根本没有听见他的脚步声。

"口令？"没有怎么分心的哨兵喊道，他发现灯光中一个影子在首领身后逐渐扩大。

王霸闻声，跃身而起，同时从腰间拔出手枪。

刹那间，所有强盗都跳起来，二十支枪管对准伯爵。

"怎么，"伯爵面不改色，镇定自若，平静地说道，"怎么，我亲爱的王霸，接待一个朋友，好像也这样兴师动众！"

"放下武器！"首领喊道，同时挥手命令，另一只手则恭敬地摘下帽子。

接着，他转向控制整个场面的这个奇特的人物。

"对不起，伯爵先生，"他说道，"我万万没有料到您大驾光临，也就没有认出您来。"

"看来什么事您都很健忘啊，王霸，"伯爵说道，"不仅人的面孔，就连同人家讲好的条件，您都忘得一干二净。"

"什么条件我忘记了，伯爵先生？"强盗首领问道，他就好像犯了错误，要赶紧补救似的。

"不是已经谈定了吗，"伯爵说道，"不仅我本人，就连我的朋友也是神圣不可侵犯的吗？"

"我在什么方面违反这种协议了呢，大人？"

"昨天晚上，你们把阿尔贝·德·莫尔塞夫子爵劫持这里来了。要知道，"伯爵继续说道，而他那声调真让弗朗兹不寒而栗，"那个青年是我的朋友，那个青年和我同住一家饭店，那个青年是乘坐我的马车，一周来逛遍了林荫大道；然而，我再向您重复一遍，你们把他劫持到这里来，而且,”伯爵从兜里掏出那封信,又补充道,“你们还要赎金才放人,把他当成随便一个肉票了。”

“你们这帮家伙,这情况怎么没有向我报告?”首领转身质问手下人,他的目光逼使所有人后退。“你们为什么把我置于对伯爵先生食言的地步?他手中可握着我们所有人的生杀大权!我以基督的血发誓,如果查出你们当中,有哪个知道那个青年是大人的朋友,我就一枪把他的脑袋打个稀巴烂。”

“您瞧,”伯爵转身对弗朗兹说道,“我早向您断言,这件事肯定有误会。”

“您不是一个人来的吧?”王霸颇为不安地问道。

“我同收信人一道来的,就是想要向他证明路奇·王霸是个讲信用的人。过来吧,大人,”他对弗朗兹说道,“这位就是路奇·王霸,他会亲口告诉您,出了这种差错他万分痛心。”

弗朗兹走过来,首领也趋前几步迎候。

“欢迎光临,大人,”他对弗朗兹说道,“您已经听到了伯爵刚才讲的话,以及我的回答:我还要补充一句,您朋友的赎金我曾定为四千皮阿斯特,我真希望这种事情没有发生。”

“可是,”弗郎兹不安地扫视周围,说道,“被囚禁的人在哪儿?我没有见到他。”

“我希望,他没有出什么事吧?”伯爵皱起眉头,问道。

“被囚禁的人就在那儿呢,”王霸说着,抬手指向有盗匪走动放哨的洞穴,“我这就去亲口告诉他:他自由了。”

首领走向他所指的关押阿尔贝的地方,弗朗兹和伯爵则紧随其后。

“关押在里面的人在干什么?”王霸问放哨的人。

“老实说,头儿,我还真不知道,”放哨的盗匪回答,“有一个多钟头,我没有听见他的动静了。”

“请过来,大人!”王霸说道。

伯爵和弗朗兹登上七八级台阶,而首领始终走在前面;他拉开一道门栓，推开一扇门。

于是，在类似大厅点燃的那样一盏灯的光亮下，只见阿尔贝裹着一名强盗供给他的斗篷，正卧在角落里酣然大睡。

“好嘛！”伯爵以他特有的方式微笑道，“一个到早晨七点钟就要被枪决的人，难得还睡得着觉。”

王霸以颇为赞佩的目光，注视酣睡的阿尔贝，显而易见，对这种勇敢的表现，他不会无动于衷。

“您说得对，伯爵先生，”他说道，“这个人必定是您的朋友。”

接着，他走到近前，推推阿尔贝的肩膀。

“阁下！”他说道，“您醒醒好吗？”

阿尔贝伸展手臂，揉了揉眼皮，这才睁开眼睛。

“哦！哦！是您，头儿！”他说道，“见鬼，您本不该打扰我睡觉，我正做一个美梦，梦见我在托洛尼亚府，正同G伯爵夫人跳加洛普舞呢！”

他掏出怀表——他把表留下来，是要亲眼看过去多少时间。

“才凌晨一点半钟！”他说道，“活见鬼，这时候把我叫醒干什么？”

“是要告诉您，阁下，您自由了。”

“我亲爱的，”阿尔贝又说道，他完全保持灵敏的思维，“您今后一定要牢记拿破仑大帝的这句格言：‘只有坏消息时再来叫醒我。’如果您不来唤醒我，那我会跳完这场加洛普舞，我对您也会终生感激……怎么，有人给我付了赎金吗？”

“没有，阁下。”

“那我怎么就自由了呢？”

“有一个提什么要求我都不能拒绝的人，前来把您要走。”

“一直跑到这里来？”

“一直跑到这里来。”

“嘿！真的，这人也太热心了！”

阿尔贝游目四望，瞧见弗朗兹。

“怎么，”他对弗朗兹说道，“是您啊，我亲爱的弗朗兹，这么讲朋友义

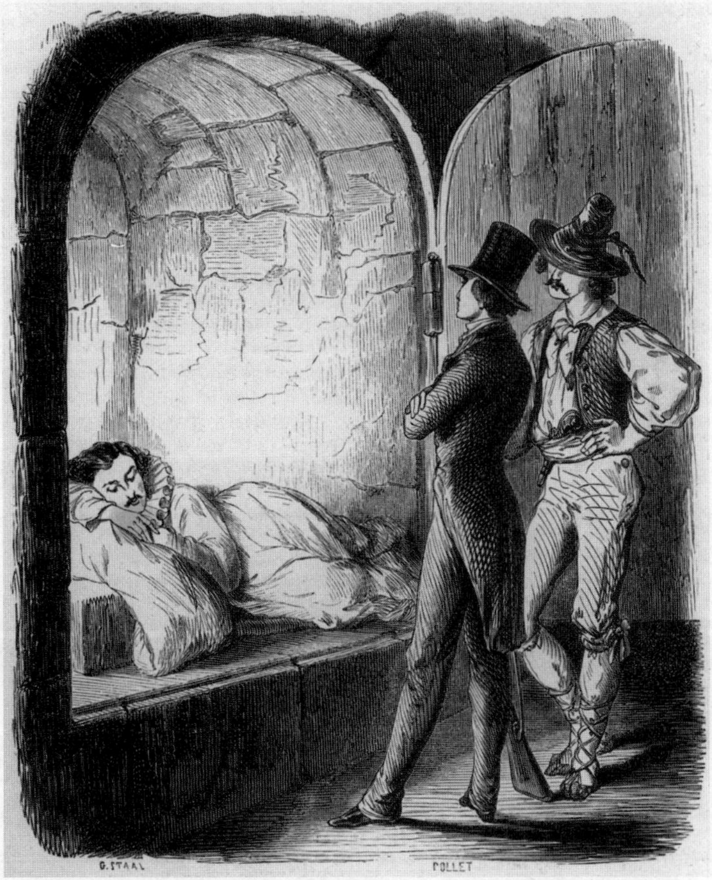

“好嘛！一个到早晨七点钟就要被枪决的人，难得还睡得着觉。”

气？”

“不，不是我，”弗朗兹回答，“是我们的邻居，德·基督山伯爵先生。”

“唔，真的！伯爵先生，”阿尔贝快活地说道，同时整理一下领带和衣袖，“您真是难得的侠义之士。但愿您把我视为终生欠您恩情的人，首先是给了车马之便，其次又是这个事件！”说着，他就向伯爵伸出手，而伯爵要伸出手时，不禁打了个寒战，但还是把手伸给对方。

大盗目睹这一场面，不免一脸惊愕。显然他看惯了被绑架的人在他的面前吓得发抖，这回算碰上一个，诙谐的性情丝毫未损。至于弗朗兹，看到阿尔贝即使面对强盗，也维护了民族的荣誉，他感到十分欣喜。

“我亲爱的阿尔贝，”弗朗兹说道，“如果您肯快一点，就还来得及，我们可以到托洛尼亚府上度过这个夜晚；您就再接着跳中断了的加洛普舞，这样，您也就不必再记恨路奇大人：他在整个这个事件中，确实显得雅人深致。”

“哦！真的，”阿尔贝说道，“此话有理，两点钟我们可以到那里。路奇大人，还需要履行别的什么手续，才能向阁下告辞呢？”

“不必，先生，”大盗回答，“您像空气一样自由了。”

“既然如此，愿您生活幸福快活；走吧，先生们，走吧！”

于是，阿尔贝在前，弗朗兹和伯爵在后，他们走下台阶，穿过大方厅，而所有强盗都手拿帽子，在一旁肃立。

“佩皮诺，”首领说道，“火把给我。”

“哎！您这是干什么？”伯爵问道。

“我送各位出去，”首领说道，“这是我最起码应当向阁下表示的敬意。”

他从牧羊人手中接过火把；走在客人前面，但不似做下人的一件差事，而好似国王给使臣们带路。

走到门口，路奇施了一礼。

“现在，伯爵先生，”他说道，“我再次向您表示歉意，希望您不会再为这事对我心存芥蒂。”

“不会，我亲爱的王霸，”伯爵回答，“况且，您以十分礼让的方式补赎了过错，倒让人感到不打不成交，几乎要感谢您所犯的过错了。”

“二位先生！”首领又转身对两个青年说道，“我的提议也许对你们没有多大吸引力，不过，你们万一有兴致再来看我，我无论在什么地方，都会热情欢迎你们。”

弗朗兹和阿尔贝施礼逊谢。伯爵先出去，阿尔贝随后跟上，弗朗兹留在最后。

“阁下有什么事要问我吗?”王霸微笑道。

“对,不瞒您说,”弗朗兹回答,“我很想知道,在我们到来的时候,您在全神贯注看的是什么书?”

“恺撒著的《高卢战记和内战记》[①],”大盗回答,“这是我首选的一部著作。”

“怎么,您还不走吗?”阿尔贝招呼他。

“走哇,”弗朗兹应道,“我来了。”

他也从通风口钻出来。

他们在平野走了几步。

“哦!对不起!”阿尔贝说着,又返身转回去,“劳驾,借个火好吗,头儿?”

他对着王霸的火把点燃了雪茄。

“现在,伯爵先生,”阿尔贝说道,“就尽快赶路吧!我特别渴望赶到德·博拉齐亚诺公爵府上,度过我这下半夜。”

他们又在下车的地点找见马车。伯爵用阿拉伯语对阿里只讲一句话,马车便飞驰疾驶了。

两个年轻人回到舞厅的时候,阿尔贝的表针正好指到两点钟。

他们重新露面引起轰动,大家见他们二人一道走进来,当初关于阿尔贝可能想到的各种令人担心的情况,顿时涣然冰释了。

“夫人,”德·莫尔塞夫子爵走向伯爵夫人,说道,“昨天承蒙厚意,答应同我跳一场加洛普舞,现在我来迟了一点儿,请求兑现这种迷人的许诺;不过有我的朋友在此,您也了解他为人诚实可信,他会向您证实,迟到并不是我的过错。”

这时,音乐响起,是华尔兹舞曲的开头乐段,阿尔贝便搂住伯爵夫人的腰身,同她一起隐没到舞蹈的漩涡中。

这工夫,弗朗兹却在想德·基督山伯爵的奇怪反应:他在一定程度上被迫把手伸给阿尔贝时,为何浑身抖了一下。

---

① 古罗马皇帝恺撒回忆录,记述他的政治和征战经历,具有历史价值和文学价值。

阿尔贝便搂住伯爵夫人的腰身，同她一起隐没到舞蹈的漩涡中。

第三十八章　约会

次日起床后,阿尔贝开口第一句话,就是向弗朗兹建议去拜访伯爵;夜里他已经当面谢过伯爵,然而他明白,人家帮了这样大的忙,应当再次表示谢意才是。

弗朗兹既受德·基督山伯爵的吸引,又怀有几分恐惧,他就不想让阿尔贝单独去,便陪同他去拜访伯爵。二人被引进客厅,五分钟之后,伯爵就出来接待。

“伯爵先生,”阿尔贝迎上去,说道,“请允许我今天上午来,向您重复我昨天没有表达好的意思:我要表明永远不会忘记,您是在怎样的情况下来帮助我的,我也会永远记住,是您救了我,或者差不多救了我的命。”

“我亲爱的邻居,”伯爵笑容可掬地答道,“您夸大了所受我的恩惠,其实,我只是让您在旅行预算中省下一小笔开支,仅此而已;区区两万法郎无足挂齿。而您呢,”他补充说道,“倒是应当接受我的衷心祝贺:您身历险境,还逍遥自在,安之若素,实在令人钦佩。”

“有什么办法呢,伯爵,”阿尔贝说道,“当时照我的想象,我寻衅惹了麻烦,随后便决斗,而我要让那些强盗明白一件事,就是世界哪个国家都有人决斗,但唯独法国人才笑着决斗。当然,我欠您的恩情并不因此就少几分,我前来请问,我本人,或者通过我的朋友、我认识的人,能否为您做点什么事。家父,德·莫尔塞夫伯爵,原籍西班牙,在法国和西班牙地位很高,我前来告诉您,我和所有爱我的人,都愿意为您效劳。”

“那好，”伯爵说道，“我也要向您承认，德·莫尔塞夫先生，我就等着您主动提出来，而我衷心接受。我早已选中了您，要请您帮个大忙。”

“帮什么忙？”

“我从未到过巴黎！我不熟悉巴黎……”

“真的呀！”阿尔贝提高嗓门，“您一直生活到现在，居然没有到过巴黎？简直令人难以置信！”

“然而事实如此；不过，我也像您一样，感到对这个智慧世界的都城再这样无知下去，就实在说不通了。进而言之，假如我当初就认识一个人，能引荐我进入与我毫无关系的社交圈，那么这种必不可少的旅行，也许我早就实现了。”

“唔！像您这样身份的人！”阿尔贝高声说道。

“您是个热心肠的人。但是我自知别无所长，只能同阿瓜多[①]先生，或者罗思柴尔德[②]先生那样的百万富翁搞搞竞争，我去巴黎又不是要到交易所做股票生意，这一小小情况，也牵制我未能成行。现在，您的提议促使我下这个决心。喏，您能保证，我亲爱的德·莫尔塞夫先生（伯爵讲这话时，古怪地微微一笑），您能保证，当我去法国的时候，给我打开那个世界的一道道门吗？我到那里，同休伦人[③]或者交趾支那人一样，也无非是外国人啊！”

“唔！这件事嘛，伯爵先生，小意思，全力效劳！”阿尔贝回答，“我特别痛快地承诺，还有一个缘故（我亲爱的弗朗兹，您嘲笑我，可要口下留情！），今天早晨收到一封信，召我回巴黎；事关给我定亲，女方家庭条件极好，在巴黎上流社会畅通无阻。”

“定亲结婚吗？”弗朗兹笑着问道。

“唔！上帝啊，是的！因此，您再去巴黎的时候，就会发现我成了一个举止安稳的人，也许做了一家之主。那将非常吻合我这持重的天性，对

---

① 阿瓜多（1784—1842），西班牙银行家，1815 年到巴黎开设银行。

② 罗思柴尔德（1743—1812），德国银行家，国际金融帝国的缔造者。

③ 休伦人，北美印第安人的一支。

不对呀？不管怎样，伯爵，我再向您重复一遍，我和我的家人，我们会全心全意为您效劳。”

“我接受，”伯爵说道，“因为，我敢向您发誓，这计划我琢磨了很长时间，只差这样的机会得以实现了。”

弗朗兹一刻也不怀疑，这种计划，也正是伯爵在基督山岛岩洞里透出的口风。他注视伯爵讲这番话，想从他面部表情上，捕捉到一点导致他去巴黎的意图；但是，这个人的心思很难摸透，尤其伯爵善于用微笑来掩饰。

“可是，伯爵，”阿尔贝能引荐基督山伯爵这样一个人物，真是喜出望外，他说道，“您的计划，恐怕就像有人要云游天下的上千种空想，是建在沙滩上的楼阁，一阵风就能吹倒吧？”

“不是，我以名誉担保，”伯爵说道，“我要去巴黎，无论如何也得去。”

“什么时候？”

“您什么时候回到家？”

“我嘛，”阿尔贝答道，“哦！我的上帝！总得两周，顶多三周，就是回程的时间。”

“那好，”伯爵说道，“我给您三个月，您瞧，对您够宽限的吧？”

“三个月之后，”阿尔贝欢喜地高声说道，“您来敲我的家门？”

“您要把日子和时辰都定死吗？”伯爵说道，“我可要把话说在前头，我守时到了执迷不悟的程度。”

“定好日子和时辰，”阿尔贝说道，“这也最合我的脾气。”

“好吧，一言为定。”伯爵伸手指向挂在镜子旁边的日历，“今天是二月二十一日，”他又掏出怀表，补充说道，“现在是十点半钟。五月二十一日上午十点半钟，您能等候我吗？”

“好极了！”阿尔贝答道，“备好午餐恭候。”

“尊府在？”

“埃勒戴尔街二十七号。”

“您独居单身，我去了不好安排吧？”

“我住在家父的公馆，但是在院子后面，完全独立的一座小楼。”

"很好。"

伯爵取出记事本,写上:"埃勒戴尔街二十七号,五月二十一日上午十点半。"

"现在,"伯爵说着,将记事本放回兜里,"您就放心吧,您府上挂钟的指针,也不会比我更准时。"

"我动身之前,还能见到您吗?"阿尔贝问道。

"要看情况;您何时启程?"

"明天晚上五点钟,我就动身。"

"这样的话,我这就向您道别了。我要前往那不勒斯办事,到星期六晚上,或者星期天早晨才能返回。您呢,"伯爵又问弗朗兹,"您也走吗? 男爵?"

"对。"

"回法国?"

"不,回威尼斯。我还要在意大利逗留一两年。"

"怎么,我们在巴黎见不到面吗?"

"恐怕我没有这份荣幸。"

"好吧,二位先生,旅途愉快。"伯爵对两个朋友说道,同时向每人伸出一只手。

弗朗兹是头一回接触这个人的手,他不由得打了个寒战:这只手跟死者的手一样冰凉。

"最后再明确一遍,"阿尔贝说道,"铁定之约,以名誉担保,对不对?埃勒戴尔街二十七号,五月二十一日上午十点半,对不对?"

"五月二十一日上午十点半,埃勒戴尔街二十七号。"伯爵重复道。

两个年轻人随即向伯爵躬身施礼,告辞而去。

"您这是怎么啦?"回到客房,阿尔贝问弗朗兹,"看样子您忧心忡忡。"

"对,"弗朗兹回答,"不瞒您说,伯爵是个怪人,您同他定的巴黎之约,挺叫我担心的。"

"巴黎之约……叫您担心! 哎呀! 您疯了吧,我亲爱的弗朗兹?"阿尔贝高声说道。

“有什么办法?”弗朗兹说道,“疯也好,不疯也罢,反正是这样。”

“您听着,”阿尔贝又说道,“我很高兴有这个机会,跟您说一说这事儿:我始终觉得您对伯爵的态度相当冷淡,而他那方面对我们则相反,我始终觉得无可挑剔。您有什么特别的原因憎恶他吗?”

“或许有吧。”

“您在这里同他相遇之前,已经在别的什么地方见过他吧?”

“您说对了。”

“什么地方?”

“您能向我保证,听了我要向您讲述的事,一句也不往外透露吗?”

“我保证。”

“以名誉担保?”

“以名誉担保。”

“那好,听我说吧。”

于是,弗朗兹对阿尔贝讲述去游基督山岛,如何发现一船走私贩子,那伙人里有两名科西嘉强盗。他还着重描述了在天方夜谭一般的山洞里,如何受到伯爵神仙一般的款待;他向阿尔贝叙述那顿丰盛的晚餐、印度大麻精、一尊尊雕像、真实与虚幻,待他醒来之后,又如何只剩下在天际扬帆驶向韦基奥港的小游艇,来印证和追忆他的这番经历。

接着,弗朗兹话题移到罗马,在竞技场的那天夜晚,他听到伯爵和王霸关于佩皮诺的谈话,当时伯爵承诺争取赦免那名强盗,而读者已有所判断,他完全兑现了自己的诺言。

最后,弗朗兹讲到前一天夜晚的事件,他凑赎金,发现还缺六七百皮阿斯特;正在犯难,忽然想到伯爵,而这个念头的结果,既十分美妙奇特,又令人十分满意。

阿尔贝全神贯注,听弗朗兹讲述。

“怎么,”他听完弗朗兹的叙述,便说道,“您从这一切里,能看出有什么不对头的吗?伯爵爱旅行,他自己有一条船,因为他有钱。您去朴次茅斯港[1]，或者南安普敦港[2]，瞧瞧吧，您会看到那里停满了游艇，全都属于有同样癖好的那些英国阔佬。在远游中，为了有个停歇的地方，为了不吃那种无法下咽的饭菜——我可吃了四个月，而您吃了四年——为了不睡那种糟糕透顶的床铺，他就派人在基督山岛安置了一个落脚点。这个落脚点安置妥当，他又担心托斯卡纳当局把他驱逐，自己白花了这笔钱，就索性买下岛，用岛的名称来为自己命名。我亲爱的，搜索一下您的记忆，告诉我在您的熟人当中，有多少人并未拥有地产就用其名号。"

"可是，"弗朗兹又问阿尔贝，"在他的船员中有强盗怎么解释？"

"哎，这也值得大惊小怪？您比谁都清楚，对不对，科西嘉强盗不是匪徒，而是地地道道的亡命徒，因为家族间仇杀而逃离所居住的城市或乡村；同他们见面，也绝不会连累自己。就拿本人来说，我在此公开表示，我一旦去科西嘉，在拜会总督和省长之前，要先去见见高龙巴[3]那些强盗，假如他们被当局抓住的话；我倒觉得他们很可爱。"

"然而，王霸和他那伙人，"弗朗兹又说道，"那可是绑票打劫的强盗，但愿您不否认这一点，而伯爵却能影响他们那些人，您又怎么说呢？"

"亲爱的，我要说，看来很可能多亏了这种影响，我才死里逃生，因此，根本轮不到我去非难这种影响力。您不能要求我像您一样，认为这是滔天大罪，而应当觉得我有理由宽谅，不说他救了我一命吧，这也许有点夸大其词，但至少他使我免于破费四千皮阿斯特，这在法国足足合两万四千里佛尔；而在法国，恐怕不会把我估成这么高的赎金，这就证实了一句老话，"阿尔贝笑着补充道，"本乡人里无先知[4]。"

"说的就是，伯爵究竟是哪乡人？他讲什么语言？他以什么谋生？他那巨额财产从何而来？他的经历神秘莫测，不为人知，前半生是什么样

① 这是英国南部的一个港口城市。

② 这是英国南部的一个港口城市。

③ 高龙巴，法国作家梅里美同名中篇小说中的女主人公，性格异常坚强，使得在法国本土当军官的兄弟回科西嘉为父亲报仇。

④ 法国谚语，近似于我国谚语："远来的和尚会念经"。阿尔贝在此讲俏皮话：在本国不如在意大利身价高。

子，才给这后半生染上灰暗的、愤世嫉俗的色调？这些情况，我若是您，就要弄清楚。”

“我亲爱的弗朗兹，”阿尔贝接口说道，“您接到我的信的时候，就明白我们需要伯爵的影响，您去对他说：‘阿尔贝·德·莫尔塞夫，我的朋友，遇到了危险，请您帮我搭救他脱险！’对不对呀？”

“对。”

“那么，他问过您：‘阿尔贝·德·莫尔塞夫先生是什么人？他这姓氏从何而来？他的财产从何而来？他谋生的手段是什么？他是哪国人？他生在哪里？’他问过您这些吗，说呀？”

“我承认，没有。”

“他二话没说，就来了，把我从王霸的手掌里救出来。尽管像您所说的，我表现得十分潇洒，其实，我要承认，我是相当狼狈的。这么说吧，我亲爱的，人家帮了那么大忙，反过来求我做点每天都做的事，如引荐途经巴黎的俄国或意大利王子，也就是把他引荐到社交界，难道您还想让我拒绝吗？算了吧，您真是犯糊涂了。”

应当说这回一反往常，阿尔贝完全占着理儿。

“总之，”弗朗兹叹了口气，又说道，“随您的便吧，我亲爱的子爵；不瞒您说，您对我讲的话，表面上很有道理；但德·基督山伯爵是个怪人，同样是不容否认的事实。”

“德·基督山伯爵是个慈善家。他没有对您讲去巴黎的目的。他此行就是要争取拿蒙蒂翁博爱大奖[①]。假如他只需要我投一票就能得奖的话，或者，那个奇丑无比的先生的影响决定谁得奖，那么，我的票准投给他，我向他保证把那人的影响争取来。就这样吧，我亲爱的弗朗兹，不要再讲了。咱们先吃饭，再去最后参观一次圣彼得大教堂。”

就按照阿尔贝所讲的安排了活动，到次日下午五点半钟，两个年青朋

---

① 蒙蒂翁（1733—1820），法国慈善家，一生从事慈善事业，创建好几种道德和文学奖，每年由法兰西学院颁发。

友分了手:阿尔贝·德·莫尔塞夫返回巴黎,弗朗兹·德·埃皮奈前往威尼斯玩半个月。

阿尔贝上车之前,还一直担心他的客人失约,让饭店侍者把一张名片转交给德·基督山伯爵。他在“阿尔贝·德·莫尔塞夫子爵”下面,用铅笔写了这样两行字:

> 五月二十一日上午十点半,
> 埃勒戴尔街二十七号。

次日下午两点钟,两个年轻朋友分了手。

第三十九章　宾客

正如阿尔贝·德·莫尔塞夫在罗马约好的那样，五月二十一日这天上午，在埃勒戴尔街的那栋住宅里，一切准备就绪，年轻人要履行诺言，接待德·基督山伯爵。

阿尔贝·德·莫尔塞夫所住的小楼，坐落在大庭院的一角，正对着一排下房。小楼仅有两扇窗户临街，另外几扇窗户，有三扇面向庭院，有两扇方向相反，对着花园。

在庭院和花园之间，耸立着德·莫尔塞夫伯爵夫妇的住宅，宽大的时髦建筑，显示出帝国时期建筑的低俗趣味。

这座宅邸临街的一侧为一道高墙，墙头间隔摆放着花盆，而院墙正中立着一道大铁栅门，门上的矛尖都镀成金色，这是车马出入的通道。另有一道小角门，几乎与门房的小屋并排，则供下人或主人步行出入之用。

挑选这座小楼给阿尔贝单独起居，从中可以看出一位母亲细密的心思和先见之明；她不愿意儿子离开，又十分理解像子爵这样年龄的青年需要完全的自由。另一方面也应当承认，这其中也体现了这个年轻人的自私和聪明；他同所有富家子弟一样，喜爱这种无所事事而又无拘无束的生活，而这种生活的表面又由人镀上金色，就像给鸟儿的笼子镀金一样。

阿尔贝·德·莫尔塞夫凭着临街的两扇窗户，就能窥探外界的情况。观察外界，对年轻人断不可少，他们总希望人世的活动穿过他们的视野，哪怕这视野仅仅是一条街道。他窥视完了，如果觉得有进一步考察的必要，便从一扇小门出去。这扇小门同上面提到的门房旁边的角门相对，值得特别写上几笔。

这道小角门，从这座宅院建好以来，就仿佛完全被人遗忘了，既隐蔽又落满尘土，给人永不启用的印象，然而锁孔和铰链都精心上了油，表明有人神秘而频繁地进出，这道诡秘的小门同另外两扇门相竞争，无视门房，逃脱了门房的警觉和管制，犹如《一千零一夜》中的那道著名的岩洞之门——阿里巴巴的那扇奇妙之门，只要用最温柔的声音讲一句咒语，或者用最纤细的手指，按照约定轻轻弹叩几下，门就会打开了。

这道小门连着一条宽敞寂静的走廊，这便是前厅，尽头右首对着庭院的房间，是阿尔贝的餐室，左首朝向花园的房间，则是他的小客厅。小楼的所有房间，唯独这两间位于楼下，可能被人窥探；然而花草树木和攀缘植物，在窗前扩展成扇形，遮住窥视的目光，从庭院和花园两个方向，都望不见这两间屋的内部。

二楼也有这样两个房间，但是多出第三间屋，与楼下前厅相对应。这三间房分别为客厅、卧室和起居室。

楼下的小客厅不过是阿尔及利亚式的吸烟室。

二楼的起居室对着卧室，通过一道暗门与楼梯相接，可见这种布局用心良苦，措施缜密。

二楼顶上有一大间工作室，隔墙和壁板全已拆除，扩大了面积，这是艺术家同花花公子争夺地盘的魔窟。阿尔贝前前后后陆续产生的爱好兴趣，全部藏匿并堆积在这里了。首先有狩猎号角、各种低音号、各种笛子，一整套乐器，因为有一阵，阿尔贝心血来潮，虽非出于爱好，但是对音乐发生了兴趣；还有画架、调色板、各种颜料，因为过了一阵，音乐的兴趣又让位给绘画的冲动；最后便是各种花式剑、拳击手套、巨型剑和各种棍杖，因为当今时代的时尚青年按照传统，必须练就剑术、拳击和棍杖术这三门功夫，才算受了全面教育，出人头地了。阿尔贝·德·莫尔塞夫日练这三门功夫所表现出来的毅力，远远超过学习音乐和绘画。这个练功房请过剑术师格里西埃、拳击家库克斯和棍杖师夏尔·勒布歇来传艺授课。

这间备受青睐的活动室其余的陈设，就是弗朗索瓦一世时代的古老衣柜，里面装满了中国瓷器、日本花瓶、卢卡·德拉·罗比亚[①]彩陶；以及贝尔纳·德·帕利西[②]的彩盘；还有几把古色古香的扶手椅，也许亨利四世或者苏利[③]、路易十三或者黎塞留坐过，因为有两把椅子镶着雕刻的盾形纹章：图案是三朵法兰西百合花，由蓝天衬着闪闪发亮，上面有一顶王冠。这些椅子显然出自卢浮宫的家具储藏库，至少来自哪个王公古堡的家具储藏室。在这些色调黝暗而肃穆的扶手椅上面，胡乱堆放着彩色鲜艳的绫罗绸缎，那是在波斯的阳光下印染的，或者是由加尔各答和金德讷格尔[④]的妇女之手织成。那些绸缎放在那里做什么，恐怕谁也说不清，反正放在那里赏心悦目，等待着连主人都不知道的什么使命，而在派上用场之前，就只能以其绚烂的光彩，给这个大房间增添光辉。

在最显眼的地方，摆放着一架由罗莱和布朗舍用巴西香木制作的钢琴，那规格就像摆在我们小人国沙龙里的，但是狭小而响亮的音箱，照样容纳一支大乐队，在杰作的重压下，奏出贝多芬、韦伯、莫扎特、海顿、格雷特里和波尔波拉的乐章。

还有，沿着四面墙壁，在门上，天花板上，到处挂着一把把利剑、一只只匕首、一把把马来短剑、一把把大锤、一把把板斧、金光闪闪的全副盔甲，都是镶金嵌银的；还有各种植物标本、矿石标本、鸟的标本——一只只腹部塞满鬃毛，张开火红的翅膀，嘴巴永不闭合，保持着一种静止的飞翔状态。

自不待言，这是阿尔贝偏爱的房间。

然而，在约会这天，这个年轻人穿着便装，却将他的大本营设在楼下的小客厅。四周一圈宽大而柔软的沙发，隔开一点距离围住一张桌子。桌上摆放了世界各种名贵烟草，从彼得堡的黄色烟草，到西奈的黑色烟

① 卢卡·德拉·罗比亚（1400—1482），意大利雕刻家和陶瓷师。

② 贝尔纳·德·帕利西（1510—1589或1590），法国著名彩陶师、学者和作家。

③ 苏利（1559—1641），法国政治家，做过亨利四世的大臣。

④ 金德讷格尔，印度城市，有月亮城之称。

草，以及马里兰、波多黎各、拉塔基亚[1]的烟草，都闪闪发亮，分别放在荷兰人所喜爱的、布满碎裂花纹的彩釉罐中。彩釉罐旁边，还摆放几只香木格，格里按大小和质量，依次装有普罗[2]雪茄、雷加拉雪茄、哈瓦那雪茄、马尼拉雪茄。最后，在一个敞着门的柜子里，排列一整套德国烟斗、镶嵌珊瑚的琥珀嘴土耳其牛角形长烟斗、摩洛哥皮草包成蛇身的土耳其镶金长管水烟斗，都等待着吸烟者的兴趣或青睐。阿尔贝亲自指挥如何归整，确切地说，如何布成相对称的乱局，以便客人用罢现代品味的早餐，喝完咖啡，就可以在这里吞云吐雾，透过冉冉升上天棚的螺旋形变幻不定的烟雾，欣赏这种对称而凌乱的格局。

十点差一刻，一名跟班进来。这是个十五岁的小听差，他只讲英语，听人招呼 John[3] 才答应，阿尔贝也就只有这一个仆人，当然在平时，府上的厨师也听他使唤，如有重大活动，伯爵的穿猎装号服的跟班同样听他调遣。

这个小跟班名叫热尔曼，是年轻主人的心腹，他手中拿着一叠报纸，放到一张桌子上，又把一叠信件交给阿尔贝。

阿尔贝漫不经心地瞥了一眼，从这些各式各样的信中，拣出两封字迹娟秀、信封溢香的信件，拆开并且颇为认真地阅读。

“这两封信是怎么送来的？”他问道。

“一封是邮差送来的，另一封是丹格拉尔夫人的男仆送来的。”

“让人转告丹格拉尔夫人，我接受她的包厢赠给我的座位……等一等……还有，白天，你去见罗莎，告诉她既然邀请我，我会去的，歌剧院散场之后，要同她一起吃夜宵，你给她送去六瓶不同的葡萄酒，塞浦路斯酒、赫雷斯白葡萄酒、马拉加酒等，再送去一桶奥斯坦德牡蛎……牡蛎要到博雷尔的店里去买，千万说是我要的。”

“先生什么时候用餐？”

---

① 拉塔基亚：叙利亚位于地中海的港口城市。

② 普罗，印度尼西亚地名。

③ 英文的“约翰”，写法与读音均与法语不同。

“现在几点钟了?”

“十点差一刻。”

“那么,就十点半准时上菜。德勃雷也许还得去部里……况且……(阿尔贝查了查记事本),这正是同伯爵约定的时间:五月二十一日上午十点半。尽管我对他的许诺不大抱希望,我还是要准时候客。对了,你知道伯爵夫人起床了吗?”

“如果子爵先生想知道,我就去问一声。”

“好吧……你去向她要一箱藏酒,我的酒不全了。你告诉她,将近三点钟我要去看她,请她允许我介绍给她一位客人。”

小跟班出去了。阿尔贝倒身坐到长沙发上,撕开两三份报纸的封皮,瞧了瞧演出节目,看到演出的不是芭蕾舞,而是歌剧,不禁做了个鬼脸。接着,他又在化妆品广告栏里搜索许久,怎么也找不见别人向他提过的那种牙膏,便把巴黎发行量最大的三种报纸一份一份丢开,长长地打了个呵欠,同时咕哝一句:

“老实说,这些报纸越办越乏味。”

这时,一辆轻便马车停在大门口,片刻之后,跟班进来禀报:吕西安·德勃雷先生到。来客是一个高高的金发青年,脸色苍白,灰色的眼睛显得很沉稳,薄薄的嘴唇则颇为冷淡;他穿一身蓝礼服,金丝纽扣上方打着白色领带,戴着一个由丝带吊着的玳瑁框的单片眼镜,眉头和面部肌肉不时抽动一下,以便重新夹紧戴在右眼上的镜片;他一副半正式的表情走进来,既不讲话,脸上也毫无笑意。

“您好,吕西安……您好!”阿尔贝说道,“噢!您这么准时,还真吓着我了!我说什么?准时!我原以为您会最后一个到来,可是约会定于十点半,现在还差五分钟才十点,您就到了!这简直是奇迹。不是碰巧内阁倒台了吧?”

“不是,亲爱的,”年轻人说着,身子一仰,便埋在沙发里,“您就放心吧,我们始终摇摇欲坠,但是一直不倒,因而我开始相信,我们着实进入了

阿尔贝倒身坐到沙发上，撕开两三份报纸的封皮。

坚如磐石的状态，还不算半岛事件①，那要使我们固若金汤了。”

“哦！对，的确如此，你们把唐·卡洛斯赶出西班牙。”

“不对，亲爱的，千万不要混淆，我们是把他从法兰西边界的另一边接回来，并且在布尔日以亲王的规格款待他。”

“在布尔日？”

---

① 1833年，西班牙国王斐迪南七世死无男嗣，传位给三岁女儿伊莎贝拉，由她母亲摄政。斐迪南七世的兄弟唐·卡洛斯要争王位，于是爆发内战，他战败而逃至法国，史称半岛事件或卡洛斯战争。

"对呀,真见鬼,他没什么可抱怨的!布尔日是查理七世[①]的京城。什么!这情况您还不知道?从昨天起,全巴黎就无人不知,无人不晓了。前天,交易所就透出风来,因为丹格拉尔先生(真不知道此公通过什么途径,与我们同时获取这条消息),他买了空,一下赚了一百万。"

"那么您呢,看来又得了一枚勋章,我看到您那小链条上的蓝绶带了。"

"唔!他们给我送来了查理三世勋章。"德勃雷满不在乎地答道。

"算了,别装作无所谓的样子,还是老实招认,您得到这东西,心里挺美的。"

"老实说,是这样,一枚勋章也算一种服饰,挂在黑礼服的一排纽扣旁边能增色,显得很神气。"

"而且,"莫尔塞夫微笑道,"神气得就像加莱斯大王子[②],或者赖希施塔特公爵[③]。"

"这就是为什么,这么早您就见到我了,亲爱的。"

"只因您戴上了查理三世勋章,要来向我宣布这条好消息吗?"

"不对,因为我干了个通宵,发了二十五份外交快函。天亮才回到家,我本想睡一觉,可是头疼起来,我只好又起床,去骑马跑了一小时。在布洛涅树林,我突然感到又烦又饿,这两个敌人很少有联手的时候,这次却结盟向我发起攻击,就像卡洛斯同共和派结成那样的联盟。于是我想起贵府上,今天上午设宴款待客人,我这不就来了:我饿了,给我吃的;我烦了,逗我乐乐。"

"尽地主之谊,我责无旁贷,亲爱的朋友,"阿尔贝说着,就摇铃唤跟班;这时,吕西安用镶嵌绿松石的金柄手杖尖,去翻弄摊开的报纸。

"热尔曼,倒一杯赫雷斯葡萄酒,再端来一碟饼干。等着这工夫,我

---

① 查理七世(1403—1461),法国国王(1422—1461),当时英国人几乎占领了法国全境;查理七世退缩到法国中部的布尔日,故有"布尔日国王"之称。

② 加莱斯大王子,从1301年起,英国国王的长子称作加莱斯大王子。

③ 赖希施塔特公爵:拿破仑一世给他儿子的封号。

亲爱的吕西安，我这儿还有雪茄，当然是走私品。我劝您品品味儿，也请您那位大臣卖给我们同样的货，别逼得善良的公民去抽核桃叶卷的雪茄了。”

“哎！这种事儿我可不干。这些雪茄，如果是官方提供的，你们就不想要了，觉得味道糟糕透顶。况且，这同内务部毫不相干，完全是财政部的事儿。您去找于曼先生吧，他管间接税征收局，就在A走廊二十六号办公室。”

“老实说，”阿尔贝又说道，“您交际之广，真令我惊讶。不过，您还是抽支雪茄吧。”

“唉！亲爱的子爵，”吕西安说着，就凑近一支镀金银烛台，对着燃烧的红烛点燃一支马尼拉雪茄，又仰身倒在沙发上，“唉！亲爱的子爵呀，您什么也不用干，该是多么幸福啊！真的，您生在福中不知福啊！”

“那么您呢，到底要干什么，我亲爱的王国忠诚卫士？”莫尔塞夫口气带着几分讥讽，接口说道，“怎么能说您什么也不干呢？什么！一位大臣的私人秘书，您既参与欧洲的大阴谋，又插手巴黎的小阴谋；您既要保护一些国王，更要紧的是要保护一些王后；又要联络各党派，操纵选举；您稳坐在办公室里，只是动动笔，发发快件所完成的业绩，就远远胜过拿破仑挥剑征战沙场所赢得的胜利。您除了薪俸，还拿四万五千利弗尔的年金；您还拥有一匹骏马，夏多-雷诺给四百金路易您也不肯出手；您有一个高级裁缝，从来不会耽误您要的裤子；您还有歌剧院、赛马俱乐部和杂耍剧院，有这么多好玩的去处，难道还不够您消遣的吗？那好，我来让您开开心。”

“什么妙法儿？”

“让您结识一位新客人。”

“男的还是女的？”

“男的。”

“噢！男的我认识够多的了。”

“但是您认识的人，没有一个像我对您说的这个男人。”

"他是哪儿来的？是从天边吗？"

"也许比天边还要远。"

"活见鬼！但愿我们的早餐不是他带来的吧？"

"不是，您尽管放宽心，我们的早餐正在家母的厨房里做着呢。真的，您饿了吗？"

"对，我承认，不管这话说出来多么丢人。然而昨天，我在德·维尔福先生府上用过下午餐了，对了，这种情况，您注意到了吗，亲爱的朋友？所有司法官员的家中，饮食都特别差，他们总好像心中有愧。"

"哼！真有您的，您就贬低别人家的饮食吧，表明您在那些大臣府上肥吃肥喝。"

"对，但是至少，我们不邀请那些体面的人；而且，我们若不是迫不得已，邀请几个有头脑，尤其善于投票的土包子，那么就会像规避瘟疫一样，避免在自家吃饭了，请您相信好了。"

"好哇，亲爱的，再来一杯赫雷斯酒，再吃一块饼干吧。"

"可以，您这西班牙酒好极了；您理解了吧，我们平靖了那个国家，做得完全正确。"

"对，那么唐·卡洛斯呢？"

"唐·卡洛斯嘛，他就喝波尔多葡萄酒吧，再过十年，我们再让他儿子同那个小女王结婚。"

"到那时，您若是还在部里任职，就准能得到金羊毛勋章[①]。"

"看来，阿尔贝，您今天上午安排的食谱，就是要用烟云来填饱我的肚子了。"

"嘿！这可是最能开胃的，您应当承认。哦，对了，我听见前厅有博尚的声音，你们二人就展开辩论，这样您就不急着吃饭了。"

"辩论什么呀？"

"辩论报纸呗。"

---

① 金羊毛勋章，15世纪由勃艮第公爵创立的骑士勋章。

“哎！亲爱的朋友，”吕西安以极大鄙夷的口气说，“难道我看报纸！”

“这就又多了一条理由，你们辩论得更加激烈。”

“博尚先生到！”跟班禀报。

“请进，请进！可怕的妙笔！”阿尔贝说着，便起身去迎年轻的客人，“您瞧这位德勃雷，他连您的文章也不看，就不把您放在眼里，至少他是这么讲的。”

“他讲得对，”博尚说道，“这跟我一样，我不知道他做的什么，就写文章批评他。您好，骑士。”

“哦！您已经知道了。”大臣的私人秘书回答，他同新闻记者握手，相视一笑。

“当然啦！”博尚又说道。

“外界有何议论？”

“哪一界？当此公元一八三八年，我们可有许多界。”

“哦！在您是一头猛狮的政治评论界。”

“不过，大家倒是说，这件事非常公正，您播下那么多红花种子，总该长出点儿蓝苗苗。”

“好哇，好哇，说得不赖，”吕西安说道，“您为什么不站到我们一边呢，我亲爱的博尚。您这样才华出众，要不了三四年，您就能飞黄腾达。”

“因此，我只等待一件事，就听从您的忠告：一届政府能维持半年。现在，亲爱的阿尔贝，只问您一句话，因为，我也总得容可怜的吕西安喘口气。我们是吃早午饭，还是吃晚午饭？我还得去议会一趟。正如您所看到的，我们这行，并不处处都是玫瑰色。”

“我们只是吃早午饭，就差两个人了，他们一到，大家就入席。”

“您等什么人来才吃饭啊？”博尚问道。

“一位贵绅和一位外交官。”阿尔贝答道。

“那么，等待那位贵绅，要将近两小时，等待那位外交官，就得两个多小时。我回来吃饭后甜点吧。给我留些草莓、咖啡和雪茄就成了。我到议院先吃一道排骨。”

“您千万别走，博尚，因为，那位贵绅即便是蒙莫朗西①，那位外交官即便是梅特涅②，十点半我们也要准时开饭。等着这工夫，您也像德勃雷这样，尝尝我这赫雷斯葡萄酒，吃点儿我这饼干。”

“那好吧，我就留下来。今天上午，无论如何我也得排遣排遣。”

“好嘛，您同德勃雷一样！然而我觉得，内阁愁眉不展的时候，反对派应当开心才是。”

“哼！您瞧，亲爱的朋友，您根本就不了解我受什么威胁。今天上午，我要到议会，聆听丹格拉尔先生的一篇演说，今天晚上，我还要聆听他夫人讲述贵族院一位议员的悲剧。让立宪政府见鬼去吧！妇人们所说，我们既然有权选择，那么为什么选择了这号政府呢？”

“我理解，您需要搜集笑料。”

“不要说丹格拉尔先生演说的坏话，”德勃雷说道，“他投你们的票，名义上又是反对派一边。”

“哼，成事不足，败事有余！因此，我就等着你们打发他去卢森堡宫演讲，好让我痛快地嘲笑他一番。”

“亲爱的，”阿尔贝对博尚说道，“显而易见，西班牙事件解决了，今天上午您说话就尖酸刻薄，听着实在刺耳。您可要记住，全巴黎盛传我和欧仁妮·丹格拉尔小姐要结婚。因而，从良心上讲，我不能容忍您诋毁这样一个人的口才，因为有朝一日他要对我说：‘子爵先生，要知道，我给女儿两百万的嫁妆。’”

“算了吧！”博尚说道，“这门婚事根本成不了。国王办得到的，封了他为男爵，也可以让他当贵族院议员，但是绝不能封他为贵族。可是，德·莫尔塞夫伯爵是个佩剑贵族，不会凭对方那区区两百万嫁妆，就同意门户不当的婚姻。德·莫尔塞夫子爵，只应娶一位侯爵的千金。”

“两百万呀！按说也够气派的了！”莫尔塞夫则接口说道。

---

① 蒙莫朗西，法国贵族世家，从12世纪至17世纪，出了许多名人高官。

② 梅特涅(1773—1859)，奥地利政治家，曾任首相。

"这笔资金投入社会,也只够建一家普通戏院,或者建一段从植物园到拉佩①的铁路。"

"他说他的,莫尔塞夫,"德勃雷懒洋洋地接口说道,"您结您的婚。您娶了一个钱袋的标签,对不对?好哇,这对您又有何妨!这个标签上少了一枚纹章,却多了一个零,这反倒更好。您的纹章上有七只雌鸫图案,给您妻子三只,您还剩下四只呢,比德·吉兹②先生还多出一只,他几乎当上法兰西国王,他的堂兄还当上了德国皇帝③。"

"真的,我认为您说得对,吕西安。"阿尔贝漫不经心地应道。

"当然啦!况且,但凡百万富翁,都像贵族的私生子,也就是说,可能成为贵族。"

"嘘!可别说这话了,德勃雷,"博尚笑着接口道,"因为,夏多-雷诺来了,他会举起他的先祖雷诺·德·蒙托邦的利剑,刺穿您的身体,以便治治您喜欢大放厥词的怪癖。"

"那他就有失身份了,"吕西安答道,"因为我是平民百姓,非常卑微。"

"好哇!"博尚提高嗓门,"当政的也唱起了贝朗瑞④的歌谣,我的上帝,我们这是往何处去呀?"

"德·夏多-雷诺先生到!马克西米连·莫雷尔先生到!"跟班高声报了两位新到的客人。

"人还不齐啦?"博尚说道,"我们该开饭了,假如我没记错的话,阿尔贝,您刚才只等两个人吧?"

"莫雷尔!"阿尔贝吃惊地自言自语,"莫雷尔!怎么回事儿呀?"

他正疑惑间,德·夏多-雷诺先生已经到了面前:这是个三十岁的英

---

① 拉佩,巴黎郊区地区。

② 吉兹,洛林公爵的旁支,1333年获吉兹伯爵采邑;在16世纪升为公爵,在法国几代朝廷掌握大权。

③ 德国皇帝弗朗索瓦一世(1745—1765在位),当德皇之前为洛林大公弗朗索瓦一世。这里指弗朗索瓦二世(1768—1835)。先后当了德国皇帝和奥地利皇帝。

④ 贝朗瑞(1780—1857),法国歌谣体诗人。

夏多·雷诺

俊青年,从头到脚贵族派头十足,既有吉什家族①成员的相貌,又有莫特马尔家族②成员的智慧。他拉起阿尔贝的手,对他说道:

“亲爱的,请允许我向您介绍马克西米连·莫雷尔先生,北非骑兵团上尉,我的朋友,还是我的救命恩人。况且,无需介绍,见他一表人才,便

① 吉什,即格拉蒙公爵,为法兰西古老世族。

② 莫特马尔,法国当时以智慧著称的一个家族。

知其人。向我的英雄致意吧，子爵。”

说罢，他便闪身让出他所介绍的人。这个青年身材魁伟，相貌堂堂，天庭十分饱满，目光炯炯有神，蓄留着黑黑的髭须。读者应当记得在马赛见过他，当时处境相当悲惨，大家还不至于忘记。他身穿一套华丽的军服，半法国式、半东方式的，极为合体，突显出佩戴着荣誉勋位十字章的胸膛，以及整个健壮的身体。年轻军官彬彬有礼地躬了躬身，姿态十分优美。莫雷尔因其身体矫健，一举一动都特别潇洒。

“先生，”阿尔贝热情而有礼貌地说道，“德·夏多-雷诺男爵先生事先就知道，介绍我认识您会让我深感荣幸；您是他的朋友，先生，也请做我们的朋友吧。”

“很好，”夏多-雷诺说道，“我亲爱的子爵，但愿有了机会，他也会像对我那样为您效力。”

“他为您做了什么？”阿尔贝问道。

“哎！”莫雷尔说道，“这事无足挂齿，德·夏多-雷诺先生言过其实了。”

“什么！”夏多-雷诺说道，“无足挂齿！性命难道无足挂齿！……真的，我亲爱的莫雷尔先生，您这样讲，也未免过于旷达了……您天天都冒着生命危险，这样讲可以，而我仅仅偶然碰到一次危险……”

“听你们这番对话，我就明白了几分，莫雷尔上尉救过您的命，男爵。”

“唔！我的上帝，对，一点儿不差。”夏多-雷诺说道。

“那是在什么场合？”博尚又问道。

“博尚，我的朋友，要知道我饿得要命，”德勃雷说道，“别再把话题引到讲故事上。”

“我也不阻拦大家入席呀……”博尚答道，“夏多-雷诺可以在饭桌上讲述。”

“各位先生，”莫尔塞夫则说道，“现在才十点一刻，要看好了，我们还得等最后一位客人。”

"哦！真的，是一位外交官。"德勃雷说道。

"外交官，或者别的什么，我也一无所知；就我的了解，也与我相关，我曾委托他办一件事，他十分圆满地完成了，我特别满意，假如我是国王，就会立即封他为我的全职骑士，哪怕我同时掌管金羊毛勋章和嘉德勋章[①]。"

"那好，既然还不能入席，"德勃雷又说道，"您也像我们刚才那样，男爵，先倒一杯赫雷斯酒喝喝，给我们讲讲是怎么回事。"

"大家都知道，当时我产生一个念头，要前往非洲。"

"这是您的先祖给您画好的路线，我亲爱的夏多-雷诺。"莫尔塞夫迎合地说道。

"对，不过我怀疑，这条路也像他们所走的，是去拯救基督山的坟墓。"

"此话有理，博尚，"年轻的贵族说道，"那纯粹是为了业余玩玩枪。你们都知道，我厌恶决斗，就是我选来调停的两位证人，硬逼着我伤了我的一个最好朋友之后……当然了！我指的是那可怜的弗朗兹·德·埃皮奈，你们全认识。"

"哦，对！是有这事儿，"德勃雷说道，"当时你们决斗了……是什么事引起的啦?"

"我若是还记得才见鬼呢!"夏多-雷诺答道，"我倒是清清楚楚地记得，我十分惭愧让自己这样的才能埋没，就想在阿拉伯人身上试试别人送给我的新手枪。因此，我乘船前往奥兰[②]，再从奥兰转到君士坦丁堡[③]，正好赶上解除围城。我随其他人撤退，一连四十八小时，白天冒雨，夜晚顶雪，我好歹算挺住；到了第三天上午，我的坐骑到底冻死了。可怜的牲口！已经习惯于披上毯子，待在马厩的炉火旁边……一匹阿拉伯种马，回到阿拉伯地区碰上摄氏十度的冷天，就好像背井离乡，有点顶不住了。"

---

① 嘉德勋章，由英国国王爱德华三世于1346年至1348年创立的骑士勋位。

② 奥兰，阿尔及利亚港口城市。

③ 君士坦丁堡，阿尔及利亚北部重镇，1836年至1837年，该城人民曾起来反抗法军。

"您要买我的英国种马，就是这个缘故啊。"德勃雷说道，"您认为它比您那匹阿拉伯种马耐寒。"

"您想错了，我已发愿再也不去非洲了。"

"当时真把您吓坏了吧？"博尚问道。

"老实说，是的，这我承认，"夏多-雷诺回答，"也是事出有因啊！我的马倒毙了，只好徒步往后撤；忽然，有六个阿拉伯人骑马飞快追来，要砍我的脑袋。我两发手枪，打倒了两个阿拉伯人，两发手枪，又撂倒两个，弹无虚发；然而，我的子弹打光了，剩下的那两个阿拉伯人，一个揪住了我的头发，正因为如此，现在我剪了短发，人真难说会碰到什么情况；另一个举着土耳其大弯刀砍向我的脖子，我已经感到刀锋的寒气，正在千钧一发时，你们看见的这位先生也冲向他们，一枪干掉揪住我头发的那个家伙，再一刀劈开要砍我脖子的那人的脑袋。那天，这位先生给自己规定一个任务，要救一个人，而恰巧让我碰上了。等将来我有了钱，就请克拉格曼或者马罗歇蒂，给命运之神塑一个金身。"

"不错，"莫雷尔微笑道，"那是九月五日，正是家父奇迹般获救的日子；因此每年到那天，我总要竭尽所能，以实际行动来纪念……"

"以英勇行动，对不对？"夏多-雷诺接口说道，"总之，那次选中了我，而且，还不止于此。他从刀下救了我一命之后，又从寒冷中把我救出来，他不像圣马尔丹[①]那样，只分给别人半件披风，而是把整件披风给我了；随后，他又把我从饥饿中救出来，和我分吃，您猜什么？"

"菲利克斯店的一张馅饼吧？"博尚说道

"不对，是他的马，我们饿极了，每人都吃一块肉，真难啊。"

"因为是马肉？"莫尔塞夫笑着问道。

"不对，是作出的牺牲，"夏多-雷诺回答，"您问问德勃雷，他是否肯为一个素昧平生的人，牺牲掉他那匹英国种马？"

---

① 圣马尔丹（约 315—397），法国图尔主教。据传他在亚眠当兵时，曾把披风分半件给一个穷人。

"为一个素昧平生的人,不行,"德勃雷说道,"但是为一个朋友,也许可以。"

"当时我就推断,您会成为我的朋友,男爵先生,"莫雷尔说道,"况且,我已经荣幸地告诉您,不管英勇不英勇,牺牲不牺牲,在那天,我必须祭献厄运,以便报答从前好运给我们的恩惠。"

"莫雷尔提到的这段往事,"夏多-雷诺接着说道,"讲起来很精彩,等你们同他交情深了,总有一天他会讲给你们听。今天嘛,我们还是填饱肚子,而不是填满记忆。您几点钟开饭,阿尔贝?"

"十点半。"

"准时吗?"德勃雷掏出怀表,问道。

"噢!您就宽限我五分钟吧,"莫尔塞夫说道,"因为,我也在等候一个救命恩人。"

"谁的?"

"当然是我的救命恩人!"莫尔塞夫回答,"怎么,您就以为不能有人像救别人一样救我,而只有阿位伯人会砍头?我们这一餐,是人类博爱餐,在我们的餐桌上,我希望至少有两位造福人类的人。"

"那我们怎么办啊?"德勃雷说道,"只有一份蒙蒂翁奖啊?"

"那就只好颁发给一个毫无资格得的人吧,"博尚说道,"法兰西学院通常就是这样解决难题。"

"他是从哪儿来的?"德勃雷问道,"请原谅我盘根问底,我很清楚,刚才您已经回答这个问题了,但是相当含糊,我就冒昧地问第二遍。"

"老实说,"阿尔贝答道,"我也不得而知。我邀请他还是三个月前的事了,当时他在罗马,但是从那以后,谁能说得出他的行踪呢?"

"您认为他能准时到吗?"德勃雷又问道。

"我认为他什么都做得到。"莫尔塞夫回答。

"请注意,就算上宽限的五分钟,我们也只有十分钟了。"

"那好,我就趁机向你们介绍两句我那位客人吧。"

"对不起,"博尚问道,"您要向我们讲述的情况,有没有能写成连载小说的素材呢?”

“当然有了,”莫尔塞夫答道,“甚至极其引人入胜。”

“那就讲讲吧,反正议院我也去不成了,我得挽回损失。”

“我参加了今年的罗马狂欢节。”

“这我们知道。”博尚说道。

“对,不过你们还不知道,我被强盗绑架了。”

“现在有什么强盗?”德勃雷说道。

“不对,有哇,甚至凶得很,也就是说令人赞叹不已,因为,我看他们非常出色,令人畏惧。”

“喂,我亲爱的阿尔贝,”德勃雷插言道,“还是老实承认,您的厨师动手晚了,牡蛎还没有从马雷恩[①]或者奥斯坦德[②]运到,您就效仿德·曼特侬夫人[③],用故事替代菜肴。讲实话吧,在座的都很有教养,能够原谅您,也可以听您的故事,不管听起来有多么离奇。”

“而我要对你们说,尽管十分离奇,我也向你们保证,从头至尾都是真的。是啊,强盗劫持我,带到一个凄凉的鬼地方,那里人称圣·塞巴斯蒂安地下墓穴。”

“那地方我知道,”夏多-雷诺插言道,“我在那儿险些染上寒热症。”

“我的情况比您严重多了,”莫尔塞夫说道,“我真的感染上了。强盗向我宣布,我被绑了票;要付赎金,倒是小意思,四千罗马埃居,相当于图尔币两万六千利弗尔。然而糟糕的是,我那趟旅游接近尾声,汇票上的钱快用完了。我就给弗朗兹写了信。嘿!真的,弗朗兹当时在场,你们可以问问他,我是否说了半句谎话。我给弗朗兹写了信,说他早晨六点钟不送去四千埃居,那么六点十分,我就要去找那些幸福的圣徒和光荣的殉道士,有幸跻身他们的行列。而且路奇·王霸,这就是那个大盗头子的姓

① 马雷恩,法国西部海滨城镇,有牡蛎养殖场。

② 奥斯坦德,比利时港口城市。

③ 德·曼特侬夫人(1635—1719),先嫁给法国诗人斯卡隆为妻,丈夫死后,她受聘养育路易十四的私生子女,封为侯爵夫人,王后死后,她便与国王结婚。

名，我请你们相信，他对我说过的话绝不更改一个字。”

“不用说，弗朗兹就送去四千埃居吧？”夏多-雷诺说道，“真见鬼！四千埃居，根本难不倒名叫弗朗兹·德·埃皮奈的人，或者名叫阿尔贝·德·莫尔塞夫的人。”

“不错，他是去了，还干脆带了个人，那正是我向你们宣布，并希望介绍给你们的客人。”

“好家伙！这位先生，难道是扼死卡科斯①的赫拉克勒斯，解救安德洛墨达的珀耳修斯②吗？”

“不是，此公的个头儿同我差不多。”

“武装到牙齿？”

“他连一根打毛线的针也没有。”

“他是去处理您的赎金吗？”

“他对着强盗头儿的耳朵说了两句话，我就自由了。”

“强盗为绑架你的事，甚至还向他道了歉。”博尚说道。

“正是。”莫尔塞夫回答。

“好家伙！此人难道是阿里奥斯托③？”

“不是，他仅仅称为德·基督山伯爵。”

“德·基督山伯爵，没有这种称呼。”德勃雷说道。

“我也不相信，”夏多-雷诺附和道，他那种镇定的神态，表明他对欧洲贵族的谱系了如指掌，“有谁会在什么地方，认识一个德·基督山伯爵呢？”

“他也许来自圣地，”博尚说道，“他的一个先祖可能拥有了骷髅地，就像莫特马尔家族拥有死海那样。”

---

① 卡科斯，希腊神话中的人物，火神之子，长为羊腿人身，伏在洞中吞噬过往行人。后趁大力士赫拉克勒斯睡觉，偷了他的牛，被赫拉克勒斯循牛声找到扼杀。此词现多指盗贼。

② 珀耳修斯，希腊神话的人物，主神宙斯的私生子，他一生完成许多英雄成绩，其中一件就是解救了埃塞俄比亚公主安德洛墨达，并结为夫妇。

③ 阿里奥斯托(1474—1577)，意大利诗人，著有《愤怒的罗兰》，他曾任强盗最多的一个地方的总督。

“对不起，”马克西米连插言道，“我想我可以为诸位先生解惑：基督山是一个小岛，我常听家父雇用的水手提起，那是地中海上的一粒沙子，大千世界里的一颗原子。”

“完全如此，先生，”阿尔贝说道，“我所说的这个人，就是这粒沙子，这颗原子的领主和国王；他可能在托斯卡纳的什么地方，买了这份伯爵的证书。”

“您这位伯爵，非常富有啦？”

“对，我相信他很富有。”

“我认为，这应当看得出来吧？”

“您恰恰容易看走眼，德勃雷。”

“您这话我就不明白了。”

“您读过《一千零一夜》吧？”

“当然！这还用问！”

“那好，书中那些人物，您知道是富有还是穷苦呢？看样子，他们是穷苦不堪的渔夫，对不对？您也就把他们看成穷人，可是突然间，他们给您打开一个神秘的洞窟，您就会发现洞中的财宝足够买下印度。”

“下文呢？”

“下文嘛，我的德·基督山伯爵，就是那样一个渔夫。他甚至还取用了书中的一个名字，自称水手辛伯达，拥有一个装满黄金的岩洞。”

“那个岩洞，您见过吗，莫尔塞夫？”博尚问道。

“没有，不是我，是弗郎兹见过。可是，嘘！在他面前，千万只字不提。弗郎兹是蒙住眼睛下去的，由哑奴和女人服侍，而且，同那些女人相比，女王克娄巴特拉不过是个轻佻的女人。只不过，那些女人他还拿不准，因为，他进洞之前吃了大麻精，很可能把一组雕像当成女人了。”

几个年轻人都注视莫尔塞夫，那眼神分明在说：

“哼，是这么回事，我亲爱的，您究竟是疯了，还是戏弄我们呢？”

“确有其事，”莫雷尔若有所思地说道，“类似德·莫尔塞夫先生刚才讲的这种情况，我也听一个名叫佩内龙的老水手叙述过。”

“啊!”阿尔贝说道,“幸好莫雷尔先生出面相助。他在我的迷宫里投下一个线团引路,这有悖你们的意,对不对?”

“对不起,亲爱的朋友,”德勃雷说道,“这是因为您对我们讲的事太玄乎了……”

“哼,当然啦! 因为你们那些大使、那些领事对你们不讲这些,他们没有时间,总忙着怎么折腾出国旅游的同胞。”

“噢! 好嘛,您恼火了,怪罪起我们那些可怜的驻外人员。唉! 我的上帝! 您要让他们拿什么保护您呢? 议院天天削减他们的薪俸,已经到了减无可减的地步了。您有意当大使吗,阿尔贝,我就让人派您去君士坦丁堡。”

“不成! 我稍微表示赞成穆罕默德-阿里[1],苏丹就会给我送来绳索,让我的秘书们将我勒死。”

“您这挺明白嘛。”德勃雷来了一句。

“对,可是说这些没用,我那位德·基督山伯爵照样存在!”

“当然了! 人人都存在,真是天大的奇迹!”

“毫无疑问,人人都生存,但是生存的状况却不相同。不是人人都养黑奴,都有王府那样的艺术品陈列室,都有精良的武器、六千法郎一匹的骏马,以及希腊情妇!”

“那个希腊情妇,您见过她吗?”

“是的,我见过,也听她说过话。在瓦勒剧院见过,有一天我同伯爵吃饭,还听见她说话。”

“您那位奇人,他吃东西吗?”

“真的,若说吃东西,他吃得极少,根本不值一提。”

“您瞧,那是个吸血鬼。”

“随您怎么讥笑。G伯爵夫人也是这种看法,你们都知道,她认识罗思文爵士。”

---

① 穆罕默德-阿里(1769—1849),埃及国王。

"哈！精彩！一个非新闻人物，倒像《立宪报》上所讲的那条有名的海蛇；一个吸血鬼，真是奇妙绝伦！"

"褐色的眼睛，瞳孔可以随意扩张和收缩，"德勃雷说道，"面部棱角分明，额头十分宽阔，脸色苍白，髭胡黑黑的，牙齿雪白而尖利，对谁都彬彬有礼。"

"您还真说对了，吕西安，"莫尔塞夫说道，"您勾画的相貌特征一点不差。对，彬彬有礼，言谈又非常犀利而辛辣。这个人时常令我不寒而栗；就说有一天，我们一同去观看处决犯人，我感到自己要晕过去了，看他那么冷静，谈论人世间各种酷刑，比起看刽子手行刑和听到犯人的号叫，还要更加可怕。"

"他没有把您带进竞技场的废墟中，吸您的血吗，莫尔塞夫？"博尚问道。

"再不然，他把您解救出来之后，没有让您在火红色羊皮纸上签字，把灵魂卖给他吗，就像以扫出卖长子权那样？"

"嘲笑吧，随你们怎么嘲笑吧，先生们！"莫尔塞夫有点愠怒地说道，"你们这些漂亮的巴黎人，总来往于根特大街，喜欢去布洛涅树林散步，我看着你们，再想想这个人，就感到我们不是同类人。"

"那我荣幸之至！"博尚说道。

"不管怎么说，"夏多-雷诺补充道，"您这位德·基督山伯爵，除了跟意大利强盗明来暗往之外，平时倒是个文雅的人。"

"哎！就没有什么意大利强盗！"德勃雷说道。

"也没有吸血鬼！"博尚附和道。

"也没有德·基督山伯爵！"德勃雷又变本加厉，"喏，亲爱的阿尔贝，这不打十点半钟了。"

"承认吧，您是做了一场噩梦，咱们还是吃饭吧。"博尚说道。

然而，打点的钟声余音未落，房门就打开，热尔曼通报：

"德·基督山伯爵阁下到！"

在场的人闻听，都不由得凛然一惊，这表明莫尔塞夫的讲述，已经在他们心里播下不安的因素。就连阿尔贝也不禁陡然变色。

谁也没有听到街上有车马的声响,也没有听到前厅的脚步声;就连房门也是悄无声息地打开了。

伯爵出现在门口,一身打扮简朴到极点,但是,眼光最刁的"花花公子"也挑不出任何毛病。整个装束,十分高雅,从上到下,无论内衣外装,还是帽子,都出自于最高明的手艺。

看外表,他也就刚过三十五岁,但让大家吃惊的是,他酷似德勃雷所描绘的形象。

伯爵笑容可掬,来到客厅中央,径直走向阿尔贝;阿尔贝也迎上去,急忙伸手给他。

"守时,"基督山说道,"乃是国王的礼数,这话,我想是我们的一位君主所讲。然而旅行者,愿望再好,也不是总能做得到。不过,我亲爱的子爵,我希望您看到我有此良好的愿望,原谅我迟到两三秒钟,未能准时来赴约。将近两千公里的行程,途中难免有点耽搁,尤其在法国,好像是禁止打驿车车夫的。"

"伯爵先生,"阿尔贝答道,"我利用您赏脸许诺之机,聚了几位朋友,刚刚宣布您要光临,现在我荣幸地介绍给您。这位是德·夏多-雷诺伯爵先生,他的贵族封号上溯到十二骑士时期,祖先在圆桌会议①上有席位;这位吕西安·德勃雷先生,内政大臣的私人秘书;这位博尚先生,是大牌记者,法兰西政府的克星,他在国内大名鼎鼎,也许您在意大利从未听说过,因为他的报纸进入不了意大利;最后这位,马克西米连·莫雷尔先生,北非骑兵团上尉。"

伯爵听着介绍,不时颔首致意,但始终保持着纯粹英国式的冷淡与漠然的态度,可是一听到最后这个姓名,他不由得趋前一步,苍白的面颊也掠过一丝淡淡的红晕。

---

① 圆桌会议,公元5世纪末至6世纪初,传说中的高卢王亚瑟组织凯尔特人抗击盎格鲁-撒克逊人,他召集最英勇的骑士,就围坐圆桌,以免争座次,又称圆桌骑士。

伯爵出现在门口，一身打扮简朴到了极点。

“先生穿着法国新一代征服者的军装，”伯爵说道，“这身军装很漂亮。”

谁也说不准是什么情感，给伯爵说话的声音增添一种十分深沉的颤动，也使他那无需掩饰时，极为美丽、极为沉静而清澈的眼神，仿佛不由自主地闪亮一下。

“您从未见过我们在非洲的军人吗，先生？”阿尔贝问道。

“从未见过。”伯爵回答，他又完全恢复洒脱的神态。

"那我告诉您,先生,在这套军服里,跳动着我军的一颗无比勇敢、无比高尚的心。"

"噢!伯爵先生。"莫雷尔接口说道。

"请让我讲,上尉……"阿尔贝接着说道。"我们刚听说这位先生十分英勇的行为,今天我尽管同他初次见面,也请他赏光让我把他作为我的朋友介绍给您。"

大家又能注意到,德·基督山伯爵听了这番话,又现出古怪的凝视眼神、转瞬即逝的红晕,以及眼睑的微微颤抖,这些都显露出他内心的激动。

"啊!先生有一颗高尚的心,"伯爵说道,"真是再好不过了!"

这句感叹主要呼应内心的想法,而不是回答阿尔贝刚说的话,这让所有人,尤其让莫雷尔惊讶;莫雷尔诧异地望着基督山;不过,伯爵的语调十分柔和,可以说十分甜美,因此这句感叹无论怎么古怪,别人也无法恼火。

"他为什么要怀疑呢?"博尚问夏多-雷诺。

"老实说,"夏多-雷诺回答,他凭着出入上流社会和贵族的明辨目光,已经看透基督山身上能够看透的方面,"老实说,阿尔贝丝毫也没有骗我们,伯爵是一个古怪的人物。您说呢,莫雷尔?"

"说真的,"莫雷尔说道,"他的目光很坦率,说话的声调也很和善,尽管他刚才对我有那种想法,我还是喜欢他。"

"诸位,"阿尔贝说道,"热尔曼向我禀报,早午餐已经做好。亲爱的伯爵,请允许我给您带路。"

大家一时无语,走进餐室,各就各位。

"诸位,"伯爵入了座,说道,"有一点,请允许我坦诚相告,表明我言谈举止不妥之处都有情可原。我是外国人,又是初次来到巴黎,根本就不了解法国人的生活;时至今日,我所过的大抵是东方生活,同巴黎的良好传统大相径庭。因此,假如你们觉得我身上土耳其人习气、那不勒斯人习气,或者阿拉伯人习气太重,我请求诸位谅解。说过这一点,各位先生,我们就用餐吧。"

“他讲这番话多么从容!”博尚低声说道,“他准是一位大贵族。”

“是一位大贵族。”德勃雷附和道。

“世界各国的一位大贵族,德勃雷先生。”夏多—雷诺说道。

第四十章　早午餐

大家还记得,伯爵饮食很有节制。阿尔贝谈到这一点,担心在纯粹物质的,同时又最不可或缺的方面安排不周,致使这位游客开始就不喜欢巴黎生活。

"我亲爱的伯爵,"阿尔贝说道,"您瞧我惴惴不安,唯恐埃勒戴尔街的烹调,不如西班牙广场的菜肴那样对您的口味。我本应事先问您爱吃什么,以便照您的口味做几样菜。"

"假如您进一步了解了我,先生,"伯爵微笑着答道,"您对我这样一名游客,就不会照顾得几乎令人脸红了。我在那不勒斯吃过通心粉,在米兰喝玉米粥,在巴伦西亚吃过杂烩,在君士坦丁堡吃过抓饭,在印度吃过千层饼,在中国吃过燕窝。对于我这样一个四海为家的人来说,谈不上特定的餐饮。我什么都吃,随遇而安,只是饭量很小。不过,今天,您若是怪我节食,倒是我有胃口的日子,因为从昨天早晨起,我就没有吃过一点东西。"

"什么,从昨天早晨起!"客人都高声说道,"您有二十四小时没有吃过一点东西?"

"没有,"基督山回答,"中途,我不得不绕道,去尼姆一带了解点情况,耽搁了时间,我就不愿意停歇了。"

"您在马车上吃过东西吗?"莫尔塞夫问道。

"没有,我睡觉了,每逢我烦闷而无心排遣,或者饥饿而不想吃饭的时候，往往就睡觉。”

“怎么，您能随意支配睡眠，先生？”莫雷尔问道。

“基本上。”

“您有灵丹妙药吗？”

“非常灵验。”

“那对我们生活在非洲的军人就太好了：我们时常吃不上饭，更难找到水喝。”莫雷尔说道。

“是啊，”基督山说道，“可惜的是，这对我这样一个我行我素的人，确是灵丹妙药，而给一支军队用就很危险：要用兵时却睡不醒了。”

“能告诉我们，是什么灵丹妙药吗？”德勃雷问道。

“唔！我的上帝，可以，”基督山说道，“我并不当作秘密：这是优质鸦片和精纯的大麻混合剂。为确保纯度，鸦片是我亲自去广州买的，而最好的大麻是在东方种植的，即在底格里斯河和幼发拉底河之间的地区。两种药用相等量调合，制成药丸，需要时吞服，十分钟后就显出药效了。可以问问弗朗兹·德·埃皮奈男爵，我想有一天他尝过。”

“不错，”莫尔塞夫附和道，“他向我提过几句，他甚至还保留了非常惬意的记忆。”

“可是，”博尚作为新闻记者，总是不肯轻信，他问道，“这种药剂您总随身携带吗？”

“总随身携带。”基督山回答。

“如果请求您拿出这种珍贵的药丸，给人开开眼，是不是太冒昧呢？”博尚接着说道，他希望当场揭这个外国人的短。

“不会冒昧，先生。”伯爵答道。

他说着，就从兜里掏出一个精美的小盒，是用整块绿宝石制作的，由金螺纽封住口，一拧螺纽，便倒出一粒有豌豆那么大的药丸。小药丸是淡绿色，散发一种辛辣而沁人心脾的气味。绿宝石盒能容十二粒，现在还有四五粒。

宝石盒围着餐桌转了一圈儿，但是，客人们在手中传递都只顾欣赏精美的宝石盒，而没有细看或嗅一嗅药丸。

“这种灵丹妙药，是您的厨师给您调制的吗？”博尚问道。

“不是，先生，”基督山回答，“这是我真正的享乐，不能交给笨拙的手掌握，我颇懂化学，总是亲手配制这些药丸。”

“这块绿宝石令人赞叹，我从未见过这么大颗的，尽管家母也有几件家传的出色首饰。”夏多-雷诺说道。

“当初我有几颗同样大的，”基督山又说道，“有一颗送给了土耳其皇帝，他就让人镶在他的佩刀上；另一颗赠送给了我们的圣父教皇，他则让人镶在他的三重冕上，同另外一颗相对称：那一颗绿宝石，是拿破仑皇帝赠给他的前任庇护七世[①]的，大小差不多，但是远远逊色；第三颗我自己保留，让人凿空做成小盒，也就损失了一半的价值，但是我有专用，用起来很方便。”

每人都惊讶地注视着基督山。他说得极其随便，显而易见，要么他讲的是真话，要么他是个疯子。不过，那颗绿宝石还放在他手上，让人自然而然倾向于头一种假设。

“皇帝和教皇收下这样贵重的礼物，回赠给了您什么呢？”

“土耳其皇帝同意给一个女子自由，”伯爵回答，“我们的圣父教皇，则同意赦免一个人的死罪。因此，我这一生还真有一次，我的权力很大，如同上帝让我降生在一座王位的台阶上。”

“您解救的是佩皮诺吧，对不对？”莫尔塞夫高声问道，“您得到的赦免权，用到他身上啦？”

“有可能。”基督山微笑道。

“伯爵先生，您想象不出，我听到您讲这些该有多高兴！”莫尔塞夫说道。“我事先就向我这些朋友宣布，您是个神奇的人物，既像《一千零一夜》中的魔法师，又像中世纪的巫师。然而，巴黎人最爱发表悖论，只要是没有进入他们生活圈子的事实，哪怕再无可辩驳，他们也认为是胡思乱

---

① 庇护七世（1742—1823），第249任教皇（1800—1823），他曾为拿破仑一世加冕。

"这块绿宝石令人赞叹，我从未见过这么大颗的。"

想。比如说，德勃雷天天看报，博尚天天印报，报上刊登赛马俱乐部一名晚归的成员，在大马路上遭人打劫了；圣德民街或者圣日耳曼大街有四个人被杀害；在神庙大街一家咖啡馆，或者在朱利安公共浴池抓住十个、十五个、二十个窃贼，这类社会新闻司空见惯，但是他们却否认马雷马[①]地

① 马雷马，意大利中部临海地区。

区、罗马郊外，或者蓬蒂尼亚沼泽地[1]有强盗。我请求您，伯爵先生，您亲口告诉他们，我就是被那些强盗绑架了，如果没有您仗义出面调解，那么如今，我很可能就身在圣·塞巴斯蒂安地下墓穴，永远等待复活，而不是在埃勒戴尔街我这间陋室招待他们吃饭了。”

“哎！”基督山说道，“这样区区小事，您答应过永远不向我提起。”

“伯爵先生，那不是我！”莫尔塞夫高声说道，“而是另外一个人，接受了您同样的帮助，您就把他同我混淆了。正相反，我倒要请您讲一讲；因为，您若是肯说一说当时的情景，也许您不仅让我重温我知道的事，还会告诉我许多我不知道的事。”

“不过我认为，”伯爵微笑道，“您在这个事件中，扮演了相当重要的角色，恐怕同我一样了解事情的经过。”

“我知道的事，如果全讲出来，”莫尔塞夫说道，“那么您能答应我，也把我所不知道的情况全讲出来吗？”

“这样绝对公平。”基督山答道。

“好吧，”莫尔塞夫接着说道，“哪怕这有伤我的自尊心；当时一连三天，我自以为得到一位戴面具的女郎的青睐，并把那女郎当成图莉或波佩[2]的后裔，而其实，我完全被一个村姑给盯上了；要注意，我说村姑，而不说农妇。我所知道的，就是我像个傻瓜，比我刚才讲的还要傻，我竟然又把一个十五六岁的小强盗，当成那个农妇了：那人嘴巴没长毛，杨柳细腰；我正要轻薄一下亲吻那贞洁的臂膀，他猛然掏出枪，抵住我的喉头，他的七八个同伙也一齐上手，把我带到，确切地说，把我拖进圣·塞巴斯蒂安地下墓穴。在墓穴里，我看到一个很有文化修养的强盗头子，正在阅读恺撒的《高卢战记和内战记》。承蒙他放下书，对我说如果次日早晨六点钟，我还没有把四千埃居倒进他的钱柜里，到了六点一刻，我就不在人世间了，那封信还在，在弗朗兹手中，我签上了名，还有路奇·王霸的附言。

---

① 蓬蒂尼亚沼泽地，即意大利蓬蒂尼亚平原。

② 图莉可能是古罗马的一位公主。波佩（？—65），古罗马女子，以美丽风骚著称，曾为暴君尼禄的妻子或情妇。

如果你们还怀疑，我就写信给弗朗兹，他会证实那些签字的。这就是我所知道的。现在，我所不了解的，伯爵先生，就是您如何让那些目空一切的强盗，对您毕恭毕敬呢？不瞒您说，弗朗兹和我，我们都佩服得五体投地。"

"事情再简单不过了，"伯爵答道，"我认识那大名鼎鼎的王霸已有十多年了。他很小，还是放羊娃的时候，给我指过路，我给了他不知是哪地方的一枚金币，而他不想欠我的情，又回赠一把手柄由他雕刻的匕首，您在我收藏的武器中大概见过。那次交换小礼物，在我们之间本应结下友谊，可是后来，他不是忘记了那件事，就是没有认出我，他企图劫持我；然而恰恰相反，倒是我把他连同他手下的十二个人，一起逮住了。我可以把他送交罗马的司法部门，而罗马法庭办案可快，对他尤其要照顾，会从速判决。不过，我决没有那样做，而是把他和他的手下人全放了。"

"条件是他们不再作恶了，"记者博尚笑道，"我非常高兴，看到他们不折不扣地履行了诺言。"

"不是，先生，"基督山回答，"只有一个简单的条件，他们永远尊重我，尊重我和我的人。你们这些先生，都是社会主义者、进步党人、人道主义者，你们听了我要讲的话，也许会觉得很怪异；我从来不关心别人，我也从来不想保护社会，既然社会并不保护我，进而言之，这个社会关注我，通常也是为了损害我；因此，对他人和社会，我不再尊重，但是保持中立，那么他人和社会就已经亏欠我了。"

"好极了！"夏多-雷诺高声叹道，"这是我听到的第一个有勇气的人，敢于直言不讳，露骨地宣扬利己主义。这话，讲得真痛快！好哇，伯爵先生！"

"至少讲得很坦率，"莫雷尔说道，"但是我可以肯定，伯爵先生向我们阐述他的处世原则，说得这么绝对，却不会后悔违背过一回。"

"我怎么违背这种原则了，先生？"基督山问道，他按捺不住，目光不时移到马克西米连的身上，而且十分专注，那明亮而清澈的目光，有两三回逼使大胆的年轻人垂下眼睛。

“我就是觉得，”莫雷尔又说道，“您搭救了素不相识的德·莫尔塞夫先生，就是为他人和社会效了力。”

“也是给社会最漂亮的粉饰。”博尚严肃地说道，同时一口喝下一杯香槟酒。

“伯爵先生！”莫尔塞夫高声说道，“您是我认识的最严谨的逻辑学家，现在却不能自圆其说了。您马上就会明白，等一下就要清楚向您证明，您非但不是利己主义者，反而是一位慈善家。啊！伯爵先生，您自称是东方人，地中海东海岸地区人，马来人，印度人，中国人，野蛮人，您把基督山当作您的姓氏，水手辛伯达作为您的教名，可是您从踏上巴黎街道的这天起，您本能地就具有了我们古怪的巴黎人最大的优点，或者说最大的缺点，也就是说，您给自己安上莫须有的邪恶，却掩饰您实有的美德！”

“我亲爱的子爵，”基督山说道，“从我说的话或者所做的事中，我看不出有什么值得您和各位如此赞誉。对我来说，您并不是陌生之人，因为我认识您，让给了您两间客房，请您吃过饭，还把我的一辆马车借给您使用，而且，我们还一起到库尔街，观看川流不息的戴假面具的人，在人民广场的一个窗口观看处死人：那次行刑给了您极大的刺激，险些让您晕倒。因此，请问各位先生，我的客人落到你们所称的可怕的强盗手中，我能坐视不管吗？况且，您也知道，我搭救您的时候，心里也有一点打算，就是借您之力，我来游法国时能进入巴黎的沙龙。当时，您可能把这种出游的决心当作一个不明确的、转眼就忘的计划；然而今天，您看到了，这是千真万确的事实，您不能再回避，否则就食言了。”

“我一定履行诺言，”莫尔塞夫说道，“不过我很担心，我亲爱的伯爵，您看惯了千姿百态的风景、生动鲜活的事件、波谲云诡的天际，到了这里会大失所望。在我们这里，丝毫也没有您的冒险生活所习惯的场景。我们的钦博拉索山[①]，就是蒙马特尔高地；我们的喜马拉雅山，就是瓦莱里

① 钦博拉索山，位于厄瓜多尔境内。

安山[①]；我们的大沙漠，就是格雷奈勒平原[②]，而且还在打一口喷水井，好让商队有水喝。我们这里有窃贼，甚至多得很，尽管不像人们讲的那么多，然而，那些窃贼不怕最尊贵的大老爷，见到小小的警察却吓得要死。总之，法国是一个平淡无奇的国家，巴黎是一座文明化程度极高的城市，因此，您走遍我们的八十五个省，我说八十五个省，当然把科西嘉排除在法国之外，您走遍我们的八十五个省，也找不到一座没有安快报站的山头，找不到一个稍微黑暗而警察局没有安煤气灯的岩洞。亲爱的伯爵，也只有一件事我能为您效劳，听从您的调遣：把您引荐到所有地方，或者通过我的朋友引荐您，这是毫无疑问的。况且，为此您不需要任何人。以您的大名、财产和智慧（基督山颔首，略带讥讽地微微一笑），您所到之处，准会受到款待。因此，实际上只有一件事我能帮上您的忙。我在巴黎生活也多少习惯，对舒适的条件多少有些经验，对我们的大商场也多少有些了解，如果这些对您能有什么用处，我就听候您的吩咐，给您我一所合适的住房。我在罗马分享了您的客房，现在却不敢向您提住在我这里。我不宣扬利己主义，但我是个十足的利己主义者；因为在我这住所，除我之外，不能有别的人影，除非那身影是一位女子。”

“唔！”伯爵说道，“这是间金屋，有待藏娇啊。您在罗马，确实向我提过几句，说是考虑结婚；要不要我祝贺阁下将操办的喜事呢？”

“事情还始终停留在计划阶段，伯爵先生。”

“一有计划，就不可能成空话。”德勃雷接口道。

“不然！”莫尔塞夫说道，“家父执意要结这门亲事，我希望不久，能向您介绍欧仁妮·丹格拉尔小姐，即使不是作为我的妻子，至少也作为我的未婚妻。”

“欧仁妮·丹格拉尔！”基督山重复道，“等一等，她父亲不就是丹格拉尔男爵先生吗？”

---

① 瓦莱里安山，位于巴黎西面的高地。

② 格雷奈勒平原，位于巴黎塞纳河左岸。

"对,"莫尔塞夫答道,"但那是新封的男爵。"

"哎!那有何妨?"基督山则说道,"只要他为国效了力,就理应得到这种封赏。"

"出了大力,"博尚说道,"他骨子里虽是自由派,在一八二九年,却为国王查理十世凑够了六百万的一笔借款数额;真的,查理十世也就封他为男爵,颁发给他荣誉团勋章,而他也并不像人们以为的那样,将勋章挂在背心的兜上,而赫然戴在礼服的扣眼上。"

"噢!"莫尔塞夫笑道,"博尚啊,博尚,您这套留着刊登在《轻口和薄舌》杂志上吧,在我面前,就免谈我的未来岳父。"

他随即又转向基督山:

"您刚才说出他的名字,就好像认识男爵似的?"

"我不认识他,"基督山漫不经心地回答,"但是无需多久,我就可能认识他,因为我要在他的银行开一个信用账户,支付我在伦敦的理查德和布伦特银行、维也纳的阿尔斯泰因和埃斯克莱斯银行,以及罗马的汤姆森和弗伦奇银行的存款。"

在讲最后这家银行时,基督山以眼角余光瞥了瞥马克西米连·莫雷尔。

这个外国人所料不错,他的话果然对马克西米连·莫雷尔产生了作用。马克西米连不禁浑身一抖,就仿佛触了电。

"汤姆森和弗伦奇,"他说道,"您熟悉这家银行吗,先生?"

"那是我在基督世界之都的代理银行,"伯爵不动声色地回答,"我在他们那里能为您做什么吗?"

"唔!伯爵先生,您也许能帮我们查对,有个情况至今未查清楚:这家银行从前帮过我们公司的忙,但是我不知道为什么,他们一直否认帮助过我们。"

"愿为您效劳,先生。"基督山颔首答道。

"怎么,"莫尔塞夫说道,"真奇怪,咱们谈着就走了题,说起丹格拉尔先生来了。刚才是讲为德·基督山伯爵先生找一个合适的住所。喏,诸位，大家都出出主意，好确定一个。咱们把大巴黎的这位新客人安置在什么地方呢？”

“安置在圣日耳曼城郊大街吧，”夏多-雷诺说道，“先生到那儿能找见一座赏心悦目的小楼，前有庭院后有花园。”

“哎！夏多-雷诺，”德勃雷则说道，“您只认您那又凄清、又沉闷的圣日耳曼城郊大街。别听他的，伯爵先生，您还是住到守塞·当丹大街，那才是巴黎名副其实的中心。”

“歌剧院大街，”博尚也说道，“第二层，那是带阳台的小楼。伯爵先生让人送去银丝缎子靠垫，他一边抽着土耳其长烟斗，或者吞食那药丸，一边观赏，将京城全景尽收眼底。”

“您没有什么主意吗，莫雷尔？”夏多-雷诺问道，“您什么建议也不提？”

“当然有了，”年轻人微笑着说道，“我是有个主意，不过要先等先生听听大家的，看看会不会被哪个出色的建议吸引住。现在，他既然没有应声，我想可以向他提议了：有一座十分迷人的小楼，完全是蓬巴杜尔夫人[①]式的，在梅莱街，一年前由我妹妹租下，倒是可以提供给先生一套房间。”

“您有个妹妹？”基督山问道。

“对，先生，一个特别好的妹妹。”

“结婚了？”

“快有九年了。”

“生活幸福吧？”伯爵又问道。

“她是人间最幸福的女子，”马克西米连答道，“她嫁给了她所爱的男人，这个人名叫埃马努埃尔·埃尔博，在我们家遭难时，也一直忠于我们。”

---

① 蓬巴杜尔夫人（1721—1764），法国国王路易十五的公开情妇，在政治上扮演重要角色，保护哲学家、艺术家和作家。她的住宅装饰华丽，为洛可可风格。

基督山露出一丝难以觉察的微笑。

“我休半年假时，就住在他们那里，”马克西米连又说道，“伯爵先生如要了解什么情况，我和妹夫埃马努埃尔愿为效劳。”

“请稍等！”阿尔贝未容基督山回答，抢先高声说道，“您要当心，莫雷尔先生，您这样做，是要把一位旅行家，水手辛伯达关在小家庭的生活中，要把一个来游巴黎的人，变成一位家长。”

“哎！不然，”莫雷尔微笑着回答，“我妹妹二十五岁，妹夫三十岁，他们年轻，快活而又幸福；况且，伯爵先生如同在自己家中，随时都可以下楼见房主人。”

“谢谢，先生，谢谢，”基督山说道，“如果您肯给面子，将我介绍认识令妹和妹夫，我就很满意了。各位的建议，我全没有采纳，只因我已经有了现成的住处。”

“什么？”莫尔塞夫高声说道，“您要下榻旅馆？那对您来说太乏味了。”

“我在罗马，难道就那么凑合的吗？”基督山反问道。

“那当然不是！在罗马，”莫尔塞夫说道，“您花费五万皮阿斯特布置一套房间；不过我推想，您并不准备天天花上这样一笔吧？”

“阻碍我的倒不是花费的问题，”基督山解释道，“我已经决定在巴黎有一所房子，我的意思，是属于我的一所房子。我事先就派来了跟班，他一定买下了房子，给我布置好了。”

“那么，请告诉我们，您这个跟班熟悉巴黎吗？”博尚高声叹道。

“他同我一样，也是头一回来法国：他是个黑人，还不能说话。”基督山说道。

“那就是阿里啦？”阿尔贝在一片惊异中问道。

“对，先生，正是阿里，我那个努比亚人，我那个哑人，我想您在罗马见过面。”

“是啊，当然见过，”莫尔塞夫答道，“我还记得清清楚楚。不过，您怎么能派一个努比亚人来巴黎，为您买房子，派一个哑巴为您安装呢？那个可怜虫，什么事都会办糟的。”

“这您就估计错了，先生，恰恰相反，我能肯定他挑选的物品，无不合乎我的喜好；因为，您也知道，我的喜好与众不同。他一周前到达，大概跑遍了全城，表现出的本能，赛似独自追捕猎物的好猎犬。他了解我的情趣、癖好和需要；他所安排的一切，一定对我的心思。他知道我今天十点钟到达，从九点钟起，他就在枫丹白露城关等候。他交给我这张字条，这便是我的新住址，拿着，看看吧。”

基督山说着，就递给阿尔贝一张纸。

“香榭丽舍，三十号。”阿尔贝念道。

“啊！真是别开生面！”博尚忍不住赞道。

“太气派啦。”夏多-雷诺补充道。

“怎么！您还没有见过您的住宅？”德勃雷问道。

“没有，”基督山回答，“我已经对诸位说过，我不愿意迟到，就在马车上更换衣服，到子爵府门前下车。”

几个青年面面相觑，他们弄不清，基督山是否在做戏。然而，这个人口中讲出的每句话，尽管匪夷所思，却有着鲜明的纯朴自然的特点，让人没法推断他是在说谎。况且，他又何必说谎呢？

“看来，”博尚说道，“我们想为伯爵先生效劳，也只好做点力所能及的小事。敝人，作为新闻记者，要为伯爵先生打开巴黎所有剧院的大门。”

“多谢，先生，”基督山微笑道，“我的管家已经奉命，在每家剧院都为我预定了一个包厢。”

“您的管家也是努比亚黑人，也是哑巴吗？”德勃雷问道。

“不是，先生。他实实在在是你们的同胞，假如一个科西嘉人是什么人的同胞的话。而且，您见过他，德·莫尔塞夫先生。”

“难道碰巧，正是贝尔图齐奥先生？他真有本事，硬是租到了几扇窗口。”

“正是他，我请你们赏光吃上午餐那天您见过。他是个非常诚实的人，曾经当过几天兵，走过私，什么都干过一点儿。我甚至不敢保证，他跟警察没有过麻烦，就像动刀子一类的小事。”

“您挑选这样一个诚实的公民当管家，伯爵先生？”德勃雷问道，“他每年偷走您多少钱？”

“这个嘛，以人格担保，”伯爵答道，“我敢肯定，不会超过另外一个人；然而，他给我办事得力，没有他办不成的事，因此我留用。”

“这么说，”夏多-雷诺说道，”您有了设备齐全的宝邸：您在香榭丽舍有了一个公馆，还有仆人、管家，现在只缺少一个情妇了。”

阿尔贝微微一笑：他想到那位美丽的希腊女郎，在瓦勒剧院和阿让蒂纳剧院，见过她坐在伯爵的包厢里。

“我有胜过情妇的女人，”基督山说道，“我有一名女奴。你们的情妇要在歌剧院、滑稽歌剧院和杂耍剧院租用。我呢，我是在君士坦丁堡买的情妇，价钱更高，但是作为情妇，我就再也没有什么可担心的了。”

“然而您忘了，”德勃雷笑道，“正如查理国王说的那样，我们从名称、天性上都是自由的[1]；您的女奴一踏上法兰西的土地，不就自由了吗？”

“谁会告诉她呢？”

“天哪！当然是头一个见到她的人。”

“她只会讲现代希腊语。”

“这就另当别论了。”

“那么，至少我们能见见她吧？”博尚问道，“您已经有了哑奴，也会有阉奴吧？”

“还真没有，”基督山回答，“我没有把东方主义推行到那种地步：我身边的人，谁都可以自由离开我，离开我就意味着不再需要我，也不再需要任何人，也许正是这个原因，他们才没有离去。”

他们早已吃过餐后甜点，抽完雪茄了。

“亲爱的，”德勃雷起身说道，“已经两点半了，您的客人实在迷人，但是天下没有不散的筵席，有时甚至为了去会讨厌的人。我必须回部里，要对大臣讲一讲伯爵，我们一定要调查清楚他是什么人。”

---

① 法兰西(La France)源于法兰克人(Francs)，而在法语中，franc 一词古义有“自由”的意思。

希腊女郎

“要当心，”莫尔塞夫说道，“最精明的人，到头来也只能作罢。”

“哎！我们警署有三百万经费。不错，这笔钱几乎总是提前用完，但是没关系，总还能剩下个五万来法郎，可以用在办这件事上。”

“等您弄清了他是什么人，能告诉我吗？”

“这我答应您。再见，阿尔贝，诸位，在下告辞。”

德勃雷走到前厅，还提高嗓门嚷了一声：

“吩咐把车赶过来！”

“好吧，”博尚对阿尔贝说道，“我就不去议院，不过，我要向读者提供的，比丹格拉尔先生的演说有趣多了。”

“行行好，博尚，”莫尔塞夫说道，“我恳求您了，一个字也不要发表，不要剥夺我介绍和解释他的功劳。他这个人是不是很有趣？”

“比有趣还有趣，”夏多-雷诺答道，“他是我一生见到的最异乎寻常的人。您走吗，莫雷尔？”

“等我把名片给伯爵先生，他答应到梅莱街十四号，去看看我们。”

“请放心，我决不食言，先生。”伯爵躬身应道。

随后，马克西米连和夏多-雷诺一道离去，阿尔贝只剩下基督山一个客人了。

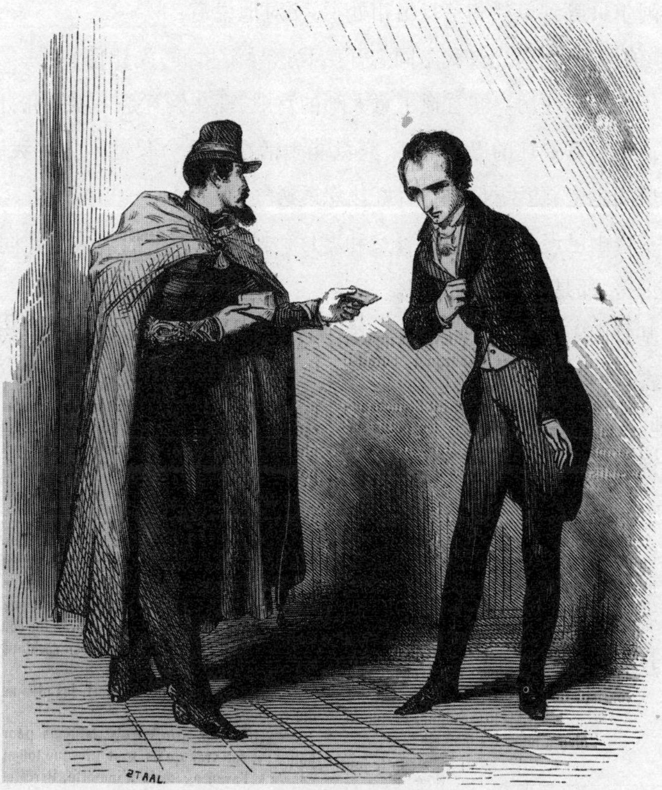

“请放心，我决不食言，先生。”

第四十一章　引荐

阿尔贝等到单独和基督山相处了，便对他说道：

“伯爵先生，请允许我陪同您开始我这导游生涯，先让您看看一个单身青年的典型住房。您看惯了意大利的宫殿，现在倒算是一项研究，计算一下住得不算最坏的巴黎青年，究竟能生活在几平方尺的地方。我们挨个儿房间走走，随手打开窗户，好让您透透气。”

基督山已经见识了楼下餐室和客厅。阿尔贝先带伯爵去工作间，读者还记得，那是他偏爱的房间。

基督山不愧是真正的鉴赏家，阿尔贝在这间大房里堆积的所有物品，诸如古老的柜橱、日本瓷器、东方绸缎、威尼斯玻璃制品、世界各国的武器，他全部熟悉在心，一眼就看出是哪个世纪、哪个国家的产品，有些莫尔塞夫原以为自己要逐一解释，不料伯爵反而喧宾夺主，给他上了一堂课，讲了考古学、矿物学和博物学。然后，他们下到二楼，阿尔贝带客人走进客厅。这间客厅的墙壁挂满了现代画家的作品；有杜普雷[①]的风景画，只见高高的芦苇、挺拔的树木、哞叫的奶牛和晴朗的天空；有德拉克洛瓦[②]的阿拉伯骑手，都身披白色长斗篷，腰扎闪亮的带子，手执镶嵌金银丝的武器，胯下的战马疯狂地相互撕咬，而骑手则舞着铁锤混战一场；还有布

① 杜普雷(1811—1889)，法国风景画家。

② 德拉克洛瓦(1798—1863)，法国画家和石版画家。

朗热[1]的水彩画，展现全景的《巴黎圣母院》，笔力十分遒劲，使得画家能与诗人比肩并立；再有迪亚兹[2]的油画，他画的鲜花比鲜花更美丽，画的太阳比太阳更明亮；还有德康[3]的图案画，这些画和萨尔瓦多·罗萨[4]的作品色彩同样鲜艳，但是更富有诗意；还有吉罗[5]和米勒[6]的水彩画，所画的儿童都有天使的脑袋，妇女都有处女的面容；还有些速写，是从多扎的东方写生簿上撕下来的，多是骆驼的鞍上或清真寺的圆顶下，几秒钟勾勒而成的。总而言之，所有这些现代艺术品，足以取代和弥补历代湮没和失传的艺术。

这次，阿尔贝本以为能显示一下，向这个外国游客介绍点新东西，谁料他又大吃一惊，伯爵无需看署名，而且有的画上也只署上名字的缩写，当即就说出每幅作品的画家姓名，从而不难看出，他不仅熟知每位画家的姓名，还欣赏并研究过每一位的才华。

他们从客厅走进卧室。这间卧室陈设又典雅，格调又庄重：只有一幅肖像画，但是由莱奥波德·罗贝尔莱[7]签署，镶在亚光金框里熠熠生辉。

德·基督山伯爵的目光，首先被这幅肖像画所吸引，他进屋疾走三步，戛然停在肖像前。

画上一位二十五六岁的年轻女子，肌肤呈褐色，目光火热，但是由倦慵的眼帘遮住；她一身卡塔卢尼亚渔家女的奇异装束，内穿黑红两色相间的胸衣，发髻上插着金发簪。她眺望着大海，而浪涛和天空相连的蓝色，鲜明地衬出她那优美的身影。

屋里光线昏暗，否则的话，阿尔贝就会看出苍白之色在伯爵脸上漫延，也能捕捉到神经质的颤抖掠过他的肩头和胸口。

---

① 布朗热（1806—1867），法国画家，多取材于历史和文学作品。
② 迪亚兹（1808—1876），西班牙裔法国风景画家。
③ 德康（1803—1860），法国画家，多画东方风物，风格浪漫。
④ 罗萨（1615—1673），意大利画家。
⑤ 吉罗，法国画家，生卒年代不详。
⑥ 米勒（1749—1825），德国诗人、剧作家和画家。
⑦ 莱奥波德·罗贝尔莱（1794—1835），法国画家。

在片刻的静默无语中，基督山一动不动，定睛凝视着这幅画像。

“您有一位很美的情人，子爵，”基督山声调完全平静地说道，“而这种服饰，一定是舞服了，穿在她身上，真的太相配了。”

“哎！先生，”阿尔贝说道，“如果在这幅画像旁边，您另外看到一幅，那么我就不能原谅这种误猜了。您没有见过家母，先生，这画框里您见的正是她。那是在六年至八年前，她就这样请人画了像。这身服装，好像是她别出心裁想出来的，而且画得十分逼真，一见画像，我就觉得又看到母

“您有一位很美的情人，子爵。”

亲在一八三〇年的模样儿。伯爵夫人是趁伯爵外出期间，让人画了这幅像。她无疑是想准备他回家时给他一个惊喜，不料事情很怪，家父讨厌这幅画。您看到了，这幅肖像画的价值，是莱奥波德·罗贝尔莱杰作之一，但这仍然打消不了他的憎恶。亲爱的伯爵，私下里讲句老实话，德·莫尔塞夫先生是卢森堡宫最勤勉的一名议员，也是一位以军事理论闻名的将军，然而在艺术鉴赏方面极为平平。家母则不然，她画一手好画，高度赞赏这样一件作品，不肯完全舍弃，于是给了我，德·莫尔塞夫先生见不到也就免得心烦；不过，家父也请格罗[①]画了幅肖像，等一会儿我就让您看看。请原谅我对您谈这种家务事，我既然荣幸地要把您引荐给伯爵，也就有必要讲明这一点，以免您在他面前失口赞扬这幅肖像。此外，这幅画像总唤起伤心事；家母来我这里，不看这幅画像的时候极少，看了画像不哭的时候就更少了。而且，这幅画像的出现，给这座公馆带来一片乌云，伯爵和伯爵夫人结婚二十余年，还总像新婚之日，这是他们之间升起的唯一的一片乌云。”

基督山迅疾地瞥了阿尔贝一眼，仿佛要探询他这番话的弦外之音，可是显而易见，年轻人说的话完全发自肺腑。

“现在，”阿尔贝又说道，“我的财宝您都见到了，伯爵先生，这些不管怎么无足可取，我也都呈现给您，好给您宾至如归的感觉；而且，为了让您更加随意一些，请您陪我去见见德·莫尔塞夫先生，我在罗马就给他写过信，说您如何救助我，还宣布您答应来访；可以这样说吧，伯爵和伯爵夫人急切地等待能够当面感谢您。我也知道，伯爵先生，家庭场面，对水手辛伯达没有什么吸引力，您见过多少世面啊！不过，请接受我的建议，把礼节性的拜访和引荐当作巴黎生活的入门。”

基督山微微躬身，以示首肯，但是对这种建议并没有表示出热情，同时也不显得勉强，总归做些社交应酬，也是一个体面的人应尽的义务。阿尔贝唤来贴身仆人，吩咐他去禀报德·莫尔塞夫先生和夫人，德·基督山

① 莱格罗莱(1771—1835)，法国画家。

伯爵即将造访。

阿尔贝同伯爵随后走去。

他们走到伯爵的前厅，只见通向客厅的门楣上有一块眉形纹章，而纹章周围的图案丰富，又同室内的装饰非常和谐，表明公馆主人对这纹章多么重视。

基督山在这纹章前面停下脚步，仔细地审视。

"天蓝色背景上聚了七只金色雌鸫，这大概就是府上的徽章吧，先生？"他问道。"我对纹章的图形还略知一二，可以辨识，但是在纹章学上就非常无知了。须知我这伯爵头衔，不过偶然得来，是靠了圣埃蒂安骑士团的帮助，由托斯卡纳当局炮制的，如果不是有人经常对我说，要经常出游者，这是绝对少不了的东西，那么我也不会成为一个大爵爷。话又说回来，哪怕只为了过海关避免检查，马车门上也总得有个标记才行。请原谅我向您提出这样一个问题。"

"这个问题，提得丝毫也不贸然，先生，"莫尔塞夫极其自然地肯定说，"您猜得很准，这正是我们的纹章，即我父系的二十七族徽；不过，正如您所见到的，与它并排左边，一个银塔的口形盾纹章，则是我母系的族徽。家母是西班牙人，但莫尔塞夫家族是法国人，我听说甚至是法国南方最古老的一个家族。"

"不错，"基督山接口说道，"纹章上的乌鸫就是明证。几乎所有武装朝圣者，意图或者真的去争夺圣地，都把武器或十字架当作他们肩负使命的标志，或者把候鸟当作他们要进行的长征的象征，希望能乘着信仰的翅膀来完成，令尊的一位祖先，大概参加过十字军东征，假如是圣路易发起的那一次，那么就应当追溯到十三世纪，这就已经相当古老了。"

"这有可能，"莫尔塞夫说道，"家父的书房有一本族谱，一看就明白；从前我还在族谱上作过评注，奥齐埃①和若库尔②如果看到也会受启发。

---

① 奥齐埃（1592—1660），法国族谱学家，著有《法国主要家族族谱》，长达150卷。

② 若库尔（1704—1880），法国博物学家，狄德罗编写《百科全书》的最活跃的合作者。

现在，我就不再想这事了。不过，伯爵先生，我要告诉您一个情况，这也是回到我的向导职责，就是在我们平民政府的统治下，人们开始特别关心这种事了。”

“既然如此，贵国政府就应当在过去中选择更好的东西，而不是我在你们的纪念碑上所看到的那两块牌子，毫无徽章的意义。至于您呢，子爵，您比贵国政府幸运多了，因为，您的族徽确实很漂亮，能激发人的想象力。对，正是这样，您既是普罗旺斯人，又是西班牙人；如果您给我看那幅画像画得逼真的话，我在高贵的卡塔卢尼亚女子脸上，极为赞赏的那种美丽的褐色，也就不言自明了。”

除非俄狄浦斯或者斯芬克斯亲临现场，才能猜出伯爵这番话隐含的讽刺意味，而表面听来，句句都讲得礼貌周全，因此，莫尔塞夫还以微笑逊谢。他走在前面，给伯爵带路，推开徽章下方的房门，正如我们所讲，进去便是客厅了。

在客厅最显眼的地方，也赫然挂着一幅肖像画。画上的男子约三十五岁至三十八岁，身穿将军服，双肩佩戴着高级军官的标志，螺旋形流苏的肩章，脖颈上挂着荣誉勋位绶带，表明司令官的身份，右胸前佩戴着救世主骑士团大军官章，左胸前挂着查理三世大十字章，这表明画像上的人必定参加过希腊和西班牙战争，或者到这两个国家完成了外交使命，所授的功勋章与前种情况绝对相等。

基督山也审视这幅画像，凝注的程度不亚于刚才审视另外那幅画像，这时一扇门忽然打开，他又面对德·莫尔塞夫本人了。

此公约四十至四十五岁，然而看上去至少已年过半百。他的黑髭须和黑眉毛，同他那理成军人平头的几乎全白的头发，形成了奇特的反差。他身穿便装，扣眼上佩戴的绶带，不同颜色的滚边令人想到他荣获的不同勋章。他的步伐相当神气，颇为急促地走进客厅。基督山望着他走过来，自己却一步未动，双脚仿佛牢牢钉在原地，而眼睛则紧紧盯在德·莫尔塞夫的脸上。

“父亲，”年轻人说道，“我荣幸地向您介绍德·基督山伯爵先生，您知道，我是在多么危难的境地有幸遇到这位仗义的朋友。”

“欢迎先生光临寒舍，”德·莫尔塞夫伯爵说道，同时微笑着向基督山颔首致意，“您保住了我们家唯一继承人的性命，这种大恩大德值得我们终生感激。”

德·莫尔塞夫伯爵说着，抬手指给基督山一把扶手椅，同时他自己则坐到窗户对面。

基督山走近德·莫尔塞夫伯爵所指的扶手椅，顺手挪动一下，便巧妙地躲进天鹅绒窗帘的阴影里，他从暗处浏览伯爵那堆积劳累和忧虑的面容，认读时光带给他的道道皱纹间所写的一部隐痛史。

“伯爵夫人，”莫尔塞夫说道，“在子爵派人通知她有幸接待您来访时，她正在梳妆室，马上就下楼，过十分钟就会来客厅。”

“真是不胜荣幸”，基督山答道，“我刚到巴黎这天，就得识一位功勋和名望并称的人，而对待这样一个人，命运之神这一次还真碰巧没有出错；不过，在米提贾平原[①]或阿特拉斯山[②]区，命运之神还没有把元帅的权杖交给您吗？”

“唔！”莫尔塞夫脸微微一红，答道，“我已经退伍了，先生。在王朝复辟之后，我受封为贵族院议员；我曾参加第一次战役，还是在布尔蒙元帅麾下。我倒是也有可能晋升为高级指挥官，假如波旁王族的长房仍然留在王位上[③]。看样子搞得轰轰烈烈，就有资本忘恩负义了，也的确不再理睬帝国时期之后从戎的人。于是我辞去军职，因为，一个人在战场上挣得肩章，就不大会在沙龙的溜滑地面行动了。我解下佩剑，投身政治，现在则致力于工业，研究实用的技艺。我留在军旅的二十年里，一直有些愿望，但就是没有时间。”

“正是这类事物，能维持贵国对其他国家的优越性，先生，”基督山答

---

① 米提贾平原，位于阿尔及利亚北部。

② 阿特拉斯山，北非山脉，绵延摩洛哥和阿尔及利亚两国。

③ 1814年，波旁王朝复辟，波旁王族长房，路易十六之子路易继位，称路易十八(1814—1824)。路易十八死后，由其弟继位，称查理十世(1824—1830)。

道,“您出身名门世家,拥有百万家产,却情愿从无名小卒做起,一级一级往上升,这是极为罕见的;后来,您当上将军,法兰西贵族院议员,荣誉勋位团骑士,现在又肯从头做起,第二次学徒,别无他望,也别无所图,但求有朝一日对您的同胞有用……啊!先生,这种行为真的非常美好,进而言之,确实非常高尚。”

阿尔贝注视并倾听基督山发了这番言论,不免惊讶:他还不习惯看到伯爵产生这类想法,达到如此高度的热情。

“唉!”外国客人继续说道,无疑是要消除莫尔塞夫听了他的话,额头掠过的不易觉察的阴云,“我们在意大利就不是这种做法,我们按照自己的种族类别生长,保留同样的枝叶,同样的躯干,还往往终生保留同样的无用部分。”

“可是,先生,”德·莫尔塞夫伯爵答道,“像您这样有才干的人,意大利则不是久恋的家园,法兰西也许并不对所有人寡义薄情:她虐待自己的子女,但是通常盛情欢迎外国人。[①]”

“哎!父亲,”阿尔贝微笑道,“可见您并不了解德·基督山伯爵先生,他要在人世之外获取自己的满足,根本不追求什么荣名,只要在护照上有个体面的名头就可以了。”

“关于我的状态,这是我所听到的最准确的表述。”外国人答道。

“先生是自己未来的主人,并且选择了铺满鲜花的道路。”德·莫尔塞夫叹了口气,说道。

“正是如此,先生。”基督山应答一声,而他脸上泛起的笑容,却是画家绝难画出,心理分析学家也总要迷惑不解的。

“假如我不怕过分劳累伯爵先生的话,”将军说道,他显然十分赏识基督山的举止风度,“我就想带您去参议院:今天的辩论会,让一个不了解我国现代参议员的人听了,一定会觉得很有趣。”

---

① 1830年7月,法国爆发革命,反对查理十世的反动政策。查理十世被迫退位。王族旁支的奥尔良系路易-菲力浦上台,称路易-菲力浦一世(1830—1848)。

"如果再有机会,您重申这种邀请,我会非常感激,先生;然而今天,已经给了我希望,可以把我介绍给伯爵夫人,我要在此恭候。"

"唔!家母来啦!"子爵高声说道。

基督山急忙转身,果然看见德·莫尔塞夫夫人来到客厅门口,正对着她丈夫刚才进来的那道门。她站在门口一动不动,面失血色,就在基督山转身的瞬间,不知什么缘故,她手臂垂落下去,身子靠到镀金的门框上,呆立了几秒钟,从阿尔卑斯山南面来的这位外国客人讲的最后几句话,她早已听得真真切切。

客人站起身,对着伯爵夫人深施一礼;伯爵夫人还礼,但是一言不发,态度十分庄重。

"噢,我的上帝!夫人,"伯爵问道,"您怎么啦?难道不巧客厅太热,您感觉不适吗?"

"您难受吗,母亲?"子爵高声问道,便冲向梅色苔丝。

伯爵夫人微微一笑,感谢他们二人。

"没事儿,"她说道,"初次见到这位救命恩人,我感到一阵激动。如果没有他出面相救,此刻我们就会沉浸在泪水和哀痛之中了。先生,"伯爵夫人继续说道,同时以王后般的庄严神态走上前,"您救了我儿子的性命,我为这种恩情,祝福您。现在,我又要感谢您给我面谢的机会,给我这种乐趣,就像我祝福您那样,也由衷地感激您。"

基督山伯爵再度鞠躬,而且比头一次俯身更低,他的脸色也比梅色苔丝更加苍白。

"夫人,"他说道,"伯爵先生和您,为了这样一件极其简单的行为,对我的答谢未免过于慷慨了。搭救一个人,让一位父亲免遭痛苦,让一位母亲不致悲切,这并不是做善事,而是一种人道的行为。"

这番话,讲得又无比温婉,无比谦恭。德·莫尔塞夫夫人便声调极为深挚地答道:

"先生,我儿子实在有福,能交上您这位朋友,我感谢上帝作出这种安排。"

她站在门口一动不动，面失血色，手臂垂落下去。

梅色苔丝说着，仰望天空，那美丽的眼睛含着无限感激，伯爵恍若看见两颗泪珠在闪动。

德·莫尔塞夫先生走上前来。

“夫人，”他说道，“我不得不离开，已经向伯爵先生道过歉了，您再重申这种歉意。两点钟开会，现在三点钟了，我还要发言。”

“去吧，先生，我会设法让我们的客人忘记您失陪的，”伯爵夫人以同样动情的声音说道，“伯爵先生，”她转向基督山，接着说道，“您肯赏光，同我们一起度过白天余下的时刻吧?”

“谢谢,夫人,请相信,您能看出来,我万分感谢您的盛情。不过,今天上午,我乘坐旅行车抵达,就直接在贵府门前下车。我在巴黎安顿得如何,我一概不知,住在何处,也刚刚知晓。我也知道,这种事无足挂齿,但是终究令人牵挂。”

“下一次我们会有这种乐趣,至少您能答应我们吧?”伯爵夫人问道。

基督山没有答言,只是略一躬身,但是这种动作可以被视为首肯。

“既然如此,我就不挽留了,先生,”伯爵夫人说道,“因为我不愿意看到,我的感激变成一种唐突,或者强人所难了。”

“亲爱的伯爵,”阿尔贝说道,“假如您愿意,我在巴黎要尽量回报您在罗马对我的厚礼相待,把我那辆双座四轮轿车供您使用,直到您装备好自己的马车。”

“万分感谢您的美意,子爵,”基督山答道,“不过我推想,贝尔图齐奥先生会充分利用我给他的四个半小时,将一辆备好的马车停在贵府门外等候。”

阿尔贝早已习惯伯爵的行事方式,知道伯爵赛似尼禄,总追求看似不可能的事情,也就见怪不怪了。不过,他还是要亲自判断一下,伯爵的命令执行得如何,于是陪同客人一直走到公馆门口。

基督山没有说错:他一走到德·莫尔塞夫伯爵的前厅,一名跟班,就是在罗马给两个年轻人送名片,通知他们伯爵要去拜访的那名仆人,赶紧冲出柱廊,待这位显赫的游客来到公馆门前的台阶时,果然看到他的马车在恭候主人了。

这是凯勒车场制造的双座四轮轿车,还有全套马匹和挽具,巴黎所有花花公子都了解行情,这套车具,昨天有人出价一万八千,德拉克还不肯出手。

“先生,”伯爵对阿尔贝说道,“我不想请您一直陪我到下榻之处,那只能让您看到匆忙布置的居所;而且您也了解,我十分注重即兴办事的声望。容我一天时间吧,然后请允许我邀请您。到那时我更有把握,不会有

莫尔塞夫伯爵

失待客之道。”

“如果您要我等一天，伯爵先生，那我就放心了，您要给我看的就不再是一所房子，而是一座宫殿了。毫无疑问，一定有什么神灵供您驱使。”

“好哇，您就让人信以为真吧，”基督山说着，一脚踏上他那辆铺了丝绒的豪华轿车踏板，“那会有利于我接近巴黎的贵妇。”

他闪身进入车厢，随手关上车门，马车便疾驶而去，但是在启动后车速还不太快的当儿伯爵看到德·莫尔塞夫夫人独自留下的客厅的窗帘，不易觉察地动了动。

阿尔贝回到母亲身边，看见伯爵夫人待在小客厅里，深深埋进一把丝绒大扶手椅中，整个房间一片昏暗，只有大瓷花瓶肚上，或者镶金框的边角鳞片闪光隐约可见。

伯爵夫人用薄纱裹住发髻，仿佛罩了一层云雾。阿尔贝看不见母亲的脸庞，但是觉得她说话的声音变了调。在花架上散发的玫瑰花香和天芥菜花香之间，他还闻到了醋酸嗅盐的刺鼻气味，果然发现伯爵夫人的嗅盐瓶，已经从轧花的皮套里取出，就放在壁炉上一个雕花盘里。这吸引了年轻人的注意，也引起他的不安。

“您不舒服吗，母亲？”他进屋时高声问道，“我出去这趟时，您感觉不好吗？”

“我吗？不是，阿尔贝。不过，您也明白，这些玫瑰花、晚香玉，以及香橙花，在天气刚热起来，人还不适应的时候，都发散出特别浓烈的芳香。”

“噢！母亲，”莫尔塞夫说着，就伸手去摇铃，“应当把这些花搬到您的前厅去。您的确显得不适，那会儿您走进客厅时，脸色就特别苍白。”

“您是说，阿尔贝，那时我脸色就苍白吗？”

“这种苍白色，在您脸上极美，母亲，但还是不免吓坏了我和父亲。”

“父亲对您说过了吗？”梅色苔丝急忙问道。

“没有，夫人，不过您想想，他直接向您指出来了。”

“我不记得了。”伯爵夫人答道。

这时一名仆人进来，是阿尔贝摇铃唤来的。

“这些花都搬到前厅或者洗手间去，”子爵吩咐道，“伯爵夫人闻着不舒服。”

仆人领命照办了。

二人沉默了许久，直到搬完了花盆。

“基督山这个名字是怎么回事？”等仆人搬了最后一盆花出去，伯爵夫人问道，“这是家族的姓氏，还是一个地名，或者只是一个名头呢？”

“我想这是个名头，母亲，情况是这样：伯爵在托斯卡纳群岛中，买了一个岛屿，据他今天上午亲口讲，他在那里创建一个封地。您也知道，佛罗伦萨的圣艾蒂安、帕尔马的圣乔治-君士坦丁，甚至马尔他骑士团，都是这样创立的。他丝毫也没有跻身贵族的意图，只是偶然弄个伯爵的名头，尽管罗马普遍认为，伯爵是一位身份极高的大贵族。"

"他的言谈举止十分高雅，"伯爵夫人说道，"我作出这样判断，至少是根据他在这里短暂逗留时的表现。"

"唔！真是完善无缺，母亲，甚至远远胜过欧洲最骄傲的三国贵族，即英国贵族、西班牙贵族和德国贵族中，我认识的最有贵族气质的人。"

伯爵夫人沉吟一下，在这短暂的迟疑之后，她又说道：

"您看到了，我亲爱的阿尔贝，我是作为母亲，向您提出一个问题，这一点您明白，您看到了德·基督山伯爵先生的内心；您的目光很敏锐，您也熟悉人情世故，比一般同龄人更为敏感，您认为伯爵这个人真的表里如一吗？"

"表面如何？"

"您刚才讲的，一个大贵族。"

"我对您说过，母亲，别人是那么看待他的。"

"那么您呢，您是怎么认为的，阿尔贝？"

"不瞒您说，我对他还没有固定的看法；我认为他是马尔他人。"

"我问您的不是他的原籍，而是他那个人。"

"唔！"关于他那个人，那就是另一回事了。我见过他许多怪事，您要我说说怎么看他，我要回答您，我情愿把他视为拜伦笔下的一个人物，被不幸的遭遇打上了厄运的烙印，类似曼弗雷德、莱拉、沃纳；也像一个古老家族的遗孤，没有继承到父辈的财产，仅借冒险天赋的力量，超越了社会的法律，才发了一笔大财。"

"您是说？……"

"我是说，基督山是地中海上一个岛屿，荒无人烟；没有驻军，那是各个国家的走私商人、各路海盗的巢穴。谁知道那些体面的实业家，会不会向他们的领主付保护费呢？"

“有可能要付的。”伯爵夫人若有所思地说了一句。

“这倒无妨，”年轻人接口说道，“不管是不是走私，母亲，您看到了，应当承认，德·基督山伯爵是个了不起的人，他进入巴黎沙龙，肯定能大获成功。喏，就在今天上午，他刚踏进社交界，甚至连夏多-雷诺都不胜惊愕。”

“伯爵能有多大年纪呢？”梅色苔丝问道，显然她很重视这个问题。

“他有三十五六岁吧，母亲。”

“这么年轻！不可能。”梅色苔丝说道，既回答阿尔贝的话，又回答她内心的想法。

“然而事实如此。他对我说过三四回，当然是随便提起来：什么时期我五岁，什么时期我十岁，什么时期十二岁；而我呢，出于好奇心，就特别留意听这些细节，再把这些日期连起来看，却从来没有发现什么漏洞。这个看不出年龄的怪人，我敢肯定，他有三十五岁。况且，母亲，您回想一下，他的眼睛多有神，他的头发多黑，额头虽然很苍白，但是一条皱纹也没有；他那副躯体，不仅健壮有力，而且还很年轻。”

伯爵夫人垂下头，仿佛苦涩的思绪如潮涌来，不堪重负了。

“这个人对您很友好吧，阿尔贝？”她神经质地浑身一抖，问道。

“我想是的，母亲。”

“您呢……也喜爱他吗？”

“我挺喜欢他的，夫人，尽管弗朗兹·德·埃皮奈那么说，要在我的心目中，把他描绘成一个从阴间还阳的人。”

伯爵夫人惊抖一下。

“阿尔贝，”她说话都岔了声，“我总是提醒您，当心新认识的人。现在，您已经长大成人，完全可以给我出主意了；然而，我还要向您重复一遍：务必谨慎，阿尔贝。”

“亲爱的母亲，我必须事先了解要提防什么，才能充分利用这一忠告。伯爵从不赌博，伯爵只喝加一滴西班牙葡萄酒染黄的水；伯爵自称十分富有，绝不会向我借钱，自讨没趣；您要我当心他什么呢？”

“您说得对，”伯爵夫人说道，“我这样疑惧实在没道理，尤其对一个救过您性命的人。对了，您父亲接待他热情吗，阿尔贝？我们对待伯爵，不能只合乎礼节，这一点很重要。德·莫尔塞夫先生有时很忙，因为事务而忧心忡忡，只怕他在无意中就可能……”

“父亲的表现无可挑剔，夫人，”阿尔贝接口说道，“甚至可以说，他听了伯爵两三句恭维话，显得特别受用，而伯爵在谈话中塞进恭维话也极其巧妙，又恰到好处，就仿佛认识他有三十年了，每句都像一根搔痒的小挠子，搔到了父亲的痒处。”阿尔贝笑着补充道，”结果两个人分手时，已经成为至交好友了，德·莫尔塞夫先生甚至还想带伯爵去上议院，让他听听自己的演说。”

伯爵夫人没有应声，她沉浸到冥思苦索中，眼睛逐渐闭合了。年轻人站在母亲面前，爱怜地注视她：子女的这种爱，在母亲还年轻而美丽的时候，就显得更加温柔，更加亲热。他见母亲闭上了眼睛，又听了一阵她在静止中轻微的呼吸，相信她打起瞌睡，便蹑手蹑脚地走开，小心地推开房门，走出母亲所待的房间。

“这个鬼家伙，”阿尔贝摇着头，喃喃自语，“我在那边就已经向他预言，他到巴黎上流社会准能引起轰动。我这支准确无误的晴雨表，就测出了他的效应。我母亲已经注意到他，那他必定非常杰出。”

他下楼到了马厩，心头不免暗暗气恼：德·基督山伯爵连想都没有想，就搞到手名贵的马，而在行家眼里一比，他这匹枣红马就退居第二位了。

“毫无疑问，”他又自言自语，“人与人不平等，我一定得求父亲到上议院，好好阐述一下这个原理。”

第四十二章　贝尔图齐奥先生

这工夫，伯爵已经到了新宅第，车行驶这段路只花了六分钟。这六分钟就足以吸引二十来位阔少，他们了解这套车马的价钱，本人买不起，便纵马追赶，倒要看看是哪位大阔佬，竟然肯出一万法郎买一匹马。

阿里挑选的房子，要作为基督山在城里的住宅，位于香榭丽舍大街往凯旋门方向走的右侧，坐落在庭院和花园之间。庭院正中长着一小片茂密的树丛，遮住一部分楼房的门脸；而绕着这片树丛，如同两条胳臂，伸出两条路径，从左右延伸，到铁栅大门汇合：马车驶进大门，沿左右两条路，能一直抵达楼前的两级台阶，只见每级台阶上都摆了一大瓷盆盛开的鲜花。这所房子独门独院，四周很开阔，除了正面的大门之外，另有一道后门，对着蓬蒂厄街。

未待车夫呼唤门房，厚重的大栅门就在门轴上转动了；门房望见伯爵到了，在巴黎如同在罗马；如同在各地一样，侍候他的人动作都疾如闪电。车夫驱车进院，速度不减，绕了个半圆儿，车轮压着砂石路还咯咯作响的时候，大栅门已经关上了。

马车停到台阶左面，车门立刻出现两个人：一个是阿里，他冲着主人微笑，那种由衷的喜悦令人难以置信，而基督山随意瞥一眼，就是对他的奖赏。

另一个恭顺地鞠躬，伸给伯爵手臂，搀扶他下车。

“谢谢，贝尔图齐奥先生，”伯爵说着，轻捷地跳下三级踏板，“公证人来了吗?”

“他在小客厅里,大人。”贝尔图齐奥答道。

“名片呢?我吩咐过您,一有了门牌号就去刻印。”

“已经印好了,伯爵先生。我去了王宫大街的最好刻字店,让工匠当着我的面操作。我按照您的吩咐,第一张名片印好,当即就送到昂坦大街七号,议员丹格拉尔男爵先生的寓所,其余的名片,全放在大人卧室的壁炉上。”

“好,现在几点钟?”

“四点钟。”

基督山将手套、帽子和手杖交给法国仆人,就是从德·莫尔塞夫伯爵的前厅冲出去叫车的那个人,然后由贝尔图齐奥引路,他走进小客厅。

“这前厅的大理石雕像太寒酸,”基督山说道,“我希望统统给我搬走。”

贝尔图齐奥鞠躬领命。

正如管家所言,那位公证人已在小客厅等候。

来人样子倒忠厚,当初是巴黎二等文书,充当公证人,只有到郊区才有可能。

“我要购买的那座乡间别墅,先生就是受委托的公证人吧?”基督山问道。

“是的,伯爵先生。”公证人答道。

“售房文契准备好了吗?”

“准备好了,伯爵先生。”

“随身带来啦?”

“这就是。”

“很好。我买的别墅在什么地方?”基督山随意问道,半对着贝尔图齐奥,又半对着公证人。

管家摇了摇头,表示:我不知道。

公证人惊讶地注视基督山。

"怎么,"他说道,"伯爵先生还不知道要购买的房子在哪儿?"

"真的,不知道。"伯爵又说道。

"伯爵先生还没有看过?"

"真见鬼,我怎么会看过呢?今天上午我才从加的斯[①]赶来,还从未到过巴黎,甚至我这还是头一回踏上法国的土地。"

"这就难怪了,"公证人回答,"伯爵先生要购买的房子,位于欧特伊。"

闻听此言,贝尔图齐奥明显面失血色。

"欧特伊,您说在哪儿?"基督山问道。

"近在咫尺,伯爵先生,过了帕西不远,环境十分优美,就在布洛涅树林中。"

"这么近!"基督山说道,"那不是乡下吗?活见鬼,您怎么在巴黎城门口,给我挑选一所房子啊,贝尔图齐奥先生?"

"我!"管家出奇地急切,高声说道,"当然不是,伯爵先生并没有委派我挑选这所房子。请伯爵先生好好想一想,搜索一下记忆,回想一下。"

"哦!不错,"基督山说道,"现在我想起来了!我在一份报上见过这则广告,被'乡村别墅'这个虚假的标题给迷惑了。"

"现在还来得及,"贝尔图齐奥急忙说道,"如果大人肯委派我到别处找一找,我一定能找到更好的别墅,或者在昂吉安,或者在丰特奈玫瑰园,或者在贝勒夫。"

"真的,不必了,"基督山满不在乎地说道,"既然有了这座,我还是留着吧。"

"先生言之有理,"公证人抢着说道,他深恐拿不到酬金,"这处宅院环境优美,有活水流过,林木茂盛,住宅也舒适宜人,只是久未住人了。还配备了家具,不管多么古旧也有价值,尤其今天,有人就追求古色古香。请原谅,我以为伯爵先生有时下这种雅好。"

---

① 加的斯,西班牙城市,濒临加的斯湾。

“说下去，”基督山说道，“看来还挺合适喽。”

“哦！先生，岂止合适，简直气派极了！”

“好嘛！那就不要错过机会，”基督山说道，“请问，文契呢，公证人先生？”

文契上注明房产的状况，签了房主的姓名，基督山瞥了一眼，便匆匆签了字。

“贝尔图齐奥，”他吩咐道，“付给这位先生五万五千法郎。”

管家心下没底，脚下的步子略有迟疑，他拿着一叠钞票返回；公证人则按照习惯，当面点清才收钱。

“现在，”伯爵问道，“手续都齐全了吧？”

“都齐全了，伯爵先生。”

“房钥匙您带着吗？”

“房钥匙放在看管宅子的门房手中，这是通知单，吩咐他安置先生住下。”

“很好。”

基督山这时向公证人点点头，表明：

“这里不需要您了，您走吧。”

“不过，”诚实的公证人突然说道，“我看伯爵先生是弄错了，全算上，总共只有五万。”

“您的酬金呢？”

“从这笔款里按比例扣除，伯爵先生。”

“您不是从欧特伊来这儿的吗？”

“对，当然了。”

“那好，应当付给您辛苦费。”伯爵说道。

他摆摆手，辞退了公证人。

公证人一躬到地，倒退着出去；他自注册开业以来，还是头一回碰到这样一位主顾。

“送送客人。”伯爵对贝尔图齐奥说道。

管家跟随公证人出去了。

伯爵等到独自一人了，便从兜里掏出一个上锁的皮夹子，从脖颈上取下从不离身的小钥匙开了锁。

他翻找一会儿，停留在记了事的一页纸上，将记事的文字同放在桌上的文契对照一下，又收拢心思回忆：

“欧特伊，喷泉街二十八号，正是这地方，”他自言自语，“现在，我要让人招供，是应当借助宗教的恐惧，还是利用肉体的恐惧好呢？反正再过一小时，我就全知道了。贝尔图齐奥！”他高声唤道，同时用一个折叠式小锤敲打铃，发生尖利而悠长的声音，好似铜锣声，“贝尔图齐奥！”

管家在门口出现。

“贝尔图齐奥先生，从前您不是对我说，您游历过法国吗？”

“到法国走过几个地方，大人。”

“您一定熟悉巴黎郊区了？”

“不，大人，不熟悉。”管家回答，身子神经质地颤抖一下；而基督山在情绪变化方面十分内行，他准确地判断出这种颤抖是极度不安的流露。

“真糟糕，”他说道，“您从来没有游览过巴黎郊区，今天晚上我还想去瞧瞧我的新居呢，本指望您陪同前往，能向我介绍些有用的情况。”

“去欧特伊？”贝尔图齐奥惊问道，他那古铜色的脸几乎变得灰白了。“我，让我去欧特伊？”

“是啊，请问，让您去欧特伊，有什么可大惊小怪的？既然我要住到欧特伊，而您也必须去那里，因为您是府上的人啊。”

在主人的逼视下，贝尔图齐奥脑袋耷拉下去，站在那儿不动，也不应声。

“喂！您这是怎么啦？难道还要我再次打铃，叫人备马车吗？”基督山说话的口吻，具有路易十四讲这句名言的声威，“险些让我等候！”

贝尔图齐奥冲出小客厅，到前厅用嘶哑的声音喊道：

“给大人备马车！”

基督山写了两三封信，正在封上最后一封信时，管家再次出现在门口。

“马车已在门外恭候大人。”管家禀报。

“那好,您去戴上手套和帽子。”基督山说道。

“要我陪同伯爵先生吗?”贝尔图齐奥高声问道。

“当然了,您得去安排一下,既然我打算住进那栋房子里。”

违抗伯爵的旨令,这是没有先例的,因此,管家不再表示异议,跟随上车的主人,见主人示意,便恭恭敬敬地坐到前排座上。

第四十三章　欧特伊别墅

基督山已经注意到，贝尔图齐奥走下台阶时，按照科西嘉人的方式划了个十字，也就是用拇指在半空画个十字，上车时口里咕咕哝哝，做了个简短的祈祷，这才在座位上坐定。老实的管家，对伯爵考虑的“城外”[①]之行，表现出了莫名其妙的抵触情绪，换一个不大好奇出游的人，对他就会心生怜悯；然而，伯爵这次似乎兴致太高，不肯因照顾贝尔图齐奥，就轻易放弃这趟小游。

车行二十分钟，就到达欧特伊。管家的心神不定有增无减。马车驶进村子时，贝尔图齐奥更是蜷缩到车厢角落里，开始焦灼不安地观察马车经过的每所房子。

“您叫车夫在喷泉街二十八号停车。”伯爵吩咐道，同时，他的目光无情地盯着管家。

贝尔图齐奥脸上沁出了汗珠，但他还是遵命，身子探出车窗，对车夫喊道：

“喷泉街二十八号。”

二十八号宅院位于村子边上。他们上路时，夜幕已经降临，确切地说，满负雷电的乌云提前拉下夜幕，给这黑暗平添一出悲剧的表象和庄严。

---

① 原文为拉丁文。

马车停下。跟班冲过来，打开车门。

“喂，”伯爵说道，“您不下车吗，贝尔图齐奥先生？您就这样一直待在车里吗？活见鬼，今天晚上您脑袋想什么呢？”

贝尔图齐奥急忙下车，并把肩膀递给伯爵；伯爵这才扶着他的肩，一级一级走下三级踏板。

“叫门吧，”伯爵吩咐道，“通报我来了。”

贝尔图齐奥叫了门，接着门打开，门房出现。

“有何贵干？”门房问道。

“您的新主人来了，老伙计。”跟班说道。

他说着，就把公证人出具的通知书递给门房。

“这房子卖啦？”门房问道，“是这位先生搬来住？”

“对了，我的朋友，”伯爵说道，“我会尽量让您不再留恋旧主人。”

“唔！先生，”门房答道，“我不会特别留恋他的，因为，我们难得见他的面：他已有五年没有来了；真的！他做得对，就该卖掉一座不能给他带来一点收益的宅子。”

“您的旧主人怎么称呼？”基督山问道。

“德·圣-梅朗侯爵先生。唉！我敢肯定，他这座宅子没有卖出本钱来。”

“德·圣-梅朗侯爵！”基督山重复道，“真的，这个姓名我觉得并不陌生，”伯爵说道，“德·圣-梅朗侯爵……”

他仿佛在搜索记忆。

“一位老贵绅，”门房继续说道，“波旁王室的忠实臣仆。他只有一个女儿，许配给了德·维尔福先生：那位女婿当初在尼姆，后来调到凡尔赛，继续当检察官。”

基督山瞥了一眼，只见贝尔图齐奥面无血色，比他站立不稳而扶住的那道墙还要白。

“侯爵的女儿不是故去了吗？”基督山又问道，“这情况，我似乎听人说过。”

"是的,先生,那是二十一年前的事了;从那以后,可怜的侯爵,我们没有再见他三次面。"

"谢谢,谢谢,"基督山说道,他见管家的神情万分沮丧,就认为这根弦绷得再紧就可能绷断,"谢谢!给我照亮吧,伙计。"

"要我陪同先生吗?"

"不用了,不用了,贝尔图齐奥会给我照亮的。"

基督山说着,就赏给门房两枚金币,这又引起他一通祝福和感叹。

"啊!先生!"门房说道,他搜寻壁炉边沿和挨着壁炉的搁板,却一无所获,"看来我这儿没有蜡烛了。"

"把车灯拿下一盏吧,贝尔图齐奥,带我去瞧瞧房间。"伯爵吩咐道。

管家奉命唯谨,但是从他提灯笼颤抖的手就不难看出,他执行命令要做出多大努力。

楼下相当宽敞,他们察看了一遍,再上二楼,见到一个客厅、一间浴室和两间卧室。穿过一间卧室,便是一条螺旋形的楼梯,下了楼梯便到花园。

"咦,这是一条通外面的楼梯,"伯爵说道,"还真挺方便。给我照着亮儿,贝尔图齐奥先生,您走在前面,咱们下去看看,楼梯通到什么地方。"

"先生,"贝尔图齐奥接口道,"楼梯通到花园。"

"请问,您是怎么知道的?"

"我是说,应当通向那里。"

"那好,咱们下去证实一下。"

贝尔图齐奥叹了一口气,便走在前面。楼梯果然通到花园。

管家在门口站住。

"走啊!贝尔图齐奥先生!"伯爵说道。

然而,对方却一副怔忡的样子,仿佛痴呆了,垮掉了。他眼神惊恐,四面张望,好像在寻找一件恐怖的往事的痕迹,而他双手痉挛,又好像极力推开惨怖的回忆。

“怎么回事儿?”伯爵催问道。

“不!不!”贝尔图齐奥手按住内墙角,大声说道,“不,先生,我不往前走了,这不可能啊!”

“这话是什么意思?”基督山一字一顿,那声音不可抗拒。

“您完全清楚,先生,”管家高声说道,“这事儿,绝不会这么巧:您要在巴黎买房子,偏巧看中欧特伊;在欧特伊买房子,偏巧又选中喷泉街二十八号!唉!为什么我在那边,没有把事情全告诉您呢,大人!那样的话,您就不会勉强我来了。我本来希望,伯爵先生的房子是另外一座,而不是这个宅院。就好像在欧特伊,除了发生凶杀案的这座住宅,就没有别的房子了!”

“噢!噢!”基督山说着,猛地站住,“您这话讲得多晦气啊!鬼东西!根深蒂固的科西嘉人!总是神神秘秘,或者总搞迷信!喏,提着灯笼,咱们察看一下花园。有我在,但愿您不会害怕。”

贝尔图齐奥遵命,提起灯笼。

门打开了,只见一角灰白的天空露出来,月亮徒然地同云海奋力搏斗,刚照亮一下,就被云涛吞没,而云海的浪涛越发黑暗,最后也隐没在深邃莫测的无限中。

管家想要往左边走。

“不,先生,”基督山说道,“何必沿着路径走呢?这片草坪很美,咱们就从这儿往前走吧。”

贝尔图齐奥抹了一把额头流下的汗水,他虽听从吩咐,但还是靠左侧走去。

基督山则相反,走在右侧。快到一片茂密的矮树丛时,他就站住了。

管家再也挺不住了。

“您赶紧走开,先生!”他嚷道,“赶紧离开,我恳求您了,您正巧站在那个地点!”

“什么地点?”

“就是他倒下的地点。”

"我亲爱的贝尔图齐奥先生，"基督山笑道，"我还是奉劝您，清醒一点儿吧，这里不是萨尔泰讷[①]，也不是科尔特[②]。这里也不是丛林，而是一座英国式花园，经管得不好，这我同意，但不能因此就诋毁它呀。"

"先生，您别停在那儿！您别停在那儿！我求求您了。"

"想必您是疯了，贝尔图齐奥师傅，"伯爵冷淡地说道，"真是这样，那就告诉我一声，我也好让人把您关进疯人院，免得出大事。"

"哎！大人，"贝尔图齐奥双手合十，边摇头边说道，而此刻伯爵若不是被更重要的心事占据，而没有特别注意这个胆怯家伙的惊恐之态，就准会失声大笑，"唉！大人，已经出事儿了。"

"贝尔图齐奥先生，"伯爵说道，"我还真得告诉您了，您这样手舞足蹈，扭动着胳臂，滴溜溜转动着眼珠子，就像魔鬼附了身，不肯离去。然而，我几乎总能注意到，最顽固附到人身上的魔鬼，就是一件秘密。我知道您是科西嘉人，我也知道您心情郁闷，总嘀咕家族复仇的那种老事。您这种情况，在意大利我就不管了，因为意大利流行这类事，可是法国不行，一般人都讨厌暗杀行为，警察要抓人，法官要判刑，断头台要为死者报仇。"

贝尔图齐奥合拢双手，但是他摆出不同的姿态时，始终没有丢下灯笼，灯光也就照见他那张大惊恐失色的脸。

基督山审视他的目光，就像观赏安德雷亚受刑那样，接着，他讲话的声调，又令可怜的管家不寒而栗：

"看来，布索尼神甫蒙骗了我，"伯爵说道，"那是在一八二九年，他游历了法国之后，让您带着一封推荐信来见我，他在信中向我褒奖了您的宝贵品质。我这就得给神甫写信，让他为所荐举的人的行为负责，我肯定也会知道这件凶杀案的全部情况。不过，我可先把话说下，贝尔图齐奥先生，我到一个国家生活，总是遵守那个国家的法律，因此，我不想为了您，

---

① 科西嘉岛城市。

② 科西嘉岛城市。

“先生,您别停在那儿！您别停在那儿！我求求您了!”

就跟法国的司法机构闹翻。”

“噢！您千万不要那样,大人,我一直忠心耿耿地为您效力,不是吗?”贝尔图齐奥绝望地高声说道,“我也一直做老实正派的人,我甚至还竭尽所能,做了一些好事。”

“这一点我不否认,”伯爵接口说道。“可是,您为什么这样心神不定呢？这是个坏兆头:一个人良心清清白白,面颊就不会这么苍白,双手也不会这么抖动，一个人……”

“可是，伯爵先生，”贝尔图齐奥还吞吞吐吐，接口说道，“您不是亲口对我说过，布索尼神甫先生在尼姆监狱听了我的忏悔，他把我推荐给您时，已经告诉您我有一件重要的事深感自责吗？”

“对，不过他向我推荐时，说您能当一个出色的管家，我还以为您仅仅有过偷盗的行为！”

“噢！伯爵先生！”贝尔图齐奥不屑地说道。

“再不然，您既是科西嘉人，就抵制不住那种欲望：做一张皮，这是当地人讲的反话，正过来说，就是剥一张皮。”

“说得对，大人，说得对，我的好老爷，正是这样！”贝尔图齐奥高声说道，随即扑到伯爵的脚下，“是的，这是复仇，我发誓，无非是一次复仇。”

“这我理解，但我不明白的是，为什么偏偏是这座宅子，吓得您魂不附体。”

“然而，大人，这不是正常的吗？”贝尔图齐奥接口说道，“正是在这座宅院里报的仇啊！”

“什么！在我这宅院里？”

“噢！大人，当时还不是您的呢。”贝尔图齐奥天真地答道。

“那是属于谁的呢？属于德·圣-梅朗侯爵先生，我想门房是这么对我们说的。真见鬼，您为何要找德·圣-梅朗侯爵报仇呢？”

“哎！不是找他，而是找另一个人报仇，大人。”

“这种巧合太奇特了，”基督山说着，仿佛陷入思索，“您就像这样，事先毫无准备，偶然来到一座宅院，而这里曾发生的一幕，却使您痛心疾首。”

“大人”，管家说道，“这一切都是命数，我确信如此：首先，您买一所宅第，恰巧在欧特伊，而这又恰巧是我杀过人的宅院；您下楼到花园，也恰巧是他下楼走的楼梯；您站着的地方，又恰巧是他挨了一击的地点；离这儿两步远，在那棵梧桐树下，就是他埋葬那孩子的坟坑；这一切不是偶然的，不是，因为，这种偶然，实在太像天意了。”

“那好吧，喏，科西嘉人，咱们就假设这是天意；我也总按别人的意愿去推断，况且，也得迁就一点病态的头脑。好了，回想一下，是怎么回事，给我讲讲吧。”

“我这一生只讲过一次，那是对布索尼神甫。这类事情啊，”贝尔图齐奥摇着头补充道，“也只能以忏悔的方式讲一讲。”

“那好，我亲爱的贝尔图齐奥，”伯爵说道，“您一定觉得，我最好还是把您打发回去，跟您那忏悔师一起，去做什么查尔特勒会修士，或者圣贝尔纳会修士，一起聊您的秘密吧。而我呢，我可害怕一个总被鬼魂吓得魂不附体的人，我也绝不喜欢我的手下人晚上不敢在花园里散步。还有，不瞒您说，我也不想看到警察局的人登门检查；因为，您应当明白这一点，贝尔图齐奥师傅：在意大利，法院压下案子，当事人才花钱，而在法国则相反，法院办起案子，当事人才花钱。真糟糕！我原以为您总归有点科西嘉人的习性，搞走私的老手，是个十分机灵的管家，现在看来，您这张弓上还另外有弦啊。您不再是我的人了，贝尔图齐奥先生。”

“噢！大人！大人！”管家听到这种威胁，不禁惊恐万状，高声说道，“噢！如果只取决于这一点，我就能留下为您效劳，那我就说，全讲出来；如果我离开您，那么，我就是要走向断头台了。”

“这就另当别论了，”基督山说道，“不过，您若是想说假话，那就好好考虑一下，您还不如什么也别讲。”

“不，先生，我以灵魂的永福向您发誓，我要向您和盘托出！因为，我这件秘密，就是布索尼神甫也仅仅了解一部分。可是，我先得恳求您，离开那棵梧桐树吧。瞧，月亮就要钻出那块云彩，而您站在那儿，又披着完全遮住体型的这件斗篷，正像当年德·维尔福先生的模样！……”

“什么！”基督山高声说道，“是德·维尔福先生……”

“大人认识他？”

“从前尼姆的检察官？”

“正是。”

“正是他娶了德·圣-梅朗侯爵的女儿？”

“正是。”

“而且，他在司法界，还赢得了最正直、最严厉、最铁面无私的司法官的名望。”

“然而，先生，”贝尔图齐奥提高了嗓门，“这个名声清廉的人……”

“是啊。”

“是个无耻之徒。”

“哎！”基督山说道，“不可能。”

“可是我跟您说，一点儿没错。”

“啊！真的呀！”基督山说道，“您有证据吗？”

“我至少有过。”

“您丢掉啦，笨家伙？”

“对。不过，仔细找找，也许还能找回来。”

“真的呀！”伯爵说道，“这件事讲给我听听，贝尔图齐奥先生，因为，我还真的对这事产生兴趣了。”

伯爵随即哼起《卢西亚》小曲，走过去坐到一张长椅上；贝尔图齐奥跟在后边，却在极力追忆往事。

贝尔图齐奥最后在他面前站定。

第四十四章　家族复仇

“伯爵先生想听我从哪里讲起呢?”贝尔图齐奥问道。

“悉听尊便,”基督山答道,“反正我一无所知。”

“我还以为布索尼神甫先生已经对大人说过……”

“对,当然说过几点情况,但是事过七八年了,我全忘了。”

“既然如此,我就不必担心大人嫌我絮叨了……”

“讲吧,贝尔图齐奥先生,讲吧,我就当看一份晚报。”

“事情要追溯到一八一五年。”

“哦! 哦!”基督山接口道,“一八一五年,那可不是昨天了。”

“对呀,先生,然而,当时的情景,就连细微末节我还记忆犹新,就仿佛昨天才发生的事情。我有一个兄长,在皇帝的麾下效力;他当上中尉,在完全由科西嘉人组成的团队里。这位兄长也是我的唯一朋友;我们父母双亡,当时我才五岁,他年仅十八,以兄代父把我拉扯大。到了一八一四年,波旁王朝统治时期,他结了婚。皇帝从厄尔巴岛卷土重来,我哥哥立刻又从戎效力,在滑铁卢战役中受了轻伤,便随同大军撤回到卢瓦尔河南岸。”

“怎么,贝尔图齐奥先生,您在对我讲百日时期的历史,”伯爵说道,“假如我没有弄错的话,这段历史已经成书了。”

“请原谅,大人,不过,我开头讲的这些细节必不可少,您也答应耐心听我讲下去。”

"讲吧,讲吧,我说一不二。"

"且说有一天,我们接到一封信;必须交代一句,当时我们住在罗格利亚诺,那个小村子位于科西嘉岬角的顶端。信是我哥哥写来的,他告诉我们,军队已经遣散,他要回乡,途经沙托鲁、克莱尔蒙费朗、勒皮和尼姆;假如我有钱,他就求我托人,把钱捎到尼姆,交给我们认识、也同我有些来往的一家客栈老板。"

"走私帮。"基督山又插了一句。

"唉!我的上帝!伯爵先生,总得找个活路啊。"

"当然了,接着讲吧。"

"我对哥哥感情很深,这我对您说过,大人;因此,我不是把钱给他寄去,而是决定亲自跑一趟。我共有一千法郎,给我嫂子阿松塔留下五百,带上另外五百动身前往尼姆。一路很容易走,我有一条船,正好要在海上装一批货。我的计划进行得很顺利,不料装好货之后,风向变了,我们顶风行驶了四五天,还没有抵达罗纳河口。最后总算到了,便逆水而上,一直行驶到阿尔勒城;我把船停在贝勒加德和博凯尔之间,上岸前往尼姆。"

"该到正题了吧,对不对?"

"对,先生,请原谅,不过,等一会儿大人就会明白,我所讲的全是非讲不可的。那阵子在南方,正好发生了轰动的屠杀事件。有那么两三个强盗,名叫特雷斯塔翁、特律费米和格拉方,他们明火执仗,只要疑似拿破仑分子,在大街上见一个杀一个。那场谋杀事件,伯爵先生一定听说过吧?"

"略有耳闻,当时我离法国很远。接着讲吧。"

"一进尼姆城,就真是走在血泊中,每迈一步都要碰到死尸。那些杀人狂成帮结伙,大肆烧杀抢掠。

"我目睹那种杀戮的场面,不禁毛骨悚然,但不是担心我本人,我只是科西嘉的一个普通渔夫,也不怕什么;而且恰恰相反,那阵子,正是我们走私的大好时机,我是担心我哥哥,担心我那个为帝国从军效力的兄长。

他刚离开退至卢瓦尔河畔的军队,全身还穿着军装,佩戴着肩章,因此随时有生命危险。

“我急忙赶到那家客栈。我的预感没有错:我哥哥头一天到达尼姆,就在要投宿的客栈门口被杀害了。

“我不遗余力,想了解谁是凶手;可是人人谈虎色变,谁也不敢把他们的姓名告诉我。我早就听人常说,法国的司法机构无所畏惧,于是我想到求助于法国司法,去见检察官。”

“那位检察官名叫维尔福吧?”基督山若不经意地问道。

“对,大人,他原先在马赛任代理检察官,由于勤恳能干就升迁了。据说,拿破仑离开厄尔巴岛并登上大陆的消息,他是最先向政府报告的人之一。”

“这么说,”基督山又插言道,“您去找他了。”

“我对他说:‘先生,昨天在尼姆大街上,我哥哥遭人杀害,不知道凶手是谁,不过,查明凶手正是您的职责。您是当地司法机构的首脑,应当为司法没有尽责保护的人伸冤。’

“‘您哥哥是什么人?’检察官问道。

“‘科西嘉营的中尉。’

“‘就是一个给篡位者当兵的?’

“‘法兰西军队的一名军人。’

“‘对呀,’他回敬道,‘他玩弄剑,也就死在剑下。’

“‘您说错了,先生,他是死于匕首之下。’

“‘您要我怎么办呢?’司法官反问道。

“‘我不是对您说了:我要求您为他报仇。’

“‘找谁报仇?’

“‘找杀害他的凶手。’

“‘我怎么知道他们是谁呢?’

“‘派人去查找嘛。’

“‘有什么必要呢?令兄可能同人发生口角,又同人决斗了。那些旧

军人无不爱冲动，肆无忌惮，在帝国时期可以立功，如今就自找倒霉了。况且，我们南方人既不喜欢军人，也不喜欢肆无忌惮。'

"'先生，'我又说道，'我来求您并不是为我自己。我嘛，要么痛哭一场，要么报仇雪恨，仅此而已。然而，我那可怜的哥哥有妻子，如果我也遭遇不幸，这个可怜的女人就要饿死，因为，她完全靠我哥哥的军饷生活。请您为她向政府申请一小笔抚恤金吧。'

"'每一场革命都要造成灾难'，德·维尔福先生答道，'令兄这次成为受害者，这很不幸，而在这方面，政府对您的家庭毫无亏欠。篡位者的党徒当初向保王党人进行报复，如今保王党人又掌权了，假如要审判从前所有那些报复行为，令兄就可能被判处死刑。现在发生的事情极其自然，这就是冤冤相报的法则。'

"'您说什么，先生？'我提高嗓门，说道，'您可是司法官呀，您怎么可以这样讲呢？……'

"'这些科西嘉人，全是疯子，我敢讲这种话！'德·维尔福先生答道，'他们还以为他们的同乡在皇位上呢。您弄错朝代了，亲爱的，这种事，应当在两个月之前来告诉我。今天可就太晚了。您赶紧走开吧，如果还不肯走，那我就叫人把您赶出去。'

"我注视他片刻，看看再哀求他，是不是还有点希望。这个人铁石心肠。于是我走到他跟前，小声对他说道：

"'好哇，您既然了解科西嘉人，就应当知道他们如何言出必行。您认为我哥哥是波拿巴分子，就应该杀掉，因为您是保王党人；好吧，我也是个波拿巴分子，我要明明白白告诉您一件事：我要杀掉您。从现在起，我宣布要找您为我家族复仇。因此，您准备好了，要特别当心，下一次我们再碰面，那就是您的死期到了。'

"说罢，我趁他惊魂未定，就打开门溜之大吉。"

"哈！哈！"基督山说道，"您一副老老实实的相貌，却干出这种事，贝尔图齐奥先生，而且还是威胁一位检察官！算了吧！起码他得懂得'家

族复仇[1]'这个词是什么意思吧?'

“他完全明白,因为从那时候起,他就不敢一个人出门了,回到家也紧闭门户,而且还派人到处搜捕我。幸好我躲藏得十分隐蔽,没有让他找到。于是他害怕了,胆战心惊,不敢在尼姆久居下去,便请求调任。他也的确是个有影响的人物,顺利调往凡尔赛。可是您知道,一个科西嘉人一旦发誓报仇,就不存在距离的问题;他的马车跑得再快,也从未落下我多于半天的路程,而我还是徒步追赶他的。

“关键不在于干掉他,我放过了上百次机会,而是杀死他又不被人发现,尤其不能被人抓住。从那以后,我不再属于我自己了;我有义务保护和供养我嫂子。我一连三个月监视德·维尔福先生;一连三个月,他每走一步,每个行动,每次散步,他走到哪儿我的眼睛就跟到哪儿。我终于发现,他经常诡秘地去欧特伊:我照样跟踪他,看见他进入这座宅院。只不过,他不像别人那样走临街的大门,而是走您看到那边的小角门;不管骑马还是坐车,他总是把马或车辆放到客栈里。”

基督山点了点头,表明他透过夜色,确实看见了贝尔图齐奥所指的小门。

“我就不必再待在凡尔赛了,干脆安顿在欧特伊,继续打探情况。我若想逮住他,陷阱显然应当设在这个地方。

“正如门房告诉大人的,这座宅邸原来属于维尔福的岳父,德·圣-梅朗先生。德·圣-梅朗先生住在马赛,因此,这座乡居也就闲置无用。据说不久前,他把这个宅子租给了一个年轻寡妇,大家只知道称那女人男爵夫人。

“一天晚上,我趴在墙头观望,果然看见花园里,有一个年轻貌美的女子在独自散步。邻居的房舍,没有一扇窗户对着这座花园。她总是朝小门那边张望,我就明白了,这个晚上她在等待德·维尔福先生。尽管夜很黑,当她走近我所在的位置时,我还是能辨清她的相貌,看出她是个美

---

① “家族复仇”一词的原文为科西嘉方言。

一天晚上，我趴在墙头观望，有一个年轻美貌的女子在独自散步。

丽的女子，有十八九岁，高挑个儿，一头金发。她穿着一件便袍，腰身毫无裹束，我就能看得出来她有身孕，而且临近产期了。

“过了片刻，有人打开小角门，走进一个男子；年轻女人便立刻迎上去。二人搂抱在一起，亲热地接吻，然后一同进屋去了。

“那男人正是德·维尔福先生。我推断他出来时，特别是在夜间，他必定独自一人，要从头到尾穿行这座花园。”

“那女子的姓名，后来您知道了吗？”伯爵问道。

“不知道，大人，”贝尔图齐奥回答，“等一下您就会明白，我根本来不及打听了。”

“接着讲吧。”

“那天晚上，”贝尔图齐奥继续说道，“也许我本可以杀掉检察官，但是我还不大熟悉花园布局的详细情况，担心不能一下子毙命，如果有人听见他呼叫跑来，我就难以脱身了。于是我推迟行动，等他们下次幽会；为了保证万无一失，我就租了一间小屋，临街正对着花园的围墙。

“又过了三天，约摸晚上七点钟，我看见一名仆人骑马出了门，飞驰的方向正是通往塞弗尔大道。我推测他是去凡尔赛，果然不错，三小时之后，他完成了使命，又风尘仆仆地赶回来。

“十分钟之后，又走来一个男人，他全身裹着斗篷，打开花园的小角门，随手又把门关上。

“我急忙下楼。我虽然没有瞧见维尔福那张脸，但是凭我的心跳就认定是他。我穿过街道，跑到立在墙角的一块界石跟前；我最初就是登上那块界石，观望这座花园的。

“这一次，可不是望望算了，我从口袋里掏出刀子，试了试，刀刃十分锋利。接着，我跳过围墙。

“我采取的头一个措施，就是跑去察看角门；维尔福开了门，钥匙留在锁孔里，为了小心起见，他只是拧了两圈。

“我从这个方向逃离，就毫无阻碍了。我开始观察这个地方。花园呈长方形，中间延展着一片美国式细草坪，草坪四角都有枝叶繁茂的矮树丛，枝叶间还缀着秋季开的花。

“德·维尔福先生要从这座房子去小角门，还是从小角门去这座房子，无论进来还是出去，必定要经一处矮树丛。

“当时已到九月末了，秋风呼呼吹来，淡淡的月光，不时被疾驰的大块乌云遮住，只能照亮通向小楼的条条沙径，却透不进这几片茂密树丛的黝暗中；一个人躲进树丛里，不必担心被人发现。

“于是，我躲进维尔福必经之路最近的那片树丛里，刚钻到里面，就感到狂风阵阵，我头顶的树木偃伏，恍若听见一阵阵呻吟之声。您是知道的，不如说您并不知道，伯爵先生，一个人等待时机，准备杀人，他总觉得听见空中隐隐传来喊声。两小时慢慢过去，有好几次我仿佛听见同样的呻吟。午夜的钟声敲响了。

“钟声凄厉，最后一响余音未落，我就望见有灯光，照亮我们刚才走下来的那道暗梯的窗户。

“楼门打开，披斗篷的那人又出来。这真是可怖的时刻，然而，为这一刻我准备了多长时间，丝毫也不胆怯：我掏出刀，打开来，准备下手。

“披斗篷的人径直朝我走来；随着他在没有树木遮掩的路上走近，我似乎看到他右手拿着一件武器，我不免怕了，倒不是怕搏斗，唯恐不能一举成功。等到他离我只有几步远的时候，我才看出我原以为是武器的家什，不过是一把铲子。

“我还一时猜不出，德·维尔福先生拿一把铲子是何用意，忽见他停到一片树丛的边上，环顾一下周围，接着开始挖坑。直到这时，我才发现他斗篷里还裹着什么东西，刚放在草坪上，以免干活碍事。

“这时候，应当承认，我的仇恨中渗入一些好奇。我想看看维尔福到底来这儿干什么。我屏住呼吸，一动不动地等待着。

“再说，我产生一个念头，而且看到检察官从斗篷里掏出一只小木箱，这个念头就更加明确了：小木箱有两尺长，六寸到八寸宽。

“我先不下手，容他把箱子放进坑里，再填上土，接着又用脚将新翻的土踏实，以便消除黑夜动土的痕迹。看他干完，我才扑上去，一刀插进他的胸膛，同时对他说：

“‘我是乔瓦尼·贝尔图齐奥！拿你的命抵我哥哥的命，拿你的财宝供养他的遗孀。你看得很清楚，我的仇报得彻底，超出我的希望。”

“不知道他是否听见我这话，想必没有听见，因为他喊都没有喊一声，就倒下去，而我感到他那滚烫的血喷了我满手和满脸。当时我如醉如狂，他的热血没有烫痛我，反而给我清爽之感。我操起铲子，三下五除二，就将木箱挖出来，然后又填满土坑，以免让人看出小箱被我劫夺了，再把

“我是乔瓦尼贝尔图齐奥！拿你的命抵我哥哥的命，拿你的财宝供养他的遗孀！”

铲子扔到墙外，便立刻冲出小门，又从外面把门锁上，钥匙拔走了。”

“好哇！”基督山说道，“照我看，你这可是一次小小的杀人抢劫案。”

“不对，大人，”贝尔图齐奥回答，“这是讨了补偿的家族复仇。”

“那么，至少钱数很可观吧？”

“那并不是钱。”

“唔！对了，我想起来，”基督山又说道，“您不是对我讲过有个孩子吗?”

“正是,大人。我一口气跑到河边,坐到堤坝上,急着要看看木箱里装的是什么,干脆用我的刀子把锁撬开。

“箱里有细麻布的襁褓,裹着一个刚出生的婴儿,他的脸紫红,两手发青,显然是脐带缠到脖子上窒息而亡;摸摸他的身子还没有凉,我就不免犹豫,没有把他扔进我脚下流淌的河水里。不大工夫,我果然隐约感到他的心脏轻微跳动了。于是,我就给他解下还缠在脖子上的脐带,而且,我曾在巴斯蒂亚的医院当过护士,碰到这种情况,就照医生那样进行抢救,也就是说,大胆地做起人工呼吸,不断地往他的肺里吹气。这样抢救了一刻钟,终于看到孩子有了气息,还听见他胸膛里发出一声啼叫。

“我也跟着叫了一声,但这是一声欢叫。‘看来上帝没有诅咒我呀,’我心中暗想,‘他这不是允许我救活一条人命,来抵偿我夺走的另一条人命!”

“那孩子您怎么安置呢?”基督山问道,“一需要逃命的人,带个孩子可是一个大累赘啊。”

“所以我连想也没想留着他。还好,我知道巴黎有一家收容院,可以收养这些可怜的孩子。到了城关,我声称孩子是在大路边拾到的,并询问收容院在什么地方。小木箱就是凭证,细麻布的襁褓表明,弃婴是有钱人家的,我身上的血迹,也可以解释为抱新生儿沾染的。把守城关的人毫不刁难,指给我看收容院就在地狱街的尽头。我留了一手儿,把襁褓撕成两块,用一块把孩子包上,上面留下两个标志字母的一个;然后,我才将这累赘放进转柜①里去,拉了拉铃,便撒腿跑掉了。半月之后,我回到罗格里亚诺村,就对阿松塔说:

“‘你也不要太伤心了;伊斯拉埃尔遇害,但是我为他报了仇。’

“于是她要我说明,这话是什么意思,我就对她讲述了所发生的一切。”

---

① 转柜,孤儿院、修女院等地点接收物品的用具。

箱子里有细麻布的襁褓，裹着一个刚出生的婴儿。

"'齐奥瓦尼，'阿松塔对我说，'你就该把孩子带回来，我们代替他失去的父母，给他起名叫贝内德托[①]，上帝见我们做了这件善事，就可能真的祝福我们了。'

"我什么也没有说，只是把我保留的半片襁褓给她，以便等有了富裕钱，我们再去把孩子要回来。"

① 贝内德托，这个名字源于"祝福"一词。

阿松塔

“那襁褓上的字母是什么?”基督山问道。

“一个 H,还有一个 N,上面有男爵冠的金带。”

“天哪！看来您用起了纹章学术语了,贝尔图齐奥先生！鬼晓得,您是在哪里学过族谱学?”

“为您办事,伯爵先生,什么都学得到。”

“接着讲吧,我很想知道两件事。”

“哪两件,大人?”

“那个小男孩怎么样了?您不是对我讲过,那是个男孩吗,贝尔图齐奥先生?”

“没有啊,大人;我不记得对您讲过这个情况。”

“哦!我原以为听说过,大概是我弄错了。”

“不,您没有弄错,的确是个男孩。大人不是说,想知道两件事,请问,第二件是什么?”

“第二件就是您被指控犯了什么罪,当时您要求见一位忏悔师,而布索尼神甫就是应这种要求,到尼姆监狱去看您了。”

“讲起来也许话就长了,大人。”

“这有何妨?现在刚十点钟,您知道我不会睡觉,估计您也不大想睡吧。”

贝尔图齐奥躬了躬身,又继续讲述:

“我重又振作精神,接着干起那种走私的行当,五分原因是要驱散总困扰我的种种记忆;五分原因是要供养我那可怜的守寡嫂子;而且,每场革命过后,法制必然松弛,走私活动就更加容易了。尤其是南方沿海一带,由此不断地爆发动乱,忽而在阿维尼翁,忽而在尼姆,忽而于泽斯,当局防不胜防;我们就趁当局自顾不暇之机,在沿海全线建立起关系网。自从我哥哥在尼姆遇害之后,我始终不愿再踏进那座城市。因此,同我们做生意的那家客店老板不见我们去光顾了,便来找我们,在贝勒加德到博凯尔的路上设了一处分号,打出‘加尔桥’客栈的招牌。这样,无论在埃格莫特那边,还是在马尔蒂格、布克一带,我们总共有了十几处储运栈,既可以存放货物,必要时又能当作避难所,应付海关和宪警的搜查。干走私这种行当,只要善于见机行事,做事又干净利索,就准能赚大钱。就拿我来说,我本来住在山沟里,现在又有双重理由怕撞见宪警和海关人员,因为只要一吃上官司,就得进行调查,一调查就得翻旧账,而一翻我的旧账,就可能发现比走私几箱香烟、几桶烧酒严重得多的事情。因此,我宁愿死,也绝不让人逮捕一次,于是干成了好几件惊人的事,这些不止一切向我证明，过分顾惜性命是我们这种生意成功的唯一障碍，只因干我们这种生意，必须当机立断，雷厉风行。果不其然，人一旦豁出命了，别人就再也不是对手了。无论谁，一旦下了这种决心，就顿时感到力量剧增十倍，视野也开阔多了。”

“讲起哲学来了，贝尔图齐奥先生！”基督山伯爵接口说道，“看来您这一生，什么都做一点啦？”

“哦！对不起，大人！”

“不必！不必！只是到了晚上十点半钟才大谈哲学，未免迟了些，此外并无异议，因为我认为您的哲学完全正确，不是所有哲学都当得起这样的评语。”

“我跑买卖的区域越来越广，收益也越来越大。阿松塔主持家务，我们的小小家产日积月累，渐渐可观。有一天，我正要动身跑一趟买卖，阿松塔就对我说：

“‘去吧，等你回来，我也要给你一个惊喜。’

“我怎么问也是徒劳，她一句也不肯向我透露，我只好走了。”

“这一趟买卖跑了一个半月，我们到吕卡装上食用油，再到里窝那装英国棉花，卸货也没有出一点意外。我们赚了钱，兴高采烈回家来。

“一进家门，我第一眼看到的，就是阿松塔房间最显眼的位置，有一个同屋里其他东西相比就算华丽的摇篮，里边躺着一个七八个月大的孩子。我不由得欢叫一声。我杀了检察官之后，唯一感到伤心的时刻，就是抛弃这个孩子所致。不用说，对那次仇杀本身，我丝毫也不感到愧疚。

“可怜的阿松塔看透了我的心情：她便趁我外出那段时间，带上那半块襁褓去巴黎要孩子了。而且，孩子送交收容院的日期和时间，都已写在襁褓，以免到时候想不起来。收容院没有产生一点疑心，就把孩子交给她了。

“哦！不瞒您说，伯爵先生，我一看见那可怜的小家伙睡在摇篮里，我的心一阵难受，眼泪也夺眶而出了。

“‘真的，阿松塔，’我大声说道，‘你真是一个大好人，上帝一定会赐福给你。'"

"这话就没有您的哲理准确了,"基督山说道,"当然了,这不过发自信念。"

"唉！大人,"贝尔图齐奥接口说道,"您讲得太对了:上帝正是派这孩子来惩罚我。真没见过这么小就显露这样邪恶的本性,然而不能说他所受的教育不好,因为,我嫂子对他就像对待小王子。那男孩长相非常喜人,一对淡蓝色的眼睛,就好比中国的蓝花瓷器,同乳白色的眼白极为协调。不过,他那金黄头发色泽强烈泛红,给他那张脸增添一种古怪的特点,使他的目光倍加灵活,他的微笑倍加狡狯。有句谚语说:红棕发的人不是极好就是极坏;这话不幸在贝内德托的身上验证了。他从小就显得特别坏,不错,他养母的溺爱助长了他早期的恶习;我那可怜的嫂子要跑几十里路进城,到集市上给他买时鲜水果和最精制的糖果,可是他偏偏不要帕尔玛的橙子和热那亚的罐头,却喜欢翻过篱笆,去偷吃邻家的栗子,或者人家阁楼上的苹果干,而我们果园里的栗子和苹果,他可以随便摘取。

"贝内德托长到五六岁的时候,有一天,我们的邻居瓦西利奥来向我们抱怨说,他的钱袋里少了一枚金币,伯爵知道,而且无人不知,科西嘉没有小偷,我们的邻居按照当地的习惯,出门时无论钱袋还是金银首饰,都没有锁起来。我们认为他数错了,但他一口咬定绝错不了。那天,贝内德托一早就出去了,我们都十分担心,直到傍晚,才看见他牵着一只猴子回来:他说猴子被拴在一棵树上,是他捡回来的。

"这个坏孩子,总是想入非非,一个月以来,他就是渴望弄到一只猴子。有个流浪艺人曾到过罗格利亚诺村,让他那几只猴子表演节目。这孩子看了特别开心,因而也就产生了这种可恶的怪念头。

"'在我们的树林里,就根本找不见猴子,更没有什么拴住的猴子。说实话吧,这只猴子,你是怎么弄来的?'我这样盘问他。

"贝内德托嘴还特别硬,愣说没有说谎,还编出许多细节,不能显示其真实性,却表明他很有想象力。我发起火来,他反而咯咯大笑;我威胁,要揍他，他退避了两步。

“‘你不能打我，’他说，‘你没有权利打我，你不是我爸爸。’

“我们始终没有搞清楚，究竟是谁把这要命的秘密透露给他，我们可一直小心地瞒着他。但是不管怎么说，孩子顶嘴的这句话，就暴露他完全知道了自己的身世；我几乎惊慌失措了，举起的手臂落下去，并没有碰着干了坏事的孩子。他赢了，有了这次胜利，他就更加有恃无恐，结果从那

“你不能打我，你没有权利打我，你不是我爸爸！”

时候起，阿松塔似乎越爱他，在他身上花的钱越多，他越配不上这份爱了。花起钱来没有节制，她不知道如何对付孩子的任性，她也不敢阻止孩子的挥霍。我在罗格利亚诺村时，情况大致还算说得过去；然而我一外出，贝内德托就成了一家之主，家里就搞得一团糟。他才刚刚十一岁，就在十八九、二十来岁的青年当中找伙伴，专挑巴斯蒂亚和科尔特地方最坏的小青年；他们有几次搞的恶作剧，可以说触犯了法律，司法机关已经向我们发出了警告。

“我真害怕了，只要一调查，就可能带来不堪设想的后果。当时，我正好要运送一大批货物，必须远离科西嘉。我考虑了许久，预感到家里会发生不幸，为了避免，我就决定把贝内德托带上，希望他还没有堕落到不可救药的地步，过一过走私的紧张而艰苦的生活，受点船上严格纪律的约束，就可能改变他那种走向堕落的性格。

“于是，我把贝内德托拉到一旁，提议让他跟我走，同时许了一大堆愿，可能说动一个十二岁的孩子的话全讲了。

“他一直听我把话讲完，然后哈哈大笑：

“‘你疯了吧，叔叔？’他说道（他高兴的时候就这样称呼我），‘让我用自己过的生活，去换您过的日子，用我这舒舒服服的懒散，去换您那自讨苦吃的辛劳！让我夜晚冻死，白天热死，让我不断地东躲西藏，一露头就得挨枪子儿，而这样卖命受累，只为了挣那么一点点钱！钱嘛，我想要多少就有多少，我一要钱，阿松塔妈妈就会给我。您完全明白，我要是听您的，就成了傻瓜。’

“这样大言不惭，这样的逻辑，我听了不禁惊呆了。贝内德托回身去找伙伴玩了，我远远望见他用手指着我，就好像让他的伙伴看一个白痴。”

“多可爱的孩子！”基督山喃喃说道。

“唔！假如他是我的孩子，”贝尔齐奥答道，“假如他是我的儿子，哪怕只是我的侄儿，我也会把他拉回到正路上，因为责任心能赋予我力量。但是，这个孩子的父亲被我杀了，我要打他却下不去手，也就根本谈不上管教了。我和嫂子讨论时，也给她出了不少好主意，但她总是护着那个坏小子；她也承认丢过好几笔数目挺大的钱，于是我就指给她一个地点，让她把我们的小钱箱藏好。就我而言，我意已决。贝内德托能读，会写，会算，因为，他偶尔肯用点功时，一天内学的东西，赶上别人学一周了。我说了我意已决，我打算把他送上一艘远洋航船当文书，事先不同他打一点招呼，等那天早上出其不意，把他带走，乘势把他弄上船，托付给船长，他的前途就完全取决于他自己了。这个计划制订好了，我就启程前往法国了。

"这一次，我们接货交货的全部行动，都要在狮子湾[①]进行。但那已是一八二九年，社会重又安定下来，沿海巡查比以往任何时候都更井然有序，更加森严。尤其博凯尔的贸易集市刚开张，这种巡察一时就更加强了。

"我们的走私行动开头没有遇到麻烦。从博凯尔到阿尔勒，沿罗纳河两岸停泊了许多船只，我们也找个间隙靠岸，走私货物就藏在船的夹层里，我们趁黑夜卸货，通过接应的人，或者由我们存放货物的客栈老板运进城。也许是因为大功告成我们疏忽了，也是我们被人出卖了，一天，约摸下午五点钟，我们正准备吃饭，忽见我们的见习小水手惊慌失措地跑来，说他发现一支海关稽查队直奔我们这边来了。我们倒不是特别惧怕稽查队：尤其在那阵子，罗纳河岸时刻都有大股巡逻队；但是这次不同，据孩子说，那些人行动特别小心，不让人瞧见。我们一下子都跳起来，可是为时已晚，我们的船被包围了，显然是他们追查的目标。我注意到，海关人员之间有几名宪警。一般来说，我见到别种武装队伍无所畏惧，独独见了宪警就吓得要命；我赶紧下到底舱，钻出舷窗，潜入河中游走；游很长距离才换口气，因而顺利地游进一条水渠，没有被人发现：那条水渠刚挖成不久，将罗纳河同从博凯尔到埃格莫尔特的运河连接起来。一游到水渠，我就得救了，因为我可以沿着水渠往前游而不会暴露，就这样安然无恙抵达运河。我不是乱闯而走这条路的，我已经向大人提过，尼姆的一家客栈

---

① 狮子湾，位于法国南部地中海，东起法国土伦港，西至西班牙边界。

老板,曾在贝勒加德和博凯尔之间的大道上,开了一家小旅店。”

“对,”基督山说道,“我完全记得。那个可敬的人,假如我没有弄错,还是您的合伙人呢。”

“的确如此,”贝尔图齐奥回答,“不过,七八年前,他将小旅店让给了一个新主儿:那人原是马赛的裁缝,破了产之后,就想转行再发家致富。不用说,我们同头一个店主所订的小小合作协议,也同新店主继续保持;我正是打算去找他寻求藏身之所。”

“那人叫什么名字?”伯爵问道,他听着贝尔图齐奥的讲述,似乎重又产生一点兴趣。

“他叫加斯帕尔·卡德鲁斯,他娶了卡尔孔特村的一个女人,我们也不知道她的本名,就用村名称呼她。那可怜的女人患了疟疾,病体虚弱,也活不多久了。至于那个男的,则是个壮汉,年龄在四十岁至四十五岁之间,到了困难的关头,他不止一次向我们证明,他十分机智而勇敢。”

“您说,”基督山问道,“事情发生在哪一年?”

“一八二九年,伯爵先生。”

“哪个月份?”

“六月份。”

“月初还是月末?”

“是六月三号傍晚。”

“唔!”基督山说道,“一八二九年六月三日……好哇,接着讲吧。”

“我就是打算去卡德鲁斯那里躲藏;但我仍然按照惯例,即使在正常情况下,我们进店也不走临大路的正门,这次我也决定不破坏老规矩,而是跨过篱笆墙进入园子,钻进生长不良的橄榄树和野生无花果树中间,往前爬行,我怕店里有客人,就先溜进楼梯下面的一个小隔间:我在那里多次过夜,不亚于睡在最舒服的床上。这小隔间同楼下大厅之间,只有一道隔板,板上故意打了几个洞眼,好方便我们窥视,等合适的时候通知老板我们到了隔壁。如果卡德鲁斯独自一人,我就准备打招呼说我到了,补上这顿被海关稽查队搅了的晚饭,然后趁着雷雨天气,准备返回罗纳河畔,看看我们那只船和船上的人情况如何。于是，我溜进那个小隔间，而且这样做就对了，因为恰好这时候，卡德鲁斯带着一个陌生人回店了。

“我便一声不响等待着，绝无意偷听店主的秘密，但是也别无选择，况且类似情况不知有过多少次了。

“随同卡德鲁斯进来的人，显见不是法国南方人，他是来博凯尔参加交易会的商人，要出售珠宝首饰；在长达一个月的交易会期间，欧洲各地的商人和买家云集，营业额往往达到十万至十五万法郎。

“头一个匆匆走进来的是卡德鲁斯，他见厅里跟往常一样，空荡荡的，只由他的狗在看守，便叫他老婆。

“‘喂！卡尔孔特女人，’他嚷道，‘那位可敬的神甫没有骗我们：这颗钻石是真的。’

“随着一声欢叫，楼梯板几乎立刻响起来，听得出是抱病的虚弱之身沉重的脚步。”

“‘你说什么？’女人问道，她那脸色比死人还要灰白。

“‘我说钻石是真的，喏，这位先生，可是巴黎第一流的珠宝商，他愿意出五万法郎买我们的，但必须对证一下，钻石的确是我们的，我已经对他讲了，钻石是怎样奇迹般落到我们手中，他要求你再向他叙述一遍事情的经过。先生，您先请坐，今天闷热，我去给您拿清凉饮料。’

“珠宝商仔细观察客栈里的陈设，这家人显然十分贫寒，却要卖给他一颗仿佛从一位侯爵珠宝箱里取出来的钻石。

“‘您讲讲吧，太太，’珠宝商说道，他无疑是想趁那位丈夫不在场，不能用任何暗示影响这女人的机会，看看两个人的说法是否一致。

“‘哦！上帝呀！’这女人便喋喋不休地讲起来，‘这是老天的恩赐，我们就是做梦也不敢想啊。亲爱的先生，您想想看，那还是在一八一四年，或者一八一五年，我丈夫认识一个名叫埃德蒙·唐代斯的水手。那个可怜的小伙子，早就被卡德鲁斯忘得一干二净，可是他一点儿也没有忘记卡德鲁斯，临死的时候，就把您看到的钻石留给了他。’

“‘可是那个人，又是怎么拥有这颗钻石的呢？’珠宝商问道，‘他入狱

之前就有了吗?'

"'不,先生,'女人回答,'但是据说,他在狱中认识了一位富有的英国人。这个狱友生病期间,唐代斯像对待亲兄弟似的照顾他,因此,那个英国人一获释,就把这颗钻石留给了可怜的唐代斯。唐代斯没有英国人那么运气好,最后死在狱中,而临死前,他又把钻石留给我们,并委托一位神甫转交:那位可敬的神甫今天早晨专程给我们送来了。'

"'说法完全一样,'珠宝商喃喃自语,'这件事乍听起来很离奇,但是归根结底很可能是真的。现在,只剩下价钱还没有谈妥。'

"'什么!没有谈妥?'卡德鲁斯说道,'我原以为您接受我要的价钱呢。'

"'也就是说,"珠宝商接口说道,'我还价为四万法郎。'

"'四万法郎!'卡尔孔特女人嚷道,'这个价我们绝不会卖的。神甫对我们说过,钻石值五万法郎,还不算托座呢。'

"'那位神甫怎么称呼?'珠宝商又不厌其烦地问道。

"'布索尼神甫。'女人回答。

"'那他是个外国人啦?'

"'是曼托瓦[①]一带的意大利人,我估计。'

"'再给我看看钻石,'珠宝商又说道,'我再瞧一遍,宝石看第一眼,往往估价不准。'

"卡德鲁斯从兜里掏出一个黑色轧花皮小盒,打开盒盖,递给珠宝商。当时的情景,如今还历历在目:那卡尔孔特女人一见大如榛子的钻石,眼睛立刻射出贪婪的光芒。"

"整个这件事,当时您怎么看呢,窃听别人谈话的先生?"基督山问道,"这种美妙的寓言故事,您也相信吗?"

"相信,大人。照我看,卡德鲁斯不是个恶人,他不会去犯罪,也不会去盗窃。"

---

① 曼托瓦,意大利北部城市。

“这表明您心地善良，而非阅历丰富，贝尔图齐奥先生。提到的那个埃德蒙·唐代斯，您认识吗？”

“不认识，大人，在那之前，我从未听人说起过，而在那之后，我也只听到布索尼神甫提过一次，那是他到尼姆监狱看我的时候。”

“很好！接着讲吧。”

“珠宝商接过卡德鲁斯递给他的钻戒，又从自己兜里取出一把小钢镊子，一架小铜天平，然后，他撬开将钻石固定在戒指托座上的金钩，取下钻石，放到天平上仔细称量。

“‘最多我可以出到四万五千法郎，’珠宝商说道，‘多一分钱我也不加了。况且，钻石也就值这个价，我身上带的钱也恰好这个数。’

“哦！这不要紧，’卡德鲁斯说道，‘我再跟您回到博凯尔，去取那五千法郎。’

“‘不行，’珠宝商边说，边把戒指和钻石还给卡德鲁斯，‘不行，这东西再多也不值了，而且，我挺后悔还了这个价，因为，钻石上还有点小毛病，当初我没有看出来；不过无所谓，我没有二话，我说出四万五千法郎，就不会再改口了。’

“‘您起码再把钻石安到戒指上吧。’卡尔孔特女人尖酸地说道。

“‘那当然。”珠宝商回答。

“于是，他又将钻石安到托座上。

“‘好，好，好，’卡德鲁斯说着，又把首饰拿放回兜里，‘那就另找个买主吧。’

“‘是啊，’珠宝商接口道，‘另一个买主，可不如我这么好说话；另一个买主，可不会满足于你们向我提供的这些情况；像您这样一个人，拥有一颗价值五万法郎的钻石，这不正常；他要向法院报案，必须找到布索尼神甫，而能把价值两千路易金币的钻石送给人的神甫，可是很少见啊。法院就要立案侦察，先把您关进监狱，等确认您无罪释放，那也是羁押了三四个月了。在这期间，存放在法院档案室里的钻戒可能不翼而飞，或者还给您一枚价值三法郎的假钻石，而不是那颗价值五万，也许五万五千法郎

的钻石。真的,老兄啊,您应当承认,买这颗钻石,也要冒一些风险啊。'

"卡德鲁斯和他老婆相互询问地交换一下眼色。

"'不行,'卡德鲁斯说道,'我们没那么富有,可以随便损失五千法郎。'

"'随您的便吧,我亲爱的朋友,'珠宝商说道,'您可是看到的,我带来了黄澄澄的金币。'

"他随即从兜里掏出一把金币,晃得店主眼花缭乱,又从另一个兜里掏出一叠钞票。

"看得出来,卡德鲁斯头脑里展开了一场激烈的思想斗争。显而易见,在他手中摆弄来摆弄去的这个轧花皮首饰小盒,在价值上看来不敌这笔令他眼晕的巨款。他转向他老婆。

"'你说呢?'他小声问他老婆。

"'卖吧,卖吧,'女人回答,'他得不到钻石,回到博凯尔就可能告发咱们!正如他说的,天晓得能不能找见布索尼神甫。'

"'好吧,成交,'卡德鲁斯说道,'四万五千法郎,钻石卖给您,不过,我女人要一条金项链,我要一对银带扣。'

"珠宝商从衣兜里掏出一只扁平的长盒子,盒里装着好几种他们要的样品。

"'喏,'珠宝商说道,'我这个人做买卖就是痛快,随便挑吧。'

"那女人挑了一条约值五路易金币的金项链,那丈夫挑了一对值十五法郎的银带扣。

"'希望你们不再抱怨了。'珠宝商说道。

"'神甫可说过,这钻石值五万法郎。'卡德鲁斯又咕哝一句。

"'得了,得了,拿来吧!您这人多难缠!'珠宝商又说道,同时从对方手中一把抓过钻石来。'我出四万五千法郎,每年利息就是两千五百利弗尔,可以说是一笔财富,我都渴望得上这样一笔呢,就这样还不知足。'

"'喂,这四万五千法郎呢,'卡德鲁斯嗓门沙哑地问道,'钱在哪儿?'

"'这不是嘛。'珠宝商回答。

“他说着，就在桌子上数好一万五千法郎的金币、三万法郎的现钞。

“‘等我点上灯，’卡尔孔特女人说道，‘这么昏暗，容易数错了。’

“他们讨价还价的工夫，天色果然黑下来；来势汹汹已有半小时的雷雨，也随着黑夜逼近了。隆隆的雷声从远处传来。然而，这三个人似乎谁也没有理会，无论珠宝商、卡德鲁斯还是卡尔孔特女人，一个个都仿佛有贪财魔鬼附身了。我本人呢，看到那一堆金币、那一叠叠钞票，也有导样感觉，心性被迷惑了，恍若做着一场梦，我感到钉在原地动弹不得，如同梦中常有的情景。

“卡德鲁斯拿着金币和钞票，数了一遍又一遍，而他女人接过去，又数了一遍又一遍。

“这工夫，珠宝商则拿着钻石在灯光下照来照去，他只顾看钻石的闪光，而无视预示雷雨开始照亮窗户的闪电。

“‘怎么样，点好了吗?’珠宝商问道。

“‘好了，’卡德鲁斯回答。‘卡尔孔特，把钱包给我，再找个钱袋来。’

“卡尔孔特女人走向一个大衣柜，拿回来一个旧皮夹子，从里边掏出来的不是钞票，而是几封油乎乎的信，她再从拿来的钱袋里，掏出两三枚面值六利弗尔的银币，这大概就是这对穷苦夫妇的全部家当了。

“‘好吧，’卡德鲁斯又说道，‘尽管您卡掉我们大约一万法郎，也许您还是愿意和我们共进晚餐吧？这话可是诚心诚意的。’

“‘多谢，’珠宝商回答，‘天也不早了，我该回博凯尔了，回去晚了我妻子要担心的。’他掏出怀表，嚷道，‘好家伙！快九点钟了。午夜之前赶不到博凯尔了。再见，孩子们。万一再有布索尼那样的神甫来找你们，可要想着我呀。’

“‘再过一星期，您就离开博凯尔了，’卡德鲁斯说道，‘既然集市下星期就结束了。’

“‘我离开也没关系，您可以往巴黎给我写信，寄往巴黎王宫大街，皮埃尔长廊四十五号，约阿奈斯先生收就行了。如果需要，我会专程来一趟。’

"忽然一声惊雷,伴随一道耀眼紫光的闪电,晃得那盏灯几乎丧失光亮。

"'噢! 噢!'卡德鲁斯说道,'这种雷雨天儿您也走?'

"'哎! 我可不怕打雷。'珠宝商回答。

"'强盗也不怕吗?'卡尔孔特女人也问道,'交易会期间,路上从来不大安全。'

"'哦! 碰到强盗嘛,'约阿奈斯说道,'有这个对付他们。'

"他说着,就从口袋里掏出一对塞满弹药的小手枪。

"'这可是又会叫又咬人的狗呀[①],'他说道,'头两个上来抢您这颗钻石的强盗,卡德鲁斯老爹,就用这个撂倒。'

"卡德鲁斯和他老婆交换一下阴沉的眼色。看样子他们不约而同地产生了什么可怕的念头。

"'那好,一路平安!'卡德鲁斯说道。

"'谢谢!'珠宝商答道。

"他走向一个老式木柜,拿起立在旁边的手杖,便要出去。他刚打开店门,一股风就猛地灌进来,差一点把灯吹灭。

"'哈!'他说道,'这天儿可真够意思,在这种天气里,要走八公里路!'

"'留下吧,'卡德鲁斯说道,'您就睡在这里吧。'

"'对,留下吧,'卡尔孔特女人声音颤抖地说道,'我们一定很好地照顾您。'

"'不成,我必须返回博凯尔睡觉。再见。'

"卡德鲁斯缓步走到门口。

"'这大雨,昏天黑地的,'珠宝商走出客店,说道,'该往右还是往左走啊?'

"'往右走,'卡德鲁斯回答,'错不了,大路两边都有树。'

---

① 这是一语双关,法文 Chien 一词既是"狗",也是枪的"击铁"的意思。

“头两个上来抢您这颗钻石的强盗，卡德鲁斯老爹，就用这个撂倒。”

“‘好，我走上路了。’说话的声音仿佛很远，几乎听不见。

“‘关上门，’卡尔孔特女人说道，‘打雷的时候，我不喜欢敞着门。’

“‘也就是说家里有钱的时候，对不对？’卡德鲁斯说道，同时将门锁拧了两圈儿。

“他回到厅里，走向大立柜，又取出钱袋和皮夹子，两个人就第三遍数他们的金币和钞票。我从未见过那种表情，微弱的灯光照出了那两张脸的贪婪相。那个女的尤为丑陋，平时犯病打摆子，现在变本加厉了。她那苍白的脸也变得惨白了，那双沉陷的眼睛燃着火光。

“‘你要他在这里留宿，’她瓮声瓮气地问道，‘为什么？’

“‘这个，’卡德鲁斯浑身一抖，答道，‘就是为了……为了不让他冒雨返回博饥尔。’

“‘哼！’女人说道，那声调难以描摹，‘我还以为是为别的事呢。’

“‘女人啊！女人！’卡德鲁斯嚷道，‘你怎么生出这种念头，生了这种念头为什么不留在心里呢？’

“‘还不一样，’卡尔孔特女人沉默片刻，才说道，‘你不是条汉子。’

“‘为什么这么说？’卡德鲁斯问道。

“‘如果你是条汉子，他就休想从这里出去。’

“‘女人啊！’

“‘或者，他出去也走不到博凯尔。’

“‘女人啊！’

“‘大路要拐个弯儿，而他又只能沿着大路走，可是沿着运河边，还有一条抄近道。’

“‘女人啊，你在冒犯仁慈的上帝。喏，你听……’

“果然，随着一道照亮厅堂的淡蓝色闪电，一声炸雷震耳欲聋，然后雷声慢慢地减弱，似乎颇为遗憾地离开这所可诅咒的房子。

“‘耶稣啊！’卡尔孔特女人说着，急忙在胸前画了个十字。

“与此同时，就在惊雷引起的恐怖的寂静中，忽听有人敲门。

“卡德鲁斯和他老婆都惊跳一下，恐惧地面面相觑。

“‘谁呀？’卡德鲁斯霍地站起，嚷了一声，同时把摊在桌子上的金币和钞票拢成一堆，用双手捂住。

“‘是我！’一个声音回答。

“‘您是哪位？’

“‘还用问！珠宝商约阿奈斯呗。’

“‘怎么样，我对你说什么来着，’卡尔孔特女人狞笑一下，又说道，

‘说我冒犯仁慈的上帝！……仁慈的上帝这不把他给我们打发回来了。’

“卡德鲁斯面失血色，气喘吁吁，一屁股又坐到椅子上。卡尔孔特女人反而站起身，步子坚定地走过去，打开店门。

“‘请进来，我亲爱的约阿奈斯先生。’她说道。

“‘真的，’浇成落汤鸡的珠宝商说道，‘看来，是魔鬼不让我今晚回博凯尔了。知道是南墙，最好早回头，我亲爱的卡德鲁斯先生，刚才您要留我住下，我接受了，现在回来在您这里过夜。’

“卡德鲁斯讷讷讲了两句话，同时擦拭额头流下的汗珠。这时，卡尔孔特女人让进珠宝商之后，又把门锁拧了两圈了。”

第四十五章 血雨

"珠宝商走进厅里,就审视一下周围;如果他没有怀疑,那么似乎没有什么引起他的怀疑;如果他有所怀疑,那么似乎也没有什么能够证实。

"卡德鲁斯两手一直拿着他的钞票和金币。卡尔孔特女人则笑脸相迎,对客人尽量表现出热情。

"'哈!哈!'珠宝商说道,'看样子你们担心钱没有给够数,等我走后又数起来。'

"'不是,不是,'卡德鲁斯说道,'不过,事情突如其来,我们一下子有了这么一大笔钱,实在出乎意料,简直不敢相信,如果不实实在在摆在眼前,我们还以为在做梦呢。'

"珠宝商微笑了。

"'您这客栈有旅客吗?'他问道。

"'没有,'卡德鲁斯回答,'我们不留客人住宿;我们客栈离城太近,也没有人投宿。'

"'那么,我就过分打扰你们了吧?'

"'您,打扰我们!我亲爱的先生!'卡尔孔特女人盛情地说道,'绝没有,我敢保证。'

"'那么,你们安排我睡在哪儿呢?'

"'楼上那间卧房。'

"'那不正是你们的卧室吗?'

“‘哎！没有关系，在那隔壁房，我们还有一张床。’

“卡德鲁斯一脸惊讶，望着他老婆。而这工夫，卡尔孔特女人已经在壁炉生了火，给客人烤干衣服；珠宝商一边哼着小曲，一边对着火烤背。

“接着，卡尔孔特女人拿了一块餐巾，铺到桌子一角，端上来午饭吃剩下的一点可怜巴巴的东西，只加上两三个新煮的鸡蛋。

“卡德鲁斯重又把钞票装回皮夹子里，把金币放进钱袋，然后统统收回大衣柜中。他脸色阴沉，若有所思，在厅里来回踱步，不时抬头瞧瞧珠宝商。珠宝商坐在壁炉前，浑身冒着蒸汽，烤干了一侧再转过去另一侧。

“‘齐了，’卡尔孔特女人将一瓶葡萄酒放到桌上，说道，‘晚饭做好，您随时可以用餐。’

“‘你们呢？’约阿奈斯问道。

“‘晚饭我就不吃了。’卡德鲁斯回答。

“‘午饭我们吃得很晚。’卡尔孔特女人急忙接口解释。

“‘就我一个人用餐啦？’珠宝商又问道。

“‘我们来侍候您用餐。’卡尔孔特女人答道，她那种殷勤的口吻，即使招待吃饭付钱的客人也极少见。

“卡德鲁斯不时地向她抛去一眼。那目光疾如闪电。

“户外，仍然狂风暴雨。

“‘您听见了吗，您听见了吗？’卡尔孔特女人说道，‘真的，您又回来算是对了。’

“‘不过，’珠宝商则说道，‘假如在我吃饭这工夫，暴风雨停了，那我还照样上路。’

“‘这是密史脱拉风[①]，’卡德鲁斯摇着头说道，‘一来就得一直刮到明天。’

“说罢，他叹了口气。”

“‘老实说，’珠宝商到餐桌落座，说，‘出门在外的人算是倒霉了。’

---

① 密史脱拉风，法国南方地中海一带刮的一种寒冷干燥的狂风。

“‘对呀，’卡尔孔特女人附和道，‘他们可要遭一夜罪了。’

“珠宝商开始用餐，卡尔孔特女人还继续无微不至地照顾他。可是平时，她脾气特别坏，跟谁都不对付，现在却一反往常，变成了体贴入微、彬彬有礼的典范。假使珠宝商从前就认识她，那么她的态度如此巨大的突变肯定令他惊讶，也势必引起他的怀疑。至于卡德鲁斯，他仍然一语不发，来回踱步，目光游移，仿佛回避他的客人。

“等客人吃完饭，卡德鲁斯就主动去打开店门。

“‘我想狂风暴雨也该停了。’他说道。

“然而这时，就好像驳斥他似的，一声响雷震动屋宇，一股狂风携雨冲进来，将灯吹灭。

“卡德鲁斯又立刻把门关上，他老婆则拿着一支蜡烛，在奄奄待熄的炉火上点燃。

“‘喏’，她对珠宝商说道，‘您一定累了，上楼去睡个好觉，我已经换了白净的床单。’

“约阿奈斯又停留一会儿，以便确认暴风雨丝毫没有停歇的意思，最后看准风雨反而变本加厉了，他就向主人道了晚安，走上楼梯。

“他从我头上走过，我听见每级楼梯板踏得吱咯作响。

“卡尔孔特女人贪婪的目光追随着他，而卡德鲁斯则相反，转身背向，甚至不朝他那边望望。

“所有这些细枝末节，从那之后不时在我脑海里再现，但是在我眼前发生的时候，却毫不令我惊诧。归根结底，事情的全部经过，没有什么不正常的，一切都很自然，唯独钻石的故事，在我听来有点不可信。我也的确疲惫不堪，因而打算利用狂风暴雨让万物暂停之机，决定先睡上几小时，等到深夜再离开。

“我听见珠宝商在楼上房间，做各种准备，这一夜要尽量过得舒服些。过了一会儿，他上床了，压得床铺吱呀响了一阵。

“我感到自己的眼皮在打架，既然毫无可疑之处，我也就不再同困倦抗争了，又最后瞧一眼厨房里面。卡德鲁斯坐在长桌旁的木凳上，要知道，乡间客栈里用木凳取代椅子。他背向我，看不见脸，而且他双手抱着头，即使面向我，我也看不见他脸上的表情。

“卡尔孔特女人注视他半晌，然后耸了耸肩，走过去坐到他对面。

“这时，奄奄一息的炉火又燃着被遗忘的半截干劈柴，火光略亮些，也就照亮一点昏暗的房间……卡尔孔特女人定睛凝视她的丈夫，但是见他一直保持同一姿势，便伸出指头如钩的手，碰了碰他的额头。

“卡德鲁斯猛然一抖。我恍若看见那女人嘴唇翕动，不是她说话声音太低，就是我因困倦而感觉麻木了，她的话语之声根本没有抵达我的耳畔。而且，我只能隔着一道迷雾看东西了。加以入睡前的那种似梦非梦，完全处于迷离恍惚的状态。我终于闭上了眼睛，沉入了梦乡。

“我睡得正酣，忽然一声枪响，并伴随一声惨叫，把我惊醒了。楼上房间响起踉踉跄跄的脚步声，接着，一个重重的东西，跌落在我脑袋上方的楼梯上。

“我的神志还没有完全清醒过来，但是听见呻吟声，随后又听见几声窒息的叫喊，仿佛在搏斗中发出来的。

“最后一声叫喊拖得最长，接着化作呻吟，完全使我摆脱了麻木状态。

“我一只胳臂撑起身子，睁开眼睛，在黑暗中什么也看不见。我感到楼梯板缝连连落下热乎乎的雨点，掉在我脑门上，我便抬手抹了一把。

“骇人的声响过后，便是一片死寂。我听见一个男人在我头上行走，他的脚步踏响楼梯。那人来到楼下，走近壁炉，点燃一支蜡烛。

“那人就是卡德鲁斯，他脸色苍白，衬衣沾满了血迹。

“他点亮蜡烛，又急匆匆上楼去，我又听见他那慌乱的脚步声。

“过了一会儿，他又下楼来，手里拿着那个首饰盒，还察看了钻戒确实在里面，又考虑片刻放在哪个兜里为好；继而，他可能认为藏在兜里并不保险，于是用红手帕包起来，再系到自己的脖颈上。

“随后，他又跑向大立柜，从里边掏出他的钞票和金币，将钞票塞进裤子的小兜里，将金币装进上衣兜里，又拿了两三件衬衣，便冲向门口，消失在黑夜中。这时在我看来，一切都明明白白了。对刚刚发生的事情，我不禁自责，就好像我自己犯了罪。我仿佛听见有人呻吟：那不幸的珠宝商可能没有死；也许我能救护他，从而部分弥补虽非我本人，但坐视他人所作的恶。于是，我用肩头撞击，撞开一块有点活动的隔板，我就钻出睡觉的楼梯下小隔间，来到楼下厅堂。

“我跑去点了蜡烛，冲上楼梯，只见一具尸体横卧，挡住去路，那是卡尔孔特女人的尸体。

“我先前听到的枪声，正是射向她的，射穿了她的喉咙，只见两个伤口血流如注，同时嘴也往外吐血。她一点儿气也没有了。我跨过她的尸体上楼去。

“卧室一片狼藉，有两三件家具撞翻了。不幸的珠宝商揪住的床单拖在地上，他本人也倒在那里，脑袋靠着墙，浸在从胸部三处大伤口冒出的血泊中。

“还有第四个伤口，上面插着长刃厨刀，只露出刀柄。

“我一脚踩到第二把手枪上：这把手枪没有打响，大概是火药湿了。

“我走到珠宝商跟前，其实他还没有死，听到我的脚步声，尤其是地板的震动，他又睁开惊恐的眼睛，目光终于集中注视我片刻，嘴唇还蠕动几下，似乎要说话，随后便断了气。

“如此可怖的场面，简直要让我丧失理智了，看来我救助不了任何人，只感到唯一的需要，就是赶紧逃开。我双手揪住头发，发出惊骇的号叫，就往楼下跑。

“楼下大厅已经拥进五六名海关人员，两三名宪警，全副武装的一支队伍。

“他们一下抓住我，而我呢，甚至没有企图反抗，当时我完全蒙了头，想要说话，张着嘴也只是断断续续地哼叫几声。

“我看见海关人员和宪警纷纷用手指我；我低头一看自己，发现满身血污。先前我感到从楼梯板缝落到我身上的热雨，原来是那个卡尔孔特女人的血。

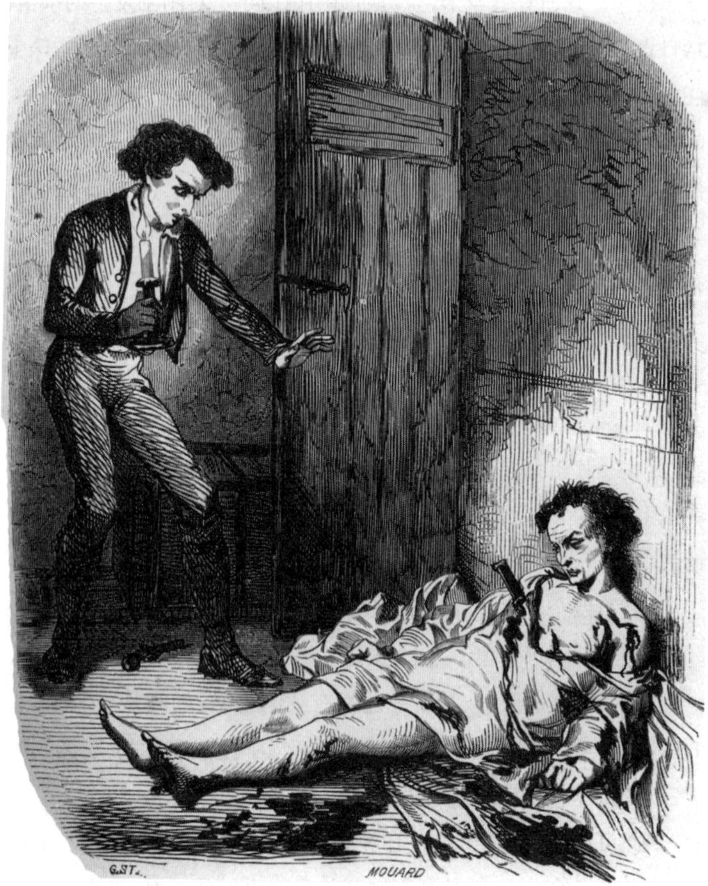

“还有第四个伤口,上面插着长刃厨刀,只露出刀柄。”

“我抬手指了指刚才藏身之处。

“‘他是什么意思?’一名宪警问道。

“一名海关人员过去瞧了瞧。

“‘他想说他是从那里钻进来的。’海关人员回答。

“他指的那个洞,的确是我刚才钻出来的地点。

“我这才恍然大悟,他们把我看成了凶手。于是,我又恢复了话语,

又恢复了力量,立刻挣脱揪住我的那两个人的手,大声喊道:

"'不是我!不是我!'

"两名宪警用卡宾枪顶住我的面颊。

"'你再敢动一动,就一枪崩了你。'他们说道。

"'可是,我反复对你们说,不是我干的!'

"'你这小瞎话,等到尼姆对法官讲去吧,'他们回答,'还是乖乖跟我们走吧;如果我们要劝你一句的话,也就是别反抗。'

"我丝毫也没打算反抗,早就惊呆吓傻了。他们把我的双手铐上,拴到一匹马的尾巴上,押往尼姆。

"其实,我偷偷往这里赶的时候,早被一个海关的人给盯住了,他跟到这房子附近才不见我的踪迹了,料想我必会在这里过夜,于是跑去通知他的同伴。他们一赶到,就听见枪响,到犯罪现场把我逮个正着;我随即也就明白,要让他们相信我无罪,比登天还要难。

"因此,我心里只想一件事:见到预审法官,我提出的头一个要求,就是请他派人到处去查访一位叫布索尼的神甫:那神甫白天曾到过加尔桥客栈。假如卡德鲁斯编造了谎言,世上根本就没有那个神甫,那么显然我就完蛋了,除非卡德鲁斯也被抓来,全部招供。

"一连两个月过去,我真应当赞扬负责我这案子的法官:在这期间,他接受我的请求,派人四处控访那位神甫。我已经丧失了一切希望。抓捕卡德鲁斯也毫无结果。到九月八日,就要开庭审我的案子,也就是在出事之后三个月零五天。我已经不抱任何希望了,不料布索尼神甫却来到监狱,说他得知有一名囚犯渴望同他谈话。他说是在马赛听说这件事,就赶来满足我这种心愿。

"你想象得出来,我见到他该是多么兴高采烈,向他讲述了我亲眼目睹的全部情况。我还惴惴不安地提起钻石的事,真出乎我的意料,这件事从头至尾完全属实;接着又出乎我的意料,他对我讲的情况都深信不疑。我受到他那和蔼仁慈的态度的感召,同时也确认他十分了解我那地方的习俗,心想我犯下的唯一罪过,也许能得到如此仁慈的人的宽恕,于是我就以忏悔的方式，详详细细地向他讲述了在欧特伊的冒险行为。我一时冲动所做的忏悔，得到了有所图谋之举的同样效果。没有任何外力迫使我向他供认我犯下的第一起杀人罪，这足以向他证明，第二起杀人案不是我干的。他离开时嘱咐我抱有希望，并承诺他会尽力说服法官相信我是无罪的。

"我有证据认为，他的确过问了我的事：我看到在牢中的处境逐渐改善，还得知审理我的案子，第一次开庭之后，还要等待再次开庭会审。

"也是天网恢恢，在这段时间，逃往国外的卡德鲁斯被抓获，押回法国。他全部招认，只是把预谋，尤其教唆的罪责推到他老婆头上。他被判处终身苦役，而我当庭无罪释放。"

"于是，"基督山道道，"您就带着布索尼神甫的一封推荐信来见我？"

"对，大人，他显然对我十分关照。

"他还对我说：'您干走私这行当要毁了自己，您若是出了狱，就洗手别干了。"

"'可是，神甫，'我就问他，'那您让我怎么生活，又怎么养活我那可怜的嫂子？'

"'请我做忏悔师的人中，'他回答我说，'有一位对我十分敬重，他委托我给他找一个可靠的人。您愿意成为他的人吗？我可以把您推荐给他'。

"'哦，神甫啊！'我高声说道，'您的心肠太好了！'

"'不过，您要对我发誓，永远不会让我后悔。'

"我伸出手准备起誓。

"'算了，'他又说道，'我了解，也喜欢科西嘉人，我这就给您写推荐信。'

"他说着，当即写了几行字，就是我交给大人的信，而大人根据这封信的推荐，就好心留用了我。现在，我可以自豪地问一句，大人对我有过不满意的地方吗？"

"没有，"伯爵回答，"我还乐意承认，您是个好仆人，贝尔图齐奥，尽管您还缺乏信任感。”

“哎,我,伯爵先生!”

“对,就是您,您怎么又有个嫂子,还有个养子,而哪个您也一直没有对我提过?”

“唉!大人,我要对您讲的一生,这是最伤心的一段经历。您完全明白,当时我急于回家,安慰我那可怜的嫂子;可是,我赶到了罗格利亚诺村,却看见家里正在举丧:曾经发生那骇人听闻的一幕;邻里乡亲至今还记忆犹新!我那可怜的嫂子按照我的主意,抵制了贝内德托的要求:他无时无刻不想把家里的钱全拿走。一天早晨,他又威胁养母,然后跑出去一整天不见人影儿。阿松塔不免伤心流泪,要知道,她对那个小混蛋有一颗慈母的心。到了夜晚,她不睡觉等他。直到十一点钟他才回家,还带去两个平时一起胡闹的狐朋狗友。阿松塔朝孩子张开手臂,但是他们却把她揪住,其中一个,说来真寒心,恐怕就是那个小魔鬼,其中一个嚷道:

“‘咱们来拷问,一定得逼她供出藏钱的地点。’

“也是不巧,邻居瓦西利奥去了巴斯蒂亚,家里只有他老婆一个人。除了她,谁也不可能看见,也不可能听到我嫂子家里发生的事情。可怜的阿松塔被两个人揪住,还不相信他们能干出这样罪恶的勾当,还冲着要成为她的刽子手的家伙微笑;另一个人去堵住房门和窗户,返身回来,三个人又一起要捂住阿松塔,阿松塔见真要准备动手而恐惧地喊叫,接着他们就把她的脚推向炭火,想逼使她供出我们小小积蓄的隐藏地点。在推搡挣扎中,她的衣裙烧着了;他们怕自己被烧,才放开受刑的女人。阿松塔满身着火,冲向门口,然而房门都上了锁。

“她又冲向窗户,窗户也给堵死了。当时,邻居女人听见惨叫声,那正是阿松塔在呼救。她的叫声很快就窒息了,变成了呻吟。瓦西利奥女人度过了惶恐惊怖的一夜,第二天大着胆子走出家门,叫来法官,才吩咐人打开我们家房门。他们看到阿松塔半身烧伤,不过还有气息,而大立柜被撬开,钱财不见了。至于贝内德托,他离开罗格利亚诺村,就再也没有回去;而且从那天起,我再也没有见到他,甚至没有听人提起过。

他们把她的脚推向炭火。

“我是得知这样噩耗之后，”贝尔图齐奥接着说道，“才前去投奔您的，大人。我觉得贝内德托失踪了，我嫂子死了，就都没有必要对您讲了。”

“这种变故，您是怎么看的?”基督山问道。

“在我看来，这是惩罚我所犯下的罪过，”贝尔图齐奥回答，“噢！维尔福那一家人，那个家族就该下地狱！”

“我也是这么想。”伯爵语调阴沉，喃喃说道。

“现在，”贝尔图齐奥又说道，“大人总该明白，这座小楼后来我再也没有见过，这次突然来到这花园，来到我杀过人的地方，自然毛骨悚然，心惊肉跳，您就想了解是何缘故。其实，说到底，我也不敢肯定德·维尔福是否就躺在这儿，在我面前，在我脚下，躺在他为自己的孩子挖掘的坟墓里。”

“不错，各种情况都有可能，”基督山说着，就从他坐的长椅上站起来。“甚至，”他又压低声音补充道，“检察官可能没有死。布索尼神甫把您打发给我，算是做对了；您把这段经历讲给我听，也做得很好，这样，我对您就不会产生坏的想法了。至于贝内德托，枉然起了个好名，您就从来没有设法儿找到他的踪迹吗？您就从来没有试图打听他的情况吗？”

“从来没有。假如我知道他在哪里，我也绝不会去找他，而像躲避魔鬼一样逃得远远的。真的，幸亏如此，无论谁，也从未向我提过他，但愿他死了。”

“不要抱这种希望，贝尔图齐奥，”伯爵说道，“坏人不会随随便便就丧命的，因为，上帝似乎在庇护他们，要他们充当上天复仇的工具。”

“就算这样吧，”贝尔图齐奥说道，“反正我对上天的全部祈求，只是永远不要再见到他。现在，”管家低下头，继续说道，“情况您全了解了，您就是我在人世的法官，正如将来，上帝就是我在天上的法官。怎么，您不想安慰我几句吗？”

“您这话确实有道理，换了布索尼神甫，也会这样对您讲：您刺杀的那个人，那个维尔福，他是罪有应得，他不仅害了您，也许还干了别的坏事。贝内德托如果还活着，他将替天复仇，正如我对您讲的，然后也要受到惩罚。至于您嘛，老实说，您只有一件事该受良心的谴责；您要扪心自问，既然救活那孩子，为什么不送还他母亲？这就是罪孽，贝尔图齐奥。”

“对，先生，这就是罪孽，名副其实的罪孽，因为，在这件事情上，我是个懦夫。我一旦救孩子还了阳，正如您所讲，该做的只有一件事，就是把他送回母亲的怀中。但是为此，我就必须寻访，引起注意，也许连自己也搭进去。我不想送命，我贪生也是为我嫂子，为我们那地方人天生的自尊心,报仇要完胜,自身不伤一根毫毛。总之,也许我仅仅是贪生,只因为热爱生活。噢！我呀,可不是个勇敢的人,比不上我那可怜的兄长！”

贝尔图齐奥用双手捂住脸,基督山那难以描摹的目光,久久地注视他。

这片刻的沉默,由于在此时此地,就变得更加庄严。

“为了圆满地结束这场谈话,贝尔图齐奥先生,这将是涉及您坎坷经历的最后一次谈话,”伯爵说道,而且一反往常,带着一种忧伤的声调,“您要牢记住我这句话,我也常听到布索尼神甫这样讲:有两种药包治百病:时间和沉默。现在,贝尔图齐奥先生,让我在这花园里散散步吧。这个舞台,您扮演过角色,当然会有不堪回首的痛感,但是给我的感受却近乎温馨,这就使这座宅院身价倍增。您瞧瞧,贝尔图齐奥先生,这些树木多么讨人喜欢,只因它们有阴影,而树影讨人喜欢,也只因它充满憧憬和幻想。喏,我买下这花园,原以为买的是围墙圈起来的普通场地;其实不然,这块园地忽然间变成一座幽灵出没的花园,而这些幽灵却没登记在售房契约上。我恰恰喜欢幽灵,我还从未听人说,死者在六千年里的危害,能赶上世人一天所作的恶。您回车上去吧,安安稳稳睡您的觉。将来到了临终的时刻,您的忏悔师万一不如布索尼神甫那么宽容,那么您就派人叫我去,只要我还活在世上,我总能给您想出些安慰的话,好让您的灵魂上路前得到安抚,再走上人称永恒的艰难旅程。”

贝尔图齐奥恭恭敬敬地给伯爵鞠了一躬,叹了口气走开了。

剩下基督山独自一人,他就朝前走了四步。

“是这里,在这棵梧桐树旁边,”他喃喃自语,“就是安葬孩子的墓穴;那边,是进入花园的小角门;还有这个角落,有一条暗梯,通向楼上卧室。这些情况,我想没必要记在本子上:这在我眼前,在我周围,在我脚下,就是鲜活鲜活的立体地图。”

伯爵在园子里最后转了一圈儿,这才返身走向马车。贝尔图齐奥见他沉思的样子,便什么也不讲,挨着车夫坐下了。

马车又驶上返回巴黎市区的路。

当天夜里，基督山伯爵一到香榭丽舍大街的公馆，就把整座楼房察看一遍；他就好像住过多年，全部了如指掌；他虽然走在前头，却没有错开一扇房门，没有误入一道楼梯或走廊而未直接走到想去的地点。这趟夜巡由阿里陪同。伯爵吩咐几件事，让贝尔图齐奥装修什么地方，重新分配什么房间，然后掏出怀表，对在旁边恭候的努比亚人说道：

“现在十一点半了，海蒂可能快到了。通知法国女佣人了吗？”

阿里伸手指向美丽的希腊女郎专用的套间：这套房间自成一体，房门由一道壁毯遮掩，而外人参观整座楼房，也想不到那壁毯后面还有一间客厅、两间卧室。准确地说，阿里伸手指这套房间时，是用右手的手指表示三的数字，再平展手掌，托住头，合上眼表示睡觉的样子。

“唔！”基督山说道，他已经习惯这种哑语，“是不是有三名女佣人，在卧室里等候呢？”

“是。”阿里点头称是。

“今晚夫人一定很累，”基督山继续说道，“一定想要睡觉，吩咐佣人不要让她多讲话了。法国女佣人只需拜见一下她们新的女主人，就退下吧。您要监视好，不让希腊女仆同法国女佣交谈。”

阿里躬身领命。

过了一会儿，就听见看门人呼唤之声，铁栅门也随之打开，一辆马车驶进庭院的甬道，在楼前台阶下停住。伯爵走下台阶，这时车门已经打开，他便伸手接住一位年轻女了；那女子全身裹着一件金丝绣花的绿缎斗篷，连头部也遮住了。

年轻女子拉住伸过来的手，怀着几分掺杂敬意的深情吻了一下，二人交谈几句：年轻女子温情脉脉，伯爵则和蔼而庄重，他们所讲的，正是老荷马让诸神口中讲出的那种铿锵有力的语言。

这时，阿里擎着一支红烛，走在前面带路，将年轻女子引入她的套房。年轻女子正是那位希腊女郎，基督山寓居意大利时的日常伴侣，待她到了自己的套房，伯爵便告辞，回到自己专用的小楼。

午夜十二点半，宅里的灯火，全部熄灭，让人以为全宅的人都已入睡。

第四十六章 无限信贷

次日下午，将近两点钟，两匹英国骏马驾驶的一辆四轮马车，停到基督山宅邸的门外，一个男子从绘有男爵冠图徽的车门探出头，吩咐年青的马夫去问看门人，基督山伯爵是否在府上。此公身穿蓝色丝纽扣的同色上装，缀着粗金链的白色背心，下身穿一条浅褐色的裤子；他的头发乌黑浓密，低垂到眉头，但是同遮不住的满脸皱纹极不协调，真让人以为是假发；最后，他的年龄在五十至五十五岁之间，却着意打扮成四十来岁的样子。

此人在等待的工夫，就审视这座府邸，那种明察秋毫的神态，简直显得放肆无礼了；不过，他所看到的，也无非是从花园所能望见的房子外观，以及来来往往的几个仆人的号服。此人眼神很灵活，但与其说机智，不如说狡诈。他的双唇极薄，外翻不出来，只能回扣在口内；颧骨又宽又高，正是奸诈的万无一失的标志；前额低平，而后脑勺却特别凸突，大大宽过两只招风耳；总之，这副尊容随便哪个相面士见了，都会判他一种令人憎恶的性格。然而，在庸俗的人眼里，他那两匹骏马、衬衣上的大颗钻石、挂在衣服纽扣上的红色绶带，就必定是个应当巴结的人物。

马夫敲了敲门亭的玻璃窗，问道：

“基督山伯爵先生，是不是住在这里？”

“大人正是住在这里，”门房回答，“不过……”

他以目光询问阿里。

阿里摇了摇头。

“不过什么？……”车夫问道。

“不过，大人现在不见客。”门房回答。

“既然如此，这是我家主人，丹格拉尔男爵先生的名片，请您转交给基督山伯爵，并且告诉他，我家主人在前往议会途中，特意绕道来拜访过他。”

“我不能直接跟大人说话，”门房回答，“这要由大人的贴身仆人转达。”

那马夫反身回到马车前。

“怎么样？”丹格拉尔问道。

小伙子碰了壁，颇没面子，便向主人报告了门房的回答。

“哦！”丹格拉尔说道，“那位先生难道是一位王爷？仆人称他为大人，还只有贴身仆人才有权向他回事。没关系，他既然在我这儿开了转账信贷，要用钱时，我总会见到他的。”

丹格拉尔说罢，撤回车里，身子往后一仰，吩咐车夫，声音大得连马路对面都听得见：

“去众议院！”

基督山已及时接到报告，他通过小楼的百叶窗，用一副高级的观剧镜，看到了男爵，仔细审视他的程度，不亚于丹格尔先生刚才凝望这座楼房花园和号服。

“毫无疑问，”他鄙夷地摆了摆手，一边说着，一边将观剧镜装进象牙盒里，“毫无疑问，这个人是个丑八怪，只要见过一次，就准能看出他是扁额毒蛇，突脑勺的秃鹫和利喙的大鹰。”

“阿里！”他呼唤一声，接着又敲了一下铜铃，看到阿里来了，便吩咐道：“去叫贝尔图齐奥过来。”

与此同时，贝尔图齐奥进来了。

“大人唤我有事？”管家问道。

“对，先生，”伯爵说道，“您见到刚才停在大门外的那两匹马吗？”

“当然见到了,大人,那还真是两匹好马。”

“怎么会这样?”基督山皱起眉头说道,“我要求您买下全巴黎最好的两匹马,可是在巴黎还有两匹马,和我的马同样漂亮,却不在我的马厩里!”

阿里一见主人皱起眉头,声色俱厉,便垂下头去。

“这不是你的过错,我的好阿里,”伯爵用阿拉伯语说道,无论在声音里还是他的脸上,会如此和蔼,实在让人难以置信,“你呀,你不懂得英国马。”

阿里的脸上又恢复了平静的表情。

“伯爵先生,”贝尔图齐奥说道,“您讲的那两匹马并不出售。”

基督山耸了耸肩。

“要知道,管家先生,只要肯出价,什么都能买到。”

“丹格拉尔先生可是花了一万六千法郎,伯爵先生。”

“那好,就该给他出价三万两千法郎;他是银行家,而一位银行家,绝不会放过资本增值一倍的机会。”

“伯爵先生此话可是当真?”贝尔图齐奥问道。

基督山惊讶地注视着管家,居然有人敢提出疑问。

“今天晚上,”他说道,“我要拜访人,希望那两匹马换上新辔头,套在我的马车上。”

贝尔图齐奥躬身退下,走到门口又站住,问道:

“大人准备几点钟去拜访?”

“五点钟。”基督山回答。

“我请大人注意,现在已是两点钟了。”管家壮着胆子说道。

“我知道。”基督山只是应了一声。

他随即转身,对阿里说道:

“吩咐下去,把所有马匹都牵出来,让夫人选出她看中的马;再有,如果她愿意和我共进午餐,请她派人来通知我,那样的话,就在她那里用餐。去吧,下楼时让我的跟班来一趟。”

阿里刚出去,跟班就进来了。

“巴蒂斯坦先生，”伯爵说道，“您给我当差有一年了，这是我通常试用下人的期限，我觉得您称职。”

巴蒂斯坦鞠了一躬。

“那就剩下一点要弄清楚，您觉得我是否合适。”

“哎！伯爵先生！”巴蒂斯坦赶忙回答。

“听我讲完，”伯爵接着说道，“您一年挣一千五百法郎，这就等于一名善良而勇敢的军官每天冒着生命危险的薪俸。而您的饭食，就连许多办公室主任，每天不知比您忙碌多少倍的不幸的公仆，都羡慕不已。您作为仆人，手下还有仆人，照料您的衣物和生活用品。您除了一千五百法郎的年薪，在给我置办洗漱用品中，还捞取一千五百法郎。”

“哎！大人！”

“我不是抱怨什么，巴蒂斯坦先生，这种状态也算合情合理，但是我希望就此打住。您有这样一个职位是运气好，无论去哪儿再也找不到了。对我的下人，我从来不打不骂，也从来不生气，我总是原谅一个过错，但是从不宽恕一次疏忽或者遗忘。我吩咐的话通常很简短，可是明白无误；我愿意重复一遍，甚至两遍，不能容忍人理解错了。我很富有，想了解什么都必能办到，而且，我也非常好奇，这些我都事先对您讲明白了。假如我发现您谈论我，不管讲好话还是坏话，您品评我的行为，窥控我的举动，那么立即请您走人。我对仆人只警告一次，现在您听到警告了，好啦！”

巴蒂斯坦鞠了一躬，刚走出三四步，又被伯爵叫住。

“对，”伯爵又说道，“我倒忘了告诉您，每年，我都按人头儿，给我的人存上一笔钱。被我辞退的人，就势必拿不到这笔钱了，只有能留住的人才能获益，在我死后有权分享。您在我这里做事有一年了，也就开始有了一笔钱财。您就继续增加吧。”

这番话是当着阿里的面讲的，没有引起阿里的反应，只因法语他一句也听不懂，但是对巴蒂斯坦产生了效果，凡是研究过法国仆役心理的人，都会明白这一点。

“我会在各方面努力达到大人的要求，”他说道，“而且，我将以阿里先生为榜样。”

“哎！绝不可以，”伯爵冷冰冰地说道，“阿里有长处，也有许多缺点，您不要以他为榜样，因为，阿里是一个例外，他不拿工钱，不是个仆人，而是我的奴隶是我的狗；假如他失了职，我不会赶他走，而是要他的命。”

巴蒂斯坦睁大了双眼。

“您怀疑？”基督山问道。

于是，他刚才用法语对巴蒂斯坦讲的话，又对阿里重复一遍。

阿里听了微笑起来，并走到主人跟前，单膝跪地，尊敬地吻了吻主人的手。

伯爵训诫所产生的这小小效果，使巴蒂斯坦的惊讶达到无以复加的程度。

伯爵示意巴蒂斯坦出去，再示意阿里跟他去。主仆二人走进书房，谈了许久。

到了五点钟，伯爵打了三下铃。一声叫阿里，两声叫巴蒂斯坦，三声叫贝尔图齐奥。管家走进来。

“我的马呢！”基督山问道。

“已经套上车了，大人，”贝尔图齐奥回答，“伯爵先生要我陪同吗？”

“不要，有车夫、巴蒂斯坦和阿里就足够了。”

伯爵下楼去，看见他的车套上了他中午赞赏过的丹格拉尔的那两匹马。

他从旁边走过时，还瞥了两匹马一眼。

“它们果然很漂亮，“他说道，“您买了来，事情办得不错，只是稍微晚了点儿。”

“大人，”贝尔图齐奥说道，“我费了多少唇舌，才算弄到手，而且还出了高价。”

“两匹马也不会因此减色吧？”伯爵耸了耸肩问道。

“只要大人满意就好，”贝尔图齐奥说道，“大人去哪儿？”

“受色-当坦大街，丹格拉尔男爵先生府上。”

阿里听了微笑起来，并走到主人跟前，单膝跪地，尊敬地吻了吻主人的手。

二人是站在台阶上交谈的。贝尔图齐奥要迈下头一个台阶。

“等一下，先生，”基督山把他叫住，“我需要在海边购置一块地，在诺曼底，比如在勒阿弗尔和布洛涅之间。您瞧，我给您选择的范围还挺宽。在购置的地产上，必须有个小码头，有个小港湾，能驶进并停泊我的三帆舰：它吃水只有十五尺。三帆舰停在那里，随时准备启航，只要我发出信号，不管白天黑夜，也不管几点钟。您就按照我讲的条件，去所有公证人那里了解，如果有合适的，您就去看一看，觉得满意，就以您的名义买下

贝尔图齐奥要迈下头一个台阶。

来。三帆舰大概在驶往费康的路上,对不对?"

"我们离开马赛的那天晚上,我看它出海了。"

"游艇呢?"

"游艇在马尔蒂格[①]待命。"

① 法国南方城镇。

"好！您要常跟两只舰艇的船长联系，以免他们睡大觉。"

"那艘汽艇呢？"

"停在沙隆[1]吧？"

"对。"

"也同两只帆船一样待命。"

"好的！"

"那块地产一旦买下，我要在南方大道和北方大道沿途，每隔十法里设一个站点。"

"大人放心，这事包在我身上。"

伯爵做了个满意的表示，他步下台阶，跳上马车。两匹骏马一路奔驰，直到银行家的公馆门前才停车。

丹格拉尔正主持一个铁路筹建委员会的会议，快结束时，忽然仆人来禀报，基督山伯爵来访。

一听伯爵的名字，丹格拉尔立刻站起身。

"诸位先生，"他对同事说道，而同事中有好几位是参议院或众议院的议员，"请原谅我先行离席。诸位可以想象一下，罗马的汤姆森和弗伦奇银行，向我介绍一位基督山伯爵，为他担保在我的银行开了一个无限信贷的户头。这真是一个最离奇的玩笑，迄今为止外国客户还没有向我开过。真的，大家会理解，我控制不住，现在还被好奇心掌控；今天中午，我登门拜访那位所谓的伯爵。假如他真是伯爵，你们当然明白，他就不可能那么富有。门房回答：先生不见客。你们听听这是什么话？那位基督山师傅，是不是在摆王爷殿下的谱儿，或者要漂亮女人的派头？那座宅院，坐落在香榭丽舍大街，我打听过了，倒真是他的，在我看来还挺像样。然而，无限信贷，"丹格拉尔阴险地笑了笑，接着说道，"接受开户的银行就不得不十分挑剔了。因此，我急于要见一见这个人。我觉得是给我设圈套。但是，他们那些人，根本不知道在跟谁打交道；笑吧，看谁笑到最

---

① 法国有两地均叫沙隆，此处可能指马尔纳的省会。

后。”

男爵先生讲完这番话，他语气夸张，狂妄得鼻孔都张大了。然后，他离开客人，走进曾经名噪一时的受色-当坦大街那间白和金色沙龙。

他吩咐仆人把客人带进这里，就是想给对方一个下马威。

伯爵站在客厅，正观赏阿尔巴尼[1]和法托雷的几幅复制品，全是别人当真迹卖给这位银行家的。复制品也就罢了，还同装饰天棚的五颜六色的金菊苣图案极不协调。

听见丹格拉尔走进来的声响，伯爵回转过身来。

丹格拉尔只是略微点头致意，并示意伯爵坐到一张绣金白缎面的涂金木椅上。

伯爵坐下。

“我幸会的可是德·基督山先生？”

“而我幸会的，必是荣誉勋位得主、众议院议员丹格拉尔男爵先生吧？”伯爵回敬道。

基督山把男爵名片上的全部头衔，都悉数重复一遍。

丹格拉尔只觉吃了一闷棍，不禁咬住了嘴唇。

“请原谅，先生，”他又说道，“我没有一见面就用您通报的爵衔来称呼您，要知道，我们生活在平民政府的时期，而我又是民众利益的代表。”

“因此，”基督山又回敬道，“您保持让别人称呼您男爵的习惯的同时，却丧失了称呼别人伯爵的习惯。”

“哦！我也并不在乎这种称呼，先生。”丹格拉尔无所谓地答道，“他们见我为国效了力，就封我为男爵，还授予我荣誉团骑士，不过……”

“不过，您放弃了自己的封号，就像德·蒙莫郎西和德·拉法耶特[2]先生那样？那真是值得人效法的好榜样呀，先生。”

“还不尽然，”丹格拉尔尴尬地接口道，“对于仆人嘛，您当明白……”

---

① 阿尔巴尼(1578—1660)，意大利宗教题材画家。

② 拉法耶特(1757—1834)，原为侯爵，曾参加美国的独立战争，在法国大革命和1830年革命中，都扮演了重要角色。

丹格拉尔只觉吃了一闷棍，不禁咬住了嘴唇。

“明白，您对仆人自称老爷，对记者自称先生，对客户自称公民。这种微妙的差异，在君主立宪政府的时期，非常实用。我完全理解。”

丹格拉尔咬住嘴唇：他看出在这一领域，他不是基督山的对手。于是他就试图回到自己更熟悉的领域。

“伯爵先生，”他躬了躬身，说道，“我收到汤姆森和弗伦奇银行的一份保函通知书。”

“真让我宽心，男爵先生。请允许我像您的下人一样称呼您。这是还有男爵的国家所养成的坏习惯,恰恰是因为不再封什么男爵了。我是说,这真让我宽心,用不着我介绍自己了:自我介绍,总不是那么自在。您刚才怎么说,您收到一份保函通知书?"

"对,"丹格拉尔说道,可是,实不相瞒,我还没有完全理解是什么意思。"

"哦!"

"我甚至荣幸地去拜访您,请您解释一下。"

"有话请讲,先生,这不见到了,我洗耳恭听,也准备理解您。"

"这份保函通知书,"丹格拉尔说道,"我想是带在身上(他掏了掏口袋)。对,在这里:这份保函通知书,就是要我的银行给德·基督山伯爵开一个无限信贷的户头。"

"怎么,男爵先生,这内容有什么难懂的吗?"

"没有,先生,只是'无限'这个词……"

"怎么,这个词不是法语? ……您也明白,写通知书的是英国加德国人。"

"嗯! 当然是法语,先生;从句法角度看,是挑不出毛病的;然而从财会角度看则不然。"

"难道在您看来,汤姆森和弗伦奇银行,"基督山装出十分天真的样子,问道,"不完全可靠吧,男爵先生? 真见鬼! 这可麻烦了,我有一些资金投放在那家银行。"

"哎! 完全可靠,"丹格拉尔答道,同时近乎讥讽地微微一笑,"不过,'无限'这个词,在金融方面含义十分模糊……"

"也就是没有限度,对不对?"基督山接口道。

"这正是我要讲的意思。那么,模糊,就有疑虑,而智者云:疑者莫为。"

"这就意味,"基督山又说道,"汤姆森-弗伦奇银行打算胡来的话,丹格拉尔银行可不打算照样干。"

"这话怎讲,伯爵先生?"

“是啊，当然了，汤姆森和弗伦奇银行开展业务，不限数额；可是，丹格拉尔先生的业务则有限额：正如他刚才说的，他是一位智者。”

“先生，”银行家骄傲地回答，“还没有人不看重我的资金。”

“那么，看来由我开始了。”基督山冷淡地答道。

“您何出此言？”

“是您要我作出解释，先生，显然犹豫不决……”

丹格拉尔再次咬住嘴唇：这是他第二次被这个人击倒，而这第二次，又恰恰倒在自己的地盘上。他这种冷嘲热讽的礼貌不过是装出来的，已经接近放肆无礼的极限了。

基督山则相反，始终笑容可掬，雅人深致，只要愿意，还能显出几分天真之态从而占据了优势。

“总而言之，先生，”沉默了好一会儿，丹格拉尔才说道，“我请您亲自确定打算在我行提款的数目，也好弄明白无限贷款的含义。”

“可是，先生，”基督山又说道，他决意在这场争论中寸步不让，“我既然要求在贵行开无限信贷的户头，就是因为不知道我需要多少钱。”

银行家以为能占上风的时刻终于来了，他仰身靠到椅背上，带着滞重而高傲的微笑，说道：

“唔！先生，需要多少都不必担心，您尽可以相信，丹格拉尔银行资金不管多么有限，总还能满足最大的提款要求，哪怕您要一百万……”

“什么？”基督山问道。

“我是说一百万。”丹格拉尔以愚蠢到家的语气重复道。

“我要一百万能干什么？”伯爵说道，“啊，上帝呀！先生，假如我只需要一百万，我就不会为这点钱开信贷账户了。一百万？我在皮夹子里，或者旅行用品盒里，总是带上一百万。”

基督山说着，就从放名片的小盒里取出两张国库券，每张面值五十万法郎的即付凭券。

像丹格拉尔这种人，刺一下不顶用，必须当头一棒。这一棒真有效果，银行家身子摇晃起来，感到天旋地转，他两眼发直，注视着基督山，两个瞳孔放得极大。

“喏,对我讲实话吧,”基督山又说道,“您信不过汤姆森和弗伦奇银行。上帝啊！这很自然;这情况我早有所料,我虽不懂金融,还是采取了防备措施。这还有两份保函同寄给您的这份一样:一份由维也纳阿尔斯泰因和埃斯克莱斯银行出据,开给德·罗思柴尔德男爵先生;另一份由伦敦巴林银行出据,开给拉菲特①先生。您说句痛快话,先生,不行我就决不麻烦您,去找这两家银行中的一家。”

这下胜负已定,丹格拉尔战败了,他接过伯爵用指尖夹着递给他的两份银行保函,双手明显颤抖着打开维也纳的一份,再打开伦敦的那一份,审查签字的真伪,而且仔细到了无以复加的程度,基督山若是不看在银行家昏了头的份儿上,就准会认为这对他是一种侮辱。

“哦！先生,这三个签名就值几百万。”丹格拉尔说着就站起来,仿佛要把眼前这个人当作金钱的化身来膜拜,“在我们几家银行,开三个无限信贷户头！还得请您原谅,伯爵先生,怀疑倒不是怀疑了,惊奇总还惊奇啊。”

“唔！像贵行这样一家银行,也不会这样大惊小怪,”基督山彬彬有礼地说道,“看来,您能提供给我一些款项了,对不对?”

“说吧,伯爵先生,我听从您的吩咐。”

“好哇,”基督山又说道,“现在我们达成一致了,是不是,我们达成一致了吧?”

丹格拉尔首肯。

“您不再有丝毫怀疑了吗?”基督山又追问道。

“哎！伯爵先生!”银行家高声说道,“我从来就没有怀疑过。”

“是没有怀疑;您无非需要证实一下。好哇,”伯爵重复道,“现在我们达成一致了,现在您不再有丝毫怀疑了。假如您愿意的话,我们就为头一年确定一个总数吧！比方说,六百万。”

---

① 拉菲特(1767—1844),法国银行家、政治家,曾任法兰西银行行长(1814—1819)。

"六百万,好吧!"丹格拉尔答道,差点儿窒息了。

"如果我再需要的话,"基督山漫不经心地说道,"到那时我们再追加吧;不过,我在法国只打算逗留一年,而这一年的花销,我想不会超过这个数目……总之,到时候再说吧……作为第一笔,请您明天给我送去五十万法郎,我中午之前在家,即使出了门,我也会给管家留下一张收据。"

"明天上午十点钟,钱款准时送到府上,伯爵先生,"丹格拉尔答道,"您是要金币、银币,还是现钞?"

"请您提供半数金币、半数现钞。"

伯爵站起身。

"有一件事,我应当坦诚相告,伯爵先生,"丹格拉尔又说道,"我原以为对欧洲的大富翁,我无不了如指掌,然而您的财富,在我看来特别巨大,但是不瞒您说,我却全然不知,您是新近发家的吗?"

"不是,先生,"基督山回答,"正相反,这份家产由来已久,但是长期禁止动用,结果利息积存,使本金增加了两倍。遗嘱规定的期限,才刚刚过去几年,因此,我享用这笔财富,也只有几年的时间;对此您一无所知,这是再自然不过的事了,况且,过些日子,您就会进一步了解了。"

伯爵讲这番话时,面露那种曾让弗朗兹·德·埃皮奈心惊胆战的惨淡微笑。

"您爱好广泛,又有种种打算,先生,"丹格拉尔接口说道,"您在这首都的豪华大排场,就要把我们这些可怜的小百万富翁比垮了。不过,我还是请您允许我带您看看我的画廊,因为我觉得您是个艺术爱好者,在我进来时您正在欣赏绘画,我收藏的全是古典之作,全是大师的杰作,我不喜欢现代作品。"

"您说得对,先生,因为现代作品通常有个大缺陷,就是还没有来得及成为古董。"

“我这儿有几尊雕像，是托瓦尔森①、巴尔托洛尼②、卡诺瓦③的作品，可以带您看看吗？全是外国艺术家，正如您所见，我不欣赏法国艺术家。”

“他们是您的同胞，先生，您有权对他们不公正。”

“不过，这些事放在以后，等我们彼此熟悉了再安排。今天嘛，如果您允许的话，我只想把您引见给丹格拉尔男爵夫人。伯爵先生，我这样急切还请原谅，但是，一位像您这样的客户，就跟家里人差不多了。”

基督山躬了躬身，表示接受金融家给他的荣誉。

丹格拉尔摇了摇铃，一名身穿光彩夺目的号衣的仆人闻声而至。

“男爵夫人在房间吗？”丹格拉尔问道。

“在房间，男爵先生。”仆人回答。

“独自一人？”

“不，夫人有客。”

“有人在场引见您，不会太冒失吧，伯爵先生？您不想隐姓埋名吧？”

“不，男爵先生，”基督山微笑道，“我自认为没有这种权利。”

“谁在夫人那里？是德勃雷先生吗？”丹格拉尔问道，他那种天真之态令基督山窃笑：其实，伯爵已经了解这位金融家明朗化的家庭秘密。

“对，正是德勃雷先生，男爵先生。”仆人答道。

丹格拉尔点了点头。

他随即转向基督山，说道：

“吕西安·德勃雷先生，是我们的一位老朋友，给内政大臣当私人秘书。至于我妻子。她嫁给我，也是降尊纡贵，因为她出身世家，娘家是塞维埃尔家族，头婚嫁给上校德·纳尔戈纳侯爵而成遗孀。”

“我还没有荣幸认识丹格拉尔夫人；但是我已经会过吕西安·德勃雷先生。”

---

① 托瓦尔森(1770—1844)，丹麦雕刻家。

② 巴尔托洛尼(1777—1850)，意大利雕刻家。

③ 卡诺瓦(1757—1822)，意大利雕刻家。

"哦!"丹格拉尔问道,"在什么地方?"

"在德·莫尔塞夫子爵府上。"

"哦！您认识那位小子爵?"丹格拉尔又问道。

"我们在罗马一起度过的狂欢节。"

"唔！不错,"丹格拉尔说道,"我仿佛听说他有一场奇特的险遇,落入废墟的强盗、窃贼手中,后来又奇迹般脱险了吧？他从意大利回国之后,好像把他的险历讲给我妻子和女儿听过。"

"男爵夫人在等候二位先生。"仆人回来禀报。

"我在前面给您带路。"丹格拉尔躬身说道。

"请先走。"基督山说道。

第四十七章　银灰花斑马

男爵与伯爵一前一后，穿过一长排富丽有余、格调低俗的套房，最后走到丹格拉尔夫人的小客厅。这是一个八角形的小房间，挂着有印度平纹细布衬里的粉红缎门帘和窗帘。漆成金色的木椅及其布罩都古色古香；门楣上方绘有布歇[①]风格的田园风景画，另外还有两幅美丽的椭圆形水粉画，同全室的陈设十分协调，从而使这个小房间在公馆中成为唯一有点特色的场所。的确，这个房间是由男爵夫人和吕西安·德勃雷单独布置的，脱离了丹格拉尔先生及其在帝国时期地位最高、最负盛名的建筑师制订的总体方案。丹格拉尔先生特别赞赏督政府时期[②]的尚古风气，因而十分鄙视这个精巧的小客厅；况且，他通常只有带个客人才准许进入，名为引见客人，实则自己被引见，而他会受到欢迎还是冷遇，还完全取决于男爵夫人喜欢还是讨厌客人那张面孔。

丹格拉尔夫人年龄虽然三十有六，但是姿色尚好，风韵犹存，她正坐在堪称细木精制的小杰作的钢琴前，而吕西安·德勃雷则坐在女红桌前，正翻看一本画册。

在伯爵到来之前，吕西安已经对男爵夫人讲了许多有关伯爵的事。前面叙述过，在阿尔贝家吃上午饭时，基督山给客人留下多么深刻的印

① 布歇(1703—1770)，法国画家。

② 法国督政府时期：1795—1799 年。

丹格拉尔男爵夫人

象，吕西安不管怎么不易受影响，这种印象还没有磨灭，在给男爵夫人的讲述中时有流露。丹格拉尔夫人先前听过莫尔塞夫的详细描述，现在又听到吕西安所讲的新情况，好奇心被刺激到了顶点。至于钢琴和画册之类，只不过是社交场合的小小道具，借以掩饰最为精心的防范。因此，男爵夫人笑吟吟地接待丹格拉尔先生，这种态度可不常见。至于伯爵，他躬身施礼，也换来男爵夫人既郑重、又优雅的屈膝礼。

吕西安这边，同伯爵也有一面之交，彼此颔首致意，他同丹格拉尔相互则打了个亲热的手势。

“男爵夫人，”丹格拉尔说道，“请允许我向您介绍德·基督山伯爵先生，他是我在罗马的关系银行家大力推荐来的；我只要讲一个情况，他立刻就能赢得我们所有美妇的青睐；他来到巴黎，准备住上一年，这一年中打算花掉六百万法郎；这就意味举办一系列舞会、盛宴和夜宴，而我希望伯爵组织这些活动，不至于忘记邀请我们，正如我们举行小宴会时，不会忘记他一样。”

这种介绍词的恭维尽管相当粗俗，不过，一个人来到巴黎，一年内要挥霍掉一位王侯的家产，一般说来确实匪夷所思，因此，男爵夫人朝伯爵投去一瞥，目光中自然不乏兴趣。

“先生，您几时到的巴黎？……”男爵夫人问道。

“昨天上午，夫人。”

“听人说，您按照习惯，应是来自天涯海角吧？”

“这回不过是从加的斯[1]来的，夫人。”

“噢！您不巧赶上一个恶劣的季节。巴黎一到夏天，简直讨厌极了。没了舞会，没了聚会，也没了宴请，意大利歌剧院的班子拉到伦敦，法兰西歌剧院的班子离开巴黎，到处巡演；至于法兰西剧院，您知道，在哪儿也找不见影儿了。我们所余的消遣，就只有演兵场[2]和萨托里[3]几场了无趣味的赛马。伯爵先生，您也玩赛马吗？”

“我嘛，夫人，”基督山答道，“在巴黎，别人玩的我都要玩，只要能有运气找个人，教会我法国人的习惯玩法。”

“伯爵先生，您喜欢马吗？”

“我在东方生活了数年，夫人，您是知道的，东方人在世上只爱两样东西：骏马和美女。”

---

① 加的斯，西班牙有加的斯城和加的斯湾。

② 演兵场，又译战神广场或马尔斯广场，位于埃菲尔铁塔南侧。

③ 萨托里，位于巴黎西南的一个高地。

“噢！伯爵先生，”男爵夫人说道，“您本可以风雅一点儿，把女人放在前面。”

“您瞧，夫人，刚才我说得多对，我就是希望有个教师，能指点我法国人的习惯。”

这时，男爵夫人的心腹侍女走进来，到女主人身边，对她耳语了几句话。

男爵夫人的脸顿时没了血色。

“不可能啊！”她说道。

“这可千真万确呀，夫人。”侍女回答。

丹格拉尔夫人转向丈夫，问道：

“真有此事吗，先生？”

“什么事呀，夫人？”丹格拉尔显然不安地反问道。

“这侍女对我讲的……”

“她对您讲什么啦？”

“她对我说，我的车夫去为我备车时，在马厩里没有找见我的马，请问，这是怎么回事？”

“夫人，”丹格拉尔说道，“请听我说。”

“哼！我听着呢，先生，我倒想领教，您究竟要对我说什么。我要请这两位先生来给我们评理，我得先给他们讲讲这事的原委。二位先生，”男爵夫人继续说道，“丹格拉尔先生在马厩里养了十匹马，其中喜人的两匹是我的，这是全巴黎最英俊的两匹马，德勃雷先生，您见过，我那两匹银灰花斑马！德·维尔福夫人要借用我的马车，我也答应了，她明天要去布洛涅树林，正在这种时候，我那两匹马却不翼而飞啦！丹格拉尔先生一定认为，在那两匹马身上还能赚几千法郎，就把它们给卖了。噢！上帝啊！投机商一族，该有多卑劣啊！”

“夫人，”丹格拉尔回答说，“那两匹马太暴烈，刚刚四岁，总是让我为您担心得要命。”

“哼！先生，”男爵夫人反驳道，“您明明知道，我雇用巴黎最好的车夫有一个月了，您至少连他一同卖掉吧。”

“亲爱的，我还会给您买同样的马，甚至更好的马，如果有的话，但是要挑性子温和的、老实的马，免得再让我担惊受怕。”

男爵夫人耸耸肩膀，一副由内心发出的鄙夷的神态。

丹格拉尔似乎根本没有注意这种超出夫妇关系的反应。

“老实说，我同您相识恨晚啊，伯爵先生，”他说道，“您的住宅要配置用品吧？”

“对。”伯爵答道。

“那两匹马，我本来应当推荐给您。您想想，我等于白给了人家；但是，正如我对您说过的，我就是想处理掉：那种马适于年轻人。”

“先生，”伯爵说道，“谢谢您。今天上午，我就买了马，相当好，还不大贵。对了，您瞧瞧，德勃雷先生，我想，您是行家吧？”

在德勃雷走近窗口的工夫，丹格拉尔则凑到他妻子的身边。

“您想想看，夫人，”他对妻子低语，“有人来出高价买这两匹马。不知道是哪个败家子，今天上午派他的管家来找我，结果，我在这上面赚了一万六千法郎。您也别跟我怄气，我给您四千，给欧仁妮两千。”

丹格拉尔夫人狠狠瞪了丈夫一眼。

“噢！天啊！”德勃雷叫起来。

“怎么啦？”男爵夫人问道。

“我没有看错，那是您的马呀，您的马套到伯爵的马车上了。”

“我的银灰花斑马！”丹格拉尔夫人也嚷起来。

她随即冲向窗口。

“果然是那两匹马。”她说道。

丹格拉尔一下子惊呆了。

“这怎么可能？”基督山故作惊讶之态，说道。

“令人难以置信！”银行家咕哝道。

男爵夫人对德勃雷耳语两句，接着德勃雷便走到伯爵面前。

“男爵夫人让我问问您，她丈夫把她的马多少钱卖给您的？”

“我也不大清楚，”伯爵回答，“我的管家要给我一个惊喜……想必花了三万法郎。”

德勃雷把回答的话传给男爵夫人。

丹格拉尔脸色惨白，狼狈不堪，而伯爵则显得怜悯他。

“您瞧，”伯爵对他说，“女人就是不知恩不领情，您这番好意，丝毫也没有感动男爵夫人。说不领情还不准，应当说愚妄。可是有什么办法呢，她们总是爱有危害的事。因此，亲爱的男爵，请相信我，最省心的办法，还是由着她们的性子去吧；真的，她们就是碰得头破血流，至少还怪不得别人，只能怨她们自己。”

丹格拉尔没有应声，他已经预料，不久就要大闹起来；男爵夫人已经眉头紧锁，就像朱庇特的眉头那样，预示着一场暴风雨。德勃雷感到乌云密布，借口有事就先走了。基督山也不想久留，以免毁掉他要赢得的地位，他躬身向男爵夫人告辞，抽身离去，留下男爵独自接受他妻子的怒火。

“好哇！”基督山离开时，心中暗道，“预期的目的，我已经达到；这一家的安宁，就掌握在我的手心了；我要一举两得，既赢得先生的心，又赢得夫人的心，多么幸运！不过，”他又想到一件事，“这次拜访，我还没有见到欧仁妮·丹格拉尔小姐，如能认识她，我会非常高兴。没关系，”他面带特有的微笑，转念又一想，“我们既然到了巴黎，来日方长……以后会有机会！……”

伯爵转念至此，便登上马车，返回公馆。

两小时之后，男爵夫人接到基督山伯爵的一封信，伯爵在这封热情的信中表示，他刚踏入巴黎上流社会，不愿惹一位美丽女士伤心，恳请她收回这两匹马。

两匹马还佩戴着她上午见到的辔头，但是在每只马耳朵上的玫瑰花结，都缀有一颗钻石。

丹格拉尔也收到了伯爵的信。

伯爵请他允许一位百万富翁对男爵夫人表示一点小意思，恳求他原谅送还马匹的这种东方的方式。

晚上,基督山由阿里陪同,动身去欧特伊。

次日下午三时许,阿里听到一下铃声的呼唤,便走进伯爵的书房。

“阿里呀,”伯爵对他说,“你经常对我讲,你抛套索特别灵活吧?”

阿里点头称是,并且骄傲地挺起身子。

“好!……这么说,你用套索,能拉住一头公牛吗?”

阿里又点头称是。

“一只老虎呢?”

阿里同样点头。

“一头狮子呢?”

阿里做了个抛套索的动作,再模仿被勒住喉咙的一声狮吼。

“好,我明白,”基督山说道,“你猎过狮子吧?”

阿里骄傲地点了点头。

“那么,两匹狂奔的惊马,你拉得住吗?”

阿里微笑起来。

“那好,听我说,”基督山又说道,“待会儿,要有一辆车经过这里,拉车奔跑的正是我昨天的那两匹银灰花斑马。你不惜被压死的危险,也要将马车拦在这门前。”

阿里下楼走到街上,在门前的马路上画了一条线,再回到楼上,指给一直注视他的伯爵看那条线。

伯爵轻轻拍了拍阿里的肩膀:这是他对阿里表示感谢的方式。继而,这个努比亚人走到小楼和街道的拐角;坐到墙角石上抽起土耳其长烟斗;伯爵则回到房中,不再管这事了。

大约五点钟,即到了伯爵等待马车经过的时刻,仔细观察就能看出,他产生了不易觉察的略微焦急的神色:他在临街的房间里踱步,不时侧耳倾听,还时而走近窗口张望,瞧见阿里从容地一口一口吐着烟雾,表明努比亚人全心扑在这件大事上。

忽然,远处传来隆隆的车声,犹如迅雷一般逼近,接着,一辆四轮马车出现,只见驾车的马鬃毛竖起,又蹿又跳,发狂地乱冲乱闯,车夫怎么用力也扼制不住。

车上坐着一个年轻女子和一个七八岁的孩子，二人紧紧搂在一起，由于恐惧过度，连喊叫的力量都丧失了。只要车轮压到一块石头，或者刮着一棵树，吱咯作响的整辆马车就要散架。马车在路中央飞驰，惹得见状的行人都惊叫起来。

这时，阿里猛地撂下长烟斗，从口袋里掏出套索，抛了出去，将左侧的马两条前腿套个正着，绕了三圈儿，但是他也被凶猛的冲力拉出去三四步；而那匹马往前冲三四步，双腿挣扎不开，便跌倒在地，别断了车辕木，连累另一匹马徒然用力也跑不动了。车夫抓住这片刻的暂停，跳下车座，然而阿里已抢先一步，用铁钳一般的手指抠住第二匹马的鼻孔；那匹马疼得长声嘶鸣，痉挛着倒在它同伴的身边。

这一切都是转瞬间的事，仅仅是子弹射中目标的一刹那。

然而，这瞬间就足够了，只见发生车祸地点的对面住宅里，冲出一个男子，身后跟随好几个仆人。就在车夫打开车门的当儿，他就从车上抱下那位贵妇，而她还一只手抓着靠垫，另一只手还紧搂着昏过去的儿子。基督山将母子二人抱到客厅，放在长沙发上。

"您无需担心了，夫人，"他说道，"您得救了。"

那女子又清醒过来，她没有应声，只是用比祈求还有说服力的目光，向他指了指她的儿子。

孩子确实还昏迷不醒。

"不错，夫人，我理解，"伯爵边检查孩子，边说道，"不过请放宽心，他根本没有受伤，只因惊吓，才昏迷过去。"

"噢！先生，"母亲高声说道，"您不是为了安慰我才这样讲吧？瞧瞧，他脸色多么苍白！我的儿子，我的孩子呀！我的爱德华！你倒是回答母亲的话呀！噢！先生！还是派人请个大夫吧。谁救活我儿子，我的家产就给谁！"

基督山打了个手势，让哀求的母亲平静下来，他随即打开一个小箱子，取出一只波希米亚的镶金小瓶，里面装有血红色的药液，只往孩子的

阿里猛地撂下长烟斗，从口袋里掏出套索，抛了出去。

嘴唇上滴了一滴。

孩子脸色虽然一直苍白，但是眼睛却睁开了。

母亲一见，简直要乐疯了。

“我这是在哪里？”她高声问道，“经历了这样一场大难之后，是谁让我如此幸运？”

“夫人，”基督山回答，“您身在我的住所，我能使您免遭切肤之痛，真是无比幸福。”

“唉！该死的好奇心！”贵妇说道，“全巴黎人都谈论丹格拉尔夫人的两匹出色的马，我就产生一个荒唐的念头，坐车试一试。”

“什么！”伯爵惊叹道。佯装的惊讶十分逼真，“那两匹马是男爵夫人的？”

“对，先生，您认识她吗？”

“丹格拉尔夫人？……我有这份儿荣幸，而且，看到您马惊遇险而安然无恙，我真是倍感高兴。因为这次危险，您本可以归咎于我：昨天我从男爵手中买下这两匹马，可是男爵夫人十二万分惋惜，当天就作为礼物送还给她了。”

“这么说，您就是德·基督山伯爵吧？埃尔米娜对我讲了那么多关于您的事。”

“正是本人，夫人。”伯爵答道。

“我呢，先生，我就是爱洛伊丝·德·维尔福夫人。”

伯爵施了一礼，就仿佛对方讲出一个完全陌生的姓名。

“唔！德·维尔福先生一定会万分感激！”爱洛伊丝又说道，“因为您救了我们二人的命，您救了他的妻子和儿子。如果没有您那见义勇为的仆人，毫无疑问，我和亲爱的孩子就死于非命了。”

“噢！夫人！想想刚才你们遇到的危险，现在我还心惊胆战。”

“哦！但愿您能允许我厚报这人的忠勇。”

“夫人，”基督山答道，“千万不要夸奖，也不要奖励，以免宠坏了我的阿里；我不想让他养成这种习惯。阿里是我的奴隶，他救了你们的命，就是在为我效力，而为我效力就是他的职务。”

“可是，他冒了生命危险。”德·维尔福夫人说道，她觉得这主人的语气特别专横。

“他的命是我救的，夫人，因此属于我。”基督山答道。

维·德尔福夫人住声了，也许她在思索，这个人初次见面，怎么就给人的精神留下极深的印象。

“他的命是我救的,夫人,因此属于我。”

在这沉默的片刻,伯爵便从容地审视这个被母亲吻遍全身的孩子。这个孩子身形瘦小单弱,白白的肌肤如红棕头发的孩子,但是他却一头浓密的黑发,都直挺挺地发硬,遮住隆起的前额,围着他的面颊散落到肩头,衬得他那充满狡黠和少年狠毒的眼睛格外灵活;刚刚有了点血色的嘴唇很薄,嘴巴很大;这个八岁的孩子,至少已经显示出十二岁少年的相貌。他苏醒过来的头一个动作,就是挣脱母亲的手臂,跑去打开伯爵刚才取小药瓶的小箱子,他也不征得任何人的允许,操起小药瓶就要拧开盖子,完全是一个为所欲为惯了的孩子。

“不要碰那药瓶，我的朋友，”伯爵急忙说道，“那药水很危险，不要说喝了，就是闻一闻也要危及生命。”

德·维尔福夫人脸色刷地白了，她抓住儿子的手臂，把他拉回身边。她刚一消除担心，就立刻瞥了一眼小箱，那短促而深感兴趣的神色，已经被伯爵捕捉到了。

这时，阿里走进来。

德·维尔福夫人一阵喜悦，她把孩子拉得更近。

“爱德华，”她说道，“你看见了吧，这个善良的仆人，他非常勇敢，冒着生命危险，拦住拉着我们狂奔的惊马、要撞坏的马车。快谢谢他，如果没有他，这会儿我们俩可能全死了。”

孩子撇了撇嘴，不屑一顾地扭过头去。

“他太丑了。”他说了一句。

伯爵微微一笑，似乎孩子刚达到了他的一种期望；而德·维尔福夫人则申斥孩子几句，但是语气很温和，如果小爱德华叫爱弥儿的话，让-雅克·卢梭的教育方法可大相径庭。

“你瞧，”伯爵用阿拉伯语说道，“这位夫人让她儿子感谢你救了他们俩的性命，孩子就回答说你长得太丑了。”

阿里聪明的脑袋扭过去，看了孩子一会儿，他的脸上似乎毫无表情，但是鼻孔微微翕动，基督山一见就明白，这个阿拉伯人受到深深的伤害。

“先生，”德·维尔福夫人起身要告辞，又问道，“这是您的日常居所吗？”

“不是，夫人，”伯爵答道，“这是我买的一个落脚点，我住在香榭丽舍大街三十号。我看您已经完全恢复了，准备离开了。我刚刚吩咐人将那两匹马套到我的车上，由这个阿里，就是长得很丑的小伙子，”他说着，冲孩子笑了笑，“他将荣幸地送你们回家。您的车夫还得留下来，要等损坏的马车修好了，再套我的马拉回到丹格拉尔夫人府上。”

“可是，”德·维尔福夫人说道，“还是这两匹马拉车，我绝不敢坐

维尔福夫人

了。”

“哎！您马上就会看到，夫人，”基督山则说道，“这两匹马一到阿里的手下，就会变得羔羊一般温顺。”

其实这工夫，阿里已经走到由人费了极大力气才赶起来的马跟前，拿着饱浸香醋的一块海绵，擦拭浑身是汗、嘴冒白沫的两匹马的鼻孔和额头两侧。两匹马几乎立刻呼呼喘起粗气，浑身颤抖了几秒钟。

发生车祸的喧响和破损的马车，吸引来一大群看热闹的人，聚在这座宅院的门外。阿里就在围观的人群中间，将两匹马套到伯爵的车上，他又揽起缰绳，登上座位，令围观的人惊讶不已的是，他们刚才还看见这两匹马像一阵旋风飞奔而来，现在要用鞭子猛抽才肯起步；而且这两匹银灰花斑名马，现在却变得呆头呆脑，死气沉沉，步子不紧不慢，还歪歪斜斜，花了将近两小时，才把德·维尔福夫人拉回圣奥诺雷大街的宅邸。

她一回到家，等家里人惊魂稍定，便给丹格拉尔夫人写信，内容如下：

亲爱的埃尔米娜：

我们母子刚刚神奇般地幸免于难，救星正是昨天晚上我们大谈特谈的那位德·基督山伯爵，真没料到今天会见到他。昨天晚上，看您谈论他的那股兴奋劲儿，我这头脑贫乏的人还禁不住大肆嘲笑，然而今天我觉得，您的兴奋还收敛几分，并没有达到此人所激发的程度。您的马在拉奈拉格村惊了，疯狂地奔驰，车身只要刮着树木，或者撞上村子的界石，我和可怜的爱德华很可能就粉身碎骨了。就在危急关头，忽然一个阿拉伯人，一个黑人，一个努比亚人，总之是伯爵手下的一个黑人，想必是在主人授意之下，他不顾被车压死的危险，硬是拉住了惊马，而他没有被撞死也还真是个奇迹。当时，伯爵也跑过去，把我和爱德华抱进他的住宅里，他还把我儿子救活。我是乘坐他的马车回家的；您的马车明天才能还给您。您会发现出了这次车祸，您的两匹马大大衰弱了，就仿佛变得痴呆了，不能宽恕自己被一个人给驯服。伯爵让我转告您，只要让马在铺干草的马厩里歇两天，只喂大麦，它们就能恢复原状，也就是说像昨天那样桀骜不驯。

再见！这次出游，我也就不感谢您了，但是仔细想一想，我总不该以怨报德，因为马惊而对您耿耿于怀，也正是多亏这次狂奔，我才得以见到德·基督山伯爵，而且在我看来，这位不同凡响的外国人，除了拥有数百万财富，他还是个引起极大好奇、极大兴趣的莫测高深的人，因此我打算不惜一切代价研究他，哪怕再度乘坐您的马车，去布洛涅树林兜风。

爱德华以超常的勇气经受了这次车祸。他晕过去之前没有惊叫一声，苏醒之后也不流一滴泪。您又要说我被母爱蒙住眼睛了，不过要知道，在这可怜的孩子极为纤弱的躯体中，有一颗钢铁般坚强的心灵。

我们亲爱的瓦朗蒂娜，经常提起你们亲爱的欧仁妮。我满怀深情地拥抱您。

爱洛伊丝·德·维尔福

又及：请您设法安排一次，让我在贵府上同德·基督山伯爵见面，我一定要再见到他。此外，德·维尔福刚刚听从我的劝说，决定去拜访伯爵，但愿伯爵能回访。

在欧特伊发生车祸，当天晚上，就成为人人议论的话题：阿尔贝向母亲讲述了，夏多-雷诺在赛马俱乐部大谈一通，德勃雷在大臣的客厅大谈特谈；博尚还亲自撰了二十来行的文章，发表在他报纸的《社会新闻》栏上，大大地赞誉了伯爵，从而使这位高尚的外国人，一举成为所有贵妇心目中的英雄。

德·维尔福夫人宅邸一时门庭若市，客人纷纷来预约，以便在合适的时候再来拜访，听她亲口讲这次富有传奇色彩的历险的详情细节。

至于德·维尔福先生，正如爱洛伊丝所讲，他换上黑色礼服，戴上白色手套，这是他最漂亮的一身打扮，接着，他乘坐自家马车，当天晚上就来到香榭丽舍大街三十号的宅邸。

第四十八章　唇枪舌剑

设使德·基督山伯爵久在巴黎上流社会中熏陶，他定会估量出德·维尔福先生主动拜访他的全部价值。

在位的国王不管是长房还是旁支，掌政的大臣无论是空谈家，自由派还是保守派，德·维尔福先生一向吃得开，他是公认的精明干练的人，正像政治上从未失意过的人通常所赢得的名望那样，虽然遭受许多人嫉恨，但是也得到几个人的热心呵护，不过也没有一个人喜欢；他在司法界爬上高位，并且在高位上稳稳立足，赛似一位阿尔莱①，或者一位莫莱②。他府上的沙龙，虽经一位年轻妻子和前妻留下的年仅十八岁的女儿的改造，仍然是巴黎最严肃的沙龙之一。在那里聚会的人崇尚传统，信奉头衔。对人礼貌而冷淡，对政府原则绝对忠诚，对理论和理论家睨而视之，对观念学派深恶痛绝，这便是德·维尔福先生所标榜的家庭生活、公共生活的准则。

德·维尔福先生不止是个司法官员，还无愧于外交家的称号。他谈起前朝，总是一副端然而崇敬的神态，而他同前朝的这一层关系，也使他受到新朝的敬重；他涉世极深，因此别人总是迁就他，有时还向他讨教。假如人们能够摆脱德·维尔福先生，情况也许会改变，怎奈他酷似从前反

① 阿齐勒·德·阿尔莱(1536—1619)，法国司法官员，曾任巴黎最高法院院长。

② 马蒂厄·莫莱(1584—1656)，法国司法官员，曾任巴黎最高法院院长、掌玺大臣。

抗君主的封建领主,居住在一座坚不可摧的堡垒里:这座堡垒,正是他所任的检察官的职务,而他通权达变,从这一职位上开发出全部好处;他除非想当选议员,一改中立之态而参加反对派行列,才可能卸任。

一般说来,德·维尔福先生极少出门拜访,或者回访别人,这种活动总是由他夫人代劳:社交界也认可这种做法,只当他身膺检察官重任,日理万机,而其实他不过是有意托大,总摆贵族的派头,总之奉行这样的格言:“装出自重,人便敬重”,在当今社会,这句格言比希腊人那句“人贵有自知之明”的格言,更有用百倍;须知希腊人的格言,今天已被更易行、更有利的认识他人之术所取代了。

在朋友看来,德·维尔福先生是个有权势的保护者;对敌人来说,他是个不动声色、绝不容情的对手;而对于无关痛痒的人,他便是冷峻的雕像,法律的化身:他那副相貌目无下尘,神态漠然,眼神时而暗淡无光,时而咄咄逼人,要洞察人的肺腑。正是这样一个人,由四次革命巧妙地堆砌,先建造起来,再加巩根基。

德·维尔福先生素以法国最不好奇、最不平庸的人著称。他每年举办一次舞会,而在舞会上只露面一刻钟,算起来比国王参加王宫舞会的时间,还短四十五分钟。他从不看戏,也不去听音乐会,从不到任何公共场所。他偶尔打一打惠斯特牌,别人也特意为他挑选够格的牌友,总归是什么大使、大主教、王爷、议长,或者某位大公的遗孀。

正是这样一个人,乘坐马车停到德·基督山伯爵的公馆门前。

跟班进来通报德·维尔福先生求见的时候,伯爵正俯身察看摊在大书案上的地图,寻找从彼得堡到中国的一条路线。

检察官走进来的步伐,就像进入法庭那样庄重而沉稳。正是当年我们在马赛见过的那个代理检察官,更确切地说,正是那个人的延续。大自然自有运行的法则,行当必果,对维尔福也丝毫没有更改。他的身体从瘦削而变得枯槁,脸色从苍白而变得蜡黄,眼睛从凹陷而变成深洞;就是他那副金丝边眼镜,也仿佛长在眼眶上,成为脸庞的一部分了。除了扎的一条白色领带,他从上到下,一色纯黑装打扮,唯独穿过扣眼而极难觉察的

他的身体从瘦削变得枯槁，脸色从苍白而变得蜡黄。

红绶带，如同轻微的滚边，打破了这单一色调，仿佛画笔画出的一道血红线条。

基督山再怎么有自控能力，他还礼时，也带着明显的好奇神情，打量这位司法官员。这位司法官素性多疑，尤其不会轻信社会上的奇闻异事，在他看来，这位高尚的外国人——基督山已得了这一雅号——多半是个前来开拓市场的冒险家，或者一个不法之徒，而非教廷的一位大主教，或者《一千零一夜》中的苏丹。

“先生，”维尔福说道，他这种高声尖调是在法庭上装出来的，在平时谈话中不能或者不愿意改掉，“先生，昨天您给予我妻子和儿子以极大的帮助，我理当向您表示感谢。我此次前来尽此义务，向您表示衷心的谢意。”

司法官讲这番话时，严厉的目光丝毫不减平时的狂傲。这段话，他是用检察官的腔调，一字一顿讲出来的，脖颈和肩膀僵直挺硬，我们再说一遍，正是这副尊容，使得吹捧者把他说成法律的活雕像。

“先生，”伯爵也以冷冰冰的语气回敬道，“能为母亲保全她儿子的性命，我感到无比幸福，因为常言道，母爱是最神圣的情感。我既然有这种幸福感，您就无需尽感谢的义务了，先生，毫无疑问，您前来尽此义务，就是给我很大面子，只因我知道，德·维尔福先生并不这样滥施此等恩惠；然而，这种恩惠无论如何宝贵，对我来说都比不上内心的满足。”

这种回击实出意外，维尔福不免惊异，浑身一抖，犹如一名士兵感到穿透盔甲的一击；他那高慢的嘴角一道纹表明，从一见面，他就没有把德·基督山伯爵看作一位文雅的绅士。

维尔福环视一下周围，想再抓住一个什么话题：刚才的谈话跌落了，似乎摔得粉碎。

他瞧见他进屋时基督山正查看的地图，便又说道：

“您在研究地理吗，先生？这可是一门内容丰富的学问，尤其对您，据说您游历的地方，同这张地图上印出来的同样多。”

“是的，先生，”伯爵答道，“我们都对人类生理进行研究，所不同的是，我从整体出发，您从个例入手。我想从整体推及局部，总要比从局部推及整体容易。这也是一条代数公理：由已知数推算未知数，而不是由未知数推算已知数……哦，请坐吧，先生，您请。”

基督山给检察官指了指一张扶手椅，而检察官不得不亲手往前挪了挪；伯爵就省事多了，就势坐回刚才客人进来时他跪在上面看地图的坐椅，这样，他胳臂支在现在成为话题的地图上，背对窗户，就半侧着身子对着客人了。这场谈话方式，一如在莫尔塞夫府和丹格拉尔府上的谈话，即使不是在情境上，至少在人物方面如出一辙。

“哦！您谈论起哲理，”维尔福沉默片刻才又说道，他就像碰到竞技的强劲对手，乘机积蓄力量，“对了，先生，老实说！我若是像您这样无事可做的话，也要找一样不这么了无趣味的消遣。”

“的确如此，先生，”基督山又说道，“人若是放在天文显微镜下研究，就是一条丑陋的毛虫。我想，正如您所讲，我无事可做。那么您呢，先生，您认为自己偶尔会有事可做吗？或者，讲得更明确些，您认为自己所做的，值得称为正事吗？”

维尔福倍感惊讶，他第二次遭到这古怪对手的重重一击。这位司法官很久没有听到如此有力的奇谈怪论了，或者，说得更准确切些，他这是头一次听到。

检察官要认真对付，这样答道：

“先生，您是外国人，而且，我想您也亲口讲过，您一生有一段时间是在东方度过的，因而您不了解人类的正义，法在那些野蛮的地方执行起来，多么草菅人命，而在我国则采取极其稳妥而审慎的步骤。”

“不然，先生，不然；那是古代的‘跛足[①]’。这方面我无不熟知，因为我尤其研究各国的司法，比较各民族的刑事诉讼程序与天理正义，我还应当说，先生，我认为最符合上帝心愿的，还是原始部族的法律，即对等报复法。”

“一旦接受了这种法律，先生，”检察官说道，“那么，我们的法典就会大大简化了，我们这些司法官员，就真如您刚才所讲，再也没有什么事情可干了。”

“这种局面也许会到来，”基督山说道，“您知道，人类的发明从复杂走向简单，而简单之物总是完美的。”

“在那之前，先生，”司法官说道，“我们的法典还存在，连同其相互矛

① 原文为拉丁文。

盾的条款，只因那些条款来自高卢人的习俗、罗马法、法兰克人的风尚。然而，想必您也会同意，不经过长期学习和研究，就不可能掌握所有这些法律；必须经过长期研究，才能获取这些知识；这些知识一旦获取，又必须具备一个绝顶聪明的头脑，才不至于又忘记了。”

“我同意这种观点，先生；然而，关于这部法国法典，您所了解的，我也无不知道；我呢，也不局限于这部法国法典，所有国家的法典，诸如英国法、土耳其法、日本法、印度法等等，同法国法典一样，我都非常熟悉。因此，我有理由这样讲，相对而言（您也知道，先生，一切都是相对的），相对我所做的一切而言，您可做的事情就很少了，再相对我所学到的知识而言，您要学的东西就太多了。”

“请问，您学这么多，目的何在？”维尔福又惊讶地问道。

基督山微微一笑。

“好吧，先生，”他说道，“看得出来，您虽有被人誉为超凡之人的名望，但还是未能免俗，总以社会庸俗的物质观点看待一切，从人出发，从人终结，也就是说，囿于人的智力所能采取的最局限最狭隘的观点。”

“还请解释一下，先生，”维尔福说道，他越听越感到惊奇了，“我还不大理解……您的意思。”

“我是说，先生，如果眼睛只盯着各国的社会结构，您就只看到机器的动力，而无视使其运转的崇高的工匠；我是说您在眼前和周围，只承认拥有由大臣或国王签署的委任状的官员，而您短浅的目光，却看不见被上帝置于官吏、大臣乃至国王之上的人，肩负使命而不是担负一个职务的人。这正是器官衰弱而不健全的人所特有的弱点。多比看见来使他双目复明的天使①，还以为是一个普通年轻人。各民族把要来毁灭他们的阿提拉②，视为一个寻常的征服者。因此，肩负上天使命的人，只有露出真相，才会得到世人的承认；非等前者说：‘我是天主的使者’；也非等后者

① 事见《多比传》（《圣经·旧约》），多比多行善事，但双目突然失明，上帝差遣天使拉斐尔来调解，终使其双眼复明。《多比传》内容多为民间宗教故事。

② 阿提拉（约395—453），匈奴王，曾率军征服日耳曼人、斯拉夫人、高卢人等。

说:‘我是上帝之锤’;二人的神性才算显露出来。”

“这么说,”维尔福越发惊奇,真以为面对一个宗教迷幻者或者一个疯子,便说道,“您列举这些超凡的人,也自认为是其中一员吧?”

“有何不可呢?”基督山冷淡地答道。

“对不起,先生,”维尔福不胜惊骇,又说道,“还得请您原谅,我前来贵府,还不知道要拜访的人在知识和才智方面,远远超过一般学识和人的平常头脑。像您这样的的贵族,拥有巨大财产,至少有人这样断言,我无意询问,只是重复别人的说法,像您这样的大富翁,把时间花在社会思辨和哲学梦想上,我要说,这绝非我们这些被文明腐蚀的可怜人的习惯:这样做顶多能安慰那些身遭厄运、享受不到世间快乐的人。”

“喂!先生,”伯爵接口道,“您飞黄腾达,身处显赫的地位,就从未认知,甚至遇见一些例外吗?您的目光本应极其敏锐和沉稳,就从未用来明察,一下便能判断出您的目光落到什么人身上吗?一位司法官员,并不是要做什么最优秀的执法者,最有计谋的疑案审断者,而不是应当成为一个探测人心的钢铁探锤,一块能试出每颗灵魂总会有的含金量的试金石吗?”

“先生,”维尔福说道,“您令我困惑,老实说,我还从未听过任何人发表您这样的观点。”

“这不奇怪,您始终禁锢在一般生活状况的范围里,从来就不敢振翅一飞,升到由上帝布满无形或者超凡之人的高宇。”

“哦,先生,您认为那种高宇存在,超凡而无形之人也混杂在我们中间吗?”

“有何不可呢?您离开空气不能存活,难道您看见了自己呼吸的空气吗?”

“这么说,我们看不见您所说的那种人啊?”

“不然,只要上帝允许他们显形,您就看见了;您触碰得到,或者擦肩而过,您能向他们说话,他们也能回答。”

“哈!”维尔福微笑道,“等什么时候,这样一个人接近我了,我承认自己希望有人提醒一下。”

“您已经如愿以偿了，先生，须知刚才就有人提示，而且现在，我还在提示您。”

“这么说，就是您本人？”

“不错，先生，我正是这样一个超凡之人，而且我认为，时至今日，任何人都没有处于类似我这样的地位。就是君主的王国，也都有界限，或以山川河流为界，或受风俗习惯的变化、语言的差异制约。我的王国，属于我的王国，则同世界一样大，因为，我既不是意大利人，不是法国人，不是印度人，不是美国人，也不是西班牙人：我是万国人。哪个国家也不能说目睹我出生。唯独上帝知晓哪个地方将看见我离世。我接受了所有习俗，我能讲各种语言。您以为我是法国人，对不对，只因我讲法语同您一样流利，一样纯正？照这样，阿里，我的努比亚奴隶，就会认为我是阿拉伯人；贝尔图齐奥，我的管家，就会认为我是罗马人；海蒂，我的女奴，也会认为我是希腊人。因此，您应当明白，正因为我没有国籍，不必寻求任何政府的保护，也不把任何人认作兄弟，那就没有任何能阻止强者的顾忌阻止得了我，也没有任何能吓住弱者的障碍吓得住我。我只有两个对手；我不会说那是两个胜者，因为我只要坚韧不拔，就能制服它们：那就是距离和时间。还有第三个对手，也是最凶狠的，那就是我作为世人的大限。唯独这个大限能在我达到目标之前，让我停在行进的路上；其余的一切，全在我的算计之中。世人所谓的命运的不测风云，即破产、变化、各种可能的遭遇，我也无不早有预料；即使有什么意外情况损害到我，但是什么情况也不可能扳倒我。我除非命丧黄泉，否则我总保持这种状态。这就是为什么，我说出您从未听到过的话，甚至没有听到国王亲口讲过，因为国王用得着您，而别人又惧怕您。是啊，在我们这个建构如此可笑的社会里，哪个人心里不嘀咕：‘没准儿哪一天，我会撞到检察官的枪口上！’”

“那么您本人呢，先生，您也会这么说吗？因为，您既然旅居法国，自然而然就要遵守法国的法律。”

“这我知道，先生，”基督山答道，“不过，每次我要去一个国家，首先通过我特有的途径,研究调查每一个可以期望助我,或者需要我防备的人,从而了解他们,达到甚至超过他们对自己的了解程度。这就导致这样的结果:无论我要同哪个检察官打交道,那么肯定他比我的处境还要尴尬。”

“这话的意思就是,”维尔福迟疑地问道,“由于人性是软弱的,依您之见,任何人都犯过……错误啦?”

“错误……或者罪行。”基督山若不经意地应道。

“正如您刚才所讲,您不肯把世人认作兄弟,那么在世人当中,”维尔福又说道,说话微微有些岔声了,“独有您是完美的啦?”

“也谈不上完美,”伯爵回答,“只不过深不可测而已。唔,先生,这种谈话如果您不喜欢,那就到此为止吧。您的司法和我的第二视觉,彼此彼此,谁也没有威胁到谁。”

“哪里,哪里,先生,”维尔福急忙说道,无疑怕显出败下阵去的样子,“不!您通过这样一场出色的、近乎崇高的谈话,把我也高抬到常人水平之上了,我们已不是随意闲谈,而是谈玄论道。然而您也知道,巴黎大学讲台上的那些神学家或者哲学家,他们争论起来,彼此多么不留情面地揭短;假设我们就在研究社会神学和神学哲学,我要对您讲一句话,不管这句话多么唐突;我的兄弟,您太放纵傲气了,您凌驾于别人之上,然而还有上帝在您之上。”

“在所有人之上,先生!”基督山回敬道,声调极为深沉,使维尔福不由得浑身一抖。“我以傲气对待世人,只因世人都是毒蛇,时刻准备竖起来攻击超过他们一头、却没有一脚将他们踩死的人。可是面对上帝,我就放下这种傲态,只因上帝把我从虚无中拉出来,去塑造成如今的模样。”

“这么一说,伯爵先生,您令我赞佩,”维尔福说道,他在这场奇特的谈话中,一直称这个外国人为先生,这是头一次使用了贵族头衔。“是的,我要对您说,假如您确实非常强大,确实高人一筹,确实神圣或者深不可测,这两者,您说得对,这两者差不多是一码事,那么,先生,您尽可以目无下尘,这就是统治的法则。不过,您总该有一种雄心壮志吧?”

"倒是有一个,先生。"

"是什么呢?"

"每个人一生中都碰到过一次,我也不例外,被撒旦掳到地球的最高山上,他站在顶峰指给我看全世界,还像从前对基督那样对我说:'喏,人类的孩子,你要求什么,就可以崇拜我?'于是,我思考许久,因为,确实有一种巨大的野心,很久以来就啮噬我的灵魂;然后我答道:'听我说,我总听人谈论天主,但是我从未见过,连类似的东西都未见过,因而以为根本就没有天主。我要做天主,因为据我所知,世间最美、最伟大、最崇高的事情,莫过于扬善惩恶。'当时撒旦垂下头,叹息一声,说道:'你错了,天主存在,你只是看不见,因为他是上帝之子,同上帝一样是看不见的。你也一点也没有见类似他的东西,那也是因为他总通过隐蔽的方式行事,总是走在暗道密径。我所能为你做的,就是把你变成天主的一个使者。'就此成交,在这笔交易中,也许我要丧失灵魂,但是这又有何妨,"基督山接着说道,"如果再有机会,我还会做这种交易。"

维尔福极度惊讶地注视基督山。

"伯爵先生,"维尔福说道,"您有亲人吗?"

"没有,先生,我在世上孑然一身。"

"那就算了!"

"为什么?"基督山问道。

"因为,如果有亲人的话,您就可能看到一种能击碎您狂傲的场景。您只惧怕死,是您说的吧?"

"我没有讲我惧怕死,而是说唯独死亡能让我停下。"

"那么年迈呢?"

"到年迈之前,我就能完成使命。"

"那么疯癫呢?"

"我还真差一点儿疯了。'一事不两罚[①]'这句格言,您是知道的,这

① 原文为拉丁文,为律法格言。

是量刑的一条原则,因而是您的职业范畴。”

“先生,”维尔福又说道,“除了死亡、年迈或者疯癫,还有别的可怕情况:例如中风,这是一声霹雳,击中而并不毁掉您,然而遭此一击,就全完了。您还是您,但又不再是您本人了。您本来就像爱丽儿[①],接近于天使,结果就跟凯列班[②]一样,成为一堆没有生气的肉团,近乎野兽了。这种情况,正如我对您讲的,用人类语言表示,就老老实实叫做中风。假如您愿意,伯爵先生,想会会一个能理解您的话,并且渴望驳斥您的对手,那就改天请到舍下,继续这场谈话吧,我指给您瞧瞧家父,努瓦蒂埃·德·维尔福先生。当初,在法国大革命时期,他是最狂热的雅各宾党人,换言之,他是为最强大的组织效力的最英勇无畏的人;他或许不像您这样,游历过世界所有王国,但是他却出力协助推翻一个最强大的王国;他也像您一样,以使者自诩,不是受上帝派遣,也是受圣子的派遣,不是受天主的派遣,也是受命运的派遣。然而,先生,大脑中的一根血管破裂,就把这一切全摧毁了;发生这种情况不是一天之内,也不是一小时,而是一瞬间。就在头一天,努瓦蒂埃先生,这个当年的雅各宾党人、当年的贵族院议员、当年的烧炭党人,还嘲笑断头台,嘲笑大炮,嘲笑匕首呢,就是这位努瓦蒂埃先生,曾经玩弄革命之火,就是这位努瓦蒂埃先生,曾经把法国当成一个巨大棋盘,为了把国王将死,便扫荡上面的卒子、车、马、王后,就是这个不可一世的努瓦蒂埃先生,到了第二天,就变成这个可怜巴巴的努瓦蒂埃先生,一个瘫痪的老头,完全由全家最弱小的人,也就是他的小孙女瓦朗蒂娜的摆布;总之,他变成说不了话的、冰冷的一具僵尸,无痛无痒地活着,以便让时间从容而平稳地,最终完全瓦解他的躯体。”

“唉!先生,”基督山说道,“这种场景,无论在我看来,还是在我头脑想来,都不足为奇。我多少还懂点医学,同我的医学同行一样,多次在活

① 爱丽儿,莎士比亚剧本《暴风雨》中的人物,是缥缈的精灵。

② 凯列班,《暴风雨》中人物,是具有野性而丑怪的奴隶。

的或者死的物质中，寻找灵魂；而且，灵魂虽然时时在我心间，却又同天主一样，根本就不出现在我的眼前。自从苏格拉底[①]、塞内加[②]、圣奥古斯丁[③]、高尔[④]也有上百位作者曾以散文或者诗歌的形式，描述您刚才所谈的关系；不过我也理解，父亲的痛苦能极大地改变儿子的思想。既然您盛情邀请，先生，我会去的，观赏一下定然使贵府大为愁怅的那种惨景，以利我懂得谦抑一些。"

"情况当然会是这样，假如上帝不给我极大的补偿的话。一方面，这位老人拖着身子走下坟墓，另一方面，两个孩子进入了人生：瓦朗蒂娜，我与头婚妻子德·圣-梅朗小姐所生的女儿，还有儿子爱德华，是您救了他的性命。"

"您从这种补偿中，得出什么结论呢，先生？"基督山问道。

"我得出这样的结论，先生，"维尔福回答，"家父因狂热而误入歧途，犯下一些过错，没有受到人类司法的惩罚，却受到上帝的审判，而上帝只想惩罚一个人，因而打击只落到他一人头上。"

基督山嘴角挂着微笑，内心里却大吼一声，维尔福如能听见，准会吓得仓皇逃窜。

"再见，先生，"司法官又说道，他已经站起来一会儿说话，"向您告辞了，我怀着对您的敬重离开，而我绝非庸俗之辈，但愿您进一步了解我之后，我出于敬重能为您做点儿什么。而且，您已经使德·维尔福夫人成为您永久的朋友。"

伯爵施了一礼，仅仅把客人送至书房门口。维尔福由两名仆人带路，回到马车；主人稍一示意，他们就急忙打开车门。

等检察官的马车驶远不见了，基督山才从憋闷的胸膛勉强挤出一丝微笑，随口说道：

---

① 苏格拉底（公元前470—前399），古希腊哲学家。

② 塞内加（公元前4—65），古罗马悲剧作家。

③ 圣奥古斯丁（354—430），拉丁教会的圣师，皈依天主教后任主教，素有"慈悲的圣师"称号。他有《书简》、《忏悔》等多部著作流传于世。

④ 即圣高尔（约550—约645），爱尔兰人，基督教修士，曾在高卢传教。

"好了,好了,这种谈话中毒不浅,我心中灌满了毒汁,还得去找些解毒药。"

说罢,他敲了一下响亮的铜铃。

"我去夫人房间,"他对阿里说道,"半小时后备好车。"

第四十九章　海蒂

我们还记得，住在梅莱街的那些人，成为基督山伯爵的新相识，抑或本是老朋友，他们正是马克西米连、朱莉和埃马努埃尔。

一旦维尔福从视线中消失，伯爵便期望要做的这次有益的拜访，即将度过的愉快时刻，可望见到这束天堂之光，能透进他情愿堕入地狱中的这束天堂之光，于是，他脸上便浮现极其怡然的安详神态。阿里迎着铃声跑来，一见主人脸上难得洋溢的喜色，他就屏住呼吸，踮着脚尖退下，仿佛怕惊扰他以为看到围绕主人回旋的美好思绪。

时值正午，伯爵自己单独待一小时，才上楼到海蒂房间，就好像快乐的情绪不可能猛然回到这颗长久破碎的心灵；这颗心灵哪怕轻微的激动，也要有个准备阶段，正如其他心灵需要先作准备，才能迎候强烈的激动一样。

正如前面所述，希腊青年女郎所居的套间，与伯爵的套间完全隔开。这套房间整个装饰成东方风格，也就是说，地板上铺了厚厚的土耳其地毯，墙壁都装衬了织锦花缎，而且每间房，都摆了一圈儿宽宽的沙发，沙发上放了许多靠垫，坐时可以随意取用。

海蒂有三名法国女佣和一名希腊女仆。三名法国女佣平时待在头一个房间，她们一听到小金铃声便跑进去，听候讲希腊语的女奴的吩咐。希腊女仆能讲点儿法语，将女主人要办的事传达给三名女佣，而且基督山早已打了招呼，要求她们像对待王后那样尊重海蒂。

这位少女在套房的最里间,是一间圆形的小客厅,仅仅由一个天窗采光;天光透过粉红色的玻璃射入室内。此刻,她半卧在地上那些银线绣花的蓝缎靠垫上,上半身仰靠着沙发,右臂柔软地绕着头,左手则托住水烟袋,嘴里衔着的珊瑚烟嘴连着软管,她每吸一口,烟要通过安息香溶液熏香之后,才到在她的口中。

一位东方女子摆这种姿态十分自然,一位法国女郎若如此,就有点儿搔首弄姿之嫌了。

她的打扮,完全是埃皮鲁斯[1]妇女的装束,只见她穿一条绣着粉红挖花的白缎裤子,两只孩子般的小脚露出来,正摇晃着一双金丝绣花、镶缀珍珠的尖头翘起的小拖鞋,如果不是玩弄着拖鞋,还真让人以为那纤足是用帕罗斯[2]大理石雕成的;上身穿一件蓝白长条纹外衣,开缝的肥袖能露出胳臂,银线签的扣眼儿配有珍珠纽扣;里面穿了一件鸡心开领的胸衣,露着脖颈和上半部胸脯,而在乳房下面则扣着三颗钻石纽扣。胸衣下摆和裤腰由一条腰带扎住,垂着长丝穗而色彩艳丽的腰带,肯定令巴黎的时髦女郎艳羡不已。

她斜戴一顶镶缀珍珠的金丝小圆帽,在帽子倾斜这边的下面,乌黑发蓝的秀发上,赫然插着一朵深紫色的美丽的玫瑰花。

至于她那如花的容貌,则堪称完美典型的希腊美人:一对毛茸茸的乌黑的大眼睛、笔直的鼻子、珊瑚般的红唇、赛似珍珠的皓齿。

此外,海蒂也只有十九岁,不满二十,正是一朵鲜花,周身焕发着青春的光彩,芳香四溢。

基督山叫出希腊女仆,让她问海蒂是否允许他进去。

海蒂的全部回答,就是示意贴身女仆撩起门帘,方形门框里,立时呈现一幅睡美人图的迷人画面。基督山走上前去。

海蒂用托着水烟袋的那只手的臂肘撑起身子,同时向伯爵伸出手,嫣

---

① 埃皮鲁斯,希腊古地名。

② 帕罗斯,希腊岛屿,盛产大理石。

然一笑，用斯巴达和雅典姑娘的亮丽语言问道：

“为什么，你要进我屋，为什么还请求允许呢？你不再是我的主人，我不再是你的奴隶了吗？”

基督山也微笑起来：

“海蒂，”他说道，“您知道……”

“为什么你不像平时那样，用‘你’来称呼我呢？”希腊姑娘打断他的

“你不再是我的主人，我不再是你的奴隶了吗？”

话，“难道我有什么过错吗？如果有错，就应该惩罚，而不要改用‘您’来称呼。”

“海蒂，”伯爵又说道，“你也知道，我们到了法国，因此你自由了。”

“自由干什么？”姑娘问道。

“自由离开我。”

“离开你！……我为什么要离开你呢？”

“这我怎么知道？我们要见很多社交界人士。”

“我不想见任何人。”

“在你遇见的漂亮的青年中间，如果有哪个讨你喜欢，我不会不讲情理……”

“我就没有见过比你美的男子，有生以来，我只爱我父亲和你。”

“可怜的孩子，”基督山说道，“还不是因为你只同你父亲和我说过话。”

“哼！我有什么必要跟别人说话呢？从前我父亲管我叫‘他的快乐’，现在你管我叫‘你的爱’，你们两个都叫我‘孩子’。”

“你还记得你父亲吗，海蒂？”

姑娘笑了。

“他就在这儿，还在这儿。”她说这话的同时，先后按按眼睛和胸口。

“那么我呢，我在哪里？”基督山微笑着问道。

“你呀，”姑娘回答，“你无所不在。”

基督山拉起海蒂的手要亲一下，可是天真的孩子却把手抽回去，把额头伸上前。

“现在，海蒂，”基督山对她说道，“你知道自己自由了，你就是女主人，就是王后，你这种服装，想穿就穿，想脱就脱；你想待在这里就待在这里，想出门就出门；有一辆备好的马车，随时供你使用；阿里和米尔托会陪同你，听你的吩咐，随便去什么地方。不过，我只求你一件事。”

“说吧。”

“你的身世要保密，只字不提你的过去；无论在任何场合，都不提你那显赫的父亲和可怜的母亲的名字。”

“我已经对你讲过了，老爷，我谁也不见。”

“听着，海蒂，这种完全东方式的隐居生活，在巴黎恐怕是不可能的；你要像在罗马、佛罗伦萨、米兰和马德里那样，继续学着能过我们北方国家的生活；这对你总归有好处，不管将来你仍然在这里生活，还是回东方去。”

姑娘抬起水汪汪的大眼睛，看着伯爵，回答说：

“还是我们回东方去，你是想这么说，对不对，我的老爷？”

“对，我的女儿，”基督山说道，“你也非常清楚，绝不会是我离开你，绝不会是树离开花，而是花离开树。”

“我永远也不会离开你，老爷，”海蒂说道，“因为我能肯定，一旦没了你，我就活不了。”

“可怜的孩子！再过十年我就老了，而再过十年，你还照样年轻。”

“我父亲有长长的白胡子，那丝毫也不妨碍我爱他。当年父亲已有六十岁了，可是我觉得，他比我见到的所有青年都漂亮。”

“喏，你告诉我，你认为自己能习惯这里的生活吗？”

“我能见到你吗？”

“天天见得到。”

“那你何必还问我呢，老爷？”

“我担心你会烦闷。”

“不会的，老爷，因为每天早晨，我就想你会来，到了晚上，我就回忆你来的情景。再说了，我一个人的时候，还有那么多往事可以回忆，我又看见一幅幅巨大的图景、辽阔的天际，以及远方的品都斯山和奥林匹斯山。而且，我心中有三种感情，绝不会烦闷：忧伤、爱和感恩。”

“你不愧是埃皮鲁斯的好女儿，海蒂，既婉妙可爱，又满怀诗情，看得出来，你就是你们国家那个女神家族的后代。你放心好了，我的女儿，我不会让你虚度青春年华，要知道，如果说你像对待自己父亲那样爱我，我也像对待自己孩子那样爱你。”

“你弄错了，老爷；我绝不像爱我父亲那样爱你，我对你的爱是另外一种爱。我父亲死了，我却没有跟着死去；然而你呢，你万一死了，我也得死去。”

伯爵面带深情的微笑，将手伸给姑娘；姑娘也一如既往吻了他的手。

伯爵就是这样心情舒畅了，这才要去拜会莫雷尔及其家人，动身时嘴里轻轻吟诵品达罗斯[①]的诗句：

> 青春像一朵花而结出爱情之果……
> 看着爱果慢慢成熟的采摘者
> 心里充满无限的喜悦。

马车已奉命备好。他上车就座，马车一如既往疾驰而去。

---

① 品达罗斯（公元前522或518—前422或438），古希腊抒情诗人。

第五十章　莫雷尔一家

不出几分钟，伯爵就来到梅莱街一号。

这幢白色房子很喜幸，房前有个庭院，两个小花坛里盛开的鲜花相当美丽。

伯爵一见出来开门的门房，就认出是老科克勒斯。反之，科克勒斯却没有认出伯爵：我们还记得，他一眼失明，而这九年来，那只好眼视力又大大减弱。

马车必须绕过一座石砌的小喷泉水池，才能够停到门口。小喷泉水池修得很精美，十分惹人艳羡，这座住宅因而被誉为“小凡尔赛宫”。

不用说，水池游动着一大群红色和黄色小鱼。

这座小楼有三层，楼下为厨房和地窖，上面两层全是房间，另外还有一层阁楼。当初这几个年轻人买这座宅院时，也买下了附属的建筑，包括一间十分宽敞的作坊、花园里侧的两座小楼，以及花园本身。埃马努埃尔当时一眼就看出，这种格局有利可图。整体买下之后，他就筑起一道墙，将花园一分为二，自己留用住宅和半边花园，而将另半边花园和两座小楼，都一并租给承租作坊的人。这样一来，他的住房费用就很低了，而且门户特别严，如同圣日耳曼街区的公馆主人那样。

房间的装修陈设，餐厅为一色橡木，客厅为一色桃花心木和蓝色丝绒，卧室则一律柠檬木和绿锦缎。此外，埃马努埃尔有一间工作室，尽管他不在那里工作；朱莉有一间音乐室，尽管她不会什么乐器。

第三楼整个一层都归马克西米连使用：房间结构同妹妹的居室相同，仅仅把餐厅改为弹子房，他时常约朋友来打弹子。

伯爵的马车停到院门外时，马克西米连正站在花园入口，一边抽着雪茄，一边亲自监视人给他的马洗刷。

正如我们所讲，科克勒斯去给开了门，巴蒂斯坦立刻跳下车座，询问埃尔博先生和夫人，以及马克西米连·莫雷尔先生，是否可以接待德·基督山伯爵。

"是德·基督山伯爵！"莫雷尔高声说道，他扔掉雪茄，就迎着客人跑去，"我们当然愿意接待他啦！啊！谢谢，万分感谢，伯爵先生，您真没有忘记自己的许诺。"

年轻军官紧紧握住伯爵的手，那种热情劲儿使伯爵不可能误解其真挚，显见他受到急切的盼望和殷勤的接待。

"请进，请进，"马克西米连说道，"我来给您带路，您这样的贵客不应该由仆人通报。我妹妹就在花园里，正剪掉凋谢的玫瑰花；我妹夫在看他的两份报纸《新闻报》和《辩论报》，离她只有六步远。因为无论在哪里，见到埃尔博夫人，就准能在四米范围内见到埃马努埃尔先生，反之亦然，正如学员在巴黎综合工科学校里所讲的那样。"

一位年龄约在二十至二十五岁之间的少妇，听见脚步声便抬起头：她身穿丝绸便袍，正特别细心地给一株浅褐色的玫瑰剪枝。

这位女子便是我们从前认识的那个小朱莉，不出汤姆森和弗伦奇银行这位代理人所料，如今已经变成埃马努埃尔·埃尔博夫人了。

一见有生人来，她就惊叫一声。马克西米连笑起来。

"不要慌呀，妹妹，"他说道，"伯爵先生到达巴黎才两三天，就已经知道了巴黎沼泽区靠吃年息生活的一个女人，是什么样子；假如他还不了解，那就由你来告诉他。"

"噢！先生，"朱莉说道，"把您径直带进来，这是我哥哥的损招儿，他一点儿也不顾他可怜妹妹的脸面……佩内龙！……佩内龙！……"

一个在栽植孟加拉玫瑰的花坛松土的老人，把铁铲往土里一插，便走过来；他手里拿着鸭舌帽，嘴里的嚼烟尽量塞进腮帮深处掩饰起来。他的头发还很密实，只有少许银丝，古铜色的脸上，眼神那么大胆而机灵，表明他是一名老水手，饱经赤道烈日的曝晒和暴风雨的吹打。

“我听着好像是您在叫我吧，朱莉小姐，”他说道，“我这不过来了。”

佩内龙还保持老习惯，称老板的女儿为朱莉小姐，始终改不了口叫她埃尔博夫人。

埃马努埃尔·埃尔博夫人

"佩内龙,"朱莉说道,"快去告诉埃马努埃尔先生一声,我们来了贵客,而马克西米连这边,就把先生引进客厅吧。"

接着,她转向基督山:

"先生会准许我离开片刻,对吧?"

她也不等伯爵首肯,说罢就匆匆走到花丛后面,沿一条边甬道回到楼里。

"唉!亲爱的莫雷尔先生,"基督山说道,"我深感歉疚,发现我这一来,就打乱了你们的正常生活。"

"瞧啊,瞧啊,"马克西米连笑道,"您瞧见那边了吧?那位丈夫也要去脱下外衣,换上礼服了,喏!我请您相信,您的名字早就通报过,我们梅莱街的人都知道您了。"

"看起来,先生,您这一家人很幸福美满啊!"伯爵说道,其实他是在回答自己内心的想法。

"是啊,伯爵先生,这一点我可以向您保证。有什么可说的呢?要幸福美满,他们什么也不缺。他们人年轻,一天总乐乐和和,又相亲相爱,而且,他们有两万五千利弗尔的年金,就以为跟罗思柴尔德一样富有了,当然,他们也曾生活在巨大财富的旁边。"

"两万五千利弗尔年金,还真不算多,"基督山说道,他的声调特别甜美,就像慈父的声音,一直浸入马克西米连的心田。"不过,他们不会就此停步,我们的年轻人,他们也会成为百万富翁。您那位妹夫,他是律师……还是医生?"

"当初他是商人,伯爵先生,他接过了我可怜的父亲的公司:家父莫雷尔先生过世时,留下五十万法郎的家产,而我们只有兄妹二人,各继承一半遗产。埃马努埃尔娶我妹妹时,除了高尚的品格、一流的才智和清白的名声,就一无所有了,但他立志要挣出与妻子相当的财富。为此他苦干了六年,积攒了二十五万法郎。伯爵先生,我可以向您发誓:他们团结一心,勤奋发家的情景非常感人;而他们那么能干,本来可以聚敛更多的财富,但是因为不想改变父亲公司一丝一毫的旧规矩,结果稍微变通用两三年就能完成的业绩，他们却花了六年时间。正因为如此，至今马赛还在称颂，他们勇气十足的敬业精神，也是受之无愧的。终于有一天，朱莉刚偿还最后一笔账，埃马努埃尔便来找她。

"'朱莉，'他对妻子说道，'这捆一百法郎面值的钞票，是科克勒斯刚交给我的，咱们就差这最后一笔款，就达到了咱们确定二十五万法郎盈利的目标。今后，咱们就靠这点钱生活，你愿意吗？听着，公司每年营业额为一百万法郎，能有四万法郎的利润。可是，咱们若是愿意的话，一个小时就会把整个生意盘出去，收回三十万法郎，这不，德洛奈先生的一封信函，他提出这个价来购买我们的资产，要与他的公司合并。你看这事该怎么办？'

"'我的朋友，'我妹妹回答，'莫雷尔公司，只能由莫雷尔家族的人经营。保全我们父亲的姓氏，使之永远免遭厄运，这难道不值三十万法郎吗？'

"'我也正是这么考虑的，'埃马努埃尔附和道，'但是，我还是想听听您的见解。'

"'好吧，朋友，我是这样打算的：所有款项都入账了，所有账单全还清了；这是半个月的账目，在底上划一条横线，就此封账收摊；咱们划上这条线，关门停业了吧。'

"说停业就停业，当时三点钟作出决定。到了三点一刻，不料又来了一位顾客，要为他的两只货船办保险，接下这笔生意，就能净赚一万五千法郎现金。

"'先生，'埃马努埃尔回答说，'请去找我们的同行德洛奈先生，办理这项保险吧，我们这里已经停业了。'

"'什么时候开始停业的？'顾客吃惊地问道。

"'就在一刻钟之前。'

"这就是为什么，先生，"马克西米连微笑着继续说道，"我妹妹和妹夫，仅仅有两万五千利弗尔的年金。"

伯爵越听心里越激动，等马克西米连讲述完时，埃马努埃尔也回来了。这回他戴上礼帽，换上礼服，前来接待，表示他了解客人的身份。接着，他带领伯爵在鲜花盛开的小花园里转了一圈儿，再引进主楼。

客厅已经满室生香：一个连同瓶耳同时烧制的日本大花瓶，插了满满登登的鲜花。朱莉衣着得体，发型俏丽（她用十分钟就换了一副模样儿），她站在客厅门口迎候伯爵。

附近挂着一只大鸟笼，只听鸟雀啁啾鸣唱。蓝丝绒窗帘四周，爬满了花团锦簇的金雀花和粉红色金合欢。这真是迷人的小幽居，从鸟鸣到主人的微笑，无不洋溢着静谧的气氛。

伯爵一进入这座宅院，就沐浴到幸福之中，因而，他默不作声，一时走神儿，忘记了在双方寒暄几句之后，人家还等着继续中断的谈话。

伯爵发觉这样沉默近乎失礼，就竭力收拢神思。

"夫人，"他终于说道，"请原谅我这样激动，您在这种安宁、幸福中生活习惯了，见我这样一定很奇怪；而我在这里见到的情景，脸上呈现的心满意足的神情，对我来说是一件十分新鲜的事情，因而怎么也看不够您和您丈夫。"

"我们的确很幸福，先生，"朱莉回答道，"然而，我们也曾长时期经受磨难，很少人为幸福付出我们这样高的代价。"

伯爵脸上流露出好奇的神色。

"唔！这部家史说来话长，正像那天夏多-雷诺所讲的那样，"马克西米连接口说道，"伯爵先生，您阅尽了人间的大苦大难，再看我们家庭的不幸场景，就不会有多大兴趣了。不过，朱莉刚才对您讲的全是实情，我们经受过肝肠寸断的痛苦，尽管局限在这小小的范围……"

"上帝保佑众生，也一定安慰了你们的痛苦吧？"基督山问道。

"是的，伯爵先生，"朱莉答道，"我们可以这样讲，上帝赐予选民的恩惠也给了我们，给我们派来一个天使。"

伯爵顿时面颊绯红。他咳嗽一声，拿手帕捂住嘴，以便掩饰自己的激动。

"先在富贵人家，一向饭来张口衣来伸手的人，"埃马努埃尔说道，

"就不懂得什么是生活的幸福。同样，从来没有冒着生命危险，乘着小舟在大海的惊涛骇浪中漂荡的人，就不了解晴朗天空的价值。"

伯爵站起身，一句话也不应和，而是开始在客厅里踱步，唯恐他一开口，颤抖的声音就会让人听出，他的心情是多么激动。

"我们的豪华陈设让您见笑了，伯爵先生。"马克西米连说道，他的目光一直追随着伯爵。

"不然，不然，"基督山答道，他脸色煞白，一只手按住剧烈跳动的心脏，另一只手则指给年轻人看一个球形水晶罩，只见罩里一个丝绸钱袋，珍贵地摆在黑丝绒垫子上。"我只是心里在琢磨，这个钱袋做什么用的，好像一头装着一张纸，另一头装着一颗相当美的钻石。"

马克西米连表情严肃起来，他回答道：

"这个嘛，伯爵先生，这可是我们最宝贵的家珍。"

"的确，这颗钻石相当漂亮。"伯爵附和道。

"唔！我哥哥对您讲的不是钻石的价值，伯爵先生，尽管有人给它估价十万法郎。他只是想告诉您，这个钱包里装的物品，正是我们刚才对您讲的那位天使的赠物。"

"这我可就难以理解了，然而我也不该多问，"基督山微微躬身，回答说，"还请您原谅，我并没有冒昧之意。"

"您怎么说，冒昧？哎！伯爵先生，恰恰相反，正是您给我们这样高兴的机会，得以畅谈这个话题！这个钱袋所包含的那次义举，假如我们想保密的话，我们也就不会把它摆在如此显眼的地方了。啊！那一义举，我们多么想公之于世，以使那位没有留下姓名的恩人有点感应，能向我们泄露他在什么地方。"

"唔！的确如此！"基督山说道，声音有点儿哽咽。

"先生，"马克西米连说着，就揭开球形水晶罩，虔敬地吻了吻丝绸钱袋，"这个钱袋有那个人的手印。多亏了那个人，我父亲才幸免一死，我们全家才避免破产，我们的姓氏也免遭耻辱。多亏了那个人，我们这些注定要在穷困和泪水中度日的可怜孩子，今天才可能听见别人啧啧赞叹我们的幸福生活。这封信……”马克西米连说着，从钱袋里抽出一张短笺，递给伯爵，“这封信就是他写来的。那天我父亲陷入绝望，正决心一死；还有这颗钻石，也是那位慷慨的陌生者，送给我妹妹作嫁妆的。”

基督山打开信笺看着，脸上呈现难以描摹的幸福神情。我们读者都知道，这封信署名水手辛伯达，是写给朱莉的。

“您是说，没有留姓名？如此说来，帮了你们的那个人，你们一直不知道他是谁吗？”

“是的，先生，我们始终没有这种幸运，握一握他的手；然而，我们并没有少向上帝祈求这种恩惠，”马克西米连又说道，“在这种奇遇的整个过程中，有一种神奇的来路，一切都由一只无形的强大的手操纵，就像魔术师的手。”

“唔！”朱莉说道，“我并没有完全丧失希望，总有一天我能吻到那只手，如同我吻那只手摸过的这个钱袋一样。四年前，佩内龙在的里雅斯特：伯爵先生，佩内龙，就是那个老实的水手，从水手长变成了园丁，就是您刚才见到手拿铲子的那人。那时佩内龙在的里雅斯特的码头上瞧见登游艇的一个英国人，认出正是一八二九年六月五日去见我父亲，九月五日又给我写这封信的那个人。他肯定就是那个人，但是他未敢叫人家。”

“一个英国人！”基督山若有所思说道，他对朱莉的每一瞥都不安起来，“您是说，一个英国人吗？”

“对，”马克西米连接口说道，“一个英国人，来到我们家，自称是汤姆森和弗伦奇银行的代理人。这就是为什么那天在德·莫尔塞夫先生府上，您讲到汤姆森和弗伦奇先生是您的银行家时，就瞧见我浑身一抖。我向上天发誓，先生，正如我们所讲，事情发生在一八二九年；您认识那个英国人吗？”

“然而，您不是也对我说过，汤姆森和弗伦奇银行一直否认帮过你们这个忙吗？”

“对。”

“那么，说不定那个英国人受过令尊什么好处，而令尊本人可能忘记，他却心存感激，以这种帮忙的方式报答吗？”

“做什么设想都可以，先生，在这种情况下，甚至可以设想奇迹。”

“那人叫什么名字？”基督山问道。

“他没有留下别的名字，”朱莉回答，同时她凝神专注，审视着伯爵，“只是在信的下方署名：水手辛伯达。”

“显然这是个化名，而不是真名实姓。”

继而，由于朱莉更加注意地审视他，并试图捕捉和聚拢他声音的特色，伯爵便接着说道：

“您瞧，那个人个头儿是不是同我相仿也许还略高一点儿，略瘦一点儿，领结扎着很高，紧身衣扣得很整齐，手里还总拿着一支铅笔吧？”

“哦！怎么，您认识他呀？”朱莉眼睛闪现喜悦的光芒，高声问道。

“不认识，”基督山答道，“这仅仅是我的设想。我认识一个叫威尔默爵士的人，他就是广行善事。”

“而且不留姓名！”

“他那人很怪，根本不相信报恩之说。”

“噢！”朱莉合拢手掌，以无比高尚的声调说道，“可怜的人，那他相信什么呢？”

“至少在我认识他的那个时期，他不相信报恩之说，”基督山说道，他的每根心弦都被这发自肺腑的声音拨动了。“从那之后，也许有些事情向他证明，知恩图报是存在的。”

“您认识那个人吗，先生？”埃马努埃尔问道。

“喏！假如您认识他，先生，”朱莉高声说道，“说呀，说呀，您能带我们去见他吗，能告诉我们他是哪一个，他住在哪里吗？你说呀，马克西米连，你说呀，埃马努埃尔；有朝一日咱们找到他，一定能让他相信人有良心。”

基督山感到两滴热泪在眼里滚动，他又在客厅里踱了几步。

“看在上天的份儿上！先生，”马克西米连说道，“关于那个人，您若是了解什么情况，那就把您知道的告诉我们吧！”

“唉!”基督山竭力克制激动的声音,说道,“假如你们的恩人是威尔默爵士,那我很担心,你们永远也找不到他。两三年前,我在巴勒莫同他分手,他启程前往最富有传奇色彩的国家,我实在怀疑他能否回来。”

“噢!先生,您这话太残忍了!”朱莉惶恐地高声说道。

少妇的眼里已经涌现泪水。

“夫人,”基督山郑重地说道,同时凝视着滚到朱莉面颊上的两滴晶莹泪珠,“如果威尔默爵士看到我在这里目睹的情景,那么他就还会喜爱人生,因为您流淌的眼泪会使他同人类和解。”

说罢,他伸手给朱莉,而朱莉受到伯爵的眼神和声调的吸引,也把手伸给伯爵。

“可是,那位威尔默爵士,”朱莉说道,她还抓住最后一线希望不放,“他总还有家乡,有家庭,有亲人吧?总还有人认识他吧?难道我们就不能……?”

“哎!千万不要多想了,夫人,”伯爵说道,“千万不要把美好的幻想,建立在我随口说的一句话上。算了,威尔默爵士,很可能不是你们要寻找的人:他是我的朋友,他的所有秘密我都了解,而这一件也应当对我讲述。”

“这件事,他一句也没有对您讲吗?”朱莉高声问道。

“一句也没有讲。”

“从未讲过一句能引起您推测的话吗?”

“从来没有。”

“可是!您当即就说出他的名字。”

“哦!要知道……在这种情况下,总可以猜想。”

“妹妹,妹妹,”马克西米连插言,为伯爵解围,“先生说得对。回想一下,我们慈爱的父亲就是这么对我们讲的:‘给我们带来这种幸福的,肯定不是一个英国人。’”

基督山浑身一抖。

“令尊对你们说过……莫雷尔先生?……”他急忙问道。

“先生，家父认为，此举是一个奇迹，恩人从坟墓里出来解救我们。唔！先生，这种念头，真是一种感人的迷信，我本人根本就不相信，但是也绝不想破除这颗高尚心灵的信念！因此，有多少回，他在梦中轻轻呼唤一个挚友的名字，一个不知下落的朋友的名字。到了临终时刻，行将就木而接近永恒之际他的思想便顿悟，此前一直是一种猜测的这种念头，就变成一种深信不疑的信念，归天时留下这样的话：‘马克西米连，那是埃德蒙·唐代斯！’”

在几秒钟的工夫，伯爵的脸越来越苍白，听了这话更是白得吓人了。他周身的血液涌回心脏，一时讲不出话来。他仿佛忘记了时间，掏出怀表看了看，便拿起帽子，慌乱失措地对埃尔博夫人讲了几句客套话，又同埃马努埃尔和马克西米连握了手。

“夫人，”他说道，“请允许我时常来登门拜访。我喜欢你们这幢房子，我也感谢你们的接待，因为多少年来，我作客还是头一次乐而忘返。”

说完，他就大步走出去。

“德·基督山伯爵，可真是个怪人。”埃马努埃尔说道。

“是啊，”马克西米连附和道，“不过我认为他有一颗大善心，我敢肯定他喜欢我们。”

“我有同感！”朱莉说道，“他的声音直达我的心扉，有两三次，我都觉出不是头一回听到。”

第五十一章　皮拉姆斯和西斯贝[①]

在圣奥诺雷街三分之二的地段，是个富人区，那些豪宅中有一座豪华的公馆，后花园很大，园中栗树枝叶非常繁茂，越过高如城墙的高大园墙，春天来临开放的红白两色的繁花，纷纷飘落到两根方柱顶上的石花盆中，而一道路易十三时代的铁栅门，则固定在这两根墙柱上。

好久之前，这个公馆的主人也就只拥有这座房子，这个树木葱茏的临街庭院，以及由这道铁栅门关闭的花园这点儿家业了，因而长久以来，这道高大气派的大门就不开启了，尽管两个石花盆里的天竺葵悦目赏心，叶脉分明的绿叶和紫红色的花朵随风摇曳。铁栅门外有一片五十公亩的秀美菜园，当时附属于这座宅院；然而，投机这个魔鬼却划出一条线，即一条街要一直修到菜园边缘，街道尚不存在就已经授了名，写在一块褐色的铁牌子上。于是，卖掉菜园作为临街建房之用，则不失为好主意，可以同人称巴黎大动脉的圣奥诺雷街争雄。

可是，在投机方面，谋事在人，成事在钱。命了名的街道在摇篮里就夭折了，菜园的买主付了余款，却未能以预想的价钱再出手，只好待价而

① 皮拉姆斯和西斯贝，古罗马诗人奥维德（公元前43—17或18）的《变形记》中的男女主人公。诗中讲述了巴比伦的一个爱情故事。这对青年不顾父母的反对，约定在一棵桑树下见面，一道出走。西斯贝姑娘先到，但是被追捕牛的一头母狮吓跑，惊慌中丢掉披肩。皮拉姆斯来到约会地点，发现带血迹的披肩，误以为情人遭遇不测，便拔刀自刎。西斯贝回来时见爱人已死，也自杀身亡。根据传说，白色桑葚从此就变为黑色了。

沽,迟早有一天价钱上去,大大补回买地和资本闲置所受的损失,眼下仅以每年五百法郎的租金租给了菜农。

这就等于以千分之五的利率把钱投出去,这实在显得微薄。在这年头,许多人放贷要收取百分之五十的高利,还嫌赚得太少呢。

这样一来,正如我们所讲,从前与菜园相通的铁栅门,就闲置不开了,合页全锈蚀了。不仅如此,为了防止那些脏兮兮的菜农偷窥,以下流的目光玷污这贵族之家,铁门栅栏又加上一道六尺高的木板墙,虽说木板之间还有缝隙,不能完全杜绝窥视,但这里生活严谨的人家,并不害怕人偷看。

现在,菜园里却不见了圆白菜、胡萝卜、小红心萝卜、豌豆和甜瓜,而长了一片高高的苜蓿,唯独这种作物标明,有人还惦记着这块被遗弃的土地。对着计划修建的街道有一扇小矮门能进入这块有围墙的园子;不过,这块地太贫瘠,菜农纷纷离去,而这一周来,这片地连千分之五的利息也带不来了。

在公馆那边,我们提到的栗树虽然覆盖了墙头,但是挡不住别种开花的树木,从栗树缝隙中探出茂盛的枝叶,更畅快地呼吸。有一处角落,枝叶变得十分密集,阳光几乎透不下来,树荫下摆了一条宽宽的长石椅和几张花园椅子,表明这是聚会的地方,或是相距百步的公馆的某个主人喜爱的独处之所,而且有茂密的枝叶屏障,外人很难窥视得到。总之,这处隐秘的休憩场所是明智的选择,一方面终年凉爽,即使最炎热的夏日,太阳也照射不进来;另一方面有鸟雀啼鸣,远离了房舍和街道,亦即远离了世事和喧嚣。

这是春天赐予巴黎市民的一个最温暖的日子,在傍晚时分,长石椅上放了一本书、一把阳伞、一只女红篮子,以及一条刚起针绣花的细麻布手帕。一个姑娘站在离石椅不远的铁栅门前,眼睛贴到木板缝中,窥视我们熟悉的荒芜的园子。

几乎与此同时,这块园地的小门悄无声息地打开又关上,走进来一个高大健壮的年轻人,他身穿粗布工作服,头戴丝绒鸭舌帽,但是精心蓄留的髭须和胡子,以及梳理整齐的头发,同这身平民打扮颇不协调。他跨进

瓦朗蒂娜

园子时，目光急速地扫视周围，好确认没有人窥伺他，这才进了门，随手把门关上，急步朝铁栅门走去。

姑娘见到她所等待的人，但也许觉得那身装束不对头，一时害怕，便往后退去。

可是这时，那年轻人已经透过门的板缝，以情人独有的目光，看到了飘动的白裙和蓝色腰带，于是他冲到隔板，嘴对着一条缝，说道：

“不要怕，瓦朗蒂娜，是我呀！”

“不要怕，瓦朗蒂娜，是我呀。”

姑娘这才靠过来。

“唉！先生，”她说道，“今天，您为什么来得这么晚啊？现在快要吃晚饭了，您知道吗？人家出来一趟多不容易，继母总在窥伺，我贴身女仆总在侦察我，弟弟总在纠缠我，我必须随机应变，行动迅速，才能来这儿绣东西，而我担心得很，这活儿早就该完了，这些您知道吗？还有，您先讲清楚，迟到是怎么回事儿，再告诉我为什么您换上这样一身衣服，害得我没有立刻认出您来。”

“亲爱的瓦朗蒂娜，”年轻人说道，“您高高的在我的爱情之上，我都不敢向您表白，可是，我每次见到您，都不能不对您说我崇拜您，以便在见不到您的时候，我自己的话语仍然回荡，轻柔地安抚我的心。现在，我感谢您责备我：这种责备非常美妙，由此证明，我不敢说您在等我，但是可以说您在想着我。您要了解我迟到的原因和化装的理由，我这就告诉您，希望能得到您的谅解。我选择了一种职业……”

“一种职业！……您这话是什么意思呀，马克西米连？难道我们真该这么高兴，您就拿我们的事开玩笑吗？”

“哎！”年轻人回答，“拿关乎我生命的事开玩笑，上帝也不准我这么做呀。然而，溜过田地，翻过墙头这种事，我也实在干够了，认真一想就害怕，没准儿有一天，令尊要把我当作窃贼判刑，这就会损害法国全军的名誉；另一种可能性，一想也同样害怕：这里既没有堡垒要攻打，又没有一点点儿工事可防守，一名北非骑兵团上尉总在这儿转悠，别人看见一定会感到诧异，因此，我就打扮成菜农，换上了这种职业的衣服。”

“哦，也真荒唐！”

“正相反，我倒觉得，这是我有生以来做的最明智的一件事，唯有如此，我们才能确保安全。”

“那好，请您解释一下。”

“是这样，我去见了这块园地的主人，正好原来的租约已经到期，我就签约租下来了。您看到的这一片苜蓿，就全属于我的了，瓦朗蒂娜；毫无障碍了，我可以在这片苜蓿草中间搭一间小木屋，今后住在离您二十步远的地方。嘿！我真高兴，真幸福，简直控制不住自己。您明白吗，瓦朗蒂娜，这些东西，花钱就买到了？这是不可能的，对不对？跟您说吧，这样的福分，这样的幸福，这样的快乐，拿十年的生命去换取我都愿意，我却只花了，您猜猜多少钱？……一年才五百法郎，还按季度交付。您应当明白，这样一来，从今往后就再也无需担心了。现在，我是在自家的地盘，可以把梯子搭在我的园墙上，爬到上面望一望。我再也不怕有巡逻队来打扰，有权对您说我爱您，只要这句话出自一个身穿劳动服、头戴鸭舌帽的可怜短工之口，您听了不会伤到自尊心就行了。”

瓦朗蒂娜又惊又喜，轻轻叫了一声，随后又突然说道：

“唉，马克西米连，”她又陡然沮丧了，仿佛飘来一块嫉妒的愁云，将照亮她心田的阳光遮住，“现在，我们就会太自由了，太幸福了，就要冒险，就要滥用我们的安全，反而要被我们的安全毁掉。”

“您怎么能对我这样讲呢，我的朋友，我自从认识您，不是每天都在向您证明，我放弃自己的思想和生命，服从于您的思想和生命吗？是什么使您信赖我呢？正是您的幸福，对不对？想当初，您对我说，有一种隐约的本能感觉使您确信，您面临巨大的危险，于是我就忠心耿耿地为您效劳，不图回报，只求能为您效力的幸福。从那段时间以来，难道我说了什么话，有了什么举动，让您后悔在那些甘愿为您赴汤蹈火的人之间，只对我另眼相待呢？可怜的孩子，您对我说过，您同德·埃皮奈先生订了婚，那是令尊决定的，也就是说，这门婚事确凿无疑了；因为，只要是德·维尔福先生的意愿，就会不折不扣地实现。那好吧，我就待在暗处不露面，等待这一切，但这一切的结果，既不取决于我的意志，也不取决于您的意志，而是取决于事态的发展，取决于天意和上帝。但是不管怎样，瓦朗蒂娜，当初您可怜我，现在爱我，这话您对我说过，感谢您这温柔的话语，只求您不时地向我重复一遍，以便让我把一切都置于脑后。”

“正是这句话让您的胆子变大了，马克西米连，也正是这句话，把我的生活变得既十分甜美，又非常不幸，以致我时常斟酌，究竟哪一种对我更合适：是我继母的严厉以及她对自己孩子的盲目溺爱，从前给我造成的哀伤呢，还是我见到您时所尝到的危机四伏的幸福呢？”

“危机四伏！”马克西米连高声说道，“您怎么讲出如此冷酷、如此有失公允的话呢？难道您见过比我更驯顺的奴隶吗？瓦朗蒂娜，您有时允许我对您说说话，但是禁止我跟随您，我服从了。自从我设法溜进这片园地，隔着这道门同您交谈，虽然看不见，却到了您的身边，您说说看，难道我要求过从铁栏之间探过手去，摸摸您衣裙的下摆吗？在我这年轻力壮的人面前，这堵墙本就是个可笑的障碍，难道我跨出过一步企图翻越吗？对您的严厉从未责备一句，也从未高声表达一种渴望；成就像古代的一名骑士，恪守着自己的诺言。您至少承认这些吧，以免让我觉得您不公正。"

"的确如此，"瓦朗蒂娜说道，同时从木板缝中伸出一根纤指，马克西米连便热烈亲吻，"的确如此，您是一位诚实的朋友。但是您这么做，归根结底还只是为个人打算，我亲爱的马克西米连；您完全清楚，奴隶一旦提出种种要求，那就要失去一切了。您答应过，要以兄弟的情谊待我，而我既没有朋友，又被父亲遗忘，又受继母虐待，唯一的安慰就是那个不能动弹、身体冰凉、也不能说话的老人，他的手也握不了我的手，只有眼睛还能跟我交谈，尚存余热的心当然在为我跳动。真是命运惨苦的嘲弄，让我成为所有比我强大的仇敌的受害者，只是给我一具僵尸作为援手和盟友！噢！真的，马克西米连，我再对您说一遍，我十分不幸，您为了我而不是为了您来爱我，是有道理的。"

"瓦朗蒂娜，"年轻人带着内心的激动说道，"我不能说在这世间，我只爱您一个人，因为我也爱我妹妹和我妹夫，但那是一种温馨而平静的爱，丝毫也不像我对您的感情：我一想到您，血液就沸腾起来，心潮翻滚激荡；然而，这股力量，这份热情，这种超人的强热，我要只用来爱您，一直等到有朝一日，您对我说要用来为您效劳。弗朗兹·德·埃皮奈先生，据说还要在外面逗留一年；在这一年当中，会有多少有利的时机能为我们利用；有多少事件能为我们助援啊！让我们始终满怀希望吧，希望，这有多美好，有多温存啊！可是现在，您，瓦朗蒂娜，您责备我自私，而您对我又是怎样的呢？只是贞洁的维纳斯，一尊美丽而冰冷的雕像。我这样忠诚，这样顺从，这样克制，您又许诺以什么回报呢？什么也没有；您给了我什么呢？少得可怜。您对我讲起您的未婚夫，德·埃皮奈先生，您一想到将来要成为他的人就连声叹息。喏，瓦朗蒂娜，难道在您心中，就只装着这点儿东西吗？怎么！我把自己的生命都奉献给您，把自己的心灵都交付给您，就连我这颗心的微薄的跳动，都祭供给您，我的一切都属于您的人，而且心中这样想道，我若是失去您就得死去，可是您呢，一想到要属于另一个人，丝毫不感到惊慌！唉！瓦朗蒂娜，我若是您，若是感到有人爱我，就像您能肯定我爱您这样，那么不知有多少次，我会把手从铁栅门柱之间伸出去了，早就会握可怜的马克西米连的手，并且对他说：'我属于您，马克西米连，不管今世还是来世。'"

瓦朗蒂娜一声没应，但是年轻人听见她在叹息和哭泣。

马克西米连当即作出反应。

"唔！"他高声说道，"瓦朗蒂娜！瓦朗蒂娜，记住我这番话吧，假如话中有什么伤害您的地方。"

"不，"姑娘说道，"您的话有道理；然而您没有看出来，我只是一个可怜的姑娘吗？我被遗弃在一个几乎陌生的人家，连父亲也几乎成为陌路人，这十年来，我的意志被摧毁了，一天一天，一小时一小时，一分钟一分钟，被压在我头上的那些主人的钢铁意志给摧毁了。没有人看出我内心的痛苦，而且除了您，我没有对任何人讲过。在表面上，在所有人看来，家里人全对我那么好，全对我那么亲热；实际上，全都那么敌视我。大家都说：'德·维尔福先生太过严肃，太过严厉，对他女儿不可能那么温存，但他女儿至少很幸运，得到德·维尔福夫人这位第二母亲。'唉！大家都看错了，父亲漠不关心，把我抛在一边，继母则对我恨之入骨，又总以微笑掩饰，那仇恨就尤为阴险毒辣。"

"对您恨之入骨！对您，瓦朗蒂娜！怎么能恨您呢？"

"唉！我的朋友，"瓦朗蒂娜说道，"我还不得不承认，对我的这种仇恨，来自一种近乎自然的感情。她把自己的儿子当宝贝，我那弟弟爱德华。"

"那又如何？"

"那又如何！我觉得挺怪的，我们的谈话掺进了金钱的问题，可是，我的朋友，我认为她的仇恨至少由此而起。由于她本人没有财产，而我已经继承了母亲的遗产，迟早还要继承外祖父母德·圣-梅朗夫妇的财产，因此，我认为她很嫉妒。噢！上帝啊！假如我的财产分给她半数，我在德·维尔福先生的家中，就能恢复女儿在父亲家中的地位，那我立刻就这么办了。”

“可怜的瓦朗蒂娜！”

“对，我感到自己受束缚，同时又感到自身极为软弱，觉得有这些绳索支撑，反而害怕挣断了。何况，我父亲那个人可惹不得，凡是违抗他的命令的人，无不受到惩罚。他十分强大，既能对付我，也能对付您，甚至能够对付国王本人，只因他历史清白，职位又几乎不可动摇。噢！马克西米连！我向您发誓，我不抗争，唯恐在这种抗争中，您同我一样，都要粉身碎骨。”

“可是，归根结底，瓦朗蒂娜，”马克西米连又说道，“为什么如此悲观绝望，总把未来看得那么凄惨呢？”

“唉！我的朋友，我是根据过去判断未来。”

“不过也应当看到，如果以贵族的门户观念，我不是一个非常显赫的对象，但是在许多方面，我又同您生活的上流社会关系密切。要知道，法兰西二元的时代已经一去不复返，王朝时代的显赫世家，全都融入帝国时代的新贵家族中，旧时的骑士贵族，同新潮的大炮贵族联姻了。我呢，可以说就属于这后一种贵族。我在军队里前程远大，我拥有的财产固然有限，但早完全自主支配。家父在我们家乡很受尊敬，被看作历来最诚实的商人。我说我们的家乡，瓦朗蒂娜，因为您也算是马赛人。”

“唉！别跟我提马赛了，马克西米连，一提起马赛，我就想起我善良的母亲，大家都怀念这个天使：她在人间短暂的日子，曾经看护过她的女儿，如今升天得到永生，至少我希望，她还在看护自己的女儿。唔！假如我可怜的母亲还活在世上，那我就什么都不害怕了；我会对她讲我爱您，而她也会保护我们。”

“唉！瓦朗蒂娜，”马克西米连接口说道，“假如她还活在世上，那也许我就不会认识您了，因为您说过，假如她还活着，您生活就会很幸福，那么幸福的瓦朗蒂娜身份那么高，就会对我不屑一顾了。”

“哎！我的朋友，”瓦朗蒂娜高声说道，“这回可是您有失公正了……不过，您要告诉我……”

“您要我告诉您什么？”马克西米连见瓦朗蒂娜欲言又止，就接口问道。

“您要告诉我，”姑娘继续说道，“从前在马赛，令尊和家父，是不是有什么过节？”

“没有，据我所知没有，”马克西米连答道，“顶多令尊是波旁王室过分‘狂热’的支持者，而家父则忠于皇帝。我推理：他们之间有分歧，就只能是这一点。对了，为什么问起这事儿，瓦朗蒂娜？”

“我这就告诉您，”姑娘接着说道，“因为，所有情况您都应该了解。事情是这样，报纸刊登您被提名授予四级荣誉团勋章的消息那天，我们都在我祖父努瓦蒂埃先生的房间，在场的还有丹格拉尔先生，就是那位银行家，前天他的马惊了，险些要了我的继母和弟弟的命，您知道吧？他们两位先生在那边议论丹格拉尔小姐的婚事，我这边则高声给祖父读报。当我读到有关您的那段时——其实前一天上午您一向我宣布这个好消息，我就看了报——我是说，我读到有关你的那段时，要高声读出您的姓名，我满心的欢喜……但是心里又直打颤儿，不能不高声读出，如果不是怕引起误解，我肯定会省略；于是我鼓起全身的勇气，读了出来。”

“亲爱的瓦朗蒂娜！”

“喏，您的姓名一朗声读出，我父亲就转过头来。当时我就确信（瞧我简直昏了头！），听到这个姓名，所有人都吃了一惊，仿佛遭了雷击；我似乎看见父亲，甚至还看见丹格拉尔先生都浑身一抖（对于后者，我肯定只是一种幻觉）。

“‘莫雷尔，’我父亲说道，‘等一等！’他皱了皱眉头，‘会是马赛的那个莫雷尔家的人吗？那个莫雷尔可是个疯狂的波拿巴分子，在一八一五年给我们造成多大麻烦！’

“‘正是，’丹格拉尔先生应声答道，‘我甚至认为，他就是那个老船主的儿子。’

“真的呀!”马克西米连说道,“那么您父亲是怎么回答的? 您说呀,瓦朗蒂娜!”

“噢! 这事儿真可怕,我都不敢向您复述了。”

“尽管说吧。”马克西米连又微笑道。

“‘他们的皇帝,’我父亲皱起眉头,继续说道,‘善于利用他们,所有那些狂热分子,他称他们为炮灰,这是他们唯一配得上的称号。我高兴地看到,新政府又重新推行这个有益的原则。哪怕仅仅为此而坚守阿尔及利亚,虽说花费高了一些,我也会称赞政府的举措。’”

“这一政策,的确相当粗暴,”马克西米连说道,“不过,亲爱的朋友,您也不必为德·维尔福先生讲这种话而脸红;在这一点上,我那正直的父亲绝不比您的父亲逊色,他一再重复说:‘皇帝做了那么多漂亮事,他为什么不召集法官和律师,组成一团人马派到火线上去呢!’你明白的,亲爱的朋友,各党派都彼此彼此,在言论上花样出新,思想又那么温和。那么,丹格拉尔先生呢,听了检察官的这种高论,他怎么说呢?”

“哦! 他嘿嘿笑起来,那是他所特有的奸笑,我觉得十分阴险;随后他们就起身离去。等他们走了我才发觉,我祖父非常激动。还必须告诉您,马克西米连,唯独我看出可怜的瘫痪老人异常激动,而且当时猜到在他面前(可怜的祖父,谁也不注意他了)的谈话,极大地刺激了他,因为他们讲了皇帝的坏话,而看样子,他曾是皇帝的狂热信徒。”

“他在帝国时期,的确很有名气。他曾是贵族院议员,瓦朗蒂娜,正如您所知道的,或者您有所不知,在波旁王朝复辟时期,他参与了波拿巴分子的所有阴谋活动。”

“不错,有时我也听见别人悄悄谈论这类事,觉得怪极了:祖父是波拿巴派,父亲是保王党,总之,有什么办法呢? ……等他们走了,我转身看祖父,只见他用目光向我示意报纸。

“‘您怎么了,爷爷?’我问他,“您高兴吗?’

“他向我点头称是。

“‘是高兴我父亲刚才讲的话吗?’我又问道。

“他又示意不对。

“‘高兴丹格拉尔先生讲的话吗?’

“‘那么,是高兴莫雷尔先生,’当时我未敢说马克西米连,‘被授予四级荣誉勋章吗?’

他这才点头称是。

“说起来您相信吗,马克西米连?他不认识您,却高兴您被授予四级荣誉团勋章。他也许头脑糊涂了吧,又变得跟孩子一样了;不过,就为他这一点头,我也更爱他。”

“真够怪的,”马克西米连心中想道,“令尊好像憎恨我,而您祖父却相反……党派的这类恩恩怨怨,实在叫人难以捉摸!”

“嘘!”瓦朗蒂娜突然高声警告,“快躲起来,快逃开,有人来了!”

马克西米连急忙操起一把铲子,不管不顾地开始翻苜蓿地。

“小姐!小姐!”树丛后边有人呼唤,“德·维尔福夫人到处找您,叫您去呢,有客人来了。”

“有客人!”瓦朗蒂娜十分不安地说道,“什么人登门拜访啊?”

“据说是一位大贵族,一位王爷,德·基督山伯爵。”

“我这就去。”瓦朗蒂娜高声说道。

铁栅门外的那个人听到这个名字,不由得浑身一抖,而且听见“我这就去”便明白,这是每次幽会结束时,瓦朗蒂娜向他道别的用语。

“咦!”马克西米连暗暗诧异,他扶住铲子陷入沉思,“德·基督山伯爵,怎么会认识德·维尔福先生呢?”

第五十二章　毒药学

果然是德·基督山伯爵，他为回访检察官，刚刚走进德·维尔福夫人府。不难理解，一通报这个名字，全府上下都忙乱起来。

通报伯爵来访时，德·维尔福夫人正在客厅，她立即吩咐人把她儿子叫来，以便让孩子再次感谢伯爵。这两天来，爱德华听到大人不断地谈论这位大人物，一召唤就跑来了，他倒不是多么顺从母亲，也不是要向伯爵表示感谢，而是要满足好奇心，也是要抓住机会插嘴搞笑，好惹母亲说他："噢！这坏孩子！可我又没法儿不原谅他，他脑袋瓜儿太灵了！"

宾主寒暄几句之后，伯爵便问起德·维尔福先生。

"我丈夫应邀去大法官府上赴宴了，"少妇回答，"他刚刚出门，错过了同您见面的机会，我肯定他会十分遗憾。"

先来的两位客人，在客厅里凝神注视伯爵，他们出于礼貌和好奇，又适当地坐了一会儿便告辞了。

"对了，你姐姐瓦朗蒂娜做什么呢？"德·维尔福夫人问爱德华，"让人告诉她一声，我好把她介绍给伯爵先生。"

"您还有个女儿，夫人？"伯爵问道，"一定是个小女孩吧？"

"那是德·维尔福先生的女儿，"少妇回答，"是他前妻生的，已经出落成一个漂亮的大姑娘了。"

"就是总愁眉苦脸的。"小爱德华插言道。他要给帽子做羽翎，正抓住镀金栖架上一只美丽的南美洲大鹦鹉，往下拔尾巴羽毛，疼得鹦鹉直叫。

德·维尔福夫人也只说他一句：

“住口，爱德华！”

她随即又说道：

“这个小冒失鬼说的话也有几分道理，他是在重复多次听我痛心讲的话。要知道，我们千方百计，也没法儿让德·维尔福小姐消愁解闷，她天生性格就忧郁，沉默寡言，这往往有损于她的容貌。她怎么还不来呢，爱德华，去瞧瞧是怎么回事儿。”

“去找了，她不在那地方。”

“去哪儿找了？”

“去努瓦蒂埃爷爷那里。”

“真的吗。她不在那里？”

“不在，不，不，不，不在，她就是不在那儿。”爱德华唱咧咧地回答。

“那她在哪儿呢？知道就快点儿说呀。”

“她在那棵大栗树下。”坏孩子一边回答，一边不顾母亲的惊叫，拿活苍蝇去喂鹦鹉，看来它特别爱吃这种野味。

德·维尔福夫人正要伸手摇铃，告诉女仆去哪里能找见瓦朗蒂娜，却见她走了进来。瓦朗蒂娜的确神色忧郁，如果注意观察，甚至还能看出她眼中有泪痕。

由于故事节奏太快，我们只让读者初识瓦朗蒂娜，还未描述她的姿容。她年方十九，身体苗条修长，浅栗色的秀发，深蓝色的眼睛，举止悠然沉静，明显有她母亲那种高雅的气质；她的双手白皙细长，脖颈珠光滑润，面颊白里时现红晕，头一眼给人的印象，颇似那种英国美人儿，人们也曾诗意地描绘那种仪态风姿，比作顾影自怜的天鹅。

且说她走进客厅，瞧见继母身边的那位早已如雷贯耳的外国客人，便落落大方地施礼问候，毫无少女的那种忸怩作态，也不垂下眼睛，优雅的举止越发引起伯爵的注意。

伯爵站起身来。

“德·维尔福小姐，我的继女。”德·维尔福夫人从沙发上探出身子，用手指着瓦朗蒂娜介绍给基督山。

“这位是德·基督山伯爵先生，中国国王，交趾支那[①]皇帝。”淘气鬼说着，还狡黠地瞥了姐姐一眼。

这一回，德·维尔福夫人脸刷地白了，险些发火。要申斥名叫爱德华的这个家中小瘟神。但是伯爵非但不恼，反而微笑起来，似乎怜爱地看着孩子，这真让他母亲欢喜和激动到了顶点。

“真的，夫人，”伯爵重又拾起话题，他看看德·维尔福夫人，又瞧瞧瓦朗蒂娜，“可能我已经有幸在什么地方，见过您和小姐吧？刚才我还想来着，小姐进来时一见面，又向一种模糊的记忆投来一束光，请原谅我用模糊这个词。”

“这不可能，先生。德·维尔福小姐不大喜欢社交活动，我们也很少出门。”少妇说道。

“那么，我绝不是在社交场合见到小姐的，您也如此，夫人，这个可爱的小淘气也如此。况且，巴黎社交界，我还完全陌生，因为，我想已经荣幸地对您说过，我到巴黎才有几天。不是社交场合，假如您允许我回想一下……等一等……”

伯爵抬手捂住额头，就仿佛要集中他的全部记忆：

“不是社交场合，而是在外面……是在……我也不知道……但是我觉得这个记忆同明媚的阳光，同一个宗教节日分不开……小姐手里拿着鲜花；这孩子在花园追逐着一只美丽的孔雀，而您，夫人，您在葡萄架的绿荫下……帮我想一想，夫人，我讲的这些情景，难道勾引不起您一点回忆吗？”

“我确实想不起来了，”德·维尔福夫人回答，“不过，先生，我觉得如果在什么地方见过您，那么您的形象一定留在我的记忆中。”

“伯爵先生也许在意大利见过我们。”瓦朗蒂娜有点胆怯地说道。

---

① 交趾支那，东南亚的旧称。

"的确,在意大利……有可能,"基督山说道,"您去过意大利旅行吗,小姐?"

"那是两年前,夫人和我,我们去过意大利。当时大夫担心我肺部有毛病,嘱咐我去呼吸那不勒斯的空气。我们途经波伦亚、佩鲁贾和罗马。"

"哦! 对了,小姐,"基督山高声说道,就仿佛这一简单提示,就足以界定他的全部记忆,"是在佩鲁贾,圣体瞻礼节那天,在驿馆的花园里,我们邂逅相遇,您,小姐、令郎和我,碰在一起,我还记得同你们幸会。"

"佩鲁贾、驿馆,您向我提起的节日,先生,这些都还历历在目,"德·维尔福夫人说道,"然而,我怎么回想也是徒然,实在惭愧我这坏记性,就是想不起有幸见过您。"

"真怪了,我也想不起来了。"瓦朗蒂娜说道,同时抬起美丽的眼睛,注视基督山。

"哎! 我可记得。"爱德华说道。

"我来帮您回想一下,夫人,"伯爵又说道,"那天十分炎热,由于节日庆典,您等候的马车迟迟不到。小姐离开,走到花园的幽深处,您儿子不见了,追孔雀去了。"

"我追上了,妈妈,你知道的,"爱德华说道,"我还从它尾巴拔下三根羽毛呢。"

"而您呢,夫人,您就待在葡萄架绿荫下,您想不起来了吗? 当时,正如我对您讲的,德·维尔福小姐和令郎先生都离开了,而您坐在一张石椅上,同一个人交谈了很久。"

"对,真的,对,"少妇脸一红,说道,"我想起来了,同我谈话的那位男士披一件呢料长斗篷……我想他是一位医生。"

"正是,夫人,那个人,就是我。我在那驿馆住了有半个月了,给我的跟班治好了热症,还给驿馆老板治好了黄疸病,结果我被人视为一位大医生。我们闲谈了很长时间，谈到佩鲁吉诺[1]、拉斐尔[2]，谈到风俗习惯、衣装服饰，还谈到著名的托法娜药水[3]，我还记得，有人对您说过，在佩鲁贾，至少还有人保存了那种药的秘方。"

"哦！不错，"德·维尔福夫人急忙说道，神色有几分不安，"我想起来了。"

"您具体对我说了什么，我记不清了，夫人，"伯爵十分平静地又说道，"但是有一点，我还记得一清二楚，您也附和了对我的普遍误解，向我询问了德·维尔福小姐的身体状况。"

"然而，先生，您是名副其实的医生啊，"德·维尔福夫人说道，"既然您治好了不少病人。"

"莫里哀或博马舍[4]，就能够回答您的问题，夫人，正因为我不是医生，我的病人才治愈，不用我治，病人自愈。至于我，我只想告诉您，我潜心研究了化学和自然科学，但也仅仅是业余爱好……您明白了吧。"

这时，六点钟敲响了。

"六点钟了，"德·维尔福夫人显然有些焦躁不安，说道，"瓦朗蒂娜，您不去看一看，您祖父要不要吃晚饭了？"

瓦朗蒂娜起身，向伯爵施礼告辞，一言未发走出房间。

"唔！上帝啊！夫人，是不是因为我，您才把德·维尔福小姐支开了？"等瓦朗蒂娜一走，伯爵便问道。

"绝不是这个缘故，"少妇急忙回答，"一到这个钟点，我们都要侍候努瓦蒂埃先生吃饭，一点儿可怜的饭食维持他可悲的残年。先生，您知道我那公爹，现在的状态惨不忍睹吧？"

"知道，夫人，德·维尔福先生对我讲过，我想是全身瘫痪了。"

---

① 佩鲁吉诺(1445—1523)，意大利画家，卒于佩鲁贾城。

② 拉斐尔(1483—1520)，意大利著名画家。

③ 托法娜是意大利的一个女子，生活于17世纪，她发明了一种毒药水。

④ 莫里哀(1622—1673)，法国古典主义喜剧的创建者，有关医生内容的剧作有《打出来的医生》、《没病找病》。博马舍(1732—1799)，法国喜剧作家，主要剧作有《塞维勒的理发师》、《费加罗的婚礼》。

"唉！是的，可怜的老人，丧失了全部活动能力，只剩下灵魂，还在守护着这具人的肌体，但也十分苍白而抖动不已，如同一盏灯将要熄灭。请原谅，先生，在此向您讲起我们家庭的不幸。唔！刚才我打断了您的话，您说您是一位高明的化学家。"

"哎！夫人，我没有这么讲，"伯爵微微一笑，说道，"恰恰相反，我决定大半生要在东方度过，欲效仿米特拉达梯国王①，因而研究了化学。"

"米特拉达梯，本都王国国王②，"小冒失鬼又插嘴，他正从一本精美的画册里往下剪图像，"正是那个人每日早餐要喝一杯加毒药的炼乳。"

"爱德华！你这坏孩子！"德·维尔福夫人高声申斥；同时把剪坏的画册从儿子手中抢过来，"你闹得也太凶了，吵得我们头都昏了。别在这儿了，去找你瓦朗蒂娜姐姐，到努瓦蒂埃爷爷那儿去。"

"画册……"爱德华说道。

"什么，画册？"

"对，我要画册……"

"那你为什么把图画剪下来？"

"因为剪下来好玩。"

"走开！去吧！"

"不给画册就不走。"孩子照例毫不退让，稳稳地坐在太师椅上。

"给你，让我们清静点儿。"德·维尔福夫人说道。

她把画册给了爱德华。还把儿子送出去。

伯爵目光盯着德·维尔福夫人。

"看看她送出孩子，会不会把房门关上。"伯爵心中暗道。

德·维尔福夫人在孩子身后万分小心地关上门；伯爵装作没有留意。

接着，少妇又最后扫视一下周围，这才回来，又坐到椭圆形双人沙发上。

---

① 米特拉达梯，本都王国六世国王（公元前120—前63在位），本都地处黑海南岸，曾吞并希腊几个小邦，与罗马抗衡。米特拉达梯六世为防不测，小剂量服毒，身体产生抗毒性。

② 原文为拉丁文。

“看着她送出孩子，会不会把房门关上。”伯爵心中暗道。

“请允许我向您指出，夫人，”伯爵说道，他那副蔼然厚道的神态是我们所熟悉的，“您对这个可爱的小淘气，态度未免严厉了。”

“不这样不行，先生。”德·维尔福夫人回答，还真摆出一副严母的架式。

“爱德华先生谈到米特拉达梯国王，引用了科尔内利乌斯·内波斯[①]

① 科尔内利乌斯·内波斯（约公元前100—约前25），古罗马历史学家，西塞罗的朋友，著有《名人传》、《年代学》、《轶事集》等，行文朴素。

著作的话，”伯爵说道，“但是被您打断了。他能引经据典，证明教师在他身上没有白花费时间，也证明令郎相当早熟。”

“事实上，伯爵先生，”母亲答道，她听了恭维话心里很受用，“他接受能力很强，只要愿意，什么都能学会。他只有一个缺点，就是太任性。对了，他刚才说的那话，伯爵先生，譬如说米特拉达梯采取那些防范措施，而且可能有效，您相信吗？”

“我完全相信，夫人，我在此不是空谈，我也曾这样做过，以免中毒，也就是说，如果没有这种防范，在那不勒斯、巴勒莫和士麦那，我有三次机会丢掉性命。”

“这种方法在您身上很灵验？”

“完全灵验。”

“对，是这样，我想起来了，在佩鲁贾的时候，您已经对我讲过类似的话。”

“真的呀！”伯爵诧异地说道，惊讶之态装得惟妙惟肖，“我可不记得了。”

“当时我问您，毒药对南方人和北方人，是否有同等效力。您甚至回答我说，北方人性情冷漠，反应迟钝，而南方人天生感情丰富而奔放，对毒药的反应势必不同。”

“不错，”基督山说道，“我见过俄罗斯人，大量服用从植物提取的药物，毫无不适的反应，换了那不勒斯人或者阿拉伯人，早就一命呜呼了。”

“这么说您认为，这种方法，我们用来比东方人更有效吗？我们生活在多雾多雨的地区，比起生活在低纬度的热带地区的人来，更容易逐渐适应毒性啦？”

“当然，这是毫无疑问的。不过有一点，适应哪种毒，才能抗哪种毒药。”

“对，我明白。就以您为例吧，您怎么能适应，准确地说，您是怎么适应的呢？”

“这容易得很。假如您事先就知道，别人要给您下什么毒……假如要下的毒药是……比方是番木鳖碱……”

“番木鳖碱,想必是从安古斯都拉树皮中提炼出来的吧。”德·维尔福夫人说道。

“一点不错,夫人。”基督山回答,“看来,我没有什么东西可教给您的了,请接受我的祝贺:掌握这类知识的女士,真是凤毛麟角啊。”

“哦!这一点我承认,”德·维尔福夫人说道,“我酷爱神秘科学,只因这种科学能像诗歌一样唤起想象,又像方程式一样全化为数字。不过,还是请您讲下去,您的话引起我无比浓厚的兴趣。”

“好吧,”基督山又说道,“假如这种毒药就是番木鳖碱,您第一天服用一毫克,第二天服用两毫克,如此类推,到了第十天,您就服用一克了;到了第二十天,就增至两克,再每天增加一毫克,直到剂量达到三克,换句话说,这一剂量您能够承受,没有不适之感,可是对另外一个未加防范的人,就非常危险了。总之,一个月后,您和另一个人同饮一瓶水,就会把那个人害死,而您只是略感不适,不会发现水中掺了任何毒素。”

“您不知道别种解毒药吗?”

“不知道。”

“米特拉达梯那则故事,我读了又读,不知看了多少遍,”德·维尔福夫人若有所思,说道,“我以为是无稽之谈。”

“不,夫人,确有其事,一反历史书的惯例。而且,您对我所讲的话,夫人,您向我提的问题,绝非一时兴致,因为两年前,您已经向我提出同样的问题,您还对我说,米特拉达梯这段故事,很久您都放不下。”

“您说得对,先生,我年轻时最喜爱的两门课,就是植物学和矿物学,后来我了解到,草药的应用往往能解释东方各民族的全部历史,以及东方人的一生,正如鲜花能完全表达他们的情思一样。真遗憾我没有生为男人,否则一定做弗拉麦尔[①]、封塔纳[②],或者卡巴尼[③]那种人。”

---

① 弗拉麦尔(1330—1418),巴黎大学的录事,传说是个著名的炼金术士。

② 封塔纳(1730—1805),意大利生理学家。

③ 卡巴尼(1757—1808),法国医生,哲学家。

“尤其值得一提的是，夫人，”基督山接口说道，“东方人还不像米特拉达梯那样，仅仅把毒药当作一身护甲，他们还要把毒药变成一把匕首。在他们手中，这门学问不仅成为防身武器，还往往变为进攻武器：前者用来抵御肉体的疼痛，后者用来攻击敌人。他们使用鸦片、颠茄、番木鳖碱、蛇木和桂樱，让那些想提神的人沉睡下去。你们这里所称的良家妇女，如埃及女人、土耳其女人或希腊女人，在化学上无不有令医生惊愕的绝招儿，在心理学上也无不有令忏悔师惶怖的手段。”

“真的呀！”德·维尔福夫人说道，她听了这番话，眼中闪耀着奇异的光芒。

“哦！上帝明鉴！是的，夫人，”基督山接着说道，“东方的那些秘密事件，都是这样肇始和终结的，借助于从让人爱的植物，一直到让人死的植物，从给人打开天堂之门的饮料，一直到把人投入地狱的饮料。草药有各种各样，其千差万别，不亚于人性在肉体和精神上的怪癖和任性。进而言之，这些化学家的绝技，就是融会贯通，既能把药草制成春药，满足爱的需求，也能制成毒药，实现报仇的愿望。”

“可是，先生，”少妇又说道，“您在东方生活了一段时间，那里的社会，也像来自那些美丽国家的故事一样神奇怪诞吗？在那种地方，一个人被做掉而又不受惩罚吗？巴格达或者巴士拉，果真是加朗[1]笔下描绘的样子吗？统治那里社会的苏丹和大臣，组成我们法国所谓的政府，难道他们真同哈伦-赖世德[2]和大祭司一样，不仅宽恕下毒者，而且还会把犯罪手段高明的人封为首相，以便用金字刻出他们的故事，留待烦闷时开心解闷吗？”

“不是的，夫人，这类神奇怪诞的事情，即使在东方也不复存在了。那里也有警官、预审法官、检察官和专家，只是化为别种名称，乔装成别种打扮。在那里，对罪犯处以绞刑、斩首或者木桩刑，自然是一种乐事。然

---

① 加朗(1646—1715)，法国东方学家，翻译了《古兰经》，首次将《一千零一夜》译成法文。

② 哈伦-赖世德(766—809)，阿拔斯王朝最著名的哈里发，他也是《一千零一夜》中传说的人物，在巴格达主持最奢华的宫廷。

而，那些罪犯都极其狡诈，善于周密策划，每每得逞，又能巧妙地逃脱法律的制裁。在我们这里，一个被仇恨或贪婪的魔鬼附了身的蠢货，要消灭一个仇敌，或者要除掉祖父辈的人，就跑到一家店铺，编了一个比用真名还容易暴露的假名，借口闹耗子睡不着觉，买上五六克砒霜；如果他再狡猾些，就会多跑五六家店铺，也就多出五六倍被人认出的可能性；他有了毒药之后，就对仇敌或祖父下手，用的剂量足以毒死一头猛犸或一头乳齿象，结果中毒者疼痛难忍，连声惨叫，惊动了左邻右舍，引来大批警察和宪兵；于是派人去请来医生，医生解剖死者，用小匙儿就能从肠胃里刮出砒霜来。第二天，上百家报纸都会报道这起命案，赫然登出受害者与凶犯的姓名。到了傍晚，一家或者几家店铺老板就会前来报告：'是我把砒霜卖给那位先生的。'指认买主，就是有二十个买主，也都不在话下。于是，那个傻瓜罪犯被逮捕，投入牢房，受审，对质，无言以对，被判决，并且押上断头台。罪犯如果是一位贵妇，她就会被判处终身监禁。你们北方人，就这样理解化学的，夫人。不过，我也应当承认，德鲁[①]可就高明多了。"

"有什么办法呢，先生！"少妇笑道，"谁有多大能耐都使出来。梅迪契家族或者博尔吉亚家族的秘方，不是人人都知晓。"

"现在，"伯爵耸了耸肩，说道，"要不要我告诉您，所有这些愚蠢的行为是怎么引起的吗？只因在你们的舞台上，至少根据我读到的演出剧本来判断，观众所见的场面，总是剧中人喝下小瓶里的药水，或者咬一咬戒指的底托，便直挺挺地倒下死去。五分钟之后，幕布落下，观众便散去。他们不知道凶杀案的下文，从未见到舞台上出现挎肩带的警官，或者下士及其带领的四名士兵。这就让那些头脑贫乏的人以为，事情就这样过去了。然而，请您走出法国看看，随便去阿勒颇[②]、开罗，哪怕去那不勒斯或者罗马也好，您在街上会遇见身板挺直、面色红润的人，而瘸腿魔鬼如果拂着您的披风，就可能告诉您：'这位先生已经中毒三周了，一个月之后，

---

① 德鲁，法国著名的下毒罪犯，于1777年在巴黎被处决。
② 阿勒颇，叙利亚的西北城市。

他必死无疑。'"

"这么说,"德·维尔福夫人说道,"他们又发现了著名的托法娜药水的秘方,可是在佩鲁贾,有人却对我说已经失传了。"

"唉!上帝啊!夫人,人类难道有什么东西会失传!各种技艺会迁移,会周游世界的还是原来的事物,只是换了名称而已,而凡夫俗子就搞不清楚了,其实功效始终是一样的。凡是毒药,总对某一器官作用突出:有的损害胃,有的损害大脑,有的损害肠子。就说一种毒药引起咳嗽,这种咳嗽,诊断为肺部炎症,或者医书上记载的某种病疾,总之,完全可以致命。即使不能致命,加上庸医所开的药方,就变得有致命的效果了;那类庸医通常是低能的化学家,他们胡乱用药,治病还是害人,一点儿准也没有;一个人就这样被巧妙地害死,完全符合规则,司法介入也找不出任何疑点。这些话出自我的一位朋友之口,他是一位杰出的化学家,名叫阿德尔蒙特,是西西里岛陶尔米纳城的神甫,曾经深入研究过各国的这类现象。"

"真是骇人听闻,又实在令人叫绝,"少妇说道,她听得入了神,一动也不动了,"不瞒您说,所有这些故事,我原以为,是中世纪的发明吧?"

"是啊,毫无疑问,但是如今更加完善了。您说时间、鼓励、勋章、十字奖章、蒙蒂翁奖,如果不是推动社会走向高度完善,又有什么用呢?而人要达到完美,就得像上帝那样,既懂得创造,又懂得毁掉才行;现在,人已经懂得毁掉,在完美的路上就走了半程了。"

"因此,"德·维尔福夫人接口说道,她总不失时机,将话题拉回到她的既定目的,"博尔吉亚家族、梅迪契家族、勒内家族、鲁吉埃里[①]家族,也许再加上后来的德·特朗克男爵,在现代戏剧和小说中都描写泛滥了,他们的毒药……"

"都是艺术品,夫人,不是别的什么,"伯爵答道,"您认为真正的学者就那么平庸,去直接针对个人吗?不会的。科学喜欢跳跃方式,喜欢用妙

---

① 鲁吉埃里(?—1615),佛罗伦萨天文学家,1604年之后著名年鉴的作者。

招儿，喜欢出奇制胜，如果可以这样说的话。比如，我刚才提起的那位出色的神甫，阿德尔蒙特，他在这方面就做过惊人的试验。”

“真的吗?”

“真的，我只向您奉出一例。他有一座非常漂亮的园子，长满了蔬菜、花草与果树。他在蔬菜中，选择了最普通的一种，例如一棵卷心菜。他一连三天，用化了砒霜的水浇灌这棵菜；到第三天，这棵菜就生病发黄了，趁这时把它砍倒；在所有人看来，这棵菜熟了，外观很正常，唯独阿德尔蒙特神甫知道它中了毒。他把这棵卷心菜拿回去，又抓来一只兔子——阿德尔蒙特神甫养了大批兔子、猫和豚鼠，数量毫不亚于蔬菜、花木和果树。且说阿德尔蒙特抓来一只兔子，喂给它一片卷心菜叶，兔子死掉了。哪个预审法官敢对这种事说什么呢？哪个检察官想到起诉马让迪①先生，或者弗卢朗②先生，指控他们害死兔子、豚鼠和猫呢？没有一个。因此，兔子死了，司法机构并不予以理会。阿德尔蒙特神甫吩咐厨娘，将死兔子的肠子掏出来，扔到垃圾堆上。正巧一只母鸡在垃圾堆上啄食，吃了肠子，也随即病倒，次日死掉。这只鸡在垂死挣扎时，正巧飞来一只秃鹫(阿德尔蒙特的地方秃鹫很多)，扑向死鸡，叼到岩石上，美餐一顿。可怜的秃鹫，自从吃了那只鸡，就一直不舒服，三天之后，它正在高空盘旋，突然一阵眩晕，坠落下来，一头扎进了鱼塘。您也知道，塘中的白斑狗鱼、鳗鱼、海鳝便争食秃鹫，贪婪地啃噬。好吧，第四轮中毒者，那条鳗鱼、那条白斑狗鱼或者海鳝，假如次日端上您的餐桌，您的客人吃了，就成为第五轮中毒者，腹内剧烈疼痛，心绞痛，幽门脓肿，八天至十天人便死了。等做尸体解剖，医生就会说：‘此人死于肝瘤，或者死于伤寒。’”

“不过，”德·维尔福夫人说道，“您讲的这些情况，一环扣一环，偶有意外就会中断。当时秃鹫可能没有从那里飞过，或者坠落到离鱼塘百步开外的地方。”

---

① 马让迪(1783—1855)，法国生理学家。

② 弗卢朗(1794—1867)，法国生理学家。

"唔！这正是艺术高明之所在。在东方，要想成为一个大化学家，就必须驾驭偶然，这是办得到的。"

德·维尔福夫人听着，若有所思。

"然而，"她说道，"砒霜是消除不了的，不管以什么方式吸收，进入人体内的剂量只要足以致命，就能够检测出来。"

"对呀！"基督山高声说道，"对呀！我也正是这样问那个善良的阿德尔蒙特的。"

"他想了想，微微一笑，回答我时引用一句西西里谚语，我想也是一句法国谚语：

"'我的孩子，创造世界非一日之工，而是七日；星期天您再来吧。'

"下个星期天，我又去了。这次他不是用化了砒霜的水浇卷心菜，而是用学名为蛇藤属的马钱子碱的盐溶液浇灌。这一回，卷心菜毫无生病的症状，因此，兔子放心地吃了，结果吃完五分钟就死了；母鸡吃了兔子的肠子，次日也一命呜呼了。于是，我们取代秃鹫，带走死鸡，开膛检验。这次只有一般症状，所有特殊症状全部消失了；任何器官都没有显示病变，唯独神经系统过于兴奋，有脑溢血的迹象，仅此而已。这只鸡并没有中毒，而是死于中风。我也知道，鸡中风实在罕见，对人倒是常见病。"

德·维尔福夫人越听越入迷了。

"这种毒药，幸而只能由化学家配制，"她说道，"否则的话，世界上一半人就可能毒死另一半人了。"

"化学家，或者喜欢摆弄化学的人，都可以配制。"基督山漫不经心地说道。

"不过，"德·维尔福夫人说道，她在竭力控制，要从走神的状态中摆脱出来，"无论策划得多么巧妙，犯罪总归是犯罪，即使逃避了人世的查处，也逃不开上帝的目光。东方人处理良心问题，远远胜过我们，他们的谨慎之举，无非是取消了地狱。"

"唔！像您这样一个正派人，产生这种顾忌是很自然的，可是细想一想，很快就能根除这种顾忌。人类思想恶的一面，什么时候都可以用让-

雅克·卢梭的这种悖论来概括：‘一伸手指头，就杀死万里之外的中国大员。’人这一生总琢磨这种事，那点聪明全耗费在这类胡思乱想上。您能发现，极少人会残暴地一刀捅进同类的心脏，或者用我们刚才所说的剂量的砒霜，把自己的仇家从地球上除掉。这样做确实很荒唐，或者很愚蠢。必须热血沸腾，脉搏狂跳，心灵失去常态，才会到这一步。但是，如果按照语文学的惯例，换一个委婉点儿的同义词，您的所为，不是卑鄙的谋害，而仅仅是从路上清除妨碍您的人；既不打击，也不施暴，更不使用让人遭罪的手段，那就可能变成酷刑，从而使受害人成为殉难者，施刑者成为一个地地道道的刽子手；假如既不流血，又没有一声惨叫，既没有垂死挣扎，更没有那种行凶杀人留下的现场证据，那么，您就逃避了要求‘不准扰乱社会！’的人类法律的制裁。东方人就是如此行事并屡屡成功，他们天生严肃而冷漠，处理比较重大的事情，不大在乎用多少时间。”

“还有个良心问题呢。”德·维尔福夫人声音激动，说了一句，随即轻轻叹了口气。

“是啊，”基督山说道，“是啊，幸而还有个良心问题，否则的话，人就太卑劣了。每次有点过激的行动之后，总是良心出面拯救我们，因为良心提供的种种开脱的理由，完全由我们自己判定是否成立；然而这些理由不管如何冠冕堂皇，都能让人高枕无忧，但是到了法庭上就可能不充分，难保人性命了。理查三世[①]就是一例，他除掉爱德华四世的两个孩子之后，也一定大大得力于良心，并以这种话自慰：‘这两个孩子，是一个杀人成性的暴君之子，继承了父亲的邪恶，唯独我能从他们年幼的习性中看出这一点；这两个孩子势必要成为祸害，妨碍我为英国人民造福。’麦克白夫人[②]也同样求助于良心，不管莎士比亚怎么说，她谋取王位，并不是为她丈夫，而是为她儿子。啊！母爱是一种极其伟大的美德、一种极其强大的动力，能作为借口干许多事情。因此，邓肯被害之死，假如没有良心的支

① 理查三世，莎士比亚同名戏剧中的人物，他害死英国国王爱德华四世。

② 麦克白夫人，莎士比亚戏剧《麦克白》中的人物，她唆使丈夫杀死苏格兰国王邓肯。

撑，麦克白夫人一定会万分痛苦。”

这些骇人听闻的格言和这些出奇的怪论，伯爵以他特有的天真自然的讽刺口吻讲出来，德·维尔福夫人则贪婪地聆听记取。

继而，她沉吟了片刻，才开口说道：

“您知道吗，伯爵先生？您是一位了不起的雄辩家，把世界看得这么暗淡！难道您是透过蒸馏器或者曲颈瓶，这样观看和评价人类的吗？因为，您说得对，您也是一位大化学家，给我儿子一服药，就把他救活了……”

“哎！对这种药可得当心，夫人，”基督山说道，“一滴足可以救活这个昏死的孩子；三滴就会使他的血液涌入肺部，心跳加速；六滴就能使他停止呼吸，导致更深度的昏迷；十滴就会立刻使他丧命。您还记得吧，夫人，令郎冒冒失失地去动那药瓶，我是多么急忙阻止的吧？”

“怎么，这是一种剧毒的毒药？”

“哎！上帝啊，不是！首先，这一点要讲明，毒药一词并不存在，因为在医药上，剧毒也做药用，如果调制得法，治病就很有效。”

“那是什么药呢？”

“那是我的朋友，出色的阿德尔蒙特神甫巧妙配制的，他教会我如何服用。”

“唔！”德·维尔福夫人说道，“一定是抗痉挛的良药。”

“灵丹妙药，夫人，您看到疗效了，”伯爵答道，“我就经常服用，当然尽量小心了。”他笑着补充一句。

“这我相信，”德·维尔福夫人也同样笑着附和道，“我这个人特别神经质，动不动就昏迷过去，真怕有一天会窒息而死，因而需要阿德尔蒙特那样的医生，为我制定治疗方法，使我呼吸通畅而不再担心。这样的医生，在法国很难找到，而您那位神甫，恐怕也不会为我，长途跋涉专程到巴黎来，眼下，我就只好用普朗化先生的镇静剂，薄荷和霍夫曼滴剂，也是我的常用药。您瞧这就是我让人特制的薄荷糖片，剂量加了一倍。”

伯爵打开少妇递过来的玳瑁盒子，以真正行家的姿态，闻了闻气味，便知药的质量。“这药很好，”他说道，“但是必须吞服，而一个昏迷过去，就往往丧失吞咽的功能。我还是喜欢我这特制药。”

“那当然了,我也更喜欢,尤其疗效是我亲眼所见。不过,这无疑是秘方,如果我向您讨要,就未免太冒昧了。”

“然而我呢,夫人,”基督山站起身来说道,“我倒想献献殷勤,请您笑纳。”

“唔!先生。”

“不过,有一点您要谨记:就是小剂量是药,大剂量是毒。正如您所见,一滴能救命;五六滴就必致人死命,更加厉害的是,掺进酒中,丝毫也不会改变酒的味道。我就此打住,夫人,再说多了,真像给您出主意了。”

六点半钟响了。仆人进来禀报,德·维尔福夫人的一位女友到,应邀前来共进晚餐。

“同您幸会已有三四次了,伯爵先生,而不是第二次,”德·维尔福夫人说道,“假如我有此荣幸是您的朋友,而不纯粹是欠您恩情的人,那么我就一定要留您共进晚餐,一开口被婉拒我也不会放弃。”

“承您美意盛情,夫人,”基督山答道,“我本人也有约会,不能失约。我答应带一位朋友,是一位希腊公主去看戏。她还从未见过大歌剧院,期待我陪同前往。”

“请去吧,先生,只是别忘了给我的药。”

“怎么会呢,夫人!除非您忘记我在您身边这段谈话的时间:这是完全不可能的。”

基督山施礼告辞,走了出去。

德·维尔福夫人一直坐在那里发呆。

“他真是个怪人,”她自言自语,“看他的神气,倒完全像名叫阿德尔蒙特的人。”

基督山这边也觉得,结果超过了他的期望。

“好了,”他离开时心中暗道,“这是一块沃土,我确信随意丢下的种子,绝不会一无所获。”

他恪守诺言,次日派人送去她索求的药。

基督山施礼告辞，走了出去。

德·维尔福夫人一直坐在那里发呆。

第五十三章　魔鬼罗贝尔

这天晚上去看戏，理由特别充分，巴黎歌剧院有一场盛大演出。勒瓦塞尔[①]长时间身体欠佳，现在重返舞台，扮演贝特朗[②]这一角色。一如既往，时髦大师这一作品，吸引来巴黎最显赫的名流权贵。

莫尔塞夫同大多数富家子弟一样，在正厅前排有自己的包座，此外，有十个熟人的包厢，他都可以讨个座位，且不说他也有权坐到花花公子的包厢。

夏多-雷诺的包座与他相邻。

博尚身为新闻记者，可谓剧场之王，随处可以落座。

这天晚上，吕西安·德勃雷自主支配内政大臣的包厢，便把人情送给了德·莫尔塞夫伯爵。由于梅色苔丝不肯看戏，伯爵又把包厢转让给丹格拉尔，并捎去话说，假如男爵夫人和她女儿愿意接受他提供的包厢，他有可能当晚去拜访她们。她们当然不会拒绝。百万富翁比谁都更喜欢白送的包厢。

丹格拉尔声称，鉴于他的政治原则及其反对派议员的身份，不宜坐到内政大臣的包厢。因此，男爵夫人写信让吕西安来接她，因为她总不能单单和欧仁妮去歌剧院。

---

① 勒瓦塞尔（1791—1871），法国著名歌剧演员。

② 贝特朗，剧本《魔鬼罗贝尔》中的主人公。

确实有这种规矩，假如两位女子单独去看戏，肯定被人视为行为不端。可是，丹格拉尔小姐若是同母亲和母亲的情人一起去歌剧院，也就无可非议了。世道如此，只能迁就了。

幕启时，剧场照例空空荡荡。这也是讲时髦的巴黎人的一种习惯，要等开演之后才入场：因此，第一幕演出过程中，已经到场的观众既不看台上的动作，也不听台上的演唱，而是观望进场的观众，只听得见开关门的声响，以及嗡嗡的谈话声。

"咦！"阿尔贝突然说道，他是看见侧面第一排的一个包厢门打开了，"咦！G伯爵夫人！"

"G伯爵夫人是谁呀？"夏多-雷诺问道。

"啊！怎么，男爵，居然提出这样的问题，叫我无法原谅，您问G伯爵夫人是谁？"

"哦！真的，"夏多-雷诺又说道，"是不是那位迷人的威尼斯女郎？"

"正是。"

这时，G伯爵夫人瞧见阿尔贝，嫣然一笑，向他回礼。

"您认识她呀？"夏多-雷诺问道。

"对，"阿尔贝答道，"那是在罗马，弗朗兹把我介绍给她。"

"弗朗兹在罗马帮了您，而您在巴黎，能不能帮我同样的忙呢？"

"非常乐意。"

"嘘！"观众高声嘘道。

两个年轻人接着交谈，根本不理睬池座观众想听音乐的愿望。

"她去马尔斯广场看赛马了。"夏多-雷诺说道。

"今天的事儿？"

"对。"

"哦！真的，是有赛马。您下赌注了吗？"

"嗯！小意思，才下五十路易金币。"

"哪匹马胜了？"

"诺蒂卢斯，我把注下在它身上。"

“有三场赛马?”

“对,有一场是赛马俱乐部奖,奖品为一只金杯。甚至还发生一件挺怪的事。”

“什么事?”

“嘘,肃静!”观众嚷道。

“什么事?”阿尔贝重复问道。

“赢得金杯的那匹马和骑师,都从来没有见过。”

“什么?”

“唔!我的上帝,是的。开始时,没人注意一匹注册名为王霸的赛马,以及登记名为约伯的骑师,比赛中突然看见一个拳头大小的骑师,催着一匹出色的栗色马往前冲去:赛前不得不往他兜里装了二十斤铅块,尽管如此,栗色马还是首先到达终点,超过随后的两匹马,阿里埃尔和巴尔巴罗三个马身。”

“那匹马和那名骑手是属于谁的,大家都不知道吗?”

“不知道。”

“您说那匹马注册名为……”

“王霸。”

“那好,”阿尔贝说道,“我比您了解情况,知道那马是属于谁的了。”

“肃静!”后面的观众第三次嚷道。

这一次,抗议声浪太高,两个年轻人终于发觉,观众是冲他们嚷的。于是,他们回头看了片刻,在人群中寻找那个带头的、应当把他们视作放肆无礼行为负责的人;但是,没有人接受挑战,他们就又转向舞台。

这时,内政大臣的包厢门开了,丹格拉尔夫人,她女儿和吕西安·德勃雷就座。

“哈!哈!”夏多-雷诺说道,“这几个可是您的熟人,子爵。真见鬼,您往右边张望什么呀?人家正寻找您呢?”

阿尔贝这才转过身,目光果然遇见丹格拉尔男爵夫人的目光:对方用扇子向他打个招呼。至于欧仁妮小姐,她那双黑色的大眼睛,对大厅池座几乎不屑一顾。

“老实说，亲爱的，”夏多-雷诺说道，“我就一点儿也不理解，除了门第不大相当之外，而且我也绝不相信您会看重这一点；我说呀，我一点儿也不理解，除了门第不当之外，您对丹格拉尔小姐还有什么不满的呢？按说，她可是个大美人啊。”

“大美人，当然了，”阿尔贝回答，“但是不瞒您说，在貌美方面，我还是喜欢多点儿温柔，多点儿甜蜜，总之，多点儿女人味儿。”

“年轻人就是这样，”夏多-雷诺说道，他已届而立之年，对莫尔塞夫不免摆起老资格，“他们从来不知足。怎么，亲爱的！给您找了一位未婚妻，是按狩猎女神狄安娜的模子造出来的，您还不满意！”

“说的就是，我本来就更喜爱米罗[①]的，或者卡普阿[②]的维纳斯那类女子。而这位狩猎女神狄安娜，总和她那些山林女神为伍，使我产生几分恐惧；我担心她也把我变成阿克特翁[③]。”

此言不虚，只要朝那姑娘看一眼，就差不多能理解莫尔塞夫坦言的这种感觉。丹格拉尔小姐容貌很美，但正如阿尔贝所言，她那种美有点刻板：一头乌黑的秀发自然弯曲，想用手抚平便知不那么驯顺；同头发一样乌黑的眼睛，罩着两道曼妙的弯眉，唯一的缺点，就是有时皱起眉头，能让人惊奇地看到，一个女子的眼神里还有一种坚定的表情，就显得尤为突出了；她的鼻子匀称的比例，恰如一名雕塑家给朱诺[④]鼻子的造型；唯独她的嘴太大了，但是长了两排皓齿，而过艳的红唇衬出皓齿的同时，也与苍白的脸色反差太大了；最后，嘴角的那颗美人痣，比大自然通常的这类随意安排略大一些，与上述的诸多特征聚在一起，就赋予了这副面孔一种刚毅的特点，也正是这种特点令莫尔塞夫有几分畏怯。

此外，欧仁妮身体的其余部位，同我们刚才描绘的头部非常协调。正

---

① 米罗，希腊一个岛，又译米洛斯岛。1820年在该岛发现著名的维纳斯断臂雕像。
② 卡普阿，意大利城市，该市博物馆收藏的维纳斯雕像举世闻名。
③ 阿克特翁，希腊神话中的猎手，因窥见狩猎女神沐浴而被变成一只鹿，后又被神犬撕碎。
④ 朱诺，罗马神话中主神朱庇特之妻，生性高傲，嫉妒心很重。

如夏多-雷诺所言，活脱脱一尊狩猎女神，美中多出了一点更为坚定、更为阳刚的东西。

她所受的教育，假如有什么可挑剔的话，那也类似她那容貌的某些特点，显得稍微有点儿男性化了。她确实能讲两三种语言，绘画运笔自如，能作诗，善谱曲，对音乐尤其酷爱，常与女子寄宿学校的一个同窗一起研习。那位妙龄的同窗一无所有，但是据说先天条件无不具备，可望成为一位出色的歌唱家。听说一位著名的作曲家，几乎像父亲一样关心这个姑娘，指导她学习，期望有朝一日，她能靠歌喉发达起来。

这个有音乐天赋的姑娘名叫路易丝·达尔米莉小姐，由于日后她有可能登台演出，丹格拉尔小姐就只在家中接待她，从不和她一起出现在公共场所。而且，路易丝在这位银行家的府上，并没有一位女友那样独立的地位，但是待遇还是胜过一般的家庭教师。

丹格拉尔夫人刚在包厢落座不大工夫，幕布也就落下了。幕间休息时间很长，有半个小时，观众可以到休息厅从容地走走，拜访朋友，因此，剧场的池座一时间人几乎走空了。

莫尔塞夫和夏多-雷诺已经离开前排包座。丹格拉尔夫人看到阿尔贝匆忙离座，起初还以为是要来问候她的，便附身对着女儿的耳朵说要来人了。女儿则微笑着摇头。恰好这时，仿佛要证实欧仁妮的否定多么有根据，莫尔塞夫果然出现在侧面头排的一个包厢。那是G伯爵夫人的包厢。

“咦！是您啊，旅行家先生，”伯爵夫人说着，就像老相识一样，非常热情地伸出手去，“承蒙您认出我来，尤其能优先来看我。”

“请您相信，夫人，”阿尔贝回答，“假如我得知您来到巴黎，又知道您下榻之处，我绝不会等到现在。不过，还请您允许我向您介绍我的朋友，德·夏多-雷诺男爵先生，法国仅存的屈指可数的绅士，正是他刚才告诉我，今天您到马尔斯广场观赏赛马了。”

夏多-雷诺施了一礼。

“哦！先生，您去看赛马了？”伯爵夫人急忙问道。

“是的，夫人。”

“那好，”伯爵夫人又急忙说道，“你能告诉我吗，赢得赛马俱乐部金杯的那匹马是谁的？”

“不知道，夫人，”夏多-雷诺回答，“刚才我也向阿尔贝提出同样的问题。”

“您一定要弄清楚吗，伯爵夫人？”阿尔贝问道。

“弄清楚什么？”

“那匹马的主人？”

“万分渴望。您想象一下……真的，子爵，也许碰巧您知道吧？”

“夫人，刚才您是要讲述什么事吧！您说，您想象一下。”

“是这样，您想象一下，那匹可爱的栗色马，还有那个身穿粉红色赛马服的小骑师，一看见就引起我极大的好感，于是我衷心祝愿骑师和他的马，完全像我把一半家产押上了。我看见小骑师和栗色马最先到达终点，超过第二名有三个马身，就不禁欢喜雀跃，发狂一般鼓起掌来。您想想看，我有多么惊讶，回到住处在楼梯上，竟然遇见身穿粉红骑马服的小骑师。我以为这场赛马的胜者碰巧与我同住一家饭店，但是一打开客厅门，首先映入我的眼帘的，却是不知名的那匹马和那名骑手夺取的金杯。金杯里放了一张纸条，上面写着：‘敬献G伯爵夫人-鲁思文爵士’。”

“果然不错。”莫尔塞夫说道。

“什么！果然不错，这话是什么意思？”

“我想说，正是鲁思文爵士本人。”

“哪位鲁思文爵士？”

“我们那位，就是王霸，在阿让蒂娜剧院见到的那个人。”

“真的呀！”伯爵夫人高声说道，“他来到这里啦？”

“一点儿不错。”

“您见到他了吗？您接待他了吗？您去看他了吗？”

“他是我的挚友，而且夏多-雷诺先生也有幸与他结识了。”

“您凭什么就认为是他胜出了呢？”

"就凭他的马注册名为王霸……"

"那又怎么样?"

"怎么样,绑架我的那个有名的大盗,您不记得叫什么名字了吗?"

"哦! 真的。"

"伯爵就是从他手中奇迹般把我解救出来,您不记得了吗?"

"记得。"

"他就叫王霸。您明白了吧! 正是他。"

"那他为什么把奖杯给我送来呢?"

"首先,伯爵夫人,我经常向他提起您,这您可以想得到,其次,他遇到一位同胞喜出望外,又因这位同胞那么关心他而格外高兴。"

"但愿您从来没有对他说过,我们信口开河谈论他的那些话!"

"真的,这我可不敢发誓,瞧他这种方式,以鲁思文爵士的名义送给您这只金杯……"

"这可太糟了,他要恨死我的。"

"他此举是为敌吗?"

"我承认,不是。"

"这不得了吗!"

"这么说,目前他在巴黎?"

"对。"

"他引起多大轰动?"

"还真的,"阿尔贝答道,"大家谈论了一周,后来英国女王举行加冕,以及发生了玛尔斯小姐[①]的钻石失窃案,才改变了话题。"

"亲爱的,"夏多-雷诺说道,"显而易见,伯爵是您的朋友,因而您说话留有余地。伯爵夫人,您不要相信阿尔贝对您说的话,情况正相反,人们谈论的中心,只有德·基督山伯爵在巴黎的一举一动。他先是赠送给丹格拉尔夫人两匹马,价值三万法郎;接着,他又救了德·维尔福夫人之

① 玛尔斯小姐(1779—1847),法国著名演员。

命;然后,他十有八九赢了赛马俱乐部奖杯。不管莫尔塞夫怎么讲,我认为正相反,现在,人们还在关注着伯爵,而且,再过一个月,人们还只是关注他,只要他继续行事怪异,看来,惊世骇俗,正是他通常的生活方式。”

“这完全可能,”莫尔塞夫说道,“对了,俄罗斯大使的包厢怎么回事,由谁接手了?”

“哪个包厢?”伯爵夫人问道。

“头排两根柱子中间那个,看样子整修一新了。”

“不错,”夏多-雷诺说道,“演出第一幕时,那里有人吗?”

“哪里?”

“那个包厢啊!”

“没有,”伯爵夫人又说道,“我没有看见进去一个人。这么说,”她话锋一转,又回到原来的话题,“您认为正是您那位德·基督山伯爵夺取了奖杯了?”

“我敢肯定。”

“正是他把那奖杯送给我?”

“毫无疑问。”

“可是,我并不认识他啊,”伯爵夫人说道,“我真想送还给他。”

“哎!决不可以。那他会另给您送一只蓝宝石或者红宝玉石雕杯。这就是他的行为方式,有什么办法,他就是那种脾气。”

这时,第二幕的铃声响了。阿尔贝起身要回自己的座位。

“还能见到您吗?”伯爵夫人问道。

“如果您允许的话,下次幕间休息,我再来请问,在巴黎我是否能为您尽什么力?”

“先生们,”伯爵夫人说道,“我住在里沃利街二十二号,每星期六晚上接待我的朋友。算是当面邀请二位了。”

两个年轻人施礼,告辞而去。

他们走进大厅,看到池座的观众全都站着,目光都聚到剧场的一点。于是,他们俩也顺着众人的目光望去,目光停到俄国大使从前的包厢。一位身穿黑礼服，年龄约在三十五至四十岁之间的男士，带着一位东方打扮的女子，刚才走进包厢。那女子美极了，服饰特别华丽，正如上面所讲，她当即引来所有目光。

“喂！”阿尔贝说道，“那就是基督山和她的希腊女郎。”

那确实是伯爵和海蒂。

过了片刻，那年轻女郎不仅成为大厅池座，而且成为整个剧场的注视对象：女士们纷纷从包厢探出头来，要在灯光的照射中，一睹她浑身钻石饰物的流光溢彩。

第二幕就在这种嘈喧闹声中演出，这就表明在这大庭广众之中出了一件大事。再也没有人高呼肃静了。那女郎如此年轻，如此美丽，如此光艳照人，就是最好看的一台戏。

这次，丹格拉尔夫人明显向阿尔贝示意，渴望在下次幕间休息时能见到他。

莫尔塞夫雅人深致，既然人家向他明示等他前去，他就绝不会怠慢。第二幕一演完，他就急忙上楼，到舞台侧面的包厢。

他向两位女士施礼问好，又同德勃雷握了握手。

男爵夫人面带迷人的微笑欢迎他，而欧仁妮还照样冷若冰霜。

“真的，亲爱的朋友，”德勃雷说道，“您瞧见了，我已经心余力绌，招呼您来支援。喏，这位夫人认准我知道伯爵是哪里人，从哪里来，到哪里去，问题接连不断，我实在招架不住。老实说，我又不是卡格利奥斯特罗[①]，于是为了摆脱困境，我就说：‘这些情况，何不问问莫尔塞夫，他对他那基督山了如指掌。’就这样，夫人示意您过来一下。”

“是不是令人难以置信，”男爵夫人又说道，“一个人可支配五十万秘密资金，消息也这么不灵通？”

“夫人，”吕西安接口说道，“请你相信好了，我真若是掌握五十万资金，也要派作别种用场，不会用来去调查德·基督山伯爵先生。在我看

① 卡格利奥斯特罗(1743—1795)，意大利冒险家，因掌握秘术而轰动巴黎。

来，他别无长处，无非是个双料的大富翁。好了，我还是让我的朋友莫尔塞夫讲吧，您就问他好了，这事儿与我没关系了。”

“一位大富翁，肯定不会送给我价值三万法郎的两匹马，而且，每只马耳上还缀了一颗价值五千法郎的钻石。”

“唔！钻石嘛，”莫尔塞夫笑道，“那是他的一种癖好。我想他就如同波将金[①]，衣服口袋里总装着钻石，沿途抛撒，就像小普赛[②]抛石子那样。”

“他可能发现了钻石矿，”丹格拉尔夫人说道，“您知道吗，他在男爵的银行开了个无限信贷的户头？”

“不，这事儿我不知道，”阿尔贝回答，“不过，这是必然的。”

“还有，他对丹格拉尔先生说，他打算在巴黎逗留一年，花掉六百万，您知道吗？”

“正是匿名出游的波斯国王。”

“还有那位女郎，吕西安先生，”欧仁妮也说道，“您注意到她有多美吗？”

“的确，小姐，据我所知，在看待同性别的人，唯独您能给予如此正确的评价。”

吕西安把观剧镜举到眼前。

“真迷人！”他惊叹道。

“德·莫尔塞夫先生可知道，那位女子是谁吗？”

“小姐，”阿尔贝听到这近乎直接的询问，便回答说，“关于我们所谈论的那个神秘人物，我所知也不外乎别人所见。她是一位希腊女子。”

“这从她的服饰很容易就看出来，您所告诉我的，是全场观众和我们一样，都已经知道的情况。”

“实在惭愧，”莫尔塞夫说道，“我根本不了解情况，做不了介绍，应当承认我对她的了解仅限于此。我还知道她懂音乐，因为有一天我在伯爵

---

① 波将金(1739—1791)，俄国政治家、陆军元帅、有名的富翁。

② 小普赛，又译拇指儿，是法国童话作家佩罗童话中人物，他用撒石子的方法认路。

那里吃饭，就听见单弦提琴的乐声，不会是别人，肯定是她演奏的。”

“您那位伯爵，还接待客人吗？”丹格拉尔夫人问道。

“招待极其有排场，我敢向您保证。”

“我必须敦促丹格拉尔先生请他吃饭，参加舞会，以便等他回请我们。”

“怎么，您要去他府上作客？”德勃雷笑着问道。

“为什么不呢？有我丈夫陪伴啊！”

“他可是独身啊，那位神秘的伯爵。”

“您视而不见啊。”男爵夫人指着美丽的希腊女郎，也笑着说道。

“按照伯爵本人的说法，那女子是奴隶，是在您那顿上午餐桌上讲的，您还记得吧，莫尔塞夫？”

“您应当承认，我亲爱的吕西安，”男爵夫人说道，“她那样子倒像个公主。”

“《一千零一夜》中的公主。”

“《一千零一夜》中的，我不是这个意思。我亲爱的，公主是由什么东西构成的呢？是由钻石，而这位女子就满身佩戴了钻石。”

“简直多得过分，”欧仁妮则说道，“她不佩戴钻石反而会更美，那就看得见她的脖颈和手腕，那形状多有魅力。”

“嗬！艺术家的眼光，”丹格拉尔夫人说道，“喏，你们瞧她多着迷？”

“凡是美的，我都喜爱。”欧仁妮又说道。

“那么您看伯爵又如何呢？”德勃雷问道，“我觉得他也挺不错的。”

“伯爵吗？”欧仁妮答道，就好像她还无意瞧瞧他，“伯爵，他脸色太苍白了。”

“一点儿不错，”莫尔塞夫说道，“我们要寻找的秘密，恰恰隐藏在这种苍白中。您也知道，G 伯爵夫人就断言他是个吸血鬼。”

“G 伯爵夫人，她又回来了吗？”男爵夫人问道。

“就在侧面那个包厢里，”欧仁妮说道，“几乎就在我们对面，母亲，那位女士，一头美丽的金发那个，正是她。”

“唔！对，”丹格拉尔夫人说道，“莫尔塞夫，您不知道自己该做点儿什么吗？”

“听您吩咐，夫人。”

“您应当去拜访您那位德·基督山伯爵，并且把他给我们带来。”

“带来做什么？”欧仁妮问道。

“我们好同他交谈啊，你不是想见见他吗？”

“根本不想。”

“这孩子真古怪！”男爵夫人咕哝一句。

“哦！”莫尔塞夫说道，“他很可能会主动来了。您瞧，夫人，他看见您了，在向您致意。”

男爵夫人回礼，还给伯爵送去妩媚的微笑。

“那好吧，”莫尔塞夫说道，“我顾不得自己了，我这就告辞，去看一看能否同他说上话。”

“您就去他的包厢，这非常简单。”

“可是，还没有引荐我呢。”

“引荐给谁？”

“给那美丽的希腊女郎。”

“您不是说，她是奴隶吗？”

“对，然而您呢，您却说她是一位公主……不能冒昧，但愿他看见我出去，也走出他的包厢。”

“有这种可能。您去吧。”

“我走了。”

莫尔塞夫躬身告辞，走了出去。他经过伯爵包厢时，门果然打开，伯爵用阿拉伯语对守在走廊的阿里说了几句，便拉住莫尔塞夫的胳臂。

阿里又把门关上，守在门前；走廊上聚了一堆人，围观这个努比亚人。

“你们的巴黎呀，”基督山说道，“真是一座奇特的城市，你们巴黎人也都怪怪的。他们就好像头一回见到一个努比亚人。瞧瞧他们，紧紧围住可怜的阿里，弄得阿里不知道怎么回事。比方说吧，有一件事我就敢向您打保票：一个巴黎人如果去突尼斯、君士坦丁堡、巴格达，或者开罗，绝不会有人围观。”

“这是因为你们东方人很有理性，他们只看值得一看的东西；不过，请相信我这话，阿里这样引人注目，只因为是您手下的人，而这阵子，您才是走红的人。”

“当真啊！谁给了我这份殊荣？”

“当然是您自己啦！您一出手，就是价值上千金路易的马匹。您救了检察官妻子的性命，还化名布拉克少校，弄来纯种马和狨猴一般大的小骑手参加赛马；最后，您夺取了金杯，再把金杯送给漂亮女人。”

“这些荒唐事，真见鬼，是谁告诉您的？”

“喏！第一件，是丹格拉尔夫人，她特别渴望在她的包厢见到您，主要还是让别人看见您在她的包厢；第二件，是博尚的报纸报导的；第三件，是我自己的想象。您若真打算隐姓埋名，为什么还给您的赛马取名王霸呢？”

“哦！真的！”伯爵说道，“一招儿不慎啊。对了，您告诉我，德·莫尔塞夫伯爵，就不偶尔来歌剧院吗？我用目光搜寻，哪儿也不见他的踪影。”

“今儿晚他会来的。”

“到哪儿呢？”

“想必到男爵夫人的包厢。”

“同男爵夫人在一起的那个妙人儿，是她女儿吧？”

“是。”

“我祝贺您。”

莫尔塞夫微微一笑。

“这事儿我们以后再详谈吧，”他说道，“您觉得音乐怎么样？”

“什么音乐？”

“您刚才听到演奏的音乐啊。”

“我要说，作为音乐，是非常美妙的乐曲，但是由几只没有羽毛的两只脚的鸟儿歌唱——拿古人第欧根尼[1]的话来说。"

"这种印象啊！可是，我亲爱的伯爵，您似乎随意就能聆听天堂的七部合唱吗？"

"还真差不多如此。我要聆听美妙音乐的时候，子爵，聆听凡人的耳朵从未听过的乐曲，我就入睡。"

"那好，您到这里可适得其所，睡吧，我亲爱的伯爵，睡吧，歌剧院就是为了这种目的而建造的。"

"不然，你们的乐队实在太吵闹了。要进入我所说的睡眠，环境必须清静，再吃一点儿药剂……"

"唔！那种有名的大麻吧？"

"正是，子爵，您什么时候想听音乐，就请到我那里用晚餐吧。"

"那次我在您的住处用早餐，已经听到了。"莫尔塞夫说道。

"在罗马？"

"对。"

"哎！那是海蒂的单弦提琴。是啊，漂泊异乡的可怜姑娘，有时就演奏家乡的乐曲来消遣。"

莫尔塞夫也不便深问，伯爵也沉默下来。

这时，演出的铃声响了。

"能劳大驾吗？"伯爵说着，就要回包厢。

"何必客气！"

"请代她的吸血鬼向G伯爵夫人问好。"

"对男爵夫人呢？"

"请转告一声，如果她允许，当晚我就过去问候她。"

第三幕演出开始，德·莫尔塞夫伯爵恪守诺言，果然去看丹格拉尔夫人了。

伯爵不是进入剧院能引起轰动的那种人，因此，他到场也没有人注

---

① 第欧根尼（约公元前404—前323），古希腊犬儒派哲学家。

意，只是惊动他所落座的包厢里的人。

然而，基督山却看到他了，嘴角便掠过一丝微笑。

至于海蒂，只要大幕一拉开，眼睛就盯着舞台，别的什么也看不见了，她像所有保持原始天性的人那样，欣赏一切听得到和看得见的东西。

第三幕也照样演过去，诺布莱、朱莉娅和勒鲁三位小姐，表演一通击脚舞；格雷纳达王子受到罗贝尔-马里奥的挑战；最后，众所周知的威武的国王，拉着公主的手绕场一周，展示他那丝绒大斗篷；继而，幕布落下；全场观众纷纷涌进休息大厅和走廊。

德·基督山伯爵走出包厢，不大工夫，他就出现在丹格拉尔男爵夫人的包厢。

男爵夫人不禁惊叫一声，微微透出喜悦。

“啊！快请进，伯爵先生！”她高声说道，“我已经给您写了感谢信，老实说，我还急于向您当面致谢。”

“哎！夫人，”伯爵答道，“区区小事，您还记在心上？我可已经忘记了。”

“是啊，不过，伯爵先生，令人难忘的是，第二天正是那两匹马惊了，我的好友德·维尔福夫人有生命危险，又被您救了。”

“这一回也同样，夫人，我承受不起感谢，那是阿里，给我干事的努比亚人，有幸帮了德·维尔福夫人这个大忙。”

“那么，”德·莫尔塞夫伯爵说道，“也是阿里，把我儿子从罗马强盗手中救出来的吗？”

“不是，伯爵先生，”基督山答道，同时握了握将军伸给他的手，“不是他，这回我接受感谢，但是您已经表示过，我也接受了，现在看到您还这样念念不忘，我实在感到惭愧。男爵夫人，请您赏光，把我介绍给令爱。”

“唔！大家都认识您，至少知道您的姓名，这两三天我们只谈论您。欧仁妮，”男爵夫人朝她女儿转过身去，接着说道，“这位就是德·基督山伯爵先生！”

伯爵躬了躬身，丹格拉尔小姐微微颔首。

男爵夫人不禁惊叫一声，微微透出喜悦。

“伯爵先生，”欧仁妮说道，“同您在一起的那位绝色女子，是您的女儿吗？”

“不是，小姐，”基督山答道，他颇为惊讶，这话问得极其真率，或者惊人的放肆，“那是个可怜的希腊姑娘，我只是她的保护人。”

“她名叫？……”

“海蒂。”基督山回答。

“一位希腊姑娘！”德·莫尔塞夫伯爵喃喃说道。

"是的，伯爵，"丹格拉尔夫人说道，"您在阿里-特贝林[1]宫廷，曾经立过汗马功劳。请您告诉我，您在那里时，见过在我们眼前这样华美的服装吗？"

"哦！"基督山说道，"伯爵先生，您在约阿尼纳供过职？"

"我曾是帕夏部队的总督军，"莫尔塞夫答道，"而我的这点儿家产，无需隐瞒，正是阿尔巴尼亚那位杰出的首领慷慨的赠馈。"

"您瞧啊！"丹格拉尔夫人坚持说道。

"在哪里？"莫尔塞夫结巴起来。

"就在那儿！"基督山说道。

他伸出手臂搂住伯爵，二人一同从包厢探出身去。

恰好这时，海蒂在用目光寻找德·基督山伯爵，忽然看见他那张苍白的脸，正挨着他搂着的德·莫尔塞夫先生的那张脸。

姑娘一见这景象，就好像看到美杜莎[2]的脑袋，身子猛然探出来，仿佛要用目光吞掉那两个人，几乎随即又仰回去，轻轻叫了一声，但是只有离得最近的人和阿里听见了，阿里就立刻打开门。

"咦！"欧仁妮说道，"受您保护的姑娘出什么事了，伯爵先生？看样子她感觉不好。"

"的确，"伯爵答道，"——无需担心，小姐，海蒂神经很脆弱，对气味特别敏感；她闻到一种她厌恶的香味，就足以晕倒；不过，"伯爵从兜里掏出一个小药瓶，补充一句，"我这儿有药。"

说罢，他向男爵夫人母女只鞠了一躬，又同伯爵和德勃雷握了握手，便离开丹格拉尔夫人的包厢。

他走进自己的包厢的时候，海蒂脸色还十分苍白，一见他进来，便马上抓住他的手。

---

① 阿里-特贝林，又称阿里帕夏（1741—1822），原系土耳其强盗，通过凶杀与阴谋手段，于1788年成为约阿尼纳的帕夏（即国王），势力范围一直扩张到阿尔巴尼亚和马其顿的许多地方。历史人物进入大仲马的小说，当然实其名而虚其事。

② 美杜莎，据希腊神话，她原是美女，因触怒雅典娜，就变得奇丑无比，头发化为无数毒蛇，谁看她一眼就会变成石头。

基督山发觉,姑娘的双手潮乎乎而又冰凉。

“你在那边跟谁交谈呢,老爷?”姑娘问道。

“就是德·莫尔塞夫伯爵啊,”基督山回答,“他曾为你那显赫的父亲效力,而且承认他的财产是你父亲的赠馈。”

“噢!这个坏蛋!”海蒂嚷道,“正是他把我父亲出卖给了土耳其人;他的财富,就是他叛卖的酬劳。这事儿难道你不了解,我亲爱的老爷?”

“这件事,我在伊庇鲁斯①略有所闻,”基督山说道,“但是不了解详情。走吧,我的孩子,你来讲给我听,一定很有趣。”

“噢!是啊,走吧,走吧。我就觉得,在那个人对面再待下去,我就非死了不可。”

海蒂说着,就匆忙站起来,披上缀满珍珠和珊瑚的白色开司米斗篷,正好拉起幕布时急步走出去。

“您瞧,那个人是不是特立独行!”G伯爵夫人对回到身边的阿尔贝说道,“《罗贝尔》的第三幕,他还听得那么入神,而第四幕刚开演,他就走了。”

---

① 伊庇鲁斯,希腊城市。

“是啊！走吧，走吧，我就觉得在那个人对面再呆下去，我就非死不可！”

第五十四章　债券的涨跌

这次会面数日之后，阿尔贝·德·莫尔塞夫又到香榭丽舍大街的寓所，来拜访德·基督山伯爵。不知伯爵有多么富有，即使临时居处，他也要装修出王宫的豪华气派。

阿尔贝此次拜访，是代表丹格拉尔夫人重申谢意。先前，伯爵已经收到一封感谢信，署名丹格拉尔男爵夫人，闺名埃尔米妮·德·塞尔维厄。

吕西安·德勃雷陪同前来，等他朋友寒暄完了，他也讲了几句恭维话，但无疑超出了应酬的范畴，而伯爵凭着他那敏锐的目光，不难猜出这些话的出处。

伯爵甚至觉出，吕西安前来看他，怀有双重的好奇心，其一就是发自受色-当坦街。他确实不必担心判断错了，完全可以设想，一个人把价值三万法郎的两匹马送给人，并携着一个佩戴价值百万钻石的希腊女奴进歌剧院，这等大富翁家居的陈设如何，丹格拉尔夫人不能亲眼得见，便采取一贯的做法，派她的耳目亲临现场。

但是，伯爵不动声色，仿佛根本没有看出，吕西安的来访与男爵夫人的好奇心有什么关系。

“您同男爵夫人几乎一直保持联系吧？”他问阿尔贝·德·莫尔塞夫。

“当然了，伯爵先生，您知道我对您说过的情况。”

“那事儿还一直维持吗？”

"更加明确了,"吕西安说道,"事情算是定了。"

吕西安无疑认为,他插了一句话之后,便有权置身谈话之外,于是,他夹上玳瑁单片眼镜,一边用牙齿咬着手杖的金球柄,一边开始在客厅里转悠,观赏陈列的武器和油画。

"哦!"基督山说道,"听您的口气,我还真想不到事情定得这么快。"

"有什么办法呢?不知不觉中,事情就在进展,您不去想事情,事情却想看您,您再回头一看,就会惊奇地发现,事情居然大大进展了。家父与丹格拉尔先生一同在西班牙服过役,家父在陆军,丹格拉尔先生在军需部。家父在大革命中破产了,而丹格拉尔先生也无祖传的家业,二人都是在军旅生涯中打下了基础,家父才在政治和军事上发迹而扬名,丹格拉尔先生也才在政治和金融上发运,令人艳羡。"

"对,不错,"基督山说道,"我去拜访丹格拉尔先生的时候,记得他向我提过这个情况。而且,"他望了望正在翻阅一本画册的吕西安,接着说道,"而且,她长得很美,欧仁妮小姐吧?我记得她叫欧仁妮。"

"非常美,准确地说非常漂亮,"阿尔贝回答,"但不是我欣赏的那种美,我配不上。"

"您讲话的口气,就好像已经是她的丈夫了。"

"唔!"阿尔贝说着,也扫视周围,看看吕西安在做什么。

"您也清楚,"基督山压低嗓音说道,"在我看来,您对这门亲事好像并不热心。"

"比起我来,丹格拉尔小姐过于富有,"莫尔塞夫说道,"这令我畏怯。"

"哎!"基督山说道,"好个堂皇的理由,您不是也很富有吗?"

"家父大致有五万利弗尔年金,我结婚时,他也许能给我一万或一万二年金。"

"这确实不多,"伯爵说道,"尤其在巴黎生活。不过,如今世道,财产也不是一切。一个名门的姓氏和显赫的社会地位,也是很有价值的。而您的姓氏鼎鼎有名,您的社会地位又很高,再加上德·莫尔塞夫伯爵是个军人，一般人都喜欢看到巴雅尔[①]的正直和杜盖克兰[②]的贫穷结成连理，公正无私是最灿烂的阳光，能让贵族的佩剑闪闪发亮。我的看法倒相反，认为这种结合再般配不过了：丹格拉尔小姐使您富有，而您使她高贵！”

阿尔贝摇了摇头，默默想起心事。

“还有别的缘故。”他说道。

“不瞒您说，”基督山又说道，“我难以理解，一位又富有又漂亮的姑娘，您怎么会厌恶呢？”

“噢！上帝啊！”莫尔塞夫说道，“这种厌恶，果真有的话，也不是完全来自我这方面。”

“那又来自哪方面呢？因为，您对我讲过，令尊盼望这门婚事。”

“来自家母那方面，她看事情既审慎又稳妥。说穿了，她并不看好这种结合，我也不知道她对丹格拉尔一家有什么成见。”

“哦！”伯爵声调有点不自然地说道，“这是可以理解的：德·莫尔塞夫伯爵夫人那么出众，那么高贵，又那么高雅，要拉一只肥厚而粗糙的平民之手，就不免迟疑，这十分自然。”

“其实我也不知道是不是这个原因，”阿尔贝说道，“但是我明白，这桩婚事一旦办成了，我觉得她会很痛苦。一个半月之前，双方就准备坐下来商议婚事，可是我偏头疼得很厉害……”

“头真疼了吗？”伯爵微笑着问道。

“嗯！当真疼了，一定是恐惧引起的……结果相聚的事就推后两个月。您也知道，根本不用着急，我还不满二十一岁，欧仁妮也只有十九岁。可是到下周，两个月就期满了，事情就非办不可了。我亲爱的伯爵，您无法想象，我该是多么左右为难……唉！您自由自在，该有多么幸福啊！”

“那好，您也可以自由自在嘛，我倒要问一问，是谁阻碍您这么做呢？”

---

① 巴雅尔（约1475—1524），法国贵族，军人，曾为三朝国王效力，战功卓著，被誉为英勇无畏、公正无私的骑士。

② 杜盖克兰（约1320—1380），法国军人，屡建战功，法国历史上完美的骑士和民族英雄。

莫尔塞夫伯爵夫人

“噢！我若是不娶丹格拉尔小姐，家父必然大失所望。”

“那就娶她吧。”伯爵说道，同时古怪地耸了耸肩。

“是啊，”莫尔塞夫说道，“那么家母就不是失望，而是痛心了。”

“那么您就不娶她。”伯爵又说道。

“试试看吧。您会给我出主意，对不对？如果可能的话，您得帮我摆脱这种进退维谷的困境。唉！为了不给我那出色的母亲造成痛苦，我想就要同伯爵闹翻。”

基督山转过身去，他似乎动了感情。

“喂，”他对德勃雷说道，“您在那儿做什么呢，是临摹普桑[①]的画吧？”

德勃雷坐在客厅另一端的扶手椅中，右手拿着铅笔，左手拿一个笔记本，他平静地答道：

“问我吗？唔！对呀！临摹，我太爱绘画了，怎么会临摹！不是的，我在计算呢，同绘画风马牛不相及。”

“计算？”

“对，我在算一算，子爵，这同您也有间接的关系。我算一算海地债券最近升值时，丹格拉尔银行赚了多少，三天时间，债券就从二百零六点飙升到四百零九点，而您那位谨慎的银行家在二百零六点时，曾经大量购进。估计赚了三十万利弗尔。”

“这还不是他最漂亮的一把，”莫尔塞夫说道，“今年，西班牙债券那一把，他不是赚了一百万吗？”

“亲爱的，听我说，”吕西安说道，“这位德·基督山伯爵，会像意大利人那样对您说：

金钱与圣洁，
半斤对八两[②]。

“这就很不错了。因此，有谁若是在这方面说三道四，我就耸耸肩膀。”

“您刚才是说海地吧？”基督山问道。

“唔！海地，这是另一码事。海地，就是法国债券游戏中的双人纸牌。”

“人们尽可以喜欢布约特牌，酷爱惠斯特牌，迷恋波士顿牌[③]，这些总

---

① 普桑(1594—1665)，法国画家。

② 原文为意大利文。

③ 几种旧时的纸牌戏。

有玩腻的时候，最后又必然回到双人纸牌戏。双人纸牌戏，就是一段插曲。因此，丹格拉尔先生昨天，在四百零六点价位时抛出了，净赚三十万法郎；假如他等到今天，债券跌至二百零五点，那么，他非但赚不了三十万法郎，还要赔进去两万至两万五千法郎。”

“债券为什么从四百零九点，又跌到二百零五点呢？”基督山问道，“请您原谅，交易所的那些计谋招数，我是一窍不通啊。”

“这也难怪，”阿尔贝笑着回答，“消息接连不断，前后又矛盾。”

“唔！见鬼，”伯爵说道，“丹格拉尔先生的这种赌法，一天当中就有三十万法郎的输赢。好家伙！看来，他一定是巨富了？”

“不是他在赌，”吕西安急忙高声纠正，“而是丹格拉尔夫人，她可真正称得上无所畏惧。”

“可是您呢，吕西安，您很讲理智，您站在那些消息的源头，明明知道消息不大可靠，就应当阻止她呀。”莫尔塞夫微笑道。

“如果他丈夫都阻止不了，我怎么可能办得到呢？”吕西安问道，“男爵夫人的性格您也了解，她总是一意孤行，谁也休想影响她。”

“哼！假如我是您的话！”阿尔贝说道。

“怎么样呢？”

“我就会治好她，那也等于帮了她未来女婿的大忙。”

“如何治呢？”

“还用问！很简单，我就给她一个教训。”

“一个教训？”

“对。您身为大臣的秘书，在消息的发布方面权威很大；只要您一开口，那些证券经纪人就会立刻记下您的话；您就让她接连损失十来万法郎，也就能让她谨慎起来了。”

“我不明白。”吕西安结结巴巴地说道。

“这话明白无误，”年轻人回答，天真的语气丝毫也不做作，“等哪天，您向她透露一个前所未闻的消息，一条唯独您才能收到的快讯，例如就说昨天,有人在佳珀丽爱儿府上见到了亨利四世[1],这一消息足以抬高股市行情,她要根据这种走势进行交易,当然会蚀本的,因为第二天,博尚要在他的报上这样写道:

> 社会上误传说,消息灵通人士说,前天有人在佳珀丽爱儿府上见到国王亨利四世,这条消息纯属不实,亨利四世国王并没有离开新桥[2]。

吕西安勉颜一笑。基督山虽然表面上漠不关心,却一字不落地听到二人的谈话,他那敏锐的目光,甚至从这个大臣的私人秘书的窘态中,似乎还窥透一点秘密。

这种窘态,阿尔贝却毫无觉察,而吕西安则因此缩短了作客时间。

吕西安显然感到不自在。伯爵送他走时,还低声对他讲了几句话,他立刻答道:

"十分乐意,伯爵先生,我接受。"

伯爵又回身来陪德·莫尔塞夫少爷。

"回头想一想,"伯爵对他说道,"您不认为当着德勃雷先生的面,不该那样谈论您的岳母吗?"

"劳驾,伯爵,"莫尔塞夫说道,"我请您不要提前使用这个词。"

"这件婚事,请不要夸张,伯爵夫人真的极力反对吗?"

"是极力反对,结果男爵夫人很少登门,而家母,我想也没有第二次去府上拜访丹格拉尔夫人。"

"既然如此,"伯爵说道,"我就可以斗胆,坦诚相告了:丹格拉尔先生是我的银行家,德·维尔福先生也一再感谢我那次相助,而我只是偶然碰到了那次救人的机会。我推想,这些前因,必然导致一连串宴请和聚会的

---

① 亨利四世(1553—1610),法国国王,佳珀丽爱儿是他的情妇。此处拿古人说事。

② 新桥,巴黎市区塞纳河上最古老的石桥。

后果。为了显得并不白白受人吃请，甚至再争取点儿主动，这么说吧，我打算在我那欧特伊别墅组织一次聚会，邀请丹格拉尔夫妇、德·维尔福夫妇。假如我也邀请您，以及德·莫尔塞夫伯爵夫妇参加这次晚宴，那么是不是有点儿像亲家聚会呢？至少，德·莫尔塞夫伯爵夫人会不会这么看，尤其是丹格拉尔男爵先生再给我面子，把他女儿也带去呢？那样一来，令堂就会憎恶我，这是我绝不愿意看到的。反之，我一定要给她留下最好的印象，每次有机会都请您告诉她这一点。”

“真的，伯爵，”莫尔塞夫说道，“感谢您对我这样诚挚坦率，我接受您的提议，不邀请我们。您说要给家母留下最好的印象，其实您给她的印象已经很好了。”

“您这么认为？”基督山很感兴趣地问道。

“唔！我敢肯定。那天您离开我们之后，我们就谈论您，谈了一个小时。还是回到刚才的话题吧。是这样，您对我这么关切，如果我母亲能知道，而且我也会伺机对她讲，我确信她对您是感激不尽的。当然了，家父那方面，他会十分恼火。”

伯爵笑起来。

“好吧，”他对莫尔塞夫说道，“底细您了解了。不过我想，要恼火的就不止令尊，丹格拉尔夫妇也将把我视为不懂规矩的人了。他们知道我和您过从甚密，而您可以说是我最先认识的巴黎人；他们到了舍下，却不见您到场，一定要问我为什么没有邀请您。您考虑一下，至少有一个可信度较强的事先安排，并且写一封便函告诉我。要知道，同银行家打交道，字据是唯一有价值的。”

“我会做得更好些，伯爵先生，”阿尔贝说道，“家母要去海边疗养，您的晚宴定在哪一天？”

“星期六。”

“今天星期二，好，明天晚上我们就动身，后天就抵达勒特雷波尔[1]。

① 勒特雷波尔，法国西北部海滨小城，有海水浴场。

您知道吗,伯爵先生,您这个人善解人意,总能让人舒服!”

“我嘛!您过奖了,我只是渴望让您高兴罢了。”

“您哪天发出邀请?”

“就在今天。”

“好吧!我这就赶到丹格拉尔先生府上,通知他明天我和母亲就离开巴黎。我没有同您见面,因此根本不知道您宴请之事。”

“您真糊涂!德勃雷先生已经看见您在我这儿啦!”

“唔!这倒是。”

“正相反,您应当说我在舍下接待了您,并且不拘礼地当面邀请,而您则坦率地谢绝,因为要动身去勒特雷波尔,不能来作客了。”

“那好,一言为定。不过,赶在明天动身之前,您能去看望我母亲吗?”

“赶在明天之前,这有困难,再说,你们正忙着准备行装,我去也不是时候。”

“那就做得更漂亮些,您原本只不过是个可爱的人,还要成为一个令人赞佩的人。”

“如何做,我才能升华到这种品级呢?”

“您如何做吗?”

“请明示。”

“今天,您像空气一样自由,去同我共进晚餐吧!咱们是小范围聚会,只有您、家母和我。那天,您匆匆见家母一面,这回可以在近前审视。她是一非常杰出的女性,而我只有一件事感到遗憾:世上不存在另一个年轻二十岁的同样女子;果真存在的话,我敢向您发誓,世上有一位德·莫尔塞夫伯爵,很快还会有一位德·莫尔塞夫子爵夫人。至于家父,您到舍下见不到他,今晚他公务在身,要到掌玺大臣府上用晚餐。来吧,咱们畅谈旅行。您周游过世界,给我们讲讲您的种种历险和奇遇;您也给我们讲讲那位希腊美女的身世:那天晚上您带她去歌剧院,称她是您的奴隶,而您把她当作公主一样对待。咱们就用意大利语、西班牙语交谈。好了,接受吧,家母会感谢您的。”

“多承美意，”伯爵答道，“这是最为盛情的邀请，我不能接受感到万分遗憾。我不如您所想的那么自由，正相反，我有一个极其重要的约会。”

“喂！您要当心，您刚才教会我，在吃饭问题上，如何婉拒一个厌恶的邀请。我也重证据。幸而我不像丹格拉尔先生那样，是个银行家，但我要把话说在前面，我也跟他一样不会轻信。”

“因此，我要给您拿出证据来。”伯爵说道。

说着，他摇了摇铃。

“噢！”莫尔塞夫又说道，“您已两次拒绝同我母亲吃饭。这是成心的，伯爵。”

基督山不禁浑身一悸。

“哎！您怎么还不相信，”他说道，“这不，我的证据来了。”

巴蒂斯坦进来，站到门口候命。

“我事先并不知道您要光临，对不对？”

“唔！您这个人太不寻常了，我可不敢打这个保票。”

“至少，我也绝不可能预测您会邀请我吃晚饭。”

“唔！这个嘛，倒是有可能。”

“那好，听我说，巴蒂斯坦……今天早晨，我把您叫到书房里，对您说了什么？”

“说是一到五点钟，就吩咐人关上伯爵先生的大门。”

“还有呢？”

“哎！伯爵先生……”阿尔贝说道。

“别说，别说，我一定要解脱您赋予我的这种神秘莫测的名声，亲爱的子爵。永远扮演一个曼弗雷迪[①]的角色，是极难极难的，我要生活在一座透明的玻璃房中。还有呢……说下去，巴蒂斯坦。”

“还有，只接待巴尔托洛梅奥·卡瓦尔坎蒂少校父子。”

---

① 曼弗雷迪(1232—1266)，西西里国王。神圣罗马帝国皇帝腓特烈二世之子，1254 年被推选为西西里国王。教皇亚历山大四世两次把他逐出教会。

"您听到了吧,巴尔托洛梅奥·卡瓦尔坎蒂少校先生,出身于意大利最古老的世族,但丁还不惜笔墨为其树碑立传……不管您记得还是不记得,在《地狱篇》第十章中有描述。此外,他儿子,一个可爱的年轻人,年龄与您相仿,也有您这样的子爵头衔,带着父亲的几百万巨款,进入巴黎社交界。今天晚上,少校就要把他儿子安德烈亚,用我们意大利话讲,他的继承人带来见我,准备托付给我。假如这青年有点才华,我就会栽培他。您会助我一臂之力,对吧?"

"当然啦!这位卡瓦尔坎蒂少校,是您的故交吗?"阿尔贝问道。

"根本不是。他是一位很体面的贵绅,为人彬彬有礼,又十分谦和,慎言慎行,这种贵绅在意大利倒是有相当数量,都是古老世族后裔的后裔。我见过他好几次,或在佛罗伦萨,或在波伦亚,或在卢卡,这次他到巴黎来,事先通知了我。旅途中结识的人总是索求过分:偶尔向他们表现一次邂逅之谊,他们就会在任何地方,要求您表现出同样的热情;就好像一个文明人与萍水相逢的人相处一小时,就无不成为知交似的。这位善良的少校要重游巴黎,当年在帝国时期,他只是从巴黎过一下,便开赴到莫斯科,去尝冰天雪地的苦头了。我要请他吃一顿丰盛的晚宴,他就把儿子给我留下;我得承诺照应他的儿子,然后就随那青年怎么高兴去寻欢作乐,我们双方就有所交待了。"

"妙极了!"阿尔贝说道,"我看您真是一位良师益友。再见了,我们星期天返回。对了,我有了弗朗兹的音信。"

"哦!真的呀!"基督山答道,"他在意大利玩得快活吗?"

"我想是的。不过,他在那里非常想念您,他说您就是罗马的太阳,您不在,罗马的天空就阴沉沉的。我甚至拿不准,他是不是要干脆说那里下雨了。"

"这样说来,您那好友弗朗兹,已经改变了对我的看法啦?"

"正相反,他还坚持认为,您是个神乎其神的人,这就是为什么他很想念您。"

"可爱的年轻人!"基督山说道,"一见面我就对他产生极大的好感:那天晚上他没去吃饭,便痛快地接受了我的晚餐。我想,他是德·埃皮奈将军的儿子吧？”

“正是。”

“那位将军，于一八一五年惨遭杀害了？”

“被波拿巴分子杀害了。”

“确实如此！老实说，我喜欢他！他不是也准备结婚吗？”

“对，他应当娶德·维尔福小姐。”

“真的吗？”

“正如我应当娶丹格拉尔小姐一样。”阿尔贝又笑道。

“您笑起来……”

“对。”

“您为什么发笑呢？”

“我发笑，是因为我似乎看到，他们那桩婚姻和我与丹格拉尔小姐的婚姻一样，都令人同情。哎呀真的，我亲爱的伯爵，我们就跟女人谈论男人那样，也谈论起女人来了，真是不可饶恕！”

阿尔贝站起身。

“您要走了吗？”

“问得真好！我来打扰您已有两小时了，您还这么礼貌地问我怎么要走了！真的，伯爵，您是世上最有礼貌的人。您的那些仆人，都调教得多好！尤其巴蒂斯坦先生！我始终未能找到一个像他这样的仆人。我的那些仆人全都效仿法兰西剧院舞台上的仆役，正因为只有一句台词，他们就总是要走到近台正位来讲。因此，您万一要辞退巴蒂斯坦先生，就请优先让给我。”

“一言为定，子爵。”

“我还有话呢，等一等。请代我问候您那位谨慎的卢卡人，卡瓦尔坎蒂家族的后裔卡瓦尔坎蒂大人；万一他非得给儿子成个家不可，那就给儿子找一个有钱的女子，母亲家庭是体面的贵族，至少父亲这方有男爵称号。我呢，我会助您一臂之力的。”

“嗬！嗬！”基督山接口道，“您真的到这份儿上了吗？”

“是的。”

“真的，什么话都不能说得太绝。”

“哦！伯爵，”莫尔塞夫高声说道，“假如多亏了您，我还能保持独身，哪怕只保持十年，那么您就帮了我多大忙啊！我也会更加百倍地喜欢您！”

“什么事都有可能。”基督山一本正经地回答。

他送走了阿尔贝，又回到房间，敲了三下铜铃。

贝尔图齐奥前来请命。

“贝尔图齐奥先生，”伯爵说道，“告诉您，星期六，我要在欧特伊别墅请客。”

贝尔图齐奥微微打了个寒战。

“好的，先生。”他答道。

“我得用您，”伯爵继续说道，“一切都要准备得像个样子。这座别墅很漂亮，或者，至少可以布置得非常漂亮。”

“那就得全部换掉才行，伯爵先生，壁衣窗帘都旧了。”

“那就全换嘛，只保留一间，挂着红色幔帐的那间卧室，一定要原封不动。”

贝尔图齐奥躬身领命。

“花园您也不要动，别的地方，譬如院子，随便您怎么修整布置，甚至焕然一新，让人认不出来我才高兴呢。”

“我竭尽全力，好让伯爵先生满意，不过，如果伯爵先生肯告诉我这次宴请的意图，我做起来会更有把握。”

“老实说，我亲爱的贝尔图齐奥先生，”伯爵又说道，“自从到了巴黎，我就发现您很不自在，失魂落魄的，难道您觉得我生疏了吗？”

“可是，大人告诉我宴请什么人，总归可以吧！”

“我自己还一无所知呢，您也没有必要知道。卢库卢斯在自家宴请卢库卢斯[①]，仅此而已。”

贝尔图齐奥施礼告退。

---

① 卢库卢斯（约公元前106—约前56），罗马将军，因生活奢侈而闻名，这是他对请示的厨师讲的一句话。

第五十五章　卡瓦尔坎蒂少校

基督山以接待少校为托词，谢绝了莫尔塞夫的邀请，但是向莫尔塞夫宣布这一消息时，无论伯爵还是巴蒂斯坦都没有说谎。

贝尔图齐奥先生遵照主人的吩咐，去了欧特伊已有两个小时了。七点钟刚敲过，一辆公共马车就停到公馆的铁栅门前，一撂下一个男子，就像万分羞愧似的飞快逃逝了。下车的男子约五十二岁，身穿镶有黑色肋形胸饰的绿色礼服，在欧洲似乎不会绝迹的款式，下身则穿一条肥大的蓝呢裤；脚下一双皮靴油擦得不够亮，但是还算干净，而靴底显得厚了些；手上戴着麂皮手套，头上的帽子类似宪兵军帽，而黑色的硬领绣有白色滚边，如果不是心甘情愿地穿上，真让人以为是套在脖子上的枷锁。来到铁栅门前拉铃的男子，就是这样一身别致的打扮。他询问这里是不是香榭丽舍大街三十号，德·基督山伯爵的公馆，得到看门人的肯定答复之后，他就走进来，随手关上门，便朝楼前台阶走去。

此公脑袋小而有棱角突出，头发花白了，灰白的髭须很浓密；根据这些特征，巴蒂斯坦一眼就认出来了，只因他事先就了解来客的相貌，在前厅的门口守候了。因而，来客在这个聪明的仆人面前刚一报姓名，基督山便得知客人到了。

陌生的来客被引进陈设最简单的客厅里。伯爵已经在客厅里等候，这时笑呵呵地迎上前去。

“哦！亲爱的先生，”伯爵说道，“欢迎光临。我正等着您呢。”

“真的呀，”卢卡人答道，“大人在等我啊。”

“对，我事先得到信儿，说您今晚七点钟到。”

“说我今晚到？这么说，您事先接到信儿啦？”

“一点不错。”

“唔！那太好了！不瞒您说，我还真担心，这种小小的安排会忘记了。”

“什么安排？”

“事先给您个信儿呀。”

“哎！没有忘记！”

“您能肯定就没有弄错吗？”

“完全肯定。”

“今晚七点钟，大人真的是在等我吗？”

“是在等您。而且，我们也可以查对一下。”

“唔！假如您真的是在等我，”卢卡人说道，“那就大可不必了。”

“应当的！应当的！”基督山说道。

卢卡人微微露出不安之色。

“怎么，”基督山又说道，“您不就是巴尔托洛梅奥·卡瓦尔坎蒂侯爵先生吗？”

“巴尔托洛梅奥·卡瓦尔坎蒂，”卢卡人高兴地重复道，“一点儿不错。”

“奥地利军队的前少校？”

“那时我是少校军衔吗？”那位军人胆怯地问道。

“对，”基督山答道，“正是少校。您那时在意大利的军衔，就相当于法国的少校。”

“好哇，”卢卡人又说道，“我还求之不得呢，您也知道……”

“况且，您并不是自己要来这里的。”基督山又说道。

“唔！当然了。”

“是有人介绍您来找我的。”

“对。”

“那人便是德高望重的布索尼神甫吧?”

“正是!”少校提高嗓门儿,高兴地说道。

“您还带着一封信吧?”

“带在身上。”

“那还有什么说的! 您瞧,给我吧!”

基督山接过信,拆开来看内容。

少校吃惊地瞪大眼睛,看着伯爵,又东张西望,好奇地观察房间的每个部分,可是,目光又总是不由自主移回到主人身上。

“这就对了……正是这位可爱的神甫,‘卡瓦尔坎蒂少校,卢卡一位可敬的佛罗伦萨世族卡瓦尔坎蒂后裔,’”基督山念道,“‘有年金五十万法郎的财产。’”

基督山从信纸上抬起眼睛,躬身一礼。

“五十万,”他说道,“好家伙! 我亲爱的卡瓦尔坎蒂先生。”

“果真有五十万吗?”卢卡人问道。

“写得一清二楚,错不了,布索尼神甫,他对欧洲的豪门巨富了如指掌。”

“就算五十万吧,”卢卡人说道,“不过,我以人格担保,原先我并不相信会有那么多。”

“那是因为您的管家总偷您的钱,可是,亲爱的卡瓦尔坎蒂先生,有什么办法呢,这是难以避免的!”

“您提醒了我,”卢卡人一本正经地说,“我要把那家伙赶走。”

基督山继续念道:

“‘他只差一件事,就美满幸福了。’”

“哦! 上帝,对呀! 只差一件。”卢卡人叹道。

“‘即找回他的爱子。’”

“爱子!”

“‘孩子年幼时,不是被他高贵家族的仇家,就是被吉卜赛人拐走了。'"

"那年他才五岁,先生。"卢卡人说着长叹一声,同时举目望天。

"可怜的父亲!"基督山说道。

伯爵继续念道:

"'伯爵先生,我带给他希望,带给他生命,告诉他苦苦寻找十五年的儿子,您能帮他找回来。'"

卢卡人注视着伯爵,那不安的神色实在难以描摹。

"我做得到。"基督山回答。

少校又挺起身子。

"哦!哦!"他说道,"这样看来,信上写的句句属实了?"

"对此您有过怀疑吗,亲爱的巴尔托洛梅奥先生?"

"没有,从来没有怀疑过!像布索尼神甫那样一个严肃的人、虔诚的人,怎么能开这种玩笑呢!不过,信您还没有念完,大人。"

"唔!真的,"基督山说道,"还有一段附言。"

"对,"卢卡人重复道,"还有……一段……附言。"

"'卡瓦尔坎蒂少校此次出行,为省却他去银行取款之劳,我给他寄去两千法郎的现金汇票,权作他的旅资,此外,您欠我的四万八千法郎的那笔款,也由他支取。'"

少校显然惴惴不安,眼睛跟随着这段附言。

"好吧!"伯爵只说了这么一声。

"他说,好吧,"卢卡人咕哝道,"这么说……先生……"他又说道。

"这么说?……"基督山反问。

"这么说,附言……"

"怎么,附言怎么着……"

"也像信上其他内容一样,您都认可?"

"当然了。我和布索尼神甫之间,我们有账务往来;我也不清楚准确数额,是否正好欠他四万八千利弗尔;不过,我们也不会去计较几张钞票。就是这个呀!您如此看重这段附言吗,亲爱的卡瓦尔坎蒂先生?"

“我可以向您坦言，”卢卡人回答，“我十分信赖布索尼神甫的签字，没带钱就上路了，因此，这笔款万一落空，我在巴黎可就麻烦大了。”

“像您这样一个人，到哪里还会有麻烦吗？算了吧！”基督山说道。

“唉！我没有一个认识的人啊！”卢卡人说道。

“可是，大家都认识您呀。”

“对，认识我，因此……”

“请说下去，亲爱的卡瓦尔坎蒂先生！”

“因此，这四万八千利弗尔，您会付给我吧？”

“您一提出来就照付。”

少校滚动着惊讶的大眼睛。

“您倒是请坐呀，”基督山说道，“老实说，真不知道自己是怎么回事……来了一刻钟了，我就让您这么站着。”

“您不必在意。”

少校拉过一把扶手椅坐下。

“现在，”伯爵说道，“您想喝点儿什么吗？来一杯塞雷斯酒、波尔图葡萄酒，还是阿利康特葡萄酒？”

“既然您愿意，就来一杯阿利康特吧，这是我最爱喝的酒。”

“我有上好的阿利康特酒。再加点儿饼干，好不好？”

“再加点儿饼干，盛情难却。”

基督山敲了敲铃，巴蒂斯坦应声进来。

伯爵迎上去。

“怎么样？……”他压低声音问道。

“年轻人到了。”贴身男仆也同样压低声音答道。

“好哇，您把他让进哪个房间了？”

“照大人的吩咐，让进蓝色客厅了。”

“好极了。端上阿利康特酒和饼干来吧。”

巴蒂斯坦领命而去。

“给您添了这么多麻烦，”卢卡人说道，“我实在不好意思。”

“何必客气!”基督山则说道。

巴蒂斯坦又回来,端上酒杯、葡萄酒和饼干。

伯爵拿起酒瓶,给一只杯子斟满红酒,另一只杯子只倒几滴。酒瓶沾满蜘蛛网,还有种种尘封的痕迹,表明这是陈年老酒,比人的皱纹还说明问题。

两杯酒量不均,少校决不会选错,他端起那只满杯酒,拿起一块饼干。

伯爵吩咐巴蒂斯坦,将托盘放到客人的手边。客人则开始品尝,抿了一小口阿利康特酒,咂了咂嘴唇,做了个满意的怪相,再轻巧地将饼干探进酒杯。

“总之,先生,”基督山说道,“您家住卢卡,当初十分富有,您身为贵族,在社会上享有广泛的尊敬,本来无不具备,可以成为幸福的人。”

“无不具备,大人,”少校吞下饼干,答道,“无一不具备。”

“只差一件事不够美满吧?”

“只差一件事。”

“就是找回您的孩子?”

“哦!”少校说着,吃下第二块饼干,“这也是我的一大憾事。”

可敬的卢卡人抬起眼睛,费劲地叹出一口气。

“现在,说说看,亲爱的卡瓦尔坎蒂先生,”基督山又说道,“您这么思念的儿子,究竟是怎么回事儿?我倒听人讲过,您一直过独身生活。”

“别人是那么认为,先生,”少校说道,“而我本人……”

“是啊,”基督山接口说道,“您本人也助长了这种传闻。年轻时的一件过失,您想要瞒过所有人的眼睛。”

卢卡人又挺起身子,摆出一副镇定自若、无比坦然的神态,同时又谦抑地垂下双目,不是为了保持常态,就是为了助援自己的想象力,眼睛只是偷窥伯爵。伯爵嘴角始终挂着微笑,一直显示善意的好奇心。

“是的,先生,”他说道,“我有意掩人耳目,不让人了解这一过错。”

“不是为您,”基督山说道,“因为,一个男人并不在乎这类事情。”

“唔!当然不是为我自己。”少校说道,微笑着摇了摇头。

“而是为他母亲。”伯爵又说道。

“为他母亲！”卢卡人高声说道，又吃第三块饼干，“为他可怜的母亲！”

“喝酒啊，亲爱的卡瓦尔坎蒂先生，”基督山说着，又给卢卡人斟第二杯阿利康特酒，“您激动得喘不上气了。”

“为他那可怜的母亲！”卢卡人喃喃说道，他还试着让意志发挥威力，促使他的泪腺挤出一滴泪来润湿眼角。

“我想，她是意大利最古老世家的闺秀吧？”

“菲耶索莱城的贵族小姐，伯爵先生，菲耶索莱城的贵族小姐！”

“她名叫？”

“您想知道她的姓名吗？”

“唔！我的上帝！”基督山说道，“何劳您告诉我呢，我知道。”

“伯爵先生无所不知啊。”卢卡人颔首说道。

“奥利维娅·科西纳里，对不对？”

“奥利维娅·科西纳里。”

“侯爵夫人吧？”

“侯爵夫人！”

“您不顾家庭反对，最终还是娶了她，对不对？”

“我的上帝！对，我最终走了那一步。”

“还有，”基督山又说道，“完全合乎手续的证书您都带来了？”

“什么证书？”卢卡人问道。

“您同奥利维娅·科西纳里的结婚证书，以及孩子的出生证。”

“孩子的出生证？”

“您的儿子，安德烈亚·卡瓦尔坎蒂的出生证，他名叫安德烈亚吧？”

“我想是的。”卢卡人说道。

“怎么，您想是的？”

“天哪！我不敢肯定，他丢失的时间太久了。”

“是这个理，”基督山说道，“不管怎样，所有这些证件，你都带在身上

卡瓦尔坎蒂少校

吧?”

“伯爵先生,我非常遗憾地告诉您,我事先没有接到通知,也就没有想着带在身上。”

“噢!真见鬼!”基督山感叹一声。

“这些证件真的必不可少吗?”

“必不可少!”

卢卡人搔了搔额头。

“哎呀！真的，必不可少！”他也叹道。

“毫无疑问，您的婚姻是否有效，您的儿子是否合法，万一这里有人提出质疑呢！”

“也是这个理，”卢卡人说道，“可能会有人提出质疑。”

“那就对这个年轻人不利了。”

“那要坏大事。”

“那就可能受其影响，他会错过一桩美好的婚姻。”

“那太遗憾啦！”

“您也明白，在法国，办事可是一丝不苟；“绝不像在意大利，只要去见个神甫，对他说：‘我们相爱，让我们结合吧。’事儿就成了。在法国，还有民政登记结婚，要去办结婚登记手续，就必须携带身份的证件。”

“真糟糕，这些证件我都没有。”

“幸而我有啊。”基督山说道。

“您？”

“对。”

“这些证件您有？”

“我有。”

“嘿！真的呀！”卢卡人说道，他这次旅行没有带证件，感到情况不妙，真担心这种疏忽会添麻烦，难以支取那四万八千利弗尔，“嘿！真的呀！万幸啊！真的，”他又说道，“万幸啊，我万万没有想到。”

“不足为奇！这我相信，人总有想不到的地方。可是，幸而布索尼神甫替您想到了。”

“您瞧瞧，这位神甫多可亲啊！”

“他这个人想得很周全。”

“真是个令人敬佩的人，”卢卡人说道，“证件都寄给您了？”

“全在这儿。”

卢卡人合拢双手，赞叹不已。

"您在卡蒂尼山的圣保罗大教堂,同奥利维娅·科西纳里举行婚礼,这是神甫开具的证书。"

"对,真的!这就有了。"少校边说,边惊讶地看着证件。

"这一份,安德烈亚·卡瓦尔坎蒂的洗礼证书,由萨拉维扎的本堂神甫签发的。"

"全合乎手续。"少校说道。

"那么,您就拿着,放在我手上没用。这些证书,您再给您儿子,让他妥善保存。"

"我想他会妥善保存!……万一丢失了……"

"万一丢失了,怎么样呢?"基督山问道。

"怎么样,"卢卡人答道,"那就不得不给那边写信,再办新证要等很久。"

"的确,那麻烦就在这了。"基督山也说道。

"几乎就办不到了。"卢卡人又附和一句。

"我很高兴您能认识到这些证书的价值。"

"换言之,我要当作无价之宝。"

"现在,"基督山说道,"该谈谈年轻人的母亲了吧?……"

"该谈谈年轻人的母亲了……"少校不安地重复道。

"谈谈科西纳里侯爵夫人吧?"

"我的上帝!"卢卡人叹道,他就感到平地又起风波,"难道还需要她出面吗?"

"不必,先生,"基督山接口说道,"况且,她不是早已?……"

"不错,不错,"少校说道,"她已经……"

"已经归天了吧?……"

"唉!是啊。"卢卡人急忙说道。

"这我知道,"基督山又说道,"她去世已有十年了。"

"至今我还伤心不已,先生。"少校说道,他从兜里掏出一块方格手帕,先擦擦左眼,又擦擦右眼。

“这也没办法，”基督山说道，“人总有一死。现在您应当明白，亲爱的卡瓦尔坎蒂先生，您应当明白，你们父子分离十五年一事，在法国没有必要让别人了解。吉卜赛人拐走孩子的那些故事，在我们这里不时髦了。您就说先送他进外省一所学校念书，现在要让他进入巴黎上流社会完成教育。这就是为什么，您离开了丧妻之后一直居住在维亚勒佐城。说这些就足够了。”

“您这么认为？”

“当然了。”

“那就这么着吧。”

“假如有人了解点你们离散的情况……”

“唔！对，那我怎么说呢？”

“您就说一名家庭教师背叛了，卖身投靠了你们家族的仇敌……”

“投靠了科西纳里家族？”

“当然了……他拐走这个孩子，好让你们绝后。”

“的确如此，因为他是独生子。”

“好了，现在全定下来，您又恢复了记忆，再也不会出错了，您也一定早已猜出，我安排了一件出乎您意料的事吧？”

“一个惊喜？”卢卡人问道。

“哦！”基督山答道，“看得出来，一位父亲的眼睛和心灵一样，是很难骗过的。”

“噢！”少校应付一声。

“是有人不慎向您透了口风，也很可能是您猜出他就在这里。”

“谁呀，在这里？”

“您的孩子呀，您儿子呀，您的安德烈亚啊。”

“我猜到了，”卢卡人回答，他的神态镇定到了极点，“这么说，他在这里啦？”

“正是，”基督山说道，“仆人刚才进来时就告诉我，人已经到了。”

“哦！好极了！哦！好极了！”少校每感叹一句，都用手紧一紧他那长礼服的肋形胸饰。

“亲爱的先生，”基督山说道，“您这么激动我理解，要容您花一点时间平静下来。同样，我也得让这个年轻人有个思想准备，据我推想，这次重逢他渴望已久，肯定同您一样急不可待。”

“我想也是。”卡瓦尔坎蒂说道。

“那好，用不了一刻钟，我们就来见您。”

“您要带他来见我吗？您好人做到底，要亲自把他介绍给我吗？”

“不，我决不愿插在你们父子之间，你们就单独见面，少校先生。不过，您尽可放心，即使血缘之声还保持缄默，您也不会认错人，他就是从这扇门进来。这个年轻人很漂亮，一头金发，颜色也许太重了点儿，他善气迎人，一见您就知道了。”

“还有一点，”少校说道，“您也知道，我上路时，身上只带着好心的布索尼神甫给我的两千法郎，旅途中用上了，因此……”

“因此您需要钱……这再合乎情理不过了，亲爱的卡瓦尔坎蒂先生。拿着，先给您一笔，这是八张一千法郎的钞票。”

少校的眼睛放射光芒，赛似红宝石。

“我还欠您四万法郎了。”基督山说道。

“大人要不要收条？”少校说着，就把钞票塞进长礼服的内兜里。

“有何必要？”伯爵答道。

“也好向布索尼神甫销账啊。”

“那好，等支取了余下的四万法郎，您再一总给我开个收据吧。重诚信的人之间，不必采取这种防范的措施。”

“哦！对，是这样，”少校说道，“重诚信的人之间。”

“现在，最后还有一句话，侯爵。”

“请讲。”

“嘱咐一件小事，您不介意吧？”

“说哪儿去了！请赐教。”

“您脱掉这件长礼服，没有什么不好吧？”

少校的眼睛放射光芒，赛似红宝石。

“真的。”少校应道，同时带着几分得意之色，看了看自己的衣服。

“是啊，这身衣服，在维亚勒佐还穿得，然而在巴黎，这种服装虽然很漂亮，但是早已过时了。”

“实在遗憾。”卢卡人说道。

“唔！您若是舍不得，走的时候再换上。”

“那现在我穿什么呢？”

"您在自己的箱子里挑吧。"

"什么,我的箱子!我仅仅带了一个旅行袋。"

"当然这只是随身携带。路上何必给自己添累赘。何况,一位老军人,总是喜欢轻装前进。"

"正因为如此……"

"然而,您又是个细心的人,出行之前就托运了箱子。箱子昨天就到了,送至黎塞留街的王子饭店。您是在那家饭店预订了房间。"

"箱子里都装了什么?"

"我推想您早有安排,让跟班将您所需的衣物全装箱了,有便装,也有军服。要去大场合,您就穿军装,显得更加神气。勋章不要忘记戴上。法国人总佩戴着勋章,尽管大家还不以为然。"

"很好!很好!很好!"少校说道,他越听越惊奇,真是赞叹不已。

"现在,"基督山又说道,"您已经有了心理准备,承受得了过分的激动了。亲爱的卡瓦尔坎蒂先生,您就准备同您儿子安德烈亚重逢吧。"

基督山说罢,向喜不自胜的卢卡人优雅地躬身一礼,便一掀门帘出去了。

第五十六章　安德烈亚·卡瓦尔坎蒂

基督山伯爵走进隔壁房间，即巴蒂斯坦所称的蓝色客厅，见到那个风度翩翩、衣着颇为华丽的青年。半小时前，那青年乘坐轻便出租马车，来到伯爵的公馆门前，而巴蒂斯坦根据主人描述的特征，当即认出来：高高的个头儿，满头金发，蓄留棕色胡须，眼睛乌黑，面色红润，肌肤白皙而有光泽，正是那个青年。

伯爵走进客厅时，那青年正随意地半仰在长沙发上，手中拿着金球柄的白藤手杖，漫不经心地敲打着自己的皮靴。

他一瞧见基督山，便猛地站起身。

"先生就是德·基督山伯爵吧？"他问道。

"正是，先生，"基督山答道，"我幸会的，想必就是安德烈亚·卡瓦尔坎蒂子爵先生吧！"

"安德烈亚·卡瓦尔坎蒂子爵。"年轻人重复道，同时十分潇洒地躬身一礼。

"您来见我，一定带着一封推荐信吧？"基督山问道。

"我没有一见面就提这封信，就觉得信上的署名很怪。"

"水手辛伯达，对不对？"

"正是。然而水手辛伯达，除了《一千零一夜》中的那个，我不认识别的……"

"告诉您吧，他是那个辛伯达的后代，我的一个非常富有的朋友，是

安德烈亚·卡瓦尔坎蒂

一特别怪诞、近乎疯疯癫癫的英国人,本名叫威尔莫爵士。"

"唔!您这一说就全明白了,"安德烈亚说道。"那就太好了。我所认识的,正是这个英国人……就在……对,很好!……伯爵先生,愿为您效劳。"

"承蒙相告,如果所言属实,"伯爵微笑着接口说道,"我还是要烦劳您具体谈一谈您的身世和您的家庭。"

“乐意遵命，伯爵先生，”年轻人答道，接着他滔滔不绝，显示他牢靠的记忆力，“本人，正如您所讲，是安德烈亚·卡瓦尔坎蒂子爵，巴尔托洛梅奥·卡瓦尔坎蒂少校之子，佛罗伦萨世族金州所载的卡瓦尔坎蒂家族的后裔。我们的家庭，虽然还非常富有，家父拥有五十万的年金，但是家门连遭不幸，而且我本人，先生，我五六岁时，就被一个不忠不义的家庭教师拐走了，离散了十五年，也没有再见生身之父一面。我成年之后，能够自己做主，独立行事之后，便寻找我父亲，但是一直没有结果。最后，还是您的朋友辛伯达的这封信，告诉我家父就在巴黎，并且让我前来找您，就能够得到他的消息。”

“您对我讲的这些情况，先生，确实很有意义，”伯爵说道，他以满意的深沉目光，注视着年轻人的这张悠然自得、美如邪恶天使的面孔。“您能够完全遵照我的朋友辛伯达的指点，做得非常对，因为，令尊确实在这里，他正在寻找您。”

伯爵自从走进客厅，目光就一直盯着这个青年，很欣赏他那目光的沉稳、声音的坚定。然而，这句十分自然的话：“令尊确实在这里，他正在寻找您”，小安德烈亚一听却跳起来，大声说道：

“我父亲！我父亲就在这里！”

“一点不错，”基督山回答，“令尊，巴尔托洛梅奥·卡瓦尔坎蒂少校。”

年轻人脸上浮现的惊恐之色，几乎立刻消隐了。

“唔！对，可不是嘛，”安德烈亚说道，“巴尔托洛梅奥·卡瓦尔坎蒂少校。您是说伯爵先生，他就在这里，我那亲爱的父亲。”

“对，先生。我甚至还可以加一句：我刚从他身边过来，他向我讲述了早年丢失爱子的经过，我十分感动。老实说，他那种痛苦、那种担心、在这件事上所抱的希望，就能组成一首感人的诗。终于有一天，他得到消息说，拐骗者要一笔数目可观的赎金，就可以把儿子归还给他，或者告诉他儿子的下落。什么条件也阻止不住这位慈爱的父亲，对方索取的赎金，如数送到皮埃蒙特边境，还有一份签证去意大利的护照。那时，我想您在法

“我父亲！我父亲就在这里！”

国南方吧？”

“对，先生，”安德烈亚表情颇为尴尬地答道，“对，那时我在法国南方。”

“大概有一辆马车，在尼斯等您吧？”

“正是这样，先生。那辆马车把我从尼斯拉到热那亚，再从热那亚拉到都灵，接着从都灵拉到尚贝里，又从尚贝里拉到蓬德博瓦赞，最后则从蓬德博瓦赞拉到巴黎。”

“太好了！他一直盼望在旅途中同您相遇，因为，他走的就是这条路线：这就是为什么；您的旅行路线事先这样划定的。”

“不过，”安德烈亚却说道，“我亲爱的父亲在路上即使遇见我，恐怕也认不出来：我被人拐走之后，模样儿也变了些。”

“哎！还有血缘的声音呢。”基督山说道。

“哦！对，这倒是，”年轻人接口说道，“我没有想到血缘的声音。”

“现在，”基督山又说道，“卡瓦尔坎蒂侯爵担心的，也只有一件事，就是在离散期间，您的处境如何，那些歹徒是怎么对待您的，他们对您的身份是否保持应有的尊重；总之，您遭受了比肉体折磨严重一百倍的精神折磨之后，您那得天独厚的聪明才智是否消损了，您是否还能自信，在世上可以体面地恢复并保持您应有的地位。”

“先生，”年轻人一时不知所措，讷讷说道，“但愿不会是无中生有的非议……”

“我嘛！我还是从我那慈善家朋友威尔莫的口中，头一回听说您，只了解他看到您的境况很糟，但不知是什么境况，我一句也没有问他，我这个人不愿意打听别人的事。您的不幸遭遇引起他的关切，可见您值得关心。他对我说，他有意帮您在社交界得到您丧失的地位，帮您寻找到您的父亲；看来他寻找了，并且已经找到，既然您父亲到这里了；最后，昨天他通知我您到达的时间，还向我提供了一些有关您财产的情况；我只了解这些。我的朋友威尔莫，我知道他为人怪异，但他也是个靠得住的人，像座金矿一样富有，就是玩出天大的花样，也不会到倾家荡产的地步，因此我答应这件事就照他的指示去安排。现在，先生，切勿为我这样一个问题恼怒：既然我身不由己，权当您的保护人，我就渴望了解您所遭遇的不幸，是否使您对上流社会陌生了，当然那些不幸的遭遇并不以您的意志为转移，也丝毫不会削弱我对您的尊敬，而您凭着财产和门第，在上流社会就应该特别露脸。”

“先生，”年轻人回答，他在伯爵讲这番话时，又逐渐镇定下来，“在这方面您就放心吧，那些骗子把我从父亲身边拐走，其目的无非是等日后要我父亲拿钱赎我,他们也正是这样干的。但是他们一开始就盘算好了,为了从我身上多捞钱,就必须让我保存全部的身价,如有可能,还设法提高我这身份,因此,我接受了良好的教育。总之,那些拐骗儿童的人贩子对待我,就像古代小亚细亚的奴隶主对待奴隶那样,把奴隶培养成语法教师、医生和哲学家,再送到罗马的市场上卖高价。"

基督山满意地微微一笑,他对安德烈亚·卡瓦尔坎蒂先生,看来没有这么高的期望值。

"况且,"年轻人又说道,"假如我所受的教育有所欠缺,换言之,缺乏社交的习惯,那么我也推想,鉴于伴随我的童年,并纠缠我青年时期的不幸,别人总会以宽容之心对待的。"

"好吧,"基督山漫不经心地说道,"这是您的事,您自己做主,子爵,您好自为之吧。不过,老实说,换了我则不然,绝口不提这段身陷险境的经历。您这身世不过是个传奇故事,固然,世人特别爱读用两张黄纸封面装订的传奇故事,可是这种故事若从两片嘴唇讲述出来,大家就格外提防,哪怕是烫了金,哪怕是您这样闪亮登场的人。这就是我冒昧向您指出的困难:您这感人的身世刚讲给某一个人听,就会立刻传遍社交界,而且完全走了样。到那时,您就不得不摆出安东尼[1]那样一副神态;然而,安东尼的时代多少已经成为历史。您获取的成功,也许仅仅是引起他人的好奇心,不过,并非人人都喜欢成为瞩目的中心和议论的靶子。这也许会把人累死。"

"我认为此话有理,伯爵先生,"年轻人说道,这时他在基督山的目光逼视下,不由得面失血色,"那样麻烦可就大了。"

"唔!也不必看得过分严重,"基督山说道,"因为,有时要规避一种错误,反而会干出荒唐事来。不能这样,要确定的,只是一个简单的行动方案,而且对您这样一个聪明人来说,这一方案符合您的利益,也就更容易采纳了。必须用证据,用令人敬佩的友谊关系,打消您的过去可能留下

---

① 安东尼,大仲马浪漫主义剧作《安东尼》(1831)中的主人公,一个忧郁悲观的人物。

的一切模糊之点。”

显而易见，安德烈亚沉不住气了。

“我完全可以为您担保，”基督山说道，“但是，本人有一种心理习惯。对自己最好的朋友也要怀疑，同时还有一种需要，也力图让别人怀疑。因此，我来当担保人，拿演员的行话来说，就是反串角色，很可能引起喝倒彩，这实在徒劳无益。”

“可是，伯爵先生，”安德烈亚大胆地说道，“看在把我推荐给您的威尔莫爵士的面子……”

“是啊，当然了。”基督山接口说道，“但是，亲爱的安德烈亚先生，威尔莫爵士并没有瞒我，说您青年时代相当坎坷的。哦！”伯爵见安德烈亚要说话，便抢着说道，“我不是要求您向我忏悔，况且，把令尊卡瓦尔坎蒂侯爵先生从卢卡请来，正是要您无求于任何别人。您这就要见他了，他有点儿古板、拘谨，不过想一想，他在奥地利军队里服役长达十八年，这些就可以谅解了。通常，我们对奥地利人并不苛求。总之，我可以向您保证，他是个相当够格的父亲。”

“唔！先生，听您这样讲，我就放心了，毕竟离散太久，我对他已毫无印象。”

“还有，您也知道，一笔巨大的财产，能把许多事摆平了。”

“家父真的很富有吗，先生？”

“百万富翁……年金高达五十万利弗尔。”

“那么，”年轻人又不安地问道，“我的生活境况……会相当舒服了？”

“舒服极了，我亲爱的先生，您留在巴黎期间，他每年给您五万利弗尔。”

“既然如此，我就永远留在巴黎好了。”

“情况总在变化，谁说得准呢，亲爱的先生？谋事在人，成事在天嘛。”

安德烈亚叹了一口气。

“不管怎样，”他说道，“我留在巴黎期间……只要没有什么情况迫使我非离开不可，我始终能拿到您讲的这笔钱吗？”

“嗯！完全有保障。”

“由我父亲支付吗？”安德烈亚还是不放心地问道。

“对，但是由威尔莫爵士具保，他应令尊的要求，已经在巴黎最有信誉的银行，丹格拉尔先生的银行开了户头，每月支取五千法郎。”

“家父打算在巴黎久住吗？”安德烈亚颇为不安地问道。

“只逗留数日，”基督山答道，“他有军职，外出不能超过两三周。”

“唔！这位亲爱的父亲！”安德烈亚说道，显然为他父亲要很快离去而喜出望外。

“因此，”基督山说道，佯装误解他的话，“因此，我一分钟也不想推迟你们重逢的时刻。您准备好了去拥抱可敬的卡瓦尔坎蒂先生吧？”

“我希望，对此您不会有所怀疑吧？”

“那好，请进这间客厅，我亲爱的朋友，您就能见到等着您的父亲。”

安德烈亚对着伯爵深施一礼，便走进客厅。

伯爵目送他走开，直到不见了，就按了一下巧妙安装在一幅画上的机关，画框立刻稍稍移位，开了一道缝，能让目光投进客厅。

安德烈亚随手关上门，走向少校，而少校听见走来的脚步声，便站起身来。

“啊！先生，亲爱的父亲，”安德烈亚高声说道，以便让伯爵隔着关上的房门听见，“真的是您吗？”

“您好，我亲爱的儿子。”少校一本正经地说道。

“离散了这么多年，”安德烈亚说道，眼睛仍然盯着房门，“咱们终于又见面了，真是太高兴了！”

“的确，咱们分离太久了。”

“咱俩不拥抱一下吗，先生？”安德烈亚又说道。

“随您的心愿吧，我的孩子。”少校回答。

两个人就像在法兰西喜剧院的舞台上那样拥抱，也就是说，彼此从对方的肩膀探过头去。

两个人就像在法兰西喜剧院的舞台上那样拥抱。

“咱们就这样团聚了！”安德烈亚说道。

“咱们现在又团聚了。”少校也说道。

“再也不分离了吧？”

“还不行啊。我亲爱的孩子，我觉得，现在您把法兰西视为第二祖国了吧？”

“老实说，”年轻人答道，“我离开巴黎会痛苦不堪。”

“可是我呢，您应当理解，我离开卢卡也无法生活。因此，我要尽快返回意大利。”

“不过，我最亲爱的父亲，您走之前，一定会把证明我身世的文件留我。”

“这毫无疑问，我就是专程来办这件事的，我已经找得您好苦，以便把文件交给您，这种事不能再重复了，否则就会送掉我的老命。”

“证书呢？”

“在这儿呢。”

安德烈亚急不可待，一把夺过父亲的结婚证书，以及他本人的洗礼证书，急忙打开，一个好儿子自然会这么如饥似渴，迅速地浏览两份证书的文字，既显得极有眼力，又流露极大兴趣。

他看完了，便喜笑颜开，带着古怪的笑容凝视少校，那种表情难以描摹。

“怎么的！”他用纯正的托斯卡纳话说道，“意大利没有苦役刑罚了吗？……” 少校挺起身子。

“何出此言？”他反问道。

“那里还假造这种证件，而不会受惩罚吗？我最亲爱的父亲，在法国，有这一半事实，就可以把咱们打发到土伦去，呼吸五年海风了[①]。”

“此话怎讲？”卢卡人还竭力保持一副凛然难犯的神态。

“我亲爱的卡瓦尔坎蒂先生，”安德烈亚按住少校的手臂，说道，“让您充当我的父亲，人家给了您多少钱？”

少校刚要开口。

“嘘！”安德烈亚压低声音说道，“我来给您做个开诚布公的榜样；人家每年给我五万法郎，让我做您儿子；您这就该明白，我绝不会否认您是我父亲。”

少校不安地环顾周围。

“哎！放心好了，只有咱们俩，”安德烈亚说道，“况且咱们讲的是意大利话。”

“我这方面，”卢卡人说道，“人家一次性给我五万法郎。”

---

① 土伦军港位于法国地中海海岸，曾是苦役犯服刑之地，许多苦役犯要在战舰上划桨。

“卡瓦尔坎蒂先生,”安德烈亚又说道,“童话故事您相信吗?”

“不信,从前是不信,可是现在,不由得我不信。”

“看来您有证据啦?”

少校从里兜里掏出一把金币。

“看见了吧,都是摸得到的。”

“那么您认为,我可以相信给我的许诺啦?”

“我是相信的。”

“相信伯爵那位老兄能履行诺言?”

“一丝不苟。但是您要明白,为了达到这种目的,咱们必须扮演好角色。”

“怎么讲呢? ……”

“我扮演慈父……”

“我就扮演孝子。”

“既然他们期望您是我生的……”

“他们,是谁?”

“天哪,我也一无所知,就是给您写信的人呗,您不是收到过一封信吗?”

“收到过。”

“是谁写的?”

“一位叫布索尼的神甫。”

“您不认识?”

“从未见过。”

“信上写了什么?”

“您不会出卖我吧?”

“我怎么干得出来,咱们利益一致。”

“那好,您念念吧。”

少校说着,便将一封信递给年轻人。

安德烈亚开始小声念信:

您穷困潦倒，等待您的是不幸的老年生活。您想不想改变境况，即使算不上富有，至少经济上能独立呢？

您即刻就前往巴黎，到香榭丽舍大街三十号，求见德·基督山伯爵，领回您与德·科西纳里侯爵夫人生育的，五岁时被人拐走的儿子。

您的儿子名叫安德烈亚·卡瓦尔坎蒂。

为了打消您对写信人的好意可能产生的怀疑，现随信附上：

一、一张两千四百托斯卡纳利弗尔的汇票，可到佛罗伦萨戈齐先生的银行兑现。

二、一封去见德·基督山伯爵的引荐信，我在信中请他支付给您四万八千法郎。

请于五月二十六日晚上七时到伯爵府邸。

布索尼神甫

“正是这样。”

“什么，正是这样？您这话是什么意思？”少校问道。

“我是说，我也收到一封类似的信。”

“您？”

“对，是我。”

“也是布索尼神甫写的信？”

“不是。”

“那是谁写的？”

“一个英国人，名叫威尔莫爵士，自称水手辛伯达。”

“正如我不认识布索尼神甫一样，您也不认识他吧？”

“不然，我比您要强一些。”

“您见过他？”

"对,见过一面。"

"在哪里?"

"唔!这我可就不能告诉您了,那就让您了解的跟我一样多了,没有那个必要。"

"信上给您写了什么?"

"您念念吧。"

您身无分文,将来也只能穷苦一辈子。您愿意有个好姓氏,有财产,过上自由的生活吗?

"哎呀呀!"年轻人在原地扭动着身子,说道,"这种好事还用问吗?"

您从热那亚门出尼斯城,就会看到一辆备好的驿车。您上车启程,途经都灵、尚贝里和博瓦赞桥,到达巴黎,并于五月二十六日晚七时,去香榭丽舍大街三十号,向德·基督山伯爵要您的父亲。

您的父亲是巴尔托洛梅奥·卡瓦尔坎蒂侯爵,母亲是奥利维娅·科西纳里侯爵夫人。侯爵会将证明您身世的证书交给您,让您以这一姓氏进入巴黎社交界。

您每年有五万法郎的进项,足以维持您的地位。

随信附去五千利弗尔的汇票,到尼斯弗雷亚先生的银行即可兑现;另有一封推荐信,面呈德·基督山伯爵,我已委托他供应您的需求。

水手辛伯达

"嘿!"少校说道,"有这等好事儿!"

"是这样吧?"

"您见过伯爵了?"

"我刚同他分手。"

"他确认了?"

"完全确认。"

"您明白是怎么回事吗?"

"老实说不明白。"

"这其中必有陷阱。"

"反正掉进去的既不是您,也不是我。"

"当然不是。"

"这不得了!……"

"咱们无所谓,对不对?"

"这正是我要说的意思,咱们就把这场戏演到底,要演得惟妙唯肖。"

"好吧,您会看到,我是您的好搭档。"

"对此,我一刻也没有怀疑过,我亲爱的父亲。"

"承蒙您瞧得起,我亲爱的儿子。"

基督山恰恰选择这种时候回到客厅。两个人听见脚步声,彼此立刻投进怀中,伯爵走进来,发现二人紧紧拥抱。

"很好,侯爵先生,"基督山说道,"看来,您找到的儿子挺合心意啊?"

"嗯!伯爵先生,我都乐得上不来气儿了。"

"那么您呢,小伙子?"

"唔!伯爵先生,我也要乐疯了。"

"幸福的父亲!幸福的孩子!"伯爵赞道。

"只有一件事令我伤心,"少校说道,"也就是迫不得已,我要尽速离开巴黎。"

"噢!亲爱的卡瓦尔坎蒂先生,"基督山说道,"但愿您不要走得那么急,容我把您介绍给几位朋友。"

"我听从伯爵先生的吩咐。"少校答道。

"喏,现在,年轻人,您就讲讲实话吧。"

"对谁呀?"

“向令尊大人呀,向他讲一两句您的经济状况。”

“噢！真的,”安德烈亚说道,“您一下就说中我的心事。”

“您听见了吗,少校?”基督山问道。

“我当然听见了。”

“是啊,您听明白了吗?”

“完全明白。”

“这个亲爱的孩子,他说需要钱。”

“您要我怎么办呢?”

“还用问,您给他钱啊!”

“我?”

“对,您。”

基督山插到两个人之间。

“您拿着!”基督山说着,就将一包钞票塞进安德烈亚手中。

“这是什么?”

“令尊的答复。”

“家父的答复?”

“对呀。您刚才不是表露需要钱吗?”

“对,那又如何?”

“这不,他委托我把这个交给您。”

“要从我的收入中扣除吗?”

“不,这是您的安家费。”

“啊！亲爱的父亲!”

“别说话,”基督山说道,“您还看不出来,他并不想让我告诉您是他给的。”

“我十分赞赏这种体贴。”安德烈亚说道,同时将钞票揣进裤兜里。

“好了,”基督山说道,“现在,都请便吧!”

“我们什么时候有幸再见到伯爵先生呢?”卡瓦尔坎蒂问道。

“哦！对呀,”安德烈亚也问道,“我们什么时候有此荣幸呢?”

“星期六吧，如果你们愿意的话……对……就这么着……星期六。我要在欧特伊的别墅，即泉水街二十八号，举行晚餐会，宴请好几个人，其中有你们的银行家丹格拉尔先生，我就把你们介绍给他，他总得先认识你们二位，才好把钱支付给你们。”

“全套军装吗？”少校小声问道。

“全套军装：军服、勋章、制服短裤。”

“那么我呢？”安德烈亚也问道。

“唔！您吗，要非常随便……黑长裤、漆皮靴、白背心、黑色或蓝色上装、长领带。请到布兰或者韦罗妮克时装店去置装。如果您不知道地址，巴蒂斯坦会告诉您。您是个富人，穿着越随意，就越显得潇洒。您若是买马，就请到德维德那里；若是买敞篷马车，就去巴蒂斯特那里。”

“我们几点钟到合适？”年轻人问道。

“将近六点半吧。”

“好吧，我们准时到达。”少校说着，行了个军礼。

卡瓦尔坎蒂父子向伯爵施礼告辞，走出客厅。

伯爵走到窗口，望见他们挽着手臂穿过庭院。

“他们真是一对大无赖。”他说道，“实在可惜，他们怎么不真是一对父子啊！”他神色黯然，沉思了片刻，便说道：

“何不去莫雷尔家呢，我觉得，厌恶比仇恨更让我恶心。”

“他们真是一对大无赖，实在可惜，他们怎么不真是一对父子啊！”

第三册　目录

803　第五十七章　苜蓿园
816　第五十八章　努瓦蒂埃·德·维尔福先生
827　第五十九章　遗嘱
837　第六十章　快报
848　第六十一章　治睡鼠偷桃之法
860　第六十二章　幽灵
871　第六十三章　晚宴
885　第六十四章　乞丐
897　第六十五章　夫妻争吵
908　第六十六章　婚事
920　第六十七章　检察官的办公室
933　第六十八章　夏日舞会
944　第六十九章　调查
957　第七十章　舞会
969　第七十一章　面包和盐
976　第七十二章　德·圣-梅朗夫人

990 第七十三章 诺言
1024 第七十四章 维尔福家族的墓室
1037 第七十五章 神秘的记录
1053 第七十六章 小卡瓦尔坎蒂的进展
1067 第七十七章 海蒂
1095 第七十八章 约阿尼纳来信
1118 第七十九章 柠檬汁
1133 第八十章 指控
1142 第八十一章 歇业的面包铺老板房间
1166 第八十二章 夜盗
1184 第八十三章 上帝之手
1192 第八十四章 博尚

第五十七章　苜蓿园

还得请读者跟随我们，回到与德·维尔福先生府邸相毗邻的苜蓿园，在栗树繁枝茂叶掩映的铁栅门外，再见见几位熟悉的人物。

这次，马克西米连先到了，他眼睛贴在隔板缝上窥视花园，守望树木间一个倩影，捕捉缎鞋踏着沙径的沙沙声。

久盼的沙沙声响终于传来，但轻盈而来的不是一个，却是两个丽影。只因丹格拉尔夫人和欧仁妮来作客，逗留时间拖长，瓦朗蒂娜眼看过了约会时间，为了不失约，她便提议跟丹格拉尔小姐到花园散步，好让马克西米连明白，令他焦急等待不是她的过错，而是别有情由。

年轻人自有恋人那种特殊的直觉，当即就全明白了，悬念的心也终于落下来。瓦朗蒂娜说话的声音，虽然传不到马克西米连的耳畔，但是她有意引路，在马克西米连的视线内走来走去，每次经过铁栅门时，就投去一瞥，既不让女伴察觉，又能让门外的年轻人接收到，用这种目光告诉他：

"要耐心些，朋友，您看到了，这根本不怪我。"

马克西米连确也十分耐心，等待中便从容地比较两位姑娘的仪容：一位是金发女郎，目光沉郁，腰姿曼妙，宛如一株柔美的柳树；另一位棕发女郎，眼神高傲，身材挺拔，恰似一棵白杨。两个天生迥异的丽质，相比的结果自不待言，至少在这年轻人的心目中，瓦朗蒂娜占了绝对优势。

这样的散步持续了半小时，两位姑娘这才离去。马克西米连明白，丹格拉尔夫人这次拜访该结束了。

瓦朗蒂娜有意引路，在马克西米连的视线内走来走去。

不大工夫，瓦朗蒂娜果然又单独来了。她返回花园时，怕惹人注意，便走得很慢，也没有径直走向铁栅门，而是若无其事地察看每一处茂密的叶丛，探询每一条小径的尽头，又在长椅上坐了下来。

这种种防范实施之后，她才跑向铁栅门。

“您好，瓦朗蒂娜。”一个声音说道。

“您好，马克西米连，让您久等了，但是您也看清什么原因了吧？”

“不错，我认出了丹格拉尔小姐，我原以为，您同那位小姐的关系没

有这么亲密。”

“谁告诉您说，我们的关系亲密了，马克西米连？”

“没人告诉，但是我觉得，你们挽着手臂的样子，谈得那么投机，就表明了这一点：你们真像寄宿学校的两个女生在说悄悄话。”

“刚才我们确实在说悄悄话，”瓦朗蒂娜又说道，“她向我诉说她多么憎恶同德·莫尔塞夫先生结婚，而我也向她坦言，我把嫁给德·埃皮奈先生视为一生的不幸。”

“亲爱的瓦朗蒂娜！”

“这就是为什么，我的朋友，”年轻姑娘继续说道，“您看到了我和欧仁妮谈得那么投机的表象，其实呢，我嘴上讲那个我不可能爱的男人时，心中在想着我爱的男人。”

“您身上样样都那么好，瓦朗蒂娜，而且还有一样，是丹格拉小姐永远也不会具备的，就是女性的难以描摹的魅力。女性有这种魅力，就像花散发芬芳，水果吃着甜美一样。因为，一朵花仅仅美丽还不够，一个水果仅仅好看也还不够。”

“您是出于爱，看事情才会这样，马克西米连。”

“不是的，瓦朗蒂娜，我向您发誓。对了，刚才我就观察你们二人，我以人格保证，我承认丹格拉尔小姐相貌很美，但是我难以理解哪个男人会爱上她。”

“这是因为有我在场，正如我对您讲的，马克西米连，有我在场，您就变得不公正了。”

“不是的……不过，您说说看……一个问题，纯粹出于好奇……是从我对丹格拉尔小姐所形成的某些看法中产生的。”

“哼！一准是些不公正的看法，不问我也知道。我们这些可怜的女子，要让你们男人评价，就别指望会得到宽容。”

“就不说男人评价，你们女人彼此就那么公正吗？”

“那是因为我们在评价中，几乎总带有强烈的感情。还是回到您的问题上来吧。”

“丹格拉尔小姐是不是爱上了什么人，才怕同德·莫尔塞夫先生结婚呢？”

“马克西米连，我对您说过，我并不是欧仁妮的朋友。”

“噢！我的上帝！”莫雷尔叹道，“姑娘之间，不是朋友，却可以推心置腹。您就承认吧，这方面的事儿您问过她。哈！我看见您笑了。”

“果真如此，马克西米连，咱们之间还要这木板墙做什么。”

“说说看，她对您讲了什么？”

“她对我讲，她不爱任何人，”瓦朗蒂娜回答，“她憎恶结婚，过独立自由的生活才是她莫大的快乐，她几乎渴望她父亲倾家荡产，她就可以像她朋友路易丝·达米利小姐那样，成为艺术家。”

“唔！您瞧！”

“可是，这能证明什么？”

“什么也不能证明。”马克西米连笑着回答。

“那么，”瓦朗蒂娜又问道，“您怎么也笑了？”

“哈！”马克西米连说道，“您瞧瞧，瓦朗蒂娜，您不是也往外看嘛。”

“您愿意我走远点儿吗？”

“哦，不！决不要！好了，还是谈谈您吧。”

“唔！对，真的，咱们在一起，也只能待十分钟。”

“上帝啊！”马克西米连不禁沮丧地嚷了一声。

“是啊，马克西米连，您呼上帝是对的，”瓦朗蒂娜忧伤地说道，“您交了一个可怜的朋友。我让您过的这是什么生活呀，可怜的马克西米连，您完全具备条件应该得到幸福！请相信我，我一直在痛苦地自责。”

“真的，瓦朗蒂娜，您又何必呢？如果这样我就觉得幸福，如果这种永无休止的等待，在我看来得到了报偿，即能见到您五分钟，能听您说上两句话，而且永远坚信，上帝从未创造出像我们这样相投的两颗心，也从未把两颗心近乎神奇地结合起来，绝不再拆开。”

“好吧，谢谢，马克西米连，希望吧，为我们二人，这会使我感到半喜。”

“您又出什么事儿了，瓦朗蒂娜，怎么如此匆忙离开我？”

“我也不知道，是德·维尔福夫人派人来要我去见她，说是要告诉我有关我的一份遗产的事。上帝呀！唉！我太富有了，让他们把我的财产拿走吧，然后让我安静，给我自由。我就是穷了，您也会照样爱我吧，对不对，莫雷尔？”

“对！我永远爱您。富有还是穷困，对我又算得什么，只要我的瓦朗蒂娜能在我的身边，让我确信不会被任何人夺走！不过，这次要告诉您的事，瓦朗蒂娜，您就不担心会涉及您的婚事吗？”

“我认为不会。”

“然而，请听我说，瓦朗蒂娜，您不必惊慌，要知道，我只要活着，就不会属于另一个女人。”

“您以为这么说，就能让我心安了吗，马克西米连？”

“对不起！您说得对，我真是个粗鲁的人。好吧，我是想告诉您，有一天，我遇见了德·莫尔塞夫先生。”

“怎么样呢？”

“弗朗兹先生是他的好友，这您也知道。”

“知道，那又怎么样？”

“是这样，他收到弗朗兹一封信，信上告诉他近期返回。”

瓦朗蒂娜顿时面失血色，手扶住铁栅门。

“噢！上帝啊！”她说道，“假如是这事儿！不会，这事儿不可能由德·维尔福夫人来告诉我。”

“这是何故？”

“何故……我也说不清楚……反正我觉出，德·维尔福夫人虽然没有公开反对，但是并不赞成这门亲事。”

“那好哇，真的，瓦朗蒂娜，我觉得我会十分赞赏她的，那位德·维尔福夫人。”

“哎！马克西米连，别忙着说这话。”瓦朗蒂娜苦笑一下，说道。

“她既然反对这门亲事，哪怕只是为了使其中断，那么有别人提亲，

她也许会听进去。”

“您绝不要这样想，马克西米连，德·维尔福夫人反对的不是男方，而是结婚。”

“什么！反对结婚！她如此憎恶结婚，为什么自己还要结婚呢？”

“您没有听明白我的话，马克西米连。事情是这样：一年前，我提出要进修道院，她虽然认为应当劝阻几句，但还是欣然接受了我的要求，就连我父亲也同意了，我能肯定是受了她的怂恿；只有我那可怜的祖父执意不放，才把我挽留住。可怜的老人，他在这世上只爱我一个人，而且在这世上，也只有我爱他，如果这是一句亵渎神明的话，还请上帝饶恕。马克西米连，您想象不出，那可怜的老人当时的眼神。他得知我的决定时，定睛看我的样子，那眼神里包含多少责备，既无哀怨，也无叹息，从木然不动的面颊静静滚下的眼泪中，又包含多少痛苦绝望！唉！马克西米连，我当时的感觉，类似一阵愧疚，于是我扑到他的脚下，对他大声说：‘对不起！对不起！爷爷！由别人怎么对待我吧，我永远也不会离开您。’他听了这话，便仰望苍天！……马克西米连，我可能要吃很多苦头，不过我爷爷的那种目光，事先就补偿了我要遭受的痛苦。”

“亲爱的瓦朗蒂娜！您是一位天使，我真不知道自己有何德能，值得您向我推心置腹，须知我曾挥着战刀，在贝督因人中间左杀右砍，除非上帝认定他们是异教徒，我的行为才有情可原。总之，瓦朗蒂娜，说说看，如果您不结婚，德·维尔福夫人又有什么利可图呢？”

“刚才您不是听见我对您说了，马克西米连，我太富有了吗？我从母亲名下继承了五万利弗尔年金；我的外祖父母，德·圣-梅朗侯爵夫妇，给我留下的财产，大约也有这个数目；而我祖父，努瓦蒂埃先生，也显然打算指定我为他的唯一继承人。结果同我一比，我弟弟爱德华就太穷了，他从德·维尔福夫人那里继承不到一点财产。可是，德·维尔福夫人把这孩子当作心头肉，溺爱到极点。如果我去当了修女，我的财产就全部集中到我父亲名下，他从侯爵和侯爵夫人，以及从我这里继承的财产，最后就全部落到她儿子手中。”

“噢！一位年轻而美丽的女子，居然如此贪心，真是不可思议！”

“要注意，马克西米连，她绝不是为自己，而是为她儿子；在她身上，您所指责的这一缺点，从母爱的角度看，就近乎一种美德了。”

“这么着，瓦朗蒂娜，”莫雷尔又说道，“假如您的财产，让给她儿子一部分呢？”

“这种建议，以什么办法提出来呢？”瓦朗蒂娜答道，“尤其向一个总把不图私利挂在口头上的女人。”

“瓦朗蒂娜，我这份爱对我始终是神圣的，我就像对待一切神圣事物那样，用我虔敬的轻纱将它覆盖，并且珍藏在我心中。因此，我的这份爱无人知晓，我妹妹也不例外，我从未向任何人透露过。现在，瓦朗蒂娜，您能允许我告诉一位朋友吗？”

瓦朗蒂娜不禁浑身一抖。

“一位朋友？”她说道。“噢！我的上帝！马克西米连，我一听您这么讲，心里就发抖！告诉一位朋友？这朋友究竟是谁呀？”

“听我说，瓦朗蒂娜，您有没有过这种情形？您不可抑制地对一个人产生好感，虽然初次见面，却觉得认识很久了，您就在心里反复寻思，究竟在哪里，什么时候见过他，您怎么也回忆不起来何时何地，最终您就只好认为是在前世相识的，而这种好感，也仅仅是从沉睡中醒来的一种记忆！”

“我有过。”

“那好，我第一次见到这个非凡的人，就是这种感觉。”

“非凡的人？”

“对。”

“看来您认识他很久啦？”

“才有八九天，十来天的工夫。”

“对一个才认识八九天的人，您就称为朋友？唉！马克西米连，朋友这个美好的名称，我还以为您不会轻易使用呢？”

“在逻辑上您是对的，瓦朗蒂娜。但是，随您怎么说，什么也不可能

使我否认这种本能的感觉。我相信,这个人同我今后所有幸运的事相关联,那种前景,他的深邃目光似乎已经看到,他的有力的手似乎在掌控。”

“难道他未卜先知?”瓦朗蒂娜微笑道。

“真的,”马克西米连答道,“我常常不由得不相信他能预测……尤其幸运的事。”

“哦!”瓦朗蒂娜忧伤地说道,“引我见见这个人吧,马克西米连,让他告诉我,将来我所得到的爱,是否能足以补偿我所经受的痛苦。”

“可怜的朋友!您认识他呀!”

“我认识?”

“对呀,他就是救了您继母和弟弟性命的那个人。”

“德·基督山伯爵?”

“正是他。”

“噢!”瓦朗蒂娜高声说道,“他永远也不可能成为我的朋友,他同我继母的交情太深了。”

“伯爵,同您继母交情深,瓦朗蒂娜?我的直觉不会错到这种地步,肯定是您误解了。”

“哎!您哪里知道,马克西米连!现在主宰这个家的,不再是爱德华,而是伯爵了:大家都追捧他,德·维尔福夫人认为他博学,是人类知识的活词典;我父亲也赞赏,请听明白了,也赞赏他,说是从未听人如此雄辩,阐述如此高深的思想;爱德华则把伯爵当成崇拜的偶像,他虽然害怕伯爵那双乌黑的大眼睛,但是一看见他到来,就立刻跑上前去,掰开他的手,总能发现一件美妙的玩具。德·基督山先生在这里,就不是在我父亲家中,也不是在德·维尔福夫人家中,德·基督山先生是在他自己家中。”

“那么,亲爱的瓦朗蒂娜,事情果真像您说的这样,您就一定感觉到,或者很快会感觉到他出面的影响力。他在意大利遇见阿尔贝·德·莫尔塞夫,就把子爵从强盗手中解救出来;他见到丹格拉尔夫人,就送给他一件极贵重的礼物;您的继母和兄弟从他府门前经过,就被他的黑奴救了性

命。显而易见,这个人如有神助,具有支配事物的能力。我从未见过如此朴实的作风,配以如此恢宏的气度。他那笑容特别温和,投向我时,我便忘记别人觉得他的笑容有多苦涩。唔!告诉我,瓦朗蒂娜,他也那样冲您笑过吗?他若是冲您笑笑,您就会感到幸福。"

"冲我笑!"年轻姑娘答道,"唔!我的上帝!马克西米连,他连看都没有看我一眼,准确点说,我偶然从他面前经过时,他总是把目光移开。噢!他并不慷慨大度,算了吧!再不然,就是您判断错了,他并没有那种洞见心灵的深邃目光;因为,他若是真的慷慨大度,看到我在整个家中这样孤苦伶仃,他就该施展影响保护我;既然他像您断定的那样,完全是一轮红太阳,那他就该投来一束光温暖我的心。您说他爱您,马克西米连。唉!我的上帝,您怎么知道呢?像您这样身高五尺六寸,蓄留长长的胡须,佩带大军刀的威武军官,那些男人怎能不笑脸相对,可是,他们面对一个以泪洗面的可怜姑娘,就认为可以毫无忌惮地欺侮了。"

"哎!瓦朗蒂娜!我敢肯定,您是误会了。"

"如果他换一种态度,马克西米连,喏,如果他对我表面上圆滑一些,就像一个人以这种或那种方式,要在这家里赢得主导地位那样,他就该赏脸冲我笑笑,哪怕只有一次,让我见识一下您称赞的那种微笑。可是不然,他看到我这样不幸,就明白我对他毫无用处,也就根本不把我放在眼里了。而且,他要讨好我父亲,德·维尔福夫人或者我弟弟,真难说他不会尽自己的能力,也来参与迫害我呢?喏,坦率地讲,我不是一个别人就该无端鄙视的女人,这话您对我说过。哦!请原谅,"姑娘看到这番话给马克西米连的印象,便接着说道,"我这嘴真不好,关于这个人我对您讲的这些话,甚至都没有过我的心。这么说吧,我并不否认,存在您对我讲的这种影响,甚至作用到我身上了;但是,如果说他施加了这种影响,您也看到了,想法虽好,方式却很有害,很伤人。"

"好吧,瓦朗蒂娜,"莫雷尔叹了口气,说道,"咱们不要说下去了,我什么也不告诉他就是了。"

"唉!我的朋友,"瓦朗蒂娜又说道,"看得出来,我惹您伤心了。唉!

我多渴望能握握您的手，请求您原谅！话又说回来，我还巴不得被您说服呢。告诉我，这位德·基督山伯爵，究竟为您做了什么？”

“瓦朗蒂娜，您问我伯爵为我做了什么，我承认，这倒把我难住了，我完全清楚，他公开没有为我做什么。因此，正如我对您讲的那样，我对他的好感纯粹出于直觉，没有什么道理可言。难道太阳为我做了什么吗？没有，但是它温暖我，让我在阳光下看见您，仅此而已。难道这种或那种芳香为我做了什么吗？没有，但是香味愉悦我的一个感官。如果有人问我为何赞美这种芳香，我也说不出别种理由。我对他的友情，他对我的友情，都这么奇妙。一个神秘的声音警示我，这种出乎意料的相互友谊，必有超乎偶然的因素。我甚至能在他最简单的举动中，在他最隐秘的思想里，找到我的举动和思想之间的关联。您又要笑我了，瓦朗蒂娜，可是，从我认识这个人之后，我就产生这种荒诞的念头，认为他是我一切幸运的源泉。然而，我无需这个保护者，在世上不是也生活了三十年，对不对？这无所谓，喏，举一个例子，他邀请我星期六吃晚饭，我们关系密切，请吃饭很自然，对不对？嘿，后来我又了解到什么情况呢？令尊也受到邀请，您继母也要出席这个晚宴。我会同他们见面，这场会面将产生什么结果，谁又能知晓呢？这类情况，表面看来十分普通，而我却从中看到令我惊讶的东西，还从中汲取了一种奇异的信心。我心中暗道，伯爵，这个无所不能预测的奇人，有意安排我同德·维尔福先生和夫人见面。我可以向您发誓，有时候，我真想在他的眼神里看出，他是否猜到了我们的爱情。”

“我的好朋友，”瓦朗蒂娜说道，“照这样，如果我听您讲的全是这套话，那我就要把您当作一个有幻视的人了，真要担心您的理智是否出了毛病。怎么？这种相遇不是偶然，您还想看出别种意味吗？真的，您好好想想吧。家父从不出门，他一再想谢绝；而德·维尔福夫人则相反，她接到邀请，就迫切希望登门看看这位不同凡响的大富豪，也是费了多少唇舌，才说动我父亲同意陪同她赴会。算了，算了，请相信我，在这世上，除了您，马克西米连，我只能求助于我祖父，一个全身瘫痪的老人，只能求救于我那可怜的母亲，一个游魂！”

"我觉得您的话有道理，瓦朗蒂娜，您符合逻辑，"马克西米连说道，"您这甜美的声音，一向令我心悦诚服，然而今天，却没有说服我。"

"您也没有说服我呀?"瓦朗蒂娜说道，"我承认，假如您再也举不出别的事例……"

"还有一个，"马克西米连还有些迟疑，说道，"不过，老实说，瓦朗蒂娜，我自己也不得不承认，这个事例比头一个还要离谱。"

"那就算了。"瓦朗蒂娜微笑道。

"不过，"莫雷尔继续说道，"它对我来说，同样是至关重要的，只因我这人特别相信灵机一动的感觉，十年军旅生涯，性命往往系于一念，也正是这种闪念指引我往前冲或者往后退，结果本可击中的子弹只是擦身而过。"

"亲爱的马克西米连，那些子弹偏离，为什么不归功于我的祈祷呢?当您在远方的时候，我祈祷上帝和我母亲就不再是为自己，而是为您了。"

"不错，这是在我认识您之后，"莫雷尔笑道，"可是，在我认识您之前呢，瓦朗蒂娜?"

"算您狠，既然您一点儿也不愿领我的情，那就拉回话题，说说您自认为荒唐的第二个例子吧。"

"好吧，您从木板缝往外瞧瞧，看那边树上栓的那匹新买的马，我就是骑它来的。"

"嘿！好英俊的牲口！"瓦朗蒂娜赞道，"您为什么不把它牵到铁栅门这边呢？那我就可以对它说话，它也会明白我的意思。"

"如您所见，这匹马的确价钱不菲，"马克西米连说道，"您也了解，瓦朗蒂娜，我的财力有限，我又是别人称作的理智的人。当时，我是在一个马贩子那里见到这匹骏马，就给它起名叫美狄亚。我问了售价，回答我说四千五百法郎。您完全理解，我不能久久地欣赏，只好知难而退，应当承认，我离开时很伤心，因为，那匹马用温柔的目光注视我，用头爱抚我，在我试骑时还原地旋转，姿势那么优美，那么喜人。当天晚上，家里来了几

个朋友，有德·夏多-雷诺先生、德勃雷先生，还有五六个坏家伙，您不认识，连名字都未听说倒是幸事。有人提议打牌，我从不赌博，因为，我既没有富到随便输钱，也没有穷到渴望赢钱的地步。不过，我是在自己的家，要知道，我不能不理睬客人的提议，只好打发人把牌买来。

“大家围着牌桌刚坐下，德·基督山伯爵就来了。他也落座，大家开始打牌，结果，我赢了，这事儿我真不好意思告诉您，瓦朗蒂娜，我赢了五千法郎。到午夜牌局才散。我急不可待，当即叫了一辆马车，直驱那个马贩子的住处。我兴奋异常，也顾不得气喘吁吁，赶紧拉门铃，前来开门的人准以为我是个疯子。门刚一打开，我就冲进去，跑进马厩，注意看那排食料槽。哦！谢天谢地！美狄亚还在咀嚼草料。我扑向一套鞍具，放到马背上，又给它套上辔头。我备鞍的过程，美狄亚配合得特别好！紧接着，我掏出四千五百法郎，往愕然的马贩子手中一塞，便骑马返回，确切地说，我在香榭丽舍大街来回遛了一夜。跟您说，我看见伯爵的窗户透出光亮，还隐约发现他在窗帘里面的身影。现在，瓦朗蒂娜，我敢发誓，伯爵一定知道我渴望买这匹马，就故意让我赢钱。”

“我亲爱的马克西米连，”瓦朗蒂娜说道，“真的，您太好胡思乱想了……您爱我也不会长久……一个男子这样充满诗意，就不可能情愿耽于我们这样单调的爱情，变得缺乏情调了……哎呀，老天爷！喏，人家在叫我了……您听见了吗？”

“喂！瓦朗蒂娜，”马克西米连又说道，“您从这木板隔墙的缝中……伸出来小手指，让我吻一下。”

“马克西米连，咱们早就说好了，咱们相互只能听见声音，只能看到身影！”

“那就随您便了，瓦朗蒂娜。”

“如果我照您说的做，您会很高兴吗？”

“嗯！当然了。”

于是，瓦朗蒂娜登上一张椅子，她不是把小手指从木板缝探出去，而是从隔板墙上方伸出一只手。

马克西米连惊喜地叫了一声，也一跃身跳上石墩，抓住那只珍宝的小手，将火热的嘴唇贴上去。不料，那只小手又很快从他手中抽回去，年轻人听见瓦朗蒂娜逃逸的急促脚步声，很可能是被她刚才的感受吓跑的！

第五十八章　努瓦蒂埃·德·维尔福先生

丹格拉尔夫人和她女儿走后，就在我们转述这场谈话的同时，检察官的府上发生了这种情况。

德·维尔福先生走进他父亲的房间，他的夫人则紧随其后；至于瓦朗蒂娜，我们知道她在何处。

二人问候了老人，又打发走巴鲁瓦——一个侍候老人达二十五年之久的老仆人，然后在他身边坐下。

努瓦蒂埃先生坐在他那辆大轮椅中：每天，早晨他要由人抱上去，晚上再由人抱下轮椅，对面是一面大镜子，能映现整个房间，他无需转动已经动弹不得的躯体，就能看见哪个人进出他的房间，别人在他身边做什么。努瓦蒂埃先生如僵尸般一动不动，眼睛却炯炯有神，聪敏而机灵，他见儿子和儿媳妇毕恭毕敬的样子，便料定他们要谈一件意料之外的重要事情。

在这个土已经埋到脖颈的躯壳中，只剩下两种感官，视觉和听觉还活跃着，犹如两点火星儿；而这两种感官也只有一个，能向外界透露这尊雕像的内心生活：宣告这种内心生活的目光，好似遥远的灯，告诉迷失的荒原上的旅人，在这寂静的茫茫黑夜中，还有一个人在守望。

老努瓦蒂埃银白的长发披肩，两道乌黑的眉毛下，便是一对黑眼珠：这对眼睛集中了从前分散在这肉体和头脑中的全部活力、全部机敏、全部力量和智慧，这是一种器官替代其他器官的功能之后常有的现象。固然，他的手臂不能动弹了，喉咙发不出声音，身体也不能转动，但是这些缺失，

都由这强有力的目光补救了:他用这双眼睛发号施令,用眼睛表达感激之情。这是眼珠子会转动的一具僵尸,有时看来比什么都吓人:这张大理石面孔的上端,时而燃烧起怒火,时而放射出喜悦的光芒。瘫痪的老人这种语言,只有三个人能懂:即维尔福、瓦朗蒂娜,以及我们提过的那个老仆人。不过,维尔福很少来看父亲,也就是说,他不到万不得已决意不来,来了即使能懂意思,也决意不讨父亲的欢心;因此,老人的全部快乐,就寄托到孙女身上,而瓦朗蒂娜也倾注自己的一片诚心、爱心和耐心,从爷爷的目光中领会他的全部思想。老人这种无声的、别人无法理解的语言,瓦朗蒂娜则用她的全部声调、全部表情,整个心灵来应答,结果,在这少女和这泥塑似的老人之间,时常进行十分活跃的对话。别看这泥塑之人快要重新化为尘土,他仍不失为一个知识渊博、见微知著的人,别看这躯体丧失了让人听命的能力,里面却包藏一颗意志坚强的灵魂。

瓦朗蒂娜就是以这种方式,解决了这一难题,她既能理解老人的想法,也能让老人理解她的想法。多亏了这样细心的研究,她才能在日常生活的事务上,很少猜不准这颗活跃的灵魄的欲望,或者这个知觉大半丧失的躯体的需要。

至于那个仆人,正如前面交代的那样,他服侍主人已有二十五年,十分了解主人的习惯,几乎用不着努瓦蒂埃再向他提出什么要求了。

维尔福要同他父亲进行这场奇特的谈话,自然无需求助于这两个人。我们说过,他本人十分熟悉老人的语汇,但是由于厌烦或者冷漠,就很少用来交谈。因此,他打发瓦朗蒂娜下楼去花园,又支走了巴鲁瓦,然后坐到父亲的右首,德·维尔福夫人则坐到另一侧。

"先生,"他开口说道,"我们没有让瓦朗蒂娜一同上来,又让巴鲁瓦退下了,对此您不必感到奇怪,只因我们要进行的谈话,不宜有一位姑娘或一名仆人在场。德·维尔福夫人和我,我们要告诉您一件事。"

讲这段开场白时,努瓦蒂埃的脸始终毫无表情,反之,维尔福的眼睛似乎要看透老人的心底。

"这件事,"检察官接着说道,冷冰冰的口气似乎从不容人争辩,

“德·维尔福夫人和我,我们都确信您听了会高兴。”

老人的目光仍然毫无反应,他在听,仅此而已。

“先生,”维尔福又说道,“我们要把瓦朗蒂娜嫁出去。”

听到这样一条消息,就是一张蜡人的脸,也不见得比这老人的面孔更冷漠。

“婚礼将在三个月之内举行。”维尔福接着说道。

老人的眼神还是不动声色。

这时,德·维尔福夫人也开了腔,急忙补充道:

“我们估计您对这个消息会感兴趣的,先生,况且,您好像一直很疼爱瓦朗蒂娜,因此,我们只要告诉您要娶她的年轻人就行了。对瓦朗蒂娜,这是最体面的一门婚姻了。男方有财产,有门第,人品性情完全能保证瓦朗蒂娜的幸福。那年轻人的姓名,想必您并不陌生,他就是德·埃皮奈男爵,弗朗兹·德·凯内尔先生。”

在妻子这一小段演说的过程中,维尔福更加凝神注视老人。当德·维尔福夫人说出弗朗兹的名字时,努瓦蒂埃那双为儿子十分熟识的眼睛,忽然眨动一下,眼睑随即张大,仿佛两片嘴唇张开要吐出话语,但眼皮间射出的却是一道闪电。

检察官知道,当年他父亲与弗朗兹的父亲是公开的宿敌,明白这道闪光和这种激愤的缘由,但他只当没看见,又接着妻子的话茬儿讲下去:

“先生,”他说道,“您也明白,瓦朗蒂娜快满十九岁了,找个人家,也是她的终身大事。然而,在议亲过程中,我们绝没有把您忘记,我们事先就确知,瓦朗蒂娜的未婚夫即使不同我们一起生活,因为年轻夫妇也许会感到不便,但至少同意您同他们一起生活,以便成全瓦朗帝娜对您殊深的感情,您也似乎对她挚爱,这样您就丝毫不必改变生活习惯,身边只是多了一个照顾您的孩子。”

努瓦蒂埃的目光由闪亮而变得血红。

毫无疑问,老人一定是怒火中烧;毫无疑问,痛苦和愤怒的吼叫冲到喉咙,无法爆发而令他窒息,那张脸憋得发紫,嘴唇也发青了。

维尔福则不慌不忙，过去打开一扇窗户，说道：

“这屋里太热，努瓦蒂埃先生感到不舒服。”

他转身回来，却没有再坐下。

“这门婚事，”德·维尔福夫人又补充说道，“德·埃皮奈先生和他家人都很满意；再说，他家人也只有一位叔父和一位婶母。他母亲在生他的时候就去世了，而他父亲于一八一五年遭人暗杀，孩子当时才两岁。因此，这事完全由他自己做主。”

“那次暗杀搞得很神秘，”维尔福接口说道，“凶手至今逍遥法外，尽管怀疑到许多人头上，却没有查出真凶。”

努瓦蒂埃竭尽全力，以致嘴唇痉挛一下，仿佛要挤出个微笑。

“然而，”维尔福继续说道，“真正的凶手，他们知道自己犯了罪，他们在世时应当受到法律的惩罚，死后也必受上帝的审判；他们如能处于我们的位置，一定会感到很幸运，赶紧把女儿嫁给弗朗兹·德·埃皮奈先生，以便将表面上的怀疑都消除掉。”

努瓦蒂埃情绪又平静下来，一个全身瘫痪的人能有这种自制力，实在让人难以置信。

“是的，我明白。”老人用目光回答维尔福，而那目光同时表露了深深的鄙夷、洞烛其奸的愤怒。

维尔福看清了这目光所包含的意味，只是答以微微耸肩。

接着，他示意妻子起身。

“现在，先生，”德·维尔福夫人说道，“请接受我的敬意。您高兴让爱德华来问候您吗？”

按照约定，老人以闭眼表示同意，以连眨眼数次表示反对，抬眼望天则表示他有要求。

他要见瓦朗蒂娜，就只闭右眼。

他要见巴鲁瓦，就闭左眼。

他听到德·维尔福夫人的提议，就连连眨眼。

德·维尔福夫人遭到如此明显的拒绝，便咬了咬嘴唇。

“那么，我叫瓦朗蒂娜来好吗？”她又问道。

“好的。”老人急忙闭右眼表示同意。

德·维尔福夫妇施礼告辞，走出房间，吩咐人去叫瓦朗蒂娜。再说，瓦朗蒂娜已经得到通知，努瓦蒂埃先生当天要见她。

他们刚离去，瓦朗蒂娜就走进老人的房间，她还心情激动，脸浮红晕。进屋只看一眼，她便明白爷爷有多么痛苦，又有多少话要对她讲。

“噢！好爷爷，”她大声问道，“出什么事儿了？有人惹你生气，对不对，你是在生气吧？”

“对。”老人闭眼答道。

“生谁的气呢？生我父亲的气？不是；生德·维尔福夫人的气？不是；生我的气？”老人表示正是。

“生我的气？”瓦朗蒂娜惊讶地又问一遍。

老人又表示正是。

“亲爱的好爷爷，我怎么惹着你了？”瓦朗蒂娜高声问道。

没有回答。她接着问道：

“今天我还没见到你，有人对你说了我什么了？”

“对。”老人用目光急忙表示。

“我来猜猜看。我的上帝，我向你发誓，好爷爷……唔！……德·维尔福先生和夫人刚离开这里，对不对？”

“对。”

“是他们对你说的话惹你发火啦？说了什么话？要我去问问他们，回头再来向你道歉吗？”

“不，不。”目光表示。

“噢！你吓坏我了。我的上帝，他们能对你说什么！”

她还在搜索。

“唔！我知道了，”她压低声音说道，同时又凑到老人身边。“他们大概谈了我的婚事吧？”

“对。”发怒的目光回答。

“我明白了，你是怪我对你守口如瓶。唔！要知道，那是他们叮嘱我不要对你透露一句，而且，他们对我本人什么也没有讲，这个秘密，是我无意中，可以说是我偷听到的。因此，我就守口如瓶，没有告诉你。原谅我吧，努瓦蒂埃好爷爷。”

老人的目光又恢复凝滞的状态，仿佛回答：“不仅仅是你守口如瓶令我伤心。”

“还有什么呢？”少女问道，“你也许以为我会丢下你不管吧，好爷爷，我一结婚就什么都不顾了吧？”

“不是。”老人回答。

“那就是他们告诉你了，德·埃皮奈先生同意我们住在一起啦？”

“对。”

“那你还为什么生气呢？”

老人换了一副无限温柔的眼神。

“是的，我明白了，”瓦朗蒂娜说道，“因为你爱我。”

老人表示正是。

“你担心我会生活不幸吧？”

“对。”

“你不喜欢弗朗兹先生吗？”

老人的眼睛连续眨了三四下：

“对，对，对。”

“那么你很伤心了，好爷爷？”

“对。”

“那好，听我说，”瓦朗蒂娜说着，就跪到努瓦蒂埃跟前，搂住他的脖子，“我也一样，非常伤心，因为，我不爱弗朗兹·德·埃皮奈先生。”

老爷爷的眼里闪现一道喜悦的光芒。

“你还记得吗，我要进修道院那会儿，你对我大为恼火？”

一滴泪水湿润了老爷爷干涩的眼睑。

“告诉你，”瓦朗蒂娜继续说道，“这桩婚姻逼得我走投无路，我才想

法儿逃避。”

努瓦蒂埃的呼吸急促起来。

“看来，好爷爷，这门亲事让你格外伤心啦？我的上帝啊，你若是能帮我，我们两个联手，若是能推翻他们的计划，该有多好啊！然而，你尽管思想十分活跃，意志十分坚强，却没有力量与他们抗争；而且抗争起来，你跟我同样软弱，甚至更加软弱。唉！如果是从前，在你身体健壮有力的日子，你可以成为我的十分强大的保护人；然而今天，你只能理解我，只能与我一同高兴，一同悲伤。这是最后一点幸福，上帝忘记没有同其他幸福一起从我身边夺走。”

努瓦蒂埃听了这番话，眼睛显出一种极为狡黠、极为深沉的表情，姑娘觉得看出这样的话：

“你错了，我还能帮你很大忙。”

“你还能帮上我，亲爱的好爷爷？”瓦朗蒂娜翻译老人的目语。

“对。”

努瓦蒂埃举目望天。这是他和瓦朗蒂娜约定的信号，表示他要什么东西。

“你要什么呢，亲爱的爷爷？说说看。”

瓦朗蒂娜寻思了片刻，然后就高声说出她想到的东西，但是她无论说什么，老人总一直回答”不”。

“得了，”她说道，“我既然这么笨，就干脆用笨办法。”

于是，她开始背诵字母表，依次从A说到N，并且微笑着询问瘫痪老人的目光。说到N时，努瓦蒂埃表示对了。

“唔！”瓦朗蒂娜说道，“你想要的东西，是以N字母开头的！咱们要在N上打主意喽？喏，猜猜看，N下边该是什么呢？Na、Ne、Ni、No。”

“对，对，对。”老人表示。

“唔！是No呀？”

“对。”

瓦朗蒂娜走过去取来一本词典，放到努瓦蒂埃面前的斜面桌上，翻开

之后，她看到老人的视线投在词典页面上，便用手指从上到下，一栏一栏快速移动。

努瓦蒂埃不幸陷入瘫痪状态的六年间，瓦郎蒂娜就练习这种方法，已经十分熟练，能很快猜出老人的想法，就跟他本人查字典一样。

手指移到 Notaire[①] 时，努瓦蒂埃用目光叫停。

她看到老人的视线投在词典页面上，便用手指从上到下，一栏一栏快速移动。

① 法文，意为“公证人”。

"Notaire,"瓦朗蒂娜说道,"你要一个公证人呀,好爷爷?"

老人表示,他的确想要见一个公证人。

"要打发人去请一个公证人来吗?"瓦朗蒂娜问道。

"对。"瘫痪的老人表示。

"要我父亲知道吗?"

"对。"

"你着急见公证人吗?"

"对。"

"那就立刻派人去请,亲爱的爷爷。你的要求就这些吗?"

"对。"

瓦朗蒂娜跑过去,摇铃唤来一名仆人,让他去请德·维尔福先生或夫人,到祖父房间来。

"你满意了吗?"瓦朗蒂娜问道,"对……我想也是:怎么样?你这事儿,猜中可不容易吧?"

姑娘冲着祖父微笑,就像对待一个小孩子似的。

德·维尔福先生由巴鲁瓦带进屋。

"您有什么事儿,先生?"他问瘫痪的老人。

"先生,"瓦朗蒂娜说道,"我祖父要找一个公证人来。"

这一要求很奇怪,尤其出乎意料,德·维尔福先生听了,不禁同瘫痪的老人交换一下眼色。

"对。"老人表示,他的态度很坚决,表明有瓦朗蒂娜的协助,又有现在已经知道主人意愿的老仆的协助,他准备抗争到底。

"您要见公证人?"维尔福又问一遍。

"对。"

"见公证人做什么?"

努瓦蒂埃不回答。

"您要公证人来有什么用呢?"维尔福又问道。

瘫痪老人的眼睛静止不动,因而保持缄默,也就是表明:我坚持自己

的要求。

“是想捉弄我们吗?”维尔福接着说道,“有必要吗?”

“不管怎样,”巴鲁瓦说话了,他拿出老仆人常有的执拗劲头,准备坚持。“既然先生要见公证人,那显然就有这个必要。因此,我这就去请一位来。”

巴鲁瓦只认努瓦蒂埃这一个主人,他从不买任何别人的账,不容人反对他主人的意愿。

巴鲁瓦

“对,我需要一个公证人。”老人挑战似的,闭上眼睛,就好像明确说:“看谁敢拒绝我的要求。”

“那就请个公证人来吧,既然您非要求不可,先生。不过,我得向人家道歉,替您本人道歉,因为,这场面一定十分可笑。”

“这不要紧,”巴鲁瓦说道,“我这就去,反正得请一个来。”

老仆人说罢,就得意扬扬地出去了。

第五十九章　遗嘱

巴鲁瓦出门的时候，努瓦蒂埃注视着瓦朗蒂娜，那狡黠而关切的目光，实在意味深长。姑娘看懂了他的目光，维尔福也看懂了，因而他眉头皱起，脸色也阴沉下来。

他拉过一把椅子，在瘫痪老人的房间坐下来等待。

努瓦蒂埃完全漠然地看着他搬椅坐下的举动，但是用眼角余光吩咐瓦朗蒂娜无需担心，也留在屋里。

过了三刻钟，老仆人带着公证人回来了。

寒暄两句之后，维尔福就对公证人说道：

"先生，请您来的人，就是这位努瓦蒂埃·德·维尔福先生：他全身瘫痪了，已经丧失活动和说话的能力，唯独我们几个人，才能勉勉强强弄懂他的零星想法。"

这时，努瓦蒂埃便用目光，向瓦朗蒂娜发出万分紧急的呼唤，瓦朗蒂娜当即响应：

"我，先生，我完全懂得祖父要说的话。"

"一点不错，"巴鲁瓦也帮腔，"全懂，绝对全懂，正如在来的路上，我对先生讲的那样。"

"对不起，先生，还有您，小姐，"公证人对维尔福和瓦朗蒂娜说道，"像这种情况，一名司法人员如果轻率处理，就必须承担会有危险后果的责任。一份公证书要具有法律效力，首要的一点，就是公证人必须确信，

自己如实解释了委托人的意愿。然而，面对一位不能讲话的委托人，我本人就无法确认他同意还是反对；他既已丧失语言功能，就不可能明白无误地向我证实他渴望什么，憎恶什么，这样，我开具的证书就是一纸空文，而且违反法律程序。”

公证人脚步一抬准备离去。得意的检察官的嘴唇上，浮现一丝不易觉察的微笑。而努瓦蒂埃则盯着瓦朗蒂娜，一副极为痛苦的表情，瓦朗蒂娜就不能不上前，挡住公证人的去路。

“先生，”她说道，“我同祖父交流的语言，是非常容易学会的。我只需用几分钟就能教会您，让您同我一样懂得这种语言。说说看，先生，您还需要什么，才能完全放心呢？”

“我需要保证我们文件有效的必要条件，小姐，”公证人回答，“换言之，必须确认委托人同意或者反对。可以给身体病残的人立遗嘱，但是智力必须健全。”

“这样吧，先生，您用两个信号就能确认，我祖父的智力比任何时候都更健全。努瓦蒂埃先生丧失了说话和活动的能力，于是，他就以闭眼表示‘对’，连续眨眼表示‘不’。您掌握这些，现在就可以同努瓦蒂埃先生交谈了，请试试吧。”

老人眼睛湿润了，向瓦朗蒂娜投去温柔而感激的目光，就连公证人都看懂了。

“您孙女刚才说的话，先生，您都听见了，都听懂了吗？”公证人问道。

努瓦蒂埃轻轻闭上眼睛，过一小会儿重又睁开。

“您同意她说的话吧？换句话说，您是用她指出的两种信号，来表达您的想法吗？”

“对。”老人又回答。

“是您让人找我来的吗？”

“对。”

“是为了立遗嘱吗？”

“对。”

“您不希望我没有帮您立好遗嘱就离开这里吧？”

瘫痪的老人急忙连眨好几下眼睛。

“唔！先生，这种语言，现在您也懂了吧，”姑娘说道，“这回您也该放心了吧？”

不等公证人回答，维尔福就把他拉到一边：

“先生，”他说道，“像努瓦蒂埃·德·维尔福先生这样，身体遭受严重的摧残的人，难道您认为，精神不会留有严重的创伤吗？”

“倒不是这一点令我担心，先生，”公证人回答，“我是在考虑，我们如何才能猜出他的想法，以便提问让他回答。”

“您瞧，这事根本办不到。”维尔福又说道。

瓦朗蒂娜和老人听见这场对话。努瓦蒂埃那种特别专注而坚定的目光，显然呼唤瓦朗蒂娜予以反击。

“先生，”瓦朗蒂娜便说道，“这一点您无需担心。要发现我祖父的想法，这不管有多难，准确说来，不管在您看来有多难，我都可以向您揭示出来，并能消除您的所有疑虑。我在努瓦蒂埃先生身边生活了六年，让他本人说说，这六年间，他是否有过什么愿望，因为无法让我理解而埋藏在心中呢？”

“没有。”老人表示。

“那我们就试试吧，”公证人说道，“您同意小姐做您的翻译吗？”

瘫痪的老人表示同意。

“好吧，说说看，先生，您想要我做什么，您要我做什么公证书呢？”

瓦朗蒂娜背诵字母表，一直到字母 T。

说到这个字母时，努瓦蒂埃瞥了一眼，雄辩地叫停。

“先生要求字母 T，”公证人说道，“这十分明显。”

“等一等，”瓦朗蒂娜说道。她随即回过身去，问她祖父，“Ta……Te……”说到第二个音节时，老人又叫停了。

于是，瓦朗蒂娜拿来词典，在公证人的注视下开始翻页。

"Testament[①]。"她的手指点到这个词时,又被老人的目光叫停。

"Testament!"公证人高声说道,"事情很明显,先生要立遗嘱。"

"对。"努瓦蒂埃连连表示。

"应当承认,先生,这事可真神了。"公证人对愕然的维尔福说道。

"的确,"维尔福答道,"那份遗嘱若搞出来,就更神了。不管怎样,没有我女儿聪明的启发,我不相信遗嘱会一条一条,一字一字排列到纸上。然而,瓦朗蒂娜的切身利益,也许同这份遗嘱太紧密了,恐怕不宜由她来解释努瓦蒂埃·德·维尔福先生隐秘的意愿。"

"不,不。"瘫痪的老人反驳。

"怎么!"德·维尔福先生说道,"瓦朗蒂娜难道不是您这遗嘱的受益人?"

"不是。"努瓦蒂埃表示。

"先生,"公证人说道,他对这场试验喜出望外,准备日后在社交界,详细讲述立遗嘱的这种生动过程,"先生,刚才我还认为根本不可能的事情,现在我看容易得很了,而这份遗嘱无非是一份密封遗嘱,也就是说,根据法律的规定,必须面对七名证人宣读,并由立遗嘱人当场认可,再由公证人当场密封。立这样一份遗嘱所花费的时间,也不见得比立一份普通遗嘱长多少,首先是固定的格式,总是那套话,接下来是具体条文,主要取决于立遗嘱人的财产状况,取决于您这个当初经营而了解这些产生的人。不过,为了使这份文件无懈可击,我们还将赋予它百分之百的真实性;为此,我将破例,让我的一位同事来协助我并参加笔录。这样安排您满意吗,先生?"公证人讲到最后,又问了问老人。

"满意。"努瓦蒂埃回答,他的心事能为人理解,不禁万分欣喜。

"他到底要干什么呢?"维尔福心中暗道,他猜不透父亲要达到什么目的,但是碍于自己高居的地位,又不便多问。

于是,他转身想派人,去请公证人指定的另一个公证人;这工夫,巴鲁

---

① 法文,意为"遗嘱"。

瓦听到了全部对话，心猜出了主人的愿望，应声便去办了。

接着，检察官又吩咐人去请他妻子上来。

一刻钟之后，第二位公证人到了，瘫痪老人的房间里人已聚齐。

两位司法协理人员略一商义，便取得一致意见，接着就向努瓦蒂埃宣读一份遗嘱的空泛格式；然后就正式开始，也就是说，先得测试老人的神智，头一位公证人转身对老人说：

"一个人要立遗嘱，先生，总是考虑某个人的利益。"

"对。"努瓦蒂埃回答。

"您的财产多少，有数字概念吗？"

"有。"

"我来向您报数，逐步加大，达到您认为自己财产的数额时，您就让我停下。"

"好。"

这种询问富有庄严的意味，而且，健全的智力同残疾的肉体搏斗，也许从来没有如此彰明显著；正如我们要讲的，这幕景象，即或不是登峰造极，至少也是妙趣横生。

大家在老人周围站了一圈，后来的公证人坐在一张桌子前，准备笔录；先来的公证人则站在老人面前提问。

"您的财产超过三十万法郎，对吗？"公证人问道。

努瓦蒂埃示意对。

"您拥有四十万法郎吗？"公证人又问道。

努瓦蒂埃毫无反应。

"五十万吗？"

仍然不动声色。

"六十万？七十万？八十万？九十万？"

努瓦蒂埃表示对。

"您拥有九十万法郎吗？"

"对。"

“是不动产吗?”公证人继续问道。

努瓦蒂埃示意不对。

“是国家债券吗?”

努瓦蒂埃表示对。

“这些债券就在您手中?”

老人向巴鲁瓦投去一瞥,老仆人立即出去,不大工夫又捧一个小匣回来。

“您允许打开这个匣子吗?”公证人又问道。

努瓦蒂埃做肯定的表示。

匣子打开了,只见里面装着九十万法郎的国家债券,下面有证书。

先来的公证人将债券一张一张递给他的同行,检数完了,同努瓦蒂埃所说的数额相符。

“一点不错,”第一公证人说道,“显而易见,他的智力正常健全。”

然后他转过身,对瘫痪的老人说道:

“这么说,您拥有九十万法郎的本金,按照这种存储方式,您差不多有四万利弗尔年金的收入?”

“对。”努瓦蒂埃回答。

“这笔财产,您打算留给谁呢?”

“哼!”德·维尔福夫人插言道,“这一点毫无疑问。努瓦蒂埃先生只爱他孙女,瓦朗蒂娜·德·维尔福小姐:正是她护理他六年;她善于利用无微不至的照顾,赢得她祖父的钟爱,几乎可以说赢得了感激之情;因此,她为自己的牺牲收取回报,也是理所当然的。”

努瓦蒂埃眼里射出一道光,仿佛表示他不会上当,尽管德·维尔福夫人揣度他的意图,并虚伪地表示赞同。

“这九十万法郎,您要留给瓦朗蒂娜·德·维尔福小姐吗?”公证人问道,他认为这一条款只需录取就行了,不过,他还是坚持让努瓦蒂埃认可,好让这一奇异场面的见证人都目睹这种确认。

瓦朗蒂娜退后一步,垂下眼睛暗自流泪,老人看了看孙女,那眼神充

满了深挚的爱，继而又收回目光，对公证人极为明确地眨了眨眼睛。

“不对？”公证人问道，“怎么，您所指定的遗产继承人，并不是瓦朗蒂娜·德·维尔福小姐？”

努瓦蒂埃表示对。

“您没有弄错吧？”公证人不免奇怪，又高声问道，“您说不是她？”

“对！”努瓦蒂埃重复道，“对！”

瓦朗蒂娜抬起头，一时惊呆了，倒不是因为自己被剥夺了继承权，而是居然惹起能通常导致这种举动的情绪。

然而，努瓦蒂埃无限深情地注视她，以致她大声说道：

“唔！我的好爷爷，我明白了，您只是不给我财产，但是把心永远留给我，对吧？”

“哦！对，当然了。”瘫痪的老人以目传意，那闭眼的表情，瓦朗蒂娜不会误解。

“谢谢！谢谢！”姑娘喃喃说道。

老人的拒绝，倒让德·维尔福夫人心中萌生一种意外的希望，于是，她凑到老人跟前。

“这么说，亲爱的努瓦蒂埃先生，您是要把财产留给您的孙子，爱德华·德·维尔福啦？”这位母亲问道。

老人剧烈地眨眼，表达的几乎是一种仇恨。

“不是，”公证人说道，“那么，是给在场的这位先生，您的儿子吗？”

“不是。”老人回答。

两位公证人面面相觑，惊愕不已。维尔福和他妻子都觉得脸涨红了，一个是羞红了脸，另一个是气红了脸。

“可是，爷爷，我们怎么惹着您了，”瓦朗蒂娜说道，“您就不爱我们了？”

老人的目光飞快扫过儿子和儿媳的脸，然后停到瓦朗蒂娜的脸上，又是一副无限温柔的神色。

“好吧，”她又说道，“你既然爱我，喏，好爷爷，那你把这种爱，和你此

刻所做的联系起来。你了解我,知道我从来没想过要你的财产;况且,别人说我继承了母亲的遗产,已经太富有了。因此,你解释一下吧。"

努瓦蒂埃的目光热辣辣地盯着瓦朗蒂娜的手。

"我的手?"她问道。

"对。"努瓦蒂埃表示。

"她的手!"所有在场的人都重复道。

"喂!先生们,你们都看到了,这一切根本徒劳,我可怜的父亲脑袋糊涂了。"维尔福说道。

"唔!"瓦朗蒂娜忽然高声说道,"我明白了!是怪我的婚事①,对不对,好爷爷?"

"对,对,对。"瘫痪老人再三重复,每回睁开眼睛,都闪现一道光芒。

"你是为这门婚事怪我们,对不对?"

"对。"

"这可真荒唐。"维尔福说道。

"对不起,先生,"公证人说道,"我看正相反,这一切非常符合逻辑,完全顺理成章。"

"你不愿意我嫁给弗朗兹·德·埃皮奈先生吧?"

"对,我不愿意。"老人的目光表示。

"您剥夺您孙女的继承权,"公证人大声说道,"就是因为她这婚姻违背您的意愿吧?"

"对。"努瓦蒂埃回答。

"因此,如果没有这桩婚事,她就会成为您的财产继承人?"

"对。"

一时间,老人的周围一片寂静。

两位公证人交换意见;瓦朗蒂娜双手合拢,面带感激的微笑,注视着她祖父;维尔福则紧紧咬着薄薄的嘴唇;德·维尔福夫人心头喜悦难以抑

---

① 法文中"求婚"的形象表达方式为向某女子"求手"。

制，不由得眉开眼笑。

“可是，”维尔福终于说道，他首先打破这阵沉默，“我认为这门婚姻合适与否，唯独我有权作出判断。我女儿的婚事，只能由我做主，我要她嫁给弗朗兹·德·埃皮奈先生，她就得嫁给他。”

瓦朗蒂娜哭着扑倒在一张扶手椅上。

“先生，”公证人又对老人说道，“在瓦朗蒂娜小姐嫁给弗朗兹先生的情况下，您打算如何处置您的财产？”

老人毫无反应。

“您还是打算处置的吧？”

“对。”努瓦蒂埃表示。

“给您家族的一个成员吗？”

“不。”

“那就是施给穷人啦？”

“对。”

“然而，”公证人又说道，“您也知道，法律不允许您完全剥夺您儿子的继承权吧？”

“对。”

“因此，您只能处置法律允许您支配的那部分财产。”

努瓦蒂埃毫无反应。

“您仍然坚持全部处理掉吗？”

“对。”

“可是，您去世之后，这份遗嘱有人会提出异议。”

“不会。”

“我父亲了解我，先生，”德·维尔福先生说道，“他知道他意愿，对我来说是神圣的；而且他还明白，我碍于自己的地位，不可能同穷人打官司争夺财产。”

努瓦蒂埃的目光表现出得意的神色。

“您作何决定呢，先生？”公证人问维尔福。

“不作任何决定，先生，我父亲已经下了决心，我知道父亲的决心是不会改变的。我也就作罢了，这九十万法郎将离开我们家门，捐赠给济贫院。不过，老人要耍性子，我就不让步了，还是凭良心办事。”

维尔福说罢，就同他妻子走掉了，丢下父亲随意怎么立遗嘱。

当天，遗嘱就立好，又找来证人，经老人同意，便当着证人的面封起来，送交家庭的公证人德尚先生处保存。

第六十章　快报

德·维尔福夫妇回到自己房间，就听人禀报，德·基督山伯爵来访，已经让进客厅等候，德·维尔福夫人情绪还过于激动，不便立刻露面，先回自己的卧室，而检察官对自己更有把握，就直接去客厅了。

德·维尔福先生再怎么善于控制心中的情绪，善于整肃脸上的表情，他还是未能完全驱散额头上的乌云，结果一见面，笑容灿烂的伯爵便看出他心事重重，神色黯然。

"唔，我的上帝！"寒暄之后，基督山便说道，"您这是怎么了，德·维尔福先生？恐怕我来得不是时候，您正忙于起草一份案情有点重大的起诉书？"

维尔福勉颜笑了笑。

"不是，伯爵先生，"他答道，"这里除了我，没有别的受害者。是我输了这场官司，而控告我的却是偶然、固执和荒唐。"

"此话怎讲？"基督山装出一副十分关切的样子，问道，"您真的遇到了什么大麻烦啦？"

"哦！伯爵先生，"维尔福满腹心酸，语气却平静地说道，"这事不值一提，也不算什么，无非破点儿财。"

"的确，"基督山附和道，"像您这样富有的人，像您这样有高度修养和哲学头脑的人，破点财的确不算什么。"

"因此，"维尔福接口说道，"令我忧虑的，绝非金钱的问题，尽管九十

万法郎，毕竟值得惋惜，至少也让人懊恼。尤其让我心气难平的是命运、偶然与造化的这种安排，我不知道该如何称呼，这种强大的力量，通过变成孩子一般的一个老人的任性，一下子击中我，打破我在财产上所抱的希望，也许还断送了我女儿的前程。”

“唉！我的上帝！怎么回事？”伯爵高声说道，“您是说，九十万法郎？真的，如您所讲，这样的数额是该惋惜，哪怕是一位哲学家。究竟是谁惹您这么伤心？”

“家父，我对您说起过他。”

“努瓦蒂埃先生，真的！不过，我仿佛记得，您对我说过他全身瘫痪了，丧失了所有机能？”

“对，身体的功能丧失了，既不能动弹，也不能说话了。然而，他还照样能思考，有愿望，并且采取行动，正如您所见。五分钟之前我才离开他，此刻，他正对两位公证人口授立遗嘱呢。”

“怎么，他说话了？”

“强似说话，他能让人理解他的意愿。”

“此话怎讲？”

“依靠眼神：他的双眼依然活着，您也看到了，能置人于死地。”

“我的朋友，”德·维尔福夫人也进来了，她接口说道，“这种情况，您也许夸大了吧？”

“夫人……”伯爵躬身说道。

德·维尔福夫人答礼，伴以无比粲然的微笑。

“真的，德·维尔福先生何以对我这么说？”基督山问道，“真不可思议，触了什么霉头？”

“不可思议，说对了！”检察官耸了耸肩，接口说道，“老人的胡闹！”

“就没有办法让他收回成命吗？”

“有办法，”德·维尔福夫人说道，“这份遗嘱甚至取决于我丈夫，非但不损害，反而能维护瓦朗蒂娜的利益。”

这时，伯爵看到这对夫妇开始以隐晦的方式交谈，便装作心不在焉的

样子，注意力集中到爱德华身上，带着极大的赞许神情，观赏他往喂鸟的水罐里倒墨汁。

“亲爱的，”维尔福回答妻子，“您也知道，我在家中，不大爱摆一家之主的架势，也从不相信世界的命运就全凭我一点头。然而，在我的家中，我的决定也必须受到尊重，不允许一个老人的胡闹和一个孩子的任性，搅了我酝酿多年的计划。德·埃皮奈男爵当年是我的朋友，但您知道，同他儿子结亲是再合适不过的了。”

伯爵带着极大的赞许神情，观赏他往喂鸟的水罐里倒墨汁。

“您认为，”德·维尔福夫人问道，“瓦朗蒂娜是同他联手？……事实上……她一直反对这桩婚事，而我们刚才看见和听到的一切，如果说是他们在执行一项合谋的计划，那我一点也不感到奇怪。”

“夫人，”维尔福说道，“请相信我，一笔九十万法郎的财产，谁也不会轻易地放弃。”

“她连这尘世都肯放弃，先生，因为一年前，她还要进修道院呢。”

“不管怎样，”德·维尔福又说道，“这桩婚事非办不可，夫人！”

“根本不顾您父亲的意愿？”德·维尔福夫人又拨弄另一根弦，说道，“这样，事态可就严重啦！”

基督山佯装根本没听他们的谈话，其实一字不落全听到了。

“夫人，”维尔福又说道，“我敢说我一向尊敬父亲，因为，除了血缘关系的天生感情，还有他在我心目中的高尚道德；因为归根结底，一位父亲在两种名义上是神圣的：一是我们的创造者，二是我们的教育者。可是今天，我不能再承认这个老人的智力；他只因不忘对一个父亲的宿怨，就迁怒于人家的儿子；我再唯他任性是从，就未免太可笑了。对努瓦蒂埃先生，今后我仍将无比尊敬；我将毫无怨言，接受他在金钱方面对我的惩罚，但我的意志绝不会动摇。孰是孰非，世人自有公论。因此，我要把女儿嫁给弗朗兹·德·埃皮奈男爵，只因在我看来，这门婚姻既合适又体面，总而言之，我要把女儿嫁给合我心意的人。”

“怎么！”伯爵见检察官不断用目光请求他的赞许，便说道，“怎么！您是说，努瓦蒂埃先生不让瓦朗蒂娜继承财产，只因她要嫁给弗朗兹·德·埃皮奈男爵先生？”

“哦！我的上帝！对，对，先生，正是这个原因。”维尔福耸着肩膀说道。

“至少是明面上的原因。”德·维尔福夫人补充道。

“这是真正的原因，夫人，请相信，我了解我父亲。”

“谁想得到呢？”少妇又应和道，“我倒要问问您了，德·埃皮奈先生究竟在哪方面，让努瓦蒂埃先生格外讨厌呢？”

“真的，”伯爵说道，“我认识弗朗兹·德·埃皮奈先生，他父亲是德·凯内尔将军，对不对，由查理十世国王封为德·埃皮奈男爵的那位吧？”

“正是他。”维尔福答道。

“唔！我倒觉得，他是个挺可爱的小伙子！”

“所以，他那仅仅是个借口，这一点我敢肯定，”德·维尔福夫人又说道，“老人在感情上特别专横：努瓦蒂埃先生不愿意让他孙女结婚。”

“可是，”基督山问道，“这种仇恨的根由，您不了解吗？”

“唉！我的上帝！谁能了解呢？”

“也许是政治上的冤家对头吧？”

“不错，家父与德·埃皮奈先生的父亲，生活在暴风骤雨的时代，而我只经历了那时代的尾声。”维尔福说道。

“令尊当年是波拿巴派吧？”基督山问道，“我似乎还记得，您对我讲过类似的意思。”

“家父首先是雅各宾分子，”维尔福答道，他一时冲动，不觉出格失慎了，“他身上贵族院议员的长袍，是拿破仑给他披上的，但是仅仅给这老人一层伪装，丝毫也没有改变他。我父亲搞密谋，并不是为了皇帝，而是旨在反对波旁王室；因为，家父身上最突出的特性，就是从来不为虚无缥缈的乌托邦卖命，只为可望实现的目标奋斗，而且，为了实现这种目标，他是奉行山岳派[1]的可怕理论，无所不用其极。”

“这就对了，”基督山说道，“您瞧，正是如此，努瓦蒂埃先生与德·埃皮奈先生，在政治领域狭路相逢了。德·埃皮奈将军虽然在拿破仑麾下效过力，骨子里不还是保王党人吗？而拿破仑分子原以为他是自己人，一天晚上拉他去参加一次秘密聚会，他离开拿破仑分子俱乐部后就被人暗杀了吧？”

---

① 山岳派，法国1789年革命中的激进派，他们在国民公会中坐在阶梯座的最高几排，故称山岳派。山岳派由丹东、马拉和罗伯斯庇尔领导，于1793年掌握政权。

维尔福面带着几分惊恐,注视着伯爵。

“难道我说错了吗?”基督山问道。

“没有说错,先生,”德·维尔福夫人说道,“正相反,事情就是这样;恰恰基于您讲的这种原因,德·维尔福先生希望化解宿怨,才打定主意让两个冤家对头的儿女相亲相爱。”

“崇高的主意!”基督山说道,“这主意充满了仁慈,一定能得世人的赞许。看到努瓦蒂埃·德·维尔福小姐改称弗朗兹·德·埃皮奈夫人,的确是一件美事。”

维尔福浑身一悸,随即注视基督山,仿佛要看透他的内心深处,弄清他讲这种话是何用意。

然而,伯爵的嘴角始终挂着善气迎人的微笑,而检察官虽然目光敏锐,这次还是没有透过肌肤,看透心思。

“因此,”维尔福接上话头说道,“继承不到祖父的财产,对瓦朗蒂娜来说虽是一大不幸,但是我认为,这桩婚姻不会因此而取消;同样,我也认为,德·埃皮奈先生不会因财产的损失而退缩。他会明白我的价值也许高于这个数目,只因我舍掉这笔财富,就是想对他信守诺言;他也会计算出,瓦朗蒂娜继承母亲的遗产,就很富有了;那笔财产,由特别疼爱她的外祖父母,德·圣-梅朗夫妇掌管。”

“他们也值得人热爱和照顾,就像瓦朗蒂娜对努瓦蒂埃先生那样,”德·维尔福夫人说道,“况且,多说再过一个月,他们就来到巴黎,而瓦朗蒂娜蒙受了这样奇耻大辱,就不必再像迄今为止所做的那样,守灵似的总待在努瓦蒂埃先生的身边了。”

伯爵一副宽厚的样子,听着这种受伤的自尊心和受损的利益的不和谐之声。

“可是我认为,”基督山沉默片刻,又说道,“我要这么讲,先得请求您原谅;我认为,假如努瓦蒂埃是怪瓦朗蒂娜要嫁给他仇家的子弟,才剥夺她的财产继承权的话,那么,他不能以同样的过错,来指责这可爱的爱德华吧。”

“是不是，先生？”德·维尔福夫人高声说道，那语气都无法描摹了，“是不是啊，这不公平？不公平到了可恶的程度？这个可怜的爱德华，他同瓦朗蒂娜一样，也是努瓦蒂埃先生的孙子嘛；然而，如果瓦朗蒂娜没有要嫁弗朗兹先生这事，努瓦蒂埃先生就会把全部财产留给她了；按说，爱德华还是这个家族的香火继承人呢！相比之下，瓦朗蒂娜就算真的被祖父剥夺了继承权，她的财产还是要比爱德华多出三倍。”

伯爵捅了这个马蜂窝，就只听不讲话了。

“好了，”维尔福说道，“好了，伯爵先生，我们不谈这些家庭琐事了。不错，我的财产将要增加穷人的收入，而如今世道，他们才是真正的富有者。是的，家父剥夺了我的一种正当的希望，而且这样做毫无道理；然而我的做法，就不失为一个有理性的人，一个正派人。这笔财产，我向德·埃皮奈先生许诺过，就一定要让他得到，哪怕我自己最后一无所有，也在所不惜。”

“可是，”德·维尔福夫人又说道，她再次回到内心不断嘀咕的唯一念头，“这种意外变故，也许最好告诉德·埃皮奈先生，由他本人提出解除婚约。”

“噢！那就是一大不幸啊！”维尔福高声说道。

“一大不幸？”基督山重复道。

“当然了，”维尔福语气缓和下来，接着说道，“解除婚约，即使是基于金钱的原因，也会有损于一个姑娘的名声；其次，那种旧有的谣传，我本想止息，从此又要变本加厉。不行，这样绝对不成。德·埃皮奈先生，如果是个正派人，他见瓦朗蒂娜丧失了财产继承权，就会更加坚定同她结婚了；否则的话，他订婚的目的，就纯粹是贪财了；不，这不可能。”

“我与德·维尔福先生的所见略同，”基督山说道，同时目光盯着德·维尔福夫人，“德·埃皮奈先生快回来了，至少有人对我这样说，假如我同他够交情，那我一定会进言，劝他把这桩婚事完全定下来，再也无法解除了；总之，我一定会尽绵薄之力，争取一个德·维尔福先生最有面子的结局。”

德·维尔福先生喜形于色,激动得站起身来,可是他妻子那张脸却微微失色了。

“好哇,”他说道,“我的要求无非如此,有您这样的高参,我一定领教。”他说道,就把手伸给基督山,“这样看来,我们在场的人,就当今天什么事情也没有发生;我们的计划也丝毫不变。”

“先生,”伯爵说道,“世人再怎么有失公允,也会感激您的决定,这一点我可以向您打保票;您的朋友们也会为此感到自豪。至于瓦朗蒂娜小姐,即使没有嫁妆——这当然是不可能的,德·埃皮奈先生也照样会娶她,十分欣喜成为这个家庭的成员,只因这家人品德高尚,为了信守和履行诺言,不惜作出这么大牺牲。”

伯爵说完这番话,便起身要告辞。

“您就不多坐一会儿,伯爵先生?”德·维尔福夫人说道。

“我身不由己啊,夫人,我这次前来打扰,只为提醒你们的许诺,星期六赴约。”

“您担心我们全忘记吗?”

“您是特别赏脸,夫人;然而德·维尔福先生总有要务在身,时常还有特别紧急的事务……”

“我丈夫已经答应了,先生,”德·维尔福夫人答道,“您这回也看到了,他不惜一切也要信守诺言,何况去贵府作客,他只能有所得。”

“对了,”维尔福问道,“这次聚会,是在您那香榭丽舍大街的府上吗?”

“不在那里,”基督山答道,“是在乡间,因此您能光临,尤其显得诚意可嘉。”

“在乡间?”

“对。”

“什么地方?离巴黎很近吧?”

“就在巴黎城门口,出城半小时的路程,在欧特伊。”

“在欧特伊!”维尔福大声说道,“啊!真的,夫人对我说过,您在欧特

伊有一处居所，既然惊马把她拉到贵府门前。在欧特伊哪条街上？”

“在泉水街。”

“泉水街！”维尔福重复道，声音都哽咽了，“几号？”

“二十八号。”

“怎么！”维尔福高声说道，“德·圣-梅朗先生的宅第，原来是卖给您啦？”

“德·圣-梅朗先生？”基督山问道，“那个宅子，原先的主人是德·圣-梅朗先生啊？”

“对。”德·维尔福夫人接口说道，“有一件事，说起来您会相信吗，伯爵先生？”

“什么事？”

“那所房子，您觉得很漂亮吧，对不对？”

“非常秀美。”

“可是，我丈夫从来不愿意去那里住一住。”

“唔！”基督山又说道，“老实说，先生，这种偏见，让我无法理解。”

“我不喜欢欧特伊，先生。”检察官回答，同时竭力控制自己。

“但愿我不会那么不走运，”基督山颇为不安地说道，“您别是因为憎恶那地方，就不肯光临吧？”

“不会的，伯爵先生……我希望可以……请相信我会竭尽全力……”维尔福结结巴巴地说道。

“嗯！”基督山答道，“我可不听什么抱歉的话。星期六，六点钟，我恭候二位；假如你们不到，我就会以为，怎么说呢？我就会以为，那座二十多年无人居住的房子，一定是闹鬼，传说发生过血案。”

“我一定赴约，伯爵先生，我一定赴约。”维尔福急忙说道。

“多谢，”基督山说道，“现在，务必请你们允许我告辞了。”

“的确，您说过身不由己，要离开我们，伯爵先生，”德·维尔福夫人说道，“而且，我觉得，您正要告诉我们要去做什么，不巧话被岔开，又说起别的事儿了。”

“其实,夫人,”基督山说道,“我去哪儿,我都拿不准敢不敢告诉您。”

“哎！尽管说嘛。”

“我呢,要做一回名副其实的闲人,去参观一样我心向往之、常遐想几小时的东西。”

“什么东西?”

“一座快报站。真糟糕,脱口就说出来了。”

“快报站!”德·维尔福夫人重复道。

“嗯,我的上帝,对,一个快报站。有时我在明媚的阳光下,望见一条大路的尽头,一个土丘上,伸展几只黑色弯曲的长臂,犹如巨大甲虫的长足,我可以向你们发誓,我每次望见都激动不已,因为我想,这些奇特的信号划破长空,将一个坐在办公桌前的人不为人知的意愿,准确地传送到千里之外线路的另一端,由另一个坐在办公桌前的人接收,而这些信号之所以能在灰蒙蒙的云层,在湛蓝的天空绘制出来,全凭这个万能者的意志力量:于是我相信这是神灵,是精灵,是地仙,总之是超自然的神秘力量在起作用,一通胡思乱想,连自己都不禁哑然失笑了。可是,我从未萌生渴望,要到近前去瞧一瞧那些白肚腹、瘦长黑足的大虫子,唯恐在那石头的翅翼下面,发现一个装腔作势、故弄玄虚、满脑子科学、魔法和巫术的小人精。后来有一天,我听说每座快报站的发报员,不过是一个可怜的家伙,每年只挣一千二百法郎的职员;他们终日观望,但不像天文学家那样观察天空,也不像渔夫那样观察水面,更不像无所事事的人那样欣赏风景,而是观望相距一二十里的通讯者,黑足的肚腹的大甲虫。于是,我突发好奇心,想走近前去瞧瞧,那只活着的蚕茧如何吐出一根根丝,同另一只蚕茧联络。”

“您就要去那里?”

“我这就前往。”

“去哪座快报站？是内务部的还是天文台的?”

“哎！都不是,那里的人一见我去,就会逼着我弄懂我不想知道的东西,不由分说向我解释他们也不明白的秘密。哼！我还是愿意保留关于

昆虫的种种幻想:我已经丧失了对于人类的幻想,就够惨的了。因此,我既不去内务部的快报站,也不去天文台的快报站。我想参观的,是一座设在旷野的快报站,好能见到一个守在塔楼上的单纯的老哥。"

"您这位大老爷行事就是怪异。"维尔福说道。

"您建议我研究哪条线路呢?"

"当然是此刻最忙碌的线路。"

"好哇!那就是西班牙线路啦?"

"正是,您要不要带一封大臣的信,好让人向您解释……"

"不必,"基督山答道,"正相反,我不是对您说了,我根本不想弄懂什么。而且,一旦我明白了是怎么回事,快报也就不复存在了,只剩下杜夏泰尔先生、或者德·蒙塔利韦先生发给巴荣纳省长的一个信号,化为希腊文的两个字:快报[①]。那只黑足大甲虫和那个令人毛骨悚然的词,我要保存其完全的纯粹性,保存在我的全部敬畏中。"

"您就快去吧,再过两小时天就黑了,您也就什么也看不见了。"

"见鬼,您吓着我了。最近的是哪一座?"

"通往巴荣纳的大路上那座。"

"对,就去巴荣纳大路。"

"那是夏蒂荣的发报站。"

"夏蒂荣下一座发报站呢?"

"我想,那是蒙莱里发报站了。"

"多谢,再见!星期六,我要向你们谈谈我的观感。"

伯爵走到大门口,正巧碰见那两位公证人。他们刚刚剥夺了瓦朗蒂娜的财产继承权,走时兴高采烈,认为炮制了这样一份公证书,一定会名声大噪。

---

① 原文为希腊文。

第六十一章　治睡鼠偷桃之法

德·基督山伯爵并没有如他所说在当天傍晚，而是到次日早晨，才从地狱街城关出城，踏上通往奥尔良的大路，过了利纳村，看见那里的发报站正巧挥动着瘦长手臂，他并不停下，而是直奔蒙莱里塔楼。众所周知，那座塔楼就建在蒙莱里平面的最高点。

车驶到小山脚下，伯爵便弃车步行，拾级而上，开始沿一条宽约十八寸的崎岖小径上山。登上山顶，眼前一道树篱拦住去路，只见枝头结出青果，替代了已经凋谢的粉红花和白花。

基督山寻找一会儿，很快就找见小园门，是一扇用粗柳枝做门轴的小柴门，由一段绳子挂在一根钉子上，就算是关闭了。转瞬间，伯爵就看清这种机关，摘下绳子就打开了园门。

伯爵步入的小园子，约二十尺长、十二尺宽，一边围着树篱，我们刚描述过树篱间称作园门的巧妙机关，另一边则耸立着古老的塔楼，塔身爬满了常春藤，还杂以桂竹香和紫罗兰。

这座塔楼的形貌，颇似接受儿孙祝寿的一位头戴鲜花、满脸皱纹的老祖母，如果墙上有耳的那句古谚真的应验，再能开口讲话的话，那么谁也想不到，它能讲述多少悲惨的故事。

沿着红沙小径就能穿过园子，小径两侧夹护着生长多年的粗壮的黄

蒙莱里塔楼

杨，红沙绿叶相映的色调，定会愉悦我们现代的鲁本斯①，德拉克洛瓦②的目光。这条小径呈8字形，因而在一座长仅二十尺的园子里，曲曲弯弯，竟能延展成六十尺长的幽径。拉了好园丁的那位又欢喜又明丽的花神福罗拉，在这座花园受到如此精致、如此纯净的崇拜，要胜过任何别的地方。

---

① 鲁本斯(1577—1640)，佛兰德斯画家，其作品色彩绚丽，构图极有气势。

② 德拉克洛瓦(1798—1863)，法国画家，浪漫主义画派的首领。

的确如此，花坛里二十株玫瑰，叶片上纤尘不染，也没有专爱侵害蚕食潮湿土壤生长的花草的绿色蚜虫。然而，不能说这园子的土壤不湿润，黑如煤炱的泥土、密不透风的树叶，就足以说明这一点；即使天旱，马上就可以浇灌，园子一角埋了一只大木桶，贮满了腐水，而在绿色水面上，还有一只青蛙和一只蛤蟆，大概性情不和，它们总是背对背，守着桶的两个对角。

而且，小径上没长一根杂草，花坛里也没有一根骈枝。就是一位少妇给大花盆里的天竺葵、仙人掌和杜鹃花剪枝，也没有这座园子尚未露面的主人这样精心。

基督山进了园子，又关上园门，将绳子挂到钉子上，停在原地，一眼望去，整座园子便一览无余。

“看来，”基督山自言自语，“发报员一年要雇好几名园丁，要不然，他就是酷爱园艺，亲自侍弄花园。”

他走过去，突然绊到什么东西上：那东西堆在装满枝叶的独轮车后面，这时猛地直立起来，还发出一声惊叫。于是，基督山面前出现一个五十来岁的男人，刚才他正蹲在那里摘草莓，摘下一颗就放在一片葡萄叶上。

十二片葡萄叶上，差不多有同样数量的草莓。

那人猛一站起来时，草莓、葡萄叶和盘子险些失手掉到地上。

“您在摘果子呢，先生？”基督山笑呵呵地问道。

“对不起，先生，”那老兄回答，同时举手到帽檐敬了个礼，“不错，我没有在上面，但是，我也是刚下来的。”

“但愿我没有妨碍您，我的朋友，”伯爵说道，“您接着摘草莓吧，如果还有的话。”

“还有十颗，”那人答道，“已经摘了十一颗，总共结了二十一颗，比去年多了五颗。不过，这并不奇怪，今年是暖春，而您也知道，草莓生长最需要暖和天气。因此，去年只收了十六颗，而今年呢，您瞧，已经摘了十一颗，十二，十三，十四，十五，十六，十七，十八。咦！我的上帝！怎么少了

两颗，昨天还在呢，先生，我完全肯定，昨天还在呢，当时我数过。准是西蒙大妈的儿子给我偷吃了，今天早晨，我就发现他在这里转悠。哼！这个淘气鬼，偷到园子里来啦！他不知道这么干会被送到哪里去。"

"的确，"基督山附和道，"这事很严重，但是您应当考虑到，犯事的人年幼，嘴馋。"

"那当然了，"园丁答道，"可是这种事总归让人不痛快。不过，再一次抱歉，先生：我这么啰唆，也许耽误了一位长官的时间吧？"

他说着，用畏惧的眼神探询伯爵其及蓝礼服。

"您就放心吧，我的朋友，"伯爵笑呵呵地说道，他那笑容可随意掌握，或威慑吓人，或善气迎人，而这次完全和蔼可亲，"我并不是来检查您的工作的长官，而是一个普通的游客，被好奇心引到这里来，现在不免开始自责，看到我这样游逛，实在耽误了您的时间。"

"哎！我的时间并不宝贵，"那老兄面带苦笑答道，"然而，这是办公的时间，我不应该浪费；不过，我收到了信号，告诉我可以休息一小时（他望了一眼日晷仪，须知蒙莱里塔楼的园子里应有尽有，连日晷仪也有一个），您瞧，我还有十分钟呢。再说，我的草莓都熟了，晚摘一天……况且，先生，您信不信，睡鼠也会偷吃我的草莓？"

"不信，这我不会相信，"基督山一本正经地回答，"先生，对我们来说，睡鼠可是坏邻居，因为我们不像古代罗马人那样，喜欢吃蜜渍睡鼠。"

"啊！罗马人吃睡鼠？"园丁问道，"他们真吃睡鼠？"

"这情况，我在佩特罗尼乌斯①的著作中读到过。"伯爵答道。

"真的呀！虽然俗语说：'肥得像睡鼠'，但是放到餐桌上不见得好吃。要说睡鼠长得肥，先生，这也并不奇怪，它们整天白日睡大觉，晚上醒来，就是整夜啃噬。就说去年吧，我这树上结了四个杏，有一个就让它们给吃掉了。我还有一个油桃，只结了一个，这种水果确实罕见；您说怎么

---

① 佩特罗尼乌斯（？—66），拉丁作家。以史诗形式写的欧洲第一部小说《萨蒂利孔》，据传就是他的作品。

样,先生,冲墙的一半它们给我啃了:那油桃简直棒极了,味道特别鲜美,我从未吃过这么好的油桃。”

“您把油桃吃掉了?”基督山问道。

“是剩下的那半个,不说您也明白。味道美极了,先生。唔!当然了,那些睡鼠先生还挺挑捡,味道不好的还不肯吃呢,就跟西蒙大妈的儿子一样,差劲儿的草莓还看不上眼,好家伙!不过,今年嘛,”这位园艺家接着说道,“您就放心吧,不会让这种情况再发生,哪怕果子要熟的时候,我整夜守护着呢。”

基督山感到此人的底摸得差不多了。每个人都有某种痴心的癖好,舍不得放下,如同每个水果心儿里都有虫子一样;发报员的癖好,就是迷恋园艺。于是,伯爵也上手帮忙,摘掉葡萄串上遮阳光的叶子,从而赢得了这位园艺师的好感。

“先生是来参观发报站的吧?”那人问道。

“对,先生,如果不违反规定的话。”

“哎!一点儿也不违反规定,”他又说道,“因为,根本不会出任何危险,谁也不懂,也不可能懂我们发出的信号。”

“有人也是这样告诉我,”伯爵接口说道,“你们重复发信号,但是什么意思,就连你们都不明白。”

“当然了,先生,我宁愿这样。”发报员笑道。

“您为什么宁愿这样呢?”

“因为,这样我就没有责任了。我呢,不是别的什么,仅仅是一台机器,只要我在运转,就不能再向我提什么要求了。”

“见鬼!”基督山心中暗道,“这么凑巧,我碰到一个没有野心的人?真糟糕!别是到头来白折腾。”

“先生,”园丁瞥了一眼日晷仪说道,“十分钟快到了,我得回到岗位上,您愿意随我一同上去吗?”

“愿意随您上去。”

于是,伯爵走进分割成三层的塔楼。底层存放几件农具,诸如铁铲、

钉耙、喷壶等,全靠墙根立着,此外别无长物。

第二层是普通居室,说白了,就是这个职员过夜的地方,里面只有几件可怜巴巴的家具:一张床、一张桌子、两把椅子、一只粗陶水罐,还有几束干草吊在天棚上,伯爵认出那是香豌豆和西班牙菜豆,是这个老兄保留在豆荚里的种子,还分别做了标签,其精心程度,不亚于巴黎植物园中的植物学家。

“学习发快报,先生,需要很长时间吗?”基督山问道。

“学习时间不长,见习期倒很长。”

“年薪多少?”

“一千法郎,先生。”

“太少了。”

“是够少的,但是管住,这您看到了。”

基督山瞧了瞧房间。

“但愿他别太留恋这个栖身之所。”他心中暗道。

他们登上三楼:这正是快报房。基督山逐个看了看两个铁把手:发报员就是靠这两个把手操纵发报机。

“这很有趣,”基督山说道,“可是久而久之,总过这种生活,您一定会觉得有点无聊吧?”

“是的。刚开始学那会儿,眼睛总盯着看,累得脖子都酸痛了;但是一两年下来就习惯了,好在我们也有间歇时间和假日。”

“还有假日?”

“对。”

“哪些日子?”

“下大雾的日子。”

“唔!可不是嘛。”

“逢这种日子,我就过节了,下楼到园子里,栽苗,剪枝,整形,捉虫子;总之,时间就这样过去了。”

“您到这儿干了多久了?”

“干了十年,还有五年见习期,总共十五年。”

“您今年有?……”

“五十五岁了。”

“您要干满多少年,才能领取退休金?”

“唉!先生。要干满二十五年呢。”

“退休金能有多少?”

“一百埃居。”

“可怜的人类!”基督山咕哝一句。

“您说什么,先生?……”那职员问道。

“我说很有趣。”

“什么呀?”

“您让我看的所有东西……您接发的信号,真的一点也不懂吗?”

“一点也不懂。”

“您就从来不想弄懂吗?”

“从来不想;弄懂它干什么吗?”

“可是,有些信号是直接发给您的?”

“当然了。”

“这些信号您总该懂吧?”

“总是那么几样。”

“表示什么意思呢?”

“就是:‘无新情况’……‘您可以休息一小时’……或者:‘明天见’……”

“这些话倒无关紧要,”伯爵说道,“喂,您瞧啊,那边的发报机不是开始动起来了。”

“哦!真的,谢谢,先生。”

“那边对您说什么?您看得懂吗?”

“懂,他问我是否准备好了。”

“您怎么回答?……”

"只发一个信号,同时通知右边的发报站说我准备好了,左边的发报站也做好准备。"

"非常巧妙。"伯爵赞道。

"等一会儿您瞧吧,"那老兄又得意地说道,"过五分钟,他就发信号了。"

"那么,我还有五分钟,"基督山自言自语,"我用不了这么多时间。我亲爱的先生,"他说道,"请允许我向您提个问题。"

"提吧。"

"您爱园艺吗?"

"酷爱。"

"如果有两亩地的大花园,而不是这么二十尺长的小园子,您会高兴吗?"

"先生,那我就会把它变成人间天堂。"

"您年薪一千法郎,生活够苦的吧?"

"相当苦,不过,总还能活下去。"

"是啊,然而,您只有这么一个小得可怜的园子。"

"嗯,真的,这园子不大。"

"就这么个小园子,还到处有什么都啃的睡鼠。"

"这可是我一大害。"

"请告诉我,如果您右边的那位要发信号,您不巧扭头干别的事情呢?"

"那我就看不见了。"

"那又会怎么样呢?"

"我就无法重复他发的信号。"

"还怎么样呢?"

"我由于粗心,没有重复发出信号,就要扣薪金。"

"扣多少?"

"一百法郎。"

“您年薪的十分之一，够狠的！”

“唉！”职员叹了一声。

“您挨过罚吗？”基督山问道。

“有一回，先生，那次我正给一株浅褐色的玫瑰嫁接。”

“好吧，现在，您若是自作主张改变信号，或者另外发一份快报，那又会如何呢？”

“那就另说了，我就会被解雇，退休金也泡汤了。”

“三百法郎？”

“一百埃居，对，先生。因此，您应当明白，我绝不会这么干。”

“就是给您十五年的薪水，您也不干吗？喏，这值得考虑吧，嗯？”

“给一万五千法郎？”

“对。”

“先生，您可别吓唬我。”

“哪儿的话！”

“先生，您是要诱惑我吗？”

“正是此意！一万五千法郎，您明白吗？”

“先生，快让我瞧瞧右边的发报员！”

“正相反，不要看他，您瞧瞧这个。”

“这是什么？”

“怎么！这些纸片儿您都不认识啦？”

“钞票呀！”

“方票[1]，总共十五张。”

“这是谁的？”

“如果您愿意，就是您的了。”

“是我的！”职员惊得大声说，一时呼吸都憋住了。

“唔！我的上帝，对！完完全全，是您的了。”

---

① 方票，当时大额钞票，面值1000法郎。

“先生，右边的发报员发信号了。”

“您就让他发吧。”

“先生，您让我分了神，我要给扣薪水了。”

“一下子就扣您一百法郎；您应当看透，您完全值得收下这一万五千法郎。”

“先生，右边的发报员不耐烦了，他又重复发出的信号。”

“就让他发吧，您拿着。”

伯爵将那叠钞票塞进发报员手中。

“还不止这些呢，”他说道，“只靠这一万五千法郎，您还难以度日。”

“我得保住这个工作岗位。”

“不，您要丢掉的；因为，您要发出的不是接收来的信号，而是另外一套。”

“噢！先生，您这要我干什么吗？”

“一场儿戏。”

“先生，除非强迫我……”

“我的确打算强迫您呢。”

基督山又从兜里掏出一叠钞票。

“这还有一万法郎，”他说道，“加上揣进您兜里的一万五，就有两万五千法郎。您用五千法郎，买一所漂亮的小房子和两亩园子，再拿余下的两万买一千法郎的年金。”

“一座两亩园子？”

“以及一千法郎年金。”

“我的上帝！我的上帝！”

“您就拿着吧！”

基督山强行把一万法郎塞进这名职员的手中。

“要我做什么呢？”

“容易得很。”

“究竟做什么？”

“把这些信号发出去。”

伯爵从兜里掏出一张纸，上面完整划出三组信号，还标明发出的次序。

“您看到了，不用多长时间。”

“对，可是……”

“您一举就能有了油桃，有了其他一切。”

这一招很灵。那老兄满脸涨得通红，额头沁出豆大的汗珠，他按照次序，将伯爵给他的三组信号发出去，也不管信号多么脱节和错位；右边的发报员看到信号全乱了，一时大惑不解，还以为种油桃这家伙发了疯。

至于左边的发报员，则认认真真地重复同样的信号：这些信号最终也就传到内务部。

“现在，您富有了。”基督山说道。

“是啊！”那职员答道，“代价多大呀！”

“您听着，朋友，”基督山又说道，“我不愿意让您心存愧疚之感，请相信我，我敢对您发誓，您没有损害任何人，还为上帝效了力。”

那职员拿着钞票，看了又看，摸了又摸，数了又数，那张面孔红一阵白一阵；最后，他冲向卧室，想要喝杯水，还未跑到水罐跟前，就一头晕倒在干豆角中间了。

五分钟之后，新快报传到内务部，德勃雷就吩咐套车，直驱丹格拉尔府。

“您丈夫拥有西班牙债券吧？”他问男爵夫人。

“我想准有！能有六百万。”

“让他快出手，也不管什么行情。”

“为什么这样办？”

“因为唐·卡洛斯逃离布尔日，已经返回西班牙。”

“这消息您怎么知道？”

“还用问，”德勃雷耸耸肩膀，说道，“什么消息我都知道。”

男爵夫人二话没说，赶紧跑去找她丈夫；丹格拉尔又跑去见他的证券

经纪人，吩咐他不管价位，将公债全部抛出。

大家见丹格拉尔先生抛售，西班牙债券立刻走低。丹格拉尔损失了五十万，但是公债券好在全部出手了。

当天晚上，《信使报》上刊登了这样消息：

快　报

受监禁的唐·卡洛斯国王逃离布尔日，现已穿越卡塔卢尼亚边界，返回西班牙。巴塞罗纳民众起义拥戴他。

整个一晚上，大家都在议论丹格拉尔的先见之明，能将西班牙债券全部抛出，议论这个投机老手不幸中的万幸，在这场大变故中仅仅损失五十万法郎。

第二天，《箴言报》又刊登另一条消息：

昨日《信使报》登出消息，称唐·卡洛斯逃走，巴塞罗纳民众起义云云，纯属无稽之谈。

唐·卡洛斯国王并没有离开布尔日，整个半岛国泰民安。

此种误传，是因雾天看错快报信号所致。

西班牙债券行情遂又重新攀升，涨至跌幅的两倍。

这样一跌一涨，丹格拉尔损失的和少赚的钱，里外共计一百万。

"很好！"基督山对莫雷尔说道，他去莫雷尔家作客时，正巧交易所传出行情突变、丹格拉尔蒙受巨大的损失的消息，"我花了两万五千法郎，就得到一种我愿出十万法郎的发现。"

"您发现了什么？"马克西米连问道。

"我刚发现了一个妙法，帮一名园丁摆脱吃他桃子的睡鼠。"

第六十二章　幽灵

外观乍看不上，欧特伊别墅毫无豪宅的气派，也毫无迹象表明，这是超群绝伦的德·基督山伯爵的宅邸。当然，这种朴实无华也体现别墅主人的意愿：他明确吩咐，外观丝毫也不要改变；只要走进别墅瞧一眼，就会确信这一点了。大门刚一打开，院内的景象果然大变。

贝尔图齐奥先生在装修布置上的审美观，以及雷厉风行的快捷，这回确实有超常的表现。当年，德·昂坦公爵[①]命人一夜之间，就砍伐了一条路径上有碍路易十四视线的全部树木；同样，贝尔图齐奥先生只用三天时间，就让人在光秃秃的庭院栽满了花草树木：只见挺拔高大的白杨、连同庞大根部带土运来的埃及无花果树，茂密地枝叶绿荫遮护了别墅的门脸；而小楼前面，当初杂草丛生的一片铺石场地，现在变成一片绿油油的大草坪，而草皮是当天早晨才铺好的，连成大幅的地毯，草叶上还缀着浇灌的水珠。

不过，这一切都是奉命行事：伯爵亲自绘了平面图，交给了贝尔图齐奥，图上标明要栽植的树木的数量与位置，要把铺石改成草坪的形状与面积。

环境这样一改造，这幢别墅就难以辨认了。就连贝尔图齐奥也断言，这房子周围绿荫环绕，他也认不出来了。

---

① 德·昂坦公爵(1665—1736)，路易十四的宫廷总管。

这位管家还想顺便修理一下花园，然而，伯爵明令禁止，花园哪处也不能动。贝尔图齐奥无奈，只好另行找补：在前厅、楼梯和壁炉上摆满了鲜花。

一幢二十年之久无人居住的房子，一天工夫就充满了生机，这足以表明管家办事多么干练，主人的学识多么精深，一个会效力，一个善用人。这幢旧宅长期空闲，昨天还那么凄黯，那么悲凉，充斥着可以称为岁月气味的那种陈旧味，今天不仅生趣盎然，而且处处飘香，正是主人最喜爱又浓淡适宜的芬芳；伯爵一到，随手就能拿起他的书籍和武器，抬眼就能看见他心爱的油画；前厅里有他喜欢抚玩的爱犬，还有他爱听之鸣叫的鸟儿；总之，整座房子好似树林中的睡美人宫殿，沉睡多年之后忽然醒来，重又生机勃勃，歌声飘转，树林中的睡美人宫殿，恰如我们居久珍爱的房屋，即使我们不幸离开，也会不由自主地留下半颗灵魂。

在这座美丽的庭院中，仆人们来来往往：有一些已经掌控了厨房，他们就好像一直住在这所房子里似的，在昨天才修好的楼梯上轻手轻脚地走动；另一些人则聚在库房里，车辆都编了号，整齐地排列，仿佛五十年来就那样停放；马厩里一匹匹骏马在吃草料，咴咴嘶鸣着应答马夫，而马夫们对马儿说话，无比恭敬，远远胜过许多仆人对主人说话的口气。

书房占两间屋，隔墙的西侧陈列的藏书多达两千册；当代小说装满了整整一个书橱，全是漆红和烫金书脊的精装，十分精美，而昨天刚出版的小说已经上架了。

与书房相对称的那边则辟为花房，各种各样的奇花异草，在日本大瓷花盆里斗艳争香，即香气袭人，又赏心悦目。暖房中央摆放着一张台球桌，绿绒桌面上还散落着几只球，就好像打台球的人顶多离开一小时。

只有一个房间保持原貌，能干的贝尔图齐奥未敢擅动。这间屋位于二楼左翼，从大楼梯可以上去，离开时可以走一道暗梯；仆人们从这屋门前经过时，都不免满心好奇，唯独贝尔图齐奥心里万分恐惧。

五时整，伯爵携阿里来到欧特伊。贝尔图齐奥等候主人时，焦急中掺杂着几分不安；他期望听到几句赞许，同时又深恐主人皱眉头。

暖房有各种各样的奇花异草。

基督山在庭院中下车，巡视了整个宅子，又在花园里兜了一圈，他一言不发，丝毫没有表示，无论赞许还是不满。

只是走进那个房门紧闭的屋子对面的卧室时，他才抬手指了指一个巴西香木小柜子的抽屉，那件小家具他头一次来就注意到了。

“这里面只能放手套。”他说了一句。

“正是，大人，”贝尔图齐奥心头一喜，答道，“您拉开看看，里面只有手套。”

在其他的家具中，伯爵也都看到装有该放的用品，诸如香水、雪茄、首饰。

“很好。”他又说道。

贝尔图齐奥退下时，不禁心花怒放，可见伯爵对周围人的影响有多大，有多强烈，又多么实在具体。

到了六时整，大门外就传来原地踏步的马蹄声。正是我们的北非军团骑兵上尉，骑着他的美狄亚赶来了。

基督山嘴角挂着微笑，站在楼前台阶上迎候。

“我是头一个到的，我敢说这个话！”莫雷尔冲他高声说道，“我特意赶先一步，好在大伙到来之前，能单独同您交谈片刻。朱莉和埃马努埃尔有千言万语要对您讲。啊！您可知道，这里真是美极了！您说，伯爵，您的人能照料好我的马吗？”

“放宽心吧，我亲爱的马克西米连，他们可都是好手。”

“怕他们不知道要用草给它擦身子。您不知道它跑得有多快！就跟一阵旋风似的！”

“那当然，我想也是，这才叫价值五千法郎的一匹马呀！”基督山说话的口气，就像父亲对儿子。

“您输了这笔钱心疼吗？”莫雷尔坦然地微笑着问道。

“我！天哪，怎么会呢！”伯爵答道，“除非不是一匹好马，我才会心疼呢。”

“这匹马好极了，我亲爱的伯爵，就连大行家德·夏多-雷诺先生、骑着部里的阿拉伯种马的德勃雷先生，都落得挺远，此刻还在后面追赶呢，不要说随后疾驶的丹格拉尔男爵夫人的马车了：那辆车每小时总要跑六法里呢。”

“这么说，他们随后就到？”基督山问道。

“那不，他们来了。”

果然，说话间，一辆四轮马车驶到，拉车的马浑身冒热汗，与此同时，两匹气喘吁吁的坐骑也飞奔而至，铁栅门大开。马车立刻沿弯道驶到台

阶前停下，两名骑手则紧随其后。

转瞬间，德勃雷跳下马，赶到车门前，伸手搀扶男爵夫人下车。男爵夫人下车时，向他做了个小动作，除了基督山谁也不会觉察。

的确，伯爵那双眼，什么也不会漏掉，他瞧见这动作中，一张小纸条闪现一下，同动作一样不易觉察，暗暗从丹格拉尔夫人之手传到大臣秘书之手，表面上若无其事，说明这是惯用的伎俩。

在妻子身后下车的银行家脸色惨白，仿佛不是从车厢里，而是从坟墓里出来似的。

丹格拉尔夫人迅疾地拿眼睛扫了一下四周，她那探询的目光，唯有基督山能领会。她扫视了庭院、柱廊、别墅的正面，不免微微一阵激动，便极力克制，好在她的脸色不可能再苍白，否则肯定要在脸上暴露出来。她边上台阶，边对莫雷尔说道：

"先生，假如您是我的朋友，我就要问您，您那匹马卖不卖。"

莫雷尔勉颜一笑，倒像做了个鬼脸，他转向基督山，似有求他解围之意。

伯爵明白他的心思。

"哦！夫人，"伯爵说道，"这种要求，何不向我提出来呢？"

"对您么，先生，"男爵夫人说道，"大家无权表达任何渴求，因为谁都深信您能有求必应。因此还是问问莫雷尔先生。"

"实在遗憾，"伯爵又说道，"莫雷尔先生不能卖掉他这匹马，必须保留，这关系到他的声望，对此我可以作证。"

"怎么样会这样？"

"他同别人打赌，六个月之内驯服美狄亚。现在您该明白了，男爵夫人，在打赌约定期限之内如果卖掉这匹马，那么他不仅输了赌注，还会让人说他害怕了。即使在我看来，满足一位漂亮女子的一种无端要求，是世间最神圣的事情，一名北非军团骑兵上尉也不能为此落下一个胆小鬼的名声。"

"您瞧，夫人……"莫雷尔说道，同时感激地冲基督山微微一笑。

“而且我也觉得，”丹格拉尔说道，他那咧嘴的笑容，也难以掩饰他那粗鲁的语气，“您这样的好马，已经够多的了。”

听到这种指责而不予以回击，这绝非丹格拉尔夫人的作风，然而她却佯装没听见，一声未吭，让几个年轻人大为诧异。

基督山见男爵夫人一反常态，这样忍气吞声，就不免微微一笑，同时指给她看两个巨型的中国瓷缸，上面的图案是蟠曲虬结的海生植物，硕大无朋，绘制无比精妙，如此丰美、生机和风采，也唯有造化之工。

男爵夫人惊叹不已。

“嗬！土伊勒里宫花园的大栗树，栽到这缸里都行啊！”她说道，“这样巨型的瓷缸，真不知道是怎么烧出来的？”

“哎！夫人，”基督山答道，“这个问题，不应该向我们提出来，我们这些人啊，也只会制作小塑像和小巧的玻璃皿。瓷缸则不然，是另一个时代的作品，巧夺天工，是大地和海洋的精灵之作。”

“究竟是哪个时代，又是怎么造出来的呀？”

“我也说不准。我仅仅听说中国有个皇帝，命人造了一座专用的窑，从那座窑里陆续烧出十二个这样的大瓷缸。其中有两个当时就烧裂了，其余出炉的十个，后来就沉入三百尺深的海底。大海懂得人们对它的期望，便向大瓷缸投以海草，植以珊瑚，又嵌以贝壳。这些瓷缸就在无法想象的深海中，强化了二百多年。搞这种试验的那位皇帝，早已被一场革命赶下宝座，只留下一份案卷，记载了瓷缸的烧制和沉入深海底的过程。二百年后，人们发现了这份案卷，就考虑将这些瓷缸从海底打捞上来。于是，潜水员利用特制的潜水器，潜入投放瓷缸的海湾，可是仅仅找到了三个，其余的瓷缸被浪涛冲走击碎了。我喜爱这些瓷缸，有时想象瓷缸里曾潜藏着畸型可怕的神秘怪物，只有潜水员见到的那样，它们无神而冷漠的目光，惊奇地凝视着，还想象无数条小鱼，为了逃避敌人的追击，就躲进这瓷缸里栖息。”

丹格拉尔对珍奇古玩不感兴趣，这工夫他站在一株漂亮的柑橘树旁边，心不在焉地一朵一朵往下揪花，揪光了又去招惹一株仙人掌，可是仙

人掌却不像柑橘树那么好摆弄,狠狠地刺了他一下。

他浑身一抖,揉了揉眼睛,仿佛如梦初醒。

“先生,”基督山微笑着对他说道,“您喜爱绘画,收藏了一些精品,我可不敢向您炫耀我的藏画。不过,我还真有两幅霍贝玛[①]的作品、一幅保罗·波特[②]的作品、一幅米里斯[③]的作品、两幅热拉尔·道的作品、一幅拉斐尔[④]的作品、一幅凡·戴克[⑤]的作品、一幅苏巴朗[⑥]的作品,还有两三幅牟利罗[⑦]的作品,倒还值得请您看一眼。”

“咦!”德勃雷说道,“霍贝玛这幅我见过。”

“哦!真的吗?”

“对,有人拿来,要卖给博物馆。”

“我想,博物馆没有吧?”基督山随口问道。

“没有,不过还是没有买下。”

“为什么不买下啊?”夏多-雷诺问道。

“您呀,问得真有趣,还不是因为政府经费不足。”

“哎呀!对不起!”夏多-雷诺又说道:“八年来,这种话我天天听人讲,还是没有听习惯。”

“会慢慢习惯的。”德勃雷又来了一句。

“不见得。”夏多-雷诺回敬道。

“巴尔托洛梅奥·卡瓦尔坎蒂少校先生到!安德烈亚·卡瓦尔坎蒂子爵先生到!”

一条裁缝刚交活的黑绉缎立领、一绺刚修过的胡子、一抹花白胡须、一副沉稳的目光、一套佩戴三枚勋章和五枚十字章的少校军装,总之,一

---

① 霍贝玛(1638—1709),荷兰风景画家。
② 保罗·波特(1625—1654),荷兰画家。
③ 米里斯(1635—1861),荷兰风俗画家。
④ 拉斐尔(1483—1520),意大利文艺复兴时期的重要画家。
⑤ 凡·戴克(1599—1641),佛兰德斯画家。
⑥ 苏巴朗(1598—1664),西班牙画家。
⑦ 牟利罗(1617—1682),西班牙画家。

身无可挑剔的老军人打扮，这便是我们见过的那位慈祥的父亲，巴尔扎洛梅奥·卡瓦尔坎蒂少校的亮相。

走在少校身边的青年，笑容可掬，一身崭新的装束，正是我们也认识的那个孝子，安德烈亚·卡瓦尔坎蒂子爵。

三个年轻人窃窃私议，他们的目光从父亲身上移到儿子身上，自然在儿子的身上停留更久，细细地端详打量。

"卡瓦尔坎蒂！"德勃雷说道。

"嘿！好漂亮的名字！"莫雷尔也说道。

"对，"夏多-雷诺说道，"真的，这些意大利人姓名很妙，可是着装很糟。"

"您也太挑剔了，夏多-雷诺，"德勃雷又说道，"这服装出自高级裁缝之手，而且是全新的。"

"我看不顺眼的正是这一点，这位先生就好像今天头一回穿这么像样。"

"这两位先生是什么人？"丹格拉尔问德·基督山伯爵。

"您刚才听见通报了：卡瓦尔坎蒂。"

"这只让我知道他们的姓氏而已。"

"哦！这倒是，您不了解意大利贵族世家：以卡瓦尔坎蒂为姓氏者，必是王公的族人。"

"非常富有吗？"银行家问道。

"富甲天下。"

"他们做什么？"

"他们要坐吃山空却办不到。而且，前天他们来看我时，还对我说过，他们在您的银行有信贷户头。我邀请他们来，也正是考虑您。等一下我把他们介绍给您。"

"我怎么觉得，他们法语讲得非常地道。"丹格拉尔说道。

"那个儿子是在法国南方一所学校受的教育，我想是在马赛，或者马赛那一带。您会发现他很迷恋。"

"迷恋什么？"男爵夫人问道。

“迷恋法国姑娘,夫人。他非要在巴黎成亲不可。”

“真是个好主意!”丹格拉尔耸耸肩膀,说道。

丹格拉尔夫人瞪了丈夫一眼,换了任何时候,这一眼便是预示一场暴风雨的闪电;不过今天,她是第二次忍而不发了。

“看样子,男爵今天心情很郁闷,”基督山对丹格拉尔夫人说道,“莫非突然要任命他当大臣啦?”

“不是,据我所知还没有。我倒认为,他准是在交易所赌了一把,输掉了,不知道该找谁发火。”

“德·维尔福先生和夫人到!”巴蒂斯坦高声通报。

通报的两位客人走进来。德·维尔福先生虽然自控能力很强,却显见六神无主。基督山同他握手时,感到他的手在发抖。

“毫无疑问,唯有女人才善于掩饰。”基督山心中暗道,他看着丹格拉尔夫人一边冲检察官微笑,一边同他的妻子拥抱。

见面寒暄之后,伯爵看见一直在配膳室那边忙碌的贝尔图齐奥,这时溜进挨着大客厅的那间小厅。

“您有什么事,贝尔图齐奥先生?”伯爵问道。

“主人还没有告诉我请来几位客人。”

“唔!是这样。”

“几位客人?”

“您自己数一数。”

“都到齐了吗,大人?”

“到齐了。”

贝尔图齐奥从微开的房门往里窥视。

基督山在一旁紧紧盯着他。

“噢!我的上帝!”他高声说道。

“怎么啦?”伯爵问道。

“那个女人!……那个女人!……”

“哪个女人啊?”

"就是穿着白衣裙、戴好几件钻石首饰的那个！……那个金发女人！……"

"丹格拉尔夫人。"

"我不知道她怎么称呼，但肯定是她，先生，肯定是她！"

"她是谁呀？"

"花园里那个女人！怀孕的那个女人！当时她一边散步一边等待！……一边等待！……"

贝尔图齐奥一时瞠目结舌，脸色苍白，头发都竖起来。

"等待谁啊？"

贝尔图齐奥答不出话，只是用手指着维尔福，那手势正像麦克白指着班柯[1]。"噢！……噢！……"他终于咕哝道，"您瞧见啦？"

"什么呀？谁呀？"

"他！"

"他！……是说德·维尔福检察官先生吗？我当然看见他了。"

"这么说，我没有杀死他？"

"胡说什么！我看您是疯了，朋友，我的贝尔图齐奥。"伯爵说道。

"怎么，他没有死啊？"

"没有！他并没有死，您这不是看得一清二楚。您的同胞行刺，总刺进左侧第六和第七根肋骨之间，而您不是偏高，就是偏低了；何况搞司法的这些人，命都特别大。再不然，您对我讲的全是子虚乌有，是您的想象化作一场梦，是您的心事引起的一种幻觉；您大仇未报，心有不甘，觉睡得不安稳，心口儿堵得慌，于是做了噩梦，仅此而已。喏，您还是镇定下来，数一数吧：德·维尔福先生和夫人，两位；丹格拉尔先生和夫人，四位；德·夏多-雷诺先生、德勃雷先生、莫雷尔先生，七位；巴尔托洛梅奥·卡瓦尔坎蒂少校先生，八位。"

"八位！"贝尔图齐奥重复道。

---

① 麦克白是莎士比亚同名剧作中的主人公，苏格兰大将，他篡夺王位，杀死好国王和大将班柯。后来班柯的鬼魂出现，麦克白吓得魂不附体。

“且慢！且慢！真见鬼！您怎么这样急着走开吗！您忘了一位客人。您往左边瞧瞧……对了……安德烈亚·卡瓦尔坎蒂先生，就是身穿黑礼服的那个年轻人，他在欣赏牟利罗的《圣母像》，现在转过脸来了。”

这一次，贝尔图齐奥刚要叫出声来，就让基督山用目光制止住了。

“贝内德托！”他咕哝着，“劫数啊！”

“现在敲六点半钟了，贝尔图齐奥先生，”伯爵严厉地说道，“我该请客人入席了；您也知道，我最不喜欢等待。”

说罢，伯爵就回到客厅，招呼等待他的客人们；贝尔图齐奥则扶着墙壁，又走回餐厅。

五分钟之后，客厅的两扇门大开，贝尔图齐奥出现在门口，活像瓦泰尔①在尚蒂伊那样，鼓起最后一点勇气，禀报一声：

“伯爵先生可以入席了。”

基督山将手臂伸给德·维尔福夫人。

“德·维尔福先生，”伯爵说道，“劳驾，请您挽上丹格拉尔男爵夫人的胳臂。”

维尔福从命，宾主走进餐厅。

---

① 瓦泰尔(？—1671)，先在财政大臣富凯，后又在孔代亲王府任膳食总督，一次宴席因海鲜迟上而羞愧自杀。此事见德·塞维涅夫人和圣西门的作品。

第六十三章　晚宴

宾客走进餐厅时，显然心头都活跃着同样的感觉：他们都在纳罕，是何等奇异的影响力，将他们引进这座宅子里；然而，他们尽管十分诧异，有几个来到这里还惴惴不安，但是谁也不后悔当初就不该来。

伯爵是新交，而他又特立独行，离群索居，巨大的财富来路不明，几乎不可思议，因此，男士们同他打交道理应审慎，女士们也不宜进入这座没有女主人接待的府邸。然而事实上，男士们都超越了慎重，女士们也顾不得是否合宜。好奇心不可抗拒，扫荡了一切顾虑，把他们驱赶到了这里。

就连卡瓦尔坎蒂父子也不例外，尽管父亲拘执刻板，儿子洒脱不羁，他们也都显得心事重重，弄不清伯爵邀请他们前来，同他们初次见面的这些人一起用餐，究竟是何用意。

德·维尔福先生应基督山之请，走到丹格拉尔夫人面前，伸给她手臂，丹格拉尔夫人也略显畏怯。德·维尔福先生一感到男爵夫人挽上他的手臂，金丝眼镜后面的眼神就不免慌乱起来。

这两个人一接触的反应，都没有逃过伯爵的眼睛：这个场面的观察者，从这简单安排的接触中，就看出了很大门道。

德·维尔福先生入座，左首是丹格拉尔夫人，右首是莫雷尔。

伯爵则坐在德·维尔福夫人和丹格拉尔之间。

其余座位上的客人，德勃雷坐在卡瓦尔坎蒂父子之间，夏多-雷诺则坐在德·维尔福夫人和莫雷尔之间。

这一桌宴席丰盛极了，基督山就是要彻底破除巴黎餐桌的对称，请客人品尝的菜肴，主要不是针对胃口，填饱肚子，而是引发好奇心，让人大饱口福。这是东方式的盛宴，岂止东方式的，还是阿拉伯神话中才可能有的盛宴。

四面八方可能装进欧罗巴丰收角[①]的所有鲜美果品，在中国瓷盘和日本果盆上堆成小山。用大银盘端上的珍禽，还连着翅膀的最鲜亮部位，大银盘里也卧着硕大肥美的海鱼。产自爱琴海、小亚细亚和开普敦的各种葡萄美酒，都装在形状各异的酒瓶里，悦目的酒瓶仿佛增加了酒的香醇。所有这些佳肴与美酒，摆在这些巴黎人面前，恰如当年阿波西乌斯[②]同宾客检阅的珍馐美馔。这些巴黎人完全明白，十个人用的一桌晚宴，能花费上千路易金币，但是必须像克莱奥帕特拉那样吃珍珠，像洛伦佐·德·梅迪契[③]那样喝熔化的金子。

基督山见客人无不一脸惊诧，便哈哈大笑，高声自嘲：

"诸位先生，"他说道，"想必你们会同意这样一点：人富到一定程度，就没有必需品，只追求浮华了；同样，想必这些夫人们也会同意：人狂热到了一定程度，就不再考虑实际，而只看重理想了。那么由此推论，最奇妙的东西该是什么？正是我们不理解的东西。我们真正渴望的财富又是什么呢？就是我们得不到的财富。因而，亲眼看到我无法理解的东西，获取无法得到的东西，便是我一生研究的课题。我靠两种手段达到这种目的：金钱和意志。譬如，我追求一种奇思异想，所表现的执著精神，也不亚于诸位，正像您，丹格拉尔先生，要修建一条铁路的时候；正像您，德·维尔福先生，要判处一个人死刑的时候；正像您，德勃雷先生，要平靖一个王国的时候；正像您，德·夏多-雷诺先生，要讨一个女人欢心的时候；也像您，莫雷尔，要驯服一匹无人能骑的烈马的时候。再譬如，你们看这两条鱼，

① 西俗欢庆丰收时，用羊角模型装满鲜花果品象征丰收。

② 阿波西乌(约生于公元前25年)，古罗马美食家，据传是《厨艺十书》的作者。

③ 洛伦佐·德·梅迪契(1449—1492)，从1434年起统治佛罗伦萨的家族的重要成员，称洛伦佐一世。其中吃珍珠，喝金液的传说，意味其极富穷奢极欲的生活。

晚宴

一条生活在距圣彼得堡二百公里的地方，另一条产自离那不勒斯二十公里的地方，现在把它们摆到同一张餐桌上，不是很有趣吗？"

"这是两条什么鱼？"丹格拉尔问道。

"德·夏多-雷诺先生在俄罗斯居住过，能告诉您这种鱼的名称，"基督山答道，"而卡瓦尔坎蒂少校先生是意大利人，他能告诉您另一条鱼的名称。"

"这条嘛，"夏多-雷诺答道，"我想是鲟鱼。"

“完全正确。”

“而这一条呢，”卡瓦尔坎蒂答道，“如果我没有弄错的话，应是七鳃鳗。”

“正是。现在，丹格拉尔先生，您再问问这两位先生，在什么地方能捕到这两种鱼。”

“按说，”夏多-雷诺回答，“鲟鱼，只有在伏尔加河上才能捕捞到。”

“唔，”卡瓦尔坎蒂也说道，“这样个头儿的七鳃鳗，据我所知，也只有在富萨罗湖里能捕捞到。”

“是啊，一点不错，一条产自伏尔加河，另一条来自富萨罗湖。”

“不可能啊！”宾客都异口同声地嚷道。

“对呀，让我开心的恰恰是这一点，”基督山答道，“我就像尼禄那样，知其不可为而为之[①]。这不，你们也一样，此刻觉得很开心。总之，这两种鱼肉，也许并不比鲈鱼和鲑鱼的味道鲜美，可是等一会儿你们尝一尝，就可能觉得好吃极了，原因无非是你们先入为主，以为不可能吃到，现在却摆在面前了。”

“请问，这两条鱼，是怎么运到巴黎来的呢？”

“唔！我的上帝！这再简单不过了：两条鱼是分别装在大桶里运来的，一只大桶垫了河中的芦苇和水草，另一只大桶放了湖中的灯心草和浮萍，然后装到一辆特制的货车上。运输的路上都活着，鲟鱼能存活十二天，七鳃鳗能存活八天；因此运到时，我的厨师捞上来的是两条鲜活的鱼，一条放进牛奶中浸死，另一条放进红酒中呛死。恐怕您不相信吧，丹格拉尔先生？”

“至少我有所怀疑。”丹格拉尔回答，同时粗俗地咧嘴笑一笑。

“巴蒂斯坦！”基督山吩咐道，“您去让人把另一条鲟鱼、另一条七鳃鳗抬来；您知道，就是放在大桶里运来、还活着的那两条。”

丹格拉尔吃惊得瞪大了眼睛，席上的宾客都鼓起掌来。

---

① 原文为拉丁文。

四名仆人抬来两只漂浮着水草的木桶，每只桶里都有一条欢实的鱼，同餐桌上的一模一样。

“每种鱼为什么弄来两条呢？”丹格拉尔问道。

“因为，路上有可能死一条。”基督山干脆答道。

“真的，您这人太神奇了，”丹格拉尔又说道，“随便哲学家怎么说去，人有钱就是了不得。”

“尤其还得有头脑。”丹格拉尔夫人来了一句。

“哎！这话可不敢当，夫人，要这么说罗马人才更恰当。普林尼[①]书中就讲述过这种事例：人们派奴隶，头顶着鱼桶，接力从奥斯蒂亚跑到罗马。普林尼称那种鱼为 mulus，根据他所绘的图形来看，可能就是鲷鱼。能弄到一条活鲷鱼，也是一种奢侈，能目睹它死去，更是一种赏心的景象，因为鲷鱼要死时，全身会变换三四种颜色，犹如彩虹，经过各种色调而最终消失，最后才交到厨师的手中。这种鱼死的过程，也是它价值的组成部分。这种鱼，只见其死不见其活，也就一文不值。”

“对，”德勃雷说道，“可是，从奥斯蒂亚到罗马，只不过三十来公里。”

“哦！这倒也是，”基督山答道，“然而，卢库鲁斯[②]死去毕竟有一千八百年了，我们做的如果不比他好些，不是枉来这人世吗？”

卡瓦尔坎蒂父子眼睛都睁得老大，不过他们还算知趣，没有乱插嘴。

“这一切确实很有趣，”夏多-雷诺说道，“但是我得承认，我最为赞赏的，还是您做事如此神速。伯爵先生，您买下这座住宅，也不过五六天，对不对？”

“是啊，多说五六天。”基督山答道。

“那么，我就可以肯定，一周的工夫，这座宅院完全变了样。假如我记得不错的话，原先不是这扇大门，庭院里铺着石头，空荡荡的，而今天一看，满院一片秀美的草坪，四周的树木好像百年老树了。”

---

① 普林尼(23—79)，古罗马博物学家，著有 37 卷的《博物志》。

② 卢库鲁斯(公元前 117—前 56)，古罗马统帅，于公元前 74 年任执政官。

“有什么法子呢？我就是喜爱绿荫。”基督山说道。

“真的，”德·维尔福夫人说道，“从前，大门是临街的，我奇迹般脱险那次，我还记得，您是从临街的大门，让人把我抬进别墅的。”

“是的，夫人，”基督山答道，“后来就改了，我喜欢透过铁栅门，能望得见布洛涅树林。”

“仅四天工夫，”莫雷尔说道，“真是个奇迹！”

“的确，”夏多-雷诺也说道，“一座旧宅就焕然一新，这真是一件神奇的事，因为，这座别墅很旧了，甚至非常凄清。我还记得，两三年前，德·圣-梅朗先生决定出售时，家母还打发我来看过这座宅院。”

“德·圣-梅朗先生？”德·维尔福夫人诧异道，“这么说，这座别墅您买下之前，是属于德·圣-梅朗先生的啦？”

“好像是的。”基督山答道。

“什么，好像是的！您买了这所房子，却不知道房主是谁吗？”

“真不知道，具体事宜，全是我的管家一手经办的。”

“这里至少有十年没人住了，”夏多-雷诺说道，“看它门窗紧闭，院子长满荒草，景象真是十分凄凉。老实说，房主要不是一位检察官的岳父，有人就可能以为这是一座凶宅，发生过命案。”

维尔福面前摆了三四杯美酒，直到现在还没有碰一碰，忽然他随手拿起一杯，一饮而尽。

夏多-雷诺说过这番话，一时冷场，基督山有意停了一会儿，才说道：

“说来也够奇怪的，男爵先生，我头一次走进这座宅院时，也产生了这种印象，觉得这别墅太阴森可怖了，如果不是管家代我定下了，我是决不会买它的。这家伙，说不定拿了经纪人的好处费了。”

“有这种可能，”维尔福勉颜一笑，讷讷说道，“不过请相信，这种行贿的事，同我毫无关系。这座别墅，原本就是德·圣-梅朗先生给外孙女的嫁妆——卖掉它是怕一直没人住，再过三四年就可能塌毁了。”

这回是莫雷尔面失血色了。

“特别是有一个房间，”基督山继续说道，“噢！我的上帝！看上去倒

很普通，同其他房间并无二致，挂着红帏幔；可是不知道为什么，我就觉得它惨不忍睹。”

“这是何故？”德勃雷问道，“为什么惨不忍睹？”

“有些本能的反应，怎么说得清呢？”基督山答道，“有些地方一进去，不是自然而然就感到凄凉悲惨吗？为什么呢？就是茫然不解。也许是唤起一连串的记忆吧，也许触景生情，恍若又回到另外的时间，另外的地点，同此时此地也许毫无关系。这个房间从好多方面，都让我联想到德·冈日侯爵夫人[①]的房间，或者苔丝德蒙娜[②]的房间。哦！真的，既然我们用完了晚餐，我应当带你们去看一看，然后我们再下楼，到花园里喝咖啡：餐后总得消遣一下。”

基督山打了个询问客人的手势，德·维尔福夫人站起身，基督山也跟着站起来，所有客人也都纷纷效仿。

可是，维尔福和丹格拉尔夫人待在原座未动，一时仿佛钉在那里，二人面面相觑，目光冰冷而沉默。

“您听见了吗？”丹格拉尔夫人问道。

“总得去啊。”维尔福回答，同时站起身，将胳臂伸给丹格拉尔夫人。

客人受好奇心的驱使，已经四散走动，他们料想不会只限于看那个房间，其余房间都要走一走，瞧瞧基督山如何将一座旧宅变成宫殿，因此，每个人都冲向敞开的门。基督山等待两位迟迟未动的客人，等二人也走出餐厅，他才微笑着跟上去。宾客们若是明白他那笑容的含义，那么恐怖的程度，要远远超过他们将走进的那个房间。

果然，他们先是走了一遍各个套房：每间屋都布置成东方风格，沙发和靠垫就为床铺，烟斗和武器就是全部家具。各个厅室都挂满了古典大师最精美的油画；起居室的墙壁都披着中国绸缎，绣有无比奇妙的图案，色彩绚丽，质地也令人惊叹。最后，大家终于来到这个神乎其神的房间。

---

① 德·冈日侯爵夫人(1637—1667)，法国历史上著名的美妇，被其丈夫三兄弟杀害。

② 苔丝德蒙娜，莎士比亚悲剧《奥赛罗》中的女主人公，丈夫奥赛罗受人挑唆将她杀死。

这间屋毫无特别之处，只是天色已晚，屋里没有点着灯火，其他房间都装饰一新，独有它保持旧貌。

实际上，仅此两个原因，就足以给它蒙上一层阴森的色调。

“噢！”德·维尔福夫人高声说道，“这的确够瘆人的。”

丹格拉尔夫人咕哝一两句话，可是谁也没听见。

众人你一言我一语，各抒己见，最终一致认为，这个挂着红帏幔的房间，的确令人毛骨悚然。

“我说得不错吧？”基督山说道，“你们瞧，这张床摆放得多么怪异，这帷幔血红色多么凄惨！还有这两幅受潮而褪色的水粉肖像画，苍白的嘴唇和惊慌的眼神，似乎在说：‘我目睹了！’”

德·维尔福顿时面失血色，丹格拉尔夫人则颓然坐到壁炉旁的一把长椅上。

“喂！”德·维尔福夫人笑道，“您胆子可够大的，坐到上面，说不定就在这把椅子上杀的人！”

丹格拉尔夫人霍地又站起来。

“而且，事情还没有完呢。”基督山说道。

“还有什么事？”德勃雷问道，丹格拉尔夫人的惶遽他尽收眼底。

“哦！对呀，还有什么事？”丹格拉尔也问道，“因为，到现在为止，我还没有看到什么大名堂。您呢，卡瓦尔坎蒂先生？”

“唔！”卡瓦尔坎蒂答道，“我们在比萨有乌戈利诺塔[①]，在费拉拉有囚过塔索[②]的监狱，在里米尼有弗兰契斯卡和保罗[③]幽会的房间。”

“对，但是你们没有这道小楼梯，”基督山说着，就打开一幅帷幔遮住的暗门，“诸位瞧一瞧，说说你们有什么想法。”

---

① 乌戈利诺（？—1288或1289），意大利比萨城暴君，后被囚在一座塔中饿死。据传他吃掉自己的孩子，最后饿死在塔中，但丁将他的传说写进《地狱篇》。

② 塔索（1544—1595），意大利诗人，因失恋而精神失常，被囚禁长达7年。

③ 弗兰契斯卡（？—1283），意大利拉文纳公国大公之女，有文学和艺术才华。出于公国的利益，嫁给绰号跛子的马拉泰斯塔，她与丈夫的兄弟、号称美男子的保罗私通，二人被马拉泰斯塔杀死。弗兰契斯卡和保罗的悲剧，成为但丁等不少作家、画家和作曲家的创作素材。

罪行发生的房间

“多恐怖啊,这盘曲的楼梯!”夏多-雷诺笑道。

“不知道是不是喝了希俄斯[1]酒,心情就惆怅起来的缘故,”德勃雷则说道,“但是可以肯定地说,这座别墅,我看什么都一团漆黑。”

至于莫雷尔,他听到瓦朗蒂娜的嫁妆之后,就一直伤感不已,再也没有讲一句话。

① 希俄斯,爱琴海中属土耳其的一个小岛,盛产葡萄酒。

"诸位请想象一下，"基督山又说道，"有个奥赛罗，或者德·冈日神甫，在一个风雨交加的黑夜，他抱着一具可怕的尸体，一步一步走下这楼梯，急着去掩埋，即使逃不过上帝的眼睛，也要掩世人的耳目！"

丹格拉尔夫人倚在维尔福的手臂上，半昏过去，而维尔福也不得不靠在墙上。

"噢！我的上帝！夫人，"德勃雷高声说道，"您这是怎么啦？脸色这么苍白啊！"

"她怎么啦？"德·维尔福夫人说道，"这很简单，还不是德·基督山先生对我们讲骇人的故事，打算把我们吓死嘛。"

"您到底怎么啦？"德勃雷压低声音，重复问丹格拉尔夫人。

"没什么，没什么，"丹格拉尔夫人强打精神，答道，"我只是需要透透气，没别的。"

"您要不要下楼到花园去？"德勃雷问道，同时让丹格拉尔夫人挽住他胳臂，要朝暗梯走去。

"不用，"她说道，"不用，我还是喜欢待在这里。"

"夫人，"基督山说道，"这次惊吓，真的很严重吗？"

"不，先生，"丹格拉尔夫人答道，"您假设的事情煞有介事，真让人以为是真的。"

"唔！我的上帝，对，"基督山微笑道，"这一切，是彻头彻尾想象出来的，因为，也可以设想这个房间住着一位安分守己的好母亲，有何不可呢？这张挂着朱红帷幔的床铺，正是女神卢喀那[1]光顾过的，而这条神秘的楼梯，只是一般的通道，为了不惊扰刚刚歇息入睡的产妇，那位医生，或者乳母，或者父亲本人，抱着熟睡的婴儿，悄悄从楼梯下去，这样设想又有何不可呢？……"

这一回，听着伯爵描绘这种温馨的场景，丹格拉尔夫人非但没有镇定下来，反而呻吟一声，昏迷过去了。

---

① 卢喀那，罗马神话中的生育女神。

“丹格拉尔夫人感觉不好，”维尔福结结巴巴地说道，“也许应当把她抬上马车吧。”

“哦！我的上帝，”基督山说道，“我那药瓶忘记带在身上了！”

“我的带着呢。”德·维尔福夫人说道。

说着，她就把一个小瓶递给基督山。小瓶里装满红药水，类似伯爵用以救活爱德华的那种药液。

“啊！……”基督山惊叹一声，从德·维尔福夫人的手中接过药瓶。

“不错，”德·维尔福夫人轻声说道，“照您的指点，我试过了。”

“成功了吗？”

“我想是成功了。”

这时，丹格拉尔夫人已经被人抬到隔壁房间。基督山往她嘴唇上滴了一滴红药液，她就当即苏醒过来。

“噢！”她说道。

维尔福用力握了握她的手腕，让她明白她并未做梦。

有人去叫丹格拉尔先生。这位先生不想感受诗意的东西，早早下楼来到花园、正在同老卡瓦尔坎蒂先生讨论一项计划：修建从里窝那到佛罗伦萨的一条铁路。

基督山显得极度懊恼，他挽上丹格拉尔夫人的胳膊，带她到花园，只见丹格拉尔先生正喝咖啡，坐在卡瓦尔坎蒂父子中间。

“真的，夫人，”基督山对她说道，“我一定把您吓坏了吧？”

“没有，先生。不过，您也知道，有些事对我们产生什么影响，同我们当时的思想状态有关系。”

维尔福勉强笑了笑。

“因此，您能理解，”他说道，“只要有一个假设、一种幻想，就足以……”

“好吧，”基督山说道，“信不信由您，反正我深信不疑，这座宅子里一定发生过命案。”

“您说话要当心，”德·维尔福夫人说道，“这里可有一位检察官啊。”

"真的,"基督山却答道,"既然这么巧遇,我就要借此机会起诉。"

"您起诉?"维尔福问道。

"对,而且面对着证人。"

"这回可有好戏看了,"德勃雷说道,"果真有命案,那会大大有助于我们消化。"

"确实有命案,"基督山又说道,"请到这边来,先生们,请过来,德·维尔福先生。只有面对司法官员,起诉才有效。"

基督山拉起维尔福的手臂、同时在腋下也夹住丹格拉尔夫人的手臂,他将检察官一直拉到树阴最浓的那棵梧桐树下。

其他宾客也都跟过来。

"瞧吧,"基督山说道,"就在这里,就在这个位置(他跺了跺脚),当时我让二人挖坑,培进肥沃的土壤,好让这些老树发出新枝;二人挖土的时候,挖出一只匣子,确切地说是一只铁皮小箱,里面装着一个新生婴儿的枯骨。我想,这总归不是幻觉吧?"

基督山感到丹格拉尔夫人的手臂绷紧了,维尔福的手腕也微微颤抖。

"一个孩子,新生儿?"德勃雷重复道,"见鬼!看起来,这事可严重了。"

"是啊,"夏多-雷诺也说道,"刚才我没有说错,所有住宅都同人一样,有一颗灵魂、一张面孔,外表也能显露内心的状态。这座宅院这么凄凉,就因为它有亏心事,而它的亏心事,就是掩藏了一桩罪行。"

"哎!谁说一准就是犯罪呢?"维尔福又说道,他还要最后挣扎一下。

"什么!一个新生儿,活活埋在花园里,这还不是犯罪?"基督山高声说道,"那么,检察官先生,这种行为,您叫做什么呢?"

"可是,谁说是活埋的呢?"

"如果婴儿已死,为什么埋在这里呢。这座园子根本不是墓地。"

"在这个国家,害死婴儿判什么罪?"卡瓦尔坎蒂少校天真地问道。

"唔!我的上帝!那没得说,就是砍头。"丹格拉尔答道。

"哎呀!要砍头啊。"卡瓦尔坎蒂感叹一声。

“唉！谁说一准就是犯罪呢？”维尔福又说道。

“我想是的……对不对呀，德·维尔福先生？”基督山问道。

“对，伯爵先生。”维尔福答道，他说话的声音已经毫无人调了。

基督山安排了这场戏，看到这两个人到了承受的极限，就不想穷追不舍了。

“还有咖啡呢，”他说道，“我们好像忘了喝咖啡了。”

于是，他又带着客人，走到草坪中央摆放的一张桌子。

“老实说，伯爵先生，”丹格拉尔夫人说道，“实在惭愧，我得承认自己

这么脆弱,不过,您讲的这些骇人的故事,真吓得我魂飞魄散。劳驾,请让我坐一坐吧。”

她说着,便一下子坐到椅子上。

基督山躬身离开,走到德·维尔福夫人跟前。

“我认为,丹格拉尔夫人还得需要您这药。”伯爵说道。

但是,检察官抢在德·维尔福夫人之前,已经对着丹格拉尔夫人的耳朵说道:

“我得同您谈谈。”

“什么时候?”

“明天。”

“在哪儿?”

“在我办公室……检察院里,如果您愿意的话,还是那地方最保险。”

“我一定去。”

这时,德·维尔福夫人来到近前。

“谢谢,亲爱的朋友,”丹格拉尔夫人说着,还勉颜一笑,“没什么了,我感觉好多了。”

第六十四章　乞丐

时间渐晚，德·维尔福夫人已表示要回巴黎，这正是丹格拉尔夫人在这里如坐针毡，也未敢表达的意思。

既然妻子有这种要求，德·维尔福先生便首先告辞了。他的双篷马车要把丹格拉尔夫人捎上，一路上好由他妻子照顾。至于丹格拉尔先生，他正全神贯注，以极大的兴趣同卡瓦尔坎蒂先生谈论办实业，根本不注意周围发生了什么事情。

刚才基督山向德·维尔福夫人提起那瓶药时，就注意到德·维尔福先生靠近丹格拉尔夫人，从他的处境可以推测出他说了什么，尽管他的声音压得极低，就连丹格拉尔夫人也勉强听见。

伯爵也没有挽留，任由客人自由组合离去；莫雷尔、德勃雷和夏多-雷诺骑马，两位夫人上了德·维尔福先生的马车；丹格拉尔呢，则越来越迷上老卡瓦尔坎蒂，请他上自己的轿车一道回城。

至于安德烈亚·卡瓦尔坎蒂，还是乘坐在门口等他的轻便马车；一名身穿制服的年轻仆人，踮着脚牵住那匹铁灰色高头大马，过分模仿英国时尚，那样子相当滑稽。

在宴席上，安德烈亚极少开口说话，只因他是个非常聪明的小伙子，置身于这些有钱有势的客人之间，自然而然怕自己讲蠢话，何况他睁大眼睛，在客人中间看到一位检察官，大概也要提心吊胆。

接下来，他又被丹格拉尔先生缠住了。这位银行家扫了一眼脖颈僵

硬的老少校，及其还有点腼腆的儿子，联想到基督山对这父子俩的热情款待，他就算定又碰到一位大富翁：此公来到巴黎，无非是让他的独生子在上流社会中历练。

因此，他用难以描摹的赞赏目光，凝视着少校戴在小手指上的那枚闪闪发光的大钻戒。须知少校为人谨慎而老道，他怕手里攥着那么多现钞会出事，就立即换成一件值钱的东西。晚宴之后，丹格拉尔先生仍借口谈实业和旅行，又问起这父子俩的生活方式。而他们二人已经得知，是在丹格拉尔银行开的账户：一个为一次支取的四万八千法郎，另一个为五万利弗尔的年金，因此，他们对银行家有意趋奉，特别热情，总想表达他们的感激之情；只是克制住自己才没有同人家的仆人握手。

卡瓦尔坎蒂身上尤其有一样，更让丹格拉尔刮目相看，几乎可以说心折叹服。卡瓦尔坎蒂恪守贺拉斯的箴言，切勿少见多怪，[①]因此，他在席间，正如我们所见，略微显露一下自己的学识，指出在什么湖中才能捕到最肥美的七鳃鳗，然后就一言不发，吃掉自己盘中那块七鳃鳗。丹格拉尔从而得出结论，对于卡瓦尔坎蒂家族的这位出色后裔来说，这类山珍海味不过是家常便饭，他住在卢卡时，想必也常吃从瑞士运去的鳟鱼、从布列塔尼运去的龙虾，如同伯爵让人从富萨罗湖运来七鳃鳗，从伏尔加河运来鲟鱼这样。因此，卡瓦尔坎蒂表示要拜访，他就热情欢迎：

"明天，先生，我去贵府拜访，谈谈业务。"

"我呢，先生，"丹格拉尔回答，"我欢迎您光临。"

他趁机又向卡瓦尔坎蒂提议，如果少校不介意同儿子分开一会儿的话，他就请少校乘坐他的马车回王子饭店。

卡瓦尔坎蒂回答说，他儿子早已过惯了年轻人的独立生活，有自己的马匹和轿车，他们原本就不是一道来的，分头回去也未尝不可。

于是，少校登上了丹格拉尔的马车，银行家同他并排而坐，也越来越欣赏此人极有条理的经济头脑，考虑到他每年给儿子五万法郎，可见他的

① 原文为拉丁文。

乞丐

财产能折合五六十万利弗尔年金。

至于安德烈亚，他要显显派头，劈头就训斥小仆人，怪仆人没有把马车赶到台阶前，害得他走了三十多步，来到大门口上车。

仆人则逆来顺受，听他斥责，左手抓住那匹不耐烦刨着地的辕马的嚼子，右手同时将缰绳递给安德烈亚。安德烈亚接过缰绳，一抬脚下锃亮的皮靴，轻巧地登上马车的踏板。

恰好这时，忽然一只手按住他的肩膀。年轻人回头看去，心想准是丹格拉尔或者基督山，忘记告诉了他什么事，在他要走时又追上来了。

然而，既不是丹格拉尔，也不是基督山，却是一张怪怪的面孔：那张晒得黝黑，长了一圈儿大胡子，两只眼睛好似红宝石，熠熠闪光，嘴角挂着讥讽似的微笑，露出满口整齐的牙齿，三十二颗不缺一颗，雪白而尖利，赛似饥饿的豺狼。

他那土灰色的花白头发，裹着一块红格头巾，瘦骨嶙峋的高大躯干，则罩着一件脏兮兮而破烂不堪的粗帆布外衣：那副骷髅似的架子，看上去走路准会咯咯作响。不过，安德烈亚首先看到的，还是按在他肩头的那只手，他觉得无比巨大。年轻人是借着他车灯的光亮，认出了这张面孔呢，还只是被这不速之客的一副凶相吓着了呢？我们不得而知，但明显的事实是，他打了个寒战，身子急忙往后缩去。

"您要干什么？"他问道。

"对不起！城里的少爷，"那人说着，手往红格头巾上举了举，"也许我打扰您了，可我有话要对您讲。"

"晚上不该乞讨。"年轻仆人说道，他上前一步，要把这讨厌的家伙从主人身边赶走。

"我不是乞丐，我的漂亮的小伙子，"那陌生汉子对仆人说道，脸上还一副讪笑，十分狰狞，竟把仆人吓退了，"我只想跟小少爷说两句话，大约半个月前，是他托我办一件事。"

"喏，"安德烈亚答道，口气相当有力，以免让仆人看出他内心惊慌，"您到底要干什么？快讲吧，我的朋友。"

"我想要……我想要……"头扎红格巾的汉子压低嗓音说道，"要您同意我上车，省得我走回巴黎。我很累，晚餐又不如你吃得那么好，都快走不动了。"

年轻人不由得浑身一抖，奇怪这人说话的口气这么随便。①

---

① 只因对方改用不拘礼仪的"你"相称。

"您要干什么?"他问道。

"喂,说呀,"他对那人说道,"您到底要干什么?"

"哦!我就是要你让我上这辆漂亮的马车,把我拉回去。"

安德烈亚面失血色,不再应声。

"哦!上帝呀,对,"头扎红格巾的汉子双手插进兜里,以挑衅的目光注视这年轻人,"我忽然冒出这个念头,你明白吗,我的小贝内德托?"

听到这个名字,年轻人无疑要考虑了,只见他走过去,对仆人说道:

"这人的确受我委托办了一件事,现在要向我汇报情况。您就步行

一直到城门，在那儿叫一辆马车，免得回去太晚。”

仆人莫名其妙，只好走了。

“您总得让我把车赶到背静地方吧。”安德烈亚说道。

“唔！这好办，我来带你去个好地方，你等着。”头扎红格巾的汉子说道。

他抓住马嚼子，牵着将车拉到一个地点，果然谁也看不见安德烈亚给予那人的礼遇。

“唔！我嘛，”那人对安德烈亚说道，“可不是想坐漂亮的马车兜风，我只是累了，还有一点点原因，就是要跟你谈谈事儿。”

“好吧，上车吧。”年轻人说道。

真可惜夜晚太黑，否则的话，这样一个穷鬼端坐在绣花车垫上，而他身旁的车夫却是个衣冠楚楚的年轻人，那景象一定特别奇妙。

安德烈亚赶着马车，一直驶到村子的最后一座房舍，一句话也没有讲。车上的同伴则笑容满面，保持沉默，就好像他坐在如此华丽的车上兜风，喜不自胜似的。

马车一驶出欧特伊，安德烈亚就四下张望，确认既没有人看见，也无人听到了，便勒住马，在胸前叉起胳臂，对头扎红格巾的人说道：

“怎么的！您为什么来打扰，不让我安生？”

“可是你呢，小伙子，你为什么甩我？”

“我什么事上甩您啦？”

“什么事上？你还要问？咱们在瓦尔格分手，你对我说你要去皮埃蒙特和托斯卡纳，结果满不是那回事儿，你跑到巴黎来了。”

“这碍着您什么事儿？”

“没碍我什么事儿，正相反，我倒希望沾点光呢。”

“哼！哼！”安德烈亚说道，“这就是说，您要在我身上打主意。”

“算了！别说得这么难听嘛。”

“那您就错打了算盘，卡德鲁斯师傅，我可把话给您说在前头。”

“噢！上帝啊！你别发火呀，孩子。你应当知道，倒霉是什么滋味；告

诉你吧，人一倒霉，就得红眼病。我以为你跑到皮埃蒙特、托斯卡纳去混，不得不当脚夫，或者当导游谋生；掏心窝子的话，我是真心疼你，就跟心疼自己的孩子一样。你知道，我一直管你叫我的孩子。”

“还有什么话？还有什么话？”

“耐心点儿，性子这么火爆！”

“我是够耐心的了，喏，把话说完。”

“我猛然看见你身穿崭新的衣服，坐在马车上，带着仆人驶出好人城门。嘿！怎么，你是发现了金矿，还是有了美差，当上证券经纪人了？”

“所以，您就像自个儿承认的这样，眼红啦？”

“哪里，我高兴还来不及呢，只想祝贺你，孩子！不过，我这身穿戴不像样，就特别留神，别连累了你。”

“好个留神！”安德烈亚说道，“您也不顾我的仆人，就找我来了。”

“唉！我的孩子，有什么法子呢！我能抓到你，就赶紧招呼。你有快马轻车，自然像一条鳗鱼，一下子就滑走了。我错过了今晚只恐怕再也休想同你照面。”

“您明明看到，我并不躲藏。”

“你活得很开心，我也真想这样讲自己；我呢，我可得东藏西躲，且不说我还怕你不认我；你倒还是认了，”卡德鲁斯一脸坏笑，补充道，“行啊，你还够意思。”

“说说看，”安德烈亚说道，“您到底要干什么？”

“你不肯以‘你’相称了，这可不好，贝内德托，一个老伙计呀，你要当心，可别惹得我提高价码。”

这种威胁，当即将年轻人的火气压下去，如同被一阵疾风吹得无影无踪。

他抖开缰绳，放马跑起来。

“一个老伙计，正如你刚才讲的，卡德鲁斯，”他说道，“你这么对待一个老伙计，对你自己也没有好处。你不是马赛人，我是……”

“你应当知道你现在是什么人吧？”

“不知道，可我是在科西嘉长大的。你人又老，头脑又固执；我年轻，也是倔脾气。在咱们这种人中间，威胁只能坏事，什么事情都应当好好商量。你一直不走运，而我却相反，时来运转，这能怪我吗？”

“你时来运转啦？这么说，你那仆人不是临时借来的，这辆马车，还有这身衣服，都不是借来的啦？好哇，这太好了！”卡德鲁斯说道，同时他眼睛射出贪婪的光。

“哦！你这都看到了，而且你也都了解了，所以才上前跟我搭话，”安德烈亚越说越激动，“假如我像你这样，扎着头巾，披着脏兮兮的粗帆布外套，脚上穿一双破鞋子，那么你就不会认我了。”

“你看你，小瞧人，孩子，这就是你的不对了。现在我又找到你了，我也会像别人一样，穿上一身埃尔伯夫[1]花呢衣裳，这有什么难的呢：我知道你心肠好，你有两件衣服，准会给我一件。从前，你饿得厉害，我做的汤和豆子，不是也分给你吃嘛。”

“是这样。”安德烈亚回答。

“那时你胃口多好！现在胃口还一直那么好吗？”

“还那么好。”安德烈亚笑着回答。

“你是在王爷府上赴了晚宴，一定喝足吃足啦！”

“不是王爷，只是一位伯爵。”

“伯爵？一个有钱的主儿，嗯？”

“对，不过，你可别乱来，那位先生可不是善茬儿。”

“哦！上帝啊！你就放心吧。还没人打你的伯爵的主意，会把他留给你一个人的。然而，”卡德鲁斯又补充一句，脸上重又浮现那种坏笑，“你明白，总得意思意思吧。”

“说说看，你要多少？”

“我想，每月有一百法郎……”

“怎么样？”

---

① 埃尔伯夫，法国城市，当年以纺织业著称。

“我的日子就会过得……”

“一百法郎?”

“就会过得很糟,这你很清楚。不过,如果有……”

“如果有?”

“一百五十法郎,我就会过得很滋润了。”

“这是二百法郎。”安德烈亚说道。

说着,他就把十枚路易金币拍到卡德鲁斯手上。

“得了。”卡德鲁斯说道。

“每月初,你去找看门人,能拿到这个数的钱。”

“算了吧!你又糟踢我呀!”

“又怎么啦?”

“你要我去跟下人打交道;不行,要知道,我只愿意跟你保持关系。”

“那好,就这样定,每月初,你来找我,只要我那份钱拿到了,至少也有你的一份。”

“成啊!成啊!我就说嘛,我不会看错人,你是个好小伙子,也是老天有眼,好事儿让你这样一个人摊上了。喏,跟我讲讲,你交上了什么好运。”

“这种事儿,你有必要知道吗?”卡瓦尔坎蒂问道。

“好嘛!还是存了个心眼儿!”

“不是。好吧,跟你说,我找到父亲了。”

“真父亲?”

“当然!只要他肯付钱……”

“你就认他作父,尊敬他,这很公平,你父亲尊姓大名?”

“卡瓦尔坎蒂少校。”

“他对你满意吗?”

“到现在为止,看来有我这个儿子,他就满足了。”

“这个父亲,是谁帮你找到的?”

“德·基督山伯爵。”

“就是你刚从他家出来的那一位?”

“对。”

“既然他干这种行当,你就设法把我当作祖父介绍给他吧。”

“好吧,我向他提提你。可是眼下,你打算干什么?”

“我吗?”

“对,你呀。”

“这事儿让你惦记着,你心眼儿真好。”卡德鲁斯说道。

“既然你这么关心我,”安德烈亚又说道,“看来我也总得问问你的情况。”

“这倒也是……我要在一所像样的房子里租一间屋,换上一身体面的衣服,每天都去刮刮脸,到咖啡馆看看报。晚上,就跟捧场的老头儿去看戏,我的样子像个退休的面包铺老板,这就是我的梦想。”

“行啊,很好!如果你真照这么做,安安分分的,那么一切都会称心如意。”

“好一个博须埃[①]先生!……你呢,要当什么?……法兰西贵族院议员吗?”

“嘿!嘿!”安德烈亚说道,“谁说得准呢?”

“卡瓦尔坎蒂少校先生,没准儿就是贵族院议员呢……只可惜呀,世袭制已经废除了。”

“别谈政治了,卡德鲁斯!……现在,你要的东西也得到了,咱们也到地方了,你就跳下车,开溜吧。”

“还不行,亲爱的朋友!”

“什么,还不行?”

“你也不想一想,孩子,我这头扎红格巾,脚下几乎等于没穿鞋,根本没有身份证明,兜里还揣着十枚拿破仑金币,还不算我原来就有的,加起来,也正好二百法郎,一到城关准会把我扣住。那样一来,为了说明钱的

① 博须埃(1627—1704),法国散文作家,曾任主教和宫廷教师,以布道闻名。

来路，我就不得不说十枚金币是你给的，于是就要询问，调查，他们会了解我没有请假就离开了土伦，就要派宪兵押解，一站一站又把我押回地中海海岸，我又得变成一〇六号，什么退休面包铺老板的梦想，全泡汤了！不行，我的孩子，我还是喜欢像模像样待在京城。”

安德烈亚皱起眉头，正像他自己炫耀的那样，这个被指定为卡瓦尔坎蒂少校先生的儿子的青年，可不是一个省油的灯。他停了片刻，迅速扫视一下周围，待他探寻的目光划了一圈儿之后，他的手仿佛不经意地插到背心兜里，开始摆弄一支小手枪的扳机。

这工夫，卡德鲁斯眼睛一直盯着他的同伴，背在后面的双手，也缓缓抽出防身用的西班牙长刀。

正如我们所见，这两个朋友确实相知有素，彼此立刻心领神会：安德烈亚的手又不经意地从兜里抽出来，举到面前，摩挲一会儿他的红棕色髭胡。

“我的好卡德鲁斯，”他说道，“你要过上幸福生活了？”

“我会尽力而为。”从前的加尔桥客栈老板回答，同时他也把刀插回去。

“嗯，好吧，咱们就回巴黎。可是过城关时，你怎么才能不引起怀疑呢？就你这身打扮，我觉得乘车比步行更危险。”

“别急”，卡德鲁斯说道，“你等着瞧吧。”

他抓过安德烈亚的帽子，戴到自己头上，又拿起仆人坐在车上的大翻领宽袖长外套，披到自己身上，就像大户人家的仆人，看着主人亲自驾车而摆出一副赌气的样子。

“我呢，”安德烈亚说道，“我就这么光着脑袋？”

“嘿！”卡德鲁斯说道，“风这么大，你的帽子保不住给风卷走了。”

“算了，”安德烈亚说道，“快点赶回去得了。”

“谁拦着你了？”卡德鲁斯说道，“我想总归不是我吧？”

“嘘！”卡瓦尔坎蒂制止一声。

他们顺利地过了城关。

马车行驶到第一个街口，安德烈亚就停下，卡德鲁斯便跳下车。

“喂，喂，”安德烈亚喊道，“我仆人的外套，还有我的帽子？”

“唔！”卡德鲁斯回答，“你不会希望我受凉感冒吧？”

“那我呢？”

“你呀，你还年轻；可是我呢，开始见老了。再见，贝内德托！”

说罢，他一头扎进小街，随即不见踪影了。

“唉！”安德烈亚叹了一口气，说道，“在这个世界上，人就不可能幸福美满。”

第六十五章　夫妻争吵

三个年轻人骑马到了路易十五广场，便分手了，也就是说，莫雷尔拐上林荫大道，夏多-雷诺踏上大革命桥，而德勃雷则沿着河滨路策马而去。

莫雷尔和夏多-雷诺二人，十有八九要回自己的安乐窝：这个词在议会讲坛的精彩演说中，在黎塞留街戏院的精彩演出中还屡见不鲜。而德勃雷则不然，他到了卢浮宫的角门，便往左一拐，策马跑过骑兵竞技场，穿行圣罗克街，再从米绍迪埃尔街跑出来，赶到丹格拉尔先生的府门前。恰好这时，德·维尔福先生的马车也驶到了，德·维尔福夫妇先在圣奥诺雷区下车，再让车把男爵夫人送回家。

德勃雷是府上的常客，不下马就先跑进院子，将缰绳扔给一名仆人，再回头打开车门，扶下丹格拉尔夫人，准备让她挽着手臂回房间。

等到大门关上，庭院里只有男爵夫人和德勃雷了，德勃雷便问道：

"您怎么了，埃尔米娜？伯爵讲了个故事，其实就是编造的寓言，您听了为什么那样不自在呢？"

"只因今天晚上，我的精神状态糟极了，我的朋友。"男爵夫人回答。

"不对，埃尔米娜，"德勃雷又说道，"您这么讲没法使我相信。正相反，您刚到伯爵府上时，精神状态好极了。不错，丹格拉尔先生当时有点闹脾气，不过我也知道，您善于对付他那坏脾气。有谁冒犯您了吧，对我讲讲，您完全清楚，我绝不容忍别人对您无礼。"

"您想错了，吕西安，"丹格拉尔夫人又说道，"我向您保证，事情就是

像我对你讲的那样，再有就是他那坏脾气，您也看到了，我都认为没有必要对您讲。”

显而易见，丹格拉尔夫人正焦躁不安，这是女人自己也往往说不清、道不明的精神状态，再不然，就像德勃雷所推测的：她受了什么刺激，却隐忍不露，不肯告诉别人。德勃雷摸透了女人的这种毛病，深知气郁头晕是她们生活的一种要素，因此他不再追问了，等适当时机再问；或者她会主动讲出来。

男爵夫人走到自己房间的门口，遇见了科尔奈丽小姐。

科尔奈丽小姐是男爵夫人的心腹侍女。

“我女儿在做什么呢？”丹格拉尔夫人问道。

“她练了一晚上钢琴，”科尔奈丽小姐回答，“后来就躺下了。”

“我怎么好像还听见她的琴声呢？”

“那是路易丝·达米利小姐在弹琴，小姐躺在床上听着。”

“很好，”丹格拉尔夫人又说道，“您来帮我更衣吧。”

他们走进卧室。德勃雷半仰在一张大沙发上，丹格拉尔夫人则与科尔奈丽小姐进入梳妆室。

“我亲爱的吕西安先生，”丹格拉尔夫人隔着梳妆室的门说道，“您是不是一直在抱怨，欧仁妮不肯主动跟您说话呢？”

吕西安正逗弄男爵夫人的小狗玩，而那个小狗承认他是家里的朋友，也跟他亲热惯了。吕西安答道：

“夫人，可不是只有我一个向您发出这种怨言，我还记得有一天，莫尔塞夫就向您抱怨说，他从未婚妻的口中一句话也引不出来。”

“是这样，”丹格拉尔夫人又说道，“不过我认为，说不定哪天，这种情况要完全改变，您会看到欧仁妮走进您的办公室。”

“走进我的办公室？”

“也就是说，走进大臣的办公室。”

“为什么去那里？”

“去请求你们给她签一份歌剧院的聘书！老实说，我从未见过有谁

如此迷醉音乐:一位上流社会人士这样子,就未免太可笑了。”

德勃雷微微一笑。

“好吧!”他说道,“只要征得男爵和您同意,那就让她去吧,我们一定给她办成这份聘约,而且设法使聘书与她的才能相符,尽管我们经费不足,难以支付像她那样才华出众的艺术家的聘金。”

“好了,科尔奈丽,”丹格拉尔夫人说道,“这里没您的事儿了。”

于是,科尔奈丽离去。不大工夫,丹格拉尔夫人身穿一件迷人的便袍,走出梳妆室,来到吕西安身边坐下。

继而,她若有所思,开始抚摸西班牙小狗。

吕西安默默地注视她,半晌才说道:

“说说看,埃尔米娜,坦率地回答我:有什么事儿伤害您了,对不对?”

“什么事儿也没有。”男爵夫人回答。

然而,她感到胸闷,便站起身,想深呼吸,走过去照镜子。

“今晚我的样子够吓人的。”

德勃雷也站起身来,笑容可掬,想就这一点走过去安慰男爵夫人,不料,这时,房门突然打开了。

丹格拉尔先生出现在门口,德勃雷便又坐回去。

听到开门声,丹格拉尔夫人回头一看,见是她丈夫,甚至不屑于掩饰自己惊讶的神色。

“晚安,夫人,”银行家说道,“晚安,德勃雷先生。”

男爵夫人一定以为丈夫突然前来,是要弥补一下当天言语尖刻的过错。

于是,她摆出一副凛然难犯的神态,没有搭理丈夫的问候,而是转向吕西安:

“还是请您给我读点什么吧,德勃雷先生。”她说道。

男爵来得突然,德勃雷先是略感不安,但是也随着男爵夫人的沉着而又镇定下来,他便伸手拿过一本由嵌金镙钿刃裁纸刀标页的书。

“对不起,”银行家又说道,“这么晚不休息,男爵夫人,您会累着的;

现在十一点钟了,德勃雷先生住得又远。”

德勃雷一时惊呆了,倒不是因为丹格拉尔说话的口气竟然如此镇静而有礼貌,而是透过他的镇静和礼貌,德勃雷看出今晚他一反往常,不管妻子的意志,定要一意孤行了。

男爵夫人也非常吃惊,而内心的惊讶由目光流露出来,她丈夫如若看见,一定会深长思之,只可惜他目不转睛地在报上寻找着国家债券的收盘价。

男爵夫人极为傲慢的目光,结果没有中的,完全失去效力。

“吕西安先生,”男爵夫人又说道,“我明确告诉您,我毫无睡意,今天夜晚我还有许多话要对您讲,您得听我一个通宵,哪怕困得站着打瞌睡。”

“我听从您的吩咐,夫人。”吕西安毫无表情地答道。

“亲爱的德勃雷先生,”银行家也说道,“今天晚上,无需劳驾舍命,在这儿听丹格拉尔夫人的疯话,要听,您明天尽管来,今天晚上的时间属于我,我要留给自己用,如果您允许的话,我要同我妻子谈谈关系重大的事情。”

这一打击又准又狠,一下子将吕西安和男爵夫人打懵了。二人面面相觑,仿佛都要从对方的目光中寻求救援,以便抗击这场进攻。然而,一家之主的权力毕竟不可抗拒,不战而胜,丈夫占了上风。

“至少您不要认为我是逐客,亲爱的德勃雷先生,”丹格拉尔接着说道,“绝无此意,出现了意料之外的情况,我迫不得已,今天晚上务必同男爵夫人谈一谈。而且,这种事我也很少有,谅也不会招人记恨。”

德勃雷讷讷地应对两句,施礼告辞,出门时脚一慌,还撞到门框上,好似《亚它利雅》[①]中的拿单那样。

“简直令人难以置信,”他随手带上房门,自言自语,“这些当丈夫的,

---

① 《亚它利雅》,法国古典戏剧大师拉辛的剧作。亚它利雅与拿单均为剧中人物,取材于《圣经》。

别看我们认为很可笑,却不费吹灰之力就战胜我们。”

吕西安走后,丹格拉尔便取而代之,坐到那张长沙发上,合上那本打开的书,摆出那副自命不凡的样子,实在叫人无法容忍。他也接着逗弄小狗,谁知这小狗对他不如对德勃雷那么友好,竟想咬他的手,惹他兴起,抓住它的后脖颈,一下子扔到房间另一端的长椅上。

小狗在半空中尖叫一声,但是落到长椅上之后,便蜷缩在一个靠垫后边,它被这种从未有过的待遇吓坏了,趴在那里既不敢出声,也不敢动一动。

“您知道吗,先生,”男爵夫人声色全然不动,说道,“您实在大有长进了? 平时,您不过粗俗而已;今天晚上,您粗暴起来了。”

“这是因为今天晚上,我的情绪比平时更糟。”丹格拉尔答道。

埃尔米娜以极大的鄙夷神态,瞥了银行家一眼。如在往常,这种鄙视会激怒傲慢的丹格拉尔;今天晚上则不然,他就仿佛视而不见。

“您情绪糟糕关我什么事儿?”男爵夫人回敬道,她见丈夫不为所动,自己反倒被激怒了,“这种事情,难道与我相干吗? 您情绪糟糕,就憋在心里吧,再不然到办公室去撒气。您不是花钱雇了好多职员吗? 情绪坏就去冲他们发脾气吧!”

“不对,”丹格拉尔接口道,“您出的这是馊主意,夫人,因此我不能从命。我的那些办公室,就是我的帕克托尔河[①],想来这话是德穆蒂埃[②]先生讲的;我可不愿意搅浑我这条平静的水流。我的雇员全是正派人,他们给我创造财富,我付给他们的薪金,远远低于他们创造的价值;因此,我不该冲他们发火,我的火气应当发向那些吃我的饭,骑我的马,还毁我钱柜的人。”

“谁毁您的钱柜了? 请您把话讲清楚,先生。”

“哦! 请放心,就算我同您打打哑谜,我也不会让您用多长时间就能

① 帕克托尔河,古代小亚细亚的一条河流,流经利迪亚地区,传说水流中有金片。
② 德穆蒂埃(1742—1829),法国一位高级神职人员。

猜出谜底，”丹格拉尔又说道，“毁我钱柜的人，就是用一小时的工夫，就从我的钱柜抽走五十万法郎的那些人。”

“我不明白您说什么，先生。”男爵夫人说道，她要同时掩饰话音的激动和脸上的羞红。

“正相反，您明白得很，”丹格拉尔接口道，“不过，如果您成心装糊涂，那我就告诉您，在西班牙债券上，我刚刚损失了七十万法郎。”①

“哼！就这事，”男爵夫人冷笑道，“您亏了这笔钱，难道要我来负责吗？”

“有何不可呢？”

“您亏了七十万法郎，怎么能怪我呢？”

“反正怪不到我头上。”

“干脆彻底摊开了说，”男爵夫人尖刻地回敬道，“我对您讲过，千万别对我说什么钱柜：这种话，无论在我父母家还是前夫家，我从来没有学过。”

“这我完全相信，”丹格拉尔说道，“还不是因为您父母也好，您前夫也罢，全都一文不名。”

“正因为如此，我在他们那里就没有学到银行的行话，可是在这里，从早到晚，听得我耳朵都疼了。那些埃居，数了又数，那声响真难听，据我所知，更难听的，也就只有您的这副嗓门了。”

“说老实话，”丹格拉尔说道，“这也太奇怪了！我还以为您对我的生意的兴趣强烈到极点了呢！”

“我！谁能让您相信这种蠢话？”

“您本人啊。”

“哦！当真？”

“当然了。”

“我倒希望您说明是怎么回事。”

---

① 原文前后数目不一致。

“唔！我的上帝！这很容易。就在二月份，您主动向我提起海地公债的事：您说梦见一艘大船驶进勒阿弗尔港，船上带来一条消息：原以为无限期延长兑现的公债，近日就要还本付息了。我知道您睡梦有多么清醒，因而就派人暗地买进所有我得到的海地公债，结果一把赚了四十万法郎，拿出十万给您，一厘也不差。您按照自己的心愿，怎么用掉这笔钱，就同我无关了。”

“再就是三月份，承建铁路那件事，有三家公司竞标，提供的保证也都相同。您对我说您凭直觉，应该说，您虽然总自谦不懂股票交易，我倒认为在一些事情上，您的直觉很灵敏，您对我说凭直觉相信，南方公司将会中标。”

“我当即收购这家公司三分之二的股份。不出您所料，这家公司果然中标，股票价位随即飙升三倍，我就有一百万法郎进账，又拿出二十五万给您作私房钱。这二十五万法郎，您用到什么地方上去了呢？”

“您到底是什么意思啊，先生？”男爵夫人嚷道，她又气又急，不禁浑身发抖。

“稍安勿躁，夫人，这就到正题了。”

“真是万幸！”

“到了四月份，您去大臣府上吃饭，席间谈到西班牙问题，您听见一段密谈，事关放逐唐·卡洛斯。于是，我买进了西班牙公债，结果放逐成为事实，就在查理五世重渡比达索亚河[①]，重返西班牙之日，我赚了六十万法郎。这六十万法郎中，您又拿走五万埃居；您拿走属于您的一份，由您怎么支配，我并不过问；但是，今年您一共收入五十万利弗尔，总归不假吧？”

“那又怎么样呢，先生？”

“哼！是啊，怎么样！恰恰在这之后，事情就不像样了。”

“您可真会拐弯抹角……实际上……”

---

① 比达索亚河，法国和西班牙的一条界河。

“这才能理清我的想法,我也只求这一点……这之后,这之后也不过是三天前。且说三天前,您同德勃雷先生一起谈论政治,您似乎从他的话里听出,唐·卡洛斯已经返回西班牙。于是,我就抛售西班牙债券,当时消息传开,闹得人心惶惶,我不是抛售,而是抛出了。不料第二天,又说消息是假的,可是为这条假消息,我赔进去七十万法郎。”

“赔了怎么样?”

“怎么样,既然赚了我就给您四分之一,那么赔了,您也应该补给我四分之一:七十万法郎的四分之一,就是十七万五千法郎。”

“您这么讲也太过分了,真的,我不明白,你怎么又把德勃雷先生的名字扯进这件乱事儿里呢。”

“因为我讨要的这十七万五千法郎,您万一手头没有的话,就可以去向您的朋友借,而德勃雷先生,就是您的一位朋友。”

“岂有此理!”男爵夫人嚷道。

“哎!夫人,请不要指手画脚,不要大喊大叫,也不要演现代剧那一套,否则就要逼我对您说,我从这件事中看出,德勃雷先生守着您今年数给他的五十万利弗尔,正在那里得意窃笑呢,心想他终于找到连最精明的赌徒也从未发现的高招儿,就是不用下本就能赢钱,赌输了也不蚀本。”

男爵夫人要发作了:

“无赖!”她嚷道,“您敢说您今天敢于责备我的事,当初您不知道吗?”

“我不跟您说当初我知道,也不跟您说当初我不知道,只想对您说:自从您不再是我妻子,我也不再是您丈夫的这四年来,您回顾一下我的行为,算不算始终如一。就在我们的关系破裂前不久,您要跟那位在意大利剧院一炮打响的男中音学声乐,而我则想跟那位在伦敦走红的女舞星学舞蹈。我为我们俩交了学费,将近十万法郎。我什么话也没讲,这是家庭和谐的必要花费。丈夫精通了舞蹈,妻子精通了声乐,花十万法郎也不算太贵。过了不久,您厌倦了音乐,又要跟一位大臣的秘书学习外交;学就学吧,我也不管。您当然明白:您拿私房钱付学费,干我什么事?不料今

天，我发觉您掏了我的腰包，您学艺，每月可能让我花费七十万法郎。您给我打住吧！夫人，事情可不能这样继续下去了。要不然，这位外交官授课……不要钱，我就容忍他，要不然，他从此再也不能踏进我的家门。您听明白了吗，夫人？”

“噢！简直太过分了，先生！”埃尔米娜嚷道，一时岔了气，“您一点廉耻也不要了。”

“不过，我也高兴地看到，”丹格拉尔回敬道，“您也没有守着廉耻，您情愿遵循这样一条准则：‘夫唱妇随。’”

“说起脏话啦！”

“此话有理：咱们先确定事实，再冷静地理论。我一向不插手您的事务，除非是为了您的利益，请您也这样对待我。您说什么，我的钱柜与您不相干？那好吧，您就用自己的钱柜搞投机吧，不必装满，也不必倒空我的钱柜。况且，整个这件事，是不是政治上的雅纳克一击①，是不是内务大臣见我站在反对派一边就大为恼火，又见我深得民心而格外嫉妒，便与德勃雷先生串通一气，要把我搞破产了，天晓得呢？”

“不可能有这种事！”

“当然了，谁见过这种事啊……一条错误的快报消息，也就是说，不可能，或者基本上不可能。两个发报员，发出了完全不同的信号！……其实，这是特意给我安排的。”

“先生，”男爵夫人低首下决心地说道，“我想您不会不知道，那名职员被开掉了，甚至有人说要起诉他，已经签发了拘捕令，可是人已经溜之大吉，没法拘捕，也没法调查。这表明他不是发了疯，就是犯了罪……这是一次过失。”

“对，这一过失让傻瓜开怀大笑，让内务大臣一夜难眠，也让那些内阁秘书涂写了多少张公文纸，可是让我花费了七十万法郎。”

---

① 德·雅纳克男爵（1505—1573），法国贵绅，一次他同人决斗，有法王亨利二世和许多朝臣在场，他眼看要被击败，却突然刺向对手膝部，转败为胜。这种出人意料又合乎规则的一击，后来称为“雅纳克一击。”

"不过,先生,"埃尔米娜又突然说道,"所有这一切,既然照您看来,罪魁祸首是德勃雷先生,这番话您为什么不直接对德勃雷先生讲,却来对我说一通呢?您为什么不谴责男人,却来怪女人呢?"

"难道我认识什么德勃雷先生吗?"丹格拉尔反问道,"难道我要认识他吗?难道我要了解他能出什么主意吗?难道我要听从这些主意吗?难道我在赌吗?不,这一切是您在做,而不是我吧?"

"然而我认为,您既然获益……"

丹格拉尔耸了耸肩膀。

"有些女人,搞了一两次阴谋,没有让全巴黎人都知道,就自以为是天才了,殊不知有多傻!您想想看吧:您的放荡行为,是怎么向您丈夫隐瞒的,简直如同儿戏,因为大部分时间,做丈夫的并不想去看,而您只不过苍白地模仿您的半数女友,交际场上的那些女子罢了。然而我则不同,我始终瞧着,什么都看在眼里。这十六年来,也许您有个把念头瞒过我,但是您的每种尝试、每次行动、每个过失,都逃不过我的眼睛。您呢,还自鸣得意,觉得自己多么机灵,坚信把我蒙在鼓里。结果怎么样呢?结果多亏我佯装一无所知,您的那些朋友,从德·维尔福先生一直到德勃雷先生,没有一个不在我的面前战战兢兢。他们当中,没有一个敢不把我当成一家之主,我要您做到的,也唯有这一点。总之,他们当中,没有一个敢在您面前谈论我,像我今天对您这样放开了谈论。我可以容忍您让人觉得我可憎,但是要阻止您让人觉得我可笑,尤其严防您,这是首要的,严防您把我搞破产。"

在没有指名道姓讲出维尔福之前,男爵夫人还算能沉得住气;可是一听到这个名字,她脸色刷地白了,身子仿佛安了弹簧,腾地站起来,伸出手臂,就好像要驱赶一个幻影似的,朝她丈夫走了三步,势欲抓住丈夫的老底。因为这个秘密,丹格拉尔可能不了解,也可能知道,但是不愿意把牌全部亮出来,这是他的一种不可告人的计谋,几乎什么事他都老谋深算。

"德·维尔福先生!这话什么意思!您到底要说什么?"

"夫人,这话意味您的前夫,德·纳尔戈恩先生既不是哲学家,也不

是银行家，或者同时为哲学家和银行家，因此，他外出九个月后回家发现，您已有六个月身孕，他看到从一个检察官身上捞不到任何好处，就抑郁而终，或者饮恨而死。我这人是粗暴，我不仅自知这一点，还为此炫耀，这是我做生意取得成功的一个手段。他为什么不杀掉对头，反而自己寻死呢？因为他没有救命的钱柜。而我呢，我仰仗自己的钱柜。德勃雷先生，我的合伙人，他造成我七十万法郎的亏损，就应当承担他那份损失，我们还可以继续合伙做生意；否则的话，他就得向我申报破产，拿不出那十七万五千利弗尔，也跟所有破产者一样，从此消失。唔！我的上帝！我知道，当他的消息准确的时候，他是个可爱的小伙子；然而，当他的消息不准确时，那么世上比他强的人，一扒拉就能找出五十人。”

丹格拉尔夫人大惊失色；不过，她还是极力挣扎，要回敬这最后一击。她仰身瘫坐到一张扶手椅上，一时浮想联翩，想到维尔福，想到晚宴的那个场面，想到近来几天，接二连三她家降临的灾难，安适宁静的家庭发生了丢人的争吵。她竭尽全力要昏倒过去，可是丹格拉尔连瞧也不瞧她一眼，没有再讲一句话，就拉开卧室的房门，径自回他的房间；丹格拉尔夫人被丢在那里，等到从半昏迷的状态醒来时，真可以认为自己做了一场噩梦。

第六十六章　婚事

这场较量过后第二天，到了德勃雷上班途中，通常顺便来看望一下丹格拉尔夫人的时刻，他的轻便马车却没有驶进庭院。

这一时刻，即十二点半左右，丹格拉尔夫人吩咐备车出门。

丹格拉尔躲在窗帘后面，窥视在他意料之中的这次外出。他吩咐仆人，一俟丹格拉尔夫人返回就来禀报一声。直到两点钟，她还没有回府。

到了两点钟，他吩咐套马备车，前往议会，登记发言反对预算案。

从中午到两点，丹格拉尔一直待在书房，拆看急件，他的脸色越来越阴沉，在纸上数字叠数字，也接待了几位客人，其中包括卡瓦尔坎蒂少校。少校仍然穿那身蓝色制服，仍然显得那么拘板，那么一丝不苟，他按昨晚约定，准时到达，同银行家谈妥了他取款事宜。

丹格拉尔在议会的辩论中，言词相当激烈，尤其抨击内务大臣，其猛烈程度前所未有。他离开议院，登上自己的马车，吩咐仆人驶到香榭丽舍大街三十号。

基督山在府上，但是有客人，因此请丹格拉尔在客厅稍等片刻。

银行家在客厅里等待时，看见开门走进一个神甫打扮的人。那人同伯爵的关系显然比他密切，没有像他一样等候，而是冲他点点头，便朝里面的房间走去，从他眼前消失了。

过了一会儿，神甫刚才走进的那扇房门重又打开，基督山走出来。

“对不起，亲爱的男爵，”基督山说道，“我的一位好友，布索尼神甫，

开门走进一个神甫打扮的人。

刚巧来到巴黎，想必您看见他进屋了。我们很久未见面了，因此我不忍心马上就丢下他。但愿您能考虑这个情由，原谅我让您久等了。”

“哪里，哪里，”丹格拉尔忙说道，“何出此言；倒是我来得不巧，我这就告便。”

“千万不要走，正相反，您坐下来吧。哎呀，仁慈的上帝！您这是怎么啦？一副忧心忡忡的样子。老实说，您这神态让我心惊。一位愁眉苦

脸的资本家，就像划过天空的流星，总预示大灾大难要降临人间。”

“我呢，亲爱的先生，”丹格拉尔答道，“这几天我走背字，事事都倒霉。”

“噢！我的上帝！”基督山说道，“难道您的哪种股票大跌啦？”

“不是，我不在乎了，至少这几天不会放在心上。这回对我来说，事情更绝，的里雅斯特的一家银行倒闭了。”

“真的吗？倒闭的那家银行，会不会碰巧就是雅科波·曼弗雷迪那家银行呢？”

“正是那家银行！您想想看，一个人同我有业务往来，每年总有八九十万法郎的业务量，这种关系也不知道持续多久了，从未错过账，从未误过期；那家伙就跟王爷一样，付款特别痛快……这回，我给他垫资一百万，谁知道雅科波·曼弗雷迪那个鬼东西，竟然中止偿付！”

“真的吗？”

“一声劫难，真是闻所未闻。我应当从他那里提取六十万利弗尔，结果没有付款，汇票退回来了。此外，我还有一张他签发的汇票，四十万法郎的款额，这个月底到期，可以到他在巴黎的代理人那里兑现。今天是三十号，我派人去取钱；嘿！好嘛，代理人无影无踪了。再加上西班牙公债的事儿，这个月底一盘算，我可惨了。”

“西班牙公债那笔交易，您真的受了损失？”

“当然了，从我的钱柜流出去七十万法郎，就是这码事儿。”

“真见鬼，您这么一个老行家，怎么闹出这样的笑话呢？”

“唉！这要怪我妻子。她梦见唐·卡洛斯返回西班牙；她相信自己梦见的事，说这是磁性感应，她梦见什么事，那件事就一准应验。我见她深信不疑，就允许她赌一把：她有自己的钱箱，也有自己的经纪人。她下了赌注，结果输了。不错，她是用自己的钱，而不是拿我的钱赌的。可是，不管怎么说，您会理解，七十万法郎从妻子腰包里出去了，做丈夫的总要有所觉察。怎么！这事儿您还不知道？真是闹得满城风雨呢。”

“知道，我听人说过，但是不知其详。再说了，交易所的各种投机生

意，我就是一窍不通。”

“你就不赌一赌？”

“我！您叫我怎么赌呢？我结算各种收益，就已经忙得不可开交，除了管家，恐怕我还得雇一个跑腿的、一个管账的。对了，关于西班牙，我觉得男爵夫人并不是完全做梦，所谓唐·卡洛斯返回西班牙的故事，报纸上不是也刊登了类似的消息吗？”

“怎么，您相信报纸？”

“我，根本不相信；不过我觉得，《信使报》很诚实，倒是个例外，它只刊登确切的消息，快报发的消息。”

“对呀，正是这一点令人费解，”丹格拉尔接口道，“唐·卡洛斯回国，确实是一条快报站发送的消息。”

“总起来说，”基督山说道，“这个月，您差不多亏损了一百七十万法郎吧？”

“不是差不多，恰恰是这个数。”

“见鬼！对于一份第三流的财富来说，”基督山不无同情地说道，“这的确是一次沉重的打击。”

“第三流？”丹格拉尔颇感丢面子，说道，“您这话是什么意思？”

“毫无疑问，”基督山接着说道，“我将财富分为三个等级：第一流财富、第二流财富、第三流财富。我称为第一流财富的，就是拥有的珍宝、土地、矿山，以及在法国、奥地利、英国这些国家的固定进项，只要这些珍宝、土地、矿山和进项，总数能达到上亿。我称为第二流财富的，就是制造业、股份公司、收益不超过一百五十万法郎的总督辖地和王公采邑，总资产约合五千万。最后，我称为第三流财富的，就是靠组合利益生财的资本，这类收益取决于他人的意志或者偶然的运气，有一家银行倒闭就受殃及，一条快报消息就会摇摇欲坠；这些风险投机，各种生意，都得依赖命运的变数，而比起大自然不可抗拒的力量来，人的命运不过是一种微弱的力量；这些资本虚的实的，总共约有一千五百万。您的状况基本如此，您说是不是？”

“正是,正是!”丹格拉尔答道。

“照此下去,再有六个这样的月终,”基督山慢条斯理,继续说道,“一个第三流财富的产业,也就该奄奄待毙了。”

“噢!”丹格拉尔苦笑一下,说道,“照您这么说,也太快了点儿!”

“那就打七个月吧,”基督山以同样的口气回答,“您说说看,您有时是否想过,七个一百七十万,就差不多是一千二百万……没想过?是啊,您不想也对,因为这样一考虑,就不会把资本投出去了。然而,资本对于金融家而言,就是文明人的那张皮。我们穿着多少有点奢华的外衣,这便是我们的信用;不过,人一死,就只剩一张皮了;同样,您一脱离生意,也就只剩下实有财产,顶多五六百万;因为,第三流财富,只有表面的三分之一,或者四分之一的价值,就好比火车头,在烟雾笼罩中显得十分庞大,其实不过是一台马力相对强大的机器。是啊,您实际资产五百万,损失了将近二百万,您的虚有资产或您的信用,也相应减少了;也就是说,我亲爱的丹格拉尔先生,您的皮刚破了一道口子放血了,这种情况再有四次,就要一命呜呼了。嘿!嘿!您可得当心,我亲爱的丹格拉尔先生。您需要钱吗?要不要我借给您一些?”

“您这算法真够毒的!”丹格拉尔提高嗓门说道,他还极力装得满不在乎,完全想得开的样子,“就在此刻,其他几笔投机生意成功了,钱又回到我的钱柜。放出的血,又靠营养补回来了。我在西班牙打了一次败仗,在的里雅斯特也溃败了;然而,我派往印度的船队,定将满载金银财宝返航,我派往墨西哥的探险队,也会发现几座富矿。”

“很好,很好!但总还是有伤疤,再亏损一笔,就又要破裂流血。”

“不可能,因为我一步一个脚印,非常稳当,”丹格拉尔继续说道,“他拿出江湖骗子的看家本领,大吹大擂。要想扳倒我,先得垮掉三届政府。”

“还别说!真出过这种局面。”

“先得大地不长庄稼……”

“您还记得七头肥奶牛和七头瘦奶牛的故事吧。”

"或者,先得大海干涸,如同法老时代那样。况且,大海也有好多,全干了,船队还可以改成商人。"

"那太好了,那真是天大的好事,亲爱的丹格拉尔先生,"基督山说道,"看来我估计错了,应当把您归入第二流的富豪。"

"我认为自己可以期望这种荣誉,"丹格拉尔答道,他那刻板的微笑给基督山的印象,就好似蹩脚的画家画在废墟半空的朦胧月亮。"不过,既然谈到了生意,"他又补充道,心中庆幸趁机改变话题,"就请您对我说说,我能为卡瓦尔坎蒂先生做些什么。"

"就给他钱呗!既然他在您的银行开了信用户头,而且您认为这种信用没有问题。"

"绝对可靠!今天上午他去见我,拿了一张四万法郎的现金汇票,是布索尼签发给您支付的,您又背书之后转给了我。要知道,我当即支付给他四十张方票。"

基督山点了点头,表示完全同意。

"还有,"丹格拉尔继续说道,"他为他儿子在我的银行开了个账户。"

"如果不太冒昧,请问他给年轻人多少钱?"

"每月五千法郎。"

"一年六万法郎。不出我所料,"基督山耸耸肩膀,说道,"卡瓦尔坎蒂家族的人,全是吝啬鬼。一个月才五千法郎,让一个年轻人怎么混啊?"

"可是,您也明白,假如那个年轻人要多支取几千法郎……"

"千万别透支给他,那老头子会把账算到您的头上。您可不了解,意大利那些百万富翁,都是名副其实的阿巴公[①]。他开这个户头由哪家银行作保?"

"唔!是芬奇银行,佛罗伦萨一家最好的银行。"

---

① 法国17世纪喜剧作家莫里哀剧作《悭吝人》中的主人公,阿巴公在法语中已成为吝啬鬼的代名词。

“我并不想说您会赔钱，绝无此意；不过，您要抠住担保书的条款。”

“怎么，您信不过那个卡瓦尔坎蒂吗？”

“我！只要他签字，我可以支付给他一千万。他就归入我刚才对您讲的第二流财富，我亲爱的丹格拉尔先生。”

“可是，他那样子很普通！我真可能仅仅把他当作少校了。”

“那您也是高看他了；因为，您的眼光不错，他实在是貌不惊人。初次见面的时候，他给我的印象，就是戴着光板肩章的一个潦倒的老中尉。要知道，意大利人全是那路货，要么像东方大法师那样光彩夺目，要么就像犹太老家伙那样穷酸相。”

“那个年轻人倒是强多了。”丹格拉尔说道。

“对，恐怕就是有点腼腆；不过，总的来说，我觉得他还拿得出手。本来我还挺担心的。”

“为什么担心呢？”

“因为您看到了，他进入我家，差不多就等于踏入社交界，至少有人这么对我讲。他随同一位特别严厉的家庭教师旅行，却从未来过巴黎。”

“所有那些世家出身的意大利人，习惯于在他们之间逼婚，对不对？”丹格拉尔仿佛随意问道，“他们喜欢让他们的财富联姻。”

“不错，他们通常是这样做的；然而，卡瓦尔坎蒂是个怪人，为人处世样样与众不同。别人打消不掉我这样的看法；他送儿子到法国来，就是为了在这里娶亲。”

“您这么认为？”

“我确信无疑。”

“您听人谈起他的家产吗？”

“问题的关键就在这里。可是，有人说他拥有数百万家私，也有人说他身无分文。”

“你呢，怎么看？”

“我这纯粹是个人看法，不足为凭。”

“究竟怎么看呢？……”

“依我之见，当年所有那些高官权臣、那些将领统帅，因为，历代卡瓦尔坎蒂家族的人统领过军队，管辖过一些省份地区；依我之见，他们都有百万家私，藏匿起来，而藏宝的地点，只有长子知道，并由长子代代相传；有他们的脸色为证，一张张又干又黄，酷似共和国时代弗罗林金币，只因他们总赏玩金币，久而久之，金色的反光竟留在他们的脸上。”

“太对了，”丹格拉尔说道，“而且，他们那些人，谁也没有一寸土地，就更能证明这一点了。”

“就是有土地也少得可怜。据我所知，卡瓦尔坎蒂只有卢卡那座公馆。”

“哦！他有一座公馆！”丹格拉尔嘿嘿笑道，“这已经不少了。”

“是啊，就这，他还租给了财政大臣，而他自己则住到一座小房子里。唔！我记得对您说过，那老兄是个铁公鸡。”

“好了，好了，您别吹捧他了。”

“听我说，我对他了解甚微：想来我一生只见过他三次。我所了解的这些情况，也都出自布索尼神甫和他本人之口。今天上午他还向我谈起他对儿子的种种打算，给我的感觉是他不想再让巨额家产在意大利休眠。意大利是个死气沉沉的国家，他要设法，或者在法国，或者在英国，让他那几百万资产生利增钱。但是千万要注意，我本人是绝对相信布索尼神甫，但是我不能确保任何情况。”

“这没关系，感谢您向我推荐了这样的客户：这个响亮的名字能给我的客户名册增辉。账房先生听我说明卡瓦尔坎蒂家族的背景之后，也为之感到自豪。对了，这完全是题外话，这些人给儿子娶亲，是否给他们财产？”

“哦！我的上帝！那要视情况而定。我就认识一位意大利王爷，富得赛过金矿，是托斯卡纳地区最显赫的大贵族，他几个儿子结婚时，合他心意的就给几百万，不合心意的，就每月只供给三十埃居。安德烈亚结婚，如果是按照父亲的心愿，他父亲就可能给他一百万、两百万、三百万。如果他娶了一位银行家的女儿，老卡瓦尔坎蒂说不定会入股，把钱投进亲

家的银行。再假如，老头子不喜欢儿媳妇，那就再见了，他会把钱柜锁上两道，于是，安德烈亚少爷就别无出路，要像巴黎普通人家的子弟，靠打牌或掷骰子混日子了。”

“那个小伙子，也许会娶一位巴伐利亚公主，或者秘鲁公主吧；他要戴着帽形王冠，掌管波托西河[①]流经的黄金国。”

“不会的，阿尔卑斯山那边的所有大贵族，往往跟普通人家结亲；他们有点像天神朱庇特，喜欢让不同种类的人通婚。咦，怎么！我亲爱的丹格拉尔先生，您问我这么多问题，是想让安德烈亚做您的乘龙快婿吗？”

“真的，”丹格拉尔答道，“我看这笔投机生意不错，我总归是个投机商人嘛。”

“我推想，不是拿丹格拉尔小姐去搞投机吧？您不希望挑起阿尔贝，给可怜的安德烈亚的脖子抹一刀吧？”

“阿尔贝？”丹格拉尔耸耸肩膀说道，“哼！是啊，他是挺在乎这事儿的。”

“然而，我想他是令爱的未婚夫吧？”

“这么说吧，德·莫尔塞夫先生和我，我们谈过几次这桩婚姻；可是，德·莫尔塞夫夫人和阿尔贝……”

“您不会对我说，阿尔贝还不配吧？”

“嘿！嘿！在我看来，丹格拉尔小姐也完全配得上德·莫尔塞夫先生！”

“丹格拉尔小姐的嫁妆，一定会很可观，这一点我并不怀疑，只要快报站不再乱发消息。”

“唔！这不仅仅是嫁妆的问题。对了，能顺便问您一句吗？”

“请讲！”

“您这次设宴，怎么没有邀请莫尔塞夫一家人呢？”

“我请了，但是他另有安排，要陪德·莫尔塞夫夫人去第厄普，只因

① 波托西河，玻利维亚境内的一条河流。

夫人遵医嘱,要去海边呼吸新鲜空气。”

“对,对,”丹格拉尔笑道,“大海的空气肯定对她有益。”

“此话怎讲?”

“因为她年轻时,呼吸的就是海边的空气。”

基督山佯装没有留意,放过了这句俏皮话。

“虽说阿尔贝比不上丹格拉尔小姐富有,”伯爵说道,“但是不管怎样,您不能否认他有个高贵的姓氏。”

“即便如此,我也同样喜爱自己的姓氏。”丹格拉尔答道。

“当然了,您的大名家喻户晓,为您的爵号增辉,而一般人则认为,是您的爵号为您的姓氏添彩了呢。然而,您毕竟是个极聪明的人,不会不明白,有些偏见实在根深蒂固,一般人总认为,一个历时五个世纪的爵位,就是比仅有二十年历史的爵位高贵。”

“恰恰有鉴于此,”丹格拉尔说道,同时极力赋予他的微笑以嘲讽的意味,“有鉴于此,我喜欢安德烈亚·卡瓦尔坎蒂先生,胜于喜欢阿尔贝·德·莫尔塞夫先生。”

“不过我猜想,”基督山又说道,“莫尔塞夫家族并不亚于卡瓦尔坎蒂家族吧?”

“莫尔塞夫家族!……喏,我亲爱的伯爵,”丹格拉尔又说道,“您是文雅高尚的人,对不对?”

“我想是的。”

“还精通纹章学吧?”

“略知一二。”

“那好,请您看看,我这纹章的颜色,要比莫尔塞夫纹章的颜色牢靠得多。”

“此话又怎讲?”

“因为,我虽非世袭的男爵,但至少还是叫丹格拉尔。”

“这又如何?”

“而他却不叫莫尔塞夫。”

“什么,他不叫莫尔塞夫?”

“根本不叫。”

“算了吧!”

“我呢,男爵是封给我的,因此我是男爵;而他,伯爵是自封的,因此他不是伯爵。”

“不可能。”

“听我说,亲爱的伯爵,”丹格拉尔继续说道,“德·莫尔塞夫先生是我的朋友,确切地说,是我三十年的老熟人了。我呢,您也知道,我并不看重我这纹章,因为,我从未忘记自己的出身。”

“这表明一种极大的谦抑,或者一种极大的傲慢。”基督山说道。

“实话说吧,我当小职员那时候,莫尔塞夫不过是普通渔夫。”

“那时候他叫?”

“菲尔南。”

“全名呢?”

“菲尔南·蒙德戈。”

“您敢肯定吗?”

“当然了!他从前卖给我不少鱼,当然熟悉了。”

“那么,您又为什么要把令爱许配给他家呢?”

“只因菲尔南和丹格拉尔,两个都是暴发户,都封了爵位,都发了财,在骨子里两个人都半斤八两,只是有些事议论到他,从来没有议论到我头上。”

“什么事?”

“没什么。”

“哦!对,我明白了,您对我这么一说,我倒想起来了,菲尔南·蒙德戈这个名字,我在希腊听说过。”

“关系到阿里-帕夏事件吗?”

“正是。”

“这恰恰是个谜,”丹格拉尔又说道,“我得承认,我愿意付出很大代

价揭开这个谜底。”

“假如您特别想弄清真相,倒也不难做到。”

“此话怎讲?”

“不用说,您在希腊有些关系行吧?”

“当然了。”

“在约阿尼纳呢?”

“各地都有。”

“那好,您就写信去,问您在约阿尼纳的同行,在阿里-台佩莱纳的遇害事件中,一个叫菲尔南的法国人扮演了什么角色。”

“此话有理!”丹格拉尔腾地站起身,高声说道,“今天我就写信!”

“请吧。”

“我这就去办。”

“您若是真收到十分轰动的消息……”

“我一定告诉您。”

“那就多谢了。”

丹格拉尔冲出房间,转瞬间就跳上他的马车。

第六十七章　检察官的办公室

暂且不表这位银行家驱车回府，还是跟随早早出门的丹格拉尔夫人走走。

前面说过，十二点半时，丹格拉尔夫人吩咐套车，并乘车出门去了。

马车朝圣日耳曼区驶去，停到新桥巷口。

她下了车，穿过巷子。她的衣着很简朴，很符合早半晌出门的一位有教养的女子。

走到盖内戈街，她叫了一辆出租马车，吩咐车夫去阿尔莱街，看来那是她此行的目的地。

她在车厢里坐定，便从衣兜里掏出一副很厚的黑面纱，系在她的草帽上，然后又戴上帽子，对着小镜子照了照，欣喜地看到，别人只能看见她的白皙肌肤和明亮的眸子了。

出租马车驶过新桥，进入多菲内广场，到了阿尔莱法院。车夫打开车厢门，丹格拉尔夫人付了车钱，便急步走向楼梯，轻盈地上楼，很快到了休息厅。

早半晌，法院里事情很多，忙忙碌碌的人则更多；忙碌的人便无暇注意女人，因此，丹格拉尔夫人穿过休息厅，也同另外十来个等待律师的女子一样，并没有引起更多的注意。

德·维尔福先生的候见室里挤满了人；但是丹格拉尔夫人甚至无需通报姓名，刚一进门，一名执达员就起身迎上来，问她是不是检察官先生

约见的那个人，得到首肯之后，就带她从一条闲人免进的走廊，来到德·维尔福先生的办公室。

检察官坐在扶手椅上，背对着门，正在写什么，他听见开门的声响，又听见执达员说："请进，夫人！"以及关门的声音，仍然一动不动。不过，他刚一感到执达员走远了，便猛然转过身，走过去锁上房门，又拉上窗帘，还察看一下办公室的每个角落。

他确认谁也看不见或听不到之后，才放下心来，对丹格拉尔夫人说道：

"谢谢，夫人，谢谢您准时来见面。"

接着，他挪过一把扶手椅，丹格拉尔夫人立刻坐下，因为，她的心怦怦狂跳，几乎喘不上气来了。

"是啊，夫人，"检察官也坐下，并转了半圈，正好同丹格拉尔夫人面对面，他这才说道，"是啊，夫人，很久我没有这份福运，单独同您交谈了。今天我们相聚，我十分抱歉，却要进行一场创巨痛深的谈话。"

"尽管如此，先生，您这不见到，您一呼唤我就来了，虽说这场谈话，对我肯定比对您还要揪心。"

维尔福苦笑一下。

"这是真的了，"他说道，仿佛不是回答丹格拉尔夫人的话，倒像回应他自己的心声，"这是真的了，我们从前的所有行为，有的留下模糊的，有的留下清晰的痕迹！这是真的了，我们在人生旅途上的所有脚步，如同爬行动物在沙地上留下的印痕！唉！对许多人来说，这印痕就是泪痕啊！"

"先生，"丹格拉尔夫人说道，"我此刻的激动心情，您一定能够理解，对吧？那就请您对我抬抬手。这间屋子，有多少罪人来过，他们浑身颤抖，满面羞愧；这把扶手椅，此刻我坐在上面，也是满面羞惭，浑身颤抖啊！……噢！要知道，我需要依靠自己的全部理智，才能不把自己视为一个犯多大罪的女人，也不把您看成一位咄咄逼人的审判官。"

维尔福摇了摇头，又叹息一声。

"可是我呢，"他也说道，"我心里想，我此刻的位置，不是审判席，而

是被告席。"

"您?"丹格拉尔夫人诧异地问道。

"对,是我。"

"我觉得您这方面,恐怕苛责自己,夸大了这种局面,"丹格拉尔夫人说道,她那双十分美丽的眼睛,一瞬间特别明亮,"您刚才所说的印痕,正是感情奔放的每个人的青春足迹。纵情之余,欢乐之后,总要有几分愧疚。正因为如此,福音书,不幸者的这一永恒的精神源泉,用精彩的寓言故事支持我们这些可怜的女子,讲述了少女失足和妇女失节如何改邪归正。因此,不瞒您说,我回首青春时期的放荡行为时,也往往想到上帝会宽恕我的,因为我受了这么多痛苦,即使不能免罪,至少也可以补过吧。然而你们男人,又何惧这一切呢?这些风流韵事,人人都会谅解,甚至还能抬高你们的身价。"

"夫人,"维尔福答道,"您了解我,我不是一个伪君子,或者至少,我不会毫无缘由地搞虚伪那一套。我的额头之所以严峻,也是诸多不幸聚积的阴云;我的心肠之所以坚硬,也是为了承受接连的打击。我年轻时并不如此,在我订婚的那天晚上,我们在马赛库尔街围坐在一桌宴席那时候,我也并不如此。然而,从那之后,我身上的一切,我周围的一切全变了;我的生命耗在追求难以实现的东西上,耗在艰难奋斗中推毁那些挡路的人身上:那些人不管有意还是无意,不管成心还是偶然,却横在我去追求那些事物的路上。凡是有人强烈渴望获取,或者企图夺取的东西,绝少不遭遇拥有者的顽强守护。因此,人的恶行大多生发于内心,又总打着'势在必行'的似是而非的幌子;在狂热、恐惧和懵懂的状态下所产生的恶行,事后就会清楚地看到:这原本可以避免,可以擦肩而过的。本来就有好的做法,现在看来又容易又简单,可是当时我们双眼蒙蔽,根本看不到。于是我们扪心自问:我为什么这样干,而没有那样做呢?然而,你们,夫人们则不然,你们难得会受愧疚的折磨,因为决定很少是你们做出来的,你们的不幸,几乎总是别人强加给你们的,你们的过错,也几乎总是别人的罪恶。"

“不管怎样,先生,您得承认这样一点,”丹格拉尔夫人说道,“我固然犯了一个过失,而这个过失即使全是我一人的责任,那么昨天晚上,我已经受到了严厉的惩罚。”

“可怜的女人!”维尔福握住她的手,说道,“对您这弱女子来说,这惩罚未免太严厉了,您当时有两次险些晕倒,然而……”

“怎么样?”

“怎么样,我应当告诉你……鼓起您的全部勇气吧,夫人,您还没有走到头呢!”

“我的上帝!”丹格拉尔夫人吓坏了,高声说道,“还有什么呀?”

“您只瞧见过去,夫人,当然,过去那一段很黑暗。那么,您想象一下,一种未来,更加黑暗,一种未来……无疑令人胆战心惊……也许充满血腥!……”

男爵夫人深知维尔福的镇定,见他现在这么激动,就不免惊慌失措,嘴巴张开想喊叫,可是叫声却哽在喉咙里。

“那段可怕的过去,怎么又复活了呢?”维尔福高声说道,“本来在墓穴深处,在我们心灵深处沉睡,怎么像幽灵似的,又钻出来,吓得我们面颊苍白,又羞得我们额头愧赧呢?”

“唉!”埃尔米娜叹道,“肯定事出偶然。”

“偶然!”维尔福接口说道,“不对,不对,夫人,绝非偶然!”

“怎么不是。偶然,不错,也是命中注定,可是发生这一切,难道不是偶然的吗?德·基督山伯爵买下那座别墅,难道不是偶然的吗?他让人翻地松土,难道不是偶然的吗?最后,那可怜的孩子在树下给挖出来,难道不是偶然的吗?我那可怜的无辜孩子,我生出来,连吻都没有吻一下,只是为他流下许多眼泪。噢!伯爵一说到从花坛下挖出那可爱孩子的骸骨,我的心就随着飞走了。”

“可是,并非如此,夫人,这就是我要告诉您的可怕情况,”维尔福嗓音嘶哑地答道,“不对,从花坛下根本就没有挖出骸骨,根本就没有挖出那孩子;不,还不应该哭泣;不,还不应当呻吟,而是应当发抖!”

“您这话是什么意思?”丹格拉尔夫人果然浑身战栗,高声问道。

“我是说,基督山先生从树下,既没有挖出孩子的骸骨,也没有挖出铁皮匣子,因为树下既没有埋孩子,也没有埋铁皮匣。”

“既没有埋孩子,也没有埋铁皮匣!”丹格拉尔夫人重复道,她那双眼睛瞪得极大,显示惊骇的神色,凝视着检察官,“既没有埋孩子,也没有埋铁皮匣!”她又重复道,就好像力图用话语之音和发出的声音,来固定她那要逃逸的思绪。

“没有!”维尔福说着,额头埋到手掌里,“根本没有埋下!……”

“怎么,先生,那可怜的孩子,您就根本没有安葬在那里?为什么欺骗我?是何居心?您倒是说呀!”

“本来是埋在那儿的;不过,请听我说,夫人,请听我说,您听完就会怜悯我了。这一痛苦的重负,我这就告诉您,我独自承担了二十年,丝毫也没有推给您。”

“我的上帝!您让我不寒而栗!但也无妨,您就说吧,我听着呢。”

“您也知道,那个痛苦的夜晚是怎么过来的,当时您在红幔帐的房间,躺在床铺上奄奄一息,而我同您一样心急如焚,等待您分娩。孩子生出来,交给我时一动不动,没有气息,也没有发出哭声,我们以为是个死婴。”

丹格拉尔夫人身子猛然一动,仿佛要逃离坐椅。

维尔福却制止她了:他双手合十,似乎恳求她注意听下去。

“我们以为新生儿死了,”他重复道,“我拿一个匣子,权作棺材,将他放进去,然后下楼到花园,挖了一个坑,匆匆将匣子放进去。我刚盖好土,那个科西嘉人的手臂就伸向我。我就恍若看见忽然冲起一个身影,忽然闪过一道寒光,随即感到一阵巨痛,想喊却叫不出声,只觉冰冷的寒战传遍周身,扼住了喉咙……我以为被杀死了,扑倒在地不省人事。我永远也不会忘记您那无与伦比的勇气,当时我苏醒过来,气息奄奄,爬到了楼梯口,而您不顾自己只有一口气,还支撑着身子来迎接。遭此可怕的灾难,还必须保持沉默。您由奶妈搀扶着,以极大的勇气返回房间,我则借口决

斗受了伤。我们完全没有料到,两个人的秘密都保住了。我被送回凡尔赛,同死神搏斗了三个月;最后,看看我又活过来了,医生指出我必须到阳光灿烂和空气清新的南方去休养。于是四个人抬着我,从巴黎动身,每天走六法里,一直到夏隆;德·维尔福夫人一路乘车跟随担架。到了夏隆,再把我安放在船上,沿着索恩河行驶,又驶入罗纳河,顺水到达阿尔勒城;然后我再由人抬着,从阿尔勒走到马赛。我养伤养了半年,没有听人提起您,我也不敢打听您的情况。我回到巴黎之后,才得知您成了德·纳尔戈恩先生的遗孀,又改嫁给了丹格拉尔先生。

“我恢复神志之后,脑子里想什么呢?总想同一件事,总想那孩子的尸体,每夜都梦见他从地下飞了出来,在墓穴上方盘旋,用目光和手势威胁我。因此,我一回到巴黎,就赶紧打听。我们离开之后,那房子一直没人住,但是刚刚租出去,为期九年。我马上去见房客,表示极不愿意看到我岳父母的别墅住进外人,对方如放弃租约,我愿意支付赔偿费:对方要求我付六千法郎,即使提出一万法郎我也照付,两万法郎我也照付。我身上带着钱,当即付清,签了解除租约的协议。我一拿到特别渴望的协议,就飞马直奔欧特伊。自从我离开之后,还没有任何人进入这座别墅。

“那是下午五点钟,我上楼进了红屋,等待天黑。

“在红屋里,我生命难保的一年间始终纠缠我的念头,重又浮现在我的脑海,而且更加咄咄逼人。

“那个科西嘉人,声言向我报仇;从尼姆跟踪我,一直追到巴黎;那个科西嘉人,躲藏在花园里行刺我,他看见了我挖坑,看见了我埋葬孩子;他很有可能了解到您是谁;也许他认识您……他会不会有一天,拿这悲惨事件的秘密相要挟,向您勒索钱财呢?……他一旦得知我中了一刀而没有死,不会认为敲诈是更妙的报仇方式吗?以防万一,迫在眉睫的事情,就是洗掉这段过去的痕迹,消灭一切物证;然而,在我头脑中的鲜明记忆,却是永难磨灭的。

“正是为此目的,我才取消了租契;正是为此目的,我才来到这里;正是为此目的,我才等待天黑。

“天终于黑下来，我静待夜色更浓。房间里没有点灯，一阵阵风吹来，房门震颤有声，我总觉得有人躲在门后窥视。我不时浑身战栗，恍若听见您在我身后那张床上呻吟，但是不敢回头去看。在寂静中，我的心怦怦狂跳，只觉得过于猛烈，要将我的伤口震开了。最后，我听见乡间各种不同的响声逐渐止息，于是明白再也不用怕什么了：我的行动谁也看不见，谁也听不到，我这才决定下楼去。

“听我说，埃尔米娜，我自认为有胆量，比得上任何男子汉，可是当我从胸前掏出这把开暗梯门的小钥匙，我们俩都十分珍视，还要配上金环的这把小钥匙，当我打开那扇房门，看见惨淡的月亮透过窗户，将幽灵似的长长一条白色光带投在旋梯的台阶上，那一时刻，我吓得紧紧靠住墙壁，简直要惊叫起来，感到自己就要发疯了。

“最后，我总算控制住自己的情绪。我一级一级走下楼梯，唯一控制不住的，就是我的双膝莫名其妙地哆嗦，我抓紧了楼梯扶手，哪怕松开一下，我就准得一头栽下去。

“我到达楼梯下面的门口，出了这道门，只见一把铲子斜靠在墙根。我提着一盏风灯，走到草坪中间站住，将灯点亮，再接着往前走。

“已是十一月底了，园子里的树叶已掉光了，骷髅似的伸着瘦骨嶙峋的长长手臂，沙径上的枯叶踏着簌簌作响。

“我恐惧到极点，心缩成一团，接近那片灌木丛时，我还从兜里掏出手枪，顶上了火。我总以为看见树枝间露出那张科西嘉人的脸。

“我举起风灯，照了照矮树丛，树丛里空空如也。我再扫视周围，确认只有我一人，没有任何声响打破这寂静，唯独一只猫头鹰发出尖利而凄厉的叫声，仿佛呼唤黑夜出没的鬼魂。

“我将灯笼挂到一年前我就注意到的树杈上，正是我停下挖坑的地点。

“经过一个夏季，这一片草长得格外茂盛，秋天也没有人割。但是有一小块草显得稀疏，引起我的注意：显然，那正是我动过土的地方。于是，我动手干起来。

“等待了一年多时间，终于到了这一时刻。

“因此，我怀着多大希望，干得多么起劲，又多么细心地探测每一簇草下啊，以为挖下去的铲子碰到了硬东西，可是什么也没有！按说，我挖的坑比原先那个扩大了一倍。怕是自己弄错了，看错了地点；于是，我重新确定方位，观察树木，力图辨认给我留下印象的景物特征。刺骨的寒风在光秃秃的树枝间呼啸，而汗水却从我的额头直往下淌。我还记得，我正用脚踏实填坑的土，手扶住一棵金雀花树，身后则有一块假山石，为散步的人充当长椅，正是这工夫，我挨了一刀，身子倒下时，手脱离金雀花树，碰到了这块冰凉的石头。我右边是那棵金雀花树，身后是那块假山石；我还像上次那样倒下，再爬起来，开始在原地挖土；挖的坑往四周扩大：什么也没有！始终也没有挖出什么！铁皮匣子不见了。”

“匣子不见了？”丹格拉尔夫人喃喃说道，恐惧得喘不上来气了。

“您不要以为我就此罢休了，”维尔福接着说道，“不会的。我又搜遍了灌木丛，心想那个刺客又把匣子刨出来，以为匣里装的是珠宝，就打算拿跑据为己有，随后发现不对，又挖了个坑埋掉。可是什么也没有找到。接着，我又产生这样念头：他绝不肯费这么大周折，一定是随手丢到哪个角落了。按照这最后假设的情况，那要等天亮再寻找。于是，我回到红屋等待。”

“噢！我的上帝！”

“天亮了，我又下楼去。首先察看灌木丛，期望发现黑夜中漏掉的痕迹。二十尺见方的地块，我都翻了土，挖下去两尺深。我一个小时干的活儿，一个工人干上一天也不见得完成。可是一无所获，什么也没有发现。

“于是，我又按照匣子被随手丢掉的那种假设去寻找，应该是在通向小角门的路上。然而，这次搜寻和上次一样，徒劳无益；我一阵阵揪心，又回到灌木丛，但是已不抱任何希望了。”

“噢！”丹格拉尔夫人高声说道，“真能把人急疯了。”

“有一阵工夫，我真希望自己干脆疯了吧，”维尔福说道，“可是我没有这种福分。不过，我还是振作精神，结果产生这样的念头：我心中纳罕，

那人为什么要把尸体带走呢?”

“您不是说过,要留作物证吗?”丹格拉尔夫人接口说道。

“哎!不对,夫人,不可能是这种情况了:一具尸体,不可能保存一年,必须立即呈交给法官,并且提起诉讼。然而,这些情况根本没有发生。”

“那又是怎么回事呢?……”埃尔米娜战战兢兢地问道。

“那对我们来说,事情可就更严重,更要命,更可怕了:也就是说,孩子也许还活着,那刺客把他救走了。”

丹格拉尔夫人惨叫一声,抓住了维尔福的双手:

“我的孩子还活着!”她说道,“您竟然把我的孩子活埋了,先生!您还不肯定孩子已经死了,就去把他埋掉!噢!……”

丹格拉尔夫人站起来,那双纤弱的手紧紧抓住检察官的手腕,面对着他,几乎一脸威胁的表情。

“我怎么知道呢?我只是随口说说。”维尔福答道,他的眼睛直勾勾的,表明这个十分强大的人,也走到了绝望与发疯的边缘了。

“噢!我的孩子,我可怜的孩子!”男爵夫人嚷着,她重又瘫软在椅子上,用手帕捂住嘴饮泣。

这时,维尔福镇定下来,他明白要驱散在他头上聚集的母爱的暴风雨,就必须把他本人所感到的恐怖,传给丹格拉尔夫人。

“您也应当明白,假如是这种情况,”他说着,也站起身,走到男爵夫人面前,以便压低声音跟她说话,“那么我们就完了:孩子还活着,而且有人知道他活着,有人掌握了我们的秘密。既然孩子不在原先埋的地点了,基督山却当着我们的面说,挖出了孩子的骸骨,这就说明,这秘密他掌握。”

“上帝呀!公正的上帝!复仇的上帝!”丹格拉尔夫人喃喃说道。

维尔福没有回应,只是吼了一声。

“可是,那孩子呢,那孩子呢,先生?”固执的母亲又问道。

“唔!我找得他好苦啊!”维尔福扭动着手臂说道,“在不眠的漫漫长

“我的孩子还活着！您竟然把我的孩子活埋了，先生！”

夜，我多少次呼唤他啊！又多少回，我渴望自己拥有巨大的财富，以便向一百万人买下一百万个秘密，再从中找出我的秘密！终于有一天，我第一百次拿起铲子，第一百次寻思那个科西嘉人能怎样处置孩子：一个孩子是亡命徒的累赘，他一发觉孩子还活着，也许就扔进河里了。”

“哎！不可能！”丹格拉尔夫人高声说道，“为了报仇可以杀一个成年人，但是不会那么冷静地溺死一名儿童！”

“也许,他把孩子送给育婴堂了。”维尔福又说道。

“哦! 对呀,对呀!”丹格拉尔夫人又高声说,“我的孩子在那里! 先生!”

“于是,我赶到育婴堂,得知那天夜晚,即九月二十日夜晚,有一个弃婴放到圆转柜中:那婴儿的襁褓,是有意撕掉一半的细麻布,上面留有半边男爵徽章和一个 H 字母[①]。”

“这就对了,这就对了!”丹格拉尔夫人高声说道,“我的所有衣物上都有这个标记。德·纳尔戈恩先生是男爵,而我的名字则叫埃尔米娜。感谢您啊,我的上帝! 我的孩子没有死!”

“对,他没有死!”

“您也对我这么说! 您这么对我说,先生,却不怕我乐死吗? 他在哪里? 我的孩子在哪里?”

维尔福耸了耸肩膀。

“我怎么知道?”他答道,“假如我知道,您以为我还会像写剧本或者小说那样,按部就班地向您讲述吗? 不会的,唉! 不会的! 我并不知道。在我去询问的约半年前,有个女人去认领那孩子了。她带着另半边襁褓,提供了法律所要求的全部保证,因而也就把孩子交给她了。”

“那您当即就应该了解那女人,应该把她找到。”

“您想我会做什么呢,夫人? 我推说调查一起刑事案件,抽调最精明、最干练的警探,派去追她,一直追到了夏隆;可是到了夏隆,全部线索就断了。”

“线索断了?”

“对,断了,永远断了。”

丹格拉尔夫人聆听这段叙述,每次情况发生变化,她都伴随一声叹息、几滴眼泪和一声惊叫。

“这就完了,”她说道,“您就到此为止了?”

---

① 埃尔米娜的原文为 Hermine,开头字母为 H。

“哎！哪里！”维尔福答道，“我从未停止寻找，从未停止调查，从未停止探问。然而，近两三年来，我稍有松懈了。不过，今天，我要重新开始追查，要拿出前所未有的执著和勤奋，您瞧着吧，一定能够成功；因为，现在驱使我行动的，已不再是良心，而是恐惧了。”

“可是，”丹格拉尔夫人又说道，“德·基督山伯爵什么也不可能知道，要不然，我想他也不会那样来赶着结交我们。

“哼！人的恶性根深蒂固，”维尔福说道，“人的恶性比上帝的慈悲还要渊深。伯爵对我们说话时的眼神，你注意到了吗？”

“没有。”

“可是，您有时总归仔细观察过他吧？”

“当然了。只觉得他人很怪，仅此而已。只有一件事，令我深感诧异。就是他宴请我们，那么丰盛的佳肴，他却一口也没有吃，每道菜他都不愿碰一碰。”

“对，对！”维尔福附和道，“这情况我也注意到了。我现在所了解到的，如果当时就知道的话，也就不敢碰一碰那些菜肴了，我会以为他想毒死我们。”

“您现在明白了，如果您那样做就错了。”

“是啊，当然了；不过，请相信我，此人别有企图。这就是为什么我要见您，为什么我要同您谈谈，为什么我要提醒您提防所有人，尤其是提防他。您告诉我，”维尔福接着说道，同时他的目光更加凝注，更加专注地逼视男爵夫人，“您没有把我们的关系告诉任何人吧？”

“从未告诉任何人。”

“您理解我的意思，”维尔福口气转而亲热，又说道，“我说任何人，请原谅我这样追问，没有告诉世上任何人，对不对？”

“哦！对，对，我完全理解，”男爵夫人答道，脸刷地红了，“从来没有讲过！我向您发誓！”

“您根本没有晚上记录白天所发生的事情的习惯吧？您不写日记吧？”

“没有！唉！我的生活，是在百无聊赖中度过的，连我本人，过去就忘记了。”

“您不说梦话吧，据您所知？”

“我的睡眠跟孩子一样香，您不记得了吗？”

红晕又爬上男爵夫人的面颊，而苍白则进袭了维尔福的脸庞。

“是这样。”维尔福说话声音极低，对方勉强听得见。

“今后怎么办？”男爵夫人又问道。

“今后，我明白自己该怎么办，”维尔福又说道，“从现在起一周之内，我一定调查清楚德·基督山先生是何许人，他什么来历，打算干什么，他为什么当着我们的面，大谈从他的花园里挖出孩子的骸骨。”

维尔福说这番话时，声色俱厉，德·基督山伯爵若是听到，也难免不寒而栗。

接着，他握住男爵夫人颇不情愿伸给他的手，恭恭敬敬地把她送到门口。

丹格拉尔夫人又叫了一辆出租马车，回到那条小巷；她穿过小巷，在另一端巷口找见自家马车；车夫等待女主人，正在座位上放心地睡觉。

第六十八章　夏日舞会

前面讲过，在检察官办公室，丹格拉尔夫人同他进行了一次长谈。就在同一天，一辆旅行车驶入埃尔德街二十七号，停在庭院里。

片刻之后，车门便打开，德·莫尔塞夫夫人扶着儿子的手臂下车。

阿尔贝一把母亲送进屋，就吩咐烧洗澡水，并备好马车。他由贴身仆人服侍洗浴更衣之后，便登上马车，直奔香榭丽舍大街的伯爵府邸。

伯爵面带惯有的微笑接待他。说来也怪，在这个人的内心或者头脑里似乎从来都没人能深入一步。也不妨这样讲，想要冲关的人，必然撞到一堵墙上，难以进入同他关系亲密的境地。

莫尔塞夫本来是张开手臂朝他跑去，但是一见他那神态，尽管他脸上挂着友好的微笑，年轻人也不由自主地放下手臂，只敢伸过去一只手。

基督山还一如既往，只是轻轻碰一下，并不握住对方的手。

“喏，我来了，亲爱的伯爵。”阿尔贝说道。

“欢迎欢迎。”

“我刚回来一小时。”

“从第厄普回来的？”

“从特雷波尔。”

“哦！的确。”

“我一回到家就首先来看您。”

“您真是太好了。”基督山说道，那口气就像随便讲什么事情。

香榭丽舍大街

“喏,说说看,有什么新闻?”

“新闻!您来问我这一个外国人!”

“我有自己的意思:我问有什么新闻的时候,就是问您为我做了什么事?”

“您委托过我做什么事了吗?”基督山佯装不安地问道。

“算了,算了,”阿尔贝说道,“不要装出若无其事的样子。据说相距很远的人能有心灵感应,还别说!就在特雷波尔,我收到了电波,知道您

即使没有为我做事，至少在想着我。”

“倒有这种可能，”基督山回答，“我的确想过您，不过，我得承认，我发出了电磁波，却不是受我意志控制的行为。”

“真的呀！求您了，给我讲讲吧。”

“事情很简单，丹格拉尔先生来舍下赴晚宴了。”

“这我完全清楚，正是为了回避他，家母和我才出行的。”

“那他就与安德烈亚·卡瓦尔坎蒂先生同席了。”

“您那位意大利王子？”

“不要夸大其词。安德烈亚先生只不过拿个子爵头衔自称罢了。”

“您说：自称？”

“我说：自称。”

“那他就不是子爵啦？”

“我怎么知道呢？他自称子爵，我就称他子爵，别人也照样称呼他，那他不就跟真的一样了吗？”

“好了，您这人可真怪！那又怎么样呢？”

“什么怎么样？”

“丹格拉尔先生来赴晚宴了？”

“对。”

“与您那位安德烈亚·卡瓦尔坎蒂同席？”

“同席的有安德烈亚·卡瓦尔坎蒂子爵，以及他父亲，那位侯爵先生，还有丹格拉尔夫人、德·维尔福先生和夫人，以及几位可爱的人儿：德勃雷先生、马克西米连·莫雷尔，还有……容我想想……唔！德·夏多-雷诺先生。”

“有人提起我吗？”

“一句也没有提到。”

“完了。”

“何出此言？我觉得别人若是把您置于脑后，而且果真那么做，不是正中您的下怀吗？”

“我亲爱的伯爵，别人若是绝口不提我，那就还是十分惦记着，我也就没救了。”

“您怕什么，在这里惦记您的人中间，根本没有丹格拉尔小姐？哦！倒也是，她在自己家里，也完全可以想着您。”

“哎！哪儿有这回事儿，肯定没有；再不然，那想归想了，但是准同我想她的方式一样。”

“令人感动的心灵感应！”伯爵说道，“看来，你们彼此憎恶了？”

“听我说，”莫尔塞夫说道，“丹格拉尔小姐如能动恻隐之心，可怜我不能为她作出牺牲，并能在两家婚约之外给我以补偿，那对我就再适合不过了。总之，我觉得丹格拉尔小姐能成为一个可爱的情妇，不过作为妻子，鬼知道……”

“您就是以这种方式，想您的未婚妻吗？”基督山笑着问道。

“唔！我的上帝！对，有点唐突，不错，但至少是实情。这种梦想，既然不可能化为现实，那么为了达到某种目的，丹格拉尔小姐就必须成为我妻子了，换言之，她就必须同我一起生活，在我身边想心事，在我身边唱歌，在离我十步远的地方作诗、弹琴，我一辈子就得这样过了，于是我惊恐万状。一位情妇嘛，我亲爱的伯爵，就是说分手就分手；然而，一位妻子，吓死人！那可是另一码事儿，也就是说，不管在身边还是远离，都要终生厮守啊。要同丹格拉尔小姐相守一辈子，那太可怕了，即使离得远远的。”

“您也太挑剔了，子爵。”

“对，我就常想一件不可能的事情。”

“什么事？”

“找一个像家父为自己找到的那样的妻子。”

基督山的脸刷地白了，他的眼睛注视着阿尔贝，手上摆弄着精致的手枪，咔咔急速地搂着扳机。

“这么说，令尊很幸福了。”

“您了解我对家母的看法，伯爵先生，她是一位天使。您也看到了，

她还是那么美，始终那么聪慧，比以往任何时候都更加出色。我从特雷波尔回来，喏！我的上帝！陪伴自己的母亲，换了别人，那不是为了讨好，就是一种苦差；而我则不然，同母亲形影不离，一起待了四天，我就好像带着玛勃仙后，或者提泰妮娅仙后[1]去了特雷波尔，四天过得极为满意，极为悠闲，又极富诗意。"

"这种完美可遇而不可求，谁听到您这么一说，就会立志终生不娶了。"

"正因为知道世间存在完美的女子，"莫尔塞夫又说道，"我才不考虑娶丹格拉尔小姐。您有时注意到了吧，我们的自私能给属于我们的一切，涂上灿烂的色彩。一枚钻石，陈列在马尔莱和佛森首饰店橱窗里，熠熠闪光，一旦到了我们手中，就会变得倍加美丽。假如您不得不承认一个明显的事实，世上还有更纯的，而您又注定一辈子只能佩戴这枚逊色的钻石，您明白那该是什么痛苦滋味吗？"

"世俗之见。"伯爵咕哝一声。

"正因为如此，等哪天丹格拉尔小姐终于发现，我不过是个微不足道的人，家当不过十万法郎，而她却拥有数百万财产，那么我会高兴得跳起来。"

基督山微微一笑。

"我还真想过别的主意，"阿尔贝继续说道，"弗朗兹爱好怪诞的东西，我打算让他不由自主地爱上丹格拉尔小姐。然而，我给他写了四封信，说得天花乱坠，弗朗兹总是态度坚定地回答：'不错，我是偏爱怪诞，但是再怎么样，我也不会怪到自食其言的地步。'"

"这就是我称作友谊的忠诚吧，把自己只想收作情妇的女人，让给另外一个人。"

阿尔贝也微微一笑。

---

① 玛勃和提泰妮娅是莎士比亚笔下的两位仙后，见他的剧作《罗密欧与朱丽叶》和《仲夏夜之梦》。

“对了，”他又接着说道，“他到了，这个可爱的弗朗兹，不过，这消息您不大感兴趣，我觉得您不喜欢他吧？”

“我！”基督山说道，“哎！我亲爱的子爵，您从哪里看出我不喜欢弗朗兹先生呢？我爱所有人。”

“那我就在所有人之列了……谢谢。”

“哦！不要混淆了，”基督山说道，“我爱所有人，是以基督教的方式，即上帝指示我们爱他人那样；我恨的也只有那么几个人。还是谈谈弗朗兹·德·埃皮奈先生吧。您是说他回来了？”

“对，是德·维尔福先生催回来的，看来德·维尔福先生和丹格拉尔先生一样，都急不可待，一个要把瓦朗蒂娜小姐嫁出去，一个要把欧仁妮小姐嫁出去。显而易见，家里的女儿长大了，就成为父亲的极大负担；我看这会使他们体温升高，心律加速，脉搏每分钟会跳到九十次，直到卸下担子才能恢复正常。”

“不过，德·埃皮奈先生同您可不一样，他受罪也认了，有股忍耐劲儿。”

“还要好得哦，这事儿他认真对待，会扎上白领带，已经谈起了成家如何如何。而且，他十分敬重维尔福一家人。”

“也值得敬重，对不对？”

“我想是的。德·维尔福先生向来被认为是个严厉的，但又公正的人。”

“好哇，”基督山说道，“至少这个人不会受到您给可怜的丹格拉尔先生那样的待遇。”

“也许这是因为我不必非娶他女儿不可的缘故。”阿尔贝笑着回答。

“老实说，我亲爱的先生，”基督山说道，“您这么自负，真叫人受不了。”

“我？”

“对，正是您。抽支雪茄吧。”

“好吧。请问，我怎么自负啦？”

“瞧您在这儿,拼命地自我辩解,费尽心机不娶丹格拉尔小姐。哼!我的上帝!还是听其自然吧,首先收回诺言的也许不是您呢。”

“嗬!”阿尔贝一声惊叹,睁大了眼睛。

“嗯!子爵先生,人家当然不会揪住您的脖领,强拉您进门,没那事儿!说说看,正经一点儿,”基督山换了语调,又说道,“您真的渴望解除婚约吗?”

“为此我情愿出十万法朗。”

“好吧,祝您好运,为达到同样的目的,丹格拉尔先生准备出双倍的钱。”

“真会有这种好运吗?”阿尔贝这样讲时,额头却难免掠过一丝不易觉察的阴云。“那么,亲爱的伯爵,丹格拉尔先生总归有其理由吧?”

“啊!骄傲而自私的天性,多么露骨啊!好哇,我又看到人的本相;对待别人的自尊心,总想用大斧去劈,而当有人用根针刺刺自己的自尊心,就立刻叫起来。”

“不然!我倒觉得丹格拉尔先生……”

“一定乐得有您这个乘龙快婿,对不对?然而,丹格拉尔先生没有品味,的确如此,他更乐得另找一个乘龙快婿……”

“哪一个?”

“我也不知道,琢磨琢磨,观察观察,抓住那些含沙射影的话,这些您都要加以利用。”

“好吧,我明白了。请听我说,家母……不对!不是家母,我说走嘴了,家父有意举办一场舞会。”

“一年的这个时候举办舞会?”

“现在时兴夏季舞会。”

“就算不时髦,伯爵夫人若是愿意,也能让夏季舞会时兴起来。”

“说得不错。要知道,这是纯血统的舞会;七月份还留在巴黎的人,才是真正的巴黎人。您能否代劳,邀请卡瓦尔坎蒂父子两位先生呢?”

“还有几天你们举行舞会?”

“到星期六。”

“到那时,老卡瓦尔坎蒂就已经走了。”

“可是,小卡瓦尔坎蒂先生留下来。能烦劳您带小卡瓦尔坎蒂先生去吗?”

“听我说,子爵,我并不认识他。”

“您不认识他?”

“不认识。三四天前,我才同他见第一面,他去不去,我可绝打不了保票。”

“那么您呢,不是把他请来了吗?”

“我吗,那是另一回事儿:他是一位热心的神甫推荐给我的,而神甫本身就可能上了当。您最好还是直接邀请他吧,不要让我来引荐你们;万一日后他娶了丹格拉尔小姐,您就要指责我从中捣鬼,要跟我玩命了。再说了,我本人去不去还不知道呢。”

“去哪儿?”

“去参加你们的舞会呀。”

“您为什么不去呢?”

“首先,您还没有邀请我。”

“我特意前来,亲自给您送请柬。”

“唔!万分感谢。不过,我也可能有事去不了。”

“等我告诉您一件事之后,您一定会放下一切事务,赏光应邀前去。”

“请讲。”

“家母请求您去。”

“德·莫尔塞夫伯爵夫人?”基督山重复一遍,还不禁打了个寒战。

“喂!伯爵,”阿尔贝说道,“我先告诉您一个情况:德·莫尔塞夫夫人同我无所不谈,如果您的感应神经,没有像我刚才讲的那样拨动的话,那就表明您身上根本就没有这种神经;因为在这四天当中,我们就一直在谈论您。”

“谈论我?您真让我受宠若惊!”

“请听我说:一个人是个活生生的谜的时候,惹人议论也理所当然。”

“哦！怎么,我对令堂也是个谜吗？老实说,我原以为她特别理智,不会像这样胡思乱想呢!”

“是个谜,我亲爱的伯爵,对所有人都是个谜,所有人,也包括家母:您一直是个谜团,虽可接受,却猜不透,您尽可放心。家母只是一直奇怪,您怎么会这样年轻。我认为,正如G伯爵夫人误以为您是鲁思文勋爵那样,其实家母也把您当作卡利奥斯特罗[①],或者德·圣日耳曼伯爵[②]了。您再去看她的时候,就请您加强她这种看法。这对您并不难;您既有前者的点金石,又有后者的聪明才智。”

“感谢您对我事先关照,”伯爵微笑着说道,“我会尽力而为,面对那些种种猜测。”

“这么说,星期六您一准去了?”

“既然德·莫尔塞夫夫人盛情邀请。”

“您真赏脸。”

“丹格拉尔先生呢?”

“唔！他已经收到三份请柬,是家父负责送去的。我们还设法请到那个德·阿格索[③]式的大人物德·维尔福先生;不过,还真不能抱太大希望。”

“常言道:无论何事,都永远不要丧失希望。”

“您跳舞吗,亲爱的伯爵?”

“我吗?”

“对呀,您啊。您跳舞又有什么奇怪的呢?”

“唔！的确,只要还没有超过四十……不,我不跳舞,但是喜欢看人跳舞。德·莫尔索夫夫人呢,她跳舞吗?”

“也是从来不跳舞;你们可以聊天,她特别希望同您聊一聊!”

---

① 卡利奥斯特罗,法国炼金术士,生平不详。

② 德·圣日耳曼伯爵,十八世纪法国冒险家,自称是在耶稣基督时代降生的。

③ 亨利-弗朗索瓦·德·阿格索(1668—1751),法国政治家,曾任掌玺大臣。

“真的吗？”

“我以人格担保！我还可以明确告诉您，您是头一个男人，引起家母这么大好奇心。”

阿尔贝拿起帽子，起身告辞，伯爵送他出门。

“有件事我在自责。”要下台阶时，伯爵又叫住他。

“什么事？”

“我未免冒昧，不该在您面前提起丹格拉尔先生。”

“正相反，您还可以对我谈他，经常谈他，总谈他都无妨，但是要以同样的口气。”

“好吧！您这样说我就放心了。对了，德·埃皮奈先生什么时候到达？”

“最迟再过五六天吧。”

“他什么时候结婚呢？”

“等德·圣-梅朗先生和夫人一到就结婚。”

“那好，等德·埃皮奈先生一到巴黎，就请您带他来。尽管您说我不喜欢他，我还是要明白告诉您，我会很高兴同他见面。”

“好吧，遵命，大人。”

“再见。”

“至少星期六见，毫无问题，对吧？”

“这还用说！一言为定。”

伯爵挥着手，目送阿尔贝离去。等阿尔贝又登上自家的敞篷马车，他才转过身去，看到贝尔图齐奥在身后等待复命。

“怎么样？”伯爵问道。

“她去法院了。”管家回答。

“她在里面停留多久？”

“一个半小时。”

“然后就回家了吗？”

“直接回家了。”

“好吧,亲爱的贝尔图齐奥先生,”伯爵又说道,“现在要我提建议的话,您倒是应该前往诺曼底,看看能不能找到我对您说的小港湾。”

贝尔图齐奥躬身领命,由于这个差使正合他的心意,当天夜晚他就动身了。

第六十九章 调查

德·维尔福先生恪守他向丹格拉尔夫人,尤其向他自己许下的诺言,着手调查德·基督山伯爵何以了解欧特伊别墅那段秘事。

当天他就写信给一个叫德·博维尔先生的人,说明自己想了解的情况。德·博维尔先生从前任监狱视察员,后来晋升,到治安警察署供职。他请求给他两天时间,先摸清应当向什么人了解情况。

两天过后,德·维尔福先生收到如下报告:

> 特别熟识人称德·基督山伯爵者,首先是威尔莫爵士,一位富有的外国人,时常来巴黎,眼下正在巴黎逗留;另一位同样熟识他的人,则是布索尼神甫,在东方广做善事而极负盛名的西西里教士。

德·维尔福先生复函命令,尽速掌握这两个外国人的准确情况。他的命令立即执行,次日晚上,他又收到如下报告:

> 神甫此番来巴黎,只准备逗留一个月。他住在圣絮尔皮斯教堂后面的一座两层小楼,共有四室,上下各两间,由他一人租赁。
>
> 楼下两间,一间为餐厅,内设一张餐桌、两张椅子和一个餐

柜，一色胡桃木的。另一间为客厅，四壁的细木护板漆成白色，除了地毯和挂钟，别无装饰。由此可见，神甫为自身所备，仅限于生活必需之物。

神甫尤爱待在楼上的起居室，那间屋摆满了神学书籍和羊皮纸卷，名为起居室，实为书房。据其男仆讲，神甫终日埋在书堆中，数月不怠。

如有来访者，该仆人先从一个小窗口窥视，见是生面孔或觉相貌不善者，便回答说神甫不在巴黎，客人大多信以为真，知道神甫经常旅行，而且行期往往很长。

此外，神甫在不在居所，在巴黎还是在开罗，均不妨碍他施舍；小窗口权作转柜，仆人总以主人的名义，向外分发施舍的财物。

与书房毗邻的另一间屋则是卧室。室内全部家具，只有一张没有幔帐的床铺、四把扶手椅、一张乌德勒支产黄丝绒长沙发，以及一条跪凳。

威尔莫勋爵则住在圣乔治泉水街。这个英国人酷爱旅行，全部财产都花在旅途上。他租了一套带家具的房间，每天只在房中待两三个小时，极少在那里过夜。此公怪癖之一，就是绝口不讲法语，但据说他书写的法文相当规范。

这些重要的情报呈给检察官先生的次日，一个男子在费鲁街的拐角下车，走过来敲一扇橄榄绿色的大门，要求见布索尼神甫。

“神甫先生一早就出门了。”仆人回答。

“这种回答打发不了我，”来访者说道，“因为委派我来的人，有资格要求必须在家里接待。好吧，请转交给布索尼神甫……”

“我已经对您讲了，他人不在。”仆人重复道。

“那好，等他回来，请将这张名片和这封信交给他。今天晚上，八点钟，神甫先生会在家吧？”

“哦！肯定在，先生，不过，神甫先生若是工作起来，那也跟出门一样。”

“那我晚上八点钟再来。”来访者又说道。

来人说罢就走了。

到了指定的时间，还是那个人，果然还乘同一辆马车来了，但是这次到费鲁街的拐角没有停车，而是直接行驶到绿色大门外。那人上前敲门，有人开门把他让进去。

看仆人一副恭敬的样子，那人便明白，他的信起了预期的作用。

“神甫先生在家吧？”他问道。

“在家，他正在书房里工作；不过，他在等候先生。”仆人回答。

陌生人登上一道很陡的楼梯，一进门，首先映入眼帘的是一张书案，一盏大灯罩将灯光集中投射到桌面上，而屋子的其余部分则处于昏暗中。他瞧见神甫身穿修袍，头戴风帽，须知中世纪那些学识渊博的脑袋，总是罩在这种风帽里的。

“我幸会的是布索尼先生吧？”

“正是，先生，”神甫答道，“原监狱视察员德·博维尔先生以警察总监先生的名义派来的人，想必就是您吧？”

“正是，先生。”

“肩负巴黎治安重任的一位警探。”

“是的，先生。”那陌生人回答略微迟疑，尤其脸上还微泛红晕。

神甫正了正眼镜——一副不仅遮住眼睛，还遮住太阳穴的大眼镜，他一边重又坐下，一边示意客人也坐下来。

“请讲吧，先生。”神甫说道，意大利的口音很重。

“我所接受的使命，先生，”来访者说道，他一字一顿，就好像每个字说出来都很费力，“无论对要完成它的人，还是对要完成它而应询问的人来说，都是非常机密的。”

神甫颔首逊谢。

“是的，”陌生人又说道，“您为人正直的名声，警察总监先生早已如

“请讲吧，先生。”神甫说道，意大利的口音很重。

雷贯耳，因而，他作为司法官员，要向您了解一个事关公共安全的情况，他正是以公共安全的名义，派我来面见您。我们希望您，神甫先生，绝不要碍于友情或人情的面子，就向法律隐瞒事实的真相。”

“好吧，先生，只要您想了解的情况，丝毫不会给我的良心造成愧疚。我是教士，先生，信徒在忏悔时向我吐露的秘密，我只能呈报给上帝的天条，而不能交给人类的法律。”

“唔！请放宽心，神甫先生，”陌人生说道，“无论牵涉什么事情，我们丝毫也不会让您亏心。”

神甫听了这话，就按了按灯罩，让另一边翘起来，从而灯光正照在对方的脸上，而他本人则始终停留在暗影里。

“对不起，神甫先生，”警察总监的特派员说道，“这灯光太刺我的眼睛了。”

神甫将绿纸板灯罩压低了一点。

“先生，现在您讲吧，我听着。”

“我这就说正题。您认识德·基督山伯爵先生吧？”

“我想，您是问扎科纳先生吧？”

“扎科纳！……他不是叫基督山吗？”

“基督山是一块地的名称，确切地说，是一个岩岛的名称，而不是一个姓氏。”

“那好吧，不要讨论名称姓氏了，反正德·基督山先生和扎科纳先生，总归是同一个人……”

“绝对是同一个人。”

“那就谈谈扎科纳先生吧。”

“好吧。”

“我问您是否认识他？”

“很熟。”

“他是什么人？”

“他是一位富有的马耳他船主的儿子。”

“对，这我清楚，别人也是这么讲。不过，您也理解，警察可不能听信‘别人这么讲’。”

“然而，”神甫十分亲切地微微一笑，接口说道，“如果‘别人这么讲’的是事实，那么人人都应该相信，警察也不应该例外。”

“而您呢，确信自己所讲的吗？”

“什么？还问我是否确信？”

“请注意，先生，我绝不怀疑您的诚实。我是问您：您确信吗？”

“请听我说，我认识老扎科纳先生。”

“哦！哦！”

“是的，我小时候，经常在造船厂同他儿子玩耍。”

“可是，伯爵这个封号怎么来的？”

“买来的，您知道爵衔买得到。”

“在意大利？”

“世界各地都一样。”

“那么，大家总说的那个巨额家产……”

“唔！说到家产，”神甫答道，“巨额一词，用得很恰当。”

“您既然是熟人，您认为他拥有多少财富？”

“唔！他的财富，约合十五万至二十万利弗尔年金吧。”

“哦！这倒可信，”来访者说道，“但是，有人说不下三四百万。”

“二十万利弗尔年金，先生，就相当于四百万本金。”

“然而他们说是三四百万年金啊！”

“哎！此话不足为凭。”

“您见过他那基督山岛吗？”

“当然见过。从巴勒莫、那不勒斯或者罗马出发，取海路去法国的人，都见过基督山岛，因为船要从岛旁边驶过，自然都看见了。”

“据说，那是个迷人的去处。”

“那是个岩岛。”

“伯爵为什么要买一个岩岛呢？”

“就是为了当伯爵嘛。在意大利，要想成为伯爵，还必须拥有一块伯爵领地。”

“您一定听说过，扎科纳先生年轻时的冒险经历吧？”

“老扎科纳吗？”

“不，是小扎科纳。”

“从那个时期起的情况，我就没有把握了，因为那时候，我就见不到我那年轻伙伴的踪影了。”

“他打过仗吗？”

"我记得他当过兵。"

"在什么军队?"

"在海军。"

"喏,您不是他的忏悔师吗?"

"不是,先生,我想他是路德派信徒。"

"什么,路德派信徒?"

"我是说我想,并不能肯定。况且,我早以为在法国确立了信仰的自由。"

"那当然,因此,我们此刻要谈的,绝非他的信仰,而是他的行为,我以警察总监的名义,要求您说出您所了解的情况。"

"一般都认为他是个乐善好施的人,我们的圣父教皇还封他为基督骑士,表彰他为东方基督教徒作出的杰出贡献,而这种荣誉,教皇通常也只给予王公;此外,他还为一些国王或国家效劳有功,荣获五六枚大勋章。"

"那些勋章,他佩戴吗?"

"并不佩戴,但是他颇以为自豪。他说他喜爱的是给人类造福者的奖赏,而不是给人类的毁灭者的犒劳。"

"看来这个人是公谊会[①]教徒了?"

"正是公谊会教徒,当然了,他并不戴大沿儿帽,也不穿栗色修士服。"

"他有朋友吗?"

"有哇,凡是认识他的人,他都当作朋友看待。"

"不管怎样,他总会有几个仇人吧?"

"只有一个。"

"他叫什么名字?"

---

① 公谊会,又称教友会,基督教的一派,17世纪中叶由英国人福克斯创建,该派主张和平,反对暴力和战争。

"威尔莫勋爵。"

"他人在哪里?"

"眼下正在巴黎。"

"他能向我提供要了解的情况吗?"

"会提供宝贵的情况。他在印度逗留过,是与扎科纳同一时期。"

"您知道他住在哪儿吗?"

"就住在受色—当坦那一带,但我不知道是哪条街哪个门牌号。"

"您同那个英国人关系不好吗?"

"我们俩关系冷淡,只因我喜欢,而他憎恶扎科纳。"

"神甫先生,你认为德·基督山伯爵此次来巴黎之前,从未到过法国吗?"

"唔!关于这一点,我可以明确地回答您。没有,先生,他从未到过法国,因为,就在半年前,他还向我了解法国的情况。当时,我本人还不知道何时回巴黎,就把卡瓦尔坎蒂先生托付给他了。"

"安德烈亚吗?"

"不是,巴尔托洛梅奥,那位父亲。"

"很好,先生,现在,只剩下一件事要问您了。我以人格、人道和宗教的名义,要求您直截了当地回答我。"

"请讲,先生。"

"您是否知道出于什么目的,德·基督山伯爵买下了欧特伊别墅?"

"当然知道,他对我讲过。"

"出于什么目的,先生?"

"他打算创办一所精神病院,类似德·比扎尼男爵在巴勒莫创办的那一所。您知道那所精神病院吗?"

"是的,先生,有所耳闻。"

"那是个很了不起的慈善机构。"

说罢这句话,神甫就向那陌生人躬身送客,示意他很想重新投入中断了的工作。

来访者或许领会了神甫的意思,或许问题都问完了,于是他也站起身来。

神甫一直送他到门口。

“您施舍起来特别慷慨,”来访者说道,“尽管别人说您很富有,我还是要冒昧地为您的穷人捐给您一点东西;您能赏脸,收下我的捐赠吗?”

“谢谢,先生,我在世上最珍惜的,就是我做的善要来自我本人。”

“然而总可以……”

“这是不可更改的决定。不过,先生,您自己寻找吧,一定能够发现:唉! 在每个富人的路上,都会碰到许多穷人。”

神甫打开门,最后一次躬身送客,那陌生人也施礼告辞。

他乘坐马车,直驱德·维尔福先生府邸。

一小时过后,那辆马车从庭院里驶出,这回驶向圣乔治泉水街,停到五号门前。威尔莫勋爵就住在那里。

那陌生人给威尔莫勋爵写过信,约定十点钟登门拜访。因而,警察总监的特派员提前十分钟到达时,仆人回答说,威尔莫爵士还没有回来,但他十分守时,十点钟会准时回寓所。

来访者在客厅里等待。这间客厅毫无特点,同所有带家具出租的公寓房一样。

壁炉台上摆了两个现代的塞夫勒[①]瓷瓶;一架挂钟上端,有一个拉弓的小爱神;一面分成两片的镜子,两侧各有一幅版画:一幅是手持盲杖的荷马,另一幅是乞讨的贝利萨留[②];壁纸是由深浅不同的灰色组成的图案,家具的罩面则为黑花红布料;这便是威尔莫勋爵的客厅。

客厅里的灯罩着毛玻璃的球形罩,光线很暗,就仿佛特意安排,为了照顾眼睛怕强光刺激的警察总监的特派员。

等了十分钟,挂钟便打十点,打到第五响时,门就打开了,威尔莫勋爵

---

① 塞夫勒,法国上塞纳省首府,以生产瓷器著称。

② 贝利萨留(约505—565),拜占廷帝国将军,因参与谋反,被皇帝查士丁尼投入监牢,释放后乞讨为生。

出现在门口。

威尔莫爵士中等个儿偏高，蓄留稀疏的棕红色颊髯，肌肤白皙，金发已开始花白了。他的一身打扮，完全体现英国人追求的奇特：上身穿一件缀有金纽扣的花边高领蓝外衣，好似一八一一年所穿的款式，还套一件开司米白背心，下身则穿一条米黄色平纹布长裤，裤脚起码短三寸，幸好有同样布料的带子系在鞋底，才不至于收缩到膝部之上。

他进门当头一句话便是：

"您知道，先生，我不讲法语。"

"您知道，先生，我不讲法语。"

"我知道,至少,您不爱讲我国语言。"警察总监先生派来的人答道。

"不过,您尽可以讲法语,您哪,"威尔莫勋爵又说道,"我虽不讲,却完全听得懂这种语言。"

"我也同样,"来访者也改讲英语了,"我讲英语还算熟练,足可以交谈。您不必介意,先生,就讲英语吧。"

"哈噢!"威尔莫勋爵感叹一声,那种语调纯正自然,只能出自大不列颠人之口。

警察总监派来的人出示介绍信。威尔莫勋爵以纯英国式的冷漠态度,接过信看了一遍,然后说道:

"我明白,"他用英语说道,"我完全明白。"

于是,提问开始。

问题略同于向布索尼神甫提出的那些问题。然而,威尔莫勋爵是德·基督山伯爵的仇敌,回答时就不像神甫那样出言谨慎,而是放得很开。他讲述了基督山的青年时代,据他说:基督山十岁[①]上,就在印度一个小君主麾下当兵,同英国人打仗。威尔莫正是在印度初次遇见扎科纳,两个人在敌对的阵营作战。在那场战争中,扎科纳被俘了,押往英国,他又潜水逃离囚船。此后,他就开始到处旅行,同人决斗,寻花问柳;继而,希腊爆发起义,他便参加了起义队伍,在为希腊人效力期间,他在塞萨利亚山区发现了一座银矿,但是守口如瓶,没有告诉任何人。在纳瓦里诺海战[②]之后,希腊政府统治巩固了,他就请求奥托国王[③]恩准他开采那座银矿;国王给了他特许开采权。从而财源滚滚,积聚了巨额财产,据威尔莫勋爵估计,能有一两百万的年金;不过,一旦银矿枯竭,他的财源也就随即枯竭了。

---

① 原文如此,似应20岁。

② 纳瓦里诺海战,1821年至1829年,希腊反抗土耳其的统治,进行争取民族独立的战争。1827年,英、法、俄三国出兵干预,在纳瓦里诺海战中摧毁土耳其舰队。1829年,土耳其承认希腊独立。

③ 奥托国王(1815—1867),近代希腊第一个国王(1832—1862),在伦敦会议上他被各方国立为希腊国王。

“那么，”来访者又问道，“您知道他为什么来法国吗？”

“他要在修建铁路方面搞投机生意，”威尔莫勋爵答道，“还有，他是个灵活的化学家，还是个相当出色的物理学家，他发现一种发报的新技术，正想方设法推广。”

“他每年大约花掉多少钱？”警察总监先生派来的人问道。

“唔！顶多五六十万法郎吧，”威尔莫勋爵说道，“他是个吝啬鬼。”

显而易见，这个英国人基于宿怨，才这样讲，他找不出别的毛病，就指责伯爵吝啬。

“他在欧特伊的住宅，您了解什么情况吗？”

“嗯，当然了解。”

“那您了解什么情况呢？”

“您是问他买那宅第有何目的吗？”

“对。”

“跟您说，伯爵是个投机家，总搞试验和乌托邦那一套，最后非得倾家荡产不可。他硬说在欧特伊，就在他刚买下的那座别墅附近，有一股温泉，比得上巴尼埃尔·德·吕松、科特雷[①]的温泉。他要把买到的住宅改成德国人所说的 bad - haus[②]，那花园已经挖了两三遍，想挖出所谓的温泉；由于温泉还没有发现，您就等着瞧吧，过不了多久，他会把那周围的房子全买下来。然而我恨他，但愿他搞铁路，搞电极，搞温泉开发，最后搞破产了；我在注视他，就等着看他的热闹，迟早有一天他会倾家荡产。”

“您为什么恨他呢？”来访者问道。

“我恨他，”威尔莫勋爵答道，“是因为他到英国时，勾引了我一位朋友的妻子。”

“您既然恨他，为什么不找他报仇呢？”

“我同伯爵已经决斗了三次，”英国人说道，“第一次用手枪，第二次

---

① 两座法国温泉盛地的城市，前者也称吕松。

② 德语，浴池。

用佩剑,第三次用重剑。”

“决斗结果如何?”

“头一次,他打伤了我的胳臂;第二次,他刺穿了我的胸膛;第三次,他给我留下了这道伤疤。”

英国人翻下一直立到耳朵的衬衣高领,露出一道伤疤,那疤的红色表明受伤的时间不长。

“因此,我对他恨之入骨,”英国人重复道,“他定然死在我的手中。”

“然而,”警察总监派来的人说道,“我倒觉得,您这样子杀不了他。”

“哈噢!”英国人说道,”我天天去打靶,而且每隔一天,格里西埃[①]就来我这儿一次。”

这就是来访者所要了解的全部情况,确切地说,英国人似乎也就知道这些情况。警探便站起身,向威尔莫勋爵施礼告辞,勋爵则以英国式的拘板姿态还礼,那人就走了。

威尔莫勋爵一听见临街的大门重又关上,他就立刻回到卧室,三下五除二,就扯掉金色假发套、棕红色髯须,再扯下假下巴和假伤疤,又重现德·基督山伯爵的黑发、无光泽的肌肤和洁白的牙齿。

同样,来访者乃是德·维尔福,并非警察总监先生的特派员,他自然回到德·维尔福府邸。

经过这两次访问调查,检察官略感心安了,不过,他所了解到的情况,既毫无使他放心,也毫无令他不安的因素。因此,自从欧特伊晚宴之后,他总算稍微踏实地睡了一夜。

---

① 格里西埃(1791—1865),法国著名剑术家。

第七十章　舞会

德·莫尔塞夫先生要举行舞会的星期六，按时间顺序终于到了，正赶上七月份最闷热的一天。

已是晚上十点钟，伯爵公馆花园中的高大树影，清晰地印在天空的夜幕上。隆隆响了一整天的闷雷终于止息，压城的最后一片暴雨乌云也终于消散了，露出缀着金星的苍穹。

楼下的客厅传出音乐之声，回旋着华尔兹和加洛普的舞曲，而百叶窗的叶片之间射出一条条明亮的光带。

这工夫，十来名仆人正在花园里忙碌。女主人见天空逐渐放晴，才放下心来，吩咐仆人在花园摆晚宴。

此前，伯爵夫人一直拿不定主意，难以决定晚宴设在餐厅，还是摆到草坪的凉篷下。现在，星光灿烂的晴空作出决定，凉篷与草坪胜诉了。

按照意大利的习俗，花园沿着路径挂起了彩灯，而且，又以各国习俗为例，稍微讲究的宴席上都摆满蜡烛和鲜花，须知在所有的奢华中，这种奢华最难臻于完美了。

德·莫尔塞夫伯爵夫人吩咐完最后几件事，回到客厅时，客人已经来了不少。他们主要还是受伯爵夫人优雅的待客之道所吸引，而不是冲伯爵的显赫地位而来的，大家事先就确信梅色苔丝情趣那么高雅，这场舞会的一些细节安排，一定值得讲述，需要时也可模仿。

由于上文讲述的事件，丹格拉尔夫人心里惴惴不安，要不要赴德·莫

按照意大利的习俗，花园沿着路径挂起了彩灯。

尔塞夫夫人的约会，她还犹豫不决，上午乘车出门，正巧同维尔福的马车相遇。维尔福向她打了招呼，两辆马车便靠拢停下，两个人隔着车窗说话：

“您准备去参加德·莫尔塞夫夫人的舞会，对不对？”检察官问她。

“不去。”丹格拉尔夫人答道，“我痛不欲生。”

“您错了，”维尔福又说道，同时意味深长地丢给她一个眼色，“必须让大家见到您，这一点很重要。”

“哦！您这么认为？”男爵夫人问道。

“我就这么认为。”

“既然如此，那我就去。”

然后，两辆马车又分道扬镳了。因而，丹格拉尔夫人来赴会了，她不仅天生美貌，而且全身珠光宝气，更加光艳照人。她走进客厅时，梅色苔丝则从另一扇门走进来。

伯爵夫人便派阿尔贝去迎接丹格拉尔夫人；阿尔贝趋步向前，得体地恭维几句男爵夫人的打扮，然后挽上她的胳膊，带她去她本人挑中的座位。

阿尔贝环视周围。

“您在寻找我女儿吧？”男爵夫人微笑着问道。

“我承认是的，”阿尔贝回答，“您不至于那么残忍，不带她来吧？”

“放心好了，她遇见德·维尔福小姐，二人便挽起胳臂；您瞧，那不是她们俩，从后面跟来了，都穿着白色衣裙，一个手捧山茶花，另一个捧一束勿忘我草。对了，请您告诉我。”

“您也要寻找什么吗？”阿尔贝微笑着问道。

“今天晚上，你们没有邀请来德·基督山伯爵吗？”

“第十七位了！”阿尔贝回答。

“您说什么？”

“我是说还真行，”子爵又笑道，“您是第十七位提出同一问题的了；伯爵还真行啊！……我一定要向他表示祝贺……”

“您回答我，也像回答所有人一样吗？”

“唔！真的，我并没有回答您。您尽可放心，夫人，我们都是幸运者，能够见到这个走红的人。”

“昨晚您去歌剧院了吗？”

“没去。”

“他可去了。”

“哦，真的呀！这个怪人又有什么怪异之举？”

“他人到哪里,能少了怪异之举吗?艾尔斯勒演出《瘸腿魔鬼》,又歌又舞,那位希腊公主看得入了迷。等跳完西班牙响板舞之后,伯爵就把一枚精美的戒指系在一束花上,将花束抛给那位迷人的歌舞演员。到第三幕时,艾尔斯勒重又上场,戴上那枚戒指向他致敬。对了,他那位希腊公主,你们也邀请来了吗?”

“没有,您这次无缘见到,她在伯爵府上的地位尚不明确。”

“喏,您不要陪我了,快去招呼德·维尔福夫人吧,”男爵夫人说道,“我看她急切得要命,想同您说话。”

阿尔贝施礼别了丹格拉尔夫人,走向德·维尔福夫人。德·维尔福夫人见他走近,就要开口讲话。

“我敢打赌,”阿尔贝抢先说道,“我就知道您要对我说什么。”

“哦!真的呀!”德·维尔福夫人惊道。

“我若是猜中了,您肯向我承认吗?”

“行啊。”

“说话算数?”

“算数。”

“您要问我,德·基督山伯爵是否到了,或者就要到了?”

“根本不是。此刻我关心的不是他。我是要问您,有没有弗朗兹先生的消息。”

“有哇,昨天接到的。”

“他对您说了什么?”

“他发信时就启程了。”

“很好。现在,说说伯爵好吧?”

“伯爵会来的,放心好了。”

“您知道吗,他除了基督山,还有一个名字?”

“不,我不知道。”

“基督山是一个岛的名称,他另有家族的姓名。”

“我从来没有听人讲过。”

"是啊，我可比您占先了，他叫扎科纳。"

"有这种可能。"

"他是马耳他人。"

"这也有可能。"

"他父亲是个船主。"

"嗬！真的，说真的，这些情况，您一当众大声宣布，准能造成极大的轰动效果。"

"他在印度当过兵，在塞萨利亚开采一座银矿，来到巴黎，是想在欧特伊建一所温泉疗养院。"

"唔，好哇，"莫尔塞夫说道，"这些真是新闻！您能允许我告诉别人吗？"

"可以，但是您着点儿，一条一条讲，还不要说是我告诉的。"

"这是为什么？"

"因为，这几乎算是偷听来的秘密。"

"从哪儿偷听来的？"

"警察局。"

"这么说，这些消息……"

"是昨天晚上，在警察总监那里听到的。您完全明白，伯爵那种异乎寻常的奢华，轰动了整个巴黎；因此，警察进行了调查。"

"好哇，就差把伯爵当作流浪汉抓起来了，借口他太富有了。"

"真的，他很可能就遭逮捕，假如调查的情况对他不那么有利的话。"

"可怜的伯爵，他觉察到自己有危险吗？"

"我想他毫无觉察。"

"那就发发善心，给他提个醒儿。等他来了，我一定告诉他。"

这时却走过来一位目光炯炯、头发乌黑、髭须鲜亮的英俊的年轻人，他十分恭敬地向德·维尔福夫人施了一礼。阿尔贝则主动伸手给他。

"夫人，"阿尔贝说道，"我荣幸地向您介绍马克西米连·莫雷尔先生，北非军团骑兵上尉，一位特别出色、特别勇敢的军官。"

“在欧特伊，德·基督山伯爵府邸，我与这位先生已经幸会。”德·维尔福夫人答道，随即转过身去，明示她的冷淡态度。

这句回答，尤其这种说话的语气，狠狠揪了可怜的莫雷尔的心。不过，他马上又得到了补偿。他回过身去，忽见大厅对面的那扇门旁边，有一位白衣裙美人，那双看似毫无表情的蓝色大眼睛正凝望着他，还把那束勿忘我草缓缓地举到唇边。

莫雷尔完全领会这种无声的问候，于是，他也送去同样的目光，也将

他回过身去，忽见一位白衣裙美人正凝望着他。

自己的手帕举到嘴唇上。二人活似两尊雕像、大理石表象的里面，却剧烈跳动着两颗心，他们伫立在大厅的两端，彼此默默地凝望，一时间忘乎所以，更确切地说，一时间旁若无人了。

二人这样忘情地彼此凝望，即使持续更长时间，也不会引起任何人的注意，只因德·基督山伯爵刚刚步入客厅。

我们已经说过，伯爵的魅力，不管是人为的还是天生的，所到之处无不引人瞩目。引人瞩目的并不是他那黑色礼服，看似很随便，又没有任何饰物，但是剪裁无可挑剔；也不是他那没有绣花的白坎肩，更不是那条长短肥瘦正好覆盖着秀气双脚的裤子，而是他那没有色泽的肌肤、那头乌黑的鬈发、那张安详而纯静的面孔、那种深沉而忧郁的眼神，最后，就是他那张线条特别清秀、极容易显露无比轻蔑表情的嘴巴。

世上有的男人，相貌可能比他更英俊，但是绝没有比他更富有内涵的，请允许我们使用这样的字眼。伯爵身上的一切都有其意味，都有其价值；因为，善于思考的习惯，早已将无与伦比的灵机与坚定，赋予了他的相貌特征、他脸上的表情，以及他最无心的动作。

然而，我们的巴黎社交界实在怪得很，伯爵的这一切，如果后面没有被巨额财产涂成金色的神秘经历，也许根本不会引起他们的注意。

不管怎么说，伯爵在众目睽睽之下往前走，同熟人略微打个招呼，径直走向德·莫尔塞夫夫人。而德·莫尔塞夫夫人正站在摆满鲜花的壁炉前，从房门对面的大镜子里看到伯爵，便做好准备接待他。

她调整出一副笑容，转过身来，正好接受伯爵的鞠躬。

毫无疑问，她以为伯爵要对她讲话；同样毫无疑问，伯爵也以为她要对他讲话，结果双方都沉默无语；他们二人也都毫无疑问，似乎谁也不肯讲一句掉价的套话。相互见礼之后，基督山便走向朝他张开手臂的阿尔贝。

"您见过家母了？"阿尔贝问道。

"我刚才有幸向她致敬，"伯爵答道，"但是令尊还没有见到。"

"您瞧！他在那儿，正同几位社会名流谈论政治呢。"

“真的，”基督山问道，“我看到在那边的几位先生，都是社会名流吗？您不讲还真看不出来！是哪一方面的呢？您也知道，名流有各色各样的。”

“首先，有一位是学者，就是那位瘦高个儿先生，他在罗马的乡间发现一种蜥蜴，比一般蜥蜴多长一节脊椎骨，于是回国向法兰西研究院①报告了这一发现。这件事长时间引起异议，不过，最后还是瘦高个儿先生占了上风。多长的那节脊椎骨，在学术界引起极大的轰动；瘦高个儿原来只得过荣誉团骑士勋章，这回就授予荣誉团军官勋章了。”

“好极了！”基督山说道，“我看物有所归，这枚勋章颁发得很明智。那么，如果他再发现一节脊椎骨，就该授予他荣誉团三级勋章②了。”

“有这种可能。”莫尔塞夫回答。

“还有那个人呢，他可真能别出心裁，穿一件绿绣花的蓝礼服，他又是何许人？”

“也不是他别出心裁，那是共和国的决定；您也知道，共和国颇有艺术气质，要给院士们规定一套制服，就委托大卫③先生为他们设计了一套。”

“哦！的确如此，”基督山说道，“看来，那位先生是院士了？”

“一周之前，他成为那个学术团体的成员。”

“他有什么成就，专长是什么呢？”

“他的专长？我想他能把针深深刺进兔子的脑袋里，能让母鸡吃茜草，还能用金属薄片刺激狗的脊髓再生。”

“他凭这些进入了自然科学院？”

“不是，他成了法兰西学士院院士。”

---

① 法兰西研究院，法国最高学术机构，由五个科学院组成，即法兰西学士院、铭文与美文学科学院、自然科学院、美术科学院、精神科学与政治学科学院。

② 法国荣誉团勋章是法国颁发得最多的奖章，1802年由拿破仑创立，分五个等级。文中所讲骑士勋章（一级）、军官勋章（二级）等，还有大军官勋章（四级）、大十字勋章（五级）。

③ 大卫（1748—1825），法国古典主义画家，他在法国第一共和国时期（1792—1804），曾任国民公会议员、国民教育委员会委员等职。文中的共和国，即法兰西第一共和国。

“可是，法兰西学士院同这些又有什么相干[1]？”

“听我告诉您，据说……”

“据说他那些实验，一定推动科学向前进了一大步吧？”

“不是，据说他写的文章格调高雅。”

“哈！那些被他用针扎过脑袋的兔子，被他用茜草把骨头染红的母鸡，以及他促使脊髓再生的狗，听到这一消息，自尊心一定会大大地得到满足。”

阿尔贝咯咯笑起来。

“其余那些人呢？”伯爵又问道。

“另外那个人？”

“对，第三位。”

“哦！您是问身穿浅蓝色礼服的那一位？”

“对。”

“他是伯爵的同行，不久前，他异常激烈地反对贵族院议员穿制服，在讲坛上辩论演说，大大出了风头；本来他同自由派报纸的关系很糟，但是他能义正词严，在制服的议案中抨击朝廷的旨意，也就同自由派报纸和解了。据说要让他出任大使了。”

“他凭什么进入贵族院呢？”

“他创作两三部喜歌剧，在《世纪报》上展开四五场论战，五六年间一直投票支持政府。”

“说得好！子爵，”基督山笑道，“您真是一位可爱的向导；现在，请您帮个忙好吗？”

“什么事？”

“请不要把我介绍给那些先生，假如他们请求引荐给我，您就先给我打声招呼。”

---

① 法兰西学士院在五所科学院中创建最早(1634年)，主持编纂词典，院士40名，多为文学家和语言学家。

这时，伯爵感到有只手按住他的胳臂，他转身一看，原来是丹格拉尔。

“哦！是您哪，男爵！”他说道。

“您为什么称我男爵呢？”丹格拉尔应声说道，“您很清楚，我并不看重自己的爵衔。跟您不一样啊，子爵，您相当看重爵位，对不对？”

“当然了，”阿尔贝答道，“因为，我没了子爵的头衔，就什么也不是了，而您不一样，您即使舍弃男爵的称号，也还照样是百万富翁。”

“在我看来，在七月王朝的统治下，这是叫得最响的头衔。”丹格拉尔接口说道。

“可惜的是，”基督山则说道，“百万富翁不是终生的头衔，而当上男爵，法兰西贵族院议员，或者学士院院士，就是一辈子的事儿了。眼前就有例证：法兰克福的两位百万富翁，弗兰克和普尔曼，就刚刚破产了。”

“真的吗？”丹格拉尔面失血色，问道。

“当然是真的。今天晚上我收到的一封信，告诉我这个消息。我差不多有百十来万存在他们银行，但是及时了解到情况，将近一个月前就把存款提走了。”

“噢！我的上帝！”丹格拉尔又说道，“他们还在我的银行提取了二十万法郎。”

“喏，您这回得到通知了，他们的签字只有百分之五的信用了。”

“可是太晚了。”丹格拉尔说道，“我一见他们签字的汇票就照付了。”

“得！”基督山又说道，“又有二十万法郎，加上……”

“嘘！”丹格拉尔说道，“这类事就别说了……”接着，他凑到基督山跟前，又补充一句，“尤其不要当着小卡瓦尔坎蒂先生的面讲。”银行家说罢，随即笑呵呵地转向那个年轻人。

莫尔塞夫离开伯爵，去同母亲说话。丹格拉尔也撂下伯爵，去招呼小卡瓦尔坎蒂。一时间，只剩下基督山一个人了。

这工夫，大厅里热得让人受不了。

几名仆人端着盛满水果和冰淇淋的托盘，挨着厅室走动。

基督山用手帕擦拭满脸的汗水，但是看到送上前的托盘时，他却后

退，不肯吃一点清凉的食物。

德·莫尔塞夫夫人始终注视着基督山的一举一动，看见他动也不动从面前经过的托盘，甚至还捕捉到他躲闪的动作。

“阿尔贝，”她问道，“您注意到一个情况吗？”

“什么情况，母亲？”

“就是伯爵一直不肯接受邀请，到德·莫尔塞夫先生家用晚餐。”

“是的，不过，他倒是在我那里用过午餐，而且，他也正是通过那次午餐进入社交界。”

“去您那里，并不等于到伯爵家，”梅色苔丝喃喃说道，“自从他来到这里，我就在观察他。”

“怎么样呢？”

“怎么样，他还是一口东西也没有吃。”

“伯爵饮食非常节制。”

梅色苔丝苦笑一下。

“您去陪他，”她说道，“一有人端去托盘，您就执意让他吃点儿东西。”

“这是为何，母亲？”

“您就顺从我的意思，阿尔贝。”梅色苔丝说道。

阿尔贝吻了吻母亲的手，便走到伯爵的跟前。

又有人端来托盘，同样盛满食物；梅色苔丝看见阿尔贝一再劝伯爵，甚至还拿一杯冰淇淋相让，但是伯爵怎么也不接受。

阿尔贝又回到母亲身边；这时，伯爵夫人的脸色十分苍白。

“怎么样，”她说道，“您瞧见了吧，他拒绝了。”

“对；可是，这有什么值得您忧虑的呢？”

“您也知道，阿尔贝，女人总是很怪的。伯爵在我家吃点儿东西，即使只吃一粒石榴，我见了也会很高兴。不过，也许他还不适应法国的饮食习惯，也许他偏爱什么食品。”

“我的上帝，其实不然！我在意大利见到他什么都吃；今天晚上，他

大概不舒服。”

“还有一种可能，”伯爵夫人又说道，“他一直住在气候炎热的地方，也许不像别人那么怕热吧？”

“我看不可能，刚才他还抱怨太闷热了，还问既然开着窗户，为什么不拉开百叶窗呢。”

“这倒是个办法，”梅色苔丝说道，“我可以确认，他的饮食节制是不是一种托词。”

说罢，她走出客厅。

过了一会儿，百叶窗全拉开了。透过爬满窗口的茉莉花和铁线莲，能望见彩灯照亮的花园，以及摆在凉篷下的晚宴。

男女宾客，跳舞的跳舞，打牌的打牌，聊天的聊天，大家都欢叫起来，所有干渴的肺，都畅快地呼吸涌进来的清爽空气。

与此同时，梅色苔丝又回到客厅，她的脸色比出去时还要苍白，但是又明显地呈现出在某种场合的那种坚定表情。她径直走向以她丈夫为中心的那伙人。

“伯爵先生，”她说道，“请不要把这些先生拴在这里，他们即使不打牌，总还是愿意到花园里呼吸新鲜空气，待在这里太憋闷了。”

“哦！夫人，我们可不能单独去花园啊。”一位十分风雅的老将军回答，他于一八〇九年曾高唱过《叙利亚出征歌》。

“好吧，”梅色苔丝说道，“我来做个表率。”

她转过身去，又对基督山说道：

“伯爵先生，劳驾，请让我挽上您的手臂。”

听到这简单的一句话，伯爵几乎站立不稳，他随即看了看梅色苔丝。这一瞥疾如闪电，然而伯爵夫人却觉得仿佛长达一个世纪，因为基督山这一瞥负载的思想太丰富了。

他将手臂递给伯爵夫人，她便挽住这手臂，说得更确切些，她那只小手只是轻轻往手臂上一搭，二人步下两侧摆了杜鹃花和山茶花的台阶。二十来位客人都兴高采烈，有说有笑，随后从另一道台阶冲向花园。

第七十一章　面包和盐

德·莫尔塞夫人由基督山陪伴，走进枝叶交织而成的拱廊：这条拱廊正是通向暖房的小径，两侧夹护着枝繁叶茂的椴树。

“客厅里太热了，对不对，伯爵先生？”她问道。

“是的，夫人，您的主意好极了，吩咐人将窗户和百叶窗全打开。”

伯爵讲完这句话，就发觉梅色苔丝的手在颤抖。

“可是，您穿这么单薄的衣裙，脖颈还没有什么防护，只围着这条轻纱巾，您也许会着凉的？”他说道。

“您知道我带您去哪儿吗？”伯爵夫人反问道，也不回答基督山的问题。

“不知道，夫人，”基督山回答，“您也瞧见了，作为朋友，我由您带着，并无顾虑。”

“去暖房，您看得见，就在那边，在我们这条小径的尽头。”

伯爵瞧了瞧梅色苔丝，仿佛要问她去那里做什么；可是她继续往前走，什么也不说，基督山也就随着沉默下来。

二人到了暖房，只见各种果树缀满鲜果，七月份就开始成熟，多亏常年由人工控制室温，以弥补我们这里往往不足的光照。

伯爵夫人放开基督山的手臂，去摘了一串麝香葡萄。

“给您，伯爵先生，”她微微一笑说道，但那笑容十分凄婉，眼里似乎闪现泪光，“给您，我知道，法国产的葡萄，根本无法同你们西西里的葡

萄,或者塞浦路斯的葡萄相比。不过,您一定会宽容地对待我们北方不足的阳光。"

伯爵躬了躬身;又退缩了一步。

"您不接受?"梅色苔丝声音颤抖地说道。

"夫人,"基督山回答,"在下恳求您原谅,我从来不吃麝香葡萄。"

梅色苔丝叹息一声,手中的葡萄失落地上。一个鲜美的大桃子,吊在旁边的架子上,它同那串葡萄一样,是在暖房里靠人工温度培育成熟的。梅色苔丝凑到跟前,摘下毛茸茸的大桃子。

"那您就吃这个桃子吧。"她说道。

然而,伯爵同样谢绝了。

"噢! 还是拒绝!"她说道,她的声调十分痛苦,让人感到是一种饮泣;"老实说,我真不幸。"

随后沉默良久;桃子也像那串葡萄,滚落到沙地上。

"伯爵先生,"梅色苔丝终于又开口了,并以哀求的眼神看着基督山,"阿拉伯人有一种感人的习俗:只要在同一个屋顶下分吃面包和盐,就成为永久的朋友。"

"这种习俗我也了解,夫人,"伯爵回答,"但是,我们在法国,而不是在阿拉伯,须知在法国,既没有永恒的友谊,也没有分吃面包和盐的习俗。"

"不管怎样,"伯爵夫人死死盯住基督山的眼睛,双手近乎神经质地紧紧抓住他的胳膊,讷讷地问道:"我们是朋友,对不对?"

伯爵浑身的血液一下子涌回心房,脸色变得死人一样惨白,继而,血液又从心房升到喉头,涌上面颊,一时间,他两眼模糊,就好像被晃花了似的。

"我们当然是朋友了,夫人,"他回答道,"况且,我们为什么就不是朋友呢?"

回答的语气,同德·莫尔塞夫夫人的期望相去甚远,她转过身去,不由叹了口气,听来好似一声呻吟。

“噢！还是拒绝！”她说道，她的声调十分痛苦，“老实说，我真不幸！”

“谢谢。”她只说了一句。

接着，她又往前走去。他们就这样在花园里转了一圈儿，再也没有讲一句话。

“先生，”默默走了十分钟之后，伯爵夫人忽然问道，“您真的有那么多阅历，走过那么多地方，受了那么多苦难吗？”

“是的，我遭受很多苦难，夫人。”基督山答道。

“可是现在，您幸福了吧？”

“当然了,”伯爵答道,“因为,谁也听不见我的哀怨。”

“您现在的幸福会软化您的心肠吧?”

“我现在的幸福,同我过去的苦难相当。”伯爵答道。

“您结婚了吗?”伯爵夫人又问道。

“我,结婚?”基督山浑身一抖,答道,“谁能这么对您说呢?”

“没人对我说,但是有好几回,别人看见您带一位美丽的年轻女子去歌剧院。”

“那是我在君士坦丁堡买下的一名女奴,夫人,当初是一位公主,我认作义女,因为我在世上无亲无故。”

“这么说您孑然一身?”

“对,孑然一身。”

“您没有姐妹……孩子……父亲吗? ……”

“一个亲人也没有。”

“您与人生毫无系恋,怎么能活在世上呢?”

“这不是我的过错,夫人。在马尔他,我爱一位姑娘,正要娶她的时候,战争的风暴把我卷走,远离开她了。我原以为她深深地爱我,一定能等我回去,至死不渝。不料我回去得知,她已经结婚了。二十来岁的青年,有这种经历也很平常。可是,我的心也许比别人更脆弱,我所感受到的痛苦,换了别人也许就无所谓了。仅此而已。”

伯爵夫人停下片刻,就好像需要喘口气。

“是啊,”她说道,“这份爱一直珍藏在您心中……人一生,也只能爱一次……您没有再见到那位女子吗?”

“再没见过。”

“再没见过!”

“我根本就没有再回她生活的地方。”

“马尔他?”

“对,马尔他。”

“这么说,她在马尔他?”

马尔他

“我想是的。”

“她给你造成了痛苦,您原谅她了吗?”

“她嘛,原谅了。”

“只原谅她一个人吧,而您还一直痛恨把您同她拆开的那些人?”

这时,伯爵夫人正面对着基督山,她手中还留有几粒葡萄。

“吃吧。”她说道。

“我从来不吃麝香葡萄,夫人。”基督山回答,就好像他们之间根本没

有谈过这件事。

伯爵夫人一时绝望，将葡萄丢进最近的树丛里。

“铁石心肠！”她咕哝一句。

基督山仍然无动于衷，仿佛这声指责并不是针对他的。

恰好这时，阿尔贝跑来了。

“噢！母亲，”他说道，“出了巨大不幸的事啦！”

“什么？出什么事啦？”伯爵夫人问道，她又挺起身子，好像梦醒，回到了现实中，“一件不幸，您是这么说的吗？的确，也是该发生不幸了。”

“德·维尔福先生来了。”

“怎么样呢？”

“他来找他妻子和女儿。”

“这是为什么？”

“因为德·圣-梅朗侯爵夫人到达巴黎，带来不幸的消息：德·圣-梅朗先生从马赛动身，刚到第一站，他就突然去世了。德·维尔福夫人正玩在兴头上，既不愿意弄明白，也不相信这样不幸的消息。可是，瓦朗蒂娜小姐呢，虽然她父亲说得极其婉转，她还未听他说上两句，便全猜出来了：她像遭了雷击，当场就昏倒了。”

“德·圣-梅朗先生是德·维尔福小姐的什么人？”伯爵问道。

“那是她的外祖父。他要赶来，催促他外孙女同弗朗兹结婚。”

“哦！真的呀！”

这回弗朗兹的事算耽搁了。德·圣-梅朗先生怎么不也是丹格拉尔小姐的外公呢？”

“阿尔贝！阿尔贝！”德·莫尔塞夫夫人口气温和地责备道，“您这么讲像话吗？伯爵先生，他特别尊重您，请您告诉他，这么讲很不好！”

她朝前走了几步。

基督山注视着她，神态十分奇异，一副心驰神往、深情赞赏的表情，倒让她止步退回了。

这时，她拉起基督山的手，随即又拉起儿子的手，将两只手握在一起。

“我们是朋友,对不对?”她说道。

“唔! 您的朋友,夫人,我绝没有这种奢望,”伯爵说道,“但不管怎样,我是您恭顺的奴仆。”

伯爵夫人心如刀绞,痛苦莫名,她离开还没有走出去十步,伯爵就看见她拿手帕擦眼泪。

“怎么,您和家母话不投机吗?”阿尔贝奇怪地问道。

“恰恰相反,”伯爵答道,“刚才她还不是当着您的面对我说,我们是朋友嘛。”

他们回到客厅;瓦朗蒂娜和德·维尔福夫妇刚刚离去。

自不待言,莫雷尔也随后离开了。

第七十二章　德·圣—梅朗夫人

德·维尔福先生府上,确实发生了凄惨的一幕。

德·维尔福夫人再三要求丈夫一同去参加舞会,但终归徒劳。等母女二人走了之后,检察官仍照往常的习惯,自己关在书房里;面对一大摞卷宗。这么多卷宗,换了另一个人会吓坏的,但若是平时,还不见得能满足他那工作的巨大胃口。

然而这回,这些卷宗仅仅是摆样子。维尔福关起门来,绝非为了工作,而是要考虑事情。他吩咐下去,没有要紧事不准来打扰他,然后关上房门,坐到扶手椅里,开始回想这七八天以来,塞满他头脑的那些忧心事、那些苦涩的记忆。

因此,他没有翻阅堆在眼前的卷宗,而是拉开写字台的一个抽屉,打开一个暗锁,抽出一叠私人笔记。这些手记很珍贵,分门别类贴了标签,还以唯独他自己懂得的数码编了号,上面记录了他在政治生涯、钱财事务、诉讼案件和偷情别恋等诸方面仇人的姓名。

如今看来,仇人的数量实在惊人,令他不寒而栗;然而从前,所有这些姓名,不管多么有权有势,也不管多么显赫,他想到时往往鄙夷地微微一笑,正如游客登上峰巅之后,再俯瞰脚下的那些陡峭的山岩、那些无法攀援的崎岖险径,以及花费好长时间极其艰难爬上来的悬崖峭壁,就会哑然失笑一样。

所有这些姓名,他又仔细地在头脑里过了一遍,又拿起名单仔细认

读,研究,评估了一遍,最后他摇了摇头。

“不对,”他咕哝道,“这些仇敌中,没有一个会如此耐心,处心积虑,一直等到今天,才想利用这个秘密整垮我。正如哈姆雷特所言,埋藏得最深的秘密有时也会透出点儿风声,好似磷火在空气中乱蹿;然而,这类一闪即逝的光亮,都会把人引入歧途。我这段往事,也许那个科西嘉人讲给一个神甫听,那个神甫又向别人讲述,而德·基督山先生就是这么听说的,他想弄清事实……”

“可是,要弄清这个事实干什么呢?”维尔福思考了一会儿,又咕哝道,“这位德·基督山先生,扎科纳先生,马尔他一位船主的儿子,塞萨利亚一座银矿的开发商,他初次来法国,要弄清这样一件讳莫如深、毫无意义的事情,究竟想干什么呢?布索尼神甫和威尔莫勋爵,一个是他的朋友,一个是他的仇敌,二人向我提供的情况相互诋毁,但是有一点明白无误,我看不容置疑,即在任何时间,任何场合,任何事情上,我和他都不可能有丝毫的瓜葛。”

然而,维尔福心里讲的这些话,连他本人都不相信。对他而言,最最可怕的不是揭露真相,因为,他总可以矢口否认,甚至可以辩驳;他不大在乎墙壁上会突然显现的血字:Mane, Thecel, pharès①;其实,他忧虑的是了解写下这行字的是何人之手。

他在竭力地安慰自己,而且唯恐唤醒沉睡多年的仇敌,他也不像在野心的憧憬中那样,常常勾画那种政治前景,而是描绘局限于家庭之乐的一种前景。正在这种时候,庭院里忽然响起马车的隆隆声。继而,又传来一位老年人上楼的脚步声,又传来啼哭和哀叹!正是仆人要张扬主人的痛苦而发出的抽泣和唏嘘。

他赶紧拉开书房的门闩,很快就看见一位老妪,也不通报一声就走进来。她胳臂上搭着披巾,手里拿着帽子,满头的银丝下面,露出发黄的象

---

① 伯沙撒,巴比伦迦勒底国的末代国王。一天他在宴请群臣,用他父亲从耶路撒冷掠来的金银器皿饮酒,忽见墙上出现手指,写下这几个词(意为“巴比伦国的末日已到”)。事见《圣经·旧约》之《但以理书》。

牙似的前额,眼角由岁月刻下深深的皱纹,而眸子几乎隐没在哭肿的眼泡儿里。

"噢!先生,"她说道,"哎呀!先生,天大的不幸啊!我也一样,非死了不可!噢!对,我肯定也要死掉!"

说着,她一下子就瘫倒在离房门最近的扶手椅里,放声大哭了。

仆人们伫立在门口,不敢再往前跨一步,纷纷看着努瓦蒂埃的老仆人,而老仆人是听见主人房间的喧闹声才跑来,站在其他人的后边。维尔福一见是他岳母,就急忙起身跑着迎上去。

"哎!我的上帝!夫人,"出什么事啦?"他问道,"您怎么这样悲痛呢?德·圣-梅朗先生怎么没有陪伴您呢?"

"德·圣-梅朗先生死了。"侯爵老夫人说道,这句话脱口而出,毫无掩饰,仿佛怔忡之语。维尔福后退一步,两只手掌相击。

"死啦!……"他结结巴巴地说道,"就这么突然……死啦?"

"就在一个星期之前,"德·圣-梅朗夫人继续说道,"我们吃过午饭,一起上了马车。当时,德·圣-梅朗先生身体不舒服已有几天了,然而,想到又能看见我们亲爱的瓦朗蒂娜了,他就振作精神,不顾病痛,非要动身不可。马车驶出马赛六法里时,他吃了几片常吃的药,就昏昏沉沉睡过去,也看不出什么反常。不过,我觉得他的脸红起来,太阳穴的脉管也比平时跳得更厉害,不免犹豫要不要叫醒他。当时天已黑了,什么也看不见了,我就由着他睡去。不料没过多久,他就叫了一声,如同人在梦中痛断肝肠的哀吟,接着,他的头猛地往后一仰。我慌忙叫他的贴身仆人,让他停车。我连声呼唤德·圣-梅朗先生,拿出我的嗅盐给他闻,全都无济于事,人已经死了,我就是坐在他的尸体旁边,到达埃克斯城。"

一时间,维尔福目瞪口呆。

"想必您叫了医生吧?"

"当即就叫来了;可是,正如我说的,全都无济于事了。"

"毫无疑问。可是,医生至少诊断出可怜的侯爵死于什么病吧?"

"我的上帝!是啊,先生,他对我说了,很可能是急性中风。"

“那您怎么办了?”

“德·圣-梅朗先生总是说,他远离巴黎的时候如果死去,就希望把他的遗体运回家族的墓地。我让人把他装殓进一口铅棺中,比他早几天赶到巴黎。”

“噢!我的上帝!可怜的母亲!”维尔福说道,“遭受这么大的打击,还要操办这种事,而且在您这样的高龄!”

“上帝给了我坚持到底的力量。况且,我这亲爱的侯爵,换了他,也一定会同样对待我。不错,从我在那里离开他之后,我就像疯了似的,再也哭不出来了;不错,据说人到我这年纪,就流不出眼泪了。然而,我觉得,人在极度悲痛的时候,总还可以哭泣吧。瓦朗蒂娜在哪儿呢,先生?我们是冲她回来的,我要看看瓦朗蒂娜。”

维尔福心想,如果告诉她说,瓦朗蒂娜去参加舞会了,那未免太残忍了,于是,他只对侯爵夫人说,她外孙女同继母一道出去了,马上就派人通知她回来。

“这就去找,先生,这就去找,求求您了。”老夫人说道。

维尔福让德·圣-梅朗夫人挽上自己的胳臂,送进她的房间。

“您先歇息一下,母亲。”他说道。

听到这一称呼,侯爵夫人抬起头,看到这个男子,便联想起她哀悼不已的女儿,又在瓦朗蒂娜身上复活的女儿,她听到叫这一声母亲,不由得百感交集,一下子跪到扶手椅上,双手抱住她那可敬的头,便泪如泉涌。

维尔福把老夫人交给女佣照看;这工夫,老巴鲁瓦张皇失措,又跑上楼去见他老主人,因为老人最恐惧的,莫过于死神暂时离开,去打击另一位老人。德·圣-梅朗夫人这边,仍然跪着默默祈祷;维尔福那边则吩咐人去叫来一辆出租马车,亲自去德·莫尔塞夫夫人府,以便接回他妻子和女儿。他出现在客厅门口的时候,脸上全无血色,瓦朗蒂娜急忙跑过去,高声问他:

“噢!父亲!发生什么不幸啦?”

“外祖母刚刚到达,瓦朗蒂娜。”德·维尔福先生说道。

“外祖父呢?”年轻姑娘战战兢兢地问道。

德·维尔福先生也不回答,只是将手臂伸给女儿。

他伸过去手臂正是时候;瓦朗蒂娜只觉天旋地转,站立不稳了;德·维尔福夫人急忙上前扶住,并帮助丈夫搀她去上马车,边走边说:“这也太怪了!会出这种事,谁料得到呢?唔!对,这也太怪了!”

悲痛的一家人就这样逃离,将他们黑纱一般的一片哀伤,罩在晚会余下的时间上。

巴鲁瓦正在楼梯口等着瓦朗蒂娜,一见到她就小声说道:

“努瓦蒂埃先生今晚渴望见到您。”

“您去告诉他,我一离开外婆的房间就过去。”

姑娘有一颗善体人意之心,她明白此刻最需要她的,还是德·圣-梅朗夫人。

瓦朗蒂娜看到外祖母躺在床上。祖孙二人相见的情景,可以讲述的细节,无非是默默的抚慰、肝肠寸断的悲凄、连着哽咽的哀叹、簌簌滚落的热泪。德·维尔福夫人挽着丈夫的手臂,目睹这一场面,她对可怜的遗孀满怀敬意,至少表面上如此。

过了片刻,她俯到丈夫的耳边说道:

“您若是允许的话,我还是最好走开,因为,您岳母看见我,恐怕更伤心了。”

这话德·圣-梅朗夫人也听见了。

“好吧,好吧,”她对着瓦朗蒂娜的耳朵说道,“让她走吧;不过你留下,你得留下来。”

德·维尔福夫人出去了,检察官因这意外的死讯而懊丧,随后也走了,只剩下瓦朗蒂娜在床边守着外祖母。

且说巴鲁瓦第一趟上楼,回到老努瓦蒂埃身边;刚才,正如我们所讲,老主人听见楼下有喧闹声,就派老仆人去看个究竟。

一见派出去的人回来,他那十分灵活,尤其十分聪慧的目光便开始询问。

“唉！先生，”巴鲁瓦说道，“发生了天大的不幸啊：德·圣-梅朗夫人来了，而她丈夫死了。”

德·圣-梅朗先生和努瓦蒂埃交情一向不深；然而，一个老人的死讯，总会对另一个老人产生影响，这也是人之常情。

努瓦蒂埃脑袋垂到胸前，好似一个不堪重负的人，或者一个冥思苦索的人，继而，他闭上一只眼睛。

“要见瓦朗蒂娜小姐？”巴鲁瓦问道。

努瓦蒂埃表示对。

“她去参加舞会了，先生也知道，她盛装打扮，临走不是还过来向您道别了吗？”

努瓦蒂埃重又闭上左眼。

“是啊，您要见她吧？”

老人表示这正是他的愿望。

“好吧，估计要有人去德·莫尔塞夫夫人府接她，我等她一回来，就告诉她上楼来您这儿。是这样吧？”

“对。”瘫痪的老人回答。

于是，巴鲁瓦到楼下，等待瓦朗蒂娜回来；而且，我们已经看到，一见她回家，他就把祖父的愿望告诉她了。

正是考虑这种愿望，瓦朗蒂娜一离开德·圣-梅朗夫人的房间，便立即上楼，来到努瓦蒂埃的房间：老夫人虽然非常悲痛，但是毕竟旅途劳顿，疲惫不堪，在情绪躁动中昏昏沉沉睡着了。

老仆人早已把一张小桌搬到近前，桌上放着一只杯子，以及她平时爱喝的一瓶橙汁。

后来，正如我们所言，年轻姑娘一离开卧床的侯爵夫人，便上楼来到努瓦蒂埃的房间。

瓦朗蒂娜上前拥抱老人，老人无限深情地注视着姑娘，让她本以为干涸的眼睛又溢出泪水了。

老人仍然目不转睛。

“是啊,是啊,”瓦朗蒂娜说道,“你想说,我总归还有一位慈祥的祖父呢,对不对?”

老人表示这正是他的目光所要传达的意思。

“唉!我的上帝,”瓦朗蒂娜又说道,“幸好有你,否则的话,我还怎么活啊?”

已经是凌晨一点钟了,连巴鲁瓦都想睡觉了,于是他指出,经历这样悲痛的夜晚,所有人都需要休息一下,老人可不忍心说他看见自己的孙女就是休息,还是打发孩子走了。而瓦朗蒂娜由于悲恸和疲惫,也的确显露一种痛苦的神情。

次日,瓦朗蒂娜走进外祖母的房间,看见她还卧床不起:侯爵老夫人烧非但没退,眼睛里还闪着极痛深悲的火焰,看来精神受到了强烈的刺激。

“噢!我的上帝!外婆啊,您的身体更难受了?”瓦朗蒂娜看到各种焦灼的症状,便高声问道。

“没什么,我的孩子,没什么,”德·圣-梅朗夫人说道,“不过,我倒是急着等你来,好让你去找你父亲。”

“我父亲?”瓦朗蒂娜不安地问道。

“对,我要跟他谈谈。”

瓦朗蒂娜绝不敢违拗,况且她也不知道外祖母这样要求的原因。片刻之后,维尔福就进来了。

“先生,”德·圣-梅朗夫人开门见山,就好像担心时间不够了似的,“您在写给我的信上,谈了这孩子的婚事?”

“是的,夫人,”维尔福答道,“这不止是一种打算,而且是定下来的事。”

“您的女婿名叫弗朗兹·德·埃皮奈先生?”

“对,夫人。”

“他父亲就是德·埃皮奈将军,当年我们的同党,就在篡位者从厄尔巴岛卷土重来的前几天被人暗杀了,是吧?”

“正是。”

“同一个雅各宾分子的孙女结婚，他不反感吗？”

“我们的政见不合幸而不复存在了，母亲，”维尔福说道，“当年他父亲遇害的时候，德·埃皮奈先生差不多还是个孩子；他并不认识努瓦蒂埃先生，将来见面不说会很高兴，至少也会采取无所谓的态度。”

“男方还算说得过去？”

“各方面都说得过去。”

“那年轻人呢？……”

“受到广泛的尊敬。”

“他教养如何？”

“他属于我所认识的最杰出的人之列。”

瓦朗蒂娜听着这段对话，始终默不作声。

“那好，先生，”德·圣-梅朗夫人考虑了几秒钟，才又说道，“您就抓紧办事吧，因为，我活不了几天了。”

“您，夫人！您，外婆！”德·维尔福先生和瓦朗蒂娜同时喊道。

“我知道我在说什么，”侯爵夫人又说道；“您得抓紧办事，好让这没有母亲的孩子，至少还有外祖母为她的婚姻祝福。我那可怜的蕾妮，多快就被您给遗忘了，先生，她这方面也只剩我这一个亲人了。”

“唉！夫人，”维尔福说道，“您总不能忘记，应该给这个没娘的可怜孩子找一个母亲啊。”

“继母从来就算不上母亲，先生！不过，现在谈的不是这件事，而是瓦朗蒂娜；还是让逝去的人清静些吧。”

老夫人一口气讲这么多话，声调异常，让人觉出在这场谈话中，有类似要说胡话的征象。

“事情会按照您的愿望办的，夫人，”维尔福说道，“更何况您同我不谋而合。等德·埃皮奈先生一到巴黎，就立刻……”

“我的外婆，”瓦朗蒂娜说道，“要顾全礼仪，外公刚刚去世……难道您要我在这种伤心的日子里举办婚礼？”

"我的孩子，"外婆急忙打断她的话，"不要讲这些俗礼了，陈规俗礼不过是些障碍，不让弱者扎扎实实地创立自己的未来。我也一样，是在我母亲的灵床前结婚的，我也绝没有因此就终生不幸了。"

"又是想到死，夫人！"维尔福则说道。

"又想！总想！……对您说吧，我快死了，明白吗？好，我在临死前，一定要见到我的外孙女婿；我要嘱咐他给我外孙女幸福；我要从他眼睛里看出，他是否打算听我的话；总之，我要认认他，我呀！"老夫人表情骇人，继续说道："如果他应该做的而做不到，必须做的而做不到的话，那我就会从坟墓里出来，找他算账。"

"夫人，"维尔福说道，"一定要排除这种近乎疯狂的妄念。人一旦去世，躺在坟墓中，就要长眠，永远不起来了。"

"嗯！是啊，是啊，外婆，你安静下来吧！"瓦朗蒂娜说道。

"我呢，先生，跟您说吧，我绝非您以为的这样。这个夜里我睡得非常死，我的灵魂就好像离开了肉体，在上方盘旋，在一定程度上看见自己在睡觉。我极力要睁开眼睛，可是怎么也睁不开；然而我完全知道，在你们看来这不可能，尤其是您，先生。喏，我闭着眼睛，看见一个白色身影，悄无声息地走进来，就在您站着的位置，是从这个角落过来的，这角落正通德·维尔福夫人的梳妆室的房门。"

瓦朗蒂娜惊叫一声。

"您那是发烧产生的幻觉，夫人。"维尔福说道。

"随您怎么怀疑，但我肯定我讲的是事实：我看见一个白色身影；而且，仿佛上帝怕我信不过我的一种感官的见证，我又听见挪动我的杯子的声音，瞧，瞧，就在那儿，放在桌子上的那只杯子。"

"唉！外婆，那是做梦。"

"一点儿也不像做梦，因此我伸手去拿摇铃，那影子一见我这动作就消失了。女仆端着灯走进来。幽灵只能在应该见到的人面前显现：那一定是我丈夫的魂灵。好哇，既然我丈夫的魂灵回来叫我，那么，我的魂灵为什么就不能回来，保护我的外孙女呢？我觉得这种关系更直接一些。"

“噢！夫人，”维尔福说道，他也不由得心中感铭，“您别多想这些可怖的事情。您同我们一起生活，要活很久，幸福地生活，受人爱戴，受人尊敬；我们也会让您忘记……”

“决不！决不！决不会忘记！”侯爵夫人说道，“德·埃皮奈先生什么时候回来？”

“我们也在等他，随时可能到达。”

“很好，他人一到，就告诉我一声。抓紧啊，抓紧啊。还有，我要见一位公证人，确保把我们的财产全归到瓦朗蒂娜的名下。”

“噢！外婆，”瓦朗蒂娜嘴唇贴到外祖母滚烫的额头上，轻声说道，“您这不是要我的命吗？我的上帝！您还在发烧。您应当叫的不是公证人，而是大夫。”

“大夫？”她耸了耸肩，说道，“我没有病，只是口渴。”

“您要喝什么，外婆？”

“跟平时一样，你知道，就是橙汁。杯子就在桌子上，你递给我，瓦朗蒂娜。”

瓦朗蒂娜将瓶子里的橙汁倒进杯中，可是，她拿起杯子要递给外祖母，就不免心慌，只因老人说这杯子被幽灵碰过。

侯爵夫人接过杯子，一饮而尽。

继而，她躺在枕头上翻来覆去，不断地重复：

“找公证人来！找公证人来！”

德·维尔福先生便出去了。瓦朗蒂娜坐到外祖母的床边。可怜的姑娘，还要给外祖母叫大夫，其实，她本人似乎更需要瞧瞧病：她的面颊烧得火红，呼吸急促，脉搏也好像发高烧那样怦怦狂跳。

这不奇怪，可怜的姑娘想到了马克西米连，他一旦得知德·圣-梅朗夫人非但不是他的盟友，反而无意中同他作对了，那该有多么痛苦绝望啊。

瓦朗蒂娜不止一次想对外祖母坦吐胸臆，如果马克西米连·莫雷尔叫阿尔贝·德·莫尔塞夫，或者叫拉乌尔·德·夏多-雷诺，那么她一刻

也不会犹豫;怎奈莫雷尔出身庶民家庭,瓦朗蒂娜知道德·圣-梅朗侯爵夫人十分高傲,非常鄙视所有非贵族出身的人。正因为如此,她心中的秘密每每要吐露出来,话到嘴边又咽到肚子里,她伤心地确信,公开这一秘密不但于事无补,而且一旦让她父亲和继母知道,那么一切就全完了。

德·圣-梅朗夫人始终躁动不安,差不多昏昏沉沉睡了两个小时。仆人通报公证人来了。

通报的声音尽管压得很低,德·圣-梅朗夫人还是从枕头上抬起头来。

"公证人?"她说道,"快让他过来,快让他过来!"

公证人已到门口,他应声走进来。

"你走吧,瓦朗蒂娜,"德·圣-梅朗夫人说道,"让我同先生单独谈谈。"

"可是,外婆……"

"走吧,走吧。"

姑娘吻了吻外祖母的额头,用手帕捂着眼睛出去了。

她走到门口,正巧遇到父亲的跟班,得知医生正在客厅等候。

瓦朗蒂娜快步下楼。医生是她家的世交,在当代医道又最精深:他很喜爱瓦朗蒂娜,是看着她出世的。他也有一个女儿,与德·维尔福小姐年龄相仿,但是母亲生她时正患肺病,因而女儿的身体状况,是他终生担忧的事情。

"唔!"瓦朗蒂娜说道,"亲爱的德·阿弗里尼先生,我们多着急等着您来啊。先不说别的,玛德莱娜和安托瓦奈特,身体都好吧?"

玛德莱娜是德·阿弗里尼先生的女儿,安托瓦奈特则是他的侄女。

德·阿弗里尼先生苦笑了一下。

"安托瓦奈特身体很好,"他答道,"玛德莱娜还凑合吧。怎么,亲爱的孩子,是您派人找我来的?"他又说道,"不会是令尊,也不是德·维尔福夫人病了吧?至于咱们,事情明摆着,咱们都摆脱不掉心头的烦恼,虽说如此,您也并不需要我别的什么帮助,我看顶多劝劝您不要过分胡思乱

想了，对吧？”

瓦朗蒂娜脸红了。德·阿弗里尼先生行医，治病总是先治心，分析人的心理的功夫，几乎达到神奇的程度。

“我没事儿，”她答道，“是为了我那可怜的外婆。您知道我们家出了不幸的事儿，是吧？”

“我一无所知。”德·阿弗里尼回答。

“唉！”瓦朗蒂娜强忍住悲泣，说道，“我外公去世了。”

“唉！”瓦朗蒂娜强忍住悲泣说道，“我外公去世了。”

“德·圣-梅朗先生?”

“对。”

“猝死?”

“急性中风。”

“中风。”医生重复道。

“对。结果我那可怜的外婆也只有一个念头,她丈夫在呼唤她,她与丈夫从未分开过,就要去同他会合了。噢!德·阿弗里尼先生,我拜托您了,好好看看我那可怜的外婆!”

“她在哪儿?”

“同公证人在她的房间。”

“努瓦蒂埃先生怎么样?”

“还是老样子:头脑完全清晰,但是仍然不能动弹,仍然不能说话。”

“还仍然那么疼爱您,对不对,我亲爱的孩子?”

“对,”瓦朗蒂娜叹口气,答道,“他很疼爱我。”

“又有谁不疼爱您呢?”

瓦朗蒂娜苦笑了一下。

“您外祖母有什么感觉?”

“精神状态异常,特别焦灼,睡眠也有失常态,躁动惊悸;今天早晨她硬说,她在睡觉的时候,灵魂在躯体上方盘旋,看着她睡觉,这当然是幻觉。她还说看见一个幽灵走进她的卧室,还听见所谓的幽灵动她杯子的声响。”

“这就怪了,”医生说道,“我还真不知道德·圣-梅朗夫人容易产生幻视。”

“她这种状态,我也是头一回见到,”瓦朗蒂娜说道,“今天早晨,她真把我吓坏了,我还以为她发疯了呢。就连我父亲,德·阿弗里尼先生,您也了解,他是严肃认真的人,喏,就连我父亲本人,好像也十分惊诧。”

“我们去瞧瞧吧,”德·阿弗里尼先生说道,“您讲的这种情况,我觉得确实很怪。”

公证人下楼来。仆人则来告诉瓦朗蒂娜，屋里只有她外祖母一个人了。

“您上去吧。”她对大夫说道。

“那您呢？”

“噢！我不敢露面：她就不准我派人去请您。而且，正如您讲的，我自己也焦躁不安，精神很不好，不如去花园里走走，也好静一静心。”

大夫握了握瓦朗蒂娜的手，便上楼去见她外祖母，而姑娘则步下楼前的台阶。

我们无需再指出，花园的哪部分是瓦朗蒂娜最喜爱的去处。往常，她先是在房子周围的花坛转上三四圈，再摘一朵玫瑰，插在腰带上或者头上，然后钻进那条幽径，一直走到那张长椅，再从长椅走到铁栅门。

这一次，瓦朗蒂娜还照例在花丛中转悠两三圈，但是没有摘花：她心中的服丧，虽然还没有来得及扩展到她的外表，却开始排斥这种简单的装饰了。继而，她走向那条小径，正往前走着，就恍若听见有人叫她的名字，不禁吃惊地站住了。

于是，呼唤她名字的声音就听得更真切了，听出是马克西米连的声音。

第七十三章 诺言

果然是莫雷尔,从昨天夜晚开始,他就失魂落魄了。他凭着情侣和母亲所特有的本能,已经猜出侯爵去世和德·圣-梅朗夫人返回,在维尔福的府邸势必引起变故,会影响他对瓦朗蒂娜的爱情。

下面就会看到,他的预感已经变成现实。他惊慌失措,战战兢兢,促使他来到栗树下铁栅门外的,已不是单纯的担心了。

然而,这不是莫雷尔平常来的时间,瓦朗蒂娜也不知道他等在那里,这纯属一次巧合,说得漂亮些,她来到花园,是一种灵犀相通吧。莫雷尔一见她的身影,便呼唤她;她立刻跑向铁栅门。

"您,这时候就来啦!"

"对,可怜的朋友,"莫雷尔回答,"我来打听坏消息,而且也带来坏消息。"

"难道这是不幸之家啊!"瓦朗蒂娜说道,"讲吧,马克西米连。其实,这么多痛苦,已经够人受的了。"

"亲爱的瓦朗蒂娜,"莫雷尔说道,他竭力稳定自己的情绪,以便心平气和地讲话,"您听我说,请听仔细了,要知道,我对您讲的话是郑重其事的。您打算什么时候结婚?"

"听我说,"瓦朗蒂娜也说道,"我什么都不想瞒您,马克西米连。今天早晨,他们议论了我的婚事。我原指望外祖母靠得住,能替我讲话,谁知她不但明确赞成这桩婚姻,还急不可待,只等德·埃皮奈先生一回来就

办事,他到达的第二天就签订婚约。”

年轻人的胸膛发出一声沉重的叹息,他神情忧伤,久久地凝望着姑娘。

“唉!”他又声音低沉地说道,“这该有多残忍啊,听着自己心爱的女人平静地说:‘您的刑期定了,几小时之后就执行。不过也无所谓,反正事已至此,我这方面绝不会反对了。’好吧,既然您说,只等德·埃皮奈先生一到就签订婚约,既然他到达的次日,您这个人就属于他了,这就是说:明天,您就是德·埃皮奈先生的人了,因为,他今天早晨到达巴黎了。”

瓦朗蒂娜惊叫一声。

“一小时前,我到德·基督山伯爵那里,”莫雷尔说道,“我们谈话,他提起贵府的悲痛,我则谈到您的悲痛,忽然,一辆马车驶进庭院。听我说,在这之前,我并不相信预感,瓦朗蒂娜,但是现在,就不得不相信了。我一听见那辆马车的声响,就不禁打个寒战;不大工夫,我又听见上楼的脚步声。就是把唐璜吓破胆的卫队长那响亮的脚步,也不如这些脚步声令我胆战心惊。终于,房门打开了,头一个走进来的是阿尔贝·德·莫尔塞夫,我真不相信自己的眼睛,正要以为是看错了,只见随后又走进来一个年轻人,而伯爵当即高声叫道:‘啊! 弗朗兹·德·埃皮奈男爵!’我唤起心中的全部力量和勇气,好能克制自己。也许我面失血色,也许我不免颤抖,但是可以肯定,我的嘴角始终挂着微笑。不过,五分钟之后我就走了,而在这五分钟的时间里,我一句话也没有听见:我的精神已经垮了。”

“可怜的马克西米连!”瓦朗蒂娜喃喃说道。

“我就立刻跑来了,瓦朗蒂娜。喏,现在您回答我,就像回答一个由您宣判生与死的人。您打算怎么办?”

瓦朗蒂娜垂下头,她已不堪重负。

“听我说,”莫雷尔又说道,“您也不是头一回考虑我们今天的处境:形势非常严峻,非常紧迫,到了最后的关头。我认为在这种时候,伤心流泪也无济于事:谁愿意,就以泪洗面,在痛苦中打发日子吧。世间有这样的人,上帝鉴于他们在人世逆来顺受,会考虑让他们上天堂的。然而,有

抗争愿望的人，就绝不会浪费宝贵的时间，受到命运的打击就立刻回击。瓦朗蒂娜，您有这种意愿，同厄运抗争吗？说呀，我这趟来，就是要问您这句话。”

瓦朗蒂娜浑身一抖，惊恐地睁大眼睛注视莫雷尔。违抗她父亲、她外祖母，总之违抗全家人，这种念头，她连想都没有想过。

“您对我说什么，马克西米连？”瓦朗蒂娜问道，“您管什么叫抗争？噢！您说，就是大逆不道啊。什么！我，去违抗父亲的命令，去违抗生命垂危的外祖母的意愿！这不可能！”

莫雷尔张口要讲话。

“您心地特别高尚，一定能够理解我的心情，亲爱的马克西米连，我看您完全理解我，因此保持沉默。我，抗争！上帝饶了我吧！不行，不行；我要保存全部力量来同我自身抗争，并如您所言以泪洗面。至于惹我父亲伤心，搅扰我外祖母在世上的最后时刻，绝对不行！”

“您说得很在理。”莫雷尔冷冷地来了一句。

“我的上帝，您怎么对我讲这话！”瓦朗蒂娜受到伤害，高声说道。

“我赞赏您，小姐，才对您讲这话。”马克西米连接口说道。

“小姐！”瓦朗蒂娜高声说，“小姐！噢！自私的人！看到人家悲痛欲绝，还装作不理解。”

“此话差矣！正相反，我完全理解您。您不愿意惹恼德·维尔福先生，您不愿意违拗侯爵夫人，明天您就要在婚约上签字，同您丈夫结合。”

“可是，我的上帝！我还能怎么做呢？”

“这话不应该来问我，小姐，须知我是个不称职的法官，判不好这桩公案，自私会蒙蔽我的双眼。”莫雷尔答道，他声音嘶哑，双手握拳，表明他的火气在猛增。

“假如您认为我能接受的话，莫雷尔，您会向我提出什么建议？喏，您回答。不要说什么伤害了您，而应当给人家出个主意。”

“您对我这样讲可是当真，瓦朗蒂娜，这个主意，一定要我出吗？您说嘛。”

“当然，亲爱的马克西米连，因为，是好主意，我就照办。您一清二楚，我对您的感情是始终不渝的。”

“瓦朗蒂娜，”莫雷尔说道，同时一用力，将已经离缝儿的木板掰开，“把您的手给我，好表明您原谅我这样气恼。这也难怪，想必您明白，我头脑全乱了，这一个来小时，陆续出现各种各样丧失理智的念头。噢！万一您不接受我这主意！……”

“先说说，什么主意？”

“是这样，瓦朗蒂娜。”

姑娘这才举目望天，叹了一口气。

“我一身无牵无挂，”马克西米连说道，“我的钱足够我们两个人生活。我向您发誓，我在吻您的额头之前，就让您成为我妻子。”

“您让我不寒而栗。”姑娘说道。

“您跟我走吧，”莫雷尔继续说道，“我带您去我妹妹家，她也配当您的妹妹。咱们去外地躲一躲，托朋友去劝说，等说通了您的家人，咱们再返回巴黎；如果您觉得还不够稳妥，那咱们就乘船渡海，前往阿尔及尔、英国或者美国。”

瓦朗蒂娜摇了摇头。

“我就料到是这主意，马克西米连，”她说道，“这是一个丧失理智的主意，而且，如果我不干脆一句话：不可能，当即阻止您，那么我比您还要丧失理智了，莫雷尔，不可能。”

“您不管命运如何安排，就任其摆布，也不试图抗争一下吗？”莫雷尔说道，脸色随即又阴沉下来。

“是啊，哪怕为此而死！”

“那好，瓦朗蒂娜，”马克西米连接口说道，“我再讲一遍，您说得在理。的确，是我发疯了，而您向我证明了激情能使最公正的头脑发昏。多谢了，您能毫无激情地思考问题。就这样吧，事情就这么定了：明天，您将向弗朗兹·德·埃皮奈先生允婚，再也不能反悔，这是出于您本人的意愿，而不是为了给喜剧安排一种大团圆的结局，发明出的人称签约的那种

舞台形式。”

“我也再讲一遍,马克西米连,您让我痛苦绝望!”瓦朗蒂娜说道,“我也再讲一遍,您下刀子又捅开我的伤口! 您说说看,假如是令妹听从了您给我出的这个主意,您又怎么办呢?”

“小姐,”莫雷尔苦笑一下,又说道,“您说过,我是自私之人,而我既然自私,就不会去考虑在我这种处境,换了别人会怎么办,只考虑我本人打算做什么。我想认识您有一年了,从认识您的那天起,我就把幸福的全部希望寄托到您的爱情上;终于有一天,您对我说您爱我;从您说这话的那天起,我又把未来的全部希望寄托在我们的结合上:那就是我的生命。现在我什么也不想了,心里只有一个念头:命运逆转了,原以为得到天堂,结果又丧失了。这种情况天天发生:一个赌徒不仅输掉他所拥有的,还输掉他所没有的。”

莫雷尔讲这番话时,语气十分平静。瓦朗蒂娜那双大眼睛,探询地看了他一会儿,尽量不让莫雷尔的目光看透她内心的极度慌乱。

“您到底要怎么办呢?”瓦朗蒂娜问道。

“我将荣幸地向您道别,小姐,并请听见我的话、洞烛我内心的上帝见证,我祝愿您过上一种相当安宁、相当幸福和充实的生活,从而完全忘记我。”

“噢!”瓦朗蒂娜喃喃说道。

“别了,瓦朗蒂娜,别了!”莫雷尔躬身说道。

“您去哪里?”姑娘嚷道,并从铁栅门伸出手去,抓住马克西米连的衣服,她将心比心,由自己内心的激动,便知她情人的平静不可能是真实状态,“您去哪里?”

“我要躲开,绝不能再给您的家庭添乱,从而作出表率,可供所有正直而忠诚的男子,将来碰到我这种情况时效仿。”

“离开我之前,告诉我,马克西米连,您要做什么?”

年轻人凄然一笑。

“噢! 说呀,说呀!”瓦朗蒂娜说道,“求求您了。”

“您改变决定了吗，瓦朗蒂娜？”

“真不幸！这决定不可能改变，您非常清楚！”姑娘高声说道。

“那好，别了，瓦朗蒂娜！”

瓦朗蒂娜摇晃着铁栅门，出人意料会有那么大劲儿，她眼睁睁看着莫雷尔一步步走远，便从铁栅门伸出双手，用力绞动着手臂：

“您要干什么？我想知道！”她嚷起来，“您去哪里？”

“唔！您尽可放心，”马克西米连说道，他从铁栅门走出三步，又站住了。“我并不想把命运对我的不公，归罪于另一个男人。换一个人，就可能威胁要向弗朗兹先生挑战决斗，那样干才叫丧失理智。在这件事情上，弗朗兹先生又做了什么呢？今天上午，他是头一次见到我，现在恐怕已经忘记同我见过面。就在两个家庭为你们俩制订婚约的时候，他甚至不知道世上有我这么一个人。我绝不会找弗朗兹先生的麻烦，我可以向您发誓，我绝不会怪到他头上。”

“那您要怪罪谁呢？怪罪我吗？”

“怪罪您，瓦朗蒂娜？噢！上帝也不准我那么做！女性是神圣的，心爱的女人也是圣洁的。”

“那就怪您自己了，不幸的人，怪您本人？”

“是我有罪过，对不对？”莫雷尔问道。

“马克西米连，”瓦朗蒂娜叫道，“马克西米连，过来，我要您到这儿来！”

马克西米连带着他那甜美的笑容，重又靠近前来，他的脸色如果不是那么苍白的话，还真跟平常人一样。

“听我说，我亲爱的，我崇敬的瓦朗蒂娜，”他以深厚而悦耳的声音说道，“像我们这样的人，面对芸芸众生，面对自己的父母，面对上帝，从未有过一想就要脸红的念头，像我们这样的人，彼此都能洞烛心灵，犹如阅读打开的书籍。我从未作过小说，不是小说中一个忧伤的主人公，我也不以曼弗雷德或者安东尼自诩。我没有那么多话语，没有表白，也没有信誓旦旦，但是我已经把生命交给您了。您顾不上我了，而且这样做也有道

理，这话我对您讲过，现在再重复一遍。总而言之，您顾不上我了，我的生命也就完结了。既然您离开我了，瓦朗蒂娜，那么我在世上就孑然一身了。我妹妹同她丈夫厮守，生活得很幸福；她丈夫也无非是我的妹夫，即仅仅由社会习惯同我发生关系的一个人。世上没有任何人需要我了，我的生存也就变得毫无意义了。我准备这样做：我要等到最后一秒钟，直到您结婚，因为，偶然的机会往往出人意料，我丝毫也不愿意放弃。总之，从现在到那时候，弗朗兹·德·埃皮奈先生也可能死掉；当你们俩接近的时候，一个霹雷可能落到神坛上：在一个被判处死刑的人看来，什么都值得相信，只要能救他一命，什么奇迹在他眼里，都重新归入可能之列。告诉您，我要等待，等到最后一刻，一旦我的不幸确定无疑，无可补救，完全没有了希望，我就给我妹夫写一封信，倾诉衷肠，再给警察总监写一封信，向他说明我的意图，然后我就到树林里找个角落，在一处水沟边，一条河流的河畔，开枪自杀，这话千真万确，否则我就不是全法国最正直的人的了。"

瓦郎蒂娜一阵痉挛，浑身颤抖起来，她双手放开铁栅门柱，两条胳膊无力地垂落，两大颗眼泪滚到面颊。

年轻人站在她面前，神色黯然，意态坚决。

"噢！发发善心，发发善心吧，"姑娘说道，"您要活下去，对不对？"

"不，我以人格发誓，"马克西米连说道，"可是，我活不活同您又有什么相干？您既然尽了自己的职责，也就能心安理得了。"

瓦朗蒂娜跪倒在地，双手按住那颗撕裂的心。

"马克西米连，"她说道，"马克西米连，我的朋友，我在人间的兄弟，我在天上的真正丈夫，求求你了，照我这样做，伴随着痛苦生活。也许有朝一日，我们就能团聚。"

"别了，瓦朗蒂娜！"莫雷尔重复道。

"我的上帝！"瓦朗蒂娜说着，双手举向天空，一副毅然决然的表情，"您看到了，我已经竭尽全力，要始终做个顺从的女儿：我祈祷了，恳求了，哀告了；可是，上帝没有倾听我的祈祷、我的哀告，也没有倾听我的哭

瓦朗蒂娜跪倒在地，双手按住那颗撕裂的心。

泣。那好吧，”她擦了擦眼泪，态度又坚决起来，继续说道，“那好吧，我宁肯羞愧而死。也不愿抱撼终生。您要活下去，马克西米连，我除了您，不会属于任何人。什么时候？哪一时刻？要不要马上？说吧，下命令吧，我准备好了。”

莫雷尔已经走出了几步，一听这话又返回来，他顿时心花怒放，因欢喜而面失血色，双手从铁栅门缝儿伸给瓦朗蒂娜。

“瓦朗蒂娜，”他说道，“亲爱的朋友，您绝不应该以这种口气跟我说话，这还不如让我去死呢。假如您爱我像我爱您一样，那我为什么还要强求您呢？您是仅仅出于人道，才强迫我活下去吧？果真如此，那我宁愿死去。”

“其实”，瓦朗蒂娜喃喃说道，“在这世上，又有谁爱我呢？只有他。我这么多痛苦有谁安慰呢？只有他。我的希望寄托在谁的身上？我这迷茫的目光停落到谁的头上，我这颗流血的心又能在谁那里得到休憩呢？是他，是他，还是他。好吧，这回你是对的，马克西米连，我要跟你走，抛开父亲的家庭，抛开这里的一切。噢！我真是个忘恩负义的人！”瓦朗蒂娜失声痛哭，高声说道，“抛开这里的一切！……甚至抛开刚被我遗忘的好祖父！”

“不，”马克西米连说道，“你不要离开祖父。你说过吧，努瓦蒂埃先生似乎对我有好感。既然如此，你出走之前，要把这事全告诉他，要在上帝的面前，得到他首肯和佑护；日后我们一结婚，就接他同我们一起生活，他就不是有一个，而是有两个孩子了。他对我说过他如何跟你讲话，你如何回答。我要很快学会这种动人的信号语言。唔！我向你发誓，等待我们的并不是绝望，而是我许诺给你的幸福！”

“唔！你瞧，马克西米连，瞧你对我有多大影响力，几乎让我相信你讲的这些话，然而你对我讲的话是不理智的。因为，父亲将要诅咒我，我可了解他，他心如铁石，永远也不会饶恕我。所以，你听我说，马克西米连，不管我用什么计谋，通过祈求也好，出了变故也罢，我知道还有什么呢？总之，不管以什么方法，假如我能推迟这桩婚事，您会等待吧？”

“会等待，我向你发誓，正如您向我发誓一样：这桩可恶的婚姻永远也成不了，即使把您拉到法官面前，神甫面前，您也一定说不吧？”

“是的，我以世上最神圣的事物，以我的母亲向你发誓，马克西米连！”

“那咱俩就等待。”莫雷尔说道。

“对，咱俩先等待，”瓦朗蒂娜也说道，她听了这话才松了一口气，“世

上有多少事物,可能拯救我们这样的不幸者。”

“我就信赖您了,瓦朗蒂娜,”莫雷尔说道,“您无论怎么做都是对的;只有一条,万一他们不理睬您的祈求,万一令尊,德·圣-梅朗夫人要求,明天就让弗朗兹·德·埃皮奈先生来签订婚约……”

“万一出现这种情况,我答应过您,莫雷尔。”

“您非但不签字……”

“我还要去找您,咱们一道出走;不过,眼下,莫雷尔,咱们不要冒险,不要见面:咱们还没有给人撞见,真是个奇迹,也是天意。假如有人撞见,知道了咱们如何相会,那么咱们就一筹莫展了。”

“您说得对,瓦朗蒂娜;不过,怎么能知道……”

“通过公证人德尚先生。”

“我认识他。”

“也能通过我本人。我会给您写信的,您就放心吧。我的上帝!这桩婚姻,马克西米连,我同您一样憎恶!”

“好哇,好哇!谢谢,心爱的瓦朗蒂娜,”莫雷尔又说道,“那就全部说定了,我一旦知道时间,就赶到这里,您翻过这道墙,由我的手臂接住,这样您做起来就容易些。菜园门口会有一辆马车等候,我带您乘车,去我妹妹家。到了那里,完全按照您的意愿,可以隐姓埋名,也可以公开露面,反正咱们能意识到自己的力量和意志,不再像不会自卫、只知叹息的羔羊那样任人宰割了。”

“好吧,”瓦朗蒂娜说道,“我也同样要对您说,马克西米连,您无论怎么做都是对的。”

“嗯!”

“怎么样,您对您的妻子满意吗?”年轻姑娘忧伤地说道。

“心爱的瓦朗蒂娜,只说满意还远远不够。”

“该说也得说呀。”

瓦朗蒂娜已经凑上前去,更加确切地说,她的嘴唇贴近了铁栅门,她的话语由芳香的气息,送到莫雷尔的唇边;而莫雷尔在另一侧,把嘴唇贴

到冰冷无情的铁栅门上。

“再见,”瓦朗蒂娜说道,她要从这幸福中挣脱出来,“再见!”

“我会接到您一封信吧?”

“对。”

“谢谢,亲爱的妻子!再见。”

这时,一个纯洁的亲吻声依稀可闻,瓦朗蒂随即从椴树下跑掉。

莫雷尔一直在倾听,直到她的衣裙拂着小径树枝的窸窣声、缎鞋踏着沙径的擦擦声最后消逝,他才带着难以描摹的微笑,举目望天,感谢上苍让他得到这种深爱;然后他也走了。

年轻人回到家中,等了一个晚上,次日又等了一整天,没有得到一点音信。直到第三天将近上午十点钟,他正要去见公证人德尚先生,才收到寄邮来的一封便函。他虽然没有见过,但一眼便认出是瓦朗蒂娜的字迹。信的内容如下:

> 眼泪、哀告、祈求,一概无济于事。昨日,我到圣菲利浦-杜鲁勒教堂,祈祷了两个小时,诚心诚意地祈求上帝;结果,上帝同人一样无动于衷;定于今天晚上九点钟签订婚约。
>
> 我只有一颗心,同样,我也只有一个诺言,而这个诺言是许给您的,这颗心也就属于您!
>
> 今天晚上九点差一刻,铁栅门口见。
>
> 您的妻子
>
> 瓦朗蒂娜·德·维尔福
>
> 又及:我那可怜的外祖母病情越来越重;昨天,她由焦灼进入昏乱的状态,今天,由昏乱几乎进而发疯了。
>
> 您一定会深情地爱我,莫雷尔,能使我忘记是在这种状态下离开她的,对不对呀?

今晚签订婚约一事，我想他们一定瞒了努瓦蒂埃爷爷。

莫雷尔并不满足于瓦朗蒂娜向他提供的情况，他还去公证人那里，德尚先生也向他证实这一消息：当晚九点钟签订婚约。

接着，莫雷尔又去基督山府上，了解了更多的情况。弗朗兹前来拜访伯爵，向他宣布了订婚仪式；德·维尔福夫人也给他写了信，请他谅解，这一仪式就不邀他参加了，只因德·圣-梅朗先生去世，老人的遗孀又病情严重，就给这次聚会罩上一层哀伤的阴影，而她却不愿意让这阴影罩到伯爵的额头上，并且祝他万事如意。

在前一天，弗朗兹被引见给了德·圣-梅朗夫人。老夫人还特意下了床接待，但是很快又上床躺下了。

莫雷尔的状态不难理解，那种激动的情绪，不可能逃过伯爵那样敏锐的目光。因此，基督山对他就格外亲热，而如此亲热的态度，让马克西米连特别感动，有两三回，他真想对伯爵和盘托出了。可是，他想起给瓦朗蒂娜的郑重许诺，就还是让他的秘密埋藏在心底了。

这个白天，年轻人捧着瓦朗蒂娜的信，不知看了多少遍。这是瓦朗蒂娜头一回给他写信，而且是在什么境况之下啊！马克西米连每次重读这封信，在心里就重申一遍誓言：一定让瓦朗蒂娜幸福。的确，一位年轻姑娘能做出如此勇敢的决定，该有多高的威信啊！她为心上人完全作出了牺牲，也配得上那男人的无限忠诚！她就应该成为她情人真正崇拜的第一个、也是最值得崇拜的对象。她既是女王，又是妻子，她的情人为了感谢她和爱她，一颗心真还嫌不足。

莫雷尔一想到约会的时刻，心情就激动得难以形容，瓦朗蒂娜一见到他就会说：

“我来了，马克西米连，带我走吧。”

他全面安排了这次出走：两架梯子藏在菜园的苜蓿草中，一辆带篷的轻便马车等在那里，要由他亲自驾驶；不带仆人，也不点车灯；不过，马车一拐进街道，就要点亮车灯，只因过分小心，反而会引起警察的怀疑。

莫雷尔不时浑身打个冷战，他总想接应的时刻，瓦朗蒂娜爬到墙头下来时，他要张开手臂接住，想象他只握过手、吻过指尖的姑娘，颤抖的身体完全倒在他怀里的情景。

到了下午，莫雷尔感到时间迫近了。他的血液沸腾，需要独自一人待着：朋友一说话，哪怕简单的问题，也会惹他心烦。于是，他又把自己关在屋里，试图看看书，目光滑过页面，什么也没有看明白，最后干脆扔掉书本，又第二次筹划他的安排，考虑菜园的方位、藏匿的梯子。

这一时刻终于临近。

坠入情网的男子，向来不肯让时钟平静地行进。莫雷尔就大肆折腾自家的钟表，结果六点钟的时候，就让时针指向八点半了。于是他心中暗道，也该动身了，虽说定于九点钟签约，瓦朗蒂娜很可能不会等待那种无效的签字。他一看自家挂钟到了八点半了，就从梅斯莱街出发，走进菜园时，圣菲利浦-杜鲁勒教堂的钟敲响八点钟。

车和马就藏在莫雷尔平时躲藏的一间破屋后面。

天色渐渐黑下来，最后，花园的树丛大簇大簇，堆积成一片浓重的黑色。

这时，莫雷走出藏匿之处，走到铁栅门的那个破洞口，不顾怦怦的心跳，往里张望：还不见一个人影儿。

八点半的钟声又敲响了。

在等待中，半小时流逝过去，莫雷尔来回踱步。继而，他越来越频繁地走到铁栅门，眼睛贴在木板缝儿窥探。花园越发幽暗了，然而，他在黑暗徒劳地搜寻那白色衣裙，在寂静中枉然地谛听脚步声。

透过树木的枝叶望见的那幢房子，一直黑洞洞的，没有一点迹象表明，那里要有签订婚约那样的重大事件发生。

莫雷尔看了看怀表，指针指向九点三刻，不过，几乎与此同时，他已经听见敲响两三回的钟声，现在又敲响九点半钟了，从而更正他的怀表的差误。

按照瓦朗蒂娜约定的时间，他已经多等了半小时：她说好是九点，甚

而只能提前，不会推后。

对这年轻人的心，这一时刻极其难熬，每一秒钟都像铅锤砸下来。

树叶极轻微的飒飒声、晚风极微弱的沙沙响，都要引他侧耳倾听，令他额头冒汗；于是，他激动得浑身颤抖，将梯子搭上去、一只脚还登上第一个梯磴，以免到时候耽误工夫。

他就是这样时而担心，时而希望，心情时而放松，时而紧张，直到教堂大钟敲响十点。

“噢！”马克西米连恐惧地咕哝道，“签订婚约，不可能拖这么长时间，一定是发生了什么意外变故；我掂量过各种可能性，计算过全部程序所需要的时间，必是出了什么事儿。”

于是，他一会儿焦灼不安地在铁栅门前踱步，一会儿又将滚烫的额头顶在冰凉的铁门上。莫非在签约之后，瓦朗蒂娜昏倒了，或者，她逃跑时被抓住了吗？年轻人所能设想的，也就只有这两种情况，哪一种都令人绝望。

后来他又转念一想：瓦朗蒂娜逃跑时，也许体力不支，晕倒在花园哪条小径上了。

“噢！果真如此，”他高声说道，同时飞快爬上梯子，“我会失去她的，而且是我的过错！”

把这种念头吹进他头脑里的那个魔鬼，就附在他身上了，不断在他耳边吹风，致使一些疑虑借助推理之力，转眼工夫就变成确信无疑的事了。他那双眼睛力图穿透越来越浓的夜色，恍若看见有什么躺在幽暗的花径上。莫雷尔还冒冒失失地呼叫，他仿佛听见一种模糊的呻吟声，由风送到他耳畔。

最后，十点半的钟声也敲响了，不能再守在这里了，什么事情都可能发生。马克西米连的太阳穴猛烈地跳动，眼前一阵一阵发黑，他干脆翻过墙头，跳到花园里。

他翻墙而入，私闯维尔福府邸，想到这种行为的后果，但事已至此，就没有后退的道理了。

他干脆翻过墙头，跳到花园里。

不大工夫，他就到了这片灌木丛的边缘，从这一点能望见整座房子了。

于是，莫雷尔透过枝叶，极目望去，确认了他已经猜到的情况：他看到的不是喜庆日子应有的辉煌灯火，而是每扇窗户都黑着，灰乎乎的楼房，还罩在一大片遮蔽月亮的乌云投下的巨大阴影中。

一盏灯光不时发狂似的，在二楼的三扇窗户前蹿来蹿去。那正是德·圣-梅朗夫人套房的三扇窗户。

另一盏灯光则在红色窗幔里面静止不动。窗幔里面正是德·维尔福夫人的卧室。

这些布局，莫雷尔都不难推测出来。为能无时不刻地在想象中追随瓦朗蒂娜，他曾不止一次地让瓦朗蒂娜给他描述过这座房子的每个细节。因此，他虽未亲眼目睹，却完全熟识了。

宅子如此幽暗，如此寂静，比见不到瓦朗蒂娜的踪影，还让年轻人惶怖。

他痛苦得几乎发疯，完全昏了头，决定不顾一切要见一见瓦朗蒂娜，不管发生了什么事，也要弄清他所预感的不幸。他径直走到灌木丛的边上，准备以最快的速度穿过毫无遮蔽的花坛，忽听有人说话的声音，但是距离还挺远，由风一直送到他的耳畔。

他的身子已经从树丛里探出半截，一听见人语声，又赶紧缩回去，完全躲进幽暗的树丛中，敛声屏息，呆在原地不动。

他已拿定主意，假如瓦朗蒂娜是独自一个，等她走近时就叫她一声；假如有人陪伴，他也总算见到她，确认她没有碰到任何倒霉事。假如走过来的是别人，他也能听到几句他们的谈话，从而解开这一莫名其妙的谜团。

这时，月亮从云层里钻出来，莫雷尔便看见维尔福出现在门前台阶上，伴随他的是一个身穿黑衣的人。他们走下台阶，走向灌木丛。还没有等他们走出四五步，莫雷尔就认出，那黑衣人正是德·阿弗里尼医生。

年轻人见他们朝自己走来，便身不由己地后退，直至撞到埃及无花果树的树干上，这棵无花果树正处于这片灌木丛的中心。

两个人踏着沙径的脚步声，很快就停止了。

“唉！亲爱的大夫，”检察官说道，“这肯定是上天惩罚我这家呀！怎么这样暴死！怎么这样一声霹雳！您也不必费心来安慰我。唉！这一创伤太疼，太深了！人死了，死了！”

年轻人的额头沁出冷汗，牙齿也打战了。在这座维尔福说是遭天遣的宅院里，究竟谁死了？

“亲爱的德·维尔福先生，”医生回答，那声调更让年轻人不寒而栗，“我带您到这里来，绝非为了安慰您，恰恰相反。”

“您想说什么？”检察官不免心惊，急忙问道。

“我是想说，在你们刚刚遭受的不幸后面，也许还隐藏着一个更大的不幸。”

“噢！我的上帝！”维尔福双手合十，嗫嚅道，“您还要对我说什么呢？”

“我的朋友，这里果真只有我们二人吗？”

“嗯！对，只有我们二人。这样万分小心，究竟是什么意思啊？”

“这意味我要告诉您一个可怕的秘密。”医生说道，“咱们坐下吧。”

维尔福哪里是坐下，简直瘫倒在一张长椅上。医生则站在他对面，一只手搭在他的肩膀上。莫雷尔惊恐万状，一只手捂住额头，另一只手按住胸口，生怕让人听见怦怦的心跳。

“人死了，人死了！”他在头脑里，不断从心声重复道。

他自身也感到快要死了。

“说吧，大夫，我听着呢，”维尔福说道，“打击吧，我准备好了面对一切。”

“德·圣-梅朗夫人尽管年事已高，但是身体非常健康。”

这十分钟以来，莫雷尔方始长出了一口气。

“过度悲伤要了她的命，”维尔福说道，“对，是悲伤过度，大夫！她和侯爵相厮守，生活了四十年啊！……”

“不是悲伤的缘故，我亲爱的维尔福，”医生说道，“悲伤是可以要人命，但这种情况极少见，也不可能一天工夫，一个小时，也不可能在十分钟之内就致人死命。”

维尔福没有回答什么，只是抬起了一直低垂的头，神色惊慌地看了看医生。

“临终时刻，您一直守在她身边吧？”德·阿弗里尼先生问道。

“当然了，”检察官答道，“您小声告诉过我不要走开。”

“德·圣-梅朗夫人临终的症状,您注意到了吧?”

“当然注意到了。德·圣-梅朗夫人连续发作三次,间隔只有几分钟,而且间隔渐次缩短,发病也更加厉害。您赶来的时候,她已经喘息了好几分钟,再次发病时,我还以为仅仅是一次神经发作,直到看见她从床上坐起来,四肢和脖颈都绷直了,我才真的开始害怕了。我看您的脸色才明白,病情远比我想的要严重。那次发作之后,我探寻您的目光,而您却避开了。您去把脉,数着脉搏,接着开始第二次发病,而您还没有来得及朝我转过身来。第二次发作来势更凶:又出现同样的歇斯底里动作,嘴唇抽搐,而且完全发紫了。

“第三次发病时,她就咽气了。

“第一次发病之后,我就认定那是强直性痉挛,当时您也同意我的看法。”

“对,那是当着众人的面,”医生接口说道,“而现在,只有我们两个人。”

“我的上帝,您要对我说什么呀?”

“我要说,强直性痉挛的症状,同植物性中毒完全一样。”

德·维尔福先生霍地站起来,然后一动不动,默默伫立了一会儿,才重又坐到长椅上。

“噢!我的上帝!大夫,”他说道,“您对我讲的话,认真考虑了吗?”

莫雷尔真不知道自己是在做梦还是醒着。

“听我说,”医生答道,“我了解我这说法的严重性,也清楚讲话的对象的身份。”

“您究竟是对法官,还是对朋友讲话呢?”维尔福问道。

“对朋友,此刻只对朋友讲话。强直性痉挛同植物性中毒,两者症状太相似了,如果让我把刚才说的话记录下来,签上名字,不瞒您,我还真会犹豫。因此,再说一遍,我这话是对朋友,绝非对司法官员讲的。喏,我要对朋友说:德·圣-梅朗夫人弥留状态持续了三刻钟,我一直观察弥留的症状、痉挛和死亡。喏!我不仅能断言她是中毒身亡,还能够说出,对,能

够说出是什么毒药致她死命。”

“先生！先生！”

“症状全部符合,您想想看:昏睡,伴随阵发性的歇斯底里发作,大脑极度亢奋,神经中枢麻痹。德·圣-梅朗死于大剂量的番木鳖碱,或者马钱子碱中毒,一定是事出偶然,也许有人给她误服了。”

维尔福紧紧抓住大夫的手。

“唉！这不可能！”他说道,“上帝啊,我是在做梦！我是在做梦！听到从您这样一个人的口中,讲出这种事情,真是太可怕了！我以上天的名义恳求您,亲爱的大夫,告诉我说,您也有可能判断错了！”

“当然,我可能出错,然而……”

“然而？……”

“然而我不相信。”

“大夫,对我怜悯一点吧:这几天来,我碰到这么多前所未闻的事情,觉得自己可能要发疯了。”

“除我之外,还请过大夫给德·圣-梅朗夫人看病吗?”

“没有。”

“是否派人拿着未经我过目的处方,到药店去买过药呢?”

“没有。”

“德·圣-梅朗夫人有没有仇人呢?”

“据我所知没有。”

“她死了谁受益呢?”

“不对,我的上帝！不对,我女儿是她唯一的继承人,只有瓦朗蒂娜……哼!假如我会产生这样的念头,哪怕一瞬间,我的心让这样的念头藏匿,那我就一刀捅进心口窝。”

“哎!”德·阿弗里尼先生也高声说道,“亲爱的朋友,我绝非指控哪个人,只是谈一个事故,一种过错,您要听明白。然而,不管事故还是过错,事实总归是事实,它低声告诉我的良心,还让我的良心高声对您讲出来。您调查一下吧。”

“向谁调查？如何调查？调查什么？”

“比方说：老仆人巴鲁瓦，他给主人准备的药剂，会不会拿错了，给德·圣-梅朗夫人喝了呢？”

“给我父亲的药剂？”

“对。”

“可是，给努瓦蒂埃先生准备的药剂，怎么能毒死德·圣-梅朗夫人呢？”

“这道理再简不过：您也知道，只要对症，毒药就变成了良药，而瘫痪就属于这类病症。为了让努瓦蒂埃先生恢复活动和语言功能，所有治疗方法我都用过了，将近三个月来，我决定试试最后一种治疗方法。我是说，这三个月来，我一直给他服用番木鳖碱；因此，在最后给他开的方子里，我加了六克番木鳖碱；须知这种药的剂量是逐渐加大的，努瓦蒂埃先生已经逐渐适应了，六克番木鳖碱，对他的肌体不会产生一点副作用，换个人误服了，就足以致命。”

“我亲爱的大夫，努瓦蒂埃先生的套房，同德·圣-梅朗夫人的套房根本不相通，而且，巴鲁瓦从来也不进我岳母的房间。总之，大夫，我知道您是当今医术最高、医德最好的大夫，无论任何时候，您的话就像阳光一样，是我的指路明灯，对此我深信不疑，尽管如此，喏！大夫，喏！我还是要对您说，我需要援引这句格言：人孰能无过[①]。”

“听我说，维尔福，”医生说道，“在我的同行中，您有哪个像信任我这样的人吗？”

“您说，为什么问这个呢？您有什么打算？”

“把那人请来，我向他讲述我见到的，注意到的情况，然后，我们一同解剖尸体。”

“你们能找到残留的毒药吗？”

“不，不是残留的毒药，我没有这样讲；我们是要观察神经系统所受

① 原文为拉丁文。

的刺激，要辨认出无可置疑的明显窒息的迹象，然后我们就会对您说：亲爱的维尔福，发生了这种事，如果是疏失，那就多管管家里的仆人；如果是出于仇恨，那就多注意您的仇人。”

“噢！我的上帝！您这是向我提的什么建议啊，德·阿弗里尼？”维尔福沮丧地回答，“这一秘密，除了您，既然让另一个人知道了，那就必须调查了，要在我的家中展开调查，这怎么可能！不过，”检察官又镇定下来，他不安地看着医生，继续说道，“不过，如果您愿意，如果您非要求这样做不可，那我就照办。按说，也许我应当追查这个事件，我的性格也要求我这样做。但是，大夫，您事先就会看到这会伤透我的心：这家经受这么多痛苦，还要造成这么大丑闻啊！噢！我妻子和女儿都会因此痛不欲生；而我呢，大夫，您也了解，一个人到了我这样的地位，当了二十五年的检察官，不可能不结怨，有许多仇人：我的仇人就很多。这个事件一旦传扬出去。他们就要幸灾乐祸，欣喜若狂，而我就得蒙受巨大的耻辱。大夫，请原谅我这种世俗之见。假如您是一位神甫，我就不敢对您讲这种话了；然而，您是一个普通人，您了解其他人；大夫啊，大夫，您什么也没有对我讲，对不对？”

“我亲爱的德·维尔福先生，”大夫动容了，答道，“我的职责，首要的是救死扶伤。如果医学能做到的话，我一定要救德·圣-梅朗夫人一命；可是她死了，我就应当为活着的人着想了。这一可怕的秘密，就让它深深埋葬在我们心底吧。如果日后有人看出这个问题，我就任由别人把我保持的沉默说成无知吧。然而，先生，您还是要调查，积极地调查，因为，这事也许不会就此罢手……等您找到了犯罪的人，如果您找到了，那我就要对您说：您身为司法官员，随您怎么处置吧！”

“唔！多谢，多谢，大夫！”维尔福说道，那种喜悦真是难以描摹，“您是我这一生最好的朋友。”

他好像怕德·阿弗里尼反悔似的，说罢便站起身，拉着大夫就走向那幢房子。

他们逐渐走远。

莫雷尔从树丛里探出头来，仿佛要喘口气，他那张脸在月光下苍白极了，让人见到准以为是幽灵。

“上帝保佑我的方式这么明显，又这么可怕，”他说道，“然而，瓦朗蒂娜，瓦朗蒂娜呀！可怜的朋友，这么多痛苦，她能经受得住吗？”

他这样自言自语，眼睛望望那扇挂红幔帘的窗户，又望望那三扇挂白幔帘的窗户。

挂红幔帘的那扇窗户里的灯光，几乎完全消失了。德·维尔福夫人一定是熄了大灯，只有长明小灯的幽光映到玻璃窗上。

反之，靠小楼边上那三扇白幔帘窗户，只见有一扇打开了，放在壁炉上的一支蜡烛，将淡淡的光亮投到窗外，这时，一个身影过来，倚到阳台上。

莫雷尔浑身一抖，他似乎听见哭泣声。

这并不奇怪，他这颗心灵，平日十分勇敢，也十分坚强，现在却被人类两种最强烈的情感，爱情和疑惧所惊扰和激发，已经变得非常脆弱，很容易产生类似迷信的幻觉。

其实，他躲在树丛之中，瓦朗蒂娜根本看不见他，尽管如此，他还是觉得窗口那个身影在叫他。思绪纷乱的头脑这样对他讲，他那颗火热的心也这样向他重复。这双重的误导，就变成一种难以抗拒的现实，而且，还由于青春的那类莫名其妙的一股冲动，他一跃身冲出藏身之所，不惜被人瞧见，不惜吓着瓦朗蒂娜，也不惜姑娘失声惊叫引起人注意，总之他不顾这些危险，几个大跨步，就穿越被月光照成一片白色湖面的花坛，抵达排列在楼房前面的橘树栽培箱那里，飞快跑上台阶，一推楼门便开了。

瓦朗蒂娜没有看见他，眼睛只顾望蓝天，追随一朵飘动的白云，那形状活似一个升天的身影；在她那充满诗意和妄念的头脑里，那正是她外祖母的灵魂。

这工夫，莫雷尔穿过前厅，摸到楼梯扶手；楼梯上铺了地毯，走上去悄无声息。况且，莫雷尔此刻冲动到极点，即使撞见德·维尔福本人也不惧怕。如果德·维尔福先生真的出现在他面前，他早已下定决心，要迎面走

上去，向他和盘托出，既请求他原谅，也请求他同意将两个年轻人连在一起的爱情。莫雷尔简直疯了。

幸而他一个人也没有碰见。

此刻对他帮助最大的，还是瓦朗蒂娜让他了解的楼房里的部局；他顺利登上了楼梯的顶端，正在辨认方向，忽听一阵声调熟悉的哭泣，为他指明了该走的路；他转过身去，看见一扇虚掩的房门透出一道亮光，直达他脚下，还透出悲切的呜咽。他推开那扇房门，走了进去。

死者安放在房间里侧的凹室，蒙头盖着白色床单，看得出身形。莫雷尔无意中得知了死因的秘密，一见尸体就倍感骇惧。

瓦朗蒂娜跪在床铺旁边，头埋在大圈椅的靠垫里；看不见脸，交叉的双手僵直地放在头上，全身则因抽泣而不断颤动和起伏。

窗户始终敞着，她刚才离开窗口，回来跪下高声祈祷，那悲凄的声调能感动最无情的心。她悲痛欲绝，火辣辣的喉咙发紧，她口中讲出的话很急促，既不连贯，又含混不清。

月光从敞开的百叶窗流泻进来，映得烛光暗淡了，给这伤心的画面涂上一层凄怆悲凉的淡蓝色调。

这种场景，莫雷尔看不下去了：他这个人并不十分虔诚，也不轻易去影响别人，但是他看到瓦朗蒂娜绞着手臂，那么痛苦，那么悲泣，他实在不忍默默地旁观，因而叹了一口气，喃喃念着一个名字。埋在丝绒椅垫里的脸，这时抬起，朝他转过来，挂满了泪水，正是柯勒乔[①]笔下玛大肋纳的那张面孔。

瓦朗蒂娜看见他，脸上没有流露一丝惊讶的神色。一颗心处于悲痛欲绝的状态，就没有一般感情的位置了。

莫雷尔将手伸给他的女友。瓦朗蒂娜指了指殓单下面的尸体，就权作她没有去赴会的全部解释了，然后她又开始悲泣。

---

① 柯勒乔（1489—1534），意大利文艺复兴时期的画家。他笔下的玛大肋纳是《圣经》中的人物，据传她生活放荡，受耶稣感召而悔过自新。在柯勒乔的这幅油画上，玛大肋纳跪在耶稣遗体前痛哭。

在这间屋里，他们二人谁也不敢讲话。死神就伫立在一个角落里，手指放在唇边，仿佛命令噤声，他俩犹豫着，不便打破寂静。

最后，还是瓦朗蒂娜先开口了。

"朋友，"她说道，"您怎么到这里来了？唉！假如不是死神为您打开这幢房子的门，那我就会对您说：欢迎您。"

"瓦朗蒂娜，"莫雷尔合拢双手，声音颤抖着说道，"我从八点半钟就等在那里，始终不见您来，非常担心，就跳墙潜入花园，听见有人谈论这个不幸事件……"

"谁在谈论？"瓦朗蒂娜问道。

莫雷尔打了个寒战，大夫和德·维尔福先生的全部谈话，立时又浮现在脑海，他透过殓布，恍若看到扭曲的手臂、僵直的脖颈和深紫的嘴唇。

"是府上的仆人，"莫雷尔回答，"听到他们的谈话，我就全明白了。"

"然而，您一直跑到屋里来，要把我们毁掉的，我的朋友。"瓦朗蒂娜说道，不过语气既不惊慌，也不气恼。

"请您原谅，我这就离开。"莫雷尔以同样语气回答。

"不必，"瓦朗蒂娜又说道，"您出去会让人撞见，就留在这儿吧。"

"万一来人怎么办？"

姑娘摇了摇头。

"没人来的，"她说道，"您就放心，这是咱们的保护者。"

她说着，就指了指蒙着殓单的尸体。

"那么，德·埃皮奈先生怎么样了呢？告诉我，求求您了。"莫雷尔又说道。

"弗朗兹先生来签婚约，正赶上我外祖母咽气。"

"唉！"莫雷尔私心怀着喜悦叹道，只因他暗自想到，这一丧事将无限期推迟瓦朗蒂娜的婚事了。

"然而，使我的痛苦倍增的，"姑娘接口说道，就好像对方的这种感情，应当立即受到惩罚似的，"就是那可怜的好外婆临终时，还吩咐要尽早把婚事办了。我的上帝！她也一样，以为是在保护我，结果是在害

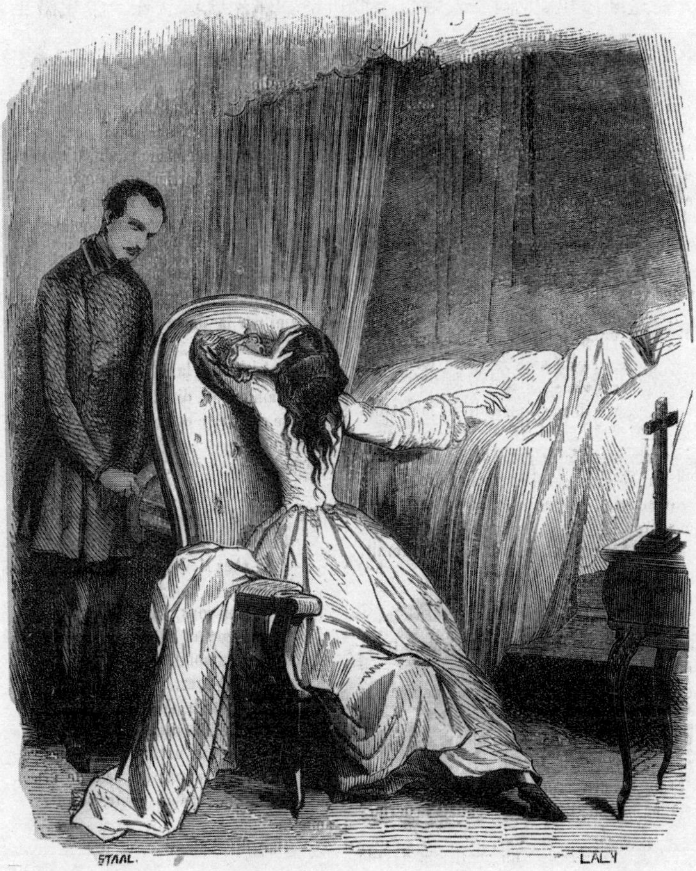

瓦朗蒂娜指了指蒙着殓单的尸体。

我。”

“您听!”莫雷尔说道。

两个年轻人住了声。

只听开门的声响,脚步踏在楼道的地板和楼梯的咯吱声。

“是我父亲从书房出来。”瓦朗蒂娜说道。

“他是送大夫出去。”莫雷尔补上一句。

“您怎么知道是送大夫呢?”瓦朗蒂娜奇怪地问道。

“是我的推测。”

瓦朗蒂娜注视年轻人。

这时，又传来临街的门关闭的声响。德·维尔福先生还去给花园的门加了一道锁，这才重又上楼。

他到二楼的前厅，略微停一下脚步，似乎犹豫应回自己房间，还是该到德·圣-梅朗夫人的房间看一看。莫雷尔赶紧躲进一道门帘后面。瓦朗蒂娜没有动弹，看来一种极度的痛苦，已经超越各种寻常的恐惧。

德·维尔福先生回自己房间去了。

“现在，”瓦朗蒂娜说道，“您无论走花园的门，还是走临街的门，都出不去了。”

莫雷惊讶地注视着姑娘。

“现在，”姑娘说道，“只有一条通道，既可行又安全，那就是我祖父的房间。”

瓦朗蒂娜站起身。

“走吧。”她说道。

“去哪儿？”马克西米连问道。

“去我祖父房间。”

“我，到努瓦蒂埃先生的房间？”

“对。”

“您想清楚了吗，瓦朗蒂娜？”

“我早就想清楚了。在这世间，我只有这个朋友了，我们俩都需要他……走吧。”

“要当心啊，瓦朗蒂娜，”莫雷尔说道，他还犹豫，要不要照姑娘的吩咐去做，“您要当心。蒙住我眼睛的布带，现在已经脱落了，我看清了跑到这里来，的确是一种荒唐的举动。那么您呢，亲爱的朋友，您的头脑完全清醒吗？”

“完全清醒，”瓦朗蒂娜答道，“我在这世上，已经没有任何顾忌了，只是不忍心抛下可怜外婆的遗体：我应当在这里守灵。”

“瓦朗蒂娜，”莫雷尔说道，“死者本身就是神圣的。”

“对，”姑娘答道，“而且，时间也不会长，走吧。”

瓦朗蒂娜穿过一条走廊，从一座小楼梯下去，便通向努瓦蒂埃的房间。莫雷尔踮着脚尖跟在身后。他们走到这套房的楼梯平台，碰见老仆人。

“巴鲁瓦，”瓦郎蒂娜说道，“您关上房门，不放任何人进来。”

她先进屋了。

努瓦蒂埃还在轮椅上，他通过老仆人了解家中发生的一切情况，就注意谛听最轻微的响动，热切的目光盯着门口，一见瓦朗蒂娜进来，眼睛顿时亮了。

姑娘的举止和神态中，透出了严肃和庄重，引起老人极大的注意。因此，他的眼睛由发亮，又转为探询的神色。

“亲爱的爷爷，”瓦朗蒂娜急促地说道，“注意听我说：你知道了，一小时前，我的外婆圣-梅朗夫人去世了，现在除了你，这世上再也没有人爱我了吧？”

老人那副眼神饱含无限的柔情。

“因此，我无论忧伤还是希望，只能向您倾诉了吧？”

瘫痪的老人表示对。

瓦朗蒂娜拉起马克西米连的手。

“那好，”她对老人说道，“注意看看这位先生。”

老人略带惊讶的审视目光盯住莫雷尔。

“他是马克西米连·莫雷尔，”她说道，“他父亲是马赛的那位重信誉的商人，您一定听说过吧？”

“对。”老人表示。

“这个姓氏无可指责，马克西米连还在为它增光添彩，他才三十岁，就当上北非军团骑兵上尉了，还获得四级荣誉团勋章。”

老人表示他回想起来了。

“那好，爷爷，”瓦朗蒂娜说着，就双膝跪到老人面前，用一只手指着

“那好，爷爷，”瓦朗蒂娜说着，就双膝跪到老人面前，用一只手指着马克西米连。

马克西米连，“我爱他，只想成为他的人！如果逼迫我嫁给另一个人，那杀了我也不干，要不我也自杀。”

瘫痪的老人眼神复杂，表示思绪纷乱。

“爷爷，你喜欢马克西米连·莫雷尔先生，对不对？”姑娘问道。

“对。”一动不动的老人表示。

“我们也是你的孩子，你能保护我们，对抗我父亲的意志吗？”

努瓦蒂埃聪明的目光停在莫雷尔身上，仿佛要对他说：

“这就看您的了。”

马克西米连懂了他的意思。

“小姐，”马克西米连说道，“您还应当回到您外祖母房间，去尽神圣的义务；您能允许我同努瓦蒂埃先生谈一会儿吗？”

“对，对，是这个意思。”老人的眼睛表示。

接着，他又不安地看了看瓦朗蒂娜。

“你是想说，爷爷，他怎么做才能懂你的意思呢？”

“对。”

“唔！你就放心吧，我们经常说起你，他都熟悉了我怎么同你说话。”

然后，她转向马克西米连，粲然一笑，尽管这微笑还罩着一层深深哀痛的黑纱。

“我会的他全会。”她说道。

瓦朗蒂娜站起来，给马克西米连挪过一把椅子，嘱咐巴鲁瓦不放任何人进屋，又深情地吻了吻祖父的额头，忧伤地向莫雷尔告别，这才离开。

这时，莫雷尔为了向努瓦蒂埃证明，他深受瓦朗蒂娜的信任，了解他们所有秘密，就拿过来词典、纸和笔，全放到点着一盏灯的桌子上。

“先生，”莫雷尔说道，“首先，请允许向您谈谈我是什么人，如何爱上瓦朗蒂娜小姐的，为她作了什么打算。”

“我听着呢。”努瓦蒂埃表示。

这位老人，表面看来是个无用的累赘，其实对这两个貌美健壮、刚进入生活的年轻恋人来说，却成了唯一的保护人、唯一的依靠和唯一的审判官，这种场景怎不令人肃然起敬。

老人那张面孔十分高贵，又十分威严，对莫雷尔有一种震慑力。他开始讲述，浑身不由得发颤。

他讲述了他如何认识，又如何爱上了瓦朗蒂娜，而瓦朗蒂娜在孤独与不幸中，又如何接受了他这份诚挚的爱情。他还谈了他的身世、社会地位和财产状况。在讲述的过程中，他不止一次探询老人的目光，而那目光又总是这样回答：

“很好，讲下去。”

“先生，”莫雷尔讲完了第一部分，便说道，“我对您讲了我的爱情和希望，现在，我能对您谈谈我的打算吗？”

“好的。”老人表示。

“告诉您。我们是这样决定的。”

于是，他把整个计划对努瓦蒂埃和盘托出：一辆马车如何安排在苜蓿地等候，他准备如何带走瓦朗蒂娜，一道去他妹妹家暂住，二人结婚之后，就恭恭敬敬地期待德·维尔福先生的宽恕。

“不。”努瓦蒂埃表示。

“不行？”莫雷不重复道，“这样做不妥吗？”

“对。”

“看来，您不赞同这个计划？”

“对。”

“那好，还有一种办法。”莫雷尔说道。

老人用目光询问：“什么办法？”

“我去见弗朗兹·德·埃皮奈先生，”马克西米连接着说道，“我很高兴德·维尔福小姐不在眼前，我能对您讲这话，我去见他，设法迫使他表现出风度来。”

努瓦蒂埃的目光继续询问。

“问我怎么做？”

“对。”

“我是这样打算。正如刚才所讲，我去见他，向他讲述我同瓦朗蒂娜小姐的关系。他若是个高雅的人，就从实际行动证明其高雅，主动放弃这桩婚事，那就能赢得我至死不渝的忠诚友谊。我要向他证明他那是在强占我的妻子，证明瓦朗蒂娜除了我不会爱另一个人，他听了之后，或者受利益的驱使，或者碍于可笑的虚荣心，如果仍然拒绝我的要求，那么我就同他决斗，并给予他所有优先条件，最终不是我杀了他，就是他杀了我。假如我要了他的命，他也就娶不成瓦朗蒂娜；假如他要了我的命，我也敢

肯定，瓦朗蒂娜绝不会嫁给他。”

努瓦蒂埃怀着难以言传的欣悦，凝望着年轻人高尚而诚挚的面孔，只见他的语言所表达的情感，全部溢于言表，而且一张俊美的脸的表情所增添的光彩，正是颜色给一幅很见功底逼真的画增添的效果。

然而，等莫雷尔讲完之后，努瓦蒂埃却连续闭了几下眼睛，我们知道这表示不。

“不行?”莫雷尔说道，“看来，您既不赞同头一个计划，也不赞同第二个计划?”

“对，我不赞同。”老人表示。

“那怎么办呢，先生?”莫雷尔问道，“德·圣-梅朗夫人临终的遗言，就是尽快给她外孙女完婚:难道要我坐视不管吗?”

努瓦蒂埃一动不动。

“对，我明白了，”莫雷尔说道，“我应该等待。”

“对。”

“可是，稍一迟疑，就会把我们毁了，先生，”年轻人又说道，“瓦朗蒂娜独自一人，毫无力量，会像孩子一样任人摆布。我能进入宅院，了解到发生的事情，我能被引荐给您，这真是奇迹，按照常理，我总不应该期望再有这种好运。请相信我，只有我对您讲的两个办法，二者必居其一:请原谅我这样年轻自负。告诉我，您认为哪一个好些，您肯让瓦朗蒂娜小姐完全信赖我的人格吗?”

“不。”

“您更愿意让我去见德·埃皮奈先生?”

“不。”

“可是，我的上帝！我们期待上天的救助，究竟会来自何人之手?”

老人的双眼微笑起来，他每次听人提到上天，就习惯性地这样微笑。这个老雅各宾分子的头脑里，总保留一些无神论调。

“等待偶发事件?”莫雷尔又问道。

“不。”

“等待您的救助?”

“对。”

“您的救助?”

“对。”老人再次表示。

“我向您提出的请求,先生,您完全理解吗？请原谅我这样追问:毕竟您的回答对我性命攸关,将来搭救我们的是您吗?”

“对。”

“您能肯定吗?”

“能。”

“您有把握吗?”

“有。”

老人肯定的目光极为坚决,别人只能怀疑他的能力,却无法怀疑他的意志。

“唔！谢谢,先生,万分感谢！然而,除非天主显灵,让您恢复说话动作和行走的功能,否则,您瘫在这轮椅上,不能说话,也不能动作,您怎能反对这桩婚事呢?”

一丝微笑使老人的脸开颜:这是肌肉僵滞不动的脸上,仅由眼睛彰显的一种奇特微笑。

“这么说,我应当等待了?”年轻人问道。

“对。”

“那么婚约呢?”

老人的眼中又洋溢同样的微笑。

“您是不是要对我说,婚约签不成?”

“对。”瘫痪的老人表示。

“这么说,连婚约都签不成啦!”莫雷尔高声说道,“哦！请原谅,先生！猛然听到一件特大喜讯,难免还有些怀疑:婚约真的签不成吗?”

“对。”努瓦蒂埃表示。

尽管回答得这么肯定,莫雷尔还是不敢相信。一位身患瘫痪的老人

许下的诺言奇特到极点，如果不是发自一种意志的力量，那就可能是肌体衰弱的缘故了。一个神经失常的人，并不知道自己疯了，还说能干成超出自身力量的事情，还不是很自然的吗？同样，身体瘦弱的人，夸口能举起重物，胆小鬼吹嘘敢向巨人挑战，穷人则好说自己总摆弄财宝，就是最普通的农民，骄傲的心理也会膨胀，自称是天神朱庇特。

努瓦蒂埃还是凝视着年轻人，或许他明白莫雷尔仍犹豫不决，或许他不完全相信年轻人所表现的顺从。

“您还要怎样，先生？”莫雷尔问道，“让我重申一遍许诺，绝不轻举妄动吗？”

努瓦蒂埃的目光仍然专注而坚定，分明表示仅有许诺还不够；继而，那目光从年轻人的脸移到手上。

“您是要我发誓吗，先生？”马克西米连问道。

“对，”瘫痪的老人同样庄严地表示，“我要您发誓。”

莫雷尔明白，老人十分看重这一誓言。

于是他伸出一只手。

“我以人格向您发誓，”他说道，“一直等到您作出决定，才对德·埃皮奈先生采取行动。”

“很好。”老人的眼睛表示。

“现在，先生，”莫雷尔问道，“您要吩咐我先退吗？”

“对。”

“不再见一见瓦朗蒂娜小姐？”

“对。”

莫雷尔点了点头，准备照办。

“现在，”莫雷尔接着说了一句，“先生，您能让您的孙女婿，像您孙女刚才那样吻您一下吗？”

老人的眼神是不会让人误解的。

年轻人亲吻老人的额头；双唇就贴在姑娘刚才吻过的部位。

然后，他再次向老人鞠了一躬，便退出去了。

他在门外楼梯平台，碰见巴鲁瓦：老仆人按照瓦朗蒂娜的吩咐，在那里等候莫雷尔。莫雷尔由老仆人带领，七拐八拐，穿过一条幽暗的走廊，一直走到一扇通花园的小门。

莫雷尔进入花园，又来到铁栅门，他攀援千金榆树篱，转瞬间爬上围墙头，再迅速顺梯子下去，回到苜蓿地，马车还在那里等候。

他又跳上马车。一个晚上经历这么多大悲大喜的事件，他感到疲惫不堪，但是心情舒畅多了，半夜回到梅莱街的家中，倒在床上便睡着了，就好像喝得酩酊大醉。

第七十四章　维尔福家族的墓室

两天之后，约摸上午十点钟，德·维尔福先生的宅邸门外，聚集了一大群人，他们望见一长串挂着黑纱的马车和特别的马车，沿着圣奥诺雷大街和苗圃街缓缓驶来。

那些马车中，有一辆造型很特别，看样子远道而来。那是一辆车厢漆成黑色的运输车，在头一批马车中赶来奔丧。

于是，大家纷纷打听，得知这是一次天缘巧合，这辆马车运来了德·圣-梅朗侯爵的遗体，而前来参加一个人葬礼的人，要给两个遗体送殡了。

送殡的队列人数众多，须知德·圣-梅朗侯爵先生在路易十八朝廷，在查理十世朝廷，都是最热忱、最忠心的重臣，他交下大批朋友，再加上那些与维尔福有过从的人，出于礼节也来了，吊唁的人数就非常可观了。

这情况立即报告了当局，于是获准两个葬礼同时举行。第二辆同样豪华的柩车，也驶到德·维尔福先生府门前；由驿车运来的棺木，便抬到气派的柩车上。

二人的遗体要安葬在拉雷兹神甫公墓：德·维尔福先生未雨绸缪，早已在那座墓地建造了墓室，准备安葬家族的所有成员。

可怜的蕾妮的遗体，已经安放在这座墓室里了，分离十年之后，她的父母来同她团聚了。

巴黎人总是那么好奇，见到送殡场面总是那么动情，他们怀着虔敬之心，默默地注视这支壮观的送殡车队通过。被送往最终归宿的两个人，正

车队

是这样古老的贵族世家，他们最著名的特点就是思想传统，接人待物特别稳重，而且恪守各项原则。

博尚、阿尔贝和夏多-雷诺，同坐一辆送葬的马车，他们在议论侯爵夫人近乎猝然的死亡。

“去年在马赛，我还见过德·圣-梅朗夫人，”夏多-雷诺说道，“当时我刚从阿尔及利亚回来；我看她的身体特别健康，思想还是那么敏捷，也多亏了始终频繁的社交活动，她能活到一百岁。她有多大年纪了？”

“六十六岁，”阿尔贝答道，“至少弗朗兹是这么对我说的。真的，她绝不是老死的；是侯爵去世她太伤心了，侯爵去世给了她极猛烈的打击，从那以后，她的神志就好像不完全清醒。”

“那么，她的死因究竟是什么呢？”博尚问道。

“好像死于脑溢血，再不就是急性中风。这恐怕是一码事儿吧？”

“差不多吧。”

“中风？”博尚说道，“让人难以置信。德·圣-梅朗夫人，我也见过一两回，她身材矮小瘦弱，体质属神经质型，而非多血质型。像德·圣-梅朗夫人这类体质的人，因悲伤而中风的病例，实在罕见。”

“不管怎么说，”阿尔见说道，“要了她命的是疾病也好，医生也罢，反正德·维尔福先生，确切地说瓦朗蒂娜小姐，再准确地说，我们的朋友弗朗兹，得到了一笔数目很可观的遗产：我想有八万利弗尔年金吧。”

“等那位老雅各宾分子努瓦蒂埃一死，这遗产的数目还会翻一番。”

“那可是个顽固的老爷爷，”博尚说道，“拿拉丁文说：一个意志坚强的人[①]。想必他同死神打过赌，要给他的所有继承人送葬。真的，他会赌赢的。这位九三年的国民公会议员，到一八一四年对拿破仑这样讲：

“‘您衰退了，只因您的帝国是一株幼苗，长得太快就疲惫了；您还是认共和国做监护者吧，等身强力壮之后再重上战场，我保证您能有五十万大军，还会取得一次马伦哥大捷，还会打一场奥斯特里茨战役。理念不会死亡，陛下，理念有时会打起瞌睡，一旦醒来，就比睡之前更强大。’”

“在他看来，”阿尔贝说道，“人就是理念。只有一件事令我不安，就是有那么一个总离不开孙女的老爷爷，不知道弗朗兹·德·埃皮奈如何适应。对了，弗朗兹在哪儿呢？”

“他在第一辆车上，同德·维尔福先生在一起。德·维尔福先生已经把他视为家里人了。”

送葬的每辆车上，谈话都大同小异：大家都奇怪侯爵夫妇死得如此突

---

① 原文为拉丁文。

然，日期又如此相近，但是谁也没有想到在那晚散步时，德·阿弗里尼先生向德·阿尔福先生透露的可怕秘密。

送殡的车队行进了约一小时，抵达公墓门口，天气阴沉沉的，周围一片宁静，这种气氛同举行的葬礼也就相当协调。在三五成群朝家族墓室走去的送葬人中，夏多-雷诺认出有莫雷尔。莫雷尔是独自驾着轻便马车来的，只见他脸色苍白，一个人默默地走在两侧长着紫杉的小径上。

“您也来啦！”夏多-雷诺说着，就挽起年轻人的手臂，“莫非您也认识德·维尔福先生？可是，我在他的府上，怎么从来没有见过您呢？”

“我不认识德·维尔福先生，”莫雷尔回答，“而是认识德·圣-梅朗夫人。”

这时，阿尔贝同弗朗兹走过来。

“选择这种地点介绍你们相互认识，实在不大合适，”阿尔贝说道，“不过也无所谓，咱们都不讲迷信。莫雷尔先生，请允许我向您介绍弗朗兹·德·埃皮奈先生，一位出色的旅伴，同我一起周游了意大利。我亲爱的弗朗兹，马克西米连·莫雷尔先生，一位出色的朋友，是你不在的时候我交下的；今后每当我要谈到心灵高尚、机智果敢和友好热情，你就能听见我重提这个名字。”

莫雷尔略感迟疑，心里琢磨向他暗中与之较劲的情敌友好地打招呼，算不算一种应受谴责的虚伪呢？不过，他随即又想起他的誓言和形势的严重性；他竭力不动声色，自我克制，同弗郎兹见礼。

“德·维尔福小姐非常伤心，对不对？”德勃雷问弗朗兹。

“唔！先生，”弗朗兹回答，“她伤心得难以理解，样子已十分憔悴，今天早晨我几乎认不出来了。”

这句表面听来极寻常的话，却让莫雷尔心痛欲碎。这个人显然见到了瓦朗蒂娜；那么是否同她说话了呢？

在这种时候，好冲动的年轻军官需要使出全身力量，以便克制违背誓言的欲念。

他挽起夏多-雷诺的手臂，拉他急步走向墓室。殡仪馆的人刚把两副

他竭力不动声色，自我克制，同弗朗兹见礼。

棺木放到墓室门口。

“好个豪华的住宅，”博尚瞧了瞧陵墓，说道，“既是夏宫，又是冬宫。到时候您也会住进去，我亲爱的德·埃皮奈，您这不很快就要成为这家族一员了嘛。要照我这哲学家的口味，我只要一间乡下小屋，乡野林间的小木屋，绝不要这么多大石头压在我这可怜的躯体上。我临终的时刻，要对

身边的人讲伏尔泰写给皮隆[1]的这句话：到乡下去[2]，然后就完事大吉……算了，弗郎兹，无所谓，振作起来，您的妻子继承了遗产。”

“真的，博尚，”弗朗兹说道，“您简直让人受不了。您搞政治搞惯了，什么都嘲笑；而搞政治的人，也就习惯性的什么也不相信。然而，博尚，您有幸同普通人在一起，暂时离开政治的时候，就总该设法带上您撂在议院或者贵族院衣帽间的那颗心。”

“唉！我的上帝！”博尚说道，“生命是什么呀？无非是在死亡宫的前厅短暂的停留。”

“我憎恶博尚。”阿尔贝说道。他和弗朗兹往后退了四步，让博尚同德勃雷继续在那儿高谈阔论。

维尔福的家庭墓室高约二十尺，是一座方形的白色石头建筑；里面隔成两室，各有一扇门，分别安葬圣-梅朗家族和维尔福家族。

别家墓室，通常修成难看的屉格，为节约起见重叠起来，遗体就安放在屉格里，每格镶一块铭牌，就跟贴标签一样。维尔福的家族墓室则不同，首先是一扇青铜大门，进去便为肃穆幽暗的前厅，同里面真正的墓室隔了一道墙壁。

正是在这堵墙的中间，开了两扇门，正如我们刚才所讲，分别通向维尔福家族与圣-梅朗家族的墓室。

来到幕室里，心中的悲痛就可以尽情宣泄了，不必顾忌疯玩的游客和幽会的情侣；那些游客把参观拉雷兹神甫公墓当作郊游，情侣也到这里来幽会；他们欢歌笑语，奔跑嬉戏，往往会搅扰对墓主的追思或流泪的祈祷。

两副棺木抬进右侧的墓室，即圣-梅朗家族的墓室，安放在事先准备好的搁架上。进入这间墓室的只有维尔福、弗朗兹和几位近亲。

葬礼的宗教仪式是在门外举行的，又没有安排悼词，因此葬礼很快结束，来参加葬礼的人便散去；夏多-雷诺、阿尔贝和莫雷尔结伴，德勃雷和

---

① 皮隆(1689—1773)，法国诗人和剧作家。

② 原文为拉丁文。

拉雷兹神甫公墓

博尚则乘坐另一辆车，分头离去了。

弗朗兹和德·维尔福先生在公墓门口停留片刻。莫雷尔也随便找个理由，停了停车，瞧见弗朗兹和德·维尔福先生走出墓地，登上同一辆挂黑纱的马车，从而他得出结论，这种密谈不是好兆头。他驾车返回巴黎市区，一路上夏多-雷诺、阿尔贝两个年轻人说的话，他一句也没有听见。

情况的确如此，弗朗兹要告辞的时候，德·维尔福先生就对他说：

“男爵先生，什么时候我还能再见到您？”

“随您什么时候都行。”弗朗兹回答。

“尽早吧。”

“我听从您的吩咐，先生；您看我们一道回贵府好吗？”

“如果对您没有什么妨碍的话。”

“毫无妨碍。”

未来的翁婿就这样登上同一辆马车，莫雷尔看着他们过去，心里自然感到极度不安。

维尔福与弗朗兹又回到圣奥诺雷大街。

检察官没有进任何人的屋，既没有去同他妻子，也没有去同他女儿说句话，就直接把年轻人让进他的书房，指给他一把椅子坐下。

“德·埃皮奈先生，”他对年轻人说道，“我认为应当提醒您，选择这样的时机，也许并不像有人初看那样不合适，要知道，遵从死者的遗愿，就是最好的悼念。我还应当提醒您，前天德·圣-梅朗夫人临终所表达的意愿，就是瓦朗蒂娜的婚事不能再拖延了。您也知道，死者的遗产事务办得完全合乎手续，她的遗嘱确保圣-梅朗家族的全部财产，都归到瓦朗蒂娜的名下。昨天，公证人给我看了文件，允许正式签订婚约了。您可以去见一见公证人，以我的名义让他给您出示那些文件。公证人是德尚先生，住在圣奥诺雷区博沃广场。”

“先生，”德·埃皮奈回答，“瓦朗蒂娜小姐正沉浸在悲痛当中，在这种时候，她也许不会考虑结婚；其实，我也担心……”

“瓦朗蒂娜嘛，”德·维尔福先生接口说道，“她的最迫切的愿望，莫过于实现她外祖母的遗愿。因此，她那方面不会有障碍，我向您保证。”

“既然如此，先生，”弗朗兹回答，“我这方面，也同样没有障碍。您就酌量着办吧。我一诺千金，履行自己的诺言，不仅乐意，而且深感荣幸。”

“那好，”维尔福说道，“再也没有什么阻挡您了，婚约本来三天前就应当签了，文本准备好了，我们拿出来，今天就可以签订了。”

“可是还得服丧呢？”弗朗兹犹豫地说道。

“请放心吧，先生，”维尔福又说道，“在我的家里，绝不会出现违反礼

俗的事情。在服丧的三个月里，德·维尔福小姐可以隐居，去她那圣-梅朗庄园；我说她的庄园，只因那片地产归她了。如果您愿意的话，她到那里之后一周，就举行世俗的婚礼，不声不响，既不张扬，也不搞排场。德·圣-梅朗夫人的一个遗愿，就是让她外孙女在那庄园结婚。婚礼一结束，先生，您就可以返回巴黎，而您的妻子同她继母在那里，度过余下的服丧期。”

“就按照您的安排办吧，先生。”弗朗兹说道。

“那好，”德·维尔福先生接着说道，“请您略等半小时，瓦朗蒂娜会下楼到客厅来。我派人去请德尚先生，我们当场宣读婚约，再签了字；今天晚上，德·维尔福夫人就带瓦朗蒂娜去庄园，过一周，我们也前去同她们会合。”

“先生，”弗朗兹说道，“我只向您提一个要求。”

“什么要求？”

“我希望邀请阿尔贝·德·莫尔塞夫和拉乌尔·德·夏多-雷诺出席签约仪式，您知道他们是我的证婚人。”

“去通知道他们有半小时就够了。您想亲自去请他们吗？还是派别人去呢？”

“我还是亲自去一趟，先生。”

“那好，我恭候，半小时之后再见，男爵，过半小时，瓦朗蒂娜也该准备好了。”

弗朗兹向德·维尔福先生施礼，告退出去了。

府邸临街的门在年轻人的身后刚一关上，维尔福就打发人去通知瓦朗蒂娜，要她半小时后下楼到客厅，因为还要等公证人和德·埃皮奈先生的证婚人到齐。

这一消息突如其来，在府中引起极大的震动。德·维尔福夫人简直不肯相信真有这事，而瓦朗蒂娜仿佛遭了雷击，顿时六神无主了。

她环视周围，好像在寻觅能救助她的人。

她下楼要去爷爷房间，在楼梯却遇见德·维尔福先生；父亲挽上她的

手臂，就把她带进客厅。

经过前厅时，瓦朗蒂娜遇见巴鲁瓦，便向老仆人投去一副绝望的目光。

瓦朗蒂娜刚到一会儿，德·维尔福夫人带着小爱德华也走进客厅。显而易见，家庭的悲伤也有她一份，她脸色苍白，看样子疲惫不堪。

她坐下来，将爱德华抱在双膝上，不时紧紧搂一搂，近乎痉挛的动作表明，搂在她胸前的孩子凝聚着她的全部生命。

没过多久，便听见两辆马车驶进庭院。

一辆是公证人的马车，另一辆车拉来弗朗兹和他的朋友。

不大工夫，客厅里人就聚齐了。

瓦朗蒂娜脸上全无血色，太阳穴暴出青筋，从眼角延伸至面颊。

弗朗兹见了，也不免颇为动情。

夏多-雷诺和阿尔贝面面相觑，难以掩饰惊讶的神色：在他们看来，刚刚结束的那个仪式，并不比要开始的这个仪式更为悲伤。

德·维尔福夫人躲在一幅丝绒幔帘后面的阴影里，而且总是俯向她儿子，因此很难从她脸上看出她内心的活动。

德·维尔福先生一如既往，一脸木然。

公证人按照司法人员的习惯，先把文件整整齐齐地摆在桌子上，在椅子上坐稳了，再正一正眼镜，这才转身对弗朗兹说道：

"您就是弗朗兹·德·凯内尔先生，德·埃皮奈男爵吧？"他十分清楚，还要明知故问。

"对，先生。"弗郎兹回答。

公证人点了点头。

"我受德·维尔福先生的委托，现在要通知您，您同瓦朗蒂娜·德·维尔福小姐的婚事，改变了努瓦蒂埃先生对他孙女的态度：本来要传给孙女的财产，他决定全部转赠给别人。这里必须马上补充一句，"公证人继续说道，"立遗嘱人只有权转赠一部分财产，而这份遗嘱将财产全部转赠，在法律上也就经不起抨击，有可能被宣布无效。"

她坐下来，将爱德华抱在双膝上，不时紧紧搂一搂。

“对，”维尔福说道，“不过，我事先要明确告诉德·埃皮奈先生，我只要活在世上，就不允许我父亲的遗嘱受到攻击，我的地位不允许出现一点点家丑。”

“先生，”弗朗兹说道，“在瓦朗蒂娜小姐面前提出这样的问题，我实在感到遗憾。我从未打听过她有多少财产，她的财产数目哪怕再小，也要比我的财产大得多。同德·维尔福先生联姻，我的家庭追求的是名望，而我所追求的，则是幸福。”

瓦朗蒂娜做了个感谢的表示，但是细微得难以觉察，倒是两滴眼泪沿着面颊默默滚下来。

"况且，先生，"维尔福对他未来的女婿说道，"除了您可望得到的财产遭此损失之外，这份出人意料的遗嘱，也丝毫没有伤害到您个人的文字：这是努瓦蒂埃先生思维开始衰弱的表现。家父所反对的，绝不是德·维尔福小姐嫁给您，他是反对瓦朗蒂娜结婚：孙女无论同谁结婚，他都会同样伤心。人一老就自私了，先生，德·维尔福小姐忠实地伴随着努瓦蒂埃先生，一成为德·埃皮奈男爵夫人就不同了。家父不幸的状态，让人极少同他谈重大事务，只因他头脑衰退，思维跟不上了；我可以肯定此刻，努瓦蒂埃先生只记得他孙女要结婚，但是连要成为他孙女婿的人的姓名都忘记了。"

德·维尔福先生刚讲完这番话，弗朗兹报以一个鞠躬，客厅的门就忽然打开，出现巴鲁瓦。

"诸位先生，"他说道，口气异常坚定，根本不像在如此庄严的场合，一名仆人对主人说话，"诸位先生，努瓦蒂埃·维尔福先生希望立即同弗朗兹·德·凯内尔先生，德·埃皮奈男爵谈话。"

老仆人也跟公证人一样，为避免弄错人，就把这位未婚夫姓名全称和头衔悉数列出来。维尔福不由得浑身一抖，德·维尔福夫人双手一松，也让儿子从膝上滑落。瓦朗蒂娜则站起来，她默默无言，苍白的面孔宛如一尊雕像。

阿尔贝和夏多-雷诺再次交换一下眼色，比头一次还要惊讶。

公证人也看了看维尔福。

"这不可能，"检察官说道，"况且，德·埃皮奈先生此刻不能离开客厅。"

"恰恰此刻，"巴鲁瓦以同样坚决的口气说道，"我的主人，努瓦蒂埃先生有要事，必须同弗朗兹·德·埃皮奈先生谈谈。"

"怎么，努瓦蒂埃爷爷，现在能说话啦？"爱德华以他一贯放肆的口气问道。

然而，大家都心事重重，气氛显得很严肃，他这句俏皮话，甚至连德·维尔福夫人都没有逗乐。

“您去告诉努瓦蒂埃先生，”维尔福又说道，“他的要求办不到。”

“那么，努瓦蒂埃先生通知各位先生，”巴鲁瓦又说道，“他就要让人把他推到客厅来。”

大家都万分惊讶。

德·维尔福夫人的脸上隐约浮现一丝微笑；瓦朗蒂娜则情不自禁，举目望天花板，要感谢上苍。

“瓦朗蒂娜，”德·维尔福先生说道，“请您去看一看，您祖父又在闹什么花样。”

瓦朗蒂娜快步走向门口。可是，德·维尔福先生又改了主意。

“等一等，”他说道，“我陪您去。”

“对不起，先生，”弗朗兹也说道，“既然努瓦蒂埃先生要见我，那么我认为还是我去，以满足他的愿望；况且，我也很高兴，去拜见他，至今我还没有机会获得这种荣幸。”

“噢！我的上帝！”维尔福显然不安地说道，“就不必劳您驾了。”

“请原谅，先生，”弗朗兹则说道，那口气显然此意已决，“这个机会我绝不能错过，希望能去向努瓦蒂埃先生证明，他对我的反感情绪实在不应该，不管他对我抱的成见有多深，我也决心以自己的深情厚谊去消除。”

弗朗兹不容维尔福再劝阻，这时也站起身，跟随瓦朗蒂娜出去；瓦朗蒂娜已经高兴地下楼，就好像一个遭遇海难的人，伸手触到了岩石。

德·维尔福先生就跟在他们二人身后。

夏多-雷诺和莫尔塞夫第三次交换眼色，其惊诧的程度又超过前两次。

第七十五章 神秘的记录

努瓦蒂埃身穿黑衣服，端坐在轮椅上等待。

他打算见的三个人进屋之后，他就望望房门，老仆人立即将门关上。

“您要当心哪，”维尔福见瓦朗蒂娜掩饰不住内心的喜悦，便小声对他说，“努瓦蒂埃先生要向您表示的意思，如果有阻止您的婚姻的内容，我不准您理睬。”

瓦朗蒂娜脸红了，但是没有应声。

维尔福走到努瓦蒂埃近前。

“这位是弗朗兹·德·埃皮奈先生，”他对努瓦蒂埃说道，“您要见他，先生，他来满足您的愿望。毫无疑问，我们早就盼望这次见面了，而且我会很高兴地看到，这能向您证明您反对瓦朗蒂娜的婚姻多么没道理。”

努瓦蒂埃也不回答，只瞥了一眼，却令维尔福不寒而栗。

努瓦蒂埃瞥了一眼，示意瓦朗蒂娜走上前。

她凭借用熟了同祖父交谈的办法，不一会儿就找到了“钥匙”这个词。

于是，她顺着瘫痪老人的目光，发现那目光盯住两扇窗户之间一个小柜的抽屉。

她去拉开抽屉，果然找见一把钥匙。

她拿出这把钥匙，而老人也示意这正是他要的那一把。然后，瘫痪老人的目光又移向一张写字台；那张写字台闲置多年，都以为里面只放些废

材料。

"要我打开写字台的柜门吗?"瓦朗蒂娜问道。

"对。"老人表示。

"要我打开这些抽屉吗?"

"对。"

"旁边的抽屉吗?"

"不是。"

"中间这个抽屉?"

"对。"

瓦朗蒂娜拉开中间的抽屉,取出一沓纸。

"您是要这个吗,爷爷?"她又问道。

"不是。"

于是,她又陆续取出所有纸张,直到抽屉完全空了。

"现在抽屉已经空了。"她说道。

努瓦蒂埃的眼睛又盯住词典。

"是啊,爷爷,我明白您的意思了。"年轻姑娘说道。

她照顺序背诵字母表,到"S"时,努瓦蒂埃示意停下。

她再翻开词典,一直查到"暗层"①一词。

"唔!里面有暗层?"瓦朗蒂娜问道。

"对。"努瓦蒂埃表示。

"谁知道这个暗层?"

努瓦蒂埃目光投向仆人出去的房门。

"巴鲁瓦吗?"姑娘问道。

"对。"努瓦蒂埃表示。

"要我叫他来吗?"

"对。"

---

① 法文中 Secret 一词,由 S 字母开头,意为"暗装置"等。

瓦朗蒂娜走到门口,招呼巴鲁瓦。

这工夫,维尔福急得额头流汗不止,而弗朗兹则不胜惊愕。

老仆人来了。

“巴鲁瓦,”瓦朗蒂娜说道,“我祖父吩咐我从这个小柜取出这把钥匙,打开这张写字台的柜门,拉出这个抽屉;现在,这个抽屉又有一个暗层,好像您知道,将暗层打开吧。”

巴鲁瓦看了看老人。

“照她的话办。”努瓦蒂埃那智慧的目光表示。

巴鲁瓦照办了,打开一个暗层,只见显露出来用黑带扎住的一沓纸。

“您是要这个吗,先生?”巴鲁瓦问道。

“对。”努瓦蒂埃表示。

“要把这些材料交给谁呢?交给德·维尔福先生吗?”

“不。”

“交给瓦朗蒂娜小姐吗?”

“不。”

“交给弗朗兹·德·埃皮奈先生吗?”

“对。”

弗朗兹不免惊诧,朝前跨了一步。

“交给我,先生?”他问道。

“对。”

弗朗兹从巴鲁瓦手中接过文件,目光投到封面上,念道:

> 本材料于我死后,应移交给我的朋友杜朗将军,将军死后,再移交其子,并作为一份极其重要的文件,切嘱其妥善保存。

“哦!先生,”弗朗兹问道,“这份文件,您要我如何处置呢?”

“当然是要您原封不动地保存起来。”检察官说道。

“不,不。”努瓦蒂埃急忙回答。

巴鲁瓦照办了,打开一个暗层,只见显露出来用黑带扎住的一沓纸。

"您也许希望这位先生读一读吧?"瓦朗蒂娜问道。

"对。"老人回答。

"您明白吧,男爵先生,我祖父请您读一读这份文件。"瓦朗蒂娜说道。

"那咱们就坐下吧,"维尔福不耐烦地说道,"这可要费时间了。"

"请坐吧。"老人以目示意。

维尔福坐下来,但是瓦朗蒂娜仍然站在祖父身边,侧身靠着他的轮

椅，而弗朗兹则站在老人面前。

他手中拿着那份神秘的文件。

“请读吧。”老人用眼睛示意。

弗朗兹拆开包装，屋里顿时肃静下来。在这寂静中，他念道：

波拿巴派俱乐部一次会议纪要，一八一五年二月五日于圣雅克街。

弗朗兹停下了。

“一八一五年二月五日！正是家父遇害的那一天！”

瓦朗蒂娜和维尔福始终默不作声；唯独老人的眼神明确表示：读下去。

“家父正是在离开这个俱乐部之后失踪的！”弗朗兹继续说道。

努瓦蒂埃的目光继续表示：读下去。

弗朗兹又读道：

我们签字者，炮兵中校路易-雅克·博勒佩尔、陆军准将艾蒂安·杜尚皮、河流森林管理局局长克洛德·勒夏帕尔，在此表明：

一八一五年二月四日，波拿巴派俱乐部收到厄尔巴岛的一封来信，嘱托俱乐部成员要欢迎和信任弗拉维安·德·凯内尔将军。这位将军从一八〇四年至一八一五年，曾效力皇上，尽管以其埃皮奈那片地产为采邑，被路易十八封为男爵，但他对拿破仑帝国一定忠心耿耿。

因此，俱乐部给德·凯内尔将军发一便函，邀请他出席次日即五日召开的会议。信函没有署名，也没有标明会所的街道与门牌号，仅仅通知将军，如果他愿意赴会，当晚九时会有人前去

接他。

九时整，俱乐部主席来到将军府，见将军已准备动身，便向他说明参加会议的条件之一，就是他永远不能知道会议的地点，他要让人蒙住双眼，并发誓绝不试图扯下蒙眼的布条。

德·凯内尔将军接受这个条件，并以人格保证，绝不试图看清带他去的地点。

将军已吩咐套了车，但是主席告诉他，不能乘坐他的车：如果车夫瞪大双眼，看清所经过的街道，那么蒙上他主人的眼睛又有什么用。

"那该怎么办呢？"将军问道。

"我有马车。"主席说道。

"您就那么信赖自己的车夫，不让我的车夫知道的秘密，就敢于让他知道吗？"

"我们的车夫是俱乐部成员，"主席说道，"为我们驾车的是一位国务委员。"

"那我们就得面临另一种危险，"将军笑道，"路上说不定要翻车。"

我们特意记下这句谑语，以证明将军参加这次会议，完全出于自愿，根本无人胁迫。

上车之后，主席便提醒将军同意蒙住眼睛的许诺，对此规定，将军也毫无异议。车上已准备了一条丝巾，派作这种用场。

途中，主席仿佛发觉，将军试图从丝巾下面张望，便提醒他发下的誓言。

"唔！是这样。"将军答道。

马车在圣雅克街的一条横巷口停下。当时将军并不知道主席的身份，只当作俱乐部的普通成员，他扶着主席的手臂下车。他们穿过小巷，登上一层楼，走进会议厅。

会议开始。俱乐部成员到得很齐，他们事先得知当晚要介

绍一个新会员。将军被带到大厅中央,便请解下蒙布。他取下丝巾一看,不免十分惊诧,在这个他根本不知道其存在的社团里,居然见到这么多熟面孔。

大家询问将军的政治倾向,他仅仅回答说,厄尔巴岛的来函,一定向他们说明了这一点……

弗郎兹停下来,说道:

“家父是保王党人,他的政治倾向人所共知的,何必再问。”

“我同令尊交往,也正是这个原因,我亲爱的弗朗兹先生,大家政见相同,就很容易结下友谊。”

“读下去。”老人继续以目示意。

弗朗兹接着往下念:

于是,主席发言,敦促将军更为清楚地表明态度;然而,德·凯内尔先生却回答说,他要先了解别人希望他做什么。

厄尔巴岛的那封信函,就这样向将军宣读了,信中向俱乐部推荐将军,说他是一个可以倚重的人。其中有一整段陈述皇帝可能从厄尔巴岛返回,还许诺下一封信会讲得更为详尽,随法老号船带到,那船长绝对忠于皇上。

在读这封信的过程中,大家原以为像兄弟一样靠得住的将军,却明显地表露了不满和反感。

信读完了,他紧锁眉头,一言不发。

“怎么样,”主席问道,“将军先生,您对这封信有何想法?”

“我要说,”将军回答,“一个人不久前才宣誓效忠路易十八国王,不可能又毁誓,去为废黜的皇帝卖力。”

这一次回答再清楚不过,不容别人误解他的政治倾向了。

“将军，”主席说道，“对我们而言，既没有什么路易十八国王，也不存在废黜的皇帝，只有皇帝和国王陛下，是由于暴力和背叛，才远离法国有十个月了。”

“对不起，诸位，”将军说道，“对你们而言，也许不存在路易十八国王，但是对我却有这么一位：正是他封我为男爵，提升我当旅长，而我也永远不会忘记，幸亏他返回法国复辟，我才能有这两个头衔。”

“先生，”主席站起身，口气极为严厉地说道，“您要当心自己说的话；您这番话清楚地向我们表明，厄尔巴岛方面看错了您，也误导了我们。给您读这封信，是出于对您的信任，也是出于对您的敬重。现在我们明白错了：给一个爵位和一个军衔，就让您归顺我们想要推翻的新政权。我们不会强迫您助我们一臂之力；我们也不会让任何人违背自己的良心和意愿，吸收他参加我们的组织。不过，我们要迫使您行事像个文雅的人，即使您根本无意这样做。”

“您所谓文雅的人，就是明知你们的阴谋而不揭露吗！我管这叫做你们的同谋。你们瞧，我比你们还坦率……”

“噢！我的父亲，”弗朗兹中断读信，说道，“现在我明白，他们为什么杀害您了。”

瓦朗蒂娜不由得瞥了弗朗兹一眼：在父子之情的冲动中，这个年轻人真的显得很英俊。

维尔福在他身后踱来踱去。

努瓦蒂埃则注视每人的表情，自己始终保持那副严肃的、凛然难犯的神态。

弗朗兹收回目光，继续念这份文件：

“先生，”主席说道，“我们请您来参加会议，绝没有强行拉

您来，我们提议蒙上您的眼睛，您也接受了。您同意这两项要求时，心里完全清楚我们不是在致力于确保路易十八的王位，否则，我们也没有必要那么万分小心，防范警察了。现在，您应当明白，您戴上假面具，窃取了别人的秘密，摘下面具就想毁掉相信您的人，没有这么便宜的事。不行，不行，您要首先表明态度，究竟是拥护此刻偶然上台的国王，还是拥护皇帝陛下。”

“我是保王党人，”将军回答，“我向路易十八宣过誓，要信守自己的誓言。”

这些话引起全场骚动，从俱乐部众多成员的眼神里可以看出，他们正在考虑怎么办，才能让德·埃皮奈先生后悔这样出言不逊。

主席又站起来，让全场肃静。

“先生，”他对将军说道，“您是个极为严肃、极为明智的人，不会不明白我们这种对立局面的后果。正是您的坦率向我们指明，我们应该向您提出什么条件：您要以名誉发誓，绝不泄露您所听到的事情。”

将军手按佩剑，朗声说道：

“您如果谈论名誉，那就首先不要无视名誉的法则，绝不以暴力强加于人。”

“而您，先生，”主席继续说道，他那镇定态度，也许比将军的愤怒还可怕，“不要碰您的剑，这是我给您的忠告。”

将军扫视周围，他的目光开始流露不安的神色。然而，他还是不肯屈服，反倒鼓起全部勇气，说道：

“我不发誓。”

“那您就得死，先生。”主席平静地回答。

德·埃皮奈先生顿时面失血色，他第二次环顾周围：俱乐部好些成员窃窃私议，各自摸索斗篷里边的武器。

“将军，”主席又说道，“请放心，您周围全是珍惜名誉的人，

他们要千方百计说服您，到了万不得已，才会对您下手；而且，如您所讲，您来到阴谋分子中间，掌握了我们的秘密，就必须把这秘密还给我们。”

主席讲完这番话，就是一片意味深长的沉默，看看将军根本不回答，他就吩咐听差：

“房门全部关上。”

这话说过，还是一片死一般的沉默。

这时，将军往前走了两步，强行控制住自己，说道：

“我有一个儿子，我现在落到一群凶手之间，就必须为他着想。”

“将军，”会议主席庄严地说道，“只身一人，总有权凌辱五十人：这是弱者的特权。不过，真的使用这种权利，就大错特错了。请相信我，将军，您发誓吧，不要凌辱我们。”

将军再次震慑于大会主席的威严，迟疑了片刻，最后还是走到主席的桌前。

“如何发誓？”他问道。

“就这样：我以名誉发誓，我于一八一五年二月五日晚九时至十时之间，所看见和听到的事情，绝不泄露给任何人，我声明如果违背这个誓言，就甘愿以死谢罪。”

将军似乎感到一阵神经质的战栗，几秒钟未能应声；他终于克服明显的反感，按照要求发了誓，但是声音极低，几乎听不见。因此，许多成员要求他重复一遍，提高声音，说得清楚些，他照办了。

“现在，我渴望离开了，”将军说道，“我总算自由了吧？”

主席站起身，指定三名会员陪同，给将军蒙上眼睛，便一同登上马车。那三名陪同之中，就有赶车去接将军的那个人。

俱乐部其他会员都悄无声息地散去。

“您想让我们把您送到哪里？”主席问道。

"哪里都可以,只要摆脱你们。"德·埃皮奈先生回答。

"先生,"主席立刻接口道,"您要当心,现在离开了会场,就只跟个人打交道了。您不要侮辱他们,如果您不想为侮辱的行为负责的话。"

然而,德·埃皮奈先生听了这话,非但不买账,反而回敬道:

"您在车上,就同在俱乐部一样勇敢,先生,原因很简单:比起一个人来,四个人总是人多势众。"

主席叫马车停下。

马车恰巧停在奥尔姆码头的出口,挨着通向塞纳河的台阶。

"为什么您让车停在这里?"德·埃皮奈先生问道。

"因为,先生,"主席回答,"您侮辱了一个人,而这个人要求您诚心诚意地赔礼道歉,否则,他一步也不肯往前走了。"

"又是一种谋杀的手段。"将军耸耸肩膀说道。

"不要叫嚷,"主席答道,"如果您不想让我把您视为您刚才讲的那种人,即拿自己的弱势作挡箭牌的胆小鬼。您独自一人,那就由一个人回答您。您身边有一把剑,我这根手杖也插着一把剑。您没有证人,这些先生中有一位可以充当。您若是同意,现在就可以取下蒙眼布了。"

将军一把扯下蒙眼的手帕。

"我终于能看清是在跟谁打交道了。"将军说道。

车门打开:四个人下了车……

弗朗兹再次中断阅读,他擦了擦额头流下的冷汗。一个做儿子的,浑身颤抖,脸色苍白,大声念他此前并不知晓的父亲遇害的详情,那情景真有点惨不忍睹。

瓦朗蒂娜双手合十,仿佛在祈祷。

努瓦蒂埃注视着维尔福,那轻蔑而自豪的表情透出几分崇高。

弗朗兹继续念道:

前面说过,那天是二月五日。三天来,气温很低,仅有五六度,台阶冻了冰碴儿,非常滑。将军又高又胖,主席让他在有扶手的一侧走下去。

两名证人跟在后面。

夜色浓重,从石阶到水边这段河岸湿漉漉的,覆盖着霜雪,只见河水流淌,暗黑而幽深,时而冲走几块冰碴儿。

一位证人去运煤船上借来一盏灯笼,大家借着灯光检查武器。

主席那把剑,正如他所讲的,是插在手杖里的,比对方的剑要短些,还没有护手。

德·埃皮奈将军建议用抓阄的方式挑剑,但是主席回答说他是挑战方,而他挑战的时候,就提出各用各的武器。

两位证人还想坚持抓阄,但是主席制止了他们。

灯笼就放到地上,两位对手在两边站定,决斗开始了。

灯光映照,两把剑犹如两道闪电。

至于决斗者,由于夜色太浓,很难辨别身影。

将军是部队里公认的最好剑手。不料一交手,他就遭到猛攻,连连后退,后退中一个不小心就跌倒了。

证人以为他死了,但是对手清楚根本没有刺中他,便伸手要把他拉起来。这种情况,非但没有使将军冷静下来,反而把他激怒了。他冲向对手,开始反攻了。

然而,他的对手没有后退半步,挥剑招架。将军太冒进,被击退,又往前冲,如此反复几次。

到了第三次,他又跌倒了。

别人以为还像头一次那样,他是滑倒的;但是,证人见他不起来,就走上前去想扶起他。可是,有一个人抱住他的腰,手上却感到热乎乎、湿漉漉的,那是鲜血。

将军几乎昏迷过去，这时苏醒过来。

“哼！”他说道，“给我派来的是一名杀手，一位击剑武师啊！”

主席没有答话，而是走到拿灯笼的那位证人面前，捋起衣袖，出示手臂上受的两处剑伤，接着，他又解开外衣和坎肩，让人看他肋间的第三处剑伤。

然而，主席连哼也没有哼一声。

德·埃皮奈将军又昏迷过去，五分钟之后便咽气了……

弗朗兹念到最后几句时，声音硬咽得十分厉害，话语都听不清了。他念完停下，用手拂了拂眼睛，似乎要驱散一片阴翳。

他沉默片刻，又继续念道：

主席将剑插回手杖里，又登上石阶，他注意到走过的雪地上有血迹，但是还没有登上台阶顶端，就听见河里咕咚一声响：原来是两位证人确认将军已死，就抬着将军的尸体扔进河中。

因此，将军是在一场正规的决斗中丧命的，并不像可能有的那种说法，是死于一次埋伏。

我们签署这份纪要，就是为了陈述事实真相，以备日后这幕悲惨场景的当事人，会有哪个被指控为蓄谋杀人，或者违背荣誉的准则。

签署人：博勒加尔、杜尚皮、
勒夏帕尔

当弗朗兹念完对儿子来说特别残酷的一份纪要，当瓦朗蒂娜因动情而脸色苍白，抹去一滴眼泪，当维尔福浑身战栗，蜷缩在一个角落里，向无动于衷的老人投去哀求的目光，试图平息这场风暴，正当这种时候，德·

埃皮奈忽然对努瓦蒂埃说道:

"先生,这个悲惨事件,您既然了若指掌,还请几位可敬的先生署名作证,您既然显出对我感兴趣,尽管这种兴趣还仅仅以这种痛苦方式表现出来,那么您就不要拒绝满足我最后一点,告诉我俱乐部主席的姓名,让我知道究竟是谁杀害了我可怜的父亲。"

维尔福仿佛六神无主,在寻找门把手。瓦朗蒂娜经常注意到老人小臂上有两处剑刺的伤疤,她比谁都先知道他回答的内容,现在不由得朝后退了一步。

"看在上天的份儿上!小姐,"弗朗兹对他未婚妻说道,"请帮助我了解,使我两岁就成为孤儿的那个人是谁。"

瓦朗蒂娜默不作声,呆在原地不动。

"算了,先生,"维尔福说道,"请相信我,这种残忍的场面,不要再延续了。其实,姓名是蓄意隐匿起来的。就连家父也不认识那位主席,即使认识,他也说不出来:词典里查不到人名。"

"噢!真不幸!"弗朗兹高声说道,"在我念这份纪要时,唯一支撑我,给我力量一直念完的这种希望,就是至少能知道杀害我父亲的那人的姓名!先生!先生!"他转向努瓦蒂埃,高声说道,"看在上天的份儿上!您要尽力做……我恳求您,设法向我指明,让我明白……"

"好。"努瓦蒂埃回答。

"啊!小姐,小姐!"弗朗兹高声说道,"您的祖父示意,他能向我指出……那个人……帮帮我……您能明白他的意思……请帮我一把。"

努瓦蒂埃注视词典。

弗朗兹紧张得发抖,他拿来词典,又按顺序背诵字母表,直到字母 M。

老人听到这个字母,就示意对了。

"M!"弗朗兹重复一遍。

年轻人的手指往下滑动,所经过的以 M 字母开头的单词,努瓦蒂埃都表示不对。

瓦朗蒂娜双手抱住了头。

一直到弗朗兹指至 Moi① 的时候，老人才表示："对。"

"是您！"弗朗兹叫道，他的头发都竖起来了，"是您，努瓦蒂埃先生！是您杀害了我父亲！"

"是您，努瓦蒂埃先生！是您杀害了我父亲！"

① 法文词，意为"我"。

“对。”努瓦蒂埃回答，他那光明磊落的目光盯着年轻人。

弗朗兹无力地瘫坐到椅子上。

维尔福打开房门，赶紧溜走，因为他头脑里闪过恶念：灭掉这老人可怕的心中尚存的一息生命。

第七十六章　小卡瓦尔坎蒂的进展

且说在这期间，老卡瓦尔坎蒂先生，已然回到自己的岗位，但不是到奥地利皇帝陛下的军营，而是到卢卡浴场的赌场，那是他最爱光临的地方。

自不待言，支给他的旅资，以及他庄严郑重地扮演父亲角色所得的酬金，都分文不差地带到那里。

他临行前，给安德烈亚先生留下了全部证件，足以证明这年轻人出身高贵，父母乃是巴尔托洛梅奥侯爵和莱奥诺拉·科尔西纳里侯爵夫人。

安德烈亚也就差不多在巴黎社交界扎下了根，须知巴黎社交界极容易接纳外国人，而且不是以他们的实际身份，仅以他们自诩的身份接待他们。

况且，对一个在巴黎生活的年轻人，何必要求那么多呢？只要能对付着讲法语，穿戴体面，是个豪赌客，挥金如土，也就足够了。

自不待言，对待外国人，远没有对巴黎人那么挑剔。

仅仅半个月的时间，安德烈亚也就混出了模样儿。别人称他伯爵先生，说他享有五万利弗尔年金，还议论他老子拥有无数金银财宝，据传埋藏在萨拉丰扎的采石场。

有人在一位学者面前，煞有介事地谈到埋藏的金银财宝；那位学者就声称亲眼见过那座采石场，这话很有分量，于是一直让人半信半疑的传闻，借势就变成确凿无疑的事实了。

我们带读者进入的巴黎社交圈子，当时就是这种状态。且说有一天晚上，基督山前来拜访丹格拉尔先生，不巧主人外出，仆人说男爵夫人今晚会客，可否通报给女主人，伯爵同意了。

自从欧特伊别墅的那次晚宴，以及随后所发生的一系列事件，丹格拉尔夫人每听到提起基督山的名字，就不由得一阵紧张，浑身战栗。如果只闻其名而不见其人，那么痛苦的反应就变得更加强烈；反之，如果伯爵随即来到面前，他那坦诚的面容、明亮的眼睛，平易近人的态度，乃至对丹格拉尔夫人表现的殷勤，就会把她恐惧的阴云驱散得无影无踪。在男爵夫人看来，外表如此可爱的一位男士，不可能恶意暗算她；况且，即使心肠最黑的人，也只能图某种利益，才会去害人；害人而又无所图，无缘无故，则违反常情，难以让人置信。

男爵夫人的小客厅，我们已经引领读者看过一次，通报伯爵来访的时候，她略带几分不安的目光，正瞧着女儿同小卡瓦尔坎蒂一起欣赏之后递给她的图画，她听到伯爵的名字虽有点慌神儿，但是见到本人还是产生通常的效果，便能面带微笑接待伯爵。

伯爵走进屋，一眼就看清整个场景。

男爵夫人半卧在一张椭圆形长沙发上，欧仁妮坐在她身边，卡瓦尔坎蒂则在一旁站着。

卡瓦尔坎蒂活似歌德作品中的一个人物，身穿黑礼服，脚上穿着黑皮鞋和镂花白丝袜。他那只保养得相当好、相当白皙的手，拂了拂那头金发！而发间闪烁着一只钻戒；这个爱虚荣的年轻人，不顾基督山的劝告，还是忍不住将那枚钻戒戴在小手指上。

伴随这一动作，他那勾魂的目光和夺魄的轻叹，一同抛向丹格拉尔小姐。

丹格拉尔小姐还一如既往，即一副美丽而冷淡、显出几分讥讽的样子。安德烈亚的每个眼波、每声叹息，均没有逃过她的耳目；然而，那些眼

波和叹息，又仿佛撞到弥涅耳瓦[①]的护胸甲——根据一些哲学家的说法，正是这副盔甲，往往护住萨福[②]的胸脯。

欧仁妮冷淡地向伯爵打了招呼，便趁着双方忙于寒暄，她赶紧抽身，回到她的练琴室。不大工夫，就传来钢琴伴奏的头几节乐音，两个姑娘的欢歌笑语。基督山由此判断，丹格拉尔小姐不愿陪伴他和卡瓦尔坎蒂先生，还是喜欢跟她的声乐教师路易丝·达米利小姐在一起。

伯爵同丹格拉尔夫人说话，仿佛谈得津津有味；也正是在这种时候，他注意到安德烈亚·卡瓦尔坎蒂先生那么心神关注，那种激赏的样子，走到门口聆听音乐而不敢越雷池一步。

不久银行家就回来了。不错，他第一眼确实投向基督山，但是第二眼就给了安德烈亚。

至于对他妻子，他也像某些丈夫那样，只是略微点点头，这其中的奥妙，独身男子要等夫妇生活大全的书出版了，才可能搞清楚。

“两位小姐弹琴唱歌，没有邀请您过去吗？”丹格拉尔问安德烈亚。

“唉！没有，先生。”安德烈亚回答，并伴随一声叹息，比此前的叹息更为明显。

丹格拉尔立刻走上前去，打开间隔门。

于是，他们看见两位姑娘并排坐在钢琴前的琴凳上，各用一只手在联弹，为歌伴奏，这种即兴练习她们已经习惯了，而且极富表现力。

达米利小姐同欧仁妮构成一幅生动的画面，从门框望过去效果更佳，类似在德国常见的作品；她给人以相当突出的美感，换句话说，显得相当曼妙可爱。她是个娇小的女子，一头金发，形同仙女，大发卷垂在稍嫌太长的脖颈上，颇似彼鲁其诺[③]画圣母有时用的技法，她那朦胧的眼神带有倦意，看样子胸肺虚弱，恐怕像《克雷莫纳的小提琴》里的安托妮娅[④]，有

---

① 弥涅耳瓦，罗马神话中的女神，即希腊神话中的雅典娜。

② 萨福，古希腊女诗人。

③ 彼鲁其诺(1448—1523)，意大利画家。他的宗教题材的作品影响了后来的拉斐尔等人。

④ 安托妮娅，德国作家兼音乐家霍夫曼的小说《克雷莫纳的小提琴》中的女主人公。

朝一日会在演唱中死去。

基督山好奇的目光，迅速地朝里间扫了一下：他这是头一回见到达米利小姐，原先在这府上经常听人提起来。

“怎么，”银行家问他女儿，“把我们排除在外啦？”

说罢，他就带着年轻人走进练琴房，不知是偶然还是有意，等安德烈亚进去后，房门就带上一半，基督山和男爵夫人从自己所坐的位置，就看

“怎么，”银行家问他女儿，“把我们排除在外啦？”

不见里屋的情况了；不过，银行家跟着安德烈亚一同进去，丹格拉尔夫人也就似乎根本没在意。

过了片刻，伯爵就听见安德烈亚随着钢琴的伴奏，高声唱起一支科西嘉民歌。

伯爵微笑着聆听这支歌，就逐渐忘掉安德烈亚，又想起了贝内德托。丹格拉尔夫人则对基督山盛赞她丈夫的坚强意志：今天早晨得知米兰一家银行倒闭，他又损失了三四十万法郎。

这的确值得称赞，因为这条消息，伯爵如果不是从男爵夫人口中，或许从他了解一切的其他途径获悉，从男爵的脸上是绝难看出来的。

“好哇！”基督山心中暗道，他亏了钱，一个月前还炫耀呢，现在到了隐瞒的地步了。

继而，他高声说道：

“哎！夫人，丹格拉尔先生十分精通交易所的生意，他在别处的亏损，总能在交易所里捞回来。”

“看来，您也犯了同样错误。”丹格拉尔夫人说道。

“什么错误？”基督山问道。

“就是认为丹格拉尔先生在赌，其实正相反，他从来不赌。”

“哦！对了，是这么回事儿，夫人，我想起来了，德勃雷先生对我说过……顺便问一声，德勃雷先生怎么样了？有三四天我没有见到他了。”

“我也没见到，”丹格拉尔夫人答道，语调出奇地镇定，“您刚讲的一句话，还没有说完呢。”

“哪句话？”

“刚才您讲，德勃雷先生对您说过……”

“哦！不错，德勃雷先生对我说过，是您去迎合赌魔。”

“我承认，在一段时间有这种兴趣，”丹格拉尔夫人说道，“现在没兴趣了。”

“您这就错了，夫人。唉！我的上帝！发财靠运气没准头儿，假如我是女人，又碰巧嫁给了银行家，那么，我再怎么相信丈夫的运气。因为您

也知道，搞投机生意，就是一个运气好坏的问题；要我说，再怎么相信丈夫的运气，我也要开始独立经营一笔财产，为了挣得这份财富，哪怕瞒着丈夫，将自己的利益交到别人的手中，也在所不惜。”

丹格拉尔夫人不由得脸红了。

“喏，”基督山就好像什么也没有看到，又说道，“听说昨天，那不勒斯债券特别看涨。”

“我没有那种债券，”男爵夫人急忙说道，“而且从来没有买过。唔，真的，别净谈证券交易了，伯爵先生，我们这样子真像两个证券经纪人。还是谈谈可怜的维尔福那家人吧，现在他们真是多灾多难！”

“他们出什么事儿啦？”基督山问道，一脸茫然无知的神情。

“唉，您知道啊，德·圣-梅朗先生启程后三四天，就在途中去世了，而侯爵夫人刚到三四天，跟着也去世了。

“唔！是这样，”基督山说道，“这事儿我听说了。不过，正如克劳狄斯对哈姆雷特讲的，这是自然规律；父母死在儿女之前，儿女洒泪哀悼了；将来他们当了父母，也死在儿女之前，儿女也要为他们洒泪哀悼。”

“可是，事情还没有完。”

“事情怎么还没有完？”

“没完。您知道他们要嫁女儿……”

“嫁给弗朗兹·德·埃皮奈先生……难道婚事没有成？”

“好像昨天上午，弗朗兹向他们收回求婚。”

“啊！真的……关系破裂，知道是什么原因吗？”

“不知道。”

“仁慈的上帝，您告诉我的是什么消息啊！夫人……这么多不幸事件，怎么让德·维尔福先生受得了？”

“他一如既往，以哲人的态度面对。”

这时，丹格拉尔独自一人回到小客厅。

“怎么，”男爵夫人问道，“您就把卡瓦尔坎蒂先生留在女儿身边？”

“还有达米利小姐呢，”银行家说道，“您把女儿当成什么人了？”

他随即转身，又对基督山说道：

“多可爱的年轻人，对不对，伯爵先生，那位卡瓦尔坎蒂王子？……他是个王子，总归没错吧？”

“我打不了包票，”基督山回答。“有人称他父亲为侯爵，介绍给我，那也就只能是个伯爵；不过，我认为他本人并不一定非要这个头衔不可。”

“为什么？”银行家问道，“他若是王子，不炫耀就错了。各有各的权利。我呀，不喜欢别人否认自己的出身。”

“唔！您是个纯粹的民主派。”基督山微笑道。

“可是，您想想看，”男爵夫人说道，“这成什么体统，万一德·莫尔塞夫先生来了，他看到卡瓦尔坎蒂先生在欧仁妮的房间，而他作为未婚夫，却从未获准进去过。”

“您说万一，还真说对了。”银行家接口道，“因为，这里难得见到他，他来了，那确实非常偶然。”

“不管怎么说，他若是来了，看到这个年轻人在您女儿身边，他会不满意的。”

“他，不满意？唉！我的上帝！您弄错了，阿尔贝先生不会给我们这个面子，去吃他未婚妻的醋。他还没有爱到那种程度。况且，我才不在乎他满意不满意呢！”

“然而，婚事已经到了这份儿上……”

“对呀，婚事到了这份儿上：您想不想知道，究竟到了什么份儿上吗？喏！就在他母亲举办的舞会上，他只邀请我女儿跳了一场舞，而卡瓦尔坎蒂先生同她跳了三场舞，他甚至都不屑于理会。”

“阿尔贝·德·莫尔塞夫子爵先生到！”仆人禀报一声。

男爵夫人猛地站起身，要去练琴房告诉她女儿，却被丹格拉尔一把拉住了。

“您别管！”他说道。

她惊诧地注视丈夫。

男爵夫人猛地站起身。

基督山佯装没有看见这种较劲的场景。

阿尔贝走进来，他满面春风，显得十分英俊。他问候在场的几位，态度各异：对男爵夫人洒脱大方，对丹格拉尔放松而随便，对基督山则格外亲热，继而，他转向男爵夫人，问道：

"您能允许我问一声嘛，夫人，丹格拉尔小姐一向可好？"

"很好，先生，"丹格拉尔抢着回答，"此刻，她在自己的小客厅，正同卡瓦尔坎蒂弹琴唱歌呢。"

阿尔贝保持平静而无所谓的态度，他内心也许有点气恼，不过，他感到基督山的目光在盯着他。

“卡瓦尔坎蒂先生有一副男中音的好嗓子，”阿尔贝说道，“欧仁妮小姐的女高音非常出色，而且钢琴弹得赛似泰尔贝格[①]。这场合唱一定美妙动听。”

“事实上，”丹格拉尔说道，“他们确是极好的搭档。”

这句粗俗不堪的双关语，阿尔贝只当没有注意，可是，丹格拉尔夫人却不免脸红了。

“我也一样，”年轻人继续说道，“我的歌唱得不错，至少我的音乐教师这么说。嘿！说来也怪，我唱歌还从未能同任何人搭配好，更不用说同女高音搭配了。”

丹格拉尔微微一笑，分明在说：你倒是发火呀！

“因此，”他又说道，无疑是要达到他渴望的目的，“就在昨天，王子和我女儿赢得了普遍的赞赏。您昨天没有去吗，德·莫尔塞夫先生？”

“什么王子？”阿尔贝问道。

“卡瓦尔坎蒂王子呀。”丹格拉尔答道，他执意要给那年轻人安上这个头衔。

“哦！对不起，”阿尔贝说道，“我还真不知道他是王子。哦！卡瓦尔坎蒂王子，昨天同欧仁妮小姐一起唱歌啦？真的，那一定特别动听。非常遗憾，我没有这种耳福。我即使受到您的邀请，也不能前去；我不得不陪伴德·莫尔塞夫夫人，去德·夏多-雷诺老男爵夫人府，参加德国艺术家的演唱会。”

他停顿了片刻，接着，仿佛什么事也没有似的，又重复问道：

“能允许我去问候一声丹格拉尔小姐吗？”

“哎！等一等，请您等一等”，银行家说着，便拦住年轻人，“您听见了吧，这咏叹调多美妙，哒，哒，哒，嘀，哒，嘀，哒，哒，太动听了，这就要结束

---

① 泰尔贝格（1812—1871），奥地利钢琴家、作曲家。

了……只要一秒钟:好极了!真美!真好!真棒!"

银行家狂热地鼓起掌来。

"确实非常美妙,"阿尔贝说道,"卡瓦尔坎蒂王子理解自己国家的音乐,不可能有人比他理解更深了。您说他是王子,对吧?况且,他即使不是王子,也可以让他当上,这在意大利易如反掌。唔!还是回到我们这两位杰出的歌唱家吧,您应当帮我们一个小忙,丹格拉尔先生;千万别告诉他们这里有外人,请求丹格拉尔小姐和卡瓦尔坎蒂先生再唱一段。拉开点儿距离欣赏音乐,待在幽暗的角落里,不让音乐家瞧见,同样他也看不见,从而不会妨碍音乐家,就让音乐家尽情发挥其天才,直抒胸臆,这是多么惬意的事情啊!"

年轻人如此冷静,这回弄得丹格拉尔不知所措了。

丹格拉尔将基督山拉到一旁。

"您瞧,"他对基督山说道,"您说我们这位恋人怎么样?"

"唔!我看他有点冷淡,这是勿庸置疑的;可是,有什么办法呢?您已经允婚啦!"

"当然了,我已经允婚,但是要我女儿嫁给一个爱她的男子,而不是嫁给一个不爱她的男人。瞧瞧这位,冷冰冰的,如同一尊大理石雕像,傲慢的劲头又像他老子;如果他富有,拥有卡瓦尔坎蒂家族那样的财富,那也就罢了。真的,我还没有问过女儿的意思;可是,她若真有品位……"

"唔!"基督山说道,"不知道是不是被我对他的友谊蒙住了我眼睛,不过,我敢对您说,德·莫尔塞夫先生是一位可爱的青年,他能让令爱生活幸福,迟早有一天,他也会有所作为;不管怎样,他父亲的身份那么高贵。"

"哼!"丹格拉尔不屑地发出一声。

"这种怀疑所为何来?"

"总还有过去那段历史……那段不为人知的过去。"

"父亲的过去不关儿子的事。"

"不然,不然!"

“瞧您,不要这么冲动嘛。就在一个月前,您还认为这门婚事差强人意……您应当理解;我真是不尴不尬:您是在我那里认识这个小卡瓦尔坎蒂的,而我再向您重复一遍,我并不了解他。”

“我了解他呀,”丹格拉尔说道,“这就足够了。”

“您了解他吗？莫非您对他作过调查?”基督山问道。

“有那个必要吗,同什么人打交道,不是一目了然吗？首先,他很富有。”

“这话我不敢说。”

“然而您是为他作保的?”

“担保五万法郎,小意思。”

“他受过极好的教育。”

“哼!”基督山也不屑地发出一声。

“他懂音乐。”

“意大利人全懂音乐。”

“算了,伯爵,您对这年轻人可不够公正啊。”

“嗯,是啊,这我承认,他明知您同莫尔塞夫家有婚约,还依仗自己有钱,插身进来,这种行径我看不上眼。”

丹格拉尔哈哈大笑。

“唔！您可真是个清教徒!”他说道,“如今世道,这种事情天天发生。”

“您总不能就这样悔婚吧,我亲爱的丹格拉尔先生,莫尔塞夫一家人很看重这门亲事。”

“他们看重吗?”

“毫无疑问。”

“那就让他们把话说明白。您应当给那位父亲吹吹风,我亲爱的伯爵,您在那府上极受款待。”

“我受款待！您是怎么看出来的?”

“就在他们的舞会上吹,我看出了门道。怎么！那位伯爵夫人,那个

高傲的梅色苔丝，那个眼高于顶的卡塔卢尼亚女人，她见到多么熟悉的人都懒得开口说话，那次却挽上您的手臂，去了花园，走上小径，逗留了半小时才回来。”

“噢！男爵，男爵，”阿尔贝说道，“您妨碍我们听歌了，您这么一位音乐迷，未免太野蛮啦！”

“好哇，好哇，您这嘲讽先生。”丹格拉尔回敬道。

接着，他又转向基督山：

“劳您费心，把这话捎给那位父亲，好吧？”

“愿意效劳。”

“不过这次，一定要有个准话，尤其是他请求我嫁女儿，必须定准日期，明确给多少聘礼，总之，要么谈成，要么就吹。怎么样，您明白吧，这事儿不能再拖了。”

“好吧，一定斡旋。”

“我不能对您说，我多么乐意等他来访，但不管怎样我在等待。您也知道，一位银行家，必须为自己说出去的话负责。”

丹格拉尔说罢，叹了一口气，类似小卡瓦尔坎蒂半小时前的叹息。

“真美！真好！真棒！”等一曲唱完，莫尔塞夫也模仿银行家，滑稽地鼓掌喝彩。

丹格拉尔对阿尔贝开始侧目而视了。这时，仆人前来，对他低声说了两句话。

“我很快就回来，”银行家对基督山说道，“等着我，过一会儿，也许我还有话对您说。”

说完他就走了。

男爵夫人趁丈夫离开，马上去推开女儿练琴房的门，只见安德烈亚先生像安了弹簧一样腾地站起来，离开他与欧仁妮小姐并排坐的琴凳。

阿尔贝笑呵呵地向丹格拉尔小姐致意，而丹格拉尔小姐丝毫也不慌乱，还像往常一样冷淡地回礼。

卡瓦尔坎蒂显然很尴尬，他向莫尔塞夫施了一礼，而莫尔塞夫答礼的

神态傲慢到了极点。

这时,阿尔贝又开始大肆赞扬丹格拉尔小姐的歌喉,并说听到这美妙的歌声,引起他无限遗憾,昨日未能参加歌唱晚会……

卡瓦尔坎蒂被冷落在一旁,他便把基督山拉开。

“好了,”丹格拉尔夫人说道,“弹琴唱歌也尽兴了,赞美的话也说够了,你们都来喝茶吧。”

“来吧,路易丝。”丹格拉尔小姐招呼她女友。

大家又到隔壁的客厅,只见茶点果然摆好了。

他们按照英国人的方式,将汤匙留在茶碗里,又忽见房门打开,丹格拉尔走进来,一脸明显的激动神色。

尤其基督山,更是注意他这种神态,便以目光询问银行家。

“是这样,”丹格拉尔说道,“我刚接到希腊的来信。”

“哦! 哦!”伯爵说道,“刚才把您叫走,就是为了这事儿?”

“对。”

“奥托国王玉体可康泰?”阿尔贝以极其诙谐的口气问道。

丹格拉尔侧目看了看他,并不回答。基督山转过身去,以便掩饰脸上刚流露出来又旋即消失的怜悯表情。

“等一会儿我们一起去,好吗?”阿尔贝对伯爵说道。

“好哇,如果您愿意的话。”伯爵回答。

银行家看他的那种眼神,阿尔贝根本无法理解,便转向一目了然的基督山。

“您看到了,”阿尔贝说道,“他那是怎么瞧我呢?”

“看到了,”伯爵回答,“不过,他那眼神里,您觉得有什么特别的吗?”

“我想是的,可是,他说希腊来的消息,究竟是什么意思?”

“我怎么知道呢?”

“因为我猜想,您在那个国家有耳目。”

伯爵又照例微微一笑,这是替代回答的一种方式。

“喏,”阿尔贝说道,“他又朝您走过来,我去恭维丹格拉尔小姐的绘

画，那位父亲趁这工夫，就可以同您聊聊了。"

"您若想恭维，那么至少，您应当恭维她的歌喉。"基督山说道。

"不行，那就落入俗套了。"

"我亲爱的子爵，"基督山说道，"您放肆无礼，还自鸣得意。"

阿尔贝嘴角挂着微笑，走向欧仁妮。

这工夫，丹格拉尔则凑到伯爵耳边说道：

"你给我出的主意太妙了，菲尔南和约阿尼纳这两个词，连着一大段骇人听闻的故事。"

"哦，是吗！"基督山说道。

"不错，到时候我讲给您听听。不过，您还是把这年轻人拉走：现在我同他在一起，简直是活受罪。"

"我正要这样做，他陪我一道走。现在，还有这个必要，让我把那位父亲给您打发来吗？"

"更加有此必要了。"

"好吧。"

伯爵向阿尔贝略一示意。

二人施礼告别两位女士：阿尔贝以完全无所谓的神情，对付丹格拉尔小姐的轻蔑态度；基督山则向丹格拉尔夫人重申他的劝告，一个银行家的妻子务应确保自己的前途。

卡瓦尔坎蒂先生掌握了这个战场。

第七十七章　海蒂

伯爵的马车在大马路一拐弯，阿尔贝便转过身来，对着伯爵敞声大笑，声音那么高，显然有点做作。

"怎么样，"阿尔贝对他说道，"我要问您就像圣巴托罗缪屠杀之夜[①]过后，查理九世问卡特琳·德·梅迪契：'我扮演的小角色，您觉得怎么样？'"

"您指什么事？"基督山问道。

"就是指我的情敌进驻丹格拉尔先生府……"

"哪个情敌？"

"还用问！哪个情敌？还不是受您保护的那位先生，安德烈亚·卡瓦尔坎蒂！"

"哎！可别乱开这种玩笑，子爵，我根本不保护安德烈亚先生，至少在丹格拉尔先生那里绝无此事。"

"我真要责备您这一点，假如那个年轻人需要保护的话。他幸好撞到我，就没有那个必要了。"

"怎么，您认为他在追求丹格拉尔小姐？"

"我敢向您保证这一点：他那对眼珠脉脉含情，说话也柔声细语，一

---

① 1572年8月24日，圣巴托罗缪节的夜晚，法国天主教徒大肆屠杀新教徒胡格诺派。这场大屠杀的主谋，就是王太后卡特琳·德·梅迪契，法国国王查理九世的母亲。

副坠入情网的样子。他正一心追求高傲的欧仁妮。咦,我刚吟了一句诗[①]! 凭良心讲,这可不是我的错。不管怎样,我再重复一遍:他正一心追求高傲的欧仁妮。"

"只要人家心中有您这又有什么关系?"

"您可别说这种话,我亲爱的伯爵,两边都不给我好脸。"

"什么,两边?"

"当然了,欧仁妮对我待答不理,而她的心腹,达米利小姐,就根本不答理我。"

"是这样,不过,她父亲特别赞赏您。"基督山说道。

"他? 恰恰相反,他往我心口儿不知捅了多少刀,当然,那是舞台道具的刀子,一捅刀刃就缩进刀柄里,不过他还真以为捅了多少伤口。"

"嫉妒就表明有情。"

"不错,但是我并不嫉妒。"

"他可嫉妒。"

"嫉妒谁? 嫉妒德勃雷吗?"

"不是,嫉妒您。"

"嫉妒我? 我敢打赌,不出一周,他就不让我登门了。"

"这您就错了,我亲爱的子爵。"

"有证据吗?"

"要我举出来吗?"

"对。"

"我接受委托,要去请德·莫尔塞夫伯爵来同男爵商议,最终确定此事。"

"受谁之托?"

"就是男爵本人。"

"噢!"阿尔贝极尽甜嘴巴舌之能事,说道,"这事儿您不会办,对不

① 指"他正一心追求高傲的欧仁妮"一句,原文为12音节,属亚历山大体。

对，我亲爱的伯爵？”

“您错了，阿尔贝，我既然答应了，就得去办。”

“真是的，”阿尔贝叹了口气说道，“看来您是非让我成亲不可。”

“我要同所有人都搞好关系，对了，关于德勃雷，我在男爵夫人那里怎么见不到他了？”

“闹翻了。”

“同男爵夫人闹翻了？”

“不对，是同男爵先生。”

“难道他发现了什么事儿？”

“哎！开什么玩笑！”

“您认为他有所察觉？”基督山问道，那副表情天真得可爱。

“说出这种话！您究竟是从哪儿来的呀，我亲爱的伯爵？”

“就算从刚果来的，随您怎么说。”

“那还不够远。”

“我知道你们巴黎的丈夫是怎么回事儿？”

“唉！我亲爱的伯爵，天下的丈夫全一个样，您在某个国家，只要研究了个人，就能了解整个民族。”

“那么，是什么原因，能让丹格拉尔和德勃雷反目呢？表面看来，他们相处得十分融洽啊。”基督山说道，又是一副天真的表情。

“唔！这事啊！这就等于窥视伊希斯[①]的秘密了，我可不是那女神的信徒。等小卡瓦尔坎蒂先生成了人家的门婿，您再问他去吧。”

马车停下来。

“我们到了，”基督山说道，“刚刚十点半，您上去坐坐吧。”

“好哇。”

“回头用我的马车送您回去。”

“不用，谢谢，我的马车一定跟来了。”

---

① 伊希斯，古埃及神话中司生育和繁衍的女神，能掌握世人的隐私和预知未来。

“果然不错，您的车来了。”基督山跳下车，说道。

二人走进宅邸，到了客厅，里面一直亮着灯。

“您去给我们准备茶点吧，巴蒂斯坦。”基督山吩咐道。

巴蒂斯坦一言未发，领命去了。刚过两秒钟，他就端着摆好茶点的托盘回来，仿佛童话里的食物，是从地下冒出来的。

“老实说，”莫尔塞夫说道，“我亲爱的伯爵，您最令我赞赏的地方，并不是您的财富，也许还有比您更富有的人；也不是您的智慧，博马舍的智慧不能说更高，总还算不相上下吧；令我赞赏的，是您受到服侍的方式：下人一句话也不问，当即，刹那间就办到，就好像他们听到您敲铃的方式，就猜出您想要什么，就好像您所需要的东西，全准备好了放在那里似的。”

“您这样讲倒也差不多。他们熟悉我的生活习惯。比如说，我让您瞧瞧：您喝茶的时候，不想做点什么事吗？”

“真的，我想抽烟。”

基督山走到铜铃跟前，敲了一下。

一秒钟之后，一道暗门就打开了，阿里拿着两支土耳其长管烟斗进来，里面装满了上等的拉塔基亚烟丝。

“真让人叫绝。”莫尔塞夫叹道。

“哪里，这简单得很，”基督山接口说道，“阿里知道，我喝茶或者喝咖啡的时候，一般要吸烟。他知道我吩咐上茶，而且知道我同您一起回来，再听见我叫他，便猜出叫他什么事，而且，他在以烟待客的国家，于是就不是拿来一根，而是两根长管烟袋。”

“当然了，这样解释也说得通。不过，也只有您办得到，这恐怕也是事实吧……咦！真的，我听见了什么声音？”

莫尔塞夫说着，朝房门俯过身去，倾听从里面传出的类似吉他的琴声。

“您真是命里注定啊，我亲爱的子爵，今晚算是躲不开音乐了：您刚刚逃脱丹格拉尔小姐的钢琴，又落入海蒂的独弦琴声里。”

“海蒂！多么悦耳的名字！这么说，在拜伦爵士的诗歌之外，还真有

名叫海蒂的女子啊?”

“当然了。海蒂这个名字,在法国很少见,可是在阿尔巴尼亚和埃皮鲁斯,却相当普通,就像你们这里叫贞洁呀,纯真呀,淑清呀什么的。按照你们巴黎人的说法,这是一种洗礼的教名。”

“嘿!这可真美妙!”阿尔贝说道,“我多希望看到我们法国姑娘名叫善良小姐、静默小姐、仁爱小姐!您说说看,丹格拉尔小姐,如果不像现在这样,名叫克莱尔-玛丽-欧仁妮,而是叫贞洁-纯真-无邪。丹格拉尔小姐,哈,这样写在结婚公告上,那该是什么效果啊!”

“疯子!”伯爵说道,“别这么放开嗓子开玩笑,会让海蒂听见您的。”

“那她会生气吗?”

“不会。”伯爵回答,神态十分高傲。

“她这人好脾气?”

“这不是好脾气的问题,而是她的本分。一名女奴,不能对主人生气。”

“算了吧!您也别开玩笑了。难道还有女奴吗?”

“当然了,因为海蒂是我的奴隶。”

“您的所作所为,的确处处与众不同。德·基督山伯爵先生的女奴,在法国也是一种身份啊。以您这样挥金如土的方式,女奴的身价,也得是每年十万埃居吧?”

“十万埃居!这可怜的孩子,从前拥有的可比这多得多。她降生在金银财宝堆上,而相比之下,《一千零一夜》里的金银财宝就不值一提了。”

“这么说,她真是一位公主啊?”

“您算说对了,甚至是她那国家最高贵的一位公主呢。”

“我早就料到了。可是这样一位高贵的公主,怎么又沦为奴隶呢?”

“暴君狄奥尼西奥斯①,怎么又沦为教书匠呢?战争变幻莫测,我亲爱的子爵,是命运的捉弄。”

“她的姓名保密吗?”

“对所有人都保密,但是对您则不同,亲爱的子爵,您是我的朋友,而且也不会往外讲,对不对,您肯答应我守口如瓶吗?”

“唔!我以人格保证!”

“您了解约阿尼纳帕夏的那段历史吗?”

“您是说阿里-台佩莱纳吧?当然了解,家父就是在他麾下发迹的。”

“不错,这情况我忘记了。”

“那么,海蒂是阿里-台佩莱纳什么人啊?”

“就是他的亲生女儿啊。”

“什么!阿里-帕夏的女儿?”

“阿里-帕夏和美丽的瓦西利姬的女儿。”

“她成了您的奴隶?”

“唔!我的上帝,对。”

“怎么会这样?”

“很简单!有一天,我经过君士坦丁堡的市场,就把她买下了。”

“真是天缘巧合!到了您身边,我亲爱的伯爵,那就不是活在世上,而是生活在梦境里。现在,请听我说,我有个不情之请。”

“您尽管说。”

“您既然同她一道出门,既然带她去歌剧院……”

“怎么样呢?”

“我能冒昧地向您提出这种请求吗?”

“无论什么请求,您都可以冒昧向我提出来。”

“那好,亲爱的伯爵,请把我介绍给您那位公主吧?”

---

① 狄奥尼西奥斯(约公元前395年—前340年),古希腊叙拉古一位僭主,战败后流亡到科林斯,当过教师。

“可以,不过有两个条件。”

“我先就答应了。”

“第一,这次引荐,您永远也不要告诉任何人。”

“很好,”莫尔塞夫伸出手来,“我发誓。”

“第二,您不能对她讲,令尊曾为她父亲效过力。”

“我也发誓。”

“很好,子爵,这两个誓言,您会牢记的,对不对?”

“哦,对!”阿尔贝回答。

“很好,我知道您是讲信誉的人。”

伯爵又敲了一下铜铃,再次唤来阿里。

“去告诉海蒂一声,”他对阿里说道,“就说我要去她屋里喝咖啡,让她明白,我请求允许把我一个朋友引荐给她。”

阿里俯首领命,便退下了。

“一言为定,不要直接发问,亲爱的子爵,您想了解什么事儿,就问我,再由我来问她。”

“一言为定。”

阿里第三次进来,擎着门帘,向主人和阿尔贝表示,他们可以进去了。

“我们进去吧。”基督山说道。

阿尔贝伸手拢了拢头发,又捻了捻小胡子。伯爵又戴上帽子和手套,引领阿尔贝走进套房:这套房是个堡垒,阿里犹如前哨,还有由米尔托指挥的三名法国侍女守卫。

海蒂在头一间屋里,即客厅里等候,她十分惊讶,瞪圆了两只大眼睛,因为,另一个男人要进入她的房间,这还是头一回,她在一个角落的沙发上盘腿坐着,就好像在最华丽的东方刺绣锦缎上筑了个小巢。她身边放着刚才发出琴声的那把乐器。她那样子很可爱。

她一瞧见基督山,就立刻站起来,脸上绽开她那特有的女人兼情人的笑容。基督山走到她面前,把手伸给她;而她照习惯吻了吻这只手。

阿尔贝愣在门口,一时惊呆了,这样奇异的美貌,有生以来他头一次

基督山走到她面前，把手伸给她；而她照习惯吻了吻这只手。

见到，在法国根本无法想象。

“你给我带来什么人?”少女用现代希腊语问基督山，“一个兄弟，一位朋友，一个寻常认识的人，还是一个仇敌?”

“一位朋友。”基督山也用同样的语言回答。

“他叫什么名字?”

“阿尔贝伯爵，就是我在罗马从强盗手中救出来的那个人。”

“你要我用哪种语跟他说话?”

基督山转向阿尔贝。

“您懂现代希腊语吗?”他问年轻人。

“唉!”阿尔贝回答,“就连古希腊语我也不会说,亲爱的伯爵。荷马和柏拉图从未有比我更糟糕的,我甚至敢说更不敬的弟子了。”

“那么,”海蒂说道,她通过发问表明,她听懂了基督山和阿尔贝的问答,“如果我的主人要我说话,我可以讲法语或者意大利语。”

基督山思索了一下,说道:

“你就讲意大利语吧。”

接着,他又转向阿尔贝:

“真遗憾,您听不懂现代希腊语和古希腊语,而这两种语言,海蒂讲得非常出色。可怜的姑娘,她不得不跟您讲意大利语,这也许会给您一个对她的错误印象。”

他向海蒂打了个手势。

“欢迎你,同我的老爷和主人一道来的朋友,”少女用纯正的托斯卡纳语说道,那柔和的罗马口音,使得但丁的语言与荷马的语言同样响亮,“阿里!上咖啡,拿来烟斗!”

阿里奉年轻的女主人之命,退下去办事,这时海蒂又用手示意阿尔贝靠近。

基督山向阿尔贝指了指两张帆布折椅,他们每人搬一把,放到一张独脚桌旁,只见小桌正中摆着一支水烟斗,旁边还放满鲜花、图画和乐谱。

“阿里拿来咖啡和烟斗,至于巴蒂斯坦先生,是不准进这间客厅的。”

阿尔贝推开黑奴递给他的长管烟斗。

“哎!接着,接着,”基督山说道,“海蒂有教养,几乎不逊于巴黎女子,她不喜欢难闻的气味,觉得哈瓦那雪茄太刺鼻,而您也知道,东方烟草是一种香料。”

阿里退下。

几杯咖啡都倒好了,还专为阿尔贝添了一个糖罐。基督山和海蒂不

加糖,以阿拉伯人的方式,饮用这种阿拉伯饮料。

海蒂伸出一只手,用粉红色的纤指尖,拿起日本瓷碗送到唇边,带着孩子般的天真乐趣品尝,就像喝一种或者吃一种喜爱的东西。

与此同时,两名侍女走进来,又端来两个托盘,放到两张专用的小桌子上,只见托盘上装着冰块和果汁雪糕。

“我亲爱的主人,以及您,夫人[①],”阿尔贝用意大利语说道,“请原谅我这么惊讶。让我看得目瞪口呆,这也很自然。我又置身于东方,名副其实的东方,绝非我可亲眼目睹的样子,而是我在巴黎市中心所梦想的情景;刚才我还听见巴黎公交马车行驶的声响,商贩叫卖柠檬汁的铃声。夫人啊!……只可惜我不会讲希腊语,否则,在这样的仙境,再同您谈话,我过上这样一个夜晚会终生难忘的。”

“我意大利语讲得还行,能同您谈话,先生,”海蒂平静地说道,“如果您喜爱东方,我就尽量让您在这里感到又仿佛回到东方。”

“我可以对她讲些什么?”阿尔贝低声问基督山。

“您随意,讲什么都行:谈她的国家、她童年时代、她的回忆;还有,如果您愿意,也可以谈谈罗马、那不勒斯或者佛罗伦萨。”

“面对一位希腊女郎,就没有必要重复对巴黎女士的话题,让我同她谈谈东方吧。”

阿尔贝转向海蒂。

“请问夫人,是在几岁离开希腊的?”他问道。

“五岁。”海蒂回答。

“您还记得自己的祖国吗?”阿尔贝又问道。

“我一闭上眼睛,就又看到我见过的一切。人有两种视觉:肉体的视觉与心灵的视觉。肉体的视觉有时可能遗忘,但是心灵的视觉总会记着。”

“您能回想起来最早是什么时候?”

---

① 原文为意大利文,是尊称。

“我刚学走路的时候。我母亲，人称瓦西丽姬（瓦西丽姬意思是尊贵的，姑娘抬起头补充一句），我和母亲把自己的所有金币装进一个钱袋，母女俩都戴上面纱，她拉着我的手，一同上街去为囚犯募捐，嘴里念叨：施舍给穷人就是放贷给天主。等我们的钱袋装满了，我们就回到王宫，什么也不对父亲讲，将行人把我们当作穷人施舍的钱，全部交给修道院的长老，再由他分发给囚犯。”

瓦西丽姬

"那时候您几岁了?"

"三岁。"海蒂回答。

"那么从三岁开始,您周围发生的事,都还记得吧?"

"都记得。"

"伯爵,"莫尔塞夫悄声对基督山说道,"您应当允许夫人给我们讲述一点她的身世。您不准我向她提起家父,但是,也许她会谈到。您想象不出,从这样一位美人的口中说出他的名字,我听到该有多高兴。"

基督山转向海蒂,挑一挑眉毛示意,要她特别认真听从他的嘱咐,然后用希腊文对她说道:

"讲讲你父亲的命运,但是不要提起那叛徒的姓名,也不要谈背叛的事实。[①]"

海蒂长叹一声,十分明净的额头便升起阴云。

"您对她说什么?"莫尔塞夫又悄声问道。

"我再次对她说,您是一位朋友,她在您面前不必隐瞒什么。"

"为囚犯募捐的那件往事,"阿尔贝说道,"看来是您最早的记忆了,此外,还记得什么呢?"

"还记得什么?记得我在湖畔埃及无花果树下,现在仿佛还看见透过枝叶望见的粼粼湖水;我父亲背靠着最古老、最茂盛的那棵树,坐在垫子上,我母亲则躺在他的脚旁边。当时我很小,拂弄着父亲垂到胸前的白胡子,抚摸他挂在腰带上的那把手柄镶钻石的弯刀。不时有一名阿尔巴尼亚人来向他报告,说的什么话我没有注意,而父亲总是以同样的声调回答:'杀!'或者'赦!'"

"这实在奇妙,"阿尔贝说道,"听到一位姑娘不是在舞台上讲述这种事情,而且边听边想:这绝不是编造的故事。"阿尔贝又问道:"您见惯了那样极富诗意的视野,见惯了那种遥远的神奇境界,现在,您看法国如何呢?"

---

① 原文为希腊文。

“我认为这是个美丽的国家，”海蒂答道，“但是，我看到的是原本原样的法国，因为我是以成年女子的眼睛观赏的；反之，我的祖国，我仅仅以孩子的目光见过，因而总蒙上一层光灿的或者暗淡的雾气，也就是说在我的眼里它时而是温柔之乡，时而是痛断肝肠之地。”

“当时您年龄那么小，夫人，”阿尔贝顶不住俗见的力量，不由得问道，“怎么还能感到痛苦呢？”

海蒂的目光移向基督山，他难以觉察地给个眼色，咕哝一声：

“讲吧。[①]”

“一个人最初的记忆，比什么都更能构成心灵的底蕴；除了我刚才对您讲的那两件，我童年的所有回忆都是悲伤的。”

“谈谈吧，谈谈吧，夫人，”阿尔贝说道，“我向您保证，我怀着难以言传的喜悦听您讲述。”

海蒂苦笑一下。

“您是希望我转而谈别的记忆吗？”她问道。

“我恳求您讲一讲。”

“好吧，我四岁那年，一天夜晚我被母亲叫醒。我们是在约阿尼纳的王宫，母亲把我从睡垫上抱起来，而我睁开眼睛，却见她泪水盈眶。”

“她什么也不说，抱起我就走。”

“我见她流泪，就要跟着哭了。”

“‘住声，孩子！’”她说道。

“我跟所有孩子一样任性，往往不顾母亲的安慰或者威吓，总是哭个不停；然而这次，我母亲的声调流露出极大的恐惧，我当即吓得不哭了。”

“她抱着我快步走了。”

“当时我看见，我们是走下一座宽大的楼梯的，我母亲的侍女都走在我们前面，她们每人都拿着箱子，提着袋子，带走珠宝首饰和金币，沿着同一座楼梯走下去，确切地说是冲下去。”

---

① 原文为希腊文。

“在妇女的身后，是二十人组成的卫队，他们手持长枪和手枪，身穿的那种军服，自从希腊重新成为独立的国家之后，你们在法国是很熟悉的。”

“请相信我，那场面显示大难临头了。”海蒂摇着头补充道，而且只要一回想脸就变色。

“女奴和侍女拉着长长的队列，她们一个个睡眼惺忪，懵懵懂懂，也许我是自己还未睡醒，看别人也都睡意蒙眬。”

“楼梯上奔跑着巨大的身影，并由松枝火把摇曳不定地投上王宫的穹顶。”

“‘赶快！赶快！’走廊深处传来吼声。”

“那声音让所有人俯身低着，仿佛田野的一阵大风，吹得小麦弯下去。”

“那声音，我听了也浑身颤抖。”

“那正是我父亲的声音。”

“他走在最后，身穿华丽的王袍，手持贵国皇帝赠送给他的马枪，另一只手扶着他的亲随塞利姆，他驱赶着我们，就像牧人驱赶迷途的羊群。”

“我父亲，”海蒂抬起头，接着说道，“是一位赫赫有名的人物，他的阿里-台佩莱纳，约阿尼纳的帕夏的名字传遍欧洲，土耳其曾在他面前吓得发抖。”

讲这番话的声调难以描摹，十分高傲，又大义凛然，阿尔贝听了，不知何故浑身一抖，就觉得姑娘的眼里，闪现一道阴沉而可怕的光亮：她就像女巫呼唤幽灵一样，唤醒这段血淋淋的记忆，而她父亲正因为惨死，在当代欧洲的心目中就显得特别高大了。

“我们很快就停下脚步，”海蒂继续说道，“到了阶梯下面，到了湖畔了。母亲把我紧紧搂在怦怦心跳的怀里，我看到在我们身后两步远的地方，我父亲不安地四处张望。”

“我们眼前有四级大理石阶，最后一级下面摇弋着一只船。”

阿里-台佩莱纳，约阿尼纳的帕夏

“从我们所在的位置，能望见湖心耸立着一个黑乎乎的庞然大物：那是我们要去的湖心亭。”

“也许由于夜色很浓，我觉得那亭子遥不可及。”

“我们走下台阶，上了船。我还记得船桨划水悄无声息；我俯身看桨，发现桨叶缠上了我们卫兵的腰带。”

“船上除了几名桨手，只有那些侍女、我父母、塞利姆和我。”

“卫兵留在湖边，单腿跪在最后一级台阶上，如有敌兵追来，上面三

级台阶就是一道防御工事。”

“我们的船疾驶如风。”

“‘船为什么走得这么快？’我问母亲。”

“‘嘘！我的孩子，’她答道，‘我们在逃命。’”

“我不明白。我父亲为什么要逃命？往常他无比强大，都是别人见了他逃之夭夭，他的座右铭便是：他们恨我，因而他们怕我。”

“我父亲湖上之行，的确在逃命。后来他告诉我，约阿尼纳城堡的守军，由于长期作战，已经疲惫不堪……”

海蒂讲到这里，富有表情的目光便停在基督山的身上，而基督山的目光也不再离开她的眼睛。姑娘又往下讲，但是语调缓慢，如同一个人边讲边添加或削减一些情节。

“您是说，夫人，”阿尔贝接口说道，这段叙述他听得十分专注，“约阿尼纳城堡的守军，长期作战，已经疲惫不堪……”

“因而同苏丹派来打我父亲的统帅库尔希德谈判了。于是，我父亲派他完全信任的一名法兰克军官去见苏丹，决定退避到他早就经营的地方，他称之为卡塔菲基翁，即他的避难所。”

“而那名军官，”阿尔贝问道，“他的姓名，您还记得吗，夫人？”

基督山同姑娘交换一下眼色，但疾如闪电。没有让莫尔塞夫发现。

“不记得，”姑娘回答，“想不起来了，以后可能想起来，我再告诉您。”

阿尔贝正要讲出他父亲的名字，却见基督山轻轻一抬手指，示意保持沉默，年轻人这才想到自己的誓言，就没有再说话。

“我们的船朝湖心亭划去。”

“湖心亭的一层装饰成阿拉伯风格，四周的平台浸在湖水中，第二层的窗户临湖，这便是这座亭阁看得见的部分。”

“但是，一层的下面还有个地下室，是向小岛下面凿出来的宽敞洞穴，母亲和我，以及侍女都被带进去；里面还堆放着六万只钱袋，装有两个五百万枚金币，还堆放着二百只木桶，盛着三万斤炸药。”

“我父亲的亲随塞利姆守着炸药桶，日夜不离开。他手持长矛的顶

湖心亭

端点着药捻，只要父亲一声令下，他就炸毁一切，包括亭子、卫士、帕夏、妇女和金钱，统统炸毁。"

"记得我们的女奴都知道，可怕的炸药就在身旁。她们吓得日夜祈祷，总是哭哭啼啼，哀叹不已。"

"至于我，眼前始终浮现那年轻卫士苍白的脸和乌黑的眼睛。等日后死亡天使降临我身边那一刻，我肯定会认出那是塞利姆的模样。"

"我无法告诉您，我们那样待了多久，那个时期，我还没有时间概念。

有那么几次，但是很难得，父亲叫我们上去，母亲和我就到亭阁的平台上，这是我的快活时光，因为待在地下室里，我只能看见哀伤的身影，以及塞利姆那根燃着药捻的长矛。父亲坐在一大扇窗户前，阴沉的目光凝望着远方，探问湖面上出现的每个小黑点。母亲半卧在他身边，头偎在他的肩上；我就在他脚边玩耍，用孩子那种看什么都显大的惊叹目光，观赏耸立在天边的品都斯山脉[①]的悬崖峭壁、从蓝色湖水中冲出的棱角分明的白色的阿尼纳城堡，观赏无边无际的墨绿色山林，那丛林远眺就像覆盖山岩的地衣，就像一层苔藓，但是走到近前就会看清，那全是参天的冷杉和高大繁茂的香桃树。"

"一天早晨，父亲派人来叫我过去。我们看到他很平静，但是脸色比平日更苍白了。"

"'耐心点儿吧，瓦西丽姬，今天，一切就将结束；今天，苏丹的诏书就到了，决定我的命运。如能得到完全赦免，我们就胜利了，再回到约阿尼纳；如是坏消息，今夜我们就逃走。'"

"'可是，如果他们不放我们逃走呢？'母亲问道。"

"'唔！放心吧，'阿里微笑着回答，'有塞利姆和点燃药捻的长矛替我对付我们。他们想要我的命，但又不同意和我同归于尽。'"

"这种安慰话并非发自父亲的内心，母亲听了只是叹息，没有应答。"

"父亲自从退避到湖心亭，就一直发高烧，总喝母亲给他准备的冰水。母亲还给他雪白的长胡子洒香水，有时给他点上烟斗，而他往往一连几小时，眼睛出神地望着缭绕的烟雾。"

"他猛地一动，十分突然，把我吓坏了。"

"接着，他目不转睛，盯住吸引他注意的黑点，并吩咐递给他望远镜。"

"母亲把望远镜递给他，便靠在大理石柱上，她的脸色比大理石还惨白。"

---

① 品都斯山脉，希腊境内的山脉，是希腊神话中诸神居住的仙山。

"我看见父亲的手在发抖。"

"'一只船!……两只!……三只!……'父亲喃喃说道,'四只!'……"

"于是他站起来,抓过武器,那情景我还记得,他往枪筒里塞火药。"

"'瓦西丽姬,'他浑身明显地颤抖,对我母亲说道,'决定我们命运的时刻到了,再过半小时,我们就知道至高无上的皇帝的答复了,你和海蒂躲进地下室去。'"

"'我不愿意离开您'瓦西丽姬说道,'我的主人,如果您死了,我要同您死在一起。'"

"'你们都到塞利姆身边去!'我父亲吼道。"

"'别了,老爷!'我母亲讷讷地说道,她只好从命,一躬到地,如同生离死别。"

"'把瓦西丽姬带走!'父亲命令他的卫士。"

"可是,我却被人遗忘,我跑到他跟前,双手伸向他。他这才看见我,朝我俯下身,吻了吻我的额头。"

"唉!这个亲吻,是最后一个,它还印在我的额头上。"

"我们往下走时,从平台的葡萄架的缝隙中望去,只见湖面上的船影越来越大。刚才还只是几个黑点,这会儿就像贴着粼粼湖波飞行的水鸟了。"

"这工夫,湖心亭里二十名卫士坐在我父亲脚下方,隐蔽在细木护壁板的后面,他们端着镶嵌螺钿和银片的火枪,瞪着血红的眼睛,盯着驶来的船只,而地板上散放着大量的子弹。我父亲看着怀表,惶恐不安地来回踱步。"

"我接受父亲最后一次亲吻之后,要离开他时,这就是给我极深印象的场景。"

"母亲和我又走进地下室。塞利姆坚守自己的岗位,他忧伤地冲我们微微一笑。我们去洞穴的另一端,拿来垫子,回头坐到塞利姆的旁边:面临巨大危险的时候,忠诚的心就要贴近,我虽是个孩子,但是本能地感

到我们大难临头了。"

那位约阿尼纳总督的最后时刻，阿尔贝经常听人讲述，但是听别人讲的，他父亲一直绝口不提。他也读过有关总督之死的不同记载，然而，这段历史由这姑娘亲历亲口讲出，就变得格外生动了：这种富有表现力的语气、这种哀婉的情调，以其难以形容的魅力和恐怖，深深地打动了他的心。

海蒂则完全沉浸在这种可怕的回忆中，一时间住了口。她的额头，宛若暴雨天低垂的一朵花，一直垂到她手上；她的眼睛，神色恍惚迷离，仿佛又看到天边苍翠的品都斯山脉、约阿尼纳湖碧蓝的湖水——映现她所描绘的悲惨场景的魔镜。

基督山注视着她，那副关切和怜悯的表情难以描摹。

"讲下去吧，我的孩子。"伯爵用现代希腊语说道。

海蒂又抬起头，就好像被基督山响亮的话语从梦中唤醒，她又讲道："穴里只有一点亮光，好似漆黑的夜空闪烁的一颗星：那是塞利姆的药捻儿。我母亲是基督徒，她在祈祷。"

"塞利姆不时重复这些圣言：

"'上帝是伟大的！'"

"不过，我母亲还抱着几分希望。刚才往下走的时候，她好像认识来者，正是派往君士坦丁堡的那个法兰克人；而我父亲对那人完全信任，因为他知道，法国苏丹的士兵，一般来说心地高尚，侠肝义胆。母亲朝楼梯走了几步，侧耳细听。"

"'他们快到了'她说道，'但愿他们带来的是和平和生命。'"

"'你怕什么呢，瓦西丽姬？'塞利姆回答，声音十分甜美，又十分骄傲，'他们带来的如果不是和平，那么我们就给他们死亡。'"

"他说着，又把药捻吹旺，他那举动，特别像古代克里特岛上的狄俄尼索斯[1]。"

"然而，我年龄太小，又太天真，害怕他这种勇气，觉得这未免残酷和

① 狄俄尼索斯，希腊神话中的酒神。

疯狂，我恐惧这种死亡，在火光中炸得血肉横飞的死亡很恐怖。”

“我母亲也有同感，因为我感到她在发抖。”

“‘我的上帝！我的上帝，妈妈！’我喊道，‘我们是要死了吗？’”

“一听我的叫声，女奴们的哭泣和祈祷又变本加厉了。”

“‘孩子，’瓦西丽姬对我说道，‘上帝会保佑，不让你遭遇你今天害怕的死亡。’”

“接着，她又压低声音问道：

“‘塞利姆，主人给你的是什么命令？’”

“‘如果他派人给我送来他的匕首，那就意味着苏丹不肯赦免他，我就点响炸药桶；如果他派人给我送来他的戒指，那就意味着苏丹宽恕他了，我就把火药桶交出去。”

“‘朋友，’我母亲又说道，‘等主人的命令发到，如果送来的是匕首，那么我们就把脖颈伸给你，你用那把匕首杀死我们，不要让我们二人死于那种令我们恐怖的方式。’”

“‘好吧，瓦西丽姬。’塞利姆平静地回答。”

“突然，我们听见类似大喊大叫的声音；再一仔细倾听：那正是欢呼声，卫士们不断地高呼派往君士坦丁堡的那个法兰克人的名字。显而易见，他带回了至高无上的皇帝的答复，而那是有利的答复。”

“那人的名字，您想不起来了吗？”莫尔塞夫说道，他准备帮助讲述的姑娘回忆。

基督山向她丢个眼色。

“我想不起来了。”海蒂答道。

“叫喊声越来越响，脚步声也更近了，有人顺着台阶走下洞穴。”

“塞利姆举起他的长矛。”

“在阳光透进洞口所形成的幽蓝的光亮中，很快出现一个人影。”

“‘什么人？’塞利姆喝道，‘不管你是谁，都不准再走一步。’”

“‘光荣属于苏丹！’那人影说道，‘阿里总督完全得到赦免，他不仅保全了性命，财富和产业也都归还了。’”

“我母亲欢叫一声，把我紧紧搂在怀中。”

“‘站住！’塞利姆见她要冲出洞口，便对她喊道：‘你知道，我必须见到戒指。’”

“‘是这样。’母亲说道，随即跪到地下，把我举起来，她为我祈祷上帝的时候，还要把我举向上帝。”

海蒂极度激动，又第二次住口了，她那苍白的额头滚下汗珠，声音哽咽，仿佛难以通过她那干涩的喉咙。

基督山往杯子倒了些冰水，递给她，用透着命令的温柔语调说道：

“拿出勇气来，我的孩子！”

海蒂擦了擦眼睛和额头，继续讲述：

“当时，我们的眼睛适应了黑暗，认出来人是帕夏的使者：那是一位朋友。”

“塞利姆也认出他来，但是这个忠诚的年轻人只认一件事：服从主人的命令！”

“‘是谁派你来的？’他问道。”

“‘是我们的主人，阿里-台佩莱纳派我来的。’”

“‘既然是阿里派你来的，你就应该知道要交给我什么吧？’”

“‘知道，’使者答道，‘我给你送来他的戒指。’”

“他说着，一只手就举过头顶，但是他离得太远，光线又暗，塞利姆从所在的位置，难以辨识向他出示的物品。”

“‘我看不见你拿的是什么。’塞利姆说道。”

“‘那你就过来，’使者说道，‘或者让我过去。’”

“‘两种办法都不成，’年轻的士兵回答，‘你就把东西放在你站的地方，放在那束光亮下面，然后退出去，等我看清楚了再说。’”

“‘好吧。’那使者答道。”

“他把信物放到指定地点，便退了出去。”

“我们的心剧烈地跳动：因为那件东西，在我们看来确实像一枚戒指。不过，那真是我父亲的戒指吗？”

"塞利姆手不离燃着药捻的长矛，他走到洞口，满脸喜悦地俯下身去，拾起在光亮中的那件信物。"

"'主人的戒指，'他吻了一下，说道，'一点不错！'"

"于是，他将燃着的药捻扔到地上，用脚踏灭。"

"那使者欢叫一声，又拍了拍巴掌。听见这一暗号，库尔希德手下的四名土耳其兵当即冲进来，塞利姆身中四刀倒下。每个人都下了手。"

塞利姆身中四刀倒下。

“他们虽然吓得面失血色，但是沉醉在他们的罪恶行为中，都冲进洞穴里，到处寻找是否还有火星儿，同时在钱袋上打滚。”

“这工夫，母亲一把将我抱起来，敏捷地钻进只有我们知道的弯弯曲曲的地道，一直走到亭阁的隐秘楼梯，听见亭阁里沸反盈天。”

“亭阁的底层各厅室都挤满了库尔希德的土耳其兵，也就是我们的敌人。”

“我母亲正要推开小门的当儿，我们忽然听见帕夏那威慑的可怕声音。”

“我母亲把眼睛贴在木板门缝上，我眼前正巧也有一道缝隙，我往里张望。”

“‘你们要干什么？’我父亲对那些人说，他们当中有一个拿着一张写有金字的纸。”

“‘我们就是要向你传达陛下的旨意，’一个人说道，‘你看见这道圣旨了吧？’”

“‘我看到了。’我父亲回答。”

“‘那好，念念吧，是要你脑袋的。’”

“我父亲一阵狂笑，比发出的威胁还可怕；笑声未落，他那两只手枪就打响了，撂倒了两个人。”

“匍匐在我父亲周围的卫兵都跃身而起，一齐开火；一时间屋里枪声大作，充满了火光和硝烟。”

“与此同时，对方也开了火，飞弹射穿了我们周围的板壁。”

“啊！我父亲，阿里-台佩莱纳总督，手握弯刀，满脸被火药熏黑，挺立在枪林弹雨中，显得多么英武、多么高大啊！他的敌人纷纷逃窜！”

“‘塞利姆！塞利姆！’他喊道，‘火捻卫士，履行你的职责吧！’”

“‘塞利姆死了！’一个声音回答，仿佛发自亭阁的深处，‘而你，我的阿里大人，你完蛋啦！’”

“话音未落，只听一阵沉闷的枪声，我父亲周围的地板都炸开了。”

“土耳其兵在下面透过地板往上射击。三四名希腊卫士被下面射上

阿里-台佩莱纳总督挺立在枪林弹雨中。

的子弹射穿身体,倒了下去。”

“我父亲大吼一声,手指插进子弹打出的洞眼,用力掀开一块地板。”

“然而,从这个缺口立时一阵乱射,好似火山口喷发,火焰吞没了室内帷幔。”

“震耳欲聋的枪声一片,凄厉可怖的喊声一片;而在这片枪声中,有两声更加清晰,在这片喊声中,有两声更加揪心,吓得我浑身血液都冻住了。这两枪击中我父亲的致命处,这两声喊叫正是他发出来的。”

“可是,他双手抓住窗台,一直挺立着。我母亲摇晃门扇,要同他死

在一起，不料那扇门反锁着。”

“在他周围，垂死的卫兵抽搐着身体，只有两三名卫兵没有受伤，或者仅受轻伤，他们跳窗夺路而逃。就在这工夫，地板咯咯作响，整个要塌下去。我父亲已经单膝着地，这时多少条手臂伸过去，拿着马刀、手枪和匕首，同时打击一个人，这些吼叫的恶魔喷出的熊熊烈焰，吞没了我父亲，就好像地狱在他脚下裂开了。”

“我也感到自己滚到地下，我母亲昏倒了。”

海蒂垂下双臂，呻吟一声，眼睛注视伯爵，似乎询问对她的顺从态度，他是否满意。

伯爵站起身，走到她面前，拉起她的手，用现代希腊语对她说道：

“你歇息吧，亲爱的孩子，重新鼓起勇气，要想到上帝会惩罚那些叛徒的。”

“这段历史令人发指，伯爵，”阿尔贝说道，他见海蒂面无血色就吓坏了，“现在我真后悔，这样冒昧请求讲述，实在太残忍了。”

“这倒没有什么。”基督山回答。

接着，他将一只手放在姑娘头上。

“海蒂，”他继续说道，“是一个勇敢的姑娘，这些痛苦的往事，她在讲述中，有时也能寻求些安慰。”

“这是因为，我的老爷，”姑娘急忙接口道，“这是因为，我的痛苦让我想起你的恩情。”

阿尔贝怀着好奇的心理看着她，因为，她还根本没有讲到他最渴望了解的情况，即他是如何成为伯爵的奴隶的。

海蒂从伯爵的眼神和阿尔贝的眼神中，同时看出了同样的渴望。

她接着讲道：

“等我母亲恢复知觉了，我们就被带到土耳其的统帅面前。

“‘杀了我吧，’我母亲说道，‘但是请您保全阿里遗孀的贞节。’

“‘你根本不应当求我。’库尔希德说道。

“‘那该求谁？’

"'求你的新主了。'

"'哪一位?'

"'就是他。'

"库尔希德指给我们看的一个人,正是害死我父亲出力最大的一个。"姑娘脸色阴沉,满腔悲愤地说道。

"那么,"阿尔贝问道,"那个人就拥有你们了?"

"不,"海蒂回答,"他不敢把我们留下,就把我们卖给奴隶贩子。奴隶贩子带我们穿越希腊,前往君士坦丁堡,到了皇城门,我们都半死不活了,那里挤满了看热闹的人,他们纷纷闪开让我们通过。忽然,我母亲也顺着他们的目光望去,不禁惨叫一声,指给我看城门上悬挂的一颗人头,便一头栽倒了。"

"那颗人头的下方写了这样一行字:

这就是约阿尼纳帕夏,阿里-台佩莱的脑袋。

"我哭着想扶起我母亲:她已经断气了。"

"我被带到市场。一个有钱的亚美尼亚人买了我,他让我接受教育,请来教师教我各门技艺,等成长到十三岁,就把我卖给了马哈茂德苏丹。"①

"我对您讲过,"基督山说道,"我又从苏丹手里把她买出来,代价就是那块祖母绿,和我装印度大麻的那颗相同。"

"唔!你善良,你伟大,我的老爷,"海蒂说着,就吻了基督山的手,"能够属于你是我的福气!"

阿尔贝听了这番叙述,一时意绪恍惚,神不守舍。

"您这杯咖啡都喝下吧,"伯爵对他说道,"这段身世讲完了。"

---

① 马哈茂德二世(1785—1839),奥斯曼帝国苏丹,1808—1839 年在位。

奴隶市场

第七十八章　约阿尼纳来信

弗朗兹失魂落魄，踉踉跄跄地走出努瓦蒂埃的房间，连瓦朗蒂娜见了，也不免对他油然而生怜悯。

维尔福也只是讷讷地讲了几句话，前言不搭后语，就赶紧躲进他的书房，两小时之后，他收到这样一封信：

> 鉴于今天上午所披露的事情，料想努瓦蒂埃·德·维尔福先生不会认为，他的家族与弗朗兹·德·埃皮奈先生的家族还可能联姻。今天上午所讲述的事件，德·维尔福先生看来早已知晓，他却没有关照对方，对此弗郎兹·德·埃皮奈先生感到万分惊骇。

这位检察官突遭打击，完全垂头丧气了。此刻的模样，谁见了都会认为他始料不及。的确，他怎么也没有想到，父亲竟会如此直言不讳，确切说来，竟会如此鲁莽粗暴，连这样一段历史也和盘托出了。固然，努瓦蒂埃先生不屑理会儿子的见解，也从未费心在维尔福面前澄清这件事；因此，维尔福始终认为，德·凯内尔将军，或者德·埃皮奈男爵，随便怎么称呼，叫他本姓还是他的封号都可以，他是遭人谋害，而非毙命于一场正当的决斗。

这封信措词如此严厉，却出自于一个对他始终十分恭敬的青年之手，

这对像维尔福这样一个人的自尊心，不啻是一次致命的打击。

他刚到书房，他妻子跟着也进来了。

弗朗兹被努瓦蒂埃先生唤走，众人无不深感诧异。客厅里只剩下德·维尔福夫人一个人，陪伴公证人和证婚人，她的处境随着时间的拖延，变得越来尴尬了。最后，她终于决定先离开一下，说是去问问情况。

德·维尔福先生仅仅告诉她，在他和努瓦蒂埃先生，以及德·埃皮奈先生之间，经过一番解释之后，瓦朗蒂娜和弗朗兹的婚事就取消了。

可是这种话，很难传达给那些等待的人。因此，德·维尔福夫人回到客厅，也只是说他们谈话刚刚开始，努瓦蒂埃先生就中风了，婚约也就自然要推迟数日签署了。

这条消息虽然虚假，可是在两个同样的不幸事件之后，来得十分蹊跷，在场的人都不免惊愕；面面相觑，都一言不发就离去了。

在这工夫，瓦朗蒂娜实在是又喜又惧，她拥抱了体残的老人，感谢他一举砸断她本无望挣脱的锁链，然后请求回房间静一静心；努瓦蒂埃则用目光表示，答应她的请求。

然而，瓦朗蒂娜并没有上楼回房间，而是一出老人的屋，便穿过走廊，从一道小门出去，冲进花园。接连发生了这么多事，一种隐约的恐惧感始终压在她的心头。莫雷尔随时都可能出现在她眼前，那副带有几分威胁的苍白面孔，活像跑到露西·德·拉默莫尔的婚约签字仪式上的雷文斯伍德领主[①]。

她的确来得正是时候：马克西米连早就守铁栅门了。马克西米连见弗朗兹同德·维尔福先生一道离开公墓，便看出了苗头，跟踪而去，眼看他进入府中，随后又出去，并带着阿尔贝和夏多-雷诺一道回来了。在马克西米连看来，事情已经毫无疑问了，于是，他就冲进菜园里，准备应付任何情况，确信瓦朗蒂娜一有抽身的机会，就会跑来找他。

他所料一点不差：他的眼睛贴在木板缝上，果然瞧见年轻姑娘出现

---

① 英国作家司各特的小说《拉默莫尔的未婚妻》中的人物。

了。这回,她丝毫也不顾往常的谨慎措施,径直跑向铁栅门,马克西米连看了她一眼就放宽心了,听她说一句话就乐得跳起来。

“得救啦!”瓦朗蒂娜说道。

“得救啦!”莫雷尔重复道,他简直不敢相信这样的喜讯,“是谁救了我们?”

“是我祖父。唔! 您要好好爱他呀,莫雷尔!”

莫雷尔便发誓,一定全心全意爱这位老人,而且,他发这个誓言丝毫也不费劲。因为此刻,他何止要把老人当作朋友或者祖父去热爱,还要把他当作神那样去崇拜。

“到底是怎么个情况?”莫雷尔问道,“他使用了什么奇妙的办法?”

瓦朗蒂娜开口刚要把事情经过讲一遍,却转念一想,这一切的背后隐藏一件骇人的秘密,绝不仅仅是她祖父一个人的事了。

“等以后的吧,”她说道,“我会从头至尾讲给您听。”

“等什么时候啊?”

“等我做了您妻子。”

一拉到这个话题上,莫雷尔就什么都好说了,他甚至会意了解这些情况应该知足了,仅一天工夫,了解算是相当多了。然而,他要求第二天傍晚再见面,直到瓦朗蒂娜答应了才肯离去。

瓦朗蒂娜答应了莫雷尔的要求。她看什么都变了,现在觉得嫁给马克西米连也不是难事了,比一小时之前没法不嫁给弗朗兹还容易。

这工夫,德·维尔福夫人上楼,走进努瓦蒂埃的房间。

努瓦蒂埃还一如既往,用阴沉而严厉的目光接待她。

“先生,”她对老人说道,“无需我告诉您,瓦朗蒂娜的婚约取消了,既然事情就是在这里发生的。”

努瓦蒂埃毫无反应。

“不过,先生,”德·维尔福夫人接着说道,“有一个情况您并不了解,我始终反对这门亲事,只是无力阻止。”

努瓦蒂埃注视儿媳妇,表明他在等待解释。

“您厌恶的这门婚事，现在既然取消了，我就来跟您谈件事儿，这事儿，无论德·维尔福先生，还是瓦朗蒂娜，都是万难开口的。”

努瓦蒂埃的目光探问要谈什么事。

“我来请求您，先生，”德·维尔福夫人接着说道，“在这件事上，我是唯一无利可图的人，因而是唯一有权谈及的人；我来请求您还给您孙女，我指的当然不是您的宠爱，因为她一直享有，而是您的财产。”

努瓦蒂埃的眼神一时游移不决，他显然是在考虑此举的动机，但是未能找到。

“我能否期望，先生，”德·维尔福夫人说道，“我的请求合乎您的意图吗？”

“是的。”努瓦蒂埃表示。

“既然如此，先生，”德·维尔福夫人又说道，“我既感激又高兴，这就告退了。”

她说着，向努瓦蒂埃先生施了一礼，便退出去了。

到第二天，努瓦蒂埃果然就让人请来公证人：头一份遗嘱当面撕毁，又新立了一份，申明他的财产全部留给瓦朗蒂娜，唯一的条件是不把孙女同他分开。

于是外界有人算了一下，德·维尔福小姐，已经继承了德·圣-梅朗侯爵夫妇的遗产，如今又重新获得祖父的宠爱，因而有朝一日，她的财产可以达到三十万利弗尔年金。

且说维尔福府上婚约生变，而德·莫尔塞夫伯爵先生这边，接待了基督山的造访，因而少不得要去见见丹格拉尔；他为了表示趋奉之意，还特意穿上他那套少将军服，佩戴上全部十字勋章，又吩咐套上府里最好的马匹。他这样精心装扮之后，便驱车前往受色-当坦大街，让人向丹格拉尔先生通报。

这位银行家正在月终结账，而且一段时间以来，谁在他月结的时候登门，就别想他给好脸色。

因此，丹格拉尔一见老朋友来了，就大摆起架子来，端坐在他的扶手

椅上。

而莫尔塞夫，平时拘板到极点，这回却一反常态，摆出一副笑容可掬的样子，他算准只要开诚布公，就会受到欢迎。因此他开门见山，丝毫也不拐弯抹角了。

“男爵，”他说道，“我来了。我们围绕着我们当年的诺言，已经转悠很长时间了。”

莫尔塞夫本以为，银行家给那副阴沉的脸，是怪他很久不提此事的缘故，现在一听到这种痛快话，肯定会豁然开朗；谁料情况恰恰相反，那张脸却变得更加漠然，更加冷淡了，简直令人难以置信。

这就是为什么，莫尔塞夫的话刚说一句，就打住了。

“什么诺言啊，伯爵先生？”银行家问道，就好像他搜索枯肠，也没有弄明白将军说的是什么意思。

“噢！”伯爵说道，“您也太看重形式了，我亲爱的先生，您是在提醒我，婚姻这件事，各种礼仪一样也不能少。真的，很好！请您原谅，我只有一子，这还是头一次打算让他成亲，因此我还得学着点儿：好吧，我照礼数来做。”

莫尔塞夫说着，硬挤出一张笑脸，站起身来，对着丹格拉尔深施一礼，又对他说道：

“男爵先生，我为我儿子，阿尔贝·德·莫尔塞夫子爵，荣幸地向您求婚，要娶令爱欧仁妮·德·丹格拉尔小姐。”

丹格拉尔听了正式求婚，并没有像莫尔塞夫所期望的那样欣然接受，反而皱起眉头，也不请坐，就让伯爵那么站着。

“伯爵先生，”丹格拉尔说道，“我需要考虑一下，再答复您。”

“考虑一下？”莫尔塞夫重复道，他越来越惊诧了，“从我们第一次商议这桩婚事，已经过去八年了，难道您还没有时间考虑吗？”

“伯爵先生，”丹格拉尔说道，“每天都会发生很多情况，原以为考虑好的事，又得重新考虑。”

“怎么会这样？”莫尔塞夫问道，“男爵，我实在不理解您了。”

“我是想说，先生，这半个月以来，一些新情况……”

“对不起，”莫尔塞夫说道，“我们这样，是不是在演戏啊？”

“演戏，这叫什么话？”

“那好，我们都说个痛快话。”

“我求之不得。”

“您见过德·基督山先生！”

“我经常见到他，”丹格拉尔晃了晃胸前的饰巾，说道，“那是我的一位朋友。”

“那么，您最近见他的一次，就对他说过，我显得犹豫不决，几乎忘记了这桩婚事。”

“说过这话。”

“那好，我来了，正如您所见，我既没有忘记，也没有犹豫，既然我前来敦促您信守诺言。”

丹格拉尔并不应声。

“您这么快就改变了主意，还是故意激我来求亲，只为乐得当面羞辱我？”

丹格拉尔此刻明白，如果仍以这种调门谈下去，他很可能就惹事了。

“伯爵先生，”他说道，“您对我的保留态度，理所当然地感到惊讶，这我完全理解。因此，请相信我，对此我头一个感到难过；请相信我这样做，也是形势所迫。”

“这些全是空话，我亲爱的先生，”伯爵说道，“也许可以用来搪塞随便一个人。然而，德·莫尔塞夫伯爵并不是随便什么人，像他这样一个人来找另一个人，提醒对方信守诺言，如果对方自食前言，那他就有权当场要求，至少给他一个说得通的理由。”

丹格拉尔本是个懦夫，但他绝不愿意表露出来：莫尔塞夫换了这种口气，也不免把他惹恼。

“我所缺少的，并不是说得通的理由。”丹格拉尔反驳道。

“您这话是什么意思？”

“说得通的理由嘛，我有，只是难以启齿。”

“其实您感到了，”莫尔塞夫说道，“您这么吞吞吐吐，我不会买账的；不管怎么说，有一件事在我看来明白无误，即您拒绝我的求亲。”

“不，先生，”丹格拉尔说道，“只是悬而未决而已。”

“不过，想必您总不会自作聪明，认为我会容忍您这样反复无常，会安安稳稳，恭恭敬敬地等待您重施恩惠吧？”

“那好，伯爵先生，您既然不能等待，那就当我们的计划根本不存在。”

伯爵性情狂傲而暴躁，这次他紧咬嘴唇直至出血，才总算没有发作。他心下明白，果真大发雷霆，落人笑柄的只能是他；他已经走到客厅门口，忽又改变主意，转身回来。

一片阴云刚掠过他的额头，留下的痕迹不是受了冒犯的自尊，而是一种隐约不安的神色。

“喏，”他说道，“我亲爱的丹格拉尔，我们是多年的老相识了，因此相互总应该多担待些。您应当给我一个解释，至少应当让我明白，究竟出了什么不幸的事件，我儿子丧失了您的好感。”

“这同子爵本人毫无关系，我对您只能把话说到这个程度，先生。”丹格拉尔回答，他见莫尔塞夫口气软下来，自己就重又张狂起来。

“那么究竟同谁有关系？”莫尔塞夫问道，他都岔了声，额头也煞白了。

口气神色的这些变化，丹格拉尔无一放过，他用前所未有的自信目光，凝视着对方。

“您应当感谢我没有作进一步解释。”他说道。

莫尔塞夫神经质般浑身一阵颤抖，显然是在克制心头的怒火。

“我有权利，”他极力克制着自己，回答道，“我也打算要求您作出解释，难道您对德·莫尔塞夫夫人有什么不满吗？还是我不够富有呢？或者，我的政见同您的政见相左……”

“这些全不是，先生，”丹格拉尔说道，“我允婚的时候，这些情况全了

莫尔塞夫神经质般浑身一阵颤抖。

解,再拿这些说事儿就不可饶恕了。好了,您不要猜想了,我实在惭愧,让您这样反省自身;请相信我,就此打住吧。还是采取折中方案,先把事情放一放再说吧,既不算断绝关系,也不算定下亲事。我的上帝,这事儿千万急不得!我女儿才十七岁,令郎也不过二十一岁。在我们暂停期间,时间还要往前走,还会带来各种事变。头一天还模糊不清的事物,到第二天往往一目了然了;最恶毒的诽谤也往往如此,一天工夫就烟消云散了。"

"诽谤,您是说诽谤,先生!"莫尔塞夫顿时脸色惨白,高声说道,"还

有人诽谤我！”

“伯爵先生，我不是对您讲了嘛，这事就不要深谈了。”

“这么说，先生，我就得乖乖地接受这种拒绝？”

“这对我尤为难堪，先生。是的，我比您还要难堪，因为，我本来是要同贵府攀亲，而一桩婚事落空，对女方的损害总要更大一些。”

“就这样吧，先生，不要再说了。”莫尔塞夫来了一句。

他十分气恼，揉搓着手套，悻悻而去。

丹格拉尔注意到，莫尔塞夫一次也没敢质问，丹格拉尔收回诺言，是不是因他莫尔塞夫之故。

当天晚上，他请来好几位朋友，商议好长时间，而卡瓦尔坎蒂先生则一直待在女士们的小客厅里，他是最后一个离开银行家府邸的。

第二天，丹格拉尔起了床，便要报纸，仆人立刻送来。他拨开三四份报纸，拿起了《大公报》。

这份报纸的主编正是博尚。

丹格拉尔急忙撕开封皮，迫不急待地打开报纸，不屑一顾地翻过“巴黎要闻”版，到了“社会新闻”版，他一脸坏笑，目光停在一篇加了边框的消息上，开头的一句话便是：“约阿尼纳来信”。

“好哇”，他看完这条消息，便自言自语，“关于菲尔南上校的一小条消息，很可能让我省事，不必再向德·莫尔塞夫伯爵先生解释了。”

与此同时，即刚刚敲响上午九点钟，阿尔贝·德·莫尔塞夫身穿黑礼服，纽扣都扣得整整齐齐，他行色匆匆，赶到香榭丽舍大街那座府邸，说话也很急促。

“伯爵先生出门大约有半小时了。”门房回答。

“他带走巴蒂斯坦了吗？”莫尔塞夫问道。

“没有，子爵先生。”

“请把巴蒂斯坦叫来，我要同他讲句话。”

门房去叫伯爵的跟班，不大工夫就同他一道回来了。

“我的朋友，”阿尔贝说道，“请原谅我这样冒昧，我是想问您本人，您

的主人是否真出门了?"

"是的,先生。"巴蒂斯坦回答。

"甚至也这样答复我?"

"我知道,我的主人接待先生该有多么高兴,因此,我绝不会把先生混同一般来访者。"

"你做得对,因为,我要同他谈一件重要的事情。你认为他不会很快回来吗?"

"会很快回来的,他吩咐十点钟给他备好早餐。"

"好的,我在香榭丽舍大街转一转,十点钟再来。假如伯爵先生先回来了,你就告诉他,我请他等我。"

"我一定转告,先生尽可放心。"

阿尔贝就把马车撂在伯爵门前停靠的地方,自己信步走了。

他经过孀妇街时,看到停在戈塞射击房门前的马车,像是伯爵的;他走到近前,既认出了马车,又认出了车夫。

"伯爵先生在射击房吗?"莫尔塞夫问车夫。

"是的,先生。"车夫回答。

的确,莫尔塞夫走近射击房时,就已经听到好几声有节奏的枪响。

他走了进去。

射击层的侍者守在小花园里。

"对不起,"侍者说道,"子爵先生能稍等片刻吗?"

"这是何故,菲力浦?"阿尔贝问道。他是这里的常客,奇怪这次为何挡驾,实在莫名其妙。

"因为此刻打靶的人独占了射击房,从不让任何人看他打靶。"

"连您也不能看吗,菲力浦?"

"您这不瞧见了,先生,我也在自己房子的门外。"

"那么谁给他的枪上子弹啊?"

"他的仆人。"

"一个努比亚人?"

射击

“一个黑鬼。”

“这就对了。”

“您认识那位老爷?”

“我来找他,他是我的朋友。”

“唔!那就另当别论。我进去通报一声。”

菲力浦受他自己好奇心的驱使,走进了木板棚。基督山随即就出现在门口。

“请原谅我追到这里来了,我亲爱的伯爵,”阿尔贝说道,“不过,我得先说明一点,这根本不怪您的手下人,只是我太冒昧了。我先到府上,仆人说您外出了,十点钟回去用早餐。我也就信步走一走,等到十点钟再回去,这样闲走着,忽然发现您的马车与车夫。”

“您对我讲的情况倒让我希望,您是来讨早餐的。”

“不是,谢谢。这会儿不是吃饭的时候,也许过些时候再一道用餐吧。不过,我这可是个郁闷的陪客!”

“见鬼,何出此言?”

“亲爱的,今天我决斗。”

“您?为了什么?”

“不为什么,就是决斗!”

“是啊,我明白,但是总有个缘由吧?人决斗,是由于各种各样的事情,这您完全明白。”

“是维护名誉。”

“唔!这事儿可重要。”

“特别重要,因此我来请您帮个忙。”

“做什么?”

“做我的证人。”

“这样一来,事情就变得严重了,在这里就不必谈了,还是先回舍下吧。阿里,给我倒水。”

伯爵挽起袖子,走进射击房外间的小更衣室,打完靶的人都习惯到那里洗手。

“进来吧,子爵先生,”菲力浦低声说道,“您会看到有趣的事儿。”

莫尔塞夫走进去,只见靶板上并没有靶环靶心。只是贴了一些扑克牌。

远远望去,莫尔塞夫以为那是完整一副同花顺子,从A到十点。

“嘿!嘿!”阿尔贝说道,“您这是打牌呀?”

“不是,”伯爵说道,“我是在打造一副牌。”

“此话怎讲?”

“是这样,您瞧见的那些牌,本来就是A和两点,不过,让我用子弹打出了三点、五点、七点、九点和十点。”

阿尔贝靠近细看。

果然,子弹打出的点儿不偏不差,横齐竖直,间距完全相等,恰恰打穿牌上该加点的部位。莫尔塞夫走向靶板的路上,还拾起两三只燕子,都是误飞入射程中被伯爵打下来的。

“真神了!”莫尔塞夫说道。

“有什么法子呢,亲爱的子爵,”基督山接过阿里递来的毛巾,边擦手边说道,“闲暇的时间总得打发掉;您倒是过来呀,等您走呢。”

二人登上基督山的大马车,不大工夫,就驶到三十号门前下车了。

基督山将莫尔塞夫引进书房,指给他一把椅子,二人坐了下来。

“现在,咱们消消停停地谈谈吧。”伯爵说道。

“您瞧,我这不是非常消停嘛。”

“您要同谁决斗?”

“同博尚。”

“您的一位朋友?”

“人总是同自己的朋友决斗。”

“至少也得有个理由吧?”

“我有个理由。”

“他怎么冒犯您啦?”

“是在昨晚的一份报上……喏,您看一看吧。”

基督山接过阿尔贝递给的报纸,看到如下的文字:

> 约阿尼纳来信:
>
> 我们获悉一段此前不为人知,至少无人披露的史实:阿里-台佩莱纳总督的城堡,是由一名深得他信任的法国军官出卖给土耳其人的,那军官名叫菲尔南。

"请问，"基督山问道，"这条消息里，您发现什么冒犯您的地方了？"

"怎么！我发现什么？"

"是啊。约阿尼纳城堡，是由一个名叫菲尔南的军官叛卖的，这事同您有什么关系？"

"这关系到家父，德·莫尔塞夫伯爵，他的教名就叫菲尔南。"

"令尊为阿里-帕夏效过力吗？"

"具体说来，他是为希腊人的独立而战斗过，诽谤即由此而起。"

"哎！我亲爱的子爵，咱们说话可得有理有据。"

"我何尝不想如此。"

"您说说看，在法国谁能知道，那个名叫菲尔南的军官，就是德·莫尔塞夫伯爵本人呢？约阿尼纳城堡，我想是一八二二年或者一八二三年攻破的，到现在，谁还会关心那件事呢？"

"险恶用心，恰恰就在这儿：等事件过去多少年之后，再把被人遗忘的老账翻出来，从中选一条丑闻，栽到一个身处高位的人头上。好吧，我既然继承了父姓，就绝不容忍这姓氏蒙上一丝嫌疑的阴影。这条消息是博尚报纸发的，我就要给他派去两位证人，让他撤销这条消息。"

"博尚一个字也不会撤销。"

"那我们就决斗。"

"不，您没法决斗，他可以回答您，当年在希腊军队里，也许有五十位军官名叫菲尔南。"

"这种回答没用，我们照样得决斗。哼！我就是要让这件事销声匿迹……家父，一位多么高尚的军人，战功赫赫的戎马一生……"

"博尚也许会这样解释：我们有理由相信，这个菲尔南同德·莫尔塞夫伯爵先生毫不相干，只是教名相同。"

"我要求完全彻底地撤销这条消息，那样解释一下，绝搪塞不了我！"

"怎么，您要打发证人去见他？"

"对。"

“您错了。”

“这话表明，我求您帮这个忙，您是拒绝啦？”

“哦！您清楚我在决斗上的观点，在罗马我就向您阐明了，您还记得吧？”

“然而，亲爱的伯爵，今天早晨，就在刚才，我看到您所做的事情，同您的观点极不协调。”

“那是因为，亲爱的朋友，您该明白，凡事不能太绝对。生活在疯子中间，也应当学学疯癫；随时都可能有头脑发烧的家伙，会来向我寻衅，就连您找博尚决斗的这种理由都没有，随便来找我的茬儿，或者给我打发来证人，在公共场所侮辱我，哼！这样头脑发烧的家伙，我只得把他干掉。”

“这么说，您承认您本人也会决斗？”

“当然了！”

“那么请问，您为何不想让我决斗呢？”

“我绝不是说您绝不应该决斗，我只是讲，一场决斗是一件严肃的事情，必须三思而后行。”

“他呢，他思考了吗，就侮辱我父亲？”

“如果他没有很好思考，而且向您承认了，那就不应当怪罪他了。”

“噢！我亲爱的伯爵，您宽容得也太过分了！”

“而您呢，也太过严厉了。喏，我设想啊……这点您听好：我设想……您听了我说的话可别恼火啊！”

“我听着呢。”

“我设想报道的这件事如真的属实……”

“儿子不能容忍这种有损他父亲名誉的设想。”

“噢！天哪！现今时代，大家得设想多少事情啊！”

“这恰恰是我们时代的弊病。”

“您有抱负改革吗？”

“对，只要关系到我。”

“天哪！您也太死板了，我亲爱的朋友！”

“我就是这种人。”

“什么忠告都听不进去吗?”

“是朋友的忠告就听。”

“您把我当作朋友吗?”

“对。”

“那就听我一句,您先调查一下,再派证人去找博尚。”

“向谁调查?”

“还用问!比方说,去向海蒂了解呀。”

“把一个女子拉进这种事里,她能做什么?”

“比方说,她可以向您说明,令尊同她父亲的失败或死亡毫无关系,或者在这件事情上,能给您一些线索查清楚,万一令尊不幸……”

“亲爱的伯爵,我已经对您说过,我不能容忍这种假设。”

“您拒不采纳这种办法?”

“绝不采纳!”

“绝不采纳?”

“那好,最后一个建议。”

“好吧,只能是最后一个。”

“您根本不想听吗?”

“恰恰相反,请您赐教。”

“千万不要派证人去见博尚。”

“那怎么办?”

“您亲自去见他。”

“这有反常规。”

“你这件事本身就非同寻常。”

“说说看,为什么要我亲自去见他?”

“因为这样一来,事情仍然保留在您和博尚之间。”

“请您说明白些。”

“当然可以,如果博尚准备撤销,那就应当给他表现诚意的机会:反

正最终是撤回那条消息。反之,如果他拒绝,那再让两个生人介入您的秘密也不迟。”

“不是两个生人,而是两位朋友。”

“今天的朋友,就是明天的仇敌。”

“哎！何出此言!”

“博尚便是明证。”

“如此看来……”

“如此看来,我奉劝您谨慎行事。”

“因此,您认为我亲自去见博尚?”

“对。”

“单独一人。”

“一个人如果要别人做点有失面子的事,那就要给人家留面子,大体上过得去。”

“我认为此话有理。”

“唔！那真是幸甚!”

“我就一个人去。”

“去吧;不过,您干脆不去就更好了。”

“那不可能。”

“那您就去吧,总还比您原先的打算要好些。”

“喏,既然如此,假如我三分小心,用尽办法,到头来还得决斗,那您能给我当证人吗?”

“我亲爱的子爵,”基督山极其严肃地说道,“您一定看到了,在特定时间和地点,我对您可谓尽心尽力了;可是,您现在要我做的事,却超出了我的限量。”

“这是为何?”

“也许有一天您会知道。”

“那么眼下呢?”

“我请您多多包涵,恕不奉告。”

“那好吧，我去找弗朗兹和夏多-雷诺。”

“您去找弗朗兹和夏多-雷诺吧，那再合适不过了。”

“但不管怎样，如果我决斗，您能稍微指导一下我的剑法和枪法吗？”

“不行，这事还是不能从命。”

“您这人可真怪，算了！看来，您是一点也不想沾惹了？”

“绝不沾惹。”

“那就不要再讲了。别了，伯爵。”

“别了，子爵。”

莫尔塞夫戴上帽子，走出伯爵府。

他走到府门外，登上自己的轻便马车，竭力按捺心头的努火，吩咐车夫去博尚家。博尚已经去报馆了。

阿尔贝又吩咐去报馆。

博尚正在一间光线昏暗、布满灰尘的办公室，就好像各报馆创建之初，办公室就是这样子。

有人通报阿尔贝·德·莫尔塞夫来访，博尚让人重报一遍，还不大相信自己的耳朵，便喊了一声：

“请进！”

阿尔贝出现在门口。博尚一见果真是自己的朋友，不禁欢叫一声，而阿尔贝则迈着生疏的脚步，艰难地跨过一摞摞报纸。这间办公室铺的不是镶木地板，而是漆红的方砖。

“过这边来，过这边来，我亲爱的阿尔贝，”博尚说着，把手伸给年轻人，“是什么鬼气邪风把您吹来的？您像小拇指那样迷了路吧，还是特地跑来要我请吃饭呢？您自己找把椅子吧，喏，那边，那株天竺葵旁边有一把。在这里，唯独这株天竺葵时时提醒我，这世上还有些叶子不是纸页[①]。”

---

① 小拇指，法国童话作家夏尔·佩罗（1628—1703）的著名童话故事中的主人公。法文中，植物的叶子与纸页是同一个词。

“博尚,”阿尔贝说道,“我这趟来是要谈谈您的报纸。”

“您,莫尔塞夫?您想谈什么吗?”

“我要求刊登一则更正。”

“您,一则更正?更正什么呀,阿尔贝?您倒是请坐嘛!”

“谢谢。”阿尔贝第二次回答,同时轻轻摇了摇头。

“您说说清楚。”

“更正一条消息:这条消息损害了我的一个家庭成员的名誉。”

“算了吧!”博尚惊讶地说道,“什么消息?这不可能。”

“就是约阿尼纳来信的那条消息。”

“约阿尼纳?”

“对,约阿尼纳。看您这样子,真的不知道我的来意?”

“以我人格担保……巴蒂斯特!昨天的报纸拿一份来!”博尚喊道。

“不必了,我带来了一份。”

博尚咕哝着念道:

“约阿尼纳来信……”

“您应当明白,事情很严重。”等博尚念完,莫尔塞夫说道。

“怎么,那名军官是您的亲人?”这位报人问道。

“对。”阿尔贝红着脸回答。

“好吧,您让我怎么做才会满意呢?”博尚口气温和地问道。

“亲爱的博尚,我希望您撤回这个报道。”

博尚凝视阿尔贝,那眼神无疑充满了善意。

“看看吧,”他说道,“这样的话,咱们谈起来可就长了。要知道,撤回一篇东西,向来是件严重的事情。请坐吧;这三四行文字,我再读一读。”

阿尔贝坐下来。博尚比头一次更加仔细,又看了一遍受他朋友责难的几行文字。

“怎么样,您看到了,”阿尔贝口气坚决,甚至很生硬地说道,“在您的报纸上,有人侮辱了我家里人,我要求更正。”

“您……要求……”

"对,我要求!"

"恕我直言,您可不是议员,我亲爱的子爵。"

"我也根本不想当议员,"年轻人站起身来回敬道,"我坚持要求您更正昨天发表的一条消息,而且势在必得。您同我的交情不错,"阿尔贝见博尚也开始扬起头,换上傲视的神态,他便咬了咬嘴唇,继续说道,"您同我的交情不错,因此我希望,您对我相当了解,能理解在这种情况下,我特别固执。"

"如果说咱们有交情的话,莫尔塞夫,您刚才这套言辞,也要最终让我对此不以为然了……这算什么,咱们别发火,至少先别忙着发火……您现在担心,怒气冲冲,控制不住情绪……说说看,那位名叫菲尔南的亲戚是谁呀?"

"正是我父亲,"阿尔贝说道,"菲尔南·蒙德戈先生,德·莫尔塞夫伯爵,一位身经百战的老军人,身上落下的可贵的伤疤,现在有人要给抹上阴沟里挖出的污泥。"

"是令尊?"博尚说道,"那就另当别论了。我理解您的气愤,亲爱的阿尔贝……咱们再读一读……"

他说罢,便又念了一遍这条消息,而且这回推敲每一个字。

"可是,您从哪里看出,"博尚问道,"报上提到的菲尔南就是令尊呢?"

"我完全知道,从哪句也看不出来,然而,别人都能看出来。正因为如此,我要求这事必须辟谣。"

一听"我要求"几个字,博尚抬眼瞧了瞧莫尔塞夫,几乎随即又垂下,他思索了片刻。

"这事您会辟谣的,对不对,博尚?"莫尔塞夫重复道,他虽然一直克制,火气还是往上冒。

"对。"博尚回答。

"好哇!"阿尔贝说道。

"不过,要等我确认这是条假消息之后。"

"什么?"

"不错,这件事值得澄清,我一定予以澄清。"

"可是,先生,您看这里还要澄清什么吗?"阿尔贝说道,他已经怒不可遏了,"如果您认为不是指我父亲,就请您立刻说明;如果您认为就是他,那就请您给我个说法。"

博尚以其独特的微笑注视着阿尔贝;那种笑容十分微妙,能表达各种不同的情绪。

"先生,"博尚接口说道,"以先生相称也好,您来这里,如果是为了向我讨个说法,那就应当开门见山,何必大谈友谊和扯些废话,让我耐着性子听了半小时。此后,咱们是不是要走到决斗场上?"

"对,假如您不收回这种无耻的诽谤!"

"且慢!请不要吓唬人,阿尔贝·蒙德戈先生,德·莫尔塞夫子爵。来威胁那一套,发自仇敌的我都不吃,更何况是来自我的朋友。这么说,您要求我辟谣,尽管我以名誉保证,关于菲尔南上校的这条消息,事先我一无所知?"

"对,我要求!"阿尔贝说道,他已经开始昏头了。

"否则,您就要求同我决斗?"博尚始终平静地问道。

"对!"阿尔贝提高嗓门回答。

"那好,"博尚说道,"我亲爱的先生,这就是我的回答:这条消息不是经我手发的,事先我不知道;是您找上门来,才引起我注意这条消息,我才准备一查到底。事情先搁在这儿,要等当事人出面辟谣或者证实。"

"先生,"阿尔贝站起身来说道,"那我就派我的证人打扰了;决斗的地点和使用的武器,您就同他们商定吧。"

"很好,我亲爱的先生。"

"如果同意,就安排在今天晚上,最迟明天,我们就决斗。"

"不行!不行!在必要时我才上场,依我之见,我是接受挑战的一方,我有权指定时间,而且依我之见,现在还不是时机。我知道您的剑法很好,我使剑还凑合;我也知道您打六枪,能中三次靶心,与我不相上下;

我还知道我们二人决斗，将是一场生死的较量，因为您很勇敢，而我……也同样勇敢。因此，我不愿意无缘无故冒险，杀死您或者被您杀死。现在该我提个问题了，而且直言不讳。”

“您就执意要求更正，不顾我对您说过，不顾我一再向您重复，不顾我以名誉向您保证我并不了解这件事；总之，也不顾我明确对您说，除了像您这样雅弗[①]一般的神人，换了任何人也不可能猜到，那个名叫菲尔南的人就是德·莫尔塞夫伯爵先生，您不顾这一切，只要我不更正，就要我的命吗？”

“我坚持要求更正。”

“那好，我亲爱的先生，我同意和您拼个你死我活，不过我要求三周时间；三周之后，您再来找我就会有准话：‘是的，那条消息是假的，我撤销；或者：是的，那条消息属实。’接着我就拔剑出鞘，或者从匣子里掏出手枪，随您选用哪种武器。”

“三周！”阿尔贝嚷道，“我蒙受耻辱，三周就等于过三个世纪。”

“如果您还算是我的朋友，我就会对您说：要耐心，朋友；如果您已成为我的敌人，那我就给您一句：这关我什么事，先生！”

“好吧，三周就三周，”莫尔塞夫说道，“不过，您可得记住，三周之后，您就不能再拖延，再找什么借口来搪塞……”

“阿尔贝·德·莫尔塞夫先生，”博尚说道，同时也站起身，“只有等到三周之后，即二十四天[②]之后，我才能把您从窗户扔出去，也只有到那时候，您才有权劈了我。今天是八月二十九日，那就要到九月二十一日。这期间，请相信我，这是我给您的一种绅士的忠告：咱们千万别像两条锁着的狗，彼此远远地狂吠。”

博尚说罢，一脸严肃地向年轻人施了一礼，便转身走进排字房。

阿尔贝只好拿一摞报纸撒气，一手杖拨乱，并用力抽打，然后才扬长而去，还两三次回头张望排字房的门。

---

① 雅弗，《圣经·旧约》中的人物，是挪亚的三儿子，相传是大洪水后人类的祖先。

② 法国人把一周算作8天。

阿尔贝只好拿一摞报纸撒气，一手杖拨乱，并用力抽打。

阿尔贝抽打印了油墨的无辜报纸也不解气，现在又抽打驾车的马。他沿着大马路行驶，忽然望见莫雷尔扬着头，两眼炯炯有神，两条胳膊轻快地摆动，由圣马尔丹城门方向走来，从中国浴室门前经过，朝马德莱纳广场走去。

“唉！”阿尔贝叹了口气，说道，“他真是个幸福的人！”

这回他碰巧说得一点不差。

第七十九章　柠檬汁

莫雷尔确实很幸福。

努瓦蒂埃先派人去请他，而他想知道是什么缘由，急不可待，连马车也不乘，从梅斯莱街撒腿就跑，直奔圣奥诺雷街区，比起拉车的马那四条腿，他更相信自己的两条腿。

莫雷尔大步流星，这可苦了竭力跟随的巴鲁瓦。莫雷尔才三十一岁，巴鲁瓦则年已花甲；莫雷尔沉醉在爱情中，巴鲁瓦则受大热天的煎熬。这两个男人，情趣和年龄天差地别，却像一个三角形的两条斜边，在下面大大分开，到顶端则会合了。

顶端，就是努瓦蒂埃，正是他派人去找莫雷尔，让莫雷尔火速前去的；莫雷尔一丝不苟地遵循他的嘱咐，但是却把巴鲁瓦坑苦了。

莫雷尔赶到的时候，甚至连气都没有喘一下：他有爱情的翅膀；然而，巴鲁瓦早就没有爱情了，他跑得大汗淋漓。

老仆人从专用的门引进莫雷尔，又把书房的门关上。不大工夫，就传来衣裙擦着地板的窸窣声，表明瓦朗蒂娜来了。

瓦朗蒂娜一身孝服，显得更加楚楚动人。

美梦变得如此甜蜜，莫雷尔一时心醉神迷，竟把努瓦蒂埃找他谈话的事置于脑后；可是，地板上很快就响起轮椅的声音，于是他走进去。

努瓦蒂埃以善气迎人的目光，接受了莫雷尔的千恩万谢：正是老人奇迹般的干预，才把他和瓦朗蒂娜从绝望中拯救出来。接着，莫雷尔的目光

又投向年轻姑娘，探问赐给他的新的恩惠是什么。而瓦朗蒂娜颇为羞涩，坐的位置离莫雷尔远远的，要等问到头上才肯说话。

努瓦蒂埃的目光也投向她。

“您要我传达托付给我的那些话吗？”瓦朗蒂娜问道。

“对。”努瓦蒂埃表示。

“莫雷尔先生，”于是瓦朗蒂娜对盯着看她的年轻人说道，“我爷爷努瓦蒂埃有好多话要对您讲，这三天来先对我说了。今天，他派人去请您来，就是要我向您重复这些话，因此我就要向您重复，一个字也不改变他

的本意，既然他选择了我作为他的传话者。”

“唔！我怀着急切的心情听着呢，”年轻人回答，“说吧，小姐，说吧。”

瓦朗蒂娜垂下眼睛：在莫雷尔看来这是个好兆头。瓦朗蒂娜只有在幸福中，才显得很软弱。

“我祖父要离开这个家，”姑娘说道，“巴鲁瓦正忙着给他找一套合适的房子。”

“那么您呢，小姐？”莫雷尔问道，“努瓦蒂埃先生多么宠爱您，又多么离不开您！”

“我嘛，”姑娘答道，“我绝不会离开我祖父，这是他和我之间说定了的事。将来我住的套房，要紧挨着他那套房间。德·维尔福先生可能同意，也可能拒绝我去同努瓦蒂埃爷爷住在一起。如果同意，我现在就走；如果拒绝，我就等上十八个月。到那时我就成年了，自由了，也有一份独立的财产，而且……”

“而且？……”莫雷尔问道。

“而且，有爷爷的允许，我会履行向您许下的诺言。”

最后这句话，瓦朗蒂娜讲得声音极低，莫雷尔如不全神贯注，就不可能听见了。

“我说的这些话，是不是完全表达了您的意思，爷爷？”瓦朗蒂娜又转向努瓦蒂埃，问了一句。

“对。”老人表示。

“我一旦住到祖父那里，”瓦朗蒂娜接着说道，“莫雷尔先生，当着这位善良而可敬的保护人的面，您可以去看我。我们的心也许是无知的，或者任性的，当初所形成的关系，现在看起来如果合适，能保证我们将来在一起会幸福（唉！常言道，两颗心受阻难便炽热，安定时便冷却！），那么，莫雷尔先生就可以向我求婚了，我会等待的。”

“唔！”莫雷尔高声说道，他真想像跪拜上帝那样跪在老人面前，像跪拜天使那样跪到瓦朗蒂娜面前，“唔！我这一生做了什么好事啊，能有资格享受这么大幸福？”

“在那之前，”姑娘以其清纯而严肃的声音继续说道，“我们要遵守礼俗，也要尊重我们长辈的意愿，只要那种意愿不是想永远拆散我们。一句话，就能全部表达，我再重复说一遍：我们要等待。”

“这句话所强加的克己牺牲，先生，”莫雷尔说道，“我向您发誓一定做到，但不是勉为其难，而是欣然接受。”

“既然如此，”瓦朗蒂娜继续说道，同时深情地一瞥，温暖了马克西米连的心，“我的朋友，行事就不要再莽撞了，以免连累一个人的清名，而这个人从今天起，就自认为天缘命定，将来要清清白白地随您的姓氏。”

莫雷尔伸手按住心窝。

努瓦蒂埃则一直深情地注视他们二人。巴鲁瓦远远地站在一旁，脸上总挂着微笑，擦着从秃顶淌下去的大颗大颗汗珠，显然别人在他面前无需隐瞒什么。

“哦！上帝呀，我们善良的巴鲁瓦，看他热成那样子！”瓦朗蒂娜说道。

“唔！”巴鲁瓦说道，“没事儿，小姐，我这是跑的；不过，莫雷尔先生，我得说句公道话，他跑得还真比我快。”

努瓦蒂埃用目光指了指一个托盘，只见上面放着一瓶柠檬汁和一只杯子。瓶子里的柠檬汁不满，半小时前努瓦蒂埃喝了一点儿。

“喏，我的好巴鲁瓦，”年轻姑娘说道，“拿去喝吧，我看你的眼睛一直盯着这大半瓶柠檬汁。”

“我还真渴得要命，”巴鲁瓦说道，“很乐意祝您健康，干一杯柠檬汁。”

“那就去喝吧，”瓦朗蒂娜说道，“喝完了马上就回来。”

巴鲁瓦端走托盘，出去也没顾上关房门，屋里人见他刚到走廊，就拿起瓦朗蒂娜给他倒满的那杯柠檬汁，仰起脖子一饮而尽。

在努瓦蒂埃面前，瓦朗蒂娜和莫雷尔相互道别，忽然听见维尔福那边套房的楼梯响起了铃声。

这是来了客人的信号。

瓦朗蒂娜看了看挂钟。

“现在是十二点钟，”她说道，“今天不是星期六，爷爷，一定是大夫来了。”

努瓦蒂埃也表示，定然是大夫无疑。

“他要过来的，必须让莫雷尔先生走了，对不对，爷爷？”

“对。”老人回答。

“巴鲁瓦！”瓦朗蒂娜叫道，“巴鲁瓦，过来一下！”

只听老仆人回答的声音：

“我这就过去，小姐。”

“巴鲁瓦会一直送您到大门口，”瓦朗蒂娜对莫雷尔说道，“现在，您要牢记一件事，军官先生，就是我爷爷嘱咐您，千万不要有贸然的举动，损害我们的幸福。”

“我保证过等待，”莫雷尔说道，“我就一定等待。”

这时，巴鲁瓦走了进来。

“刚才谁拉门铃？”瓦朗蒂娜问道。

“是阿弗里尼大夫。”巴鲁瓦回答，脚步却站立不稳了。

“咦，您这是怎么啦，巴鲁瓦？”瓦朗蒂娜问道。

老人没有回答，只是眼神惊慌地注视他的主人，而他那抽搐的手想抓住点什么，好能够站住。

“他要跌倒了！”莫雷尔嚷道。

果然，巴鲁瓦浑身抖得越来越厉害，脸色大变，面部肌肉在挛缩，显示一次十分凶猛的神经系统突发病症。

努瓦蒂埃看到巴鲁瓦这样发病，他那眼神便清晰生动地呈现出激动人心的各种情感。

巴鲁瓦朝他主人走了几步。

“噢！上帝呀！上帝呀！老爷，”他说道，“我这是怎么啦？……这么难受……眼睛也看不见了。无数火苗在我脑壳里乱蹿。噢！不要碰我，不要碰我！”

果然,他那惊恐的眼珠向外凸出,脑袋向后仰去,整个身体也都僵硬了。

瓦朗蒂娜万分恐惧,大叫一声。莫雷尔赶紧把她搂在怀里,仿佛要保护她,对付莫名的危险。

“德·阿弗里尼先生！德·阿弗里尼先生!”瓦朗蒂娜喊道,但是嗓子眼几乎发不出声来,“快来呀！救命啊!”

巴鲁瓦转过身,又倒退了三步,跌倒在努瓦蒂埃的脚下,他一把抓住主人的膝盖,嚷道:

“我的主人！我的好主人!”

这时,德·维尔福先生被喊声吸引过来,出现在房门口。

莫雷尔赶紧丢下快要昏倒的瓦朗蒂娜,一闪身退到屋角,躲进一道窗帘的后面,几乎隐而不见了。

维尔福脸煞白,仿佛看见面前竖起一条蛇,他那冷酷的目光盯住垂死挣扎的不幸者。

努瓦蒂埃心急如焚,惶恐万分,他的心已经飞出躯体,去救可怜的老人,他的仆人,更是他的朋友。只见老人的额头青筋突暴,眼角尚未麻木的肌肉在剧烈抽搐,生与死正展开一场最后的决斗。

巴鲁瓦眼睛充血,脸已变形,脖颈往后挺,躺倒在地,两只手拍打着地板,两条腿完全僵直了,仿佛硬要弯曲就得折断似的。

他的口微微吐出白沫,极为痛苦地倒着气。

维尔福不胜惊愕,他一进屋,就被这场景吸引住,一直愣愣地看着。

他没有瞧见莫雷尔。

他就这样默默地观看良久,但见他面失血色,头发竖起来:“大夫！大夫!”他猛地冲向门口,大声嚷道,“快来呀！快来呀!”

“夫人！夫人!”瓦朗蒂娜也高声喊她继母,身子撞到楼梯口的墙壁上,”来呀！快来呀！把您的嗅盐瓶拿来!”

“出什么事啦?”德·维尔福夫人问道,她的声音听来清亮而沉稳。

“噢！来呀！快来呀!”

“大夫究竟在哪儿呢!”维尔福喊道,“他在哪里?”

德·维尔福夫人缓步下楼,听得见她脚踏楼梯板的声响。她一只手拿着手帕擦脸,另一只手拿一个英国嗅盐瓶。

她走到门口,头一眼就投向努瓦蒂埃,见他脸上显示身体正常,只有在这种情况下自然流露的激动神情。她第二眼便遇到那垂死之人。

她的脸刷地白了,目光又转移,简直从仆人跳回到主人身上。

“噢!看在上天的份儿上,大夫在哪儿?他进您的房间了。您都看到了,他这是中风,只要放放血,就能把他救过来。”

“刚才那会儿他吃了什么吗?”德·维尔福夫人避而不答,却问道。

“夫人,”瓦朗蒂娜说道,“他没有吃早饭,但是今天早晨跑了很长路,去办爷爷交给他的一件事。回来之后,他才喝了一杯柠檬汁。”

“啊!”德·维尔福夫人又说道,“为什么不喝葡萄酒呢?空腹喝柠檬汁,非常不好。”

“爷爷的柠檬汁瓶就在他手边;可怜的巴鲁瓦渴了,有什么就喝什么了。”

德·维尔福夫人浑身一抖。努瓦蒂埃洞察的目光已一览无余。

“他的脖子也太短了!”她说了一句。

“夫人,”维尔福说道,“我问您哪,德·阿弗里尼先生在哪儿呢,看在上天的分儿上,您倒是说呀!”

“他在爱德华房间呢,孩子有点不舒服。”德·维尔福夫人答道,她不能再回避了。

维尔福立刻冲上楼梯,亲自去找。

“给您,”少妇说着,就把嗅盐瓶交给瓦朗蒂娜,“等一会儿肯定要给他放血。我看不得鲜血,还是上楼回我的房间。”

说罢,她与丈夫前后脚,也上楼去了。

莫雷尔从藏身的暗处走出来,刚才大家只顾救人,谁也没有瞧见他。

“您快走,马克西米连,”瓦朗蒂娜对他说道,“等着我叫您再来,去吧。”

莫雷尔打了个手势询问努瓦蒂埃；老人完全保持镇定，他表示同意。

莫雷尔拉起瓦朗蒂娜的手，按在自己的心口儿，然后他从秘密楼道走了。

与此同时，维尔福和大夫就从对面那扇房门走了进来。

巴鲁瓦开始恢复神态：急症发作过后，他又能呻吟了，并且单腿跪着立起身子。

德·阿弗里尼和维尔福抬着，将巴鲁瓦放到一张长椅上。

“您吩咐吧，怎么办，大夫？”维尔福问道。

“让人送来水和乙醚。您府上有乙醚吗？”

“有。”

“让人速去买来松节油和催吐药。”

“快去！”维尔福说道。

“现在，所有人都退出去吧。”

“我也走吗？”瓦朗蒂娜怯生生地问道。

“对，小姐，尤其是您。”医生口气生硬地说道。

瓦朗蒂娜惊讶地看了看德·阿弗里尼先生，吻了吻努瓦蒂埃先生的额头，便出去了。

等她出去，医生脸色阴沉地关上房门。

“喏，喏，大夫，他又苏醒了，这病发作一下，并不严重。”

德·阿弗里尼先生阴沉着脸，勉颜一笑。

“你感觉怎么样，巴鲁瓦？”大夫问道。

“稍微好些，先生。”

“这杯乙醚水，您能喝下去吗？”

“我来试试，不过，您别碰我。”

“为什么？”

“因为我觉得，您若是碰我，哪怕碰一下手指头，我就又要发病了。”

“喝下去吧。”

巴鲁瓦接过杯子，送到发紫的唇边，差不多喝下去半杯。

“您哪儿疼痛?”医生问道。

“哪儿都疼痛,浑身好像剧烈地抽筋。”

“您眼睛冒金星吗?”

“是的。”

“耳朵里嗡嗡响吗?”

“响得厉害。”

“什么时候发病的?”

“就刚才那会儿。”

“突然发病的?”

“就像雷电。”

“昨天一点事没有?前天一点事也没有吗?”

“一点事没有。”

“没有犯困吗?脑袋不发沉吗?”

“没有。”

“今天您吃了什么?”

“什么也没有吃,我只喝了一杯先生的柠檬汁,就这点儿。”

巴鲁瓦说着,就歪了歪头,指向努瓦蒂埃。这时,努瓦蒂埃坐在轮椅上,一动不动地观看这一骇人的场景,一个动作、一句话也没有放过。

“柠檬汁放在哪儿啦?”医生急忙问道。

“装在水瓶里,放在下面。”

“下面是哪儿?”

“厨房里。”

“要我去拿来吗,大夫?”维尔福问道。

“不用,您留下,想法让病人喝下这半杯水。”

“那么柠檬汁呢?”

“我亲自跑一趟。”

德·阿弗里尼一个箭步,打开房门,冲下仆人专用的小楼梯,险些撞倒德·维尔福夫人;她也正下楼去厨房。

她惊叫一声。

德·阿弗里尼心中只有一个强烈的念头，甚至没有注意这一情况，他冲下最后三四级楼梯，又冲进厨房，看到还剩下四分之一柠檬汁的水瓶还放在托盘上。

他扑上去，活似老鹰捕猎。

他气喘吁吁，又上楼回到房间。

德·维尔福夫人又缓步上楼，回自己的房间。

"刚才放到这儿的，就是这只水瓶吗？"德·阿弗里尼问道。

"是的，大夫。"

"这就是您喝剩下的柠檬汁吗？"

"我想是的。"

"您喝时感觉是什么味儿？"

"有点发苦。"

医生往自己的手心倒了几滴柠檬汁，用嘴唇吸进口中，像品尝葡萄酒那样，在嘴里漱了漱，然后又吐到壁炉里。

"还是原来的柠檬汁，"他说道，"您也喝了一些吧，努瓦蒂埃先生？"

"对。"老人表示。

"您也觉得味道发苦吗？"

"对。"

"噢！大夫啊！"巴鲁瓦嚷道，"又开始犯病了！我的上帝，天主啊，可怜可怜我吧！"

医生赶紧跑到病人面前。

"快拿催吐药来，维尔福，去看看买来没有。"

维尔福冲出房间，一边嚷道：

"催吐药！催吐药！买回来了吗？"

没人回答。极度的恐怖笼罩着整座楼房。

"您若是有法儿往他肺里输气，"德·阿弗里尼说，环视一下周围，"也许还可能防止他窒息。可是不行，这里什么都没有！"

“噢！先生，”巴鲁瓦嚷道，“您不会见死不救，眼看我死了吧？噢！我要死了！上帝啊，我要死了！”

“羽毛笔！那支羽毛笔！”医生说道。

他看到桌子上插着一支羽毛笔。

他试图将羽毛探进病人口中。巴鲁瓦在痉挛中，怎么用力也呕吐不出来，而且，他的牙关咬得特别紧，羽毛也探不进去。

巴鲁瓦这次神经系统发病，比上一次来势更凶。他从长椅上滚落，直挺挺地躺在地板上。

医生干看着病情发作，不能减轻其痛苦，便走到努瓦蒂埃面前。

“你感觉怎么样？”他压低声音，急促地问道，“还好吗？”

“对。”

“胃里感觉是轻松还是沉重？轻松吗？”

“对。”

“就像您服用我每星期日给您的药丸之后，所产生的那种感觉？”

“对。”

“是巴鲁瓦给您准备的柠檬汁吗？”

“对。”

“是您让他喝的吗？”

“不是。”

“那么是德·维尔福先生？”

“不是。”

“是夫人吗？”

“不是。”

“那就是瓦朗蒂娜了？”

“对。”

巴鲁瓦发出一声叹息，嘴巴张开，颌骨咯咯作响，引起德·阿弗里尼的注意；他又离开努瓦蒂埃，跑到病人身边。

“巴鲁瓦，”医生问道，“您能说出话了吗？”

巴鲁瓦结结巴巴地说了两句话，但是含混不清。

"再用点力试试，我的朋友。"

巴鲁瓦又睁开血红的眼睛。

"柠檬汁是谁做的？"

"我。"

"您做好了，立刻就给您主人端来了吗？"

"没有。"

"那您放在什么地方了？"

"就放在配膳室里，当时有人叫我。"

"是谁送来的？"

"瓦朗蒂娜小姐。"

德·阿弗里尼拍了拍自己的额头。

"我的上帝！我的上帝啊！"他喃喃自语。

"大夫！大夫！"巴鲁瓦嚷道，他觉出又要第三次发病了。

"催吐药呢，怎么还不送来？"医生高喊。

"这一杯冲好了。"维尔福终于回来，答道。

"是谁冲的？"

"是同我一起来的药房伙计。"

"喝吧。"

"不行了，大夫，太晚了。我喉咙发紧，气都喘不上来！噢！我的心脏！噢！我的头……噢！折腾死人啦！……还要这样折磨我很久吗？"

"不，不，我的朋友，"医生说道，"很快您就不会遭罪了。"

"噢！您这话我明白！"那个不幸的人高声说道，"我的上帝！可怜可怜我吧！"

接着，他惨叫一声，仰身跌倒，就好像被雷击中。

德·阿弗里尼一只手按在他心口儿，另一只手拿着一块冰放到他唇边。

"怎么样？"维尔福问道。

“快去厨房,让人送来香堇汤。”

维尔福当即下楼去。

“您不必惊慌,努瓦蒂埃先生,”德·阿弗里尼说道,“我把病人抱到另一个房间放血。老实说,这种病发作起来,看着是吓人。”

说罢,医生两手便插到巴鲁瓦的腋下,把他拖到隔壁房间;不过,他几乎又立刻回到努瓦蒂埃的房间,收起剩下的柠檬汁。

努瓦蒂埃闭上右眼。

“要瓦朗蒂娜来,对不对?您要见瓦朗蒂娜?我这就让人把她给您叫来。”

这时,维尔福正好又上楼来,在楼道同德·阿弗里尼相遇。

“怎么样?”维尔福问道。

“您过来一下。”德·阿弗里尼说道。

于是,医生带他走进房间。

“一直昏迷不醒吗?”检察官问道。

“他死了。”

维尔福连退三步,双手合拢举到头顶,毫不含糊地表露出怜悯来。

“这么突然,说死就死了!”他望着尸体说道。

“对,相当突然,对不对?”德·阿弗里尼说道,“不过,这情况您不应当感到惊讶:德·圣-梅朗夫妇死得也都同样突然。唉!在贵府上,人说死就死啊,德·维尔福先生。”

“什么!”检察官提高嗓门说道,那声调十分惊骇,“您又想到那种可怕的念头!”

“一直没放下,先生,一直没放下!”德·阿弗里尼郑重其事地说道,“因为,这个念头一刻也没有离开我。您听仔细了,德·维尔福先生,这回我要让您确信,我没有弄错。”

维尔福浑身抽搐而颤抖。

“有一种毒药,能害死人又几乎不留一点痕迹。这种毒药我十分了解:我研究过它造成的各种后果、产生的各种症状。这种毒药的特征,刚

才我在可怜的巴鲁瓦身上看到了,原先也同样在德·圣-梅朗夫人身上看到了。这种毒药,有一种方法能辨认出来:它会使遇酸变红的石蕊试纸恢复蓝色,也能把香堇汁染成绿色。我们没有石蕊纸;不过,这不,我要的香堇汤送来了。”

果然,楼道里传来脚步声,医生把房门推开一条缝儿,从女佣人的手中接过一个小碗,只见碗底有两三匙子香堇汤,然后他又把房门关上。

检察官的心狂跳,怦怦之声都听得见。

“您瞧,”医生对他说道,“这碗里盛着香堇汁,这瓶子里还有努瓦蒂埃先生和巴鲁瓦喝剩下的柠檬汁。如果柠檬汁没有下毒,是纯净的,那么香堇汁就保持原色;然而,如果柠檬汁下了毒,一掺进去,香堇汁就会变成绿色。您瞧!”

医生拿起柠檬汁瓶,往碗里缓慢地倒了儿滴,只见碗底立即生成一团云雾。这团云雾先呈淡蓝色,转而成乳白色,再由乳白色演化成翡翠绿色。

变成绿色便稳定下来,实验结果可以说不容置疑。

“可怜的巴鲁瓦,是让仿安古斯都拉树皮和圣伊涅斯核挑的提取物毒死的,”德·阿弗里尼说道,“现在,无论面对世人还是面对上帝,我都敢肯定这一点。”

维尔福一言不发,手臂举向天空,怔忡地睁大眼睛,仿佛遭了雷击,一下子瘫坐到椅子上。

维尔福一言不发，一下子瘫坐到椅子上。

第八十章　指控

在这阴森可怖的房间，检察官酷似第二具尸体，但是他很快被德·阿弗里尼先生唤醒，恢复了神志。

“噢！死神降临我的家！”维尔福高声说道。

“不如说是罪恶。”医生接口说道。

“德·阿弗里尼先生！”维尔福高声说道，“我此刻心中的感觉，难以向您诉说：是恐惧，是悲痛，也是疯狂。”

“对，”德·阿弗里尼说道，语气平静而威严，“但是我认为，该是我们行动的时候了，该是筑起一道堤坝，挡住这股死亡湍流的时候了。至于我呢，我希望能尽快揭露罪恶，为社会和受害者伸冤报仇，我感到自身再也不能长长地负载这样的秘事了。”

维尔福目光阴沉，扫视了一下周围。

“在我家里！”他咕哝道，“在我家里！”

“喏，检察官，”德·阿弗里尼说道，“拿出男子汉的气概；作为法律的代言人，您要以彻底的牺牲精神来赢得敬重。”

“您这话让我不寒而栗，大夫，牺牲精神！”

“我就是这么讲的。”

“这样看来，您怀疑到什么人了？”

“我不怀疑任何人。死神来敲贵府的门，它走进来，从一个房间到另一个房间，它绝不盲目，而是非常精明。而我呢，我跟随它的行踪，认出了

它的足迹；我采用古人的明智做法；我摸索着向前。要知道，我对您家庭的友谊，对您的敬重，是两层布，蒙住我的眼睛；因此……”

“唔！说吧，说吧，大夫，我会有这种勇气的。”

“好吧，先生，在您家里，在您府上，也许就在您家人中间，有一个可怕的怪人。须知这类怪人，每个世纪都会产生一个，而洛库斯特和阿格丽品娜[①]生活在同一时代，则是个例外，表明天主震怒，一定要毁灭罪孽深重的罗马帝国。布吕娜奥特和弗蕾黛贡德[②]，则是一种文明起源阶段阵痛的产物：人在那个阶段要学会控制思想，哪怕是借助黑暗的使者。按说，所有那些女人都曾经，或者当时又年轻又美丽；在她们的额头都曾经或者仍然盛开着这朵纯洁的鲜花，而同样的花朵，我们又在贵府的罪恶女人的额头上看到了。”

维尔福一声惊叫，双手合拢，一副哀求姿势注视着医生。

然而，医生并不心软，继续说道：

“法学的一条格言说得好：寻找罪案中有利可图的人……”

“大夫啊！”维尔福大声说道，“唉！大夫，这种遗害无穷的话，在人世间制造了多少冤案！这我说不准，但是我觉得这一罪案……”

“喏！您总算承认存在犯罪了？”

“对，我承认。有什么办法呢？总得承认事实：不过，让我说下去。照我说，我倒觉得这起谋杀是冲我一个人来的，同几个受害者无关。在这几桩怪异的灾难后面，我怀疑隐藏着针对我的灾难。”

“人啊人！”德·阿弗里尼喃喃说道，“是动物中最自私的一种，也是万灵中最自负的一种；人总以为地球旋转，太阳照耀，死神挥镰，无不为他一个人；无异于爬到草茎尖上诅咒上帝的蚂蚁！那些丧失性命的人，难道

---

① 阿格丽品娜(15—59)，古罗马皇后，她于公元54年，毒死丈夫克劳狄一世，拥立她与前夫所生的儿子尼禄为皇帝。后又因与儿子尼禄争权而被处死。洛库斯特(卒于68年)是提供给她毒药的女人。

② 布吕娜奥特(543—613)，古国奥斯特拉齐王后，其妹为纳斯特里王后。纳斯特里国王受情妇弗蕾黛贡德(545—597)的唆使，毒死王后，又毒死奥斯特拉齐国王。布吕娜奥特便发兵讨伐纳斯特里王国，为丈夫与妹妹报仇。

他们什么也没有失掉吗？德·圣-梅朗先生、德·圣-梅朗夫人，努瓦蒂埃先生……”

“什么？努瓦蒂埃先生！”

“是啊！举例来说，您以为人家要害的，是这个不幸的仆人吗？不是啊，不是；正如莎士比亚笔下的波洛涅斯[①]，他不过是个替死鬼。那瓶柠檬汁，本来是给努瓦蒂埃喝的；按照事物的逻辑顺序，是努瓦蒂埃喝了柠檬汁；另一个人也喝了，则纯属偶然；尽管死的是巴鲁瓦，但该死的应是努瓦蒂埃。”

“那么，我父亲怎么没有毙命呢？”

“德·圣-梅朗夫人死去的那天晚上，我在花园里已经对您说过了。令尊没有事，只因他的身体对这种毒产生了抗药性，只因对他不起作用的剂量，换了任何人都会毙命；只因任何人，甚至连凶手都不知道，这一年来，我一直使用番木鳖碱给努瓦蒂埃先生治疗瘫痪；然而凶手不仅了解，而且通过实验确认，番木鳖碱是一种剧毒。”

“我的上帝！我的上帝！”维尔福扭动着手臂，喃喃说道。

“您要跟踪凶手的足迹：先是毒死了德·圣-梅朗先生。”

“噢！大夫！”

“对此我敢发誓：别人向我描述的症状，同我亲眼所见的完全吻合。”

维尔福不再抗辩了，只是呻吟了一声。

“凶手害死了德·圣-梅朗先生，”大夫重复道，“又害死了德·圣-梅朗夫人：有两份遗产可以继承。”

维尔福擦拭额头流下的汗水。

“您听仔细了。”

“唉！”维尔福讷讷地说道，“我不漏掉一个字，一个字也不漏掉。”

“努瓦蒂埃先生，”德·阿弗里尼先生接着说道，声调毫不留情，“努瓦蒂埃先生先前立的遗嘱，不利于您，不利于您的家庭，总之，财产都赠给

① 波洛涅斯，莎士比亚悲剧《哈姆雷特》中的人物，被哈姆雷特误杀。

穷人;努瓦蒂埃先生得免一死,因为害死他什么也得不到。可是,他刚刚废掉第一份遗嘱,又立好了第二份,有人无疑怕再立第三份,就赶紧对他下手了。我想,是前天立的遗嘱:您明白了吧,凶手一点时间也没有耽误。"

"噢!发发慈悲吧!德·阿弗里尼先生。"

"不能发慈悲,先生。医生在世上有一项神圣的使命,为了完成这一使命,就上溯生命的源头,下探死亡的幽冥的奥秘。一旦能犯下罪恶,而上帝无疑又不胜惊骇,便移开目光,不愿正视那凶手,那么医生就该站出来讲话:此人就是凶手。"

"饶恕我的女儿吧,先生!"维尔福讷讷地说道。

"您瞧,您这做父亲的,您都亲口把她的名字点出来了!"

"饶过瓦朗蒂娜吧!您听着,这事不可能。我宁可指控我自己!瓦朗蒂娜,那是一颗钻石的心,是一朵纯洁的百合花!"

"不能饶恕,检察官先生;这是现行犯罪:德·维尔福小姐亲手包好药,才让人寄给德·圣-梅朗先生,结果德·圣-梅朗先生就死了。"

"德·维尔福小姐给德·圣-梅朗夫人熬了汤药,而德·圣-梅朗夫人喝下去就死了。"

"德·维尔福小姐从派出办事的巴鲁瓦手中,接过那瓶柠檬汁,通常,老人在上午要喝完的,这回他逃脱厄运也是万幸。"

"德·维尔福小姐就是罪犯!就是她下了毒!检察官先生,我向您揭发德·维尔福小姐,请您秉公执法。"

"大夫,我不再反驳,不再抗辩了。我相信您的话,不过,发发慈悲,保全我的性命、我的名誉吧!"

"德·维尔福先生,"医生接着说道,他的声音也越来越有力,"有些情况,我就得跨越世人愚蠢顾忌的各种界限。假如您女儿刚刚犯下第一桩罪行,而我看出她正酝酿第二桩,那么我就会对您说:'向她发出警告,给她惩罚,让她进隐修院,进修道院在泪水和祈祷中度过余生。'假如她犯下第二桩罪行,那我就要对您说:'拿着,德·维尔福先生,这种毒药没

有解药，毒性发作极快，快如人的神思，疾如闪电，又像霹雳一般致人死命，让她吃下这毒药，同时祈求上帝保佑她的灵魂，这样，您也就挽救了您的名誉和性命，因为，她是要害的是您啊。'我看到她靠近您的床头，一脸虚伪的微笑，对您甜言蜜语！如果您不赶快先下手，德·维尔福先生，那您就会遭殃！这就是我要对您讲的，假如她仅仅害死两个人。然而，她已经眼看着三个人咽气儿，观赏了三个垂死的人，还跪在三具尸体的旁边。这下毒的女人，就该交给刽子手！交给刽子手！您提起您的名誉，那就照我的话去做吧，等待您的便是永垂不朽的名声！"

维尔福跪倒在地。

"请听我说，"他说道，"我实在没有您这种勇气，准确说来，假如不是瓦朗蒂娜，而是关系到您女儿玛德莱娜，您也不会有这种勇气。"

医生的脸顿时变色。

"大夫，每个男子，作为女人的儿子，出生在这世上，本来就是为了受苦而死去。大夫，我将忍受痛苦，在痛苦中等待死亡。"

"您要当心啊，"德·阿弗里尼先生说道，"这种死亡……将是极为缓慢的过程。您要看到它袭击了您父亲、您夫人，也许还袭击了您儿子之后，才会接近您本人。"

维尔福喘不上来气，他紧紧抓住医生的胳臂。

"请听我说，"他高声说道，"可怜可怜我吧，救救我吧……不，我女儿没有犯罪……就是让我们上法庭，我还是要说：'不，我女儿没有犯罪……'我家中没有发生罪案……您明白吗，我不愿意在我家里发生什么罪案；因为，罪恶同死亡一样，一旦走进什么地方，就不是单独行动。听我说，我本人就是被害死了，同您又有什么关系？……您是我的朋友吗？您是个男子汉吗？您还有一颗人心吗？不，您是个医生！……那好吧，我要对您说'不，我不会亲手把我女儿交给刽子手的！……'噢！这种念头简直要我的命，简直让我发疯，要用指甲撕烂自己的胸膛！……万一您判断错了呢，大夫！万一不是我女儿，而另有其人呢！万一有那么一天，我脸色像鬼魂一样惨白，前来对您说：'凶手！你杀了我女儿……喏，

维尔福跪倒在地。

万一发生这种情况，德·阿弗里尼先生，我虽是基督教徒，然而我也会自杀！'"

"好吧，"医生沉默了片刻，才说道，"我就静观其变。"

维尔福注视着他，对他的话好像还有疑虑。

"不过，"德·阿弗里尼先生声调缓慢而庄严，继续说道，"假如您府上又有谁病倒了，假如您本人感到中了毒，您不要去叫我，叫我也不会再

来了。我愿意同您一起保守这个骇人的秘密，但是我不愿意让耻辱和内疚到我心中发芽生长，如同罪恶和不幸要在您家中生长并结果一样。”

“这么说，您把我抛弃了，大夫？”

“对，我不能再跟您往前走了，在断头台的脚下，我停止脚步。再有新的表演，这出可怕的悲剧也就该收场了。就此别了。”

“大夫，我恳求您了！”

“所有凄惨的事件，既玷污我的思想，又把您这宅第变成可憎的不祥之地。别了，先生。”

“再讲一句话，只一句话，大夫！您倒是一走了之，却把我丢在这样可怖的境地，而且由于您向我揭示的情况，这局面就更加令人惊骇了。可是，这个可怜的老仆人猝死，死得这么突然，别人会怎么说呢？”

“这话对，”德·阿弗里尼说道，“那您送我出去吧。”

医生头一个走出屋，德·维尔福先生跟在后面，只见府上的仆人都惶恐不安，聚集在医生要经过的楼道和楼梯上。

“先生，”德·阿弗里尼对维尔福说道，声音相当高，能让在场的人都听得见，“可怜的巴鲁瓦，这几年来总关在屋子里，而从前他那么喜欢跟随主人骑马或者乘车，跑遍了欧洲各地，这几年却总围着轮椅转，这种单调的差使要了他的命。他血脂太高，人也发胖了，脖子又短又粗，一下子就患了急性中风，派人去找我来诊治也太晚了。”

“对了，”他又压低声音补充一句，“那碗里的香堇汁，您得留心倒进炉灰里。”

医生说罢，也没有同维尔福握一握手，说过的话也不再考虑考虑，就穿过府中仆人一片哭泣和哀叹声，扬长而去。

当天晚上，维尔福府上的全体仆人聚在厨房，商议了很长时间，最后来见德·维尔福夫人，请求允许他们辞职。怎么挽留，怎么答应涨工钱也留不住，说什么他们总是这么回答：

“我们要走，是因为死神降临府上。”

怎么恳求也不行，他们到底走了，但临走也表示，他们特别舍不得离

“我们要走，是因为死神降临府上。”

开这样好的主人，尤其舍不得离开瓦朗蒂娜小姐，说她那么和善，那么可亲，那么温柔。

维尔福听了这些话，便瞧了瞧瓦朗蒂娜。

瓦朗蒂娜伤心地哭泣。

真是怪事！维尔福见到这些眼泪深为感动，感动中不免瞥了德·维尔福夫人一眼，却恍若看见她那两片薄薄的嘴唇上，掠过一丝阴毒的窃笑，宛如暴风雨来临的天空两块乌云之间划过预示灾难的流星。

第八十一章　歇业的面包铺老板房间

且说德·莫尔塞夫伯爵受了银行家的冷遇，不难想象他有多么恼羞成怒。就在那天晚上，安德烈亚·卡瓦尔坎蒂先生一头鬈发抹得油亮，两撇小胡子也理得尖尖地翘起来，那副白色手套描绘出修长的指甲，他几乎是站在敞篷轿车上，驶到受色-当坦街，便进入银行家的庭院。

他同丹格拉尔交谈了十分钟，就设法将主人拉到一扇窗口，先是巧妙地来了一段开场白，随即话题一转，就诉起苦来，说他那高贵的父亲走了之后，他的生活多么苦恼。然而他又说，自从父亲离开巴黎，他在银行家的府上，就找到了幸福的所有保障，只因银行家全家热情接待他，就像对待自己的孩子，而一个男子总要寻觅这种幸福的保障，才能宣泄满腔炽热的爱情，至于这种炽热的情感，他已经幸运地在丹格拉尔小姐的美目中遇见了。

丹格拉尔全神贯注地听着，而这样的表白，他已经等了两三天，现在终于等来了；于是，他两眼睁得大大的，还放出光来，比起他听莫尔塞夫说话时耷拉着眼皮那种目光无神的样子，真有天壤之别。

然而，他不想当即就接受年轻人的求婚，还得询问一番他的诚心。

“安德烈亚先生，”他对年轻人说道，“您这么年轻，考虑结婚是否早了点儿？”

“不早了，先生，”卡瓦尔坎蒂接口说道，“至少我不觉得：在意大利，大贵族的子弟结婚普遍都很早。这种习俗也合乎逻辑：生活变化无常，同

幸福一旦邂逅相遇，就应当及时抓住。”

“现在，先生，”丹格拉尔说道，“您的提议使我深感荣幸，假如能让我妻子和女儿接受的话，我们又该同谁商榷双方的利益呢？为了双方子女的幸福，这样重要的商谈，我认为只有父亲才能够妥善处理。”

“先生，家父为人非常明智，且又通情达理，他已经预料到可能出现这种情况；我渴望在法国成家，因而他临走时，把证明我身份的文件全部留给我，还留下一封信，表明我的选择只要合乎他的心愿，他就从我结婚之日起，转给我一笔十五万利弗尔的年金。据我所知，这相当于家父每年收入的四分之一。”

“我嘛，”丹格拉尔则说道，“我始终打算给女儿五十万法郎的陪嫁；再说，她也是我的唯一财产继承人。”

“好哇，”安德烈亚说道，“您瞧，这事会非常完美，只要我的请求不被丹格拉尔男爵夫人和欧仁妮小姐拒绝。这样看来，我们就拥有十七万五千利弗尔的年金了。再假设一种情况，我求得侯爵同意，把年金换成本金给我（我知道这事不容易，但是总归有可能），那么，我们的两三百万，您就可以拿去做资本，而在精明人的手中，这两三百万总能赚来一分利。”

“我一向只给四厘息，”银行家则说道，“甚至给三厘五。不过，对我的女婿总得照顾些，我出到五厘，收益我们就对半分了。”

“行啊，好极了，岳父大人。”卡瓦尔坎蒂说道，他一得意忘形，就不免露出几分粗俗的本性；他虽然披上贵族的外衣，极力掩饰本相，但稍不留意就要将这外衣撕裂。

不过，他立刻又回过神儿来：

“唔！对不起，先生，”他说道，“您瞧，仅仅有了希望，我就几乎欣喜若狂，一旦成为现实，真不知道我会乐成什么样子？”

“不过，”丹格拉尔又说道，他本人倒没有发觉，开头不涉及利益的一场谈话，转瞬间就谈起了生意经，“您还有一份财产，令尊一定不会拒绝给您的。”

“哪一份？”年轻人问道。

“令堂留下的那一份。”

“哦！当然了，家母莱奥诺拉·科西纳里的那份财产。”

“那份财产，能有多少呢？”

“真的，”安德烈亚说道，“我可以坦白地告诉您，先生，我从来就没有想过这件事，如果估计嘛，至少也有二百万吧。”

丹格拉尔心头一阵狂喜，几乎透不过气来，他这种感觉，就像一个吝啬鬼找回丢失的一笔财宝，或者一个要淹死的人脚下触到实地，而不是要将他吞没的深渊。

“好吧，先生，”安德烈亚说着，怀着由衷的敬意向银行家鞠了一躬，“我可以抱着希望……”

“安德烈亚先生，”丹格拉尔说道，“抱有希望吧，而且您尽可相信，假如您那方面没有障碍的话，这件婚事就算定了。不过，”丹格拉尔又边思索边说道，“德·基督山伯爵先生，您在巴黎社交界的保护人，他怎么没有陪您来求婚呢？”

安德烈亚的脸难以觉察地微微一红。

“我刚从伯爵府上过来，先生，”年轻人回答，“勿庸置疑，他是个很可爱的人，但是行事怪异，也不可思议。他完全赞成我这桩婚事，甚至还对我说，他认为家父一刻也不会犹豫，能把年金换成本金给我；他还向我保证利用他的影响，帮我说服家父这么办。然而，他也明确对我讲，替人求亲的这种责任，他本人从来就没有承担过，今后也永远不会承担。当然，我也得还他这种公道。他特意补充说，他憎恶做这件事，如果有过失悔的话，那也就是我这桩婚事了，因为他相信这桩婚姻门当户对，一定会很美满。而且，他还对我说，他公开不便表示什么，但是私下里您一旦向他提起此事，他就会向您表明态度。”

“唔！很好。”

“我同岳父已经谈完，”安德烈亚面带极为迷人的微笑，又说道，“现在，我要同银行家谈谈了。”

“说说看，您要同银行家谈什么呢？”丹格拉尔也笑道。

“我有一笔大约四千法郎的款子,后天要到贵行提取;而且,伯爵明白下个月我也许会有额外花销,仅靠单身汉的那点收入不够,就给我开出一张两万法郎的支票,我要说明,这不是预支,而是赠款。您瞧见了,这有他亲笔签名:您看这样可以吗?”

“像这样的支票,就是给我开来一百万数额的,我也接收,”丹格拉尔说着,就将支票揣进兜里,“告诉我明天您什么时候需要,我就让出纳员将两万四千法郎的提款给您送去。”

“如果可以的话,那就上午十点吧,越早越好;明天我要去乡下。”

“好吧,十点钟,还送到王子饭店吗?”

“对。”

次日,两万四千法郎的现金,果然准时给这年轻人送到,表明守时是这位银行家的一贯作风。安德烈亚给卡德鲁斯留下二百法郎,果然也出门去了。

安德烈亚这次外出的主要目的,就是躲避他那个危险的朋友,因此拖到天黑之后,尽量晚些回来。

可是,他刚踏进饭店庭院,看门人就出现在他面前,大盖帽拿在手上等候他。

“先生,”看门人说道,“那人来过。”

“什么人?”安德烈亚漫不经心地问道,装作忘了的样子,其实他记得太清楚了。

“就是大人留给他这笔小费用的那个人。”

“哦!对了,”安德烈亚说道,“他是家父从前的仆人。那么,我留给他的二百法郎,您交给他了吗?”

“是的,大人,完全遵照您的吩咐。”

安德烈亚让人称他大人。

“可是,”看门人接着说道,“那人不肯收下。”

安德烈亚的脸顿时变色,好在天黑,没人看出他脸色白了。

“什么!他不肯收下?”他问道,声调略微有点惊诧。

"不肯！他要见大人，我回答说您出门了；他就是不肯走。直到最后，也似乎相信您走了，就把他带来时已经封好的这封信交给我。"

"瞧瞧写的什么。"安德烈亚说道。

他借着车灯的光亮看信：

> 你知道我住的地方；明天早晨九点钟我等你。

安德烈亚检查一下封口，看看是否有有人拆过，偷看了信的内容：这封信折叠得十分巧妙，菱形和折角重叠，只有拆开封口才能偷看；而这封口完好无损。

"很好，"他说道，"可怜的人！他是个大好人。"

说罢他就走了，丢下被这句话引发思考的看门人，拿不定主意，应该赞赏年轻的主人，还是年迈的仆人。

"快点儿给马卸套，然后上楼到我房间。"安德烈亚吩咐他的小跟班。

年轻人三步并成两步，飞快回到自己的客房，将卡德鲁斯的信烧毁，直到完全化为灰烬。

他刚干完这件事，仆人就进来了。

"你跟我的个头儿相仿，皮埃尔。"他对跟班说道。

"我有这种荣幸，大人。"小跟班回答。

"你有一套新制服，是昨天送来的吧？"

"对，先生。"

"我要去见一个裁缝铺的小女工，但是不想让她知道我的身份与地位。把你的制服借给我，再把你的身份证给我拿来，万一我在一家小旅店过夜就用得着。"

皮埃尔一一照办。

五分钟过后，安德烈亚整装打扮，完全换了一副模样，他走出饭店，没有被人认出来。他叫了一辆马车，吩咐去皮克普斯街的红马旅店。

次日，他走出红马旅店，就像走出王子饭店那样，也就是说没人注意。

“很好，”他说道，“可怜的人！他是个好人。”

他沿下坡路穿过圣安托万街区，再沿林荫大道一直走到梅尼蒙唐街，在左首第三幢楼房门前站住，不见看门人，便举目四望，看看能向谁打听。

“您找谁呀，我的漂亮小伙子?”街对面水果铺的老板娘问道。

“请问帕伊丹先生住在哪儿，我的胖大妈?”安德烈亚应声问道。

“一个歇业的面包房老板吗?”水果铺老板娘追问一句。

“正是他。”

"进院子走到头,左首,四楼上。"

安德烈亚按照人家指引的路上了四楼,瞧见一个兔爪状的门铃拉手,便气呼呼连拉几下,急促的铃声传达了他的恼意。

一秒钟过后,卡德鲁斯的那张脸,就出现在安在房门上方的铁网上。

"嘿！你还挺准时。"他来了一句。

他说着,就打开门闩。

"当然了!"安德烈亚边说边走进去。

他摘下大盖帽,往椅子上一扔,却失了准头,落到地上,绕房间滚了一圈。

"好了,好了,"卡德鲁斯说道,"小家伙,别发火呀！喏,你瞧瞧,我惦念着你呢,瞧这早餐多丰盛,全是你爱吃的东西！机灵鬼!"

安德烈亚喘气时,的确闻到饭菜的香味,虽然觉得很粗劣,但是对于辘辘的饥肠,还是不乏诱惑力。那是普罗旺斯地区穷百姓厨房的标志性味道:新鲜肥肉和大蒜的混杂味儿;此外,还有一股干酪烤鱼的味道,但是最刺鼻的,还要数肉豆蔻和丁子香的香味。这种种香味,是从炖在炉子上的两只带盖的汤锅,以及在生铁炉上吱吱作响的一只平底锅散发出来的。

安德烈亚还看见隔壁房间,摆一张还算洁净的餐桌,上面放了两套餐具,两瓶未开启的葡萄酒,一瓶绿色的,一瓶黄色的,以及一只装了不少烧酒的大肚玻璃瓶,还有一只瓷盘,盘中一大片甘蓝菜叶,颇为艺术地托着什锦水果。

"你觉得如何,小家伙?"卡德鲁斯说道,"喏,闻闻多么香啊！哦！不用说！你知道,当初我就是个出色的厨师！我做的菜,吃完了还舔手指头,你还记得吧？我做的调味汁,你总是头一个品尝,我想,那时候你可没有不屑一顾啊。"

卡德鲁斯还要加一个洋葱,便剥起来。

"挺香,挺香,"安德烈亚没有好气地说道,"真的,你把我折腾来,如果只为同我吃早饭,那就见你的鬼去吧!"

"我的孩子,"卡德鲁斯以教训的口吻说道,"咱们边吃边谈嘛;说起

“好了，好了，小家伙，别发火呀！”

来，你也真忘恩负义，看看你的朋友，难道你还不高兴吗？我可流下快活的眼泪了。”

卡德鲁斯还真的流下眼泪，不过刺激这位加尔桥客栈老板泪腺的，很难说是喜悦还是葱头。

“你快闭嘴吧，虚伪的家伙，”安德烈亚说道，“就你，还说爱我？”

“我当然爱你了，否则就让我见鬼去。这是我一大弱点，”卡德鲁斯

说道,“这我很清楚,到时候就是控制不住。”

“这话白说,你还照样包藏祸心,把我骗了来。”

“算了吧!”卡德鲁斯说道,同时用围裙擦拭他那把大菜刀,“如果我不爱你的话,你让我过这种穷困潦倒的生活,我怎么会忍受呢?你瞧一瞧嘛,你穿上你仆人的衣服,就是说你有个仆人;而我呢,我却没有,只好自己亲手剥皮拾掇菜。我做的饭菜你瞧不上眼,因为你在王子饭店或者巴黎咖啡馆里用餐。按说,我也可以有一名仆人;我也可以有一辆轻便马车;我也可以爱到哪儿用餐就到哪儿用餐;可是,这一切我怎么都免了呢?就是不想让我的小贝内德托为难。喏,你总得承认,我可以那么做吧,嗯?”

卡德鲁斯一个明白无误的眼神,确定了这句话的含意。

“好吧,”安德烈亚说道,“就算你爱我,那么,你干吗非让我来跟你一起吃早饭呢?”

“为了看看你呀,小家伙。”

“为了看看我,何必多此一举?咱们的所有条件早都谈定了。”

“哎!亲爱的朋友,”卡德鲁斯说道,“立过遗嘱,就不能有追加遗嘱吗?你来这里,先要吃早饭,对不对?喏,好了,你还是坐下来,咱们先吃沙丁鱼和新鲜黄油,我还特意为了你,小坏蛋,全放在葡萄叶上。啊!是呀,你瞧我这屋子,这四把草垫椅子、这些三法郎一幅的画。哼!有什么办法,这不是王子饭店啊。”

“算了,现在你又什么都不满意了,你不快活了,而当初,你只求生活像个歇业的面包铺老板就行了。”

卡德鲁斯叹了一口气。

“你呢,没得说了吧?你看到自己的梦想实现了。”

“我要说这是个梦想,我可怜的贝内德托,一位歇业的面包铺老板,应当是有钱的主儿,应当领取年金。”

“这不是,你也有年金呀。”

“我?”

“对,你,这不,我给你送来二百法郎。”

卡德鲁斯耸了耸肩。

“拿这钱多丢人啊,”他说道,“这钱不是情愿给的,也保不长,说断就断了。你完全看出来,我不得不省吃俭用,怕是好景不长啊。唉!我的朋友,正如那位随军的……神甫所讲,祸福无常。我就知道,你这该死的,你要大大发达了,要娶丹格拉尔的女儿了。”

“什么!丹格拉尔的女儿?”

“当然是丹格拉尔的女儿!我不是还应当称他丹格拉尔男爵吗?就像我称你贝内德托伯爵一样。丹格拉尔,那是一位朋友,他的记性如果不是那么坏的话,就应该邀请我参加你的婚礼……因为当年,他去参加了我的婚礼……是啊,是啊,是啊,参加了我的婚礼!真的,那时候,他可不像这么傲慢;那时他还是个小伙计,给善良的莫雷尔先生干事。我同他和德·莫尔赛夫伯爵,不止一次在一起吃饭……哈,你瞧,我认识的人多有身份,假如我稍微走动走动,咱俩就会在那些沙龙里相遇了。”

“算了吧,你出于嫉妒,就异想天开了,卡德鲁斯。”

“随你怎么说,贝内德托小崽子,我讲什么,自己心里当然有数。说不定哪一天,我也一身盛装打扮,乘坐马车到一座府邸的大门前,呼唤一声:‘请开门啊!’不过眼下,你还是入座,咱们吃饭吧。”

卡德鲁斯作出表率,津津有味地吃起来,他每让客人吃一道菜,就大吹一通。

安德烈亚也似乎既来之,则安之,一下子来了劲儿,将两瓶酒全启开,喝起普罗旺斯鱼汤,吃起大蒜油煎鳕鱼。

“嘿!伙计,”卡德鲁斯说道,“看来,同你从前的司厨长,你们又言归于好了吧?”

“可不是嘛。”安德烈亚回答,他毕竟年轻健壮,此刻填饱肚子比什么都重要。

“你觉得好吃吗,小坏蛋?”

“好吃极了,因此我就不明白了,一个人有这样好吃好喝,怎么能觉

得生活很糟糕呢。”

“告诉你吧，”卡德鲁斯说道，“我的全部幸福，就被一个念头破坏了。”

“什么念头？”

“我这个人一向很要强，自食其力，现在却靠朋友养活了。”

“哎！哎！这没什么，”安德烈亚说道，“我供得起两个人，你别往心里去。”

“不，真的，随你信不信，每到月底，我就感到愧疚。”

“善良的卡德鲁斯！”

“结果昨天，我不愿意拿那二百法郎。”

“对，你要见我；说说看，就是因为愧疚吗？”

“真正的愧疚；而且，我还有了个主意。”

安德烈亚打了个冷战；每当卡德鲁斯打什么主意，他就不寒而栗。

“要知道，”卡德鲁斯继续说道，“每次都等到月底，这样太可怜了。”

“唉！”安德烈亚非常冷静地说道，他决意要看看他这伙计葫芦里卖的是什么药，“生活，不就是在等待中过去的吗？比方说我吧，难道我有别的事情可做吗？喏，我只好耐心等待，对不对呀？”

“对，因为你等待的不是区区二百法郎，而是五六千法郎，也许一万，甚至一万两千法郎。你真是个鬼精灵，当初在那边的时候，你就总是偷偷摸摸攒钱，把那些储钱罐藏起来，想方设法瞒过这个可怜的朋友卡德鲁斯。好在这个朋友卡德鲁斯鼻子特别灵敏。”

“好了，你又要东拉西扯了，”安德烈亚说道，“翻来覆去总说过去的事！那些陈芝麻烂谷子，我倒要问你了，总这么倒腾有什么意思？”

“哼！你才二十一岁，当然可以忘记过去；而我呢，已经年过五旬，不得不回忆陈年往事。说这个干什么，还是回到咱们的正事来。”

“对。”

“刚才我是想说，如果我是你……”

“怎么样呢？”

“那我就搞一手……”

“什么！你要搞一手……”

“对，我就找个借口，要获得竞选资格，或者要买一座庄园，预支半年的生活费，然后就溜之大吉。”

“咦！咦！咦！”安德烈亚说道，“这主意，也许还真不赖呢！”

“我亲爱的朋友，”卡德鲁斯说道，“你就吃我做的菜，听从我出的主意吧，无论在肉体上还是精神上，只有好处没有坏处。”

“好哇，不过，”安德烈亚说道，“你出的好主意，为什么自己不照着办呢？你为什么不搞一手，预支半年，甚至一年的钱，然后溜到布鲁塞尔去呢？何必装扮成歇业的面包房老板的模样，不如换上一副破了产的银行家的形象，这样很值得呀。”

“活见鬼，你让我带着一千二百法郎，怎么溜呢？”

“噢！卡德鲁斯，”安德烈亚说道，“你胃口也太大了！两个月前，你还饿得要死。”

“越吃越有胃口嘛，”卡德鲁斯说着就龇牙咧嘴，既像猴子在笑，又像老虎吼叫的样子，“因此，我有个计划。”他又补充道，同时咬了一大口面包，他尽管有了一把年纪，那两排牙齿却又白又尖利。

卡德鲁斯的计划，比他的主意还让安德烈亚心惊肉跳：主意也不过是幼芽，而计划可是要开花结果。

“说说看，”他说道，“这计划，一定是独出心裁！”

“为什么不是呢？咱们脱离某某先生的大牢，究竟靠谁想出来的计划，嗯？想来是我吧；我觉得那计划还不错，要不咱俩怎么能自由自在地来到这儿！”

“我没说不好，”安德烈亚回答，“有时候，你还真有好点子；别废话了，还是看看你的计划吧。”

“喏，”卡德鲁斯继续说道，“你不必出一个子儿，能不能给我弄一万五千法郎……不，一万五千法郎还不够，我要成为体面的人，少于三万法郎恐怕不成，你能办到吗？”

“不能，”安德烈亚冷淡地回答，“不能，我办不到。”

“看来你没听明白我的意思，”卡德鲁斯态度平和，非常镇定地说道，“我说过你不必出一个子儿。”

“你总不会让我去偷去抢吧？把我的好事全毁了，毁了我也得毁了你，你让人把咱们押回那里吗？”

“唔！我嘛，倒也不在乎，”卡德鲁斯说道，“让人把我抓走好了；我就是一个怪人，要知道，有时我还挺想念那些伙伴，跟你不一样；你就是没良心，从来也不想再见见他们！”

闻听此言，安德烈亚何止不寒而栗，他的脸还顿时变了色。

“瞧你，卡德鲁斯，千万别干蠢事。”他说道。

“哎！不会的，你就放心吧，我的小贝内德托。不过，你总得给我出个小点子，让我搞他个三万法郎，你根本不必插手，到时候由我来不就成了。”

“那好吧，我试试，想想办法吧。”安德烈亚答道。

“不过，在这段时间，你每月就先给我五百法郎吧，我有一种癖好，想雇一名女佣人！”

“好吧，就给你五百法郎，”安德烈亚说道，“可是，我可怜的卡德鲁斯，这对我负担够重的……你总得寸进尺……”

“算了吧！”卡德鲁斯接口道，“你可是守着取之不尽的财富呀。”

安德烈亚就好像料到，他的伙伴会这么讲，他的眼睛一闪亮，不过那光亮旋即又消失了。

“哦！确实如此，”安德烈亚回答，“我的保护人对我特别好。”

“那位亲爱的保护人，”卡德鲁斯问道，“他每月给多少钱来着？”

“五千法郎。”安德烈亚答道。

“他给你几千，你就给我几百，”卡德鲁斯又说道，“真的，只有私生子，才有这种福运。每月五千法郎……这么多钱该怎么花呢？”

“唔！我的上帝！很快就花光；因此，我同你一样，也想有一笔钱。”

“一笔钱……对……我理解……人人都希望有一笔钱。”

“说起来,我一定能得到一笔。”

“谁会给你呢？你那位王爷?”

“对,我那位王爷;可惜我还得等待。”

“你等什么呀?”卡德鲁斯问道。

“等他死了。”

“等你那位王爷死了?”

“对。”

“怎么个情况?”

“因为他给我立了遗嘱。”

“真的吗?”

“我以人格担保!”

“多少钱?”

“五十万。”

“就这些,太少了点儿。”

“跟你说就这么多。”

“算了吧,不可能!”

“卡德鲁斯,你是我的朋友吗?”

“还用问！生死之交嘛。”

“那好,我来告诉你一个秘密。”

“说吧。”

“你只管听。”

“唔！当然！我这不是跟鲤鱼一样沉默不语。”

“那好,我认为……”

安德烈亚戛然止声,前后左右瞧了瞧。

“你认为？……别怕,没事儿！这里只有咱俩。”

“我认为我找到父亲了。”

“你的生身之父?”

“对。”

“不是那个卡瓦尔坎蒂老爹?”

“不是,他已经走了;如你说的,生身之父。”

“你这位父亲,就是……”

“跟你说,卡德鲁斯,就是德·基督山伯爵。”

“罢了!”

“就是;要知道,这样一来,什么都解释通了。看样子,他不能公开承认我,不过,他还是通过卡瓦尔坎蒂先生认了我,为此还付给那老先生五万法郎。”

“充当你老子就能拿五万法郎!有一半价钱我也干,两万也行,一万五也凑合!你这忘恩负义的家伙,怎么不想着我点儿?”

“这事儿我怎么知道,当时我们还在那边呢,一切都安排好了。”

“哦!这倒也是。你说他在遗嘱上……”

“给我留下五十万利弗尔。”

“你能肯定吗?”

“他给我看过了;而且,还不止这些呢。”

“还有一份追加遗嘱,正如我刚才所讲!”

“恐怕是的。”

“追加遗嘱里写了什么?”

“他承认我。”

“啊!这位父亲真是好人,诚实的人,天下的大善人!”卡德鲁斯说道,同时他翻转着把一只盘子抛向半空,再用双手接住。

“情况就是这样!你再说我有秘密瞒着你?”

“不说了,你信任我,我就更敬重你。你那位王爷父亲,他真的很富有,真是个大富翁啦?”

“我想是的。他有多少财产,连自己都说不清。”

“这怎么可能?”

“就是这样!我随时能出入他的府邸,就看得一清二楚。有一天,是一名银行伙计给他送去五万法郎,装钱的公文包有你餐巾这么大;昨天,

又是一位银行家，给他送去十万法郎，一色的金币。”

卡德鲁斯听得入了迷，就觉得这年轻人说话有金属之音，听似哗啦啦流淌的金路易声响。

“那座住宅你进得去？”他高声问了一句，口气颇显得天真。

“想去就去。”

卡德鲁斯若有所思，呆了半晌，不难看出他脑子里在转着讳莫如深的念头。

继而，他突然又高声说道：

“我真想开开眼，那府里一定非常漂亮！”

“那府里的确非常华丽。”安德烈亚说道。

“他不是住在香榭丽舍大街吗？”

“住在三十号。”

“唔！”卡德鲁斯接口道，“三十号？”

“对，一座美丽的小楼，孤零零的；前有庭院后有花园，你一看就能认出来了。”

“那倒是，不过，我想了解的不是外观，而是里面：漂亮的家具，嗯！那里边一定有豪华的陈设。”

“杜伊勒里宫，你总归见过吧？”

“没有。”

“跟你说，比那还要华丽。”

“说说看，安德烈亚，等那位基督山老兄掉了钱包，谁捡去不就发了吗？”

“哦！我的上帝！何必等到那时刻，”安德烈亚说道，“那府里到处是钱，如同果园里到处有水果一样。”

“说说看，哪天你应当带我进去瞧瞧。”

“这怎么可能，以什么名义呢？”

“你说得对。不过，你把我的口水都引出来了；无论如何也得见识见识；我会有法子的。”

“别干蠢事,卡德鲁斯!”

“我上门去。就说是擦地板工。”

“那里各处都铺着地毯。”

“噢!真糟糕!我那就只能在想象中观赏了。”

“这样最好,相信我这话。”

“至少你要设法让我明白到底是什么样子。”

“有什么办法?”

“再简单不过。宅子大吗?”

“不太大,也不太小。”

“到底是什么样的布局呀?”

“唔!这得画一张平面图,要有纸墨才行。”

“这里全有!”卡德鲁斯赶紧说。

可是,他过去从一张旧写字台上拿一张白纸,一支笔和墨水。

“喏,”卡德鲁斯说道,“孩子,全给我画在这张纸上吧。”

安德烈亚面带难以觉察的微笑,拿起笔来开始画图。

“小楼,正如我对你讲的,坐落在庭院和花园之间,就像这样,看见了吗?”

接着,安德烈亚就画出花园、庭院和房子。

“高高的围墙?”

“不算高,顶多八九尺,十来尺。”

“那可不大安全。”卡德鲁斯说道。

“庭院里有柑橘培育箱,有草坪和花坛。”

“没有设陷阱吧?”

“没有。”

“马厩呢?”

“在铁栅门的两侧,你看就在这儿。”

安德烈亚继续画图。

“这是楼下。”卡德鲁斯说道。

安德烈亚面带难以觉察的微笑，拿起笔开始画图。

“楼下有餐厅、两间客厅、弹子房、正门厅的楼梯，还有一座小暗梯。”

“窗户呢？……”

“窗户富丽堂皇，特别漂亮，又特别宽敞，是的，老实说，我认为像你这种个头的人，从哪个窗格都能钻进去。”

“真见鬼，有那样的大窗户，还要楼梯干什么？”

“人家愿意呀！讲排场嘛。”

“外面还有百叶窗吧？”

“有哇，但是从来就不关。这个德·基督山伯爵，就是个怪人，他喜爱望天空，哪怕是在夜晚！”

“那些仆人呢，他们睡在哪里？”

“唔！仆人有自己的房子。你想象一下，进门右首，有一座大库房，里面存放梯子。那库房楼上，正是给仆人住的一排房间，有铃同主人的房间相连。”

“噢！见鬼！还有铃！”

“你说什么？……”

“唔！没什么。我说安铃费用很高；而且，我也要问你，安铃有什么用？”

“从前倒是有一条狗，夜晚在庭院里走动，后来就带到欧特伊别墅去了，你也知道，那里你去过。”

“对。”

“昨天我还对他说呢：‘伯爵先生，您这样可不够谨慎；您去欧特伊的时候，就把仆人带走了，留下房子没人管了。’”

“‘那又怎么样呢？’他问道。”

“‘怎么样？说不定哪天，您就失窃了。’”

“他怎么回答？”

“他怎回答吗？”

“对。”

“他回答说：‘失窃了有什么关系。’”

“安德烈亚，有一种安装机关的写字台。”

“那干什么？”

“就是，窃贼一碰到机关，就会被罩进铁笼子里，还会响起乐曲。有人对我说，最近的展览会上，就展出了这类产品。”

“他那儿也就是一张桃花心木的写字台，我总看见钥匙挂在上面。”

“没人偷他的东西吗？”

“没有，为他做事的人都忠心耿耿。”

“那写字台里,嗯!总该放些零钱吧?”

“也许吧……弄不清里面都放了什么。”

“写字台放在哪儿?”

“在二楼。”

“你给我画了一楼的平面图,孩子,现在你再给我画画二楼的布局好吗?”

“这很容易。”

安德烈亚又拿起笔。

“在二楼,你瞧,有前厅、客厅;客厅右侧为藏书室和书房,左侧有一间卧室和洗手间。所说的写字台就放在洗手间里。”

“洗手间有窗户吗?”

“有两扇呢,在这儿,还有这儿。”

安德烈亚画出两扇窗户。在平面图上,洗手间位于一角,呈方形,靠着面积大些、呈长方形的卧室。”

卡德鲁斯又陷入沉思。

“他经常去欧特伊吗?”他忽然问道。

“每周去两三次吧;比方说明天,他就要去那里,度过一天一夜。”

“你能肯定吗?”

“他邀请我去用晚餐。”

“好极了!这才不白活。”卡德鲁斯说道,“城里有公馆,乡间有别墅。”

“这才是有钱人的活法。”

“你去吃晚饭吗?”

“很可能去。”

“你去吃饭,还住在那儿吗?”

“我高兴就住下。我到伯爵那里,就像在自己的家。”

卡德鲁斯凝视这年轻人,想看透他内心深处的真实想法。这时,安德烈亚却从兜中掏出一盒雪茄烟,抽出一支,从容地点燃,开始吸起来,丝毫

也不给人以做作之感。

“这五百法郎,你什么时候要?”他问卡德鲁斯。

“如果你身上带着,马上就要。”

安德烈亚从兜里掏出二十五枚金路易。

“金币呀,”卡德鲁斯说道,“免了,谢谢!”

“怎么,你看不上眼?”

“正相反,我非常看重,但是我不要。”

“傻瓜,你兑换时还有赚头:一枚金币能多换五苏[①]。”

“正是啊,兑换完了呢,兑换商就会派人跟上卡德鲁斯朋友,再把他逮住,必须让他说明白,什么佃户是拿金币交租子的。别干傻事了,孩子:只要银币,上面是哪个君主国王的头像也都行。五法郎的银币,什么人都可能有个把的。”

“你完全清楚,我身上不可能带五百法郎的银币:那样我就得雇一个人专门扛着了。”

“那好,你就交给你那饭店的看门人吧,那是个诚实的人,到时候我去取。”

“今天吗?”

“不,明天;今天我没时间了。”

“就这么办,明天,我动身去欧特伊的时候,就把钱给你撂下。”

“这活靠得住吧?”

“一百个放心。”

“要知道,我得先去物色个女佣人。”

“物色吧。不过,到此你也就打住吧,嗯?你不会再折磨我了吧?”

“永远也不会了。”

卡德鲁斯的脸色变得十分阴沉,安德烈亚不免担心,别弄得无法回避,不得不面对这种神态变化。于是,加倍表现出无忧无虑与欢快的情

① 5苏等于1法郎。

绪。

“瞧你这高兴劲儿，”卡德鲁斯说道，“就好像遗产你已经拿到手了。”

“可惜还没有呢！……但是总有一天，我会拿到的……”

“那又怎么样？”

“怎么样，忘不了朋友啊；现在我对你只能说这一句。”

“可不是嘛，你的记忆也太棒了！”

“有什么办法？当时我还以为你要敲我一笔呢。”

“我嘛，唉！想到哪儿去啦！其实正相反，我还要给你一个朋友的忠告呢。”

“什么忠告？”

“就是把你手指上戴的钻石戒指留下来。怎么！你这是想让人把咱们逮住呀？你这是想把咱两个全毁掉呀，居然干出这种蠢事？”

“何出此言？”安德烈亚说道。

“还用问！你穿一身号服，装扮成仆人，而手上还戴着价值四五千法郎的钻戒！”

“哎呀！你估价还真准！你何不到拍卖行去干事呀？”

“这不奇怪，钻石我还算识货，从前我也有过。”

“我倒劝你多多炫耀。”安德烈亚说道。他对这种新的勒索，倒没有像卡德鲁斯所担心的那样发火，而是很痛快地交出了钻戒。

卡德鲁斯检查这枚钻戒，眼睛凑得那么近，安德烈亚一看就完全明白，他是在察看钻石的棱角是否锋利。

“这颗钻石是假货。”卡德鲁斯说道。

“得了吧，”安德烈亚回答，“开什么玩笑？”

“哎！别生气呀，试试看嘛。”

卡德鲁斯说着，就走到窗口，用钻戒划玻璃窗，只听玻璃吱吱作响。

“我承认！”卡德鲁斯说着，就把钻戒套在自己的小手指上，“我看走眼了；不过，那些珠宝商全是贼，仿制的宝石难辨真假，弄得人都不敢去偷珠宝店了。这不又一个行当陷入瘫痪状态。”

“喂，”安德烈亚说道，“完了没有？你还要我什么东西吧？这件号衣要吗？这顶帽子要吗？既然开了头，你就不必缩手缩脚了。”

“不要了。说到底，你是一个好伙伴。我也不留你了，我得尽量改一改这贪得无厌的毛病。”

“不过你要当心，在卖这枚钻戒的时候，别出现你担心的兑换金币的那种情况。”

“放心吧，我不会卖的。”

“不会，至少从现在到后天这段时间不会卖。”年轻人心中暗道。

“幸运的坏蛋！”卡德鲁斯说道，“去吧，找你的仆人、你的马车去，回到你未婚妻的身边去吧。”

“说的是。”安德烈亚回答。

“对了，等你娶我朋友丹格拉尔的千金那天，我希望得到你一件好礼物。”

“我跟你说过，你纯粹是胡思乱想。”

“给多少嫁妆呢？”

“可我跟你说……”

“一百万？”

安德烈亚耸了耸肩。

“就算一百万吧，”卡德鲁斯说道，“你绝不会有我希望你得到的那么多。”

“多谢。”年轻人回答。

“唔！我这是衷心祝愿，”卡德鲁斯补充一句，同时粗俗地咧嘴大笑。“等一等，让我送你出去。”

“不劳驾了。”

“免不了。”

“为什么？”

“唔！因为房门安了个小机关：我认为有必要采取的一种预防措施。于雷-菲舍门锁，由加斯帕尔·卡德鲁斯改装了。等你发了大财，我也照

样给你安装一把。”

“多谢了，”安德烈亚答道，“我会提前一星期通知你。”

二人分了手。卡德鲁斯站在楼梯平台上，目送安德烈亚走下三层楼梯，再穿过院子走了。然后，他急忙返身回屋，细心锁好门，好似一位老道的建筑师，开始研究安德烈亚留下的平面图。

“这个可爱的贝内德托，”他说道，“我相信他拿到遗产不会恼火，也相信让他提前得到五十万法郎的人，不算是他最坏的朋友了。”

第八十二章　夜盗

上述那场谈话的第二天。德·基督山伯爵果然去了欧特伊，带去阿里和好几名仆人，以及他要试用的马匹。这次出行，甚至头天晚上他都没有考虑，更不在安德烈亚的打算之内，主要还是贝尔图齐奥赶回来了，才促使他临时决定下来。贝尔图齐奥从诺曼底回来，要报告置办房子和双桅帆船的情况。房子已经修缮一新，双桅帆船是一周前到达的，办妥了一切手续，停泊在一个小港湾里，而船上六名水手待命，随时准备启航。

伯爵赞扬了贝尔图齐奥的干劲，吩咐他作急速启程的准备，他本人在法国逗留的时间，不会超过一个月了。

"现在，"他对贝尔图齐奥说道，"一旦需要，一夜工夫，我就能从巴黎赶到特雷波尔。我要求沿途设八个站点，从而保证我在十小时之内，能赶完二百公里的路程。"

"大人已经表示过这种愿望，"贝尔图齐奥回答，"马匹都安排好了。都是我亲自挑选购买的，并且安置在最方便的地点，就是通常没有行客停留的村庄。"

"很好，"基督山说道，"我在这里待一两天，因此您做好安排。"

贝尔图齐奥正要出去，安排这次小住的各种事宜，恰好这时，巴蒂斯坦打开房门，用一只镀金的银盘托着一封信进来。

"您到这儿来做什么？"伯爵见他满身尘土，便问道，"我好像并没有让您来呀？"

巴蒂斯坦并不回答，只是走到伯爵面前，呈上那封信。

“重要的急信。”他说道。

伯爵折开信，读道：

> 德·基督山先生亲启：今天夜晚，有人要潜入贵府，香榭丽舍大街的宅邸，意图窃取他以为藏在洗手间写字台中的文件。德·基督山伯爵先生素以勇敢著你，想必不会借警方之力处理此事，以免连累提供此信之人。伯爵先生只需躲藏在卧室通洗手间的门后，或者躲进洗手间内，便可亲手制服潜入者。过多布置人手，过于明显地采取防范措施，肯定会吓退那个歹徒，致使德·基督山先生丧失时机，未能识破一个仇敌的面目。此消息偶然获悉，提供给伯爵；那歹徒此次如不得手，定然再次作案，在下就难以及时奉告了。

伯爵看了信，头一个反应是认为这是盗贼的诡计，拙劣的圈套：告诉他一种不大的危险，以便把他置于更严重的危险中。伯爵不顾这个匿名朋友的叮嘱，也许正因为这样叮嘱，他才想派人把这封信送交一位警长，但是猛然又一转念，想到很可能是他的私家仇敌，只有他能认出来，必要时，也只有他能加以利用，如同斐爱斯柯[①]利用要刺杀他的那个摩尔人。我们十分了解伯爵，不必再讲他多么勇武，胆识过人，敢于向不可能实现的事情叫板，表现出唯独超人才有的那种魄力。他凭着自己的生活经历，凭着勇往直前，绝不后退的决心，在一场场斗争中，尝到了从未领略过的乐趣：时而同大自然，即同上帝斗，时而同人世，即无异于同魔鬼斗。

“他们不是要偷我的文件，”基督山说道，“而是想要我的命；他们不是窃贼，而是杀手。我不愿意让警察总监先生插手我的私事。真的，我自

① 斐爱斯柯，德国戏剧家席勒（1759—1805），同名剧作中的主人公。他收服企图杀害他的一个摩尔人，利用他来进行谋反。

已有这么多钱，在这事上何必开销他的行政经费呢。”

伯爵又叫来呈上信就退出房间的巴蒂斯坦。

“您回到巴黎市区，”伯爵说道，“将留在那里的所有仆人都带来。我在欧特伊需要所有人。”

“那么府里一个人也不留了，伯爵先生?”巴蒂斯坦问道。

“有哇，留下门房。”

“伯爵先生要考虑，门房离主宅很远。”

“那又如何?”

“那府里的东西让人洗劫一空，他也听不见一点动静。”

“谁会干这种事?”

“那些窃贼呀。”

“巴蒂斯坦先生，您真够蠢的:就算整个宅子让窃贼洗劫一空，也不如下人不听使唤这么让我气恼。”

巴蒂斯坦躬身领命。

“您听明白我的话，”伯爵又说道，“您的伙伴一个不落，全部带来；而且府上一切照旧，您只把楼下的百叶窗板关上就行了。”

“二楼的呢?”

“您知道二楼的窗板从来不关。去吧。”

伯爵吩咐下去，他要独自在房间用晚餐，只用阿里侍候。

他像往常一样，从容用餐，进食很少。吃完饭，他示意阿里跟他走，二人从小门出去，到了布洛涅树林，一路像散步的样子，若不经意便走向巴黎，天黑也就到了香榭丽舍大街，他自己宅邸的对面。

宅院一片昏暗，唯独门房小屋透出微弱的灯光，正如巴蒂斯坦所说，离主宅有四十步远。

基督山靠到一棵树上，以他那极少看错的目光，窥视两侧的林荫路，审视来往行人，还把目光投向附近的街道，看看是否有人埋伏。观察了十分钟之后，他确信没有人跟梢儿，便带着阿里立刻跑到小角门，急忙闪身进去。他身上带着钥匙，打开门，上了仆人专用的楼梯，回到他的卧室，没

有拉开或者掀动一道窗帘，就连门房也想不到，他以为空无一人的小楼，又迎回了它的主人。

到了卧室，伯爵示意阿里站住，然后他自己走进洗手间察看；一切正常：这张珍贵的写字台还在原处，钥匙挂在上面。他把钥匙拧了两圈儿锁好抽屉，再拔下来，回身到卧室门前，将门锁的簧头卸下，这才回到卧室。

这工夫，阿里按照伯爵的吩咐，将武器放到一张桌子上，计有一支短马枪、两支双筒手枪，两根重叠的枪管瞄准很有把握，不亚于射击房的手枪。伯爵这样武装起来，手里就掌握五条人命。

这时约摸九点半钟，伯爵和阿里匆匆吃了块面包，喝了杯葡萄酒。接着，他移开一块活动的墙板，就能从卧室看到洗手间里的情况了。他伸手就能操起手枪和短枪，站在身边的阿里，手里握着一把阿拉伯小斧：这种斧头的式样，从十字军东征的年代以来，就没有改变过。

伯爵在卧室，从一扇与洗手间窗户平行的窗户，就能望见街道。

两小时这样过去，周围一片漆黑，然而，阿里凭着他那原始的天性，伯爵则无疑多亏后天的本领，他们在浓浓的夜色中，就连院中树木极轻的摇动，也能看得清楚。

门房小屋里的那盏小灯，早就熄灭了。

如果真的是一次精心策划的袭击，那么可以推断，攻击要从下面的楼梯发起，而不会来自一扇窗户。基督山始终认为，那些歹徒是要他的命，而不是图他的钱财。因此，他们袭击的目标一定是他的卧室，那么不是从暗梯上来，就是从洗手间的窗户进来。

他让阿里守住对着楼梯的房门，自己还继续监视洗手间。

荣军院的大钟敲了十一点三刻：潮湿的西风送来阴森森的三声钟响。

最后一下钟声渐息时，伯爵似乎听见洗手间方向有轻微声响：第一阵响动，确切说来，第一阵咯吱声，接着又是第二阵、第三阵；听到第四阵咯吱声时，伯爵就知道是怎么回事了。一只沉稳有力、训练有素的大手，正用一颗钻石在切割窗玻璃的四周。

伯爵感到心跳加速了。一个人在危险中无论怎样摸爬滚打过，对危

险情况无论作了怎样充分的准备，事到临头，他从心的速跳和肌肉的颤抖上，还是能明白想象与现实之间、计划与实施之间，该有多么悬殊的差别。

然而，基督山也只是打了个手势，告诉阿里有情况；阿里当即明白，危险来自洗手间方向，于是跨了一步，靠近主人。

基督山急不可待，想知道他要对付的是什么仇敌，来了多少人。

歹徒划割玻璃的那扇窗户，正对着伯爵窥视洗手间的洞口。因此，他的眼睛盯住那扇窗，只见黑暗背景上，又显现一个更黑的身影；继而，一块玻璃变得完全不透明了，就好像从外面贴了一张纸，接着，窗玻璃咔嚓响了一下，但是没有掉下来。一只手臂从卸下玻璃的洞口探进来，摸索窗上的长插销，一秒钟之后，窗户吱啦打开了，爬进来一个人。

仅仅一个人。

“真是个贼大胆。”伯爵咕哝一句。

这时，他感到阿里捅了捅他的肩膀，便转过身去：阿里指给他看他们所在房间朝向街道的窗户。

基督山朝那扇窗户走了三步：他深知这个忠仆感官异常灵敏。果然，他望见另有一人，从一扇门闪出，登上一块墙角石，似乎在窥探伯爵府内发生什么情况。

“好哇！”伯爵说道，“他们两个人：一个下手，一个望风。”

他打个手势，让阿里监视街上那个人，自己则回头对付洗手间的那个家伙。

割破窗玻璃的闯入者，伸出两只手壁摸索一阵。

最后，他似乎摸清了屋里的布局：这洗手间有两扇门，他走过去，将两扇门都锁上。

他走向通卧室这扇门时，基督山还以为他要进入，就拿住一支手枪防备着；可是，伯爵只听见门锁滑进铜槽的声响。这不过是一种防范措施，然而，这个深夜的不速之客以为这样就万无一失，可以放心地行动，他哪里知道伯爵已经卸下了弹簧锁头。

门一上锁，那么以为屋里只有他一人，可以放手干了，便从他的大口

窗户吱啦打开了，爬进来一个人。

袋掏出什么东西，放到独脚桌上，伯爵也辨认不清。接着，他就径直走向写字台，摸了摸安锁的部位，发现钥匙不见了，这完全出乎他的意料。

不过，这个破窗而入的人做事精细，事先想得很周全。不大工夫，伯爵就听见金属小部件哗哗的撞击声，如同我们请锁匠来开锁时，锁匠拿出造形各异的钥匙串所发出的声响，而窃贼称这类钥匙串为夜莺，无疑是因为他们撬锁夜盗时，听到这夜莺鸣啭似的开锁声心中欢喜之故。

“哦！哦！”基督山失望地微微一笑，咕哝道，“原来只是个盗贼。”

那人在黑暗中，一直找不准合适的钥匙，就要用他刚放到小圆桌上那件东西，他拿起来一按弹簧钮，就发出一道亮光，虽然微弱，但是足以照亮物品，淡黄的光映在那人的脸上和手上。

“咦！”基督山忽然说道，同时吃惊地后退一步，“是他……”

阿里举起斧子。

“别动，”基督山悄声对他说，“放下斧子，现在，咱们用不着武器了。”

接着，他又把声音压得更低，补充了几句，只因刚才伯爵一惊之下，不由自主发出的惊叹，声音再怎么轻微，也把那人吓了一跳，使他定格在古代磨刀人的姿势上。阿里按照伯爵小声的吩咐，立即踮着脚尖走到壁橱前，摘下一件黑袍和一顶三角帽。这工夫，基督山迅速脱下礼服、坎肩和衬衣：借着从板壁洞口透过来的微光，可以看见伯爵穿着护胸锁子甲。这种由钢丝编织的护胸甲，既柔软又细密，在当今已无遇刺之忧的法国，最后一位穿锁子甲的，恐怕就是路易十六国王了，他怕行刺护住了胸膛，却没保住脑袋，不料让大斧给砍掉了[①]。

这件护胸甲很快就罩在长袍里面了，同样，伯爵的头发，也被教士那种光顶样式的假发盖住了，再戴上三角帽，伯爵就摇身变成神甫了。

那家伙听不见动静了，便又直起身，就在基督山乔装打扮的时候，他又径直走向写字台，用他的“夜莺”试锁，弄出嘎嘎响动。

“好哇！”伯爵咕哝道，他那锁上无疑安了秘密机关，自信再怎么手巧的撬锁者也难以破解，“好哇！你还得干上几分钟。”说罢，他便走向窗口。

伯爵刚才看见登上墙脚石的那人，已经下来了，但还一直在街上溜达；然而奇怪的是，他并不注意行人，无论来自香榭丽舍大街，还是来自圣奥诺雷街，倒好像关心伯爵府内发生什么情况，那一举一动，目的全在于

---

① 路易十六(1754—1793)，法国国王，1793年1月21日，被法国革命时期国民公会送上断头台。

看清这洗手间里出了什么事。

基督山猛地拍了下额头，微张的嘴唇上不禁掠过一丝无声的笑。

继而，他回到阿里的身边。

“你待在这儿，”他低声说道，“躲在暗处，不管听到什么响动，不管发生什么事，只有等我叫你名字，你才能进去，才能露面。”

阿里点了点头，表示明白并听命。

于是，基督山从大柜子里取出一支已经点亮的蜡烛，就在那窃贼聚精会神开锁的时候，伯爵轻轻地推开门，并特意将烛光靠在胸前，以便完全照亮自己的脸。

开门的声音极轻，那窃贼没有听见，但是他突然发现屋子亮起来，不免大吃一惊。

他回头看去。

“哦！晚上好，亲爱的卡德鲁斯先生，”基督山说道，“见鬼，深更半夜的，您到这儿来干什么呀？”

“布索尼神甫！”卡德鲁斯失声嚷道。

他心下奇怪，房门已经锁上，不知神甫怎么像幽灵般出现在面前，他一失手，钥匙串便掉到地上，一时惊呆，钉在原地。

伯爵走过去，横在卡德鲁斯和窗户之间，切断了惊慌失措的窃贼唯一的退路。

“布索尼神甫！”卡德鲁斯重复道，他用惊恐万状的目光盯住伯爵。

“是啊，一点不错，”基督山接口说道，“本人正是布索尼神甫，我很高兴您还能认出我来，我亲爱的卡德鲁斯先生，这表明我们的记性都很好，因为，假如我记得不错的话，我们快有十年没有见面了。”

这种平静的神态、这种讥讽的口吻、这种威慑力，简直恐怖到了极点，卡德鲁斯一下子就吓昏了头。

“神甫！神甫！”他讷讷地说道，同时咬牙切齿，又攥紧拳头。

“怎么，现在偷到德·基督山伯爵的头上啦？”所谓的神甫继续说道。

“神甫先生，”卡德鲁斯一边咕哝，一边企图靠近窗户，无奈被伯爵无

情地截断了路，“我不知道……我请您相信……我向您发誓……”

“割下一块玻璃，”伯爵继续说道，“提一盏暗灯，拿一串夜莺，将一张写字台撬开一半，这可一目了然啊。”

卡德鲁斯觉得领带勒着脖子喘不上气来，真想找个角落躲起来，找个地缝钻下去。

“算了”，伯爵说道，“看得出来，您还是老样子，杀人犯先生。”

“神甫先生，您既然全了解，就能知道那不是我，而是那个卡尔孔特女人干的；判决书上认定了这一点，因而只判我服苦役。”

“您一定是刑满释放了，我看您现在正准备再让人带回去吧？”

“不是，神甫先生，我是被一个人救出来的。”

“那个人可真为社会做了件大好事。”

“唔！”卡德鲁斯说道，“当时我也保证过……”

“这么说，您食言啦？”基督山接口说道。

“唉！是啊。”卡德鲁斯惴惴不安地答道。

“死不悔改……如果我没弄错的话，这会把您引上河滩广场[1]。活该，活该，正如我那国家的老百姓所说：杀人恶魔！”

“神甫先生，我这是一念之差……”

“罪犯无不都这么讲。”

“生活所迫……”

“算了吧，”布索尼不屑地说道，“生活所迫，可以去求人施舍，去面包铺偷块面包，不应当潜入一幢以为人家不在的宅子，撬一张写字台。当年珠宝商约阿内买下我给您的钻石；给您点了四万五千法郎，您既要钱又要夺回钻石，就把他杀害了，那也是生活所迫？”

“对不起，神甫先生，”卡德鲁斯说道，“您已经救过我一回，再救我一回吧。”

---

① 河滩广场，巴黎市府的旧址，从1310年至1789年法国大革命，河滩广场是处决人犯的刑场。

“这可激发不起我的热情。”

“您独自一人吗，神甫先生？”卡德鲁斯合扰双手问道，“还是带来了警察准备抓我呢？”

“我独自一人，”神甫答道，“如果您说出全部实情，我还会可怜您，这次再放您一马，甘冒我心善又造成恶果的风险。”

“噢！神甫先生！”卡德鲁斯高声说道，他合拢手掌，靠近基督山一步，“我要对您说，您真是我的救命恩人！”

“照您说，有人把您从苦役犯监狱救出来？”

“唔！这事，神甫先生，我以卡德鲁斯的信誉保证！”

“那人是谁？”

“一个英国人。”

“他怎么称呼？”

“威尔莫勋爵。”

“这人我认识，会了解清楚您是否说谎的。”

“神甫先生，我说的没有半句谎话。”

“那么，是这个英国人保护了您？”

“不，他不是保护我，是保护我的狱友，一个科西嘉青年。”

“那科西嘉青年叫什么名字？”

“贝内德托。”

“这是个洗礼的名字。”

“他是个弃儿，不知道姓什么。”

“那么，那个青年，是同您一道越狱的？”

“对。”

“如何越狱的？”

“当时，我们在土伦附近的圣芒德里埃服苦役。圣芒德里埃您知道吧？”

“知道。”

“是这样，从十二点到一点，趁大家睡午觉的时候……”

"苦役犯还睡午觉！那些家伙还用可怜吗！"神甫说道。

"哎！"卡德鲁斯说道，"我们又不是狗，不能总干活呀！"

"这真是狗的幸运。"基督山说道。

"趁别人睡午觉的时候，我们逃开一点儿，再用那个英国人通过人送来的锉刀，锉开了手铐脚镣，然后游泳逃走了。"

"那个贝内德托，后来怎么样了？"

"我一无所知。"

"然而，您应当了解。"

"真的不了解。我们到耶尔就分了手。"

他为了给自己的申辩增添分量，还朝神甫迈近一步；但是神甫稳稳立在原地，始终那么平静，一副探问的表情。

"您说谎！"布索尼神甫说道，声调透出不容辩驳的威严。

"神甫先生！……"

"您说谎！这人还是您的朋友，也许是同谋犯，还受您利用吧？"

"哎！神甫先生！……

"您离开土伦之后，是靠什么生活的？回答。"

"尽量混呗。"

"您说谎！"神甫重复三次重复，声调更加断然。

卡德鲁斯吓坏了，望着伯爵。

"你正是靠着他给您的钱生活。"伯爵又说道。

"好吧，正是这样，"卡德鲁斯说道，"贝内德托成了大贵族的公子哥儿。"

"他怎么成了大贵族的公子哥儿？"

"私生子呗。"

"那位大贵族叫什么名字？"

"德·基督山伯爵，我们就是在他的府邸。"

"贝内德托，伯爵的儿子？"基督山重复道，这回是他深感诧异了。

"哎！不能不信啊，正是伯爵给他找了一个假父亲，正是伯爵每月给

他四千法郎生活费，也正是伯爵在遗嘱里给他留下五十万法郎。”

“哈！哈！”假神甫说道，他心里也开始明白了，“眼下，这青年用什么名字？”

“他名叫安德烈亚·卡瓦尔坎蒂。”

“那么，就是我的朋友德·基督山伯爵的座上客，将要娶丹格拉尔小姐的这个青年？”

“正是他。”

“坏蛋，您竟然容许他这么干？您了解他的身世和他的老底呀！”

“一个伙伴能飞黄腾达，您为什么让我去阻拦呢？”卡德鲁斯说道。

“这话也对，不应当让您去，就由我去警示丹格拉尔先生。”

“您别这样做，神甫先生！……”

“为什么？”

“因为，您这是要砸我们的饭碗啊。”

“照您这么说，为了保住你们这种坏蛋的饭碗，我就该纵容他们搞阴谋诡计，包庇他们的罪恶行径吗？”

“神甫先生！”卡德鲁斯说着，又靠近一步。

“我要全部兜出来。”

“向谁？”

“向丹格拉尔先生。”

“别做梦啦！”卡德鲁斯叫了一声，立时从坎肩里抽出一把明晃晃的短刀，当胸刺向伯爵，“你什么也别想说了，神甫！”

令卡德鲁斯大吃一惊的是，一刀非但没有刺进伯爵的胸膛，反而卷了刀尖。

伯爵也当即出左手，一把抓把凶犯的手腕，只是一扭，力量奇大，疼得卡德鲁斯惨叫一声，短刀也从他麻木的手指上失落了。

然而，伯爵听他这声惨叫，并不住手，还继续扭这强盗的手腕，直到他手臂脱臼，先是跪倒，随即又完全趴在地上了。

伯爵一脚踏上他的脑袋，说道：

“真不知道有什么拉住我，不一脚踏烂你这脑壳，恶贼！”

“噢！饶命啊！饶命啊！”卡德鲁斯嚷道。

伯爵抽回那只脚。

“起来！”他喝了一声。

卡德鲁斯这才爬了起来。

“哎呀，天啊！您这多大手劲啊，神甫！”卡德鲁斯一边说，一边揉着

“真不知道有什么拉住我，不一脚踏烂你这脑袋，恶贼！”

被铁钳似的手掌扭伤的手臂,“哎呀,天啊! 多大的手劲啊!”

“住口,上天赋予我力量,能降伏你这样的凶兽,我也是替天行道;你要牢记这一点,恶棍,这次我放过你,也还是遵从天意。”

“哎哟!”卡德鲁斯还疼得直呻吟。

“拿起这支笔,我说一句,你就在这纸上写一句。”

“我不会写字,神甫先生!”

“你说谎,拿起笔,给我写!”

卡德鲁斯受这超人威力的震慑,只好坐下,写道:

先生:您在府中待为上宾并要许配令爱的那个人,原先是苦役犯,他和我一道从土伦监狱逃出来;他在牢中是五十九号,而我为五十八号。

他名叫贝内德托,但他从未见过生身父母,因而根本不知道自己的真正姓氏。

“签字。”伯爵继续说道。

“怎么,您要毁掉我呀?”

“傻瓜,我要是毁了你,早拉出去把你交给巡逻队了;再说,等这封信送到地方,你很可能到了安全之所,无需害怕了。签字吧。”

卡德鲁斯签了名。

“地址写上:受色-当坦街,银行家丹格拉尔男爵先生收。”

卡德鲁斯写了信址。

神甫拿起信,说道:

“好了,现在,走你的吧。”

“从哪儿走?”

“从你进来的地方。”

“您要要让我从这扇窗户爬出去?”

“既然你能爬进来。”

“您别是要算计我吧,神甫先生?”

“傻瓜,我算计你干什么?”

“那您为什么不给我打开门呢?”

“何必惊动门房呢?”

“神甫先生,对我说一声,您并不想要我的命。”

“我只想遵奉天意。”

“您要向我发誓,不会在我爬下楼时袭击我。”

“你这家伙又蠢又怯懦!”

“您到底要怎么处置我?”

“我倒要问你了。本来我力图让你成为一个生活幸福的人,结果却把你变成一个杀人凶手。”

“神甫先生,”卡德鲁斯说道,“您最后试一把吧。”

“好吧,”伯爵说道,“听我说,你知道我是说话算数的人。”

“对。”卡德鲁斯应道。

“如果你回到住处,安然无恙……”

“除了您,我还怕什么呢?”

“如果你回到住处,安然无恙,那你就离开巴黎,离开法国,你无论到世界什么地方,只要安安分分,那么我就会给你一小笔年金。因为,如果你能安然无恙回到住处,那就……”

“那就如何?”卡德鲁斯不寒而栗,问道。

“那我就相信,上帝饶恕了你;我也就饶恕你。”

“就跟我是基督徒一样千真万确,”卡德鲁斯一边往后退,一边结结巴巴地说道,“您这话真要把我吓死了!”

“好了,走吧!”伯爵指了指窗户,对卡德鲁斯说道。

虽有这样的许诺,卡德鲁斯还是不大放心,他跨出窗户,脚踩到梯子上。

他战战兢兢地停在那里。

“现在,下去吧。”神甫叉起手臂说道。

卡德鲁斯这才明白，无需担心神甫这方面了，于是顺梯子下去。

这时，伯爵举着蜡烛靠近前，这样一来，一个人从窗户爬下去，由另一个人给照亮的情景，从香榭丽大街方向就看得很清楚了。

“您这是干什么呀，神甫先生，”卡德鲁斯说道，“万一有巡逻队经过……”

他说着，就一口气吹灭蜡烛，又接着往下爬，直到感觉脚沾了地，到了花园，他才完全放下心来。

基督山回到卧室，目光从花园到街上，迅速扫了一下，他先是看见卡德鲁斯下去之后，在花园兜了半圈儿，将梯子搭在围墙的尽头，要避开潜入点，换个位置越墙出去。

随后，伯爵又把目光从花园移到街上，望见似乎在街上守候的那个人，也忽然跑起来，与卡德鲁斯一外一里，沿平行线移动，并躲在卡德鲁斯要下去位置的墙角里。

卡德鲁斯缓慢登上梯子，快到顶上几级时，他从墙头窥探街道有没有人。

不见一个人，也听不到任何响动。

荣军院的大钟敲响一点钟。

卡德鲁斯于是骑到墙头，拉上梯子，再顺到围墙的外侧；他就准备爬下去，确切地说是顺着梯子两边的竖杆溜下去：他的动作很敏捷，表明他在这方面训练有素。

然而，他一开始往下滑，就收不住了，他滑到半空中；干瞪眼瞧见一个人从暗地蹿出来，在他双脚要着地，还不能自卫的当儿，干瞪眼瞧着一只手臂扬起，从后背狠狠捅上一刀，他不禁放开梯子，同时大叫一声：“救命啊！”

几乎紧接着，肋部又挨了一刀，他摔倒在地，又嚷道：

“杀人啦！”

最后，那对手趁他在地下翻滚之机，又揪住他的头发，照他胸口捅了第三刀。

那对手照他胸口捅了第三刀。

这下再想喊，也只能发出一声呻吟，卡德鲁斯身中三刀，鲜血汩汩往外冒。

凶手见他不喊了，就揪着头发，拎起他脑袋，只见卡德鲁斯双眼紧闭，嘴角歪斜，便以为他死了，一松手丢下这脑袋，逃之夭夭了。

卡德鲁斯感到凶手跑远了，这才用臂肘撑起身子，使尽浑身气力喊叫，也仅仅发出微弱的声音：

“抓凶手！我要死了！救救我，神甫先生，救救我！”

这样凄惨的呼救声，穿透浓浓的夜色。暗梯的门打开了，接着，花园的小角门也打开了，阿里和他的主人提着灯笼跑出来。

第八十三章　上帝之手

卡德鲁斯还继续哀叫：

“神甫先生，救命啊！救命啊！”

“出了什么事？”基督山问道。

“救救我！”卡德鲁斯重复道，“有人刺杀我！”

“我们来啦！挺住！”

“噢！这回完了。您来得太晚，您赶来是要看着我死去。下手多狠！流了多少血！”

他昏迷过去。

阿里和他的主人抬着受伤者进屋。到了房间，基督山示意，让阿里给卡德鲁斯脱下衣服，于是他看到三处重创的伤口。

“我的上帝！”他说道，“您的报应，有时的确久等不来；不过我相信，上天一旦报应，就绝不留情。”

阿里看着主人，似乎在询问下一步怎么办。

“你去圣奥诺雷街区，把检察官维尔福先生带来。你出门时再叫醒门房，告诉他去找个大夫来。”

阿里领命而去，屋里只剩下假扮的神甫，以及昏迷不醒的卡德鲁斯。等这不幸的家伙又睁开双眼，伯爵就坐到离他几步远的地方，以忧郁而怜悯的表情注视他，翕动的嘴唇仿佛在喃喃祈祷。

“请外科大夫！神甫先生，请外科大夫！”卡德鲁斯说道。

“已经去人请了。”神甫回答。

“我知道，大夫也救不了我的命，但是，他也许能给我些力量，让我多坚持一会儿，以便告发。”

“告发什么？”

“告发杀害我的凶手。”

“怎么，您认识他？”

“问我是否认识他！对，我认识，他就是贝内德托。”

“那个科西嘉青年？”

“正是他。”

“您的伙伴？”

“对。他给我画了伯爵府的平面图，肯定希望我杀死伯爵，他好继承财产，再不然，希望我被伯爵杀死，他好摆脱我。他在街上等我，对我下了黑手。”

“我派人去请大夫，同时也派人去请检察官了。”

“等他到来就太晚了，等他到来就太晚了。”卡德鲁斯说道，“我觉得身上的血要流尽了。”

“等一等。”基督山说道。

他出了屋，过了五分钟拿着小药瓶回来。

就在伯爵出去的几分钟，这个垂死之人惊恐万状的眼睛，就死死盯住那道房门，显然他本能地猜出，救助准从那扇门进来。

“您倒是快点！神甫先生，您倒是快点呀！”他说道，“我觉得又要昏迷过去了。”

基督山走到跟前，拿起小瓶，往受伤者发紫的嘴唇上滴了三四滴药液。

卡德鲁斯长出一口气。

“唔！您给我滴的是救命的药水，再来点儿……再来点儿……”

“再加两滴，就会要您的命。”神甫回答。

“噢！快叫个人来，我好告发那个坏蛋。”

“您的告发信，要不要由我来写，您再签字？”

“行……行……”卡德鲁斯说道，一想到死后此仇得极，他的眼睛不由得发亮了。

基督山写道：

> 杀害我的凶手，是科西嘉人贝内德托，即我在土伦苦役犯监狱的狱友，他在狱中的编号为五十九号。

“赶快呀！赶快呀！”卡德鲁斯说道，“慢了，我签不了字。”

基督山把笔递给卡德鲁斯，卡德鲁斯集中全身气力，签了字，然后又倒在床上，说道：

“其余的情况，就由您讲述吧，神甫先生。您就说，他化名为安德烈亚·卡瓦尔坎蒂，住在王子饭店……就说……噢！噢！我的上帝！我的上帝！我要死了！”

卡德鲁斯再次昏迷过去。

神甫将小药瓶送到鼻子下给他嗅，受伤者重又睁开眼睛。

他在昏迷时，仍念念不忘复仇。

“唔！所有这些情况您都会讲述的，对不对，神甫先生？”

“所有这些情况，对，还有别的情况。”

“您说什么？”

“我要说，他当然给您画了这座宅子的平面画，期望伯爵杀了您。我要说，他事先写了信通知伯爵；我要说，碰巧伯爵不在，这封信是我收到的，因此守夜等您来。”

“会把他送上断头台的，对不对？”卡德鲁斯说道，“把他送上断头台，您答应我了吧？我抱着这种希望死去，这会帮助我面对死亡。”

“我要说，”伯爵继续说道，“他尾随您到来，而且一直监视您的一举一动；他看见您出了屋子，就赶紧跑到墙角躲藏起来。”

“这么说，这一切您全看见啦？”

“您想一想我说的话:如果你能安然无恙回到住处,那我就相信上帝饶恕了你,我也就饶恕你。”

“可是,您怎么没有警告我?”卡德鲁斯嚷道,他还试图用臂肘撑起身子,“您明知我从这里出去就要被杀死,也不警告我!”

“不,因为,贝内德托之手,我看就是上帝的审判,如果违逆这种天意,我认为就是大逆不道。”

“上帝的审判!不要对我这样讲,神甫先生:上帝的审判,假如真的存在,您比谁都清楚,有些人并没有受到应得的惩罚。”

“耐心!”神甫说道,那口气令这垂死的人不寒而栗,“要耐心!”

卡德鲁斯惊诧地注视他。

“况且,”神甫又说道,“上帝对所有世人都大慈大悲,对你也曾如此:他首先是慈父,然后才是审判官。”

“哼!您呢,您信上帝吗?”卡德鲁斯问道。

“假如我十分遗憾,以前并不信的话,那么现在看到你,我就信了。”

卡德鲁斯握紧拳头举向天空。

“听着,”神甫说道,同时把一只手平伸到受伤者上方,仿佛命令他接受信仰似的,“你临终还不肯承认上帝,而这个上帝却为你做了这么多:他给了你健康、力量,给了你一份稳定的工作,甚至给了你朋友,总之,给你安排的生活,对于知足常乐、心平气和的人来说,应当是相当甜美的了。按说,难得天主这样全面恩赐,然而,你非但不充分利用,这弃善从恶,看看你的所作所为:你好逸恶劳,酗酒成性,在喝得烂醉的时候,出卖了你的一个最好的朋友。”

“救命啊!”卡德鲁斯嚷起来,“我不需要神甫,而是需要大夫;也许我受的不是致命伤,也许我还死不了,也许我还有救啊!”

“你受的致命伤特别严重,不是刚才我给你的三滴药水,你早就咽气了。你还是听着吧!”

“噢!”卡德鲁斯咕哝道,“您这教士也太怪了,不说安慰垂死的人,还把他们推入绝境。”

“听着，”神甫继续说道，“你背叛朋友的时候，上帝也还没有惩罚你，只是开始警告你；你穷困潦倒了，挨饿受冻了；你这半辈子，本来可以用来获取，却用来羡慕别人，那时你已经拿穷困当作借口，产生了犯罪的念头，幸而上帝向你显示一个奇迹，就在你一贫如洗、生活无计的时候，借用我的手给你送去一笔财富，对你这从来就一无所有的不幸的家伙，是多大一笔财产啊。连想都不敢想，也闻所未闻，然而，这样一笔意外之财一旦到手，你又不满足了，又想翻一番：靠什么手段呢？就靠谋财害命。财富倒是翻了一番，可是上帝又从你手中夺走，把你送上人类的法庭。”

“那并不是我，”卡德鲁斯说道，“是那个卡尔孔特女人要杀那个犹太人。”

“不错，”基督山说道，“正因为如此，还是上帝，这回我不会说他是公正的，因为他本来应该将你处死，还是上帝，始终大慈大悲，让法官们被你的申辩打动了，给你留下一条命。”

“是啊！打发我去终身服苦役，真是天大的慈悲！”

“你这无赖！当时你这颗怯懦的心，面对死亡一直发抖，在宣判中，你听到这一宽赦，终身服刑，就乐得跳起来：你像所有苦役犯那样，心中这样想：苦役监狱还有门，而坟墓却没有门了。你的想法也对，苦役监狱的门果然意外地为你打开了：一位英国人参观土伦，许下一个心愿，要把两个人救出罪恶的深渊，还恰恰选中了你和你的伙伴。好运第二从天而降：你既有了钱，又有了安宁，你这被判处终身服苦役的罪犯，又能重新过上正常人的生活。可是，你这恶徒，你又第三次唐突上帝。你从来没有拥有这么多，却说这还不够，于是，你毫无道理，不可原谅地第三次犯罪。上帝厌倦了，上帝惩罚了你。”

卡德鲁斯眼见着不行了。

“要喝水，”他说道，“我渴……我冒火！”

基督山端给他一杯水。

“贝内德托这个该杀的，”卡德鲁斯还回杯子，说道，“倒让他跑掉了！”

“谁也跑不掉，我敢对你说这话，卡德鲁斯……贝内德托一定会受到惩罚！”

“那么，您也一定要受到惩罚，”卡德鲁斯说道，“因为，您没有尽到教士的职责……您应该阻止贝内德托杀我。”

“我！”伯爵微笑着说道，他这微笑令垂死的人心惊胆寒，“我，阻止贝内德托杀你，而你刚刚刺杀我，你的刀尖在我护胸的锁子甲上卷了刃儿！……是啊，假如我看到你低头悔罪的话，也许我会阻止贝内德托杀你；然而，我看你还是那么傲慢和凶残，于是，我就顺其自然，实现上帝的意志！”

“我不信上帝！”卡德鲁斯号叫，“你也不信……你说谎……你说谎！……”

“住口！”神甫说道，“你再这样叫，身上最后几滴血就要流光了……哼！你不信上帝，就遭上帝打击而死！……哼！你不信上帝，而上帝只要求你祈祷一次，说一句话，流一滴眼泪，就可以饶恕你……上帝本来可以校正凶手的匕首，让你当场毙命……上帝却还给你一刻钟悔罪……你反省一下吧，不幸的人，悔罪吧！……”

“不，”卡德鲁斯回答，“不，我不悔罪。没有上帝，没有天意，只有偶然。”

“就是有天意，就是有上帝，”基督山说道，“证据就在眼前：你否认上帝，就躺在这里，陷入绝望的境地；而我双手合十信奉上帝，就站在你面前，又富有，又幸福，遭袭击也安然无恙。其实，你内心还是信上帝，只是行为上千方百计地不相信。”

“您究竟是谁？”卡德鲁斯问道，他那垂死的目光盯住伯爵。

“你仔细看看我。”基督山说着，便拿起蜡烛，凑近自己的脸。

“不错，神甫……布索尼神甫……”

基督山摘下用以乔装的假发，放下来一头漂亮的黑发，从两侧衬托他那苍白的面孔，显得十分和谐。

“噢！”卡德鲁斯惊恐地说道，“如果没有这头黑发，我就会说您是那

个英国人,那位威尔莫勋爵了。”

“我既不是布索尼神甫,也不是威尔莫勋爵,”基督山说道,“你再好好看看,看得再远些,看看你早年的记忆。”

伯爵这些话具有一种磁性的震撼力,最后一次击活了这家伙衰竭的感官。

“唔!的确,”卡德鲁斯说道,“我从前好像见过您,好像认识您。”

“对,卡德鲁斯,对,你见过我,对,你认识我。”

“可是,您究竟是谁呀?既然您见过我,既然您认识我,那您为什么还见死不救呢?”

“因为你已经没救了,卡德鲁斯,因为你几处受了致命伤。假如你还有救,那我就会认为天主最后一次发慈悲,我以亡父的坟墓起誓,一定还会尽力救活你,让你悔罪。”

“以你亡父的坟墓起誓!”卡德鲁斯说道,他靠生命的最后一点火花振作精神,支起身子,要靠近些瞧瞧这个发了男人最神圣誓言的人,“嗯!你到底是谁?”

伯爵始终注视着这生命终结的进程,他明白这是回光返照,于是凑近这垂死之人,平静而忧伤地凝视他:

“我是……”基督山对着他的耳朵说道,“我是……”

他的嘴唇略微了一张,声音极低说出一个名字,似乎连他自己都怕听见。

这时,卡德鲁斯用手臂支撑着,已经跪在那里,他身子还用力往后缩,继而双手合十,用尽最后气力举起:

“我的上帝啊,我的上帝,”他说道,“请宽恕我一直否认您;您确实存在,您在天上正是人类之父,在世间正是人类的审判官。我的上帝,主啊,我那么久不承认您!我的上帝,主啊,宽恕我吧!我的上帝,主啊,接受我吧!”

卡德鲁斯说罢,双眼一闭,最后叫了一声,又最后一声叹息,便仰身倒下去了。

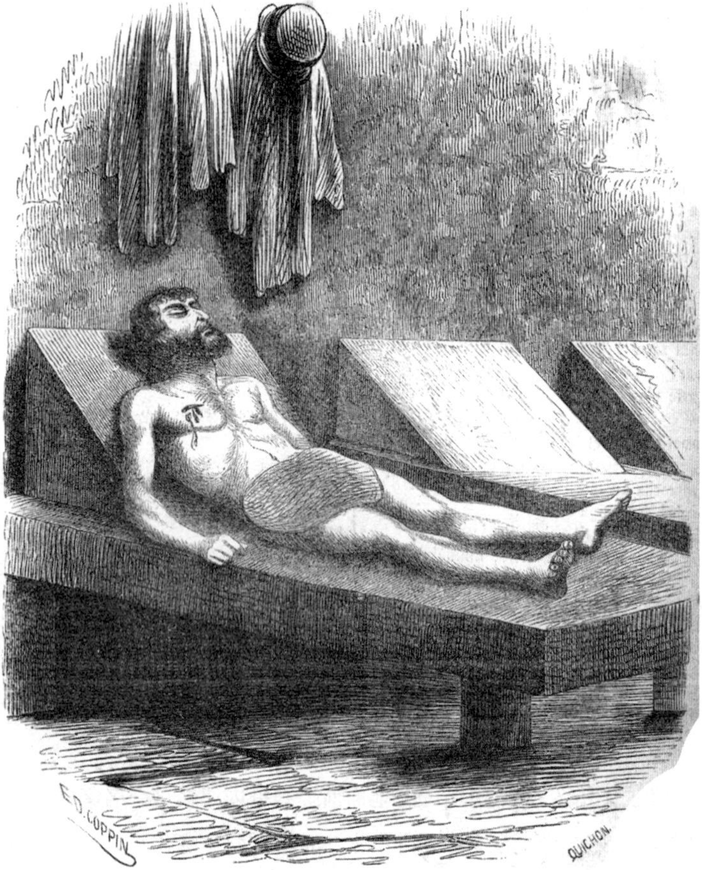

陈尸所

张大的伤口，血立刻不流了。

他死了。

“一个”！伯爵神秘莫测地说道，而他的眼睛则盯着这具因暴死而变形的尸体。

十分钟之后，大夫和检察官，分别由门房和阿里带到了，他们受以在死者旁边祈祷的布索尼神甫的接待。

第八十四章　博尚

在整整两周时间，伯爵府这桩胆大包天的未遂盗窃案，成为全巴黎唯一轰动的事件。盗贼临死前签署了一份笔录，告发贝内德托是杀害他的凶手。警方接过案子，派出所有警探追查凶手。

卡德鲁斯的短刀、暗灯、钥匙串，以及全部衣服，唯独坎肩未能找到，这些全部存到法院书记处；尸体则送到停尸间。

无论谁问起来，伯爵都这么回答：出事的时候，他在欧特伊别墅，因此，关于这个案件的全部情况，他都是听布索尼神甫讲的。那天晚上，神甫在他府上过夜纯属偶然，只为在他的藏书室里查阅几部善本。

唯独贝尔图齐奥，一听人在他面前提到贝内德托这个名字，他的脸就顿时变色，好在谁也没有任何理由去注意他的脸色变化。

维尔福被请来勘察犯罪现场，并主动要求负责这个案子，他每次办刑事案件都投入极大的热忱，这回也不例外，积极准备预审。

然而，三周过去，极其紧张辛劳的侦察却一无所获。伯爵府的未遂盗窃案以及盗贼被同伙谋杀案，也就开始被人淡忘了；社会界又关注起即将举办的婚事：丹格拉尔小姐和安德烈亚·卡瓦尔坎蒂伯爵要成亲了。

这桩婚事差不多公开了，这个青年是以未婚夫的身份，出入银行家府邸的。

早已给卡瓦尔坎蒂老先生去了信，他回信说完全同意这门亲事，同时深表遗憾，他因公务缠身，绝难离开帕尔马，但是明确表示，同意把十五万

利弗尔年金换回本金交给儿子。

双方商定，那三百万本金将存入丹格拉尔银行生利。倒是有人好意提醒这个青年，他未来岳父的生意状况令人产生怀疑：最近一个时期，这位银行家在交易所连连亏本；不过，年轻人表现出了极大的慷慨和信赖，拒不听取所有这些虚言妄论，并以高致的雅量，一句也不向男爵提起。

因此，男爵也特别赞赏安德烈亚·卡瓦尔坎蒂。

可是，欧仁妮·丹格拉尔小姐态度则不然，她憎恶婚姻是出于本能，接纳安德烈亚，也是作为疏远莫尔塞夫的一种手段；不料安德烈亚现在贴得太近，她对其人也就开始产生一种明显的反感。

男爵也许看出了这种态度，但是，他只能把这种反感看成女儿的任性，便装作视而不见了。

且说博尚所要求的期限也快到了。这期间，莫尔塞夫也得以承认基督山劝告的苦心：当时伯爵就对他说，要让事情自生自灭，谁也不会把那条消息同将军联系起来，谁也不可能在出卖约阿尼纳城堡的那名军官身上，认出就是跻身贵族院的这位尊贵的伯爵。

然而，阿尔贝感到所受的侮辱，并不因此减少几分，因为那几行刺伤他的文字中，伤害的意图是显而易见的。此外，同博尚的那场谈话的结束方式，也在他心上留下一种苦涩的回忆。因此，他在头脑里时时玩味他所期望的这场决斗；只要博尚肯通融，这场决斗的真正起因，甚至对证人也秘而不宣。

至于博尚，自从阿尔贝那次兴师问罪之后，就再也没有人见过他；无论谁问起来，报馆的人总回答说他出差数日。

他去了什么地方，大家都一无所知。

一天早晨，阿尔贝被自己的跟班叫醒，通报博尚来访。

阿尔贝揉了揉眼睛，吩咐跟班先把博尚让进楼下小吸烟室稍候，他则急忙穿上衣服，下楼去见客。

博尚正在屋里踱来踱去，一看见阿尔贝来了，便停下脚步。

“今天我本来要去见您，而您抢先登门来访，先生，在我看来这是个

好兆头，”阿尔贝说道，“喏，说一句痛快话，是要我伸出手去对您说：‘博尚，认个错吧，我们二人还是好朋友’呢，还是要我直截了当问一句：‘您打算用什么武器’呢？”

“阿尔贝，”博尚回答，他那忧伤的口气倒让年轻人不胜惊愕，“我们先坐下来，好好谈一谈吧。”

“然而，我看恰恰相反，先生，在我们坐下来之前，您应当先回答我吧？”

“阿尔贝，”报人说道，“有些情况，难就难在回答。”

“那我来给您化解困难吧，先生，只是重复问您这句话：那条消息，您收回还是不收回？”

“莫尔塞夫，事关一位法兰西贵族院议员、陆军少将德·莫尔塞夫伯爵先生的名誉、社会地位与生命，就不能简单地回答行还是不行。”

“那怎么办？”

“就像我这么做，阿尔贝。应当说：一旦事关一个家庭的声望和利益，那么费时费钱乃至辛苦劳累，就无足挂齿；应当说，要接受挑战，同一位朋友殊死决斗，仅凭可能的事实还不够，必须有确凿的依据才行；应当说，我对一位握手交好三年的朋友，如果要以剑交恶，或者举枪要朝他开火，那么我至少必须弄清楚，自己为什么这样做，以便能够心安理得，坦然地走上决斗场，而一个人必须用手臂拯救自己生命时，就需要有这种安然的心态。”

“好啦，好啦！”莫尔塞夫不耐烦地问道，“说这些到底是什么意思？”

“这就是说，我刚从约阿尼纳回来。”

“从约阿尼纳回来？您？”

“对，是我。”

“不可能。”

“亲爱的阿尔贝，这是我的护照，瞧瞧这些签证：日内瓦、米兰、威尼斯、的里雅斯特、德尔维诺、约阿尼纳。一个共和国、一个王国和一个帝国的警察当局，您总该相信吧？”

阿尔贝看了看护照，接着又抬起眼睛，惊讶地注视博尚。

“您去过约阿尼纳？”他问道。

“阿尔贝，假如您是一个外国人，一个素昧平生的人，一个什么勋爵，像三四个月前那个英国人，跑来向我兴师问罪，我就结果了他，免得他再纠缠了，假如您是那样一个人，您也明白，我就不会这样自找苦吃了。然而，当时我就认为，我对您应当表示这份尊重：我去的路上花了一周，回程又花了一周，在那里逗留四十八小时，再加上检疫隔离四天，总共用了我三周时间。我昨晚才赶回来，现在就来见您。”

“我的上帝，我的上帝！这是绕多大圈子啊，博尚，就是拖延不肯对我讲我期待的话！”

“是因为，老实说，阿尔贝……”

“看来您还犹犹豫豫。”

“对，我害怕。”

“您害怕承认您的通讯员失误了吗？噢！抛开自尊心吧，博尚，承认错误吧；博尚，不要让人怀疑您的勇气。”

“唉！事情绝非如此，”报人讷讷地说道，“恰恰相反……”

阿尔贝顿时脸色惨白，他想说话，但是话到嘴边又无声了。

“我的朋友，”博尚说道，口气无比亲切，“请相信，如能向您道歉，我何乐而不为，而且会诚心诚意地向您道歉。然而，唉……”

“然而，什么？”

“那条消息言之有据，我的朋友。”

“怎么！那名法国军官……”

“对。”

“那个菲尔南？”

“对。”

“那个背叛主人、出卖城堡的叛徒……”

“请原谅我对您说这种话，我的朋友：那个人，正是令尊！”

阿尔贝怒不可遏，就要扑向博尚；但是博尚主要不是伸手阻挡，而是

用温和的目光制止了他。

“您看,我的朋友,”他说着,就从兜里掏出一张纸,“这就是证据。”

阿尔贝打开折着的纸,看出是约阿尼纳的四位知名人士开具的证言,指出菲尔南·蒙德戈上校,阿里-台佩莱纳总督任用的上校教官,曾收受两千袋[①]钱,出卖了约阿尼纳城堡。

几位的签字经领事认证了。

阿尔贝站立不稳,瘫倒在一张扶手椅中。

这一次不容置疑了:白纸黑字,明明白白写着这个姓氏。

因此,一阵痛苦沉默之后,他只觉胸口发胀,脖颈的青筋暴起,泪如泉涌,夺眶而出了。

博尚怀着由衷的怜悯,注视这个一时极痛深悲的青年,这时他凑到近前。

“阿尔贝,”他说道,“现在您该理解我了,对不对? 一切我都要亲眼所见,一切我都要亲自判断,就是希望能发现一种有利于令尊的解释,我也就能还他一个公道。然而正相反,我所了解的情况表明,那名教官,那个菲尔南·蒙德戈,那个由阿里·帕夏提拔为司令官的人,并非别人,正是菲尔南·德·莫尔塞夫伯爵。我回来的时候,想到承蒙高看,您对我的深情厚谊,于是就跑来见您。”

阿尔贝一直瘫倒在椅子里,双手捂住眼睛,仿佛要遮住阳光似的。

“我跑来见您,”博尚继续说道,“就是要对您说:在那种风云变幻的年代,我们父辈所犯的过错,不能算到子女头上。阿尔贝,经历我们出生的那种革命年代,在军服上或者法官袍上没有留下污点的人,恐怕寥寥无几。阿尔贝,现在我掌握了全部证据,现在我掌握了您的秘密,世上任何人都不能强迫我同您决斗了,因为我深信,您会受良心的谴责,要把这种决斗看作一种谋杀。然而,有一件事,您再难启齿向我提出来,我却主动来为您做。这些证据,这些揭发,这些证言,只掌握在我一个人手中,您愿

① 土耳其货币记账单位,1 袋合 500 比斯托尔。

意让这些东西化为乌有吗？这一可怕的秘密，您愿意仅仅保留在我们之间吗？请相信我以人格作出的保证，这个秘密永远不会从我口中泄露出去。告诉我，阿尔贝，您愿意这样吗？告诉我，朋友，您愿意这样吗？”

阿尔贝扑上去，搂住博尚的脖子。

“啊！多么高尚的心！”他高声赞道。

“拿着。”博尚说着，就把那些材料递给阿尔贝。

阿尔贝伸出手，抽搐着一把抓过去，紧紧攥住，揉成一团，他想到撕毁，可是又怕一小纸片被风吹走，说不上哪天又吹回来砸在他头上，于是走到点烟用的长明烛前，看着这些纸张完全烧成灰烬。

“亲爱的朋友，杰出的朋友！”阿尔贝一边烧毁材料，一边喃喃地说道。

“但愿这一切像一场噩梦，很快就会忘掉，”博尚说道，“就像这烧黑的纸上闪现的最后几点火星一样消失；但愿这一切，就像这沉寂的灰烬冒出的最后一缕轻烟一样消散。”

“对，对，”阿尔贝说道，“但愿只留下我对您这个救命恩人的永恒友谊：这种友谊将传给我的子女对您的子女，这种友谊还将永远提醒我：我浑身流淌的血液，我这躯体的生命，我这姓氏的声誉，全是我欠您的，因为，这样一件事一旦公之于众，噢！博尚，我明确告诉您，我就一枪结果自己；噢，不行，还有我那可怜的母亲！我不能一死了之，同时也要了她的命！我不如离开巴黎，浪迹天涯。”

“亲爱的阿尔贝。”博尚说道。

不过，这个青年很快就从这种突如其来，几近做作的喜悦中摆脱出来，又更深地陷入忧思中。

“怎么，”博尚问道，“瞧您，我的朋友，又怎么啦？”

“怎么，”阿尔贝回答，“有什么东西，在我心中破碎了。听我说，博尚，身为人子，不可能在一瞬间，就脱离父亲洁白无瑕的姓氏让自己产生的这份尊敬、这种信赖和这种自豪。噢！博尚，现在，我该如何面见自己的父亲？当他凑近要吻我额头时，难道我就退缩吗？当他要同我握手时，

难道我就得把手收回来吗？……喏，博尚，我是天下最不幸的人。噢！我的母亲，我可怜的母亲，”阿尔贝说道，同时透过泪眼，望着母亲的肖像画，“这事儿万一让您知道了，您一定会痛断肝肠啊！”

“喂，”博尚劝道，同时握住他的双手，“振作起来，朋友！”

“你们报纸最初刊登的那条消息，是从哪儿来的呢？”阿尔贝高声说道，“整个这件事的背后，隐藏着一种不为人知的仇恨，隐藏着一个看不见的敌人。”

“是啊，”博尚说道，“那就更应当振作起来，阿尔贝！这种情绪，您在脸上不要流露出来；这种痛苦，您也要埋藏在心底，正如乌云掩藏着毁灭和死亡，而这种灾难的秘密，只有等到雷电交加、风雨大作时，人们才会明白。好了，朋友，保存您的实力，蓄势等待爆发的时刻吧。”

“哦！这么说，您认为事情还没有完？”阿尔贝一脸惊恐，说道。

“我嘛，什么也不认为，我的朋友；但归根结底，什么都有可能。对了……”

“什么？”阿尔贝见博尚犹豫，便接口问道。

“您还一直打算娶丹格拉尔小姐吗？”

“都到了这种时候，博尚，您怎么还问我这种事呢？”

“只因在我的头脑里，这桩婚姻是断是成，同我们此刻思考的事密切相关。”

“什么！”阿尔贝说道，脸立刻涨得通红，“您认为丹格拉尔先生……”

“我只问您婚姻大事到了什么程度。真见鬼！您不要在我的话里听出我没有的意思，也不要给我的话增添更多的含义！”

“不打算了，”阿尔贝回答，“婚事取消了。”

“是这样。”博尚应了一声。

继而，他见这年轻人又要黯然神伤，便对他说道：

“喏，阿尔贝，如果您肯听我的，咱们还是出去走走，乘车或者骑马都行，去树林兜兜风，让您散散心，回来找个地方吃饭，然后您干您的事，我干我的事去。”

“好吧，”阿尔贝回答，“咱们还是步行吧，我觉得走累一点儿，对我会好一些。”

“行啊。”博尚说道。

于是，两个朋友走出门，沿着林荫马路散步，一直走到马德莱纳教堂。

“喂，”博尚说道，“咱们既然顺路，何不去瞧瞧德·基督山先生，他会让您开心的。他那个人，善于让人振奋精神，又从来不盘问什么；依我之见，不盘问的人，才是最机灵的安慰者。”

“好吧，”阿尔贝回答，“那就去他府上，我喜欢他。”

基督山恩仇记

（四）

LE COMTE DE MONTE-CRISTO

（法）大仲马 著

李玉民 陈筱卿 译

ALEXANDRE DUMAS WORKS

插图珍藏版

漓江出版社

LE COMTE DE MONTE-CRISTO

AUTHOR

大仲马

（Alexandre Dumas，又称 Alexandre Dumas père，1802—1870）是法国19世纪浪漫主义作家。他自学成才，一生写的各种著作达300卷之多，主要以小说和剧作著称于世。作品主要有《三剑客》、《基督山恩仇记》、《玛歌王后》、《二十年后》、《蒙梭罗夫人》、《大野心家》、《四十五卫士》、《我的回忆录》、《安东尼》、《波治伦子爵》等。

TRANSLATOR

李玉民

当代著名翻译家，从事法国文学作品翻译30年，译著60多种，超过2000万字。主要译作有《巴黎圣母院》、《悲惨世界》、《幽谷百合》、《三个火枪手》、《基督山恩仇记》、《一生》、《漂亮朋友》、《羊脂球》、《缪塞戏剧选》、《加缪全集·戏剧卷》、《艾吕雅诗选》、《烧酒集》、《图画诗集》等，编译《缪塞精选集》、《阿波利奈尔精选集》、《纪德精选集》、《鸟》、《海》、《山》、《纪德文集》、《法国大诗人传记丛书》等。

陈筱卿

1963年毕业于北京大学西语系，北京国际关系学院教授、研究生导师，国家人事部考试中心专家组成员。享有国务院政府特殊津贴。译著有《巴黎圣母院》、《海上劳工》、《忏悔录》、《新爱洛伊丝》、《世纪儿的忏悔》、《梵蒂冈的地窖》、《哈德良回忆录》、《北方档案》、《蠢事》、《名人传》等。

第四册　目录

1201　第八十五章　旅行

1216　第八十六章　审判

1232　第八十七章　挑衅

1239　第八十八章　侮辱

1252　第八十九章　夜

1263　第九十章　决斗

1280　第九十一章　母与子

1288　第九十二章　自杀

1300　第九十三章　瓦朗蒂娜

1310　第九十四章　真情吐露

1327　第九十五章　父与女

1338　第九十六章　婚约

1351　第九十七章　上路前往比利时

1360　第九十八章　钟瓶旅馆

1375　第九十九章　法律

1386　第一〇〇章　幽灵

1394 第一〇一章 洛库斯特

1403 第一〇二章 瓦朗蒂娜

1411 第一〇三章 马克西米连

1423 第一〇四章 丹格拉尔的签字

1438 第一〇五章 拉雷兹神甫公墓

1458 第一〇六章 分财

1477 第一〇七章 狮穴

1488 第一〇八章 法官

1501 第一〇九章 重罪法庭

1510 第一一〇章 起诉书

1519 第一一一章 赎罪

1532 第一一二章 启程

1547 第一一三章 往事

1562 第一一四章 佩皮诺

1577 第一一五章 路奇·王霸的菜单

1586 第一一六章 饶恕

1594 第一一七章 十月五日

第八十五章　旅行

一见两个年轻人一道来访，基督山不禁欢叫一声。

“哈！哈！”他说道，”好哇，但愿一切都结束了，一切都搞清楚，都解决了吧？”

“对，”博尚接口道，“无稽之谈，不攻自破了，现在，如果再从哪里冒出来，我头一个站出来予以驳斥。因此，我们再也不提这事儿了。”

“阿尔贝会告诉您，”伯爵接口说道，“我也正是这样劝告他的。你们瞧，”他又补充道，“刚刚度过的这个早晨，我觉得乏味到了极点。”

“您忙什么呢？”阿尔贝问道，“看样子，是在整理您的文件吧？”

“整理我的文件，谢天谢地，不是！我的文件一向井井有条，既然我根本就没有：我是在整理卡瓦尔坎蒂先生的文件。”

“卡瓦尔坎蒂先生？”博尚问道。

“对呀！”莫尔塞夫接口答道，“您怎么还不知道，正是伯爵荐举的一个青年啊？”

“不然，此话应说清楚，”基督山则回答，“我不荐举任何人，更谈不上卡瓦尔坎蒂先生了。”

“他还将我取而代之，迎娶丹格拉尔小姐，”阿尔贝勉颜一笑，继续说道，“我亲爱的博尚，您完全可以猜得出来，这件失意事，给我的打击多么残酷。”

“什么！卡瓦尔坎蒂要娶丹格拉尔小姐？”博尚问道。

“这还用问！您是刚从天边回来的呀?”基督山则说道,“您,一位大记者,传播女神[1]的丈夫！全巴黎都只议论这件事。”

“伯爵,这桩婚事,是您促成的吗?”博尚问道。

“我？哎！住声,新闻传播先生,这种事可不能乱说！我！仁慈的上帝！促成一桩婚事？不,您还不了解我;恰恰相反,我是极力反对的,拒绝出面去求亲。”

“唔！这我理解,”博尚说道,“是碍于我们的朋友阿尔贝的面子吧?”

“碍于我的面子,”年轻人说道,“唉！老实说,不对！伯爵在此,可以为我讲句公道话,证明情况正相反,我一直请求他帮着打消这个计划,幸而还真的破除了。伯爵推说我不应当感谢他;那好吧,我就像古人那样,供奉一尊无名神牌[2]吧。”

“请听我说,”基督山说道,“这事我实在不卖力气,结果同那位岳父和那个年轻人的关系都冷淡了,唯独欧仁妮小姐对我还保持热情的态度,只因我看她内心深处并无结婚的意愿,而她看我也不打算劝她放弃宝贵的自由。”

“您是说这桩婚事很快就要办啦?”

“唔！上帝啊！对呀,我怎么说也无济于事,我不了解那个青年,可人家就是认定他富有,出身名门,然而在我看来,这类事无非是人云亦云。我苦口婆心,再三告诫丹格拉尔先生,可是他被那个卢卡人迷住了。最后没办法,我只好把我认为一个更严重的情况透露给他:那青年幼小时给人掉了包,被吉卜塞人拐走,或者让家庭教师给带丢了,情况我不十分清楚。但是我知道,他父亲十多年没有找见他;在那十年的流浪生活中,他究竟干过什么,只有天晓得。可是,这些话都等于白说。他们还委托我给上校写信,把证明文件要来,这不全在这里了。我还得把这些文件给他们送

---

① 传播女神是西方神话传说中的人物,女性面孔,吹着大喇叭,她有100只眼睛、100张口、100只耳朵,探听并传播各种消息。

② 原文为拉丁文。

去，不过事后我要洗洗手，就像彼拉多[1]那样。”

“那么达米利小姐呢，”博尚问道，“您夺走她的学生，她会给您看什么脸色呢？”

“哎！我还真不大清楚；她很可能去意大利了。丹格拉尔夫人对我谈过她，求我给一些剧院经理写推荐信；于是，我就给瓦勒剧院经理写了封便函，只因他欠我的人情。对了，阿尔贝，您这是怎么啦？怎么愁眉苦脸的，莫非不知不觉中，您居然爱上了丹格拉尔小姐？”

“据我所知没有。”阿尔贝回答，并苦笑一下。

博尚开始欣赏绘画。

“不管怎么说，”基督山接着说道，“您不在正常状态。喏，说说看，您到底怎么啦？”

“我偏头痛。”阿尔贝答道。

“那好吧，我亲爱的子爵，”基督山又说道，“果真如此，我倒有个万灵药方，正好推荐给您，我每次不舒服，一用就治好。”

“什么药方？”年轻人问道。

“出游。”

“真的吗？”阿尔贝问道。

“真的。对了，近来我心烦得要命，正想走一走。您看，我们一道去游玩好吗？”

“您，心烦，伯爵！”博尚说道，“所为何事呢？”

“好家伙！您说得倒轻巧；要是在贵府上进行预审案子，您看愿意吗！”

“预审案子！什么案子？”

“唉！还不是德·维尔福先生立的案子，调查跑到我这儿杀人的那个宝贝凶手，据说，那家伙是个强盗，是从苦役犯监狱逃出来的。”

---

① 彼拉多，据《圣经·新约》记载，他是罗马帝国犹太的总督，迫于祭司长和长老们的压力，判处了耶稣；但他当即洗手，对人说罪不在他。

“唔！是有这事儿，”博尚说道，“我看了报上登载的消息。那个卡德鲁斯是什么人啊？”

“就是……好像是个普罗旺斯人。德·维尔福先生当年在马赛，听人说起过他，丹格拉尔先生也记得同他见过面。因此，检察官先生对此案十分上心，据说，就连警察总监也高度重视，真是叫我不胜感激：就这两周来，凡是在巴黎和郊区能抓住的盗匪，会打发到我这儿，说他们没准儿就是杀害卡德鲁斯先生的凶手，照此下去。再过三个月，在法兰西这个美丽的王国，就没有一个窃贼，没有一个杀人凶手不对我这宅第布局了如指掌。于是我果断决定，就把这整座宅院让给他们吧，我本人干脆远走高飞，避得越远越好。同我一道走吧，子爵，我愿意带上您。”

“非常乐意。”

“那么，一言为定？”

“对，请问去什么地方？”

“我对您说过，那地方空气新鲜，那地方万籁俱寂，不管多么心高气傲的人，一到那个地方，就会感到自己又卑微，又渺小。有人说我颇像奥古斯都，是宇宙的主宰，这话我并不以为然，我还是喜欢这种低首下心的姿态。”

“您到底是去什么地方？”

“去海上，子爵，大海上。要知道，我是水手，从小就抱在年迈海神的怀里，偎在安菲特律特[①]的胸脯上；我那时嬉戏，不是扯着前者的绿斗篷，就是拉着后者的蓝衣裙。我爱大海，就像别人爱情妇，不见面的时间一长，我就非常想念。”

“那就去吧，伯爵，去吧！

“去海上？”

“对。”

“您接受啦？”

---

① 安菲特律特，希腊神话中的海上女神，海神波塞冬的妻子。

“接受了。”

“那好，子爵，今天傍晚，我这庭院里会停一辆旅行车，由四匹驿马驾驶，座位像床一样，可以躺下。博尚先生，那辆车足可以坐四个人，您愿意同我们一起去吗？我也带上您！”

“多谢，我刚从海上回来。”

“怎么，您从海上归来？”

“对，或者大致如此。我刚去了一趟博罗梅群岛[①]。”

“那有什么关系，一道走吧。”阿尔贝说道。

“不行，亲爱的莫尔塞夫，您应当明白，既然我谢绝，就表明这事不可能。况且，”他又压低声音补充道，“我留在巴黎很重要，哪怕是为了守着报馆。”

“啊！您真是个好朋友，出色的朋友，”阿尔贝说道，“您这么做有道理，看着吧，守着吧，博尚，您要设法找出那个揭露此事的仇人。”

阿尔贝与博尚就此分手：二人那最后一下的紧紧握手，不能当外人面所表达的所有意思，就尽在这不言中了。

“博尚真是个出色的青年！”等报人走后，基督山说道，“对不对呀，阿尔贝？”

“唔！对，一个正派人，我可以向您担保；正因为如此，我从心底里喜欢他。好了，现在只剩下我们二人了，虽然我无所谓，但还是要问一问：我们去什么地方？”

“去诺曼底，如果您愿意的话。”

“好极了。我们那是完全到了乡村，对不对？根本没有社交活动，也没有邻居？”

“我们面对的，只有跑路的马、打猎的狗、一只打渔船。”

“我需要的正是这些。我去告诉母亲一声，回来就听从您的安排。”

“可是，”基督山问道，“家里会准许您吗？”

---

① 博罗梅群岛，位于意大利北部大湖中风景美丽的四个岛屿。

“准许什么？”

“去诺曼底啊。”

“准许我？难道我没有这种自由？”

“您独自一人有这种自由，随便去哪里，这我知道，既然您跑到意大利，同我邂逅相遇。”

“那还有什么说的？”

“如果同一个人称德·基督山伯爵的人出游，能行吗？”

“您的记忆力可真差，伯爵。”

“何出此言？”

“我不是对您讲过，家母对您很有好感吗？”

“女人变化无常，弗朗索瓦一世就这么说过；莎士比亚也说：女人是水中浪花。这两人，一个是伟大的国君，一个是伟大的诗人，他们都了解女人。”

“对，女人；但是，家母绝非泛泛的女人，而是一个非凡女人。”

“贵国语言的微妙之处，一个可怜的外国人不可能完全领会，您能否宽谅一二？”

“我是想说，家母在感情方面极为吝啬，但是一旦给予，就永远不变了。”

“哦！真的呀，”基督山叹了口气，说道，“您认为她赏面子给我不是完全的冷漠，而是别种情感喽？”

“听我说！我对您讲过，现在再重复一遍，”莫尔塞夫又说道，“您一定是个卓尔不群、超凡入圣的人。”

“嗯！”

“对，因为家母不由自主地受您影响，我不是说产生好奇，而是产生了兴趣。她和我单独在一起的时候，我们总是谈论您。”

“她就对您说，千万提防这个曼弗雷德吧？”

“正相反，她对我说：‘莫尔塞夫，我相信伯爵天性高尚，你要尽量让他喜爱你。’”

基督山扭头看别处,叹了一口气。

"哦! 真的吗?"他说道。

"因此,您应当明白,"阿尔贝接着说道,"与您同行,她非但不会反对,还会由衷地赞成,既然这符合她每天对我的叮嘱。"

"那就去吧,"基督山说道,"傍晚见。您要五点钟到这里,我们要在午夜或者凌晨一点钟,赶到那地方。"

"什么! 赶到特雷波尔? ……"

"赶到特雷波尔,或者那附近。"

"您只用八小时,就赶完将近二百公里的路程[①]?"

"花的时间还是多了点儿。"基督山说道。

"毫无疑问,您的确是个创造奇迹的人。您这速度,不仅能超过火车,这倒不算太难,尤其是在法国,而且比发快报还快。"

"眼下,我们总还得花上七八个小时,才能到达那里,因此务请准时。"

"请放宽心,从现在到动身这段时间,我除了准备行装,就没有别的事了。"

"那就五点见?"

"五点见。"

阿尔贝告辞离去,基督山也含笑冲对方点了点头,然后他走了一会神儿,仿佛陷入沉思。终于,他抬手抹了一把额头,就好像要驱走一种梦幻似的,他走过去敲了两下小钟。

听见基督山敲的两下钟声,贝尔图齐奥立刻走进来。

"贝尔图齐奥师傅,"他说道,"原打算明后天动身,现在我决定,今天傍晚就去诺曼底。从现在至五点钟,您还有充裕的时间,要通知第一站的马夫。德·莫尔塞夫先生与我同行。去吧!"

贝尔图齐奥领命而去,派出一名仆人飞骑赶往蓬图瓦兹,通知旅行车

① 原文为48法里,合192公里。译文为方便读者理解,折合成公里表示。

将于六点整驶到。蓬图瓦兹的马夫也派人飞报下一站，就这样一站通报一站，六小时之后，沿途各站都接到了通知。

动身之前，伯爵上楼到海蒂房间，对她说他要出远门，去什么地方，并将整个宅子交给她管理。

阿尔贝准时来了。开头一段旅途颇为沉闷，但是马车疾驰的速度，很快传感给了躯体，让人豁然开朗了。莫尔塞夫绝没有想到，马车能如此风驰电掣。

“说起来，”基督山说道，“你们的驿车，每小时只行驶八公里，还有一条不准超车的愚蠢规定，也就是说必须得到前面一辆车同意方能超车，设使前面一辆车的车夫是个倔头或者有病，那么他就有权挡住一长串车辆，让那些精力充沛、身体健康的旅客也只好蜗行牛步。我出行就用自己的车夫、自家马匹，对不对呀，阿里？”

伯爵说着，就从车窗探出头，轻快地吆喝了一声，几匹马顿时就像长了翅膀，不是奔跑，而是飞行了。马车好似一阵滚雷，飞驰在铺石的官道上；行人无不回头张望这颗携着火花掠过去的彗星。阿里重复着主人的那声吆喝，他微笑着，露出满口雪白的牙齿，两只有力的大手紧紧拉住汗水打湿的缰绳，驱赶着漂亮的鬃毛迎风飞舞的几匹骏马，阿里，这个沙漠之子，此刻又回到自己的领域，他那张黝黑的面孔，那两只火热的眼睛，以及那身雪白的斗篷——那副形象，在他掀起的飞扬的尘土中，活似西蒙风①的精灵和飓风之神。

“这种快感，”莫尔塞夫说道，“我还没有领略过，这是速度带来的快感。”

他额头上最后几抹乌云消散了，仿佛被劈面的疾风吹走了。

“好家伙，这样的马，您是从哪里弄来的？”阿尔贝问道，“大概是您专门培养出来的吧？”

“一点不错，”伯爵答道，“六年前在匈牙利，我发现一匹名种马，以奔

---

① 西蒙风，撒哈拉大沙漠中的热带干热风。

跑的速度著称。我买了下来，记不得花了多少钱，是贝尔图齐奥付的款。当年由它配种，就生下了三十二匹小马驹。今天晚上我们陆续看到的马匹，就是这位父亲的全部后代，都长得一模一样，全身油黑，没有一点杂毛。唯独额头有一颗白星，只因要挑选骒马，同这匹特优种马相交，就像给帕夏选妃子一样。"

"真令人叫绝！……不过，您说说看，伯爵，您养这么多马匹，究竟有什么用呢？"

"您这不看到了，我用来旅行啊。"

"可是，您不会总旅行吧？"

"等以后我用不着了，贝尔图齐奥就把它们卖掉，他说怎么也能净赚四五万法郎。"

"可是，欧洲的君主，哪一位也没有这么富有，买得起您这些马匹。"

"那他就卖给东方随便一个大臣，那位大臣会倒空他的钱箱，买下这些骏马，然后再命人用棍子击打他那些百姓的脚板，直到把他的钱箱重新装满。"

"我忽然产生一个想法，伯爵，您想听听吗？"

"说吧。"

"就个人而言，在欧洲除了您，恐怕就数贝尔图齐奥先生最富有了。"

"哎！这您可就错了，子爵。我可以肯定，您就是翻遍贝尔图齐奥的口袋，也找不出十苏钱来。"

"怎么会这样呢？"年轻人问道，"贝尔图齐奥先生，难道是个怪人吗？哦！我亲爱的伯爵，不要把事情说得太玄了，那我就不会相信了，这话我可说在前头。"

"我从来不讲玄乎的话，阿尔贝，只有数字和道理。这么着，您听听这个二难推理：总管必偷，但是，总管为什么要偷呢？"

"哎！依我看，那是天性使然，"阿尔贝说道，"当总管的，能偷就偷。"

"不然，此言差矣：总管想偷，是因为要养活妻子儿女，是因为他和家人欲望大得出奇；总管想偷，尤其是因为他没有把握，怕被主人辞掉，就为

自己准备后手。而贝尔图齐奥先生就不同了,他在世上孑然一身,他用多少钱,只管从我的钱袋往外掏,无需向我报账;他也确信一辈子不会离开我。”

“这是为什么?”

“因为我找不到一个更好的管家了。”

“您陷入一种循环论证里了,在可能性的圈子里打转转。”

“唉!不然,我讲的全是确定无疑的情况。一个好仆人,对我来说,就是我对他有生杀大权的人。”

“那么,您对贝尔图齐奥有生杀大权吗?”

阿尔贝问道。

“有。”伯爵冷冷地回答。

有些词语好似一扇铁门,能将谈话封死。伯爵这声“有”,就是这样一个词语。

余下的里程,也是以同样的高速跑完。三十二匹马,分成八组,在八小时跑了一百九十二公里。

马车深夜抵达一座美丽的园子的门前。铁栅门已经打开,看门人站在那里等候,他是接到了最后一站马夫的通知。

这时正是凌晨两点半。莫尔塞夫由仆人带进他的套房,他看到洗澡水烧好,夜宵也摆上了。旅途中,坐在后座的仆人侍候他,而坐在前面的巴蒂斯坦则听候伯爵的差遣。

阿尔贝洗完澡,吃了夜宵,便上床睡觉,一夜伴随着忧伤的浪涛声。早晨一起床,他就径直走到窗口,打开落地窗,来到小阳台上,眼前便是大海,一望无垠,身后则是美丽的园子,连接一片树林。

在一片可现的港湾里,水面上荡漾着一艘精巧的双桅帆船,船身狭长,桅杆很高,顶端挂着的一面旗帜上绣有基督山的纹章图案:湛蓝的大海中矗立一座金山,山顶立着一个直纹的红色十字架,这一图案既可以表示他的名字的联想的髑髅地,一座小山因我们的主受难而变得比金山还珍贵。一个可耻的十字架因染了圣血而变得神圣,同时也暗示一种经受

眼前便是大海，一望无垠，身后则是美丽的园子。

苦难与再生的个人回忆，即此人深埋在黑夜中的神秘的经历。附近村庄的好些渔船，停泊在那艘双桅帆船的周围，恰似恭顺的臣民等待女王的命令。

基督山无论到什么地方，哪怕仅仅逗留两天，生活起居也按照最高标准安排，舒适到极点；这里也不例外，人一入住，就感到生活十分方便。

阿尔贝在他套间的前厅，看到两支长枪以及打猎的全套用具。楼下

附近村庄的好些渔船，停泊在那艘双桅帆船周围。

有一间小屋顶棚特别高，里面陈列英国人发明的各种精巧的渔具；英国人有耐心和闲暇，成为钓鱼的高手，但是他们所使用的新巧器具，尚不为因循守旧的法国渔民所采纳。

一整天就是在这类活动中度过的；而且基督山样样精通：在园中打了十余只野鸡，又在溪流中钓到同样数量的鳟鱼。晚餐摆在面对大海的亭子里，饭后又移到藏书室喝茶。

这种生活,对基督山如同游戏,阿尔贝却不堪其劳累,到了第三天的傍晚,他坐在窗前就睡着,而伯爵正同他请的建筑师一起,研究他打算在宅院里建造暖房的设计图。这时,忽听一匹奔马踏着石子路的急速嗒嗒声响,年轻人被惊醒,他抬头向窗外张望,不禁大吃一惊,看到自己的跟班进了院子,他这次旅行,怕过分打扰基督山,就没有带上这名贴身仆人。

"弗洛朗丹来啦!"他嚷了一声,随即从扶手椅跳起来,"是我母亲得病了吗?"

说着,他就冲向门口。

基督山的目光跟随他,见他上前招呼还气喘吁吁的仆人。那仆人从口袋里掏出封好的纸包,里面包着一份报纸和一封信。

"是谁写来的信?"阿尔贝急忙问道。

"是博尚先生。"弗洛朗丹回答。

"那就是博尚派您来的啦?"

"是的,先生。他派人叫我去见他,当面给了我足够的旅费,让我租驿马火速赶到这里,还让我保证中途绝不停歇,直到面见先生;我骑马一口气跑了十五个钟头。"

阿尔贝双手颤抖着拆开信,刚看几行就惊叫一声,又一把抓起报纸,浑身明显地抖动。

他突然两眼发黑,双腿也发软了,一时站立不稳,似乎要跌倒,幸而扶住弗洛朗丹伸出去搀他的胳臂。

"可怜的年轻人!"基督山喃喃地说道,他讲这句怜悯的话声音极低,连他自己都难以听见,"上辈作的孽,难道就注定要报应到第三代、第四代子孙身上吗?"

这工夫,阿尔贝重又打起精神,他接着往下看报,还一边甩着被汗水打湿贴在头皮上的长发,最后将信和报纸揉成一团。

"弗洛朗丹,"他问道,"您这匹马,还能跑回巴黎吗?"

"这是驿站的一匹小驽马,腿还受伤了。"

"噢! 我的上帝! 您离开的时候,家里怎么样?"

"还算平静。不过,我从博尚先生那里回府时,发现夫人泪流满面:她让人问我您什么时候回去。于是,我就告诉她,博尚先生派我去找您,正要动身,她一听,马上伸出手臂,似乎要拦住我,但是又略微想了想,才说道:'去吧,弗洛朗丹,让他快回来。'"

"是的,母亲,是的,"阿尔贝说道,"我这就回去,你就放心吧,那无耻之徒,一定自食恶果!……不过最要紧的,我得先动身。"

阿尔贝又反身,回到他刚才离开基督山的那个房间。

简直判若两人了,仅仅五分钟的时间,就足以让阿尔贝完成可悲的蜕变。他出去的时候还完全正常,回来后说话岔了声,面颊一阵阵发烧,眼睑暴起青筋,两眼冒着火花,步履踉踉跄跄,好像一个醉汉。

"伯爵,"他说道,"十分感谢,您这样盛情款待,我本希望多享用几天,怎奈我必须返回巴黎。"

"出什么事了?"

"一个巨大的不幸事件。还是允许我马上离去,这件事比我的生命还重要。我恳求您,伯爵,什么也不要问了,给我一匹马吧!"

"我这马厩的马匹,您只管用,子爵,"伯爵说道,"不过,您骑马赶回去,会累垮的,不如乘坐一辆敞篷马车,随便乘一辆车也好。"

"不行,那就太慢了,您担心累着我,而我却需要旅途的疲劳,这对我有好处。"

阿尔贝朝前走了几步,却像中了子弹似的身子打转儿,只好一屁股坐在房门附近的一把椅子上。

基督山没有瞧见这第二次眩晕,他已走到窗口,喊道:

"阿里,给德·莫尔塞夫先生备一匹马!快一点儿!他很急!"

这些话又让阿尔贝振作起精神,他冲出房间,伯爵也紧随其后。

"谢谢,"年轻人咕哝一句,便飞身上马,"弗洛朗丹,您也尽快返回吧。对了,伯爵,我到站换马,还有什么吩咐吗?"

"没有别的,只要还了您骑的这匹马,他们当即就会给您另备一匹。"

阿尔贝刚要策马冲出去,忽又止住了。

“我说走就走，您也许觉得很怪，不近情理，”年轻人说道，“您不理解报上几行文字，怎么就把一个人置于绝望境地；好吧，”他把报纸掷给伯爵，又补充说道，“您看看这个吧，但是等我走了之后，以免让您看见我脸红。”

就当伯爵俯身拾报纸的时候，阿尔贝就用刚给他马靴上安好的马刺用力一夹马腹，那匹马不禁惊诧，世上居然还有骑手认为，对它需要采用这种鞭策手段，于是它如箭脱弦，冲了出去。

伯爵怀着无限的同情，目送这年轻人，直到跑得无影无踪，他才收回目光，移到报上看到如下内容：

> 三周前，《大公报》披露一条消息：曾在约阿尼纳为阿里帕夏效力的那名法国军官，不仅出卖了约阿尼纳城堡，还把他的恩主出卖给了土耳其人。诚如我们的同行所言，当时那人确实名叫菲尔南；然而从那以后，他就给自己的教名加了一个贵族头衔和一个姓氏。
>
> 现在他称德·莫尔塞夫伯爵先生，法兰西贵族院议员。

一条如此可怕的秘密，本由博尚以其侠义心肠埋藏起来，就这样重又显形，如同一个武装起来的幽灵。另一家报纸，接到无情的举报，就在阿尔贝启程前往诺曼底的第三天，刊登了这样几行文字，几乎要把这不幸的年轻人气疯了。

第八十六章　审判

早晨八点钟，阿尔贝好似霹雳，直落到博尚的住宅。男仆已经得到主人的交代，立即把莫尔塞夫让进正在洗澡的主人的房间。

“怎么样？”阿尔贝问道。

“这不，我可怜的朋友，”博尚答道，“我正等着您呢。”

“我这不来了。我不必对您讲，博尚，我相信您特别忠诚，又特别善良，绝不会把这事泄露给任何人。不会是您，我的朋友。况且，您给我写去的信，也确证了您对我的情谊。因此，我们就开门见山，不要耽误时间：这事儿是谁干的，您有什么线索吗？”

“等一下我再跟您说说。”

“对，我的朋友，这种无耻的出卖行为，您先得详详细细地对我讲一遍。”

于是，博尚对这个被耻辱和痛苦压垮的年轻人，讲述了事情的经过，而我们在此只是扼要地复述一遍。

那则消息是前天早晨刊登出来的，这次不是载于《大公报》，而是载于另一家报纸；那家报纸公认为政府的喉舌，事情也就更加严重了。当时，博尚正吃早饭，猛然看到这条消息，他当即吩咐人叫一辆马车，也顾不上吃完饭，赶到那家报馆。博尚与该报发行人虽然政见完全相反，二人都是挚友，这种情况时有发生，甚至可以说见怪不怪了。

博尚走进办公室的时候，那位发行人正捧着自家的报纸，翻到“巴黎

要闻"的栏目，津津有味地看一篇关于甜菜糖的文章，那大概出自他的手笔。

"嘿！好哇！"博尚说道，"亲爱的，您既然拿着自家的报纸，就用不着我说明来意了。"

"难道碰巧您是甘蔗的拥护者?"官方报纸的发行人问道。

"不是，"博尚回答，"对这个问题我甚至一无所知。因此，我是为别的事来的。"

"您来所为何事?"

"是为了关于莫尔塞夫的那条消息。"

"哦！对了，真的，是不是很有趣?"

"有趣极了，看来您要犯诽谤罪，惹上一场难打的官司。"

"绝对不会，来稿附上了各种证明材料，因此，我们完全可以确信，德·莫尔塞夫先生会老实待着。再说，为国效劳，责无旁贷，也应该揭露那些沽名钓誉的无耻之徒。"

博尚一时瞠目结舌。

"如此详尽的材料，究竟是谁提供给您的?"他问道，"要知道，是我的报纸首先发难，最后还是证据不足，不得不撤销了。按说，德·莫尔塞夫先生是贵族院议员，而我们是反对派，比起你们更想揭穿他。"

"哦！我的上帝，这事很简单，这条轰动的消息，并不是我们去抢的，是它主动送上门来的。昨天，有一个从约阿尼纳来的人，带着重要的材料，他见我们犹豫，不想出面指控，就明确告诉我们，一旦我们拒绝，这条消息就会在另一家报上刊出。老实说，博尚，您也知道，什么是一条重大新闻，而这一条我们不想白白放过。现在，这一炮放了，而且一炮打响，还会轰动全欧洲。"

博尚明白事已至此，只好低头认输，告辞出来，一筹莫展，便派了一个信差去见莫尔塞夫。

我们要讲述的情况，是在信差动身之后发生的，因而博尚不可能在信中告诉阿尔贝。贵族院当天就闹得沸沸扬扬，连一向十分平静的党团都

慷慨激昂了。几乎每个议员都提前到会,纷纷议论这个可悲的事件:这个事件必将引起公众的注意,把公众的关注点引到这个显赫机构中一个最知名的成员身上。

有人低声念着报上的那条消息,有人就势发表评论,交换各自忆起的情况,从而进一步说明事实。德·莫尔塞夫伯爵,在同僚中并不受人喜爱。他同所有暴发户一样,为了维护自己的地位,不得不保持异常高傲的态度。那些大贵族对他嗤之以鼻,有识之士则排斥他,而真正建有丰功伟绩的人也本能地鄙视他。因此,一旦赎罪需要祭品,他就首当其冲,只要天主抬手一指,人人都要落井下石。

唯独德·莫尔塞夫伯爵还蒙在鼓里。他没有收到刊登那条诽谤消息的报纸,整个上午就用来写信,还试骑一匹马。

就这样,他还是按照往常的时间到达贵族院,还是昂首挺胸,目中无人,一副不可一世的样子,他下了车,穿过走廊,径直走进大厅,丝毫也没有注意到执法吏态度的迟疑,以及同僚见到他待答不理。

莫尔塞夫走进大厅时,会议已经开始有半小时了。

正如我们所讲,伯爵还根本不知道发生了什么事,他的举止神态毫无变化,尽管如此,在众人眼里,他还是显得比平时更加傲慢了,而且在这种情况下他还公然到会,那些嫉妒他荣耀的议员无不认为,此举是一种极为严重的挑衅,在所有人看来都有失体统,也有些人认为他那是硬充好汉,甚至有人把这视为对大家的一种侮辱。

显而易见,全体议员都急不可待,要展开一场辩论。

看得出来,人人手中都拿着那份登载指控文字的报纸,但也一如既往,谁都顾虑重重,不愿承担起发难的责任。终于,有一位深受敬重的议员,即德·莫尔塞夫的公开对头,他走上讲坛,那种庄严的神态表明,全场期望的时刻到了。

会场寂静得令人心惊。唯独莫尔塞夫一个人还不知就里,这次大家何以如此聚精会神,要聆听一个他们往常并不怎么爱听的演说者。

演说者先来几句开场白,说他要谈的事情,对议院至关重要,极为神

圣,乃至生死攸关,因此他要求同僚注意听讲。听了这样的开场合,伯爵也没在意。

然而,一听见提到约阿尼纳和菲尔南上校,德·莫尔塞夫伯爵就神情陡变,脸上顿失血色,全场都不免凛然一惊,目光都射到伯爵身上。

精神的创伤有这样的特点:可以隐藏而瞒过别人,却不能愈合,总是疼痛,稍一触碰就要流血,总之,这种心灵的创伤,始终生疼而敞裂着口子。

报上那条消息,也在同样肃静的气氛中念完,全场只是发生一阵轻微的骚动,但是一见演说者准备继续发言,大家随即又安静下来。这位指控者阐明自己的顾虑,开始解释他这任务多么艰巨,他要捍卫德·莫尔塞夫先生的名誉,捍卫整个贵族院的名誉,必须展开一场辩论,也势必涉及始终十分棘手的个人问题。最后,他要求尽快议决,组织调查,不待这种诽谤扩大便将其戳穿,从而为德·莫尔塞夫先生雪耻,恢复他在舆论界享有已久的地位。

如此巨大的灾难突然袭来,莫尔塞夫一下子被击垮,他浑身颤抖,两眼无神,茫然看着他的同僚,结结巴巴讲不出两句话。他这种畏怯的神态,既可以视为负罪之人的愧疚,也可以认作无辜者的惊愕,这倒为他赢得了几分同情。真正慷慨大度的人,看到自己的对头遭遇的不幸超出他们仇恨的限度,总要油然而萌生同情之心。

议长决定付诸表决,以站立或坐着来表示赞成或反对,结果决定举行听证会。

议长便问伯爵需要多长时间准备答辩。

遭受这一沉重打击之后,莫尔塞夫感到自己还活着,就又恢复了勇气。

"各位议员先生,"他答道,"此刻直接指向我的一场攻击,无疑是由躲在暗处而不为人知的仇敌发起的,因而绝不应等待,要立刻反击。必须用迅雷回击一时晃花我眼睛的闪电;我很有可能不是以这种抗辩,而是以抛洒热血来向同僚们证明,我有资格与诸位并肩而立!"

这番话引起的反响对被告有利。

“因此我请求，”他说道，“要尽早举行听证会，为保证听证会有效进行，我将向议院提供所有必要的材料。”

“您指定哪一天？”议长问道。

“从今天起，我就听候议院的安排。”伯爵回答。

议长摇了摇铃。

“诸位是否同意，”他问道，“听证会今天就举行。”

“同意。”全场异口同声地回答。

会议推选十二位议员组成委员会，负责审查莫尔塞夫提供的材料。这个委员会决定当晚八点钟，在议院办公室举行第一次听证会。如果需要多次听证，那就于每天的同一时间，在同一地点举行。

作出这一决定之后，莫尔塞夫便请求退席。他要回府整理他长期搜集的证据，以便对付这场暴风雨，未雨绸缪，正是他那狡黠而刚愎的性格使然。

我们转述的这些情况，博尚全对阿尔贝讲了，唯一不同的是，他的讲述鲜活生动，而我们的转述就死板枯燥多了。

阿尔贝听他讲述时，浑身总在颤抖，时而因希望，时而因恼怒，时而因羞愧；他正通过博尚得知事情的原委，父亲有罪，因此他心中不免纳罕，父亲既然有罪，又怎么能证明自己清白无辜呢。

博尚说到此处，便停下了。

“后来呢？”阿尔贝问道。

“后来吗？”博尚重复道。

“对。”

“我的朋友，这话把我置于左右为难的地步。您一定要了解后来的情况吗？”

“我必须知道，我的朋友，别人怎么说我不管，还是愿意由您亲口告诉我。”

“那好吧，”博尚又说道，“您就鼓足了勇气，阿尔贝，等一下您比任何

时候都更需要。”

阿尔贝抬手摸了摸额头，以便确认自己的力量，犹如一个人准备殊死搏斗时，检查一下护胸甲，试一试自己的利剑。

他感到自己很有力量，因为他错把发烧当作发力了。

“讲吧！”他说道。

“到了晚上，”博尚继续说道，“全巴黎人都在等待事态的发展。许多人断定，令尊只要一出面，就足以让指控不攻自破；也有不少人讲伯爵不会到场，甚至还有人煞有介事，硬说看见他动身去了布鲁塞尔，结果真有几个人跑到警署询问，伯爵是否来办过护照。”

“不瞒您说，我尽一切可能，”博尚继续说道，“最后还是得到听证委员会一名委员的通融，那是我的朋友，一位年轻议员，他答应把我带进会场。七点钟他来接我，趁着还没有人到场，就把我交给一名执达吏，由执达吏把我关进一个小包厢。我的前面有一根柱子遮护，周围又一片漆黑，可以期望能从头至尾目睹并听清即将展开的可怕一幕。

“八点整，全体委员到齐。

“钟敲响最后一下时，德·莫尔塞夫先生进来。他手上拿着一些文件，一副镇定自若的神态；这次他一反往常，步伐比较放松，衣着讲究而整束，而且按照老军人的习惯，外衣纽扣一直扣到领口。

“他如约到场，产生了极佳效果：听证委员会绝无恶意，有好几位委员还上前同伯爵握手。”

听说讲述的这些细节，阿尔贝感到心痛欲碎，不过在他的痛苦中，还隐隐掺进一丝感激之情；他真希望能够拥抱这些人，他们在他父亲濒临身败名裂之际，还表示了这样敬重。

“这时候，一名执达吏进来，呈给议长一封信。

“‘您可以发言了，德·莫尔塞夫先生。’议长边拆信边说道。

“伯爵开始申辩，而我可以明确告诉您，阿尔贝，”博尚继续说道，“那发言特别雄辩，也特别机敏。他出示一些文件，证明约阿尼纳总督直到最后时刻，还完全信任他，委派他去同皇帝进行生死攸关的谈判。他还出示

一枚戒指，说那是总督号令的信物，阿里帕夏通常把它作为封印加盖在信件的火漆封口上。总督把戒指交给他，就是让他返回时，无论白天还是夜晚，可以直接入宫，甚至入后宫觐见。不幸的是，他说道，谈判失败了。等他赶回去要保卫恩主时，阿里帕夏已经死了。不过，伯爵说道，阿里帕夏对他信赖有加，临死还把宠姬和女儿托付给他了。”

阿尔贝听到这里，不禁浑身一抖，只因随着博尚的叙述，这年轻人又想起海蒂讲述的身世，想起那美丽的希腊姑娘也提起过那次使命、那枚戒指，以及她被卖为奴的情景。

“伯爵的发言产生了什么效果？”阿尔贝惴惴不安地问道。

“我承认我被打动了，而且，同时也打动了所有委员。”博尚说道。

“这工夫，议长的目光不经意地投到刚才呈给他的信上，但是看了头几行，就开始专注了；他看了一遍信，重又看一遍，接着，目光又盯住德·莫尔塞夫先生，说道：

“‘伯爵先生，您刚刚对我们说，约阿尼纳的总督将妻子女儿托付给您了，对吧？’”

“‘对，先生，’莫尔塞夫回答，‘不过，在这件事情上，也像在其他事情上一样灾祸一直紧追不舍，我返回时，瓦西丽姬和她女儿海蒂都不见了。’

“‘您认识她们吗？’

“‘帕夏同我关系十分密切，而且高度信赖我的忠诚，因此，他允许我见她们何止二十次。’

“‘她们后来的遭遇，您是否略有耳闻？’

“‘对，先生，我听说她们因悲伤过度，也许还因贫困而死。那时我并不富有，而且性命有极大的危险，不可能去寻找她们，这是我的极大遗憾。’

“议长令人难以觉察地皱了皱眉头。

“‘先生们，’议长说道，‘你们从头至尾听了德·莫尔塞夫伯爵的解释。伯爵先生，您能否提供证人，从旁证实您刚才的讲述呢？’

“‘唉！不能，先生，’伯爵答道，‘在宫廷里总督耳边那些认识我的人，不是死掉就是失散了；在我的同胞中唯独我，至少我这么认为，唯独我，在这场残酷战争中幸免于难。我只有阿里-台佩莱纳的信件，已经呈交给您审阅；我只有这枚戒指，他们旨意的信物，就在这里。最后，我还能提供最令人信服的证据，就是发动一次匿名的攻击之后，却没有任何证人证言，出来反驳我这正派人的言论，反驳我这戎马一生的纯洁。’

“一阵表示赞同的议论声传遍全场；此刻，阿尔贝，如果没有发生意外情况，令尊这段公案就胜券在握了。

“听证会的议程，只剩下表决了，但是就在这时，议长发言了。

“‘先生们，’议长说道，‘还有您，伯爵先生，听一听一位非常重要的证人，想必诸位绝不会反对。这位自诩的证人，刚刚主动要求出面作证，我们也毫不怀疑，根据伯爵对我们讲的整个情况，可以判定这个证人是来证明我们的同僚完全清白的。这就是我刚才收到的有关信件；诸位希望念一念呢，这是决定不予理睬，议程往下进行，绝不受这个插曲的干扰？’

“德·莫尔塞夫先生脸色陡变，拿着文件的手指抽搐起来，握得那几张纸咯咯作响。

“委员会的答复是宣读这封信；至于伯爵，他正走神儿，根本拿不出什么意见。

“于是，议长宣读这封信：

> 议长先生：
>
> 我能向负责审查陆军少将，德·莫尔塞夫伯爵先生在伊兹鲁斯和马其顿时的行为的听证委员会，提供确凿无疑的情况。

“议长略微停顿了一下。

“德·莫尔塞夫伯爵脸上顿失血色；议长用目光询问与会者。

“‘读下去！’全场高声回答。

“于是，议长又读道：

阿里帕夏遇害时,我就在现场,亲眼目睹他最后时刻的情景;我也知道瓦西丽姬和海蒂的遭遇。我听从委员会的安排,甚至请求给我出庭作证的机会。这封信送给您的时候,我就在议院前厅等候了。

"'这个证人,确切地说这个敌人,究竟是谁?'伯爵问道,从他的声调不难听出他完全失态了。

"'我们马上就能知道,先生,'议长答道。'委员会同意听取这名证人的证言吗?'

"'同意,同意!'众人异口同声地回答。

"议长唤进来执达吏。

"'执达吏,'议长问道,'前厅里有人在等候吗?"

"'有人,议长先生。'

"'那是个什么人?'

"'一位女子,由一名仆人陪同。'

"众人面面相觑。

"'请那女子进来。'议长说道。

"五分钟之后,执达吏重又返回。这时,大家的目光都盯住门口,而我本人,"博尚说道,"等待和焦急的心情,也同所有人一样。"

"一位女子走在执达吏的身后,她蒙着一大块纱巾,头脸完全遮住,不过,由纱巾衬出的身段,以及由她身上散发的芳香,能让人猜出来者是一位年轻而高雅的女子,但也仅此而已。"

"议长要求陌生的女子掀开纱巾,这时大家方能看出,这女子一身希腊装束,而且美到极致,佳妙无双。"

"啊!"阿尔贝说道,"是她!"

"什么,是她?"

"对,是海蒂。"

“是谁告诉您的?”

“唉!我猜想是她。不过请您接着说吧,博尚。您瞧见了,我很平静,也很坚强。看来,我们应当接近结局了。”

“德·莫尔塞夫先生,注视这个女子,吃惊里掺杂几分惶恐的神情,”博尚继续说道,“对他而言,这张秀口说出来的话,将决定他是死是活。对其他所有人而言,这段插曲十分奇妙,充满了玄机,因而德·莫尔塞夫先生得以保全还是身败名裂,在这个事件中已经退而居其次了。”

“议长抬手指着一把椅子,请这年轻女子坐下;但是她摇头谢绝,表示愿意站立。然而伯爵却重又瘫坐在座位上,显然他双腿发软,站立不住了。

“‘夫人,’议长说道,‘您写信给听证委员会,要提供约阿尼纳事件的有关情况;您还明确表示,您是那事件的目击见证人。’

“‘我的确是目击见证人。’那陌生女子答道,她的语调充满动人的忧伤,带有东方人所独具的清亮的音色。

“‘不过,’议长又说道,‘请允许我向您指出,当时您的年龄极小。’

“‘那时我四岁,但是那场变故对我性命攸关,因此每个场景每个细节,无一遗漏,都刻在我的记忆中。’

“‘那个事件对您何以如此重要呢?您究竟是谁,那场巨大的灾难何以给您造成如此深刻的印象?’

“‘事关我父亲的生与死,’年轻姑娘回答,‘我名叫海蒂,是约阿尼纳的帕夏,阿里-台佩莱纳和他的爱妃瓦西丽姬所生的女儿。’

“姑娘的脸颊泛起又自谦又自豪的红晕,她的双眼放射出火光,而她透露的身世又如此庄严,这些对全场产生了难以描摹的效果。

“至于伯爵,就是万钧雷霆在他脚下轰开万丈深渊,他也不过如此魂飞魄散。

“‘夫人,’议长恭敬地躬了躬身又说道,‘请允许我提一个简单的问题,这毫无怀疑之意,而且是最后一个问题了:您能否证明您说的话的真实性?’

“‘我能证明,先生,’海蒂说着,就从面纱下面掏出一只绸缎香袋,‘因为这有我的出生证书,由我父亲亲笔书写,并由主要大臣签署;这还有我的洗礼证书:父亲同意我接受我母亲信奉的宗教的教育,证书上加盖了马其顿和伊庇鲁斯首席大主教的印章;最后,这还有,无疑这是最重要的文件,我本人和我母亲的卖身契:那个法兰克军官把我们母女以一千袋钱,折合四十万法郎,卖给了亚美尼亚商人埃尔-科比尔,只因他与土耳其苏丹的那场肮脏的交易中,把他恩主的妻子女儿据为己有,再作为战利品卖掉。’

“全场在一片阴森可怕的寂静中,倾听这令人发指的指控,而伯爵听了,脸色由惨白变成铁青,两眼也布满了血丝。

“海蒂始终平心静气,但是她这平静的神气,远比一个女人大发雷霆更有威胁性;她将用阿拉伯文书写的卖身契递给议长。

“事先已经料到有些文件,可能使用阿拉伯语、现代希腊语或土耳其语,因而议院配备了译员。译员被召唤进来,大声翻译写在羊皮纸上的文契,旁边则有一位著名的议员监督,他在埃及那场英勇卓绝的战役中,曾学会并颇为精通阿拉伯文:

本人,埃尔-科比尔,奴隶经销商和陛下的宫廷用品供货商,今承认代崇高的皇帝陛下,从法兰克人德·基督山伯爵大人手中收到一颗祖母绿,价值两千袋钱,作为一个名叫海蒂的十一岁基督徒女奴的赎金;该女奴系已故约阿尼纳的帕夏阿里-台佩莱纳与爱妃瓦西丽姬之女;七年前,该女奴及其母亲由我买下,但其母一到君士坦丁堡即死去,卖主名叫菲尔南·蒙德戈,是一名法兰克上校,曾在阿里-台佩莱纳总督麾下效力。

买下该女奴及其母亲的交易,是皇帝陛下委派我办理的,总共花费一千袋钱。

本文契获皇帝陛下恩准,于伊斯兰历一二四七年在君士坦丁堡签订。

埃尔-科比尔(签名)

为保证本文契具有完全的法律效力,完全的可信度与完全的真实性,文契上将加盖玉玺,此事由卖主负责办妥。

“在商人签名的旁边,果然盖有崇高皇帝的印鉴。

“宣读完文契,又验看了玉玺,接着便是一片死寂。伯爵全身的活力,只剩下目光了,而他的目光仿佛化为火与血,不由自主地射到海蒂身上。

“‘夫人,’议长说道,‘我们能否向德·基督山伯爵询问些情况,想必他在巴黎,和您在一起吧?’

“‘先生,’海蒂回答,‘德·基督山伯爵,我的再生之父,三天前就去诺曼底了。’

“‘那么,夫人。’议长又问道,‘是谁建议您采取这种行动的呢?本庭为此向您表示感谢,当然,您这样的出身,又经历这么多苦难,这样做也完全是理所当然的。’

“‘先生,’海蒂答道,‘这一行动,是我的自尊和所受的痛苦建议我采取的。愿上帝宽恕我,我虽是基督徒,但是念念不忘为我那英名显赫的父亲报仇雪恨!因此,我踏上法兰西的大地之后,一得知这个叛徒就住在巴黎,我的眼睛和耳朵就始终处于警觉的状态。我在我那高贵的保护人的宅邸里生活,深居简出,而我这样隐居,是喜爱幽独和宁静,这样我才能生活在沉思和冥想之中。当然,德·基督山伯爵犹如慈父,对我的关怀无微不至,社交生活的方方面面,没有一点我感到生疏;不过,社交活动的喧声,只有离开这些我才能接受。我阅读所有报纸,同样,我也能欣赏到所有画册、所有音乐会,因此,我虽未参与,却一直关注别人的生活,从而得知今天上午在贵族院发生的事情,以及今天晚上会有什么事情发生……于是,我写了信。’

“‘这么说,’议长又问道,‘在您这行动中,德·基督山伯爵先生没有起任何作用了?’

“‘他根本不知道，先生，我甚至只担心一点：他知道了会不同意。然而，这对我是美好的一天，’年轻姑娘续续说道，同时举起火热的目光，仰望天空，‘这一天，我终于找到机会，为我父亲报仇雪恨了。’

“整个这段时间，伯爵始终一言未发。他的同僚都注视着他，无疑有些同情这个被女人一口香气吹灭前程的人，只见他脸上阴毒的线条，逐渐呈现出他的不幸。

“这对我是美好的一天，这一天，我终于找到机会，为我父亲报仇雪恨了！”

“‘德·莫尔塞夫先生,’议长问道,‘您承认这位夫人就是约阿尼纳的帕夏,阿里-台佩莱纳的女儿吗?”

“‘不,’莫尔塞夫边说,边用力撑着站起来,‘这是我那些仇敌策划的一个阴谋。’

“海蒂的眼睛正盯住门口,仿佛在等待什么人,这时她猛地转过身,忽又看见伯爵站在那里,就不禁一声怒吼:

“‘你不认识我了,’她说道,‘好哇,幸而我还认得你!你就是菲尔南·蒙德戈,在我父亲军队里当教官的法兰克军官。正是你献出了约阿尼纳城堡!正在你被恩主派往居士坦丁堡,去直接同皇帝谈判,决定你恩主的生死存亡,而你却拿回完全赦免的假赦令!正是你,用假赦令骗取了帕夏的戒指,再用帕夏的戒指骗取守卫火药的塞利姆和侍从;正是你刺死了塞利姆!正是你将我们母女卖给商人埃尔-科比尔!杀人凶手!凶手!凶手!你的额头还沾有你主子的鲜血!大家看呀。’

“这番话讲得义正词严,充满真实的激情,所有人听了,目光全投向伯爵的额头,就连伯爵也情不自禁,抹了一把前额,好像他直觉得额头热乎乎的,还有阿里的鲜血。

“‘这么说,您还能认出他来,肯定德·莫尔塞夫先生就是菲尔南·蒙德戈军官本人?’”

“‘问我还能认出他来!’海蒂高声答道,‘噢!我的母亲啊!你对我说过:“你原本是自由的,原本有个你热爱的父亲,你生来原本就应该当王后!你仔细看这个人,就是他把你变成奴隶,就是他用长矛尖挑起你父亲的头颅,就是他把我们出卖了,就是他把我们献给了敌人!仔细看看他那只右手,手上有一大道伤疤;假如你忘记了他那张脸,你看那只手就能认出他来:那只手正一枚一枚接住奴隶贩子埃尔-科比尔数给他的金币!”问我还能认出他来!哼!现在再让他本人说说,他还不认得我!”

“每句话都像一把刀子,刺中莫尔塞夫,削掉他一分能力;说到最后几句时,他那只确实带伤疤的手,下意识地急忙藏到胸口,整个人又瘫坐

到椅子里,颓然陷入了绝望。

“这幕场景,让所有在场的人思绪急速飞旋,犹如强劲的北风扫荡落叶。

“‘德·莫尔塞夫伯爵先生,’议长说道,‘您不要让人击垮,请回答:本庭的公正至高无上,像天主的审判庭,对所有人都一视同仁。本庭不会听任您被仇敌毁掉,而不给您抗争的手段。您希望重新调查吗?您希望我指派两位议员前往约阿尼纳吗?请说话!’

“莫尔塞夫却一声不应。

“这时,委员会的成员都面面相觑,不免提心吊胆。他们了解伯爵暴烈的性格。必是到了山穷水尽,他反抗也徒劳无益了,总之,想必这类似小憩的沉默之后,就是犹如雷霆般的猛醒。

“‘怎么样,’议长问他,‘您有什么决定吗?’

“‘没有。’伯爵站起身,声调低沉地答道。

“‘这么说,’议长说道,‘阿里-台佩莱纳的儿女所陈述的,都真的属实了?她真的就是让罪犯望而生畏、不敢回答不字的可怕见证人吗?您真的做了别人指控您的那些事情吗?’

“伯爵环视一下周围,他那绝望的表情都可能打动老虎,但是不能解除审判官的武装。他抬眼望了望拱顶,又随即移开目光,就好像害怕那穹顶洞开,赫然显现那名为苍天的另一个法庭,那称为上帝的另一位审判官。

“这时,他猛地一把扯开勒得他透不过气来的上衣纽扣,像个疯子似的冲出会议厅,一时间,回音很大的拱顶下,凄怆地响起他的脚步声,继而,马车载他疾驰而去,隆隆的车声,震荡着这座佛罗伦萨风格宫殿的柱廊。

“‘诸位先生,’议长等安静下来,说道,‘是否可以确认,德·莫尔塞夫伯爵先生犯有卖主罪、叛国罪和丧失廉耻罪?’

“‘确认!’听证委员会全体委员异口同声地回答。

“海蒂一直待到会议结束,她听了对伯爵的宣判,脸上没有浮现一丝

快乐或怜悯的表情。

“这时,她重又蒙上面纱,庄重地向各位议员施礼告辞,走出会议厅,那步履正是维吉尔所见的女神的姿态。”

第八十七章　挑衅

“当时，”博尚继续说道，“我趁着会议厅又寂静又昏暗，没有被人瞧见就出去了。带我进去的那名执达吏正在门口等着我，他引领我穿过一条条走廊，一直走到临沃吉拉尔街的一道小门。我出去时心痛欲碎，又喜出望外，请原谅我这样讲，阿尔贝，心痛欲碎是考虑您；喜出望外，是为那姑娘替父报仇的高尚行为。是的，阿尔贝，我敢对您这样讲，揭发这个事件的消息，不管来自何处，我是说，也可能出自一个仇敌之口，但这个仇敌也无非是天主的使者。”

阿尔贝一直双手抱着头，这时抬起头来，露出那张满是泪水而羞红的脸，他抓住博尚的手臂。

“朋友，”他对博尚说，“我的生命完结了，剩下最后一件事，但不是像您只说说这是天主给我的打击，而是寻找一直敌视追逼我的那个人；我一旦了解那人是谁，就杀死他，或者让他杀掉。不过，我还指望您的友谊，博尚，请您帮助我，假如在您的心目中，这种友谊没有被鄙夷抹煞的话。”

“鄙夷，我的朋友？这场不幸，又能损害您什么呢？不！谢天谢地！时代不同了，父辈的行为由儿子承担罪责的偏见，现在行不通了。您回想一下，阿尔贝，您全部过去的生活；不错，都还是昨天的事，然而，哪一天的拂晓，恐怕也没有您本人的日出更纯净吧？不，阿尔贝，请相信我，您还年轻，而且富有，离开法国吧；到了伟大的巴比伦，一切就很快遗忘了，那里生活急管繁弦，情趣多变，过上三四年您再回来，还娶回来一位俄国公主，

就没人再想昨天发生的事情，更不会去想十三年前的旧事了。”

“谢谢，我亲爱的博尚，谢谢您这番话的良苦用心，然而，事情不能这样就算了。我对您说了我的渴望，如果有必要，现在我就把渴望一词改成意志。您能理解，我在这个事件中脱不了干系，看待这个问题与您的角度自然不同。在您看来这是天意，而在我看来，恐怕来者并不善。我应当向您承认，这件事与天意根本扯不到一起，而且幸好如此，因为这样一来，我要寻找报仇的，就不是上天派来惩恶扬善的一个看不见、摸不着的使者，而是一个看得见又摸得着的大活人。唔！是的，我向您发誓，以我一个月来所受的全部痛苦发誓。现在，我再向您讲一遍，博尚，我还是坚持回到人类的尘世中找原因，如果您真像自己所表白的那样，还是我的朋友，那您就帮我找出打击我的那只黑手。”

“那好吧！”博尚答道，“如果您非要我降到尘世不可，那我就照办；如果您执意要找出一个仇敌，那我就同您一起寻找。我一定能够找到，因为，能否把他找出来，不止是您，也几乎同样关系到我的名誉。”

“好吧，那么，博尚，您应当明白，事不宜迟，从此刻起，咱们就开始调查。拖延一分钟，对我就是永世等待；告密者还未受到惩罚，他可能抱着侥幸心理，以为不会受到惩罚。我以名誉起誓，他抱有这种希望，就大错特错了！”

“喏，听我说，莫尔塞夫。”

“哦！博尚，看来您了解些情况；说吧，您又给了我生命！”

“我不敢断言这就是事实，阿尔贝，不过，这至少是黑夜里一道亮光，咱们循着这道亮光，也许能抵达目标。”

“说呀！您看得多清楚，我急得要命！”

“好吧，我这就向您叙述，这是我从约阿尼纳回来时不便对您讲的情况。”

“讲吧。”

“事情是这样，阿尔贝，我到了约阿尼纳城，看见一家银行，自然而然要进去打听情况；我一开口提起这个事件，甚至还没有说出令尊的大名，

那位银行家就抢着说道：

"'哦！很好，我猜得出您的来意。'

"'您怎么会猜得出来呢？'

"'因为刚刚两周前，有人问过我同样的问题。'

"'谁问的？'

"'巴黎的一位银行家，我的业务伙伴。'

"'他名叫？'

"'丹格拉尔先生。'

"是他！"阿尔贝高声说道，"不错，正是这家伙，早就嫉恨我可怜的父亲；他自诩平民百姓，不能原谅德·莫尔塞夫伯爵位列贵族院议员；对了，还有，他无缘无故就毁了婚约，不错，就是这么回事。"

"要了解清楚，阿尔贝，先别忙着发火，要了解清楚，跟您说，事情果真如此……"

"哼！是啊，事情果真如此！"年轻人高声说道，"那他就得为我所受的全部折磨付出代价。"

"要当心啊，莫尔塞夫，他可是个老人了。"

"他怎么照顾我家族的名誉，我就会怎么照顾他的年纪。他既然恨我父亲，怎么不直接跟我父亲对决呢？哼！不会的，他就是害怕面对一个男子汉！"

"阿尔贝，我并不是谴责您，只想劝阻，阿尔贝，行事一定要慎重。"

"哎！不必担心；况且，您可以陪我去，博尚，郑重的事情，处理起来一定要有见证人。假如丹格拉尔先生有罪，那么丹格拉尔先生就活不过今天，要不然就是我丧命。真的，博尚，我要为自己的名誉举行隆重的葬礼！"

"那好吧，阿尔贝，既然下了这样的决心，就必须立即行动。您要去见丹格拉尔先生吧？咱们就去吧。"

于是派人叫来一辆出租马车；他们行驶到银行家宅邸，只见安德烈亚·卡瓦尔坎蒂先生的仆人守着停靠在门口的四轮马车。

“嘿！真巧啦！这就好了，”阿尔贝语调阴沉地说道，“假如丹格拉尔先生不肯同我决斗，那我就杀了他的女婿。一个卡瓦尔坎蒂家族的人，想必会愿意决斗。”

年轻人让人通报；银行家知道昨天发生的事情，他一听阿尔贝的名字，就想闭门不纳。但是太迟了，阿尔贝就跟在仆人身后，他听到丹格拉尔先生的吩咐，就干脆闯进去，带着博尚一直走进银行家的工作室。

“怎么，先生！”银行家嚷道，“在自己家里，难道想见谁，不想见谁，都不能作主啦？我觉得您也太忘乎所以了。”

“不然，先生，”阿尔贝冷冷地说道，“有些情况，您的处境恰好如此，就是在自己家中，至少有些人不能拒绝不见，除非是个懦夫，我可以给您下这个台阶。”

“喂，先生，您找我到底想干什么？”

“我想嘛，”莫尔塞夫边说边走过去，根本不理睬背靠壁炉的卡瓦尔坎蒂，“我想约您去个僻静的地点，不会有人打扰，无需多长时间，只十分钟就行了，两人撞到一起，就得有一个人横躺到树荫之下。”

丹格拉尔顿时脸色煞白，卡瓦尔坎蒂朝前挪了一步。阿尔贝立刻转身，对那年轻人说道：

“唔！我的上帝！您要愿意也去吧，伯爵先生，您有权参加，按说，您差不多就是这个家庭的成员了。况且这种约会，有多少人愿意去我都奉陪。”

卡瓦尔坎蒂目瞪口呆，望着丹格拉尔。而丹格拉尔振作一下，站起身来，上前插到两个年轻人之间。阿尔贝转而攻击安德烈亚，倒把他置于旁观者的地位，他希望阿尔贝此来别有缘故，并不是他一开始所估计的那样。

“是这样！先生，”他对阿尔贝说道，“您来这里，如果是因为我偏爱他，就向这位先生寻衅，那我可得先告诉您，这事我会向检察官起诉的。”

“您错了，先生，”莫尔塞夫冷笑道，“我根本无意谈什么婚姻，我冲卡瓦尔坎蒂先生去了，是因为我觉得在一瞬间，他打算介入我们的争论。不

过，您还真说对了，”他又说道，“今天，我就是向所有人寻衅，但是请放宽心，丹格拉尔先生，您享有优先权。”

“先生，”丹格拉尔回答，他又气又怕，脸色刷白，“我警告您，假如我倒霉，在路上碰到一条疯狗，那我会杀死它，我觉得自己这样做非但没有罪，还为社会除了一害。因此，假如您疯了，非要咬我不可，那我也有言在先，我会毫不留情地杀掉您。怪了！您父亲名誉扫地，难道是我的过错吗？”

“对，坏蛋！”莫尔塞夫嚷道，“正是你的过错！”

丹格拉尔后退一步。

“我的过错？”他说道，“您简直疯了！希腊那段历史，难道我了解吗？难道我去过那些国家吗？难道是我劝您父亲献出约阿尼纳城堡的吗？背叛……”

“住口！”阿尔贝声音低沉，“当然，并不是您直接发难，造成这场不幸，但是您虚伪地挑拨起来了。”

“我？”

“对，是您！登出的那条消息是从哪里来的？”

“这还用问，报上说了：从约阿尼纳来的呗！”

“是谁往约阿尼纳写的信？”

“往约阿尼纳写信？”

“对。谁写信去询问我父亲的情况？”

“我看谁都可以往约阿尼纳写信。”

“然而，只有一个人写了信。”

“只有一个人？”

“对，而这个人，正是您。”

“不错，我写了信。一个人要把女儿嫁给一个青年，他总得了解一下这个青年的家庭吧。这不仅是一种权利，而且还是一种职责。”

“先生，您写信去，”阿尔贝又说道，“能得到什么答复，您心里早就一清二楚。”

“我？哎！我敢向您发誓，”丹格拉尔嚷道，他这种自信和放心的感觉，固然是他不大害怕了，也许主要还是他从心底对这个不幸的青年产生了兴趣，“我向您发誓，起先我并没有想到往约阿尼纳写信，我怎么知道阿里帕夏所遭受的灾难呢？”

“那么，就是有人怂恿您写信喽？”

“当然了。”

“谁干的？……把话说完……说呀……”

“还用问？事情简单极了：当时我谈到令尊的过去，说他发迹的路子始终模糊不清。那人就问我，令尊是在哪里发达起来的。我回答说：‘在希腊。’那人就对我说：‘那好，您往约阿尼纳写信问问。’”

“是谁给您出的这主意？”

“还用问？您的朋友，德·基督山伯爵。”

“德·基督山伯爵就对您说，往约阿尼纳写信吗？”

“对，于是我就写了信。您要看看我收到的信件吗？我可以向您出示。”

阿尔贝和博尚相互看了一眼。

博尚一直没有讲话，这时才开口说道：

“先生，听您的话音，好像是在指控伯爵，而眼下他不在巴黎，也就不能为自己辩解吧？”

“我不指控任何人，先生，”丹格拉尔说道，“我在讲述事实，我刚才在你们面前讲的话，完全可以当着德·基督山伯爵的面重复一遍。”

“伯爵知道您收到回信的内容？”

“我给他看了。”

“当时他知道家父的洗礼名字叫菲尔南，家姓是蒙德戈吗？”

“知道，我早就跟他说过，再者说了，在这件事情上我的所作所为，换了别人也同样，而我也许做得还远远不够。我收到回信的次日，令尊受德·基督山伯爵的怂恿，前来正式为您向我女儿求婚。这种事一般人想了断该怎么办，我也如法炮制，一口拒绝了，不错，拒绝得很干脆，但是既没有解

释，也没有翻脸。其实，我何必翻脸呢？德·莫尔塞夫先生名声好还是不好，跟我又有什么关系？这既不能让股市行情上扬，也不能让它走低。”

阿尔贝感到红晕爬上额头。无可怀疑了，丹格拉尔自我辩解，固然迹近卑劣，但是语气很坚定，表明他所讲的即使不全是真话，至少部分属实，这当然不是他良心发现，主要还是心理恐惧的缘故。况且，莫尔塞夫寻求的是什么呢？不是比较丹格拉尔和基督山，谁的罪过大，谁的罪过小，而是不管这种冒犯多轻多重，敢于出面负责的人，也就是肯同人决斗的人，显然丹格拉尔是不敢上场决斗的。

接着，那些已被遗忘，或者视若无睹的情况，又一个个浮现在眼前，或者重又回忆起来。基督山既然买了阿里帕夏的女儿，那就是完全了解情况；而事情他了若指掌，还建议丹格拉尔往约阿尼纳写信。他一得知回信的内容，就做了顺水人情，满足阿尔贝的愿望，把他介绍给海蒂；到了海蒂面前，他又听任话题跑到阿里之死上，并不制止海蒂讲述事件的经过，当然他用近代希腊语，先向姑娘交代了几句，不让莫尔塞夫听出是讲他的父亲；而且，他不是也请求莫尔塞夫在海蒂面前，不要提他父亲的名字吗？最后，他知道晴天霹雳，要发生大事变，便拉着阿尔贝去了诺曼底。无可怀疑，这一切，步步都盘算好了，也毫无疑问，基督山与他父亲的仇敌沆瀣一气。

阿尔贝将博尚拉到一旁，对他谈了所有这些想法。

“您说得对，”博尚说道，“在这件事情上，丹格拉尔先生张牙舞爪，只不过是唱红脸的，倒是德·基督山先生，您应当请他说清楚。”

阿尔贝转身走过去。

“先生，”他对丹格拉尔说道，“您应当明白，我虽告辞，但事情并没有完。我还要弄清楚，您的指控是否成立：我这就去德·基督山伯爵府上，问个水落石出。”

阿尔贝再也没有理睬卡瓦尔坎蒂，他躬身向银行家告辞，和博尚一起离去。

丹格拉尔一直送客到门口，在门口还再次向阿尔贝保证，他绝无个人恩怨，要同德·莫尔塞夫伯爵先生作对。

第八十八章　侮辱

出了银行家的宅门,博尚让莫尔塞夫站住。

“听我说,”博尚对他说道,“刚才在丹格拉尔先生家里,我对您说了,倒是德·基督山先生,您应当请他说清楚,对吧?”

“对呀,我们这就去他那儿。”

“且慢,莫尔塞夫,去伯爵府之前,您要三思。”

“还有什么好想的?”

“想想此举的严重性。”

“难道比去找丹格拉尔还严重?”

“当然。丹格拉尔先生是搞金融的,您也知道,但凡搞金融的人,都深知他们拿去冒险的资本,因而不会轻易同人决斗。另一位则相反,是一位绅士,至少表面如此;在绅士的名分之下,您就不害怕撞见一个杀手吗?”

“我只怕一件事,就是撞见一个不肯决斗的人。”

“唔!请放心,”博尚说道,“这一位准会决斗。我甚至害怕一件事:他武艺太高强;您可得当心。”

“朋友,”莫尔塞夫莞尔一笑,说道,“这正中我下怀:能为父亲而死,这是我的最圆满的结果,我们父子都会得到拯救。”

“令堂会伤痛而死的。”

“可怜的母亲!”阿尔贝抬手捂住眼睛,说道,“这我完全清楚;不过,

死于悲伤，也胜过死于耻辱。”

“尊意已决，阿尔贝？”

“对。”

“那就去吧！您真的认为，咱们能找见他吗？”

“他预计比我晚回来几小时，现在肯定到了。”

二人上了马车，驶往香榭丽舍大街三十号。

博尚要独自下车去见面，但是阿尔贝却向他朋友指出，这件事已脱离常规，因而他也不必遵循决斗的礼仪。

年轻人这种行为，出于完全神圣的动机，博尚也别无他法，只能顺从他的全部意愿：博尚退让了，就跟在莫尔塞夫的后面。

阿尔贝几个箭步，就从门房蹿到楼前台阶。接待他的却是巴蒂斯坦。伯爵果然刚回来不久，不过他正在洗浴，吩咐不见任何客人。

“那么洗浴完了呢？”莫尔塞夫问道。

“先生要用餐。”

“用餐完了呢？”

“先生要睡一小时。”

“然后呢？”

“然后，他要去歌剧院。”

“您能肯定吗？”阿尔贝追问道。

“完全肯定；先生吩咐过，八点整套好马车。”

“很好，”阿尔贝又说道，“我就想了解这些情况。”

然后，他转身对博尚说道：

“如果您要办什么事，博尚，那就立刻去办；如果今天晚上您有约会，那就推到明天。您明白，我要您相伴去歌剧院。如果办得到的话，您就把夏多-雷诺也拉去。”

博尚趁此机会，暂时同阿尔贝分手，但是保证八点差一刻去接他。

阿尔贝回到家里，派人去通知弗朗兹、德勃雷和莫雷尔，希望当天晚上在歌剧院见到他们。

继而，他去见母亲；昨天晚上出事之后，母亲就关在房间里，不见任何人。他进屋看到，母亲躺在床上，因外扬的家丑而痛不欲生。

阿尔贝来探望，对梅色苔丝产生的效果可想而知，她抓住儿子的手，失声痛哭。不过，流出了眼泪，她心里倒好受些。

阿尔贝挨着母亲的脸，站在那里半晌无言，只见他脸色苍白，眉头紧锁，反映他复仇的决心逐渐动摇了。

"母亲，"阿尔贝问道，"据您所知，德·莫尔塞夫先生有什么仇人吗？"

梅色苔丝浑身一抖，她注意到年轻人没有讲：我的父亲。

"我的朋友，"她回答，"像伯爵那样有地位的人，总有许多仇敌，而他们自己根本不认识。况且，您也知道，认识的仇敌，绝不是最危险的。"

"对，这我知道，因此，我才求您施展您的全部洞察力。母亲，您是一位超群绝伦的女子，什么也逃不过您的目光！"

"您为何对我这样讲？"

"因为，举例说吧，我们举办舞会那天，您就注意到了，德·基督山先生一口也不肯吃我们的东西。"

梅色苔丝颤抖着，用发烧滚烫的胳臂撑起身子：

"德·基督山先生！"她高声说道，"这同您提的问题又有什么关系？"

"您也知道，母亲，德·基督山先生差不多算是东方人；而东方人要保留充分的复仇自由，在仇人家里不吃一口东西，也不喝一滴水。"

"德·基督山先生，您说，是我们的仇人，阿尔贝？"梅色苔丝接口说道，她脸色陡变，比盖在身上的被单还要白，"这是谁跟您说的？为什么？您疯了，阿尔贝。德·基督山先生，对我们一向彬彬有礼。德·基督山先生还救过您的命，是您亲自引荐到家里来的，噢！求求您了，我的孩子，您若是产生这种念头，那就赶紧丢掉；如果我要嘱咐您什么，进而言之，如果我要恳求您什么，那也就是：您千万同他处好关系。"

"母亲，"年轻人目光阴沉，接口说道，"您一定有理由，要我谨慎对待这个人。"

她抓住儿子的手，失声痛哭。

“我？”梅色苔丝高声说道，她的脸忽地红了，就像刚才失去血色那样迅疾，可是几乎随即又变得更加苍白。

“对，毫无疑问，而这个理由，”阿尔贝又说道，“就是不让这个人伤害我们，对不对？”

梅色苔丝又不禁浑身一抖，她用审视的目光盯住儿子。

“您对我说话这么怪怪的”，她对阿尔贝说道，“看来，您的成见还非同寻常呢。伯爵到底怎么惹着您了？三天前，您还跟随他去了诺曼底；三

天前，我还把他看作，而您本人也把他看作您的最好朋友。”

一丝讪笑掠过阿尔贝的嘴唇。梅色苔丝看见这种笑态，凭着女人和母亲的双重本能，完全猜出这笑中的含意，但她毕竟又谨慎又坚强，掩饰住了内心的慌乱和忧惧。

“您来探问我身体如何，”她说道，“我要坦率地回答您，我的朋友，我感觉不好。您应当留在这里，陪伴我；我有这种需要，不想孤单一人。”

“母亲，”年轻人回答，“如果不是有一件很重要的急事，迫使我整个晚上离开您，那我一定从命，而且您也知道，陪伴您我有多高兴。”

“哦！好吧，”梅色苔丝叹了口气，答道，“去吧，阿尔贝，我绝不愿意让您做孝道的奴隶。”

阿尔贝装作没有听见，躬身施礼，便退出去了。

年轻人刚刚随手把房门关上，梅色苔丝便让人唤来心腹仆人，吩咐当晚无论阿尔贝去哪里，他都要暗中跟随，再立刻回来禀报。

然后，她摇铃唤来女仆，她不顾身体多么虚弱，让女仆给她更衣，准备好应付任何变故。

交给仆人的差使不难完成。阿尔贝回到自己房间，换上了一身相当考究的衣服。八点差十分，博尚到了，他已经见过夏多-雷诺，夏多-雷诺也答应，赶在开幕前到达剧场。

二人登上阿尔贝的马车，阿尔贝毫无理由隐瞒行踪，他高声吩咐：

“去歌剧院！”

他未免过分着急，抢在开场之前到了剧院。夏多-雷诺已经落座了，整个事情，博尚全告诉他了，无需阿尔贝再向他解释什么。夏多-雷诺认为，这个儿子要为父报仇，这种行为天经地义，因而没讲一句劝阻的话，只是重申愿意听候差遣。

德勃雷还没有到，但是阿尔贝断定，他轻易不会错过歌剧院的任何一场演出。幕启之前，阿尔贝一直在剧院里转悠，盼望在走廊或楼梯上，能够撞见基督山。但是铃声响了，他只好回到正厅池座，在夏多-雷诺和博尚之间坐下。

然而，阿尔贝目不转睛，总盯着两根廊柱之间的那个包厢，但是在第一幕演出过程中，那个包厢似乎始终关闭，无人光顾。

直到第二幕开演时，阿尔贝恐怕是第一百次看表了，那个包厢的门终于打开了，一身黑装的基督山走进去，他扶着栏杆张望正厅池座。莫雷尔随后进去也用目光搜寻他的妹妹与妹夫，望见他们坐在第二排一个包厢里，便向他们点头打个招呼。

伯爵环视剧院大厅，目光被一张苍白的面孔和两只炯炯发亮的眼睛吸引住，他认出那正是阿尔贝，不过也注意到年轻人那失态的表情，无疑心想还是佯装没有看到为妙。于是他不动声色，从容坐下，从套子里取出观剧镜，开始观望剧场的另一边。

伯爵虽然佯装看不见阿尔贝，但是眼角余光一直瞟着他，等到第二幕演完幕落时，他那万无一失的眼睛便跟随那年轻人，由两个朋友陪同离开了大厅。

接着，同一张面孔又出现在对面头排包厢的玻璃窗上。伯爵感到暴风雨逼来，他听见自己包厢的门钥匙拧动时，虽然满面笑容，正跟莫雷尔说话，但心里早已有了主张，准备好了应对各种情况。

包厢的门打开了。

直到这时，基督山才回过身去，瞧见面无血色、肢体颤抖的阿尔贝，他身后则跟着博尚和夏多-雷诺。

“咦！”基督山高声说道，他那善气迎人的礼貌，通常有别于社交场合庸俗的寒暄，“我的骑士终于跑到目的地了！晚安，德·莫尔塞夫先生！”

此人自控能力超乎寻常，脸上完全是一副十分亲热的表情。

莫雷尔这时才想起他收到子爵的那封信，信上未作一句说明，只求他去歌剧院；现在他恍然大悟，即将发生可怕的事件。

“我们来到这里，绝不是为了彼此虚伪地讲些客套话，或者假惺惺地表示友谊，”年轻人说道，“我们来是要您作出解释，伯爵先生。”

年轻人声音颤抖，这两句话勉强通过咬紧的牙关。

“在歌剧院里作解释？”伯爵说道，他的语气十分平静，目光又十分深

邃，能让人由这两个特点确认，他这人永远对自己有信心。“我对巴黎人的习俗虽然了解甚微，先生，但是怎么也不会相信，可以在这种场合要求别人作出解释。”

“不过，有的人既然躲躲闪闪，”阿尔贝说道，“借口洗澡，吃饭或者睡觉拒不见面，那么不管在哪儿碰到，也就只好谈一谈了。”

“我并不难碰到，”基督山说道，“因为昨天，先生，如果我记得不错的话，您还在我的家里呢。”

“昨天，先生，”年轻人说道，他的神情颇为尴尬，“昨天我在您家，因为我还不了解您是什么人。”

阿尔贝讲这话时，故意提高了嗓门，好让邻近包厢的观众，以及经过走廊的人都听得到。听见这种争吵声，左右包厢里的人都回过头来，走廊里的人也都站住了，停在博尚和夏多-雷诺的身后。

“您犯什么毛病了，先生？”基督山毫不动声色说道，“我看您有点儿昏头昏脑了。”

“不过，我始终会相当清醒，能明察您背信弃义的行为，先生，也能让您明白我要报仇。”阿尔贝怒不可遏地说道。

“先生，我根本不明白您这话是什么意思，”基督山回敬道，“即使我明白您在说什么，您说话的嗓门儿也太高了。我是在自己的包厢，先生，在这里，只有我说话比别人声音高的份儿。您出去，先生！”

基督山说着，一扬手对阿尔贝指了指门，那种颐指气使的姿态令人赞叹。

“哼！我会让您出去的，从您的包厢出去！”阿尔贝接口说道，他的两只手痉挛地揉着手套，这情景没有逃过伯爵的眼睛。

“好吧，好吧！”基督山仍然冷静地说道，“您是来寻衅找我吵架的，先生，这我看出来了；不过，还是奉劝您一句，子爵，您记好了：以大喊大叫的方式挑战，是一种很坏的习惯。这样叫嚷，不是人人都合适的，德·莫尔塞夫先生。”

一听见这个姓名，围观的人群立刻响起惊讶的私议声，犹如掠过一阵

“我是在自己的包厢，您出去，先生！”

瑟瑟寒风。从昨天起始，莫尔塞夫这个姓名，就挂到所有人的嘴边上了。

阿尔贝自然是头一个，也比任何人都更领会这种影射，他扬起手，正要将手套摔到伯爵的脸上，莫雷尔急忙抓住他的手腕，这时，博尚和夏多-雷诺也害怕事情闹大，超出挑战的限度，也从后面拉住阿尔贝。

基督山也不站起来，只是把坐椅往前一倾斜，伸手便从年轻人握紧的手指间，抓过又湿又皱的手套：

"先生，"伯爵说道，声调令人生畏，"我拿到您的手套，就当是摔过来的，我再包上一颗子弹还给您。现在，您从我这儿出去，否则我就唤来仆人，将您扔到门外。"

阿尔贝两眼血红，心性迷乱，一时茫然失措，倒退了两步。

莫雷尔趁机将包厢门关上。

基督山又举起观剧镜，重新看演出，就好像什么特别的事情都没有发生。

此公心如铁石，面如石雕。莫雷尔凑近他耳边。

"您怎么惹着他啦？"莫雷尔问道。

"我？根本没有，至少没有惹着他本人。"基督山说道。

"可是，这场吵闹莫名其妙，总该有什么原因吧？"

"德·莫尔塞夫伯爵的那段冒险经历，让这可怜的年轻人恼羞成怒。"

"这个事件您插手了吗？"

"是海蒂前去作证，贵族院才了解他父亲背叛的行为。"

"我确实听人说过，"莫雷尔说道，"但我还是不肯相信，我见过同您一起到这包厢来的那个希腊女奴，居然是阿里帕夏的女儿。"

"然而事实如此。"

"唔！我的上帝！"莫雷尔说道，"这我就全明白了，这场争吵是预谋好了的。"

"此话怎讲？"

"不错，阿尔贝写信要我今晚来歌剧院，就是让我成为他要对您侮辱的目击证人。"

"有可能。"基督山说道，他处变不惊，还是那么平静。

"那么，您要把他怎么样呢？"

"谁呀？"

"阿尔贝呀！"

"阿尔贝？"基督山以同样平静的语气回答，"把他怎么样，马克西米

连？我要在明天上午十点钟之前杀死他，这事就跟您人在这里，我握住您的手一样确定无疑。我就将这样处置他。”

莫雷尔也伸出双手，握住基督山的手，感到这只手镇定而冷冰冰的，就不禁打了个寒战。

“噢！伯爵，”莫雷尔说道，“他父亲那么喜爱他！”

“不要对我讲这种事！”基督山高声说道，他真好像头一回动了肝火，“我就是要让他父亲忍受痛苦！”

莫雷尔惊呆了，不由得松开基督山的手。

“伯爵！伯爵！”他叫道。

“亲爱的马克西米连，”伯爵打断他的话，“您听杜普雷这一句，唱得多么美妙动听啊：

> 玛蒂尔德啊！我心中的偶像。

“对了，当年在那不勒斯，我还是头一个看出杜普雷会走红，头一个为他鼓掌喝彩。好啊！好啊！”

莫雷尔这才明白，说什么都白费唇舌，就只好等待。

阿尔贝寻衅的场面结束时拉起的幕布，很快又落下来。这时，有人敲包厢的门。

“请进。”基督山说道，他的声音没有流露出半点心慌。

博尚出现在门口。

“晚安，博尚先生，”基督山说道，就好像这晚上他是第一次见到这位报人，“您请坐。”

博尚施礼，走进来坐下。

“先生，”他对基督山说道，“刚才，正如您所见，我是陪伴德·莫尔塞夫先生来的。”

“这表明，”基督山笑着接口道，“你们很可能一起用了晚餐。能看到您比他有分寸，博尚先生，我很高兴。”

“先生，”博尚又说道，“我承认，阿尔贝那么冲动确实不对，因此我来为我本人向您道歉。我道歉过了，伯爵先生，您当然理解，这是我本人的歉意，现在，我来要对您说，我认为您雅量高致，不会拒绝向我解释几句，您同约阿尼纳那方面的人是什么关系；然后，关于那位希腊姑娘，我还想多说两句。”

基督山用嘴唇和眼睛微微示意对方住口。

“得！”他又笑着补充道，“我的希望，这下子全部落空了。”

“此话怎讲？”博尚问道。

“毫无疑问，您急不可待，要我制造一个怪诞的名声：把我说成莱拉式的、曼弗雷德式的、鲁恩文爵士式的人物；过一阵子，您见我这怪诞的人物过时了，便又毁掉树立的典型，再力图把我说成一个等闲之辈。您认为我普普通通，庸庸碌碌；到头来，您还要我作出什么解释。算了吧！博尚先生，您这是开玩笑啊。”

“然而，”博尚口气傲慢地说道，“有些情况，诚实之心就要指挥……”

“博尚先生，”这个怪异之人接口说道，“能指挥德·基督山伯爵先生的，也只有德·基督山伯爵先生。因此这类话，劳驾一句也不要再讲了。我怎么做，有自己的意愿，博尚先生，请相信我，事情还做得始终相当完美。”

“先生，”年轻人答道，“总不能这样随便打发上流社会人士，还是有信誉的保证吧。”

“先生，本人就是活生生的保证，”基督山又说道，他神色全然不动，只是眼里射出咄咄逼人的光芒，“我们二人体内的鲜血，都渴望抛洒出来，这就是我们彼此的保证。这个回答，您可以带给子爵，告诉他明天十点钟之前，我会看到他那血液是什么颜色。”

“那么？”博尚则说道，“我该做的，也只有对决斗作具体安排了。”

“这我根本不在乎，先生，”德·基督山伯爵说道，“为了这类区区小事，没有必要来打扰我听歌剧。在法国决斗通常使用剑或手枪；在殖民地

则用马枪;在阿拉伯习惯用匕首。请告诉您的委托人,我虽是受侮辱的一方,但是为了把行事怪异贯彻到底,还是由他挑选武器,无论他作何选择,我都毫无争论,全部接受;全部接受,您听明白了吧?全部,甚至以抽签的方式决斗,尽管这种方式一向很愚蠢。不过对我来说,这是另一码事:我确信胜券在握。”

“胜券在握!”博尚重复道,他眼神惊愕地注视着伯爵。

“哼!当然了,”基督山微微耸肩说道,“否则的话,我也不会同德·莫尔塞夫先生决斗了。我要杀了他,必须如此,也必定如此。不过,今晚务必往家里给我送个便函,通知我决斗的时间和使用的武器,我不喜欢别人让我等候。”

“使用手枪,明天早晨八点钟,在万森树林。”博尚说道,他不免有些难堪,不知道自己面对的是一个牛皮大王,还是一个超人。

“好吧,先生,”基督山说道,“现在,一切都定好了,请让我听演唱吧,还有劳您告诉您的朋友阿尔贝,今天晚上别再来烦我,他那种粗鲁的行为实在不高明,只能损害自己。让他回家去,老实睡觉吧。”

博尚不胜惊讶,走出了包厢。

“现在,”基督山转身对莫雷尔说道,“我可以指望您当我的证人,对吧?”

“当然,”莫雷尔答道,“我听从差遣,伯爵。不过……”

“不过什么?”

“我要了解真正的原因,伯爵,这很重要……”

“这就是说,您拒绝我?”

“不是。”

“问真正的原因,莫雷尔?”伯爵说道,“那个年轻人自己也是盲目乱闯,并不了解真正的原因。真正的原因,只有我和上帝知道。但是,我可以用我的人格向您保证,上帝不仅知道真正的原因,而且还会赞成我们的所作所为。”

“这就够了,伯爵,”莫雷尔说道,“您的第二个证人是谁?”

"在巴黎,除了您,莫雷尔,以及您妹夫埃马努埃尔,我还不认识任何别人,配得上我给他的这种荣誉。您认为埃马努埃尔愿意帮我这个忙吗?"

"您放心,伯爵,他也包在我身上。"

"好吧!我就需要这些。明天,早晨七点钟到我家,可以吧?"

"我们准时到达。"

"嘘!幕布又拉起来了,咱们听演唱吧。《威廉-退尔》[①]这部歌剧,音乐太美妙了,我听这部歌剧,连一个音符也不漏掉,这成了我的习惯。"

---

① 《威廉-退尔》,德国戏剧家席勒于1804年创作的剧本,1829年由意大利作曲家罗西尼改编成歌剧,剧情是讲述瑞士民间传说的英雄威廉-退尔的故事。

第八十九章　夜

德·基督山先生仍照老习惯，等到杜普雷唱完他那著名的乐句：跟我走吧！才起身离去。

走出剧院门口分手时，莫雷尔再次保证，明天早晨七点钟，他同埃马努埃尔将准时到他府上。伯爵始终笑容可掬，始终那么心平气和，他登上自家的轿车，五分钟后便驶抵自己的宅邸。除非不了解伯爵，否则，看到他进门时对阿里讲这句话的表情，绝不会误解那意味着什么：

"阿里，把我那双象牙柄手枪拿来！"

阿里将手枪匣拿给主人，伯爵便开始细心检查两件武器：一个人将性命托付给这么一点钢铁和铅的制品时，这样精心也是理所当然的。这两支手枪，是基督山专门定做的，用来室内打靶。小小扳机，只要轻轻一扣，子弹便飞出，就是在隔壁房间的人，也根本不会想到，拿靶场行话来说，伯爵正在"练手"。

他手握着手枪，正瞄准用作靶子的一小块铁皮上的靶心，忽然书房门打开了，巴蒂斯坦走了进来。

不过，伯爵还未开口，就从敞开的房门，发现隔壁房间的幽暗中，站着一个戴着面纱的女子，显然是跟随巴蒂斯坦进来的。

那女子瞥见伯爵手里握着枪，桌子上还放着两把剑，便立刻冲过去。

巴蒂斯坦用眼神询问主人。伯爵摆了摆手，巴蒂斯坦便退下去，随手关上房门。

阿里将手枪匣拿给主人。

“您是哪位,夫人?”伯爵问戴面纱的女子。

那陌生女子扫视周围,看清确无外人,便屈下身子,就像要下跪似的,她合拢手掌,以绝望的声调说道:

“埃德蒙,您不要杀死我的儿子!”

伯爵后退一步,轻轻叫了一声,手中的枪失落到地上。

“您在叫谁的名字,德·莫尔塞夫夫人?”他说道。

“您的名字呀!”她高声说道,同时掀掉面纱,“您的名字,也许唯独我

还没有忘记。埃德蒙,前来见您的不是德·莫尔塞夫夫人,而是梅色苔丝。”

“梅色苔丝已经死了,夫人,”基督山说道,“我再也不认识叫这个名字的什么人了。”

“梅色苔丝还活着,先生,梅色苔丝还记得,因为唯独她,刚一见到您,甚至还没等见到您,仅仅听到您的声音,埃德蒙,仅仅听到您的声调,就认出您来了。从那时起,她就步步追踪,注视您的一举一动,对您怀着恐惧的心理;她无需探寻,就知道给德·莫尔塞夫先生的打击,是出自谁人之手。”

“您指的是菲尔南吧,夫人,”基督山接口说道,语气带着酸楚的嘲讽,“既然回忆,那就把我们所有人的名字全回忆出来吧。”

基督山说出菲尔南这个名字时,脸上那种刻骨仇恨的表情,就让梅色苔丝感到恐惧,不由得一阵战栗传遍全身。

“您瞧瞧,埃德蒙,我没有说错吧!”梅色苔丝高声说道,“我也有理由对您说:饶过我儿子吧!”

“谁告诉您,夫人,我怪罪您儿子呢?”

“我的上帝!没有人告诉我,但是,母亲天生就有双重视觉。我全猜测出来了。今天晚上,我跟随他到了歌剧院,躲在楼下的包厢里,我全都看在眼里了。”

“既然您全都看在眼里,夫人,那么您定然看到,菲尔南的儿子当众侮辱了我吧?”基督山说道,语气平静得惊人。

“噢!发发善心吧!”

“您定然看到了,”伯爵接着说道,“如果不是我的一位朋友,莫雷尔先生抓住他的胳膊,他就把手套摔到我脸上了。”

“您听我说,我儿子也猜出了是您所为,他推定是您让他父亲遭受这场不幸。”

“夫人,”基督山说道,“您混淆了:这绝非不幸,而是惩罚。并不是我打击德·莫尔塞夫先生,而是上天在惩罚他。”

“您为什么要管上天的事呢?”梅色苔丝高声说道,“上天都把那件事忘记了,您为什么还念念不忘呢? 约阿尼纳及其总督,又同您埃德蒙有什么相干呢? 菲尔南·蒙德戈背叛了阿里-台佩莱纳,这又损害了您什么呢?”

“因此,夫人,”基督山答道,“这一切,完全是法兰克上尉和瓦西丽姬的女儿之间的事。您说得对,这同我毫不相干。假如我发誓要报仇雪恨的话,那么我要寻仇的,既不是法兰克上尉,也不是德·莫尔塞夫伯爵,而是渔夫菲尔南,卡塔卢尼亚姑娘梅色苔丝的丈夫。”

“噢! 先生!”伯爵夫人又高声说道,“对命运使我犯下的过错,要给予多么严厉的报复啊! 因为,有罪的是我,埃德蒙,您若是找人报仇,那就对我来吧,都怪我没有足够的勇气,耐住您不在时的孤独。”

“然而,”基督山提高声音说道,“我为什么不在呢? 您又为什么孤独呢?”

“就因为您被抓走了,埃德蒙,就因为您被下了大狱。”

“那么! 我又为什么被抓走? 又为什么下了大狱呢?”

“这我就不知道了。”梅色苔丝说道。

“是啊,夫人,您不知道,至少我希望如此。好吧,让我来告诉您,我被抓走,我下了大狱,就因为我要和您结婚的前一天,一个名叫丹格拉尔的人,在雷泽夫酒馆的凉棚下,写了这样一封信,由那个打渔的菲尔南投进了邮箱。”

基督山说着,就走到写字台前,拉开一个抽屉,取出一张褪了色的纸,连上面的墨迹也变成了铁锈色;他把这张纸送到梅色苔丝的眼前。

这正是丹格拉尔写给检察官的那封告发信,后来德·基督山伯爵化装成汤姆森-弗伦奇公司的代理人,付给了德·博维尔先生二十万法郎,便从埃德蒙·唐代斯的档案里取出来了。

梅色苔丝不胜惶恐,读了以下几行字:

检察官先生:

王室和教会的一位友人特此报告，有一个名叫埃德蒙·唐代斯的人，系法老号船大副；该船自土麦那返航，中途在那不勒斯和费拉约港停靠，今天早晨抵港。此人受缪拉指使，将一封信送交窃国大盗，又受窃国大盗差遣，要将一封信送交巴黎的波拿巴逆党组织。

逮捕此人即可缴获罪证，这封信他不带在身上，即藏在他父亲家中，或在法老号船舱室里。

"噢！我的上帝！"梅色苔丝说着，抬手捂住被汗水打湿的额头，"这封信……"

"我是花二十万法郎买来的，夫人，"基督山说道，"不过钱花得也值，因为有了这件证物，今天我才能在您眼里证实我是清白的。"

"这封信所产生的后果？"

"您是知道的，夫人，我被抓走了；但是您所不知的，夫人，就是我被抓去坐牢，关了多少年；您所不知的，就是我在离您一公里的地方，在伊夫狱堡的地牢里关了十四个年头；您所不知的，就是在这十四年中，每天我都重申我在第一天就立下的复仇誓言；然而，当时我并不晓得，您嫁给了诬告我的菲尔南，我父亲也死了，而且是饿死的！"

"公正的上帝啊！"梅色苔丝身子摇晃不稳，高声说道。

"还是我坐了十四年大牢，逃出来之后，才得知这两条消息，于是我以活着的梅色苔丝和死去的父亲发誓，一定要找菲尔南报仇……而现在，此仇刚刚得报。"

"您能肯定这个不幸的菲尔南就干了那种事吗？"

"以我的灵魂起誓，夫人，正如我对您讲的，他干出了那种事。而且，还有更加卑鄙得多的行为：他既然入了法国籍，却投靠了英国人！他既然生在西班牙，却又攻打西班牙人！他既然受雇于阿里，却又背叛和杀害阿里。比起这类行径来，您刚读的这封信又算什么呢？无非是失意的恋人搞的阴谋诡计，我承认对后来嫁给他的女人来说，是有情可原的，这一点

我也理解，但是对当初本应娶那女子的情人来说，则是不可饶恕的。然而，法国人没有惩罚这个叛徒，西班牙人也没有枪毙这个叛徒，阿里躺在坟墓里，同样没有让这个叛徒受到惩罚；正是我，被出卖，被谋害，同样被投进一座坟墓的人，我却得到上帝的保佑，从这座坟墓里出来，我就应当报仇，以此报答上帝；上帝派我来惩罚他，于是我来了。"

可怜的女人双手抱住垂下的头，她的双腿一弯，便跪倒在地上。

"饶恕吧，埃德蒙，"梅色苔丝说道，"为了我，这个还爱着您的女人，您就饶恕吧！"

做人妻的尊严，还是制止住做情人和母亲的感情冲动。她的额头几乎触到地毯。

伯爵冲上前去，将她扶起来。

她由伯爵搀扶，坐到一张椅子上，这时，她透过泪眼，看到基督山那张刚毅的脸，脸上极痛和深仇交加，还显出一副很凶的表情。

"不让我彻底铲除这个该死的家族！"伯爵咕哝道，"让我违背激励我替天施罚的上帝！不可能，夫人，不可能！"

"埃德蒙，"可怜的母亲说道，她还要极力争取，"我的上帝！我叫您埃德蒙的时候，您为什么不叫我梅色苔丝呢？"

"梅色苔丝，"基督山重复道，"梅色苔丝！不错！您说得确实对，这名字叫起来，我仍然觉得很甜美；有多久了，这个名字，我还是第一次如此清晰地说出来。梅色苔丝啊，您这名字，我伴随忧伤的叹息呼唤过，伴随痛苦的呻吟呼唤过，也伴随绝望的喘息呼唤过；您这名字，我在地牢的草铺上冻得瑟瑟发抖时呼唤过，也在溽热熏蒸的牢房灼人的石板上打滚时呼唤过。梅色苔丝，我一定得报仇，因为，我忍受折磨十四年啊，我以泪洗面，我诅咒了十四年啊。现在，我对您说了，梅色苔丝，我一定得报仇！"

伯爵心里七上八下，唯恐顶不住他当年深深爱过的女人的祈求，便召集他仇恨的回忆来支援。

"您报仇吧，埃德蒙！"可怜的母亲高声说道，"但是，您要向有罪的人报仇；您就向他报仇，向我报仇，而不要找我儿子报仇！"

“《圣经》写得清楚，”基督山答道，“父过子孙担，直至三四代。既然上帝对信徒亲口讲了这话，为什么我要比上帝心慈手软呢？”

“因为上帝掌握时间，掌握永恒，而这两样恰恰世人无能为力。”

基督山长叹一声，听似一声长啸，他满手满把抓住自己漂亮的头发。

“埃德蒙，”梅色苔丝向伯爵伸出双臂，继续说道，“埃德蒙，从认识您的时候起，我就崇拜您的姓名，也始终珍惜对您的记忆。埃德蒙，我的朋友，这种高尚而纯洁的形象，不断映现在我心中的明镜里，您不要逼我给这一切抹黑吧。埃德蒙，您哪里知道，我为您向上帝做过多少祈祷，多么盼望您能活着哪怕是在以为您死了之后，唉！是啊，以为您死了。我以为您的尸体在哪座阴森的塔楼底层；我以为您的遗体被狱卒扔进埋葬死亡囚犯的深坑里，我流下多少眼泪！可是，埃德蒙，除了祈祷和流泪，我又能为您做什么呢？您听我说：在十年间，我每天夜晚都做同一个梦。据说您想要逃跑，顶替了一个死了的囚犯，钻进葬尸袋里，而狱卒把您当作死尸，从伊夫狱堡的岩石上抛下去，听见您摔到岩石上发出的怪叫声，那些人才知道死人掉了包，无意中成为要您命的刽子手。是的，埃德蒙，我以哀求您饶过这个儿子的头颅起誓，埃德蒙，在十年间，我每夜都在梦中看见一些人在岩石顶上，悠荡着一个不成形状，也不知为何物的大袋；在十年间，我每夜都在梦中听见一声惨叫，惊醒时浑身颤抖，手脚冰凉。我也一样啊，埃德蒙，噢！请相信我，不管我有多大罪过，噢！是的，我也一样，饱受了折磨。”

“您感受过您不在身边而父亲死去的滋味吗？”基督山高声说道，同时双手插进头发里，“您见过您爱的女人把手伸向自己的情敌，而您却在深渊里奄奄一息吗？……”

“没有，”梅色苔丝接口说道，“但是我看见自己爱的男人，就要成为杀死我儿子的凶手！”

梅色苔丝讲这句话时，神情那么痛苦，声调那么绝望，伯爵听了这话语、这声调，不由得一声号啕冲破喉咙。

狮子被降服了，复仇者认输了。

“您要求什么呢?”他说道,“保住您儿子的命吗? 那好,他的命会保住的。”

梅色苔丝惊喜地叫了一声,却引出基督山两滴泪,但是这两滴泪刚漾出来,几乎马上又消隐在眼睑里面了,一定是被上帝派来的天使收去了,因为在天主看来,这泪水比居絮拉特和俄斐①的珍珠还要宝贵。

“唔!”梅色苔丝高声说道,同时拉起伯爵的手,按在自己的嘴唇上,“唔! 多谢了,多谢了,埃德蒙! 你现在正是我一直梦想的样子,也正是我一直喜爱的样子。唔! 现在,我可以讲这话了。”

“尤其可怜的埃德蒙也不会被您爱多久了。”基督山接口答道,“这个死过的人又要回到坟墓,这个幽灵又要回到黑夜中。”

“您说什么,埃德蒙?”

“我说既然是您这么吩咐,梅色苔丝,那我只能一死。”

“死! 谁说这种话了? 谁说要您死了? 您怎么又产生死的念头呢?”

“您总不会推测,我当着剧院的全体观众的面,当着您的朋友和您儿子朋友的面,公开受到一个孩子的侮辱,而且他还要把我的宽恕当作胜利去炫耀,我是说,您总不会推测,我还能有一瞬间活下去的渴望吧。除了您之外,梅色苔丝,我最爱的,就是我本人了,亦即我的尊严,亦即这种让我高于他人的力量;这种力量,本来就是我的生命,您一句话将它击毁,我当然得死了。”

“可是,您既然宽恕了,埃德蒙,也就不会有这场决斗了。”

“还要照样进行决斗,夫人,”基督山郑重其事地说道,“只不过,大地要饮到的,将是我的鲜血,而不是您儿子的鲜血了。”

梅色苔丝大叫一声,便扑向基督山,但是猛然又收住脚步。

她说道:

“埃德蒙,我们头上有个上帝,既然您活下来,既然我又见到您,我就从心底里信赖上帝了。在期待上帝帮助的同时,我也倚重您这话。您说

① 《圣经·旧约》所载的东方之地,所罗门王曾派人远航,从那里运回大量金银珠宝。

“唔！多谢了，多谢了。”梅色苔丝高声说道，同时拉起伯爵的手，按在自己的嘴唇上。

过我儿子会保住命的；他就一定能好好活着，对吧？”

“他一定能好好活着，对，夫人。”基督山应声答道。他心下颇为奇怪，他向梅色苔丝作出的这种大无畏牺牲，她就这样接受了，没有发出一声惊叹，也没有表示半点儿诧异。

梅色苔丝向伯爵伸出手：

“埃德蒙，”她说道，满含泪水的眼睛则注视着伯爵，“您这样真是太出色了，您刚才的举动真是太伟大了，您怜悯一个可怜的女人真是太高尚

了，而这个女人来见您，怀着的却是根本不可能实现的愿望！唉！催我见老的主要不是年岁，而是忧伤，我甚至再也不能用一个微笑，用一个眼神，就让我的埃德蒙回想起，当年他怎么也看不够的那个梅色苔丝。啊！请相信我，埃德蒙，我对您说过，我也同样，忍受了多少折磨！我要再向您重复一遍，这是很惨的呀，眼看要度过了这一生，回想起来却没有一件快乐的事，也没有心存一种希望；但是这也证明，这尘缘还没有完全尽。是的，没有完全尽，从我心里残存的情一结束，我就感到了这一点。唔！我再向您重复一遍，埃德蒙，如您刚才所为，这种宽恕之举真出色，真伟大，真高尚！”

“现在您这么说，梅色苔丝，等您知道了我为您作的牺牲有多大，您又该怎么讲呢？设想一下，最高主宰创造了世界之后，廓清了混沌之后，就在世界创造了将近二分之一的时候，又突然停下来，以避免有一天，我们的罪孽会引起一位永生的天使流泪；请设想一下，上帝在一切准备就绪之后，在万物塑造成形之后，在大地成为沃土之后，他正欣赏自己的杰作时，就一下子熄灭了太阳，一脚将世界踢进永世的黑夜里，那么您也许能想象出，还是不可能，不可能，您想象不出，我此刻丧命会随之丧失什么。”

梅色苔丝凝视伯爵的那种神态同时显露出惊讶、钦佩和感激。

基督山的额头靠到自己滚烫的双手上，就好像他的额头独自再难承受纷乱思想的重负了。

“埃德蒙，”梅色苔丝继续说道，“我只有一句话要对您讲了。”伯爵苦笑了一下。“埃德蒙，”梅色苔丝继续说道，“即使我的面颊变得苍白，我的眼睛失去神采，我的容颜也不复存在，总之，即使从形容相貌来看，梅色苔丝再也不像她本人了，您还会看到，这颗心却始终如一！……别了，埃德蒙，我于上天再也无所求了……这次重逢，我看到您一如既往，还是那么高尚，那么大气。别了，埃德蒙……别了，谢谢您！”

但是，伯爵并不应声。

大仇不得报，他不由得深深陷入痛苦的冥想中，还未等他醒过神儿

来，梅色苔丝已经打开书房的门，倏然离去了。

德·莫尔塞夫夫人乘坐的马车，行驶在香榭丽舍大街铺石马路上时，残废军人院的大钟敲响半夜一点钟，钟声传来，德·基督山伯爵才抬起头。

“真糊涂啊，”他说道，“我下定决心报仇的那一天，怎么不把自己的心挖出来呀！”

第九十章　决斗

梅色苔丝走后，基督山这里，一切又跌进昏昏然的状态。无论在他周围还是在他内心，他的思维都停顿了；他那精力充沛的头脑，此刻昏昏欲睡，就好像身体疲惫到了极点那样。

"怎么！"他自言自语，而这时油灯与蜡烛之光惨淡，慢慢燃尽，仆人都焦急地在前厅里候命，"怎么！筹建这么久，这么艰难困苦造起来的大厦，就凭一句话，吹了一口气，顷刻间就倒了吗！怎么！这个我，原以为不同凡响，这个我，原来那么自豪，这个我，在伊夫狱堡的地牢里自视那么渺小，后来又自我塑造得这么强大，明天就化为一撮尘埃吗？唉！这肉躯死不足惜：生命体的这种毁灭，不正是万物，不正是一切不幸者渴望的归宿吗？不正是在法里亚出现在我地牢的时候，我已经渴望很久，并沿着绝食的痛苦之路，步步走近的这种物质的安宁吗？何为死亡？无非是在安宁中再下一级也许是在沉寂中再下两级。不，我惋惜的不是这生存，而是毁了我的计划：这可是我长期一点一点准备、勤勤恳恳制订出来的计划。我原以为上天是赞成的，现在看来是反对我的计划。是上帝不让这些计划实现啊！"

"这一重负，几乎重如一个世界，我却担起来，原以为能一直担着走到头，而我承担是根据我的心愿而不是凭力量，是根据我的意志而不是凭能力，可是，刚刚要到中途，就不得不放下。噢！十四年的绝望和十四年的希望，把我变成了主宰命运的人，现在我又得重新听天由命了。"

“而这一切,我的上帝啊！只因我以为死了的这份儿心,仅仅处于麻木状态,忽然又醒来了,只因这颗心又跳动了,只因一个女人的声音在我胸膛深处拨动了这颗心,我就向这种心跳的痛苦让步了!”

“然而,”伯爵继续自言自道,他也越来越深陷于种种推想,预测梅色苔丝所接受的这个可怕的明天,“然而,一个心地极为高尚的女人,不可能出于私心,就这样轻易地让我这精力充沛、活生生的人去送死！她不可能把母爱,确切地说把母爱的妄念,推进到这种地步！有些品德,一旦过了头便成罪恶。不可能,她一定是凭着想象,要安排某种感人的场面,她赶到决斗场,用身体隔开两把剑;这种举动在这里不管显得多么崇高,到决斗场上就变得可笑了。”

自尊心受到损伤的红晕,立时爬上伯爵的额头。

“可笑,”他重复道,“可笑又将反馈到我身上……我,可笑！算了吧！那样我还不如死掉。”

伯爵许诺梅色苔丝放她儿子一条生路,就推定自己次日必遭厄运,并且事先这样极力夸大这种厄运,不免感叹道:

“真傻呀,真傻呀,真傻呀！就这样一味宽宏大量,去当一个活靶子,让那个小青年拿枪瞄准！他永远也不会相信,我死于决斗是自杀,而这却关乎我身后的名誉……(我的上帝,这绝不是虚荣心吧？而无非是一种正常的自尊心。)这关乎我身后的名誉,必须让世人知道,我是遵照自己的意志,完全自主决定,已经举起准备射击的手臂停下来,我这无比强大的手臂,武器举起来要打击别人,却反过来打击自己:必须让世人明白,我要做到这一点。”

转念至此,他便抓起一支笔,从写字台的暗屉里抽出一张纸:这不是普通纸张,而是他一到巴黎就立好的遗嘱,接着,他就在这张纸的下方,写了几行类似遗嘱附言,向不明真相的人说明自己的死因。

“我的上帝啊!”他举目望天,说道,“我这样做,既为了您的名誉,也为了我的名誉。我的上帝啊！这十四年来,我一直自认为是您的复仇使者,除了这个莫尔塞夫,不能让其他的坏蛋,不能让丹格拉尔之流、维尔福

之流，也不能让这个莫尔塞夫本人以为，他们侥幸逃脱了他们的仇敌。恰恰相反，一定要让他们知道，上天已经宣布惩罚他们，仅仅由我的意志强力改变了，但是在人世躲过的惩处，还在彼界等待他们，他们躲过了一时，却躲不过永世的惩罚。”

他就这样冥思苦索，犹如做噩梦的人被痛苦唤醒，还沉浮在捉摸不定的思潮中，不觉晨曦照亮了玻璃窗，也照亮了他手中的这张淡蓝色的纸，他在纸上已然写了天主的最高证词。

已是凌晨五点钟了。

忽然，一种轻微的声响传到他耳畔，基督山恍若听见好似忍住的一声叹息，他回头环视周围，一个人也没有。可是，那声音重复多次，清晰可辨，再也没有什么可怀疑了。

伯爵于是站起身，轻轻推开客厅的门，看到海蒂双臂耷拉下来，美丽而苍白的面颊朝后仰去，躺在横放于门口的椅子上，她让伯爵一出门就能见到。可是，她毕竟年轻，守夜时间太久，就不免疲倦，难以抵挡袭来的强大睡意。

开门的声响，也未能把海蒂吵醒。

基督山满含温情和遗憾的目光，落到她的身上。

“梅色苔丝还记着自己有个儿子，”他喃喃说道，“而我呢，却忘记自己还有个女儿呢！”

继而，他凄然地摇了摇头：

“可怜的海蒂！”他说道，“她想见我，有话要对我说，她担心，或者预感到什么事儿……噢！我不能不向她道声别就走了，我不能不把她托付给人就死去。”

于是，他轻手轻脚，又回到写字台前，在遗嘱附言的下方，又增添了如下的内容：

我赠给原雇主马赛船主皮埃尔·莫雷尔之子，北非骑兵军团上尉马克西米连·莫雷尔两千万其中部分款项，由他转给其

妹朱莉和妹夫埃马努埃尔，只要他认为这意外之财不会损害他们的幸福。

这两千万埋藏在我那基督山岛的岩洞中，贝尔图齐奥知道秘密地点。

假如莫雷尔尚无意中人，而他又愿意娶约阿尼纳总督之女海蒂为妻的话，他便完成我的最后心愿，我绝不敢冒昧称我的最后意志：须知海蒂由我抚养长大，我对她怀有父爱，她对我也不乏女儿之情。

本遗嘱已确认海蒂为我余下财产的继承人，包括在英国、奥地利与荷兰的地产和年金、各处的宅邸和房产中的全部动产，除掉上述两千万以及数笔对我的仆人赠馈，所余财产总额仍可高达六千万。

他刚写完最后一行，就忽听身后一声尖叫，吓得他失落了手中的笔。

“海蒂，”他说道，“您全读了？”

原来，这姑娘被射到眼睑的阳光照醒，便起来走到伯爵的身后，脚步原就很轻，又走在地毯上，伯爵也就没有听见。

“噢！我的老爷，”她合拢手掌，说道，“您为什么在这种时候，写这样的话呢？我的老爷，您为什么要把全部财产遗赠给我呢？难道您要离开我吗？”

“我要去旅行，亲爱的天使，”基督山答道，他那神色充满无限的忧伤和温情，“万一身遭不测……”

伯爵住了口。

“怎么样呢？……”姑娘问道，她那威严的声调从未有过，倒令伯爵打了个寒噤。

“怎么样，万一身遭不测，”基督山接口答道，“我也要保障我的女儿生活得幸福。”

海蒂摇了摇头，苦笑一下：

“海蒂，”他说道，“您全读了？”

“您想到死吗，我的老爷？”她问道。

“这是一种有益的想法，我的孩子，智者就这么说过。”

“那好吧，您若是死了，就把您的财产遗赠给别人吧，”海蒂说道，“因为，假如您死了，我就再也不需要什么了。”

她说罢，就拿起遗书，撕成四半，扔到客厅中央。这种冲动之举极不习惯，这女奴一下子力气耗尽，便颓然倒在地板上，但这一次却不是睡着，而是昏迷过去了。

基督山俯下身去，将她抱起来；他看到这张美丽而苍白的面容，这双美丽而紧闭的眼睛，这个美丽而全无生气，仿佛自弃的躯体，不免第一次产生这样的念头：她对他的爱，也许不同于一个女儿爱她的父亲。

“唉！”他万念俱灰，轻声叹道，“或许，我本来还是可以得到幸福的啊！”

他把海蒂一直抱回她的套房，并把始终昏迷不醒的姑娘交到女佣手中，他再赶回书房，这次急忙关上门，把撕毁的遗嘱重抄一份。

他刚抄完，就听见一辆马车驶进庭院的声响。基督山走到窗口，望见马克西米连和埃马努埃尔先后下车。

“好哇，”伯爵说道，“赶得真及时！”他随即把遗嘱装好封上，并在三处用火漆印封口。

不大工夫，他就听见客厅里响起脚步声，便亲自去开门。莫雷尔已经走到了门口。

他提早到了将近二十分钟。

“也许我来得太早了，伯爵先生，”莫雷尔说道，“不过，我要坦率地向您承认，我通宵都没有合眼，而且我们全家也一样。我需要看到您把握十足，信心百倍，才会完全放下心来。”

面对这样诚挚的关爱，基督山不能不动容，他不是把手伸出去，而是向这年轻人张开了双臂。

“莫雷尔，”他声音激动地说道，“这对我是个美好的一天，只因我感到了有您这样的人给予的爱。您好，埃马努埃尔先生。你们二人都陪同我去吗，马克西米连？”

“当然了！”年轻的上尉答道，“对此您还有过怀疑吗？”

“然而，假如过错在我呢……”

“请听我说，昨天阿尔贝向您挑战的场面，我自始至终都在注视您，而且这一通宵，我一直在想您那么镇定自若，就不免思忖道：正义肯定在您一边，否则，就再也不能相信人这张脸了。”

“然而，莫雷尔，阿尔贝是您的朋友啊。”

“大家只是认识而已，伯爵。”

“也就是在见到我的那天，您第一次见到他吧？”

“对，是这样，可是这又如何？我还需要您提醒，才能想起来吗？”

“谢谢，莫雷尔。”

接着，他敲了一下铜铃。

“拿着，”他对应声而至的阿里说道，“把这送交我的公证人。这是我的遗嘱，莫雷尔。一旦我死了，您就去了解内容。”

“什么！”莫雷尔高声说道，“您一旦死了？”

“嗯！亲爱的朋友，什么情况不都应当预见到吗？对了，昨天，您同我分手之后，都做了什么？”

“我去了托尔托尼咖啡馆，正如我所料，在那里我见到了博尚和夏多-雷诺。不瞒您说，我正是去找他们。”

“找他们做什么，不是一切都说定了吗？”

“听我说，伯爵，事情很严重，已经不可避免了。”

“对此您还有过怀疑吗？”

“没有。这种冒犯是公开的，大家议论纷纷。”

“怎么样呢？”

“怎么样，我本来抱着希望，让他们同意换武器，用剑替代手枪。枪子儿可没长眼睛。”

“您谈成了吗？”基督山急忙问道，一线难以觉察的希望之光，从他眼里流露出来。

“没有，因为，他们知道您的剑法太厉害了。”

“噢！是谁说出去的？”

“就是败在您手下的那些剑术师啊。”

“您就白费唇舌了？”

“他们断然拒绝了。”

“莫雷尔，”伯爵说道，“您从未见过我打枪吧？”

“从来没有。”

“那好，咱们还有时间，您瞧一瞧吧。”

基督山操起梅色苔丝进来时拿的那对手枪，在打靶板上贴了一张草花A，然后连开了四枪，先后打掉三个叶瓣和托茎。

每打一枪，莫雷尔都面失一分血色。

他检查基督山显示枪法所用的子弹，发现就跟大粒霰弹一般大小。

“神枪手啊，”他说道，“瞧瞧啊，埃马努埃尔！”

然后，他又转向基督山。

基督山连开了四枪，先后打掉三个叶瓣和托茎。

“伯爵，”他说道，“看在上天的份儿上，您就别打死阿尔贝吧！那个可怜的人还有母亲！”

“这很公正，“基督山说道，“我呢，毕竟没有母亲了。”

伯爵讲这句话的口气，让莫雷尔不寒而栗。

“您是受冒犯的一方，伯爵。”

“当然了；这又能表明什么呢？”

“这表明您先开枪。”

“我先开枪？”

“唔！是这样，这是我得到的，确切地说是争取来的。我们作出不少让步，他们在这一点上，也得向我们让步了。”

“相距多少步远？”

“二十步。”

一丝骇人的微笑擦过伯爵的嘴唇。

“莫雷尔，”他说道，“您不要忘记刚才看到的一幕。”

“因此，”年轻人说道，“我要救阿尔贝一命，就只能指望您的冲动了。”

“我，会冲动吗？”基督山问道。

“或者指望您的宽宏大量，我的朋友。我和您一样确信您的准头，我可以对您说一件事，而对另外一个人说就显得可笑了。”

“什么事？”

“打断他一条胳膊，打伤他，但是不要把他打死。”

“莫雷尔，您再听我说一句，”伯爵说道，“我要照顾德·莫尔塞夫先生，并不需要人鼓励，我可以事先告诉您，德·莫尔塞夫先生会受到极好的照顾，到时候准能和他的两个好友平安回家，而我本人……”

“您，怎么样？”

“唔！那就另说着，我嘛，到时候要让人抬回去。”

“说什么话呀！”

“正如我明确对您讲的，我亲爱的莫雷尔，德·莫尔塞夫先生会打死

我的。”

莫雷尔听不明白了，不解地注视着伯爵。

“昨天晚上以来，您究竟碰到了什么事，伯爵？”

“就是在腓力比大战前夜，布鲁图[①]所碰到的事：我看到一个幽灵。”

“那个幽灵怎么了？”

“那个幽灵嘛，莫雷尔，对我说我的尘缘已尽。”

马克西米连和埃马努埃尔面面相觑。基督山掏出怀表。

“对不起，”他说道，“已经七点五分了，约定的时间是八点整。”

一辆套好的马车等候在那里，基督山同两位证人登上马车。

刚才穿过走廊的时候，基督山在一扇门前停下，侧耳倾听；马克西米连和埃马努埃尔很知趣，往前走了几步，但他们似乎还是听见一声叹息回应屋里的啼泣。

八点的钟声敲响时，他们到达了约会地点。

“咱们到了，”莫雷尔从车窗探出头，说道，“咱们先到了。”

“先生请原谅，我好像望见那边树下停了一辆马车。”巴蒂斯坦说道，他跟随主人前来，怀着难以名状的恐惧。

“不错，”埃马努埃尔说道，“我看见了，有两个年轻人在散步，他们仿佛在等人。”

基督山轻捷地跳下马车，又伸手接住下车的埃马努埃尔和马克西米连。

马克西米连则双手抓住伯爵的手不放。

“好哇，”他说道，“这是我愿意看到的一只手，属于终生行善的一个人。”

基督山拉开莫雷尔，但只是拉到他妹夫身后一两步远。

“马克西米连，”伯爵问道，“您有心上人了吗？”

---

① 布鲁图（？—公元前43），罗马将军，参与刺杀独裁者恺撒；他率军追杀安东尼所统辖的恺撒旧部，最后兵败潜逃，被俘后由安东尼处死。

莫雷尔惊奇地望着基督山。

“我不是要您道出心中的秘密,亲爱的朋友,只是向您提出一个简单的问题有还是没有,我只问您这一点。”

“我正爱着一位姑娘,伯爵。”

“您非常爱她吗?”

“胜过爱我的性命。”

伯爵随即叹了口气,咕哝一句:

“可怜的海蒂!”

“老实说,伯爵!”莫雷尔高声说道,“如果不大了解您,我就可能以为您并不那么勇敢。”

“只因我叹了口气,想到我即将诀别的一个人!算了,莫雷尔,一名军人,还这么不懂何为勇气?难道我留恋生活吗?我在生死之间度过了二十个春秋,不是早就把生死置之度外了吗?况且,莫雷尔,您尽可放心,这种儿女情长,如果算是的话,也仅仅向您表露出来。我知道这人世间就是一座沙龙,离开时要彬彬有礼,不失体面,也就是说,付清了赌债,向大家告辞。”

“好吧,”莫雷尔说道,“这话毫不含糊。对了,您的枪带来了吗?”

“我!带枪干什么?但愿那些先生都预备好了。”

“我去问一声。”莫雷尔说道。

“好吧,但是不要讨价还价,您明白我的意思吗?”

“嗯!请放心吧。”

莫雷尔朝博尚和夏多-雷诺走去,那二人见状,也迎上前几步。三个年轻人互致问候,虽说谈不上亲热,至少还十分客气。

“对不起,二位先生,”莫雷尔说道,“怎么没有见到德·莫尔塞夫先生?”

“今天早晨,他派人通知我们,”夏多-雷诺答道,“他要直接到这地点来同我们会合。”

“哦!”莫雷尔应了一声。

博尚掏出怀表。

“八点五分了，还没有误时间，莫雷尔先生。”他说道。

“哎！”马克西米连回答，“我的话绝无此意。”

“况且，”夏多-雷诺接口说道，“那不驶来一辆马车？”

果然有一辆马车，沿着一条林荫路飞驰而来，而这条林荫路正通到他们停留的十字路口。

“先生们，”莫雷尔说道，“想必枪支你们都带来了。德·基督山先生放弃使用自己手枪的权利。”

“伯爵如此雅量，我们也估计到了，莫雷尔先生，”博尚答道，“武器我带来了，还是我一周多前买的，当时也碰到类似的一件事，认为有必要准备这两支手枪是全新的，谁也没有使用过。您要检查一下吗？”

“唔！博尚先生，”莫雷尔躬身说道，“既然您明确告诉我，德·莫尔塞夫根本没有碰过这些武器；那您就应当想到，我有您这话就足够了，对不对？”

“唔！先生们，”夏多-雷诺说道，“乘那辆马车来的，根本不是莫尔塞夫，真的！而是弗朗兹和德勃雷。”

他所说的两个年轻人，果然朝这边走来。

“你们二位，来这儿啦！”夏多-雷诺说着，就同每个人握手，“怎么这样巧呢？”

“因为，”德勃雷答道，“阿尔贝今天早晨，派人请我们务必到这里来。”

博尚和夏多-雷诺相互对视，都是一副诧异的神色。

“先生们，”莫雷尔说道，“我大概弄明白了。”

“说说看！”

“昨天下午，我收到德·莫尔塞夫先生一封信，请我务必去歌剧院。”

“我也收到了信。”德勃雷说道。

“我也一样。”弗朗兹也说道。

“我们也同样。”夏多-雷诺和博尚也异口同声地说道。

“他就是让大家目击挑战的场面，”莫雷尔说道，“现在，他还是要让大家观看这场决斗。”

“对，”几个年轻人都说道，“是这么回事。马克西米连先生，这事很可能让您猜中了。”

“事儿大概不错，”夏多-雷诺又咕哝道，“可是，阿尔贝怎么不来，他已经晚了十分钟。”

“他来了，是骑马来的。”

“他来了,”博尚说道,“是骑马来的;你们瞧,他俯在马背上飞奔,后面跟着他的仆人。”

“太不谨慎了,”夏多-雷诺说道,“骑着马来用枪决斗!我多么明确地教导过他!”

“还有,你们瞧,”博尚也说道,“他戴了假领,扎着领带,敞着外衣,露出白色坎肩,他何不在胸口干脆画上一个黑靶心呢?那不是更简单,更快了结吗?”

这工夫,阿尔贝已经到了眼前,离五个年轻人仅十步远了;他勒住马,翻身下来,将缰绳扔到仆人的胳膊上。

阿尔贝走上前来。

他面无血色,眼睛又红又肿,可以看出他一夜也没有合眼。

他还一反往常,浑身上下透出一种忧伤而庄严的情绪。

“谢谢各位赏光,应邀前来,”阿尔贝说道,“请大家相信,对你们这种友谊的表示,我万分感激。”

在刚才莫尔塞夫到来时,莫雷尔便退后十来步,拉开一段距离。

“也包括您在内,莫雷尔先生,”阿尔贝又说道,“我也同样感谢您。您也过来吧,您并不是外人。”

“先生,”马克西米连说道,“也许您还不知道,我是德·基督山先生的证人吧?”

“事先我不敢肯定,但不出我所料。这样更好;重名誉的人来得越多,我越感到满意。”

“莫雷尔先生,”夏多-雷诺说道,“您可以去通知德·基督山伯爵:德·莫尔塞夫先生到了。我们听候他的安排。”

莫雷尔刚一转身要去传话。

博尚立时从马车上取下手枪匣子。

“请等一下,各位,”阿尔贝说道,“我要对德·基督山伯爵先生说两句话。”

“私下里吗?”莫雷尔问道。

“不，先生，要当着所有人的面。”

阿尔贝的证人不免愕然，都面面相觑；弗朗兹和德勃雷小声交谈了几句。而这一变故出乎意料，莫雷尔心中一喜，便去找伯爵，只见伯爵正同埃马努埃尔在一条小径上散步。

“他找我干什么？”基督山问道。

“我也不知道，他就是要同您谈谈。”

“哼！”基督山说道，“但愿他别再用羞辱人的方式冒险！”

“我想这不是他的意图。”莫雷尔说道。

伯爵由马克西米连和埃马努埃尔陪同，朝前走去，他那张平静而十分安详的脸，同阿尔贝那张失态的脸，形成奇特的反差。阿尔贝也迎着走来，身后跟随着那四位年轻人。

阿尔贝和伯爵相距三步远时，都停下脚步。

“各位先生，”阿尔贝说道，“大家都靠近些，我荣幸地对德·基督山伯爵先生讲的每句话，都希望大家一字不落地听到。因为，我要对他讲的话，不管你们觉得多么奇怪，也请你们向外宣扬，告诉一切愿意听的人。”

“请讲，先生。”伯爵说道。

“先生，”阿尔贝说道，他的声音开始微微颤抖，但是逐渐沉稳下来，“先生，我曾指责您向外透露德·莫尔塞夫先生在伊庇鲁斯的行为；因为，德·莫尔塞夫伯爵先生不管有多大罪过，我都认为您无权惩罚他。然而今天，先生，我知道您拥有这种权利。您使我这么快就原谅您的，绝非菲尔南·蒙德戈背叛阿里的行为，而是渔夫菲尔南出卖您的行为，是那次出卖所造成的闻所未闻的苦难。因此，这话我不仅讲出来，而且还高声宣布：是的，先生，您有权利找我父亲报仇，而我，作为他儿子，我还要感谢您没有扩及他人！”

这种场面实在出人意料，就是一声炸雷直落到在场的人中间，他们也不会比听了阿尔贝的这一声明更感吃惊。

至于基督山，他满脸呈现出无限感激的神色，缓缓举目仰望天空，心中那份感叹无以言表：阿尔贝身陷罗马强盗中间所表现出的勇敢，他已经

相当领教了，这种天生的血性，何以突然收敛，肯于这样俯首下心呢。因此，他从中看出梅色苔丝的影响，也从而明白她那颗高尚的心没有阻止他要作的牺牲，只因她事先就知道这是虚惊一场。

“现在，先生，”阿尔贝又说道，“我向您道了歉，您若是觉得满意了，就请把手伸出来。您似乎永不失误，这在我看来极其难得，应是最高的人品；此外，在所有品德中首屈一指的就要算知错认错了。当然，所谓认错，仅仅指我而言。我行事完全按照人的准则，而您行事，则遵照上帝的意志。只有天使才能让我们二人避免必死一个，这位天使从天而降了，她即使不能让我们成为朋友，唉！这是命定不可能的事，但是至少能让两个男人相互敬重。”

基督山眼睛湿润了，胸脯剧烈起伏，嘴也微微张开，他给阿尔贝伸出手去，阿尔贝便紧紧握住，那种情感近乎敬畏了。

“各位先生，”他说道，“德·基督山先生愿意接受我的道歉。昨天我对他太冲动了，人一冲动就要坏事，我的行为非常糟糕。我的过错，现在弥补了。我做了良心指令我做的事，但愿别人不会因此把我视为懦夫。但是不管怎样，如果真有人误解我这一举动，”年轻人补充说道，同时高傲地扬起头，就仿佛既向友人，又向敌人挑战似的，“那么，我就会尽力纠正他们的看法。”

“昨天究竟出了什么事儿？”博尚问夏多-雷诺，“我觉得，咱们在这里扮演了一种可悲的角色。”

“的确，阿尔贝这一手，不是十分可鄙，就是漂亮得很。”男爵答道。

“嘿！您瞧瞧，”德勃雷也问弗朗兹，“这是玩的哪一套？怎么！德·基督山伯爵侮辱了德·莫尔塞夫先生，父亲受辱，儿子却认为对方做得对。假如在我的家中，哪怕出了十件约阿尼纳那种事，我也不得不只相信一件事：那就是我会决斗十次。”

这时，基督山低着头，两只手臂无力地垂下去，似乎被二十四年回忆的的重负压垮了，此刻他想的既不是阿尔贝，不是博尚，不是夏多-雷诺，也不是在场的任何人，而是那位勇敢的女子：她曾前来求他保住她儿子的

基督山给阿尔贝伸出手去，阿尔贝便紧紧握住。

性命，他一诺千金，要献出自己这条命，结果，她不惜坦吐家庭的秘密，不惜永远违抗这青年的孝心，毅然救下他的性命。

“全是天意啊！”他喃喃说道，“唔！直到今天，我才完全确信，我是上帝的使者！”

第九十一章　母与子

德·基督山伯爵面带充满忧伤的微笑,极为持重地点头,向五个年轻人告辞,同马克西米连和埃马努埃尔一起,重又登上自己的马车。

决斗场上只剩阿尔贝、博尚和夏多-雷诺了。

这个青年注视着他的两位证人,那目光毫无怯意,却也分明在询问他们如何看刚才发生的事情。

"真想不到!我亲爱的朋友,"博尚首先开了口,或许他更富同情心,或许他更少掩饰,"请允许我祝贺您:一件如此不快的事,能有这样喜出望外的结局。"

阿尔贝伫立不语,神思完全倾注在遐想上。夏多-雷诺一时也无主张,只得用有弹性的手杖敲打自己的皮靴。

"咱们还不走吗?"他终于开了口,打破这一阵令人尴尬的沉默。

"听您的,"博尚答道,"不过,且容我赞美几句:今天,德·莫尔塞夫表现出的宽宏大量,多么具有骑士风度……又多么罕见!"

"唔!是啊。"夏多-雷诺附和道。

"真是太出色了,"博尚继续说道,"自控的能力竟能如此之大!"

"毫无疑问,换了我绝做不到。"夏多-雷诺加了一句,他那冷淡态度特别意味深长。

"二位先生,"阿尔贝接口说道,"看来你们没有弄明白,德·基督山先生和我之间,发生的事情非常严重……"

“不然，不然，”博尚立刻回答，“要知道，不是所有旁观者都能理解您的英勇行为，而且迟早有一天，您不得不花大力气，向他们解释这一点，将您身体的健康，将您一生的时间全赔进去，也还是不够用。您愿不愿意听一位朋友的忠告？您动身去那不勒斯、海牙，或者圣彼得堡吧，那些地方平静些，那里的人看待名誉的问题也比我们头脑爱发热的巴黎人理性得多。您一旦到了异国他乡，就勤练射击打靶，也要苦练剑术第三式和第四式，先让别人逐渐把您淡忘，过了几年之后，再安安静静地返回法国，或者，您的枪法剑术练得相当精了，用以赢得您的安宁。我说得对不对呀，德·夏多-雷诺先生？”

“这完全符合我的看法，”这位绅士回答，“一场毫无结果的决斗，无可弥补，只能再进行严肃的决斗。”

“谢谢，二位先生，”阿尔贝冷冷一笑，答道，“我听从你们的劝告，这倒不是因为出自你们之口，而是因为我本来就打算离开法国，我也同样感谢您们帮忙，来当我的证人。这个好处将铭刻在我的心间，因为，听了你们刚才说的话之后，我所能牢记的，也就只有这个好处了。”

夏多-雷诺和博尚面面相觑。二人产生相同的印象：莫尔塞夫讲这声谢谢，语调是那么义无反顾，再继续谈下去，大家的处境都很难堪。

“再见，阿尔贝。”博尚突然说道，同时漫不经心地向这年轻人伸出手去，但是阿尔贝似乎还没有摆脱木讷的状态。

实际上，对方伸出手来，他却毫无反应。

“再见。”夏多-雷诺也说道，他左手拿着小手杖，抬了抬右手告别。

阿尔贝的嘴唇只是微微蠕动一下：“再见！”他的眼神则更加明白无误，不啻一首诗，表达出抑制的怒火、骄傲的轻蔑、宽容的激愤。

两位证人上车离去之后，阿尔贝仍然一动不动，神色黯然，呆立了一阵；接着，他突然解开由仆人拴在小树上的坐骑，轻捷地翻身上马，一路飞驰返回巴黎。一刻钟之后，他便回到埃尔德街的公馆。

阿尔贝下马的时候，恍若瞧见父亲那张苍白的脸，在伯爵卧室的窗帘后面闪现，但是他叹息一声，扭过头去，回到自己的小楼。

他进了屋,最后巡视一遍所有的宝贝,从童年起就让他生活得特别甜美、特别幸福的这些心爱之物;他再次欣赏这些画幅,就觉得画上的人物在冲他微笑,景物也都显得色彩鲜艳,栩栩如生。

继而,他从橡木画框里取出母亲的画像,卷了起来,将空了而露出黑底儿的金画框丢在那里。

接着,他又整理自己漂亮的武器:土耳其弯刀和英国造枪支,还整理他的日本瓷器、各式各样的杯爵,以及有弗歇尔①和巴里②署名的青铜艺术品。然后,他又逐一打开柜子瞧了瞧,钥匙就留在门上;再把身上的钱全掏出来,扔进写字台的一个敞开的抽屉里,而且把装在杯爵里、珠宝匣里、摆板搁板上的无数小玩意儿、小首饰,统统扔进抽屉里,全部列出准确的清单,撤掉桌子上的书籍和纸张,把清单摆到最显眼的地方。

阿尔贝早有吩咐,不准仆人进来打扰,可是他刚开始收拾物品,仆人就走进屋来。

“您有什么事?”莫尔塞夫问道,语气中忧伤的成分多于气恼。

“对不起,先生,”他的跟班答道,“不错,先生明令禁止我进来打扰,可是,德·莫尔塞夫伯爵先生派人叫我去一趟。”

“那又怎么样?”

“我要来请示先生,然后才好去见伯爵先生。”

“为什么要这样?”

“因为伯爵先生一定知道了我陪先生去了决斗场。”

“这有可能。”阿尔贝说道。

“他叫我去,一定是要问我在那里发生的情况,我该怎么回答呢?”

“实话实说。”

“那我就说,决斗没有进行,对吗?”

“您就说,我向德·基督山伯爵先生道了歉。去吧。”

---

① 弗歇尔(1807—1852),法国雕刻家。
② 巴里(1796—1875),法国雕刻家,水彩画家。

仆人躬身施礼，退了出去。

于是，阿尔贝继续清理，并列出清单。

他做完这件事，就听见庭院里响起马蹄声和隆隆的车轮声，震动了窗玻璃；这引起他的注意，他走到窗口，望见父亲乘坐他那辆敞篷马车走了。

等伯爵出去，公馆的大门刚一关上，阿尔贝就去母亲的套房，由于无人通报了，他就径直走进梅色苔丝的房间，一见屋里的景象便猜出其原因，心中一阵难过，不禁停到门口。

两个人就好像灵犀相通，梅色苔丝和阿尔贝在各自房间，都在做同样的事情。所有东西都收拾得井井有条：花边、饰物、首饰、床上用品、钱币，都要收进各个抽屉里，而抽屉的钥匙，伯爵夫人也都细心归在一起。

阿尔贝看到这样彻底清理东西，心下便明白，失口喊了一声："母亲！"随即扑上去搂住梅色苔丝的脖子。

这母子二人相拥的情态，如果由一位善于表现的画家画出来，肯定会是一幅出色的作品。

整个毅然决然的行动，阿尔贝其实毫不为自己担心，却为他母亲惊慌失色了。

"您这是做什么呀？"他问道。

"那您做什么啦？"母亲反问道。

"母亲啊！"阿尔贝高声说道，他激动万分，一时说不出话来，"您同我根本不一样！不，您不能下我这样的决心呀，因为，我来就是要告诉您，我要辞别这个家……也向您辞别。"

"我也是啊，阿尔贝，"梅色苔丝回答，"我也走啊。不瞒您说，我还真指望儿子陪我一道走呢，难道我指望不上吗？"

"母亲，"阿尔贝口气坚决地说道，"我选择的命运，不能让您去分担；从今往后，我既没有门第，也没有财产了，必须学着过艰苦生活，在我能挣面包维持生计之前，我只好向一位朋友借面包糊口。因此，我的好母亲，我现在就去弗朗兹那里，求他借给我一小笔钱，是我算好必需的数目。"

"你，我可怜的孩子！"梅色苔丝高声说道，"你，要忍受穷苦，要忍受

他扑上去搂住梅色苔丝的脖子。

饥饿！噢！不要这么说，你这是要摧毁我的全部决心！”

“但是摧毁不了我的决心，母亲，”阿尔贝回答，“我年轻，身体健壮，也自认为很勇敢。从昨天起，我得知人的意志能成什么大事。唉！母亲，有人遭受了那么多磨难，他们不仅没有死，而且还在上天曾许诺给他们幸福的废墟上，在上帝曾给予他们的所有希望的残骸上，又重新建起一座幸运的大厦！我得知了这一点，母亲，我看见了这些人，知道了他们表现出多大的魄力和荣誉感，被他们的仇敌推下深渊之后，重又攀登上来，降伏了从前的胜利者，反过来把仇家赶下深渊。不，母亲，不，就从今天起，我

同过去一刀两断，什么也不接受了，连我的姓氏都不要了，我想您是理解的，对不对，母亲？您儿子不能用见别人要脸红的一个人的姓氏！"

"阿尔贝，我的孩子，"梅色苔丝说道，"假如我的心更坚强一些，我就会给你这样的建议了。我没有启齿；但是你的良知发话了，我的儿子，就听你良知的吧。你有过朋友，阿尔贝，暂时同他们中断关系吧，但是想想你母亲，千万不要绝望！我亲爱的阿尔贝，在你这年龄，生活还是美好的，因为，你才刚刚二十二岁。像你这样一颗纯洁的心，就应当有一个白璧无瑕的姓氏，你就用我父亲的姓氏：他叫埃雷拉。我了解你，我的阿尔贝，你无论从事什么职业，用不了多久，就准能为这姓氏增光。到那时，我的朋友，你再重返社交界，你也能因过去的不幸而更有光彩。我的这些预见，如果最终要落空，那你也至少留给我这种希望，而我这一生已到终点，只有这一点盼头了。我一走出这个宅院，就该步入坟墓了。"

"我就按照您的愿望去行动，母亲，"年轻人答道，"对，我和您抱着同一希望：上天的震怒不会追击我们，您无比纯洁，而我也十分清白。好了，咱们既然心意已决，那就立刻行动。德·莫尔塞夫先生离开公馆将近半小时了，您也看得出，这是个好机会，可以避免吵闹和解释。"

"我等您叫车一起走，我的儿子。"梅色苔丝说道。

阿尔贝马上跑到街上，叫了一辆出租马车，母子二人乘车要离开公馆。他想起圣父街有一座带家具出租的小房子，母亲可以住进去，虽说简朴，却也得体；于是，他上车回来接伯爵夫人。

出租马车到公馆门口停下，阿尔贝刚跳下车，就过来一个人，交给他一封信。

阿尔贝认得这位管家。

"是伯爵给您的信。"贝尔图齐奥说道。

阿尔贝接过信，拆开看了一遍。

他读完信，抬起目光再寻找时，已不见贝尔图齐奥的踪影，人家趁他看信的工夫就走掉了。

这时，阿尔贝眼含热泪，胸脯激动得剧烈起伏；他回到梅色苔丝的房

间,一句话也不讲,就把信递给她。

梅色苔丝念道:

阿尔贝:

我要告诉您我获悉了您义无反顾要实施的计划,同时也认为必须告诉您,我理解您的良苦用心。您现在自由了,要离开伯爵公馆,还要带走并安顿同样自由了的令堂。但是,您要认真考虑一下,阿尔贝,您这颗高尚的心陷入可怜的境地,无法偿还欠她的恩情。您要独自去奋斗,要独自承受磨难,不要让她去过您奋斗之初所难避免的穷困生活。因为,今天的不幸莫说打击她,就是稍微伤及她一点儿也不应该:上天不准许无辜者为罪人付出代价。

我知道你们母子二人要空手离开埃尔德街的住宅。我是如何得知的,您不必花费心思去发现。反正我知道了。

请听我说,阿尔贝。

二十四年前,我满心欢喜、无比自豪地回到祖国。当时,我有个未婚妻,阿尔贝,一个我深爱的圣洁的姑娘,我给未婚妻带回一百五十枚路易金币,全是我没日没夜辛苦劳动积攒的。那笔钱是为她挣的,专门给她准备的,我知道大海靠不住,就把我们的财宝埋藏起来,地点是马赛梅朗路,我父亲住宅的小园子里。

阿尔贝,令堂很熟悉那座简陋而亲切的小房。

最近我来巴黎的时候,经过了马赛,去看了充满了痛苦回忆的小屋;晚间,我拿铁锹挖挖当初埋钱的地方。小铁箱还在原地,谁也没有动过,仍躺在一棵茂盛的无花果树脚下,而那棵树还是在我出生之日先父栽下的。

要知道,阿尔贝,当初积攒这笔钱,是为了让我深爱的这个女人过安宁的生活,不料今天又派上同样用场,这是多么奇特而

痛心的巧合啊！唔！您要充分理解我的想法：我本可以给这位可怜的女人几百万，却只给她我同她分离之后，一直遗忘在我可怜小屋里的一块黑面包。

您是个宽宏大量的人，阿尔贝，然而，傲慢或怨恨可能会蒙蔽您的眼睛。假如您拒绝我，假如您不顾我有权向您提供，却转而去求助另一个人，那么我就要说，您这种行为就不够宽宏大量了：您怎么能拒绝给令堂的生活费呢，而提供这笔钱的人的父亲，正是因令尊之故，才在饥饿和绝望的悲惨中死去。

信念完了，阿尔贝脸色苍白，伫立不动，只等待母亲作出决定。

梅色苔丝举目望天，那副神情难以描摹。

“我接受，”她说道，“他有权给我一笔费用带到修道院。”

说罢，她就将信掖进胸口，挽住儿子的手臂，迈着连她本人都意想不到的坚定步伐，朝楼梯走去。

第九十二章　自杀

且说基督山同埃马努埃尔和马克西米连，也一道回到城里。

返程很欢快。埃马努埃尔目睹一场搏斗以和平了结，他掩饰不住内心的喜悦，并公开表明他的博爱观点。莫雷尔则靠在车厢的角落，坐视妹夫的欢欣化为滔滔话语，而把同样真诚的一种快慰留在心中，仅仅眼睛放射喜悦的光芒。

马车行到宝座门，遇见贝尔图齐奥；他一动不动守候在那里，如同站岗的一名哨兵。

基督山从车窗探出头去，同管家低声交谈了几句，管家便匆匆而去。

马车行驶到王宫广场时，埃马努埃尔则说道：

“伯爵先生，到我家门口了，就请让我下车吧，一刻也不让我妻子为您，乃至为我担心。”

“现在去庆祝胜利，如果不显得可笑的话，”莫雷尔说道，“那我就会邀请伯爵到我们家了；不过，伯爵先生也一定有人替他担惊受怕，要回去安慰。因此，埃马努埃尔，咱们既然到家了，就同咱们的朋友告别，让他继续赶路吧。”

“请稍等，”基督山说道，“我两个同伴，不能一下子全离开我呀。埃马努埃尔，您就赶紧回到爱妻身边吧，也请您代我向她转达衷心的问候；而您呢，莫雷尔，您就一直陪我到香榭丽舍吧。”

“好吧，”马克西米连说道，“刚好我也要到您那街区办事，伯爵。”

宝座门

“要等你回来吃饭吗?”埃马努埃尔问道。

“不用了。”年轻人回答。

车门重又关上,马车继续往前行驶,车里只剩下莫雷尔和伯爵了。

“您瞧,我给您带来多大好运,”莫雷尔说道,“这一点您没有想过吗?”

“怎么没想过,”基督山答道,“这也就是为什么,我总喜欢把您留在我身边。”

王宫广场

“真是奇迹啊！”莫雷尔继续说道，同时也在回答内心的想法。

“什么事啊？”基督山问道。

“刚才发生的事情。”

“对，”伯爵微微一笑，答道，“您一言中的，这真是奇迹！”

“因为，归根结底，阿尔贝是勇敢的。“莫雷尔又说道。

“非常勇敢，”基督山接口说道，“我亲眼所见：匕首悬在头顶，他还照样睡大觉。”

"我还知道,他决斗过两次,斗得十分精彩,"莫雷尔说,"您拿着对一对今天早晨的行为。"

"总是归功于您的影响。"基督山微笑着接口道。

"幸而阿尔贝不是军人。"莫雷尔又说道。

"何出此言?"

"在决斗场上道歉!"年轻的上尉摇着头说道。

"算了吧,"伯爵语气和缓地说道,"您总不至于陷入庸人之见吧,莫雷尔? 阿尔贝既然勇敢,他就不可能是懦夫;今天早晨他那么做,必有那么做的理由,而比较起来,他的行为恐怕称得上英勇,难道您不这样认为吗?"

"当然,当然,"莫雷尔回答,"然而,我还是要引用西班牙人的话:他今天不如昨天勇敢。"

"您同我一起吃饭,好吗,莫雷尔?"伯爵要转换话题,便问道。

"不行,十点钟我得离开您。"

"您的约会是饭局啊?"

莫雷尔微微一笑,摇了摇头。

"不管到哪儿,您总得吃饭吧?"

"然而,我要是不饿呢?"年轻人反问道。

"唔!"伯爵说道,"据我所知,只有两种感情,能这样取代食欲:一种是悲伤,幸而您不是这种情况,看得出来您非常高兴;另一种则是爱情,而根据您向我表露的情感,我就可以认为……"

"真的,伯爵,"莫雷尔欢快地接口道,"我并不否认。"

"您就不能对我讲一讲吗,马克西米连?"伯爵又说道,他的语气十分急切,可见他特别想了解这一秘密。

"今天早晨我向您表明我有个心上人了,对不对,伯爵?"

基督山的全部回答,就是把手伸给年轻人。

"这么说吧,"年轻人接着讲道,"这颗心既然不再和您同在万森树林了,那就在别的什么地方,我要去找回来。"

“去吧，”伯爵慢悠悠地说道，“去吧，亲爱的朋友，不过也请赏脸，您万一碰到什么障碍，别忘了我在这世界上还有些影响，也很高兴利用这种影响为我喜爱的人做些事，而我恰恰喜爱您，莫雷尔。”

“好的，”年轻人答道，“我会记得，就像自私的孩子到需要父母时，才会记起他们一样，等我需要您时，这种时刻也许会到来，我就会去求您，伯爵。”

“好哇，我记住您的话。再见。”

“再见。”

马车已经驶抵香榭丽舍大街的宅邸门口，基督山打开车门，莫雷尔跳到铺石马路上。

贝尔图齐奥在楼前台阶上迎候。

莫雷尔沿着马里尼林荫路走去，踪影消失了。基督山则疾步走向贝尔图齐奥。

“怎么样？”基督山问道。

“是这样，她要离家出走了。”管家回答。

“她儿子呢？”

“弗洛朗丹，他的跟班认为，他也同样要离开家。”

“跟我来。”

基督山带着贝尔图齐奥走进书房，写了我们在上文看到的那封信，交给了总管。

“走吧，”主人吩咐，“火速送去；顺便让人告诉海蒂，就说我回来了。”

“我来了。”姑娘说道，刚才听见马车声响，她就下楼来了，见到伯爵安然无恙地回来，她满脸喜悦，容光焕发了。

贝尔图齐奥出去办事了。

海蒂多么焦急地等待伯爵归来，刚一见面的这个时刻，她全部感受到了女儿重见亲爱的父亲的那种激动，女人重见心爱的情人的那种狂喜。

基督山的感情固然不大外露，但是他内心的欢悦却不稍减。须知长期经受痛苦磨难的心遇到喜悦，就像晒得干裂的大地承受雨露一样；心田

和大地吸收雨露的滋润，表面上却毫无迹象。几天来，基督山明白了一件事，这是他久久不敢再相信的，就是这世间有两个梅色苔丝，他还可能生活得幸福。

他那洋溢着幸福的炽热目光，忘情地探进海蒂湿润的美目中，这时房门忽然打开。伯爵皱了皱眉头。

“德·莫尔塞夫先生来访！”巴蒂斯坦说道，就好像这一句话便为他的唐突道歉了。

伯爵果然喜形于色。

“哪一位，”他问道，“是子爵还是伯爵？”

“是伯爵。”

“天哪！”海蒂嚷道，“事情怎么没个完了？”

“我不知道完了没有，我亲爱的孩子，”基督山握住姑娘的手，说道，“但是我知道，你无需怕什么了。”

“噢！这个坏蛋来了……”

“这个人奈何不了我，海蒂，”基督山说道，“倒是早晨那会儿，我要对付他儿子，那才令人担心呢。”

“因此，我所受的惊吓之苦，”姑娘又说道，“你是绝难了解的，我的老爷。”

基督山微笑了。

“我以先父的坟墓向你发誓！”基督山说着，就把一只手放到姑娘的头顶上，“再要发生什么灾难，也绝不会降落到我头上。”

“我相信你这话，老爷，就当是上帝对我讲的。”姑娘说着，就把额头递给伯爵。

这个额头无比纯洁，也无比美丽，伯爵吻了一下，便引起两颗心跳动不已：一颗心跳得剧烈，一颗心跳得隐微。

“唔！我的上帝！”伯爵喃喃说道，“看来，您是允许我还能够爱呀！……把德·莫尔塞夫伯爵让进客厅吧。”他吩咐巴蒂斯坦一声，便带着美丽的希腊姑娘走向一座暗梯。

这里要交代一句:这次来访也许不出基督山所料,但是我们的读者无疑会感到意外。

正如上文所叙,梅色苔丝和阿尔贝一样,在自己房间清理物品,她归拢了首饰,锁上抽屉,钥匙集中放起来,总之,一切都整理得井井有条,然而她却没有发现,有一张苍白而阴沉的面孔在偷窥。那张面孔俯在供走廊采光的一道门的玻璃窗上,在那里既看得见,也听得到。那人就俯窗上窥望,很可能既看见,又听到德·莫尔塞夫夫人房间里发生的全部情况,而他却无人瞧见,也无人听到。

脸色苍白的那个男子离开那扇玻璃门窗,又到德·莫尔塞夫伯爵的卧室,用一只不断抽搐的手撩起窗帘,观望庭院。他站在那里足有十分钟,一动不动,也一声不吭,只倾听自己的心跳。这十分钟,对他来说极其漫长。

恰好这时,阿尔贝从决斗场地回来,发现父亲在窗帘里面守候他,便扭过头去。

伯爵的眼睛睁大了,他知道昨天,阿尔贝肆意侮辱了基督山,而如此严重的侮辱,不管在哪个国家,都势必导致一场殊死的决斗。阿尔贝既已安然无恙地回来,那就是为父亲报了仇。

他那张哭丧的面孔立时开颜,闪现一种难以描摹的欣喜之色,宛如太阳放射最后一道光芒,便钻进与其说像床被,不如说像坟墓的云层。

然而,我们也说过,他徒然等待,却不见年轻人上楼到他房间,告诉他胜利的喜讯。儿子要为父雪耻,前去决斗之前不愿见父亲,这倒好理解;现在,既然报了父仇,保住了名誉,儿子为什么不来投进父亲的怀抱呢?

伯爵见不到阿尔贝,便派人去叫他的仆人。我们知道,阿尔贝吩咐那个跟班,什么也不向伯爵隐瞒。

十分钟之后,德·莫尔塞夫将军出现在楼前台阶上,他身穿黑色礼服,加上了军服的硬领。下身穿一条黑裤子,手上戴着黑手套。看来他早就吩咐过,他刚走下最后一级台阶,只见已经套好的马车就赶出车库,驶到他面前停下。

他的跟班将一件军呢大衣放到车上，大衣里因为裹着两把剑，就显得硬邦邦的；接着，跟班关上车门，登上车夫旁边的座位。

车夫转身俯下请示命令。

“去香榭丽舍大街，”将军说道，“德·基督山伯爵公馆。快！”

在连连鞭策下，两匹马飞奔起来，五分钟之后，马车就停到伯爵的宅邸门前。

德·莫尔塞夫先生自己打开车门，不待马车停稳，就像年轻人一样跳到侧道上，他拉了门铃，便带着跟班走进敞开的大门。

片刻之后，巴蒂斯坦便向德·基督山先生通报，德·莫尔塞夫伯爵来访；于是，基督山送走海蒂，吩咐将德·莫尔塞夫伯爵让进客厅。

将军在客厅里从这头走到那头，数到第三个来回时，刚一转身，忽见基督山站在门口。

“哦！是德·莫尔塞夫先生，”基督山口气十分平静地说道，“通报时我还以为听错了呢。”

“正是本人。”伯爵嘴唇抽搐得厉害，这简单一句话也无法说真切。

“那么现在，”基督山说道，“我只好请问一声，我何以这么一大早，就高兴地看到德·莫尔塞夫伯爵先生光临呢？”

“今天早晨，先生，您同我儿子约会决斗了吧？”将军问道。

“这事儿您知道啦？”伯爵反问道。

“我还知道，我儿子有充分理由要同您决斗，并尽一切可能杀掉您。”

“不错，先生，他有充分的理由！然而您也看到了，他尽管有那些理由，却并没有杀死我，甚至都没有决斗。”

“可是他父亲蒙受奇耻大辱，我的家庭此刻遭受灭顶之灾，他就认为您是罪魁祸首。”

“是这样，先生，”基督山极度冷静的说道，“但我不是罪魁，也不是祸首。”

“毫无疑问，您向他道了歉，或者向他解释了吧？”

“我没有向他解释一句，倒是他向我道歉了。”

“那么您认为他这么做是何缘故呢?”

“想必是他确信,在整个事件中,罪魁不是我,而另有其人。”

“哪个人?”

“他父亲。”

“就算是吧,”伯爵面失血色,说道,“但是您应当知道,有罪之人不爱听别人说三道四,认定他有罪。”

“这我知道……因而此刻发生的事,我早有所料。”

“您料到我儿子是个懦夫!”伯爵嚷道。

“阿尔贝·德·莫尔塞夫先生绝非懦夫。”基督山说道。

“一个男子汉手中握着剑,而且一剑刺出,就能置一个仇人于死地,如果他不动手,那就是个懦夫! 此刻他就是在场,我也会这样对他讲!”

“先生,”基督山冷冷地回敬道,“我料想您来找我,绝不是要向我讲述您的家庭琐事。这话您去讲给阿尔贝先生听,也许他知道该怎么回答您。”

“哦! 当然不是,”将军接口说道,同时脸上泛起一丝笑容,但旋即消失了,“当然不是,您说得对,我不是来向您谈家事的! 我来是要告诉您,我也一样,把您视为我的仇敌! 我来是要告诉您,我从本能就仇视您! 我就觉得我一直认识您,一直恨您! 不管怎样,当今时代的年轻人不肯决斗了,那就由我们来决斗吧……尊意如何,先生?”

“不谋而合。因此我对您说料到会发生的事情,正是指您大驾光临。”

“那太好了……您一定准备好了吧?”

“随时奉陪,先生。”

“您知道我们决斗,一定要拼个你死我活吗?”将军咬牙切齿地说道。

“一定要拼个你死我活。”德·基督山伯爵重复道,同时轻轻地点了点头。

“那就走吧,我们用不着证人。”

“的确用不着,”基督山也说道,“我们是老相识了。”

“恰恰相反，”伯爵说道，“我们并不认识。”

“哎！”基督山又说道，口气仍然那么冷静得令人气恼，“想想嘛。您不就是在滑铁卢战役前夕开小差的士兵菲尔南吗？您不就是在西班牙给法国军队带路当探子的菲尔南中尉吗？您不就是背叛、出卖并杀害您的恩主阿里的菲尔南上校吗？这几个菲尔南组合起来，不就是陆军少将、贵族院议员、德·莫尔塞夫伯爵吗？”

“噢！”将军高声说道，这一句句话就像烧红的烙铁，一下下烫在他的身上，“噢！你这坏蛋，也许你就要杀死我了，在这种时刻，你还数落我的耻辱！不，我并不是说你不了解我；我完全清楚，恶魔，你深入了那段经历的黑夜中，不知借着什么火炬的光亮，看了我那段生活的每一页！然而，比起你这漂亮的外衣掩饰下的家伙，在我身上，在我这耻辱的经历中，也许还有更加光彩荣耀的东西。不对，不对，我知道，你一定了解我，而我却不了解你，你这满身珠光宝气的冒险家！你在巴黎自称德·基督山伯爵，在意大利名为水手辛伯达，在马耳他不知又叫什么？我已经忘记了。但是我总在琢磨，你的真名实姓究竟是什么，在你上百个姓名当中，我要知道你的真名实姓，以便在决斗场上，我一剑刺中你心脏的时候，好能直呼你的名字。”

德·基督山伯爵登时变色，他的脸煞白得吓人，那双浅黄褐色的眼睛燃起一团怒火。他一个箭步，便冲到他的卧室隔壁的书房，眨眼工夫就扯下领带，脱下礼服和坎肩，换上一件短小的海员服，戴上一顶水手帽，黑色的长发纷披下来。

他这副打扮回到客厅，一副来势汹汹、冷酷无情的样子，叉着胳膊走向将军；而将军见他突然走开，正莫名其妙地等待，这时看到一个水手打扮的人走过来，他就感到牙齿打战，两腿发软，不觉后退一步，碰到一张桌子，用痉挛的手撑住。

“菲尔南！”基督山对他厉声说道，“我有上百个名字，只需说出一个来，就足能把你吓死；而这个名字，你猜出来了，对不对？不如说你想起来了吧？因为，我虽然饱经忧患，受尽磨难，今天让你看到的这张脸，因复仇

他不觉后退一步，碰到一张桌子，用痉挛的手撑住。

的喜悦而变得年轻了，这张脸，自从你结婚，一定经常出现在你的梦中，自从你娶了……梅色苔丝，我的未婚妻！”

将军头往后仰去，双手却伸向前，他那凝注的目光，默默地盯着这一可怕的景象，继而，他退后靠到墙上，贴着墙壁缓缓挪到门口，倒退着出了房门，同时凄厉、悲惨、撕肝裂胆地喊了一声：

“埃德蒙·唐代斯！”

接着，他又连连发出不似人声的叹息，拖着脚步直到门厅，如同醉汉

一般穿过庭院，瘫倒在他那跟班的怀抱里，只是含糊不清地咕哝一句：

“回公馆！回公馆！”

在返回的路上，他经凉风一吹，又因下人的关心而感到羞耻，也就镇定下来，收拢思绪。然而，这段路程很短，离公馆渐近，伯爵感到所有的痛苦重又涌上心头。

差几步就到公馆了，伯爵吩咐停住，自己下了车。公馆的大门敞着，一辆出租马车意外地被叫来，就停在这座豪华宅邸的庭院正中。伯爵不胜惊恐地瞧着这辆马车，却不敢询问任何人，只能冲进自己的房间。

两个人下楼梯，伯爵急忙闪进一间小屋，刚好避开他们。

那是梅色苔丝倚着儿子的胳膊，二人下楼来，要离开公馆。

母子二人擦边而过，不幸的伯爵躲在锦缎的门帘的后面，几乎感到梅色苔丝的绸衣裙的轻拂，脸上还感到他儿子讲这句话时热乎乎的气息：

“勇敢些，母亲！走吧，走吧，这里不是我们的家了。”

话音止息，脚步也走远了。

将军又直起身子，抽搐的双手抓住锦缎门帘，他竭力抑制从胸中发出最凄惨的悲号：悲莫悲于一个父亲同时被妻子和儿子抛弃了……

不大工夫，他就听见出租马车的铁门啪地关上的声响，接着又听见车夫的吆喝声、震动窗玻璃的沉重车轮滚动之声；这时，他忽然冲进卧室，要再看一眼他在世上曾经爱过的一切。然而，马车驶走，无论梅色苔丝还是阿尔贝，谁也没有从车窗探出头来，最后看一眼这座孤寂的宅邸，最后看一眼被遗弃的父亲和丈夫，表示道别和遗憾，即表示宽恕。

因此，就在出租马车隆隆驶出铺石路的大门洞时，只听一声枪响，那间卧室的窗玻璃被震碎，冒出一缕浓烟。

第九十三章　瓦朗蒂娜

不难猜出，莫雷尔去办什么事，去见什么人。

且说莫雷尔同基督山分手之后，便缓步走向维尔福的府邸。

我们说缓步，只因他还有半个多小时，要走的只有五百步路。时间虽然很充裕，他还是要早些离开基督山，急着单独一个人去想一想心事。

他完全清楚他的合适时间，即瓦朗蒂娜侍候努瓦蒂埃吃饭的时刻，尽此孝道，肯定不会有人来打扰。努瓦蒂埃和瓦朗蒂娜准许他每周去两次，现在他有权去见面。

他到达那里，瓦朗蒂娜正等着他。这个姑娘惴惴不安，几乎到了惊慌失措的程度，她赶紧抓住马克西米连的手，把他拉到祖父面前。

这种惴惴不安，正如我们所讲，几近惊慌失措，也是由莫尔塞夫的挑战在社交界造成的轰动所引起的。歌剧院事件，已经尽人皆知（社交圈总是无所不知）。维尔福府上的人，也无人怀疑这个事件，必以一场决斗告终。瓦朗蒂娜凭着女性的本能，已然猜到莫雷尔准当基督山的证人，而这个年轻人又素以勇敢著称，她也知道他对伯爵怀有深挚的友谊，唯恐他按捺不住，突破证人这种消极的角色。

因此不难理解，关于这场决斗的情况，所问之细，所答之详，倾听之专注，简直到了贪婪的程度；当讲到这一骇人事件的结局既出人意料，又令人欣喜时，莫雷尔就看出他心上人眼里那种难以描摹的喜悦神采。

瓦朗蒂娜示意，让莫雷尔坐到老人的身旁，而她自己则坐到老人放脚

的小凳上。

“现在,”瓦朗蒂娜说道,“现在,谈一谈咱们自己的事。您也知道吧,马克西米连,有一阵爷爷想搬出德·维尔福先生的公馆,到外面找一套房子住?”

“当然知道,”马克西米连回答,“我记得这个计划,当时还拍手叫好呢。”

“那好,”瓦朗蒂娜又说道,“您再次叫好吧,马克西米连,因为,爷爷又重提这个计划了。”

“好极了!”马克西米连说道。

“爷爷要搬出这座宅邸,”瓦朗蒂娜问道,“您知道是什么缘故吗?”

努瓦蒂埃目视孙女,让她住嘴;可是,瓦朗蒂娜根本没有看努瓦蒂埃,她的两只眼睛、她的目光、她的微笑,全部给了莫雷尔了。

“不管是什么缘故,”莫雷尔高声说道,“我都敢断言努瓦蒂埃先生做得对。”

“对极了,”瓦朗蒂娜说道,“他提出的理由是,圣奥诺雷街区的空气对我的健康一点好处也没有。”

“的确如此,”莫雷尔接口道,“您听着,瓦朗蒂娜,努瓦蒂埃先生很可能有道理:这半个月来,我觉得您的健康状态越来越糟了。”

“真的,是有点不舒服,”瓦朗蒂娜答道,“因此,爷爷就成了我的医生,而且爷爷什么都懂,值得我完全信赖。”

“然而不管怎么说,您还是真有病了吧,瓦朗蒂娜?”莫雷尔急切地问道。

“唉!我的上帝!这不能叫生病,我只是感到浑身不舒服,没有食欲了,总觉得胃在抵制什么东西,一时适应不了。”

努瓦蒂埃一字不落,在倾听瓦朗蒂娜的话。

“这种病不明病因,您是怎么治疗的?”

“唔!很简单,”瓦朗蒂娜答道,“每天早晨给爷爷送来的药水,我就喝一匙;我说一匙,是开头喝的量,现在我每次喝四匙了。我祖父称这是

万灵药。”

瓦朗蒂娜微微一笑,但是笑容里却流露出一丝忧伤和苦痛。

马克西米连陶醉在爱情中,默默地凝视着瓦朗蒂娜:她那么美,只是苍白的脸色失去了两分光泽,明亮的眼睛燃着比往常更加炽热的火焰,而她那双手原本白皙而闪着珠光,现在则逐渐染上一层蜡黄色。

年轻人的目光从瓦朗蒂娜身上,又移向努瓦蒂埃。老人注视着沉浸在爱情中的少女,他那睿智的眼神既奇特又深邃;不过,他也同莫雷尔一样,特别关注这样隐隐发病的症候,须知这种病症极不明显,除了祖父和情人,谁都没有看出来。

“可是,”莫雷尔说道,“您的药量一直加到四匙了,我看这是给努瓦蒂埃先生配制的吧?”

“我知道这药很苦,”瓦朗蒂娜说道,“简直苦极了,再喝别的什么,就觉得是同样苦味了。”

努瓦蒂埃以询问的目光看着孙女。

“是的,爷爷,”瓦朗蒂娜说道,“就是这样。刚才下楼到这屋之前,我还喝了一杯糖水,喝了半杯就撂下了,觉得那水很苦。”

努瓦蒂埃面失血色,示意他要说话。

瓦朗蒂娜便起身去拿词典。

努瓦蒂埃目光跟着她,神情显然惊恐不安。

果然,姑娘的血涌上头,面颊绯红了。

“咦!”她高声说道,丝毫不失她那欢快的情绪,“真怪了:怎么一阵眼花!是太阳晃花我的眼睛吗?……”

说着,她就扶住窗户的长插销。

“现在没有太阳啊。”莫雷尔说道,他注意到努瓦蒂埃脸上的表情,比见了瓦朗蒂娜身体不适更感到不安。

他冲到瓦朗蒂娜跟前。

姑娘微微一笑。

“你就放心吧,爷爷,”她对努瓦蒂埃说道,“您也放心,马克西米连,

努瓦蒂埃以询问的目光看着孙女。

没事儿,已经过去了。喂,你们听啊！我听到的声响,是不是一辆马车驶进庭院?”

她打开努瓦蒂埃的房门,跑到走廊的一扇窗口,又匆匆跑回来。

“是马车,”她说道,“丹格拉尔夫人母女来看我们了。再见,我得赶紧去了,免得有人来这里找我。还是说一会儿见吧,马克西米连先生,您就留在爷爷身边,我向您保证不会多留她们。”

莫雷尔目送她出去,看到她又关上房门,听见她上楼——那座小楼梯正通向德·维尔福夫人和她的房间。

她的身影一消失，努瓦蒂埃就示意莫雷尔拿来词典。莫雷尔立刻照办，他接受过瓦朗蒂娜的指点，很快习惯，能懂得老人的意思。

然而，不管怎么熟悉，也费时费工，先就得过一遍二十四个字母，再到词典上查出每个词，折腾了十分钟，老人的想法才用这句话表达出来：

“去瓦朗蒂娜的房间，拿来杯子和水瓶。”

莫雷尔立刻拉铃，唤来替代巴鲁瓦的仆人，并以努瓦蒂埃的名义吩咐他去取那两样东西。

不大工夫，仆人便回来了。

水瓶和玻璃杯都是空的。

努瓦蒂埃又示意要说话。

“玻璃杯和水瓶为什么空了？”他问道，“瓦朗蒂娜说她只喝了半杯。”

弄清楚这个新的问题，又花了五分钟。

“我不知道，”仆人回答，“贴身女仆在瓦朗蒂娜小姐房间，也许是她给倒空了。”

“去问问她。”莫雷尔说道，这回他看眼神就说出努瓦蒂埃的念头。

仆人出去，几乎马上就回来了。

“瓦朗蒂娜小姐要去德·维尔福夫人的房间，先过一下自己的房间，她觉得口渴，就把剩下的半杯喝了；至于水瓶里的水，是爱德华少爷倒给他的鸭子做水塘了。”

努瓦蒂埃举目望天，那神态就像要孤注一掷的赌徒。

接着，老人的眼睛就盯住房门，再也不离开这个方向了。

瓦朗蒂娜所见之人，果然是丹格拉尔夫人和她女儿；德·维尔福夫人有话，要在她的房间接待客人，客人也就让进她的房间了。这就是为什么，瓦朗蒂娜先过一下自己的房间：她和继母的房间同在一层，中间只隔着爱德华的房间。

两位女士走进客厅，像正式访问一样，宾主的神态都很拘板，这预示着要通报重要消息。

同为社交圈里的人，举止神态一看便知。德·维尔福夫人见对方郑

重其事，便也答以郑重其事的态度。

这时，瓦朗蒂娜进屋，彼此又行礼问候了一番。

“亲爱的朋友，”趁着两个姑娘相互拉住手的当儿，男爵夫人说道，“我同欧仁妮前来拜访，是要最先向您宣布，我女儿即将同卡瓦尔坎蒂王子结婚。”

丹格拉尔给卡瓦尔坎蒂保留王子的头爵，这位平民出身的银行家认为，王子的头衔比伯爵更响亮。

“好啊，请允许我向您表示诚挚的祝贺，”德·维尔福夫人答道，“卡瓦尔坎蒂王子先生这个青年，显得满身都是难得的优点。”

“您听我说，”男爵夫人微笑道，“咱们作为朋友，我就应当告诉您，在我们看来，王子将来还不知道会是什么样子。他的行为举止有那么点儿特别，我们法国人一眼就能认出，他是个意大利或德国的绅士。然而，他显出极为善良的心地、十分精雅的才智，至于家境，丹格拉尔先生称他的家产非常可观，这是他的原话。”

“还有，”欧仁妮一边翻着德·维尔福夫人的画册，一边说道，“应当加上一句，夫人，您对这个青年格外倾心。”

“看来用不着我来问您，”德·维尔福夫人说道，“您是否也有同感？”

“我！”欧仁妮以她惯有的坚定口气答道，“哼！毫无同感，夫人。我的志向，可不是锁住自己，围着家务事转，或者听任一个男人的摆布，不管他是谁。我的志向，是要当艺术家，因而保持心灵、人格和思想的自由。”

欧仁妮讲这番话，声音那么响亮，口气那么坚定，瓦朗蒂娜听了不禁脸红了。这位生性荏弱的姑娘，无法理解这种似乎毫无女性羞怯的刚强性格。

“不过，”欧仁妮接着说道，“既然命运决定我结婚，管我愿意不愿意，那我还真得感谢天主，至少天主让阿尔贝·德·莫尔塞夫先生对我采取鄙夷的态度；没有老天这样的安排，今天我就成为一个名誉扫地的男人的妻子了。”

“这话还真对，”男爵夫人天真地说道，这种不可思议的天真，在平民

百姓身上固然习以为常，但是显贵的夫人也未能完全免俗，时而还要显露出来，“这话还真对。如果不是莫尔塞夫那家人犹豫不决，我女儿就嫁给了那个阿尔贝先生；将军倒是力主这桩婚姻，他甚至亲自登门，要迫使丹格拉尔先生允婚；我们险些铸成大错。”

“可是，”瓦朗蒂娜怯声怯气地说道，“父辈的耻辱，怎么能殃及到儿子身上呢？我倒觉得将军的叛卖行为，同阿尔贝先生毫无关系。”

“对不起，亲爱的朋友，”欧仁妮这姑娘不由分说，“阿尔贝先生主动承担一份责任，后果也应当自负：据说，昨天他在歌剧院向德·基督山先生挑战，今天在决斗场上，他又向人家道了歉。”

“不可能！”德·维尔福夫人说道。

“唉！亲爱的朋友，”丹格拉尔夫人说道，仍然一副我们指出的那种天真的神态，“事情千真万确；我是听德勃雷先生讲的，道歉时他就在现场。”

瓦朗蒂娜也了解事实真相，但是她没有答言。一句话就唤起她的回忆，令她想起莫雷尔还在努瓦蒂埃的房间等他呢。

瓦朗蒂娜沉浸到这种冥想之中，一时间不再参与谈话了，甚至几分钟以来别人讲的话，她都重复不上来。忽然，丹格拉尔夫人的手按住她的胳臂，把她从沉思的状态拉出来。

“怎么啦，夫人？”瓦朗蒂娜问道，同时惊跳一下，她接触丹格拉尔夫人的手指，就像触了电似的。

“我是说，亲爱的瓦朗蒂娜，”男爵夫人说道，“您身体大概不舒服吧？”

“我吗？”姑娘应道，抬手摸了摸自己滚烫的额头。

“是啊，您照照这面镜子，一分钟的工夫，您的脸忽而红，忽而白，变化了三四回。”

“真的，”欧仁妮高声说道，“你的脸色这么苍白！”

“唔！别担心，欧仁妮，我这样子已经有几天了。”

这姑娘再怎么不工心计，她也明白这是脱身的好机会。况且，德·维

尔福夫人也从旁助一臂之力。

“您回去休息吧，瓦朗蒂娜，”她说道，“您真的不舒服，而这两位女士也不会怪您的。喝杯清水吧，您会觉得好些。”

瓦朗蒂娜拥抱、亲了亲欧仁妮，又施礼辞别丹格拉尔夫人，先行走了一步。这工夫，丹格拉尔夫人也已起身，准备告辞了。

“这可怜的孩子，”等瓦朗蒂娜走后，德·维尔福夫人说道，“我还真替她担心，万一她出了什么大事，我也不会感到奇怪。”

且说瓦朗蒂娜，她处于一种亢奋状态，但自己并不觉得，经过爱德华的房间时，也没有理睬那孩子搞的什么鬼花样，然后再走过自己的房间，到达小楼梯口。她下楼梯只差三级就到楼下，已经听见莫雷尔说话的声音了，不料眼前突然一黑，脚不听使唤，便踩空了，伸出双手却无力抓住楼梯扶手，身子便擦着另一侧的壁板，不是走下，而是滚下最后三级楼梯。

莫雷尔一纵身，打开房门，看到瓦朗蒂娜倒在楼道里。

他的动作疾如闪电，一下子抱起瓦朗蒂娜，把她放到一张扶手椅上。

姑娘又睁开双眼。

“唉！瞧我多笨啊，”她说道，因亢奋而话多起来，“我没有走稳，不知怎么回事儿？竟然忘了下面还有三级楼梯呢！”

“您也许伤了吧，瓦朗蒂娜？”莫雷尔高声问道，“噢！我的上帝！我的上帝！”

瓦朗蒂娜环视周围，看到努瓦蒂埃眼中流出极度的惊慌神色。

“放心吧，爷爷，”她说着，又勉颜一笑，“没事儿，没事儿……我只是头晕了一下。”

“又头昏眼花啦！”莫雷尔说道，随即合拢手掌，“噢！您可得当心，瓦朗蒂娜，我求求您了。”

“没事儿，”瓦朗蒂娜说道，“没事儿，跟您说全过去了，没什么要紧的。现在，让我告诉您一条消息：一星期之后，欧仁妮就结婚了。三天之后要大摆宴席，那是订婚宴，邀请我们全家出席：我父亲、德·维尔福夫人和我……至少我是这么理解的。”

他看到瓦朗蒂娜倒在楼道里。

"什么时候也能轮到我们忙活这种事呢？唔！瓦朗蒂娜，爷爷那么听您的，您设法让他回答您：没两天了！"

"这么说，"瓦朗蒂娜问道，"您是指望我来催促，来提醒爷爷吗？"

"对呀，"莫雷尔高声说道，"我的上帝！我的上帝！快点办呀。只要您还没有属于我，我就总觉得您要脱离我。"

"唉！"瓦朗蒂娜回答，同时浑身抽动了一下，"唉！真的，马克西米连，您怕成这样子，哪儿像个军官，哪儿还像个士兵，据说您在部队里，从

来就没有害怕过。哈！哈！哈！”

她大笑起来，声音刺耳而痛苦；紧接着，她的两条胳膊僵硬了，头仰到坐椅背上，就一动也不动了。

恐怖的叫喊，上帝不让从努瓦蒂埃嘴里发出，却从他眼神里迸发出来了。

莫雷尔明白：要赶快叫人来抢救。

年轻人拼命拉铃。待在房间的瓦朗蒂娜的贴身女仆，以及接替巴鲁瓦的那名男仆，都闻声跑来。

瓦朗蒂娜脸色灰白，手脚都凉了，已经全无生气，两名仆人见了，也不听别人说什么，就立刻被充斥这座凶宅的恐怖所震慑；慌忙冲到走廊，高呼救命。

丹格拉尔夫人和欧仁妮此刻正要离去，她们还是能够了解这种喧哗的缘故。

“我早就明确告诉你们了，”德·维尔福夫人朗声说道，“可怜的姑娘！”

第九十四章　真情吐露

几乎同时，就听见德·维尔福先生在书房高声问道：

"出什么事啦?"

莫雷尔用目光询问努瓦蒂埃。这时，老人也镇定下来，他瞥了一眼小书房，已经有过一回，也是遇到类似的紧急情况，莫雷尔就躲进了那里。

他急忙拿起帽子，气喘吁吁跑进小屋。好险，这时走廊已经传来检察官的脚步声。

维尔福冲进房间，跑向瓦朗蒂娜，将她抱在怀里。

"叫大夫！叫大夫！……去叫德·阿弗里尼先生!"维尔福嚷道，"不行，还是我亲自去吧。"

说着，他又冲出套房。

莫雷尔则从另一扇门冲出来。

刚才他猛然想起一件骇人的记忆：维尔福和医生之间的那场谈话，他是在德·圣-梅朗夫人猝死之夜偶尔听到的，现在又回想起来；瓦朗蒂娜的症状，与巴鲁瓦临死的症状相同，只是程度轻些，场面没有那么吓人。

与此同时，他耳畔仿佛又响起基督山的声音，基督山对他讲的话，言犹在耳，还不过两小时：

"无论有什么事，莫雷尔，只要用得着就来找我，我可以排忧解难。"

他的动作比思维还要迅疾，从奥诺雷大街飞快跑到马提翁街，再从马提翁街直奔香榭丽舍大街。

这段时间，德·维尔福先生乘坐出租马车，赶到了德·阿弗里尼先生的住宅，他拼命拉门铃，催得门房满脸惊慌地前来开门。维尔福没有力量解释什么，就冲上楼梯。门房认识他，就让他进去，仅仅喊了一声：

“他在书房，检察官先生，他在书房！”

这时，维尔福已经推门，确切地说，已经闯了进去。

“啊！是您啊！”大夫说道。

“对，”维尔福说着，又随手关上房门，“对，大夫，现在轮到我来问您，这里是不是只有我们两个人。大夫，我的家成了一座凶宅！”

“什么？”大夫问道，他表面很冷静，内心却极为震惊，“您那儿又有人病倒了？”

“对，大夫！”维尔福高声答道，同时他的手抽搐着揪住一把头发“对呀！”

德·阿弗里尼的目光分明在说：

“我早就警告过您了。”

继而，他的嘴唇缓缓地嚅动，清晰地讲出这样的话：

“贵府上又有谁要死了，又新添哪个受害者，将到上帝面前指控我们的懦弱呢？”

一阵悲痛的呜咽，从维尔福的心中涌出。他走到大夫跟前，抓住对方的胳膊。

“瓦朗蒂娜！”他说道，“这次害到瓦朗蒂娜的头上啦！”

“您女儿！”德·阿弗里尼叫起来，一时万分悲痛，又惊诧万分。

“瞧见了吧，您判断错了，”司法官喃喃说道，“您去看看她，到她痛苦的床前，请求她原谅我曾一度怀疑了她。”

“您每次来找我，总是太迟了，”德·阿弗里尼先生说道，“没关系，我还是去一趟，但是要快走，先生，要对付在贵府大开杀戒的仇敌，一点儿时间也不能耽误。”

“唔！这回，大夫，您再也不会指责我懦弱了。这回，我一定要查出凶手，一定严惩不贷。”

“对，大夫！”维尔福高声答道，同时他的手抽搐着揪住一把头发。

“还是先尽力抢救受害者，然后再考虑报仇，”德·阿弗里尼说道，“走吧。”

维尔福乘坐的那辆马车，又加上德·阿弗里尼，飞快地把他拉回去。恰好在这时候，莫雷尔也拉响基督山的门铃。

伯爵正在书房，心事重重，他刚看过贝尔图齐奥匆匆给他送来的字条。

听见通报刚分手两小时的莫雷尔来访，伯爵这才抬起头来。

无论对这年轻人还是对伯爵，这两个小时发生了许多事情，因为莫雷尔是嘴角挂着微笑离开他的，这次回来那张脸完全失态了。

他站起身，冲到莫雷尔面前。

“出什么事啦，马克西米连？”他问道，“您脸色这么苍白，额头流这么多汗。”

莫雷尔一下子瘫坐到椅子上。

“对，”他回答，“我急速赶来，我必须跟您谈谈。”

“您家里人都好吧？”伯爵问道，他那亲热关怀的口气，表现出来的真挚情感，是谁也不会误解的。

“谢谢，伯爵，谢谢，”年轻人说道，他显然有些难以启齿，不知如何切入话题，“对，我家里人人都很好。”

“那就再好不过了，可是，您还有什么事要对我讲吧？”伯爵又说道，神情也越发不安了。

“对，”莫雷尔答道，“不错，我刚离开死神闯进去的宅邸，跑来找您了。”

“您是从德·莫尔塞夫先生府来的吧？”基督山问道。

“不是，”莫雷尔答道，“德·莫尔塞夫先生府上，有人死了吗？”

“将军刚刚开枪自杀了。”基督山回答。

“噢！真是天大的不幸！”马克西米连高声感叹。

“对伯爵夫人则不然，对阿尔贝则不然，”基督山说道，“一个名誉扫地的父亲和丈夫，还不如死了，血能够洗刷耻辱。”

“可怜的伯爵夫人，一位多么高贵的女子，”马克西米连又说道，“尤其是她引起我的同情。”

“您也应当同情阿尔贝，马克西米连。要知道，他不愧是伯爵夫人的好儿子。不过，还是谈谈您自己吧。您刚才说，是跑来找我的，我能有这份儿幸运，救您什么急吗？”

“对，我是需要您救急，换句话说，只有上帝才能救得了我的事，我却像个丧失理智的人，相信您能够救助我。”

“但说无妨。”基督山回答。

“噢!”莫雷尔说道,“我还真不知道这样一件秘密,能否泄露给世人的耳朵。然而,厄运在逼使我,情势在迫使我这样做,伯爵。”

莫雷尔又住了口,尚在犹豫。

“您相信我爱您吧?”基督山说着,双手亲热地握住年轻人的手。

“唔!好吧,您这是鼓励我,而且,这里(莫雷尔摸了摸他的心)也有一种声音对我说,我对您不应当有什么秘密。”

“这样就对了,莫雷尔,这是上帝告诉您的心,而您的心又告诉您。您向我重讲一遍您的心声吧。”

“伯爵,您能否允许我以您的名义,派巴蒂斯坦去打听一个人的消息?那家人您认识。”

“就连我都听候您的差遣,更何况是我的仆人了。”

“噢!这是因为,只要得不到她已好转的确实消息,我一刻也无法活了。”

“要我唤来巴蒂斯坦吗?”

“不必,我亲自去告诉他。”

莫雷尔走出来,叫来巴蒂斯坦,低声向他交代了几句。伯爵的跟班便领命跑去办事了。

基督山见莫雷尔又回到屋里,便问道:

“怎么样,吩咐好了吗?”

“好了,这样我的心也可稍安。”

“要知道,我还等着呢。”基督山微笑道。

“是啊,我这就讲。您听着,有一天晚上,我在一座宅邸的花园,躲到一片灌木丛中,谁也想不到我会在那里。两个男人从我身边走过,请允许我暂时不讲出他们的姓名,他们低声交谈,而我对他们的谈话极感兴趣,就一句不落全听到了。”

“一开头就这么阴森,莫雷尔,看得出来,您的脸色多惨白,浑身还在战栗。”

"唔,对!阴森恐怖,我的朋友!那花园的主人家刚刚死了一个人。从那两个人交谈的口气,我听出一个是那宅院的主人,另一个是医生。当时,宅院的主人向医生倾吐他的担心和痛苦,只因一个月以来,死神第二次闯进这个家,突如其来,使人措手不及,就好像天主震怒,派来了灭门的天使。"

"唔!唔!"基督山支应着,他以不易觉察的动作,转动一下椅子,便置身于暗影里,让阳光直接射到马克西米连的脸上,这样他就可以从容地凝视这个年轻人了。

"是啊,"马克西米连接着说道,"在一个月的时间里,死神两次闯进那座宅邸。"

"那么,大夫是怎么回答的?"基督山问道。

"他回答说……他回答说,这不是自然死亡,死因应当是……"

"是什么?"

"是中毒!"

"真的呀!"基督山轻咳一声,说道,他这轻咳在心情特别激动的时候,既可掩饰脸红,也可掩饰脸白,甚至可以掩饰他倾听对方时的专注,"马克西米连,您真的听见这些话了吗?"

"对,亲爱的伯爵,我听见了,那医生还补充说,如果再出现类似的事件,他就认为责无旁贷,必须诉诸法律了。"

基督山极其平静,坐在那里倾听,或者佯装倾听着。

"可是,"马克西米连又说道,"死神第三次打击,无论那家主人还是大夫,谁都没有哼一声,死神也许要打击第四次了。伯爵,既然我了解这个秘密,您说我应该怎么办呢?"

"我亲爱的朋友,"基督山便说道,"您对我讲的事件,我倒觉得我们俩都心知肚明。您听见谈话的那座宅院,我也熟悉,至少熟悉一座类似的宅邸。那里有座花园,有位一家之主,有位医生,那里有三个人意外奇怪地死了。那又怎么样,我没有暗中听了秘密的谈话,然而我了解的情况并不亚于您,可是,您瞧瞧我,难道我良心上有什么不安吗?没有,这不干我

的事。您说天主震怒,似乎给那座宅子派去了灭门天使。喏!谁对您说,您这假设就不是事实呢?就连感兴趣看的人都不愿意看的事情,您就当作视而不见吧。降临到那座宅院的,如果不是天主的震怒,而是他的审判,马克西米连,那您就扭过头去,让上帝去审判好了。”

莫雷尔浑身一悸。伯爵讲这番话的声调,同时透着深悲、庄严和骇人的意味。

“何况,”伯爵继续说道,声调随即明显地变了,就好像刚才讲的话不是出自同一个人的口,“何况,谁又告诉您,还会发生这种事情呢?”

“这种事又发生了,伯爵!”莫雷尔高声说道,”因此,我就跑来找您。”

“那您想要我怎么办呢,莫雷尔?莫非您灵机一动,希望我去通知检察官先生吗?”

基督山讲这句话咬字格外真切,声音特别响亮,令莫雷尔忽地站起身,高声问道:

“伯爵!伯爵!我说的是谁您知道,对不对?”

“嗯!一清二楚,我的好朋友,我来向您证明,一一点出,也就是一一点出每个人的姓名。有一天晚上,您跑到德·维尔福先生的花园里散步,根据您向我透露的情况,那应是德·圣-梅朗夫人猝死的晚上。您听见德·维尔福先生同德·阿弗里尼先生交谈。他们谈起德·圣-梅朗先生之死,以及侯爵夫人的猝死,都同样非常蹊跷。德·阿弗里尼先生说,他认为这是一起下毒事件,甚至两个人都是中毒而死的。而您呢,您这位大老实人,从那以后,您心里就总在嘀咕,总在探测您的良心,以便确定应该怎么办,是揭发还是隐瞒这个秘密。亲爱的朋友,如今不是中世纪了,再也没有什么秘密审判庭,再也没有什么良心审判官了,真见鬼,您要去请教那些人吗?正如斯特恩所讲:良心啊,你要我怎么样呢?哼!我亲爱的,假如他们在睡觉,那就让他们睡吧;假如他们失眠,那就让他们大惊失色吧。看在热爱上帝的份儿上,您就安稳睡觉,您没有亏心事搅扰睡眠。”

莫雷尔脸上显出极度痛苦的表情,他抓住基督山的手。

“可是,我跟您说,这事又发生了。”

“那好哇,”伯爵说道,他十分诧异,不明白马克西米连为何这样固执,不免定睛注视他,“又发生就让它发生吧:这是个阿特里得斯[①]式的家族,遭受了天谴,他们必将受到惩罚。他们就像孩子用硬纸板做成的僧侣,由造物主吹吹气,就接二连三倒下去了,哪怕有二百口人之众。三个月前,德·圣-梅朗倒下了,两个月前,德·圣-梅朗夫人也倒下了,前几天是巴鲁瓦,今天又轮到老努瓦蒂埃或年轻的瓦朗蒂娜。”

“您全知道啊?”莫雷尔极度惊恐地嚷道,倒让天塌不惊的基督山浑身一抖,“您全知道,却什么也不讲!”

“哼!我管得着吗?”基督山耸了耸肩,接口说道,“难道我认识那些人,我有什么必要断送这一个而拯救另一个呢?真的,无此必要,我既不喜欢害人者;也不喜欢受害者。”

“可是我,我,”莫雷尔痛苦地号叫,“我,我爱她呀!”

“您爱谁?”基督山跳起来,嚷道,他抓住莫雷尔绞着手指举上天的双手。

“我爱得发狂,我爱得发疯,为了不让她流一滴眼泪,我宁愿献出全身的血。我爱瓦朗蒂娜·德·维尔福,此刻有人谋害她,您要听明白!我爱她,我请求上帝和您,告诉我如何救她的命!”

基督山狂吼一声,只有听到过受伤狮子的吼叫,才能想象出他这野性的一吼。

“罪孽啊!”他高声说道,同时也绞着双手,“罪孽啊!您爱上瓦朗蒂娜!你爱上这个该诅咒的人家的女儿!”

莫雷尔从未见过这种表情,从未见过这么凶的目光。他在战场上,在阿尔及利亚自相残杀的夜晚,见过多少次恐怖的精灵,也不如此刻这副面孔阴森可怖。

---

① 阿特里得斯,希腊神话中指阿特柔斯的儿子们,即阿伽门农和墨涅拉俄斯。阿特柔斯靠残杀兄弟当上迈锡尼国王,此后他们的兄弟子孙不断骨肉相残。

“罪孽啊！你爱上这个受诅咒的人家的女儿！”

他惊恐万状，后退两步。

不过，基督山这样发作吼叫之后，又闭了一会儿眼睛，仿佛被内心的电闪晃花了似的，而且在闭目的工夫，他以极大的毅力反躬自省，只见他心潮翻腾，剧烈起伏的胸脯逐渐平静下来，犹如云开日出，在阳光照耀下，浪花飞沫的汹涌波涛平息下来。

这种沉默、这种静思、这种心灵的斗争，大约持续二十秒钟。

继而，伯爵抬起苍白的额头。

“您瞧，”他说话都岔了声，“您瞧，亲爱的朋友，上帝多会惩罚那些不可一世和极度冷漠的人，惩罚他们面对悲惨的景象还无动于衷。我就是如此，我怀着好奇的心理，冷眼观看这出惨剧一幕幕展开演示；我就像个邪恶天使，隐身于秘密之后（须知有钱有势的人，极容易掌控秘密），幸灾乐祸，我看着这条蛇弯曲爬行，不料殃及自身，我也感到被蛇咬了，咬到了心口！”

莫雷尔发出一声低沉的哀吟。

“好了，好了，”伯爵接着说道，“不要这么唉声叹气了。要像个男子汉，要坚强，要满怀希望，因为有我在，有我在守护您。”

莫雷尔悲伤地摇了摇头。

“我对您说要满怀希望！您明白我的意思吗？”基督山高声说道，”要知道我从不说谎，也从来不会把事情搞错。现在是中午了，马克西米连，您要感谢上苍：您中午就来了，而不是等到晚间，更不是等到明天早晨才来找我。听好了我要对您说的话，莫雷尔，现在是中午，假如此刻，瓦朗蒂娜还没有死，那她就死不了。”

“噢！我的上帝！我的上帝！”莫雷尔嚷道，“我丢下她时，她都奄奄一息了！”

基督山用手按住额头。

这颗沉甸甸的头负载着多少骇人的秘密，此刻在想什么呢？

这个人既冷酷无情又富有人性，光明天使或者黑暗天使正对他说什么呢？

唯独上帝知道。

基督山再次抬起额头，这回他神态十分安详，赛似睡醒的孩子。

“马克西米连，”他说道，“您就安安心心回家去，听我的安排，不要乱走一步，不要采取任何行动，您的脸上不要表露一点心事。我会给您信儿的。您走吧。”

“我的上帝！我的上帝！”莫雷尔说道，“伯爵啊，您这么冷静，真叫我胆战心惊。您能同死神相对抗吗？难道您是个超人？难道您是一位天

使？难道您是一位天神？”

这个年轻人，面临任何危险都没有退缩过一步，现在面对基督山，一时感到难以名状的恐惧，不由得后退了。

然而，基督山却微笑着注视他，那笑容充满无限忧伤，又充满无限深情。马克西米连见了，眼里不觉漾出泪水。

“我有很大能量，我的朋友，”伯爵答道，“去吧，我需要单独待一待。”

莫雷尔慑服于基督山对周围一切所产生的神奇影响，他甚至都没有试图逃避。他同伯爵握了握手，便离去了。

但是走到大门口便站住，他望见巴蒂斯坦连跑带颠地往回赶，已经出现在马提翁街的街口。

正是这工夫，维尔福和德·阿弗里尼乘车赶回府邸。瓦朗蒂娜仍然昏迷不醒，医生检查病人，因情况特殊而格外仔细，又因了解秘密而特别深入。

维尔福的心悬在医生的目光和嘴唇上，等待诊断的结果。努瓦蒂埃脸色比这姑娘的还要苍白，比维尔福还急切想知道诊断，他也在等待，整个人儿都化作睿智和敏感。

终于，德·阿弗里尼慢吞吞说出一句话：

“她还活着。”

“还活着！”维尔福高声说道，“噢！大夫，您使用的词多可怕啊！”

“对，”医生说道，“我重复自己的话：她还活着，对此我着实感到惊讶！”

“那她就是有救啦？”姑娘的父亲问道。

“对，既然她活着。”

这时，德·阿弗里尼的目光遇见努瓦蒂埃的目光，只见老人眼里闪烁着异乎寻常的喜悦，也流露出意味极为丰富的思想，医生心头不免为之一震。

医生重又把年轻姑娘放在扶手椅上。她的双唇毫无血色，煞白煞白，同脸的其余部位色调一致，几乎不显了。医生站在那里一动不动，注视着

努瓦蒂埃，而他的一举一动，都是老人的期待，受到老人的品评。

“先生，”德·阿弗里尼于是对维尔福说道，“劳驾，请把瓦朗蒂娜小姐的贴身女仆叫来。”

维尔福放下女儿的头，亲自跑去叫那名女仆。

维尔福刚一关上房门，德·阿弗里尼便走到努瓦蒂埃的跟前。

“您有话要对我讲吧？”医生问道。

老人极富表情地眨起眼睛，大家还记得，这是他所能做出的唯一肯定的表示。

“只对我一个人讲吗？”

“对。”努瓦蒂埃表示。

“好吧，等一会儿我留下来陪您。”

这时，维尔福带着那名女仆回来了，女仆身后则跟着德·维尔福夫人。

“噢！亲爱的孩子，她这是怎么啦？”德·维尔福夫人高声说道，“她在我屋里的时候，就说身体不舒服，我还没想到会有这么严重。”

这位少妇眼里噙着泪，就像亲母亲一样，极力显示呵护和关爱备至，她走上前，拉起瓦朗蒂娜的手。

德·阿弗里尼继续注视着努瓦蒂埃，看到老人的眼睛睁大并且瞪圆了，他的面颊变得灰白而微微颤动，额头还淌下汗珠。

“啊！”医生情不自禁地说了一声，他顺着努瓦蒂埃的视线看去，眼睛也盯住德·维尔福夫人。

“这个可怜的孩子，”德·维尔福夫人又说道，“让她躺在床上会舒服些。过来，法妮，我们安放她躺下。”

德·阿弗里尼先生倒认为，这个建议也是个办法，能让他和努瓦蒂埃单独留下，于是他点头同意，并说确实最好这样做，但是除了他吩咐的，不准给她任何东西吃。

这时，瓦朗蒂娜已经苏醒过来，但是还不能动弹，也几乎说不出话，经过刚才的昏厥，她浑身简直散了架。然而，她还是挺起精神，用目光向她

瓦朗蒂娜已经苏醒过来，但是还不能动弹，也几乎说不出话。

祖父告别。老人看着孙女被抬走，就觉得剜走了他的心肝。

德·阿弗里尼跟随病人到卧室，开了处方，吩咐维尔福乘出租马车亲自跑一趟，让药剂师当面按方子配好药剂，拿回来就到女儿的卧室等他。

他又再次叮咛一遍，不准给瓦朗蒂娜吃任何东西，然后他又下楼，回到努瓦蒂埃房间，仔细关好房门，确认没有人偷听，这才说道：

“您孙女这场病，看来您知道什么情况吗？”

“对。”老人表示。

“听我说,我们一点时间都不能耽误,我来问您,您回答。”

努瓦蒂埃表示他有问必答。

“您预料瓦朗蒂娜今天会出事吗?”

“对。”

德·阿弗里尼想了想,继而凑到诺瓦蒂埃的跟前:

“请原谅我要对您讲的话,”他补充说道,“然而,我们眼下的处境十分危急,任何蛛丝马迹都不容忽视。您亲眼见到可怜的巴鲁瓦怎么死的吧?”

努瓦蒂埃举目望天。

“您知道他的死因吗?”德·阿弗里尼问道,同时一只手搭到努瓦蒂埃的肩上。

“对。”老人回答。

“您认为他是自然死亡吗?”

努瓦蒂埃麻痹的嘴唇仿佛隐隐闪现一丝微笑。

“那么,您就想到巴鲁瓦是被毒死的?”

“对。”

“您认为是特意下毒要毒死他吗?”

“不是。”

“原想谋害另一个人,却毒死了巴鲁瓦,那么现在您认为,今天打击瓦朗蒂娜的是同一只手吗?”

“是。”

“这么说,她也难逃一死吧?”德·阿弗里尼问道,他那深邃的目光则盯着努瓦蒂埃的脸。

接着,他就等待这句话对老人产生的作用。

“不会的。”老人用一种得意的神色回答,而他那种得意的神色,能让最精明的预言家的推测溃不成军。

“这么说,您还抱有希望?”德·阿弗里尼惊讶地问道。

"对。"

"您抱有什么希望?"

老人用眼睛示意他无法回答。

"哦,对了,是这样。"德·阿弗里尼喃喃说道。

接着,他又问努瓦蒂埃:

"您是希望那凶手会罢手吗?"

"不是。"

"那么您希望,那毒药对瓦朗蒂娜不起作用?"

"对。"

"因为,"德·阿弗里尼接着说道,"我只是对您说有人要毒死她,并没有告诉您什么新鲜事,对不对?"

老人用眼睛表示,对此他毫不怀疑。

"那么,您怎么希望瓦朗蒂娜免遭毒手呢?"

努瓦蒂埃的眼睛则死死盯住一个方向。德·阿弗里尼顺着他的视线望去,便看到他的目光盯着每天早晨给他装药水的瓶子。

"唔!唔!"德·阿弗里尼恍然大悟,说道,"您是不是早就想到……"

努瓦蒂埃没容他讲完,就表示:

"对。"

"让她产生抗毒药性……"

"对。"

"让她逐渐适应毒性……"

"对,对,对。"努瓦蒂埃连连表示,他不胜欣喜,对方能理解他的意思。

"真的,您听我说过,我让您服用的药,掺了番木鳖碱的成分吧?"

"对。"

"您让她逐渐适应这种毒药,就是让她产生抗毒性吧?"

努瓦蒂埃又得意地表露同样的欣喜。

"而且,您果然成功了!"德·阿弗里尼高声说道,"如果没有采取这

种防范措施，瓦朗蒂娜今天也就被毒死了，既无药可救，求神也不灵了。药性发作还是很猛烈的，但是瓦朗蒂娜仅仅受到巨大的震动，至少这次她不会死了。”

老人的眼里洋溢着一种超越尘世的喜悦，他举目望天，表达无限的感激。

这时，维尔福回来了。

“喏，大夫，”他说道，“这是照您的方子配来的药。”

“这药是当您的面配制的吗？”

“对。”检察官回答。

“它没有离开过您的手吧？”

“没有。”

德·阿弗里尼接过药瓶，往手掌心里倒了几滴药液，吸进口中。

“很好，”医生说道，“咱们上楼到瓦朗蒂娜的房间，我要给所有人几点指示，德·维尔福先生，您要亲自监督，不准任何人违反。”

德·阿弗里尼由维尔福陪同，又走进瓦朗蒂娜房间的时候，一位意大利神甫，一个举止严肃、言语平和而果断的人，租下了与德·维尔福府邸相毗邻的那座楼房。

不知道这笔交易是怎么做成的，原来的三家住户两小时之后就搬走了。不过，那个街区倒广为传播，说那房子地基不牢，有倒塌的危险。尽管如此，新房客于当天下午五点钟，还是带着简单的家具搬了进去。

新房客签订的租约以三年、六年和九年为期，并按房东确定的惯例，先预付半年的房租。我们说过，新房客是意大利人，名叫加科莫·布索尼先生。

当即叫来一伙工人，有木匠和泥瓦匠，他们连夜加固这座危房的墙基，寥寥几个迟归的居民见了，不禁十分惊讶。

木匠和泥瓦匠连夜加固这座危房的墙基。

第九十五章　父与女

前一章讲到，丹格拉尔夫人前来拜访，向德·维尔福夫人正式宣布，欧仁妮·丹格拉尔小姐即将同安德烈亚·卡瓦尔坎蒂先生结婚。

这样正式宣布就表明，或者似乎表明，这桩大事的有关各方都下了决心，但是此前发生的一幕场景，还应当向读者交代一下。

因此，我们要请读者回顾一下。这是大灾大难的一天，我们再回到这天早晨，走进我们已经向读者描绘过的这座华丽的客厅，这里简直金碧辉煌，足令其主人丹格拉尔男爵先生引以为傲。

约摸早上十点钟，正是在这座客厅，男爵心事重重，显然神色不安，来回踱步已有好几分钟，他窥视着每一扇门，稍有点动静就停下脚步。

他的耐心终于耗尽，便唤来他的贴身仆人。

“艾蒂安，”他对仆人说道，“您去瞧瞧是怎么回事，问一问欧仁妮小姐为什么让我在客厅里等她，又为什么让我等这么久。”

心里憋闷，这样发作一通之后，男爵也就平静了一些。

原来，丹格拉尔小姐早晨醒来，就派人请求见见父亲，并指定金色客厅为见面地点。此举反常诡异，尤其还那么郑重其事，让银行家好不惊诧。他当即遵从女儿的意愿，头一个来到客厅。

艾蒂安很快回来复命。

“小姐的随身女仆告诉我，”他说道，“小姐刚梳洗完毕，即刻就下楼来了。”

丹格拉尔点了头，表示满意了。面对世人，甚至面对他的下人，丹格拉尔总装出一副好脾气，装出一个好性儿的父亲：他在演出的通俗喜剧中，强行给自己戴上这副面具。他选择这种形象，并且觉得适于他，这是古代舞台上父亲戴的脸谱：从右侧看，嘴唇上翻是副笑脸；从左侧瞧，嘴角耷拉下去是张哭丧脸。

我们应当赶紧说明一点，他一见到家里人，笑呵呵上翻的嘴唇又耷拉下来变成哭相，结果大部分时间，他的好脾气不见了，转换成粗暴的丈夫和专横的父亲。

“真见鬼，”丹格拉尔咕哝道，“这个疯丫头，说是要同我谈谈，她为什么不干脆去我的书房呢，她又为什么找我谈话呢？”

这个不安的念头，在他脑海里翻腾有二十遍了，这时客厅门打开，欧仁妮走进来。她身穿黑缎子衣裙，上面有同色亚光的绣花，头发梳理得整整齐齐，还戴上了手套，就好像要去意大利剧院看戏一般。

“喂，欧仁妮，怎么回事？”父亲高声问道，“为什么到这庄重的客厅，到我的书房不是很好吗？”

“您的话完全正确，先生，”欧仁妮回答道，同时示意她父亲可以坐下，“您提出的这两个问题，提前归纳了我们要进行谈话的全部内容。我来回答您的两个问题，但是打破常规，先回答第二个问题，因为它没有头一个复杂。我选择客厅作为约会地点，先生，以避免一位银行家工作室所产生的影响，以及给人的不愉快印象。那些烫金的账本再怎么漂亮，那些关闭的抽屉紧似城门，那一摞摞银行票据不知来自何方，那大量的信函，寄自英国、荷兰、西班牙、印度、中国乃至秘鲁，总之，那些东西总要对一位父亲的头脑产生奇特的影响，使他眼里只有社会地位和委托人的见解，而忘记这世界上还有更重要、更神圣的东西。因此，我选择了这座客厅，您在这里能看到您的画像，以及我和母亲的画像，在精美的画框里都是一副幸福的笑容，还能看到各色各样的田园风光和迷人的牧歌场景。我十分看重外界印象的巨大作用。也许这是个错误，尤其对您而言，可是有什么办法呢？我若是不保留几分幻想，还算什么艺术家。”

"很好。"丹格拉尔先生接口答道,他镇定自若,听完这一段长篇大论,但是一句也没有听懂,他同所有满脑子私心杂念的人一样,一门心思要在对方的思想中,找出自己的思路来。

"喏,您的第二点,现在解释清楚了,或者差不多解释清楚了,"欧仁妮继续说道,她丝毫也不慌乱,手势和言语的特点完全具备男性的那种果断,"看样子,您对这种说明也感到满意了。现在,再回到第一个问题上来,您问我为什么要求见面,我用一句话就可以回答您,先生,就是这句话:我不愿意嫁给安德烈亚·卡瓦尔坎蒂伯爵先生。"

丹格拉尔一下子从坐椅里跳起来,而且在这一惊跳中,就顺势向上抬起双眼和双臂。

"我的上帝,是的,先生,"欧仁妮接着说道,神态仍然那么平静,"看得出来,您非常诧异,因为,这桩小事自从启动以来,我还没有表示过一点点反对意见,但是心里有一定之规,时候一到,我总可以明确表达一种绝对自由的意志,反对那些根本不征求我意见的人,也反对令我讨厌的事情。然而这次,我这样安之若素,或者拿哲学家的话来说,这样消极被动,却缘于另一种原因,即缘于我作为孝顺的女儿(姑娘涂了红的嘴唇上微微闪现一抹微笑),还是尽量顺从。"

"是这样?"丹格拉尔问道。

"是这样,先生,"欧仁妮接着说道,"我尽量顺从,竭尽了全力,现在时候到了,我虽然竭尽全力控制自己,现在却感到无法顺从了。"

"可是说到底,"丹格拉尔说道,他这二流的智商,一下子就被这种无情的逻辑砸晕了,哪儿见过这种阵势,女儿的冷静显示了深思熟虑和坚强意志,"拒绝的原因呢,欧仁妮,什么原因?"

"原因嘛,"姑娘接口答道,"唔!我的上帝,绝非这个男人比别人更丑,更愚蠢,或者更叫人讨厌,不是的。安德烈亚·卡瓦尔坎蒂先生,在看男人只注重脸蛋和身材的那些人面前,甚至可以算作相当标准的美男子;同样,也绝非这个人不如别的男人让我动心:这是寄宿学校的小女生的理由,我早就过了那种阶段,我根本就不爱任何人,先生,这一点您清楚,对

“我不愿意嫁给安德烈亚·卡瓦尔坎蒂伯爵先生!”

不对?因此,如无绝对必要,我就不明白为什么要找一个终生伴侣,拖累自己的生活呢?哲人不是在什么地方说过:‘多余之物,丝毫不取’,还说:‘一切都随身携带’吗?这两句格言,别人甚至还是用拉丁文和希腊文教会我的。我想,一句引自费德鲁斯[①],另一句引自皮阿斯[②]。这么说

① 费德鲁斯(公元前1世末至1世纪中叶),古罗马寓言作家。

② 皮阿斯(公元前6世纪),古希腊哲学家。

吧，我亲爱的父亲，在生活的沉船上，须知生活，就是我们的希望永远乘坐的沉船，我要把自己无用的行李扔进海里，就是这么回事儿，我要保留自己的意志，准备完全独身生活，从而完全自由地生活。”

“可怜的孩子啊！可怜的孩子啊！”丹格拉尔面失血色，讷讷说道，因为，他凭着多年的经验当即明白，他突然碰到的障碍多么坚不可摧。

“可怜的孩子，”欧仁妮重复道，“可怜的孩子！您这么说，先生？其实不然，您这种感叹，在我看来完全是做戏，是在装模作样。恰恰相反，应当说幸运的孩子，我要问问您：我还缺少什么呢？大家都认为我长得如花似玉，有这等容貌，走到哪里都受人欢迎。我呢，也喜爱受人欢迎：周围的人笑脸相迎，在我看来就不那么丑了。我还有几分天资，还有几分灵性，也就能从一般的人生中，汲取我认为好的成分，充实我的人生，犹如猴子砸开核桃壳吃核桃仁那样。我很富有，因为您排在法国最富有的人行列，我又是您的独生女儿，而您也不至于固执到像舞台上的父亲那种程度，因为女儿不肯为他们生外孙，就剥夺她们的财产继承权，就像圣马尔丹门剧院、蒙巴那斯喜剧院演出的那样。再说，法律早有防范的条款，不准您剥夺我的继承权，至少不能完全剥夺，同样，法律也规定您无权强迫我嫁给哪位先生。总之，我貌美，又聪颖，还有几分才华，正如喜歌剧中所讲的，而且还富有！这些，正是幸福呀，先生！您为什么叫我不幸的孩子呢？”

丹格拉尔见女儿笑容可掬，又傲慢到了放肆的程度，真忍不住要动一下粗，但是表现出来也只是叫了一声而已。他面对女儿询问的目光，面对她那因询问而蹙起的美丽的黑眉，就为了谨慎起见，把脸转开了，而且迫于形势的铁掌，他很快就平静下来了。

“不错，我的女儿，”他微微一笑，答道，“您讲的不是大话，完全符合您的情况，只有一点不是，我的女儿，我不愿意贸然地告诉您是哪一点，还是让您自己猜一猜吧。”

欧仁妮瞧了瞧丹格拉尔，不免十分惊讶，她刚刚堂而皇之，往自己头上戴了一顶骄傲的桂冠，父亲就挑一个毛病。

“我的女儿，”银行家继续说道，“您十分清楚地向我解释了，一位像

您这样的女儿，是受什么样感情的支配，才决定一辈子也不结婚的。现在，该轮到我对您讲一讲，一位像我这样的父亲，是出于什么动机，才决定让他女儿结婚的。”

欧仁妮颔首，然而她那副神态，绝不像一个顺从的女儿在恭听，而像一个准备交锋的对手在等待。

“我的女儿，”丹格拉尔说下去，“做父亲的要求女儿嫁人的时候，他总归有个渴望女儿结婚的理由。有的则如您则才讲的，患了那种怪癖，要在孙子辈身上看到自己生命在延续。我并没有这种弱点，我先就向您交代一句，天伦之乐，对我来说几乎是无所谓的事。这一点我能对女儿坦言，只因我知道您把事情看得很开，能理解我这种态度，不会把我的漠视看成罪过。”

“好吧，”欧仁妮说道，“让我们直言不讳吧，先生，我喜欢这样。”

“唔！”丹格拉尔说道，“您喜欢直言不讳，要知道，一般来说我不苟同，但是，我一旦认为形势需要，也不妨顺从屈就。我接着往下讲。我建议您找个丈夫，但并不是为您着想，老实说，此刻我压根儿就没有想到您。您不是喜欢直言不讳吗，我希望这就是：照直说吧，我实在需要您尽早嫁给这个人，以便促成我目前正策划的几笔生意。”

欧仁妮动了一下。

“正如我赧颜对您讲的，我的女儿，不要怪我，正是您迫使我这样做的。您完全理解，我是不得已才用数字来解释，而您这样一位艺术家，又怕的就是走进一位银行家的工作室，会接受不愉快的、有悖诗意的印象与感觉。

“然而前天，您还是肯走进这间银行家工作室，去要我每月给您用于乱花的几千法郎，要知道，亲爱的小姐，在银行家的工作室里，能学到很多东西，有些东西甚至适用于那些不肯结婚的年轻人。举例来说，在那里就能学到……顾忌到您这敏感的神经，我就在这座客厅里告诉您吧……在那里能学到，一个银行家的信誉就是他的灵和肉的生命，信誉支撑着人，如同气息维系肉体的活力。有一天，德·基督山先生就此话题，对我讲了

一段非常精彩的话，是我永生难忘的。在那里能学到，信誉逐渐丧失，躯体就变成僵尸，而且要不了多久，这种命运就要降落到一位银行家的头上，这个银行家恰好有幸是一个逻辑性极强的女孩子的父亲。”

然而，面对这一打击，欧仁妮非但没有弯下腰，反而挺起了身子。

“破产！”她说道。

“您找到了准确的字眼，我的女儿，恰当的字眼儿，”丹格拉尔一边说着，一边用手指甲抓着胸膛，这个没有心肝，却不乏心计的人，粗鄙的脸上还带着笑容，“破产！一点不差。”

“噢！”欧仁妮感叹一声。

“对，破产！好了，这回您知道了，这个充满恐怖的秘密，正如悲剧诗人所讲。”

“现在，我的女儿，让我亲口来告诉您，这场灾难通过您，如何能减轻一些，减轻灾难不是说为了我，而是为了您。”

“哎！”欧仁妮高声说道，“如果您推想我听了您所讲的灾难，就会为我自己伤悲，那您也太不善于判断人了。”

“我，破产！对我有什么了不得的呢？我不是还有我的才华吗？我怎么就不能像帕斯塔①，像马利布兰②，像格里西③那样，挣上十万或者十五万年金，还完全靠自己的力量，伴随着欢呼、喝彩和鲜花，哪里像接过您给的可怜巴巴的一万两千法郎时，还得看您那心疼的眼色，听您那指责我挥霍的说教呢？就算我没有这种才华，您的微笑也向我表明您持的怀疑态度，那么，我不是还有我狂热喜爱的独立吗？独立在我看来，能替代所有财宝，能成为我的主心骨，直至成为我生存的本能。

“不，我并不会为自己伤悲，我呢，总会有办法摆脱困境。我的书、我的笔、我的钢琴，我用的东西全不贵，失去了还可以置办，什么时候也不会缺少。您也许会想，我要为丹格拉尔夫人伤悲，那您又错了。假如我没有

---

① 帕斯塔(1797—1865)，意大利19世纪上半叶优秀女高音歌唱家。

② 马利布兰(1808—1836)，西班牙裔法国女中音歌唱家。

③ 格里西(1811—1869)，意大利女高音歌唱家。

完全看错的话，我母亲早就采取了一切防范措施，而威胁您的这场灾难，根本不会殃及到她。但愿她已经躲进了避风港，正一心一意地理财，无暇顾及到我，而且谢天谢地，她借口我喜爱自由，凡事就完全让我自己作主了。

“哼！不会为我自己伤悲，先生，我从童年起，周围的事情就看得太多了，而且看得也太明白了，因此，不幸事件对我就产生不了那么大影响了。我从懂事的时候起，就没有谁爱过，多么不幸！这自然而然导致我也不爱任何人，倒也万幸！现在，您了解我的信仰了。”

“这么说，”丹格拉尔说道，他气得脸色煞白，又根本不能从受伤害的父爱中找原因，“这么说，小姐，您执意袖手旁观，看着我破产吗？”

“您破产！”欧仁妮说道，“我，看着您破产！您这话什么意思？我不明白。”

“这就好，总还给我留下一线希望，请听我说。”

“我听着呢。”欧仁妮答道，她凝眸直视她父亲，姑娘的目光特别锐利，为父的硬挺住，才没有垂下眼睛。

“卡瓦尔坎蒂先生有意要您，”丹格拉尔继续说道，“结婚时给您三百万彩礼，存入我的银行。”

“唔！很好。”欧仁妮极为轻蔑地应了一声，同时相互蹭着两只手套。

“您认为我会让这三百万受损失吗？”丹格拉尔说道，“绝对不会，这三百万，至少也要生一分利。我与我的同行，一位银行家联手，承包了一条铁路的修建：这是如今唯一能马上发大财的实业，正如当年约翰-劳①代理巴黎善良的市民，那些总爱凑热闹搞投机的人，将资金投向传得神乎其神的密西西比。我算了算，拥有百万分之一的铁路股份，就等于当年在俄亥俄河沿岸拥有一块阿尔邦生荒地。这是一种抵押投资，您看得出来，这是一种进步，因为投钱入股，至少还换到十斤、十五斤、二十斤，甚至一百斤的钢铁。喏，从今天起，我要在一周之内，投入四百万！可以告诉您，

---

① 约翰-劳（1671—1729），苏格兰人，开发美洲法属领地，制订了“密西西比计划。”

这四百万能生利一分至一分二厘。”

“可是，您还应当清楚地记得，我前天拜访您的时候，”欧仁妮又说道，“瞧见您进账了，这是你们的行话，对不对？进了五百五十万，那笔款的两张汇票，您甚至还给我看了，当时您十分惊讶，这样一大笔汇票，居然没有像闪电一样，晃花我的眼睛。”

“不错，是进了五百五十万，但那不是我的，仅仅是客户信赖我的一种体现。我作为面向民众的银行家，赢得了济贫院的信赖，那五百五十万是济贫院的钱。换个时候动用这笔钱，我不会犹豫，然而今天，别人知道我接连赔了几大笔钱，正如我对您讲的，我的信誉度开始下降了。院方随时可能来提款，假如我挪作他用，那我就要被迫宣布银行倒闭，名誉随之扫地了。我并不鄙视倒闭，请相信我这话，但我要的是赚了钱的倒闭，而不是破了产的倒闭。如果您嫁给卡瓦尔坎蒂先生，我能拿到那三百万财礼，甚至让人以为我即将拿到，那么我的信誉就会重又增长，而一两个月以来，由于不可思议的命数，我这跌到谷底的财运，又能重振雄风了。您理解我的意思了吗？”

“完全理解，您把我抵押了三百万，对不对？”

“抵押的款额越高，就越可喜，这能表明您的身价。”

“谢谢。最后再讲一句，先生，您能不能向我保证，卡瓦尔坎蒂先生应给的这份财礼，您可以随意支配，但是绝不动用吗？提出这个问题，不是基于私利，而是考虑微妙的关系。我很愿意帮您重振家业，但是不肯与您合谋去坑害别人破产。”

“我不是跟您说了，”丹格拉尔提高嗓门儿，“有这三百万……”

“您认为就能摆脱困难，先生，而无需动用这三百万吗？”

“但愿如此，但是前提必须结婚，从而巩固我的信誉。”

“您在我订婚时要给我的五十万法郎，能付给卡瓦尔坎蒂先生吗？”

“到市政厅登记回来，他就能拿到。”

“好！”

“什么，好？您这话是什么意思？”

“我是说,您只要求我签字,但让我保持绝对的人身自由,对不对?”

“绝对自由。”

“那么,先生,正如我刚才讲的,好！我准备嫁给卡瓦尔坎蒂先生。”

“您到底有什么打算?”

“哦！这就是我的秘密了。我了解了您的秘密,如果把我的秘密告诉您,还怎么能高您一筹呢?”

丹格拉尔咬了咬嘴唇。

“看样子,”他说道,“您准备出门了,正式拜访一些人,是必不可少的。”

“对。”欧仁妮回答。

“还准备三天后签订婚约?”

“对。”

“那么,现在轮到我对您说:好!”

丹格拉尔说着,就拉起女儿一只手,用双手紧紧握住。

然而出奇的是,在握住女儿的手这工夫,父亲未敢说一声“谢谢,我的孩子”,女儿连个笑脸也没有给她父亲。

“谈话结束了吧?”欧仁妮站起身,问道。

丹格拉尔点了点头,表示他没有话要讲了。

五分钟之后,达米利小姐的手指又弹响钢琴,而丹格拉尔小姐则唱起勃拉班修对苔丝狄蒙娜[①]的诅咒。

一曲刚唱罢,艾蒂安就进来禀报,马车已经备好,男爵夫人正等着她一道去拜访。

我们已经看到母女二人去过维尔福府,从那里出来,又去拜访别的人家。

---

① 勃拉班修和苔丝狄蒙娜,莎士比亚的剧作《奥赛罗》中的人物,二人为父女关系,勃拉班修发现女儿爱上奥赛罗,便发出诅咒,事见由威尔第改编成歌剧的《奥赛罗》的第一幕。

达米利小姐的手指又弹响钢琴，而丹格拉尔小姐则唱起来。

第九十六章　婚约

上述的场景过后三天，正是签约的日子，欧仁妮·丹格拉尔小姐与银行家执意称为王子的安德烈亚·卡瓦尔坎蒂即将订婚。这天下午五时左右，德·基督山伯爵房前的小花园吹过一阵清爽的微风，所有树叶都刷刷作响。伯爵正准备出门，备好的马车已等了一刻钟，车夫拉住缰绳，两匹马则焦急地踏着蹄子。恰好这时，我们多次见过，尤其在欧特伊出事的夜晚见过的那辆华丽的马车，飞快地拐进大门，冲到楼前的台阶下，安德烈亚·卡瓦尔坎蒂先生不是稳稳下车，而是跳上台阶，他满面春风，浑身放着金光，那架势就好像马上要迎娶一位公主。

他先以惯有的随便口吻，探问一声伯爵的健康状况，接着就轻快地登上二楼，到楼梯口却碰见伯爵本人。

一见到这个年轻人，伯爵便停下脚步。安德烈亚·卡瓦尔坎蒂则径直往前冲，而他一冲起来，就什么也挡不住了。

"唔！您好，亲爱的德·基督山先生。"他对伯爵说道。

"哦！安德烈亚先生！"伯爵以半讥讽的声调答道，"您身体一向可好？"

"好极了，正如您亲眼所见。我来要同您谈好多好多事儿；不过先请问，您这是要出门，还是刚刚回来？"

"我正要出门，先生。"

"那好，为了不耽误您的时间，假如您愿意，我就上您的马车，我的车

让汤姆赶着跟在后面。”

“不必，”伯爵说道，脸上掠过一丝极难觉察的鄙夷的微笑，他岂肯让人瞧见与这个青年同车相伴，“不必，亲爱的安德烈亚先生，我还是愿意同您在这里谈话，在房间里交谈更好些，旁边没有车夫会听见您的话。”

于是，伯爵又回到二楼的一间小客厅，坐下来，翘起二郎腿，又示意年轻人也坐下。

安德烈亚换上一副乐不可支的样子。

“亲爱的伯爵，”他说道，“订婚议式，您知道，今晚九点钟举行，就在岳父大人府上签订婚约。”

“哦！是吗？”基督山说了一句。

“怎么！我告诉您的，难道还是新闻吗？这样的仪式，丹格拉尔先生没有通知您吗？”

“倒是通知了，”伯爵答道，“昨天我收到他一封信，不过我看信上并没有讲具体时间。”

“这有可能，岳父一定认为众所周知了。”

“好哇，”基督山又说道，“您交了好运了，卡瓦尔坎蒂先生，您签订的这门婚事，应当是最体面的了，而且，丹格拉尔小姐又那么美丽。”

“是啊。”卡瓦尔坎蒂回答，声调十分谦虚。

“尤其她很富有，至少我认为如此。”基督山说道。

“您认为，很富有吗？”年轻人重复道。

“当然了，据说丹格拉尔先生的财产，至少也隐瞒了半数。”

“他明说拥有一千五百万至两千万。”安德烈亚说道，眼里闪烁着喜悦的神采。

“且不说他又要搞一种投机生意，”基督山补充道，“那种生意，在美国和英国有些过时了，但是在法国还是新兴的。”

“对，对，我知道您指的是什么：建设一条铁路，他刚刚中了标，是不是啊？”

“一点不差！普遍认为，在这桩生意上，少说他要赚一千万。”

“一千万！您这么看吗？这太美妙了。”卡瓦尔坎蒂说道，他听着金子一般响当当的话，不免陶醉了。

“且不说这些财产，”基督山又说道，“将来全要归到您的名下，这是理所当然的，因为丹格拉尔小姐是独生女。何况，您的财产，至少令尊对我说过，几乎相当于您的未婚妻的财产。不过，这种金钱的事情，我们先搁到一边。您知道吧，安德烈亚先生，整个这件事，您办得还真有几分机灵，几分巧妙！”

“还不赖，还不赖，”年轻人说道，“我天生就是个外交家。”

“那好，将来就安排您进入外交界。要知道，外交这门学问，是学不来的，那是一种本能……怎么，您的心让人家俘虏去啦？”

“老实说，我有点害怕。”安德烈亚答道，模仿他在法兰西剧院观赏到的，多朗特或者瓦莱尔回答阿尔塞斯特[①]的腔调。

“人家也爱您几分吧？”

“应当如此，”安德烈亚得意地微微一笑，说道，“既然人家肯嫁给我。重要的一点，我们不应该忘记。”

“哪一点？”

“就是整个这件事，我得到了特殊的帮助。”

“哎！”

“千真万确。”

“是天赐良机吗？”

“不是，是得到了您的帮助。”

“我的帮助？算了吧，王子，”基督山说道，讲这个头衔时还有意加重语气，“我能帮您什么呢？您的门第、您的社会地位、您的才能，难道不足够了吗？”

“不，不，”安德烈亚说道，“不管您怎么说，伯爵先生，我还是坚持认为，像您这样地位的人所起的作用，远远大于我的门第、我的社会地位和

---

① 多朗特、瓦莱尔和阿尔塞斯特，法国古典主义作家莫里哀的剧作《恨世者》中的三个人物。

我的才能。”

“您完全弄错了，先生，”基督山说道，他觉出年轻人狡诈的用心，也领会他这话的含义，“我了解令尊的影响与财产在先，而同意保护您在后，因为说到底，当初无论您，还是您那位显赫的父亲，我都未曾谋面，那么，又是谁让我有幸知道你们的呢？正是我的两位朋友，威尔莫勋爵和布索尼神甫。是什么鼓励我不仅为您担保，还进一步做您的保护人呢？正是令尊的大名，在意大利尽人皆知，十分显贵；就私人而言，我并不认识您。”

这种平静的口气，这种十分坦然的态度，让安德烈亚心下明白，一只比他更强劲的手，此刻紧紧抓住他，是不容易挣脱的。

“是吗！”他说道，“家父真的拥有巨额财产吗，伯爵先生？”

“看来不错，先生。”基督山回答。

“他答应给我的成家费用，您知道到了吗？”

“汇款单我已经收到了。”

“那三百万汇款呢？”

“三百万汇款很可能在途中。”

“那么，我真的能够拿到了？”

“那还用说！”伯爵接口答道，“我觉得迄今为止，先生，您并没有缺过钱花呀！”

一句话突如其来，安德烈亚给噎住，思索了半晌。

“那么，最后，我还要向您提出一个请求，先生；这一请求，您即使嫌憎，也会十分理解。”

“但说无妨。”基督山说道。

“我是交了好运，结识了很多名流雅士，甚至有了一大帮朋友，至少眼下如此。这样一来，我结婚时，就要面对全巴黎的社交界，没有父亲的手扶持，就需要一位姓氏显赫的人来搀扶，应当由一只强有力的手引导我到圣坛前。可是，家父根本不会来巴黎，对不对？”

“他年事已高，又伤痕累累，据他本人说，他每次旅行，都遭很大罪。”

"这我理解。因此，我来就向您提出一个请求。"

"向我？"

"对，向您。"

"什么请求？我的上帝！"

"那就由您替代他吧。"

"哎！我亲爱的先生！怎么！我荣幸地同您有了这么多交往，您还不了解我，竟然向我提出这样一个请求？

"您就是请我借给您五十万，也不会让我如此为难，当然，这么大数额的借款也实属罕见。要知道，这一点我记得对您说过，德·基督山伯爵接人待物，尤其在伦理观念上，我向来有许多顾忌，进而言之，我还抱着东方人的种种迷信思想。

"我在开罗、在麦士拿、在君士坦丁堡，都有一群妻妾，我怎么能给人主持婚礼呢！绝对不行。"

"这么说，您拒绝我的请求？"

"断然拒绝。哪怕您是我的儿子、我的兄弟，我也照样拒绝。"

"噢！真的呀！"安德烈亚大失所望，高声说道，"怎么会这样呢？"

"您刚才说了，您有一大帮朋友呢。"

"这没错，然而，是您把我引见给丹格拉尔先生的呀。"

"绝非如此！我们要把事实完全澄清了：是我邀请您去欧特伊，同他一起吃饭，然而是您自荐登人家家门的，喏！这可是两码事。"

"是啊，不过，我这婚事，您大力相助……"

"我！没出一点力气，我请您相信这一点。您回想一下，您来求过我，而我是怎么回答您的。哎！我嘛，从不主持什么婚礼，我亲爱的王子，这是我确定的一条原则。"

安德烈亚咬了咬嘴唇。

"痛快说吧，您至少会到场吧？"他又问道。

"全巴黎人都会去吧？"

"唔！当然了。"

“那好,我也同全巴黎人一样,去就是了。”伯爵说道。

“您肯在婚约上签字吗?”

“唔!我看没有什么不妥,我还没有顾忌到那种程度。”

“既然您不愿多给我面子,我也就只能满足于您所赐予的了。不过,最后还有一句话,伯爵。”

“客气什么?”

“给我个建议。”

“要当心,一个建议,比帮倒忙还要坏事。”

“哎!这个建议,您尽可以向我提,绝不会连累您。”

“您讲吧。”

“我妻子的嫁妆为五十万利弗尔。”

“这个数目,丹格拉尔先生也亲口向我宣布过。”

“我应当接过来呢,还是放在公证人手中?”

“事情要想干得漂亮,通常都应当这样做:在订婚仪式上,双方公证人要约定次日或第三天见面。在第二天或第三天见面的时候,他们就要交换双方的彩礼和嫁妆,继而,一旦举行了婚礼,他们就要把这几百万的财产,以夫妻共有的形式,转到您的名下。”

“问题在于,”安德烈亚掩饰不住,颇为担心地说道,“我好像听我岳父说过,他打算把我们的钱投向铁路,您刚才对我谈到的那桩大生意。”

“岂止我说,”基督山接口道,“所有人都断言,这种投资,您的资本一年就能增长两倍。丹格拉尔男爵先生可是个好父亲,而且算得很精。”

“这样就好,”安德烈亚说道,“一切都称心如意,只是您拒绝我的请求,让我伤心透了。”

“这一拒绝,您就只能归咎于一些顾忌,而这类顾忌,在这种情况下也十分自然。”

“好吧,”安德烈亚说道,“就照您的意思办。今晚九点钟见。”

“晚上见。”

安德烈亚抓住伯爵的手握了握,便跳上马车,飞驰而去。在握手时,

基督山虽有几分不情愿，嘴唇甚至都白了，但是嘴角仍然挂着礼貌的微笑。

还有四五个小时才到九点钟，安德烈亚便用来去拜访他所说的那些朋友，鼓励他们以最豪华的阵容，去银行家府上捧场，同时他还大肆宣染丹格拉尔眼下要发行的股票，说那些股票令所有人关注，前景看好，让那些朋友艳羡不已。

果然，到了晚上八点半钟，丹格拉尔府的大客厅与大客厅相通的长廊，以及同一层楼的另外三间客厅，都充斥了大批满身香气的客人。他们前来，倒不是对主人有什么好感，而是抵制不住这种欲望，要到现场了解会有什么新鲜事。

一位学士院院士似乎讲过，上流社会的晚会就如同花展，吸引来朝三暮四的蝴蝶、如饥似渴的蜜蜂，以及嗡嗡鸣叫的大胡蜂。

自不待言，各间客厅都烛火通明，流光溢彩，如同无数金线条在丝绸护壁上滚滚流动。室内这种陈设格调很低，只用以炫耀财富，此刻也确实光彩夺目。

欧仁妮小姐的装束极为素雅：一条白色镂花的雪白丝绸衣裙、一朵半遮半掩在乌黑秀发中的白玫瑰。这便是她的全部修饰，哪怕一件极小的首饰也没有戴。

然而，从她那镇定自如的眼神里，可以看出这种天真无邪的装束，在她的心目中绝无世俗的纯洁之意。

丹格拉尔夫人离她有三十步远，正同德勃雷、博尚和夏多-雷诺交谈。德勃雷重又登门，参加这一隆重仪式，但是作为一般客人，没有一点特殊的身份了。

丹格拉尔身边则簇拥着一帮议员、金融家，他正在讲解一种新税收理论，单等政府迫于形势，邀请他入阁主持财政时，他就要付诸实施。

安德烈亚则挽着歌剧院最当红的一个小生，正夸夸其谈，要用狂言壮胆，好显得放松自在一些，他吹嘘如何使用他那十七万五千利弗尔年金，安排未来的生活，进一步大搞排场。

一般客人在这些客厅来回流动，如同绿松石、红宝石、祖母绿、乳白石和钻石汇成的涌动的潮流。

这里也同别处一样，一个突出的现象，就是女人越老打扮得越妖艳，相貌越丑越要露脸亮相。

就算真有一朵美丽洁白的百合花、妙丽芳香的玫瑰花，那也必然藏在哪个角落，由包着头巾的母亲，或者一位活似极乐鸟儿的姨妈看护着，必须去寻找才能发现。

在一片嘈杂喧闹声中，在一片欢声笑语中，不时响起仆人朗声的通报：金融界某位知名人士，军界某位要员，或者文学界的某位名作家到，于是，这个名字在人群中便引起一阵小小的骚动。

不过，在这片人的海洋中，能引起微澜轻波的人实属罕见，多少人来了受到冷遇，甚或受到鄙夷的讥笑啊！

造型为恩底弥翁[①]睡姿的沉重大座钟，指针在金色的表盘上指向九点，忠实再现这种机械设计思想的铜锤，当即敲响了九下，恰好这时，也高声通报了德·基督山伯爵的名字，全场人仿佛受了电击，都不约而同地把头扭向门口。

伯爵穿着一身黑礼服，衣饰简单还一如往常：白坎肩衬出他那宽阔而高贵的胸膛，黑硬领搭配苍白的脸色，则显得格外鲜亮。

一条金链是唯一的饰物，但是极为纤细，在白坎肩上不易看出来。

大客厅门口立时围上一圈人。

伯爵一眼就看清丹格拉尔夫人在客厅一端，丹格拉尔先生在另一端，而欧仁妮小姐就在眼前。

他首先走到男爵夫人面前，女主人正同德·维尔福夫人说话——后者是独自来贺喜的，只因瓦朗蒂娜仍然卧病在床。接着，伯爵无需绕行，从自动闪开的人群中间，径直走到欧仁妮的面前，向她表示祝贺，但是话

① 恩底弥翁，希腊神话中的美少年，月神塞勒涅爱上他，为了随时能亲吻他，便让他在拉特摩斯山谷中长眠不醒。

语特别迅疾，又极有保留，倒让这位高傲的艺术家深感惊诧。

路易丝·达米利小姐就在欧仁妮身边，她感谢伯爵如此热心，为她写了去意大利的推荐信，还说她不久就会派上用场。

伯爵离开几位女士，刚一转身，就同丹格拉尔打了照面：男主人主动过来同他握手。

这三项社交礼节一完成，基督山便立身站定，扫视周围，那沉稳的目光所流露的表情，则是某一阶层的，尤其具有相当影响的人所特有的，而那目光分明在说：

“我尽了自己的礼节，现在，该别人向我尽礼节了。”

安德烈亚在隔壁的客厅，他感到了基督山到场所引起人群的波动，就赶来向伯爵问好。

他过来一看，伯爵已被团团围住，人人都争相同他说话，平时话少、而且从不讲毫无意义的话的人，常常会碰到这种场面。

这时，两位公证人走了进来，将草拟好的文件放到桌子上。涂成金色的木桌用作签约仪式，特意铺上了绣金的丝绒台布。

一位公证人坐下，另一位站立。

马上就要宣读婚约了，出席这一隆重仪式的半城巴黎人，都要在这个婚约上签字。

大家各就各位，准确说来，女士们在前面围成一圈儿，先生们则站在后边。他们对布瓦洛[①]所讲的这种“严谨的风格”并不在意，只管品评安德烈亚何以焦灼不安，丹格拉尔先生如何全神贯注，欧仁妮又怎样无动于衷，而男爵夫人处理这件终身大事，则显得多么轻快而洒脱。

婚约在一片肃静中宣读完毕。但是刚一读完，各间客厅的喧哗之声又变本加厉了，这么大的金额，数百万巨款将流入这对青年的囊中，这就补充完整了新嫁娘行头的展示：专门开辟一个房间陈列她的嫁妆与钻石首饰，从而在众人妒羡的心理击起的反响便达到极至。

---

① 布瓦洛(1636—1711)，法国古典主义文学理论家。

在年轻人的眼里,丹格拉尔小姐的魅力也随之倍增,暂时遮蔽了太阳的光辉。

至于女士们,自不待言,她们尽管羡慕那几百万彩礼,但是并不认为需要那么多钱人才能美丽。

安德烈亚则由朋友簇拥着,在恭维话和奉承话的声浪中沉浮,他开始相信这场梦变成了现实,也开始忘乎所以了。

公证人庄严地拿起笔,举过头顶,说道:

"先生们,要签订婚约了。"

男爵应当头一个签字,接着就是老卡瓦尔坎蒂先生的法定代表,随后又是男爵夫人,接下来才是两个年轻人,即按照文件通行的恶俗不堪的说法,则称为"未婚夫妇"。

男爵接过笔,签了字,接着便是男方的法定代表。

男爵夫人挽着德·维尔福夫人的手臂,走上前来。

"我的朋友,"她拿起笔,对丹格拉尔说道,"有件事不是美中不足吗?德·基督山伯爵险遭不测的那桩凶杀盗窃案,又有意想不到的变故,结果德·维尔福先生就不能光临了。"

"噢!我的上帝!"丹格拉尔感叹一声,那口气就等于说:哼!他来不来我并不在乎!

"我的上帝!"基督山走上前来,说道,"我真担心,他未能光临是我无意中造成的。"

"什么!是您造成的,伯爵?"丹格拉尔夫人边说边签字,"真若是这样,您可得当心,我绝不会原谅您。"

安德烈亚竖起了耳朵。

"然而,这绝非我的过错,"伯爵说道,"因此,我要强调这一点。"

众人都贪婪地倾听:基督山难得启齿,现在终于开口说话了。

"您还记得吧?"伯爵说道,而全场鸦雀无声,"那个歹徒上我家行窃,从我家出去,据说遭了同伙的毒手,最后死在我家的吧?"

"记得。"丹格拉尔答道。

“当时为了抢救，就给他脱了衣服，扔到角落，由司法人员拿走，存放到法院保管处，但是只拿走了衣服和裤子，却遗忘了坎肩。”

安德烈亚脸色明显变白，慢慢朝门口移动，他望见天边升起一块乌云，并且觉出那块乌云携着暴风雨。

“您说怎么的，那件倒霉的坎肩。今天又找到了，上面尽是血污，靠心口处刺了个洞。”

女士们都惊叫起来，还有两三位要晕过去。

“发现坎肩的人，给我送来，谁也猜不出那件破衣服是从哪儿来的，唯独我想到可能是那个死者的坎肩。我的仆人尽管很厌恶，还是仔细搜查了死者的这件遗物，他突然感到兜里有一张纸，便掏出来，原来是一封信，写给谁的呢？给您的，男爵。”

“给我的？”丹格拉尔高声说道。

“嗯！我的上帝！对，是写给您的，在血迹下面，我还是辨认出了您的名字。”基督山答道，引起一片惊叫。

“可是，这件事，”丹格拉尔夫人不安地看着她丈夫，问道，“怎么又阻止德·维尔福先生光临呢？”

“这十分简单，夫人，”基督山答道，“那件坎肩和那封信，就是所谓的物证，我就派人全部送交给了检察官先生。您也明白，我亲爱的男爵，处理刑事案件，司法是最稳妥的途径。说不定这是针对您的一个阴谋。”

安德烈亚狠狠盯了基督山一眼，就躲进第二间客厅。

“有可能，”丹格拉尔说道，“被杀掉的那个人，原先不是个苦役犯吗？”

“对，”伯爵回答，“原先是苦役犯，名叫卡德鲁斯。”

丹格拉尔的脸微微变色。安德烈亚离开第二间客厅，溜到了前厅。

“喂，倒是签字啊，请签字啊！”基督山说道，“我发现我讲述的这件事，让诸位受惊了，我恭请你们，男爵夫人和丹格拉尔小姐原谅。”

男爵夫人刚签完字，将笔交还给公证人。

“卡瓦尔坎蒂王子先生，”公证人说道，“卡瓦尔坎蒂先生，您在哪儿呢？”

“安德烈亚！安德烈亚！”好几个年轻人都跟着呼叫：他们同这位意大利贵公子混得很熟，能直呼其教名了。

“快去叫王子啊，快去通知他，该他签字了！”丹格拉尔冲一名仆人嚷道。

但是与此同时，客人又涌回大客厅，都惊恐万状，就仿佛房间里进来了骇人的怪物，要先吃掉肥胖者[①]似的。

宾客们这样后退，惊恐而喊叫，也是事出有因。

一名宪兵军官，在每间客厅门口都布置了两名宪兵把守，然后跟着一位披着肩带的警长走向丹格拉尔。

丹格拉尔夫人尖叫一声，昏了过去。

丹格拉尔以为面临威胁（有些人的良心终生不得安宁），在众目睽睽之下，竟因恐惧而脸色陡变，失去常态了。

“出什么事了，先生？”基督山迎上警长，问道。

“先生们，”执法的警官没有回答伯爵，只是问道，“你们当中，哪位名叫安德烈亚·卡瓦尔坎蒂？”

客厅各个角落都发出惊叫。

大家寻找，询问。

“请问，这个安德烈亚·卡瓦尔坎蒂，到底是什么人？”丹格拉尔问道，他几乎惊慌失措了。

“土伦苦役犯监狱的一名逃犯。”

“他犯了什么罪？”

“他被指控杀害了那个叫卡德鲁斯的人，”警长不动声地说道，”那人是他在苦役犯监狱中的狱友，从德·基督山伯爵府行窃出来时，就被他杀害了。”

基督山扫视一下周围。

安德烈亚已经无影无踪。

---

① 这一句原文为拉丁文。

“你们当中，哪位名叫安德烈亚·卡瓦尔坎蒂?”

第九十七章　上路前往比利时

那队宪兵突然闯进来，以及随后披露的真相，在丹格拉尔先生的客厅引起极大的混乱，大家都夺路而走，从每道门、每座楼梯、每个出口纷纷逃出去，就好像宣布宾客中间发现了瘟疫或者霍乱一般，转瞬之间，偌大的宅邸人就跑空了。须知在这种情况下，遭遇如此大灾大难，再讲那些俗套的安慰话，就是最好的朋友也会令人十分反感。

银行家的府邸只剩下男女主人了：丹格拉尔关在工作室，在向宪兵军官提供证言；丹格拉尔夫人吓得魂不附体，躲进我们熟悉的小客厅；欧仁妮眼神仍然傲慢，撇着嘴，由她形影不离的女伴路易丝·达米利小姐陪同，已经回到自己的房间。

至于众多仆人，今天晚上的数量比平日又大大增加了。只因为了这个喜庆的日子，主人又特意从巴黎咖啡馆请来了侍者、厨师与领班，这些人认为自己受了侮辱，便将怒气转向他的东家，就三五成群闲待在配膳室、厨房，或者房间里，不大想干事了，况且，整个服务也自然而然中断了。

参加仪式的这些不同人物，激动的原因各异，其中只有两个人值得我们关注，即欧仁妮小姐和路易丝·达米利小姐。

前面说过，这位未婚妻神态高傲，撇着嘴，俨然一副受冒犯的王后，举步返回自己的房间；而跟在她身边的女友，脸色比她还要苍白，心情比她还要激动。

一回到房间，欧仁妮就锁上房门，路易丝则倒在一把椅子上。

“噢！天啊！天啊！骇人听闻，”年轻的音乐家感叹，“谁想得到会有这种事？安德烈亚·卡瓦尔坎蒂先生……杀人犯……一名逃犯……一名苦役犯！”

一丝讪笑扯动欧仁妮的嘴唇。

“真的，这也是我的命数，”她说道，“我逃过了莫尔塞夫，又落入卡瓦尔坎蒂的手掌！”

“哎！这两个人不能混为一谈，欧仁妮。”

“住口，男人都不是好东西，我很高兴，现在就不止厌恶他们，而是能够蔑视他们了。”

“咱们该怎么办呢？”路易丝问道。

“咱们怎么办吗？”

“是啊。”

“就办咱们准备三天之后要做的事……走人。”

“这么说，你不结婚了，还是要走吗？”

“你听着，路易丝，我厌烦透了上流社会的生活：这种生活整齐划一，僵死不变，又一板一眼，就同我们的乐谱一样。而我始终渴望、一心向往的，则是艺术家的生活，自由而独立的生活，在那种生活中，一个人只属于自己，只要给自己一个交代就行。留下来，干什么呢？是为了在一个月内，再让他们把我嫁出去吗？嫁给谁呢？也许嫁德勃雷先生吧，这事有一阵子还真议论过。不，路易丝，不，今天晚上的变故，恰好向我提供一个借口，这是天赐良机，我并没有特意寻找，也没有提出要求。”

“你这么坚强，这么勇敢！”懦弱的金发女郎对褐发的女伴说道。

“难道你还不了解我吗？好了，路易丝，喏，还是谈谈咱们的事吧。马车呢……”

“幸好三天前就买好了。”

“你让人停到我们要上车的地点了吗？”

“是的。”

“咱们的护照呢？”

“在这儿。”

这时，欧仁妮以她一贯的沉着，打开一张公文，念道：

> 莱翁·达米利先生，二十岁，职业音乐家，黑头发，黑眼睛，携带其妹旅行。

“好极了！这份护照，你是通过谁弄到的？”

“我去德·基督山先生公馆，请他给罗马和那不勒斯各剧院写推荐信，顺便向他解释我作为女人旅行的种种担心。他完全理解，并着手给我弄一份男人护照，两天之后我就收到了，还亲手在护照上添了几个字：携带其妹旅行。”

“那好哇，”欧仁妮兴奋地说道，“咱们就差打点行装了：不必等婚礼晚上动身，签订婚约的当晚就走人。”

“你要三思啊，欧仁妮。”

“嗯！我早就考虑周全了。我再也不想听什么过款、月终结账、行情涨落、西班牙债券、海地证券。这些全抛开，路易丝，你明白吧，换上新鲜空气、自由、鸟儿的鸣唱、伦巴第的平原、威尼斯的运河、罗马的宫殿、那不勒斯的海滩。咱们一共有多少钱，路易丝？”

经这样一问，路易丝便从镶嵌螺钿的写字台取出一只加锁的小皮夹，打开来数了里边装的钞票，共有二十三张。

“两万三千法郎。”她说道。

“还有珍珠、钻石和几件首饰，少说也值这么多钱，”欧仁妮说道，“咱们够富有的了。四万五千法郎，过公主那样的生活，也能支持两年，体体面面则能过上四年。”

“而且，不出半年，你凭琴艺，我凭歌喉，咱们还能把这笔财产翻一番。这样吧，你来管钱，首饰匣我收着，咱俩万一有谁倒霉，损失了一份，手里总还剩下一份。现在收拾箱子吧：赶紧干，收拾箱子！”

“等一等。”路易丝说着，就要去丹格拉尔夫人门口听听动静。

“你怕什么?”

“怕被撞见。”

“房门锁上了。”

“来人叫咱们开门呢?”

“愿意叫就叫吧,反正咱们不开门。”

“欧仁妮啊! 你真是个女强人!”

两位姑娘说着话,就动起手来,极其麻利地装箱子,凡是她们认为旅行用得着的物品,全部塞进去。

“好了”,欧仁妮说道,“现在,你把箱子盖上,我去换装。”

路易丝两只白皙的小手用尽全力,往下压箱盖。

“我怎么盖得上,”路易丝回答,“我力气不够,还是你来盖吧。”

“唔! 可不是嘛,”欧仁妮笑道,“我怎么忘了,我是赫拉克勒斯,而你呢,只是娇嫩的翁法勒①。”

这少女说着,就用膝盖顶住箱盖,挺直两只雪白而强健的手臂,用力压下去,直到箱口合拢,达米利小姐赶紧给扣袢上了锁。

打好箱子,欧仁妮又拿出随身带的钥匙,打开柜门,取出一件旅行穿的紫色绸面棉斗篷。

“拿着,”她说道,“你瞧,我什么都想到了,穿上这件斗篷,你肯定就不会冷着了。”

“那你呢?”

“哎! 我嘛,从来就不感觉冷,这你是知道的,况且,穿上这身男装……”

“你就在这儿穿上?”

“当然了。”

“来得及吗?”

---

① 翁法勒,希腊神话传说中的吕狄亚女王。她接受赫拉克勒斯奉神谕卖身为奴3年。3年间,女王用他肃清境内的强盗与怪物,还想招赘他。另一传说,二人同居3年,并生一子。

“丝毫也不必担心，胆小鬼！出了这件大事，全府上下都无暇旁顾了。况且，他们都以为我一定悲痛欲绝，锁上房门躲起来，你说，这有什么可大惊小怪的呢？”

“真的，是没什么可大惊小怪的，这么说我就放心了。”

“过来帮把手。”

她刚才从五屉柜里取出斗篷，给达米利小姐披上了，现在又从同一个抽屉里取出一整套男装，从高帮靴子到礼服，以及内衣，毫无多余之物，但应有也尽有。

紧接着，欧仁妮穿上长裤，登上靴子，扎上领带，将长坎肩的纽扣一直扣到脖颈，再穿上长礼服，衬出高挺的胸脯和细腰身，这一整套动作十分麻利，表明她以此为戏，不止一次女扮男装了。

“嘿！非常好！真的，非常好！”路易丝说道，同时赞赏地注视她。

“不过，你这头漂亮的黑发，这样美妙的发辫，让所有女人艳羡不已，用一顶男士帽怎么能全遮住呢？”

“你瞧着吧。”欧仁妮说道。

她说着，就用左手抓住那头浓发，纤长的手指勉勉强强握住，接着右手拿起一把剪刀，头往后仰去，以免头发掉在礼服上，只听咔嚓嚓，转瞬之间，一头丰美而亮丽的头发就拦腰剪断，落在这少女的脚边。

发辫剪掉半截之后，欧仁妮又陆续剪短两鬓的头发，脸上丝毫也没有显露惋惜的神色，她的眼睛在两道乌黑的眉毛下，反而更加炯炯有神，比平时更加快活了。

“哧！多好的头发呀！”路易丝叹惋了一声。

“哎！我这样，不是好上百倍吗？”欧仁妮高声说道，她用手抚平已完全变成男子发型的散乱发鬓，“你不觉得我这样子更漂亮吗？”

“嗯！你就是漂亮，怎么样都漂亮！”路易丝高声赞道，“现在，咱们上哪儿去呢？”

“如果你愿意，就去布鲁塞尔，那是离得最近的边境，咱们一路经过

"哧！多好的头发呀！"路易丝叹惋了一声。

布鲁塞尔、列日[1]、埃克斯-拉夏佩尔[2]，再沿着莱茵河溯流而上，到达斯特拉斯堡，然后穿越瑞士，经圣哥达山口进入意大利。你看这样行吗？"

"当然行了。"

"你看什么呢？"

---

① 列日为比利时城市。

② 埃克斯-拉夏佩尔，德国西部城市。

“我在看你呀。你这样打扮真帅，在别人看来，真好像你把我拐跑了。”

“真见鬼！算他们说对了。”

“噢！我觉得你讲了句粗话吧，欧仁妮？”

这两位姑娘本应以泪洗面，一个为自己的遭遇，一个因对朋友的忠诚，可是，她们非但未哭，反而咯咯大笑起来，同时清理现场，消除因准备出走而自然把房间弄乱的最明显的痕迹。

然后，两个要出逃的姑娘吹熄蜡烛，她们探长脖子，睁大眼睛，又竖起耳朵，轻轻推开洗漱间的一扇门，走出去便是仆人专用的侧楼梯，下楼梯即可到达庭院。欧仁妮走在前头，用一只手托着箱子，而达米利小姐则双手并用，吃力地拎着箱子另一端的提手。

庭院空无一人，时钟敲响午夜十二点。

门房仍在守夜护院。

欧仁妮蹑脚凑近前，看见那位敬业的门房在屋子另一头，正躺在椅子里打瞌睡。

她又回到路易丝身边，拎起刚才放到地上的箱子，二人沿着墙根的阴影，悄悄走进门洞。

欧仁妮让路易丝躲到大门的角落里，哪怕门房碰巧醒来，也只会看到一个人。

接着，她本人走到照亮庭院的灯光里。

“开门！”她敲敲玻璃窗，用悦耳的女中音喊道。

不出欧仁妮所料，看门人站起身，还走上来几步，要看看究竟是什么人要出去，结果看到一个用手杖不耐烦地敲打自己长裤的青年，就立刻将门打开。

路易丝像条游蛇似的，随即从门缝儿溜出去，轻捷地跳到门外。欧仁妮也走了出去，表面上虽然镇定自若，但是心跳八成要比常态快得多。

正巧有个搬运工人经过，就把箱子交给他，让他扛到胜利大街三十六号，就好像那是要去的目的地，然后，两个年轻姑娘就跟在后面。路上有

这个男人,路易丝心里就踏实多了;至于欧仁妮,她十分泼辣,赛过犹滴[1]和大利拉[2]。

他们到达指定的门牌号地点,欧仁妮吩咐搬运工放下箱子,给了他几枚铜子儿的辛苦费,她敲了几下百叶窗,便打发那人走了。

欧仁妮敲百叶窗的房里,住着一个年轻的洗衣女工:那女工已事先接到通知,还没有睡觉,她过来打开窗户。

“小姐,”欧仁妮说道,“快让门房把旅行车从车库里拉出来,再让他去驿站租两匹马来。这是五法郎,给他的辛苦费。”

“真的,”路易丝说道,“你令我赞叹,几乎可以说令我敬佩了。”

洗衣女工看着眼前的情景,不禁诧异;但是说定有她二十路易金币的好处费,她就什么也不讲了。

一刻钟之后,门房便带回来车夫和驿马。那车夫三下五除二,就把两匹马套上车。与此同时,门房在箱子下面垫了东西,再用绳子固定在马车上。

“这是护照,”车夫说道,“请问这位少爷,我们走哪条大道?”

“去枫丹白露那条大道。”欧仁妮回答,说话接近男声了。

“怎么,你说什么?”路易丝问道。

“我有意这么讲,”欧仁妮答道,“这个女人,我们给了她二十金路易,有人给四十金路易,她也许会出卖我们,一驶上林荫大道,咱们就改变方向。”

这姑娘说着,几乎没有踩踏板,纵身跳上改装成卧铺的轿式马车。

“你做什么事都总有道理,欧仁妮。”音乐教师说着,便在女友的身边就座了。

一刻钟之后拐上正路,车夫一路打着响鞭,赶车出了圣马尔丹城门。

---

① 犹滴,《圣经·次经》中犹太女英雄。她是伯夙利亚城年轻貌美的寡妇,在亚述大将率军压境之际,她挺身而出,使用美人计,杀了敌军统帅阿乐弗尔,解救了犹太人。事见《犹滴传》。

② 大利拉,《圣经》中《士师记》里人物。她是非利士人,受首领的指使,探出她的情夫、以色列勇士参孙力大无比的秘密,趁其熟睡剃去头发,将其捕获。

枫丹白露

“哈！”路易丝长出一口气，说道，“咱们终于离开巴黎啦！”

“对，亲爱的，这次诱拐大获成功。”欧仁妮接口说道。

“是啊，不过，没有用暴力胁迫。”路易丝则又说道。

“这个情节，将来我一定要强调，以便减轻罪名。”欧仁妮答道。

两位姑娘的这番对话，被行驶在拉维莱特大道上的隆隆车声淹没了。

丹格拉尔先生失去了女儿。

第九十八章　钟瓶旅馆

丹格拉尔小姐及其女友，乘车行驶在通往布鲁塞尔的大道上，现在暂且不表，再来说说刚要平步青云，便一头栽下来的倒霉鬼安德烈亚·卡瓦尔坎蒂。

安德烈亚·卡瓦尔坎蒂先生，别看他年纪轻轻，小伙子却特别机灵，也特别聪明。

因此，客厅里刚刚有些动静，我们就看见他渐渐朝门口移去，穿过一两间屋子，最后逃之夭夭了。

有一个情况不应该遗漏，我们却忘记交代了：卡瓦尔坎蒂经过的一间屋里，陈列着新娘的嫁妆，有钻石首饰匣、开司米披肩、瓦朗西纳[①]产的花边、英格兰的面纱，总之，所有诱人的东西，即所谓的陪嫁，每个姑娘一听这名字，那颗芳心就会欢跳不已。

当时，安德烈亚经过这间屋，一把抓走了最值钱的首饰，此举就证明了这个小伙子不仅十分聪明，十分机灵，而且还极有远见。

安德烈亚拿上这笔盘缠，心情就轻松了一半，他越窗而逃，从宪兵的手指缝儿里溜掉了。

安德烈亚高高的个头儿，灵活得像古代的斗士，强健得像斯巴达人，他狂奔了一刻钟，也不管往哪儿跑，唯一的目的，就是尽快逃离他险些被

---

① 瓦朗西纳，法国城市，以生产精美的花边著称。

逮捕的那个地点。

他从勃朗峰街出发，却又跑到拉法耶特街的尽头，凭的是窃贼逃出兰卡的本能，兔子逃回老窝的本能。

他跑到那里，上气不接下气，停下来喘息。

除了他寂无一人，左首是空荡荡的圣拉扎尔园地，左首黑沉沉一片，便是巴黎城了。

"我就这样完蛋了吗?"他思忖道，"不会，只要我动作迅速，比我的仇人快。我能不能逃脱，就看我能不能跑出这十公里。"

这时，他望见一辆公交马车，从普瓦索尼埃尔城郊大街上行驶来，车夫无精打采，叼着只烟斗，看样子是要去圣德尼城郊大街另一头，想必他总在那里揽客。

"喂！朋友!"贝内德托招呼一声。

"什么事儿，少爷?"车夫问道。

"您的马跑累了吗?"

"跑累了！哼！是啊！一整天也没有拉着活儿。只有四趟小活儿，总共才收了二十苏小费、七法郎车费，而我得向老板交十法朗份儿钱。"

"您有了七法郎，愿不愿意再加二十法朗呢，嗯?"

"乐意啊，少爷；二十法郎，谁也不会瞧不上眼。怎么才能挣上呢?说说看。"

"容易得很，不过，只要您的马不太累。"

"跟您说吧，它跑起来像阵风，只需指明方向去哪儿就行了。"

"去卢夫勒。"

"唔！唔！熟悉，果子酒的产地吧?"

"一点不差。就是要追上我的一位朋友，我同他约好，明天一起到拉夏佩勒-塞尔瓦尔打猎。说好他的马车在这里等我到十一点半，现在十二点钟了；他可能等烦了，就一个人先走了。"

"恐怕是的。"

"怎么样，您愿意试试追上他吗?"

“我求之不得。”

“如果到布尔热还没有追上,我就给您二十法朗;到卢夫勒仍然没有追上,就给三十法朗。”

“如果追上了呢?”

“那就四十!”安德烈亚犹豫了一下,还是应道,心想空头许诺也不冒一点风险。

“好吧!”车夫说道,“请上车,这就上路。驾!驾!……”

安德烈亚一上车,这辆轻便马车便疾驶,飞快地穿过圣德尼城郊大街,又沿着圣马尔丹城郊大街驶去,过了城关,便上了漫长的拉维莱特郊外大道。

那位子虚乌有的朋友,当然无从追上。不过,碰到迟归的行人,或者尚未关门的酒馆,卡瓦尔坎蒂还不时问一句,有没有看见驶过一辆枣红马拉的绿色轻便马车。其实,在通往荷兰的这条大道上车辆很多,十辆倒有九辆是绿色的,因而每次都能得到一大堆情况。

总是有人回答说,刚刚看那辆车驶过,就在前边五百步、二百步、一百步。他们追上一看,并不是那辆车。

有一次,一辆车也超过了他们:那是两匹驿马驾的一辆旅行车,飞也似的驶过去。

“嘿!”卡瓦尔坎蒂心想,“我若是能有那样一辆车,那样两匹骏马,尤其租用那样车马所需要的护照,该有多好啊!”

于是,他长叹一声。

那辆旅行车上,乘客正是丹格拉尔小姐与达米利小姐。

“快点儿!快点儿!”安德烈亚说道,“一会儿我们就能追上了。”

那匹可怜的马,出了城关就一直飞驰,现在又狂奔起来,浑身汗气腾腾,跑到了卢夫勒。

“显而易见,”安德烈亚说道,“我肯定赶不上我的朋友了,再追下去就要把您这匹马累死了。因此,不如就在这里停车。给您三十法郎,我去红马旅馆过夜,等早晨赶上哪辆车算哪辆。晚安,朋友。”

安德烈亚说着，将六枚五法郎的硬币放到车夫手中，就轻捷地跳到铺石马路上。

车夫满心欢喜，将钱揣进衣兜，便赶车缓慢地返回巴黎。安德烈亚佯装去红马旅馆，但是在门口停了片刻，听着那辆马车驶远，隆隆车轮声止息了，他就又跑起来，大步流星，一口气跑了八公里。

于是，他收住脚步歇一歇，估计离他说要去的拉夏佩勒-塞尔瓦尔不远了。

安德烈亚·卡瓦尔坎蒂停下来，倒不是因为累了，而是要有个决断，必须设定一个方案。

乘坐驿车是不可能，租用旅行车同样不可能：采用这两种方式旅行，都必须出示护照。

瓦兹省是全国防范最严、藏身最难的省份，绝不能在这种地方逗留，尤其像安德烈亚这样一个人，已经成为刑事犯罪专家了。

安德烈亚双手抱头，坐在沟边思索。

十分钟过后，他抬起头来，心中已打定主意。

他把外套的一边从上到下撒上尘土，要知道，这件外套是他潜逃时，在门厅匆忙拿走的，套在他那身舞会礼服上。然后，他走到拉夏佩勒-塞尔瓦尔，大着胆子去敲当地唯一旅店的店门。

店主前来开门。

“朋友，”安德烈亚说道，“我骑马从死泉到桑利斯去，那匹马性子烈，半路上一个急闪身，就把我抛出去十步远。这个夜晚我必须赶回贡比涅，不然的话，家里人就要为我担惊受怕了。您能租给我一匹马吗？”

好坏不论，每家旅店总会有一匹马。

拉夏佩勒-塞尔瓦尔的客店老板唤来马夫，吩咐他给那匹白驹备鞍，又叫醒他那七岁的儿子，让孩子坐在后面，等这位先生到地方再骑马返回。

安德烈亚付给店主二十法郎，他掏钱的当儿，还有意让一张名片失落到地上。

那张名片是他在巴黎咖啡馆的一位朋友的，安德烈亚用这个小花招儿，就是让店主等他走后，捡起掉在地上的名片，便会确信马是租给德·莫莱翁伯爵，家住巴黎圣多米尼克街二十五号：这是名片上标明的姓名和地址。

白驹跑得并不快，但是步子均匀而不停歇。安德烈亚用了三个半小时，跑了三十六公里，到达贡比涅驿站广场，而市政厅的钟正好敲响四点。

贡比涅有一家设备很好的旅馆，只要住过一次，就不会忘记。

安德烈亚到巴黎远郊野游，有一回曾在那里过夜，因而记得那家钟瓶旅馆：他辨别一下方向，借着路灯的光亮望见旅馆的招牌；于是，他掏出身上所有的零钱，把那孩子打发走了之后，便走过去敲旅馆门，心里已精打细算，眼前有三四个小时，要饱餐一顿，再美美地睡一觉，得以养精蓄锐，好能经受住旅途的劳顿之苦。

前来开店门的是个伙计。

“朋友，”安德烈亚说道，“我是从圣让-奥布瓦来：我在那里出席一个晚宴，本来打算赶午夜的班车回家，没曾想迷了路，像傻瓜似的在树林里转悠了四个钟头。请给我安排一间朝院子的雅致小客房，再给我送去一盘冷鸡肉，一瓶波尔多红葡萄酒。”

那伙计毫不怀疑：看安德烈亚说话的神态从容不迫，嘴上叼着雪茄，双手插在外套的兜里，看他的衣着很讲究，胡子刮得干干净净，脚下的靴子也无可挑剔，完全是一副迟归的邻乡人的样子。

伙计正为他准备房间，这工夫老板娘起来了。安德烈亚面带特别迷人的微笑。迎上去，问她能否让他住三号客房，只因他上次经过贡比涅时，就是住了那间客房。然而不巧，三号房住进了一个带着妹妹旅行的青年。

安德烈亚显得大失所望，但是老板娘向他保证，七号房与三号房布局完全相同，他这才颇感欣慰。他在火炉前一边烤脚，一边同老板娘谈论着尚蒂伊最近赛马的情况，直到伙计来说客房给他安排好了。

安德烈亚说到朝院子的客房雅致，不是随便讲的：钟瓶旅馆的庭院，

往上看有三层柱廊，很像剧院的正厅，而茉莉和铁线莲攀援廊柱而上，天然装饰般轻盈，天下旅馆最美的庭院也莫过于此了。

鸡肉新鲜，酒是陈酿，炉火噼啪作响，烧得正旺：安德烈亚胃口相当好，就好像什么事情也没有发生，他自己心中好不惊诧。

吃完了便往床上一倒，几乎立刻进入甜密的梦乡——一个二十岁的青年，哪怕做了亏心事，也抵挡不住睡意的侵袭。

然而，我们也不得不承认，安德烈亚做了亏心事，良心本该不安却很安然。

安德烈亚心中盘算好了，认为这样做最有安全保障：

天一亮他就起床，分文不少地付了账钱，离开旅馆，走进林子，借口要写生，花钱住到一个农夫家中，然后设法弄一身樵夫的衣服、一把斧头，脱下公子哥儿的这身装束，换上一身伐木工人的打扮；接下来，他双手抹些泥巴，用铅梳子再把头发梳成棕褐色，然后按照苦役犯狱友告诉他的秘方，把脸染成古铜色，这样装扮好了，他就穿越一片片树林，夜晚行路，白天躲在密林或者采石场里睡觉，只有要买面包时，才偶尔走近有人家的地方，以这种方式一直走到最近的边境线。

一旦越过边境线，安德烈亚就把手头的钻石换成钱，再加上他为防万一总不离身的十来张大钞票，算起来大约有五万利弗尔，以他的人生哲学，这似乎还没有到山穷水尽的地步。

再说，他也断定丹格拉尔一家人考虑自身利益，也要息事宁人，不会将丑事张扬出去。

这就是为什么除了疲惫之外，安德烈亚能够那么快入睡，又睡得那么香的缘故。

此外，安德烈亚想要早些醒来，就没有关窗板，只是将房门插上，再将从不离身的一把极其锋利的尖刀，拔出鞘来放到床头柜上。

约摸早晨七点钟，一束暖洋洋的明亮的阳光，在安德烈亚的脸上嬉戏，把他弄醒了。

大脑但凡条理清晰，总有一个主宰的念头，应当说，这个主宰念头总

是最后入睡,又最先唤醒整个思想。

安德烈亚的这个念头,还未待他安全睁开眼睛,就已经主宰他了,并在他耳边轻声说他睡得时间太长了。

他跳下床,跑到窗口。

一名宪兵正穿过院子。

在这世界上,最触目惊心的东西中,宪兵要算上一种:那黄蓝白三色构成的警服,不要说心中有鬼而胆怯的人,就是心安理得的人,也要把那视为骇人的色调。

"宪兵来干什么?"安德烈亚心里嘀咕。

可是,他一下子就找到了答案,想必读者早已注意到他判断事物的逻辑:

"旅店里进来个宪兵,不足为奇;我还是赶紧穿衣裳吧。"

年轻人说着,就迅速地穿好衣服——他在巴黎虽然过了几个月的花花公子的生活,还没有让仆人把他的这种麻利劲儿毁掉。

"好吧,"安德烈亚边穿衣服,嘴里边咕哝,"我就等着他走,等他一离开,我就溜之大吉。"

他自言自语这工夫,已经穿上靴子,扎好领带,又轻手轻脚走到窗口,再次撩起薄纱窗帘。

年轻人看到,第一个宪兵非但没有走,楼梯口又出现第二个身穿黄蓝白三色警服的宪兵,堵住了他下楼的唯一通道;还有第三名,骑在马上,手里端着枪,在临街的大门口站岗放哨,则守住了他离开旅馆的唯一出口。

那第三名宪兵最能说明问题了,因为在他前边,半圈儿围观的人已经把旅馆大门堵得严严实实。

"来抓我啦!"这是安德烈亚冒出的头一个念头,"真见鬼!"年轻人面失血色,他极不安地瞧了瞧周围。

他这间客房同本层的其他客房一样,出门就是外走廊,而一到外走廊就暴露无遗。

"这下完啦!"这是他的第二个念头。

第三名骑在马上，手里端着枪，在临街的大门口站岗放哨。

的确如此，处于安德烈亚这种境地的人，被捕就意味着开庭审判，判处死刑，而且不能赦免，立即执行。

一时间，他两只手紧紧抱住头。

就在这阵工夫，他极度恐惧，几乎发疯了。

各种念头在脑海里乱作一团，但是从中很快闪现一念希望；于是，他那苍白的嘴唇和抽动的面颊上，泛起一丝淡淡的微笑。

他四下瞧了瞧，要找的东西全在写字台的大理石桌面上，笔墨纸张一

应俱全。

他拿起笔，蘸了墨水，尽量让手沉稳一些，在本子的第一页上写下这样几行字：

> 我无钱付账了，但我并不是一个不讲诚信的人；我留下抵押物，这枚别针的价值抵得上我的膳宿费的十倍。请原谅我在黎明时分溜走；我实在惭愧得很。

他从领带上取下别针，放在这张纸上。

他做完这件事，非但不把房门锁紧，反而拉开插销，甚至将门推开一条缝儿，就好像他出了房间忘记了关门。然后，他钻进壁炉，动作非常熟练，显见干这行功夫不浅；接着，他将一幅阿喀琉斯躲进德伊达弥亚[①]的装饰画拉近，还用脚尖抹平留在炉灰上的脚印，这才从挺直烟囱里往上攀登，这是他还抱有希望的唯一求生之路。

就在这工夫，安德烈亚发现的头一名宪兵，已经跟随警长上楼，第二名宪兵守在楼梯口，既可以接应上面，也可以驰援把守大门的那名宪兵。

安德烈亚使尽全身解数对付的这次搜捕，是有这样的背景：

刚刚拂晓，各快报站就向四面八方发报，而接到通缉令的各个地区，立即唤醒行政官员，派出警力追捕杀害卡德鲁斯的凶手。

贡比涅，有国王驻跸的行宫；贡比涅，狩猎之城；贡比涅，军队驻防要地，这里拥有大批官员、宪兵和警察。因此，一收到快报站的通缉令，就立刻派警力搜捕，而钟瓶旅馆又是当地首屈一指的旅馆，搜捕行动自然要从这里开始。

此外，据夜间在市政厅（市政厅与钟瓶旅馆毗邻）门前站岗的哨兵报告，他值勤时看见几位旅客去投宿。

---

① 德伊达弥亚，希腊神话传说中的人物，斯库洛斯公主，与阿喀琉斯相爱。阿喀琉斯男扮女装与她幽会，并生有一子，最后斯库洛斯国王同意了二人的婚事。

那名哨兵清晨六点下岗，他甚至还记得刚换岗那会儿，即在四点刚过几分钟的时候，看见一个青年骑着一匹白马，身后还坐一个农家孩子，到广场下了马，将那马和孩子打发走之后，就过去敲钟瓶旅馆的大门，门叫开了，等那人进去重又关上了。

于是，那个深夜投宿的年轻人，便成为可疑的对象。

而那青年不是别人，正是安德烈亚。

警长和那名宪兵——其实是宪兵队长——掌握了这些情况，便直扑安德烈亚那间客房，只见房门半开着。

“噢！噢！”宪兵队长说道，他是只老狐狸，熟悉罪犯的各种花招儿，“房门开着可是个坏兆头！我倒希望它上了三道锁！”

安德烈亚留在桌上的那张字条和别针，果然证实了，准确说来，佐证了这种可悲的事实：安德烈亚已经逃走。

我们说佐证，因为队长这个人老道，不会仅凭一个证据就下结论。

他环视周围，瞧了瞧床底下，又掀开窗帘，还打开大衣柜，最后他停到壁炉前。

安德烈亚幸而早有所料，没有在炉布上留一点痕迹。

然而，这毕竟是个通道，而在抓捕的行动中，任何通道都必须经过严格检查。

于是，队长叫人抱来劈柴和干草，塞进壁炉膛里，就好像给大炮装弹药似的，然后点火了。

火焰烧得砖炉壁噼啪作响，一股浓烟柱从烟道冲上天空，犹如火山爆发喷出黑黑的烟柱。但是并不像宪兵队长所期待那样，罪犯根本没有从烟道里掉下来。

须知安德烈亚从小就同社会拼搏，本领自在一名宪兵之上，哪怕这名宪兵已荣升为队长；他预料会用烟熏火燎之法，早就爬上房顶，蜷缩在烟囱根儿了。

有一阵，他还真觉得有望得救了，只因他听见宪兵队长招呼那两名宪兵，并且对他们喊道：

"他离开这里了。"

不过,安德烈亚小心翼翼地探头窥视,却见那两名宪兵听到那声招呼,并没有按常理撤离,应当说,他们反而倍加警惕了。

他也环视一下四周,注意到市政厅那座十六世纪的宏伟建筑,好似黑黝黝的堡垒,在他右侧,高高矗立;从那楼上的窗口俯瞰,旅馆房顶的各个角落都一览无余,就像站在山头看深谷一样。

安德烈亚心下明白,无需多久,他就会望见那宪兵队长的脑袋从那楼上哪个窗口探出来。

一旦被发现,就再也没救了,在房顶上追捕,他绝无逃脱的机会了。

因此,他决定再下去,但不是顺着原来的烟道,而是选一条类似的烟囱。

他扫视一下,寻找一根没有一丝烟冒出来的烟囱,顺着房顶爬过去,便神不知鬼不觉地钻进去了。

与此同时,市政厅楼上的一扇小窗户打开,宪兵队长探出了脑袋。

那颗脑袋半晌纹丝不动,简直就是那座建筑物上的石雕像;继而,随着失望的一声长叹,那脑袋又消失了。

宪兵队长一副镇定而庄严的神态,一如他所代表的法律,并不搭理聚在广场上的人问的无数问题,径自走过去,又回到旅馆。

"怎么样?"那两名宪兵问道。

"是这样,小伙子们,"队长回答,"那个坏蛋一定是真的逃走了,不过,我们还要派人,沿着维莱-科特雷和诺瓦荣的大路追捕,搜查树林,肯定能把他抓回来,万无一失。"

这位可敬的店员,拖着宪兵队长所特有的腔调,刚刚说出"万无一失"这个响亮的字眼儿,忽听长长的一声惊叫,并伴以拼命地拉铃声,在旅馆的庭院里回响。

"嘿!嘿!这是怎么回事?"宪兵队长嚷道。

"哪位旅客大概有急事,"店主回答,"是几号房在拉铃?"

"三号房。"

“跑去看看,伙计!”

这时,尖叫声和铃声又变本加厉了。

伙计赶忙要跑去。

“站住,”宪兵队长叫住仆人,“这样拉铃的人,我觉得不像叫店伙计。我们还是给他派去个宪兵吧。什么人住三号房?”

“一个小青年,他带着妹妹乘驿车夜间到的,要了一间两张床铺的客房。”

铃声第三次响起来,一片惊慌。

“随我来! 警长先生!”队长嚷道,“紧紧跟上我。”

“等一下,”店主说道,“去三号房楼梯有两条:一条外楼梯、一条内楼梯。”

“那好!”队长说道,“我走内楼梯,里面我来负责。枪都压好子弹了吗?”

“压好了,队长。”

“好吧,你们就监视外楼梯,他要逃跑就开枪,快报上说,他是个罪大恶极的逃犯。”

宪兵队长和警长,一前一后立刻冲进内楼梯,而他透露安德烈亚的这一情况,则引起围观者议论纷纷。

旅馆内发生了这样的情况:

安德烈亚顺着烟道,十分灵巧地下到三分之二的地方,不料脚下一打滑,双手难以抓住四壁,一时控制不住,往下溜的速度更快,尤其落地的声音更大了。如果是间空客房,就平安无事了,不巧屋里却住了客人。

两个女子睡在一张床上,被这响动惊醒了。

她们都目不转睛地盯住发出响动的地点,忽见壁炉膛里冒出一个大男人。

其中那个金发女郎发出尖叫声,响彻了整个旅馆;而另一位女郎,棕褐色头发的,则跑去拉铃报警,而且拼命地拉铃。

可见安德烈亚命运不佳。

“发发慈悲！”他脸色惨白，一时昏了头，高声哀求，但是没有看见对方是谁，“发发慈悲！不要呼叫，救救我！我并不想伤害你们。”

“安德烈亚，杀人凶手！”其中一个姑娘嚷道。

“欧仁妮·丹格拉尔小姐！”卡瓦尔坎蒂咕哝道，他先是惊恐，现在又惊呆了。

“救命啊！救命啊！”达米利小姐喊道，她还从欧仁妮僵止不动的手中夺过拉铃的绳子，比同伴还要猛力地拉铃。

“发发慈悲！不要呼叫，救救我！”

“救救我吧！有人在追捕我！”安德烈亚双手合十哀求道，“行行好，发发慈悲，不要把我交出去！”

“太迟了，有人上楼来了。”欧仁妮答道。

“那就把我藏起来，您就说无缘无故害怕了，设法消除他们的怀疑，就会救我一命！”

两个姑娘紧紧搂在一起，裹在被子里，默不回答这种哀求之声；各种恐惧和各种憎恶的情绪，在她们的头脑里相互撞击。

“那好吧！”欧仁妮说道，“您就从原路回去吧，卑鄙的家伙，走吧，我们什么也不讲。”

“他在那儿，他在那儿！”楼道里有人喊道，“他在那儿，我看见了！”

原来是宪兵队长，他眼睛贴在锁孔上，看见安德烈亚站在那里哀求。

用枪托猛力一击，就将门锁撞掉，再撞两下，插销也开了，砸坏的房门倒向里边。

安德烈亚冲向另一扇房门，想打开门从朝向庭院的走廊逃走。

然而，两名宪兵守在那里，用马枪抵住他的面颊。

安德烈亚戛然站住，他脸色煞白，身子微微后仰，手上还徒然紧紧握着他那柄尖刀。

“快逃呀！”达米利小姐嚷道，她那恐惧情绪逐渐退去，又萌生了怜悯之心，“快逃呀！”

“要不然就自杀！”欧仁妮说道，她那声调和姿态，酷似古代竞技场上的女祭司，举起拇指命令获胜的角斗士，结果那个败在脚下的对手。

安德烈亚浑身战栗，注视着姑娘，她那鄙夷的微笑表明，他那颗完全堕落的心灵，根本理解不了荣誉的这种崇高的残忍性。

“自杀！”他说着，就扔掉手中的尖刀，“我干吗自杀？”

“这不是您说的嘛！”丹格拉尔小姐高声说道，“您要被判死刑，要被当作罪大恶极的罪犯处死！”

“哎！”卡瓦尔坎蒂叉起胳膊，反驳道，“还有朋友相救呢。”

宪兵队长端着马刀，朝他逼过去。

“算了，算了，”卡瓦尔坎蒂说道，“把刀插回鞘里吧，老兄，我都束手就擒了，就不必这样张牙舞爪了。”

他说着，就伸出双手让人铐上。

两位姑娘不胜惊恐的观看这种丑陋的蜕变：这个上流社会的贵公子一脱掉包装，眼见就现出苦役犯的本相。

安德烈亚转向她们，厚颜无耻地微微一笑。

“您要我给令尊大人捎什么话吗，欧仁妮小姐？”他说道，“因为十有八九，我还要返回巴黎。”

欧仁妮双手捂住了脸。

“哎！哎！”安德烈亚说道，“这也没有什么可丢人的，我并不怪您乘旅行车随后追我来……我不是差一点儿做了您丈夫吗？”

安德烈亚嘲笑这么一句，便走了出去，丢下两个私奔的姑娘忍受耻辱的折磨，听凭周围人的议论。

一小时之后，两个姑娘都着了女装，上了自己的那辆旅行车。

旅馆已经把围观的人关在门外，使她们免遭好奇的目光。然而，大门一开，情况就不同了，她们必须从人群中间穿过，迎受那一双双火辣辣的目光、那一张张议论的嘴巴。

欧仁妮拉上车子的窗帘，但是，眼睛虽看不见，耳朵还听得到，讥笑之声仍不绝于耳。

“噢！这世界为什么不是一片荒漠呢？”她高声感叹一句，便投入达米利小姐的怀抱，眼里放射的那种愤怒的光芒，正是当年让尼禄恨不得罗马帝国仅是一颗头颅，他好能一刀砍下来。

次日，她们到达布鲁塞尔，在弗兰德尔旅馆下榻。

而在被捕的当天，安德烈亚就被关进了巴黎法院的附属监狱。

第九十九章　法律

我们在上文看到，丹格拉尔和达米利两位小姐化装出走，表现得多么沉着，这也是因为府中上下都一心顾自己，没人管她们的事。

这时暂且不表银行家丹格拉尔如何汗流满面，在银行倒闭的幽灵面前，登记一栏栏巨额的负债表；单说男爵夫人，她遭此猛烈的打击，一阵万分沮丧之后，便去找她平时的顾问：吕西安·德勃雷。

男爵夫人从心里指望这桩婚姻，以便最终卸下监护的责任；有欧仁妮这样一个女儿，也实在让她烦心；此外，还有一层原因：维系家庭等级关系的，是这种心照不宣的契约，母亲必须始终作出明智的表率，成为完美的典型，才能真正管得住女儿。

然而，丹格拉尔夫人还真害怕欧仁妮敏锐的目光，以及达米利小姐给女友出的主意，她也瞥见了女儿投向德勃雷的鄙夷的目光，那目光分明在表示，做女儿的完全清楚，她同那位大臣秘书的暧昧关系和金钱关系的秘密。不过，对欧仁妮的目光看得再深再透些，男爵夫人反倒会明白，女儿鄙视德勃雷，并不是因为他在她父亲家中是块绊脚石，惹人非议，而是因为她根本就把他列入两足动物之类。两足动物，是第欧根尼[①]试图用以取代人类的称呼，柏拉图则说得更加惟妙惟肖：人是没长羽毛的两脚兽。

按照丹格拉尔夫人的观点——不幸的是，这世上每人都有自己的观

---

① 第欧根尼（约公元前404—前323），古希腊哲学家。

点，因而无视别人的观点——一旦说按照丹格拉尔夫人的观点，欧仁妮的这场婚变令人十分遗憾，但绝不是因为这门婚事多么匹配，多么门当户对，能给女儿带来幸福等等，而是因为女儿一出嫁，她就自由了。

因此，正如上面所讲的，丹格拉尔夫人急忙去找德勃雷。德勃雷同全巴黎社交界人士一样，参加了晚上的订婚仪式，目睹了出丑的一幕，就赶紧抽身，去了他的俱乐部，同几位朋友议论这个事件。而与此同时，在这个人称世界之都的流言蜚语盛行的城市，这一事件引起四分之三的人议论纷纷。

丹格拉尔夫人身穿黑衣裙，头戴面纱，不理睬门房对她肯定地说德勃雷不在，她还是径直上楼去这年轻人的套房。而德勃雷那边，此时正一心反驳一位朋友的怂恿：那位朋友试图向他证明，丹格拉尔家出了这件丑事之后，德勃雷作为人家的朋友，就有义务娶了欧仁妮小姐和她那二百万。

德勃雷口上辩驳，心里却巴不得被人说服；须知这个念头，经常会自动地浮现在他的脑海里；但是他了解欧仁妮，了解她那我行我素的高傲性格，因而，他不时要采取一种完全自卫的姿态，声称这种结合根本不可能，不过有这种邪念，在内心深处还是痒抓抓的。所有伦理学家都这样说，即使最忠厚最纯洁的男人，也时时被这种邪念所困扰；它在人的灵魂深处窥伺着，犹如撒旦躲在十字架后面窥伺一样。就说此刻，德勃雷他们一起喝茶，打牌，谈话，正如我们所见，聊得津津有味，因为话题涉及极为重大的利益，结果聚会一直持续到凌晨一点钟。

在这段时间，丹格拉尔夫人由吕西安的贴身仆人引进绿色小客厅，她还戴着面纱，心里突突直跳，坐在两个花篮中间等待着。应当说句公道话，她上午派人送来的这两个花篮，德勃雷还真亲手整理安插过，甚至还修剪了，看在这种精心的份儿上，可怜的女人也该原谅他不在家。

到了十一点四十分，丹格拉尔夫人不能再这样空等了，便又乘坐出租马车回家。

有身份的女人在这一点上，也同正在恋爱的年轻女子一样，通常不会过了午夜回家。男爵夫人回到公馆，那样小心翼翼，比得上欧仁妮离家时

的情景；她轻手轻脚地上楼，揪着心回到房间，我们知道，她的房间就在欧仁妮房间的隔壁。

她深恐引起非议，也坚信女儿清白无辜、忠于这个家庭，可怜的女人，甚少在这一点上值得敬重。

她回到房间，在欧仁妮房间的门口听了听，由于毫无动静，就想进去看看，但是房门插上了。

丹格拉尔夫人便以为，欧仁妮当晚遭此打击，一定十分冲动，疲惫不堪而上床歇息了。

她叫来贴身女仆询问。

“欧仁妮小姐，”女仆回答，“她同达米利小姐一起回房，接着又一起喝茶；然后，她们说没事了，就打发我走了。”

女仆退下之后，就一直待在配膳室里，她和所有人一样，以为两位小姐就在房间里。

丹格拉尔夫人没有萌生一丝怀疑，便睡下了；不过，她对人放了心，对这个事件，神思不觉又活跃起来。

随着她的头脑里思绪逐渐清晰，订婚仪式那一幕也就扩大了，这个事件不仅出了丑，而且闹得满城风雨，不仅丢人，而且是奇耻大辱。

于是，男爵夫人不由得想起，梅色苔丝因丈夫和儿子也遭受了同样巨大的不幸，而当时她对可怜的梅色苔丝却毫无怜悯之心。

“欧仁妮算是毁了，”她心中暗道，“我们也一样。这个事件，就是这样传扬出去，我们也得蒙受耻辱；因为，在我们这样的社会里，有些可笑的事不啻是涔涔流血、永难愈合的创伤。”

“欧仁妮怪异的性格，当时总是让我担心，”她喃喃说道，“看来这是上帝赐给她的，真是万幸啊！”

于是，她那感激的目光移向上天，上天的神秘主宰，根据要发生的事情，事先就安排好了一切，而且有时把一个缺点，甚至一种怪癖变成了一件好事。

继而，她的神思，犹如深渊的鸟儿展开翅膀，穿越空间，又落到卡瓦尔

坎蒂身上。

这个安德烈亚是个恶棍，是个窃贼，是个杀人犯；然而，这个安德烈亚有些举止言谈，还表明有一定教养，虽然不算完美；这个安德烈亚进入上流社会，完全是一副家财巨万、门第高贵的样子。

这样一个谜团，怎样才能看清呢？向谁请教，才能摆脱这种残酷的处境呢？

女人遇事的头一个冲动，就是求救于她们所爱的，但有时又毁掉她的男人。男爵夫人就跑去找过德勃雷。而德勃雷呢，也只能给她出个主意，她应当去找一个更为强大的人。

于是，男爵夫人想到了德·维尔福先生。

正是德·维尔福先生决定逮捕卡瓦尔坎蒂；正是德·维尔福先生，无情地搅乱了她的家庭，就好像对付一个陌生的家庭。

其实不然，仔细想想，检察官并不是一个毫不容情的人；他身为司法官员，要忠于自己的职守，作为忠实而坚定的朋友，他要用沉稳的手，举起手术刀，猛然剜掉溃烂的部位；他不是刽子手，而是一位外科医生，他想要在世人眼中，将丹格拉尔一家的声誉同那个堕落青年的无耻行径分割开来，尽管是他们把他当作门婿引荐到社交界的。

德·维尔福先生作为丹格拉尔一家的朋友，诚能这样做，就再也没有理由推测，检察官事先有所耳闻而听任其犯罪了。

男爵夫人越想越觉得维尔福的做法符合他们的共同利益。

不过，检察官也该适可而止，讲点情面了。明天她就去见他，要他答应在不违背检察官职责的前提下，至少网开一面，放过他们。

男爵夫人要重叙旧情，唤起他的记忆，恳求他看在那段有罪、但是幸福的时光的份儿上，德·维尔福先生就会把这个案子压下，或者至少（要做到这一点，他只须移开目光就行了）放卡瓦尔坎蒂逃跑，只是针对罪犯的影子审理罪行，即所谓的缺席审判。

转念至此，她的心方始稍安，这才入睡。

次日九点钟，她起床后，没有拉铃唤贴身女仆，也没有跟任何人打招

呼,独自穿好衣服,还像昨夜那样一身朴素的着装,悄悄下楼出了公馆,一直走到普罗旺斯街,才上了一辆马车,吩咐驶到德·维尔福先生府邸。

一个月以来,这座不祥的宅第一副惨象,好似发现了瘟疫的隔离疫区:有些房间内外都关得严严实实;百叶窗板都关着,只是为了放空气才打开一会儿;在开窗时,才能看见窗口探出一名仆人的惊慌面孔;随后窗户又关上了,如同一个墓穴又盖上了青石板。邻居见了都窃窃私议:

"今天我们是不是又要看到,一口棺材从检察官先生的宅中运出来?"

看到这座宅第的凄凉景象,丹格拉尔夫人不寒而栗;她下了马车,双腿都发软了,走到关闭的大门前拉铃。

铃声凄厉,同凄清的氛围协调一致,直到第三次拉响门铃,门房才出现,将门打开一条小缝儿,刚好够他的话通过。

他瞧见来了一位女士,一位上流社会的女子,一位衣着高雅的贵妇,然而,大门仍旧跟关着差不多。

"您倒是开门啊!"男爵夫人说道。

"先要问问,夫人,您是谁?"门房问道。

"我是谁?您完全认识我呀。"

"我们现在谁也不认识了,夫人。"

"您简直疯了,朋友!"男爵夫人高声说道。

"您是从哪儿来的?"

"噢!这太过分了。"

"夫人,这是奉命行事,请您原谅;您的姓名?"

"丹格拉尔男爵夫人。您见过我少说也有二十次。"

"有这种可能,夫人;现在请问,您有何贵干?"

"噢!您也太怪了!我可要到德·维尔福先生面前,怪他的下人放肆无礼。"

"夫人,这不是放肆无礼,而是谨慎小心,没有德·阿弗里尼先生发话,或者,不是有事要找检察官先生,任何人也不得入内。"

“喏,我恰恰是有事,来见检察官先生。”

“有急事吗?”

“这您应当看出来了,要不我早就上马车走了。别多说了,这是我的名片,拿给您主人看看。”

“夫人要等我回话吗?”

“是的,去吧。”

门房又关上了,将丹格拉尔夫人关在大街上。

不过,男爵夫人倒是没有等多久;片刻之后,门又重新打开,也只能容男爵夫人侧身进入,门随后又关上了。

门房走到院中,眼睛还盯住大门,他从兜里掏出一只哨子,吹了一声。

德·维尔福先生的贴身男仆出现在台阶上。

“夫人,请原谅这个老实人,”他迎上前,对男爵夫人说道,“不过,德·维尔福先生的命令很明确,他打发我来告诉夫人,他别无选择,只能这么做。”

庭院里有一名送货员,也是经过严格盘问才让进来的,连送来的货物都检查了。

男爵夫人登上台阶;满室凄凉的气氛,深深地感染了她,可以说也扩展了她心中悲凉的范围。她一直由这名仆人引领,走进检察官的书房,这一路仆人的目光始终盯着她。

丹格拉尔夫人虽然一心想着她拜访的意图,但是受到下人如此无礼的接待,不免气愤,就想先抱怨几句。

可是,维尔福抬起不胜悲痛而无比沉重的头,看着她,并无比凄然地微微一笑。男爵夫人见了,到了唇边的怨言又咽下去了。

“请原谅我的仆人,我不能怪罪他们这样恐惧:他们受到怀疑,也就变得疑神疑鬼了。”

在社交界,丹格拉尔夫人经常听人提起检察官所指控的这种恐惧;可是,如不亲眼所见,她绝不会相信恐惧感会达到如此程度。

“看来,”她说道,“您也这么不幸吗?”

“对，夫人。”司法官答道。

“这么说您同情我啦？”

“由衷地同情，夫人。”

“您知道我的来意吗？”

“您来向我谈你们出了什么事，对不对？”

“对，先生，出了大乱子，一场灾祸。”

“也就是说，一件倒霉事。”

“一件倒霉事！”男爵夫人高声重复道。

“唉！夫人，”检察官答道，神态一贯那么冷静，“现在，我只把无法挽回的事情称作灾祸。”

“哦！先生，您认为人们能忘了这件事吗？……”

“什么事都要淡忘的，夫人，”维尔福说道，“令爱的婚事，今天没办，明天可以办，明天不办，一周之后还可以办。要说您为欧仁妮小姐的未婚夫惋惜，我看您不是这么想的。”

丹格拉尔夫人注视维尔福，惊讶地看到他说话这样镇静，口吻近乎冷嘲热讽。

“我这是来到一位朋友家中吗？”她问道，口气痛苦而不失尊严。

“您知道是的，夫人。”维尔福答道，他给予这种肯定的回答，面颊不禁微微一红。

这种肯定的回答暗含别的事件，而不是此刻男爵夫人和他所思虑的事情。

“那好吧，”男爵夫人说道，“您就热情点儿吧，我亲爱的维尔福，以朋友的身份对我讲话，而不要像个检察官；我现在深陷不幸的境地，您就绝对不要对我说我应当快活些。”

维尔福颔首称是。

“这三个月来，我养成一种恶习，只要听人提起不幸，夫人，我就想到自己的不幸，就会情不自禁以自私的心理进行比较。这就是为什么比起我的不幸来，我觉得你们的不幸不过是件倒霉事；这也就是为什么比起我

的悲惨处境来,我倒觉得您的处境令我羡慕。算了,这话您听着别扭,不讲也罢。刚才您说什么来着,夫人?"

"我是来向您了解,朋友,"男爵夫人接口说道,"那个骗子的案子怎么样了?"

"骗子!"维尔福重复道,"夫人,看来您是打定主意,要化小一些事情,要夸大另一些事情。骗子,安德烈亚·卡瓦尔坎蒂先生,不如说贝内德托先生!您错了,夫人,贝内德托先生是个名副其实的杀人犯。"

"先生,我不否认,您纠正得完全对。然而,您指控这个坏蛋越严厉,给我们家庭的打击也越大。喏,您还是把他忘掉一段时间吧,不要追捕他,放他逃走吧。"

"您来得太迟了,夫人,通缉令已经发出去了。"

"那么,如果抓住他……您认为能抓到他吗?"

"但愿抓到。"

"如果抓住他,听我说,我总听人讲,监狱人满为患,那么,您就先把他关进监狱里吧。"

检察官作了个否定的表示。

"至少,一直关到我女儿结婚之后吧。"

"不可能,夫人,要按司法程序审理案子。"

"对我也一样吗?"男爵夫人半开玩笑,半认真地问道。

"对所有人都一样,"维尔福回答,"对我本人也不例外。"

"啊!"男爵夫人没有再说什么,但是这声感叹却暴露了内心的想法。

维尔福审视她,那目光在探测她的内心思想。

"是啊!我知道您要说什么,"维尔福则接口说道,"您是指在社交界广为散播的那些可怕的传言,说这三个月来我接连办丧事,而瓦朗蒂娜幸免一死也是个奇迹,这些全是非正常死亡。"

"我绝没有往这上面想。"丹格拉尔夫人急忙说道。

"不对,您就是这么想的,夫人,这也是理所当然的,因为您别无可能,只能联想这事,您在心里暗暗说道:你追查罪犯,为什么自己身边的罪

恶就没有受到惩罚呢,你怎么说?”

男爵夫人面失血色。

“您就是这样想的,对不对,夫人?”

“好吧,我承认。”

“我来回答您。”

维尔福移了移他的扶手椅,靠近丹格拉尔夫人的坐椅;接着,他双手撑着办公桌,声调比平时更为低沉了。

“有些罪行没有受到应有的惩罚,”他说道,“只因还没有查出罪犯,害怕冤枉了好人,不过,一旦确认了罪犯(维尔福抬手,指着挂在办公桌对面的耶稣受难像),一旦确认了罪犯,”他重复道,“我以在天的上帝发誓,不管是谁,他们死定了!我发了这样的誓,并决意恪守誓言,现在,夫人您还敢求我饶过那个坏蛋吗?”

“唔!先生,”丹格拉尔夫人又说道,“您能肯定他真像人们所传的,有那么大罪过吗?”

“请您听好,这就是他的犯罪记录:贝内德托,起初十六岁因假钞案,一下子就判了五年苦役,您瞧,这小子一出道就身手不凡;后来越狱,后来又杀了人。”

“这个坏蛋究竟是什么人?”

“哼!谁知道呢?一个流浪儿,一个科西嘉人。”

“没有任何人认领过吗?”

“没人认领,不知道他的父母是谁。”

“可是,从卢卡来的那个人呢?”

“也是他这样一个坏蛋;可能是他的同谋。”

男爵夫人双手合十。

“维尔福!”她用最甜美,最娇媚的音调叫了一声。

“看在上帝的份儿上!夫人,”检察官答道,口气十分坚定,而且不乏冷酷,“看在上帝的份儿上!绝不要请求我饶过一个罪犯。”

“我呀,我是什么?我就是法律。难道法律长了眼睛,看得见您的悲

伤吗？难道法律长了耳朵，听得到您这甜美的声音吗？难道法律有记忆，能理会您这细腻的思想吗？不，夫人，法律只是下命令，而法律一旦下达命令，就是无情的打击。

“您会对我说，我是个有血有肉的人，而不是一部法典；我是个大活人，而不是一部典籍。您瞧瞧我吧，夫人，瞧瞧我的周围吧：男人把我当作兄弟对待了吗？他们爱过我吗？他们体谅过我吗？他们宽容过我吗？有谁为德·维尔福先生求过情吗？即使为德·维尔福先生求情，又有谁接受了呢？不，不，不，只有打击，始终不断的打击！

“您身为女人，即迷人的美人鱼，您对我说话，执意用这种多情的媚眼，提醒我应当脸红。嗯，是啊！脸红，为您所知道的事情，也许，也许还为另一件事。

“然而，不管怎么说，我本人自从失了足，也许比别人罪孽还深重，自从那以后，我剥掉别人的外衣，寻找脓疮，而且总能发现；进而言之，我是怀着幸灾乐祸的心理；发现脓疮，人类这种软弱的，或者堕落的印记。

“因为，我认清了每个人都有罪，而我打击的每个罪犯，在我看来都是一个活生生的例证，一个新的例证，表明我并不是个丑恶的例外！唉！唉！唉！世人个个都坏，夫人，让我们证明这一点，让我们打击坏人吧！”

维尔福讲最后这两句话时，简直怒不可遏，从而赋予他的话以一种残忍的雄辩。

“可是，”丹格拉尔夫人又说道，她还要作最后的尝试，“您说那青年是流浪儿，那就是孤儿，被所有人抛弃的了？”

“活该倒霉，或者不如说万幸：他变成这样子是天意，好让任何人都不要为他流下同情的眼泪。”

“这是欺负弱者啊，先生。”

“好一个杀人的弱者！”

“他的恶名会玷污我的家庭！”

“我呢，死神不是闯进我的家庭？”

“噢！先生，”男爵夫人高声说道，“您对别人太无情了。好吧，我要

告诉您,别人对您也会同样无情!"

"随便吧!"维尔福说道,同时朝天举起手臂,作个威胁的姿势。

"那个可怜的家伙,如果抓到了,您至少把他的案子推到下一期再审理;撂下半年时间,人们也就遗忘了。"

"不行,"维尔福说道,"我还有五天时间,已经准备好了预审,五天时间绰绰有余;再说了,难道您一点儿也不理解吗,夫人,我也一样,需要忘却啊? 真的,我一工作起来,就会日以继夜地干;我一工作起来,有时就想不起一些事情了,我想不起来的时候,就会像死者那样没有烦恼了,那种状态,总比痛苦要好些。"

"先生,他已经潜逃了,那就让他逃走吧,无所作为是一种很便当的宽容。"

"可是我对您说过太迟了! 刚一拂晓,快报就发出去了,到了这会儿……"

"先生,"跟班进来说道,"内务部的一份快报,是一名龙骑兵送来的。"

维尔福一把抓过急件,急忙拆开。丹格拉尔夫人恐惧得发抖。维尔福则乐得浑身打战。

"抓到了!"维尔福高声说道,"是在贡比涅抓住他的;这事了结了?"

丹格拉尔夫人脸色苍白,冷冰冰地站起身。

"再见,先生。"她说道。

"再见,夫人。"检察官回答,他几乎高兴起来,一直把客人送到门口。

然后,他又回到办公桌前。

"行了,"他用右手背敲了敲那份急件,说道,"我已经审过一件伪币案、三件盗窃案、三件纵火案,就只差一件杀人案了,现在有了。这次庭审一定很精彩。"

第一〇〇章　幽灵

正如检察官对丹格拉尔夫人所讲，瓦朗蒂娜还远未康复。

的确，她还卧床不起，浑身像散了架似的。她是在自己的房间，从德·维尔福夫人口中，得知我们前面讲述的事件，即欧仁妮出走，安德烈亚·卡瓦尔坎蒂，确切说是贝内德托的被捕，以及指控他杀人的命案。

然而，瓦朗蒂娜身体还十分虚弱，听了这种叙述，远没有在健康状态所能产生的那样的强烈反应。

实际上，也只是一些模糊的意念，一些恍惚的形体，掺杂进了原有的怪诞的意象和短暂的幻影：这种意象和幻影，在她病态的头脑中产生，或者在她眼前闪过，旋即全部消逝，只留下不断加强的个人感受。

白天，努瓦蒂埃让人把他推到孙女的房间，待在那里，用慈爱的目光呵护着瓦朗蒂娜，而瓦朗蒂娜有祖父在身边，就还处于现实生活之中；此外，维尔福从法院回来，也要陪父亲和女儿坐一两个小时。

到了晚上六点钟，维尔福便回自己的书房。德·阿弗里尼先生八点钟到达，亲自带来为姑娘夜间服用的药水；然后，仆人就把努瓦蒂埃送回房间。

一名由医生选定的女看护，这时便接替所有人，直到十点或十一点钟，等瓦朗蒂娜入睡了才离去。

女看护离开病房下楼，将房门钥匙直接交给德·维尔福先生。房门一锁，再要进入瓦朗蒂娜的卧室，就必须通过德·维尔福夫人的套间，以及小爱德华的房间了。

每天早晨，莫雷尔都到努瓦蒂埃的房间，打听瓦朗蒂娜的病情；不过，事情也怪得很，莫雷尔的担心似乎与日减轻了。

首先，瓦朗蒂娜病情也一天天好起来，尽管神经还时而高度紧张；其次，他那回惊慌失措去找基督山时，伯爵不是告诉过他，只要两小时之内不死，瓦朗蒂娜就有救吗？

至此四天过去了，瓦朗蒂娜仍然活着。

我们所说的神经高度紧张，瓦朗蒂娜醒着时如此，甚至睡觉时，确切地说处于半睡半醒的昏沉状态时也是如此，到了夜深人静之时，壁炉上一灯荧然，从乳白色罩里透出幽幽光亮，于是她看见经常充斥医院病房的那些幽灵，由她发烧的颤抖的翅膀扇动。

在这种时候，朦胧中她忽而看见威胁她的继母，忽而看见朝她伸出双臂的莫雷尔，忽而看见一些几乎生疏的人，如德·基督山伯爵；在这种谵妄的状态中，就连家具也无不移动游走。这景象一直持续到凌晨两三点钟，待沉沉睡意攫住年轻姑娘，并把她送到天明。

且说那天上午，瓦朗蒂娜得知欧仁妮出走、贝内德托被捕这些事件，一时间同她自身的感受相融合，然后又渐渐撤离她的脑海；到了晚上，等维尔福、德·阿弗里尼和努瓦蒂埃陆续离去，而女看护将大夫配好的药水放到病人的手边，再锁上房门，这时鲁尔的圣菲利浦教堂正好敲响十一点钟，她撤到配膳室，浑身颤抖着听仆人的议论，脑袋里装满了三个月来在检察官府邸前厅打发夜晚的那些瘆人的故事。正是这时候，在锁得严严实实的病房中，却出现了意想不到的一幕场景。

女看护走了之后，大约过了十分钟。

这天夜里跟往常一样，瓦朗蒂娜发高烧有一个小时了，头脑摆脱意志所控制，还继续活跃，单调而不可遏制，竭尽全力地不断复制同样的思虑，或者萌发同样的意象。

那盏长明灯的灯捻，放射出成千上万条光线，无不标示奇特涵义；在颤动的灯影中，瓦朗蒂娜恍若看见，镶嵌在壁炉旁边墙壁里的书橱突然慢慢转动，仿佛安了合页，悄无声息地打开了。

如在平时，瓦朗蒂娜一定会抓住那条丝绳，拉铃呼救，但是她处于神志不清的状态，什么也不感到奇怪了。她意识到周围所有这些幻像，都是她谵妄状态的产物，而她坚信这一点，只因一到早晨，夜晚所有这些幽灵都见不得曙光，消失得无影无踪了。

门后出现一个人影。

瓦朗蒂娜每每发烧产生幻觉，便习以为常，并不惊慌失措；这次她只是睁大眼睛，希望能认出是莫雷尔。

那个人影继续朝她的床铺走来，接着停下，似乎在侧耳谛听。

这时，长明灯闪亮一下，照见了夜间来客的面孔。

“不是他！”瓦朗蒂娜咕哝一句。

她确信这是梦景，便等待梦中时常发生的那样，这个人忽然消失，或者变幻成另一个人。

直到摸摸自己的脉搏，感到剧烈的跳动，她才想起要让这些烦人的幻像消失，最好的办法就是喝药。瓦朗蒂娜曾向医生抱怨她情绪烦躁不安，医生就给她开了镇静剂：那种清凉的药水，她喝下去不大工夫，疼痛就会减轻，不仅能退烧，而且大脑也能恢复感觉。

于是，瓦朗蒂娜伸出手去，要拿放在玻璃盘上的那只杯子；可是，她颤颤巍巍的胳膊刚伸出床外，那个幻影就又向床铺疾走两步，几乎到了跟前，姑娘都听得见他的呼吸声，她好像还感到按住了她的手。

这一回，幻觉，准确说来现实的景象，完全超过了瓦朗蒂娜此前的体验。她开始认为自己醒着，头脑完全清醒；她还意识到她的神志完全正常，于是她不寒而栗。

瓦朗蒂娜感到按那一下，只是要制止她的手臂。

她慢慢缩回自己的手臂。

这时，这个人影吸引住目光，看样子是来保护的，毫无威胁之意，只见这个人影拿起玻璃杯，凑近灯光，观察杯中的饮料，好像要判断其透明度和清澈度。

但是，这初步检验还不够。

这个人，或者不如说这个幽灵，因为他走动的步子极轻，踩在地毯上悄无声响，这个人用汤匙从杯中舀了一勺饮料，喝了下去。瓦朗蒂娜看着眼前发生的一切，完全惊呆了。

她总以为，这情景即将消失，要换另一个场面；然而，这个人非但没有像幽灵似的消失，反而走到她跟前，将杯子递给她，声音非常激动地说道：

"现在，您喝吧！……"

瓦朗蒂娜不禁浑身一抖。

她所见的幻影，这是头一个以活生生的音调对她说话。她张开口刚要叫喊。

这个人用一根手指按在嘴唇上。

"德·基督山伯爵先生！"她小声说道。

看到这姑娘眼中惊恐的神色，她双手颤抖的样子，以及她急忙蜷缩在被子里的动作，就不难理解还有最后一点疑虑，阻止她相信眼前是真实的。基督山深夜来到她的卧室，神不知鬼不觉，穿墙而入，既荒唐又不可思议，瓦朗蒂娜神志虽恍惚，也觉得根本不可能。

"不要喊人，也不要害怕，"伯爵说道，"就是在您内心深处，也不要有一丝一毫的怀疑和不安；您看到在您眼前的这个人（要知道，这一次您看对了，瓦朗蒂娜，这不是一个幻影），在您眼前的这个人，是您梦想所能有的最慈祥的父亲、最恭敬的朋友。"

瓦朗蒂娜不知该如何回答，她害怕极了，这个声音向她表明，说话的人真实存在，因而她不敢应答了；不过，她那惊恐的眼神似在表达：如果您的心是诚挚的，那么您怎么会进屋来呢？

伯爵凭其非凡的洞察力，当即就看透姑娘心里的想法。

"您听我说，"他说道，"或者干脆，您看着我，瞧瞧我这熬红的双眼，瞧瞧我这比往常还要深陷的面颊，这是因为一连四夜，我一刻也没有合眼；一连四个夜晚，我在守护您，保护您，我要保住您这条命，为了我们的朋友马克西米连。"

病人的面颊登时泛起欣喜的红晕，须知伯爵说出这个名字，就完全打

消了她对伯爵心存的最后一点怀疑。

“马克西米连！……”瓦朗蒂娜重复道，她觉得说出这个名字该有多甜美，“马克西米连！这么说，他全对您讲了？”

“全讲了。他对我说，您的生命就是他的生命，而我答应了他，一定保住您的命。”

“您答应他保住我的命吗？”

“对。”

“真的，先生，您刚才说守护啊，保护啊。难道您是医生吗？”

“对，是上天此刻能给您派来的最好的医生，请相信我。”

“您不是说守护吗？”瓦朗蒂娜不安地问道，“在哪里呢？我并没有看见您。”

伯爵伸手指向书橱。

“我就躲在那道门后，”他回答，“那道门通向我租下的隔壁的房子。”

瓦朗蒂娜出于羞涩，高傲地扭过头，移开目光，表现出了极度的恐惧，说道：

“先生，您那样做，实在荒唐透顶了，而您给予我的这种保护，简直就是一种侮辱。”

“瓦朗蒂娜，”伯爵说道，“在长夜守护的过程中，这是我唯一看到的事情：进您屋的是什么人，给您准备的是什么食品，给您送来的是什么饮料；然后，我一旦觉得喝的东西有危险，就像我刚才那样进来，倒掉您杯中的毒药，换上补益身体的饮料，您喝下去，就会往血管里注入生命力，不会像有人期待的那样丧命。”

“毒药！丧命！”瓦朗蒂娜高声说道，她又以为自己发高烧产生幻觉了，“您说的是什么呀，先生？”

“嘘！我的孩子，”基督山说道，同时又把手指按在嘴唇边，“我说了毒药，对，我说了丧命，现在还重复这个词，不过，您先把这个喝下去。（伯爵从兜里掏出一瓶红药水，往杯子里倒了几滴。）您喝下这药水，这一夜就不要再喝什么了。”

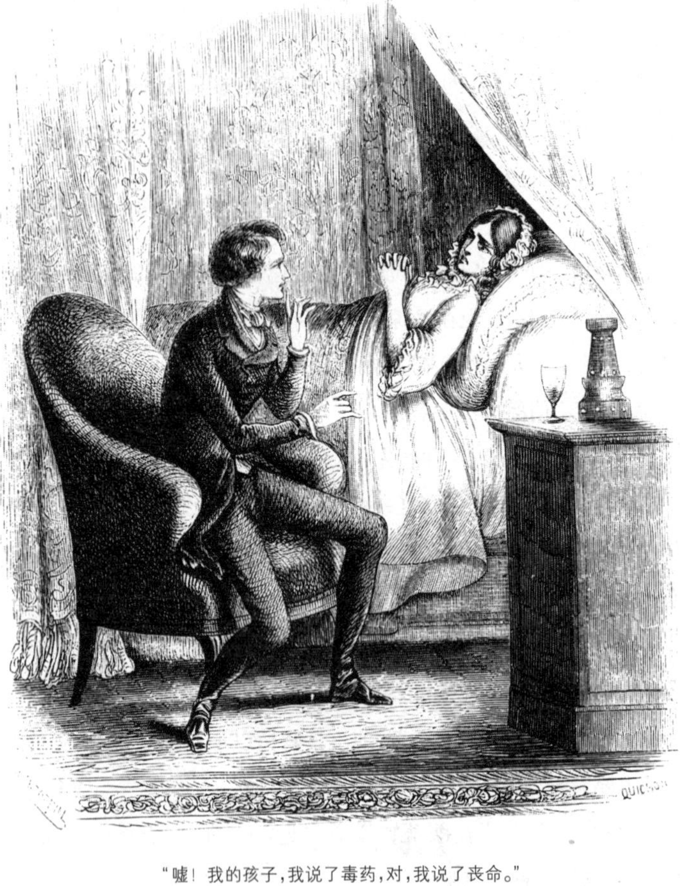

“嘘！我的孩子，我说了毒药，对，我说了丧命。”

瓦朗蒂娜伸手去接，可是刚触碰到杯子，又恐惧地把手缩回去。

基督山举起杯子，喝下一半药液，再递给瓦朗蒂娜，她这才微笑着把剩下的喝光了。

“唔！不错，”她说道，“我尝出味道了，正是我每天夜里喝的饮料，喝下去胸口就清爽一点儿，大脑就平静一点儿。谢谢，先生，谢谢。”

“这就是四个夜晚您怎么活下来的，瓦朗蒂娜，”伯爵说道，“然而我呢，我是怎么熬过来的呀？噢！您让我度过的这些时刻多受罪啊！噢！

当我看到往您杯中倒致命毒药的时候，当我生怕您不待我把毒药倒进壁炉里，就喝下去的时候，您让我受到多大折磨啊！”

“您是说，先生，”瓦朗蒂娜恐惧到了极点，接口说道，“您是说看见往我杯中倒毒药，就担心得要命吗？可是，您既然看见往我杯中倒毒药，就一定看见那下毒的人吧？”

“当然了。”

瓦朗蒂娜一下子坐起来，拉起绣花被遮住比雪还白的胸脯；发烧时胸口留下的冷汗还未干，现在又惊出了一身冷汗，而且倍觉冰冷。

“您看见那个人啦？”年轻姑娘重复问道。

“当然了。”伯爵再次回答。

“您对我说的话骇人听闻，先生，您是要我相信伤天害理的事情。什么！就在我父亲的家中，什么！就在我的屋里，什么！就在我的病床上，还有人要害死我？噢！您走吧，先生，您这是要诱惑我的良知，您这是在亵渎神圣的善心，这不可能，不会有这种事。”

“这只手要加害的，难道您是第一人吗？您身边的德·圣-梅朗先生、德·圣-梅朗夫人、巴鲁瓦，一个个倒下了，难道您没有看到吗？还有努瓦蒂埃先生，假如将近三年来，他不是坚持以毒攻毒疗法，适应了毒性，您不是也要看着他倒下去吗？”

“噢！我的上帝！”瓦朗蒂娜说道，“近一个月来，爷爷也要我跟着喝他的饮料，就是这种用意吧？”

“那种饮料，”基督山高声问道，“有一种半干的橘子皮的苦味，对不对？”

“对，我的上帝，对呀！”

“唔！这我就全明白了，”基督山说道，“他也知道这里有人下毒，也许还知道是谁下毒。”

“他要让您，他的宝贝孙女，让您预防那种致命的毒药，有了抗药性，也就多少化解了那种致命的毒药！我现在才明白四天前您中了毒，怎么还能活下来，而一般来说，中了那种毒是无药可救的。”

“那么杀人犯，凶手究竟是谁？”

“现在轮到我问您了：深夜里，您就从来没有看见有谁进入您的房间吗？”

“当然看见过。我恍恍惚惚，经常看见有人走动，就跟幽灵一般，那些幽灵靠近前，又走开，然后又消失了；不过，我总认为那是我发烧时产生的幻觉，就说刚才那会儿，您走进来，真的，好久我都以为自己烧糊涂了，再不然就是在做梦。”

“这么说，您不知道是谁要害您吗？”

“不知道，”瓦朗蒂娜回答，“为什么有人盼望我死呢？”

“等一下您就知道是谁了。”基督山说道，同时侧耳细听。

“怎么能知道呢？”瓦朗蒂娜问道，一边还惶恐地环视周围。

“因为今天夜晚，您既不发高烧，神志也不模糊，因为今天夜晚，您头脑完全清醒，因为午夜的钟声就要敲响了，而这正是杀人害命的时刻。”

“我的上帝！我的上帝！”瓦朗蒂娜一边感叹，一边用手去抹额头沁出的汗珠。

午夜的钟声果然敲响了，声音悠缓而凄凉，那铜锤每一下都好像击在姑娘的心上。

“瓦朗蒂娜，”伯爵继续说道，“您鼓起全部勇气自助吧，要控制您的心脏平缓跳动，要控制您的喉咙不发出声音，您要装作睡着了，那么您就会看到，您就会看到了！”

瓦朗蒂娜抓住伯爵的手。

“我好像听见响动了，”她说道，“您快离开！”

“再见，哦，一会儿见吧。”伯爵回答。

他随即微微一笑，笑得那么忧伤，那么慈祥，使这姑娘由衷地感激，然后踮着脚尖，又从书橱后面那扇门出去了。

不过，他重又关上门之前，还转过身来，叮嘱一句：

“您千万不要动，也不要出声，让进来的人以为您睡着了，否则的话，那人也许会杀了您，我要去救也来不及了。”

第一〇一章　洛库斯特[①]

只剩下瓦朗蒂娜一个人了。鲁尔的圣菲利浦教堂钟声响过之后，两架走得慢一点儿的挂钟，也分别打了午夜十二点。

继而，周围又重归一片寂静，唯有远处几辆行驶的车马声隐约可闻。

于是，瓦朗蒂娜的全部注意力，都集中到她室内的挂钟上，只听滴嗒滴嗒的钟摆计数着时秒。

她开始数秒了，并注意到秒摆比她心跳的速度慢一半。然而，她还心存疑虑；从无害人之心的瓦朗蒂娜，想象不出会有人要害她的命：为什么呢？出于什么目的？她损害了谁，并同那人结为仇敌呢？

无需担心她会睡着了。

唯一的念头，令她神经高度紧张的一个可怕念头，就是世上有一个人曾企图杀害她，而且还要对她下手。

那个人见下毒总不奏效，正像基督山所说的那样，这一次万一动凶器呢！伯爵万一来不及赶到救助呢！她万一死到临头，万一再也见不到莫雷尔呢？

转念至此，瓦朗蒂娜吓得脸色煞白，惊出一身冷汗，真想伸手拉铃呼救了。

---

① 古罗马女人，善制毒，曾提供毒药给阿格丽品娜，毒死罗马皇帝克劳狄一世（公元41—54在位），还提供给尼禄毒药，害死克劳狄一世的继承人布里塔尼库斯。她于公元68年被处死。

但是她又感到，隔着书橱那道门，看见伯爵的目光闪闪发亮，那目光沉重地压在她的记忆上，她一想起来就万分惭愧，不禁思忖伯爵有失检点的友谊，日后她能否以感激之情消除其难堪的影响。

二十分钟，漫长的二十分钟，就这样缓慢地过去，继而又过了十分钟；那座挂钟，先是发出点响动，终于打了一下，发出响亮的声音。

与此同时，传来轻叩书橱木板的声音，几乎细微难辨，那是提醒瓦朗蒂娜注意，伯爵在守望，叮嘱她也多加警惕。

就在对面方向，即爱德华卧室那边，果然有轻微的响动，瓦朗蒂娜仿佛听见地板发出吱吱咯咯声，于是她竖起耳朵，屏住呼吸，只听门锁拧动的声响，房门打开了。

瓦朗蒂娜本来用臂肘撑着身子，刚好来得及重又躺倒，用一条手臂遮掩住自己的眼睛。

然后，她浑身颤抖着，心突突跳动，怀着难以名状的恐惧等待着。

有人走到床前，拂开了幔帐。

瓦朗蒂娜竭尽全力控制自己，发出均匀而轻微的呼吸声，表明睡得很安稳。

"瓦朗蒂娜!"一个声音轻轻地叫道。

年轻姑娘一个寒战打到内心深处，但是没有应声。

"瓦朗蒂娜!"那声音又叫道。

还是一片寂静，瓦朗蒂娜早已下了保证，装睡不醒。

随后，又一点动静也没有了。

不过，瓦朗蒂娜还是听见了极其细微难辨的声响，那是往她空杯子里倒汁液的声音。

直到这时，她由横着的胳臂遮挡，才敢微微睁开眼睛。

于是她看见一个穿白睡袍的女人，正拿着一个小瓶，往她杯子里倒事先配好的药液。

在短短一瞬间，瓦朗蒂娜也许屏住了呼吸，或者，一定是动了一下，因为那女人有些不安，住了手，朝病床俯下身子，想看清楚她是否真的睡着

她看见一个穿白睡袍的女人，正拿着一个小瓶，往她杯子里倒事先配好的药液。

了：那人是德·维尔福夫人。

瓦朗蒂娜认出她继母来，身子猛地颤抖一下，不免带动了床铺。

德·维尔福夫人立刻闪身，贴到墙壁，躲至床幔帐的后面，敛声屏息，注意窥视瓦朗蒂娜最细微的动静。

瓦朗蒂娜想起基督山那句可怕的话，她似乎已经看到没有拿药瓶的那只手，握着闪亮的一把长长的尖刀。于是，她求助于自己的整个意志

力，强行闭上眼睛；我们的感官中最胆怯的这一感官功能，平时再简单不过的功能，此刻却变得几乎不可能完成；她的好奇心太强烈了，极力扒开这眼帘，好看清事实真相。

这工夫，周围又恢复寂静，德·维尔福夫人听到瓦朗蒂娜睡觉的均匀的呼吸声，这才放下心来，她半躲在床头重叠的幔帐后面，将小瓶里剩下的药水全倒进瓦朗蒂娜的杯中了。

然后，她就抽身了，没有发出一点声响，连瓦朗蒂娜都没有听见她已经走了。

瓦朗蒂娜倒是看见那只胳膊消失了，仅此而已；那是一位年轻貌美、年仅二十五岁的少妇的胳膊，丰满而细嫩，却在倾倒致命的毒药。

德·维尔福夫人在这房间逗留一分半钟，瓦朗蒂娜在这一分半钟的感受，实在难以言传。

这姑娘昏昏沉沉，陷入了一种近乎麻木的迟钝状态，这时又被轻叩书橱门板的声音唤醒了。

她吃力地抬起头。

那扇门再次打开，但还是悄无声响，德·基督山伯爵又露面了。

"怎么样，"伯爵问道，"您还有怀疑吗？"

"噢！上帝啊！"年轻姑娘咕哝一句。

"您看见啦？"

"唉！"

"您认出来啦？"

瓦朗蒂娜叹了一口气。

"对，"她回答，"可是我难以置信。"

"那么，您宁愿丧命，并且连累马克西米连也死了啊！……"

"我的上帝，我的上帝！"姑娘重复道，她几乎不知所措了，"那我离开这个家，逃走还不行吗？……"

"瓦朗蒂娜，那只手会紧追不舍，到哪里都会加害于您，用金钱买通您的仆人，而死神会披着各种各样的伪装，降临到您头上，无论您喝的泉

水,从树上摘下的果子,都有它的身影。”

“您不是说过,爷爷采取了预防措施,就让我有了抗毒药性了吗?”

“抗一种毒药,而且剂量还不大;她会换另一种毒药,或者加大剂量。”

他拿起杯子,沾了沾嘴唇。

“您瞧,”他说道,“已经这样干了。她给您下的毒,不再是番木鳖碱了,而是一种普通的麻醉药。我尝出了溶解这麻醉药的酒精的味道。德·维尔福夫人往这杯子里倒的饮料,如果您喝下去了,瓦朗蒂娜,瓦朗蒂娜,那您就没命了。”

“我的上帝!”姑娘高声叹道,“她为什么非置我于死地呢?”

“什么!瓦朗蒂娜,您就这么淳厚,这么善良,这么不信有歹毒之心,怎么也理解不了吗?”

“理解不了,”姑娘答道,“我从来就没有伤害过她呀!.“

“然而您富有啊,瓦朗蒂娜,您拥有二十万利弗尔的年金,这笔二十万利弗尔年金,您是剥夺她儿子的。”

“怎么这样说呢?我的财产根本不是她的,是继承我外祖父母的。”

“当然了,正因为如此,德·圣-梅朗先生和夫人都丧命了,就是为了让您继承外祖父母的财产;正因为如此,努瓦蒂埃先生指定您为财产继承人那天起,也就死定了;正因为如此,最后又轮到您该死了,瓦朗蒂娜,以便让令尊继承您的遗产,而您弟弟是独生子,就能从令尊手中继承所有这些财产了。”

“爱德华!可怜的孩子,为了他,就犯下这么多罪行?”

“嗯!您已明白了。”

“噢!我的上帝!但愿这一切别报应到他头上!”

“您真是个天使,瓦朗蒂娜。”

“那么我祖父呢,是不是不想再加害他了呢?”

“人家考虑过了,您一死,财产就自然归到您兄弟名下,只要他不被剥夺继承权,因此盘算下来,再下毒手就毫无意义了,而且作案倍加危险

了。”

“这样一套阴谋诡计，难道就是在一个女人头脑里产生的！我的上帝啊！我的上帝！”

“您还记得佩鲁贾吧，就在驿站旅馆的葡萄架下，您继母向一个穿棕色斗篷的先生询问托法娜毒药水；跟您说吧，正是从那时候起，这样一整套罪恶的计划，就在她头脑里酝酿成熟了。”

“噢！先生，”温柔的姑娘流下眼泪，高声说道，“我明白，如果是这样，那我就必死无疑了。”

“不，瓦朗蒂娜，死不了，要知道，我识破了全部阴谋；死不了，要知道，我们的仇敌既然被识破，也就注定失败了；您会活下去，瓦朗蒂娜，您会活着，为了爱也为了被人爱；您会活着，过上幸福生活，也让一颗高尚的心得到幸福。然而，要活下去，瓦朗蒂娜，就必须完全信赖我。”

“您就吩咐吧，先生，我应当怎么做？”

“我给您什么，您都要盲目地吞食下去。”

“唔！上帝为我作证，”瓦朗蒂娜高声说道，“如果在世上别无牵挂，我宁愿自己死了！”

“您不要告诉任何人，甚至不要告诉令尊。”

“家父同这件可怕的阴谋毫无牵连，对不对，先生？”瓦朗蒂娜说着，双手就合在胸前。

“对，然而令尊，一贯起诉指控罪犯，他应当明白，这家里接连死了人，都不是自然死亡。令尊，本该是他守护您，此刻，也本该是他待在我这位置上；本该是他，将这杯中的毒药倒掉；本该是他站出来，控告杀人犯，妖魔指控妖魔。”他朗声说道，但是结束句却压低了声音。

“先生，”瓦朗蒂娜说道，“我会尽一切努力活下去，既然世上有两个人爱我，会随着我死去：就是我祖父和马克西米连。”

“我会守护他们，就像看护您一样。”

“那好吧，先生，我就听您的安排，”瓦朗蒂娜说道，接着又小声咕哝着，“噢！我的上帝！我的上帝！我会出什么事呢？”

“不管出什么事，瓦朗蒂娜，您都不要惊慌失措。假如您感到难受，假如您丧失了视觉、听觉和触觉，您千万不要害怕。假如您苏醒过来，不知身在何处，哪怕醒来时发现自己在墓穴里，或者在钉死的棺材里，您也不要害怕。您要猛醒过来，这样告诉自己；就在此刻，有一位朋友，一个父亲，一个希望我和马克西米连幸福的人，他在守护着我。”

“唉！唉！真是可怕到了极点！”

“瓦朗蒂娜，您是不是更愿意揭发您继母呢？”

“我更愿意死一百次！唔！对，我情愿死！”

“不，您不能死，您要答应我，不管出什么事，您都要怀有希望，而绝不抱怨，好吗？”

“我会想着马克西米连。”

“您是我心爱的女儿，瓦朗蒂娜；唯独我能救您，我一定把您救了。”

瓦朗蒂娜恐惧到了极点；她双手合十（因为她感到这种时候，该向上帝祈求勇气了），坐起来祈祷，口里咕咕哝哝，语不成句，一时忘记她那雪白的双肩只有长长的秀发遮盖，而她那花边精美的睡衣里，也能让人看见那颗心在跳动。

伯爵轻轻按住姑娘的胳臂，将天鹅绒被单一直拉到她的脖颈，面带慈爱的笑容说道：

“我的孩子，请相信我的忠诚，就如同您相信上帝的慈悲，相信马克西米连的爱情一样。”

瓦朗蒂娜凝视他，眼里充满了感激之情，待在被单里像个乖孩子似的。

这时，伯爵从坎肩兜里掏出那只翡翠小匣，打开金盖，往瓦朗蒂娜右手心倒出一粒豌豆大小的药丸。

瓦朗蒂娜用右手拿起药丸，定睛看着伯爵：这个大无畏的保护人的脸上，闪现出一种圣洁的庄严和威力的光彩。显而易见，瓦朗蒂娜在用目光询问他。

“吃吧。”伯爵回答。

瓦朗蒂娜将药丸送入口中吞下去。

“好了，再见，我的孩子，”伯爵说道，“您现在得救了，我也得去想法儿睡一会儿了。”

“您去吧，”瓦朗蒂娜说道，“我向您保证，无论发生什么情况，我都不害怕。”

基督山久久凝视这少女，她吞了伯爵给她的药丸，麻醉药开始发挥效力，她就渐渐入睡了。

“好了，再见，我的孩子，您现在得救了。”

于是，伯爵拿起玻璃杯，往壁炉里倒掉四分之三的药液，好让人以为是瓦朗蒂娜喝下去的，再把杯子放回到床头柜上，最后又看一眼，只见瓦朗蒂娜放心地睡着了，宛如睡在天主脚下的天使那样纯真，然后他又走到书橱暗门，隐身不见了。

第一〇二章　瓦朗蒂娜

在瓦朗蒂娜卧室的壁炉台上，那盏小油灯依然亮着，眼看就要燃尽漂在水上的最后几滴油珠。一圈发红的光晕，已经染红了乳白色球状灯罩，火苗也更为明亮，发出最后的毕剥之声，这正是人到临终最后抽搐的情景：油灯将尽也常譬喻为可怜的人生命走到尽头。这时，惨淡的晨曦，将这少女的白色幔帐和衾枕映成灰白色。

这会儿，街上的声响完全止息，屋里静得瘆人。

恰好这时，爱德华卧室的房门打开了，我们已经见过的那张面孔，又映现在房门对面的大镜子里：正是德・维尔福夫人，她回来检查下毒的饮料是否奏效。

她停在门口，细听小油灯的毕剥之声，在这让人以为空无一人的房间里，这是唯一听得见的声响。继而，她蹑手蹑脚地走向床头柜，要看看瓦朗蒂娜的杯子是否空了。

正如上文所述，杯里还剩下四分之一。

德・维尔福夫人拿起杯子，将剩下的饮料倒在炉灰上，再扒拉几下，好尽快渗进去；接着，她又仔细地涮净杯子，用自己的手帕擦干，重又放到床头柜上。

此刻，如果有人窥视这屋里，那么他就会看到，德・维尔福夫人还有几分迟疑，眼睛不大敢注视瓦朗蒂娜，不大敢走近床铺。

这惨淡的灯光、这死一般的寂静、这残夜的可怕意蕴，无疑同她头脑

的恐怖意念相融合:这个下毒的女人,不敢正视自己的作品了。

她终于壮起胆子,拉开床帏,手扶着床头,注意看瓦朗蒂娜。

这位少女停止呼吸了,微张的牙齿缝之间,没有逸出一丝显示生命的气息;她那灰白的嘴唇也不再抖动了;那双眼睛,仿佛淹没在从肌肤渗出的紫色气体中,而眼球鼓起的部位,眼睑更显苍白,长长的黑睫毛在已经变得蜡黄的脸上,画出了两条黑线条。

德·维尔福夫人凝视这张脸,那寂然不动的表情令人十分信服;于是,她胆子大起来,掀开被子,手伸进去按在姑娘的胸口。

心口静止而冰冷。

她感到跳动的,是她手指的脉搏;她浑身一抖,急忙抽回手。

瓦朗蒂娜的一条胳臂耷拉到床外;这条手臂,从肩头到肘弯,仿佛完全按照热尔曼·皮隆①的《美惠三女神》的模子铸出来的;不过,小臂由于抽筋而略微变形,而无比婉妙的手腕,搭在桃花心木的床沿上,显得有点僵直,手指也叉开了。

指甲的根部已经发青了。

在德·维尔福夫人看来,已经无可怀疑了。大功告成:这件骇人的作品,她要完成的最后一件,终于脱手了。

下毒的女人在这屋里已无事可干了,她万分小心地向后退去,显然害怕踩在地毯上会发出吱咯的声响。但是,她往后退时,手里还拉着床幔,全神贯注地观赏这死亡的景象,觉得这景象本身具有不可抗拒的吸引力,只要死者仅仅静止不动而未腐烂,只要死者仍是谜团而尚未令人厌恶。

时间一分一秒地过去。德·维尔福夫人难以放手,她拉着的床幔好似衾单,盖在瓦朗蒂娜的头上。她不由自主地陷入沉思;犯罪的沉思,恐怕就是愧疚了。

这时,小油灯毕毕剥剥声变本加厉了。

听到灯花爆破声,德·维尔福夫人不禁一抖,便松手放下了帏幔。

---

① 热尔曼·皮隆(1537—1590),法国雕塑家。

与此同时，油灯熄灭了，房间没入一片黑暗，令人恐惧。

在这片黑暗中，挂钟却醒来，打响了四点半钟。

下毒的女人听到连续的打点声，不禁惊恐万状，她摸索着走到门口，又回到自己的房间，已经吓出一头冷汗了。

黑暗又持续了两小时。

灰白的晨曦这才逐渐透过百叶窗，钻进了房间，继而又逐渐明亮，照出了物体和人体的颜色和形状。

这时，楼梯上响起女看护的咳嗽声，她手里拿着一个茶碗，走进瓦朗蒂娜的房间。

换了父亲或者情人，一眼就能看出来，瓦朗蒂娜已经死了。可是，在一个受雇佣的看护的眼中，瓦朗蒂娜不过是在熟睡。

"好哇，"她走到床头柜前，说道，"药水她喝了，杯子里只剩下一小半了。"还是想趁瓦朗蒂娜睡着，自己再眯一会儿。

挂钟打八点钟，把她惊醒了。

她这才深感诧异，姑娘何以沉睡不醒，她又看见姑娘伸到床外的胳膊不收回去，不禁害怕了，赶紧走到床前：直到这会儿才发现，睡觉的姑娘嘴唇凉了，胸口也冰冷了。

女看护想把伸出的手臂放回去，可是手臂僵硬不听摆弄，这回她再也不可能理会错了。

她大叫一声。

"救人啊！"她喊道，"救人啊！"

"什么，救人！"德·阿弗里尼先生在楼梯下面应声答道。

这正是医生来诊视的时间。

"什么，救人！"维尔福也应声喊道，他急忙冲出书房，"大夫，您没有听见喊救人吗？"

"听见了，听见了，上楼去，"德·阿弗里尼答道，"快上楼，到瓦朗蒂娜的房间。"

然而，还未待医生和父亲赶到，那些在同一层楼各房间或走廊上的仆

人,闻声都拥进病房,看到瓦朗蒂娜脸色煞白,一动不动躺在床上,他们都纷纷举起双臂,仿佛犯晕似的身子摇晃起来。

“快叫德·维尔福夫人! 快去叫醒德·维尔福夫人!”检察官站在门口喊道,似乎不敢举步进屋。

可是,仆人都不答应,只顾看进来的德·阿弗里尼先生。医生跑向瓦朗蒂娜,抱着将她扶起来。

“又轮到这姑娘了……”他咕哝着,又放下姑娘,“噢,我的上帝,我的上帝,您什么时候放过我们?”

维尔福冲进房间。

“您说什么,我的上帝!”他双手举向天空,高声说道,“大夫! ……大夫! ……”

“我说瓦朗蒂娜死了!”德·阿弗里尼答道,声调十分庄严,庄严中又透着威慑。

德·维尔福先生仿佛折断了双腿,一下子倒地,脑袋也跌到瓦朗蒂娜的床上。

一听见医生说的话,一听见父亲的喊叫,那些仆人都张皇失措,口里暗暗诅咒着,一哄而逃,他们急促的脚步声,从楼梯和走廊传来,继而,院子里一片喧闹,随后就全结束了:整个宅院寂静下来,府上的仆人无一例外,全部逃离了。

这时候,德·维尔福夫人穿着便袍,一只袖子还没有套上,撩起门帘,她在门口停了停,那神态似乎在询问在场的人,同时也想硬挤出几滴眼泪。

突然,她向前跨一步,准确地说,她朝前一纵身,两只手臂伸向床头柜。

她刚看到德·阿弗里尼好奇地俯下身,从那床头柜上拿起玻璃杯,而她明明记得夜间把杯子倒空了。

然而,那还有小半杯饮料,刚好有她倒进炉灰之前那么多。

此刻,就是瓦朗蒂娜的幽灵一下子蹿到面前,也不会对这下毒的女人

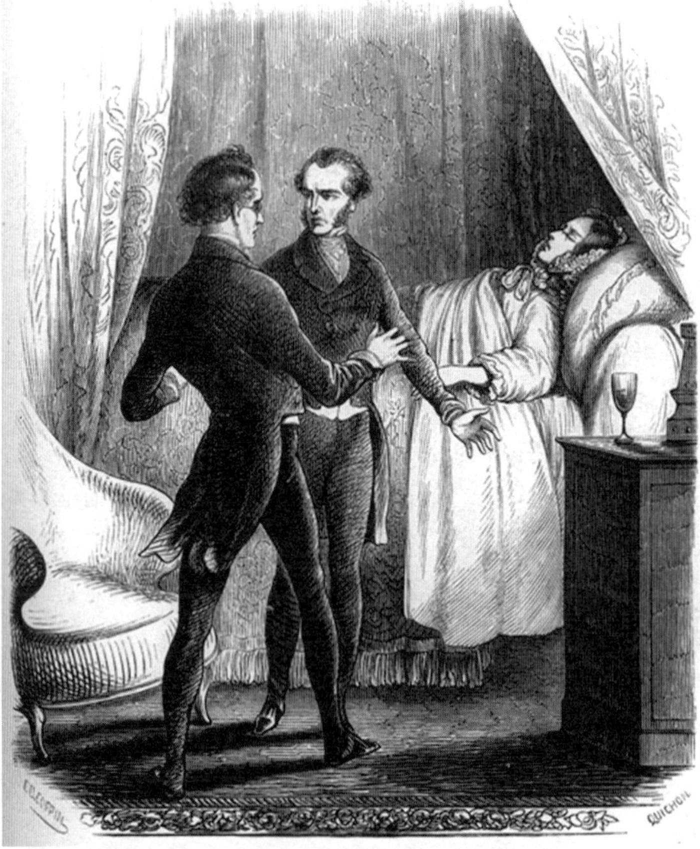

“我说瓦朗蒂娜死了！”德·阿弗里尼答道。

产生如此效果。

不错，颜色也对，正是她倒进瓦朗蒂娜杯中，由瓦朗蒂娜喝了的饮料；正是那种毒药，骗不过德·阿弗里尼的眼睛，而且德·阿弗里尼先生正全神贯注地察看：这无疑是上帝显灵，凶手虽然多加防范，还是留下了线索，留下了揭发罪恶的证据。

德·维尔福夫人待在那里，好似恐怖女神像，而德·维尔福则把头埋在死者的被单里，根本没有看见身边发生了什么事。就在这工夫，德·阿

弗里尼走近窗口，以便更仔细地观察杯中的液体，还用指尖蘸着尝了一滴。

“唔！”他喃喃说道，“这回不是番木鳖碱了，瞧瞧究竟是什么？”

接着，他跑向房间里装了药的一个柜子前，从柜子里拿出一个小银盒，再从盒中取出一小瓶硝酸，往玻璃杯乳白色液体中滴了几滴，只见那小半杯溶液立刻变成血红色。

“啊！”德·阿弗里尼惊叹一声，声调中有审判官识破案件真相时的震惊，又掺杂学者解决一个问题时的喜悦。

德·维尔福夫人一时掉转过身去，两眼放射出怒火，随即又熄灭了；她踉踉跄跄，用手摸索着寻找房门，闪身不见了。

不大工夫，远处传来扑通一声，听似身体跌倒在地板上的响动。

然而谁也没有留意。女看护正聚精会神观看化学分析，而维尔福则一直悲痛欲绝。

唯独德·阿弗里尼先生始终注视着德·维尔福夫人，注意到了她匆忙离去。

他掀起瓦朗蒂娜房间的门帘，一眼望去，穿过爱德华的房间，能一直看到德·维尔福夫人的套间，只见她躺在地板上不动了。

“快去救护德·维尔福夫人，”他对女看护说道，“德·维尔福夫人晕倒了。”

“可是，瓦朗蒂娜小姐呢？”女看护讷讷地问道。

“瓦朗蒂娜小姐用不着救护了，”德·阿弗里尼说道，“因为，瓦朗蒂娜小姐已经死了。”

“死啦！死啦！”维尔福哀叹道，这种极痛深悲，对他这颗青铜之心是崭新的，完全陌生而前所未闻，因而也更加令人心碎。

“死啦！您是说？”第三个声音嚷道，“谁说瓦朗蒂娜死了？”

两个男人都转过身去，看见莫雷尔站在门口，面失血色，满脸惊慌，样子很可怕。

情况是这样的：

莫雷尔还一如往常，按时从小门进来，探望努瓦蒂埃。

不料异乎往常，他发现楼门敞着，不必拉铃就走进去。

他在前厅等了片刻，想让仆人带他去努瓦蒂埃房间，便呼唤来人。

然而，却没有人应声：我们知道，这座宅院的仆人都跑光了。

这天，莫雷尔心里并没有什么特别不安的事情：基督山向他保证，瓦朗蒂娜一定能活下来，而且迄今为止，也还不折不扣地恪守这一诺言。每天晚上，伯爵都告诉他好消息，次日又总能得到努瓦蒂埃的证实。

然而此刻，楼里寂静无人，他觉得很奇怪，便叫了第二声，第三声，还是一片寂静。

于是，他决定上楼。

努瓦蒂埃的房间同其他房间一样，房门都大敞四开。

莫雷尔头一眼就看到老人坐在轮椅里，还在老地方，只见他睁大了双眼，似乎在表达内心的恐惧，而整张脸特别苍白，也证实了这种心理。

"您身体好吗，先生？"年轻人问道，不由得一阵揪心。

"很好！"老人眨着眼睛表示，"很好！"

不过，他那表情好像越发不安。

"您有心事，"莫雷尔继续说道，"您需要什么东西。您要我唤来一名仆人吗？"

"对。"努瓦蒂埃表示。

莫雷尔便拼命拉铃，然而，他就是把铃绳拉断，也叫不来一个人。

他转向努瓦蒂埃，老人的脸色越发苍白，表情越发不安了。

"我的上帝！我的上帝！"莫雷尔说道，"怎么没人来呢？难道这宅第里有人病了吗？"

努瓦蒂埃的眼睛仿佛要从眼眶里冒出来。

"哎呀，您怎么啦？"莫雷尔继续问道，"您真让我害怕。瓦朗蒂娜！瓦朗蒂娜！"

"对！对！"努瓦蒂埃表示。

马克西米连张口要说话，却发不出一点声音，他身体站立不稳，便扶

住护壁板。

然后，他就伸手指着门口。

“对！对！对！”老人继续表示。

马克西米连纵身两三跳，就冲上小楼梯，而努瓦蒂埃的目光似乎在冲他喊：

“再快些！再快些！”

一分钟的工夫，年轻人就跑遍好几个房间。都空无一人，同楼房其他地方一样，最后到达瓦朗蒂娜的房间。

他无须推门，房门大敞四开。

他最先听到的声音是呜咽，再抬眼望去，恍若隔着迷雾，看见一个黑色的人影跪在地上，头埋在一堆凌乱的白色衾被中。担心，极度的担心，把他钉在门口。

正是在这种情况下，他听见一个声音说道：“瓦朗蒂娜死了，”而第二个声音，仿佛回声似的应道：

“死了！死了！”

第一〇三章　马克西米连

维尔福又站起身，他这样痛哭流涕让人撞见，不免感到羞愧。

可怕的职业生涯，他从事了已有二十五年，最终几乎可以说与人合而为一了。

他的目光一时怔忡，盯着看莫雷尔。

“您是谁，先生”，维尔福说道，“您怎么没有顾忌，随便闯进一个死人的家庭呢?”

“请出去，先生！出去!”

可是，莫雷尔却没有动弹，他无法移开目光，眼前的景象实在骇人:凌乱的床铺上，躺着面无血色的姑娘。

“出去，您听见了吧!”维尔福嚷道。

这时，德·阿弗里尼也走上前，要让莫雷尔走开。

莫雷尔直愣愣地凝视着姑娘的遗体、这两个男子和整个房间，仿佛迟疑了一下，张开口要说话，尽管大悲大恸的思潮涌入他的脑海，他却连一句话也答不上来；于是，他双手揪着自己的头发，返身走开了。维尔福和德·阿弗里尼见他那样子，一时转移了注意力，目送他离去，彼此还交换一下眼色，都同样表示:

“他疯了!”

可是，还未过五分钟，他们就听到有重物压得楼梯板咯吱地响，又看见莫雷尔以超人的力量，抱着努瓦蒂埃的轮椅，将老人抱上二楼来。

的。

他们看见莫雷尔以超人的力量，抱着努瓦蒂埃的轮椅，将老人抱上二楼来。

一到楼梯口，莫雷尔便放下轮椅，急速地推入瓦朗蒂娜的房间。

年轻人的这一举动，是在冲动到了发狂的状态下，以十倍的力量完成的。

不过，尤为令人惊骇的是努瓦蒂埃的那张面孔：轮椅由莫雷尔推向瓦朗蒂娜的床铺时，努瓦蒂埃那张面孔正展现睿智的全部源流，那双眼睛则凝聚了取而代之的所有的力量。

因此，这张目光炯炯的苍白面孔一出现，维尔福就像见了吓人的鬼魂。

每次他同父亲接触，总要发生可怕的事情。

“您瞧他们把她害成什么样子！”莫雷尔嚷道，他将轮椅推到床前，一只手还抓着椅背，另一只手则指向瓦朗蒂娜，“您瞧啊，爷爷，您瞧啊！”

维尔福后退一步，惊讶地注视这个年轻人，这个几乎陌生的人，居然管努瓦蒂埃叫爷爷。

这时，老人的整个灵魂，似乎都传到他那血红的双眼上；继而，他的脖筋一条条暴起来，而癫痫患者皮肤起的那种青紫斑，也布满老人脖颈和面颊；整个人，内心怒火的爆发，就只差一声吼叫了。

也可以这样说，这声吼叫，从所有毛孔迸发出来，因其缄默而尤为惊心动魄，因其无声而尤为撕肝裂胆。

德·阿弗里尼抢步到老人面前，让他嗅一种高强度的诱导剂。

“先生！”莫雷尔这时喊道，他抓住瘫痪老人没有知觉的手，“他们问我是谁，凭什么到这里来。您啊，您是知道的，您说吧，您说吧！”

年轻人声音哽咽，说不下去了。

至于老人，他胸脯起伏，呼吸困难，就像临终前那样痛苦折腾。

终于，努瓦蒂埃的眼里涌出了泪水，总比欲哭无泪的这个年轻人幸运多了。他的头不能垂下去，就只好闭上眼睛。

“您告诉他们，”莫雷尔声音哽咽，接着说道，“告诉他们，我是她的未婚夫！”

“告诉他们，她是我的高尚朋友，是我在这世上唯一的爱！”

“告诉他们，告诉他们，告诉他们，这具尸体是属于我的！”

年轻人这样说着，就重重跪倒在地上，双手痉挛着死死抓住床沿，一个铁打的汉子被痛苦压倒，这幕场景多么触目惊心！

这种肠断魂销的痛苦，让德·阿弗里尼转过身去，以掩饰自己的激动，也让维尔福向年轻人伸过手来，不再要求解释：我们为失去的亲人痛哭的时候，自然亲近那些爱过他们的人，就像受磁力的吸引。

但是，莫雷尔什么也没有看到，他紧紧抓住瓦朗蒂娜冰冷的手，痛极无泪，只是咬住被单干吼着。

有一阵子，在这房间唯闻相交汇的哭泣、诅咒和祈祷之声。然而，有一种声音却压倒这混杂之声，那就是努瓦蒂埃浑浊而揪心的喘息，似乎每一下呼吸，老人胸中生命的那些发条就会断掉一根。

还是维尔福最有克制力，他将自己的位置，可以这样说吧，一度让给了马克西米连，终于又开口说话了。

"先生，"他对马克西米连说道，"照您说，您爱瓦朗蒂娜：您是她的未婚夫。我并不知道你们相爱的事，也不知道有这种婚约；不过，我身为父亲，也就原谅您了，看得出来，您的悲痛是巨大而实在的，是发自内心的。"

"况且，我的悲痛也十分巨大，在我心里就没有恼怒的余地了。"

"然而，您也看到了，您渴望结为伴侣的天使，已经离开了人世，此刻她正一心崇拜天主，不再需要世人的爱慕了。先生，您就向她忘在我们中间的令人伤心的遗体告别吧，最后握一握您曾期望得到的这只手，然后就同她永远诀别吧；现在，瓦朗蒂娜只需要为她做圣事的神甫了。"

"您错了，先生，"莫雷尔一条腿支起来，高声说道，自觉悲痛穿心，从来没有如此剧烈，"您错了，瓦朗蒂娜，就这样死了，她不仅需要一位神甫，还需要一个为她报仇的人。"

"德·维尔福先生，您派人去请神甫吧，我来为她报仇。"

"您这么讲是什么意思，先生？"维尔福咕哝道，他听到莫雷尔在神志迷乱中又出新点子，就不由得不寒而栗。

"我的意思就是，"莫雷尔继续说道，"您身上本是两个人，先生。作为父亲，您哭得也够了，现在让检察官开始执法吧。"

努瓦蒂埃眼睛一亮，德·阿弗里尼又靠过来。

"先生，"年轻人继续说道，同时扫视在场的人，瞥见他的脸上流露出的所有感情，"我知道自己在说什么，而你们所有人也都明白，我要表达什么意思。"

“瓦朗蒂娜是被谋害而死的!”

维尔福垂下头去;德·阿弗里尼又向前跨一步;努瓦蒂埃则以眼睛表示赞同。

“然而,先生,”莫雷尔接着说道,“在我们生活的时代,一个人,即使不像瓦朗蒂娜这么年轻,这么美丽,这么可爱,一个人突然死于非命,我们也不能不闻不问。”

“好了,检察官先生,”莫雷尔补充说道,口气越发猛烈了,“不要心慈手软!我向您揭发了罪行,您查出凶手吧!”

说罢,他那绝不容情的目光便询问维尔福,而维尔福求援的目光,时而投向努瓦蒂埃,时而又投向德·阿弗里尼。

可是,维尔福从父亲和医生那里非但没有得到支持,反而遇到跟莫雷尔一样坚定不移的目光。

“对!”老人表示。

“当然!”德·阿弗里尼说道。

“先生,”维尔福辩驳道,他还试图抗拒这三人的意志,抗拒自己的冲动,“您错了,在我家中没有发生罪案,是厄运在打击我,是上帝让我经受磨难;想来很可怕,但是没有谋杀任何人!”

努瓦蒂埃眼中冒火,而德·阿弗里尼张口要讲话。

莫雷尔一伸手臂,让大家肃静。

“而我,我要对您说,这里有人在谋杀!”莫雷尔朗声说道,嗓门虽压低了些,但丝毫不减其震慑力。

“我要对您说,四个月来,这已经是第四个受害者了。”

“我要对您说,四天前就下过一次毒手,企图毒死瓦朗蒂娜,但是没有得逞,多亏了努瓦蒂埃先生采取了防范措施!”

“我要对您说,那人加大了剂量,或者换了一种毒药,这次终于得手了!”

“我要对您说,所有这些情况,其实您同我一样完全清楚,因为这位先生作为医生和朋友,已经警告过您了。”

“唔！您这是在说胡话，先生！”维尔福说道，他感到身陷重围，但还是要徒然地挣扎。

“我说胡话！”莫雷尔又高声说道，“那好，我请德·阿弗里尼先生亲自作证。”

“您问问他，先生，他是否还记得在您花园里讲过的话，就在您这公馆的花园里，德·圣-梅朗侯爵夫人去世的当天晚上，当时您和他，以为只有你们两个人，您们议论那种悲惨的凶死，而您归罪于厄运，还不公正地指责上帝，其实在这一罪案中，厄运和上帝只能为一件事负责：就是创造出加害于瓦朗蒂娜的凶手！”

维尔福和德·阿弗里尼面面相觑。

“对，对，您回想一下吧，”莫雷尔又说道，“你们以为寂静无人讲的那些话，却落进了我的耳中。我目睹了德·维尔福先生包庇家里人犯罪，当然了，从那天晚上起，我就应该完全向当局揭发了；真若是那么做，我也就不至于像此刻这样，成为杀害你的帮凶啊，瓦朗蒂娜！我心爱的瓦朗蒂娜！不过，帮凶要变成复仇者。这第四次谋杀，简直明目张胆，有目共睹，如果你父亲不管你了，瓦朗蒂娜，那么就由我来，就由我来，我向你发誓，一定追查出凶手。”

这一次，老天仿佛发了慈悲，不忍看到这个强健的躯体被自身的力量摧折，莫雷尔最后几句话已经哽在喉咙中，胸口涌动，终于失声痛哭，蓄积已久的泪水夺眶而出；他浑身一软，又哭着跪倒在瓦朗蒂娜的床前。

这时，德·阿弗里尼也开了口。

“我也同样，”他朗声说道，“我也同样，愿意和莫雷尔先生一起，要求惩罚罪犯；因为，我心慈手软，就纵容了凶手，一想到这一点，我心里就万分难过！”

“噢！我的上帝！我的上帝！”维尔福一下子垮了，口里咕哝道。

莫雷尔又抬起头，看见老人眼中放射出异样的火焰。

“注意，”他说道，“注意，努瓦蒂埃先生要说话。”

“对。”努瓦蒂埃表示。这可怜的瘫痪老人，所有官能都集中到眼睛

里，因而他这眼神尤为可怕。

“您知道凶手是谁吗？”莫雷尔问道。

“是的。”努瓦蒂埃回答。

“您要指点给我们吗？”年轻人高声说道，“大家都听好了？德·阿弗里尼先生，大家都听好了！”

努瓦蒂埃冲不幸的莫雷尔忧伤地微微一笑，他眼睛的这种温柔的微笑，曾经多少次让瓦朗蒂娜幸福；接着，他又凝神关注了。

继而，不妨这么说吧，他将对方的目光吸引过来之后，便又带着移向门口。

“您是让我们出去吗，先生？”莫雷尔痛苦地高声问道。

“对。”努瓦蒂埃表示。

“唉！唉！先生，您可怜可怜我吧！”

老人的目光毫不容情，一直盯住门口。

“至少，还能让我回来吧？”莫雷尔问道。

“对。”

“让我一个人出去吗？”

“不。”

“要我把谁带走呢？检察官先生吗？”

“不。”

“大夫吗？”

“对。”

“您要德·维尔福先生单独留下来吗？”

“对。”

“可是他，能明白您要表达的意思吗？”

“对。”

“唔！”维尔福说道，调查能这样私下进行，他几乎高兴起来，“唔！您就放心吧，我完全能理解家父要表达的意思。”

检察官虽如我们所指出的，带着喜悦的表情讲这句话，但同时他的牙

齿却剧烈地打战。

德·阿弗里尼挽起莫雷尔的手臂，拉着年轻人去了隔壁房间。

这时，整座楼房鸦雀无声，比死寂还要深沉。

过了一刻钟，终于响起踉踉跄跄的脚步声，接着，维尔福出现在这间客厅的门口，只见德·阿弗里尼在凝思，而莫雷尔则喘着粗气。

"你们过来吧。"维尔福说了一句。

于是，他把他们带回到努瓦蒂埃的轮椅前。

直到这时，莫雷尔才注意审视维尔福。

检察官一脸煞白，额头上出现宽宽的锈色条斑；他的手指间夹的那支羽毛管笔，已经揉搓得不成样子，咔咔响着落下碎片。

"二位先生，"他声音哽咽，对德·阿弗里尼和莫雷尔说道，"二位先生，你们要以人格保证，就让这可怕的秘密深埋在我们中间。"

两个男人下意识地动了一下。

"我恳求二位了！……"维尔福继续说道。

"可是，"莫雷尔则说道，"那个罪犯呢！……那个元凶呢！……那个杀人凶手呢！……"

"请放心吧，先生，正义一定能够伸张，"维尔福说道，"家父向我披露了罪犯的名字。他同您一样渴望报仇，不过，他也同我一样，请求你们保守这桩罪案的秘密。"

"对不对呀，父亲？"

"对。"努瓦蒂埃坚决地表示。

莫雷尔不由得一阵惶惑和置疑。

"哎！"维尔福抓住莫雷尔的胳臂，高声说道，"哎！先生，家父是个坚韧不拔的人，这您了解，如果他向您提出这一请求，那就表明他知道能彻底为瓦朗蒂娜报仇。"

"对不对呀，父亲？"

老人又做了个肯定的表示。

维尔福继续说道：

“他了解我，我已经向他作出了保证。二位尽管放心吧；三天，我请你们容我三天时间，这比法庭办案的时间要短，我一定为我孩子报仇，把凶手揪出来严惩，让那些最冷漠的人见了也要心惊胆战。”

“对不对，父亲？”

他讲这番话时咬牙切齿，还摇着老人麻痹的手。

“全部许诺都能兑现吗，努瓦蒂埃先生？”莫雷尔问道，而德·阿弗里尼也同样以目光询问。

“对。”努瓦蒂埃表示，眼神则流露出恶狠狠的快意。

“好吧，你们二位，”维尔福说着，就把德·阿弗里尼和莫雷尔的手拉在一起，“请你们发誓顾惜我家的名誉，容我为家门不幸报仇好吗？”

德·阿弗里尼扭过头去、声音极轻地说了声“好”，而莫雷尔则挣脱检察官拉着的手，冲到床前，吻了瓦朗蒂娜的冰冷的嘴唇，随即一声长号逃开了，表明他那颗心灵沉入到绝望中。

我们说过，所有仆人都跑光了。

德·维尔福先生只得请德·阿弗里尼代劳，去办理申报死亡的各种手续——在我国大城市死了人，尤其死因如此可疑，那些手续不仅庞杂，而且难办。

至于努瓦蒂埃，他那不能动弹的悲痛、没有手势的绝望、没有哭声的泪水，尤其惨不忍睹。

维尔福回到书房。德·阿弗里尼去请市政厅的医生——那位专门负责验尸的大夫，被人颇为响亮地称为死人大夫。

努瓦蒂埃根本不肯离开他的孙女。

半小时之后，德·阿弗里尼先生带着他的同行回来了。临街的大门关上了，门房同其他仆人一样早已跑掉，维尔福只好亲自出来开门。

他让进来两位医生，但是上了楼就停在楼道里，再也没有勇气走进停尸的房间了。

两位医生就独自走进瓦朗蒂娜的房间。

努瓦蒂埃守在床边，他的脸色同死者一样惨白，也同死者一样静止不

动，缄默无声。

死人大夫同尸体打了半辈子交道，一副冷漠的神情走到床前，掀开罩住姑娘的衾单，只是微微掰开她的嘴唇。

“唔！”德·阿弗里尼叹道，“可怜的姑娘，真的，她的确死了。”

“对。”那医生回答得很干脆，他又放下衾单，盖住瓦朗蒂娜的脸。

努瓦蒂埃发出一阵嘶哑的喘息声。

德·阿弗里尼扭头看去，只见老人的眼睛闪闪放光。心地善良的医生便明白，努瓦蒂埃要看看自己的孩子；于是他把老人推到床前，就在死人大夫将摸过死者嘴唇的手指浸入漂白液消毒时，他掀开衾单，那张宛若安睡的天使般安详而苍白的面容，又显露出来了。

努瓦蒂埃的眼角又漾出一滴泪水，这是善良的医生所收到的谢仪。

死人大夫就在瓦朗蒂娜的房间，借桌子一角填写验尸报告。这最后一道手续一办完，德·阿弗里尼便把他送走了。

维尔福听见两个人下楼的脚步声，便走到书房的门口。

他对死人大夫说了几句感谢的话，又转向德·阿弗里尼，说道：

“现在，该请神甫了吧？”

“您是否特别渴望请哪位神职人员，来为瓦朗蒂娜祈祷呢？”德·阿弗里尼问道。

“没有，”维尔福答道，”您找就近的一位来吧。”

“就近倒有一位，”医生说道，“是个善良的意大利神甫，搬到您隔壁的那栋楼里住下。您要我顺路叫他一声吧？”

“德·阿弗里尼，”维尔福说道，“劳您驾，就送送这位先生吧。”

“这是大门钥匙，您拿着好能随便出入。”

“您把那位神甫请来，再负责把他安排到我那可怜孩子的房间里。”

“您要同他谈一谈吗，我的朋友？”

“你会谅解我的对不对？一位神甫肯定理解各种各样的悲痛，父亲的悲痛也不例外。”

德·维尔福先生说着，就将一把万能钥匙交给德·阿弗里尼，再次向

那陌生的医生躬了躬身，便返身回书房，又开始工作了。

对某些肌体来说，工作是医治任何悲痛的良方。

两位医生下楼来到街上，就看见一个身穿教袍的人，站在隔壁住宅的门口。

"那就是我对你们提起的那个人。"死人大夫对德·阿弗里尼说道。

德·阿弗里尼前去招呼那位神甫。

"先生，"他对神甫说道，"有一位不幸的父亲，刚刚失去了女儿，就是检察官维尔福先生，您能去帮他一个大忙吗？"

"哦！先生，"神甫答道，操着浓重的意大利口音，"是的，我知道，他家中死了人。"

"那么，我就无须告诉您，他冒昧地要请求您帮什么忙了。"

"我正要主动登门呢，先生，"神甫说道，"我们的使命，就是主动积极地去尽职责。"

"去世的是一位少女。"

"是的，这我知道，是听那些我眼见逃离那家的仆人讲的。我知道她叫瓦朗蒂娜，我已经为她祈祷了。"

"谢谢，谢谢，先生，"德·阿弗里尼说道，"既然您已经开始做圣事了，那还请您继续吧。您去坐到死者的身边，那么，沉浸在丧痛中的全家人都会十分感激您的。"

"我这就前去，先生，"神甫回答，"说句大胆的话，绝不会再有我这样热忱的祈祷了。"

德·阿弗里尼拉着神甫进了检察官的宅邸，没有遇见关在书房里的维尔福，径直带到瓦朗蒂娜的房间。殡仪馆的人员要到夜晚才来运走尸体。

神甫走进屋时，与努瓦蒂埃的目光相遇；老人随后就目不转睛地盯住对方，一定是从那人的目光里看出了特别的意味。

德·阿弗里尼不仅把死者，而且把活人也交给了神甫；而神甫则向德·阿弗里尼保证，一定为瓦朗蒂娜祈祷，也一定照顾好努瓦蒂埃。

“我这就前去，先生，”神甫回答。

神甫言而有信，一一照办，等德·阿弗里尼先生一离开房间，他就不仅锁上医生所走的房门，还锁上通向德·维尔福夫人套间的房门，这样做无疑是怕有人来打扰他的祈祷，也怕有人来打扰努瓦蒂埃的悲痛。

第一〇四章　丹格拉尔的签字

次日，天气愁惨多云。

昨天夜晚，殡仪馆人员就来收殓遗体，将停放在床上的尸体用裹尸布包起来缝好，这种悲凄的裹尸布，是向死者提供人称死亡面前人人平等的东西，但也是他们生前喜爱奢华的最后一点明证。

这块裹尸布原为细麻布衣料，质地极好，还是这姑娘两周前买的。

装殓的夜晚，来的人先把努瓦蒂埃从瓦朗蒂娜的房间抬回到他的房间。出人意料的是，老人没有表示任何异议，就离开了孙女的遗体。

布索尼神甫一直守候到天亮，而天一亮，他没有惊动任何人，就回自己的住所了。

将近早晨八点钟，德·阿弗里尼又来了，正巧碰到维尔福要去努瓦蒂埃的房间，于是陪他去看看这一夜老人是怎么过来的。

他们看到老人将大轮椅当床铺，睡得正香，几乎面带笑容。

二人不免诧异，都愣在门口。

“您瞧，”德·阿弗里尼见维尔福望着熟睡的父亲，便对他说道，“您瞧，多么惨切的悲痛，老天也能够平抚；当然了，不能说努瓦蒂埃先生不爱自己的孙女，可是，他毕竟还睡得着觉。”

“是啊，您说得对，”维尔福十分惊讶，答道，“他睡着了，这真是稀罕事，要知道，他心里稍不痛快，就会整夜整夜失眠。”

“他也是悲痛过度，实在疲惫了。”德·阿弗里尼另有说法。

二人都若有所思，又回到检察官的书房。

“喏，我可是一夜未睡，”维尔福指着没有动过的床铺，对德·阿弗里尼说道，“悲痛压不垮我，一连两夜我没有躺下睡觉了；反之，您瞧瞧我这办公桌上，我的上帝！在这两天两夜，我写了多少东西！……我多么仔细地查阅这些档案，又修改了这份控告贝内德托行凶杀人的起诉书！……工作啊！工作！我的激情，我的欢乐，我的狂热，是你呀，工作，压倒了我的全部悲痛！”

他说着，就紧紧地握住医生的手。

“您需要我吗？”医生问道。

“现在不需要，”维尔福回答，“不过，请您十一点钟再来；中午十二点就要……运走了……天哪！我可怜的孩子！我可怜的孩子！”

这时，检察官又恢复成为普通人，他举目向天，发出一声长叹。

“您要在大客厅接待客人吗？”

“不，这种可悲礼仪，由我一个堂弟去完成吧。我呢，我要工作，大夫；我一工作起来，就把什么都忘掉了。”

果不其然，还未待医生出门，检察官就又投入工作了。

德·阿弗里尼走到楼前台阶，碰见维尔福提起的那个亲戚：不管在我们的故事中，还是在这家族里，他都是个无足轻重的人物，生到人世，就是充当供人驱使的角色。

他很守时，穿着一身黑礼服，胳臂佩戴黑纱，来到堂兄的府上；换上一副合适的表情，并打算保持到不需要为止，再丢掉这副假面具。

十一点钟时，前来吊唁的马车，隆隆地压到庭院的路石上，而圣奥诺雷城郊大街挤满了看热闹的人，他们纷纷议论，对富人的红白喜事，他们都同样好奇，无论大摆排场的出殡，还是公爵府的千金出嫁，他们会同样急匆匆赶来围观。

吊唁大厅逐渐挤满了人，最先到来的则是我们的一些老相识，有德勃雷、夏多-雷诺、博尚；随后来的便是司法界、文学界和军界的所有知名人士，只因德·维尔福先生不仅社会地位显赫，而且个人威望很高，他在巴

吊唁大厅逐渐挤满了人。

黎上流社会可是个头面人物。

那位堂弟在门口恭迎每一位客人，应当指出，看到门口站着这样一副冷漠的面孔，那些冷漠的吊唁之客倒是大大松了一口气，他们不必像面对死者的双亲、兄弟或者未婚夫那样，非得假惺惺地装出一副悲伤相，挤出两滴眼泪。

那些相识的人，彼此用目光打招呼，自动聚成一大堆。

其中一堆就是由德勃雷、夏多-雷诺和博尚组成。

“可怜的姑娘!”德勃雷说道,他像每一个来吊唁的人一样,总要言不由衷,表示一下哀悼,“可怜的姑娘! 那么富有,那么美丽! 曾几何时,有多久啦? ……三周,顶多一个月吧,我们来参加那次流产的签订婚约仪式,夏多-雷诺,当时您想得到会出这种事吗?”

“老实说,想不到。”夏多-雷诺回答。

“您了解她吗?”

“还是在德·莫尔塞夫夫人举办的舞会上,我同她交谈过一两次;她那神态虽说有些忧郁,但我觉得还是挺迷人的。她继母在哪儿呢? 你知道吗?”

“她这一天,去同接待我们的这位可敬先生的妻子一起度过了。”

“那是何许人?”

“谁呀?”

“接待我们的那位先生。是位议员吗?”

“不是,”博尚说道,“我这倒霉的差使,天天要见议员那些尊容,他那张面孔我很陌生。”

“这一丧事,您报上发消息了吧?”

“发了一篇,不是我写的,谈了这件事;我甚至觉得,那篇文章不会讨德·维尔福先生喜欢。文中好像提到,四个人相继死去,这种事如果出在别的地方,而不是发生在检察官先生的府邸,那么,检察官先生肯定要大做文章。”

“还有,”夏多-雷诺说道,“德·阿弗里尼大夫,也是家母的私人医生,他就说检察官先生一筹莫展。”

“喂,德勃雷,您在找谁呢?”

“我在找德·基督山伯爵先生。”年轻人答道。

“我来这里时,在林荫大道遇见他,估计他刚出门,要去登门拜访他的银行家。”博尚说道。

“拜访他的银行家? 他的银行家,不就是丹格拉尔吗?”夏多-雷诺问德勃雷。

“我认为是他，”大臣私人秘书答道，神色稍微有些慌乱，“不过，没有来吊唁的，就不止德·基督山先生。莫雷尔我就没见到。”

“莫雷尔！他也认识这家人吗？”夏多-雷诺问道。

“我想有人把他引荐给了德·维尔福夫人。”

“不管怎样，他理应前来，”德勃雷说道，“今天晚上，他要谈论什么呢？这个葬礼，是一天的新闻嘛。哦！嘘！咱们都住声。司法和宗教大臣来了，他一定认为自己有义务，向那位哭哭啼啼的堂弟发表一小篇‘演说’。”

三个年轻人向门口凑过去，要听听司法和宗教大臣那小篇“演说”。

博尚讲的是实话，他应邀前来吊唁的路上，遇见了基督山，基督山前往受色-当坦街，要去丹格拉尔公馆。

银行家从窗户望见伯爵的马车驶入庭院，便出来相迎，他一脸哀伤，但是态度很热情。

“怎么，伯爵，”他伸出手去，对基督山说道，“您前来是要对我讲安慰话吧。不错，家门实在不幸，因而我望见您时，不由得扪心自问，我是不是盼望过莫尔塞夫一家人遭殃，才应了那句老话：盼人遭殃，己必祸济。可是，我敢发誓，不是，当时我并没有盼望莫尔塞夫遭难。不错，他是有点儿傲慢，本来跟我一样，出身卑微，也跟我一样，全靠自己打天下；可是，每个人都有缺点嘛。唔，伯爵，还真得当心点儿，我们这代人……哎呀，对不起，您还年轻，不属于我们这代人……我们这代人，今年流年不利：我们那位廉洁的检察官就是明证，维尔福就是明证，他刚刚还死了女儿。喏，我们回顾一下吧：维尔福，正如刚才讲的，一家人莫名其妙地相继去世；莫尔塞夫身败名裂，自杀身亡了；而我呢，出了贝内德托那个恶棍的丑事，我成了人家的笑柄，还有……”

“还有什么？”伯爵问道。

“唉！您还不知道吗？”

“又有什么倒霉的事？”

“我女儿……”

“丹格拉尔小姐?”

“欧仁妮离开我们了。”

“噢！上帝！您这是说什么呀!”

“千真万确,我亲爱的伯爵。我的上帝啊！您多么幸福,既没有妻子,又没有子女!”

“您这么认为?”

“噢！我的上帝!”

“您是说,欧仁妮小姐……”

“她不能忍受那个恶棍给我们带来的奇耻大辱,就请求我允许她去旅行。”

“那她已经走了?”

“前天夜里。”

“同丹格拉尔夫人一起走的?”

“不是,同一位女亲戚……但是这不等于我们没有失去她,这个宝贝女儿欧仁妮;因为,我了解她的性格,恐怕她再也不肯回法国了!”

“有什么办法呢,我亲爱的男爵,”基督山说道,“家庭的伤心事,这类伤心事,只会压倒把孩子视为家中唯一财富的可怜虫,但是对一个百万富翁来说,还是承受得了的。哲学家再怎么讲也是空论,注重实际的人总能够驳斥,只信奉金钱能抚慰许多事情。而您呢,您是金融界的国王,集所有权力于一身,假如您承认金钱这一灵丹妙药,那么,您比谁都应当更快地得到慰藉。”

丹格拉尔斜瞟了伯爵一眼,看看他这么讲是取笑还是认真的。

“对,”丹格拉尔说道,“事情是这样:我富有,如果财富能安慰人,那么我敢下手,就是敢下手也拆毁不了。”

丹格拉尔微微一笑,觉得伯爵这么天真就相信了。

“这让我想起来,”他又说道,“您进门的时候,我正在签发五小笔凭单,已经签发了两份,您能允许我将另外三份签发了吗?”

“您忙您的,亲爱的男爵,您忙您的。”

于是肃静了一阵，只听银行家走笔沙沙作响，这工夫，基督山则在观赏天花板的金色脚线。

“是西班牙债券，”基督山问道，“海地债券，还是那不勒斯债券？”

“都不是，”丹格拉尔笑道，笑得那么自负，“可兑付的本票，去法兰西银行兑付的本票。喏，”他又补充道，“伯爵先生，若说我是金融界的国王，那您就是皇帝了，像这样每张价值一百万的小纸片，您见过很多吧？”

基督山接过来丹格拉尔得意地递给他的五张小纸片，拿在手中仿佛要掂一掂分量，然后念道：

> 法兰西银行理事先生台鉴：
>
> 请从本人存款中，向本票持有者支付一百万法郎为盼。
>
> 丹格拉尔男爵

“一张，两张，三张，四张，五张，”基督山说道，“五百万！好家伙！真是大手笔，克雷絮斯[①]陛下！”

“我嘛，就是这样做生意。”丹格拉尔说道。

“简直太棒了，尤其是这么大款额，如能兑付现金的话，对此我毫不怀疑。”

“肯定能兑付。”丹格拉尔接口说道。

“有这样的信誉，实在难得。老实说，也只有在法国，才能见识到这种事情，五张纸片，就价值五百万；必须亲眼见到才会相信。”

“您有怀疑吗？”

“没有。”

“听您说话的口气……这么着，您赏个光，用车把我的伙计送到银行，您就会看到他兑换出同样数额的现金汇票。”

---

① 克雷絮斯（约公元前561—前546），小亚细亚古国吕底亚的国王，传说极为富有。

“不必,”基督山说着,就把五张票据折起来,“真的,不必,这种事太刺激了,我不妨亲自试一试。我在贵行开的信贷为六百万,已经支取了九十万,您还应该支付给我五百一十万法郎。我拿着您这五张小纸片,只要看到您的签字我就认为有效。这是六百万的总收条,我们就算结账了。这收条我事先就写好了,因为,不瞒您说,今天我急需要钱。”

基督山这样说着,一只手将五张本票收进兜里,另一只手则掏出收据,递给银行家。

就是晴天霹雳在丹格拉尔脚下炸响,也不会有如此威力,顿时把他吓昏了。

“什么!”他结结巴巴地说道,“什么! 伯爵先生,您要收下这笔钱?可是,对不起,对不起,这是我欠济贫院的一笔存款,我答应今天上午支付。”

“唔!”基督山说道,“这就不一样了。我不是非要这五张本票不可,您就用别种方式付给我吧。我这是出于好奇,才收下这些,好能逢人便说,我事先没打招呼,到了丹格拉尔银行,没等上五分钟,就付给了我五百万现金! 有多了不起啊! 不过,给您这些本票;再说一遍,请您给我另开吧。”

基督山说着,又把五张本票递过来。丹格拉尔面无血色,先是伸手要去接,如同关在笼子里的秃鹫,从铁柱之间伸出爪子,要抓被人夺走的肉似的。

他突然改变了主意,极力控制住自己。

接着,只见他微笑起来,失态的脸逐渐恢复正常。

“其实,”他说道,“您的收据,就是金钱啊。”

“唔! 我的上帝,对! 您若是在罗马,拿着我的收据,汤姆森和弗伦奇银行就会兑付给您,就同您支付给我一样痛快。”

“对不起,伯爵先生,对不起。”

“这么说,我可以收下这笔钱了?”

“是的,”丹格拉尔答道,同时擦拭着从头发根冒出的汗珠,“您收下

吧，您收下吧。”

基督山又将五张本票装进兜里，脸上那种难以描摹的神态似乎表示：“好吧！您可得想好，如果后悔，现在还来得及。”

“就这样，”丹格拉尔说道，“就这样，真的，您就收下我签的本票。不过，您也知道，没有谁比搞金融的人更重视程序了。这笔钱，我本是为济贫院准备的，不按原定的给他们，我就认为窃取了他们的钱，就好像这一枚埃居同另一枚埃居不等值似的。请原谅！”

他哈哈大笑起来，但是笑得有些神经质。

“没关系，”基督山大度地回答，“那我就装起来了。”

于是，他就将几张本票装进皮夹子里。

“可是，”丹格拉尔说道，“我们还有一笔十万法郎的账呢？”

“哎！小意思，”基督山答道，“手续费也差不多有这个数了；您留着吧，我们就算两清了。”

“伯爵，”丹格拉尔又说道，“此话可当真？”

“我同银行家从不开玩笑。”基督山答道，他那副严肃的样子近乎无礼了。

他朝房门走去，恰好这时，贴身仆人进来禀报：

“济贫院财务主管，德·博维尔先生到。”

“真的，”基督山说道，“看样子我来得很及时，拿到您签发的本票，有人还要争呢。”

丹格拉尔再次面失血色，他急忙同伯爵告别了。

德·基督山伯爵经过前厅时，同站在那里的德·博维尔先生相互客气地打了招呼；等德·基督山一走，德·博维尔先生就被引进丹格拉尔先生的工作室。

如有人在场，可以看到，伯爵瞥见济贫院财务主管手中拿的皮夹子，他那严肃到极点的脸上，也瞬间掠过一丝微笑。

伯爵走到门口，又登上自己的马车，吩咐车夫立刻去法兰西银行。

在这工夫，丹格拉尔极力克制内心的慌乱，上前迎候财务主管先生。

自不待言,他那微笑和殷勤,都刻在他的嘴唇上。

“您好,我亲爱的债权人,”他说道,“我敢打赌,您是以债权人的身份光临的。”

“您猜得一点不差,男爵先生,”德·博维尔先生回答,“济贫院派我来见您,那些孤儿寡母要通过我的手,来贵行提取那五百万的捐助款。”

“据说,孤儿都值得可怜啊!”丹格拉尔说道,他还进一步开玩笑,“可怜的孩子!”

“我正是代表他们来见您的,”德·博维尔先生说道,“昨天您一定收到我的信了吧?”

“收到了。”

“我的收据也带来了。”

“我亲爱的德·博维尔先生,”丹格拉尔又说道,“如果您同意的话,您那些孤儿寡母就再宽容二十四小时,只因德·基督山先生,就是您刚才看见从这里出去的那位……您看见他了,对不对?”

“看见了,那又怎么样?”

“是这样,德·基督山先生拿走了那五百万!”

“怎么会这样呢?”

“伯爵在我的银行开了无限信贷的户头,是罗马的汤姆森和弗伦奇银行作的函保。他来向我一笔就提走了五百万,我给了他去法兰西银行兑付的本票,我的资金都存放在那里。您也会理解,一天之内,我不能向银行理事先生提款一千万,只怕他会感到奇怪的。”

“如果分两天提取嘛,”丹格拉尔微笑着补充一句,“那就没什么可说的。”

“算了吧,”德·博维尔先生高声说道,一副全然不信的口气,“五百万,付给了刚才离去的那位先生?他往外走时同我打招呼,就好像我认识他似的。”

“您不认识他,也许他认识您呢。德·基督山先生认识所有人。”

“五百万!”

“这是他的收据。您就像圣多马①那样,亲眼瞧瞧,亲手摸摸吧。”

德·博维尔先生接过丹格拉尔递给他的那张纸,念道:

> 今收到丹格拉尔男爵先生五百一十万法郎,这笔信贷,他随时可以在罗马的汤姆森和弗伦奇银行收回。

“还真有这事儿!”德·博维尔先生说道。

“您知道汤姆森和弗伦奇银行吗?”

“知道,”德·博维尔先生答道,”从前,我同那家银行有过一笔二十万法郎的交易;从那之后,我就再没有听说了。”

“那是欧洲信誉最佳的银行之一,”丹格拉尔说道,他又接过德·博维尔先生还给他的收据,就随手丢在办公桌上。

“他仅仅在贵行,一下子就提取五百万?好家伙!这么说,那位德·基督山伯爵,是个大富翁了?”

“当然啦!我还不知道他的来路;但是,他在三家银行开了无限信贷的户头:一个在我这里,一个在罗特希尔德银行,还有一个在拉菲特银行。而且,”丹格拉尔又若不经意地补充道,“正如您见到的,他还特别优惠,手续费给我留下了十万法郎。”

德·博维尔先生不胜惊叹。

“我一定得去拜访他,”他说道,“争取他为我们捐赠款项。”

“哦!那您准能十拿九稳;他每月仅仅拿出来施舍的钱,就高达两万多法郎。”

“真是太棒了。而且,作为榜样,我要向他列举德·莫尔塞夫夫人及其儿子。”

“什么榜样?”

---

① 圣多马,《圣经》中人物,耶稣的12信徒之一。耶稣复活后,他不相信,直到亲眼看见耶稣身上的钉眼,又亲手摸了摸耶稣的身体,才相信是真的。

“他们将全部财产捐赠给了济贫院。”

“什么财产?”

“他们的财产,也就是已故的德·莫尔塞夫的财产啊。”

“是什么缘由?”

“缘由就是,他们不愿意要不义之财。”

“那他们靠什么生活?”

“母亲到外省隐居,儿子就去当兵了。”

“咦,咦!”丹格拉尔说道,“干吗那么多顾忌啊!”

“他们捐赠的财产,昨天我已经让登记造册了。”

“他们的财产共有多少?”

“唔!不算太多:一百二三十万法郎吧。对了,还是说说我们这五百万吧。”

“好哇,”丹格拉尔以无比自然的口气说道,“看来,您急需这笔钱喽?”

“对呀,我们明天就核实账目。”

“明天!您怎么不早说呢?明天,那还远着呢!几点钟对账?”

“两点钟。”

“明天中午派人来吧。”丹格拉尔微笑道。

德·博维尔先生也不想多说什么,只是点了点头,晃了晃皮夹子。

“哦!我是想啊,”丹格拉尔说道,“您做得再漂亮些。”

“我能怎么做呢?”

“德·基督山先生的收据就是钱啊,他拿到罗特希尔德银行,或者拉菲特银行去,他们当即就会付款给您。”

“虽然要到罗马兑现也没关系吗?”

“当然了,您只要付五六千法郎的一笔贴息就行了。”

财务主管往后跳了一步。

“我的天!不行,我还是愿意等到明天。您可真会出点子!”

“对不起,我刚才以为,”丹格拉尔厚颜无耻地说道,“我刚才以为,您

要填补一小笔亏空呢。”

“哎!”财务主管否认。

“听我说,这事儿不新鲜,碰到这种情况,就只好舍出一点儿了。”

“谢天谢地!不必了。”德·博维尔先生接口说道。

“那就明天吧;对不对,我亲爱的财务主管?”

“对,明天吧;不会再出差错了?”

“说这话,哎,开什么玩笑!中午派人来,会通知法兰西银行的。”

“我亲自来。”

“那就更好了,能给我再同您幸会的机会。”

二人握手告别。

“顺便问一句,”德·博维尔先生说道,“我来的路上,正巧遇见那可怜的德·维尔福小姐出殡,您怎么不去参加葬礼呢?”

“不去,”银行家回答,“出了贝内德托那件案子之后,我还有点儿没脸见人,干脆躲在家里。”

“哎!您不该这样,这中间有您什么错呢?”

“听我说,我亲爱的财务主管,一个像我这样的人,姓氏没有污点,就总是很敏感。”

“大家都同情您,请坚信这一点,而且,大家尤为同情您的女儿,丹格拉尔小姐。”

“可怜的欧仁妮!”丹格拉尔说着,就长叹一声,“她进修道院了,您知道吧,先生?”

“不知道。”

“唉!可惜,这千真万确啊。出事的第二天,她就决定同一位做修女的朋友走了;她是去意大利或者西班牙,找一座教规很严的修道院。”

“噢!真可怕!”

德·博维尔先生这样感叹一声,向这位做父亲的讲了一堆宽慰的话,这才告辞离去。

可是,他刚跨出门去,丹格拉尔手臂就用力一挥,高声说道:

"傻瓜!"

他这种动作,只有看过弗雷德里克演出《罗贝尔·马凯尔》[1]的人,才能够完全理解。

接着,他抓起基督山的收据,装进小皮夹里,又补充一句:

"明天中午来吧,到了中午,我早走远了。"

然后,他把房门锁了两道,将钱柜的所有抽屉都倒空,凑了约有五万法郎现金,再把一些票据材料烧毁,另一些则摆在显眼处;接着,他又开始写信,写好封了口,在封面填上:"丹格拉尔男爵夫人亲启。"

"今天夜晚,"他自言自语,"我亲手把信放到她的梳妆台上。"

随后,他从抽屉里取出护照。

"好哇,"他说道,"有效期还有两个月。"

---

① 《罗贝尔·马凯尔》,1834年首演的歌剧,主人公是个海盗,乔装成银行家或记者,混迹上流社会。剧本作者为法国剧作家邦雅曼-昂蒂埃(1787—1870)。

“好哇，”他说道，“有效期还有两个月。”

第一〇五章　拉雷兹神甫公墓

德·博维尔先生确实碰见出殡队列，将瓦朗蒂娜送往最后的归宿。

天空阴云密布，嗖嗖刮的风还不乏暖意，但是对发黄的树叶已显示杀机，逐渐剥光枝头，吹着落叶旋舞着扑向大马路上熙熙攘攘的行人。

德·维尔福先生，这个地道的巴黎人，认为只有拉雷兹神甫公墓，才有资格接纳一个巴黎人家庭的遗体，而其余的公墓，在他看来，不过是乡野的坟场，死者投宿的客栈。出身高贵的一位亡故者，只能住进拉雷兹神甫公墓，才算安居了。

正如我们所见，他在那片公墓买下一块永久的地基，建造了一座墓室，不料他前妻的所有亲人都这么快住进去了。

陵墓的门楣上刻着文字：圣-梅朗与维尔福家族；这是遵照瓦朗蒂娜的母亲，可怜的蕾妮的遗愿。

且说送葬的车队浩浩荡荡，从圣奥诺雷城郊大街出发，往拉雷兹神甫公墓行进，要穿越整个巴黎城，拐进神庙城郊大街，再沿着外城大马路，一直到公墓。行驶在前头的是二十辆出殡的车辆，随后有五十多辆送葬的私家车，还有五百多人步行尾随其后。

送葬者几乎全是青年，瓦朗蒂娜之死，对他们不啻是晴天一声霹雳。他们虽然身处本世纪的冰冷迷雾中，生活在这个时代的单调乏味里，但是看到这个美丽、纯洁、可爱的少女在花季香消玉陨，仍不免产生诗意的伤怀。

出了巴黎城区，只见一辆四驾马车疾驶而来，到了近前，几匹马猛地站住，马腿如弹簧一样有力。来者正是德·基督山伯爵。

伯爵下了车，加入步行送葬的队列。

夏多-雷诺发现他了，也立刻下车，去同他会合。博尚也同样，离开了他包租的轻便马车。

伯爵注意从人群各个缝隙中望去；他显然在找人。他终于按捺不住，问道：

“莫雷尔在哪儿呢？各位，你们当中有哪位知道他在哪儿吗？”

“这个问题，我们已经问过举丧家里的人，”夏多-雷诺回答，“我们谁也没有见他。”

伯爵住了声，但是目光还往四下搜寻。

送葬队列终于到达公墓。

基督山敏锐的目光，突然又探询紫杉和松树丛，很快就释去了不安的神色：一个身影从墨绿的树篱中闪过，基督山一定认出来，那正是他要找的人。

众所周知，在这座壮观的公墓如何举行葬礼：身着黑装的人群，分散在白色的沙径上，天地间一片寂静，偶有细枝折断，或者穿越一座坟墓周围的绿篱发出的声响，打破这片幽寂；继而响起神甫诵经的忧伤歌声，间或掺进几声哭泣，是从一丛鲜花飘逸出来的，只见花丛下有位女子，双手合十沉浸在悲痛中。

基督山所注意的那个身影，快速穿过爱洛伊丝和阿贝拉尔[①]坟墓后面的星状林荫路，来到柩车的马头，与死者的几名仆人迈着同样步伐，走到已经选定的墓穴前。

每人都有注视的目标。

基督山只盯着那个几乎不为周围的人所注意的身影。

---

① 阿贝拉尔(1079—1142)，法国哲学家、神学家，同其女弟子爱洛伊丝相恋并私下结婚，生有一子，后受罚被阉割。爱洛伊丝进修道院，当院长后，仍请阿贝拉尔为神师。

伯爵有两次走出行列，要看清楚那个人是否伸手去摸藏在衣服里面的武器。

等送殡的队列一停下来，就能认出那人正是莫雷尔。他身穿黑礼服，纽扣一直扣到脖领，但是脸色惨白，面颊深陷，痉挛的双手将帽子揉搓得皱皱巴巴。他背靠土台上的一棵大树，俯瞰这座陵墓，能一无遗漏地看到即将举行完毕的葬礼的每个细节。

整个场面都按常规进行。有几位先生，也一如往常，是那些最不伤感的人，他们都侃侃而谈。有些人叹惋这早逝的少女；另一些人阐发她父亲的悲痛；还有些人脑子相当活，能想象出这个年轻姑娘不止一次，恳求德·维尔福先生饶过他那法律之剑下的罪犯；最后，还有人搜尽枯肠，用五花八门的比喻、怅恨绵绵的长句，以各种方式诠释马莱伯[①]赠友杜佩里埃的名诗。

基督山则一无所闻，一无所见，换言之，他只看见了莫雷尔：那年轻军官平静的神态和伫立不动的姿势，在唯一能洞透他内心的伯爵看来，构成了一幅骇人的图景。

“咦，”博尚突然对德勃雷说道，“那不是莫雷尔吗？真见鬼，他怎么躲到那儿去啦？”

接着，他们又让夏多-雷诺看他。

“他脸色多苍白！”夏多-雷诺说着，不由得浑身一抖。

“他是冻的吧。”德勃雷则说道。

“不对，”夏多-雷诺缓慢地说道，“我倒是认为，他动了感情。马克西米连这个人，特别容易受影响。”

“哎！”德勃雷说道，“他不怎么认识德·维尔福小姐。这是您亲口讲的。”

“不错。但是我也记得，在德·莫尔塞夫夫人举办的那场舞会上，他

---

① 马莱伯（1555—1628），法国诗人，他的好友杜佩里埃丧女，他写诗安慰，题为《赠杜佩里埃先生丧女安慰诗》。

邀请德·维尔福小姐跳过三次舞呢。您是知道的，伯爵，在那场舞会上，您出尽了风头。”

“不，我不知道，”基督山回答，他既不知道回答什么事，也不知道回答谁的话，正一门心思观察莫雷尔的一举一动，注意到那年轻人面颊涨红了，就好像憋住或者屏住呼吸那样。

“追悼词念完了！再见，各位。”伯爵突然说道。

他打了个手势要走，一闪身就不见了；谁也没有看清他去了哪里。

葬礼结束，参加葬礼的人又纷纷返回巴黎城区。

唯独夏多-雷诺游目四望，寻找了一会儿莫雷尔；但是，就在他刚才目送伯爵走开的工夫，莫雷尔已经离开那地方了。夏多-雷诺寻不见莫雷尔，只好跟随德勃雷和博尚走了。

基督山闪身钻进了一处灌木丛，躲在一座宽大的坟墓后面，窥伺着莫雷尔的一举一动。等看热闹的人和工人陆续走了，莫雷尔便一点点靠近那座陵墓。

莫雷尔神情茫然，缓慢地环顾一下周围，目光移到对面那片墓地时，基督山就趁机又靠近了十来步而没有被他看见。

年轻人长跪下去。

伯爵继续靠过去，他伸长脖子，睁大眼睛盯着莫雷尔，双腿弯曲蓄势待发，一有情况就要冲过去。

莫雷尔额头一直俯到石板上，双手紧紧抓住铁栅栏，喃喃说道：

“噢，瓦朗蒂娜！”

这一声呼叫，就撕裂了伯爵的心，他又向前跨了一步，拍了拍莫雷尔的肩膀：

“您在这儿呀，亲爱的朋友！”他说道，“我一直在找您。”

基督山原以为莫雷尔要发泄一通，要责怪，要声讨他了。可是他估计错了。

莫雷尔转过身来，看上去神色很平静。

“您瞧，我在祈祷！”他说道。

莫雷尔额头一直俯到石板上，双手紧紧抓住铁栅栏，喃喃说道："噢，瓦朗蒂娜！"

伯爵以审视的目光，从头到脚打量一遍年轻人。

他审视完了，也就放心多了。

"要不要我把您送回城里？"伯爵问道。

"不用，谢谢。"

"您总归需要点什么吧？"

"您就让我祈祷吧。"

伯爵再也没有说什么就走开了，但只是换一个位置观察，仍不放过莫

雷尔的任何举动。莫雷尔终于站起身，掸了掸在石板上沾了白灰的双膝，又沿着回城的路走去，再也没有回头看一眼。

他脚步缓慢，走在罗凯特街的下坡路。

伯爵打发走他那辆停在拉雷兹公墓的马车，就拉开一百步距离，步行跟随莫雷尔。马克西米连穿过运河，再沿着林荫大道返回梅斯莱街。

莫雷尔回家，大门关上五分钟之后，又为基督山打开了。

朱莉站在花园入口处，正全神贯注观看佩内龙师傅做起园丁这一行，认真地给孟加拉玫瑰插条呢。

“啊！德·基督山伯爵先生！”朱莉欣喜地叫起来：基督山每次来梅斯莱街拜访，这家每个人都这么喜迎客人。

“马克西米连刚回家吧，对不对，夫人？”伯爵问道。

“对，我好像看见他走过去，”少妇答道，“不过，劳驾，您叫一声埃马努埃尔。”

“对不起，夫人，我得立刻上楼，到马克西米连的房间，”基督山答道，“我有极其重要的事情要告诉他。”

“那就去吧。”朱莉说道，并且用她迷人的微笑送伯爵，直到他的身影消失在楼梯上。

基督山很快登上三楼，来到马克西米连套房门外的楼道：他侧耳细听，没有一点儿动静。

这种独门独户的老房子，每层靠楼道大多只是一道玻璃房门。

但是，这扇玻璃门没有钥匙，马克西米连从里面锁上了，而玻璃门又拉上了一道红丝绸帘子，根本看不见里面的情景。

伯爵心中万分焦急，脸涨得通红，这个一向不动声色的人，显得这样激动，的确异乎寻常了。

“怎么办呢？”他咕哝道。

他略微思索一下。

“拉门铃吗？”他又自言自语，“哎！不行！铃声一响，就是有客人来，这往往会促使身陷马克西米连这样境地的人下狠心，结果回答铃声的，则

朱莉正全神贯注，观看佩内龙师傅做起园丁这一行，认真地给孟加拉玫瑰插条呢。

是一声枪响了。”

基督山从头到脚一阵战栗，但他遇事果断，疾如闪电，一抬臂肘，便将一块方玻璃撞得粉碎，伸进手去撩起门帘，看到莫雷尔手拿着羽毛笔，正在写字台前，刚才，玻璃破碎声，吓得他从椅子跳起来。

“没什么？”伯爵说道，“万分抱歉，我亲爱的朋友！我脚下一滑，胳膊肘就撞到玻璃上；玻璃反正也碎了，我就乘便进您屋了，不劳您驾，不劳您驾。”

伯爵说着，就从破洞口探进胳膊，将房门打开。

莫雷尔当即站起身，神情显然不快，迎着伯爵走过去，与其说迎接，不如说是要挡驾。

“真的，这要怪您的仆人，”伯爵揉着臂肘说道，“您这地板擦得赛过镜子。”

“伤着您了吗，先生?”莫雷尔口气冷淡地问道。

“不知道。对了，您在这儿干什么呢？在写什么吗?”

“我?”

“您手指上蘸了墨水。”

“不错，”莫雷尔答道，“我在写东西：我虽是军人，有时也写点儿什么。”

基督山朝房间走了几步。马克西米连也不好阻拦，只得跟在后面。

“您是在写东西吗?”基督山又问道，逼视的目光让人受不了。

“我已经荣幸地告诉您了，先生。”莫雷尔又答道。

伯爵扫视一下四周。

“写东西旁边还摆着手枪!”他说道，并且向莫雷尔指了指写字台上的武器。

“我要动身去旅行。”马克西米连回答一句。

“我的朋友!”基督山无限温柔地叫了一声。

“先生!”

“我的朋友，我亲爱的马克西米连，我求您了，不要作出极端的决定。”

“我，作出极端的决定，”莫雷尔耸了耸肩，说道，“请问，一次旅行，怎么就成了极端的决定呢?”

“马克西米连，”基督山又说道，“我们两个的面具，都摘掉吧。”

“马克西米连，您不必强作镇定来瞒我，我也不再用空泛的关心来哄您。”

“您完全明白，对不对？我这么做，打碎门玻璃，闯进一个朋友屋里

窥探秘密，我是说您完全明白，能做出这种事来，我一定有一种很切实的担心，也不如说，有一种极大的确信。”

“莫雷尔，您要自杀！”

“好嘛！”莫雷尔浑身一抖，说道，“这种怪念头，您是怎么想出来的，伯爵先生？”

“跟您说，您要自杀，”伯爵以同样声调，继续说道，“这就是证据。”

他说着，就掀开年轻人盖上去的一张白张，拿起那封写了开头的信。

莫雷尔扑上去，要把信夺回。

然而，伯爵已有所料，一把抓住马克西米连的手腕，就像钢链一般，拉住刚弹起来的弹簧。

伯爵已有所料，一把抓住马克西米连的手腕。

“您瞧，您这不是想自杀吗！”伯爵说道，“莫雷尔，这都写下来了！”

“那好吧！”莫雷尔嚷道，他从表面的平静猛地转为言词激烈，“那好吧！就算这样，就算我作出决定，要把这枪口对准自己，谁能阻拦我呢？”

“谁又敢阻拦我呢？”

“等我一旦这样说：

“我的全部希望已经破灭，我的心已经破碎，我的生命已经止息，包围我的也只有哀伤和厌恶了；大地变成了灰烬；任何人声都会让我肝肠寸断；

“等我一旦这样说：

“让我死了是慈悲之举，因为，如果您不让我死，我就会丧失理智，就会发疯了。”

“喏，说说看，先生，我一旦讲出这种话，别人一旦看到我怀着内心的惶恐，带着心泪讲这种话，还会有人回答我：

“‘您错了’吗？”

“我不想成为最不幸的人，难道还会有人阻拦吗？”

“您说说，先生，您说说看，难道您有这种勇气吗？”

“对，莫雷尔，”基督山接口说道，他这平静的语气与年轻人的冲动，形成奇特的反差，“对，我有这种勇气。”

“您！”莫雷尔嚷道，措词更加气愤，也更多指责了，“正是您，用荒唐的希望哄骗我；正是您，用空洞的许诺拖住我，蒙骗我，麻痹我，本来我可以拼一下，采取一种极端的决定，也许我就能救了她，至少也能看着她死在我的怀里；正是您，装模作样，仿佛拥有智慧的所有源泉、物质的全部力量；您扮演着，确切地说，佯装扮演天主的角色，可是您，却拿不出解药，救活一个中毒的年轻姑娘！真的，先生，不说您让我厌恶吧，您也让我感到可怜！”

“莫雷尔……”

“对，您对我说摘掉面具，好哇，我摘下来了，您该满意了吧。

“对，您在公墓跟踪的时候，我还搭理您，只因我心肠好；您闯进屋的时候，我还是容您一直走到这里来……可是，您既然得寸进尺，既然闯进我视为坟墓安息的房间来纠缠，您既然在我以为已经受尽了所有折磨的时候，又给

我带来一种新的折磨，那么，德·基督山伯爵，我的所谓的恩人，德·基督山伯爵，普天下的救世主，您该满意了，您要亲眼看到自己的朋友死去！……”

莫雷尔说罢，嘴唇骤发狂笑，第二次扑向手枪。

基督山脸色惨白形同幽灵，眼睛却闪闪发光，他一伸手按住武器，对失去理智的人说道：

“我再向您重复一遍，您不能自杀！”

“您阻拦一下试试！”莫雷尔回敬道，他想拼死命一冲，但是跟前一次一样，还是被伯爵钢铁般的手臂制止了。

“我就是要阻拦您！”

“您究竟是什么人，对自由而有思想的人，有什么权力这样专横跋扈！”马克西米连嚷道。

“我是什么人？”基督山重复道。

“您听好：

“在这世上，唯独我有权对您说：莫雷尔，我不愿意您父亲的儿子今天死！”基督山继续说道。

基督山面容改变，那神态变得庄严而崇高，两只手臂叉在胸前，朝年轻人走去。莫雷尔面对这个人近乎神灵的威仪，不觉心惊胆战，身不由己地慑服，后退了一步。

“您为什么提起家父？”他结结巴巴地说道，“我今天发生的事，为什么拉扯进我父亲？”

“因为有一天，你父亲像你今天一样要自杀，正是我救了他的命；因为我正是当年那个人，将一袋金钱交给你妹妹，将法老号交给了老莫雷尔；因为我正是埃德蒙·唐代斯，在你小时曾抱过你在膝上玩耍！”

莫雷尔身体摇摇晃晃，一时窒息，喘着粗气，人一下子垮了，他又后退一步；接着，他一声长号，浑身力量顿消，跪倒在基督山的脚下。

继而，这个令人赞叹的天性突然发生脱胎换骨的变化，他霍地站起身，一个箭步出了房间，冲到楼梯，同时扯着嗓子高喊：

“朱莉！朱莉！埃马努埃尔！埃马努埃尔！”

基督山也想冲出去，但是马克西米连拼死命抵住房门，不让伯爵出来。

听到马克西米连的喊声，朱莉、埃马努埃尔、佩内龙和几名仆人，都惊慌失措地跑来了。

莫雷尔抓住他们的手，这才把门打开：

“都跪下!”他哽咽着高声说道，“都跪下！他就是恩人，他就是我们父亲的救命恩人！他就是……”

他正要说出：

“他就是埃德蒙·唐代斯!”

伯爵抓住胳膊制止了他。

朱莉抢步过来拉住伯爵的手；埃马努埃尔抱住他，好似拥抱一位保护神。莫雷尔再次跪下，在地板上磕响头。

这个铁石心肠的人，这时感到他的心在胸中膨胀，一股火辣辣的热流从喉咙喷涌到眼睛，他垂下头，泪如泉涌!

在这个房间里，崇高的哀吟和泣涕，一时间汇成一曲交响乐，就连天主最宠爱的天使听了，也会觉得和谐而美妙!

朱莉激动万分，情绪刚刚平静一点儿，她就冲出屋子，下了一层楼，像孩子一般欢快地跑进客厅，掀起球形玻璃罩，取出当年在梅朗小街那个陌生人送的钱袋。

就在这工夫，埃马努埃尔激动得声音断断续续，对伯爵说道：

“噢！伯爵先生，怎么，您看着我们多么频繁提起我们那位不知名的恩人，怎么，您看着我们怀着多么感激和崇敬的记忆，您怎么还等到今天才告诉我们呢？噢！这对我们太残忍了，我还要冒昧地说，伯爵先生，这对您也太残忍了。”

“请听我说，我的朋友，”伯爵说道，“我这样称呼您，因为，你虽然没有意识到，但是成为我的朋友已有十一年了。这个秘密揭开，完全是由于出了一件您一定还不知道的大事。”

“上帝明鉴，这个秘密，我本来要一辈子埋藏在心底，无奈你们大哥

“都跪下！都跪下！他就是我们父亲的救命恩人！”

马克西米连用激烈的言词，硬给逼出来了，而我敢肯定，他讲那些话现在也该后悔了。”

随后，他瞧见马克西米连又侧靠到一张扶手椅上，但一直跪在那里。

“您要看好了他。”基督山又小声补充了一句，同时意味深长地按了一下埃马努埃尔的手。

“这是为什么？”年轻人不免奇怪地问道。

“我不能对您讲，您看好他就是了。”

埃马努埃尔环视一下房间，瞧见莫雷尔的那对手枪。

他眼神惊恐，盯着看那武器，并且缓慢地举起手，指给基督山看。

基督山点了点头。

埃马努埃尔要去拿手枪。

“不要管。”伯爵说道。

接着，他走向莫雷尔，抓住他的手。这个年轻人，刚才心潮汹涌，不能自已，现在却进入深度木然的状态了。

朱莉又上楼来了，她手里拿着那只丝绸钱袋，面颊滚下两颗宛若朝露的晶莹的喜泪。

“这就是珍贵的纪念物，”她说道，“不要以为我们认识了恩人，这个纪念物对我就不那么珍贵了。”

“我的孩子，”基督山脸红了，答道，“请允许我把这个钱袋拿走吧，既然你们认识了我这张面孔，那么我只希望你们想起我时，完全出于你们肯给予我的爱。”

“唉！”朱莉说着，就把钱袋按在胸口，“不行，不行，我恳求您了，因为，总有一天您会离开我们；因为，总有一天，可惜您会离开我们，对不对？”

“您猜对了，夫人，”基督山微笑着回答，“再过一周，我就要离开这个国家了：正是在这个国家，多少应当受到上天惩罚的人活得那么逍遥自在，而我父亲却在饥饿和悲痛中死去。”

基督山宣布即将离去的计划，目光一直凝视着莫雷尔，他注意到“我就要离开这个国家”这句话如同耳旁风，并没有把莫雷尔从麻木状态中唤醒。于是他明白，他还必须同他朋友的痛苦最后决一胜负；他抓起朱莉和埃马努埃尔的手握到了一起，以父亲那种温和的威严口气，对他们说道：

“我的好朋友，请让我和马克西米连单独谈一谈。”

基督山顾不得再提起朱莉正好趁机带走这个珍贵的纪念物。她赶紧

拉着丈夫走了。

“咱们先走开。”

伯爵留下来,莫雷尔仍然一动不动,活似一尊雕像。

“喏,”伯爵说道,并且用火热的手指碰了碰他的肩膀,“你重又成为男子汉了吧,马克西米连?”

“对,因为我重又开始感到痛苦了。”

伯爵皱起眉头,显然在冥思苦索,犹豫不决。

“马克西米连!马克西米连!”他说道,“您不能自拔的这些念头,不是一名基督徒所应该有的。”

“唔!您就放宽心吧,朋友,”莫雷尔说着,便又抬起头,冲伯爵微微一笑,但那笑容却饱含难以描摹的忧伤,“再也不用我去寻死了。”

“这么说,”基督山说道,“再也不需要武器,再也不绝望了?”

“不了,因为,我有更好的办法医治痛苦,胜过枪口或者刀尖。”

“可怜的疯子……!您还有什么法儿?”

“我还有悲痛,足能要我的命。”

“朋友,”基督山说道,忧伤的口气不亚于莫雷尔,“请听我说:“从前有一天,我同你一样陷入绝望,也下了这样的决心,想要自杀;从前有一天,你父亲同样绝望了,也想要自杀。

“当你父亲把枪口对准自己脑门儿的时候,假如有人对他这样说;当我一连三天没吃东西,还把面包推下床的时候,假如有人对我这样说;总之,在这种一心求死的时刻,假如有人对我们二人这样说:

“活下去吧!有朝一日,你们会得到幸福,你们会赞美生活的。这种声音不管来自何处,我们听了总要报以怀疑的微笑,或者不以为然的惶惑;然而,你父亲拥抱你的时候,有多少次赞美过生活,就是我本人又有多少次……”

“哦!”莫雷尔打断伯爵的话高声说道,“您呢,您仅仅失去了自由;而我父亲呢,仅仅损失了财产;可是我呢,我失去了瓦朗蒂娜。”

“你看着我,莫雷尔,”基督山庄严地说道,他的这种神态,有时显得

特别高大，特别令人信服，“你看着我，我眼里没有泪，血液没有沸腾，心脏也没有哀痛地跳动，然而，我却看到你痛苦不堪，马克西米连，而我爱你就像爱儿子一般：喏，莫雷尔，这不是向你表明，痛苦同生活一样，总有超出认识的未知的东西吗？因此，如果说我请求你，如果说我命令你活下去，莫雷尔，那就是因为我确信，有朝一日你会感谢我保全了你这条命。”

“我的上帝！”年轻人高声说道，“我的上帝！您这是对我说什么呀？说话可得当心！您啊，也许您从未爱过吧？”

“真是孩子！”伯爵答道。

“我所说的，”莫雷尔又说道，“是情爱。”

“我呢，您应当知道，我一成年就去当兵了，一直到二十九岁也没有爱过，因为直到那时，所体验过的感情，没有一种能称得上爱情。结果，到了二十九岁，我遇见了瓦朗蒂娜；因此，将近两年来，我一直爱她，将近两年来，这颗心对我像一本翻开的书，我得以阅读天主亲手写在上面的少女和少妇的美德。”

“伯爵，同瓦朗蒂娜在一起，我就有一种无限的、巨大的、从未体验过的幸福，而人间不应该有这种过于巨大、过于完美、过于神圣的幸福，要不怎么没有给我呢，伯爵，这也就向您表明，没有了瓦朗蒂娜，这人世对我来说，就只有绝望和悲伤了。”

“我对您说了，莫雷尔，要抱有希望。”伯爵又重复道。

“那我也要重复一遍，您说话要当心，”莫雷尔说道，“因为，您力图说服我相信，而且，您要说服我，无疑是要让我丧失理智，要我相信还能够见到瓦朗蒂娜。”

伯爵微微一笑。

“我的朋友，我的父亲！”莫雷尔激动地高声说道，“您可得当心啊，我要第三次跟您讲这话了；因为，您对我的影响太大了，真叫我心惊胆战；您可得当心您这话的含义；因为，我的眼睛又有神了，我的心又复活了，又燃起希望之火；您可得当心，因为，您让我相信超自然的事情。”

“我会遵照您的吩咐，掀开睚鲁[1]的女儿墓穴的石板；我也会按照您向我打的手势，像圣徒那样踏着波涛行走；您可得当心，我一定会遵命。”

“要抱有希望，我的朋友。”伯爵重复道。

“噢！”莫雷尔说道，他的情绪从兴奋的峰巅，又跌入悲伤的深渊，“噢！您是在哄我呀：您的做法就像好心的母亲，准确说就像自私的母亲，用甜言蜜语来安抚孩子的伤痛，因为孩子的哭喊让她们心烦。”

“不，我的朋友，我不该对您说要慎言；不，您无需担心，我会倍加注意，将我的痛苦埋藏在心底，我会让这痛苦变得极其晦隐，极其秘密，也就再也不用您费心表示怜悯了。”

“别了！我的朋友，别了！”

“恰恰相反，”伯爵说道，“从此刻起，马克西米连，你要留在我身边，同我一起生活，不准离开我，一周之后，我们就将法国丢在身后了。”

“您还是要对我说抱有希望吗？”

“我让你抱有希望，只因我有办法能医治你。”

“伯爵，您会使我倍加伤心，如果我还能更加伤心的话。您以为我所遭受的打击，仅仅给我造成一般的痛苦，您就想用一般的方法，旅行来安慰我。”

莫雷尔说着，还鄙夷不屑地摇了摇头。

“你让我怎么对你说呢？”基督山又说一遍。

“我作出许诺就要兑现，你就让我试一把吧。”

“伯爵，您无非是要拖长我临终的痛苦。”

“这样看来，”伯爵说道，“你这颗懦弱的心，连这点儿勇气都没有，不能给你朋友几天时间，去验证他的尝试！”

“喏，你可晓得，德·基督山伯爵能办成什么事吗？”

“你可晓得，他能调动人世间许多力量吗？”

---

① 睚鲁，《圣经》中的人物，犹太会堂主事。《马可福音》和《路加福音》中都记载，耶稣曾使她的女儿死而复生。

“你可晓得，他对上帝十分虔诚，就能实现奇迹吗？因为上帝说过，人有了信仰，就能移动一座大山！”

“那好，我所期望的奇迹，你就等着吧，否则的话……”

“否则的话……”莫雷尔重复一声。

“否则的话，你要当心，莫雷尔，我会称你忘恩负义之人。”

“可怜可怜我吧，伯爵。”

“我就是特别可怜你，马克西米连，你听我说，就是特别可怜你，假如一个月之内，一天一天，一小时一小时计算，我未能把你治愈，那么，莫雷尔，请记住我这话；我就会把这两支手枪上好子弹，调一杯剧毒的意大利毒药，亲手放到你面前，请你相信，那种毒药致人死命，比害死瓦朗蒂娜的毒药威力还大，夺命还快。”

“您能向我保证吗？”

“我保证，因为，我是个男子汉，因为，正如我对你讲过的，我也同样，曾经渴望一死，甚至在不幸远离我之后，我还经常梦想那长眠的惬意。”

“哦！当然了，您答应我了吧，伯爵？”马克西米连兴奋异常，高声说道。

“何止答应你，我要向你发誓。”基督山说着，就伸出一只手。

“您以人格向我保证，一个月之后，假如我没有得到安慰，您就让我自由支配自己的生命，不管我怎么处置，您都不会说我忘恩负义吧？”

“一个月之后，一天也不差，马克西米连；一个月之后，一个小时也不差，这个日期是神圣的，马克西米连，不知道你是否想到，今天是九月五日。”

“十年前的今天，我救了你父亲的性命，当时他就要一死了之。”

莫雷尔抓起伯爵的双手亲吻，而伯爵任其所为，就好像他明白，他理应受到这样崇拜。

“过一个月，”基督山继续说道，“你我二人就坐在这里，面前的桌子上摆好精制的武器和甜美的毒药。不过，你也能向我保证，一定活下去，一定等到那时候吗？”

"唔！这回，我也向您发誓！"莫雷尔高声说道。

基督山把年轻人搂在胸前，拥抱了许久。

"现在，"基督山对他说道，"从今天起，你就住到我那里去，住进海蒂那套房间：我女儿走了，至少还有儿子替代。"

"海蒂！"莫雷尔说道，"海蒂怎么啦？"

"她昨夜动身走了。"

基督山把年轻人搂在胸前，拥抱了许久。

“她离开您了？”

“她去等我……”

“你准备好了，去香榭丽舍大街找我，现在送我出去，不要让人看见。”

马在西米连低下头从命，好似一个孩子，或者一位圣徒。

第一〇六章　分财

阿尔贝·德·莫尔塞夫在牧场日耳曼街，为他们母子二人选定这家旅馆，旅馆二楼有一小套房间，租给了一个十分神秘的人物。

那位房客是个男子，出入旅馆，就连门房也从未看清他的面孔，只因冬天，他把下巴颏儿缩进一大条红围巾里，如同上等人家的车夫在剧院出口等候主人那样；而到夏天，他每次经过门房，在可能被人瞧见的时候，总要装作擤鼻涕。不过也应当指出，这家旅馆一反常规，没有人窥伺这位房客：据说这个隐姓埋名的人身份很高，“极有权势”，因此大家都敬而远之，不敢窥探其神秘行踪。

他到旅馆来的时间通常是固定的，只是有时稍微提前或推迟，无论冬夏，几乎总于四点钟左右前来，但是从不在这套房间过夜。

在冬季，一名谨慎的女仆，颇像这小套房间的管家，于三点半钟来生着炉火；在夏天三点半钟，还是这名女仆，则搬上来冰块。

正如上面所讲，一到四点钟，那位神秘的房客就来了。

他到达之后二十分钟，一辆马车就会停靠在旅馆门前，下来一位夫人。她身穿黑色或深蓝色衣裙，而且总戴着一幅大面纱，形同影子似的闪过，上楼的脚步极轻，楼板不出一点点声响。

从来没有人问她去几号房。

她的面孔同那陌生男子的面孔一样，两个看门人绝无一睹的机会；在京城无数门房这行中，他们两个堪称模范，而且如此谨慎的，也许绝无仅

有了。

自不待言，她上到二楼就止步了，并以独特的方式轻轻叩门；房门打开，刚一放人进去，旋即关上，此间奥妙就尽在不言中了。

离开旅馆，也同来时一样行迹隐秘。

那陌生女人头一个出来，她始终戴着面纱，又登上自己的马车，没准儿从这条街的哪一头驶走。继而，二十分钟之后，那名陌生男子也出来，脸不是用围巾遮住，就是用手帕捂住，也同样匆匆没了踪影。

德·基督山伯爵去拜访丹格拉尔那天，也正是给瓦朗蒂娜举办葬礼的日子，就在第二天，那位神秘的房客一反往常，不是将近下午四点钟，而是上午十点钟就走进旅馆。

几乎紧接着，一辆出租马车驶到，也没有往常间隔那么长时间，那位头戴面纱的夫人急步上楼去了。

那扇房门打开，随即又关上了。

然而，还未待房门重新关上，那位夫人叫了一声：

"啊！吕西安！我的朋友！"

结果让看门人听到了，他无意当中得知，那位房客名叫吕西安，然而，他是模范看门人，心下决定就连他的老婆都不会告诉。

"我的朋友，我能指望上您吗？"

"当然了，这您是知道的。"

"究竟出了什么事？"

"您今天早晨给我写来的便函，引起我极度的惶惑。"

"您写得这么匆忙，这么凌乱；喏，您快说明，好让我完全放心，或者把我吓掉魂儿！"

"吕西安，出大事啦！"那夫人说道，同时用探询的目光注视吕西安："丹格拉尔先生昨天夜晚走了。"

"走了！丹格拉尔先生走了！"

"他去哪儿啦？"

"我不知道。"

“什么！您不知道？难道他一去不复返了？”

“毫无疑问！”

“晚上十点钟的时候，他乘坐自己的马车，到了夏朗东城关，就换乘一辆完全套好的旅行车，他同贴身仆人上那辆车时，对自己的车夫说，他要去枫丹白露。”

“那么，您说这是怎么回事呢？”

“等一下，我的朋友，他给我留下一封信。”

“一封信？”

“对，您念念吧。”

男爵夫人当即从兜里掏出一封拆开的信，递给德勃雷。

德勃雷犹豫一下来念，就好像要先猜一猜信的内容，更准确地说，就好像不管信的内容如何，他事先要拿定个主意。

片刻之后，想必他主意已定，因为，他开始念信了。

在丹格拉尔夫人的心中引起极大恐慌的这封信，内容如下：

> 夫人，我的忠实妻子：

德勃雷未假思索便停下，瞥了男爵夫人一眼，看得她脸红到耳根子。

“念吧。”她说道。

德勃雷继续念道：

> 您收到这封信时，就没有丈夫了！唔！您也不必惊慌失措，您没了丈夫，也无非同没了女儿一样，换言之，法国通往国外有三四十条大道，我就要踏上其中一条了。
>
> 我应当向您作出解释，您是个完全能够理解的女人，因此我就来向您解释一番。
>
> 您请听仔细：
>
> 今天上午，有人忽然来提取五百万法郎，我照常支付了；不

料紧接着,又来人要提取同样数额的款项,我推说明天办理;今天我就走人,避开这个我过不去的大大难堪的明天。

这一点您能够理解,对不对,夫人,我的难得的妻子?

我说:

您能够理解,是因为我的营业状况,您同我一样清楚,甚至比我更清楚:我的财产从前相当可观,真若是问起一大半到哪里去了,我就说不上来,而您则相反,我敢肯定,您能说得明明白白。

因为,女人都有一种万无一失的本能,她们运用自行发明的一种代数,解释不可思议的事情。而我,只认得数字,一旦受了数字的蒙骗,就什么也不知道了。

您有时可曾赞赏过我败落得如此迅速吗,夫人?

您看着我的金条熔化,眼睛可曾晃花了吗?

我呢,不瞒您说,我只看见了火焰,但愿您在灰烬里得到了一些黄金。

我正是抱着这种令人欣慰的希望走了,夫人,非常谨慎的妻子,我丝毫不必自责将您抛弃;您还有朋友,还有上面说的灰烬,而且顶顶幸运的是,您有了,我急于奉还的自由。

不过,夫人,在这封信里,我也该写两句知心的话。

只要我还希望您操劳是为我们家庭好,是为我们女儿的财产,我就能豁达地闭上眼睛;但是,既然您把这个家变成一片废墟,那么我也不愿意为他人的金库充当地基了。

我娶您的时候,您虽富有,但名声欠佳。

请原谅我对您讲得这样直率;我所讲的话,很可能只限于我们两个人,我看没有什么必要多加粉饰。

我增加了我们的财富,在长达十五年间,我们的财富不断增加,直到祸从天降,一块一块被夺走,最后翻盘了,至今我还莫名其妙,而且我可以说,这其中没有我一点过错。

而您,夫人,您只为增加自己的财富而操劳,并且大获成功,这我相信多半错不了,我离开您与娶您时相同:您虽富有,但名声还是不佳。

别了。

我也一样,从今天起,我要为自己操劳了。

衷心感谢您为我树立的榜样,我一定效仿。

您的忠心耿耿的丈夫
丹格拉尔男爵

在念这封令人难堪的长信过程中,男爵夫人目不转睛,始终盯着德勃雷,她看到这年轻人虽然自控能力很强,脸色还是变了一两次。

他念完了,便缓慢地折好信纸,又摆出思索的姿态。

"怎么样?"丹格拉尔夫人问道,她那种焦虑不安也不难理解。

"怎么样,夫人?"德勃雷机械地重复道。

"您看了这封信,有什么想法呢?"

"这很简单,夫人,我看了信便想到,丹格拉尔先生走时已有所怀疑。"

"当然了;怎么,您要对我说的就这些吗?"

"我不明白。"德勃雷冷冰冰地说道。

"他走了!彻底走了!一去不复返了。"

"唉!"德勃雷说道,"千万别这样想,男爵夫人。"

"不,跟您说,他不会回来了。我了解他,他那个人,从自身利益作出任何决定,都是不可动摇的。"

"他若是认为我还有用处,就会带我走了。他把我丢在巴黎,就是因为我们分开对他的计划可能有利;因此,这次分手是无可挽回的,我也永远自由了。"丹格拉尔夫人补充说道,始终是一副乞求的表情。

然而,德勃雷并不回答,任凭她用目光询问,处于焦虑不安的状态中。

“怎么!”男爵夫人终于又说道,“您不回答我的话,先生?”

“我只想对您提一个问题:您打算怎么办?”

“我还正要问您呢。”男爵夫人答道,只觉心头突突直跳。

“哦!”德勃雷说道,“您是要我给您出个主意喽?”

“对,我是求您给出个主意。”男爵夫人说道,心也一下子收紧。

“那好,您既然让我出主意,”年轻人冷淡地答道,“那我就劝您旅行去。”

“旅行去!”丹格拉尔夫人咕哝道。

“当然了。正如丹格拉尔先生所讲,您很富有,又完全自由了。先是欧仁妮小姐的婚事落空;现在丹格拉尔先生又失踪,出了这两个轰动事件之后,您离开巴黎一段时间是绝对必要的,至少我是这样认为。

“最要紧的是让所有人都知道您被遗弃了,都认为您很穷困;因为,一个破产银行家的妻子,再生活奢华,大搞排场,就不会得到世人的原谅。

“头一件,遭遗弃的事,您只需在巴黎待上半个月,逢人便说您遭到遗弃,向您最要好的那些女友倾诉,她们就会在社交界向人重复,您是如何被丈夫遗弃的。接下来,您就搬出公馆,将您的首饰留下,放弃您丈夫的产业;这样一来,大家都会赞扬您不谋私利,对您就会大加称颂。

“于是,人家都将知道您遭遗弃,认为您很穷困;因为,只有我了解您的经济状况,并且作为忠诚的合伙人,随时准备向您报告账目。”

男爵夫人吓得面如土色,这番话,她听得那么惊恐和绝望,而德勃雷讲得如此平静而漠然,两者真是相得益彰。

“遭遗弃!”她重复道,“噢!完全遭人遗弃了……是啊,您说得对,任何人也不会怀疑我成为弃妇。”

这个如此高傲,又如此痴情的女人,所能回答德勃雷的话,也就只有这么两句了。

“但是有钱,甚至非常有钱。”德勃雷接口说道,他从皮夹子里掏出几张纸,摊在桌子上。

这工夫,丹格拉尔夫人并未理睬,她只顾抑制怦怦的心跳,要忍住眼

里漾出的泪水。最后，还是自尊心占了上风，她即使没有抑制住心跳，至少忍住没有让一滴眼泪流下来。

“夫人，”德勃雷说道，“差不多六个月前，我们成为合作伙伴。”

“您投入资金十万法郎。”

“是今年四月份，我们开始合作的。”

“五月份，我们开始操作。”

“五月份，我们赚了四十五万法郎。”

“六月份，盈利增至九十万法郎。”

“七月份，我们又赚了一百七十万法郎，您也知道，七月份是西班牙公债那桩买卖。”

“八月份，月初我们亏损了三十万法郎；不过到了十五号，我们又捞了回来，而到了月底就重又赢利；因此结算下来，从合伙的那天起到昨天为止，我们净赚二百四十万法郎，即每人分得一百二十万法郎。”

“现在，”德勃雷接着说道，一边还像经纪人那样有条不紊，从容地翻阅笔记本，“这笔钱在我手中，还生了八万法郎的利息。”

“可是，”男爵夫人接口说道，“利息是怎么回事，这笔钱您从来没有存放生息啊？”

“请您原谅，夫人，”德勃雷冷淡地回答，“您授权给我，我就使用这种权力让钱生利。”

“因此，利息您应得一半，四万法郎，再加上启动资金十万法郎，总共一百三十四万法郎，是您应得的数目。”

“而且，夫人，”德勃雷继续说道，“我早就采取了防范措施，前天就把您的款提出来了，您瞧，时间不长，就好像我已经料到，随时可能应邀向您交账。您的钱就在这儿，半数为现钞，一半为银行本票。”

“我说在这儿，也是千真万确：要知道，我认为我家里不够安全，那些公证人呢，口风也不够紧，至于那些房地产商，说话比公证人的嗓门还要高；总之，在你们夫妇共有的财产之外，您无权购置任何不动产，也无权拥有任何财产；因此这笔钱，您今天的唯一财产，我就全部收藏起来，放到一

个镶嵌在这柜子底下的密封箱里，而且，为了更加保险起见，镶嵌密封箱的活是我亲手干的。”

“现在，”德勃雷一边继续说着，一边打开柜门，再打开密封箱盖，“现在，夫人，您看，这是面值一千法郎的现钞，共有八百张，看上去就像用铁皮装帧的一本大画册。这还有一张两万五千法郎年金的息票，还有大约十一万法郎的结余，是一张由我的银行家支付的本票；由于我的银行家不是丹格拉尔先生，这张本票保证兑付，您尽管放心好了。”

丹格拉尔夫人机械地伸手拿起那张本票、底金息票和那沓现钞。

这样一大笔财富，放在一张桌子上不是什么东西。

丹格拉尔夫人眼中无泪，胸中却涕下如雨，她拾起这笔钱财，装进手包的铁盒里，再将年金息票和本票装进皮夹子里，然后就伫立在那里，脸色苍白，又默默无言，只等待一句温存的话语，来安慰她如此富有。

但是她等待也是徒然。

“现在，夫人，”德勃雷说道，“您能够过上十分优裕的生活，差不多六万利弗尔的年金，这对一个不必支撑门面，至少一年之内不必支撑门面的女人，可以说绰绰有余了。”

“这回，您就可以任性所为了，而且，假如您觉得您这份儿钱还不够用，那么看在从前的情分上，夫人，您还可用我的钱，我随时准备向您提供，当然是借用，提供我拥有的全部钱财，即一百零六万法郎。”

“谢谢，先生，”伯爵夫人回答，“谢谢。您很清楚，您给我的已经很多了，我这样一个可怜女人，至少在相当长的时间内，不打算在社交场合重新露面，根本用不了这么多钱。”

德勃雷一时颇感诧异，但很快又镇定下来，他打了个手势，用最礼貌的话语来翻译，就是表达这种意思：

“那就悉听尊便了！”

此前，丹格拉尔夫人也许还抱有某种希望，但是一看到德勃雷那种随意的手势，以及伴随这手势的乜斜目光，再看到随后的深深一躬，以及意味深长的沉默，她就把头一扬，打开房门，既不恼怒，也不必抖，同时也毫

不犹豫，立刻冲下楼梯，甚至都不屑于向这样打发她走的男人，最后道别一声。

"好吧！"等她一走，德勃雷则自言自语，"这套安排太妙了，她会守在公馆里，看看小说，玩玩纸牌，只是不能再去交易所炒股票了。"

他又拿起笔记本，极为仔细地画掉刚才所付的款额。

"还给我剩下一百零六万法郎。"他说道。

"多可惜呀，德·维尔福小姐死啦！那个姑娘，从各方面考虑，都对我的口味，我本可以娶她呢。"

他还一如往常，十分冷静，等丹格拉尔夫人走了二十分钟之后，才决定自己也离去。

在这二十分钟里，德勃雷身边放着怀表，还在算账。

如果不是勒萨日[①]抢先下笔，在他的杰作中塑造了阿斯莫代这个魔鬼人物，专能揭开房顶窥探各房人家的隐私，那么任何好发奇思异想的作家，都多少会创造一个类似的角色。而此刻，在德勃雷算账的时候，阿斯莫代如果来到牧场圣日耳曼街，揭开这家小旅馆的房顶，就会看到一种奇特的场景。

德勃雷在那间客房，刚刚同丹格拉尔夫人分了二百五十万法郎这笔款，而在他们上面的客房，恰好住着我们的老熟人：这两个人物在前面讲述的事件中，扮演了相当重要的角色，我们还是怀着兴趣再次见到他们。

那客房里住着梅色苔丝和阿尔贝。

几天来，梅色苔丝发生了很大变化，这倒不是说她现在衣着打扮多么朴素，让人认不出来了，因为她在尊贵富有的时候，也从未骄奢张扬，大摆排场；也不是她真的落到穷困潦倒的境地，衣裙褴褛了。不，说梅色苔丝变了，是指她的眼睛没有神了，她的嘴角不再挂着微笑了，总之，是指她从前对答如流，才思总是那么敏捷，现在却笨口拙舌，永远存在语言障碍了。

---

① 勒萨日(1668—1747)，法国作家。他的小说《瘸腿魔鬼》中的主人公阿斯莫代，即瘸腿魔鬼，是由一名大学生从魔法师的瓶子里放出来。魔鬼带着大学生飞到半空，揭人家房顶窥探秘密。

那客房里住着梅色苔丝和阿尔贝。

并不是穷困压垮了梅色苔丝的精神，也并不是因为她缺乏勇气，才感到穷困不堪重负。

梅色苔丝从她原来的生活环境，一下子落破，自我贬谪，置身于新的境地，就好比一些人走出灯火辉煌的客厅，猛然间进入黑暗里。梅色苔丝如同一位王后，离开王宫而走进茅草屋，只能维系最基本的生活，华美的睡榻换成了简陋的小床，使用起粗陶碗盘，要自己动手摆在桌子上，因而不知所以了。

当年的那位美丽的卡塔卢尼亚姑娘，或者那位高贵的伯爵夫人，的确没有了那种高傲的眼神，也没有了那种迷人的微笑，只因她环顾周围，满目所见，唯有令人伤心的物品：房间灰色壁纸深灰色图案，这种耐脏的颜色，是精打细算的旅馆老板特意选用的；屋地方砖上没有铺地毯，家具则格外惹眼，那种假冒豪华的可怜质地，让人无法移开目光，总之，它们的色调十分扎眼，极不协调，自然刺激看惯了整体优雅环境的眼目。

德·莫尔塞夫夫人自从离开自己的府邸，就生活在这种环境中了；面对这恒久的寂静，她不禁头晕目眩，就像一位游客走到悬崖边上的那种感觉。她发觉阿尔贝时时在偷眼观察，要判断她的心境，于是，她就强作笑脸，但是这嘴角的笑意十分呆板，缺乏眼睛相应笑意的那种极温柔的热情，给人的印象就是纯粹的反光，即一种没有热度的光亮。

阿尔贝本人也心事重重，极不自在，碍于奢华生活在他身上留下的残余，他同现时的生活状况难以合拍：他要出门不戴手套，可是觉得自己的手太白净；他要徒步走在街上，又觉得他的皮靴太亮。

然而，这两个人十分高尚，也十分聪明，由母爱和孝心连接起来，永远拆不开；他们用不着讲一句话，彼此就能心领神会，也无需朋友之间那种全面准备的工夫，就能确认生活赖以支撑的这种物质状况。

阿尔贝终于可以这样讲，而不会让母亲大惊失色：

“母亲，我们没有钱了。”

梅色苔丝从未真正尝过穷困的滋味；她年轻那时候，经常提起如何穷苦，但那根本不是一码事：需要和必需虽是同义词，但两者之间却天差地远。

在卡塔朗村的的时候，梅色苔丝需要上千种东西，但是另外一些物品，她从来就不缺少。只要渔网完好，就能打到鱼，卖掉鱼，就能买线补网了。

再者，与友情隔绝，只有一种亲情了，又同眼下处境的物质问题毫不相干，也就只想自身，人人都想自己，别无他念。

梅色苔丝那时拥有的虽然不多，安排她一个人生活还尽量像样，而今

她一无所有，却要负担两个人的生活。

冬天临近，这间屋没有生火，四壁空空，已经相当冷了，而原先在公馆，有无数条暖气管，从前厅一直通到小客厅，总是暖融融的；现在她的房间，连一朵小花都没有，而原先她那大套房，不啻一座养着奇花异草的温室！

但是她有儿子……

此前，母子二人怀着的责任感，也许有几分夸大，这样产生了冲动，便飘飘然飞升到高空。

冲动也近乎激情，而激情能让人无视人世间的事物。

可是，激情一旦平静下来，人就要从梦幻的国度，逐渐跌落，又回到现实世界中来了。

竭尽了全部理想之后，就必须谈一谈实际问题了。

"母亲，"就在丹格拉尔夫人下楼的时候，阿尔贝说道，"咱们总共还有多少钱，现在计算一下好吧；我得有个总数，以便制订计划。"

"总数，就是零。"梅色苔丝苦笑一下，答道。

"不对，母亲，总数：首先三千法郎，我打算用这三千法郎，让咱们二人过上痛快的生活。"

"孩子气！"梅色苔丝叹道。

"唉！我的好母亲，"年轻人说道，"可惜我花掉您相当大一笔钱，才认识到金钱的价值。"

"要知道，三千法郎，我用这笔钱，建造一种奇迹般的未来，保证一辈子安全。"

"话是这么说呀，我的朋友，"可怜的母亲接口说道，"可是，首先一点，咱们接受那三千法郎吗？"梅色苔丝说着脸就红了。

"我觉得，这是说好了的事，"阿尔贝口气坚决地说道，"我们没有，就更应该接受了，而且您也知道，这笔钱，就埋藏在马赛梅朗小街那座小房的园子里。"

"只用二百法郎，咱们俩就能去马赛一趟。"阿尔贝说道。

“二百法郎!”梅色苔丝说道,“您真是这么想吗,阿尔贝?”

“唔!关于这一点,我打听过了,驿车费、汽船费,都计算好了。”

“我给您定座乘旅行车去夏隆,您瞧,母亲,我对待您就像王后一样,这笔车费为三十五法郎。”

阿尔贝拿起笔写道:

双人旅行车费	三十五法郎
从夏隆至里昂,轮船费	六法郎
从里昂至阿维尼翁,轮船费	十六法郎
从阿维尼翁至马赛	七法郎
总计	一百一十四法郎

“就算二百法郎吧,”阿尔贝笑着补充道,“您瞧,我给您打得挺宽吧,对不对,母亲?”

“可是你呢,我可怜的孩子?”

“我嘛!您没有看出,我给自己留了八十法郎吗?”

“一个年轻人,母亲,用不着那么舒舒服服;再说,出门旅行是怎么回事,我也全知道。”

“乘坐驿车,带着你的贴身仆人。”

“总归是旅行吧,母亲。”

“那好吧,”梅色苔丝又说道,“可是,二百法郎从何而来?”

“二百法郎,就在这儿,另外还有二百呢。”

“是这样,我的怀表卖了一百法郎,表链上的装饰物卖了三百法郎。”

“还真够走运的!小饰物是表的三倍价钱。总有这种怪事,就是追求无用的玩意儿!”

“因此,现在咱们富有了!您路上一百一十四法郎就够用了,手头却有二百五十法郎。”

“咱们还欠旅馆的房钱吧?”

“欠三十法郎，从我这一百五十法郎里出。”

“就这么说定了，我旅途费用只需八十法郎，您瞧我手头多宽裕。”

“而且，事情还不止这些。”

“您瞧瞧这是什么，母亲？”

阿尔贝说着，就掏出一个带金搭扣的小记事本，大概是他从前的爱物中留下来的，甚至是一件事情的纪念物，由一位戴面纱敲小角门的神秘女人赠给的；他从小记事本里抽出一张一千法郎的钞票。

“这是什么？”梅色苔丝问道。

“一千法郎，母亲。唔！它完全货真价实。”

“可是，你从哪儿弄来的一千法郎？”

“听我说说，母亲，您先不要太激动。”

阿尔贝说着就站起身，走过去亲吻母亲两边的面颊，然后又定睛凝视她。

“您想不到，母亲，我觉得您有多美！”年轻人怀着对母亲的深爱说道，“千真万确，您是我所见到的最美丽，也最高贵的女子！”

“亲爱的孩子。”梅色苔丝说道，她眼角漾出一滴泪水，没有忍住而流下来了。

“真的，如果再加上您身遭不幸，那我对您的爱就要变成崇拜了。”

“我只要有这个儿子，就不会感到不幸，”梅色苔丝说道，“只要有这个儿子，我也绝不会不幸。”

“哦！言之有理，”阿尔贝说，“不过，生活的考验才刚刚开始，母亲，您还记得已经说定的事情吗？”

“咱们说定了什么事情吗？”梅色苔丝问道。

“对，咱们说定，您住到马赛，而我动身去非洲，到了那里，我不再用我抛弃的姓氏，要用我选取的姓氏了。”

梅色苔丝叹了一口气。

“告诉您，母亲，从昨天起，我就从军，加入了北非骑兵军团，”年轻人说道，就有几分羞愧，垂下了眼睛，只因他并不知道，这样自贬身份的举动

有多么高尚，“说得明确些，我认为肉体完全属于我本人，可以卖掉；从昨天起，我替人当兵了。”

“如人们所说，我把自己给卖了，”他补充说道，还勉颜笑一笑，“卖得比自己估的价要高，也就是说两千法郎。”

“这么说，这一千法郎？……”梅色苔丝颤抖着说道。

“这是先付的一半，母亲，另外一半一年之后再付。”

梅色苔丝举目望天，那种表情难以描摹，两颗噙在眼角的泪水，由于内心一激动便夺眶而出，沿着面颊静静地滚下去。

“生命的代价！”她喃喃说了一句。

“对，假如我被杀掉，”莫尔塞夫笑道，“但是，我的好母亲，我向你保证，一定会拼命保护自己的性命，我现在生活的欲望，比任何时候都更加强烈。”

“我的上帝！我的上帝！”梅色苔丝重复道。

“况且，为什么我就非被打死不可呢，我的母亲！”

“另一个南方的内伊，拉莫里西埃[1]，难道他战死了吗？”

“难道尚加尼埃[2]战死了吗？”

“难道贝多[3]战死了吗？”

“我们认识的那个莫雷尔，难道他战死了吗？”

“您想一想吧，母亲，等以后，您看见我身穿绣金的军服回来，该有多高兴啊！”

“我明确告诉您，我穿上那身军装，一准儿非常漂亮，我也出于好美，才选择那个兵团。”

梅色苔丝边叹息，边强作笑验。这位圣女式的母亲，她明白让儿子独自作出牺牲，是绝不应该的。

---

① 拉莫里西埃(1806—1865)，法国将军和政治家，参加过阿尔及利亚战争，战功显赫。

② 尚加尼埃(1793—1877)，法国将军，参加过征服西班牙和阿尔及利亚的战争。

③ 贝多(1804—1863)，法国将军，参加过阿尔及利亚战争，在1848年的临时政府中曾任国防部长。

“怎么样，嗯？”阿尔贝又说道，“您明白了，母亲，您就保证有了四千多法郎，足可以过两年好日子。”

“你这么看？”梅色苔丝问了一句。

伯爵夫人这句话脱口而出，表露的痛苦十分真切；其真正的含义，阿尔贝心领神会，他感到自己的心收紧了，便抓起母亲的手，深情地握在自己的双手里。

“对，您一定要活下去！”他说道。

“我会活下去的！”梅色苔丝高声说道，“可是，你也绝不会走的，对不对，我的儿子？”

“母亲，我走还得走，”阿尔贝语气平静而坚决地说道，“您这么爱我，绝不会把我留在身边游手好闲，碌碌无为；况且，我已经签了合同。”

“你就按照自己的意志办吧，我的儿子；而我呢，要听从上帝的意志。”

“不是按照我自己的意志，母亲，而是顺从理性，根据生存的需要。我们两个是身陷绝境的人，对不对？今天，生命对于您有什么意义吗？毫无意义。生命对于我有什么意义吗？噢！如果没有您，母亲，意义也不大，请相信这一点。因为，如果没有您，我向您发誓，早在我怀疑了父亲，否认了他的姓氏那天起，我的生命就应该停止了！不管怎样，我活下去，假如您允许我还抱有希望的话，假如您要我为您今后的幸福操劳的话，您就会让我的力量倍增。那么，到了阿尔及利亚，我就去拜见总督；他有一颗正直的心，又不失军人本色；我要向他讲述我的痛心的身世，请求他不时地注意我的表现；如果他说话算数，能注视我的所作所为，那么不出半年，我不死在战场，就准能晋升为军官。我当上军官之后，母亲，您的生活就有了保障，我挣的钱足够咱们两个人的用度了；而且，我也要从您娘家的姓氏，咱们俩就能为新的姓氏感到自豪了。万一我战死了……是啊，万一我战死，那么，亲爱的母亲，您若是愿意，想死就死吧：咱们的不幸既然到了极限，也就该终结了。”

“好吧，”梅色苔丝回答，她那高贵的眼神也充分表达此意，“你说得

对，我的孩子，我们就是要向注视我们的人，要向等待以行动来评价我们的人证明，我们就是要向那些人证明，我们至少值得同情。”

“唉！亲爱的母亲，不要想得那么悲惨！”年轻人高声说道，“我敢向您发誓，咱们是幸福的，至少咱们能够非常幸福。您是一位既充满智慧，又能忍辱负重的女子；而我呢，但愿我已经变得口味简单，没有激情了。我一旦开始军旅生活，也就有了钱；您一旦住进唐代斯先生的房子，也就得到了安宁。咱们试一试吧！我求您了，母亲，咱们试一试吧。”

“对，咱们试一试，我的儿子，因为，你应当活下去，你也应当得到幸福。”梅色苔丝回答。

“那么，母亲，我们的钱财就这样分好了，”年轻人又说道，口气尽量装得十分洒脱，“今天就可以动身了。好了，说办就办，我给您订旅行车座位去。”

“那么，您的座位呢，我的孩子？”

“我嘛，我还得留下两三天，母亲，这就开始分离了，我们都需要习惯一下。我还得求人写几封推荐信，还要了解非洲的情况。我到马赛去找您。”

“行啊，那就走吧！”梅色苔丝说着，就围上她从府里带出来的唯一的围巾，碰巧还是一条很贵重的开司米围巾，“那就走吧！”

阿尔贝匆忙地收起他的各种文件票据，拉铃叫来店主，付了所欠的三十法郎房钱，然后，他就让母亲挽住他的胳臂，母子一同下楼去。

前面有个人下楼，他听见身后有丝绸衣裙拂到扶手栏杆的窸窣声，便回头望去。

“德勃雷！”阿尔贝咕哝道。

“是您，莫尔塞夫！”大臣秘书应道，同时停在楼梯上。

德勃雷一时忍不住好奇，便顾不得隐瞒身份的意图了；况且，他已经被人家认出来了。

这个年轻人的不幸遭遇，在巴黎引起极大的轰动，不料在这鲜为人知的小旅馆又同他相遇，这情况的确显得挺刺激。

"莫尔塞夫!"德勃雷又叫了一声。

随后,他瞧见在昏暗中,德·莫尔塞夫夫人那幅黑面纱,以及仍然显得年轻的身段。

"哦! 对不起,"他微微一笑,赶忙补充道,"我先走一步,阿尔贝。"

阿尔贝明白德勃雷的想法。

"母亲,"他转身对梅色苔丝说道,"这是德勃雷先生,内政大臣秘书,我从前的一位朋友。"

"什么! 从前的朋友,"德勃雷结结巴巴地说道,"您这是怎么说的?"

"我这么说,德勃雷先生,"阿尔贝又说道,"因为如今我没有朋友了,我也不应该再有朋友了。非常感谢您还能认得我,先生。"

德勃雷重又登上两级,用力握住阿尔贝的手。

"请相信,我亲爱的阿尔贝,"他尽量动情地说道,"请相信,我深深地同情您遭此不幸的打击,还请相信无论有什么需要,我都愿意效劳。"

"多谢,先生,"阿尔贝微笑道,"不过,我们身陷不幸的境地,钱倒是还够用,无需求助于别人。我们这就离开巴黎,去掉旅费,我们还剩下五千法郎。"

一阵红晕爬上德勃雷的额头,他的皮夹子里装着一百万;他那精确的头脑尽管缺乏诗意,还是不由自主地联想到,曾几何时,这座房子里就有两个女子:一个身败名裂,咎由自取,离开时斗篷里藏着一百五十万法郎,还是一贫如洗;另一个女子,虽然遭到不公正的打击,但身处逆境仍不失其高尚,仅余几枚铜子,却还非常富有。

这样一对比,他那彬彬有礼的套路也就乱套了,榜样的哲理将他击垮;他结结巴巴,泛泛讲了几句客气话,便落荒而逃了。

这一天,他的那些属下,内政部的办事员们,无不饱尝他那坏情绪之苦。

不过,当天晚上,他倒是在玛德莱娜大街,买下了一座漂亮的房子,还带去了五万利弗尔的年金。

次日下午五点钟,就在德勃雷签署购房契的时候,德·莫尔塞夫夫人

深情地拥抱亲吻了儿子,又接受儿子深情的拥抱亲吻之后,便登上旅行车,关上了车门。

在拉菲特运输公司的大院里,每个售票窗口上面都有一扇圆拱窗户,位于一楼二楼之间的夹层。有一个男子躲在一扇窗户后面,看着梅色苔丝上了驿车,目送驿车驶离,又目送阿尔贝离去。

这时,他抬手捂住布满疑云的额头,说道:

“唉! 这两个无辜的人,幸福被我剥夺了,我用什么办法还给他们呢? 愿上帝帮助我。”

第一〇七章　狮穴

在强力监狱有一个牢区，名叫圣贝尔纳院，专门关押罪大恶极又最危险的囚犯。

囚犯们用他们鲜明生动的话，称其为狮穴，想必是这里的囚徒都牙齿锋利，常常咬断铁栏杆，有时还咬死狱卒。

这是牢中之牢，墙壁都比其他牢区厚一倍。狱卒每天都仔细检查粗铁栏杆，是否完好无损。狱卒个个彪形大汉，目光冷峻而犀利，显然是挑选来的，凶神恶煞，又机警灵活，用以统御这些刁民。

这个牢区的院子围着高墙，是麇集灵与肉丑陋之物的渊薮，阳光难得光顾，顶多斜斜地溜进来一抹。在这院子铺石的地面上，从清晨起，就游荡着这些囚徒，一个个愁眉不展，眼神呆滞，脸色像幽灵一般煞白，都是被法律置于它磨锋利的断头刀之下的人。

围墙吸收并保存了阳光大部分热量，囚犯都一溜儿贴着墙根，有的蹲着，有的站着，三三两两聊天，更经常是独自发呆，眼睛直勾勾望着牢门。那牢门有时打开，从这阴森的地狱叫出一名幽客，或者抛进来从社会大炉里新清出的灰渣。

圣贝尔纳院本身有探视室：这间长方形的屋子，被平行的两排铁栏分隔成两部分，而两排铁栏相隔三尺，挡住探监者与囚犯握手，或者偷偷传递物品。探视室阴暗潮湿，无处不恐怖，尤其想到有多少令人胆战心寒的悄悄话，透进铁栏并使之生锈。

然而，这地方再怎么可怕，对那些不久于人世者仍是天堂，他们一来到这里，就重新品味一种渴望而甜美的社会，而他们一出这狮穴，几乎无一例外地被押赴圣雅克门[1]、苦役犯监狱，或者黑暗的单人牢房！

在我们上面描述的这座阴冷潮湿的院子，有个双手插兜的年轻人在散步，引起狮穴的幽囚们十分好奇地观看。

看他那身服装的款式，他很像一位高雅的绅士：他的衣服虽然撕破了，但是完好无损的部位，细软的布料，用手轻轻摩挲几下，很容易就重现本来质地的光泽，而这名囚徒也力图把它恢复成新衣服的模样。

还有他那件细麻布衬衣，入狱之后颜色大变，但他也同样仔细扣好纽扣。他还用手帕一角擦亮那双皮靴，而那手帕也非常精美，上面绣有王冠纹章，纹章下边绣着他姓名开头的字母。

狮穴中的几名囚徒，饶有兴趣地审视这个犯人修整的仪容。

“嘿！那是个王子，打扮得那么漂亮。”一名盗贼说道。

“他天生一个帅哥儿，”另一名盗贼说道，“他只要再梳一梳头，抹一点儿发蜡，就会把那些戴白手套的先生们全比下去。”

“他那套衣服肯定还很新，他那靴子也真够亮的。咱们中间有如此体面的伙伴，这也是瞧得起咱们。那帮宪兵跟强盗似的，都坏透了。全那么眼红！把如此漂亮的衣服给撕成这样子！”

“看来是个大角色，”另一个说道，“他什么都干过……全是大买卖……多年轻，就那样过来了！嘿！真是太棒啦！”

这种丑陋赞美的对象，似乎在品味赞誉，或者赞誉的气韵，因为他并没有听清楚话语。

他打扮完了，就走到狱卒背靠食堂的小窗口：

“喂，先生，”他对狱卒说道，“借给我二十法郎，很快就会还给您的，跟我打交道，一点儿亏您也吃不着。想一想吧，我那些亲人有多少百万，您才有几个铜子儿。喏，二十法郎，求求您了，我好住个单间牢房，买一件

---

[1] 巴黎圣雅克门，当年是处决人犯的地点。

便袍。总穿着礼服和靴子，让我难受死了。这是什么衣服啊！先生，这怎么配得上卡瓦尔坎蒂王子！”

那狱卒给他个后背，又耸了耸肩膀。这种话能让所有人解颐，他听了甚至笑也不笑；只因这种话，这家伙听得多了，说得准确些，他所听到的总是老一套。

“好吧，”安德烈亚说道，“您是个没有心肝的人，我说句话，就会把您开了。”

听了这话，那狱卒倒转过身来，这一回他却忍不住，哈哈大笑了。

于是，囚犯都围拢过来。

“跟您说吧，”安德烈亚继续说道，“我用这样可怜的一小笔钱，就能弄来一套衣服，定一个单间，也好像点样子，随时准备接待显赫人物来探视。”

“他说得对！他说得对！”囚犯纷纷说道，“真的！显而易见，他是个有身份的人。”

“那好，你们就借给他二十法郎吧，”狱卒说道，同时他又掉换另一个强壮的肩膀，靠到窗口上，“都是伙伴，你们就不应该帮这个忙吗？”

“我可不是这些人的伙伴，”年轻人傲慢地说道，“不要侮辱我，您没有这个权力。”

盗贼们面面相觑，又窃窃私议，一场风暴开始在这大摆贵公子派头的家伙头顶聚集，安德烈亚说话固然难听，但这主要还是狱卒煽动起来的。

狱卒不怕这场风暴来得猛烈，他自信能够“驾驭”①，就听任乌云逐渐涌起，以便教训一下这个纠缠不休的讨厌鬼，给他这漫长一天的看守添点儿乐子。

盗贼们已经向安德烈亚逼上来，有些人你一声我一声：

“鞋子！鞋子！”

这是一种非常残暴的殴打，说是鞋子，其实是用鞋子的铁掌，痛打一

---

① 原文为拉丁文。

狮穴的看守。

个被这些先生鄙弃的同伴。

另一些人则提议用鳗皮鞭：这又是一种取乐的方式；他们没有鳗皮鞭，而是用手绢包上砂石，如果有硬币也包进去。然后，这些刽子手就拿着，像雨点一般砸向受刑者的肩膀和脑袋。

“抽打这个帅哥儿，”一些人嚷道，“揍这个体面的先生！”

可是，安德烈亚却转身面对他们，眨了眨眼睛，再用舌头顶起腮帮子，从嘴唇发出一声呼哨，这对于被迫沉默的这帮强盗，抵得上一千个暗号。

这是卡德鲁斯教给他的共济会的一种暗号。

他们认出了是自己人。

手绢包纷纷丢下，而打了铁掌的鞋子，又穿到那个为首的行刑者的脚下了。只听七嘴八舌，宣称这位先生言之有理，这位先生怎么保持体面都可以，而囚徒们愿意作出表率，保持思想自由。

骚乱平息了。狱卒大惑不解，他立刻抓住安德烈亚的双手，开始搜身，不信这么邪门，能让狮穴的居民突然改变态度，一定有什么别的名堂。

安德烈亚由他搜去，但是嘴上却不饶人。

突然，小门口响起一个声音。

手绢包马上又落下来。

“贝内德托!”一名狱警官喊道。

狱卒急忙放开手中的猎物。

“有人叫我?”安德烈亚说道。

“到探视室!”那声音又嚷道。

“您瞧,有人来看我了。哈!我亲爱的先生,您就等着瞧吧,一个卡瓦欠坎蒂家族的人,能不能被当作普通人来对待!”

安德烈亚说罢,便像个黑色的影子滑过院子,闪身出了半开的小门,丢下狱中难友和狱卒惊叹不已。

果然是叫他去探视室,对此我们应当感到的惊讶不亚于安德烈亚本人。因为,这个年轻人非常狡猾,自从进入强力监狱之后,一直保持着绝对的沉默,不像一般人那样,总写申诉的材料。

“显而易见,”他心中暗道,“我受到一位有权势的人保护,种种迹象都向我证明这一点:这样的好运从天而降,碰到什么障碍,我都这么容易就克服了,临时就有了一个家庭,继承一个显赫的姓氏,金钱又像雨点一样落到我身上,婚姻也无比美满,为我的抱负大开方便之门。现在不幸落到这种地步,只是我的命运一时疏忽,我的保护人一时离开,对,不是彻底完了,也不是永无出头之日了!那只手抽走一段时间,还会向我伸过来,就在我以为要坠入深渊时,又会把我抓住的。

“我何必冒冒失失,采取什么行动呢?弄不好,我也许会得罪那位保护人!他要救我出去,有两种办法:一是花重金收买人,神秘地安排越狱;二是通过铁腕人物,迫使法官审判免于起诉。还是等一等再说,等到确认我完全被人抛弃了,再行动不迟,到那时……”

安德烈亚制订了一项计划,可以说相当精明。这个坏蛋,攻击起来无所畏惧,自卫时也凶猛顽强。牢狱之灾多么困苦,什么都没有,他也都忍受过。然而,人的天性,或者干脆说习惯,又占了上风。这么缺衣少穿,浑身这么肮脏,终日忍饥挨饿,安德烈亚难以忍受,只觉得度日如年。

他正处于这种烦恼的时候,听到狱警官叫他去探视室。

他感到自己的心欢跳起来。预审法官,不会来得这么快,而典狱长或

者狱医，又不会来得这么迟，因此，这是一次意料之外的探视。

安德烈亚被带进探视室，他十分好奇，睁大了眼睛，从铁栅栏后面望去，看见的是贝尔图齐奥先生的那张阴沉而聪明的面孔；而对方既惊讶又痛苦，也在望着铁栅栏、上了锁的门，以及交叉的铁条后面晃动的身影。

“啊！”安德烈亚由衷地感动，说了一声。

“你好，贝内德托。”贝尔图齐奥说道，声音深沉而洪亮。

“是您！是您！”年轻人说着，惊恐地四下张望。

“你认不出我来了，”贝尔图齐奥说道，“你这坏孩子！”

“轻点儿，您倒是轻点儿啊！”安德烈亚说道，他深知这些墙壁有敏锐的听觉，“我的上帝，我的上帝，说话嗓门儿别这么高！”

“你是希望单独跟我谈谈，”贝尔图齐奥问道，“对不对？”

“哦！对。”安德烈亚回答。

“好吧。”

接着，贝尔图齐奥摸了摸衣兜，又打了个手势，招呼那个看得见的在玻璃窗口后面的狱卒。

“念一念吧。”贝尔图齐奥说道。

“这是什么？”安德烈亚问道。

“是一道命令，带你住进单间，还允许我同你交谈。”

“哈！”安德烈亚叫了一声，高兴得跳起来。

他随即收拢神思，心中暗道：

“又是那位匿名的保护人！人家没有忘掉我！人家要保密，因此要到一个单间说话。我就算定他们……贝尔图齐奥就是那位保护人派来的！”

狱卒同一名上司商量了一会儿，然后打开两扇铁栅门，将乐不可支的安德烈亚带上二楼，进入一间对着院子的囚室。

这间囚室照监狱的惯例，墙壁都刷了白灰，在囚徒看来，就四壁生辉，十分悦目了：室内一个火炉、一张床铺、一把椅子、一张桌子，构成了全套的豪华家具。

贝尔图齐奥坐到椅子上。安德烈亚一仰身，就倒在床上。狱卒退了出去。

“喏，”管家说道，“你要对我说什么？”

“您呢？”安德烈亚反问道。

“还是你先说吧。”

“哎！不行，是您来找我，那就有许多事情要对我讲。”

“那好，我就先说。你还继续为非作歹：你盗窃，你杀人。”

“得了！您把我弄到单间来，就为了对我讲这些事，那又何必劳您大驾。这些事我全知道了。反之，还有别的事我不知道，劳驾咱们就谈谈这些事吧。是谁派你来的”？”

“嘀！嘀！您也太性急了，贝内德托先生。”

“这不对吧？要开门见山。尤其不要讲废话。是谁打发您来的？”

“没人。”

“那您怎么知道我入狱了呢？”

“好久之前，我就认出你来：你一身时髦的打扮，神气活现，十分优雅地赶着一驾马车，跑在香榭丽舍大街上。”

“香榭丽舍大街！……哈！哈！咱们靠谱了，正如猜谜所说的那样……香榭丽舍大街……不错，再说说我的父亲吧，好吧？”

“那我是谁呢？”

“您嘛，我的好先生，您是我的养父……我想，总归不是您交给我十来万法郎，让我四五个月就挥霍光了吧；不是您给我制造出来一个意大利绅士父亲吧；也不是您把我引进社交界，让人邀请我去欧特伊赴晚宴，那美味佳肴，现在我还觉得满口香呢，而且那次晚宴的宾客都是巴黎头面人物，其中有一位检察官，当时我错在没有和他套近乎，要不然，他现在能帮上我多大忙啊；总之，更不是您以一两百万为我作保，维持我的体面生活，只可惜出了事，我的老底被发现了……好了，说吧，可敬的科西嘉人，说吧……”

“你要我对你说什么呢？”

"我来帮帮你。"

"你刚才提到香榭丽舍大街,我尊敬的养父。"

"那又如何?"

"如何? 在香榭丽舍大街,住着一位先生,非常富有,非常富有。"

"你就是去他那里盗空,还行凶杀了人,对不对?"

"我想是的。"

"德·基督山伯爵先生?"

"是您说出他的姓名,正如拉辛先生所言。那好,我应不应该扑进他的怀抱,紧紧搂住他,喊他:'我父亲! 我的父亲!'如同皮克塞雷古①先生所说的那样呢?"

"不要开玩笑了,"贝尔图齐奥严肃地回答,"你也真放肆,竟然在这里直呼这样一个姓名。"

"哎!"安德烈亚说道,他见贝尔图齐奥神态那么庄严,倒有点懵头了,"有何不可呢?"

"因为叫这个名字的人,深受上苍的恩宠,不可能有你这样一个败类儿子。"

"哎! 别讲得这么玄乎……"

"你不多加小心,小命就玄乎了!"

"威胁! ……我可不吃这一套……我要说……"

"你以为面对的,也是你这路货色吗?"贝尔图齐奥说道,口气极为沉稳,眼神也极为镇定,这足令安德烈亚从心底里发毛,"你以为面对的,也是你这样苦役犯监狱的恶徒,或者你这样头脑简单、容易上当的傻瓜吗? ……贝内德托,你落入一只铁掌心里,这只铁掌愿意为你张开,你可要抓住机会。他一时将雷霆放下,你千万别玩火,他在自由行动中,如果受到你的干扰,那就再次举起雷霆。"

"我的父亲……我要知道谁是我父亲,"固执的贝内德托说道,"哪怕

---

① 皮克塞雷古(1773—1844),法国悲剧作家。

死了,我也要死个明白。我嘛,弄出丑闻我怕什么?只有好处……出名……大肆宣扬……正如报人博尚所说。而你们这些人,上流社会人士,你们一发生丑闻,总要有所损失,尽管你们有几百万家财,又有世族的徽章……说吧,我父亲是谁?"

"我来这儿就是要告诉你。"

"啊!"贝内德托一声惊叹,两眼立时放射喜悦的光芒。

这时门开了,那名狱卒对贝尔图齐奥说道:

"对不起,先生,预审法官等着见这名犯人。"

"这是要结束对我的预审了,"安德烈亚对可敬的管家说道,"……让那个讨厌的家伙见鬼去吧!"

"明天我再来。"贝尔图齐奥说道。

"好哇!"安德烈亚答应一声,"宪兵先生们,现在,我完全听候你们的安排了……哦!对了,亲爱的先生,您到保管室放下几枚埃居,好让这里人提供些我需要的东西。"

"没问题。"贝尔图齐奥答道。

安德烈亚伸出手去。可是,贝尔图齐奥的手还插在兜里,仅仅把装的钱币弄得哗哗响。

"这也正是我要说的意思。"安德烈亚说道,他硬挤出个笑脸,其实完全慑服于贝尔图齐奥那异常镇定的态度。

"难道是我搞错了吗?"安德烈亚被押上俗称生菜篮子的长方形铁笼囚车,心里不禁嘀咕,"走着瞧吧!那么,明天见!"他回过头,又对管家说道。

"明天见!"管家回答。

安德烈亚伸出手去，可是，贝尔图齐奥的手还插在兜里。

第一〇八章　法官

大家还记得，布索尼神甫和努瓦蒂埃单独待在灵房里，这一位老人和一名神甫为年轻姑娘守灵。

或许是神甫从教义劝慰的缘故，或许是他表现出了仁慈和善的胸怀，话语富有说服力的缘故，老人居然恢复了勇气。努瓦蒂埃得以同这神甫交流之后，就一改先前那种痛不欲生的状态，显出了极大的听天由命，而想想他那么深挚地钟爱瓦朗蒂娜，再看看他如此平静，真叫人大为诧异。

从死了女儿的这天早晨起，德·维尔福先生就再也没同老人见面。全府的仆人都换了新面孔：他另雇一个人当贴身仆人，也另雇一个人侍候努瓦蒂埃；新来两名女仆服侍德·维尔福夫人；总之，所有仆人，就连门房和车夫，都是新的、陌生的面孔。可以说在这座凶宅里，几位主人之间隔着这一张张生面孔，本来冷淡的关系就越发疏远了。再说，还有三天就开庭审判了，维尔福便终日关在书房里，狂热地工作，准备审判杀害卡德鲁斯的凶手。这桩案件，同所有牵涉到德·基督山伯爵的事件一样，在巴黎社交界引起了巨大的轰动。不过，证据并不怎么令人信服，只是一名奄奄一息的逃犯写下的一张字条，他控告原先在同一监狱服苦役的狱友，很可能是衔恨报复，只是检察官早已成竹在胸，他最终起了杀心，认定贝内德托有罪，要在这难判的案件中胜出，自尊心从而得到满足，唯此才能稍微唤起他这颗冰冷之心的一点活力。

维尔福打算下一次一开庭，头一个就审理这桩案子，他一直抓得很

紧,预审取证阶段即将结束。因此,他比任何时候都更少露面,回避那些多得惊人的向他索取旁听席位证的人。

况且,可怜的瓦朗蒂娜刚下葬不久,一家人还沉浸在悲痛之中,谁看到这位丧女之父克尽职守,勤奋地工作,都不会感到奇怪,只因这是他能排遣悲痛的唯一办法。

只有一次,可以说只有一次,维尔福见过他父亲一面,那是贝尔图齐奥第二次去探视贝内德托的次日,即贝尔图齐奥定然将生父的姓名告诉这年轻人的次日,检察官工作累得一时疲惫不堪,便下楼到花园走走;他脸色阴沉,心思重重,就像塔克文[①]用手杖抽着冒头的罂粟花那样,德·维尔福先生也用手杖抽打枯萎了的细高的蜀葵,而曾几何时,这些蜀葵在小径两边还开得如火如荼,现在枯立在那里,形同谢花的幽灵了。

他已经数次走到花园的尽头,即我们熟悉的那道朝向荒园的铁栅门,但是往返总是走在同条路径上,总是迈着同样的步伐,总是保持同样的姿态,眼睛下意识地望着自家的楼房,听见儿子玩耍的吵闹声。每逢星期日和星期一,孩子就从寄宿学校回到母亲身边。

恰好这时,他瞥见努瓦蒂埃先生的房间开着一扇窗户,露出老人的脑袋。努瓦蒂埃先生要享受一下还有暖意的太阳的余晖,就让人把轮椅推到窗口,只见前来告别的斜阳,正照着爬满小阳台的凋谢的牵牛花和爬山虎的红叶上。

老人的目光死盯着的一点,可以说维尔福只能隐约看见。努瓦蒂埃那目光因急不可待,显得那么仇恨、凶野而焦灼。维尔福十分熟悉这张脸,也善于捕捉这张脸上的各种表情,因而他立刻离开自己行走的路线,以便瞧瞧这种怨毒的目光落在何人身上。

于是,他望见德·维尔福夫人。她坐在叶子几乎掉光的椴木丛里,手里捧着书,但不时放下来,冲儿子笑一笑,或者将孩子总从客厅往花园丢的皮球抛回去。

---

① 塔克文(约公元前534—前509),古罗马暴君,为王政时期第七朝国王。

于是，他望见德·维尔福夫人坐在叶子几乎掉光的椴木丛里冲儿子笑一笑。

维尔福顿时面失血色，他明白老人的愿望。

努瓦蒂埃始终注视那个目标，可是突然，他的目光又从妻子移到丈夫身上。现在，又轮到维尔福本人来承受那雷电般目光的袭击了，那目光变换目标，同时也变换了话语，但那威胁的表情却丝毫未减。

在她头上点火的这些激烈情绪，德·维尔福夫人却丝毫未察觉，此刻她正拿着儿子的皮球，示意他过来拿球，就亲他一口。然而，爱德华却迟迟不肯过去，他很可能觉得母亲的爱吻不值得他折腾一趟。最后，他总算

拿定主意，从窗户跳出来，踏进天芥菜和紫苑花中间，满头大汗，朝德·维尔福夫人冲过去。德·维尔福夫人替他擦去额头上的汗，亲了一口这潮湿的象牙般的白额头，这才让孩子抓一把糖果，拿着球回去了。

维尔福被一种无形的力量吸引过去，犹如鸟儿慑服了蛇一样，他走向小楼，随着越走越近，努瓦蒂埃的目光也随着他向下移。眸子中的怒火简直要喷射出来，足令维尔福感到他整个人，乃至内心深处，都被那火焰吞噬了。的确，从那目光中，同时能看出一种血腥的谴责和一种可怕的威胁。这时，努瓦蒂埃挑起眼皮，举目望天，仿佛在提醒儿子遗忘的一个誓言。

"好吧！先生，好吧！"维尔福走到院子边上，回答道，"再耐心等一天，我说过的话一定算数。"

努瓦蒂埃听了这话，情绪似乎平静下来，于是眼睛转向另一边，不再注视什么了。

维尔福觉得憋闷，烦躁地解开礼服扣子，抬起一只没有血色的手捂住额头，又回书房去了。

这天夜晚既寒冷又清静，府里一如往常，所有人都上床睡觉了。维尔福也一如往常，不和其他人同时睡觉，要独自工作到凌晨五点钟，审阅预审法官前一天最新的审讯记录，查阅证人的证词，将他的起诉书改得更加明晰，这是他所起草的论证最为有力、构思最为巧妙的起诉书。

次日星期一，就是第一次开庭的日子。这一天，维尔福看到的是惨淡的晨曦，发蓝的灰白曙光照亮纸上一行行红字。检察官小寐一会儿，油灯忽然发出最后几声叹息，他被毕剥声惊醒，只觉手指湿漉漉的，通红通红，就好像浸了鲜血。

他打开窗户，只见远天横拉了一条橘黄色的长带，将地平线上修长的杨树林的一片黑影截为两段。在栗树枝叶遮护的铁栅门外面，一只云雀飞到那片苜蓿地的上空，唱起一曲清亮的晨歌。

拂晓的潮湿空气迎面袭来，维尔福的记忆又清晰起来了。

"就是今天了，"他勉强地说道，"今天，高举司法利剑的人，就要横扫

各处的罪犯了。”

他的目光不由自主地寻找努瓦蒂埃的那扇前突的窗户，而昨天傍晚，他就是在那窗口看见父亲的。

那扇窗户拉着窗帘。

然而，父亲的形象十分鲜明，如在眼前，因此，他冲着那扇关起的窗户说话，就好像它仍然开着，他从窗口还能看见咄咄逼人的老人。

“对，”维尔福喃喃说道，“对，你就放心吧！”

说吧，他的头又垂到胸前，在屋里垂头兜了几个圈子，最后，他和衣仰身倒在长沙发上，主要不是想睡觉，而是要舒缓一下僵硬的四肢：这种工作不仅劳累，而且有一股寒意一直浸入骨髓。

府上的人都陆续起床。维尔福从书房听见持续不断的声响，这些声响可以说构成了这座宅邸的生活：房门打开关上的声音，德·维尔福夫人拉铃呼唤贴身女仆的声音，爱德华起床的欢叫声，这种年龄的孩子早晨起来总是如此。

维尔福也拉了拉铃。他的新跟班给他送来报纸。

跟班也同时给他端来一杯巧克力茶。

“您给我送来的是什么？”维尔福问道。

“一杯巧克力茶。”

“我根本没有要啊。是谁这么关心我？”

“是夫人，她对我说，先生今天要审理那桩谋杀案，说话肯定要多，就得补充些力量。”

跟班说着，就把那只镀金的银杯放到长沙发旁边的茶几上，那茶几同其他桌子一样，都堆满了案件材料。

跟班退了出去。

维尔福面色阴沉，对着杯子注视片刻，然后他猛地一下抓起杯子，一饮而尽，就好像他希望这杯饮料是致命的毒药，自己干脆一死了之，就可以摆脱比死还难的一种职责。接着，他站起身，在书房里开始踱步，脸上带着令人毛骨悚然的微笑。

巧克力茶里没有下毒,德·维尔福先生毫无异常的感觉。

上午餐的时间到了,德·维尔福先生根本没去就餐。跟班又来到书房,对主人说道:

"夫人提醒先生,打过十一点钟了,十二点就要开庭。"

"不错,"维尔福说道,"还有什么?"

"夫人已经换好了衣裳,完全准备好了,她问是否陪同先生一起去。"

"一起去哪儿?"

"一起去法院。"

"去法院做什么?"

"夫人说她很想去听这次庭审。"

"啊!"维尔福说道,声调几乎令人生畏,"她有这种愿望!"

仆人后退一步,又说道:

"如果先生愿意一个人出门,那我就去告诉夫人。"

维尔福沉默了片刻,他用手指甲摁着苍白的面颊,而他那黑胡子同苍白的面颊构成鲜明的反差。

"去告诉夫人,"他终于回答,"我想同她谈谈,请她在房间里等我。"

"是,先生。"

"然后,您再回来给我刮脸,换衣服。"

"这就回来。"

跟班奉命出去,果然很快就回来,他给维尔福刮了脸,又给他换上庄重的黑法袍。

等这些事办完,他才说道:

"夫人说她希望先生一换好装,马上就过去。"

"我这就过去。"

维尔福说着,就把文件往腋下一夹,拿起帽子,朝妻子的套间走去。

他走到房门口,又停下脚步,掏出手帕,擦了擦从灰白额头淌下的汗珠。

然后,他推开房门。

德·维尔福夫人坐在土耳其长沙发上,正不耐烦地翻阅报纸和小册子,而小爱德华还不等母亲看完,就把报纸和小册子撕烂了。她完全换好出门的衣服,已经戴上了手套,帽子则搁在一张扶手椅上。

"唔!您来了,先生,"她声音自然而平静地说道,"我的上帝!您的脸色可够苍白的,先生!您又是工作了一整夜吧?您为什么不来同我们一起用早餐呢?对了,您是带我去,还是让我单独和爱德华去呢?"

看得出来,德·维尔福夫人提了一连串问题,就是想得到一句回答;可是,德·维尔福先生像一尊雕像,任凭怎么发问,都始终那么冷淡、沉默不语。

"爱德华,"维尔福眼神威严,注视着孩子,说道,"去客厅玩吧,我的朋友,我要同您母亲谈谈话。"

这样一种怪异的开场白,态度这样冷淡,口气这样决绝,德·维尔福夫人听了,不禁打了个寒噤。

爱德华抬头瞧着母亲,见她并没有认可德·维尔福先生的命令,于是他就又去砍那些小铅人的脑袋了。

"爱德华!"德·维尔福先生吼道,声音十分粗暴,倒把坐在地毯上的孩子吓了一跳,"听见我的话了吗?快走开!"

孩子哪里受过这种待遇,他重又站起来,脸色煞白,很难说他是气愤还是恐惧。

父亲走过去,抓住他的胳臂,在他的额上亲了一下。

"去吧,"父亲说道,"我的孩子,去吧!"

爱德华走了出去。

德·维尔福先生走过,随后锁上房门。

"噢!我的上帝!"少妇惊叹道,她审视丈夫,想看透他的心思,同时还勉颜一笑,但是笑容未待绽开,就被维尔福的冷峻之气给凝住了,"究意出什么事了?"

"夫人,您把平时用的毒药放在什么地方了?"检察官横在妻子和房门之间,开门见山,明确地问道。

“夫人,您把平时用的毒药放在什么地方了?”

德·维尔福夫人此时的感觉,恐怕就像云雀看见头顶盘旋的老鹰,杀气腾腾逼近时的那种感觉。

德·维尔福夫人脸色由苍白变为铁青,她胸中发出一种嘶哑之声,既不是叫喊,也不是叹息。

“先生,”她说道,“我……我不明白。”

先前,她是因极度惊恐而站起来,现在又再次因极度惊恐而瘫倒在沙发靠垫上。

“我是在问您，”维尔福语气十分平静，又追问道，“您用来毒死我岳父德·圣-梅朗先生、我岳母德·圣-梅朗夫人，毒死巴鲁瓦，以及我女儿瓦朗蒂娜的毒药，藏在什么地方了？”

“噢！先生，”德·维尔福夫人双手合十，高声说道，“您这是说什么吗？”

“现在不是您来问我，而是回答问话。”

“是回答丈夫，还是回答法官的问话？”德·维尔福夫人嗫嚅地问道。

“回答法官，夫人！回答法官！”

这个女人脸色惨白，眼神惶恐，浑身发抖，那副样子实在吓人。

“噢！先生！”她讷讷说道，“噢！先生！……”就再也说不出什么了。

“您不回答，夫人！”凶狠的审问者高声说道。

他微微一笑，但是笑容比怒相还可怕，接着又补充一句：

“您倒是也没有否认！”

她动了一下要说话。

“您也无法否认，”维尔福又说道，同时朝她伸出一只手，仿佛要以法律的名义抓住她似的。“您以卑劣的伎俩，接连犯罪，但是也只能骗过那些因爱心而盲目信赖您的人。从德·圣-梅朗夫人猝死之日起，我就知道家里有人下毒，德·阿弗里尼先生也要我谨防这一点。巴鲁瓦死后，愿上帝宽恕我！我居然怀疑上一个人，一个天使！即使在没有发生罪案的日子里，我也时刻警惕着，在我内心不断点燃怀疑。可是，瓦朗蒂娜一死，我就再也没有疑问了，夫人，不仅是我，而且别人也一样。因此，您的罪恶现在有两个人知道，有好几个人猜测出来，很快就公之于众了。正如我刚才对您讲的，夫人，现在同您谈话的不是丈夫，而是一名法官！”

“唉！先生！”她结结巴巴地说道，“我恳求您，不要相信表面现象！”

“难道您是个胆小鬼？”维尔福以鄙夷的口气，朗声说道，“其实，我早就注意到，下毒者不是胆小鬼。可是您呢，那么肆无忌惮，能直面遭您毒手的两位老人和一个少女，在您的眼前咽气，难道您也是个胆小鬼吗？”

“先生！先生！”

"而您呢，"维尔福继续说道，口气也越来越激烈，"您曾经一分一分地计算过四个人的临终时间，您也曾异常巧妙地、异常精确地，制订出您的罪恶计划，配制了您害人的毒药，难道您也是个胆小鬼吗？您一切都组织得那么缜密稳妥，难道只差算到一件事，就是一旦罪恶败露，您会落个什么下场吗？唔！这是不可能的，您一定还保留某种毒药，吃着更甜美，更芳香，也能更快致命，以便逃脱您应得的惩罚……至少我希望，您给自己保留这样一种毒药吧？"

德·维尔福夫人绞着双手，双膝跪倒在地。

"我明白了……我明白了，"他又说道，"您承认了。然而，向法官招认，到最后时刻才招认，到无法抵赖的时候才招认，按这种招认，法官根本不可能为罪犯减轻惩罚。"

"惩罚！"德·维尔福夫人高声说道，"惩罚！先生，这个词，您讲了两遍了吧？"

"不错。您因为连续四次犯罪，就以为逃脱了惩罚吗？您以为因为是要实施这种惩罚的检察官的妻子，就能免受惩罚吗？不，夫人，不！一个女人只要下毒，不管她是谁，都必须上断头台，尤其像我刚才所讲，这个下毒的女人没有特意为自己留下几滴更保险的毒药。"

德·维尔福夫人号叫一声，她的脸立时变形，因无法控制的恐惧而丑陋了。

"哦！不必担心断头台，夫人，"检察官说道，"我不会让您丧失名誉，那也损害我本人的名声。那样不行，恰恰相反，如果您理解了我的意思，您就该明白，您不能死在断头台上。"

"不，我不明白，您究竟要说什么？"不幸的女人完全吓傻了，结结巴巴地说道。

"我要说的就是，京城首席检察官的妻子，不能以她的卑劣行为，来玷污一个清白的姓氏，也不能毁损她丈夫和孩子的名誉。"

"不！噢！不！"

"那好，夫人，您就算做了一件好事。而且为这件好事，我要向您表

示感谢。”

“您要感谢我！感谢什么？”

“感谢您刚才讲的。”

“我讲什么了！我脑袋糊涂了，什么都不明白了，我的上帝！我的上帝啊！”

她站起身来，头发披散开，嘴角也流出白沫。

“您回答了，夫人，我一进门就向您提出的这个问题：您平常用的毒药放在什么地方了，夫人？”

德·维尔福夫人双臂举向天空，两只手痉挛地绞在一起。

“不，不，”她号叫着，“不，这根本不是您所希望看到的？”

“我所不希望看到的，夫人，就是您死在断头台上，您明白吗？”维尔福回答。

“噢！先生，饶命啊！”

“我所希望看到的，就是正义得到伸张。我来到人世，夫人，就是为了惩罚，”他双目如炬，补充说道，“换了任何一个别的女人，哪怕是王后，我都要把她交给刽子手；可是对您，我就要格外宽容了。对您，我要说，您还保留了几滴吃了最甜美，见效最快，而且万无一失的毒药，对不对呀，夫人？”

“噢！宽恕我吧，先生，给我一条生路吧！”

“您这么怯懦！”维尔福说道。

“想一想我是您妻子啊！”

“您是个下毒的女人！”

“看在上天的份儿上！……”

“不行！”

“看在我们孩子的份儿上！啊！为了我们的孩子，放我一条生路吧！”

“不行，不行，不行！我跟您说了。如果我饶您一命，有朝一日，您也许要像对待别人那样，害死我们的孩子。”

“我！害死我儿子！”这位发了野性的母亲嚷着，就扑向维尔福，“我！害死我的爱德华！……哈！哈！”

一阵惨笑，一阵魔鬼的狂笑，疯子的大笑，结束她的话，接着便泣不成声。

德·维尔福夫人倒在了丈夫的脚下。

维尔福凑到她面前。

“好好想一想吧，夫人，”他说道，“等我回来的时候，如果正义还没有得到伸张，那我就要亲口告发您，亲手逮捕您。”

她敛声屏息地听着，整个人完全垮掉了，唯独眼睛还有活力，蕴蓄着一团烈火。

“您要听明白我的话，”维尔福说道，“我要去法庭，要判处一名杀人犯死刑……回来时我见您还活着，那么今天晚上，您就得睡到巴黎法院的附属监狱了。”

德·维尔福夫人长叹一声，她的精神一垮，整个身子就瘫倒在地毯上了。

检察官一时仿佛动了恻隐之心，注视她的目光也减少了两分严厉，他微微俯向她，缓慢地说道：

“别了，夫人，别了！”

这声道别，好似要命的铡刀，落到德·维尔福夫人的头上。她昏了过去。

检察官出门去了，出去时将宅门上了两道锁。

“您要听明白我的话；回来时我见您还活着，那么今天晚上，您就得睡到巴黎法院的附属监狱了。”

第一〇九章　重罪法庭

当时，法院和上流社会称之为贝内德托的案件，引起了极大的轰动。那个冒牌的卡瓦尔坎蒂，在巴黎风光了两三个月，出入巴黎咖啡馆，来往于根特林荫大道和布洛涅森林，交结了一大批人。这名罪犯的高雅生活，以及苦役犯生涯的各个阶段，在各家报纸上都有描述，因而激起人们极大的好奇心，尤其那些同安德烈亚·卡瓦尔坎蒂王子有过直接交往的人，他们不惜冒一切风险，也决心要去旁听这次审判，瞧一瞧坐到被告席上的贝内德托先生，那个杀害苦役犯狱友的凶手。

在许多人看来，贝内德托即使不是司法的一个牺牲品，至少也是司法的一次失误。老卡瓦尔坎蒂先生来到巴黎时，大家都见过，这次都期望他再度露面，保护他这个杰出的子嗣。那位老贵族刚到德·基督山伯爵府上时，身穿十分扎眼的直领长礼服，但是那情景，大多数人都从未听说过，倒是他那庄重的仪态、绅士的派头、社交的老道，给人留下了深刻的印象，不妨这样讲，他只要不开口讲话，只要不埋头算账，那他真像个十全十美的贵绅。

至于被告本人，许多人都记得，见面时觉得他非常可爱、非常英俊，出手又非常大方，因此，他们宁愿相信他遭到了仇家的算计，而这种冤案在这世上并不罕见。拥有巨额的财富，就有了非常的手段，无论作恶还是行善，都能出神入化，同样，表现出的威力也是闻所未闻的。

因此趋者若骛，人人都赶来旁听这次审判，一些人是想看热闹，另一

布洛涅森林

些人是评论这个案件。刚到早晨七点钟，铁栅门前就排起了队，而开庭前一小时，审判庭里就坐满了享受优待的人。

每逢审理重大案件的日子，在法官入庭之前，甚至就座之后，审判庭完全像一座沙龙，许多人彼此认出对方，离得较近时，怕丢掉座位，就大声攀谈，离得远时中间隔着民众、律师和宪兵，他们就比比划划，相互打招呼。

这是一个阳光灿烂的秋日，这样的好天气对我们来说，往往是想念来

去匆匆的夏天的一种补偿。德·维尔福先生拂晓所见的横遮日出的云带,已经魔幻般消失,天空一清如洗,展现九月末最和煦明媚的一天。

博尚这个新闻界的无冕之王,自然到处都有他的宝座,他举着单片眼镜左右张望,发现了夏多-雷诺和德勃雷,只见他们得到一名法警的青睐,让他同意移到后面,而不是按规定在前面遮挡他俩的视线。那名法警已经嗅出大臣的秘书和百万富翁的气味,他对身边的两位贵客优渥有加,甚至答应为他们照看座位。让他们去会博尚。

"怎么,"博尚说道,"咱们都是来看老朋友的?"

"嗯! 我的上帝,是啊。"德勃雷回答,"来看望这位尊贵的王子! 好哇,但愿魔鬼都化为意大利王子!"

"这个家伙,由但丁给撰写家谱,祖先可以到《神曲》中查阅!"

"绞刑架上的贵族。"夏多-雷诺冷冷地说道。

"他会被判处死刑,对不对?"德勃雷问博尚。

"哎! 亲爱的,"报人答道,"我觉得,这事正应该问您,您比我们这些人了解法庭的气候。上次部里举办晚会,您见到庭长了吗?"

"见到了。"

"他对您说了什么?"

"说了一件事,你们听了准会吃惊。"

"啊! 那就快点儿讲呀,亲爱的朋友,有多久没人给我讲这类新闻了。"

"是这样,他对我说,大家都把贝内德托看作人精,看作机谋的高手。其实他不过是个下九流的小骗子,十分愚蠢,死了之后,也根本不值得让颅相学家研究他的脑袋。"

"哎!"博尚说道,"然而,他扮演王子,还是相当不错的。"

"对您是这样吧,博尚。因为您本人就鄙视那些不幸的王子,乐得看到他们是次等的货色。但是我则不然,我凭本能就能嗅出谁是贵绅,不管是什么样的贵族世家,我都能像训练有素的纹章犬那样,一下子就会辨认出来。"

“因此,您根本就不相信他的王子头衔?”

“王子头衔? 我信……他的王子血统嘛? 我不信。”

“说得不赖,”德勃雷说道,“然而,我可以肯定地对您说,除了您之外,谁看他都差不多……我在几位大臣的府上见过他。”

“哈! 对呀,”夏多-雷诺说道,“由此可见,您那些大臣极善于辨识王公的身份。”

“您这话讲得有点意思,夏多-雷诺,”博尚附和道,同时哈哈大笑,“话很简短,但味道十足。我请您允许我在报道中引用这句话。”

“您就引用吧,我亲爱的博尚先生,”夏多-雷诺答道,“您就引用吧,我这句话既然有用,就交给您用了。”

“不错,”德勃雷又对博尚说道,“我是同庭长谈过话,那么您呢,想必也同检察官谈过吧?”

“不可能,这一星期,德·维尔福先生就不露面了。这也很自然,家中怪事迭出,屡遭不幸,最后还莫名其妙地死了女儿……”

“死得莫名其妙! 博尚,您这么说是什么意思?”

“哦! 好哇,您就装作一无所知吧,只因这一切出在穿袍贵族[①]的府上。”博尚一边说,一边放开手,眼眶用力夹住单片眼镜。

“我亲爱的先生,”夏多-雷诺说道,“请允许我告诉您,玩这单片眼镜,您可不是德勃雷的对手。德勃雷,您就给博尚先生上一课。”

“咦,”博尚说道,“我不会看错。”

“什么呀?”

“正是她。”

“她,谁呀?”

“都说她走了。”

“欧仁妮小姐吧?”夏多-雷诺问道,“难道她不回来了?”

“不,是她母亲。”

---

① 法国中世纪的贵族分两种,即穿袍贵族(文官)和佩剑贵族(武将)。

“丹格拉尔夫人?”

“算了吧!”夏多-雷诺说道,“不可能,就在她女儿出走十天之后,她丈夫破产三天之后!”

德勃雷微微红了脸,顺着博尚目光的方向望去。

“算了吧!”他说道,“那女人戴着面纱,是一位陌生的夫人,也许是外国的王妃,也许是卡瓦尔坎蒂王子的母亲。不过,您刚才讲的,也就是说正要讲的事情,博尚,我觉得特别有趣。”

“我?”

“对。您讲到瓦朗蒂娜死得莫名其妙。”

“哦!对,是这样。可是,德·维尔福夫人,怎么没有来呢?”

“可怜又可爱的女人!”德勃雷说道,“她肯定在忙碌,帮医院蒸馏蜜里萨药酒,为她自己和女友们配制美容霜。要知道,她为了这种乐趣,据说每年要花费两三千埃居。其实,您说得也对,她怎么没有来呢,德·维尔福夫人?能见到她的面,我会很高兴的,我非常喜欢这个女人。”

“我呢,我很讨厌她。”夏多-雷诺则说道。

“为什么?”

“我也说不清。人为什么爱?又为什么憎恶呢?我讨厌她,就是出于反感。”

“或者出于直觉,事情总是这样。”

“也许吧…不过,还是回到您刚才讲的吧,博尚。”

“好吧,”博尚接口道,“二位先生,你们是不是很好奇,想知道维尔福家中死人为什么如此密集吗?”

“密集这个词用得好。”夏多-雷诺说道。

“亲爱的,这个词在圣西门[①]的作品中就找得到。”

“真的!”德勃雷说道,“可以承认,近三个月来,我一直密切注意这个举丧的家庭,就在前天,提起瓦朗蒂娜来,夫人还对我讲过。”

---

① 圣西门(1675—1755),法国公爵,作家,有《回忆录》多卷流传于世。

“哪位夫人？……”夏多-雷诺问道。

“当然是内政大臣的妻子！”

“哦！对不起，”夏多-雷诺说道，“我不去府上拜访那些大臣，我呢，把机会让给那些王子公孙了。”

“您本来就英俊，男爵，现在又变成一团烈火。可怜可怜我们吧，别像朱庇特再世，用雷火把我们全烧死。”

“我干脆什么也不说了，”夏多-雷诺说道，“真见鬼，你们就不能可怜可怜我，别总堵我的话茬儿。”

“好啦，咱们还是把这事儿谈完吧，博尚。我刚才说了，前天，夫人向我打听这件事，请二位告诉我，我再去告诉她。”

“听着，二位先生，如果说维尔福家里死人如此密集，我坚持用这个词，这就表明那里有个杀人凶手。”

两个年轻人都打了个寒战，只因同样的念头，已经不止一次光顾他们了。

“谁是杀人凶手？”二人问道。

“小爱德华。”

二人听了哈哈大笑，但是放此言者丝毫不为所动，继续说道：

“是的，二位先生，小爱德华，那孩子可非同一般，已经像大人一样杀人害命了。”

“这话是开玩笑吧？”

“绝非玩笑话。昨天，我雇用了一名离开德·维尔福先生府的仆人，你们仔细听好了。”

“我们听着呢。”

“不过，明天我就要把他解雇，因为他饭量惊人，他在那边吓得不敢吃饭，到我这儿要找补回来。据他说，那个可爱的孩子弄到了一瓶毒药，他不时用来对付他不喜欢的人。首先是他讨厌的外公外婆，德·圣-梅朗夫妇，他给他们倒了点那种药水，三滴就足够了。接着就是老实厚道的巴鲁瓦，努瓦蒂埃爷爷的老仆人，只因巴鲁瓦时常不客气地说我们了解的那

个可爱的捣蛋鬼。可爱的捣蛋鬼就给他倒了三滴药水。可怜的瓦朗蒂娜,也遭受了同样待遇,给她倒了三滴药水,她也就同其他人一样,一命呜呼了。瓦朗蒂娜虽然没有喝斥过他,却引起了他的嫉妒。”

“哎！您给我们讲的,这是什么鬼故事啊?”夏多-雷诺说道。

“对,”博尚也说道,“是一则阴间的故事,对不对?”

“实在荒唐。”德勃雷说道。

“哼!”博尚接口道,“你们不信也罢,找什么借口！真见鬼！你们去问问我那名仆人,确切地说,去问问明天不再为我做事的那名仆人:那边府上都这么说。”

“那么药水呢,放在哪儿？是什么药水?”

“天哪！让那孩子藏起来了。”

“他是从哪儿弄到的?”

“从他母亲的实验室里拿的。”

“他母亲的实验室里,难道还有毒药?”

“我怎么知道呢！你们像检察官似的,问我这么多。我不过是重复别人对我讲的话,谁讲的我也告诉你们了,此外就再也无可奉告了。那个可怜的家伙,在那边府上吓得不敢吃饭。”

“真叫人难以置信!”

“不然,我亲爱的,绝非难以置信。就说去年,你们都见过住在黎塞留街的那个男孩子,他趁他的哥哥姐姐几个人熟睡的时候,觉得好玩,就拿针往他们耳朵里捅,把他们捅死了。我们这下一代人都非常早熟,我亲爱的。”

“我亲爱的,”夏多-雷诺则说道,“我敢打赌,您对我们讲的这一套,您本人恐怕连一句也不相信吧？……对了,我没看见德·基督山伯爵,他怎么没有来呢?”

“他不感兴趣,”德勃雷说道,“而且,他上了卡瓦尔坎蒂父子的当,现在绝不愿意在大庭广众之前露面,据说,那俩家伙拿着伪造的债权书,去找他,用王公的头衔,骗了他十万法郎的抵押信贷。”

“顺便问一句，德·夏多-雷诺先生，”博尚问道，“莫雷尔近况如何？”

“真的，”这位绅士答道，“他家我去了三次，一次也没有见到他的人影儿。不过，我看他妹妹那样子，倒不显得怎么担心，一脸喜悦的神色，她对我说也有两三天没见到她哥哥了，但是她确信哥哥身体很好。”

“唔！我想起来了！德·基督山伯爵不能来这法庭。”博尚说道。

“为什么不能来？”

“因为他是这出戏里的演员。”

“难道他也杀了什么人吗？”德勃雷问道。

“当然不是，恰恰相反，是有人企图杀他。你们都了解，那个卡德鲁斯先生，好好地从伯爵府出去，就被他的小伙伴贝内德托杀害了。你们也都了解，那件轰动一时的坎肩，就是在伯爵府里找到的，而坎肩里装的那封信，恰好搅了婚约的签字仪式。那件众所周知的坎肩，你们看到了吧？整个儿血迹斑斑，作为证物，就放在那张桌子上。”

“哦！很好。”

“嘘！二位先生，审判团出庭了，大家回到座位吧！”

审判庭的前厅里，果然传来喧哗声。那名法警也使劲“喂”了一声，招呼受他照顾的两个人。执达吏则出现在审判庭门口，用博马舍那个时代的执达吏腔调，扯着尖嗓门喊道：

“先生们，开庭啦！”

“嘘！二位先生，审判团出庭了，大家回到座位吧！”

第一一〇章　起诉书

在一片肃静中，法官们就座，陪审员也都坐下。德·维尔福先生，众人瞩目的对象，几乎可以说众人景仰的对象，则坐进高背扶手椅中，他以沉静的目光环顾四周。

人人都惊异地望着他那张严肃而冷峻的面孔，只见那脸上毫无表情，似乎根本看不出丧女之痛。因此，大家都怀着一种恐惧感，看着这个与人类的喜怒哀乐完全隔膜的人。

“法警！”庭长发话，“带被告。”

全场一听这话，都更加聚精会神了，所有目光都投向要押进贝内德托的那扇门上。

不大工夫，那扇门便打开，被告出现了。

大家都得到同样的印象，谁也没有看错他那脸上的表情。

他那张脸上，丝毫也看不出心血倒流、面失血色的那种深深的激动。他那双手的姿势十分优雅，一只拿着帽了，另一只则插在白坎肩的领口处，丝毫也不颤抖；他那目光很沉静，甚至炯炯有神。这个年轻人刚走进审判庭，目光就开始挨排扫过所有法官和听众的席位，在庭长身上，尤其在检察官身上停留很久。

安德烈亚旁边则是他的律师，那律师是法庭指定的（因为这种烦琐小事，安德烈亚根本不愿费心，似乎也毫不重视），人很年轻，淡黄色头发，他的脸涨得通红，显然比被告还要激动百倍。

庭长要求宣读起诉书，而大家知道，这份起诉书出自维尔福那老辣而无情的手笔。

起诉书篇幅很长，在宣读的过程中，大家的注意力全投在安德烈亚身上，换个别人会不堪重负，但是安德烈亚却像斯巴达人那样，安之若素，以愉快的心情承受。

维尔福撰写的起诉书，也许从来没有如此简洁，如此雄辩，这起犯罪被描述得有声有色；罪犯的前科、他的堕落，以及他从少年起种种劣迹之间的关系，都得到充分的论证，足见只有检察官这样的高智商，借助人生经验和对人心的洞察，才会表现出这样的才能。

单凭这个序幕，贝内德托在舆论面前就永远不得翻身了，只能等待接受法律的严惩。

安德烈亚根本不理睬一一列举出来，并安在他头上的罪名。德·维尔福先生经常审视他，像对待许多被告那样，对他也无疑继续进行心理分析，然而，这位检察官深邃的目光不管怎么死死盯住他，也一次未能迫使他垂下眼睛。

起诉书终于宣读完了。

“被告，”庭长问道，“您的姓名？”

安德烈亚站起身。

“请原谅，庭长先生，”他字正腔圆，朗声回答，“看来，您向我提问，是采用一种我难以遵循的程序。我冒昧地要求作例外处理，而不同于一般被告，等一下我会说明原因。所以，请您允许我换一种程序回答提问，我也会照样回答所有问题。”

庭长不免吃惊，看了看陪审团，而陪审员们的目光则投向检察官。

全场的人无不异常惊讶。然而，安德烈亚却泰然自若，毫不动容。

“您的年龄？”庭长又问道，“您能回答这个问题吗？”

“无论这个问题还是其他问题，我都会回答，庭长先生，只要轮到了。”

“您的年龄？”庭长重复问道。

“二十一岁，说得更确切些，再过几天，我就年满二十一岁了，只因我

生于一八一七年九月二十七日至二十八日的夜间。"

德·维尔福先生正做记录,一听这个日期,就不禁抬起头来。

"您的出生地?"庭长继续问道。

"巴黎郊区,欧特伊。"贝内德托回答。

德·维尔福先生再次抬起头来,看了看贝内德托,就像看到美杜莎蛇怪的头似的,顿时脸色大变。

再看贝内德托,他掏出细麻纱绣花边手帕,用一角优雅地拭了拭嘴唇。

"您的职业?"庭长问道。

"首先,我造过假币,"安德烈亚极其平静地回答,"后来,我改行当窃贼,而最近,我又成了杀人犯。"

全场又气愤又惊讶,一阵议论声,或者说一场风暴,席卷整个审判庭:法官们都面面相觑,惊诧不已,陪审员们都表现出极大的憎恶,没想到一个衣冠楚楚的人居然如此厚颜无耻。

德·维尔福先生一只手捂住前额,刚才他面无血色,现在却通红滚烫了。他猛然站起来,环顾周围,一时茫然无措,连气都喘不上来了。

"您寻找什么东西吗,检察官先生?"贝内德托问道,同时极为殷勤地微微一笑。

德·维尔福先生并不答言,他重又坐下,确切地说又瘫坐进扶手椅中。

"被告,现在您愿意说出自己的姓名了吗?"庭长又问道,"您装腔作势,故意放肆地列举您犯下的罪行,还大言不惭,标榜为职业,而法庭应人类的道德与尊严的名义,为此对您要严加斥责。这也许是您迟迟不肯报上姓名的原因:您是要先报出这些头衔,好炫耀这个姓名。"

"真令人难以置信,庭长先生,"贝内德托说道,口气温文尔雅,姿态也毕恭毕敬,"就好像您看透了我的心思:我请求您改变提问的顺序,的确出于这种目的。"

全场惊愕到了极点,在被告的话语中,再也没有狂妄放恣,也没有厚颜

无耻的意味了，听众激动起来，都预感到这片乌处深处，要响起一声惊雷。

“好吧，”庭长问道，“您的姓名？”

“我的姓名，连我本人也不知道，也就无法告诉您。但是，我知道我生父的姓名，倒是可以告诉您。”

维尔福只觉一阵心痛，两眼发黑，只见豆大的冷汗珠从他面颊滚滚掉在纸上，而他那只手抽搐着，下意识地摆弄着文件。

“那就说出您生父的姓名吧。”庭长又说道。

偌大的审判庭一片肃静，全场人都敛声屏息等待着。

“我的生父是检察官。”安德烈亚平静地回答。

“检察官！”庭长不胜愕然，但是他没有注意到维尔福脸上的惊慌神态，他重复道，“检察官！”

“对，既然您一定要问他的姓名，那我就告诉您：他叫德·维尔福！”

众人旁听审案，出于对司法的敬重，每人胸中都积愤已久，这时猛然爆发，犹如一声霹雳，一时炸了锅。法庭本身也不想制止群情的激愤与骚动。有人冲着不动声色的贝内德托斥责，谩骂，还挥动着拳头，法警也来回走动；在全体听众中还有一部分沉渣，这类人一到动乱的时候便浮出水面，推波助澜，怪态百出……这种混乱局面持续长达五分钟，法官和执达吏才最终让全场肃静下来。

就在一片喧闹声中，还听得见庭长在高声喝斥：

“被告，你是在戏弄法庭吗？在世风日下，已经不可救药的时代，您还敢让您的同胞见识这种史无前例的堕落丑行吗？”

十来个人都围上半瘫在坐椅上的检察官先生，纷纷劝慰他，鼓励他，表现出了极大的热忱和同情。

大厅里恢复肃静了，但是有一个角落除外，那里聚了不少人，正在比比划划，窃窃私议。

据说，一位女士刚刚晕倒，有人给她闻了嗅盐，她总算苏醒过来了。

就在那块骚动持续的时候，安德烈亚笑容可掬，转向全体听众，一只手扶在被告席的橡木栏杆上，姿态无比优雅：

"既然您一定要问他的姓名,那我就告诉您:他叫德·维尔福。"

"先生们,"他说道,"上帝明鉴,我无意侮辱法庭,也无意在可敬的众人面前无理取闹。庭长问我的年龄,我回答了;庭长又问我的出生地,我也回答了;庭长还问我的姓名,我无法回答,因为我的生身父母把我抛弃了,因为我没有名字,就只能讲出我父亲的姓名。因此,我再重说一遍,我父亲名为德·维尔福先生,我也准备马上就证明这一点。"

年轻人讲这段话的声调,有一种确定、一种坚信、一种力量,迫使喧闹的场面安静下来。一时间,众人的目光又一齐投向检察官,只见他在座位上呆若木雕,完全像遭雷劈而成了一具僵尸。

"先生们,"安德烈亚继续说道,同时打着手势并提高声音,要求大家

肃静,“我既然这么讲了,就应当拿出证据,并向诸位作出解释。”

“然而,”庭长气急败坏地嚷道,“在预审中,您明确说名叫贝内德托,是个孤儿,您还说科西嘉就是您的家乡。”

“我在预审中,该怎么说就怎么说,因此我要让我的话产生巨大的反响,我不愿意让人削弱或者阻挠,而这种情况仍有可能发生。

“现在,我再对您说一遍,我是于一八一七年九月二十七日至二十八日夜间,在欧特伊出生的,我是检察官德·维尔福先生的儿子。现在,您还要了解详情吗?我这就向您提供。

“我出生在泉水街二十八号那座住宅的二楼,一间挂着红幔帐的屋子里。我父亲抱着我,对我母亲说我死了,用一块绣有H和N字母的襁褓将我裹了,抱到花园里活埋了。”

在场的人见被告越说口气越坚定,而德·维尔福先生越来越惊慌,无不浑身打了个寒战。

“可是,所有这些详细情况,您是怎么知道的?”庭长问道。

“我这就告诉您,庭长先生。就在那天夜晚,有人潜入我父亲要埋我的花园里。那人同我父亲有不共戴天之仇,他跟踪了很久,要以科西嘉人的方式报仇。他躲藏在灌木丛里,看到我父亲正挖坑埋一只匣子,就趁机捅了他一刀。接着,那人又挖开土坑,还以为匣子里装着金银财宝,打开一见我还活着,就把我送到育婴堂,给我登记的号码是五十七号。三个月之后,那人的嫂子从罗利亚诺村赶到巴黎,要将我领走,说我是她的儿子,就把我带回家了。”

“这就是为什么,我生在欧特伊,却在科西嘉长大。”

一时间,全场一片寂静,而且是一片死寂,如果不是那么多人似乎深深感到的惶恐不安,那么这座大厅真好像空无一人了。

“您继续讲吧。”庭长又开口说道。

“好吧,”贝内德托继续说道,“不用说,在那个特别宠爱我的忠厚人家里,我本来可以生活得很幸福,但是,我天生的劣根性,战胜了我的养母竭力往我心中灌输的美德。我在邪恶的念头中长大,最后走上犯罪道路。

终于有一天,我诅咒起上帝,认定上帝把我造得这么坏,给我安排这么丑恶的命运,我的养父就来对我说:

"'可恶的孩子,别再亵渎上帝啊!因为,上帝并没有在恼怒中给你生命!罪恶的根源在你父亲,而不在你本身,是由于你父亲,你才命定死了要下地狱,侥幸活下来也要受苦受难!'

"从那以后,我就不再亵渎上帝,而是诅咒我父亲了。这就是为什么,我说出了那些受您谴责的话,庭长先生,这也就是为什么,我引起了全场到现在还余波未消的群情激愤。如果这又是一条罪状,那就惩罚我吧。不过,如果我说服您相信我从出生之日起,就注定要遭受痛苦、辛酸而悲惨的命运,那就请您可怜我吧!"

"那么您母亲是谁?"庭长又问道。

"我母亲以为我死了,她一点罪过也没有。我根本就没想了解我母亲的姓名,我不知道她是谁。"

这时,忽听一声尖叫,紧接着化为呜咽,从我们提过的那群人中间响起,是一位女士的声音。

那女人的神经受到强烈刺激,又昏倒了,她被人抬出审判庭。别人抬她时,厚厚的面纱掀了起来,露出她那张脸,有人认出她是丹格拉尔夫人。

维尔福情绪虽然高度紧张,两耳虽然不断嗡鸣,头脑混乱,虽然像疯了一般,他还是认出丹格拉尔夫人,立刻站起身来。

"证据!证据!"庭长又说道,"被告,您不要忘了,这些耸人听闻的事,必须拿出最确凿的证据,才能够成立。"

"证据?"贝内德托笑道,"证据,您还要我拿出来吗?"

"对。"

"那好,您瞧瞧德·维尔福先生,怎么样,您还向我要证据吗?"

全场的人都转向检察官,他在众目睽睽的压力下,脚步踉踉跄跄,走向审判庭中央,只见他头发蓬乱,脸上布满被他指甲抠出的血道。

全场无不惊诧,嗡嗡议论很久。

"有人向我要证据,父亲,"贝内德托问道,"您要不要我拿出来?"

“不要，不要，”德·维尔福先生声音哽咽，结结巴巴地说道，“不，这用不着。”

“什么，用不着？”庭长高声说道，“请问，您这话是什么意思？”

“我要说，”检察官高声说道，“先生们，我承认自己落入复仇之神的手中，在这致命的打击下，我再怎么挣扎也终归徒劳。这个年轻人所讲，全部属实！”

自然界大灾大难降临之前的那种阴森压抑的寂静，犹如铅制的大斗

“我承认自己落入复仇之神的手中。”

篷，将全场所有人罩住，人人都觉得毛发倒竖。

“什么！德·维尔福先生，”庭长高声说道，“恐怕您产生幻觉了吧？什么！您的神志完全正常吗？一种如此怪诞、如此出人意料，又如此骇人的指控，一定是把您的头脑搅乱了，这是可以理解的。喏，您还是镇定下来吧。”

检察官摇了摇头。他的牙齿咯咯打战，仿佛发了高烧，然而他的脸色却像死人一样苍白。

“我的神志完全正常，先生，”他说道，“只是肉体上十分难受，这也是可以理解的。这个年轻人指控我的罪状，我全部承认，而且从现在起我就待在家中，等候我的继任，另一位检察官先生的处置。”

德·维尔福先生用几乎窒息的沙哑声音，讲了这番话，身子便摇摇晃晃朝门口走去，而一名当值的执达吏下意识地给他打开了门。

这一案件，两周以来，在巴黎上流社会闹得沸沸扬扬，几经起伏跌宕，忽然以这种揭露和这种供认的方式，造成如此可怕的结局，怎不让全体在场的人惊愕，一个个目瞪口呆。

“好哇，”博尚说道，“现在看谁还敢说，这出悲剧不是合情合理的！”

“老实说，”夏多-雷诺说道，“我还是喜欢德·莫尔塞夫先生那样结束：一枪了断，总比受这种磨难要痛快些。”

“而且，一枪就毙命。”博尚说道。

“有一阵子，我竟然产生了要娶他女儿的念头！”德勃雷说道，“我的上帝，那可怜的姑娘，她死了倒好！”

“先生们，休庭！”庭长说道，“下次开庭继续审理此案。这桩案子要交给另一位检察官，重新进行预审。”

再说安德烈亚，他始终那么平静，而且大大引起人们的兴趣，就连押着他离开审判庭的法警，对他也刮目相看了。

“喂，这案子您怎么看，老伙计？”德勃雷问旁边的那名法警，同时往他手中塞了一枚路易金币。

“一定会考虑减刑的情节。”那名法警回答。

第一一一章　赎罪

德·维尔福先生看到，前面人群不管怎么密集，也都纷纷给他让开一条路。极痛深悲如此受人敬重，即使在天下汹汹的动乱时期，面对一场大灾大难，聚集的人群头一个反应，也必是表示同情。在骚乱中，许多招人憎恨的人被杀掉，但是一个不幸者，哪怕他有罪，被判处死刑，也鲜见遭受旁听审判他的人的侮辱。

因此，维尔福从听众、法警和法官们排成的人墙中间穿过，逐渐走远，他虽然自己招认，被判定有罪，但是他却受到自己痛苦的保护。

有些情境，人们靠本能抓住，而不能用头脑去评判。碰到这种情况，最伟大的诗人，就是能最猛烈、最自然地发出喊叫的人。群众把这声喊叫视为一首完整的叙事诗，他们有理由感到满意，更有理由感到它很崇高，如果它是发自肺腑的话。

而且，维尔福走出法院时，他所处的那种麻木状态难以名状，他那种如火的高烧也难以描摹：每一条动脉都剧烈地跳动，每一根神经都绷得极紧，每一条血管都要迸开，而这肉体的每一点，都在承受千般宰割，万般痛苦。

维尔福仅仅靠习惯的指引，沿走廊拖着脚步走去。他从肩上褪下法袍，倒不是想到最好脱下来，而是因为他的双肩难以承受这种重负，这件

法袍变成最能折磨人的涅索斯毒袍①。

他踉踉跄跄，走到了多菲内广场，瞧见自家的马车，叫醒了车夫，自己动手打开车门上去，倒身坐在坐椅的靠垫上，抬手指了指圣奥诺雷街区的方向。车夫随即赶车出发。

命运大逆转，全部重量都压到他的头上，并将他压垮。他未及衡量，也就无从知道后果如何，仅仅感受到了，而不去推究自己的法典，不像冷静的凶手那样，评论一项熟知的法律条款。

他内心深处装着上帝。

“上帝啊！”他轻声念道，甚至不知道自己在说什么，“上帝啊！上帝啊！”

在这场大灾大难的后面，他只看到了上帝。

马车行驶很快，在巅簸中，维尔福觉得坐垫上有什么东西硌了一下。

他伸手摸那东西，原来是德·维尔福夫人的扇子，忘记在坐椅靠背和垫子之间。这把扇子唤醒他的一个记忆，而这个记忆如一道闪电划破夜空。

维尔福想到他的妻子……

“噢！”他惊叫一声，就好像一只烧红的烙铁穿透他的心脏。

的确，一个小时以来，他的眼睛只盯着他这场苦难的一面，现在另一面，又突然浮现在他的脑海，而且这一面也同样可怕。

这个女人，他刚以无情的法官身份审判，并处以死刑。而她呢，她遭此恐惧的打击，一定被愧疚所压垮，坠入无地自容的深渊。她一个可怜的柔弱女子，受到他义正词严的谴责，自是羞愧难当，无力对抗一种至高无上的权力，此刻她也许正准备一死赎罪呢！

从判处她死刑到现在，已经过去了一小时。此刻，她一定在回想自己的全部罪过，请求上帝宽恕，再写一封信，跪着哀求她那道德高尚的丈夫

---

① 涅索斯是希腊神话中的人头马脚怪，因要奸污赫拉克勒斯的妻子得尼阿尼拉，被赫拉克勒斯用毒箭射杀。他临死将一件染毒血的长袍送给得尼阿尼拉，说丈夫不忠时，给丈夫穿上即可重新和好。后来，她给赫拉克勒斯穿上这件长袍，赫拉克勒斯被焚烧而死。

原谅,并且以死为代价求得原谅。

维尔福又痛苦又悲愤,再次吼叫一声。

“噢!”他在车厢的缎面坐椅上滚动着,高声说道,“这个女人,只因接触了我,才变成罪人了。我传播着罪恶,我呀!而她感染上罪恶,就如同人传染上斑疹伤寒、传染上霍乱、传染上鼠疫一样!……而我却惩罚她!……我竟敢对她说:‘痛悔吧,死去吧……’我呀!噢!不!不!她得活下去……她得跟随我……我们一起逃走,离开法国,能逃多远就逃多远。刚才那会儿,我向她提起断头台!……万能的上帝啊!我怎么还敢说出这个词!其实我也同样,断头台在等着我!……我们一起逃走……对,我要向她忏悔!对,我要低首下心,天天对她说,我也同样犯了一次罪……噢!这是老虎和毒蛇的结合!这样女人,同我这样的丈夫多么般配!……她一定得活下去,也一定得让我的无耻行为冲淡她的无耻行为!”

维尔福几乎要一拳击碎车厢前玻璃,未来得及放下玻璃就冲车夫喊道,那声音把车夫吓得从坐位上跳起来:

“快!再快些!”

驾车的马也听得放开四蹄,飞也似的直奔府邸跑去。

“对,对,”维尔福看看逐渐驶近家门,在内心里重复道,“对,一定得让这个女人活下去,一定得让她痛悔,让她抚养我的儿子!我那可怜的孩子,在全家毁灭的这场灾难中,唯独他和摧不垮的老人是幸存者!这个女人爱这孩子,她做出这一切也是为了他。一位母亲只要爱自己的孩子,对她的心就永远不要绝望,她会悔恨的,谁也不会知道她有罪。在我家中犯下的这些罪过,虽然已经引起外人的猜疑,但是时间一久就要被人忘却了,即使有几个仇敌还念念不忘,那好,我就把他们列入我的罪恶账上。再多一条,两条,三条罪过,又有什么关系!我的妻子可以携带财产,尤其领着她儿子逃走,远远逃离这深渊,而我觉得这世界就要同我掉进去。她会活下去,还能生活得幸福,既然她的全部爱都倾注到儿子身上,而她儿子将来也绝不会离开她。这样,我也算做了一件好事,心情也能轻松一

些。”

转念至此,检察官松了一口气,呼吸也很久没有这么畅快了。

马车驶入宅邸的庭院中停下。

维尔福一踩踏板跳下车,便冲上楼前台阶。他发觉仆人见他这么快回来,脸上都露出惊讶的神色,但是他们的表情中再也看不出还有别的什么不正常的。谁也没有对他说话,大家还一如往常,在他面前站住,再闪身给他让路,仅此而已。

他经过努瓦蒂埃的房间,从门缝儿望见屋里似乎有两个人影,但是他根本顾不上了解同他父亲在一起的是什么人:他最牵挂的是别的地方。

“好哇,”他登上小楼梯,一边自言自语,“好哇,这里丝毫也没有什么变化。”

小楼梯上面的平台,便是他妻子的套房,以及瓦朗蒂娜的空房间。

首先,他把楼道的门关上了。

“不能让任何人来打扰我们,”他说道,“我一定得同她放开谈谈,在她面前认罪,向她和盘托出……”

他走到门前,伸手刚一摸到水晶把手,房门就自动开了。

“门没有关上!哦!好,很好。”他咕哝道。

他走进小客厅。小客厅里设了一张床铺,给爱德华过夜。他虽然在寄宿学校念书,但是每天晚上都回家睡觉,他母亲绝不肯让孩子离开自己。

他一眼就扫遍了整个房间。

“没人,”他说道,“那她一定是在自己的卧室了。”

他冲向房门,可是这道门却锁上了。他不寒而栗,停在门口。

“爱洛伊丝!”他呼唤。

他仿佛听见一件家具移动的声响。“爱洛伊丝!”他又呼唤。

“谁呀?”他召唤的那女人的声音问道。

他觉得那声音比平常要微弱。

“开门!开门!”维尔福喊道,“是我呀!”

然而,尽管他命令开门,尽管他下命令的声音充满焦虑,里边还是不开门。

于是,维尔福一脚将门踹开。

德·维尔福夫人站在对着小客厅的门厅里,她脸色惨白,肌肉在抽搐,惊恐的眼睛直瞪瞪地看着他。

“爱洛伊丝！爱洛伊丝!”他说道,“您怎么啦？说话呀!”

少妇朝他伸出没有血色而僵硬的手。

“事情办了,先生,”她抽着气说道,喉咙仿佛要撕裂似的,“您还要怎样呢?”

说罢,她直挺挺地倒在地毯上。

维尔福跑过去,抓住她的手。这只手里紧紧握着一个金盖的小玻璃瓶。

德·维尔福夫人死了。

维尔福极度恐惧,一直退至房间门口,注视着尸体。

“我的儿子!”他突然嚷道,“我的儿子在哪儿？爱德华！爱德华!”

他又冲出套房,连声喊道:

“爱德华！爱德华!”

呼唤这名字的声调惶恐到极点,仆人都纷纷跑来。

“我儿子！我儿子在哪儿?”维尔福问道,“带他离开家里,不要让他瞧见……”

“爱德华少爷根本不在楼下,先生。”贴身仆人回答。

“那他就是在花园里玩呢,快去看看！快去看看!”

“不是,先生,将近半小时前,夫人叫她儿子上去了。爱德华少爷进了夫人的房间,就再也没有下楼。”

维尔福额头冒出冷汗,双脚在石板地上磕磕绊绊。各种念头在他脑子里乱作一团,如同摔坏了的怀表、乱了套的齿轮。

“在夫人的房间!”他讷讷说道,“在夫人的房间!”

他又拖着脚步,缓慢地往回走,他一只手擦拭额头的冷汗,另一只手

“事情办了，先生，”她抽着气说道，喉咙仿佛要撕裂似的，“您还要怎样呢？”

则扶着护壁板。

再回到房间，就必须重睹那不幸女人的遗体。

为了呼唤爱德华，就必须唤醒这个已成棺木的房间的回声，说话，就是破坏这坟墓的宁静。

维尔福感到喉咙缩紧，舌头僵硬了。

“爱德华，爱德华！”他讷讷地呼唤。

孩子不应声。据仆人说，孩子进了母亲房间，就再也没有出来，可是，他究竟在哪儿呢？

维尔福朝前走了一步。

德·维尔福夫人的尸体，恰好横在起居室的门口，而爱德华肯定在起居室里。然而，这具尸体定睛睁着眼，似乎守卫在门口，嘴唇还泛着一种骇人而神秘的嘲讽。

这具尸体的后面，从撩起的门帘能望见起居室的一角，望见一架钢琴和蓝缎长沙发的一端。

维尔福又朝前走了三四步，发现孩子就躺在长沙发上。

孩子肯定在睡觉。

这不幸者心中感到一阵难以言传的喜悦，一线纯净的光，射入他正在挣扎的这座地狱。只要跨过这具尸体，就能进入起居室，抱起孩子一同逃走，逃得远远的。

维尔福已不复为原来的人，一个由他精雅的堕落所造就的文明人的典型。现在，他成为受了致命伤的老虎，要把他咬断的牙齿留在他的最后伤口里。

他不再惧怕偏见，而是惧怕鬼魂了。他猛然一冲，跨过尸体，就好像跨越一盆炽热的炭火。

他一把抱起孩子，紧紧搂住，摇晃他，呼唤他，孩子却一声不应。他热切的嘴唇贴到孩子的脸蛋上，这脸蛋灰白而冰冷。他抚摩孩子僵硬的肢体，用手按在孩子的心口上，这心脏已停止了跳动。

孩子死了。

折了四折的一张纸，从爱德华的胸口掉下去。

维尔福如遭雷击，双腿一软便跪倒，而孩子的躯体脱离他麻木的手臂，朝他母亲滚过去。

维尔福拾起那张纸，认出他妻子的笔迹，便急不可待地浏览一遍。

纸上写有这样的文字：

他热切的嘴唇贴到孩子的脸蛋上，这脸蛋灰白而冰冷。

我是不是好母亲您知道，因为我是为了我儿子才犯罪的！
一位好母亲不会抛下儿子独自走的！

维尔福简直不敢相信自己的眼睛，维尔福简直不敢相信自己的理智。他拖着身子，朝爱德华的躯体爬去，再次检查，而且十分仔细，就像母狮注视死去的幼狮那样。

接着，一声撕肝裂胆的号叫，从他胸中迸发出来。

“上帝啊！”他咕哝道，“始终是上帝的意志！”

这两个受害者令他万分恐惧，两具尸体所造成的这种孤寂，让他感到从内心升起一种惶怖的情绪。

刚才，支撑着他的是狂怒和绝望。狂怒，这是强者的无边法力；绝望，这是垂死者最后的奋力，正是受这种力量的激励，提坦[①]才勇攀天庭，埃阿斯[②]才向诸神挥舞拳头。

维尔福痛苦不堪，垂下脑袋，他又站起身，甩了甩因恐惧而竖起来的汗湿的头发。他这个人，对谁也从未发过恻隐之心，此刻却要去找他父亲，找那个老人，他在这种脆弱的时候，就需要找个人倾诉自己的不幸，能在一个人身边痛哭一场。

他走下我们熟悉的那座楼梯，走进努瓦蒂埃的房间。

维尔福进屋时，努瓦蒂埃这个瘫痪老人，正以尽可能的亲热态度，聚精会神地听布索尼神甫说话，而那位神甫一如往常，神态平静而冷淡。

维尔福瞧见神甫，便抬手捂住额头。往事犹如波涛，重又浮现在他的脑海，而这怒涛能比其他波浪掀起更多的飞沫。

他想起欧特伊那次晚宴的第三天，他曾拜访过神甫，而神甫本人，也在瓦朗蒂娜死的当天来到府上。

“您在这里，先生！”维尔福说道，“看来，您不露面则已，一露面就必然伴随着死神吧？”

布索尼站起来，他看到检察官的脸失了态，两眼放射凶光，于是他明白，或者自以为明白，审判那出好戏收场了，但是别的情况他不得而知。

“我那天来府上，是为令爱的遗体祈祷！”布索尼回答。

“那么今天，您来此有何贵干？”

“我来告诉您，您欠我的债差不多还够了，从现在起，我要祈求上帝

---

① 提坦，希腊神话中的巨神，有6男6女，为天神乌拉诺斯所生。他们受母亲地神该亚的唆使，推翻了乌拉诺斯的统治，拥戴克洛诺斯为天神。但是克洛诺斯又被儿子宙斯打倒，提坦与宙斯抗争，失败后被打入地狱。

② 埃阿斯，希腊神话传说中的希腊英雄，在特洛伊战争中英勇善战，攻陷特洛伊城后曾闯入雅典娜神庙。

同我一样就此罢手。”

“我的上帝！”维尔福面露惊恐之色，倒退两步说道，“这个声音，可不是布索尼神甫的声音！”

“不是。”

神甫扯下修士的头套，摇了摇脑袋，让一头拢住的黑色长发披散开，重又垂到肩上，护住他那张苍白的脸。

“这是德·基督山先生的面孔啊！”维尔福两眼怔忡，高声说道。

“还不够准确，检察官先生，好好想一想，再往远回忆。”

“这声音！这声音！我初次是在哪里听到的呢？”

“您初次是在马赛听到的，那是二十三年前，您同德·圣-梅朗小姐结婚那天。您在自己的档案里找一找。”

“您不是布索尼？您也不是基督山？我的上帝，您就是那个暗藏的、毫不容情置人死地的仇人。我在马赛冒犯过您，噢！真该我倒霉啊！”

“对，你说得对，正是这么回事，”伯爵说道，同时双臂叉到宽阔的胸前，“想一想，再想一想！”

“可是，我究竟怎么冒犯你了？”维尔福高声问道，他的神志已经飘到理性的边缘，进而便是错乱，便是迷雾，便是半梦半醒，“我究竟怎么冒犯你了？说出来！你倒是说呀！”

“您判了我一个漫长而丑恶的死刑，您害死了我父亲，您剥夺了我自由的同时，也剥夺了我的爱情，剥夺了我的爱情的同时，也剥夺了我的好运！”

“您是谁？您到底是谁？我的上帝！”

“我正是被您埋葬在伊夫狱堡地牢里那个不幸者的幽灵。上帝给这个终于从坟墓出来的幽灵，戴上了德·基督山伯爵的面具，上帝还给了他大量钻石和黄金，以致到今天才让您认出来。”

“哦！我认出你了，我认出你了！”检察官说道，“你就是……”

“我就是埃德蒙·唐代斯！”

“你就是埃德蒙·唐代斯！”检察官高声说着，就一把抓住伯爵的手

腕,“那么,跟我来!”

他拉着伯爵上楼。基督山不免奇怪,不知道检察官要带他去哪里,但是预感到又发生了什么灾难。

“喏!埃德蒙·唐代斯,”他指着他妻子和儿子的尸体,对伯爵说道,“喏!你瞧,你报仇雪恨了吧?……”

基督山看到这样惨不忍睹的景象,立刻面失血色,心下明白自己报仇的权利用过了头,明白自己再也不能讲这句话了:

“上帝站在我一边,与我同在。”

他怀着一种难以名状的惶恐不安,扑向孩子的尸体,扒开他的眼睛,摸摸他的脉,抱起他就冲进瓦朗蒂娜的房间,从里面拧了两圈儿锁上房门……

“我的孩子呀!”维尔福喊道,“他抢走我孩子的尸体!噢!该遭诅咒啊!该倒霉啊!你该死啊!”

他要去追基督山,可是,他却像在梦中似的,觉得两只脚生了根,两只眼睛睁得极大,势要撑破眼眶,手指还往胸脯的肉里抠,越抠越深,直至手指被鲜血染红了。他的思绪沸腾,将太阳穴的血管膨胀起来,快要把狭窄的脑壳掀掉,将他的脑子淹没在火海中。

这样固定的状态持续了好几分钟,直到神志完全错乱了。

这时,他大叫一声,紧接着又一声长笑,便冲下楼梯。一刻钟之后,瓦朗蒂娜房间的门打开了,德·基督山伯爵重又出现。

他脸色惨白,两眼无神,胸脯剧烈地起伏,而他那张面孔,平时多么沉静,多么高贵,此刻却因悲痛而完全失了态。

他怀里抱着孩子,怎么抢救也未能起死回生。

他跪下一条腿,虔敬地将孩子安放在他母亲身边,让孩子的头枕在她胸上。

继而,他起身走出去,在楼梯上碰见一名仆人,便问道:

“德·维尔福先生在哪儿呢?”

仆人没有应声,只是抬手指了指花园的方向。

基督山走下台阶，走向那仆人所指的地点，发现那里仆人围了一圈儿，维尔福在中间，正用铁锹拼命地挖地。

“不是这里，”他说道，“也不是这里。”

他又往前移移挖掘。

基督山走到他跟前，低声对他说道，口气几近谦卑：

“先生，您失去了一个儿子，但是……”

维尔福打断他的话，其实他既没有听，也听而不闻。

不是这里，也不是这里，他又往前移移挖掘。

“唔！我会找到他的，”他说道，“随您怎么说他不在这里也没用，我一定能够找见他，哪怕找到最后审判的日子。”

基督山恐惧得退了两步，说道：

“噢！他疯了。”

说罢，他就急匆匆跑到街上，仿佛唯恐这座遭诅咒的小楼墙壁倒塌，将他砸在下面，而他也第一次开始怀疑，自己是否有权做这一切。

“唔！够了，这就足够了，”他说道，“赶快去拯救最后一个。”

基督山回到香榭丽舍大街公馆，遇到莫雷尔，只见这个年轻人在公馆里游荡，像个幽魂似的，默默等待上帝指定他重返坟墓的时刻。

“您做好准备吧，马克西米连，”基督山微微一笑，对他说道，“明天我们就离开巴黎。”

“您在巴黎就再也没有别的事情要做了吗?”莫雷尔问道。

“没有了，”基督山回答，“但愿上帝别怪我做过分了!”

第一一二章　启程

这一时期连续发生的事件，成为全巴黎的议论中心。在梅斯莱的宅子里，埃马努埃尔夫妇在小客厅里，也谈论这些事，自然而然都感到非常惊讶。他们联系起来看，莫尔塞夫、丹格拉尔和维尔福这三家，全部遭了灭顶之灾，事起突然，完全出人意料。

马克西米连来看过他们一次，听他们议论，确切地说人在场而心不在焉，还一如往常，深深陷入漠然的状态。

“真的，”朱莉说道，“所有这些富人，昨天他们还那么快活，他们当初经营自己的财富、幸福和名誉地位时，忘记把魔鬼的份额计算在内了，而魔鬼就突然出现，报复这种要命的疏忽，就像佩罗[①]童话里讲的那样，有人举行婚礼或者洗礼，那些女妖就不请自来，你说是不是啊，埃马努埃尔？”

“这么多起灾难！”埃马努埃尔叹道，他想到了莫尔塞夫和丹格拉尔。

“这么多痛苦！”朱莉也叹道，她是想起了瓦朗蒂娜，但她出于女性的直觉，不愿意在她哥哥面前说出名字。

“如果是上帝惩罚了他们，”埃马努埃尔说道，“那就是说，无限慈悲的上帝在这些人的过去，没有发现一点可以减轻惩罚的情由；也就是说，

---

① 佩罗（1628—1703），法国著名童话作家，著有《灰姑娘》、《小红帽》、《小拇指》、《睡美人》、《蓝胡子》等。

这些人被处以永世受苦。”

“你这样判断未免太轻率了吧，埃马努埃尔？”朱莉说道，“当年我父亲手里举着枪，准备自杀，如果有人也像你这样讲：‘这个人罪有应得’，这个人不就讲错了吗？”

“对，但是上帝不让我们父亲死去，就像不让亚伯拉罕祭献他儿子①一样。上帝给那位老族长，也给我们派来天使，拦路斩断了死神的翅膀。”

他的话音未落，就响起了铃声。

这是门房给的信号，通报有客人来访。

几乎同时，客厅的门打开了，德·基督山伯爵出现在门口。

这对年轻夫妇不约而同，都惊喜地叫起来。

马克西米连头抬起来，随即又垂下来。

“马克西米连，”伯爵说道，倒像没有注意他的来访引起主人的不同反应，“我是来接您的。”

“来接我的？”莫雷尔仿佛从梦中醒来，问道。

“对，”基督山说道，“不是已经约定，我要带您走吗？我不是告诉您做好准备吗？”

“准备好了，”马克西米连说道，“我是来向他们告别的。”

“你们去哪儿，伯爵先生？”朱莉问道。

“先去马赛，夫人。”

“去马赛？”这对年轻夫妇齐声问道。

“对，我要带走二位的哥哥。”

“唉！伯爵先生，”朱莉说道，“把他治好给我们送回来吧！”

莫雷尔扭过脸去，以掩饰面赤。

“这么说，你们看出他心里痛苦了？”伯爵问道。

---

① 《圣经》记载的犹太人始祖，他百岁得子，为表示忠于上帝，同意将这儿子祭献给上帝。就在亚伯拉罕要杀儿子时，天使出现，用一只羊换下他儿子。

“对,”少妇回答,“我怕他在我们身边感到烦闷。”

“我就是让他去散散心。”伯爵又说道。

“我准备好了,先生,”马克西米连说道,“别了,我的两位好朋友!别了,埃马努埃尔!别了,朱莉!”

“什么!别了?”朱莉高声说道,“说走就这么走了,也不做做准备,也不办办护照?”

“这些琐碎小事,只会更加让人伤心离别,”基督山说道,“而且我确信,马克西米连一定考虑得很周全:我早就嘱咐过他了。”

“我的护照办了,行李也打好了。”莫雷尔无精打采,平静地答道。

“很好。”基督山微笑道,“像个好军人,行动准确无误。”

“你们就这样离开我们了,”朱莉说道,“马上就走?就不能同我们再多待一天,哪怕多待一小时呢?”

“我的马车在门外等候,夫人。我必须在五天内赶到罗马。”

“马克西米连呢,他不去罗马吧?”埃马努埃尔问道。

“由伯爵带着,我去哪儿都无所谓,”马克西米连苦笑一下,说道,“这一个月,我由他支配。”

“噢!我的上帝!他怎么这样说呀,伯爵先生!”

“马克西米连与我相伴,”伯爵以令人信服的亲切语气说道,“你们就放心吧,不必惦念你们的哥哥。”

“别了,妹妹,”莫雷尔重复道,“别了,埃马努埃尔!”

“看他这失魂落魄的样子,我心里真难受,”朱莉说道,“噢!马克西米连,马克西米连,你有什么事情瞒着我们。”

“没事儿!”基督山说道,“等回来你们看看,他会高高兴兴、欢欢喜喜。”

马克西米连瞥了基督山一眼,目光里几乎含着轻蔑、愠怒的神色。

“咱们走吧!”伯爵说道。

“在您走之前,伯爵先生,”朱莉说道,“您能否允许我对您细说一下那天……”

“夫人，”伯爵抓住她的两只手，回答道，“您无论对我说多少，也绝抵不上我在您眼睛里读到的，抵不上您心里想的，也抵不上我这颗心所感受到的。就像小说中予人有恩的人那样，我本应该不来见你们，就远走高飞了。但是，这种品德超出了我的能力，因为我这个人性格软弱，又有虚荣心，因为我的同类喜悦温柔的、闪着泪光的眼神，会让我感到欣慰。现在我走了，私心甚至还促使我对你们说，不要忘记我，朋友们，因为很可能，你们再难见到我了。”

“再难见到您了！”埃马努埃尔高声说道，而朱莉的面颊滚下两大滴眼泪，“再难见到您了！怎么，离开我们的不是一个凡人，而是一尊神，这尊神下界做了好事之后，又要升天了！”

“千万别这样讲，”基督山急忙说道，“永远也不要这样讲了，朋友们。神从来不做坏事，神想住手就立刻住手了，偶然不会胜过他们。而恰恰相反，正是他们控制着偶然性。不，埃马努埃尔，我是个凡人，您对我的崇敬极不恰当，同样，您的话也亵渎了神灵。”

他说罢，就吻了吻朱莉的手，而朱莉则扑到他怀里，与此同时，他把另一只手伸给埃马努埃尔。然后，他就毅然离开这户人家，这个由幸福主持的安乐窝，并且，他示意马克西米连跟上。自从瓦朗蒂娜死后，马克西米连就是这种状态，既麻木冷漠，又神不守舍。

“让我哥哥快乐起来吧！”朱莉对着基督山的耳朵说道。

基督山握了握她的手，仍像十一年前那样，在通向老莫雷尔书房的楼梯上，也握过她的手。

“您始终信得过水手辛伯达吧？”基督山笑着问她。

“唔！当然。”

“那好，您就安安稳稳地睡觉，相信天主好了。”

正如上文交待的，旅行车在门外等候，四匹骏马竖着鬃毛，不耐烦地刨着地面。

阿里在台阶下面等待，他满头大汗，好像刚跑了远路。

“怎么样？”，伯爵用阿拉伯语问他，“你去老人那里了吗？”

阿里点头称是。

“你照我的吩咐,在他眼前展开了那封信吗?”

“对。”黑奴仍然恭敬地回答。

“那他是怎么说的,确切地讲,他是怎么表示的?”

阿里便走到阳光下面,好让主人看得清楚,接着,他以忠心耿耿的聪慧,模仿老人的表情,也像努瓦蒂埃要表示“是”时,闭一闭眼睛。

“好,他同意了,”基督山说道,“咱们出发!”

他刚一发话,马车就启动了,四匹马的蹄子在铺石马路上踏起火花的烟尘。马克西米连一言未发,在车厢角落里坐定。

马车行驶了半小时,突然停下来。原来伯爵拉了拉拴在阿里手指的丝线绳。

努比亚黑奴跳下车,打开车门。

夜空星光灿烂。马车停在犹太城高地的制高点,凭高眺望,巴黎城宛若一片黑黝黝的大海,闪动着万家灯火,正像波光磷磷的浪涛。那确是浪涛,而且比呼啸的海洋还要喧嚣,还要汹涌,还要澎湃,还要狂暴,还要贪婪。浩瀚的大海就有平静的时候,而巴黎的波涛则永不停歇地撞击,永不停歇地翻腾,永不停歇地吞噬!……

伯爵独自伫立在那里,而阿里则按照他打的手势,将马车往前赶了几步。

于是,伯爵叉起双臂,久久地凝望这座大熔炉,从这沸腾的深渊冲出去动摇世界的那些思想,无不先倒进来熔炼、锻造而最后成形。他的有力的目光,久久停留在这座巴比伦城上,这座既令虔诚的诗人,也令唯物主义的嘲笑者梦想的城市。继而,他低下头,合拢手掌好像祈祷似的,喃喃说道:

“伟大的城市啊!还不到半年前,我闯进你的大门。我相信是上帝的意志指引我来的,胜利后又带我离开。我来到你这城垣的秘密,只向上帝坦露过;唯独上帝看透了我的心思,唯独上帝了解,我离开时既无怨恨,也不得意,但是不无遗憾;唯独上帝知道,我使用他赋予我的威力,既不为

一己之私，也没有无端滥施。伟大的城市啊！我是进入你这躁动的胸膛里，找到了我寻找的东西。我好似坚忍不拔的矿工，翻腾了你的五脏六腑，以便铲除罪恶。现在，我的任务完成了，我的使命结束了；现在，你既不能给我欢乐，也不能给我痛苦。别了，巴黎！别了！”

他像夜精灵那样，再次举目纵览辽阔的平原。然后，他一只手捂住额头，重又登上马车，车门也随后关上。马车疾驰，隆隆地响，扬起一片尘土，很快就消失在高地的另一面坡上了。

又赶了两法里路，他们谁也没有讲一句话。莫雷尔在沉思，基督山看着他沉思默想。

“莫雷尔，”伯爵问他，“您随我来是否后悔了？”

“没有，伯爵先生。然而离开巴黎……”

“假如我相信幸福在巴黎等着您，莫雷尔，那我就会把您留下了。”

“瓦朗蒂娜在巴黎安息，而离开巴黎，就等于第二次失去她。”

“马克西米连，”伯爵说道，“我们失去的朋友，不是在地下安息，而是埋葬在我们心中，这是上帝的意愿，让他们与我们永远相伴。有一个是给了我生命的人，另一个是给了我智慧的人。他们二人的精神，就活在我心上。我每有疑虑便向他们请教，如果说我做了一点好事，那也是听从他们劝告的结果。您倾听一下自己的心声，莫雷尔，扪心问一问，您该不该继续给我看这副沮丧的面孔。”

“我的朋友，”马克西米连答道，“我这心声相当悲苦，只是向我们许诺一些不幸。”

“这是衰弱了的精神的特点，看什么东西都隔着一层薄纱。一个人的视野，是由他的灵魂决定的。您的灵魂晦暗，给您展示的便是乌云密布的天空。”

“也许是这样吧。”马克西米连说了一句。

说罢，他又陷入沉思。

旅行如此神速，正是伯爵力量的一种表现。城镇如幽灵一般，沿途一闪而过；树木由初起的秋风摇动，活似披头散发的巨人迎面跑来，刚一照

面便飞速逃去了。第二天上午，他们抵达夏隆，伯爵的汽艇已在那里待命。马车一刻也不耽搁，当即抬上船，而两位旅客早已上去了。

这艘汽艇的造型是为快速设计的，样子好似印第安人的独木舟。两副轮桨如同两只翅膀，就像海鸟儿一样划着水面。就连莫雷尔在这高速航行中，也产生了陶醉的快感，吹拂他头发的疾风，有时似乎也要吹散他额头的愁云。

至于伯爵，随着远离巴黎，一种几乎超常的安详，宛如一道光环罩住他的周身，真像一个流亡者要返回故乡了。

马赛，很快映入眼帘，白晃晃的、温暖而生机勃勃；马赛，提尔[1]和迦太基[2]城的妹子，继她们之后掌控着地中海；马赛，越老显得越年轻了。那圆塔、那圣尼古拉要塞、那由普杰[3]设计的市政厅、那砖砌的码头，他们二人在孩提时期都曾玩耍过的码头，总之那些景物今日重睹，唤起他们俩多少往事。

因此，人人不约而同，在卡纳比埃尔大街驻足。

一艘客船要启航驶往阿尔及尔，甲板上挤满了乘客，堆满了行李，送行的亲友高声呼叫，挥泪同他们告别，这种离别的景象总是那么感人，甚至对那些天天目睹的人也如此。但是这种喧闹的场面，也未能转移马克西米连的注意力，他一踏上砖路面的码头，脑海里就只萦绕着一个念头。

“您瞧，”马克西米连挽上基督山的手臂，说道，“这就是当年我父亲站立的地方，观看法老号航船进港；就在这里，被您从死亡和耻辱中拯救出来的那个好人，一头扎进我的怀里，现在我脸上还感到他的泪水，而且当时不止他一个人，许多人看到我们，也都流下了眼泪。”

基督山微微一笑：

“当时我就站在那儿了。”他指着一条街的拐角，对莫雷尔说道。

伯爵刚说这话，就在他所指的方向，忽听一阵哀痛的声音，只见一名

---

① 提尔，地中海海岸城市，历史上曾盛极一时，今名苏尔，在黎巴嫩境内。

② 迦太基，北非古国，在突尼斯境内。

③ 普杰(1620—1694)，法国雕刻家、画家和建筑师，其作品为巴罗克和现实主义风格。

女子正挥手告别即将启航的那艘船上的一名旅客。那女子戴着面纱，而基督山望着她所流露的激动神情，莫雷尔也不难发现，只是他观望相反的方向，目光盯着那艘客船。

"啊！我的上帝！"莫雷尔高声说道，"我不会看错！那个挥着帽子告别的青年，那个身穿军装的青年，正是阿尔贝·德·莫尔塞夫呀！"

"对，"基督山应道，"我早就认出他来了。"

"怎么可能？您在望相反的方向啊。"

伯爵微微一笑，他不愿回答时便这样笑而不答。

他的目光重又投向那个戴面纱的女子，只见她拐过那条街角不见了。

然后，他又转过身来。

"亲爱的朋友，"他对马克西米连说道，"您在这地方，就没有任何事情要办吗？"

"我要给我父亲上坟。"莫雷尔声调低沉地回答。

"那好，您去吧，在那里等着我，我会去找您的。"

"您要离开我？"

"对……我也一样，要完成一次虔诚的拜访。"

莫雷尔见伯爵伸出手，就勉强抬手让对方握了握，他随即又摇了摇头，那忧伤的神态实难描摹，他同伯爵分手，便朝城东走去。

基督山站在原地未动，目送马克西米连走远，直到不见人影了，他才举步走向梅朗林荫路，要去那座小楼。那小楼想必读者很熟悉，这个故事开头就描述过了。

小楼还立在那里，在椴树荫下，而这条林荫路仍是悠闲的马赛人散步的场所。被南方烈日晒黄的小楼石墙上，爬满了葡萄藤，干裂的老藤蔓如黝黑的手臂，交错织成大片大片的帘子。两级石台阶因践踏而磨损，上去便是一道门。这道门由三块木板组合，接缝虽然每年裂开一阵，但是从未抹过油灰，刷过油漆，总耐心地等待潮湿的季节，接缝重又涨合了。

这座小楼尽管破旧，仍然可爱，尽管其貌不扬，仍然赏心悦目，还是从前唐代斯老爹居住时的老样子。不过，当年老人住在阁楼，而伯爵将整座

小楼交给梅色苔丝使用了。

基督山刚才望见离开启航客船的那位戴面纱女子,就是进了这座小楼。他刚一拐进这条街,那女子就进去关上门,因此,他刚刚又瞥见她,人影几乎随即消失了。

磨损的台阶,对他来说是老相识了,他也比谁都更清楚,如何打开这扇旧木门,只要一根大头钉挑起里面的门闩就行了。

因此,他没有敲门,也没有先打招呼,像个老朋友,像个老住户一样进去了。

沿铺砖的小径走到头,就展现一座小花园,园中阳光明媚,暖意融融。正是在这小花园的指定地点,梅色苔丝找到了伯爵精心存放二十四年的那笔钱。从临街的那道门口,能望见这园中靠前的几棵树。

基督山走到门口,就听见一声带哭腔的叹息。他循声望去,只见一片枝叶繁茂、盛开细长紫花的弗吉尼亚素馨花丛下,梅色苔丝正坐着低头哭泣。

她已经撩起面纱,双手捂住脸,她在儿子面前克制那么久的悲叹和恸哭,现在独自面对苍天,就可以尽情宣泄出来了。

基督山朝前走了几步,而沙径在他脚下嚓嚓作响。

梅色苔丝抬起头,看到一个男人来到面前,不由得惊叫一声。

"夫人,"伯爵说道,"我再也不能给您带来幸福了,但是我可以给您安慰。您肯接受应视为来自朋友的安慰吗?"

"我的确非常不幸,"梅色苔丝答道,"在这世上孑然一身……我本来只有儿子,他也离开我了。"

"他做得对,夫人,"伯爵接口道,"他有一颗高尚的心灵,懂得任何人都应该报效祖国:有人贡献才智,有人贡献技艺;有人贡献辛劳,还有人献出热血。他守在您身边,就会消磨一生,变成无用之人;他也不可能习惯您这种悲痛的生活,会因为自己无能为力而变得怨天尤人。反之,他在逆境中抗争,就会变得强大,并且变厄运为好运。让他为你们二人重建未来吧,夫人;我敢向您保证,他会得到可靠的保护。"

“噢!”可怜的女人凄然地摇摇头,说道,“您讲的这种好运,我从内心深处祈求上帝赐予他,而我呢,我是没福享受了。在我身上,在我周围,多少事情破碎了,我感到自己临近坟墓了。您做得对,伯爵先生,让我回到我曾经幸福的地方:人就应当死在有过幸福的地方。”

“唉!”基督山叹道,“夫人,您这些话又苦涩又灼热,一句句砸在我心,而且您有理由恨我,这些话就更加苦涩而灼热了。您的所有这些不幸,全是我一手造成的。您为何不谴责我,反而怜悯我呢?您这样就会让我更加痛苦……”

“恨您,谴责您,埃德蒙……憎恨,谴责一个饶过我儿子一命的人,因为,您要报仇雪恨,不正是打算杀死德·莫尔塞夫先生引以为豪的儿子吗?唔!您看着我,看看我有没有一丝责备的意思。”

伯爵抬起眼睛,注视半直起身子朝他伸出双手的梅色苔丝。

“唔!您看着我,”她无限忧伤地继续说道,“如今,我的眼睛失去了夺目的光彩,不再像当年那样,我跑了来,朝着在老父亲住的阁楼窗口等我的埃德蒙·唐代斯粲然微笑……从那以后,多少悲苦的日子流逝过去,在我和那段时光之间,仿佛挖了一道鸿沟。谴责您,埃德蒙,憎恨您,我的朋友!不,我是在谴责自己,是在恨自己!噢!我是个可悲的女人!”她双手合十,举目望天,又高声说道。“我是罪有应得啊!……本来我拥有信仰、纯洁与爱情,这三种幸福就能把人变成天使,而我多么可悲啊,我竟然怀疑了上帝!”

基督山朝前走了一步,默默地向她伸出手。

“不,”梅色苔丝说道,同时轻轻地收回自己的手,“不,我的朋友,不要碰我。您饶过了我,然而,在您所惩罚的所有人之中,我的罪过最大。所有其他人的行为,都出于仇恨,出于贪欲或者自私;而我的行为,则出于懦弱。他们是有所欲求,而我却是惧怕了。不,不要来握我的手。埃德蒙,您在考虑讲几句亲热的话,我感觉到了,您不要讲出来,留着说给另一位女子听吧,我已经不配了。我呀,您瞧吧……(她完全把脸露出来),您瞧瞧,不幸使我的头发花白了;我的眼睛流泪过多,都有了黑眼圈儿;我的

额头也起了皱纹。而您呢，埃德蒙，您恰恰相反，始终这么年轻，始终这么英俊，始终这么自豪。这是因为您一直有信念，因为您一直有力量，因为您一直信赖上帝，而上帝就支持您。我呢，就这么懦弱，我就否认了信仰。于是上帝抛弃了我，我就落到这种下场。”

梅色苔丝泪如雨下，触动往事，这个女人的心便破碎了。

基督山拉起她的手，恭敬地吻了吻。但是，她本人就感觉出来，这一吻并无热情，好像伯爵吻的是一尊圣女大理石石像的手。

“有些人的一生，”她又接着说道，“是早已命定的，只要一个过失，就毁掉整个未来。我原以为您死了，我也本该一死。因为，我终生在心中哀悼您，又有什么用呢？无非是把一个三十九岁的女子，变成一个五十岁的老女人。在所有人当中，唯独我认出了您，而我仅仅救了我儿子，又有什么用呢？我同意做我丈夫的那个男人，不管他的罪过有多大，我不是也应该救下来吗？然而，我却任由他寻死；我该怎么说呢，我的上帝！我以懦弱的冷漠，以鄙夷的态度，促成了他寻死，而不去想想，也不愿意回想一下，他正是为了我才变节，成了叛徒的呀！最后，我陪伴我儿子一直到此地，又有什么用呢？我还不是抛弃他了，我还不是放他走了，我还不是把他交给非洲那片吃人的土地！噢！跟您说，我太懦弱了，我背弃了自己的爱情，我也同所有叛徒一样，把不幸带给我身边每个人！”

“不对，梅色苔丝，”基督山说道，“不对，您要给予自己更好的评价。不对，您是一位高尚而圣洁的女人，您曾以您的痛苦让我心软下来。但是在我身后，还有世人看不见的、认不出来的、愤怒的上帝，我不过是上帝派来的，上帝不肯拉住我抛出去的雷霆。噢！十年来，我匍伏在上帝脚下，天天恳求他，我可以让上帝作证，我曾经要为您牺牲掉我的性命，同时也牺牲掉与我性命连在一起的计划。但是我要自豪地说，梅色苔丝，上帝需要我，我活了下来。您审视一下过去和现在，再尽量推测未来，看看我究竟是不是天主的工具。最令人发指的不幸、最残忍的苦难，所有爱我的人都抛弃不管，又遭受不相识的人的迫害，这便是我人生的第一个阶段。就在囚禁之后，在忍受孤独和苦难之后，突然间，有了新鲜空气，有了自由，

基督山拉起她的手,恭敬地吻了吻。

有了令人目眩的、不可思议而又无法计数的财富,除非瞎了眼,我才想不到正是上帝让我支配去完成重大使命。从那时起,我就认为这笔财富是一种神圣的职责;从那时起,我的心中再也没有一个念头眷顾这种生活。而您呢,即使一个可怜的女人,您有时还品尝了生活的甜美。我却没有一

刻安宁,一刻也没有了。我感到自己受驱动,犹如行空的火云,要去焚毁那些遭受天谴的城市。就好比那些富有冒险精神的船长,要驾船开始危险的航行,酝酿艰难险阻的远征,我也准备好食品,给枪炮装好弹药,我也制定进攻和防卫的方案,让我的肉体经受最剧烈的锻炼,让我的心灵经受最沉重的打击,还要教会我这手臂去杀人,教会我的眼睛去看人受罪,也教会我的嘴能对着最骇人的景象微笑。总之,我从一个心地善良、信赖别人和豁达大度的人,一变而成为一个挟私报复、深藏不露的恶人,换句话说,完全冷漠,如同又聋又瞎的命数。于是,我踏上为我开辟的道路,跨越征途,抵达目的地:一路让我撞上的人活该倒霉!"

"行了!"梅色苔丝说道,"行了,埃德蒙! 要相信,唯一认出您来的人,也是唯一能理解您的人。然而,这个唯一认出您来的人,唯一能理解您的人,她若是在您的路上被您撞到,哪怕像玻璃一样被您踏碎,这个人也一定会赞赏您,埃德蒙! 正如在我和过去之间有一道鸿沟那样,在您和其他人之间也有一道鸿沟。我要告诉您,把我折磨得最苦的事,就是进行比较。因为世上没有任何人比得上您,没有任何人与您相像。现在,埃德蒙,对我道一声别了,我们就这样分手吧。"

"在我离开您之前,梅色苔丝,您还有什么渴望吗?"基督山问道。

"我只渴望一件事,埃德蒙:但愿我儿子生活幸福。"

"您祈求天主吧,唯独天主掌管人的生死,只要保他平安,余下的事就包在我身上了。"

"谢谢,埃德蒙。"

"可是您呢,梅色苔丝?"

"我嘛,我什么也不需要,我生活在两座坟墓之间。一座是埃德蒙·唐代斯的,已经死了很久,我曾爱过他! 这个词已不适于从我这凋残的嘴唇讲出来了,但是我这颗心还记得,而且无论如何,我也不愿意丧失这心的记忆。另一座是埃德蒙·唐代斯杀死的那个人的坟墓,我同意杀死他,但我应当为死者祈祷。"

"您儿子一定会幸福的,夫人。"伯爵重复道。

“那就是我可能有的最大幸福了。”

“可是……说到底……您怎么办呢?”

梅色苔丝苦笑一下。

“如果对您说,我在这个地方,要像当年的梅色苔丝那样生活,也就是说靠劳动生活,您也不会相信。除了祈祷,我什么也不会做了,也根本用不着劳动。您早年埋藏的那一小笔钱财,在您指出的地点找到了。别人也许会探听我是谁,是做什么的,别人弄不清我以什么为生,无所谓!这是上帝、您和我之间的事。”

“梅色苔丝,”伯爵说道,“我没有责备您一句,但是您作出的牺牲太过分了,何必放弃德·莫尔塞夫先生积聚的全部财产呢,其中一半理应归您,那是您勤俭持家挣得的。”

“我明白您要向我提什么建议,但是我不能接受,埃德蒙,我儿子也不会允许。”

“因此,没有阿尔贝·德·莫尔塞夫先生的同意,我绝不会为您做什么。我会了解并遵从他的意愿的。不过,如果他同意我要做的事情,您能毫不嫌弃地效仿他吗?”

“您也知道,埃德蒙,我已经不是一个有思想的人了。至于决定,我做不出来了,若说有一个,就是永远不做决定了。上帝让我在他的狂风暴雨中,受到极大的震荡,已使我丧失了自主的意志。我在上帝的掌心,如同小麻雀抓在鹰爪里。我既然活着,那就是上帝还不让我死。如果上帝让人救助我,那就是他的意愿,我也会接受。”

“要当心,夫人,”基督山又说道,“崇拜上帝可不是这种态度!上帝让人理解他,质疑他的万能威力:正因为如此,他才让我们自主决定。”

“信口胡言!”梅色苔丝高声说道,“不要对我讲这种话。假如我相信是上帝让我自主决定,那么我还有什么理由摆脱绝望啊!”

基督山的脸微微失色,他垂下头,自觉也被这极痛深悲压垮了。

“您不愿意对我说声再见吗?”伯爵向她伸出手去,说道。

“正相反,我要对您说再见,”梅色苔丝接口道,同时神态庄严地向他

指了指天空，“这就是向您表明，我还怀有希望。”

梅色苔丝发颤的手刚一触碰到伯爵的手，她就冲进楼梯，在伯爵的眼前消失了。

于是，基督山缓步走出这座住宅，沿原路返回码头。

然而，梅色苔丝站在老唐代斯那间小屋的窗口，根本没有目送他远去。她的目光投向辽阔的大海，在寻觅载起她儿子驶远的邮船。

不过，她嘴里喃喃有声，不由自主地念道：

“埃德蒙，埃德蒙，埃德蒙！”

第一一三章　往事

伯爵心情怅然，走出这座小宅院，将梅色苔丝丢下，很可能再难相见了。

自从小爱德华死后，基督山的内心发生很大变化。他沿着蜿蜒曲折的荆路缓慢地上坡，到达复仇的峰顶，眺望高山的另一侧，则看到怀疑的深谷。

事情还不止于此，他同梅色苔丝的这次谈话，唤醒了他心中多少前尘往事，而这些往事本身又急需磨灭掉。

情格刚毅如伯爵这样一个人，不可能天天沉浸在这种忧伤之中，须知这种伤感只会在表面上赋予思想平庸的人一种独特性，却能扼杀出类拔萃的人。伯爵思忖，他几乎到了自我谴责的地步，必是在他的整体谋略中，潜入了一个谬误。

"我没有看清楚过去的一段，"他说道，"出了这种差错可不行。"

"怎么!"他继续自言自语，"我给自己确定的目标，难道是一个丧失理智的目标？怎么！难道这十年来，我的路走错了吗？怎么！一小时就足以向建筑师证明，他寄托了全部希望的作品，即使不是无法实现的，至少也是一件毁誉之作?"

"这个念头会让我发疯，我可习惯不了。今天我在推理中所欠缺的，正是对过去的准确评估，因为我是从视界的另一端，重新审视过去那一段。过去，随着人往前走，的确像穿行的景物那样，越走也就越淡远了。

我这种情景，也好比睡梦中受伤的人，醒来看着伤口，感到疼痛，就是想不起来是怎么受伤的了。”

“算了，你这死里逃生的人；算了，你这行为怪诞的富翁；算了，你这清醒的睡梦者；算了，你这万能的幻视者；算了，你这战无不胜的百万富翁。你稍停片刻，再回顾一下那种饥饿的悲苦生活的惨状，再沿着当年厄运把你推上去的、不幸指引你走的、而绝望接待你的道路，重新走一遍。在基督山看着唐代斯的迷面镜子的玻璃上，如今有太多的钻石，太多的黄金，太多的幸福光芒耀眼。藏起这些钻石吧，收起这些黄金，抹掉这些光辉吧。你再由富人变回为穷人，由自由人变回为囚犯，由复活者变回为尸体。”

基督山一边这样自言自语，一边沿着包装箱工场街走去，还记得二十四年前的一个夜晚，他就是沿着这条街道，由一队默默无声的士兵押送走的。街道两侧的这些房舍，都充满生气，显得那么欢快，可是那天夜晚却黑魆魆的，都静悄悄的门窗紧闭。

“然而，这些还是原来的房舍，”基督山咕哝道，“只不过当时是夜晚，而今天是大白天。这片街景，在阳光照耀下，就又明亮又欢快了。”

他由圣洛朗街走到码头，朝行李寄存处走去。当年，他就是在那个停靠点被押上船的。一只撑起遮阳布篷的游艇恰好经过，基督山招呼一声，船家立刻朝他划来，那种殷勤劲表明船家嗅到了一桩好生意。

天气晴好，乘船游览是一件惬意的事。天边西沉的太阳火红火红的，照得附近的水域燃烧起来。海面平滑如镜，时见鱼儿被隐藏的敌人追击，似乎向另一种元素求救，跃出水面而溅起波纹。再远眺海天相连处，点点白帆，那是返回马尔提格的渔船，以及驶往科西嘉或者西班牙的货轮，宛若悠然飞翔的海鸥。

尽管晴空万里，尽管那些帆影曼美如画，尽管这副景物又浸透了金色的霞光，伯爵却裹在斗篷里，一幕一幕回想起那次可怕的行程：卡塔朗人村里唯一点燃的那盏孤灯，猛见伊夫狱堡方始明白押送地点时的反应，要纵身跳进大海而与宪兵的搏斗，感到被制服时的那种绝望，枪口如冰块顶

住他的太阳穴的那种冰冷感觉。

这时渐渐地，如同炎夏枯竭的那一眼眼泉水，待秋季的乌云聚积的时候，就慢慢湿润，又开始一滴一滴冒出水来，德·基督山伯爵也同样感到，胸中又渗出当年曾浸泡过埃德蒙·唐代斯那颗心的苦水。

这样一来，什么晴朗的天空、船帆的倩影、火红的霞光，都不复存在了。天空又蒙上了丧痛的黑纱，被称为伊夫狱堡的那个庞然大物，黑魆魆的赫然出现，不由得令他心惊胆战，就好像一个死敌的鬼魂忽然立在他面前。

到地方了。

伯爵下意识地一直退缩到船尾。船家徒然用最柔媚的声音对他说：

“我们上岸吧，先生。”

基督山想起，就在这同一地点，在这同一块岩石上，宪兵粗暴地把他拖上岸，用刺刀抵住他的腰，逼着他爬上这道陡坡。

这段水路，当年唐代斯感到非常漫长，如今基督山则觉得很短。每划一桨都溅起浪花，也激起无数的思绪和记忆。

从七月革命[①]之后，伊夫狱堡里就不再关押囚犯了。这里设了一个缉私检查站，只驻扎着一小队缉私警察。看门人在门口接待游客，领他们参观这座已变成旅游景点的阴森的狱堡。

狱堡的内部情况，基督山无不了然于胸，但是他一进入那拱顶之下，一走下那黑乎乎的阶梯，一被带到他要求参观的地牢，一阵寒气就袭来，他的额头失去血色，浑身出了冷汗。

伯爵打听复辟时期的老狱卒，是否还有留下来的。那些狱卒不是退休，就是改行了。带他参观的这个看门人，是从一八三〇年才来这里干事的。

向导把他带进他当年坐过的地牢。

---

① 七月革命，指1830年7月27日、28日、29日三天在巴黎爆发的革命运动，直接导致反动的查理十世国王下台，由路易-菲力普国王建立七月王朝。

他又见到从狭小的气窗透进来的惨淡的天光，又见到当年放床的位置。那张床早已搬走，露出法里亚神甫挖的洞，洞口虽然堵死，但石头显得新些，还容易看出来。

基督山感到双腿发软，他抓过一张木凳坐下。

“关于这座城堡，除了关押过米拉波[①]，还有别的什么故事吗？”伯爵问道，“这样阴森可怕的地方，真难以让人相信还囚禁过活人，这里有什么传说吗？”

“有啊，先生，”看门人回答，“就关于这间地牢，那名狱卒安托万还给我讲过一个故事。”

基督山打了个寒战。安托万那名狱卒，正是当年看守他的狱卒。那人的姓名和相貌，他几乎忘记了，但是一听到这名字，他眼前就又浮现那副样子：一脸络腮胡子，总穿着那件棕色外套，总带着那大串钥匙，而现在他还仿佛听见钥匙串哗啦哗啦的声响。

伯爵扭过头去，恍若看见那狱卒就在幽暗的走廊里，那走廊由于向导手持火把的晃照，就显得更加黑暗了。

“先生想听我讲一讲那个故事吗？”向导问道。

“好哇，讲讲吧。”基督山回答。

说着，他手按胸膛，要抑制猛烈的心跳，真担心听到别人叙述他本人的故事。

“讲吧。”他重复道。

“这间地牢，”看门人讲道，“关过一个囚犯，那是很久以前的事了，据说非常危险，他还心灵手巧，也就更危险得多。这座狱堡同时还关着另一名囚犯，那个人倒不凶，是个可怜的教士，人已经疯了。”

“啊！对，疯了，”基督山重复道，“他发疯是什么样子？”

“他总说，只要还他自由，他愿意付几百万。”

基督山抬眼望天，但是他望不见天空：有厚厚的一层石头，将他和苍

---

① 米拉波(1749—1791)，法国政治家，法国1789年革命时期君主立宪派领袖之一。

天隔开。他心想也有同样厚的一层石头隔着,那些人的眼睛看不见法里亚神甫要送给他们的财宝。

“囚犯和囚犯能见面吗?”基督山问道。

“哎!不能,先生,那是明令禁止的。但是他们暗地里违令,在两个地牢之间挖了一条地道。”

“那条地道,是他们两个人谁挖的?”

“当然是那个年轻人挖的,”看门人说道,“那个年轻的很有心计,身体强壮。而那个可怜的神甫,人又老,身体衰弱,再说,他总那么胡思乱想,也不可能照一个念头做什么。”

“全都瞎了眼睛!……”基督山咕哝了一句。

“总之,那个年轻的挖了一条地道,究竟用什么工具挖的呢?谁也搞不清楚。反正他挖出来了,证据就在眼前,痕迹还看得见。喏,您看到了吗?”

他说着,就将火把凑近墙壁。

“啊!对,果然不错。”伯爵答道,他因为激动而声音有些嘶哑了。

“结果,两名囚犯就串通了。他们串通了多长时间呢?也根本弄不清楚。不过有一天,那名老囚犯病倒,死掉了。您猜猜看,那年轻的干了什么?”看门打住话头问道。

“您就说吧。”

“他把死人搬到他的牢房,安放在他自己的床上,面向墙壁。然后,他回空牢房,将洞口堵死,自己钻进装死尸的麻袋里,这样的主意您可听说过吗?”

基督山闭上眼睛,重又找到了当年的全部感觉:粗麻袋擦着他的脸,将尸体留下的凉意传给他。

那向导继续说道:

“您明白吧!他就是这样打算的,他以为死了囚犯就埋葬在伊夫狱堡,而且他也估计到,监狱不会出钱给死囚犯买棺材,他就准备用肩头拱开埋在身上的土,就能逃生了。只可惜伊夫狱堡有个习惯,打乱了他的计

划:这里死了囚犯根本不埋葬,只是在脚上栓一个铁球,投进海里就算完事。对他也是这么处理的。那家伙就是在悬崖顶上,让人给抛进大海。直到第二天,在他的床上发现了真正的死尸,才真相大白。其实那两个抬尸的狱卒早就知道也不敢讲,他们把装尸袋抛到半空时,就听见一声惨叫,但是一入水就窒息了。”

伯爵呼吸费力,额头滴下汗,心里惶恐万分。

“不!”他自言自语,“不!我感觉到的这种疑虑,就是开始忘记过去了。不过到了这里,这颗心重又空乏,重又渴望复仇了。”

“那名囚犯,”他问道,“后来再也没有听人提起过吗?”

“没有,一句也没听人提起。您也明白,二者必居其一:一种是平躺着摔下去,五十尺那么高,肯定一下子就摔死了。”

“您说过给他脚上栓了铁球,那他就是立着掉下去的。”

“第二种情况,就是他立着摔下去的,那就自然让铁球坠到海底,可怜的小伙子,一定葬身海底了!”

“您可怜他吗?”

“哦,是啊,他总算死得其所呀。”

“此话怎讲?”

“传说那个可怜的人,当年还是海军军官,被当作波拿巴党徒关进来的。”

“千真万确,”伯爵自言自语,“上帝造就你能游过大海。这样看来,可怜的海员就活在几个讲故事人的记忆中。别人在炉火旁边,讲述他那骇人的故事,讲到他从高空抛下去,沉入海底时,都不寒而栗。”

“他们就始终不知道他的姓名吗?”伯爵提高声音问道。

“哦!当然了,”看门人回答,“怎么会知道,大家只知道他叫三十四号。”

“维尔福啊,维尔福!”基督山又自言自语,“有多少回,我的幽灵搅得你辗转难眠的时候,你一定也念叨这个三十四号。”

“先生还要继续参观吗?”看门人问道。

“要哇，特别想请您带我看看那位可怜神甫的牢房。”

“啊！那个二十七号的牢房？”

“对，二十七号的牢房。”基督山重复道。

他仿佛又听见法里亚神甫的声音，当时隔着石壁，他问对方的姓名，对方就是高声提出这个号码。

“请随我来。”

“稍等一下，”基督山说道，“让我最后看一眼这间地牢的各个角落。”

“那正好，”向导说道，“我还忘记带了另一间地牢的钥匙。”

“您去拿吧。”

“我将火把给您留下。”

“不必，您拿走吧。”

“您待在这里也没有个光亮。”

“我在黑夜里看得见东西。”

“咦！跟他一样。”

“他，谁呀？”

“三十四号，据说他在黑暗里待惯了，就是他这地牢最黑暗的角落有根别针，他也能瞧得见。”

“他那是十年才练成的本领啊。”伯爵又自言自语。

向导举着火把走了。

伯爵所言不虚，他在黑暗中只待了几秒钟，就能像大白天那样，什么都看清楚了。

于是，他观看周围的一切，这才认出这的确是他的地牢。

“不错，”他说道，“这就是我常坐的石头！这就是我的肩膀在墙壁撞出的印迹！这就是我那天要撞破头时，额头流出来的鲜血的痕迹！……唔！这些数字……我想起来了……正是那天，我计算父亲的年纪写下来的；想算出我能不能在他有生之年再见到他，也是计算梅色苔丝的年龄写下来的，想算出我能不能在她未嫁人时再见到她……我计算完了，一时间还产生了希望……殊不知，我没有把饥饿和变心计算进去！”

伯爵的嘴角不由得泛起一丝苦笑。他恍若在梦中看到:他父亲走向坟墓……梅色苔丝走向神坛!

另一面墙壁上刻的一行字,映入他的眼帘,墙壁已经发绿了,但字迹还显得清晰可辩。

“我的上帝!”基督山念道,“让我保住记忆吧!”

“哦!对,”他高声说道,“这是我最后那段时间唯一的祈愿。那时,我不再要求自由,但求保住记忆,真怕自己发了疯,什么都忘记了。我的上帝!您把我的记忆保住了,往事我还都记得。谢谢,谢谢,我的上帝!”

这时,火把的光亮映到墙壁上,向导又下来了。

基督山迎上去。

“请跟我来。”向导说道。

无需再返回到地面,他就带领伯爵穿过一条地下走廊,直接来到另一间地牢的入口。

来到这里,基督山又不免心潮汹涌,百感交集。

第一眼他就看到画在墙壁上的子午线,那是法里亚神甫用来计算时间的,接着又看到可怜的囚徒临终那张床的残骸。

伯爵看到这些遗迹,非但没有在他那间地牢里所产生的怕恐情绪,反而从内心涌出一股温馨的感觉,一种感激之情,从眼中也流出两行热泪。

“疯神甫就囚禁在这里,”向导说道,“那个年轻人就是从这里进来见他的。(他指给基督山看暗道这一端没有堵上的洞口。)从石头的颜色来看,”他继续说道,“一位学者判断出,这两名囚犯串通大约近十年了。可怜的人,那十年间,他们一定烦闷得要命。”

这个与他素不相识的人,第二次对他表示同情,唐代斯便伸手从兜里掏出几枚路易金币递给他。

向导以为是几枚普通钱币,也就收下了,可是在火把的光亮下,他看出游客给他这等钱的价值。

“先生,”他说道,“您看错了吧?”

“何出此言?”

第一眼他就看到画在墙壁上的子午线。

“您给我的是金币吗?”

“这我知道。”

“什么！您知道?”

“对。”

“您本来就打算给我金币?”

“对。”

“我可以心安理得地收下吗?”

“对。”

向导惊讶地注视基督山。

“堂堂正正。”伯爵模仿哈姆雷特那样说道。

“先生，”向导还不敢相信他这么幸运，又说道，“先生，我不理解您为何如此慷慨。”

“其实这很容易理解，我的朋友，”伯爵说道，“我从前是海员，比起别人来，您的故事更能打动我。”

“那么，先生，”向导说道，“既然您如此慷慨，我也理应回敬您点什么东西。”

“您要回赠我什么呢，我的朋友？贝壳、草编的物件？谢谢了。”

“不是，先生，不是。那是一件与刚才讲的故事有关的东西。”

“真的吗！”伯爵急忙高声说道，“究竟是什么？”

“您听我说，”向导说道，“事情是这样的，当时我心想：在一名囚犯关了十五年的牢房里，必定能找见点儿什么，于是，我就敲打着测试墙壁。”

“啊！”基督山惊叹一声，他想起神甫确实搞了个夹层墙。

“我不懈努力地寻找，”向导继续说道，“终于发现靠床头，在壁炉膛下面的墙壁，敲起来有空音。”

“对，”基督山说道，“对。”

“我撬下石块，就发现了……”

“一条绳梯、几件工具吧？”伯爵高声接口道。

“你怎么会知道呢？”向导惊奇地问道。

“我不是知道，而是猜出来的，”伯爵回答，“一般来说，在囚犯藏东西的地点，总能找见这类物品。”

“对，先生。”向导说道，“我找见了一条绳梯、几件工具。”

“还在你手上吗？”基督山高声问道。

“不在了，先生。那几样稀罕物，我卖给了游客。不过，我还有别的东西。”

“还有什么呀？”伯爵不耐烦地问道。

“还有一样东西,类似书,是写在布片上的。”

“哦!”基督山高声说道,“你还有这本书?”

“我也不知道是不是书,”向导说道,“反正还有我跟您说的东西。”

“去拿来吧,我的朋友,去吧,”伯爵说着,“如果真是我猜想的东西,那你就放心吧。”

“我这就去,先生。”

向导说着就出去了。

这时,伯爵虔敬地跪到残破的床前;这张床因死者而变成了一座圣坛。

“我的再生之父啊。”基督山说道,“你给予我自由、知识和财富。你比得上高于人类的生灵,掌握分辨善恶的本领,在坟墓深处假如还有什么东西,听到留在世上的人的声音还有反应的话,人的遗体分解之后,假如还有什么活跃的东西飘浮在我们深爱过,或者深受痛苦的地点,那么高尚的人啊,崇高的精神啊,幽深的灵魂啊,我以你给予我的父爱,以及我对你儿子般的敬重的名义,恳求您通过一句话,一个信号,或者一点启示,消除我最后这点疑虑吧。这种疑虑如果不转为确信,那么就会变成愧疚了。”

伯爵合拢双手,垂下头。

“给您,先生。”他身后有人说道。

基督山浑身一抖,回过头去。

向导递给他一叠布片,法里亚神甫学识的全部珍宝都记录在上面,这部手稿正是他论述意大利王国的巨著。

伯爵急忙抓过来,他的目光首先落到题词上,只见上面写道:

主说,你将拔掉恶龙的牙齿,你将凶狮踩在脚下。

“啊!”伯爵高声说道,“这就是答案! 谢谢,我的父亲,谢谢!”

他从兜里掏出一个小钱包,里面装有十张各面值一千法郎的钞票。

“给你,”他说道,“收下钱包。”

“您把这送给我?”

“对,但是有个条件:你要等我离开之后再看里面装着什么。”

说罢,他将这刚得到的无比珍贵的遗物按在胸口,快步冲出地牢,重又登上游艇。

“回马赛!”他吩咐一声。

游艇越划越远,他的目光仍然凝望着那座阴森的狱堡。

“就让那些把我送进这座阴森的狱堡的人,”他说道,“让那些忘记把我关在这里的人,全倒霉去吧!”

又经过卡塔朗人村时,伯爵转过脸去,用斗篷将头蒙住,嘴里喃喃念着一个女子的名字。

彻底胜利了,伯爵两次战胜了疑虑。

他以温柔的、近乎爱恋的话语所说出的这个名字,就是海蒂。

基督山一上岸,就前往公墓,知道在那里能找见莫雷尔。

十年前,他也曾怀着虔敬的心情,到这公墓里寻找一座坟墓,结果一无所获。他带着几百万的财富回到法国,却未能找见饿死的父亲的坟墓。

当年,老莫雷尔确也给他父亲的坟墓立了一个十字架,但是后来十字架倒了,掘墓工就拿去当柴火烧了——公墓里倒了的所有老木碑十字架,全让掘墓工这样处理了。

那位可敬的船主老莫雷尔,倒是幸运得多,他死在子女的怀抱里,由他们陪伴到公墓,安葬在早去世两年的妻子的身边。

两块宽宽的大理石板并排放着,上面镌刻着夫妇二人的名字,小墓园围着栏杆,上面有四棵柏树的浓阴遮护。

马克西米连靠在一棵树上,眼睛失神地注视着这两座坟墓。

他那么沉痛,精神都恍惚了。

“马克西米连,”伯爵对他说道,“根本不应当看这里,而应当望那里啊!”

他边说边指向天空。

“死者无所不在,”莫雷尔说道,“您让我离开巴黎的时候,不是这样

对我讲的吗?"

"马克西米连,"伯爵又说道,"您在途中曾向我提出,想在马赛停留几天,您还一直有这样愿望吗?"

"我已经没有什么愿望,伯爵。不过我觉得,比起别处来,我在这里等待稍微好受一点儿。"

"那再好不过,马克西米连,因为,我是带着您的诺言离开您的,对不对啊?"

"唔!我会忘掉的,伯爵,我会忘掉的!"

"不,您不会忘掉,因为您是重言诺胜过一切的人,莫雷尔,因为您已经发过誓,因为,您还要再次发誓。"

"噢!伯爵,可怜可怜我吧!伯爵,我简直太不幸了!"

"我认识一个人,比您更不幸,莫雷尔。"

"不可能。"

"唉!"基督山说道,"这正是我们可怜的人类的一种自尊心,每个人都自认为比旁边一个呻吟哭泣的不幸者更为不幸。"

"一个人丧失了在世上唯一的珍爱与渴求,天大的不幸莫过于此,还有什么更为不幸的呢?"

"听我说,莫雷尔,"基督山说道,"您集中一会儿思想,听听我要对您讲的话。我认识一个人,他同您一样,把他幸福的全部希望,寄托在一位女子身上。这个人当时很年轻,有一个他爱戴的老父亲,还有一个他深爱的未婚妻。他正要结婚的时候,不料命运陡变。命运的这种变幻无常,真会让人怀疑起上帝的仁慈,幸而后来上帝显示,一切对上帝而言,都是通向无限统一的一种途径。总之命运陡变,他一下子丧失了自由、未婚妻,丧失了他梦想的,以为是自己的未来(因为他那样盲目,凡事只能看到眼前),被投进了幽深的地牢。"

"哦!"莫雷尔说道,"一周之后,一个月之后,一年之后,他就会被从地牢放出来。"

"他在地牢里关了十四年,莫雷尔。"伯爵说道,同时把手搭在年轻人

的肩膀上。

马克西米连浑身一抖。

“十四年。”他喃喃说道。

“十四年，”伯爵重复道，“他也同样，这十四年间，他有过很多绝望的时刻。他也像您一样，莫雷尔，自以为是天下最不幸的人，就要自杀。”

“后来呢？”莫雷尔问道。

“后来，在最紧要的关头，上帝通过一个凡人显灵了，因为，上帝不再创造奇迹；也许刚一开头（泪水模糊的眼睛，需要一些时间才能完全睁开），他还不理解天主的这种无限的仁慈，但是不管怎样，他还是耐下心来等待。终于有一天发生奇迹，他从坟墓里出去，完全变了一个人，他富有了，神通广大，简直成了神仙。他第一声呼号为他父亲而发，他父亲离开了人间！”

“我父亲也去世了。”莫雷尔说道。

“对，可是，令尊死在你们的怀抱中，他得享天年，受到你们的爱戴，生活得幸福而体面。然而他的父亲死于贫困，死于绝望并怀疑上帝，而且死后十年，他儿子来寻找坟墓，甚至连坟墓都没了，谁也未能告诉他：‘曾经深深爱过你的那颗心，就在这里安息在上帝的怀抱里。’”

“噢！”莫雷尔感叹一声。

“因此，这个人是个比你还要不幸的儿子，莫雷尔，因为他连父亲的坟墓在哪儿都不知道。”

“可是，”莫雷尔又说道，“他至少还有心爱的姑娘。”

“您错了，莫雷尔，那女子……”

“她死了吗？”马克西米连高声问道。

“比死还糟。她变心了，嫁给了参与迫害她未婚夫的一个人。您明白了吧，莫雷尔，这个人是个比您还要不幸的恋人！”

“那么，”莫雷尔又问道，“上帝给这个人送去安慰了吗？”

“上帝至少给他送去了安宁。”

“这个人，还能够有幸福的一天吗？”

"他怀有这种希望,马克西米连。"

年轻人的头又垂到胸前。

"我向您许诺了,"他沉默了片刻,把手伸给基督山,又说道,"不过,请您记住……"

"十月五日,莫雷尔,我在基督山岛上等着您。四日那天,在巴斯蒂亚港有一只游艇等候您,那游艇是欧洛斯[①]号,您只要报上姓名,船长就会把您送到我身边。就这样说定了,对不对呀,马克西米连?"

"说定了,伯爵,我说到做到,可是请您记住十月五日……"

"还是个孩子,不知道一个男子汉的许诺意味着什么……我对您说过多少回,到了那一天,如果您还想寻死,我会助您一臂之力,莫雷尔。再见。"

"您要离开我?"

"对,我要去意大利办事。我丢下您一个人,让您独自去对付不幸,独自去对付天空派出要把选民带到他脚下的那只神鹰。该尼墨得斯[②]的故事不是一则寓言,马克西米连,而是一种譬喻。"

"您什么时候走?"

"即刻,汽轮等着我呢,一小时之后,我就会远离开您了。您肯一直把我送到码头吗,莫雷尔?"

"我完全听您的吩咐,伯爵。"

"拥抱我一下。"

莫雷尔陪着伯爵,一直走到码头。汽船的黑色烟筒已经喷出烟柱,犹如巨大的羽翎冲上天空。没多久船就启航,一小时之后,正如基督山所讲的,那缕淡淡的白烟,划在东方的海天线上,几乎隐没在初起而污黯天边的夜雾中了。

---

① 欧洛斯,希腊神话中的东风神。

② 该尼墨得斯,希腊神话中一牧羊美少年,被化作神鹰的宙斯掠走,当了众神的侍酒童子。

第一一四章　佩皮诺

就在伯爵的汽船消失在莫尔吉岛海角后面的时候，一个人正乘驿车从佛罗伦萨赶往罗马，刚刚驶过小城阿卡庞当特。车速相当快，赶了很多路，但又不疾驰得令人生疑。

此人身穿一件礼服，确切地说穿一件长外套，因长途旅行而压得皱皱巴巴，但是佩戴在衣服上的荣誉团勋位绶带衬出来，还显得很新，闪闪发亮，除了这两个标志，此公对车夫说话的口音，也表明他一定是法国人。还有一点可以证明，他是生在世界通用语的故乡，这就意味几个音乐术语，而这些术语正像费加罗讲的 goddam[①] 那样，可以取代一种特殊语言的全部精华。

“Allegro[②]！”每当上坡时，他都要对车夫这样讲。

“Moderato[③]！”每当下坡时，他又对车夫这样喊。

从佛罗伦萨到罗马，走阿卡庞当特大道，天晓得要经过多少道上下坡！

不过，那些老实厚道的人，听他讲这两个词，无不捧腹大笑。

眼前一出现那永恒的城市，也就是说一到达能望见罗马的时候，一般

---

① 英文，意为“该死”，语出法国剧作家博马舍笔下的主人公费加罗之口，见他的代表作《塞维利亚的理发师》和《费加罗婚礼》。

② 意大利文，音乐术语，意为“快板”。

③ 意大利文，音乐术语，意为“中速”。

外国游客总是非常激动，从座位上站起来，要望一望圣彼得大教堂的著名圆顶，那是全城能最先望见的建筑物。然而，我们这位游客却丝毫也没有这种好奇心，丝毫没有，他仅仅从兜里掏出一个皮夹子，再从皮夹子里取出一张折成四折的纸，打开看了一眼又折上，那种细心的样子近乎敬重，然后他只说了一句："好哇，总归攥在我手里。"

马车驶进波波洛城门，往左拐去，行驶到西班牙饭店门前停下。

我们的老相识，帕斯特里尼老板手拿着帽子，站在门口迎接这位旅客。

客人下了车，定了一顿丰盛的晚餐，打听汤姆森-弗伦奇银行的地址；这是罗马一家最有名的银行，店主当即告诉他确切的位置。

那家银行就坐落在圣彼得教堂附近的银行街上。

罗马也同其他各地一样，驶到一辆驿车是一件大事。马略[①]和格拉库斯[②]后裔小子，有十来个人，都赤着脚，穿着露肘的破衣大兰衫，他们一个拳头顶着臀部，另一只胳膊弯上去，姿态优雅地搭在脑瓜顶，就这样观赏这位旅客、旅行车和马匹。在这些出色的城市流浪儿的周围，还聚集了五十来个教皇城的闲汉，他们在台伯河有水的时候，就站在天使桥上往下吐痰，激起一圈圈波纹。

不过，罗马的流浪儿与闲汉，比他们巴黎的同行幸运得多，他们能听懂各种语言，尤其能听懂法语。因此，那位旅客要了客房，定了晚餐，还打听了汤姆森和弗伦奇银行的地址，这些他们全听明白了。

因此，新到的旅客由饭店指派的向导陪着，刚一走出饭店，围观的人群中就走出一个人，他隔着不远尾随着那个外国人，那种机灵劲儿，可与巴黎的警探相媲美，既没有引起那旅客的注意，也似乎没有引起那个向导的注意。

那个法国人要去汤姆森和弗伦奇银行，他急不可待，不等套好马车，

---

① 马略（约公元前157—前86），罗马将军，作战勇猛，用兵如神，曾7次当选为罗马执政官。

② 格拉库斯兄弟，兄（公元前162—前133），弟（公元前154—前121），罗马平民政治家，主张土地改革，先后被大地主所害。

就先走了，让马车半路赶上他，或者到银行家门口等候。

他们走到地方，马车还没有赶上来。

法国人走进去，将向导撂在前厅，向导立刻同在场的两三位企业家聊起来。那些没有企业的，确切地说什么企业都经营的企业家，总是在罗马各家银行、各个教堂、各处古迹、各家博物馆，以及各家剧院的门口活动。

刚才从围观的人群中走出来的那个人，同这个法国人前后脚进了银行。法国人到了办公室的窗口，拉了拉铃，便走进头一间屋，他身后的影子也随之进来。

"请问汤姆森与弗伦奇二位先生在吗?"外国人问道。

一名亲信职员，一本正经守着第一办公室的人，这时打了个手势，一个仆人模样的人站起来。

"我该如何通报?"仆人问道，并准备上前给外国人带路。

"丹格拉尔男爵先生。"这位旅客回答。

"请随我来。"仆人说道。

仆人打开一扇门，同男爵一起进去了。刚才紧随丹格拉尔进银行的那个人，这时则坐到候见的一张长椅上。

那名职员继续写字，写了约五分钟，而在这段时间里，那人一声也不吭，一动也不动。

纸上走笔的沙沙声响停下来，那职员抬起头，留心地看了看四周，确信只有他们二人了，他才说道：

"哈！哈！你来了，佩皮诺?"

"来了。"佩皮诺回答非常简洁。

"你在这个胖家伙身上，又嗅到什么油腥味儿了吧?"

"对付他算不上什么大本事，我们得到了情报。"

"你这机灵鬼，这么说，你知道他是来干什么的了。"

"当然，他是来提款的。不过，还得弄清楚多大数额。"

"一会儿就告诉你，朋友。"

"很好，但是可别像上次那样，给我一个假情报。"

“这叫什么话，你指的是谁呀？是说那个英国人，那天从这里提走三千埃居吗？”

“不是，那家伙身上确实带着三千埃居，我们搜出来了。我指的是俄罗斯那位王爷。”

“怎么样？”

“怎么样，你告诉我们是三万利弗尔，而我们只搜出来两万二。”

“你们搜得不仔细。”

“是路奇·王霸亲自动手搜查的。”

“既然这样，那他就是还债了……”

“一个俄国人？”

“再不就是把钱花掉了。”

“倒有这种可能。”

“肯定是这样。还是让我去瞧一眼，别等那个法国佬办完事，我还没弄清确切数额。”

佩皮诺点了点头，接着，他从兜里掏出一串念珠，开始咕咕哝哝地祷告起来。与此同时，那名职员也进入刚才仆人带着男爵走的那道门。

大约过了十分钟，那名职员喜气洋洋回来了。

“怎么样？”佩皮诺问他的朋友。

“警报！警报！”职员回答，“数额巨大。”

“五六百万，对不对？”

“对，数目你知道？”

“看了德·基督山伯爵大人的收据。”

“你认识伯爵？”

“伯爵为贷方，从罗马、威尼斯和维也纳的银行划账。”

“一点不错！”那职员叫起来，“情况你怎么掌握得这样准确？”

“我跟你说过，我们事先就收到了情报。”

“那么，你干吗还来问我呢？”

“就是要确认他正是我们要搞定的人。”

“正是他……五百万。好大一笔钱,嗯！佩皮诺?”

“对。”

“一辈子我们也不会有这么多钱。”

“至少也能弄个零头吧。”佩皮诺颇为豁达地说道。

“嘘！我们那位出来了。”

职员又操起笔,佩皮诺则拿起念珠,一个人写字,一个人祷告。这时,那道门重又打开了。

丹格拉尔满面春风,由银行家陪同出来,并把他一直送到大门口。

丹格拉尔前面一走,佩皮诺便随后跟上。

按照事先的约定,随后赶来的马车,应停在汤姆森和弗伦奇银行门口,等候丹格拉尔。向导站在那里,已为他打开车门,向导是个特别殷勤的人,派做什么都任劳任怨。

丹格拉尔跳上马车,动作轻捷,好似二十岁的小伙子。

向导关上车门,然后登上去坐到车夫身边。

佩皮诺也跳上车,坐到车厢外的后备座上。

“阁下要去看看圣彼得大教堂吗?”向导问道。

“看那个干什么?”男爵回答。

“噢！就是去观赏呗。”

“我到罗马来不是观光的,”丹格拉尔高声说道。接着,他贪婪地微微一笑,低声补充一句,“我是来提款的。”

他说着,还真摸一摸自己的钱包,里面刚装进一份信用证。

“那么,阁下要……?”

“回饭店。”

“帕特里尼饭店。”向导对车夫说道。

于是,这辆马车就跟私家车一样,一启动便飞驰而去。

只用十分钟,男爵便回到自己的客房。佩皮诺又见到本章开头提过的几个马略与格拉库斯的后代,冲他们当中一个耳语几句,看着那小家伙撒腿飞快跑上卡皮托利山丘大道,他这才坐到靠饭店前脸的长椅上。

丹格拉尔满面春风。

丹格拉尔心满意足，这才感到疲倦，有些困意。于是，他将皮夹子放到枕头下面，上床躺下，便睡着了。

佩皮诺一时闲暇无事，就同几个脚夫赌猜拳，输了三埃居，要寻求点自我安慰，便喝下一小瓶奥尔维耶托葡萄酒。

丹格拉尔虽然早早睡下，第二天还是很晚才醒来。这五六天夜晚，纵然躺到床上，也没睡过一夜好觉。

他吃了一顿丰盛的早餐，正如他所表白的，他无意观赏这永恒之城的

美景，便吩咐中午备好旅行车。

然而，丹格拉尔万万没有想到，警察局的手续竟如此繁琐，驿站的站长做事竟如此懒散。

直到下午两点钟，驿马才牵来，直到三点钟，去办签证的向导才把护照拿回来。

旅行的这套准备，又引来大批闲汉，在帕特里尼老板的饭店门前围观。

格拉库斯和马略的那些后代，自然也不会错过。

男爵得意扬扬，从这帮人群中间穿过，他们都叫他"阁下"，以便得到一点赏钱。

我们也知道，丹格拉尔是个平民化的人，此前他就满足于被人称为男爵，还从未听人叫他阁下，他听了这个头衔喜不自胜，便撒给那帮小混混十来枚铜子。如果再赏十几枚，那帮混混准备叫他殿下了。

"走哪条路?"车夫用意大利语问道。

"走安科纳大道。"男爵答道。

帕特里尼老板翻译了这对问答，于是，旅行车疾驶而去。

丹格拉尔确实打算先去威尼斯，提取一部分款，再从威尼斯赶往维也纳，将他余下的财富全部兑现。

他还打算在维也纳定居，早有人肯定地对他说，那是一座寻欢作乐的城市。

马车在罗马的郊外刚行驶了十二公里，天就黑下来了。丹格拉尔没有意识到启程这么晚，否则就先留下不走了，他问车夫要多长时间才能赶到下一个城市。

"听不懂①。"车夫回答。

丹格拉尔点了点头，用以表示：

"很好!"

---

① 原文为意大利文。

安科纳景观

马车继续赶路。

“一到下一个驿站，我就停下来休息。”丹格拉尔思忖道。

丹格拉尔昨天的那种惬意感余味未消，也正是这种惬意感让他美美睡了一觉。现在，他身子懒洋洋的，躺在这辆双弹簧的美国高级轿车上，感到由两匹骏马拉着飞驰。他知道驿站之间，一般要有二十八九公里。有什么办法呢，谁让自己是个银行家，又幸而搞了个破产呢？

丹格拉尔花了十分钟，想了想他留在巴黎的妻子，再花十分钟，想了

想他那同达米利小姐一起流浪四方的女儿，接着又花了十分钟，给了他那些债权人，考虑如何使用他们的钱。继而，他再也没有什么可想的了，便合上眼睛睡起觉来。

不过，马车时而颠簸得厉害一些，丹格拉尔也就睁一睁眼睛，他感到马车还是原来的速度，还是行驶在罗马的郊野，沿途那些水渠残存的高架①，恍若在奔跑中成了化石的巨人。而且，夜晚又寒冷又黑暗，还下着雨，一个睡意朦胧的人，最好闭着眼睛待在车厢里，何必从车窗探出头去，向车夫讨一句“听不懂”的回答呢。

因此，丹格拉尔还继续睡觉，心想到站再醒来也不迟。

马车停住了，丹格拉尔以为他热切盼望的目的地终于到了。

他重又睁开眼睛，从玻璃窗望出去，满以为到了什么城镇，至少也会到了哪座村子，谁料只看到一座孤零零的破房子，以及三四个人，幽魂似的来回游荡。

丹格拉尔等了片刻，以为车夫跑完这一程，会来向他要车钱。他也打算趁此机会，向新换的车夫打听些情况。然而马匹卸了套，又另外换上了两匹，却一直没来向旅客讨钱。丹格拉尔不免惊诧，便打开车门，不料一只有力的手又立刻把车门推上，马车随即又启动前行了。

男爵惊呆了，这时也就完全清醒了。

“喂！”他冲车夫喊道，“喂！ mio caro②！”

这也是个意大利语，丹格拉尔听抒情曲记住的，那还是他女儿和卡瓦尔坎蒂王子的二重唱中的唱词。

可是 mio caro 根本不答理。

无奈之下，丹格拉尔只好打开车窗。

“喂，朋友！ 我们这是去哪里呀？”他探出头去问道。

“Dentro la tedta③！”一个人粗声大气，蛮横地嚷道，还威胁地一指。

---

① 高架水渠是古罗马时期的城市供水设施，废弃不用而成为古迹。

② 意大利文，意为“亲爱的”。

③ 意大利文，意为“把头缩回去”。

丹格拉尔明白,dentro la testa,就是“把头缩回去”的意思。可见,他的意大利语进步很快。

他虽服从了,却未免担心起来,而且,这种担心还一分一秒不断增强。结果,不大工夫,他的头脑就不像我们在刚上路时所指出的那样,一片空白而犯困了。应当说此刻,各种各样的想法,一下子涌入他的头脑,而且竞相唤起一名旅客的兴趣,尤其能唤起落到丹格拉尔这境地的一名旅客的兴趣。

他的眼睛在黑暗中,因为特别紧张而变得异常敏锐,继而又因用力过度而变得模糊,一个人在害怕之前,什么都看得清楚,处于恐惧中,看东西就重影,而恐惧过后,看什么都模糊了。

丹格拉尔看见一个披斗篷的人,在车厢右侧骑马奔驰。

“是宪兵。”他说道,“莫非法国方面用快报,向教廷当局通缉我了?”

他决意要弄个水落石出。

“到底要把我拉哪里去?”他问道。

“Dentro la testa!”还是那副大嗓门,以同样威胁的声调重复道。

丹格拉尔再瞧车厢左侧。

车厢左侧也有一个人骑马飞奔。

“完了,”丹格拉尔额头流下汗,心中想道,“完了,我肯定被捕了。”

于是他一仰身,又倒在坐椅靠背上,这次可不是想睡觉,而是要考虑一下了。

不大工夫,月亮升起来了。

丹格拉尔从车厢里张望旷野,又望见高架水渠,他先前途中见过的石头幽魂。只不过先前是在右侧,而现在则在左侧。

于是他恍然大悟,原来马车掉了头,现在又拉他回罗马了。

“噢!真倒霉,”他咕哝道,“他们可能要引渡我了!”

马车以惊人的速度继续飞驰。这一小时实在是惊恐万分,只因沿途每见到一个标志,这个逃亡者都确定无疑,马车拉着他原路返回。最后,他又觉得马车要撞到一个黑乎乎的庞然大物,但是到了近前却急拐弯,围着绕行。那庞然大物不是别的,正是环卫罗马的城墙。

“噢！噢！”丹格拉尔咕哝道，“我们不回城里，那就不是司法机构逮捕我。我的上帝！往别处想想，莫非是……”

他头发全竖起来了。

他想起了关于罗马强盗的那些有趣故事，是那位阿尔贝·德·莫尔塞夫要成为丹格拉尔夫人的女婿、欧仁妮的丈夫的时候，对她们母女讲述的，可是在巴黎也没什么人相信。

“大概是强盗啊！”他又自言自语。

忽然，马车驶上要比砂石路坚硬的地面。丹格拉尔壮起胆子，朝路两侧望了望，看到一些奇形怪状的建筑物。而此刻，他头脑里想的全是莫尔塞夫的讲述，故事里的情景全部呈现在眼前，他也就意识到，马车一定行驶在阿比亚大道上。

马车左侧，在一片谷地，望见一个大型的圆坑。

那就是卡拉卡拉[①]竞技场。

骑马跑在马车右侧的人一声令下，马车便停下。

与此同时，左车门打开了。

“Scendi[②]！”一声命令。

丹格拉尔立刻下车。他还不会讲意大利语，但是已经听得懂了。

男爵已经半死不活，他四下望了望。

四条汉子围上来，还不算车夫。

“Di quà[③]！”其中一人说道，同时走上一条下坡小路。这条小路从阿比亚大道通到罗马郊外起伏不平的田野。

丹格拉尔跟随向导，他既不分辩，也无需回头，就知道身后跟着三个人。

然而，他似乎觉得，那三个人几乎等距离站定，如同布岗哨一样。

---

① 卡拉卡拉(188—217)，罗马皇帝。罗马一些建筑，如公共浴池、竞技场等，便以他的名字命名。

② 意大利文，意为“下来”。

③ 意大利文，意为“跟着走”。

"Scendi!"一声命令。

走了大约十分钟，丹格拉尔没有同向导交谈一句话，他们来到一座土丘和一片高草丛生的荆地之间。那三人默默无声地伫立，组成三角形，将他围在正中。

他想说话，但是舌头不听使唤。

"Avanti①。"这是那个人的声音，既短促又专横。

① 意大利文，意为"往前走"。

这回,丹格拉尔从两方面弄明白了:他听懂了话,也领会了对方的动作。走在他身后的那个人猛地推他一把,使他往前一踉跄,险些撞上前面带路的人。

那名向导正是我们的朋友佩皮诺,他钻进高高的草丛中,走着弯弯曲曲的一条路线,恐怕只有石貂和蜥蜴承认是一条路。

佩皮诺停到一块岩石前,只见这块岩石上面长着密实的荆棘,中间裂开一道缝儿,宛如眼睑,正好容一个人通过。这个年轻人钻进去就不见了,正像梦幻剧中的那些魔鬼,一进翻板机关门就消失了。

跟在丹格拉尔身后的那个人,既吆喝又推搡,催促银行家也钻进去。再也无可怀疑了,这位破产的银行家撞上了罗马强盗。

丹格拉尔就像一个腹背受敌的人那样,由恐惧激发了勇敢,也照样做了。他那肚皮很可观,虽然不适于钻罗马郊外的石头缝儿,他还是跟在佩皮诺后面钻了进去,闭上眼睛顺势往下滑,直到双脚落地。

双脚一站地,他就睁开眼睛。

路很宽,但是一片漆黑。佩皮诺回到自己的巢穴,现在就不必躲躲藏藏了,他打着火镰,点燃一支火把。

在丹格拉尔之后,另外两个人也下来了,他们殿后,一见丹格拉尔停下脚步就往前推他,就这样推推搡搡,沿着一面缓坡,到达看上去阴森可怖的十字路口。

的确,四壁都凿成重重叠叠的石棺,由白色石头衬着,真像一个个骷髅头上眼睛的黑色深洞。

一名哨兵啪的一声,端起了大枪。

"什么人?"哨兵问道。

"自己人,自己人!"佩皮诺答道,"头儿在哪儿?"

"在那边。"哨兵回答,并且指了指肩头后面的一间大厅,那是凿出的岩洞,而映在石廊上的烛光,正是从宽阔的拱形洞口射出来的。

"一条大鱼,头儿,一条大鱼。"佩皮诺用意大利文说道。

他说着,就揪住丹格拉尔的外套领子,拉向类似一道门的洞口,走进

大厅，看样子这是强盗头儿居住的地方。

“就是这个人吗?”强盗首领问道，刚才他正聚精会神地阅读，捧着普卢塔克所写的《亚历山大大帝传》。

“很好，让我瞧瞧。”

“就是他，头儿，就是他。”

随着这声相当粗野的命令，佩皮诺将火把猛然移到丹格拉尔面前，吓得他急往后避，免得烧着自己的眉毛。

这张惊恐失态的脸极其惨白，无比丑陋了。

“这人累了，”首领说道，“带他上床睡一觉吧。”

“哼!”丹格拉尔咕哝道，“上床，很可能就是躺在墙壁上凿出的石棺里；睡一觉，很可能就是一刀捅死我，看得见那些匕首在昏暗中闪闪发亮。”

的确，在这宽敞大厅的幽深处，只见这位首领的伙伴纷纷从干草铺或狼皮褥上坐起来。而这位首领，阿尔贝·德·莫尔塞夫曾见他阅读《高卢战记和内战记》，今天丹格拉尔又见他正在阅读《亚历山大大帝传》。

银行家闷闷地呻吟一声，便跟随向导走了。他既不想祈祷，也不试图叫喊。

他没有气力了，就连意志、能力、感觉都没有了，是有人拉着他才往前走。

他绊到一级台阶上，这才明白要上台阶，于是本能地俯下身，以免摔得头破血流，最后走到在岩石中凿出的一个小间。

这小间虽然四壁光光，却很干净，虽然不知道在地下有多深，却很干燥。

小间里并没有支床，而是在角落里铺了个干草铺，上面盖着羊皮褥子。丹格拉尔一望见，就以为看到自己得救的福星。

“唔！感谢上帝!”他咕哝道，“这是一张名副其实的床铺!”

一个小时以来，这是他第二次提起上帝。这种情况，在他身上已经有十年不见了。

"Ecco[①]。"向导说道。

他把丹格拉尔推进小间，便把门关上了。

门外传来插门的吱咯声，丹格拉尔成了囚徒。

不过，即使没有插上门，那也除非是圣彼得本人，还得有天使引路，才有可能从强盗盘踞的圣塞巴斯蒂安的墓穴逃出去。这帮强盗的首领，读者诸公也一定认出来了，他正是那个闻名遐迩的路奇·王霸。

丹格拉尔也认出了这名强盗，而当初莫尔塞夫力图将这个强盗的大名传到法国，丹格拉尔还不相信有这种人存在。现在，他不仅认出来，而且被关进莫尔塞夫住过的小号，很可能这是专门给外国人预备的住处。

回忆起这些情况，丹格拉尔反倒放下心来，甚至带着几分喜悦去回忆。这些强盗既然没有当即杀掉他，那就是根本不打算要他的命。

他们劫持他是为谋财而非害命，而他身上仅有几枚金币，他们一定还要向他勒索赎金。

他还记得给莫尔塞夫定的赎金，大约是四千埃居。他自标身价，要比莫尔塞夫高得多，心中便给自己定了八千埃居的赎金。

八千埃居合四万八千利弗尔。

那他大约还剩下五百零五万法郎。

带着这么多钱，走遍天下都不怕。

还从来没有这种先例，能把一个人的赎金定到五百零五万，丹格拉尔心里就基本有底，能够安然脱险。于是他便倒在草铺上，翻了两三次身就睡着了，那种镇定之态，堪比路奇·王霸所研读其历史中的那位英雄。

① 意大利文，意为"到了"。

第一一五章　路奇·王霸的菜单

只要不是丹格拉尔所担心的那种长眠，那么不管怎么睡，也总有醒来的时候。

丹格拉尔醒来了。

对这样一个巴黎人来说，他早已看惯了丝绸的窗帘、紫饰丝绒的墙壁，闻惯了白杨木在壁炉里燃烧飘出的清香，以及床铺盖的绸缎飘下的馨香，醒来忽见身在白垩岩洞里，恐怕要以为还在做恶梦。

丹格拉尔一伸手摸到羊皮褥子(原文如此)，以为自己在梦中成了萨穆瓦耶德人[①]，或者拉普人[②]。

然而，人到了这种境地，只需一秒钟，天大的疑虑也足化为确信无疑。

"对，对，"他咕哝道，"我落入阿尔贝·德·莫尔塞夫向我们讲过的强盗手中。"

他头一个举动就是深呼吸，好确认自己是否受了伤。这一招儿是他在《堂吉诃德》中学到的，他虽未读过，但这是唯一的一本还记住点儿情节的书。

"没事儿，"他又自言自语，"他们既没有杀害我，也没有伤着我，不过，也许他们偷了我的吧？"

---

① 萨穆瓦耶德人，原为蒙古族的一个部落，后到西伯利亚北方冻土地带定居，靠饲养驯鹿和捕鱼为生。

② 拉普人，居住在斯堪的纳维亚半岛北部的一个民族。

他急忙摸摸自己的几个兜里，口袋都完好无损。他留作从罗马到威尼斯旅行之用的一百路易，还装在裤兜里，而里面装着五百零五万法郎信用证的那只皮夹子，也还在他的礼服兜里。

“多奇怪的强盗，”他心中暗道，“连钱袋和皮夹子都没有动我的！正如我昨天躺下睡觉时所说的，他们是要我出赎金。咦！我的怀表还在！瞧瞧几点钟了。”

丹格拉尔的怀表是布雷盖精品，昨天上路时他特意上了弦，现在时针正指向清晨五点半。太阳照不进这间地牢，如果没有这块表，丹格拉尔就根本无法判定时间了。

怎么办好，是主动要求强盗作出说明，还是耐心等待他们来问呢？选择后一种办法更为稳当。于是，丹格拉尔就等着。

他一直等到中午。

在囚禁的这段时间，自始至终都有一名岗哨在门口看守。早晨八点钟，换了一次岗。

这时，丹格拉尔心里萌生一种渴望，要看看是什么人在把守这道牢门。

他早就注意到门板不严，从缝隙中透进光来，但不是阳光，而是灯亮。他凑近一条门缝儿窥探，这时那个强盗正巧在喝烧酒，而那个烧酒装在羊皮囊中，散发出一股令丹格拉尔作呕的气味。

“呸呸！”他说着，就一直退避到囚室的里边。

到了中午，又来一名岗哨，换走喝烧酒的那个人。丹格拉尔又心里好奇，想看一看他的新看守。他再次凑近那条门缝儿。

这名强盗人高马大，一对牛眼珠子，两片厚厚的嘴唇，一个塌鼻子，活似一个哥利亚[①]。他那长长的棕发垂到肩上，卷曲着像一条条游蛇。

“嗬！嗬！”丹格拉尔自言自语，“这家伙哪里是人，倒像是个吃人的妖魔。无所谓，反正我人老了，老骨头硬皮不好啃，就是肥膘吃着也不是味儿。”

---

① 《圣经》中记载的巨人。

由此可见，丹格拉尔头脑还算清醒，随口开了个玩笑。

与此同时，他的看守一屁股坐到囚室门的对面，就好像要向他证明自己不是吃人的妖魔似的，从褡裢里掏出黑面包、葱头和奶酪，开始大吃大嚼起来。

“见鬼！”丹格拉尔扒在门缝儿，瞥了一眼强盗的午餐，不禁说道，“真见鬼，我怎么不会明白，人还能吃这种垃圾食品。”

他又返身，坐到羊皮褥子上，而这羊皮褥子又令他想起头一名哨兵的烧酒臭气。

然而，丹格拉尔再怎么抵制也无济于事，大自然的奥秘就是不可思议，哪怕最粗劣的食物，对饥饿的胃也具有相当实在的诱惑力。

丹格拉尔突然感到，此刻自己的胃已经空空如也，再看看那个人，就觉得不那么丑陋了，面包不那么黑了，奶酪也新鲜多了。

最后，就连野蛮人生吃的葱头那种可恶食品，也勾引他想起高级厨师所做的罗贝尔调汁，以及洋葱烧牛肉火锅。那时他还常对厨师说：“德尼索先生，今天，您就给我做一样可口的家常菜吧。”

他站起身，走过去敲门。

那名强盗抬起头。

丹格拉尔看出他听见了，于是加劲敲门。

“Che cosa[①]？”强盗问道。

“喂！喂！朋友，”丹格拉尔边说，边用手指骨节嗒嗒敲着门板，“我觉得，你们也该想到给我送点儿吃的来吧！”

可是，那个巨人是没听懂，还是没有接到给丹格拉尔送食品的命令，反正他不理睬，又开始埋头吃他的晚餐。

丹格拉尔感到伤了自尊心，就不想再跟这个野蛮人多啰唆了，他又倒头躺在羊皮褥子上，一声也不吭了。

四小时又过去了，另一名强盗换下了那个巨人。丹格拉尔感到胃开

---

① 意大利文，意为“干什么”。

始一阵阵绞痛,只好轻轻地爬起来,侧耳贴着门缝儿倾听,眼睛又扒在门缝儿窥视,认出了那张聪明的面孔,正是给他带路的那个人。

那确定是佩皮诺,他值这班岗,安排得尽量舒服些,对着牢门坐下,将一个砂锅放在两条大腿中间,锅里的肥肉烧鹰嘴豆热气腾腾,香味扑鼻。

在盛烧豆角的砂锅旁边,佩皮诺还摆放好一小篮子韦莱特里葡萄,一瓶奥尔维耶托红葡萄酒。

毫无疑问,佩皮诺是个美食家。

看到他摆上这样丰盛的晚餐,丹格拉尔忍不住流了口水。

“唔!唔!”囚犯心中暗道,“试试看,这一个是不是比刚才那个好说话。”

于是,他颇为斯文地敲了敲门。

“来喽。”强盗应道,他因为经常光顾帕特里尼饭店,就连法语中的惯用语都学会了。

他果然起身来开门。

丹格拉尔认出,此人正是凶巴巴冲他喊“把头缩回去”的那家伙。不过此刻,还不是向人家讨说法的时候。于是他笑容可掬,摆出一副无比和蔼可亲的面孔。

“对不起,先生,”他说道,“怎么,就不打算给我也安排吃饭吗?”

“这是怎么说的!”佩皮诺高声说道,“没想到阁下也会饿吗?”

“没想到说得妙,”丹格拉尔咕哝道,“整整二十四个钟头,我没吃东西了。”

“是的,先生,”他提高嗓门接着说道,“我饿了,甚至饿得还挺厉害。”

“阁下要吃饭吗?”

“如果可能,马上就吃。”

“这太容易不过,”佩皮诺说道,“这里,点什么吃的都有,当然要付钱,到哪个诚实的基督徒开的餐馆吃饭也都一样。”

“这没的说!”丹格拉尔高声说道,“照道理,既然把人抓来关在这里,就至少应当管饭啊。”

“哎!阁下,”佩皮诺接口道,“这里可没有这种规矩。”

“这种理由可站不住脚，”丹格拉尔又说道，他打算用好声好气来软化看守，“不过，我还是接受了。好吧，让人给我送吃的来吧。”

“马上就端上来，阁下，您想吃点儿什么？”

佩皮诺说道，就把砂锅放到眼前，让香味直冲丹格拉尔的鼻孔。

“您就吩咐吧。”

“怎么，你们这里还有厨房？”银行家问道。

“瞧您问的！我们这里还有厨房？有设备齐全的厨房啊！”

“还有厨师？”

“手艺高超啊！”

“那好，来只鸡，一条鱼，再来点野味，有什么尽管上来，只要我能吃上就行。”

“阁下可随意点菜，就说来只鸡，对不对？”

“对，一只鸡。”

佩皮诺挺起身，扯着嗓子喊道：

“给阁下上一只鸡喽！”

佩皮诺的喊声还在拱顶回荡，一个小伙子就跑来了。他身材苗条，模样很俊美，像古代鱼贩子那样，半裸着臂膀，手上托着一只银盘，一只烤鸡仿佛独立在盘中。

“简直就像到了巴黎咖啡馆。”丹格拉尔咕哝一句。

“说来就来了，阁下。”佩皮诺说着，就从小强盗手中接过银盘，放到一张虫蛀的桌子上。这间地牢的全部家具，就只有这张桌子、一张木凳，以及铺了羊皮的草铺。

丹格拉尔一手操刀，另一只手拿木叉，正要把鸡切开。

“对不起，阅下，”佩皮诺边说边抬起一只手，按在银行家的肩上，“这里吃饭得先付钱，吃完了别又说不满意……”

“哦！哦！”丹格拉尔又咕浓道，“这就不像在巴黎了，况且恐怕他们要狠狠宰我一刀，那我们就显得大方点儿。对了，我常听人讲意大利生活很便宜，在罗马，一只鸡大概就卖十二苏。”

“拿去吧!”丹格拉尔说道,就扔给佩皮诺一枚金币。

佩皮诺拾起金币,丹格拉尔操刀又逼近烤鸡。

“请稍等,阁下,”佩皮诺直起身子说道,“请稍等,阁下欠我的钱呢。”

“我怎么说的,他们要狠狠宰我呀!”丹格拉尔咕哝道。

接着,他决意摆出一副挨宰的架式:

“喏,就这只瘦鸡,我还欠您多少钱啊?”他问道。

“阁下付了一枚金币定钱。”

“一路易金币吃只鸡,还要定钱。”

“当然是定钱了。”

“好,好……说吧!说吧!”

“阁下就只欠我四千九百九十九路易了。”

丹格拉尔瞪大了眼睛,这样漫天要价,够得上天大的笑话。

“哈!真有趣,”他咕哝道,“太有趣了。”

他又想切鸡,而佩皮诺用左手拉住他的右手,并伸出另一只手。

“付钱啊。”他说道。

“什么!您不是开玩笑?”丹格拉尔问道。

“我们从不开玩笑,阁下。”佩皮诺接口道,他那种严肃的样子,活像个公谊会教徒。

“什么,这只鸡要十万法郎!”

“是啊,阁下,实在难以想象,在这种环境恶劣的岩洞里养鸡,要花多大力气。”

“得了!得了!”丹格拉尔说道,“我觉得这太滑稽,真的,简直逗死人了。可是我饿了,还是让我吃吧。拿着,再给您一枚金路易,我的朋友。”

“那就只欠四千九百九十八路易了,”佩皮诺仍旧那么平静地说道,“我们有耐心,最后一定会收齐的。”

“哼!还这么说,”丹格拉尔说道,这样没完没了地嘲弄,他实在无法忍受了,“还这么说,根本不可能。见鬼去吧,你们还不知道,眼前你打交道的是什么人。”

“什么,这只鸡要十万法郎?”

只见佩皮诺一摆手,那小伙子双手一伸,动作麻利地将烤鸡夺走。丹格拉尔又倒在羊皮褥草铺上。佩皮诺插上牢门,又自管吃起他那肥肉炖鹰嘴豆来。

佩皮诺在干什么,丹格拉尔看不见,但是这强盗牙齿咀嚼的声响,却明白无误地向这囚徒表明他在忙乎什么。

事情明摆着,他在吃饭,而且吃出那么大响动,简直是个没有教养的人。

“下三烂!”丹格拉尔说了一句。

佩皮诺只当没听见,连头也不扭一扭,还照样慢慢吃,细细品味。

丹格拉尔就感到自己的胃已经穿了底,就像达那伊得斯[①]故事的无底桶,恐怕今生今世就再难填满了。

然而,他还是耐着性子捱了半小时,但应当指出,这半小时对他就像过了一个世纪。

他起身又走向牢门。

“喂,先生,”他说道,“别再让我这样慢遭罪了,到底要把我怎么样,您就说句痛快话!”

“可是,阁下,您倒是说呀,究竟要我们做什么……您只管吩咐吧,我们一定照办。”

“那好,先把门打开。”

佩皮诺打开了门。

“我要如何,”丹格拉尔说道,“还用问!我要吃饭!”

“您饿啦?”

“您明知故问。”

“阁下想吃什么呢?”

“来一块干面包吧,既然在这该诅咒的岩洞时,吃鸡要天价。”

“面包!行啊。”佩皮诺答道。

“哎嗨!上面包喽!”他喊道。

那小伙子又送来一个小面包。

“面包来了!”佩皮诺说道。

“多少钱?”丹格拉尔问道。

“四千九百九十八路易。已经付过两个路易了。”

“什么,一块面包,要十万法郎?”

---

① 达那伊得斯,希腊神话传说中人物,阿戈斯国王达那俄斯的五十个女儿,她们除一人之外,遵父命报仇,杀死他们所嫁的埃古普托斯的五十个儿子(一人幸免于难)。因此,四十九名达那伊得斯受神处罚,永世往无底的水槽(一说水桶)中注水。

“对,十万法郎。”佩皮诺答道。

“可是,一只鸡,你们也只向我要十万法郎啊!”

“我们这儿供餐,价钱固定,不以菜单结账。不管吃多吃少,也不管点十样菜还是一样菜,全是一个价。”

“又开这种玩笑!亲爱的朋友,我告诉您吧,这实在荒唐,又很愚蠢!您何不立即告诉我,你们就是想把我饿死,干脆痛快点儿。”

“哪里呀,阁下,是您成心要自杀。您付钱,就有得吃。”

“您让我拿什么付钱,十足的蠢货?”丹格拉尔气急败坏地说道,“难道你以为,一个人兜里会揣着十万法郎吗?”

“您兜里可揣着五百零五万法郎,阁下,”佩皮诺接口道,“十万法郎一只鸡,您还能吃五十只呢,剩下那五万再吃半只。”

丹格拉尔不寒而栗,他终于恍然大悟,尽管还不是在开玩笑,但他总算明白了其中的含义。

甚至应当指出,他不再像刚才那样,觉得这种玩笑无聊了。

“好吧,”他说道,“好吧,如果给了十万法郎,您至少算我付清了账,让我消消停停吃饭吧?”

“那当然。”佩皮诺答道。

“可是,款怎么付呢?”丹格拉尔问道,同时也松了一口气。

“容易得很。您在罗马银行街的汤姆森-弗伦奇银行开了信贷账号,给那家银行开一张四千九百八十路易的取款凭单,交给我,我们自己的银行家会把款提出来的。”

丹格拉尔至少要表现出诚意来,他接过佩皮诺递给他的纸和笔,开了一张取款单,并签上了字。

“给您,”他说道,“这是您要的现金支票。”

“给您,这是您要的烤鸡。”

丹格拉尔边叹气边切鸡,他觉得这只鸡太瘦,不值这么大一笔钱。

佩皮诺则仔细看了一遍,这才把那张纸揣进兜里,继续吃他的肥肉炖豆角。

第一一六章　饶恕

次日，丹格拉尔又饿了，呼吸这岩洞的空气，胃口就特别好。不过，这名囚犯认为，这天他不必破费一文钱。他素性节俭，昨天留下半只鸡和一块面包，藏在他这囚室的角落里。

不料他刚吃东西，便觉得口渴了。这一点他没有计算在内。

他还与干渴搏斗，最后感到舌头干得都粘连在口腔里了。

这样火烧火燎的干渴再难抵制了，于是叫人来。

看守打开牢门。又换了一张新面孔。

丹格拉尔心想，最好还是同老相识打交道。他又召唤佩皮诺。

"我来了，阁下，您有什么吩咐？"那强盗来到面前说道，态度十分殷勤，倒让丹格拉尔觉得是个好兆头。

"我要喝的。"囚徒说道。

"阁下，"佩皮诺说道，"要知道，在罗马郊外，葡萄酒可是贵得惊人。"

"那您就给我水喝吧。"丹格拉尔说道，他试图闪避这一宰刀。

"唉！阁下，这里水比酒还稀缺。现在正逢大旱之年啊！"

"算了，"丹格拉尔说道，"看样子，我们又要重弹老调了！"

这个倒霉的家伙还勉颜微笑，好装出打趣的样子，但是感到自己的额角冒汗了。

"喏，我的朋友，"丹格拉尔见佩皮诺无动于衷，只好说道，"我向您要一杯酒，您总不会拒绝我吧？"

“我已经对您讲过，阁下，”佩皮诺神情严肃地回答，“我们这里概不零售。”

“哦，那好吧，您就给我来一瓶。”

“一瓶什么？”

“最便宜的。”

“这里酒和水一个价。”

“多少钱？”

“两万五千法郎一瓶。”

“您就干脆讲，”丹格拉尔叫起来，也只有阿巴公[①]才可能达到这样的高音，“您就干脆讲吧，你们是打算活活剥我的皮，这就会一下子要人命，就不必这样一块块剜我的肉了。”

“这很可能就是头儿的意思。”佩皮诺说道。

“头儿，是谁呀？”

“就是前天我们带您见的那位。”

“他在哪儿呢？”

“就在这儿。”

“让我见见他吧。”

“这很容易。”

不大工夫，路奇・王霸就来到他面前。

“您叫我吗？”他问囚徒。

“先生，您就是把我带到这里来的那些人的头儿吧？”

“对，阁下。”

“您打算要我出多少赎金呢？说吧。”

“也就是您身上带的这五百万呗。”

丹格拉尔只觉心脏要命地抽搐一下。

“我在这世上只有这个了，我那巨额财产，就剩下这么点儿了。您若

---

① 莫里哀著名喜剧《悭吝人》中的主人公，阿巴公一词后来成为吝啬鬼的代名词。

是夺走,那就先要我的命吧。"

"是不准我们让您流血的,阁下。"

"是谁不准您这样干?"

"是我们唯命是从的那个人。"

"怎么,您还对一个人唯命是从?"

"对,服从一个头儿。"

"我以为您本人就是头儿呢!"

"我是这些人的头儿,但另一个人又是我的头儿。"

"那个头儿还服从什么人吗?"

"是的。"

"服从谁?"

"上帝。"

丹格拉尔一时默然,在想什么。

"我不明白您的意思。"

"有这种可能。"

"是那个头儿让您这样对待我的吗?"

"是的。"

"他是什么目的?"

"我根本不知道。"

"一下子就把我的钱袋掏空了。"

"十有八九吧。"

"喏,"丹格拉尔说道,"您想要一百万吗?"

"不要。"

"二百万呢?"

"不要。"

"三百万呢? ……四百万? ……怎么样,四百万? 只要放我走,我就给您四百万。"

"本来值五百万的东西,您干吗只给我们四百万呢?"王霸说道,"这

可是盘剥啊,银行家先生,别说我不懂行。”

“全拿走吧! 跟您说,全拿走吧!”丹格拉尔嚷道,“然后就杀掉我!”

“好了,好了,您就冷静点儿,阁下,您这样会加速血液循环,大开胃口,一天能吃下去一百万。真见鬼,您还是省着点儿花吧!”

“可是,等我的钱用光了,付不了账怎么办?”丹格拉尔气急败坏地嚷道。

“那您就饿着。”

“要我饿着?”丹格拉尔面失血色说道。

“十有八九吧。”王霸冷冷地回答。

“您不是说不想杀我吗?”

“是不想。”

“而您却想把我饿死?”

“这可不是一码事。”

“那好吧,一帮坏蛋!”丹格拉尔嚷道,“搞这种卑鄙无耻的阴谋,我绝不让你们得逞,反正也是一死,不如立即了结。您就折磨我吧,给我上酷刑,杀死我吧,然而,你们绝拿不到我的签字!”

“悉听尊便,阁下。”王霸说道。

然后,他就掉头走出囚室。

丹格拉尔吼叫一声,便扑倒在羊皮褥上。

这帮家伙,到底是什么人呢? 那个躲在幕后的头儿又是谁呢? 他们在他身上,究竟打什么主意呢? 所有人都能交钱赎人,为什么唯独他就不行呢?

唔! 毫无疑问,只有一死,猝不及防的暴死,才是挫败他的仇敌的好办法。他的仇敌穷追不舍,向他报仇,不可思议地要置他于死地。

对,不如一死!

丹格拉尔在如此漫长的生涯中,也许头一遭想到死,而且怀着既渴望又畏惧的心理。时间到了,他的目光该凝注心中这个精灵了。这个无情的精灵生活在每个人心中,随着心脏的每一下搏动,它都要对你说:“你

即将死去!”

丹格拉尔恰似遭受围捕的野兽,它们因被追捕而变得凶猛,继而变得绝望,正由于绝望而拼命挣扎,还往往能得以逃脱。

丹格拉尔在想法逃脱。

然而,牢房的墙壁就是整个的岩石,而出口只有一个,出去就要撞上一个正在看书的人,在那人身后,还隐约可见持枪来回走动的人影。

他决意不再签字,但是仅仅坚持了两天,接着他就要食品,付了一百万。

给他送来一顿丰盛的晚餐,拿走他一百万。

从此,这个倒霉的囚徒就豁出去了,该吃就吃,该喝就喝,接连这样打发日子。他也是遭罪遭够了,再也不愿意活受罪,什么苛刻条件都接受下来,到了十二天头上的下午,他还像坐拥巨万财产那样,美美吃了一顿饭,一算账才发觉他只顾往外开现金支票,结果仅剩下五万法郎了。

于是,他心里产生一种奇特的反应:他刚刚放弃了五百万,现在却要力图保住仅余的五万法郎;这五万法郎,说什么也不给出去了,宁肯重新过上忍饥挨饿的日子,而他闪现的希望之光也临近疯癫了。多少年来他把上帝置于脑后,现在却想到了,心里思忖,上帝往往创造奇迹,这岩洞可能塌毁,教皇的宪警可能会发现这个该诅咒的秘密巢穴,将他救出去。到那时,他总归还剩下这五万法郎,一个人有五万法郎也够生活了,绝不会饿死。他祈求上帝给他保住这五万法郎,他边祈祷还边流下眼泪。

他在这种状态中,三天过去了,而在这三天时间,上帝的名字不断出现,即使不在他心中,至少挂在他嘴唇上。他时而也产生幻觉,以为隔着玻璃窗看到一间破屋里,一个老人躺在简陋的床上奄奄一息。

那老人也快饿死了。

到了第四天头,丹格拉尔完全脱了相,成了一具活尸了。他先前吃饭掉在地上的残渣,全都拾起来吃掉了,现在开始啃铺在地上的草席了。

于是,他哀求佩皮诺,就像哀求自己的守护天使,给他一点儿吃的。他愿意出一千法郎换一口面包。

佩皮诺也不答理他。

到了第五天头，他爬到了牢门口。

“难道您不是基督徒吗？”他跪起来说道，“难道您忍心杀害一个在上帝面前是您兄弟的人吗？”

“噢！我的故友们，我的故友们啊！”他喃喃叫道。

他随即脸朝下，扑倒在地。

接着，他又近乎绝望地站起来：

“头儿！”他叫嚷，“我要见头儿！”

“我来了！”王霸说道，突然出现，说道，“您还有什么愿望？”

“把我最后这点钱财拿走吧，”丹格拉尔结结巴巴地说着，就把自己的钱包递过去，“让我活下去吧，待在这里，待在这洞穴里。我不要自由了，只求一条活命。”

“这样看来，您很痛苦喽？”王霸问道。

“唔！对，我痛苦，痛苦到极点！”

“然而，有人经受的痛苦超过您。”

“我不信。”

“不由得不信！饿死的那些人。”

丹格拉尔想到那个老人，他在产生幻觉的时候，隔着破屋的玻璃窗，看到老人躺在床上呻吟。

他用额头撞地，也发出一声呻吟。

“对，不错，确实有人比我遭受的痛苦还要大，不过，他们至少还是殉道者。”

“您至少痛悔了吧？”一个阴沉而庄严的声音说道，吓得丹格拉尔顿时毛发倒竖。

他睁大视觉模糊的双眼，极力分辨物体，看见那强盗身后有一个人。那人全身裹着斗篷，站在一根石柱的阴影里。

“要我痛悔什么呢？”丹格拉尔讷讷地问道。

“痛悔您做过的恶。”还是那声音说道。

“唔！对，我痛悔！我痛悔！”丹格拉尔高声说道。

他说着，就用自己瘦弱的拳头捶自己的胸膛。

“那我就宽恕您了。”那人说道，同时甩掉斗篷，跨前一步，站到亮光下。

“德·基督山伯爵！”丹格拉尔说道，他那张脸吓得越发惨白，甚于刚才那种穷困饥饿之色了。

“您错了，我并不是德·基督山伯爵。”

“那您是谁？”

“我正是被您出卖、诬陷、损毁了名誉的那个人；我正是未婚妻因您而受尽屈辱的那个人；我正是您践踏着飞黄腾达的那个人；我正是父亲因您而饿死，也发誓要把您饿死的那个人。而现在，我宽恕您，因为我本人也需要求得宽恕。我正是埃德蒙·唐代斯！”

丹格拉尔只叫了一声，便匍匐在地了。

“站起来吧，”伯爵说道，“您保住了这条命，而您的那两名同谋可没有这种幸运：一个疯了，一个死了！剩下的这五万法郎您就留着吧，我赠送给您了。至于那五百万，是您从济贫院骗取来的，已经通过一个不露姓名的人之手，如数归还了。

“现在，您吃喝饱餐一顿吧，今晚我请客。

“王霸，这个人吃饭喝足了，就把他放了。”

伯爵已经走开，丹格拉尔还匍匐在地，他抬起来张望时，只见一个身影隐没在通道里，而所经之处，强盗们都纷纷俯身恭送。

王霸遵照伯爵的吩咐，让人用意大利最好的酒、最新鲜的水果，款待了丹格拉尔，饱餐后把他扶上马车，丢到大路旁，让他背靠一棵大树坐在那里。

丹格拉尔不知身在何处，一直待到天亮。

天亮之后，他发现身边有条小溪，正好口渴，便爬到溪水边。

他俯身喝水，看到自己的头发全白了。

“我是埃德蒙·唐代斯。”

第一一七章　十月五日

傍晚约摸六点钟，秋日明媚的夕阳，透过乳白色的暮霭，从天边射到蓝汪汪的海面上。

白日的炎热逐渐消退，轻风微拂，给人以清爽之感，恰如大自然在酷热的中午一觉醒来之后的呼吸。这种怡人的气息给地中海沿岸送爽，并将掺杂海水咸味的树木的芳香，从一片海滩送到另一片海滩。

辽阔的湖[①]面，从直布罗陀海峡延展到达达尼尔海峡，从突尼斯城延展到威尼斯，只见湖面初起的暮霭中，轻盈地滑动着一艘造型精美的游艇。它那灵动的英姿，宛若展开翅膀在水面上游走的天鹅。它向前行驶，既迅疾又优美，身后留下波光粼粼的航迹。

夕阳渐渐收敛了我们赞赏过的余晖，消隐在西天际了。然而，仿佛要证实神话中灿烂的梦境似的，太阳那失慎的火焰，又在每道浪峰上再现，好像有意透露安菲特里特刚刚把火焰之神藏进怀抱里，但是她用蓝色的斗篷怎么遮掩也是徒然，未能完全裹住她的情夫。

游艇飞速前进，看样子海风不大，甚至难以吹起一位少女的发鬈。

船头站着一个皮肤黝黑的高大汉子，他睁大双眼，望着迎上前来的陆地。那黑魆魆的陆地呈圆锥体，从波涛中钻出来，犹如一顶巨大的卡塔卢尼亚人的帽子。

---

① 地中海被欧非两大陆包围，时常被人称作湖。

“那就是基督山岛吧？”一个深沉而无比忧伤的声音问道。

问话的这位旅客，似乎可以暂时支配这艘游艇。

“对，阁下，”船长回答，“我们就要到了。”

“我们就要到啦！”那旅客喃喃说道，那忧郁的声调难以描摹。

继而，他又低声补充一句：

“对，那儿就是码头了。”

随后，他重又陷入沉思，而不时显露这种苦思的微笑，却比泪水还要悲凄。

过了几分钟，只见岛上火光一闪，紧接着，一声枪响传到游艇。

“阁下，”船长说道，“那是岛上发出的信号，您想亲自回答吗？”

“什么信号？”旅客问道。

船长指了指岛上孤零零升起的一股白烟，只见那团白烟逐渐撕裂而扩散。

“哦！是啊，”那旅客仿佛如梦初醒，说道，“给我吧。”

船长递给他一支上好弹药的马枪。旅客接过来，缓缓地举起，朝天开了一枪。

又过了十分钟，游艇落下船帆，在距离小码头一百步远处抛锚。

小艇已经放下海，艇上有四名桨手和一名舵手。那位旅客也下到艇上，不过，他叉起胳臂站到船头，而没有坐到船尾专门给他铺的蓝地毯上。

桨手们等待命令，停在半空的桨叶，犹如海鸟要晒干而张开的翅膀。

“走吧！”旅客说道。

八只船桨齐刷刷地又沉入水中，没有溅起一注水花。继而，小艇受力，迅速向前滑行。

转瞬之间，小艇划进天然形成的小海湾，很快就触到细沙海底了。

“阁下，”舵手说道，“我们当中两个人用肩扛着送您上岸。”

年轻人也不应声，只是满不在乎地摆了摆手，双腿跨到艇外，身子顺势滑入水中，海水没到他的腰带。

“哎！阁下，”舵手咕哝道，“您这样可不好，会让主人斥责我们的。”

年轻人继续朝岸边走去，而走在前边的两名水手，则选择最平缓的路。走了三十来步就上岸了。年轻人在一块干地儿跺脚往下淋水，他游目四望，想寻找可能要指给他走的路，只因天已经完全黑了。

他刚扭过头，忽然一只手搭到他肩膀上，说话的声音吓了他一跳。

“您好，马克西米连，”那个声音说道，“您很守时，谢谢！”

“是您呀，伯爵！”年轻人说道，他的反应近乎喜悦，双手紧紧握住基督山的手。

“是您啊，伯爵！”年轻人说道。

"是啊,如您所见,同您一样守时。不过,我亲爱的朋友,您身上湿淋淋的,必须更换衣服,正像卡吕普索对忒勒马科斯[①]所说的那样。随我来,这里给您收拾好了住处,您一进去就会忘掉疲劳与寒冷。"

基督山瞧见莫雷尔转过身去,在等待什么。

的确,年轻人十分惊讶,他看到送他上岸的人没等他付钱就离去。他甚至听见救生艇返回游艇的桨声。

"哦!对了,"伯爵说道,"您是找那些水手吧?"

"当然了,我还根本没有付钱吧,他们怎么就走了。"

"这种事您就不必操心了,马克西米连,"基督山笑道,"我同船员有协定,凡是来我岛上的客人,坐车乘船一律免费。用文明国家的话来讲,我是预订户。"

莫雷尔诧异地注视着伯爵。

"伯爵,"年轻人对他说,"您可不像在巴黎那样子了。"

"此话怎讲?"

"没错,在这里,您开口笑了。"

基督山的额头一下子又阴沉下来。

"您是该这么提醒我,马克西米连,"他说道,"又见到您,对我是件乐事,但我都忘记了,任何乐事都是短暂的。"

"哎!不对,不对,伯爵!"莫雷尔高声说道,同时又抓住他朋友的两只手,"正相反,您笑吧,您高兴吧,您就以无动于衷的态度,向我证明只有心里凄苦的人,才觉得生活悲苦。唔!您慈悲为怀,您心地善良,您品德高尚,我的朋友,您是要让我鼓起勇气,才装出这副高兴的模样。"

"您错了,莫雷尔,"基督山说道,"刚才我的确很高兴。"

"那您就是把我本人置于脑后了,再好不过!"

"此话怎讲?"

---

① 卡吕普索是希腊神话中俄古葵亚岛上的仙女,她救了遇海难的希腊英雄奥德修斯及其儿子忒勒马科斯。

“是啊,朋友,您也知道,古代罗马斗士进入竞技场,对至高无上的皇帝这样讲,我也同样要对您说:‘即将死的人向您致敬。’”

“您还没有得到慰藉?”基督山问道,那眼神有些异样。

“噢!”莫雷尔应道,眼神里却满含凄苦,“您真的以为我能够得到慰藉?”

“听我说,”伯爵说道,“您完全听得懂我的话,对不对,马克西米连?您不会把我看作一个庸俗的人,一个信口开河、满嘴空话的人。我问您是否得到慰藉的时候,是作为透彻掌握人心秘密的一个人在讲话。好吧,莫雷尔,咱俩就一同深入下去,探测一下您这颗心。仍然是这种焦灼难耐、痛苦不堪的心情,让您的肉体躁动不安,就像狮子被蚊蝇叮咬那样?一直是这种火烧火燎的焦渴,只有进入坟墓才能止息吗?究竟是这种无可挽赎的憾恨,让人舍生而逐死呢?还仅仅是勇气丧失殆尽,心灰意冷,从而遏制想要放射的希望之光呢?也许是丧失了记忆,才欲哭无泪吧?唔!我亲爱的朋友,果真是这种情况,您果真再也流不出眼泪了,果真以为您这颗麻木的心已然死去,身上的气力只能依托上帝了,目光只能仰望上苍了。那么,朋友,我们就把话语丢到一边吧,只因语义太狭窄,不足以表达我们的心声。马克西米连,您得到了慰藉,不要再抱怨了。”

“伯爵,”莫雷尔说道,他那声音既温和又坚定,“伯爵,请听我说,就像一个人手指地、眼望天说话那样:我来到您的身边,就是要死在一位朋友的怀抱里。毫无疑问,世上还有我所爱的人:我爱我妹妹朱莉,我爱我的妹夫埃马努埃尔;但是,在我生命的最后时刻,我需要有人向我张开强壮的手臂,需要有人向我微笑。在我身边如果是我妹妹,她就会痛哭流涕,就要昏厥过去;我会眼看她那痛苦的样子,而我自己经历的痛苦够多的了;我妹夫埃马努埃尔在我身边,就会把枪从我手中夺走,叫嚷声会充斥整个宅院。而您呢,伯爵,您向我作出了承诺,您不是一个普通的人,如果您不是生为肉体凡胎,我就会把您称为神,您会怀着深情,缓慢地引领我,一直走到死亡之门,对不对?”

“朋友,”伯爵说道,“我还有一点疑虑,您就这么缺乏力量,连自尊心

都不顾,来展示自己的痛苦吗?”

“不错,您瞧,我很坦然,”莫雷尔说着,把手伸给伯爵,“我的脉搏正常,既没有加速,也没有放缓。不错,我感到自己走到了路的尽头;不错,我不会再往远走了。您对我说过,要等待和希望;您这坏事的智者,您可知自己干了什么?我等待一个月,也就是说,我忍受了一个月的痛苦!我抱过希望(人真是一种既可怜又可悲的造物),我抱过希望,希望什么呢?我也一无所知,总归是某种未见识过的、荒唐的、非理智的东西吧!一个奇迹……什么奇迹?唯独上帝说得出来,是上帝将所谓希望这种狂妄念头,掺杂进了我们的理智。对,我等待过了;对,我希望过了,伯爵,而且我们交谈有一刻钟了,您无意当中不知有多少次摧残折磨我的心,因为您每句话都向我表明,希望对我不复存在了。伯爵啊!就让我安安稳稳、舒舒服服地长眠吧!”

莫雷尔讲最后几句话时,爆发出一种激情,令伯爵心头一震。

“我的朋友,”莫雷尔见伯爵沉默不语,便继续说道,“十月五日是您指定的,这是您要求我苟活的期限……我的朋友,今天就是十月五日了……”

莫雷尔掏出怀表。

“现在是九点钟,我还能活三小时。”

“好吧,”基督山应了一声,“随我来。”

莫雷尔机械地跟随伯爵,他们已经走进了岩洞,而马克西米连还毫无觉察。

他感到脚下铺了地毯,一道门忽然打开,强烈的亮光刺激他的眼睛,芳香的气息将他包围。

莫雷尔站住了,迟疑不前,对这种包围自己的撩人心性的逸乐,不免警觉起来。

基督山轻轻地拉他。

“我们剩下的这三小时,”基督山说道,“不应当享受一下吗?学学被判处死刑的古罗马人的样子:他们被自己的皇帝尼禄剥夺财产并处死,就

坐到摆满鲜花的桌前，闻着天芥花和玫瑰花的芳香，悠然死去。”

莫雷尔微微一笑。

“悉听尊便。”他说道，“不管怎样，死就是死，也就是忘却，也就是长眠，也就是脱离生命，因而脱离苦海。”

莫雷尔坐下，基督山则坐到他对面。

他们所在的这间华丽的餐厅，我们曾经描述过。这里有几尊大理石雕像，头顶总是装满鲜花和水果的花篮。

莫雷尔心不在焉，他看着周围的一切，但很可能一无所见。

“咱们作为男子汉谈谈吧。”莫雷尔说道，同时定睛注视着伯爵。

“请讲。”伯爵回答。

“伯爵，”莫雷尔又说道，“您本身就囊括了人类的全部知识，给我的感觉您是来自一个比人世更先进、更博学的世界。”

“您这样讲也不无几分道理，莫雷尔，”伯爵说着便忧伤地微微一笑，而他这样微笑时就显得十分俊美，“我来自一个人称痛苦的星球。”

“您对我说什么我信什么，伯爵，我并不深究话中的含义；事实为证，您让我活着，我就活着；您让我抱有希望，我就几乎有了希望。我想冒昧地问您一句，伯爵，您就当死过一次；伯爵，死很痛苦吗？”

基督山以难以描摹的温情的神态，注视着莫雷尔。

“是的，”他说道，“是的，如果您粗暴地摧毁这副固执要活下去的躯壳，那么死当然很痛苦。如果在一把匕首那不可见的牙齿咬啮下，您让自己的肉体哀号起来；如果您用一颗不听使唤、随时会打偏的子弹，要洞穿您这不堪一击的大脑，您当然要吃苦头；您要以这种十分丑恶的方式脱离生命，却在垂死挣扎中，又会觉得这生命胜过您用如此高昂的代价换取的一种安息。”

“是啊，我明白，”莫雷尔说道，“死同生一样，都有其苦与乐，关键在于揭示苦与乐的奥秘。”

“正是如此，马克西米连，您说了一句至理名言。死亡，根据我们对待它的态度好与坏，也会以不同的面目出现：或是朋友，会像奶母那样轻

轻地安抚我们入睡；或是仇敌，会残暴地从我们的躯壳攫走灵魂。有朝一日，等我们这个世界又经历了千年，等人类能够主宰大自然的一切破坏力量，并转化来造福于全人类，等人类如您刚才所讲，认识了死亡的奥秘，到了那一天，死亡就像睡在心爱的人的怀抱中那样，既甜美又令人销魂。”

“那么，伯爵，如果您想死，您能够以那种方式死去吗？”

“能够。”

莫雷尔朝他伸出手。

“现在我明白了，”他说道，“您为什么约我来到这里，来到这座被大洋包围的孤岛上，来到这座地下宫殿，这座能让法老都羡慕的陵墓。这是因为您爱我，对不对，伯爵？这是因为您深深地爱我，才给予我您刚才所讲的那种死法，一种没有临终痛苦的死亡，让我握住您的手，念着瓦朗蒂娜的名字，悠悠然死去，对不对？”

“对，您猜着了，莫雷尔，”伯爵直截了当地回答，“我正是这样考虑的。”

“谢谢。明天我就不会痛苦了。一想到这一点，我这颗可怜的心就感到甜美了。”

“您在世上毫无留恋啦？”基督山问道。

“对。”莫雷尔回答。

“连我也不留恋？”伯爵深深动情地问道。

莫雷尔戛然住声，他那十分澄净的眼神顿时暗淡了，继而又射出异乎寻常的光芒，只见一大滴眼泪夺眶而出，滚落下去，在他脸颊划出一道银白色的泪痕。

“什么！”伯爵说道，“您在尘世还有所留恋，就这样死去！”

“噢！我恳求您，”莫雷尔高声说道，“一句也不要再说了，伯爵，不要延长我这种折磨了！”

伯爵认为莫雷尔有些动摇了。

在伊夫狱堡就曾克服过一次巨大的疑虑，因这瞬间的闪念，又在他心中死灰复燃了。

"我力图使这个人重新获得幸福,"他心中暗道,"我把这种善举看作一个砝码,放到天平的一端,用以平衡我放到另一端的恶。现在,万一我看错了人呢,万一这个人还没有饱受痛苦,不配享受幸福呢!唉!我只有在重新描绘善的时候,才能忘记恶,万一看错人,会造成什么后果呢?"

"听我说,莫雷尔,"伯爵说道,"看得出来,您的痛苦是巨大的。然而,您毕竟信奉上帝,就不愿意拿您灵魂的救赎去冒险。"

莫雷尔苦笑一下。

"伯爵,"他说道,"您知道我不是在这儿冷静地抒情。我可以向您发誓,我的灵魂已经不属于我了。"

"听我说,莫雷尔,"基督山又说道,"您也了解,我在世上没有亲人了。我已经习惯把您看作我的儿子。这样吧,为了救我儿子,我宁肯舍掉性命,更不用说舍掉我的财产了。"

"您这话是什么意思?"

"我是说,莫雷尔,您想要死,是因为您还没有领略,巨大财富能给生活带来的各种享受。莫雷尔,我的财产将近一个亿,我赠送给您,您有了这样一笔财富,想做什么无不成功。您雄心勃勃吗?世间各种生涯无不为您敞开大门。您可以把世界搞得天翻地覆,可以改变世界的面貌,您也可以胡作非为,如有必要,也可以犯罪,不过,一定要活下去。"

"伯爵,我有您的承诺。"莫雷尔冷淡地回答。接着,他掏出怀表,补充说道:"现在是十一点半了。"

"莫雷尔!您不想一想,就死在我的眼皮底下,就死在我的家中?"

"那好,让我走吧,"马克西米连脸色阴沉下来,说道,"否则我就会认为,您爱我并不是在乎我,而是在乎您自己。"

说着他就站起来。

"好吧,"基督山说道,他听了这话,脸色也开朗起来,"您这是心甘情愿,而且义无反顾。是啊!您极痛深悲,您也说过,只有出现奇迹,才可能把您治愈。您坐下,莫雷尔,等待吧。"

莫雷尔顺从了。这时,基督山倒站起身,走到一个紧锁的柜子前,用

他系在金链上的钥匙打开柜门,取出一只精雕细刻的小银匣子。匣子四角雕有四个挺胸的仕女像,犹如悲伤冲动的女像柱,正是渴望升天的天使形象。

他将小匣放到桌上。

接着,他打开匣盖,取出一个微型的金盒,一按秘密弹簧锁,盒盖就弹开了。小盒子盛着一种半液体状的油性物质,但是由于光滑的金盒,以及装饰的蓝宝石、红宝石和绿宝石交织的反光,很难确定那液体是什么颜色。

看上去就是交相辉映的碧蓝、紫红与金黄色的融汇。

伯爵用一只镀金的银匙从盒里舀了一点点,递给莫雷尔,同时久久地凝视他。

这时才能看清,那半流质呈淡绿色。

“这就是您向我索求的,”伯爵说道,“这就是我答应给您的。”

年轻人从基督山手中接过银匙,说道:

“趁现在还活着,我由衷地向您表示感谢。”

伯爵拿起第二只银匙,又从金盒里舀了一点儿。

“您要干什么,朋友?”莫雷尔一把拦住他,问道。

“老实说,莫雷尔,”伯爵微笑着对他说道,“我觉得,愿上帝宽恕我,我觉得同您一样厌倦了生活,既然有这种机会……”

“住手!”年轻人嚷道,“噢!您有所爱,又受人爱戴,您有什么希望无不成真,噢!您不要做我干的这种事。您若这么干,就是犯罪了。别了,我的高尚而慷慨的朋友,您为我所做的一切,我会告诉瓦朗蒂娜。”

说罢,他毫不犹豫,只是伸给伯爵的左手稍微有点用力,缓慢地咽下、确切地说品味基督山给他的神秘的药物。

接着,二人都沉默不语了。阿里悄无声息而全神贯注,送上来烟叶和烟袋,又端上来咖啡,随即退下了。

莫雷尔觉得,雕像手中托的几盏灯光亮逐渐变暗,花篮里的芳香也不那么浓郁了。

基督山坐在他对面，从灯影的幽深处注视他，而莫雷尔只看见伯爵那双闪闪发亮的眼睛。

年轻人被一种巨大的痛苦所控制，他感到长烟袋从自己手中失落，而周围的物体，也在不知不觉中失去原来的形状与颜色，他双眼模糊了，只见墙壁中似乎撩起帘子，打开一道道门。

“朋友，”莫雷尔说道，“我感到快要死了，谢谢。”

“朋友，”莫雷尔说道，“我感到快要死了，谢谢。”

他用了用劲，要最后一次把手伸给伯爵，可是他的手却绵软无力，又垂到他身边。

这时，他恍惚看见基督山在微笑，这次微笑慈祥而爱怜，就像父亲对待不懂道理的孩子，而不是多次向他显露这颗深邃之心秘密的、奇特并令人惊悚的那种笑意。

与此同时，在莫雷尔的眼里，伯爵变得高大起来，他那身影映在红色幔帐上，几乎增大了一倍，他那黑色的长发抛在身后，傲然挺立在那里，酷似最后审判之日用以威吓恶人的那种天使。

莫雷尔受药力控制，浑身瘫软，躺在扶手椅中；一种惬意的麻木感渗入他的每一条脉管。他头脑中的思绪也焕然一新，犹如万花筒里图案的一次新的纷呈排列。

莫雷尔呼吸短促，软绵绵地躺在那里，周身感觉不到一点活气，只有这场梦境了。他仿佛完全进入神迷恍惚的状态，即将踏进人称死亡的那个陌生世界。

他再次试图把手伸给伯爵，然而这次，他的手动也未能动一下。他还想道一声永别，可是舌头沉甸甸的，在喉头转不动，就像堵住墓穴的一块石头。

他的双眼也十分倦怠，不由自主地合上了。但是，隔着眼睑还能看到一个人影在晃动，他虽然觉得周围一片漆黑，还是能认出那个人来。

那正是刚刚打开一道门的伯爵。

通明通明的灯光，从隔壁房间，准确地说，从一座神奇的宫殿里，一下子涌进莫雷尔缓慢死去的房间。

这时，他看见一位美貌无双的女子，走到那间大厅的门口，停在两个房间的交界处。

那女子脸色苍白，面带微笑，正像一位悲悯的天使，前来驱赶复仇天使。

基督山向那年轻女子指了指莫雷尔躺着的沙发。

那女子嘴角挂着微笑，合拢手掌走向莫雷尔。

那女子脸色苍白，面带微笑，正像一位悲悯的天使，前来驱赶复仇天使。

“瓦朗蒂娜！瓦朗蒂娜！”莫雷尔从灵魂深处呼唤。

然而，他这张嘴却发不出一点声音。他内心的这种激动，仿佛倾注了他的全部气力，他叹息一声，便合上眼睛。

瓦朗蒂娜朝他扑过来。

莫雷尔的嘴唇又动了动。

“他在呼唤您呢，”伯爵说道，“他在睡梦深处呼唤您，这就是您寄托

了命运的人，而死神却要生生把你们拆开，不过幸而有我在，我战胜了死神！瓦朗蒂娜，从今往后，你们在世间就永远不要分离了；因为，为了同您重聚，他闯进了坟墓。没有我，你们二人都要死去，我让你们重逢了。但愿上帝能把我救活的这两条人命，记在我行善的账上！"

瓦朗蒂娜抓住基督山的手，她抑制不住一阵喜悦的冲动，把这只手拉到唇边吻了吻。

"唔！好好谢谢我吧，"伯爵说道，"唔！您对我重说一遍，要不厌其烦地对我说，我让您获得了幸福！您还不知道，我多么需要这种确认。"

"哦！对，对，我衷心感谢您，"瓦朗蒂娜说道，"假如您还怀疑我的感谢是否真诚，那好，您就问问海蒂吧，问一下，我那亲爱的海蒂妹妹。要知道，自从我们离开法国之后，她就一直对我讲述您的事，这才让我有了耐心，等到今天这个光明的幸福的日子。"

"这么说，您喜爱海蒂啦？"基督山问道，而他怎么也掩饰不住内心的激动。

"哦，我全心全意爱她。"

"那好，听我说，瓦朗蒂娜，"伯爵说道，"我对您有一个不情之请。"

"对我，万能的上帝啊！我真有幸办这件事？……"

"对，刚才您把海蒂称作妹妹，但愿她真的成为您的妹妹，瓦朗蒂娜。把您以为欠我的情，都还给她吧，您和莫雷尔，要保护她，因为（伯爵的声音哽在喉咙，快要止息了），因为，从今往后，她在世上就孤单一人了……"

"在世上孤单一人！"伯爵身后一个人重复道，"为什么？"

基督山回过身去。

海蒂站在面前，她面失血色，不寒而栗，一副失魂落魄的神情注视着伯爵。

"因为到明天，我的女儿，你就自由了，"伯爵回答，"因为，你即将恢复你在世上应有的地位，还因为我不愿意让我的命运给你的命运蒙上阴影。国王的女儿啊！我把财富和你父亲的姓氏都还给你。"

海蒂脸色更加苍白，就像圣母祈求上帝那样，张开白皙透明的双手，

含泪哽咽着说道：

“这么说，我的老爷，你要离开我？”她问道。

“海蒂呀！海蒂！你年轻，容貌又美；你彻底忘记我，幸福地生活吧。”

“那好吧，”海蒂说道，“你怎么命令我就怎么执行，我的老爷。我彻底忘记你，还幸福地生活！”

她后退一步，准备抽身。

“噢！我的上帝！”瓦朗蒂娜高声说道，同时用自己的肩膀托住莫雷尔僵硬的头，“您怎么就看不见她的脸色有多苍白，就不明白她心中有多痛苦？”

海蒂以痛断肝肠的表情对她说道：

“你为什么非得让他明白并理解我呢，姐姐？他是我的主人，我是他的奴隶：他有权利什么也视而不见。”

这声调唤醒了伯爵的最隐秘的内心情感，他不禁浑身一抖。他与姑娘的眼睛相遇，但是受不了对方那明亮的目光。

“我的上帝！我的上帝！”基督山说道，“您早就让我猜想到的情况，果然是真的呀！海蒂，您不离开我，真的会幸福吗？”

“我年轻，”海蒂柔声细语地回答，“我喜爱您一直给我安排的如此甜美的生活，我实在不愿意死去。”

“你这话的意思是想说，如果我离开你，海蒂……”

“我就不活了，我的老爷，对！”

“这么说，你爱我？”

“噢！瓦朗蒂娜，他还问我是不是爱他！瓦朗蒂娜，你就告诉他，你爱不爱马克西米连！”

伯爵立时感到心胸舒展，心花怒放了，他张开双臂，海蒂欢叫一声投进去。

“唔！对，我爱你！”海蒂说道，“我爱你，如同一个人爱自己的父亲、自己的兄弟、自己的丈夫！我爱你，如同一个人爱自己的生命，如同一个

人爱上帝，因为在我的眼里，你是世间最英俊、最善良又最伟大的人！”

“但愿事情真的像你所希望的这样，我心爱的天使！”伯爵说道，“上帝让我复活去惩罚我的仇人，并让我战而胜之。我也看清楚了，上帝不愿意让我在获胜之后，又产生这种悔恨；我本想要惩罚自己，上帝愿意宽恕我。你就爱我吧，海蒂！谁知道呢？你的爱也许能让我忘掉我应当忘却的事情。”

“你在那儿究竟说什么呢，我的老爷？”姑娘问道。

“我是说，海蒂，我这悟性迟缓，二十年没有悟透的事，你一句话就点明了。我在这世上只有你了，海蒂。我是通过你重又系恋生活。你能让我痛苦，也能让我幸福。”

“你听见吧，瓦朗蒂娜？”海蒂高声说道，“他说我能让他痛苦！而我为了他，可以付出我的生命！”

伯爵又沉思了片刻。

“难道我看到了天意？”他说道，“我的上帝啊！何必多虑！不管是奖赏还是惩罚，这种命运我接受了。来吧，海蒂，来吧……”

说着，他搂住姑娘的腰肢，同瓦朗蒂娜握了握手，便走开了。

瓦朗蒂娜独自坐在莫雷尔的身边，敛声屏息，定睛凝视着他。就这样过去了将近一小时。终于，她感到年轻人的心开始跳动，嘴唇微启，透出一丝难以觉察的气息，而这种宣示生命复苏的轻微战栗，也传遍他的周身。

终于，他又睁开眼睛，先是目光呆滞，似乎神志未醒；继而，他视觉恢复，又能看得清晰真切了；随着视觉的恢复，又有了感觉，随着感觉，又有了痛苦。

“噢！”他嚷道，声调里充满绝望，“我还活着！伯爵欺骗了我！”

他的手伸向桌子，抓住一把刀。

“朋友，”瓦朗蒂娜面带粲然的微笑，说道，“你醒醒吧，瞧瞧我这边。”

莫雷尔大叫一声，头脑不禁昏乱，疑虑重重，仿佛被一种天上的幻象晃花了眼睛，他双膝跪下来……

次日，天刚刚破晓，莫雷尔和瓦朗蒂娜就挽着手臂，来到海边散步。瓦朗蒂娜向雷莫尔讲述，基督山如何在她的房间里出现，如何向她揭示了全部阴谋，如何让她亲手触摸到罪恶，最后，又如何创造奇迹，把她从死神手中救出来，同时还让人相信她已经死去。

刚才他们是发现岩洞的门敞着，就走了出来；夜晚的最后几颗星星，还闪烁在清晨的蔚蓝天空上。

这时，莫雷尔看到在一群岩石的阴影里，有一个汉子，单等他招呼就会过来；他指着瓦朗蒂娜看那人。

"啊！那是雅各布，那艘游艇的船长。"瓦朗蒂娜说道。

她招了招手，让那个人过来见她和马克西米连。

"您有什么话要对我们讲吗？"莫雷尔问道。

"我受伯爵委托，要把这封信转交给您。"

"受伯爵委托！"两个年轻人一齐轻声重复。

"对，念念吧。"

莫雷尔打开信，念道：

我亲爱的马克西米连：

海湾里停泊一只等候你们的帆船。雅各布会驾船送你们去里窝那，努瓦蒂埃先生正在那里等待他孙女，他要先祝福她，然后才让您把她带到圣坛前。这岩洞中的所有一切，我的朋友，以及我在香榭丽舍大街的宅第、在特雷波尔的小城堡，全是埃德蒙·唐代斯作为结婚礼物，送给他的老板莫雷尔的儿子。但愿德·维尔福小姐肯接受其中一半财产，因为我恳请您无论从精神失常的父亲那里得到的遗产，还是从九月间同母亲一起死了的弟弟那里得到的遗产，全部捐献给巴黎的穷人。

您要告诉即将守护您一生的天使，莫雷尔，时而也为这样一个人祈祷吧：他类似撒旦，一度自以为能与上帝比肩，现在完全怀着一个基督徒的谦卑，承认唯独上帝才拥有至高无上的权力

“我受伯爵委托，要把这封信转交给您。”

和无穷的智慧。她的祈祷也许会减轻压在他心头的愧疚。

至于您，莫雷尔，我给您的这段安排，全部秘密就在于：人世间无所谓幸福与不幸，只有一种境况与另一种境况相比较，仅此而已。只有经受了极度不幸的人，才能感受到极度幸福。马克西米连，必得渴求过死亡的人，才能领悟活在世上有多美好。

你们生活吧，幸福吧，我心爱的孩子们，永远也不要忘记，在上帝肯向人类揭示未来之日到来之前，这两个词就涵括了人类

的全部智慧：

等待和希望！

您的朋友

埃德蒙·唐代斯

德·基督山伯爵

瓦朗蒂娜本不知道父亲发疯和弟弟死去了，在信上才得知这些消息，她脸色刷地白了，从胸膛发出沉痛的叹息，眼泪沿着面颊默默往下流淌，这无声的泪水也同样让人心碎：她为自己的幸福付出太高的代价。

莫雷尔不安地四下张望。

“伯爵如此慷慨。”他说道，“也实在太过分了；有我那微薄的财产，瓦朗蒂娜也会满足的。我的朋友，伯爵在哪儿呢？您带我去见他。”

雅各布伸手指了指海平线。

“什么！您这是什么意思？”瓦朗蒂娜问道，“伯爵在哪儿呢？海蒂又在哪儿呢？”

“你们看啊。”雅各布说道。

两个年轻人定睛凝望船长所指的海平线，只见天边与地中海海面相接的深蓝线上，有一面海鸥翅膀大小的白帆。

“走啦！”莫雷尔高声说道，“走啦！别了，我的朋友，我的父亲！”

“走啦！”瓦朗蒂娜喃喃说道，“别了，我的朋友！别了，我的妹妹！”

“天晓得今生今世，我们还能不能见到他们？”莫雷尔擦一把眼泪说道。

“我的朋友，”瓦朗蒂娜说道，“伯爵不是刚刚告诉我们，人类的全部智慧，都涵括在这两个词中：

“等待和希望！”

外国文学名著名译丛书

主编：刘硕良　郑纳新

第一辑

堂吉诃德（上、下）　（西班牙）塞万提斯著，董燕生译

十日谈（上、下）　（意）薄伽丘著，肖天佑译

神曲　（意）但丁著，张曙光译

茶花女　（法）小仲马著，胡小跃译

欧也妮·葛朗台　（法）巴尔扎克著，罗国林译

高老头　（法）巴尔扎克著，管筱明译

红与黑　（法）斯当达著，罗新璋译

巴黎圣母院　（法）雨果著，李玉民译

包法利夫人　（法）福楼拜著，管筱明译

羊脂球　（法）莫泊桑著，李玉民译

呼啸山庄　（英）艾米莉·勃朗特著，沈东子译

苔丝　（英）托马斯·哈代著，黄健人译

大卫·科波菲尔（上、下）　（英）狄更斯著，石定乐、石定柔译

少年维特的烦恼　（德）歌德著，杨武能译

安娜·卡列尼娜（上、下）　（俄）托尔斯泰著，力冈译

飘（上、下）　（美）玛格丽特·米切尔著，黄健人译

第二辑

格林童话全集（上、下）　（德）格林兄弟著，杨武能译

豪夫童话全集　（德）威廉·豪夫著，杨武能译

爱丽丝漫游奇境　（英）刘易斯·卡罗尔著，黄健人译

刨根问底的故事　（英）吉卜林著，邱仪译

小王子　（法）圣埃克苏佩里著，李玉民译

安徒生经典童话与故事　（丹麦）安徒生著，石琴娥译

骑鹅历险记　（瑞典）塞尔玛·拉格洛夫著，石琴娥编译

爱的教育　（意）亚米契斯著，夏丏尊译

汤姆·索耶历险记　（美）马克·吐温著，莫雅平译

哈克贝利·费恩历险记　（美）马克·吐温著，饶健华译

第三辑

茵梦湖——施笃姆中短篇小说选　（德）施笃姆著，杨武能译

地下室手记　（俄）陀思妥耶夫斯基著，臧仲伦译

陀思妥耶夫斯基中短篇小说选　（俄）陀思妥耶夫斯基著，臧仲伦译

契诃夫中短篇小说选　（俄）契诃夫著，沈念驹译

屠格涅夫中短篇小说选　（俄）屠格涅夫著，沈念驹译

劳伦斯中短篇小说选　（英）劳伦斯著，毕冰宾译

吉卜林短篇小说选　（英）吉卜林著，文美惠译

欧·亨利短篇小说选　（美）欧·亨利著，张经浩译

芥川龙之介短篇小说选　（日）芥川龙之介著，高慧勤译

梅里美中短篇小说选　（法）梅里美著，李玉民译

都德短篇小说选　（法）都德著，李玉民、袁俊生译

莫泊桑短篇小说选　（法）莫泊桑著，李玉民译

伏尔泰短篇小说选　（法）伏尔泰著，李玉民译

狄德罗短篇小说选　（法）狄德罗著，李玉民译

都柏林人——乔伊斯短篇小说集　（爱尔兰）乔伊斯著，米子、沈东子译

第四辑

漂亮朋友　（法）莫泊桑著，李玉民译

一生　（法）莫泊桑著，李玉民译

白痴　（俄）陀思妥耶夫斯基著，臧仲伦译

罪与罚　（俄）陀思妥耶夫斯基著，臧仲伦译

复活　（俄）托尔斯泰著，乔振绪译

简·爱　（英）夏绿蒂·勃朗特著，黄健人译

金银岛　（英）斯蒂文森著，杨德庆译

鲁滨逊漂流记　（英）笛福著，罗志野译

红色英勇勋章　（美）斯蒂芬·克莱恩著，黄健人译

傲慢与偏见　（英）简·奥斯丁著，张经浩译

群魔　（俄）陀思妥耶夫斯基著，臧仲伦译

罗亭贵族之家　（俄）屠格涅夫著，徐振亚、沈念驹译

死魂灵　（俄）果戈理著，乔振绪译

缪塞中短篇小说选　（法）缪塞著，李玉民译

普希金小说选　（俄）普希金著，刘文飞译

我弥留之际　（美）威廉·福克纳著，李文俊译

了不起的盖茨比　（美）弗·司各特·菲茨杰拉德著；周彦译